W0280023

Maria Magdalena

MARGARET GEORGE

Maria Magdalena

DER ROMAN IHRES LEBENS

Aus dem Amerikanischen
von Rainer Schmidt

Weltbild

Die amerikanische Originalausgabe erschien 2002 unter dem Titel
Mary, called Magdalene
bei The Penguin Group, Penguin Putnam Inc, New York.

Besuchen Sie uns im Internet:
www.weltbild.de

Genehmigte Lizenzausgabe für Verlagsgruppe Weltbild GmbH,
Steinerne Furt, 86167 Augsburg
Copyright der Originalausgabe © 2002 by Margaret George
Copyright der deutschsprachigen Ausgabe © 2003 by
Verlagsgruppe Lübbe GmbH & Co. KG, Bergisch Gladbach
Übersetzung: Rainer Schmidt
Umschlaggestaltung: ZERO Werbeagentur, München
Umschlagmotiv: Bridgeman Art Library, Berlin
Gesamtherstellung: CPI Moravia Books s.r.o., Pohorelice
Printed in the EU

ISBN 978-3-8289-9113-2

2010 2009 2008
Die letzte Jahreszahl gibt die aktuelle Lizenzausgabe an.

»Spricht Pilatus zu ihm:
Was ist Wahrheit?«

Joh. 18, 38

»Und darum schreibe ich
die Geschichte dessen,
was von diesem Augenblick
an mit uns geschehen ist.
So viele werden nach uns
kommen, und keiner
wird es gesehen haben; also
müssen wir sie dessen
versichern, was wir gesehen
haben.«

Das Testament
der Maria von Magdala,
genannt Magdalena

»Ihr werdet die Wahrheit
erkennen, und die Wahrheit
wird euch frei machen.«

Joh. 8, 32

Für Rosemary,
die Lieblingsschwester

ERSTER TEIL

Die Dämonen

I

Man trug sie an einen Ort, an dem sie noch nie gewesen war. Er war sehr viel klarer als in einem Traum, er hatte Tiefe und Farbe und feine Details, die ihn realer erscheinen ließen als die Zeit mit ihrer Mutter im Hof, realer auch als die verträumten Stunden, die sie manchmal damit zubrachte, auf den großen See von Magdala hinauszuschauen, der so großartig war, dass man ihn auch Meer nannte: das Galiläische Meer.

Sie wurde in die Höhe gehoben, auf eine hohe Säule oder eine Plattform gestellt – sie konnte nicht erkennen, was es war. Überall um sie herum waren Menschen, die sich unten versammelten und zu ihr heraufschauten. Sie wandte den Kopf zur Seite und erblickte andere Säulen mit anderen Leuten, eine ganze Reihe, die sich so weit erstreckte, wie das Auge reichte. Der Himmel war gelblich, eine Farbe, die sie nur einmal gesehen hatte, in einem Sandsturm. Die Sonne war verhüllt, aber es gab noch Licht, ein diffuses, goldenes Licht.

Dann kam jemand zu ihr – konnten sie fliegen, waren es Engel, wie kamen sie hierher? –, nahm ihre Hand und sagte: »Willst du kommen? Willst du mit uns kommen?«

Sie fühlte die Hand, die ihre festhielt, sie war glatt wie ein Stück Marmor, nicht kalt, nicht heiß, nicht schweißfeucht, sondern vollkommen. Sie wollte sie drücken, aber sie wagte es nicht.

»Ja«, sagte sie schließlich.

Und die Gestalt – sie wusste immer noch nicht, wer es war, und wagte nicht, ihr ins Gesicht zu schauen, höchstens auf die Füße in den goldenen Sandalen – hob sie auf und trug sie davon; die Reise war so Schwindel erregend, dass sie das Gleichgewicht verlor und zu fallen begann, senkrecht und immer schneller, und unter ihr war es sehr dunkel.

Mit einem Ruck setzte sie sich auf. Die Öllampe war ausgebrannt. Draußen hörte sie die sanften Geräusche des großen Sees, nicht weit vor ihrem Fenster, wo die Wellen ans Ufer plätscherten.

Sie hob die Hand vor die Augen, befühlte sie. Sie war feucht. Hatte das Wesen sie deshalb losgelassen, sie fallen lassen? Sie rieb die Hand heftig.

Nein, lass mich meine Hand säubern!, rief sie lautlos. Lass mich nicht allein! Ich kann sie abwischen!

»Komm zurück«, flüsterte sie.

Aber sie hörte nur die Stille des Zimmers und das Plätschern des Wassers.

Sie stürzte in das Zimmer ihrer Eltern. Die beiden schliefen fest; sie brauchten keine Lampe, sie schliefen im Dunkeln.

»Mutter!«, schrie sie und packte sie bei der Schulter. »Mutter!« Ohne auf Erlaubnis zu warten, kletterte sie in das Bett und schmiegte sich unter der warmen Decke an ihre Mutter.

»Was ... was ist?« Ihre Mutter brachte die Worte nur mühsam hervor. »Maria?«

»Ich hatte einen so merkwürdigen Traum«, wimmerte sie. »Ich wurde emporgetragen ... in irgendeinen Himmel, ich weiß nicht, wohin, ich weiß nur, es war nicht auf dieser Welt, es gab Engel dort, glaube ich, oder ... ich weiß nicht, was ...« Sie hielt inne und rang nach Atem. »Ich glaube, ich wurde ... ich wurde gerufen. Wurde zu ihnen gerufen, sollte zu ihnen gehören ...« Aber es war beängstigend gewesen, und sie war nicht sicher gewesen, dass sie zu ihnen hatte gehören wollen.

Ihr Vater richtete sich auf. »Was war das?«, fragte er. »Ein Traum? Ein Traum, in dem du gerufen wirst?«

»Nathan ...« Marias Mutter streckte die Hand aus und berührte seine Schulter, um ihn zurückzuhalten.

»Ich weiß nicht, ob ich gerufen wurde«, sagte Maria mit dünner Stimme. »Aber es war ein Traum mit Menschen auf erhöhten Orten und ...«

»Auf erhöhten Orten!«, rief ihr Vater. »Dort standen die alten heidnischen Götzen. Auf erhöhten Orten!«

»Aber nicht auf Säulen«, sagte Maria. »Dies war anders. Die Menschen, die geehrt wurden, standen darauf, und es waren Menschen, keine Statuen.«

»Und du glaubst, du wurdest gerufen?«, fragte ihr Vater. »Warum denn?«

»Sie haben mich gefragt, ob ich mich zu ihnen gesellen will. Sie fragten: ›Willst du mit uns kommen?‹« Noch beim Erzählen hörte sie die wohlklingenden Stimmen.

»Du musst wissen, Tochter, dass alles Prophezeien aufgehört

hat in unserem Land«, sagte ihr Vater schließlich. »Seit Maleachi hat kein Prophet mehr ein Wort geäußert, und das ist vierhundert Jahre her. Gott spricht nicht mehr auf diese Weise zu uns. Er spricht nur durch sein heiliges Gesetz. Und das genügt uns.«

Doch Maria wusste, was sie gesehen hatte, in all seiner transzendenten Glorie und Wärme. »Aber Vater«, sagte sie, »die Botschaft und die Einladung – sie waren so klar.« Sie achtete darauf, weiter leise und respektvoll zu sprechen. Aber sie zitterte immer noch.

»Liebe Tochter, du bist in die Irre gegangen. Es war ein Traum, hervorgerufen durch unsere Vorbereitungen für Jerusalem. Gott würde dich nicht rufen. Geh jetzt wieder in dein eigenes Bett.«

Sie klammerte sich an ihre Mutter, aber die stieß sie beiseite. »Tu, was dein Vater sagt!«, befahl sie.

Maria kehrte in ihr Zimmer zurück, immer noch umfangen von der Erhabenheit ihres Traums. Es war Wirklichkeit gewesen. Sie wusste, dass es Wirklichkeit gewesen war.

Und wenn es Wirklichkeit gewesen war, dann hatte ihr Vater Unrecht.

In den Stunden, kurz bevor der Himmel hell werden würde, hatte sich der Haushalt auf die Wallfahrt nach Jerusalem zum Wochenfest vorbereitet. Maria war aufgeregt gewesen, weil alle Erwachsenen die Reise so ungeduldig erwarteten und sich doch alle Juden nach Jerusalem sehnen sollten. Aber am meisten hatte sie sich auf die Reise an sich gefreut, denn die Siebenjährige war noch nie aus Magdala hinausgekommen; unterwegs würden sie sicher Abenteuer erleben. Ihr Vater hatte ihr eine entsprechende Andeutung gemacht: »Wir werden auf dem kurzen Wege nach Jerusalem reisen, durch Samaria; so brauchen wir nur drei und nicht vier Tage. Aber es ist gefährlich. Es hat Überfälle auf Jerusalem-Pilger gegeben.« Er schüttelte den Kopf. »Die Samariter haben sogar noch Götzenbilder, habe ich gehört. Oh, nicht mehr in aller Öffentlichkeit, nicht am Straßenrand, aber …«

»Was für Götzenbilder? Ich habe noch nie ein Götzenbild gesehen«, fragte sie eifrig.

»Bete darum, dass es auch nie geschieht.«

»Aber wie soll ich ein Götzenbild erkennen, wenn ich es sehe?«

»Du wirst es erkennen«, sagte ihr Vater. »Und du musst dich davon fern halten.«

»Aber …«

»Genug jetzt!«

Maria erinnerte sich an all die Neugier, die sie zuvor für Jerusalem gefühlt hatte, doch nun verblasste sie angesichts des Traums, der ihr in der Dunkelheit noch immer lebendig vor Augen stand.

Marias Mutter Zebida, die mit den letzten Vorbereitungen beschäftigt war, hörte plötzlich auf, Korn in die Reisesäcke abzumessen, und beugte sich zu ihrer Tochter hinunter. Den Traum sprach sie nicht an. Stattdessen sagte sie: »Was diese Reise betrifft, so darfst du dich nicht mit irgendjemandem aus den anderen Familien gemein machen, die mit uns kommen, mit Ausnahme der wenigen, von denen ich dir sage, dass sie hinnehmbar sind. So viele Leute halten sich nicht an das Gesetz und gehen nur nach Jerusalem – sogar in den Tempel! –, weil es eine Art Urlaub für sie ist. Bleib bei den anderen, den frommen Familien. Hast du verstanden?« Sie schaute Maria eindringlich an, und in diesem Augenblick sah ihr hübsches Gesicht nicht hübsch, sondern bedrohlich aus.

»Ja, Mutter«, sagte Maria.

»Wir halten uns mit Eifer an das Gesetz, und so muss es auch sein«, fuhr ihre Mutter fort. »Lass die anderen … Missetäter nur für sich selber sorgen. Es ist nicht unsere Pflicht, sie vor ihrer Nachlässigkeit zu bewahren. Der Umgang mit ihnen wird uns verunreinigen.«

»Wie wenn man Milch und Fleisch zusammenbringt?«, fragte Maria. Sie wusste, dass das verboten war, so sehr, dass alles, was mit dem einen oder anderen zu tun hatte, getrennt aufbewahrt werden musste.

»Genau so«, sagte ihre Mutter. »Und noch schlimmer, denn ihr Einfluss vergeht nicht nach einem oder zwei Tagen, wie es bei Milch und Fleisch der Fall ist. Er bleibt bei dir und verdirbt dich mehr und mehr.«

Sie waren reisefertig. Die sechs Familien, die gemeinsam auf die Reise gingen, warteten mit ihren beladenen Eseln, die Bündel über die Schultern geworfen, an der Straße oberhalb von Magdala auf die größeren Gruppen aus den Nachbarstädten, um sich ihnen zur Wallfahrt nach Jerusalem anzuschließen. Zu Beginn würde Maria auf einem Esel reiten; sie war die jüngste Pilgerin der Familie und hatte nicht die nötige Ausdauer, um lange Strecken zu Fuß zu gehen. Vielleicht würde sie auf dem Rückweg so abgehärtet sein, dass sie gar nicht mehr zu reiten brauchte. Das war ihre Hoffnung.

Die Trockenzeit hatte angefangen. Schon brannte die Sonne ihr heiß ins Gesicht. Grell stand sie über dem Galiläischen Meer, nachdem sie hinter den Bergen aufgegangen war. In der Morgendämmerung hatten die Berge auf der anderen Seite des Sees die Farbe zarter Trauben gehabt, aber jetzt zeigten sie ihr wahres Gesicht aus Staub und Stein. Sie waren kahl, und Maria fand, dass sie bösartig aussahen. Doch das lag vielleicht daran, dass das Land der alten Ammoniter als Israels Erzfeind einen sehr schlechten Ruf besaß.

Was hatten die Ammoniter nur Schlimmes getan? König David hatte Ärger mit ihnen gehabt. Aber er hatte mit allen Ärger gehabt. Und dann war da noch dieser böse Gott, den sie anbeteten; Maria konnte sich nicht gleich an seinen Namen erinnern. Er zwang die Ammoniter, ihm ihre Kinder zu opfern, sie ins Feuer zu werfen. Mo … Mol … Moloch. Ja, so hieß er.

Sie hob die Hand über die Augen und spähte über den See. Von hier aus konnte sie jedenfalls keinen Moloch-Tempel sehen.

Es schauderte sie trotz der warmen Sonne. Ich werde jetzt nicht mehr an Moloch denken, nahm sie sich streng vor. Der See, der in der Sonne funkelte, schien ihr zuzustimmen. Sein blaues Wasser war zu schön, als dass man es mit dem Gedanken an einen bluttriefenden Gott besudeln durfte; wahrscheinlich war es der schönste Ort in ganz Israel. Maria war fest davon überzeugt. Was immer man von Jerusalem behauptete – was konnte schöner sein als dieses ovale Gewässer, leuchtend blau und umgeben von schützenden Bergen?

Draußen auf dem Wasser konnte sie Fischerboote erkennen; es waren viele. Für den Fisch war ihre Heimatstadt Magdala berühmt – hier wurde er eingesalzen, gedörrt, verkauft und in die ganze Welt verschickt. Fisch aus Magdala fand man selbst auf den Tafeln in Damaskus und Alexandria. Und bei Maria zu Hause, denn ihr Vater, Nathan, war ein führender Verarbeiter der Fische. Sie wurden in sein Lagerhaus gebracht, und Marias ältester Bruder Samuel – der sich aus Geschäftszwecken lieber Silvanus nannte – leitete die Geschäfte. Er verhandelte mit Einheimischen und Ausländern, um den Verkauf zu organisieren. Daher war das große Mosaik mit dem Fisch und dem Boot, das den Fußboden im Eingangsflur ihres Hauses zierte, ein Zeichen für den Ursprung ihres Reichtums. Jeden Tag, wenn sie darüber hinweggingen, konnten sie sich daran erinnern und Dank sagen für ihr Glück und für die Fischschwärme Gottes in ihrem Meer.

Der Ostwind strich über das Wasser des Sees und ließ die Oberfläche erzittern; Maria beobachtete das Kräuseln der Wellen, die wirklich aussahen wie Harfensaiten. Der alte poetische Name des Sees war See Kinneret, der Harfensee – wegen seiner Form, aber auch wegen des Musters, das der Wind auf dem Wasser hervorbrachte. Fast hörte Maria den feinen Klang gezupfter Saiten, die zu ihr herübersangen.

»Da kommen sie!« Marias Vater bedeutete ihr mit einem Wink, den Esel zu den anderen zurückzutreiben. Weit unten auf der staubigen Straße näherte sich eine sehr große Karawane; sogar ein oder zwei Kamele waren unter den Eseln und Scharen von Fußgängern.

»Sie haben gestern sicher zu lange Sabbat gefeiert«, sagte ihre Mutter spitz. Sie runzelte die Stirn; der späte Aufbruch ärgerte sie. Was hatte es nur für einen Sinn, mit dem Aufbruch bis nach dem Sabbat zu warten, wenn sie sowieso einen halben Tag verlieren sollten? Niemand begann eine Reise einen Tag vor dem Sabbat, nicht einmal zwei Tage davor, wenn es eine weite Reise war. Das rabbinische Gesetz, das es verbot, am Sabbat mehr als eine römische Meile weit zu gehen, bedeutete, dass sie einen Tag vergeuden würden – was die Reise anging.

»Der Sabbat ist ein Vorwand zur Zeitverschwendung«, sagte Marias Bruder Silvanus laut. »Dieses Beharren auf der strikten Einhaltung des Sabbat behindert uns im Außenhandel; die Griechen und Phönizier nehmen nicht alle sieben Tage einen Tag frei!«

»Ja, wir kennen deine heidnischen Neigungen, *Samuel*«, sagte Marias anderer älterer Bruder Eli. »Vermutlich wirst du als

Nächstes mit all deinen griechischen Freunden nackt über den Sportplatz rennen.«

Silvanus – alias Samuel – funkelte ihn an. »Dazu habe ich keine Zeit«, sagte er eisig. »Ich bin viel zu sehr damit beschäftigt, Vater im Geschäft zu helfen. *Du* bist derjenige, du mit deiner vielen freien Zeit zum Studium der Schrift und zur Beratung mit den Rabbinern, der die Muße hätte, zum Sportplatz oder zu anderen Vergnügungsstätten zu gehen.«

Eli wurde wütend, wie Silvanus es vorhergesehen hatte. Der junge Mann hatte ein hitziges Temperament, trotz all seiner Bemühungen, das Wie und Warum Jahwes zu studieren. Mit seinem feinen Profil, seiner geraden Nase und seiner edlen Haltung könnte er für einen Griechen durchgehen, dachte Silvanus. Während er selbst – fast hätte er gelacht – eher aussah wie die kleinen Gelehrten, die sich im Bet Ha-Midrasch, im Lernhaus, immer über die Thora beugten. Jahwe musste einen gewaltigen Sinn für Humor haben.

»Das Studium der Thora ist das Wichtigste, was ein Mensch betreiben kann«, erklärte Eli steif. »Es übertrifft jede andere Tätigkeit an moralischem Wert.«

»Ja, und in deinem Fall schließt es jede andere Tätigkeit aus.«

Eli schnaubte und wandte sich ab, und dabei zog er seinen Esel mit sich, sodass das Tier Silvanus sein Hinterteil zuwandte; aber der lachte nur.

Maria war an diese Wortwechsel gewöhnt, die sich ihre beiden Brüder, der achtzehn- und der einundzwanzigjährige, in unterschiedlicher Form lieferten. Eine Einigung gab es nie, nicht einmal eine Annäherung. Marias Familie war tief gläubig und befolgte alle Rituale und religiösen Vorschriften; nur Silvanus war unstet in der Beachtung dessen, was ihr Vater als das »vollkommene Gesetz des Herrn« bezeichnete.

Maria wünschte, sie könnte die kleine Schule ihrer Synagoge, das Bet Ha-Sefer, besuchen und dieses Gesetz selbst studieren, um sich ein eigenes Bild davon zu machen. Oder sie könnte das Wissen stehlen, das Silvanus, dem anscheinend nichts daran lag, in der Thora-Schule erworben hatte. Aber Mädchen durften nicht zur Schule gehen, weil sie offiziell keinen Platz in der Religion hatten. Ihr Vater beharrte streng auf dem rabbinischen Diktum: »Besser sähe man die Thora verbrannt, als dass man ihre Worte von den Lippen eines Weibes vernähme.«

»Du solltest Griechisch lernen; dann könntest du die *Ilias* lesen«, hatte Silvanus ihr einmal vorgeschlagen und dabei gelacht. Selbstverständlich hatte Eli mit einem empörten Donnerwetter darauf geantwortet. Aber Silvanus hatte erwidert: »Wenn jemand durch dumme Vorschriften von seiner eigenen Literatur und Wissenschaft ausgeschlossen ist, ist er dann nicht gezwungen, sich einer anderen zuzuwenden?«

Silvanus hatte nicht Unrecht; die Griechen hießen andere in ihrer Kultur willkommen, während die Juden die ihre hüteten, als wäre sie ein Geheimnis. Beides wurzelte in der Überzeugung, dass die eigene Kultur die überlegene sei; die Griechen glaubten, dass jeder, der eine Kostprobe von der ihren bekäme, sogleich dafür zu gewinnen sei, während die Juden ihre Kultur für so kostbar hielten, dass es eine Entweihung wäre, sie jedem Beliebigen anzubieten, der gerade daherkam. Natürlich war Maria umso neugieriger, und zwar auf beide. Sie nahm sich vor, lesen zu lernen, dann könnte sie sich die Magie und die Mysterien der heiligen Schriften selbst erschließen.

Die beiden Pilgergruppen trafen und vereinten sich an der Gabelung der Straße oberhalb von Magdala – es waren jetzt ungefähr fünfundzwanzig Familien, die gemeinsam reisten. Viele waren zumindest entfernt miteinander verwandt, und so trafen sich Vettern dritten, vierten, fünften und sechsten Grades unterwegs, die miteinander spielen konnten. Marias Familie achtete darauf, nur mit anderen frommen Familien zu reisen. Als sie ihren Platz im Pilgerzug einnahmen, konnte Eli sich eine Randbemerkung nicht verkneifen. »Ich weiß nicht, warum du diese Reise überhaupt mitmachst«, sagte er zu Silvanus. »Du hast doch nichts übrig für unsere Überzeugungen. Warum also nach Jerusalem wandern?«

Statt in scharfem Ton zu antworten, sagte Silvanus nachdenklich: »Wegen der Geschichte, Eli. Wegen der Geschichte. Ich liebe die Steine von Jerusalem; jeder von ihnen hat etwas zu erzählen, und er erzählt es klarer und feiner als alle Worte in den Schriftrollen.«

Eli ignorierte den Ernst seines Bruders. »Aber diese Geschichten würdest du gar nicht *kennen*, wenn sie nicht in den Schriften aufgezeichnet wären, von denen du so verächtlich redest! Nicht die Steine reden und erzählen uns ihre Geschichten, die Schreiber sind es, die das alles für die Nachwelt aufzeichnen.«

»Es tut mir Leid, dass du nur dir selbst ein feineres Empfinden zubilligst«, sagte Silvanus schließlich. Er blieb stehen und ließ sich von einer anderen Gruppe einholen; auf dieser Reise würde er nicht in der Nähe seines Bruders bleiben.

Maria wusste nicht, bei wem sie bleiben sollte, und so schloss sie sich ihren Eltern an. Sie schritten entschlossen voran, die Gesichter nach Jerusalem gewandt. Die Sonne brannte vom Himmel, und in dem grellen Licht mussten sie blinzeln und sich die Augen beschirmen.

Staubwolken wehten über das Land. Das helle Grün des galiläischen Frühlingsgrases war verblasst und hatte sich in eine braune Matte verwandelt, und die Blumen, die wie bunte Edelsteine auf den Hängen gefunkelt hatten, waren verwelkt. Bis zum nächsten Frühling würde die Landschaft immer trockener werden, und die prachtvoll aufblühenden Grüße der Natur wären nur noch eine Erinnerung. Dabei war Galiläa der üppigste Teil des Landes und kam in ganz Israel einem persischen Paradiesgarten noch am nächsten.

Die Äste der Obstbäume bogen sich unter der Last der neuen Äpfel und Granatäpfel, und die hellgrünen jungen Feigen lugten unter dem Laub hervor. Die Leute ernteten sie schon; neue Feigen blieben nie lange an den Bäumen. Schwerfällig bewegte sich der Pilgerzug über den Kamm der Hügel, die den See umgaben, und Maria konnte noch einen letzten Blick auf das Gewässer werfen, ehe es den Blicken entschwand.

Auf Wiedersehen, Harfensee!, sang sie bei sich. Sie verspürte keinen Abschiedsschmerz, nur freudige Erwartung dessen, was vor ihr lag. Sie waren unterwegs, die Landstraße rief sie, und bald würden alle Berge, die Maria schon seit frühester Kindheit kannte, verschwunden sein, und an ihre Stelle würden Dinge treten, die sie noch nie gesehen hatte. Wie wundervoll das sein würde – wie ein außergewöhnliches Geschenk, eine Schachtel mit glitzernden neuen Dingen!

Bald kamen sie auf die breite Straße, die Via Maris – eine der wichtigen Hauptstraßen, die das Land seit Urzeiten durchzogen. Hier war viel Verkehr; jüdische Händler drängten sich zwischen hageren, falkenäugigen Nabatäern auf ihren Kamelen, und man sah babylonische Geschäftsleute in seidenen Gewändern und mit goldenen Ohrringen, die in Marias Augen schmerzhaft schwer aussahen. Zahlreiche Griechen mischten sich unter die Pilger auf dem Weg nach Süden. Aber es gab eine Sorte von Reisenden, zu denen alle anderen großen Abstand hielten: Römer.

Maria erkannte die Soldaten an ihren Uniformen mit diesen seltsamen, mit Lederstreifen besetzten Röcken, die die stämmigen, behaarten Beine frei ließen. Gewöhnliche Römer waren schwerer zu erkennen. Aber die Erwachsenen hatten keine Mühe, sie zu identifizieren.

»Ein Römer!«, zischte ihr Vater und winkte sie hinter sich, als ihnen ein unauffälliger Mann entgegenkam. Obwohl auf der Straße großes Gedränge herrschte, sah Maria, dass niemand ihn anstieß. Im Vorbeigehen war es, als drehe er den Kopf und schaue sie beinahe neugierig an. Sie lächelte sanft zurück.

»Woher weißt du, dass es ein Römer war?«, fragte sie dann eifrig.

»Es sind die Haare«, erklärte ihr Vater. »Und dass er so glatt rasiert ist. Ich gebe allerdings zu, der Mantel und die Sandalen könnten auch einem Griechen oder einem anderen Ausländer gehören.«

»Es ist der Ausdruck in ihrem Blick«, sagte ihre Mutter plötzlich. »Der Blick eines Menschen, dem alles gehört, was er sieht.«

Sie gelangten auf eine verlockende, weite Ebene. Vereinzelte Bäume warfen Schattentümpel, die Kühlung versprachen; die Sonne stand jetzt fast senkrecht am Himmel. Zu beiden Seiten der Straße ragten einzelne Berge empor: links der Berg Tabor, rechts der Berg More.

Als sie sich den Flanken des Berges More näherten, erschien Silvanus plötzlich neben ihr und deutete unbestimmt hinüber. »Hüte dich vor der Hexe!«, neckte er sie. »Vor der Hexe von Endor.«

Als Maria ihn verständnislos anschaute, sagte er in vertraulichem Ton: »Die Hexe, zu der König Saul ging, um Samuels Geist heraufzubeschwören. Dort hat sie gewohnt. Man sagt, es spukt hier immer noch. Ja, wenn du uns verlässt und dich dort unter einen Baum setzt und wartest … wer weiß, was für ein Geist da heraufbeschworen werden könnte?«

»Ist das wahr?«, fragte Maria. »Sag's mir, und mach dich nicht über mich lustig.« Es war eine ehrfurchterregende Vorstellung, dass jemand Geister heraufbeschwören konnte, vor allem die Geister von Leuten, die schon gestorben waren.

Sein Lächeln verblasste. »Ich weiß nicht, ob es wirklich wahr ist«, gab er zu. »Es steht in den heiligen Schriften, aber …« Er zuckte die Achseln. »Da steht auch, dass Samson tausend Mann mit einem Eselskiefer erschlagen hat.«

»Woran würde ich einen Geist denn erkennen?« Maria ließ sich von dem Eselskiefer nicht ablenken.

»Es heißt, du erkennst ihn an der Angst, die er dir einflößt«, sagte Silvanus. »Im Ernst, wenn du je einen siehst, würde ich dir raten, in die entgegengesetzte Richtung davonzulaufen. Das Einzige, was alle wissen, ist, dass sie gefährlich sind. Sie wollen uns in die Irre führen und zerstören. Vermutlich hat Mose deshalb jeden Umgang mit ihnen verboten.« Erneut gab er sich skeptisch. »Falls er das wirklich getan hat.«

»Warum sagst du das immer wieder? Glaubst du nicht, dass es wahr ist?«

»Oh …« Er zögerte. »Doch, ich glaube, dass es wahr ist. Und wenn es auch streng genommen nicht stimmt, dass Mose es gesagt hat, so ist es doch ein guter Gedanke. Das meiste von dem, was Mose gesagt hat, ist ein guter Gedanke.«

Maria lachte. »Manchmal hörst du dich an wie ein Grieche.«

»Wenn Grieche zu sein bedeutet, sorgfältig über die Dinge nachzudenken, dann wäre ich stolz, so genannt zu werden.« Jetzt lachte auch er.

Und weiter ging es, an anderen Bergen vorbei, deren Ruhm beträchtlicher war als ihre eigentliche Größe. Der Gilboa zur Linken, wo Saul seine letzte Schlacht schlug und im Kampf gegen die Philister unterging. Und weit zur Rechten, jenseits der Ebene: Meggido, das aufragte wie ein Turm, und dort würde die Schlacht am Ende der Welt stattfinden.

Der Berg Gilboa lag nicht weit hinter ihnen, als sie die Grenze nach Samaria überschritten. Samaria! Maria umklammerte die Zügel ihres Esels und presste die Schenkel an seine Flanken. Gefahr! Gefahr! War es hier wirklich gefährlich? Wachsam schaute sie sich um, aber die Landschaft sah genauso aus wie die, aus der sie gerade kamen – die gleichen steinigen Höhen, die staubigen Ebenen, die einsamen Bäume. Man hatte ihr erzählt, es gebe Banditen und Rebellen, die sich in den Höhlen in der Nähe von Magdala versteckten, aber in der Nähe ihres Hauses hatte sie noch nie einen gesehen. Aber jetzt hoffte sie, wenigstens irgendetwas zu sehen, denn sie wagten sich doch auf feindliches Gebiet.

Lange brauchten sie nicht zu warten. Sie waren nicht weit gekommen, als eine Schar johlender Halbwüchsiger am Straßenrand sie mit Steinen bewarf und mit tiefen, gutturalen Stimmen endlose Schmähungen ausstieß. »Hunde … Dreck von Galiläa … Verdreher der heiligen Bücher Mosis …« Ein paar von ihnen spuckten. Marias Eltern schauten entschlossen geradeaus und taten, als sähen und hörten sie nichts, was die Jungen noch provozierte.

»Seid ihr taub? Dann nehmt das!« Und sie bliesen markerschütternde Fanfaren mit einem Widderhorn und gaben schrille, unmenschlich klingende Pfiffe von sich. Ihr Hass hing bebend in der Luft. Dennoch schauten die Galiläer sie nicht an und erwiderten auch die Beschimpfungen nicht. Maria saß zitternd auf ihrem Esel, als sie einmal fast auf Armeslänge an eine Gruppe von Schreiern herankam. Aber zum Glück waren sie schließlich an ihnen vorbei; die Halbwüchsigen gerieten außer Sichtweite, und dann konnte man sie auch nicht mehr hören.

»Das war ja schrecklich!«, rief Maria, als sie wieder gefahrlos einen Laut von sich geben konnte. »Warum hassen sie uns so sehr?«

»Das ist eine uralte Fehde«, sagte ihr Vater. »Zu unseren Lebzeiten wird sich daran wahrscheinlich auch nichts mehr ändern.«

»Aber warum? Wie ist es denn dazu gekommen?« Maria blieb hartnäckig.

»Das ist eine lange Geschichte«, sagte ihr Vater müde.

»Ich werde sie dir erzählen«, versprach Silvanus und ging mit schnellen Schritten neben dem Esel her. »Du kennst doch König David, oder? Und König Salomo?«

»Aber natürlich«, sagte sie stolz. »Der eine war der größte Soldatenkönig, den wir je hatten, und der andere der weiseste.«

»Er war nicht weise genug, um einen besonders weisen Sohn zu haben«, antwortete Silvanus. »Sein Sohn machte seine Untertanen so zornig, dass zehn der zwölf Stämme Israels sich vom Königreich lösten und im Norden ihr eigenes Reich begründeten. Sie erwählten sich einen General zum König – Jerobeam.«

Jerobeam. Von dem hatte sie gehört, und was es auch gewesen war, es war nichts Gutes.

»Da die Menschen im Nordreich den Tempel von Jerusalem nicht mehr aufsuchen konnten, ließ Jerobeam neue Altäre für sie errichten und goldene Kälber darauf stellen, die sie anbeten sollten. Gott gefiel das nicht, und so bestrafte er sie, indem er die Assyrer sandte, damit sie ihr Land zerstörten und sie in die Gefangenschaft führten. Und das war das Ende von zehn der zwölf Stämme Israels. Sie verschwanden einfach in Assyrien und kamen nie zurück. Leb wohl, Ruben; leb wohl, Simeon, lebt wohl, Dan und Ascher …«

»Aber Samaria ist doch jetzt nicht leer«, sagte Maria. »Wer sind die abscheulichen Leute, die uns angeschrien haben?«

»Die Assyrer haben Heiden hergebracht, die sich hier ansiedeln sollten!«, rief Eli, der das Gespräch mitgehört hatte. »Sie haben sich mit den paar Juden vermischt, die zurückgeblieben waren, und brachten diese grässliche Mischung aus dem wahren Glauben Mosis und ihrem Heidentum zustande. Ein Gräuel!« Sein Gesicht verzog sich vor Abscheu. »Und sag mir nicht, sie hatten keine Wahl!«

Maria zog den Kopf ein. Sie hatte nicht vorgehabt, ihm dergleichen zu sagen.

»Jeder Mensch hat eine Wahl«, fuhr er fort. »Etliche Angehörige dieser zehn Stämme waren loyal gegen Jerusalem. Deshalb wurden sie nicht bestraft und nach Assyrien verschleppt. So war es mit unserer Familie. Wir waren – wir sind! – vom Stamme Naphtali. Aber wir haben unseren Glauben bewahrt!« Seine Stimme war schrecklich laut geworden, und er schien wütend zu sein. »Und diesen Glauben müssen wir hüten!«

»Ja, Eli«, sagte sie folgsam. Und sie fragte sich, wie sie das anstellen würde.

»Dort hinten« – er deutete nach Süden –, »auf ihrem besonderen Berg Garizim, da vollziehen sie ihre ketzerischen Riten!«

Ihre Frage war immer noch nicht beantwortet, und so stellte sie sie noch einmal. »Aber warum hassen sie *uns*?«

Silvanus deutete mit dem Kopf auf seinen Bruder. »Weil wir *sie* hassen und weil wir es so offensichtlich tun.«

Der Rest des Tages verlief ruhig. Wenn sie an Feldern und kleinen Dörfern vorbeikamen, stellten die Leute sich an den Straßenrand und starrten sie an, ohne sie indessen zu beschimpfen oder zu versuchen, ihnen den Weg zu versperren.

Die Sonne wanderte an Marias linker Schulter vorbei und begann ihren Abstieg. Die kleinen Schattenkreise unter den Bäumen am Wegrand, mittags bescheidene kleine Röcke, erstreckten sich jetzt wie die Schleppe eines Prinzengewandes weit über die Stämme hinaus.

Vor ihnen wurde die Karawane langsamer; man hielt Ausschau nach einem Lagerplatz für die Nacht. Sie brauchten genug Tageslicht, um eine sichere Stelle zu finden, und mit dem Wasser würde es wahrscheinlich schwierig werden.

Brunnen waren immer ein Problem; zunächst einmal war es schwer, einen zu finden, der groß genug war, um einer so zahlreichen Reisegesellschaft genug Wasser zu bieten, und dann musste man mit der Feindseligkeit der Eigentümer rechnen. Bei Brunnenstreitigkeiten kamen Leute zu Tode. Es war kaum wahrscheinlich, dass die Samariter die Reisenden an ihren Brunnen willkommen heißen und ihnen Eimer reichen würden: »Trinkt, so viel wie ihr wollt, und lasst auch eure Tiere saufen.«

Die Führer der Karawane hatten eine weite, ebene Fläche abseits der Straße ausgesucht, wo es mehrere Brunnen gab. Es war ein idealer Platz – vorausgesetzt, sie durften ihn in Frieden genießen. Im Augenblick waren nur wenige Leute dort, und die Galiläer konnten ungehindert ihre Zelte aufschlagen, ihre Packtiere tränken und Wasser für den eigenen Gebrauch holen. Als alle sich niedergelassen hatten, wurden ringsum Wachen aufgestellt.

Das Lagerfeuer knisterte und spuckte, wie Maria es gern hatte.

Es bedeutete, dass das Feuer eine Persönlichkeit hatte und mit ihnen zu sprechen versuchte. Zumindest hatte sie es sich so immer vorgestellt. Das große Zelt aus Ziegenhaar bot Platz für sie alle, und auch das hatte sie gern. Es war schön, um das Feuer herum zu sitzen und zu wissen, dass alle im selben Kreis waren.

Als sie sie jetzt anschaute – ihren hübschen Bruder Eli und ihren weniger hübschen, aber faszinierenden Bruder Silvanus –, überkam sie plötzlich die Befürchtung, dass einer von ihnen im nächsten Jahr *verheiratet* sein und vielleicht sogar ein Kind haben könne. Dann würde er nicht mehr im Familienzelt, sondern in seinem eigenen sitzen. Das gefiel ihr nicht. Sie wollte, dass alles blieb, wie es war, dass sie alle zusammenblieben, für immer und ewig, und einander beschützten. Diese kleine Familie, diese kleine Gemeinschaft, so stark und so tröstlich, musste für alle Zeit bestehen bleiben. Und im kühlenden Dämmerlicht des samaritischen Frühlings fühlte es sich an, als könnte es so sein.

Dunkle Nacht. Maria hatte, wie ihr schien, lange Zeit geschlafen, eine dicke Decke unter sich, ihren warmen Mantel über sich. Das geräumige Zelt beschützte sie alle, und draußen vor der Zeltklappe glomm die Glut eines kleinen Wachfeuers langsam und sacht wie der Atem eines Drachens. Dann plötzlich war sie hellwach, und es war eine eigentümliche Art Wachheit, wie ein sehr deutlicher Traum. Sie hob langsam den Kopf und sah sich um; alles war undeutlich im matten Licht, aber sie hörte die anderen neben sich atmen. Sie hatte Herzklopfen, aber sie konnte sich nicht erinnern, schlecht geträumt zu haben. Warum war sie so aufgeregt?

Schlaf weiter!, sagte sie sich. Schlaf weiter! Schau doch, draußen ist es noch ganz dunkel. Man kann alle Sterne sehen.

Aber sie war hellwach und zittrig. Sie warf sich hin und her und versuchte eine bequeme Lage zu finden; sie drehte sich auf der Decke um und verschob das zusammengerollte Tuch, das ihr als Kopfkissen diente. Und während sie noch mit der Decke kämpfte, um sie glatt zu ziehen, stießen ihre Hände auf eine Unebenheit unter ihrem Kissen. Sie spürte scharfe Kanten. Neugierig betastete sie den Gegenstand. Er fühlte sich nicht an wie ein Stein; er war kleiner und feiner, aber es war keine Pfeilspitze oder eine Sichel oder sonst etwas Metallenes. Sie scharrte ein bisschen mit den Fingern und spürte Kanten. Neugieriger geworden, benutzte sie das harte Ende ihres Sandalenriemens als Schaufel, um den Gegenstand auszugraben. Als sie ihn schließlich aus dem Boden gewühlt hatte, sah sie, dass es etwas Geschnitztes war. Hell und zu leicht für einen Stein. Sie hielt es in die Höhe und drehte es hin und her, aber sie konnte nicht erkennen, was es war. Sie würde bis zum Morgen warten müssen.

Und plötzlich, beinahe wie durch ein Wunder, schlief sie fest ein.

Das Tageslicht flutete über den Himmel im Osten, und Maria erwachte blinzelnd. Ihre Familie war schon auf den Beinen und faltete Decken und Zelt zusammen. Sie fühlte sich so zerschlagen, als hätte sie überhaupt nicht geschlafen. Als sie ihren Mantel zurückschlug, merkte sie, dass sie etwas in der Hand hatte. Einen Moment lang war sie verwirrt; sie hielt es sich vors Gesicht und machte schmale Augen.

Es war noch ein wenig mit Erde bedeckt – wie eine schöne Frau, deren Nacktheit durch einen Schleier verhüllt ist. Aber durch diese stumpfe Schicht schimmerte ein Gesicht, ein Gesicht von erlesener Schönheit.

Ein Götzenbild!

Und wie ihr Vater gesagt hatte: Sie erkannte es, ohne je zuvor eines gesehen zu haben.

»Und du musst ihm aus dem Weg gehen«, hatte er gemahnt.

Aber sie konnte den Blick nicht abwenden. Das Ding zog sie an, zwang sie hinzuschauen. Die verträumten Augen, halb geschlossen, die vollen, sinnlichen Lippen, im Lächeln leicht geschwungen, das dichte Haar zurückgebunden, sodass es einen schlanken Hals entblößte, fein wie ein Zepter aus Elfenbein …

Elfenbein. Ja, das war es, woraus dieses … Idol … geschnitzt war. Es war vergilbt und hatte sogar ein paar braune Flecken, aber es war Elfenbein, sahnehell und beinahe durchscheinend. Deshalb war es so leicht und zart, und selbst die harten Kanten waren nicht scharf.

Wer bist du?, fragte Maria und schaute in die Augen des Bildnisses. Wie lange warst du hier vergraben?

Ihr Vater stieg über die Satteltaschen neben ihr, und hastig verbarg sie die Hand unter der Decke.

»Zeit zum Aufbruch«, sagte er munter und beugte sich über sie. Maria öffnete die Augen wieder und tat, als sei sie eben aufgewacht.

Während sie neben dem Esel einherstapfte – heute ritt ihre Mutter ihn –, betastete Maria immer wieder ihren neuen Schatz. Sie hatte die Figur in den langen Tuchstreifen geschoben, den sie als Gürtel um den Leib geschlungen hatte. Sie wusste, sie hätte das Schnitzwerk auf der Stelle ihrem Vater zeigen sollen, aber das wollte sie nicht. Sie wollte es behalten und wusste, dass er sie zwingen würde, es wegzuwerfen, wahrscheinlich mit einem Fluch.

Sie hatte das Gefühl, dass sie es beschützen musste.

Diesmal mussten sie zur Mittagsstunde, als die Sonne am heißesten brannte, einen Umweg um einen von Samaritern bewachten Brunnen machen. Wieder kam es zu Drohungen und Verhöhnungen, und die Pilger waren bemüht, sie zu ignorieren. Es war gut, dass sie dort, wo sie übernachtet hatten, freien Zugang zu den Wasserstellen gehabt hatten. Nur noch eine Nacht mussten sie in Samaria verbringen, nur noch einmal einen Brunnen finden.

»Wenn man bedenkt, dass unsere Vorfahren diese Brunnen gegraben haben – und jetzt dürfen wir nicht einmal daraus trinken!«, murrte Eli. »Das ganze Land ist übersät von Brunnen, die mit Fug und Recht uns gehören.«

»Sei friedlich, Eli!«, sagte Nathan. »Eines Tages wird das alles vielleicht seinen rechtmäßigen Eigentümern zurückgegeben werden. Oder die Samariter werden zum wahren Glauben zurückkehren.«

Eli machte ein angewidertes Gesicht. »Ich weiß von keiner Schrift, die das prophezeit.«

»Oh, ich bin sicher, irgendwo wird es sich finden«, sagte Silvanus, der sich heute Morgen in der Nähe seiner Familie hielt. »Anscheinend findet sich ja alles. Verheißungen gibt es in reicher Fülle, vom Messias bis zu den Wasserverhältnissen. Das Problem liegt nur in ihrer Deutung. Mir scheint, Jahwe wollte nicht, dass seine Botschaften für die Gläubigen allzu leicht verständlich sind.«

Eli holte zu einer Erwiderung aus, aber plötzlich kam vorn Unruhe auf, und die Karawane hielt an. Nathan wandte sich ab und eilte nach vorn. Aber es sprach sich schneller herum, was geschehen war, als er gehen konnte.

Götzenbilder! Ein ganzes Lager von Götzenbildern!

Im Handumdrehen verwandelte sich die Karawane in eine wimmelnde Menge, denn alles strömte nach vorn, um sie zu sehen. Die Leute waren in höchster Aufregung – denn wer unter ihnen hatte schon ein solches altes Götzenbild tatsächlich *gesehen*? Es gab natürlich die modernen römischen, aber nur in heidnischen Städten wie Sepphoris in Galiläa, in die sich nur wenige der Pilger je gewagt hatten.

Aber alte Götzen! Die aus der Legende, gegen die die Propheten gewettert hatten und die erst das Nordreich Israels und nachher das Schwesterreich Juda in den Untergang und ins Exil geführt hatten. Schon ihre Namen riefen Furcht hervor: Baal. Astarte. Moloch. Melkart. Baal-Sebul.

Ein Rabbi aus Betsaida stand vor einem Felsen, der am Straßenrand aus der Erde wuchs. Zwei seiner Gehilfen wühlten in einem schmalen Spalt und zerrten eingewickelte Bündel heraus. Etliche davon lagen bereits auf dem Boden, aufgereiht wie tote Krieger.

»Der Verschluss war nicht zu übersehen!«, rief der Rabbi und deutete auf den Stein, der vor der kleinen Höhlenöffnung gelegen hatte.

Warum glaubte er das Recht zu haben, ihn wegzunehmen?, fragte Maria sich.

»Ich wusste, es war etwas Böses!«, verkündete er und beantwortete damit ihre unausgesprochene Frage. »Sie müssen vor langer Zeit versteckt worden sein, in der Hoffnung, dass ihre Anhänger eines Tages zurückkehren und sie an ihre … ihre hohen Stätten, oder wo immer man ihnen diente und sie anbetete, zurückbringen würden. Aber wahrscheinlich sind sie in Assyrien zugrunde gegangen, und das war nur recht so! Wickelt sie aus!«, befahl er seinen Gehilfen unvermittelt. »Wickelt sie aus, damit wir sie zerschlagen und vernichten können! Anstößiges! Götzenbilder! Das Anstößige muss vollständig vernichtet werden!«

Der vergilbte alte Stoff, in den die Idole wie in einen Verband eingewickelt waren, war so mürbe, dass es schwierig war, ihn abzulösen; deshalb zerschnitten der Rabbi und die anderen ihn mit dem Messer. Kleine Tonfiguren kamen zum Vorschein, plumpe Gestalten mit vorquellenden Augen und stockartigen Armen und Beinen.

Maria umklammerte den eigenen Schatz unter dem Gürtel. Ihre Figur war nicht hässlich wie diese dort, sondern schön.

Als der Rabbi einen Knüppel schwang und anfing, die Figuren zu zerschlagen, fragte Maria sich, ob sie ihre nicht auch auf den Haufen werfen sollte. Aber der Gedanke, dass dieses wunderbare Gesicht zerschmettert werden sollte, war zu schmerzlich. Also blieb sie stehen und beobachtete, wie die Trümmer der wehrlosen Götzenbilder ringsum wie ein Regenschauer niederprasselten. Ein winziger abgebrochener Arm landete auf ihrem Ärmel, und sie nahm ihn in die Hand und schaute ihn an. Wie ein winziges Hühnerbein. Es schien sogar Krallen zu haben.

Ohne nachzudenken steckte sie auch das Ärmchen unter ihren Gürtel.

»Wer mögen sie wohl gewesen sein?«, fragte Silvanus obenhin. »Vielleicht waren es kanaanitische Götter. Möglich ist alles.« Wieder prasselten die Splitter der Götzen auf sie herab. »Aber was immer sie waren, sie sind es nicht mehr. Puff – sie sind verschwunden.«

Aber konnte ein Gott verschwinden? Konnte man einen Gott zerstören?, fragte Maria sich.

»›Weh dem, der zum Holz spricht: Wache auf! Und zum stummen Steine: Stehe auf!‹«, rief der Rabbi und schlug in einem letzten meisterlichen Hieb auf die Idole ein. »›Wie sollte es lehren? Siehe, es ist mit Gold und Silber überzogen, und ist kein Odem in ihm.‹« Er hielt inne, ließ seinen Knüppel sinken und nickte befriedigt. Dann deutete er in die Richtung, in der Jerusalem lag, und seine Stimme überschlug sich vor Frohlocken, als er die nächsten Verse des Propheten Habakuk zitierte. »›Aber der Herr ist in seinem heiligen Tempel. Es sei vor ihm still alle Welt!‹« Er hob seinen Knüppel. »Morgen, meine Freunde! Morgen werden wir den heiligen Tempel erblicken! Dank sei Gott, dem Einen und Ewigen Jahwe!«

Und er spuckte auf das, was von den Götzenbildern übrig war.

II

Noch ein Sonnenuntergang, noch ein Nachtlager bis Jerusalem. Als sie sich für die Nacht niederließen, spürte Maria, wie aufgeregt die Erwachsenen waren, weil die Stadt so nah war.

Diesmal war der Boden unter ihrem Lager fest und eben, und nichts deutete darauf hin, dass sich etwas darin verbarg. Sie war ein wenig enttäuscht, als habe sie erwartet, bei jedem Halt in dieser fremdartigen Landschaft etwas Exotisches und Verbotenes zu finden. Vorsichtig hatte sie den Gürtel mit dem Götzenbild losgebunden und bewahrte ihn zusammengerollt unter ihrem Kopf. Sie wagte nicht, die Figur herauszunehmen, wenn so viele Leute dabei waren. Und der kleine abgebrochene Götzenarm blieb auch in seinem Versteck. Aber ihre Gegenwart war ihr die ganze Zeit bewusst, als riefen sie sie und zögen sie zu sich.

Sie kämpfte gegen den Schlaf und fragte sich, was sie im Tempel erwarten mochte. Am Küchenfeuer hatte Eli gesagt: »Wahrscheinlich wird man unsere ganze Karawane durchsuchen, nur weil wir Galiläer sind.«

»Ja, und vermutlich werden zusätzliche Wachen im Tempel sein«, sagte Nathan. »Und zwar viele.«

Anscheinend hatte es dort kürzlich Unruhe gegeben wegen irgendeines Rebellen aus Galiläa.

»Judas, der Galiläer, und seine Banditen!«, sagte Silvanus. »Was wollte er nur mit seiner Rebellion erreichen? Wir stehen unter der Knute der Römer, und wenn sie beschließen, uns zu besteuern, dann können wir nichts dagegen tun. Er und sein lächerlicher Widerstand machen die Lage für uns Übrige nur noch schwerer.«

»Dennoch …« Eli kaute gemächlich, bevor er seinen Gedanken zu Ende führte. »Manchmal kann das Gefühl von Hoffnungslosigkeit und Hilflosigkeit überwältigend werden, und dann kann es notwendig sein, irgendetwas zu unternehmen, sei es auch vergebens.«

»Während des Festes wird es in Jerusalem ruhig bleiben«, meinte Silvanus. »O ja. Dafür werden die Römer schon sorgen.« Er schwieg kurz. »Du bist froh, dass wir unseren netten jungen König Herodes Antipas haben, der im guten alten Galiläa über uns wacht, nicht wahr?«

Eli schnaubte.

»Na, Jude ist er ja«, sagte Silvanus, aber sein Ton verriet Maria, dass er das Gegenteil meinte.

»Die schlechte Imitation eines Juden, wie sein Vater!« Eli hatte den Köder geschluckt. »Der Sohn einer Samariterin und eines Indumäers! Ein Nachkomme Esaus! Wenn man sich vorstellt, dass wir gezwungen sind, so zu tun, als wäre …«

»Still«, warnte Nathan. »Sprich nicht so laut außerhalb der Mauern unseres eigenen Hauses.« Er lachte, um einen Scherz aus der Sache zu machen. »Aber wie kannst du sagen, sein Vater war kein guter Jude? Hat er uns nicht einen prächtigen Tempel gebaut?«

»Das war gar nicht nötig«, fauchte Eli. »Der alte war gut genug.«

»Für Gott vielleicht«, sagte Nathan zustimmend. »Aber die Menschen wollen, dass ihre Götter ebenso prachtvoll hausen wie ihre Könige. Gott will sowohl mehr als auch weniger, als wir ihm für gewöhnlich zu geben bereit sind.«

Tiefe Stille senkte sich herab, als allen klar wurde, wie viel Wahrheit in dieser beiläufigen Bemerkung steckte.

»Maria, sag uns, was es mit dem Wochenfest auf sich hat«, befahl Eli und brach das Schweigen. »Um es zu feiern, gehen wir schließlich nach Jerusalem.«

Dass er die Aufmerksamkeit auf diese Weise auf sie lenkte, brachte sie in Bedrängnis. Jeder andere hätte die Frage besser beantworten können als sie. »Es ist … es ist eins der drei großen Feste, die unser Volk begeht«, sagte sie.

»Ja, aber *was* für ein Fest ist es?« Eli ließ nicht locker und schaute sie an wie ein Prüfer.

Ja, was für ein Fest war es? Es ging darum, dass das Korn reif war und dass soundso viele Tage seit dem Passahfest vergangen waren … »Es ist fünfzig Tage nach Passah«, sagte Maria und versuchte sich zu erinnern. »Und es hat etwas damit zu tun, dass das Getreide reif ist.«

»Welche Sorte Getreide?«

»Eli, hör auf«, sagte Silvanus. »Das hättest selbst du mit sieben noch nicht gewusst.«

»Gerste … oder Weizen, glaube ich.« Maria musste raten.

»Weizen! Und wir opfern Gott die erste Ernte«, sagte Eli. »Darum geht es. Die Opfergaben werden im Tempel vor ihm aufgehäuft.«

»Und was macht er damit?« Maria stellte sich vor, wie ein großes, alles verschlingendes Feuer ausbrach und Gott die Gaben damit verzehrte.

»Nach dem Ritual werden sie den Gläubigen zurückgegeben.«

Oh. Wie enttäuschend. Sie machten diese weite Reise also nur, um ein bisschen Getreide in den Tempel zu legen, das ihnen nachher unberührt zurückgegeben werden würde? »Aha«, sagte sie schließlich. »Aber wir bauen kein Getreide an«, gab sie zu bedenken. »Vielleicht hätten wir Fisch mitbringen sollen? Den Fisch, den wir einsalzen?«

»Es ist ein Symbol«, sagte Eli knapp.

»Der Tempel«, sagte Silvanus. »Vielleicht ist es besser, wenn wir uns darüber unterhalten. Es ist einfacher.«

Und während die Sonne verschwand und ihre warmen Strahlen von ihren Schultern nahm, sprachen sie über den Tempel. Wie wichtig er für das jüdische Volk war. Dass es der dritte war, den man dort errichtet hatte, nachdem die beiden ersten zerstört worden waren. Ja, er war so wichtig, dass er das Erste war, was die Menschen nach der Rückkehr aus der babylonischen Gefangenschaft fünfhundert Jahre zuvor erbaut hatten.

»Das Volk ist der Tempel, und der Tempel ist das Volk«, sagte Nathan. »Ohne ihn können wir als Volk nicht existieren.«

Was für ein erschreckender Gedanke: dass es ein Gebäude geben musste, damit die Juden existieren konnten. Maria lief ein Schauer über den Rücken. Was würde geschehen, wenn er zerstört würde? Aber das würde gewiss niemals passieren. Gott würde es nicht zulassen.

»Unser Vorfahr Huram war ein Arbeiter in Salomos Tempel«, erzählte Nathan. Er nestelte an seinem Hals, zog einen kleinen Granatapfel aus Messing an einer Kordel hervor und nahm ihn ab. »Den hat er gemacht«, sagte er und reichte ihn Silvanus, der ihn mit nachdenklicher Miene betrachtete, bevor er ihn an Eli weitergab.

»Oh, er hat noch viele andere Dinge gemacht, große Dinge – bronzene Säulen und Kapitelle, die er in riesigen Tonformen goss –, aber das hier hat er für seine Ehefrau gemacht. Vor tausend Jahren. Wir haben es seitdem gehütet und einander weitergereicht. Wir haben es sogar mit nach Babylon genommen und wieder zurückgebracht.«

Als der Granatapfel bei Maria angelangt war, hielt sie ihn ehrfurchtsvoll in der Hand. Er erschien ihr wie etwas unermesslich Heiliges, schon weil er so alt war.

Mein Ur-ur-ur … mein vielfacher Urgroßvater hat das gemacht, mit seinen *eigenen* Händen, dachte sie. Seine Hände, die jetzt Staub waren.

Sie hielt ihn hoch, ließ ihn langsam an der Kordel kreisen. Das schwindende Licht spielte auf seiner Oberfläche, auf dem runden Körper der Frucht und an den vier gegabelten Vorwölbungen an der Spitze, die den Stiel darstellten. Er hatte die Gestalt des Granatapfels eingefangen und sie gleichzeitig in ihrer perfekten Form wiedergegeben, symmetrisch und ideal.

Sie wagte nicht, in seiner Gegenwart zu atmen, und so reichte sie ihn ihrem Vater zurück. Er hängte ihn sich wieder um den Hals und barg ihn an seiner Brust.

»Ihr seht also, unsere Pilgerreise ist keine Kleinigkeit«, sagte er schließlich und klopfte mit der flachen Hand auf sein Gewand, unter dem der Talisman ruhte. »Wir unternehmen sie im Namen Hurams und der letzten tausend Jahre.«

Früh im Morgengrauen wurden die Nachbarzelte abgerissen, die Packtiere beladen, und Mütter riefen nach ihren Kindern. Als Maria aufwachte, hatte sie das merkwürdige Gefühl, als sei sie tatsächlich schon im Tempel gewesen, und sie glaubte sich an

Reihen von Statuen zu erinnern, an Göttinnen … in einem Hain mit hohen Bäumen, deren dunkelgrüne Wipfel sich sanft im Wind wiegten. Der Tempel rief sie, aber das Rascheln des Windes im Zypressenhain tat es auch.

Bald waren sie wieder unterwegs. Die Karawane bewegte sich kraftvoll voran, als seien sie eben erst aufgebrochen und nicht schon seit drei Tagen unterwegs. Jerusalem zog sie in seinen Bann.

Am späten Nachmittag hatten sie eine der Anhöhen erreicht, die einen Blick auf die Heilige Stadt eröffneten, und die ganze Karawane hielt an, um hinunterzuschauen. Dort unten lag Jerusalem, und seine Steine leuchteten braun und golden in der Abendsonne. Von Mauern umschlossen, hob und senkte sich die Stadt mit dem Land, auf dem sie stand. Hier und dort sah man weiße Flecken, wo Marmorpaläste inmitten der Kalksteinhäuser standen, und auf einem flachen Plateau erhob sich in gold-weißer Pracht der Tempel mit seinen Bauten.

Andächtiges Schweigen senkte sich herab. Maria war zu klein, um den Rausch der religiösen Ehrfurcht zu verspüren, der die Älteren erfasst hatte; sie sah nur das reine Weiß des Tempels und das goldene Licht, das mit langen Fingern vom Himmel herab nach der Stadt griff, anders als alles, was sie je gesehen hatte.

Weitere Gruppen versammelten sich auf der Anhöhe. Auch ein paar geschmückte Karren mit den symbolischen Opfern der ersten Früchte aus Städten, die in diesem Jahr keine Pilger schicken konnten, standen dort beieinander. Sie waren beladen, wie die Überlieferung es befahl: Zuunterst lag Gerste, darüber Weizen und Datteln, darauf Granatäpfel, dann Feigen und Oliven, und das Ganze war von Weintrauben gekrönt. Schon bald würden sie rumpelnd nach Jerusalem hineinrollen und den Priestern übergeben werden.

»Ein Lied! Ein Lied!«, rief jemand. »Lasst uns singen vor Freude, dass wir zu Gott und seinem heiligen Tempel kommen dürfen!«

Und sogleich stimmten tausend Stimmen die Psalmen an, die sie so gut kannten, die Psalmen, die den Gang nach Jerusalem priesen:

»Unsre Füße stehen in deinen Toren, Jerusalem.
Jerusalem ist gebaut, dass es eine Stadt sei, da man zusammenkommen soll,
Da die Stämme hinaufgehen, die Stämme des Herrn,
wie geboten ist dem Volk Israel, zu danken dem Namen des Herrn.
Wünschet Jerusalem Glück! Es möge wohlgehen denen, die dich lieben!
Es möge Friede sein in deinen Mauern und Glück in deinen Palästen!«

Eifrig Palmwedel schwenkend, stiegen sie den letzten Hang hinunter, auf Jerusalem zu. Die Mauern und das Tor, durch das sie eintreten würden, ragten vor ihnen auf.

Der Tumult schien sich zu vervielfachen, als die einzelnen Gruppen sich der Stadt näherten; die Reihen schwollen an, und die Menschen wurden dichter zusammengedrängt. Es war eine glückliche, heitere Menge, vorangetrieben von einer Mischung aus Ehrfurcht und Inbrunst. Vor ihnen holperten Karren den Berg hinunter, und Wallfahrtsgesänge stiegen empor, von klingenden Zimbeln und dröhnenden Tamburins begleitet. Das große Nordtor stand offen. Bettler und Aussätzige drängten sich dort und jammerten und heulten nach Almosen, aber die heranflutenden Massen erdrückten sie fast.

Maria sah ein paar römische Reitersoldaten, die abseits standen und alles wachsam beobachteten, jederzeit auf Unruhe gefasst. Ihre Helmbüsche sahen wild aus vor dem strahlend blauen Himmel.

Der Pilgerzug kroch nur noch wie eine Schildkröte voran, als er am Tor anlangte. Die Mutter hielt Maria dicht bei sich, als das Gedränge immer heftiger wurde. Es wurde ungeheuer eng – und dann hatten sie das Tor hinter sich und waren in Jerusalem. Aber sie hatten keine Zeit, stehen zu bleiben und bewundernd umherzuschauen, denn die nachfolgenden Massen schoben sie weiter.

»Aah«, seufzten die Menschen um sie herum, von Staunen erfasst.

In dieser Nacht lagerten sie vor den Stadtmauern, zusammen mit Tausenden von anderen Pilgern, die wie eine zweite Mauer fast die ganze Stadt umgaben. So war es an allen großen Festtagen; manchmal drängte eine halbe Million Wallfahrer in die Stadt, die unmöglich allen Herberge bieten konnte. Und so wuchs ringsherum ein zweites Jerusalem aus dem Boden.

Aufgeregtes Lachen, Gesang und Stimmengewirr hallte von anderen Zelten und Lagerfeuern herüber. Die Leute besuchten einander und hielten Ausschau nach Verwandten oder Freunden aus anderen Dörfern. Die Juden aus dem Ausland, die weite Reisen gemacht hatten, um im Tempel zu beten, kamen aus ihren fremdartigen Zelten hervor: aus Kuppelzelten, seidenen Pavillons und solchen mit Fransen über dem Eingang. Einige von ihnen lebten schon seit zehn Generationen nicht mehr im Land ihrer Vorfahren, und dennoch betrachteten sie den Tempel als ihre geistige Heimat.

Maria schloss die Augen und versuchte zu schlafen. Aber das war nicht so leicht, wenn ringsum ein großes Fest im Gange war.

Statt von Jerusalem träumte sie wiederum von dem geheimnisvollen Hain mit den Bäumen und den Statuen darin. Das Weiß der Statuen auf ihren Marmorsockeln war sichtbar im Mondschein ihres Traums, schwebte wie Schaum auf einer Meereswelle. Das Raunen der Bäume, die Pracht des mondbeschienenen Marmors, die Verheißung verlorener Geheimnisse – das alles kreiste durch ihren Schlaf.

Es war noch dunkel, als sie aufstanden und sich anschickten, wieder in die Stadt zurückzukehren, diesmal, um den Festtag zu begehen. Maria war so neugierig auf den Tempel, dass sie beinahe zitterte.

Heute, am eigentlichen Tag des Festes, war das Gedränge noch dichter. Ströme von Menschen verstopften die Straßen und drückten so machtvoll gegen die Mauern der Häuser, dass es fast schien, als könnten sie die Steine beiseite schieben. Und es waren so wunderlich aussehende Pilger darunter: Leute aus Phrygien, die unter ihren schweren Ziegenwollmänteln schwitzten, andere aus Persien in goldbrokatverzierter Seide, Phönizier in Tunika und gestreifter Hose, Babylonier in ihren düsteren schwarzen Gewändern. Zwar drängten alle eifrig dem Tempel zu, aber sie machten weniger einen frommen als vielmehr einen gierigen Eindruck – als gäbe es dort oben etwas, das sie verschlingen wollten.

Zugleich mischten sich die widerstreitenden Geräusche der Stadt miteinander. Die Rufe der Wasserverkäufer – die jetzt sicher sein konnten, gute Geschäfte zu machen –, der Gesang der Pilger, das Geschrei der Straßenhändler, die billigen Schmuck und Kopfbedeckungen feilboten, und vor allem das Blöken der Opfertiere, die in Herden zum Tempel getrieben wurden, das alles verschmolz zu einem beinahe schmerzhaften Getöse. Irgendwo in der Ferne ertönte die Fanfare der silbernen Tempeltrompeten, die den Beginn des Festes verkündeten.

»Bleib bei uns!«, warnte Marias Vater sie. Ihre Mutter ergriff ihre Hand und zog sie dicht an sich. Beinahe ineinander verflochten, schlurften sie durch die Straßen, vorbei an der gewaltigen römischen Festung Antonia, die wie ein Wachhund vor der Tempelanlage lauerte. Römische Soldaten in voller Rüstung standen dort reihenweise auf den Stufen, die Lanzen einsatzbereit, und beobachteten ungerührt, wie sie vorüberzogen.

Ein solches Fest bedeutete Alarmzustand für die Armee; jegliche Unruhe oder der irregeleitete Versuch irgendeines selbst ernannten Messias, einen Aufstand zu entfachen, war im Keim zu ersticken. Die Schlüsselregionen von Judäa, Samaria und Idumäa unterstanden unmittelbar der römischen Herrschaft. Dazu gehörte Jerusalem, die größte Trophäe von allen. Der römische Prokurator, der sonst am Meer in Cäsarea wohnte, begab sich zu den großen Pilgerfesten widerstrebend hierher.

So kam es, dass der Tempel durch eine römische Festung gesichert wurde und Heiden auf das Heiligtum herabblickten.

Vom Strom der Pilger erfasst, bewegte Marias Familie sich immer schneller voran und wurde bald zum eigentlichen Tempel hinaufgeschwemmt. Hoch erhob sich die heiligste Stätte des Judentums in den Himmel und rief die Gläubigen zu sich. Eine mächtige Mauer aus weißem Marmor umgab das Plateau und die Gebäude, blendend weiß im Licht der Morgensonne. Die Brustwehr an der Ecke, wo die Trompeter standen, galt als höchster Punkt Jerusalems.

»Hier entlang!« Eli riss am Zaumzeug des Esels, und sie wandten sich der großen Treppe zu, die sie auf die Höhe des Tempels führen würde.

Und dann in den heiligen Tempelbezirk, an den strahlenden Ort.

Das ebene Tempelgelände war riesig, und es wäre wohl noch riesiger erschienen, hätten sich die Pilger hier nicht dicht an dicht gedrängt. Herodes der Große hatte das Areal auf das Doppelte seiner natürlichen Größe ausgedehnt, indem er eine gewaltige Stützmauer bauen ließ, als könne er damit die Pracht des Ortes – und des eigenen Namens – verdoppeln. Aber die Abmessungen des Tempels selbst, in dem das Allerheiligste zu Hause war, hatte er unverändert so gelassen, wie Salomo sie festgelegt hatte, sodass der Tempel nun klein wirkte auf der großen Plattform des Herodes.

An Schmuck hatte Herodes nicht gespart – das Gebäude war ein Juwel architektonischen Überschwangs. Goldene Strahlen ragten aus dem Dach und spiegelten das Sonnenlicht wider. Das prunkvolle Bauwerk stand erhöht, sodass die Gläubigen eine Treppe hinaufsteigen mussten, um es zu betreten. Den großen äußeren Hof der Heiden durfte jedermann betreten. Dann kam ein Bereich, der nur Juden offen stand, und an der nächsten Barriere mussten auch die jüdischen Frauen zurückbleiben. Nur männliche Israeliten durften weitergehen. Zum Altar und zu den Opferstätten durften schließlich nur noch Priester emporsteigen, und das eigentliche Heiligtum stand nur denjenigen Priestern offen, die in dieser Woche Dienst taten. Zum Allerheiligsten hatte nur der Hohepriester einmal im Jahr Zutritt. Wenn dort Ausbesserungsarbeiten nötig waren, wurden die Handwerker von oben in einem Käfig hinabgelassen, der verhinderte, dass sie dort irgendetwas erblicken konnten. Das Allerheiligste, der Ort, wo der Geist Gottes in Leere und Einsamkeit wohnte, eine geschlossene Kammer im Herzen des Tempels, in die kein Lichtschimmer drang, fensterlos und mit einem dicken Vorhang verhüllt.

Aber Maria sah nur die endlose Weite der Anlage und das Meer von Leuten, das sie umflutete. Sie stand im äußeren Vorhof, im Hof der Heiden, den auch Ungläubige betreten durften. Große

Herden von Opfertieren – Rinder, Ziegen, Schafe – blökten und brüllten in einer Ecke, und das Gurren und Zwitschern aus den Käfigen mit den billigeren Opfervögeln verlieh dem Lärm eine liebliche Note. Händler brüllten in den überdachten Säulengängen, die sich um das Tempelgelände zogen, und versuchten gestikulierend Kundschaft anzulocken.

»Geldwechsler! Geldwechsler!«, schrie einer. »Kein ungültiges Geld darf in den Tempel gebracht werden! Wechselt hier! Wechselt hier!«

»Verflucht sei der, der verbotenes Geld hereinbringt! Meine Wechselkurse sind besser!«, behauptete ein anderer.

»Bringt sie doch zum Schweigen!«, knurrte Eli und presste sich die Hände an die Ohren. »Gibt es denn keine Möglichkeit, sie zum Schweigen zu bringen? Sie entweihen den Tempel!«

Auf dem Weg zum Tor sah Maria in regelmäßigen Abständen Schrifttafeln in Griechisch und Latein zu beiden Seiten. Wenn sie doch nur lesen könnte! So musste sie Silvanus am Saum zupfen und ihn fragen, was auf den Tafeln stand.

»›Jeder, der hier gefasst wird, wird getötet werden, und er allein wird für seinen Tod verantwortlich sein‹«, übersetzte er. »Es ist für alle Nichtjuden strengstens verboten, dieses Tor zu durchschreiten.«

Waren wirklich Menschen getötet worden, weil sie es versucht hatten? Der Tod als Strafe für Neugier, das kam ihr doch übertrieben vor.

»Wir würden gern glauben, dass Gott ein wenig … aufgeklärter ist als einige seiner Anhänger.« Anscheinend hatte Silvanus ihre Gedanken gelesen. »Ich könnte mir denken, er würde einen Heiden, der neugierig darauf ist, eine andere Art der Anbetung kennen zu lernen, willkommen heißen. Aber das sehen seine Priester anders.« Er nahm Maria bei der Hand, um sie im Gewimmel nicht zu verlieren. »Komm, lass uns hineingehen.«

Ungehindert gelangten sie durch das mächtige Bronzetor in den ummauerten Hof, der genau wie der äußere Vorhof von Säulengängen umgeben war. Kleinere Gebäude standen in den Ecken, aber Maria bemerkte sie nicht – sie bemerkte nur den Tempel oberhalb des Hofes, zu dem eine Reihe von Treppen hinaufführte.

Groß und mächtig erhob er sich dort, das prachtvollste Gebäude, das sie je gesehen oder sich vorgestellt hatte. Der weiße Marmor funkelte in der Morgensonne wie Schnee, und der imposante Türsturz mit dem Goldfries über den massiven Türen erschien ihr wie ein Portal zu einer anderen Welt. Macht strahlte er aus und kündete laut davon, dass der allmächtige Herr, der König der Könige, gewaltiger war als jeder irdische König, als jeder König von Babylon oder Persien oder Assyrien. Und tatsächlich sah der Tempel so aus: wie ein großer Palast für einen orientalischen König.

Bei seinem Anblick kam ihr nichts anderes in den Sinn als die Geschichten und Lieder über Gott, wie er seine Feinde zerschmetterte. Bebende Untertanen sah sie vor sich, die diesem schrecklichen König ihren Tribut entrichteten – so jedenfalls erschienen ihr die Opfertiere, die Gaben und die Weihrauchwolken. Sie kündeten von Angst.

Wer den falschen Hof betrat, konnte getötet werden. Wer die falschen Münzen benutzte, konnte bestraft werden. Und jeden, der sich unerlaubt in das Heiligtum selbst wagte, erwartete eine Strafe, die über den Tod hinausging.

Sie wollte ihrer Gottheit gern Liebe, Besitzerstolz und ehrfürchtige Anbetung darbringen, aber stattdessen war da nur diese Angst.

Eine große Gruppe von levitischen Priestern in makellosen Gewändern stand auf der Treppe, die den Hof der Frauen vom Hof der Israeliten und dem Hof der Priester trennte. Von Flöten begleitet, sangen sie fromme Gesänge von erlesener Schönheit, und unter ihren dunklen Stimmen vernahm man die lieblichen, hohen Stimmen ihrer Kinder, die ebenfalls singen durften.

Andere Priester standen bereit, um die Opfergaben in Empfang zu nehmen und die Tiere über die Rampen zu den Altären zu führen. Die Brote aus neuem Getreide wurden auf flachen Holzspateln dargeboten und in einer besonderen Zeremonie vor dem Herrn geschwenkt. Hinter den Köpfen der Priester sah Maria Rauch von den Altären aufsteigen, wo die Opfergaben im alles verzehrenden Feuer verbrannten. Der durchdringende Duft des Weihrauchs mischte sich mit dem Gestank von verbrennendem Fleisch und Fett, konnte ihn aber nicht überdecken.

Als die Opfer ihrer galiläischen Gruppe – sieben männliche Lämmer, zwei Widder, ein Stier, ein Korb Obst und zwei Brote aus Mehl aus neuem Korn – fortgetragen wurden, hatte Maria plötzlich das Gefühl, sie sollte auch ihren elfenbeinernen Götzenkopf hinzugeben. Sich von ihm befreien, jetzt sofort. War es ein Sakrileg, dass sie ihn hergebracht hatte? Es war fast, als brenne er sich durch den Stoff, unter dem sie ihn verborgen hatte. Aber das war natürlich nur Einbildung.

Wenn ich ihn einmal hergebe, werde ich ihn nie mehr zurückbekommen, dachte sie. Er wird für immer fort sein. Und vielleicht wäre es eine Beleidigung Gottes, wenn ich ihn unter die Opfergaben mische. Also behalte ich ihn schön im Gürtel, und wenn ich wieder zu Hause bin, schaue ich ihn noch einmal an, damit ich ihn nicht vergesse, und werfe ihn weg, bevor mein Vater ihn sieht und mich bestraft.

Maria und ihre Familie drängten sich durch das Haupttor, »das Schöne« genannt, hinaus und durchquerten noch einmal den Hof der Heiden. Es war alles so großartig, so schwindelerregend, so ganz anders als das gewöhnliche Leben. Sie dachte an die Geschichten, die ihr Vater bei den Sabbatfeierlichkeiten erzählte.

»Wenn ich in den Tempel gehen könnte, würde ich dann die Bundeslade sehen und die Steintafeln mit den Zehn Geboten?«, fragte sie Silvanus. »Und was ist mit dem Glas Manna und mit Aarons Stab?«

»Gar nichts würdest du sehen!« Silvanus klang verbittert. So hatte Maria ihn selten gehört. »Das ist alles nicht mehr da. Zerstört, als Salomos Tempel von den Babyloniern zerstört wurde. Es geht natürlich die Legende, dass die Lade irgendwo auf dem Tempelgelände vergraben ist. Natürlich. Wir glauben nie gern, dass wir etwas wirklich und für immer verloren haben.« Inmitten der fröhlichen Pilger ringsumher wirkte er plötzlich traurig. »Aber das haben wir.«

»Und was ist dann da drin?«

»Nichts. Der Tempel ist leer.«

Leer? All diese Gebäude, die ganze Pracht, all die Vorschriften und Gesetze – zu Ehren von nichts? »Das kann nicht sein!«, platzte sie heraus. »Das hätte doch keinen Sinn.«

»Das dachte der römische General Pompejus auch, als er Jerusalem vor fünfzig Jahren eroberte. Also musste er selbst einen Blick hineinwerfen. Und als er sah, dass nichts da war, verstand er die Juden nicht mehr. Unser Gott ist geheimnisvoll. Nicht einmal wir selbst verstehen ihn, und indem wir ihm dienen, sind wir ein Volk geworden, das niemand verstehen kann.« Er schwieg.

Maria ließ sich nicht irremachen. »Aber warum haben wir überhaupt einen Tempel, wenn die kostbaren Dinge zu Ehren Gottes nicht mehr da sind? Hat Gott uns gebeten, ihn zu bauen?«

»Nein. Aber wir haben uns eingebildet, er habe es getan, weil alle anderen Völker auch Tempel hatten und weil wir sein wollten wie sie.«

»Wirklich?« Es kam Maria äußerst wichtig vor, das alles zu wissen.

Im Lärm der vielen Menschen war es schwer, seine Antwort zu hören. »Gott hat auch Salomo und David keine Anweisungen zu einem Tempel gegeben. Und Salomo selbst hat es im Grunde zugegeben, als er bei der Einweihung betete: ›Denn sollte in Wahrheit Gott auf Erden wohnen? Siehe, der Himmel und der Himmel aller Himmel können dich nicht fassen; wie sollte es denn dies Haus tun, das ich gebaut habe?‹ Bist du damit zufrieden?« Er schaute sie liebevoll an. »Wenn du kein Mädchen wärest, dann würdest du, glaube ich, eine Gelehrte werden – eine der Schriftgelehrten. Sie studieren diese Fragen den ganzen Tag.«

Sicher, sie wollte alles über Gott und seine Forderungen wissen, aber sie hatte keine Lust, die ganze Zeit über Dokumenten zu brüten – und zu streiten –, wie es die Schriftgelehrten in Magdala taten, Männer, die ebenso komisch wie beängstigend mächtig in ihrer Gemeinde waren. Nicht einmal Eli hatte Verlangen danach, in ihre Reihen aufgenommen zu werden.

»Das ist es nicht …«, hob sie an. Was gibt es in einem leeren Tempel anzubeten?, wollte sie Silvanus in Wirklichkeit fragen. Aber das hätte er vielleicht nicht verstanden.

III

Die Heimreise schien schneller vonstatten zu gehen. Die Scharen der Pilger versammelten sich auf der Anhöhe oberhalb von Jerusalem. Die Führer zählten die einzelnen Familien, um sich zu vergewissern, dass alle da waren. Auf ein Signal hin setzten die ersten Karren sich rumpelnd in Bewegung, nordwärts, in Richtung Galiläa. Andere fuhren nach Westen, nach Joppa, wieder andere in östlicher Richtung, nach Jericho, aber die Karawane, mit der Marias Familie reiste, nahm geradewegs Kurs auf das Galiläische Meer.

Es ging jetzt bunter durcheinander; alle waren geselliger. Marias Familie und die anderen fünf strenggläubigen Familien aus Magdala hielten sich dicht zusammen, doch Maria wartete auf eine Gelegenheit, ihnen zu entwischen. Plötzlich war sie neugierig darauf, ihre Nachbarn vom Seeufer zu sehen, nur jetzt hatte sie die Möglichkeit dazu. Die Namen der Städte kannte sie bereits: Kapernaum und Betsaida und auch die der weiter landeinwärts gelegenen Orte wie Nazareth. Sie wollte Leute aus diesen Städten kennen lernen. Die einzigen kleineren Kinder in der Gruppe aus Magdala waren ihre Cousinen dritten Grades Sarah und Rahel, und sie waren ebenso erpicht darauf, ihre Umgebung zu erkunden.

»Schleichen wir uns fort«, flüsterte Maria ihnen zu. »Schmuggeln wir uns unter die anderen.« Sie wollte ihrer Gottheit gern Liebe, Besitzerstolz und ehrfürchtige Anbetung darbringen, aber stattdessen war da nur diese Angst.

»Ja, los.«

Einen Augenblick lang war sie überrascht, dass Sarah, die zwei Jahre älter war als sie, und Rahel, die noch älter war, ihr gehorchten, doch sie war zu erfreut, um weiter darüber nachzudenken. Sie gingen mit, nur darauf kam es an.

Geduckt huschten sie um ächzende Karrenräder und keuchende Esel herum. Sie brauchten nicht lange, um die Gruppe aus Kapernaum zu finden. Es war die größte; sie bestand aus Alten und Erwachsenen, die seufzend voranstapften. Nur wenige Kinder gehörten dazu, und Maria und ihre Freundinnen blieben nicht lange bei ihnen. Kapernaum war die größte Stadt am Galiläischen Meer und lag am Nordufer, aber nach den Pilgern zu urteilen, war es ein gesetzter, langweiliger Ort.

Die Gruppe aus Betsaida bestand anscheinend hauptsächlich aus Strenggläubigen – stammte nicht auch der Götzen zerschmetternde Rabbi von dort? –, und auch das war kaum von Interesse für Kinder.

So tänzelten die Ausreißer zwischen den Leuten hindurch und näherten sich einer Gruppe, die ihnen völlig fremdartig erschien – was eine Menge Aufregung versprach –, als Maria merkte, dass ein Mädchen ihres Alters ihnen folgte. Sie blieb stehen und fuhr herum, erblickte ein Mädchen mit Unmassen von roten Haaren, die mit Bändern kaum gebändigt waren.

»Wer bist du?«, fragte sie herausfordernd. Eigentlich wäre es den Älteren zugekommen, ihren Cousinen Rahel und Sarah, hier den Ausweis zu verlangen, aber da die beiden stumm dastanden, musste Maria es übernehmen.

»Kezia«, sagte das Mädchen tapfer. »Das bedeutet Cassia – Zimtblüte.«

Maria starrte es an. Kezia sah exotisch aus mit ihren dunkelroten Locken und den goldbraunen Augen. »Zimtblüte« passte jedenfalls zu ihr.

»Woher kommst du?«, fragte Maria.

»Aus Magdala.«

Aus Magdala! »Und dein Vater?«

»Ist Benjamin.«

Aber von Benjamin und seiner Familie war bei ihr zu Hause noch nie die Rede gewesen. Und er reiste auch nicht mit den sechs anderen Familien zusammen. Das bedeutete, dass sie nicht fromm und somit keine passende Gesellschaft für sie waren. Es gab so vieles in Magdala, was sie noch nicht kannte und was sie plötzlich unbedingt kennen lernen wollte. »Und wo wohnt ihr?«

»Wir wohnen im nördlichen Teil der Stadt, am Hang bei der Straße …«

Im neuen Teil. Da, wo die Neureichen, die Freunde Roms, zusammenkamen. Andererseits … wenn sie diese Wallfahrt mitgemacht hatten, konnten sie eigentlich keine Freunde Roms sein.

»Kezia«, sagte sie feierlich – so feierlich, wie es einem siebenjährigen Mädchen möglich war –, »ich heiße dich willkommen.«

»Oh, danke!« Das Mädchen schüttelte sein prachtvolles Haar, und Neid durchzuckte Maria. Wenn ich solches Haar hätte, würde Mutter es abschneiden. Wirklich. So, wie es ist, kann sie mich als unauffällig abtun. Ihr eigenes Haar ist ja dichter und glänzender als meins. Aber wenn ich Haare wie Kezia hätte …

»Was guckst du so?«, fragte Kezia. Dann lachte sie und streckte die Hand aus. »Kommt, gehen wir weiter.«

Sie kamen zu einer neuen Gruppe, die einen geschlossenen Eindruck machte, und als sie hörten, dass sie aus Nazareth kam, mussten sie lachen.

»Na, darum brauchen wir uns nicht weiter zu kümmern«, sagte Sarah. »Niemand gibt etwas auf die Nazarener. Sie zählen einfach nicht.«

»Wieso nicht? Inwiefern?«, fragte Maria. Sie behielt ihre neue Freundin Kezia dicht an ihrer Seite, als habe sie am Straßenrand einen Schatz gefunden, den sie nicht mehr hergeben wollte.

»Das ist ein kleines Dorf mit armen Leuten«, sagte Sarah. »Ein Wunder, dass sie genug Leute für Jerusalem zusammenkriegen konnten.«

»Aber sie haben viele Kamele bei sich«, wandte Maria ein. Leute, die Kamele besaßen, *mussten* doch interessanter sein als solche mit Eseln, denn Kamele hatten mehr Persönlichkeit als Esel.

»Das stimmt«, räumte Kezia ein. »Also gut, versuchen wir, uns unter sie zu mischen. Dann können wir uns selbst ein Urteil über sie bilden.«

Vorsichtig näherten sie sich der Gruppe, liefen neben ihr her und schlossen sich dann einer der Familien an. Sie versuchten ein Gespräch anzufangen und erkundigten sich nach Nazareth. Die Antworten, die sie bekamen, waren schlicht und langweilig.

»Wir haben nicht viele Fremde in Nazareth«, sagten sie. Nazareth sei ein stilles Dorf. Sehr gut, um eine Familie zu gründen, sagten sie.

»Die Kinder können nicht in Schwierigkeiten geraten, vielleicht weil es bei uns nichts zu tun gibt«, sagte eine grauhaarige Frau. »Zum Beispiel die Familie da drüben.« Sie deutete auf eine große Gruppe, die zusammengehörte. Zwei kleine Kinder saßen auf dem Esel der Familie. »Die Leute da. Joseph und seine Sippe.«

Maria schaute hinüber, um zu sehen, von wem die Rede war. Ein junger, freundlich aussehender Mann schritt munter aus, gefolgt von einer Frau, vermutlich seiner Ehefrau, und ein paar anderen Leuten; der Esel mit den Kindern bildete den Schluss.

»Ein Zimmermann«, sagte ein Junge. »Er geht nicht jedes Jahr, aber doch oft genug.« Er schwieg kurz. »Die übrige Zeit führt er seine Werkstatt und seine Sippe. Er hatte einen Bruder in Kapernaum, der wild geworden ist. Hat sich den Aufständischen angeschlossen. Ich nehme an, Joseph will solchen Ärger vermeiden.«

Dicht hinter Joseph und seiner Frau ging ein hoch gewachsener Junge – fast ein Mann, aber doch noch ein Junge – mit dichten dunklen Haaren, die in der Mittagssonne rötlich glänzten, und einem entschlossenen Kinn. Hinter ihm kam noch ein Junge, und dann folgte ein ganzer Schwarm.

In diesem Moment drehte der Junge sich um und schaute Maria und ihre Freundinnen an. Er hatte tief liegende dunkle Augen.

»Wer ist das?«, fragte Kezia.

»Das ist der älteste Sohn, Jesus«, sagte ihr Informant. »Josephs Liebling.«

»Warum? Ist er ein so guter Zimmermann?«

Der Junge zuckte die Achseln. »Das weiß ich nicht. Ich nehme es an, denn sonst wäre Joseph nicht so stolz auf ihn. Aber alle Erwachsenen mögen ihn.«

»Und die Leute in seinem Alter?«

»Na ja … Wir mögen ihn, aber er ist so … *ernsthaft*. Oh, er spielt gern und ist auch ganz freundlich. Aber« – er lachte – »er liest so viel, und das versucht er zu verheimlichen. Stell dir vor, deine Freunde wissen, dass dir das Studieren, das alle anderen so langweilig finden, wirklich Spaß macht. Angeblich kann er sogar schon Griechisch lesen. Hat er sich selbst beigebracht.«

»Das ist unmöglich«, sagte ein großes Mädchen. »Niemand kann sich selbst Griechisch beibringen.«

»Na ja, dann hatte er vielleicht Hilfe. Aber er hat es allein studiert. Heimlich.«

»Vor seinen wahren Freunden hat er es sicher nicht verheimlicht«, sagte das Mädchen geringschätzig.

»Zum Beispiel vor dir?«

»Ich bin nicht …«

Maria und ihre Freundinnen beschlossen, sich diese faszinierende Familie selbst anzusehen. Es war nicht schwierig, sich ihnen anzuschließen. Der Patriarch, Joseph, rammte bei jedem Schritt kraftvoll seinen Stab in den Boden. Maria sah, dass der Griff mit einer hübschen Schnitzerei verziert war: einer Dattelpalme mit Früchten. Die Hand eines Künstlers.

Gleichzeitig kam ihr ein sorgenvoller Gedanke: Hoffentlich verliert er ihn nicht. Vielleicht hätte er ihn auf eine solche Reise nicht mitnehmen sollen.

»Was für ein hübscher Stab.« Kezia benutzte ihn als Anknüpfungspunkt.

Joseph schaute zu ihnen herüber und lächelte. »Gefällt er dir? Ich habe den längeren Teil gemacht, aber Jesus hier hat die Dattelpalme geschnitzt.«

»Er ist wunderbar«, sagte Kezia. Maria bekam plötzlich kein Wort heraus.

»Es hat Spaß gemacht, sie zu schnitzen«, sagte der junge Mann. Er hatte eine sehr angenehme und irgendwie unverwechselbare Stimme. »Ich habe meinem Vater geraten, ihn nicht mitzunehmen. Ich kann nicht versprechen, dass ich noch einen schnitzen kann, wenn er ihn verliert. Zumindest wäre es nicht der gleiche. Es gelingt mir nicht immer, das Gleiche zweimal zu machen.«

Genau das habe ich auch gedacht – dass er den Stab verlieren könnte, dachte Maria. Wie sonderbar. Aber das andere – was meinte er damit? Wieso konnte er nicht einfach einen neuen schnitzen?

»Nichts wird zweimal genau gleich«, erklärte er, und wieder war es, als habe er ihre Gedanken gelesen. »Sosehr man es sich vielleicht auch wünscht.« Er lächelte, und es war ein strahlendes, beruhigendes Lächeln. Es veränderte sein ganzes Gesicht, und seine Augen wirkten plötzlich nicht mehr so unergründlich, sondern ganz offen.

»Woher kommst du?«, fragte er, als Maria auf seine Bemerkung über den Stab nicht sofort antwortete.

»Aus Magdala«, sagte eine der Cousinen.

»Aus Magdala«, echote Maria.

»Und wie heißt du?«

»Maria«, sagte sie leise.

»Wie meine Mutter«, sagte Jesus. »Du solltest sie kennen lernen. Sie freut sich immer, wenn sie eine andere Maria trifft.« Er deutete nach hinten zu einer Frau, die von Kindern umgeben war.

Gehorsam blieben Maria, Kezia und die Cousinen zurück und warteten auf die Frau, die rasch herankam, in die Unterhaltung mit den anderen vertieft.

Sie war stiller als ihr Mann und ihr ältester Sohn, aber von einladender Freundlichkeit. Auch sie stellte ihnen Fragen, aber sanft und unaufdringlich. Sie wollte wissen, woher sie kamen und wer ihre Familien waren. Von Nathan hatte sie gehört – »Ja, wer hätte nicht von ihm und seinen weitläufigen Geschäften gehört?« –, und sie gestand sogar, dass sie ihn um seine Söhne beneidete, »die ihm eine solche Hilfe im Geschäft sind«. Ihre feinen, ebenmäßigen Züge ließen ihr Gesicht klassisch erscheinen, wie das Porträt auf einer Münze oder wie eine Statue, und sie hatte eine gelassene, beruhigende Art. Sie oder jemand aus ihrer Familie, sagte sie, komme für gewöhnlich einmal im Jahr nach Magdala, um den gesalzenen Fisch zu kaufen, der nirgendwo seinesgleichen habe.

»Wir haben keine Fischer in unserer Familie«, sagte sie. »Deshalb sind wir auf andere angewiesen.« Sie schwieg kurz. »Bis jetzt jedenfalls. Vielleicht wird einer von euch Fischer, wenn er groß ist?« Sie sah sich nach drei Jungen um, die dicht hinter ihr gingen, ein dunkler, grüblerisch aussehender Junge, ein kleiner, stämmiger, der ungefähr zwei Jahre jünger war, und schließlich der jüngste. »Das ist Jakobus«, sagte sie und deutete auf den dunklen Knaben. »Das ist Judas, und der Jüngste ist der kleine Joseph, aber in der Familie nennen wir ihn Jose. Zwei Josephs sind ein bisschen verwirrend.«

Jose lächelte und winkte ihnen zu, und Jakobus nickte kurz mit dem Kopf.

»Jakob hat wenig übrig für das Leben im Freien«, sagte die erwachsene Maria, aber es klang unvoreingenommen. »Er ist lieber im Haus und liest.«

»Wie mein Bruder Eli«, sagte Maria vergnügt. Vielleicht gab es so jemanden in jeder Familie.

»Oh, ist er hier?«, fragte die ältere Maria.

»Ja, da drüben, bei den Leuten aus Magdala.«

»Wie heißt du denn?«, fragte die ältere Maria.

»Maria.«

»Aber so heiße ich auch!« Sie schien sich zu freuen. »Es ist eine Ehre, dich kennen zu lernen.« Es klang, als meinte sie es ernst.

»Danke«, antwortete Maria. So etwas hatte noch niemand zu ihr gesagt.

»Dann sind wir die Töchter Miriams«, sagte die andere Maria, »aber unser Name ist die griechische Form.« Sie drehte sich nach ihren anderen Kindern um und winkte sie zu sich. »Das ist Ruth.« Sie deutete auf ein Mädchen, das größer und älter war als Maria.

Ruth neigte den Kopf.

»Und Lea.« Ein grobknochiges Mädchen erschien plötzlich, ungefähr so alt wie Maria.

»Guten Tag«, sagte Lea. »Ihr seid nicht aus Nazareth.«

Eine Frage? Eine Herausforderung?

»Nein«, gab Maria zu. »Ich – und meine Freundin und meine Cousinen – wir sind aus Magdala.«

Als Lea ein ratloses Gesicht machte, fügte Maria hinzu: »Das liegt am Galiläischen Meer. Am See Genezareth.«

»Oh. Ja. Der sieht morgens und nachmittags aus wie ein Spiegel! Ihr habt Glück, dass ihr dort wohnt.« Lea lachte.

»Du solltest mich besuchen kommen und ihn anschauen.«

»Vielleicht werde ich das tun.« Sie schwenkte den Arm. »Ich glaube, jetzt kennst du alle bis auf das Baby«, sagte Lea. »Da ist es.« Sie zeigte auf einen bräunlichen Esel, auf dem ein kleiner Junge saß; ein Cousin, der neben ihm herging, hielt ihn fest im Sattel. »Das ist Simon.«

Während sie plaudernd weitergingen, bemerkten weder Maria noch Kezia oder ihre Cousinen, dass die Sonne über dem Nachmittagshimmel zu sinken begann. Es machte Spaß, mit diesen Leuten aus Nazareth zu reisen. Sie – oder wenigstens Maria, Jesus und Lea – schienen alles, was sie sagte, aufmerksam anzuhören und es irgendwie wichtig zu finden. Auch Jakobus hörte zu, das merkte Maria, aber er sagte wenig. Auf geheimnisvolle Weise waren die Fragen, die sie ihr stellten, nur solche, die sie gern beantwortete, und nicht so langweilig wie die aller anderen Leute, die einen zwangen, Antworten zu geben, die genauso leblos waren wie die Fragen.

Plötzlich wurde die Karawane langsamer.

»Der Sabbat naht«, sagte die ältere Maria.

Der Sabbat! Maria und ihre Freundinnen schauten einander überrascht an. Den hatten sie ganz vergessen! Die Karawane würde Halt machen müssen, mitten in Samaria, um ihn zu begehen! Am besten kehrten sie gleich zu ihrer Gruppe zurück.

»Bleibt hier bei uns«, sagte die ältere Maria.

»Ja, verbringt die Sabbatnacht bei uns. Wir haben genug Platz.« Es war Jesus, der das sagte.

Maria schaute ihn an, um zu sehen, ob er es wirklich ernst meinte oder nur höflich sein wollte.

»Bitte.« Er lächelte offen und einladend.

Würde ihre Familie nicht böse sein? Oder sich Sorgen machen?

»Es kommen immer Leute zu Besuch«, sagte die ältere Maria. »Es ist eine schöne Art, den Sabbat zu heiligen. Jesus kann zu deiner Familie gehen und ihr sagen, wo du bist. Dann brauchen sie sich keine Sorgen zu machen.«

»Zu unserer auch?«, fragten die Cousinen und Kezia eifrig.

»Ja, natürlich.«

»Danke«, sagte Maria. Sie biss sich auf die Unterlippe, um sich nicht anmerken zu lassen, wie aufregend sie die Aussicht fand, den Sabbat bei diesen Fremden zu verbringen, die zugleich geheimnisvoll und seltsam wohltuend war.

Sie hielten nach einem Lagerplatz für die Nacht Ausschau. Da die Zeit bis zum Beginn des Sabbat knapp wurde, konnten sie es sich nicht leisten, allzu wählerisch zu sein. Eilig entschieden sie sich für ein Gelände mit ebenem Boden und ein paar Baumgruppen, die Schutz und zugleich Gelegenheit zum Anbinden der Tiere boten. Ringsumher ließen sich die anderen Familien aus Nazareth nieder, und bald war eine kleine Zeltstadt entstanden.

»Rasch jetzt!«, sagte die ältere Maria zu ihren Söhnen. »Das Feuer! Zündet es an!« Judas und Jakobus stapelten Reisig auf einer freien Fläche vor dem Zelt und beeilten sich, es in Brand zu setzen. »Ihr Mädchen helft mir, das Essen in den Topf zu bringen.« Sie öffnete ein Bündel mit Kochtöpfen und Kellen und deutete auf einen anderen Sack. »Die Bohnen. Und haben wir noch Zeit zum Brotbacken?« Sie warf einen prüfenden Blick zur Sonne.

Joseph versorgte unterdessen die Esel; er nahm ihnen die Lasten und Satteldecken ab und führte sie zu einem kleinen Bach, um sie zu tränken. Im großen Zelt wurden Maria, ihre Cousinen und Kezia damit betraut, die Decken zum Schlafen auszubreiten.

»Die Lichter!« Die ältere Maria nickte Ruth zu. »Mach bitte die Sabbatlichter bereit.« Ruth wühlte in einem der Packbündel und förderte schließlich zwei Laternen zutage. Sie füllte sie fachmännisch mit Olivenöl, und als sie randvoll waren, stellte sie sie vorsichtig ab.

Der kleine Tonherd wurde über das brennende Reisig gestellt, und die Bohnen wurden aufgesetzt. Der hastig geknetete Brotteig wurde eingewickelt und daneben gelegt, damit er gehen konnte. Alles war von bebender Erwartung erfüllt. Weitere Speisen wurden vorbereitet, denn das Essen musste für den ganzen nächsten Tag bis Sonnenuntergang reichen, und sowie etwas fertig war, wurde es vom Feuer genommen, um Platz für etwas anderes zu schaffen.

Die Sonne sank immer tiefer, und schließlich hing sie dicht über dem Horizont, sodass Bäume und Kamele lange, violette Schatten warfen. Der Rauch zahlreicher Feuer stieg in dicken Wolken zum Himmel, der gleichfalls violett überhaucht war, sodass die ganze Szene in Purpurdunst gehüllt war.

»Wir sind fast fertig«, sagte die ältere Maria. In ihrer Stimme mischten sich Erleichterung und Freude. »Hier.« Sie riss zwei frisch gebackene Brote aus dem Herd und schob neue hinein. Die frischen legte sie zum Auskühlen beiseite; ein krustiger Duft durchzog die Abendluft.

Ruth und Lea hatten die gekochten Bohnen in irdene Schüsseln gefüllt, die sie am Rand der Wolldecke abstellten, wo sie zum Essen sitzen würden. Die beiden Sabbatlaternen warteten ebenfalls dort. Die Jungen brachten einen Weinschlauch, ihre Schwestern die Becher; Ziegenkäse, Dörrfisch, Mandeln und Feigen wurden auf einem Tuch ausgebreitet.

Die Sonne berührte den Horizont.

Was jetzt noch zu tun blieb, musste schnell erledigt oder vergessen werden. Waren die Zeltleinen gesichert? Am Sabbat durfte man keinen Knoten binden. War das Herdfeuer gelöscht? Am Sabbat durfte nicht gekocht und nicht geheizt werden. Musste noch jemand etwas in ein Kontobuch schreiben? Rasch – am Sabbat durfte man nicht schreiben, höchstens mit vergänglicher Tinte, mit Fruchtsaft zum Beispiel, oder auch mit einem Stock in den Sand – oder mit der linken Hand, wenn das nicht ohnehin die Hand war, mit der man schrieb.

Ruth flocht sich flink die Zöpfe – am Sabbat durfte man nicht flechten. Lea zog sich widerstrebend die Bänder aus dem Haar: verbotener Schmuck. Die Männer zogen die genagelten Reisesandalen aus – auch genagelte Sandalen waren verboten.

Jesus kam zurück; er setzte sich und streifte die Sandalen ab.

»Hast du unsere Familien gefunden?«, fragte Maria. »Hast du mit ihnen gesprochen?« Und hast du für uns die Erlaubnis bekommen zu bleiben?, fragte sie sich im Stillen. Sie war darauf gefasst, dass sie zurückgehen musste, und zwar schnell, bevor die Sonne hinter dem Horizont verschwand.

»Ja«, sagte Jesus. »Ja, ich habe sie alle gefunden.« Er beugte sich vor, immer noch atemlos. »Kezia, deine Verwandten schien es zu freuen, dass man dich eingeladen hat, den Sabbat als unser Gast zu verbringen.« Er schaute Rahel und Sarah an. »Eure waren nicht so glücklich, aber auch sie haben die Erlaubnis gegeben. Deine dagegen …« Er sah Maria an. »Ich hatte ziemliche Mühe, sie zu überzeugen.«

Was war geschehen? Mit klopfendem Herzen wartete sie, dass er es ihr erzählte.

»Dein Vater – Nathan?« Er sah sie fragend an.

»Ja.«

»Er sagte, es sei ungehörig; wir kennen einander nicht, und er sei strikt dagegen, mit weniger strenggläubigen Familien Umgang zu haben.«

Ja. Natürlich. Maria hatte gewusst, dass er das sagen würde.

»Er brauche deshalb einen Beweis dafür, dass wir achtbar seien.«

»Und wie – wie wollte er das erkennen?«, fragte Maria.

»Er hat mich auf die Probe gestellt.« Jesus lachte, als sei er darüber eher erheitert als gekränkt. »Er wollte meine Kenntnisse der Schrift prüfen, als könne man damit meine Unzulänglichkeiten entlarven.«

Darüber musste auch seine Mutter lachen. »Die falsche Prüfung.« Sie schüttelte den Kopf. »Die Rabbiner in Jerusalem wissen es besser.« Sie wandte sich ihren Gästen zu. »Letztes Jahr blieb Jesus in Jerusalem zurück, um zu hören, was die Rabbiner und Schriftgelehrten im Tempel zu heikleren Fragen der Schrift zu sagen hätten. Ich kann mir vorstellen, wie es deinen Eltern geht, Maria, wenn ihre Tochter plötzlich auf eigene Faust unterwegs sein will. Aber niemand gewinnt einen Wettstreit um die Schrift gegen Jesus.«

Jesus verzog das Gesicht. »Es war kein Wettstreit«, sagte er. »Er hat mich nur nach ein paar Textstellen gefragt …« Er zuckte die Achseln.

Alle versammelten sich um die Decke, obwohl noch ein paar dünne Sonnenstrahlen hereinfielen. Ruth bückte sich und zündete die Sabbatkerzen an; die frisch geflochtenen Zöpfe hatte sie sich um den Kopf geschlungen. Schweigend beobachteten alle, wie die Sonne verblasste.

Maria hatte dies jede Woche zu Hause getan, aber dies war das erste Mal, dass sie es außerhalb der eigenen Familie erlebte. Zu Hause herrschte immer die gleiche frohlockende Erwartung; mit angehaltenem Atem sah man den Sabbat nahen. Und wenn er dann da war … ja, irgendwie schien es tatsächlich eine andere Zeit zu sein. Beinahe magisch. Sie konnte sich dann sagen: Dies ist Sabbatbrot, dies ist Sabbatwasser, dies ist Sabbatlicht.

Irgendwo im Lager ertönte eine Trompete, die zwei Noten blies, dreimal hintereinander. Das war das Signal für den Beginn des Sabbat – das Zwielicht zwischen dem Erscheinen des ersten und des dritten Sterns am dämmrigen Himmel. Der Überlieferung gemäß forderte die erste Fanfare die Arbeiter auf, in ihrem Tun innezuhalten; die zweite befahl den Kaufleuten, ihre Geschäfte zu beschließen, und die dritte verkündete, dass der Augenblick gekommen sei, das Sabbatlicht anzuzünden. Der Sabbat hatte zu leuchten begonnen, wie man sagte.

Maria, die Mutter, trat jetzt vor, um die brennenden Lichter zu segnen. Sie breitete die Hände über den Laternen aus und sagte leise: »Gesegnet seist du, o Herr, unser Gott, der du uns geheiligt hast durch deine Gebote und uns heißest, das Sabbatlicht zu entzünden.« Ihre warme, dunkle Stimme ließ die Worte besonders wohltönen.

Alle ließen sich auf der Decke nieder und warteten. Der Himmel wurde zusehends dunkler, und mit jedem Augenblick strahlte das Licht der soliden Sabbatlampen heller. Auch vor den Zelten brannten Laternen. Abgesehen vom gelegentlichen Blöken oder Muhen der Tiere herrschte Stille.

»Wir heißen unsere Gäste willkommen«, sagte Joseph und nickte Maria, ihren Cousinen und Kezia zu. »Obgleich wir nicht weit voneinander entfernt wohnen, haben wir viele Nachbarn in nahe gelegenen Städten, denen wir niemals begegnen. Wir sind dankbar, dass sie jetzt zu uns gekommen sind.«

»Ja«, sagte Jesus. »Danke, dass ihr gekommen seid.« Er lächelte.

»Jetzt müssen wir essen und den wunderbaren Sabbat willkommen heißen.« Joseph brach eines der Brote und reichte die Stücke herum.

Sie saßen mit gekreuzten Beinen auf der Decke, und jeder nahm ein Stück Brot. Danach kamen die Bohnen, die dünn geschnittenen Zwiebeln, Feigen, Mandeln und der Ziegenkäse und schließlich der Dörrfisch aus Magdala.

Jesus schaute ihn überrascht an. »Wir müssen wohl gewusst haben, dass wir Gäste aus Magdala bekommen werden.« Er nahm ein Stück und reichte es weiter.

Maria erbebte vor Stolz. Vielleicht kam dieser Fisch sogar aus dem Lagerhaus ihres Vaters! Sie nahm auch ein wenig davon und legte es sorgfältig auf ihr Brot.

»Fisch aus Magdala reist durch die ganze Welt.« Joseph hielt fröhlich ein Stück Brot mit Fisch in die Höhe. »Ihr habt euch einen Namen in Rom damit gemacht – und sogar noch darüber hinaus.« Er nahm einen Bissen.

»Ja, in der Fremde sind wir Galiläer geachtet, aber in Jerusalem kaum«, sagte Jesus. Auch er steckte sich Brot und Fisch in den Mund, und der würzige Geschmack ließ ihn lächeln.

»Was meinst du damit?«, fragte Jakobus stirnrunzelnd.

»Du weißt, was ich meine«, antwortete Jesus. »Wie nennt man Galiläa denn? Den ›Kreis der Ungläubigen‹. Das kommt daher, dass wir ebenso oft innerhalb und außerhalb der wahren Grenzen Israels gewesen sind, wie verschiedene Teile Israels erobert worden sind …« Nachdenklich nahm er einen Schluck Wein. »Das ist eine interessante Frage – wer und was sind die wahren Söhne Israels?« Lachend nickte er den Frauen zu. »Und Töchter natürlich.«

»Wer ist Jude?«, fragte Jakobus plötzlich, und sein schmales Gesicht wurde streng. »Vielleicht kann nur … der Himmel … darauf antworten.« Er schwieg kurz. »Es gibt Halbjuden, deren Abkunft suspekt ist. Es gibt vorgebliche Juden wie Herodes Antipas. Es gibt Gojim, die sich von unseren Lehren angezogen fühlen – und wer täte das nicht, wenn man die abscheulichen Heidenreligionen betrachtet, von denen sie umgeben sind –, die aber nicht den letzten Schritt tun und sich beschneiden lassen. All diese Quasi-Juden – helfen oder behindern sie uns?«

»Das hängt davon ab, ob es Gott gefällt, dass Menschen – zumindest von fern – mit ihm verbunden sein möchten, oder ob es seinen Unwillen erregt.«

»Ich weiß es nicht«, gab Jakobus zu.

»Ich auch nicht«, sagte Joseph und beendete diese Diskussion entschlossen. »Darüber hinaus entweihen wir den Sabbat nur mit müßigem Geschwätz. Und für alles müßige Geschwätz müssen wir uns verantworten. Wir werden uns dafür rechtfertigen müssen vor Gott.«

»Was ist ›müßiges Geschwätz‹?«, fragte Kezia. Maria war entsetzt darüber, dass sie Joseph so kühn anredete. »Alles, was nicht heilig ist? Aber ich wüsste so viele Dinge, über die man reden kann und die doch nicht besonders heilig sind.« Sie überlegte kurz. »Zum Beispiel … wenn man entscheidet, was man anziehen will.«

»Es gibt Gesetze, die das alles regeln«, sagte Jakobus. »Mose hat ein paar Gesetze erlassen, und seitdem haben die Rabbiner …«

»Ich meine, trägt man schmeichelhafte oder von Motten zerfressene Kleider, hellbunte oder einfarbig dunkle, teure oder billige!« Sie schaute triumphierend in die Runde. »Seht ihr? Dazu gibt es keine Gesetze.«

»Nun, in einem solchen Fall muss man ein Grundprinzip zur Anwendung bringen«, sagte Joseph. »Wird es dem ... heiligen Namen wohlgefällig sein? Wird es ihn verherrlichen? Weißt du, die Sache ist nicht so einfach, dass ein einziges Gesetz genügt. Macht ein gutes äußeres Erscheinungsbild ihm Ehre? Oder beeindrucken wir damit nur Menschen, die nicht sehen können, was in unserem Herzen ist?«

»Das ist mir zu kompliziert«, klagte Kezia. »Woher kann man denn wissen, was Gott denkt?«

In diesem Augenblick biss Ruth in eine getrocknete Dattel und zuckte zusammen. »Mein Zahn«, sagte sie, und in ihrem Gesicht lag mehr Überraschung als Schmerz.

»Die Bertramwurzel«, sagte ihre Mutter. »Sie ist in der Ledertasche im ...« Ihre Stimme bekam einen zaghaften Klang. »Im großen Sattelbündel ...« Mehr brauchte sie nicht zu sagen. Das Bündel war mit kräftigen Knoten verschnürt, und Knoten durfte man erst morgen nach Sonnenuntergang wieder aufbinden. Und selbst wenn die Wurzel griffbereit gelegen hätte, schrieb das Gesetz vor, dass man am Sabbat keine Arzneien verwenden durfte.

»Aber Essig«, fiel ihr ein. »Essig darf zum Würzen der Speisen benutzt werden, und wenn er zufällig auch bei Zahnschmerzen hilft, so ist das nicht verboten.« Zum Glück war das Fläschchen mit dem Essig schon ausgepackt worden. Rasch reichte man es herum, und jeder träufelte sich ein wenig auf sein Essen. Ruth nahm eine große Dosis.

In der Stille nach dem Essen, während die Familie darauf wartete, dass der Essig Ruths Zahnschmerzen linderte, fing man an, die Schrift zu rezitieren. Das musste aus dem Gedächtnis geschehen, denn Lesen war verboten.

Aber als sie damit fertig waren, sah Ruth noch nicht glücklicher aus.

»Vielleicht sollten wir den Rabbiner fragen«, meinte Joseph. »Vielleicht kann er uns erlauben, die Knoten aufzubinden und ausnahmsweise Medizin zu verwenden.« Er schüttelte den Kopf.

Jemand lief los, um den Rabbiner zu suchen. Es schien eine Ewigkeit zu dauern, aber dann erschien er doch in der Dunkelheit vor dem Zelt.

»Lasst mich das Kind sehen.« Er ging auf Ruth zu, forderte sie auf, den Mund zu öffnen, und spähte hinein. Dann klappte er ihn wieder zu.

»Ich kann nicht sehen, dass irgendetwas nicht in Ordnung ist«, verkündete er.

»Aber es tut trotzdem weh«, sagte Ruth.

»Können wir nicht das Bündel aufschnüren, in dem das Pulver ist?«, fragte Joseph.

»Kannst du den Knoten mit einer Hand lösen?«, fragte der Rabbi.

»Nein. Es ist ein richtiger Knoten, der halten soll, wenn wir auf der Straße unterwegs sind.«

Der Rabbi schüttelte den Kopf. »Dann kennst du das Gesetz«, sagte er und sah Ruth an. »Versuche tapfer zu sein, Kind. Die Nacht ist schon weit fortgeschritten. Es dauert nicht mehr so lange, bis die Sonne morgen untergeht.« Er schaute in die Runde. »Es tut mir Leid«, sagte er und wandte sich zum Gehen. »Aber selbst wenn die Medizin ausgepackt wäre, dürfte sie am Sabbat nicht benutzt werden.« Er machte ein trauriges Gesicht voller Bedauern. »Das weißt du doch, Joseph.«

Als der Rabbiner gegangen war, kam Joseph zu seiner Tochter, setzte sich neben sie und hielt ihre Hand, während sie vor Schmerz das Gesicht verzog. Er schaute ihr tief in die Augen, und schließlich stand er auf.

Er ging zum Bündel und löste langsam und bedächtig den Knoten. »Ich werde ein Sündenopfer darbringen«, sagte er. »Aber ich kann nicht einfach dasitzen und auf morgen warten.«

Er holte die Medizin heraus und reichte sie Ruth.

Kurz danach gingen alle zu Bett; leise stahlen sie sich zu den behelfsmäßigen Strohsäcken, die auf sie warteten. Maria, ihre Cousinen und Kezia lagen zusammen in einer Ecke des Zeltes, und es dauerte nicht lange, bis Maria mit dem Schlaf zu kämpfen hatte. Sorgfältig hatte sie ihren Gürtel abgenommen und zusammen mit ihrem Mantel beiseite gelegt. Jetzt klopfte sie beschützerisch auf das Bündel und verwahrte es sicher neben dem Kopf, bevor sie es sich bequem machte.

Sie lächelte, während sie langsam einschlief. Es machte großen Spaß, ein Geheimnis zu haben. Und es war wunderbar gewesen, diesen Leuten zu begegnen und sie kennen zu lernen. Sie musste zugeben, dass es Spaß machte, die eigene Familie zu verlassen und eine Zeit lang jemand anderes zu sein. Oder vielleicht gar nicht jemand anderes, sondern tatsächlich, wirklich und wahrhaftig sie selbst.

Sie schlief tief und fest und wachte erst auf, als sich im Morgengrauen alle zu regen begannen. Sie waren schon draußen auf den Beinen, als Maria sich die Augen rieb und aufstand. Hastig zog sie sich an und ging zu den anderen.

Der Himmel war bereits klar und blau, und die Streifen der Dämmerung waren längst verschwunden.

Gemeinsam aßen sie ein wenig Brot und Käse, und dabei saßen sie im Kreis, während der Himmel über ihnen heller wurde und die süßen Düfte des frühen Morgens einen Tag verhießen, der so schön sein würde, wie er es auf Erden nur sein konnte.

»Wenn der erste Sabbat so schön war wie heute, ist es kein Wunder, dass Gott ruhte und sein Werk ›sehr gut‹ nannte«, sagte Jesus. Er kaute langsam auf einem Stück Brot und schaute sich in tiefer Zufriedenheit um.

Alle nickten. Stille lag in der Luft. »Ja«, sagte Jesu Mutter leise mit ihrer melodischen Stimme. Sie reichte einen Korb Feigen nach links, und ihre Gebärden waren fast so anmutig wie die einer Tänzerin.

Aber sie ist ja schön, dachte Maria; ich habe es nur noch nicht bemerkt. Sie ist viel schöner als meine eigene Mutter. Und sofort fühlte sie sich treulos, ja, schuldig, weil sie so etwas denken konnte.

Den Rest des Tages – und er erschien lang und kurz zugleich – verbrachte man mit den Freuden des Müßiggangs oder mit besonderen Andachten. Es war erlaubt, beisammen zu sitzen und sich zu unterhalten, kurze Spaziergänge zu machen, den Tieren das nötige Futter zu geben, die vorher zubereiteten Speisen zu essen und sich die Zeit zu nehmen, Tagträumen nachzuhängen. Und dann waren da die Gebete, im Stillen und gemeinsam gesprochen, unter ihnen das uralte, das elementarste von allen, das Schema: »Schema!« – Höre! – »O Israel, der Herr ist unser Gott, der Einzige.«

Maria sah, dass Jesus allein unter einem kleinen Baum saß. Er schien zu dösen. Aber als sie genauer hinschaute, sah sie, dass er nicht schlief, sondern in tiefe Konzentration versunken war, konzentriert auf etwas in seinem Innern. Sie wollte sich zurückziehen, aber es war schon zu spät. Er hatte sie gesehen; sie hatte ihn gestört. Er winkte sie zu sich.

»Es tut mir Leid«, sagte sie.

»Was denn?« Er schien wirklich nicht zu wissen, was sie meinte, und war offenbar nicht verärgert.

»Dass ich dich gestört habe.«

Er lächelte. »Aber ich sitze hier draußen im Freien. In der Öffentlichkeit kann man niemanden stören.«

»Aber du warst allein«, beharrte sie. »Du wolltest doch sicher, dass man dich in Ruhe lässt.«

»Nein, eigentlich nicht«, sagte er. »Vielleicht habe ich nur darauf gewartet, dass etwas Interessantes passiert.«

»Was denn zum Beispiel?«

»Irgendetwas. Alles, was passiert, ist interessant, wenn man es nur aufmerksam betrachten kann. Diese Eidechse zum Beispiel« – er neigte behutsam den Kopf, um das Tier nicht zu erschrecken –, »die sich überlegt, ob sie aus dem Spalt hervorkommen soll oder nicht.«

»Was ist denn so interessant an einer Eidechse?« Sie hatte Eidechsen nie besonders interessant gefunden – aber es stimmte natürlich, sie hatte sich nie die Zeit genommen, sie wirklich anzuschauen. Sie bewegten sich ja auch so schnell!

»Findest du Eidechsen nicht faszinierend?«, fragte er ernst. War es ihm wirklich ernst? »Sie haben eine so merkwürdige unebene Haut. Und wie ihre Gliedmaßen sich bewegen – ganz anders als bei anderen Tieren mit vier Beinen. Sie bewegen immer nur eins, niemals zwei gleichzeitig. Als Gott sie schuf, wollte er anscheinend beweisen, dass es viele verschiedene Arten gibt, von der Stelle zu kommen, und viele Arten, schnell zu sein.«

»Und Schlangen?«, fragte sie. »Ich verstehe nicht, wie sie überhaupt vorankommen – schon gar nicht schnell. Sie haben doch keine Beine.«

»Ja, Schlangen sind ein noch besseres Beispiel. Gott hat sie sehr klug gelehrt, wie sie sich fortbewegen und ein glückliches Leben führen können, obwohl ihnen etwas fehlt.«

»Und essen dürfen wir sie auch nicht«, sagte Maria. »Wollte Gott sie beschützen oder uns?«

»Jetzt heiligen wir wahrlich den Sabbat«, sagte Jesus unerwartet. »Das ist eine Freude, und so soll es sein.«

Er sagte so seltsame Dinge. Aber sie mochte ihn trotzdem. Manche Leute, die seltsame Dinge sagten, waren beängstigend, weil man das Gefühl hatte, sie seien gefährlich oder nicht ganz bei Verstand und deshalb unberechenbar. Aber dieser Junge war genau das Gegenteil: überaus empfindsam und vertrauenswürdig. Es machte ihr keine Mühe, zuzugeben: »Ich verstehe nicht, was du meinst.«

Er seufzte behaglich. »Wir denken über Gott nach, betrachten das Werk seiner Hände und – wenn du so willst – meditieren darüber.«

»Meditieren über eine Eidechse?« Jetzt musste sie kichern.

»Kein geringeres Geschöpf Gottes als ein Adler oder ein Löwe«, sagte er. »Und vielleicht zeigt sich in ihr seine Schöpferkraft noch besser.«

»Sollten wir vielleicht ein Jahr damit verbringen, jeden Tag über ein anderes Geschöpf zu meditieren?« Das war eine fesselnde Idee.

»Wahrlich«, sagte er. »Erinnere dich an den Psalm, in dem es heißt: ›Lobet den Herrn auf Erden, ihr Walfische und alle Tiefen; Feuer, Hagel, Schnee und Dampf; Sturmwinde, die sein Wort ausrichten; Berge und alle Hügel, fruchtbare Bäume und alle Zedern; Tiere und alles Vieh, Gewürm und Vögel.‹«

Sie erinnerte sich nicht an diesen Psalm, aber nun würde sie ihn nie mehr vergessen.

»Lobe den Herrn!«, befahl sie der Eidechse streng, und die huschte aus ihrem Spalt hervor und verschwand. Jesus lachte.

Bald – nur zu bald, so schien es – berührte die Sonne den Horizont und beschloss damit den Sabbat. Sie standen da und beobachteten, wie sie verschwand, während die Trompete das Ende des heiligen Ruhetags verkündete.

IV

Obwohl die ältere Maria ihr versichert hatte, dass ein Besuch bei anderen eine gute Art sei, den Sabbat zu begehen, und Jesus bei ihren Eltern gewesen war, um ihnen zu sagen, wo sie war, waren sie zornig, als Maria zurückkam.

»Was hast du dir dabei gedacht, einfach so davonzulaufen?«, fuhr ihre Mutter sie an. »Dich irgendwohin zu verirren, wenn der Sabbat anfängt, sodass du ihn bei einer fremden Familie verbringen musstest!« Sie funkelte Maria an. »Dieser Junge, der uns gesucht hat – er hat mir gar nicht gefallen«, sagte sie.

»Jesus?«, fragte Maria.

»Man hat gemerkt, dass er nicht richtig erzogen ist. Er war nicht einmal ehrerbietig. Das sind nicht die Leute, mit denen du Umgang haben solltest.«

»Warum … habt ihr mich dann bleiben lassen?«, fragte Maria kleinlaut.

»Was ich gern wüsste, ist: Warum *wolltest* du bleiben? Das ist die Frage!«

Maria hätte ihrer Mutter gern erzählt, wie wundervoll diese Familie war und wie gut es ihr gefallen hatte, sich mit ihnen zu unterhalten, und sie wollte ihr auch von dem Abenteuer mit den Zahnschmerzen berichten. Aber sie wusste, dass Josephs wohlerwogener Verstoß gegen das Sabbatgebot nicht den Beifall ihrer Eltern finden würde. Also erzählte sie nichts davon, sondern senkte den Blick und erklärte: »Sie waren sehr freundlich.«

Ihr Vater kam herüber. »Nazareth hat einen sehr üblen Ruf«, sagte er. »Und dieser Jesus – ich habe ihm ein paar Fragen nach der Schrift gestellt, und er …«

»Er wusste mehr als du«, sagte Silvanus, der hinter ihm stand. »Als du ihn nach der Stelle bei Hosea gefragt hast« – er lachte –, »du weißt schon, deine Lieblingsstelle, die du so gern zitierst, über das trauernde Land …«

»Ja, ja!«, unterbrach Nathan ihn.

»Er hat mich gebeten, dir das hier zu geben.« Maria hielt ihm den Stab entgegen, den Jesus und Joseph geschnitzt hatten. Sie hatten darauf bestanden, dass sie ihn mitnahm, als wollten sie Nathan beschwichtigen. Sie hatte protestiert – er sei viel zu schön und sie hätten so viel Arbeit darauf verwandt –, aber sie hatten sich nicht umstimmen lassen.

»Was?« Ihr Vater riss ihr den Stab aus der Hand und untersuchte ihn. Seine Mundwinkel zuckten. Er drehte ihn hin und her und betrachtete die kunstvolle Schnitzerei. »Bah!«, sagte er. »Eitelkeit!« Er warf den Stab weg, und Maria zuckte zusammen.

Silvanus bückte sich und hob ihn auf. »Es ist eine Sünde, ein Geschenk so zu verschmähen.«

»Ach, wirklich?«, sagte sein Vater. »Und wo steht das in der Schrift?«

Er wandte sich ab und ging davon.

Silvanus strich mit der Hand über den Stab. »Wenn du Jesus wiedersiehst, wirst du ihn danach fragen müssen«, sagte er. »Ganz sicher steht in den heiligen Schriften etwas darüber, dass man ein Geschenk nicht entweihen darf. Und er weiß es bestimmt.«

»Ich werde Jesus nicht wiedersehen«, sagte sie. Das war ausgeschlossen. Aber was ihre neue Freundin Kezia in Magdala anging – die würde sie zu Hause besuchen, dazu war sie entschlossen. Ihr Vater würde es verbieten. Ohne Zweifel würde er auch Kezia ablehnen. Doch was ihr Vater nicht wusste, konnte er ihr auch nicht verbieten.

Magdala erwartete sie schon. Heimkehrende Pilger standen in den ersten Tagen immer im Mittelpunkt des Interesses und genossen einen kurzen Ruhm. Erzählt doch: Die Straßen von Jerusalem, wie waren sie? Und die Juden aus der Fremde – waren es viele? Der Tempel – wie prächtig ist er wirklich? Ist es der Höhepunkt eines Menschenlebens, in seinen Höfen zu stehen? Diese flüchtige Aufmerksamkeit, die vorübergehenden Schmeicheleien – das alles konnte einem mehr zu Kopfe steigen als die Reise selbst. Aber es ging auch unweigerlich vorbei, und bald stand die nächste Gruppe von Wallfahrern – in diesem Fall diejenigen, die zum heiligen Versöhnungsfest nach Jerusalem zogen – im Mittelpunkt der öffentlichen Aufmerksamkeit.

Ein paar Wochen vergingen – sechsmal war Sabbat –, ehe Maria und Kezia einander wiedersahen. Es war ihnen gelungen, Botschaften auszutauschen und zu verabreden, wann Maria zu Kezia nach Hause kommen und mit ihrer Familie essen würde. Es sollte an einem Nachmittag geschehen, an dem sie eigentlich in einem Nachbarhaus die Vorführung eines Teppichwebermeisters aus Tyrus anschauen sollte. Sie tat es auch eine Weile und dachte: Das ist sehr schön, aber ich könnte so etwas nie. Schließlich huschte Maria hinaus; sie verließ die schattige Werkstatt am See, überquerte eilig den betriebsamen Marktplatz und folgte der Straße, die nach Norden führte, in den hügeligen Teil der Stadt, wo die neueren Häuser standen.

Die Straße wurde so steil, dass sie stehen bleiben musste, um wieder zu Atem zu kommen. Die Häuser wurden immer größer und eindrucksvoller. Ihre der Straße zugewandten Mauern waren geschlossen und kahl, was an sich schon darauf hinwies, dass das, was dahinter lag, bewacht werden musste.

Kezias Haus stand am Ende der Straße; es thronte dergestalt am Hang, dass eine Treppe im schrägen Winkel darauf zuführte. Die Haustür war aus verzierter Bronze. Bevor Maria anklopfen konnte, riss Kezia sie auf und lachte triumphierend.

»Du bist da!« Sie zog Maria herein und umarmte sie.

»Ja, aber ... es war nicht leicht.« Sie bemühte sich, nicht an die Strafe zu denken, die sie erwartete, wenn ihre Eltern erfahren sollten, dass sie die Vorführung des Webers verlassen hatte. Aber jetzt war sie hier, wo sie sein wollte. Sie trat ein, und das Erste, was sie sah, war ein großes dunkles Atrium, das sie umgab. Es war erstaunlich, wie kühl es hier an diesem heißen Sommertag war.

Sie standen da und schauten einander ein wenig verlegen an. Die Freundschaft, die sie erst vor kurzem so schnell und heftig geschlossen hatten, erschien ihnen jetzt wie etwas, das sie sich vielleicht nur eingebildet hatten.

»Na«, sagte Kezia, »ich bin froh, dass du hier bist. Komm, sieh dir an, wie ich wohne.« Sie nahm Maria bei der Hand und führte sie durch das Atrium in die angrenzenden Zimmer. Es waren viele – so viele wie in Marias Elternhaus und dann noch einmal doppelt und dreimal so viele.

»Du hast ein eigenes Zimmer?«, fragte Maria.

»O ja. Und es gibt über uns noch ein zweites Stockwerk mit weiteren Zimmern.« Ihr Ton war unbekümmert und freundschaftlich, spielerisch – als wohne alle Welt in einem solchen Haus.

Maria bemühte sich, nicht zu gaffen. Aber die riesigen Räume waren wie ein Traum. Und obwohl sie nur drei Wände hatten und auf der vierten Seite zu einem großen Hof hin offen waren, war es dunkel. Als ihre Augen sich an das Dämmerlicht gewöhnt hatten, sah sie, dass die Wände in tiefem Blutrot gestrichen waren; in einem Zimmer waren sie sogar schwarz. Deshalb wirkten sie so dunkel.

Aber Kezia zog sie immer weiter, und sie verließen den repräsentativen Teil des Gebäudes und kamen in die Wohnung der Familie. Maria wurde in ein Zimmer mit gelben Wänden und einer niedrigeren Decke geschoben, in dem kleine Stühle und ein Tisch mit winzigen Bechern und Krügen standen. Der Fußboden war kühl und mit blank polierten Steinplatten ausgelegt, und in einer Ecke stand ein elegantes, schmales Bett mit zierlich geschnitzten Beinen; es war schwarz gestrichen, aber die Ziersprossen waren vergoldet, und es war mit glänzender Seide bedeckt.

»Oh!«, sagte Maria schließlich und schaute sich staunend um. »Und hier wohnst du? Und schläfst du?«

»Ja«, sagte Kezia. »Solange ich mich erinnern kann.« Beide mussten lachen, denn sie wussten, dass sieben oder acht Jahre keine besonders lange Zeit waren, um sich zu erinnern; es war also keine große Leistung.

Maria konnte sich nicht vorstellen, in einer solchen Umgebung zu wohnen. Ich würde die ganze Zeit nur alles anschauen, dachte sie. Sie betrachtete die kleinen Becher und das übrige Geschirr auf dem Tisch – winzige Teller und Krüge und gemusterte Schüsseln.

»Isst du davon?«, fragte sie verwundert.

Kezia lachte. »O nein, die sind nur zum Spielen. Ich habe

einen viel zu großen Appetit, um mich mit solchen Portionen zufrieden zu geben.«

Ob sie wohl Puppen hatte? Aber die waren verboten – gewiss gab es hier keine Puppen.

»Die sind für mich und meine erfundenen Freunde«, sagte Kezia. »Und jetzt, da du hier bist, für meine echte Freundin. Wir können so tun, als hätten wir hier einen Festschmaus! Ein Mahl mit unsichtbarem Essen, das keine Flecken macht und nach dem man kein Geschirr abwaschen muss!«

»Ich hatte noch nie einen Tisch, an dem ich Festmahl spielen konnte«, sagte Maria. Das würde wirklich Spaß machen!

Und plötzlich war die Schüchternheit zwischen ihnen verflogen. Sie waren einander wirklich sehr ähnlich, und als Freundinnen waren sie füreinander bestimmt.

»Aber jetzt komm; ich glaube, es ist Zeit für unser richtiges Essen, und ich möchte dich meinen Eltern vorstellen. Und – o ja – meinem kleinen Bruder Omri.«

Omri. Maria hatte noch nie von jemandem gehört, der Omri hieß. Sie erinnerte sich unbestimmt an den Namen – irgendein König, der böse gewesen war. Aber sie war auch noch nie jemandem namens Kezia begegnet. Offenbar hatten diese Leute keine Lust, ihren Kindern gewöhnliche Namen zu geben – wie Maria. Oder Jesus. Oder Samuel.

Kezia führte Maria in einen anderen Teil des Hauses, der ebenfalls an den Innenhof grenzte, in ein helles Zimmer mit tiefgrünen Wänden. Die oberen Flächen waren mit lebensechten Bäumen und Blumen bemalt. In der Mitte stand ein niedriger Marmortisch, und ringsherum lagen Kissen vor steinernen Rückenlehnen. Die Mittagshitze reichte nicht bis in diesen Raum, wohl aber das Licht.

»Mutter, Vater, das ist meine Freundin Maria«, verkündete Kezia stolz und führte ihnen Maria vor, als wäre sie ein kostbares Spielzeug. »Ihr wisst doch, ich habe euch erzählt, dass ich sie auf der Wallfahrt nach Jerusalem kennen gelernt habe.«

»O ja.« Eine hoch gewachsene Frau, in karmesinrote Seide gekleidet, beugte sich zu Maria herab und schaute sie mit großer Feierlichkeit an, als werde sie mit einer bedeutenden Persönlichkeit bekannt gemacht – mit einer Erwachsenen, nicht mit einem

Kind. »Ich bin so froh, dass du und Kezia Freundinnen geworden seid«, sagte sie leise.

»Willkommen«, sagte Kezias Vater. In Alter und Größe unterschied er sich nicht merklich von Marias Vater, aber er hatte mehrere goldene Ringe an den Fingern, und sein Gewand war farbenfroher als die schlichten Kleider, die Nathan bevorzugte.

Ein kleiner Junge mit rundem Gesicht, der ein bisschen jünger als Kezia aussah, kam schlurfend zum Tisch und lehnte sich dort an. »Tag«, sagte er schließlich.

»Das ist Omri«, sagte die Frau. »Omri, kannst du nicht lächeln? Du sagst guten Tag, aber du heißt sie kaum willkommen.«

»Ach, schon gut.« Omri seufzte und verzog den Mund zur Parodie eines Lächelns. »Willkommen«, sagte er und zog das Wort übertrieben in die Länge.

»Omri, du bist ein Scheusal!«, sagte Kezia.

»Ich weiß«, sagte er stolz. Dann ließ er sich auf ein Kissen fallen und grinste.

Maria setzte sich behutsam auf ein anderes Kissen und hielt sich sehr gerade. Hier war alles ganz anders als zu Hause. Hoffentlich würde sie vor diesen Leuten keinen peinlichen Fehler begehen. Aber sie hatte noch nie so gegessen, an einem Marmortisch. Und sie war auch noch nie von Dienerinnen umsorgt worden. Oder waren es Sklavinnen?

Sie warf einen verstohlenen Blick auf die Frauen, die das Essen auftrugen. Sie sahen nicht aus wie Sklavinnen; sie waren keine Ausländerinnen, und als sie sprachen, taten sie es ohne Akzent. Es mussten Leute aus der Gegend sein, die hier angestellt waren, um häusliche Dienste zu verrichten. Bei diesem Gedanken fühlte sie sich ein wenig wohler.

Es gab viele kleine Teller mit Speisen, die sie nicht kannte. In einer Schüssel war eine Art weißer Käse mit roten Adern, in einer anderen irgendwelche dunkelgrünen, salzigen Blätter und eine Frucht, die sie noch nie gesehen hatte. Ob diese Speisen … unrein waren? Ob sie sie essen durfte?

Aber diese Leute pilgerten doch nach Jerusalem; also mussten sie auch die Gesetze einhalten, sagte sie sich.

»Kezia sagt, dein Vater ist Nathan, der die große Fischhalle am See hat«, sagte der Mann zu Maria. »Ich habe mit ihm schon zu tun gehabt, und ich muss sagen, seine Ehrlichkeit und die hohe Qualität seiner Ware sind eine Seltenheit in der Fischverarbeitung. So viele andere sind schlüpfrige Charaktere – wie die Fische, mit denen sie umgehen, fürchte ich.«

»Danke, Herr«, sagte Maria. Der Gedanke an ihren Vater beunruhigte sie in diesem Augenblick. Was war, wenn er sie schon suchte? Was, wenn die Vorführung des Webers frühzeitig zu Ende gewesen war?

»Mein Vater ist Goldschmied«, sagte Kezia stolz. »Er hat eine große Werkstatt, und viele Künstler arbeiten für ihn. Sieh dir seine Ringe an. Sie sind aus unserem Geschäft!«

Deshalb trug er so viele. Jetzt erschien es ihr nicht mehr eitel. Er zeigte den Menschen damit einfach seine Kunst außerhalb der Grenzen seines Ladens. Sie wollte an dieser Familie nichts finden, was zu kritisieren wäre, denn sie hoffte, wenn sie es nicht könnte, dann könnten es auch ihre Eltern nicht.

»Warst du schon einmal in unserer Werkstatt?«, fragte Kezias Vater. »Sie ist gleich auf der anderen Seite des Marktplatzes.«

Maria glaubte nicht, dass sie schon dort gewesen war, aber sicher war sie nicht. Ihre Eltern kauften allerdings keinen Goldschmuck, und deshalb hätten sie wohl keinen Grund gehabt, dort hinzugehen.

»Wir gehen heute Nachmittag zusammen hin«, sagte Kezia. »Vater, du gehst doch wieder dorthin zurück, oder?«

»Ja, später«, sagte er. »Ich könnte dir die Werkstatt zeigen, wo die Schmiede das pure Gold zu Blechen hämmern, aus denen das Filigran gemacht wird.«

Heute Nachmittag – nein, das ging nicht. Es würde sicher auffallen, wenn sie so lange fortbliebe.

»Ich – ich kann nicht. Nicht heute Nachmittag«, murmelte Maria. Es widerstrebte ihr sehr, das zu sagen. Wie gern würde sie diese Werkstatt sehen!

»Ah. Dann ein andermal.« Er zuckte die Achseln. »War deine Familie zum ersten Mal in Jerusalem?«

»Ja.«

»Und wie fanden sie es? War es so, wie sie es erwartet hatten?«, wollte Kezias Mutter wissen.

»Das weiß ich nicht«, gestand Maria. »Ich weiß nicht genau, was sie erwartet hatten.«

»Und du, was hattest du erwartet?« Kezias Mutter beugte sich zu ihr herüber; anscheinend war sie wirklich interessiert.

»Ich hatte etwas erwartet, was nicht von dieser Welt ist«, sagte Maria schließlich. »Ich dachte, die Steine würden funkeln wie Glas, ich dachte, die Straßen wären aus Gold oder Saphiren, und ich dachte, ich würde ohnmächtig werden, wenn ich den Tempel sehe. Aber die Straßen waren nur mit Steinen gepflastert, und der Tempel hatte nichts Magisches, auch wenn er riesengroß war.«

»Du hast die Stadt erwartet, die der Prophet Ezechiel in seiner Vision erblickt hat«, sagte Kezias Vater. »Aber das war eine Verheißung dessen, was vielleicht kommt. Nichts anderes sind Visionen: Verheißungen von Gott.«

Visionen! War das dasselbe wie lebhafte Träume? »Gibt es heute noch Leute, die Visionen haben?«, fragte sie.

»Vielleicht«, sagte er. »Wir können nicht wissen, was in jedem Hause vor sich geht.«

»Unsere Freunde, die Römer, waren in Jerusalem jedenfalls nicht zu übersehen«, sagte Kezias Mutter. »Und ich glaube, in Ezechiels Vision kamen keine Römer vor.«

»Unsere Freunde?« Maria war schockiert.

»Sie meint es scherzhaft«, sagte Omri. »Es ist das Gegenteil dessen, was sie wirklich sagen will.« Mit gewichtiger Miene verschränkte er die Arme.

»Danke, Omri. Ich glaube, du solltest dich nicht für den diplomatischen Dienst bewerben.« Aber Kezias Vater lächelte und runzelte nicht die Stirn. »Und tatsächlich gibt es ein paar Römer, die unsere Freunde sind. Mehrere sind unsere Kunden, und sie kaufen die allerschönsten Halsketten und Ohrringe für ihre Frauen. Ein Mann, der seine Frau mit Gold schmückt, kann nicht völlig schlecht sein!«

Maria, die an die Tiraden ihrer Familie wider die Eitelkeit gewöhnt war, von den Schmähreden gegen die Römer ganz zu schweigen, musste lachen. Ja, es wäre aufregend, in ein Goldschmiedegeschäft geführt zu werden und sich dort etwas aussuchen zu können.

Ein kühler Wind wehte aus dem offenen Hof herein. Aus dieser Höhe konnte Maria auch den See blinken sehen. Das Haus war so günstig an den Hügel gebaut, dass es die Sommerwinde einfangen konnte. Aber was war im Winter, wenn die Stürme tobten?

Im Kreis aufgehängte Glasstücke klangen leise und spielten eine liebliche, hohe Musik, als die Luft hindurchzog. Es klang, als spiele der Wind Harfe.

»Im Winter ziehen wir uns ins Haus zurück«, sagte Kezias Mutter. »In die Zimmer, die schwarz und rot gestrichen sind, was im Ausland jetzt große Mode ist. Man fühlt sich sehr warm und gemütlich darin. Aber wer kann jetzt an den Winter denken?« Wieder sang die Windharfe – ein hohes, klingendes Seufzen.

Der hässliche Winter, der Stürme über den See fegen ließ und die Fischerboote in Gefahr brachte, der Winter mit seinen Unwettern, mit Nebel und einer Kälte, die in jeden Winkel jedes Hauses kroch – nein, daran war jetzt nicht zu denken. Nicht jetzt im Hochsommer, wenn das Land offen und golden und warm war und der See freundlich und ungefährlich und übersät von Booten in allen Größen.

»Maria ist ein sehr hübscher Name«, sagte Kezias Vater. »Wie heißen deine Geschwister?«

Maria ist ein sehr gewöhnlicher Name, dachte sie. Wie nett, dass er ihr deshalb ein Kompliment machte. »Ich habe zwei Brüder. Der eine heißt Eli, der andere Samuel.« Auch ganz gewöhnliche Namen. »Meine Mutter heißt Zebida«, fügte sie hinzu. Das wenigstens war kein alltäglicher Name; so hieß die Mutter eines alten Königs von Juda.

»Ich bin noch nie einer Zebida begegnet«, sagte Kezias Mutter.

»Nun, und ich noch nie einer Kezia oder einem Omri«, antwortete Maria.

»Kezia war eine von Hiobs Töchtern«, sagte ihre Mutter. »Nachdem Gott ihn von seinem Unglück erlöst hatte. Es bedeutet ›Cassia‹ und ist ein Gewürz. Als wir ihre roten Haare sahen, ist es uns beiden eingefallen.«

»Und Omri?« Was hatte Maria über Omri gehört? Nichts Gutes.

»Omri war der Beherrscher des Nördlichen Königreichs Israel«, sagte sein Vater. »Er war der Vater Ahabs.«

Sie hatte es gewusst! Er war böse! Maria hatte Mühe, sich nicht entsetzt die Hand vor den Mund zu schlagen.

»Oh, ich weiß, man sagt, er sei schlecht, weil heutzutage alles und jeder im Nordreich als schlecht gilt. Aber lass uns die Fakten betrachten«, sagte Kezias Vater.

Maria wusste nicht genau, wie man Fakten betrachtete, aber sie brannte darauf, es zu erfahren.

»Er gründete die große Stadt Samaria. Sie sollte es mit Jerusalem aufnehmen. Er gewann das verlorene Territorium jenseits des Jordan zurück und eroberte Moab. Er schloss Frieden mit Juda und beendete den andauernden Krieg zwischen den beiden Bruderstaaten. Er ist ein Mann, auf den man stolz sein, dem man nacheifern sollte.«

»Wir wollten, dass unser Sohn stark wird, mutig und tatkräftig«, erklärte Kezias Mutter. »Deshalb haben wir ihn Omri genannt. Wer weiß, was Omri vollbracht hat, versteht das. Alle anderen sind unwissende, bigotte Dummköpfe!« Wie meine Eltern, dachte Maria. Sie halten auch nicht viel vom Nordreich.

»Sara«, mahnte ihr Mann, »das ist ein bisschen übertrieben. Sie sind unwissend, aber wir wollen sie nicht Dummköpfe nennen.«

»Aber wenn du unsere Geschichtsbücher liest, siehst du selbst, wie blind sie sind.«

Sie las Bücher? Sie konnte lesen?

Kezias Mutter sah Maria an. »Lernst du lesen?«, fragte sie. »Kezia hat gerade mit dem Unterricht angefangen.«

»Nein, ich …« *Ich möchte es lernen, mehr als alles auf der Welt!*

»Möchtest du es mit Kezia zusammen lernen? Der Unterricht macht mehr Vergnügen, wenn mehr Schüler als Lehrer da sind.«

Konnte sie das? War es möglich, ihren Eltern zu entgehen und hierher zu kommen, um Lesen zu lernen? Ihr wurde schwindlig vor Aufregung, wenn sie nur daran dachte.

»Zweimal die Woche«, sagte Kezia. »Nachmittags. Wenn die meisten Leute ruhen.«

»Ich … ich kann fragen«, sagte Maria leise. Aber sie wusste schon, was für eine Antwort sie erhalten würde. Es hatte gar keinen Sinn zu fragen.

»Soll ich für dich fragen?«, schlug Kezias Mutter vor. »Ich könnte auch eine Einladung an …«

»Nein!«, unterbrach Maria hastig. Dann würde sie ihren Eltern erklären müssen, woher sie diese Leute kannte, und die ganze Geschichte käme ans Licht. Und die Antwort wäre immer noch nein. »Ich … ich werde fragen«, sagte sie.

»Und wie sollen wir einander benachrichtigen?«, fragte Kezia. »Sollen wir in dem Baum am See Briefe verstecken? Aber – oh – du kannst ja nicht schreiben.«

In diesem Augenblick war Maria endgültig entschlossen, Lesen und Schreiben zu lernen, koste es, was es wolle.

»Ich hänge ein rotes Taschentuch hin, wenn ich kommen kann, und ein schwarzes, wenn nicht«, sagte sie.

»Wo bist du gewesen?« Marias Mutter ragte bedrohlich vor ihr auf, als sie zu Hause ins Atrium kam – ein winziges Atrium, wie es ihr jetzt schien.

Auf dem Heimweg hatte Maria sich eine Geschichte zurechtgelegt: Nach der Vorführung des Webers sei sie auf dem Markt gewesen, um sich nach bunter Wolle umzuschauen; sie habe sehen wollen, ob es dort solche gebe wie die, die der Weber verwendet hatte. Und sie habe nicht vorgehabt, so lange weg zu bleiben.

Kühn erzählte sie diese Geschichte. Ihre Mutter beäugte sie. »Ich war da, als es zu Ende war. Ich habe dich nicht gesehen.«

»Ich bin kurz vorher gegangen, damit ich auf dem Markt sein konnte, bevor alle hinstürmten«, sagte Maria.

Zebida nickte beifällig. »Ja, so muss man es machen«, sagte sie. »Wenn zu viele Leute auf einen Händler einstürmen, weiß er, dass er etwas verkaufen kann. Dann kann er die Preise in die Höhe treiben. Und dann kann man natürlich nichts mehr bei ihm kaufen, weil er seine Preise erhöht hat.«

»Aber wenn der Preis – selbst der erhöhte Preis – angemessen ist?«, fragte Maria. Sie war so erleichtert darüber, dass sie mit ihrem heimlichen Ausflug davongekommen war, dass sie jetzt mit Vergnügen über Händler und ihre Preise diskutieren wollte.

»Auch dann darf man solches Verhalten nicht belohnen«, sagte ihre Mutter.

»Aber was ist daran auszusetzen?«, fragte Maria. »Wenn der Händler sieht, dass viele Leute bei ihm kaufen möchten, warum soll er dann keinen höheren Preis verlangen? Genauso wie ein Verkäufer, der merkt, dass niemand seine Ware will, seine Preise senkt? Ich habe schon gesehen, dass du zu solch niedrigeren Preisen eingekauft hast. Wenn das eine unrecht ist, warum nicht auch das andere?«

»Das verstehst du nicht«, sagte ihre Mutter.

Doch Maria wusste, dass sie es nur zu gut verstand. »Mutter«, sagte sie, »der Weber will zweimal wöchentlich Unterricht für Anfänger geben ...«

Der Sommer verging angenehm, mit langen, heißen Tagen und kühlen Nächten. Marias Ausrede, sie habe Unterricht im Weben, tat gute Dienste. Zweimal in der Woche eilte sie von der Webstunde geradewegs zu Kezias Haus auf der Anhöhe und zum Schreibunterricht. Kezias Eltern wollten nichts davon hören, dass sie etwas dafür bezahlte, so erfreut waren sie, dass ihre Tochter eine Schulkameradin hatte. Und wie eifrig sie lernte, wie begierig sie darauf war, das Lesen zu meistern, damit sich die ganze Welt vor ihr auftun könnte.

Es war am Abend des Rosch Haschana, des Neujahrsfestes im Jahr 3768; Maria lag vor lauter Aufregung wach im Bett und hörte plötzlich ein leises »Maria!«, als ob jemand auf der anderen Seite des Zimmers ihren Namen flüsterte.

Obwohl es eine wohlklingende Stimme war, erschrak sie. Sie setzte sich auf und spähte in die Dunkelheit. Hatte sie geträumt? Es war niemand da.

Es muss ein Traum gewesen sein. Wahrscheinlich habe ich geschlafen, ohne es zu merken, dachte sie.

Aber jetzt war sie hellwach. Und sie wusste, dass sie wach war, als sie die Stimme wiederum hörte: »Maria!«

Sie hielt den Atem an. Es war sonst nichts im Zimmer zu hören, kein Atmen, kein Rascheln.

»Maria.« Jetzt schien die Stimme ganz aus der Nähe zu kommen.

»Ja?«, fragte sie zaghaft.

Doch sie bekam keine Antwort. Maria wagte nicht aufzustehen.

Im Licht des Morgens schaute sie sich im Zimmer um, aber sie konnte nichts entdecken. War es vielleicht doch ein Traum gewesen? Sie grübelte fast den ganzen Vormittag darüber und fragte sich, ob es das war, was dem Propheten Samuel als Knaben passiert war. Als er bei dem Priester Eli lebte, hatte auch er in der Nacht eine Stimme gehört, die seinen Namen rief. Da aber war es die Stimme Gottes gewesen, und man hatte Samuel geheißen zu antworten: »Rede, Herr, denn dein Knecht hört!«

Wenn ich die Stimme noch einmal höre, nahm Maria sich vor, werde ich das Gleiche sagen. Unwillkürlich empfand sie ein Kribbeln des Entzückens bei dem Gedanken, sie könnte für irgendetwas *auserwählt* sein.

In dieser Nacht dauerte es bis zur Stunde der tiefsten Finsternis, ehe wieder etwas an ihr Ohr drang. Maria hatte tief geschlafen, weil sie nach der halb durchwachten Nacht zuvor erschöpft war.

»Maria, Maria«, hörte sie. Es war eine sanfte Frauenstimme.

Maria kämpfte sich aus den Tiefen des Schlafs empor und gab die Antwort, die sie eingeübt hatte: »Sprich, denn deine Magd hört!«

Stille. Dann sagte die Stimme leise: »Maria, du hast mich vernachlässigt. Du hast mir nicht die Aufmerksamkeit gewidmet, die ich verdiene.«

Maria richtete sich mit klopfendem Herzen auf. Der Herr – der Herr sprach zu ihr! Wie konnte sie darauf antworten? Wusste der Herr nicht alles? Kannte er nicht alle ihre Schwächen und Unzulänglichkeiten? »Ich …« Sie suchte nach Worten. »Wie kann ich dich vernachlässigt haben?« Der Tag des Versöhnungsfestes war nahe; wollte Gott ihr Gewissen auf eine schwere Unterlassung aufmerksam machen?

»Du hast mich verborgen und schaust mich nicht an. So darf man mich nicht behandeln.«

Was konnte er damit meinen? Gott konnte man nicht anschauen und nicht verbergen. »Ich verstehe nicht …«

»Natürlich nicht, denn du bist ein törichtes Kind. Du warst

klug genug, etwas Wertvolles zu erkennen, und klug genug, es zu beschützen, aber darüber hinaus bist du unwissend.«

Die Stimme klang spöttisch und unbeschwert zugleich. Sie hörte sich nicht an wie Gott – zumindest nicht so, wie er der Überlieferung nach zu Mose gesprochen hatte.

»Dann lehre mich, Herr«, sagte sie demütig.

»Also gut«, sagte die Stimme. »Morgen musst du mich wieder anschauen, dann werde ich dir sagen, was du tun sollst. Und jetzt schlaf, du Närrin.« Die Stimme entließ sie und verklang.

Schlafen? Wie sollte sie jetzt schlafen? Unglücklich sank sie ins Bett zurück. Gott hatte sie getadelt – und wofür? Sie hätte sich geehrt fühlen müssen, weil Gott zu ihr gesprochen hatte, aber er hatte so missbilligend geklungen.

»Du warst klug genug, etwas Wertvolles zu erkennen, und klug genug, es zu beschützen … Morgen musst du mich wieder anschauen …«

Beschützen … mich anschauen …

Unmöglich.

Noch ehe es ganz hell im Zimmer war, durchzuckte Maria die Erkenntnis: Es war das elfenbeinerne Götzenbild, das zu ihr gesprochen hatte.

Ja. So war es gewesen. Das erklärte, warum es eine Frauenstimme gewesen war und warum sie sich darüber beklagt hatte, dass sie verborgen gehalten wurde. Maria hatte die Figur tatsächlich in einem Kasten unter ihrem Wintermantel versteckt – und der Kasten stand tatsächlich auf der anderen Seite des Zimmers, woher die Stimme gekommen war –, und dann hatte sie sie vergessen.

Behutsam stand Maria auf und zog den Kasten hervor, dann schob sie die Hand unter die Falten des Wollmantels und tastete nach dem Bündel. Ja, da war es. Sie zog es ins graue Morgenlicht. Vorsichtig wickelte sie das Idol aus und schaute in das Antlitz der rätselhaften, lächelnden Göttin.

Wie konnte ich dich je vergessen?, war ihr erster, spontaner Gedanke.

»So ist's recht.« Es war, als sei die Stimme in ihrem Kopf. Das fein geschnittene Gesicht wurde mit jedem Augenblick deutlicher sichtbar, als es heller wurde. Da waren Linien ins Elfenbein geschnitten, die das Haar abbildeten, das über die Schultern floss. Die träumerischen, halb geschlossenen Augen, sogar das Muster des Gewandes und der symbolische Schmuck – alles das ließ ihre Macht ahnen, aber nur sacht, wie eine Vision aus uralter Zeit, als Göttinnen noch mächtig im Land waren und Winde und Regen beherrschten, Ernten, Geburten und Tod. »Ich bin wieder geboren ins Sonnenlicht.«

Das schöne Gesicht schaute Maria an.

»Stelle mich dahin, wo ich das Sonnenlicht spüren kann. So lange war ich im Dunkeln vergraben. In der Erde. Fern vom Licht verborgen.«

Gehorsam legte Maria das dünne Elfenbeinbildnis – denn es war sehr schmal, beinahe nur ein Relief auf einer Scheibe – ans Fußende ihres Bettes in einen Streifen Sonnenlicht.

»Ah.« Maria hätte schwören können, dass sie einen leisen, langen Seufzer hörte. Sie betrachtete das Bildnis eingehend und sah, wie das Tageslicht die zarte Schnitzerei hervortreten ließ.

Je kräftiger die Sonne wurde, desto stärker schien das Elfenbein zu leuchten und das Licht aufzusaugen.

Aber dann hörte Maria ihre Mutter vor der Tür, und hastig stopfte sie die Figur wieder unter den Mantel und schob den Kasten in die Ecke.

»Verzeih mir«, sagte sie.

»Aber Maria!«, sagte ihre Mutter in der Tür. »So früh schon auf den Beinen? Ein guter Anfang für dieses neue Jahr!«

Bald war es wieder Nacht. Maria lag in ihrem kleinen Bett und betrachtete das Flackerlicht der Öllampe, die in einer Nische in der Wand stand. Die Flamme hob und senkte sich und warf hüpfende Schatten über die weiß gekalkte Wand darüber. Bisher hatte sie diesen Anblick immer als behaglich empfunden, aber jetzt wirkte er weniger beruhigend.

Ich werde nicht aufstehen, befahl sie sich streng. Ich werde nicht hinübergehen. Es ist nur ein Stück Elfenbein, von Menschenhand geschnitzt. Es hat keine Macht.

»Mein Name ist Aschera, mein Kind.« Sie hörte die sanfte Stimme. »Aschera«, raunte sie immer wieder. Und Maria wusste, dass diese Göttin so hieß und dass sie so angeredet werden wollte.

Aschera. Ein schöner Name, so schön wie das Schnitzwerk selbst.

»Aschera«, wiederholte Maria gehorsam.

Zitternd vor Angst nahm sie sich insgeheim – denn Aschera konnte doch sicher ihre Gedanken nicht lesen – vor: Morgen werde ich es hinausbringen und wegwerfen, in die Schlucht. Nein – ich gehe zum Gemeindeofen und stecke es dort hinein. Nein, das darf ich nicht tun – es könnte das Brot verunreinigen. Ich gehe zum … ich gehe zum … Und während sie noch überlegte, wo sie ein endgültiges, läuterndes Feuer finden würde, schlief sie darüber ein.

Aber am nächsten Tag gab es viel zu tun, und sie hatte keine Gelegenheit, das Bildnis aus seinem Versteck zu holen und aus dem Haus zu schaffen. In ihrem Kopf blieb es still; sie spürte nicht, dass das Idol mit ihr sprach, und ihre Angst ließ nach.

Das große Versöhnungsfest – ein Fastentag, den Mose befohlen hatte – nahte mit Riesenschritten. An diesem Tag würden die Priester in Jerusalem alle vorgeschrieben Opfer darbringen und die nötigen Rituale vollziehen, um für das Volk Israel Vergebung für alle Sünden zu erlangen, bekannte wie unbekannte. Nach den Zeremonien zur Tilgung der gemeinschaftlichen Schuld würde man einen Ziegenbock in die Wildnis treiben, der die Sünden symbolisch auf dem Kopf trug. Dort draußen würde er wahrscheinlich verenden, und die Sünden des Volkes wären somit ausgelöscht.

Aber für den einzelnen Menschen war es ein ernster Tag, der in Zurückgezogenheit verbracht wurde. Nach einem Lobgottesdienst für den Herrn in der Morgendämmerung hatten die Gläubigen in ihren Häusern zu bleiben; sie mussten sich in Sackleinen kleiden, sich Asche aufs Haupt streuen und den ganzen Tag fasten und beten, sich all ihrer Sünden erinnern und sie im Vertrauen auf Gottes barmherzige Vergebung bekennen.

Es wurde ein herrlicher Tag, wie sich zeigte, und das machte das Büßen noch schwieriger. Die Sonne neckte die Betenden und betörte ihre Gedanken, sie lockte sie ins Freie, erinnerte sie an reifende Früchte und Weinfeste – all die hübschen Gaben des Lebens, die den Menschen daran hindern, seine dunkle Seite einmal allzu gründlich zu betrachten.

Aber im Hause Nathans blieb man standhaft, und alle Familienmitglieder hielten schweigend Fastenwache in ihren Zimmern.

Das obligatorische raue Tuchhemd, das Maria trug – das traditionelle »Sackleinen«, das man zum Zeichen der Reue trug –, kratzte so sehr, dass sie Flöhe zu haben glaubte. Sie konnte sich nicht vorstellen, wie die heiligen Männer in der Wüste es in diesem Sackleinen aushalten konnten, und eigentlich konnte sie sich auch nicht erklären, wie und warum sie so etwas zu Heiligen machen oder sie näher zu Gott bringen sollte.

Sie bemühte sich um Ehrfurcht, während sie gesenkten Hauptes pflichtgemäß die Zehn Gebote aufsagte.

»Du sollst keine anderen Götter haben vor mir. Du sollst dir kein Bildnis machen, du sollst sie nicht anbeten noch ihnen dienen.«

Aschera! Aber ich habe sie nicht gemacht, dachte Maria, und ich bete sie auch nicht an oder diene ihr. Außerdem werde ich sie nicht behalten! Das verspreche ich.

»Du sollst den Namen des Herrn, deines Gottes, nicht missbrauchen.«

Nein, das tue ich nicht. Ich gebrauche den Nahmen Jahwe nur im Gebet.

»Den Sabbattag sollst du halten, dass du ihn heiligest.«

Das tun wir immer. Wir halten uns stets an alle Gesetze.

Aber sie erinnerte sich, dass Josephs Entscheidung, gegen eines der Gesetze zu verstoßen, ihren Beifall gefunden hatte. Bin ich deshalb schuldig?, fragte sie sich.

»Du sollst deinen Vater und deine Mutter ehren.«

Der Unterricht! Die heimlichen Lesestunden! Sie verspürte heftige Gewissensbisse. Aber gleichzeitig fand sie nicht, dass am Unterricht an sich etwas auszusetzen war – nur, dass sie notgedrungen deswegen lügen musste.

»Du sollst nicht morden.«

Sie seufzte; hier war sie in Sicherheit.

»Du sollst nicht ehebrechen.«

Ein neuerlicher Seufzer der Erleichterung.

»Du sollst kein falsch Zeugnis reden wider deinen Nächsten.«

Sie war ein Mädchen, und Frauen durften nicht einmal vor Gericht Zeugnis ablegen; also konnte sie diese Sünde gar nicht begehen.

»Du sollst nicht begehren deines Nächsten Haus.«

Sie begehrte Kezias Haus, aber nicht wegen seiner Einrichtung, sondern wegen des Geistes der Leute, die darin wohnten.

»Du sollst nicht begehren deines Nächsten Weib, Acker, Knecht, Magd, Ochsen, Esel noch alles, was sein ist.«

Da hatte sie nun sicher gefehlt. Es gab so vieles, was sie begehrte und besitzen wollte. Sie konnte nichts dazu – wenn sie etwas anschaute und es so begehrenswert war …

Das ist keine Entschuldigung! Die strenge Stimme Jahwes schien in ihren Ohren zu dröhnen.

Aber es muss doch noch mehr geben, dachte sie. Diese zehn Dinge sind so *groß*. Was ist mit kleineren Dingen, mit alltäglichen Dingen? Mord ist doch nichts Alltägliches.

Für mich ist eine echte Sünde etwas wie … wenn man freiwillig etwas tut, obwohl man weiß, dass es unrecht ist, dachte sie. Ist es unrecht von mir, dass ich Lesen lerne, weil ich denke, dass es richtig ist, wenn ich es tue, obwohl meine Eltern es nicht wollen?

Und was ist mit schlechten Gedanken? Davon sprechen die Rabbiner nicht, aber sie sind es doch, die alles andere hervorbringen. Wenn man zornig ist, jemandem Böses wünscht, sich hinter ihrem Rücken über andere Leute lustig macht … Oh, man kann so vieles tun, ohne offiziell ein Gesetz zu übertreten.

Das Schlimmste, was ich begehe, sind die Gemeinheiten, die ich denke. Für jede Schlechtigkeit, die ich tatsächlich begehe, denke ich hundert böse Gedanken.

Ihr Magen knurrte. Sie hatte großen Hunger. Und Kopfschmerzen. Das soll uns daran erinnern, dass wir darauf angewiesen sind, von Gott gespeist zu werden, sagte sie sich, und wir sollen daran denken, wie oft wir vergessen haben, ihm dafür zu danken. Dennoch machte der dumpfe Schmerz es ihr schwer, sich zu konzentrieren.

Gehorsam saß sie auf dem harten Boden in ihrem Zimmer, benommen vom Hunger, und sie bemühte sich, die göttlichen

Gebote zu ergründen und über ihre kindlichen Sünden nachzusinnen.

Das Versöhnungsfest war ihr endlos vorgekommen. Während des stillen Mahls, mit dem sie das Fasten brachen, sagte Nathan mit gedämpfter Stimme: »Nur der Barmherzigkeit Gottes verdanken wir es, dass wir verschont wurden, um zu leben und zu bereuen.«

Aber würden sie nächstes Jahr um diese Zeit wirklich besser sein?, fragte Maria sich. Oder würden sie sich das ganze Jahr bemühen, derselben Sünden Herr zu werden, nur um immer weiter in ihren Klauen gefangen zu sein?

Vielleicht bemühen die Menschen sich einfach nicht genug, dachte sie. Ich werde mein Bestes tun. Leise wiederholte sie es und bewegte dabei die Lippen: Ich werde mein Bestes tun. Das war ein Gelübde. Sie wusste, dass Gott es gehört hatte und sie beim Wort nehmen würde. Und ich muss mich auch von dem Götzenbild befreien. Ich muss mich von allem befreien, was Gott missfällt.

Sie war mehr als froh, als sie zu Bett gehen konnte, obwohl sie ihr Kämmerchen den ganzen Tag über kaum verlassen hatte. So im Dunkeln zu liegen, das war, als ziehe sie einen Vorhang über einen Tag, der ohnehin dunkel gewesen war – verdunkelt von unerfreulichen Erkenntnissen und einem schlechten Gewissen.

Ich werde es besser machen, gelobte sie sich – und Gott – noch einmal. Sie dachte an den auserwählten Ziegenbock, der jetzt allein durch die Wüste irrte, beladen mit den Sünden des Volkes. Es würde Tage dauern, ehe er dem Tod anheim fiele – falls es überhaupt geschähe. Auf wunderbare Weise würde er vielleicht Wasser und Futter finden. Darin lag das Geheimnis: Niemand würde es je erfahren.

V

»Der römische Kaiser ist tot.« Nathan trat ins Haus und stellte seinen Korb hin. »Deshalb all die Unruhe.«

Die ganze Nacht über hatten sie fernes Rumoren in den Bergen gehört, ein Rumpeln und die unbestimmten Geräusche, die darauf hindeuteten, dass irgendetwas irgendwo geschehen war. Vielleicht war es der Lärm römischer Truppen, die von ihren Lagern zur Küste marschierten oder aus dem Norden herunterkamen und sich hier sammelten, falls es Unruhen gäbe.

»König Herodes Antipas hat uns allen öffentliche Trauer befohlen«, fuhr Nathan fort. »Oh, zu opfern brauchen wir nicht für den toten Imperator – nicht den römischen Göttern, nur unserem eigenen.« Nathan sah erleichtert aus, und die Falten auf seiner Stirn glätteten sich, aber in den sieben Jahren seit jenem Versöhnungsfest, an dem seine Tochter Maria ihr kindliches Gelübde vor Gott abgelegt hatte, war er stark gealtert. Er war jetzt Mitte vierzig, und die langen, anstrengenden Arbeitstage in den Salzschuppen hatten ihre Spuren hinterlassen. Seine beiden Söhne, die inzwischen verheiratet waren, nahmen ihm einen großen Teil dieser Last ab, aber es gab immer noch viel zu tun.

»Es wird nicht lange dauern, bis man den Kaiser selbst zum Gott erklären wird – wie den ersten, Julius Cäsar«, sagte Marias Mutter. »Ich frage mich nur, ob sie eine Anstandsfrist verstreichen lassen werden.«

Nathan schnaubte. »Ach, Zebida, was wäre denn eine Anstandsfrist?« Er setzte sich und nahm sich einen frischen Apfel, den er in einem Korb entdeckt hatte. »Wie lange dauert es, bis einer ein Gott wird?« Geräuschvoll biss er in die knackige Frucht. »Geschieht es – puff – in einem Augenblick? Oder geschieht es langsam und gemächlich, wie ein Brotteig aufgeht?«

Beide schütteten sich aus vor Lachen; sie stellten sich vor, wie der Leichnam des alten Kaisers Augustus sich majestätisch aufblähte, wie seine Züge anschwollen und schließlich seine ganze Gestalt vom Totenbett in die Höhe schwebte.

Als Zebida sich beruhigt hatte und wieder zu Atem gekommen war, sagte sie: »Er war Kaiser, solange sich irgendjemand erinnern kann. Wie alt ist – war – er?«

Nathan musste überlegen. »Weit über siebzig«, sagte er schließlich. »Nach allen Maßstäben ein langes Leben, besonders in Rom.« Er schwieg kurz. »Nach all den Jahren, all den Intrigen, all den Ehen hatte der arme Augustus keinen Sohn, der sein Nachfolger sein konnte. Herr über die Welt, aber der Letzte seiner Familie …« Nathan schüttelte den Kopf.

»Wer *wird* denn nun sein Nachfolger?« Zebida wurde ernst.

»Sein Stiefsohn Tiberius. Die Sache ist nur, dass er Tiberius nie leiden konnte. Aber am Ende war er alles, was er hatte. Alle anderen, Junge wie Alte, jeder, der ein besserer Kaiser hätte sein können, sind gestorben: sein bester Freund Agrippa, seine Enkel, seine Neffen …« Er zuckte die Achseln. »Sehr traurig. Ja, wirklich.«

»Wie ist Tiberius?«

Beide drehten sich um und sahen Maria in der Tür stehen. Wie lange stand sie schon da?

»Es heißt, er sei schwermütig«, sagte ihr Vater. »Und misstrauisch – überall sieht er Verschwörungen. Er hat zu lange darauf gewartet, dass er an der Reihe ist, Kaiser zu werden.«

»Warum? Wie alt ist er?« Maria hatte nichts von ihrer Wissbegier verloren, während sie herangewachsen war. Und nichts von ihrem flinken Verstand.

»Oh, er ist Mitte fünfzig«, sagte Nathan. »Er ist zu einer säuerlichen alten Jungfer geworden, wenn man einen Mann als alte Jungfer bezeichnen kann.«

Kaum hatte er diese Worte ausgesprochen, als er sie auch schon bedauerte. Maria war bereits in einem Alter, in dem sie verlobt hätte sein sollen, aber das hatte sich als überraschend schwierig erwiesen. Anscheinend hatte sie keine Lust zu heiraten, und die Familie hatte auch noch nicht viele Angebote erhalten, was an sich schon verwunderlich war. Sie war hübsch und gescheit, und eine Verbindung mit ihrer Familie eröffnete gute Aussichten für einen jungen Mann.

Maria biss die Zähne zusammen und funkelte ihren Vater an. Schließlich fauchte sie: »Und wie könnte ein römischer Mann eine alte Jungfer sein?«

»Dein Vater wollte damit nur sagen, er ist … heikel und empfindlich und … geziert …«

»Wie ich?«, erwiderte Maria. »Ich habe aber gehört, dass er sich auf obszönen Zusammenkünften mit seinen Freunden vergnügt; wie kann er da zugleich geziert sein?«

»Nun, wenn beides zugleich möglich ist, dann bei Tiberius«, erklärte ihr Vater. »Was für eine Herrschaft haben wir da bloß zu erwarten?«, orakelte er. »Aber vielleicht wird er sich in Rom beschäftigen und uns gar nicht beachten.«

»Wo hast du eigentlich gehört, was er da treibt?«, fragte ihre Mutter sie. Und was genau habe sie gehört? Was Zebida selbst gehört hatte, war wirklich abstoßend. Widernatürlich.

»Ach, das ist doch allgemein bekannt«, sagte Maria obenhin. Sie und Kezia hatten sich endlos lange über ihn und besonders über seine Orgien unterhalten; er diente ihnen als Maßstab der Verkommenheit, um damit die Männer aus ihrer Umgebung zu beurteilen: *Na, zumindest hat er keine Schriftrollen mit obszönen Bildern wie Tiberius … Wenigstens treibt er das, was er treibt, nicht in aller Öffentlichkeit, wie Tiberius … Er verteilt keine Marken, mit denen man an seinen Orgien teilnehmen kann, wie Tiberius …* Sie musste unwillkürlich kichern, als sie an die Einzelheiten dachte.

Ihr Vater seufzte; Marias Interesse an solchen Dingen würde es umso schwerer machen, sie zu verheiraten. Die Männer würden denken, dass sie ein schlechtes Geschäft machten, auch wenn sie anziehend und reizvoll wirkte. Lieber hätten sie ein schlichtes, aber sanftes Mädchen, dachte Nathan. Er betrachtete seine Tochter, wie ein Kaufmann es tun würde, und versuchte ihre verkaufsfördernden Eigenschaften einzuschätzen. Hübsches Haar. Angenehme Gesichtszüge, vor allem ihr Mund, wenn sie lächelte. Ein bisschen zu groß, aber schlank. Sprach ebenso gut Griechisch wie Aramäisch. Gute Kenntnisse der Schriften.

Zum Glück waren die meisten ihrer Vorzüge sichtbar, während ihre Nachteile nicht gleich ins Auge fielen. Nachteile: Ein rastloser, alles in Frage stellender Verstand. Eine Neigung zum Ungehorsam. Interesse an verbotenen Themen – wie Tiberius' Wollust. Anfälle von Schwermut, die sie gar nicht erst zu verbergen versuchte. Eine gewisse Liebe zu Luxus und Kostbarkeiten. Ein etwas zu aufbrausendes Temperament und eine gewisse Halsstarrigkeit. Und Verschlossenheit.

»Ich glaube, wir sollten wohl nicht lachen«, sagte Maria.

»Nicht, solange der alte Augustus irgendwo aufgebahrt liegt. Aber ist es nicht traurig, dass sie – die Römer, meine ich – wirklich glauben, dass er sich in einen Gott verwandeln wird?«

Und Sprunghaftigkeit, ergänzte ihr Vater die Liste von Marias missliebigen Eigenschaften.

»Ich frage mich, ob sie es wirklich glauben«, sagte Zebida, »oder ob es nur eine politische Konvention ist. Irgendwie kommt es mir noch merkwürdiger vor als der Glaube, dass Götzenbilder Macht haben, obwohl die Leute genau wissen, dass sie nur aus Stein und Holz sind.«

Und aus Elfenbein, durchzuckte es Maria. Es war lange her, dass sie an ihr Kindheitsgeheimnis gedacht hatte.

»Die Götzenanbeter sagen, es ist nicht der Stein, den sie anbeten; der Stein versinnbildliche nur eine andere Macht, eine unsichtbare Kraft«, sagte Nathan. »Aber zu behaupten, dass ein Mann zu einem Gott wird ...« Ratlos schüttelte er den Kopf.

»Und wenn man sich vorstellt, dass sie Augustus nach seinem Tod tagelang herumliegen lassen!«, sagte Maria. »Und dann verbrennen sie ihn.« Es schauderte sie. »Ich würde sagen, es ist barbarisch. Aber das sind sie ja auch, die Römer: Barbaren.«

»Heiden«, sagte ihr Vater. »Sie sind Heiden, keine Barbaren. Das ist doch ein Unterschied.«

»Wir würden wohl sagen, dass alle Barbaren Heiden sind, aber nicht umgekehrt«, sagte Zebida.

»Sie sind allesamt zu bemitleiden«, erklärte Nathan im Brustton der Überzeugung. »Heiden, Barbaren, alle miteinander, ganz gleich, wie du sie nennst.«

Der Leichnam des Augustus Cäsar, der fern von Rom verstorben war, wurde langsam zur Hauptstadt gebracht. Man reiste bei Nacht und ruhte bei Tag, und es dauerte zwei Wochen, bis der alte Kaiser das Herz der Stadt Rom erreichte, wo er fast ein halbes Jahrhundert lang Pläne und Ränke geschmiedet, Opfer gebracht und alles getan hatte, was in seinen Kräften stand. »Ich habe eine Stadt aus Backstein gefunden und eine aus Marmor hinterlassen«, soll er gesagt haben, und es stimmte: Die Trauerprozession zog durch die Straßen einer prachtvollen Stadt. Kein Ritual wurde ausgelassen, kein Schnörkel gespart, um seine letzte irdische

Reise so zu gestalten, dass sie all seiner anderen würdig war. Als man schließlich den Scheiterhaufen anzündete, sah ein ehemaliger Prätor namens Numerius Atticus, wie der Geist des Augustus in den Himmel hinaufschwebte – das schwor er später vor dem Senat.

Am 17. September, fast einen Monat nach seinem Tod, erklärte der Senat ihn förmlich zum Gott. Ihm sollten Tempel geweiht werden, er würde eigene Priester bekommen, und man würde ihm zu Ehren Feste feiern. Offiziell schwor man jetzt bei der »Gottheit Augustus«.

Diese Eidesformel wurde in allen Vorposten des Reiches sofort aufgenommen, auch im Land Israel, zumindest in römischen Verwaltungszentren wie Cäsarea. Aber in Jerusalem und Magdala fiel Augustus' Aufstieg zur Gottheit zufällig in die heiligen Tage zu Beginn des neuen Jahrs 3775. Und diejenigen, die am Versöhnungsfest wegen ihrer Sünden beteten und ihr Gewissen prüften, hätten es wohl ganz oben auf die Liste ihrer Frevel gesetzt, wenn sie einen Menschen zum Gott erklärt hätten – sollten sie jemals schwach genug sein, den neumodischen Schwur auszusprechen, und wäre es nur bei einer wichtigen geschäftlichen Transaktion.

Für Maria hatte das alljährliche Bußritual inzwischen eine beinahe öde Vorhersehbarkeit angenommen. Jedes Jahr zählte sie ihre Sünden auf, bereute sie aufrichtig und gelobte vor Gott, sie nicht wieder zu begehen. Und im nächsten Jahr saß sie wieder in ihrem Zimmer und bereute die gleichen Sünden wie zuvor. Manchmal waren sie weniger schwer, sodass sie Besserung sah, aber sie waren immer noch da, hartnäckig wie die Steine, über die die Esel liefen: festgetrampelt, aber nicht zerstört.

In diesem Jahr hatte Maria den vertrauten Sünden ein paar neue hinzugefügt. Im Verlauf des letzten Winters war sie von der Kindheit in einen Zustand hinübergewechselt, den man taktvoll als »nach der Art der Frauen« bezeichnete. Damit ging ein ganzes Bündel an neuen Erwartungen und Vorschriften einher; einige davon reichten bis zu Mose zurück und betrafen die rituelle Unreinheit, andere waren moderner und galten ihrem Benehmen. Das bedeutete, dass sie jetzt heiratsfähig war, und auch wenn ihr

Vater nicht darauf bestanden hatte, mit der Suche nach einem Bräutigam anzufangen, wusste sie doch, dass es nicht mehr lange dauern würde, bis er es täte.

Sie wollte gern heiraten, und zugleich wollte sie es nicht, was sie sehr verwirrend fand. Es war eine Schmach, nicht verheiratet zu sein, und natürlich wollte sie dieser Schmach entgehen. Sie wollte, was alle wollten – ein normales Leben führen und die Segnungen erfahren, die nach allgemeiner Übereinkunft Geschenke Gottes waren: Gesundheit, Wohlstand, Ansehen, eine Familie, ein Heim. Aber andererseits ... Sie wollte mehr Freiheit, nicht weniger, und die Verantwortung für einen Haushalt bedeutete in jeder praktischen Hinsicht ein Sklavendasein. Sie würde unablässig damit beschäftigt sein, für die Menschen, die unter ihrem Dach lebten, zu sorgen. Sie sah, wie schwer ihre eigene Mutter arbeitete, und das Gleiche galt für ihre Schwägerinnen, die in anderer Hinsicht so verschieden voneinander waren. Aber die einzige Alternative bestand darin, ihren Eltern zur Last zu werden und ihnen die Schmach einer unverheirateten Tochter aufzubürden. Die Schriften waren voll von mahnenden Worten über Witwen und Waisen: wie bemitleidenswert sie seien und wie man für sie zu sorgen habe. Aber eine unverheiratete Tochter genoss das gleiche Ansehen wie sie, nämlich gar keines. Der einzige Unterschied bestand darin, dass für die Ersteren vermutlich ein Bruder oder ein Vater sorgen konnte.

Aber das Leben war zu schön, um es in Ketten zu verbringen. Maria bemerkte, wie alt die Hausfrauen von Magdala aussahen, verglichen mit den Griechinnen, die gelegentlich mit ihren Männern, den Kaufleuten, in der Fischhalle erschienen. Ausländische Frauen durften Eigentum besitzen, hatte sie gehört, und sogar allein Reisen unternehmen. Manche von ihnen waren das Oberhaupt der Familie und führten ein Geschäft. Sie sprachen auf vertrauliche Weise mit ihren Ehemännern, ohne den Blick zu senken – Maria hatte es beobachtet, und sie hatte auch beobachtet, wie sie sich den Männern in ihrer Familie gegenüber benahmen. Sogar Eli schien das zu gefallen, als freue es ihn klammheimlich. Sie hatten aufregende Namen wie Phoebe und Phaedra, und sie trugen elegante Gewänder und bedeckten ihr Haar nicht. Namen, die ein bisschen klangen wie ... Aschera.

Der Name dröhnte wie ein Donnerschlag in ihrem Kopf. Aschera.

Aschera, die immer noch da war, wo Maria sie vor langer Zeit versteckt hatte. Aschera, die trotz Marias Vorsatz, sie aus dem Haus zu schaffen und zu vernichten, unbeschadet geblieben war. Aschera, die plötzlich machtvoll zugegen war.

Sowie dieser Tag vorbei ist, nahm Maria sich vor, werde ich tun, was ich schon vor langer Zeit gelobt habe. Ich werde sie wegschaffen. Gott befiehlt es mir. Er hat Götzenbilder verboten.

Den Rest des Tages, während die Sonne über den Himmel wanderte, sodass das Tageslicht in Marias nach Osten gewandtem Fenster verblasste, saß sie still da und sann pflichtbewusst über ihre Unzulänglichkeiten nach. Gehorsamer sollte sie sein, und sie sollte den Gehorsam freudiger zeigen. Sie sollte ihren Vater bei seinen Versuchen, einen Bräutigam für sie zu finden, nicht behindern. Sie sollte aufhören mit ihren Tagträumereien und sich nützlich machen. Sie sollte nicht so stolz auf ihre Haare sein, und sie sollte auch nicht den Wunsch haben, sie mit Henna rot zu färben. Sie sollte aufhören, griechische Gedichte zu lesen. Sie waren heidnisch und aufrührerisch und bildeten eine Welt ab, die ihr verboten war, und machten sie begehrlich. Und etwas zu begehren war Sünde.

Du wirst nie heiraten, wenn du diese schlechten Gewohnheiten nicht ablegst, sagte sie sich. Und du musst heiraten; es ist deine Pflicht gegen deinen Vater. Gott will, dass du ihm gehorchst. Was hatte Samuel noch in Gottes Namen gedonnert? »Siehe, Gehorsam ist besser denn Opfer, und Aufmerken besser denn das Fett von Widdern.«

Da kam ihr ein Gedanke. Gott hatte mit Abraham gesprochen, mit Mose, Samuel, Gideon, Salomo, Hiob, den Propheten – aber mit einer Frau sprach er anscheinend nur, um ihr zu verkünden, dass sie ein Kind bekommen werde!

Sie war plötzlich sehr bestürzt und bemühte sich, diesen Gedanken zurückzuweisen. Stimmte es denn? Nun ja, da war … Eva. Und was hatte er zu ihr gesagt? »Ich will dir viel Schmerzen schaffen, wenn du schwanger wirst; du sollst mit Schmerzen Kinder gebären.« Und zu Hagar: »Siehe, du bist schwanger geworden und wirst einen Sohn gebären, des Namen sollst du Ismael heißen.« Mit Sarah oder mit Hanna hatte er nie unmittelbar gesprochen, obwohl er ihnen die gewünschten Kinder gewährt hatte, die dann irgendeine Verheißung erfüllen oder Gott dienen sollten. Söhne, natürlich. Immer nur Söhne.

Es muss doch auch eine Frau geben, mit der er gesprochen hat, dachte sie. Irgendeine Frau, irgendwo, die eine Botschaft von ihm erhalten hat, die nichts mit Geburten zu tun hatte. Aber ihr fiel keine ein, obwohl sie noch lange nach Sonnenuntergang dasaß und nachdachte.

Und dann schlich sich ein neuer Gedanke in ihren Kopf. Aschera ist eine Göttin. Eine Göttin, die mit *Frauen* spricht.

Maria führte bereits in vieler Hinsicht das Leben einer Ehefrau. Mit dreizehn hatte ein jüdischer Junge das Studium der Gesetze beendet – wenn er nicht Gelehrter werden sollte – und nahm beim Gebet seinen Platz in der Gemeinschaft der Männer ein. Er hatte dann auch schon angefangen, einen Beruf zu erlernen, entweder den seines Vaters oder einen anderen. Und hätte er eine Zwillingsschwester, wäre sie mit dreizehn dazu vergattert worden, im Elternhaus häusliche Pflichten zu übernehmen und darauf zu warten, dass sie verheiratet wurde. Marias Alltag unterschied sich insofern kaum von dem ihrer Mutter. Die Arbeit war ebenso schwer wie langweilig, denn die einzige Herausforderung, die damit verbunden war, bestand darin, dass bis zum Abend alles geschafft sein musste. Maria war sehr tüchtig, und an den meisten Tagen war sie schon früher fertig, sodass sie danach ein bisschen Zeit für sich hatte, in der sie tun konnte, wozu sie Lust hatte.

Sie spazierte gern allein südwärts am See entlang, über das Ende der hübsch gepflasterten Uferpromenade hinaus, die im Zentrum der Stadt am Wasser entlangführte, an den Mauern vorbei, die als demonstrativer Schutz der Stadt in den See hineinreichten, und dann weiter über den Strand.

Ihr Lieblingsplatz war ein glatter, runder Felsen am Wasser, auf dem sie oft saß und der Dämmerung zuschaute. Abends und bei Sonnenaufgang schien der See von innen zu leuchten, als beziehe die Sonne dort ihre geheime Wohnung. Dann wurde es immer still; der Wind legte sich, und Blätter und Binsen raschelten nicht mehr. Der Tag selbst seufzte wie Gott zu Beginn der Schöpfung, als er sagte: »Es ist sehr gut.« Rasch fiel dann das Zwielicht ein, als habe jemand einen Vorhang zugezogen, und das rosige Licht wurde zu malvenfarbenem Glanz.

Fern vom lärmenden Treiben der Stadt holte Maria dann ihre Lektüre hervor und verschlang griechische Gedichte und die Geschichten von uralten Helden wie Herakles. In Israel gab es keine Volksliteratur; alles Schriftliche drehte sich um die Religion. Wen es nach Abenteuern verlangte, nach philosophischen oder historischen Traktaten, der musste die griechischen, lateinischen und ägyptischen Autoren lesen. Auf dem Markt wurden sie lebhaft gehandelt, denn die Leute lechzten danach, ganz gleich, was die Weisen in Jerusalem dazu sagen mochten. Abgegriffene Kopien der *Ilias* und der *Odyssee*, Sapphos Gedichte und Ciceros Abhandlungen, das Gilgamesch-Epos sowie Catull und Horaz – unter den Theken mit Fisch und Leinen vor den Stadttoren wurde das alles verkauft und wieder verkauft.

Im Augenblick las Maria den Dichter Alcaeus; sie plagte sich mit dem Griechischen, vom schlechten Licht gar nicht zu reden. Ihr eigener Bruder Silvanus hatte sich zu ihrem Komplizen gemacht und ihr insgeheim Griechischunterricht gegeben. Seit Tagen schon arbeitete sie sich durch ein Gedicht über ein Schiffsunglück, und heute würde sie den letzten Satz vollenden – ein großer Triumph. Ihr lahmer Vorsatz, die griechische Lyrik aufzugeben, war längst dahingewelkt.

»Nicht mehr zu deuten weiß ich der Winde Stand,
Denn bald von dorther wälzt sich die Wog heran
Und bald von dort, und wir inmitten
Treiben dahin, wie das Schiff uns fortreißt,

Mühselig ringend wider des Sturms Gewalt;
Denn schon des Masts Fußende bespült die Flut
Und vom zerborstnen Segel trostlos
Flattern die mächtigen Fetzen abwärts.«

Sie faltete den Papyrus zusammen und schaute auf den See hinaus. Wie es sich für ein Gedicht gehörte, ließ es sie den Sturm sehen, nicht die glatte, friedliche Wasserfläche, die in Wirklichkeit vor ihr lag. Die Erinnerung an Stürme, die sie auf diesem für seine Gefährlichkeit berüchtigten Gewässer mit angesehen hatte, stieg wie eine machtvolle Woge in ihr auf.

Sie erhob sich. Bald würde es dunkel sein, und vorher müsste sie den Schutz der Stadtmauern erreichen. Aber sie hatte noch etwas zu tun, etwas, das sie vor langer Zeit geschworen hatte.

Aus ihrem Beutel zog sie ein kleines Tuchbündel, das tief darin versteckt gewesen war. Das Idol. Aschera. Sie würde es jetzt in den See werfen und dort versinken lassen, wo es Fische und Steine und Tang betören konnte.

Zögernd wog sie es in der Hand. Ich werde es nie wiedersehen, dachte sie. Ich weiß kaum noch, wie es aussieht, so viele Jahre ist es her.

Schau es nicht an!, befahl sie sich streng. Hat es nicht schon einmal mit dir gesprochen? Hat es sich nicht erst gestern in deine Gedanken geschlichen?

Sie holte weit aus und straffte sich, um es so weit in den See hinauszuwerfen, wie ihre Kraft es erlaubte.

So schwach bin ich doch nicht, sagte sie spöttisch zu sich. Habe ich etwa Angst, ein heidnisches Götzenbild anzuschauen? Ich schäme mich meiner Angst. Die Angst kann man nur besiegen, indem man ihr ins Gesicht blickt. Wenn ich es jetzt nicht anschaue, wird es für immer Macht über mich behalten.

Langsam ließ sie den Arm sinken. Sie öffnete die Hand, und das kleine Bündel lag auf ihrer Handfläche. Mit spitzen Fingern rollte sie das Tuch auf. Im violetten Licht sah sie das elfenbeinerne Gesicht, und seine Lippen schienen ihr entgegenzulächeln.

Sie beugte sich darüber, um es im Halbdunkel besser sehen zu können. Es war so schön, dass sie tatsächlich den Atem anhielt. Es war schöner als die weißen Marmorstatuen der Athleten, die sie gesehen hatte, als man sie über den See in die heidnische Stadt Hippos transportiert hatte, schöner auch als die sinnlichen Porträts auf den Silbermünzen aus Tyrus, die an den Marktständen der fremdländischen Händler von Hand zu Hand gingen.

Es wäre ein Fehler, es zu vernichten, dachte sie. Ich könnte es doch an den griechischen Händler verkaufen, der regelmäßig auf dem Weg nach Cäsarea bei uns vorbeikommt. Es muss eine

Menge wert sein. Und dann könnte ich – ein kurzer Gedanke – das Geld verstecken und mich damit vor einer unerwünschten Hochzeit bewahren. Hastig vertrieb sie diesen Gedanken mit einer frommen Überlegung: Ich könnte das Geld in das Geschäft meines Vaters stecken oder den Armen spenden.

Auf jeden Fall war es Verschwendung, das Bildnis in den See zu werfen.

Seufzend ob dieses Sieges über ihre Torheit, verbarg Maria das Bildnis wieder in ihrem Beutel.

VI

»Er scheint mir ein ehrenwerter junger Mann zu sein«, sagte Nathan bei Tisch, und es klang, als bitte er um Nachsicht. Er strich sich ein wenig Feigenpaste auf sein Brot und wartete.

»Das fand ich auch.« Zebida nickte.

»Unsere Familie hat den Einzug Dinas überstanden. Also können wir alles überstehen«, sagte Silvanus. Elis Frau Dina, die in ihrer Gesetzestreue noch unbeugsamer war als Eli selbst, hatte große Heiterkeit, aber auch großen Kummer in die Familie gebracht. Sie hatte das Zelebrieren des Passahmahls – und jeder anderen Mahlzeit – zu einer Strapaze der Schicklichkeit und rituellen Reinheit gemacht, und die Folge davon war, dass sie nur selten mit Eli und Dina zusammen speisten.

Jetzt richteten alle drei den Blick auf Maria, denn deren Meinung war die wichtigste von allen. Sie war es schließlich, die mit ihm würde leben müssen.

»Ich …« Die Worte wollten nicht aus ihrem Mund kommen. Ihre Gedanken waren nebelhaft und wie gelähmt. Was hatte sie von Jeol gehalten, dem jungen Mann, der ein paar Monate im Geschäft der Familie gearbeitet hatte und jetzt bereit war einzuheiraten? Er hatte einen ganz freundlichen Eindruck gemacht. Er stammte aus einer angesehenen Familie im benachbarten Nain, war zweiundzwanzig Jahre alt, ziemlich anziehend, und schien sich gut mit jedermann zu verstehen. Maria hatte kaum zwanzig Worte mit ihm gesprochen. Wenn er sich für sie interessiert hatte, warum hatte er dann nie versucht, sich mit ihr zu unterhalten? Sie war oft genug in der Fischhalle gewesen.

Alle starrten sie an. »Ich … ich glaube, ich habe nichts dagegen.«

Das war nicht das, was sie hatte sagen wollen! Was war los mit ihr?

Ihre Gedanken drehten sich im Kreis, und sie sagte Dinge, die nicht wiedergaben, was sie fühlte. Und das nicht nur heute. So ging es jetzt seit Monaten.

Es lag sicher daran, dass sie nicht mehr schlafen konnte. Es musste daran liegen. Im letzten Winter hatte sie die Fähigkeit, tief und fest zu schlafen, verloren, und an ihre Stelle waren entsetzliche, grelle Träume oder vollständige Schlaflosigkeit getreten. Und ihr Zimmer – das Zimmer war sehr kalt geworden, während es überall im Haus behaglich blieb. Vergebens hatte ihr Vater die Wände nach Ritzen abgesucht, die die Zugluft hätten erklären können; er hatte nichts gefunden. Schließlich hatte sie sich nur ein paar weitere Wolldecken geholt.

Die Schlaflosigkeit fordert offenbar ihren Tribut, dachte Maria. Ich kann anscheinend nicht mehr denken. Nicht mehr antworten. Aber hier geht es um meine Heirat! Um das, was ich mir zugleich wünsche und nicht wünsche. Um das, was mein ganzes Leben ruinieren wird, wenn ich die falsche Entscheidung treffe. Seit Jahren schon graut mir vor diesem Tag. Für die Familie ist er schon zu lange hinausgeschoben worden – und für mich längst nicht lange genug.

Nathan beugte sich vor. »Eine windelweiche Antwort auf eine sehr wichtige Frage«, sagte er. »Ich habe nichts dagegen – das mag passen, wenn es darum geht, ob du einen kurzen Spaziergang machen willst oder nicht, aber es ist kaum das, was man auf einen Heiratsantrag erwidert.«

»Ich … Wie lautet denn sein Antrag?«, fragte Maria. Vielleicht könnte sie sich entscheiden, wenn sie die Einzelheiten gehört hätte.

»Dass er in das Geschäft der Familie eintritt und dass er nach Magdala zieht. Du würdest also nicht bei seiner Familie leben müssen.«

Das war gut. Maria wollte nicht bei einer Schwiegermutter

wohnen und eine Familie versorgen, die sie nicht einmal kannte, auch wenn das allgemein so üblich war.

»Dass er eine angemessene Summe Geldes als *mohar*, als Brautgeschenk, für dich mitbringt und dass die Hochzeit nächstes Jahr stattfinden soll. Dann bist du siebzehn, und er ist dreiundzwanzig. Zeit genug für euch beide. Was sagen die Rabbiner? Selbst die liberalsten unter ihnen sind der Meinung, dass ein Mann nicht älter als vierundzwanzig Jahre sein soll, bevor er heiratet.«

»Vielleicht geht es ihm nur darum, solchen Erwartungen gerecht zu werden«, sagte Maria. »Vielleicht zwingt sein Vater ihn dazu.«

So. Das passte schon eher zu ihr. Sie schüttelte den Kopf, um ihre Gedanken zu klären.

»Was tut das zur Sache?«, fragte ihre Mutter. »Entscheidend ist, dass er ein guter Mann aus einer guten Familie ist und dass ihr euch gut verstanden habt. Und er hat gute Aussichten.«

»Ich weiß nicht einmal, ob er mir gefällt. Ich bin nicht sicher, dass ich ihn erkennen würde, wenn ich ihm auf dem Markt begegnen sollte.«

Silvanus hob den Kopf, als wäre er ein Schriftgelehrter, der über all das nachgedacht hatte. »Ich glaube, auf die Auswahl unseres Esels verwenden wir größere Sorgfalt!«, platzte er heraus.

Sein Vater runzelte die Stirn. »Das ist eine törichte Bemerkung. Selbstverständlich waren bei dem Esel mehr Fragen erforderlich, denn er konnte ja nicht für sich sprechen. Bei einem Mann ist das anders.«

»Tatsächlich?«, fragte Maria. »Was hat der Mann denn über sich gesagt? Oder geht es nur um das, was er *nicht* sagt oder was andere über ihn sagen?«

»Sprich selbst mit ihm!«, befahl Nathan. »Wenn er das nächste Mal in der Fischhalle ist, kommst du herunter und redest mit ihm. Aber was soll ich ihm bis dahin sagen?«

»Sag ihm – dass ich über ihn genauso viel wissen will wie über den Esel der Familie.«

»Nein, das werde ich nicht tun! Ich sollte dir einfach befehlen, klare Verhältnisse zu schaffen«, sagte ihr Vater. »Schluss mit den Albernheiten! Entscheide dich noch heute. Und schlag dir ein Gespräch mit ihm aus dem Kopf. Wenn du mit ihm sprichst, wirst du ihn nur verscheuchen.«

Aha. Jetzt hat er es ausgesprochen. Sie sind verzweifelt darauf aus, mich endlich unter die Haube zu bringen, und sie waren überglücklich, als der Mann aus Nain um meine Hand angehalten hat, dachte Maria. Ich bringe sie in Verlegenheit – unverheiratet mit sechzehn! Vielleicht ist dies die letzte Gelegenheit.

»Ich ... Ich muss mindestens bis morgen darüber nachdenken«, sagte sie: »Bitte tut mir diesen Gefallen. Wir haben uns ja mehr Zeit gelassen, als es um den Kauf des ...«

»Schluss mit diesem Esel!«, schrie Nathan.

Endlich war es Zeit, sich zurückzuziehen. Maria legte sich in ihr schmales Bett in dem kalten Zimmer – seltsam kalt war es dort, obwohl der Winter noch nicht gekommen war. Sie zog sich die Decken über den Kopf und schloss die Augen, voller Sehnsucht danach, der Tageswelt zu entfliehen.

Aber der Schlaf schlich sich wunderlicherweise wieder davon. Jeder Schatten in ihrem Zimmer war ihr empfindlich bewusst, jedes leise Geräusch und auch das Viereck aus Mondlicht, das in einer Ecke leuchtete wie das Auge eines unerbittlich suchenden Gottes.

»Was geschieht mit mir?«, fragte sie mit dünner, gedämpfter Stimme. »Ich glaube, ich kann nicht mehr denken; ich bin fast nicht mehr ich selbst.«

Ihr war, als könne sie ihren Atem sehen. Langsam hauchte sie aus, und da war er. Eine zarte Wolke im Mondlicht. Das war doch unmöglich! Draußen war es wärmer. So kalt konnte es im Haus nicht sein.

Und der Druck auf ihrer Seele – als laste etwas auf ihr, als *presse* es sie regelrecht nieder.

Der Mann ... Joel ... Versuche an Joel zu denken!, befahl sie sich. Er will dich heiraten, dich zu sich in sein Haus nehmen. Stell dir sein Gesicht vor!

Sie wollte sich sein Gesicht vor Augen rufen, aber sie konnte es nicht. Offenbar war es aus ihrem Gedächtnis verschwunden.

Plötzlich hörte sie quer durch das Zimmer ein mahlendes Geräusch. Hellwach richtete sie sich auf und versuchte zu erkennen, was es war, aber undurchdringliche Finsternis umgab sie. Dann schob sich sehr langsam etwas ins Zimmer – ein kleiner Kasten. Er bewegte sich tatsächlich Zoll für Zoll über den Steinboden und machte dabei dieses scharrende Geräusch.

Voller Angst beobachtete sie, wie der Kasten in den viereckigen Fleck Mondlicht rutschte.

Sie wollte beten, doch nur sinnlose Wörter kamen ihr über die Lippen, lauter Wörter, die sie gar nicht kannte.

Was ist in dem Kasten?, fragte sie sich. Aber sie hatte zu viel Angst, um aufzustehen und nachzusehen. Stattdessen starrte sie ihn an, während er erwartungsvoll dastand.

Obwohl sie völlig starr im Bett lag, schlief sie schließlich seltsamerweise ein. Die Träume, die sie hatte, waren merkwürdig und voller Einzelheiten; sie sah schwarze Höhlen, die sich tief in den Berg hinter der Stadt bohrten und unergründlich waren. Sie waren wie die Nacht.

Aber als der Tag graute und Maria die morgendlichen Geräusche draußen hörte – Schritte auf dem Weg vor dem Haus und das Knarren der Fischerboote, die auf den See hinausgerudert wurden, wo die Arbeit begann –, trat sie aus der Traumhöhle heraus und war wieder in ihrem Zimmer. Sofort schaute sie auf den Boden, um zu sehen, wo der Kasten war. Sie wusste, dass auch das ein Traum gewesen war – der wandernde Kasten.

Er stand … nicht genau da, wo er sonst immer stand, aber doch nicht mitten im Zimmer. Vielleicht hatte ihre Mutter ihn verrückt, und sie hatte es nicht bemerkt, oder sie hatte es aus dem Augenwinkel bemerkt und dann davon geträumt.

Oder war der Kasten zurückgewichen, als sie eingeschlafen war?

Schweigend stand sie auf. Es war immer noch sehr kalt im Zimmer. Sie legte sich ein Tuch um die Schultern und rieb sich die Arme, um sich zu wärmen. Zu ihrer Verblüffung stellte sie fest, dass sie von Kratzern bedeckt waren, geschwollenen Kratzen, die ein Muster bildeten, und es tat weh, sie zu berühren.

Fast hätte sie aufgeschrien, aber sie beherrschte sich. Sie streckte die Hände aus und betrachtete die Spuren auf ihren Armen. Sie sahen aus, als habe sie sich an Dornen oder Disteln gerissen. Was hatte sie am Tag zuvor getan? Sie versuchte sich genau zu erinnern. War es möglich, dass sie mit Disteln in Berührung gekommen war? Oder hatte sie angefangen zu schlafwandeln? In der Stadt hatte es einmal einen kleinen Jungen gegeben, der schlafwandelte; er war nachts umhergeirrt und hatte sich am nächsten Morgen nicht daran erinnern können. Seine Eltern hatten ihn abends ans Bett fesseln müssen. Es war eine schreckliche Vorstellung, dass sie sich irgendwo in Gefahr begab, ohne es zu ahnen.

Sie beugte sich über den Kasten und strich mit den Händen über den Deckel – eine glatte Fläche, die der Tischler aus Magdala bearbeitet hatte, mit ein paar Zierbeschlägen. Sie kippte den Kasten um. Er hatte keine Rollen oder sonst etwas, womit er sich leicht hätte von der Stelle bewegen können – ganz im Gegenteil: Die stabilen Füßchen verankerten ihn fest am Boden, sodass er kaum zu verrücken war.

Aber – sie hielt den Atem an – die Füßchen würden ein scharrendes Geräusch machen, wenn man den Kasten über den Boden schöbe! Und tatsächlich: Hinter dem Kasten sah sie feine Striche, die bewiesen, dass er bewegt worden war.

Doch niemand war da, der ihn hätte bewegen können, dachte sie.

Langsam öffnete Maria den Kasten, als rechne sie damit, dass eine Schlange hervorschnellte. Aber es waren nur gefaltete Leinenhemden darin, ein paar schwere Wolltücher und darunter einige ihrer griechischen Schriften, die sie dort versteckt hatte, als wären sie gefährlich. Kühner geworden, schob sie die Hand hinein und tastete umher. Keine Schlangen, keine Skorpione, nichts Bedrohliches. Ihre Hand fand einen Klumpen, ergriff ihn und zog ihn hervor.

Es war etwas, das in mehrere Lagen Tuch eingewickelt war, etwas, das sich schrecklich vertraut anfühlte. Langsam und bang wickelte sie es aus. Das Tuch fiel herab und offenbarte ein lächelndes Gesicht: Aschera.

Die Erkenntnis durchfuhr Maria wie ein Schock. Die dreiste Schönheit des Götzenbildes, das ihre Hand gehindert hatte, es zu vernichten, schien sie zu verspotten.

»Du hast nicht den Mut, mit mir zu ringen«, schien es vertrauensvoll zu sagen. *»Diese männlichen Propheten, Jeremia, Hosea und*

wie sie alle hießen, die hätten kurzen Prozess mit mir gemacht. Aber du als Frau verstehst mehr. Du verstehst, dass wir Schwestern sind und einander helfen müssen. Du hast mir geholfen, und nun will ich dir helfen. Ich werde dir geben, was zu geben in meiner Macht steht.«

Und was ist das?, fragte Maria in Gedanken.

»Was ist es, das Frauen haben wollen? Es ist immer das Gleiche. Sie wollen Schönheit, und sie wollen dadurch Macht über Männer haben, die Gewissheit, beschützt zu sein. Sehr einfach.«

Aber ich will mehr als das, dachte Maria. Ich will die Glorie Gottes in meiner Person widerspiegeln, will das sein, wozu er mich geschaffen hat. Will in diesem Streben nicht von Kleinigkeiten behindert werden, von der Klette, die an meinem Mantel hängt.

Männer durch Schönheit für sich zu gewinnen – das war jedoch etwas, was man viel eher von einer Frau erwartete. Darin lag die Versuchung. Es war viel unbedeutender, und doch schätzte man es in vielfacher Hinsicht weit mehr.

»Du kannst meiner Schönheit nichts hinzufügen und ihr auch nichts nehmen«, sagte Maria laut. »Ich sehe aus, wie ich aussehe, und nichts kann daran etwas ändern.« Widerlege mich. Sag etwas anderes, dachte sie herausfordernd.

»Aber ich kann beeinflussen, wie andere dich sehen«, wisperte Aschera in ihrem Kopf. *»Werden sie in dir die Magdalenerin sehen, geheimnisvoll und schön, oder die einfache Maria aus der Pökelfischfamilie in Magdala?«*

»Ganz gleich was ich mir selbst wünschen könnte – die Wahrheit ist, dass meine Stellung im Leben bereits feststeht«, antwortete Maria ihr. »Die Menschen sehen in mir das, was sie immer gesehen haben.«

»Ich kann von diesem Augenblick alles verändern«, versprach Aschera. *»Ich kann dir den Liebreiz einer Göttin geben. Zumindest in den Augen der anderen.«*

»Also kannst du meine Gesichtszüge nicht verändern, nicht meine Augen oder meine Nase?«, fragte Maria. »Ein Mann hat mich gefunden und auserwählt, und zwar so, wie seine Augen mich gesehen haben. Es ist zu spät.«

Aschera seufzte. *»Es ist nie zu spät«*, raunte sie. *»Ich bin eine*

Göttin der Frauen, und ich habe dich auserwählt. Ich werde deine Träume erfüllen, dich begehrenswert machen für deinen Mann.«

Woher weiß sie das? Woher kennt sie diese tiefe, geheime Sehnsucht?

Frauen. Männer. Ehe. Liebe und Sehnsucht. Kinder. Jede Frau will Batseba sein, will Rahel sein, will die geliebte Braut sein. *Ich auch.*

»Alle meine Träume … alle meine Wünsche, in Schönheit zu wandeln … gewähre sie mir!«, befahl sie schroff und voller Sarkasmus.

Ihre Finger umklammerten das Idol, als wolle sie es erwürgen, als wolle sie es daran erinnern, dass es in ihrer Macht stehe, es zu vernichten. Es lag so leicht in ihrer Hand. Mach mich schön, mach, dass mein Mann mich mehr als alles andere begehrt!, befahl sie. Dann schob sie das Bildnis tief in den Kasten, schlug den Deckel zu und schob den Kasten zurück an die Wand.

Ich bin nicht schön, dachte sie und richtete sich auf. Ich weiß, dass ich es nicht bin. Aber wie gern wäre ich es, und sei es nur für einen Tag! Wie sehr wünsche ich mir, jemand könnte mich – und sei es mit verändertem Blick – so sehen!

Als sie aus ihrem Zimmer kam, waren ihre Eltern schon aufgestanden und saßen bei Brot und Käse. Erwartungsvoll schauten sie ihr entgegen; sie hatten ungeduldig auf sie gewartet.

Schnell setzte sie sich an den kleinen Tisch und brach sich ein Stück Brot ab.

»Und?«, fragte ihr Vater. Sie sah, wie ihre Mutter ihn anfunkelte, als wolle sie sagen: Nathan, nicht so hastig!

»Ich bin bereit, Joels Frau zu werden«, erklärte sie. Es schien das Richtige zu sein, und sie war erschöpft von den inneren Kämpfen und der Selbsterforschung. Heiraten musste sie, und Joel war vermutlich nicht schlechter als jeder andere und besser als die meisten. In einem oder zwei Jahren würden ihre Aussichten sich rapide verschlechtern, und sie würde vielleicht gezwungen sein, irgendeinen alten Witwer zu heiraten. Außerdem … Vielleicht spukte in diesem Haus ja ein bösartiger Geist, der es offenbar auf sie abgesehen hatte, und woanders würde es ihr besser gehen. Es vertrieb sie von hier, was immer *es* war. Vielleicht hatte es gar nichts mit dem alten Elfenbeinidol im Kasten zu tun, sondern war irgendeine andere Macht. Wie wollte sie das wissen?

Maria hatte die Besessenen auf dem Markt umherirren sehen – die »Besitzlosen« sollte man sie nennen, denn sie hatten alles im Leben verloren. Die Leute hatten sie angestarrt und einen weiten Bogen um sie gemacht. Niemand konnte erklären, warum ein Dämon sich einen Menschen auserwählte und einen anderen nicht, und manchmal traf es die besten Familien. Jetzt war anscheinend auch einer in Marias Haus eingedrungen, und sie hatte die Pflicht, es zu verlassen und den Geist entweder mitzunehmen, um die Familie zu schützen, oder seinem Zugriff zu entfliehen.

»Maria … wie … wie wundervoll!«, rief ihre Mutter. Offensichtlich hatte sie einen langen Kampf erwartet. Mit ihrem bereitwilligen Nachgeben hatte Maria ihnen ein unerwartetes Geschenk gemacht. »Ich freue mich so für dich.«

»Ja«, sagte Nathan. »Wir fanden nämlich, dass Joel ein sehr empfehlenswerter Mann ist. Wir werden ihn mit Freuden als unseren Sohn willkommen heißen.«

»Maria.« Ihre Mutter stand auf und umarmte sie. »Ich bin so … froh.«

Erleichtert, willst du wohl sagen, dachte Maria. Erleichtert, dass dir die Schmach einer unverheirateten Tochter erspart bleibt. Du hast deine Pflicht erfüllt.

»Ja, Mutter«, sagte sie und drückte ihre Mutter an sich.

Jetzt werde ich sie verlassen, dachte sie. Nicht heute, aber bald. Und in gewisser Weise hat der Abschied bereits begonnen.

Sie fühlte sich verlassen, als werde sie ausgestoßen.

Darum wird ein Mann Vater und Mutter verlassen und an seinem Weibe hangen, sagte die Schrift. Wieder ging es nur um den Mann und um das, was er tat. Kein Wort von der Frau, an der er hing, und von dem, was sie dabei empfand.

»Soll ich heute zu ihm gehen und mit ihm sprechen?«, fragte Maria. »Oder wollt ihr es erst selbst tun?«

»Du solltest selbst mit ihm sprechen«, sagte ihr Vater. »Am besten unterhaltet ihr euch unter vier Augen. Schließlich sind wir moderne Leute.« Er lächelte sichtlich zufrieden.

Maria machte sich bereit, zur Fischhalle zu gehen. Sie kleidete sich langsam in ein Gewand, von dem sie wusste, dass es ihr schmeichelte – ein weißes mit einer Borte am Hals. Sie kämmte sich das Haar und steckte es mit Klammern zurück.

Wenn ich verheiratet bin, werde ich es vermutlich geflochten und hochgesteckt tragen müssen, dachte sie. Und es bedecken. Wie schade. Aber es war ein flüchtiger Gedanke. Alle Welt wusste, dass verheiratete Frauen ihr Haar verbergen mussten. Das war ein Teil des Preises, den man dafür zu bezahlen hatte, dass man eine achtbare Frau war: Kein anderer Mann durfte ihr Haar anschauen.

Das bedeutete natürlich, dass niemand außerhalb des eigenen Haushalts es je zu sehen bekam – nicht einmal Kinder oder Freundinnen oder Männer, die das Alter der Wollust hinter sich gelassen hatten. So war ein bisschen weniger Schönheit in der Welt.

Sie suchte ein Paar geschmeidige Sandalen aus Lammleder und einen Mantel aus sehr leichter Wolle heraus. Heute soll schließlich einer der glücklichsten Tage meines Lebens sein, dachte sie. Dafür sollte ich besondere Kleider tragen, sodass ich jedes Mal, wenn ich sie später wieder trage, dabei denken werde: Das ist der Mantel, den ich an dem Tag anhatte, als ich … Und vielleicht werde ich meiner Tochter davon erzählen und ihr den Mantel zeigen.

Sie seufzte. Ich fühle mich jetzt schon alt. Male mir aus, was ich meiner Tochter erzählen werde.

Sie machte sich auf den Weg zum Fischlager; sie wusste, dass der Mittag eine gute Zeit für einen Besuch war. Alle würden dort sein; zwar würde jeder sie anstarren, wenn sie hereinkäme, aber im Schutz des lärmenden Treibens würde niemand hören können, was sie und Joel einander zu sagen hätten.

Der Betrieb der Familie lag in der Nähe des Piers in Magdala, wo die Fischer ihren Fang entluden – hinter der breiten Promenade und dem Markt, wo der Fisch gehandelt wurde.

Im See wimmelte es von Fischen, die den Menschen in den sechzehn Städten an seinen Ufern vorzügliche Nahrung boten. Aber Fisch war eine leicht verderbliche Ware, die man nicht weit transportieren konnte, ohne sie auf irgendeine Weise zu konservieren, und wenn der Fisch von Galiläa noch anderen als den

Einheimischen zur Speise dienen sollte, musste er verarbeitet werden. Marias Familie hatte ein Unternehmen aufgebaut, das auf die drei bekannten Arten der Fischkonservierung spezialisiert war: Dörren, Räuchern und Einsalzen.

Diese Methoden verwandte man hauptsächlich auf die Sardinen, die in der ganzen Region zu den Grundnahrungsmitteln gehörten. Sardinen waren klein und leicht zu verarbeiten; größere Fische, die sich zum Konservieren nicht eigneten, mussten rasch verzehrt werden. Aber die Sardinen waren dafür wie geschaffen, und im konservierten Zustand reisten sie bis ins ferne Rom, wo sie selbst auf der Herrschertafel eine Delikatesse waren, wie es hieß. Einmal hatte Nathan sogar eine Bestellung vom Hof des Augustus erhalten, und den Brief hatte er zur Erinnerung daran sorgfältig aufbewahrt.

Sie beschäftigten ungefähr fünfzehn Mann mit der schweren Arbeit des Fässerrollens, Einsalzens und Verpackens. In den heißeren Monaten herrschte ein penetranter Geruch in der Fischhalle, und man brauchte einen starken Magen, um hier zu arbeiten. Aber heute war es ziemlich frisch, und der Wind, der durch die offenen Türen wehte, trug den Fischgeruch hinaus auf den See, wo er hingehörte.

Maria war langsam durch die Straßen gegangen, um das Zusammentreffen so lange wie möglich hinauszuschieben. Sie traf viele Bekannte und blieb absichtlich bei jedem stehen, um zu plaudern, und dabei dachte sie die ganze Zeit: Wenigstens werde ich nicht wegziehen müssen und all diese Leute verlieren, die ich mein Leben lang gekannt habe, wie es so vielen Frauen passiert. Ja, das ist ein Grund, dankbar zu sein.

Und Joel war kein Schäfer, kein Kaufmann, kein Buchhalter am königlichen Hof – lauter Berufe, die eine jähe Änderung in ihrem Leben mit sich gebracht hätten. Die Schäferei war eine übel riechende und zermürbende Arbeit, und man wohnte im Freien auf der Weide. Bei allem Respekt vor König David, aber ein besonders ansprechendes Leben war das nicht. Und das Kaufmannsdasein war ein ständiges Glücksspiel, bei dem man darauf setzen musste, mit bereits erworbenen Waren einen Gewinn zu erzielen, und außerdem war man viel auf Reisen. Was dagegen die Verbindung zum Königshof betraf – König Herodes Antipas war zwar humaner als sein grausamer und unberechenbarer Vater Herodes, aber seine Nähe zu den Römern bereitete den Juden in seinem Dienst doch Unbehagen. Es hieß, er sei hier Jude und dort Heide, je nachdem, wem er gerade zu Gefallen sein wolle. Immerhin stand nur er zwischen den Galiläern und der unmittelbaren römischen Herrschaft.

Sie konnte nicht länger trödeln, denn jetzt befand sie sich vor dem großen Steingebäude, in dem das Unternehmen der Familie untergebracht war. Sie straffte die Schultern. Arbeiter, die sie seit ihrer Kindheit kannte, gingen durch das Haupttor ein und aus, rollten Fässer und schoben Karren vor sich her. Aber heute sah sie sie nicht. Sie musste hineingehen, musste mit ihm reden.

Sie trat ein. Drinnen war es halb dunkel, und sie musste warten, bis ihre Augen sich an das Dämmerlicht gewöhnt hatten. Silvanus stand vor einem Berg von purem Salz, der auf der anderen Seite der Halle in einen Bottich gekippt worden war. Er hielt eine Tafel in der Hand und ging mit einem anderen Mann irgendwelche Zahlen durch. Andere wimmelten durcheinander.

Und dann sah sie Joel. Er stand vor einer Reihe Tonamphoren, die darauf warteten, mit reifem Garum gefüllt zu werden, der nach dem berühmten Rezept ihrer Familie hergestellten Fischsauce. Es gab sie in zwei Variationen: eine für die Heiden und eine koschere. Garum wurde an vielen Orten hergestellt, aber das Erzeugnis aus Magdala genoss ein ganz besonderes Ansehen, und sein Erfolg hatte Marias Familie bekannt gemacht.

Da ist er, dachte Maria. Für den Rest meines Lebens werde ich nach ihm Ausschau halten, in der Fischhalle, auf der Straße, zu Hause. Er ist … attraktiv. Groß und gut gebaut. Und er scheint … Aber bevor sie weiter nachdenken konnte, hatte Joel sie gesehen. Seine Miene erstrahlte, und er kam eilig zu ihr herüber.

»Danke, dass du gekommen bist«, sagte er schon von weitem.

Sie nickte nur; plötzlich brachte sie kein Wort hervor. Sie starrte ihn nur an, während er näher trat, und konnte ihn nicht einmal einschätzen, wie sie es sonst bei Menschen und Dingen konnte. Er blieb vor ihr stehen und war jetzt selbst verlegen.

»Ich weiß, dass es schwierig ist«, sagte er. »Wir sind uns zwar schon öfter im Vorübergehen begegnet …«

»Aber wir haben nicht darauf geachtet«, vollendete Maria für ihn.

»Ich schon«, sagte er.

»Oh.«

»Lass uns hinausgehen.« Er deutete auf das geschäftige Treiben im Lager und auf die verstohlenen Blicke derer, die etwas ahnten. Einen Moment lang zögerte Maria; ihr lag an dem Schutz, den ihr die Anwesenheit der Leute bot. Aber dann folgte sie ihm.

Sie gingen an der Promenade und am Landungskai vorbei nordwärts am Seeufer entlang und ließen die neugierigen Blicke hinter sich. Es war ein breiter, viel benutzter Weg, der dem Ufer des Sees in weitem Bogen folgte.

»Deine Familie wohnt nicht am See, und ihr seid auch keine Fischer«, sagte Maria schließlich, ihre Frage in die Form einer Feststellung kleidend.

»Nein.« Er blickte starr geradeaus, während er antwortete. »Meine Familie lebt in Galiläa, solange irgendjemand zurückdenken kann; manche glauben sogar, dass wir auch während all der Kriege hier im Land geblieben sind. Die Assyrer behaupten, sie hätten das ganze Land entvölkert. Aber das haben sie natürlich nicht getan, denn sonst hätten sie in ihrem eigenen Land ebenso viele Israeliten wie Assyrer. Ich glaube nicht, dass sie Lust hatten, die Erfahrungen des Pharaos zu wiederholen und sich von uns überrollen zu lassen.«

Er hatte eine angenehme Stimme, fand Maria, und was er sagte, klang nachdenklich. Sein Gesicht war freundlich und hübsch anzusehen. Vielleicht … vielleicht … kann ich diesen Menschen wirklich irgendwann lieben. Vielleicht ist er wie ich.

»Darüber gibt es auch in meiner Familie eine Legende«, sagte sie. »Dass wir in dieser Gegend zum Stamme Naphtali gehören – oder gehörten, denn er gilt ja als verloren. Gleich hinter der Biegung sind die Ruinen ihrer antiken Stadt. Eine hübsche Geschichte ist es auf jeden Fall.«

»›Naphtali ist ein schneller Hirsch‹«, sagte Joel. »Sind das nicht Jakobus' Worte, als er ihn auf dem Sterbebett segnet?«

Maria lachte. »Ja, und niemand weiß, was sie bedeuten.«

»Jakob sagte auch: ›Er gibt schöne Rede.‹« Joel ging langsamer. »Ich warte auf deine Rede, Maria. Und ich hoffe, sie wird schön sein für uns beide. Sprich aus freiem Herzen.«

Er war so direkt! Konnten sie nicht erst noch ein Stückchen gehen, ein bisschen plaudern? Aber wie ungezwungen konnte eine solche Plauderei sein? Sie griff nach ihrem Halstuch und zog es im frischen Wind zurecht, um noch ein wenig Zeit zu gewinnen.

»Ich … Ich habe meinem Vater gesagt, ich würde … ich würde dein Angebot annehmen und dich in unsere Familie eintreten lassen.«

»Das ist nicht genau das, was ich angeboten habe«, sagte er. »Kannst du die Worte nicht aussprechen?«

Nein, das konnte sie nicht. Die Worte »heiraten«, »Ehefrau« und »Hochzeit« gingen plötzlich über ihre Kräfte. Sie schüttelte den Kopf.

»Aber wenn du sie nicht sagen kannst, dann kannst du sie auch nicht verwirklichen.« Er klang enttäuscht.

»Du hast sie auch nicht ausgesprochen.« Er hatte die Worte ebenso vermieden wie sie.

Er sah sie überrascht an. »Aber zu deinem Vater habe ich …«

»Zu mir hast du nur gesagt, ich warte auf deine Rede. Worüber soll ich reden?«

Er lächelte. »Du hast Recht. Aber gewinnen kannst du hier nicht, denn ich habe keine Angst zu sagen: Ich möchte, dass du meine Frau wirst. Ich möchte dein Ehemann werden und eine Familie mit dir gründen. So.«

Ein Schwarm lärmender Kinder kam um die Biegung gestürmt. Sie jagten einander unter lautem Geschrei.

»Warum?« Etwas anderes fiel Maria nicht ein.

»Seit ich erwachsen bin, weiß ich, dass ich kein Flachsbauer sein will wie mein Vater, darum. Ich wollte ein eigenes Gewerbe finden und ein eigenes Heim und eine eigene Familie haben. Und als ich dich sah, wusste ich, dass du diejenige bist, mit der ich mein Leben teilen will.«

»Aber warum?« Er hatte doch kaum mit ihr gesprochen. Woher also konnte er so etwas wissen?

»›Und Jakobus liebte Rahel‹ – warum? Er kannte sie kaum. Sie hatte nur seine Schafe getränkt, weiter nichts.«

»Das ist lange her, und es ist nur eine Geschichte.« Er würde sich schon etwas Besseres einfallen lassen müssen.

»›Also diente Jakobus um Rahel sieben Jahre, und sie deuchten ihn, als wären 's einzelne Tage, so lieb hatte er sie.‹ Es ist eine wahre Geschichte, Maria. Man erlebt sie immer wieder. Ich habe sie erlebt.« Er schwieg verlegen und versuchte seine Würde wiederzuerlangen. »Ich bin jetzt schon fast drei Jahre in der Fischhalle! Fast die Hälfte der Zeit, die Jakobus gedient hat.«

Jetzt war sie auch sehr verlegen. »Ich hoffe, das ist nicht der Grund, weshalb du dort arbeitest.«

»Nein, ich fühlte mich zu dem Geschäft hingezogen. Es gefällt mir, Menschen zu essen zu geben und einen Dienst zu leisten, der gebraucht wird, aber mich verlockt auch die Gelegenheit, zu reisen und neue Kunden kennen zu lernen. Die Welt ist groß, Maria. Zu groß, als dass ich mich damit zufrieden geben möchte, immer in Galiläa zu bleiben, so schön es auch ist.«

Er hatte also Verlangen danach, die Welt zu sehen und über die engen Grenzen des Fischgeschäfts hinauszukommen. Nain hatte er schon verlassen, und er hatte einen anderen Beruf als sein Vater. Und ihr ging es genauso – etwas zog sie in die Ferne. Sie waren einander ähnlich: rastlos suchende Geister.

»Ich verstehe.« Jetzt würde sie endlich doch antworten müssen. »Es ehrt mich, dass du mich mit Rahel vergleichst. Und wie Rahel bin ich mit einer Heirat einverstanden. Aber ich kann nicht darauf vertrauen, meine Entscheidung auf eine Weise zu treffen, wie du sie mir schilderst.«

»Ach, Maria. Dann hoffe ich, dass du, wenn du es … eines Tages … verstanden hast, so fühlst wie ich. Aber jetzt genügt es mir, dass du ja gesagt hast. Ich habe großes Glück.«

Sie fand nicht, dass man von Glück reden konnte, wenn es sich um einen Irrtum handelte. Wenn er einen der Gründe gekannt hätte, weshalb sie so bereitwillig das Haus ihrer Eltern verlassen wollte, wäre er wohl nicht erfreut gewesen. Aber sie war erleichtert. Jetzt würde alles gut werden. Die Kopfschmerzen, die Schlaflosigkeit, die Verwirrungszustände – hier draußen im klaren Licht schien das alles von ihr abzufallen. Sie würde Erlösung finden. Joel würde sie aus dem Haus, in dem es lauerte, fortbringen.

Ihre Verlegenheit war nicht vergangen; die feierlichen Worte, die sie einander gesagt hatten, machten sie noch befangener als zuvor. Aber sie gingen entschlossen weiter und bemühten sich, unbeschwert zu erscheinen. Die helle Sonne verschwand immer wieder hinter vorbeiziehenden Wolken, sodass der See darunter aussah wie ein Mosaik aus verschiedenen Farben. Ein leichter Wind raschelte im gefiederten Schilf und in den Nesseln am Wegesrand.

»Ein Kultstein!«, rief Joel plötzlich und zeigte auf einen runden schwarzen Gegenstand, der im Gestrüpp beinahe verborgen war. An der Oberseite war er durchbohrt; er sah aus wie ein Steinanker, aber er war viel größer. »Ich habe noch nie einen gesehen, der noch an seinem Platz liegt wie dieser hier.« Vorsichtig ging er näher heran, als befürchte er, der Stein könne sich bewegen.

»Wovon sprichst du? Ist das nicht ein alter Anker?«

Maria hatte ähnliche Steine schon anderswo gesehen, aber sie erinnerte sich nicht, denn sie hatte sie nicht weiter beachtet.

»Nein.« Joel bückte sich und schob das Gras auseinander, das ringsum wucherte. »Sieht aus wie ein Anker, aber siehst du nicht, wie groß es ist? Nein, es ist ein Überbleibsel von den Kanaanitern. Einer ihrer Götter. Oder eine Opfergabe für einen Gott. Vielleicht für den Seegott, den sie hier im Wasser vermuteten.«

»Das Land ist voll von Götzenbildern«, hörte Maria sich sagen. »Unter der Erde ... am Wegrand ...«

»Es ist gut, dass es hier und da noch ein paar gibt«, sagte Joel. »Es erinnert uns daran, dass sie nur darauf warten, wieder die Macht zu übernehmen. So können wir nichts als selbstverständlich hinnehmen.«

Maria verspürte einen kalten Schauder in ihrem Innern, aber äußerlich war ihr nichts anzusehen.

»Nein«, sagte sie zustimmend. »Wir können nichts als selbstverständlich hinnehmen.«

Ein Windstoß fegte plötzlich über den Weg und ließ Marias Mantel flattern. Instinktiv kreuzte sie die Arme vor der Brust, und dabei sah Joel die Kratzer. Sie wollte sie bedecken, aber es war zu spät.

»Was ist das?«, fragte er und starrte die Schrammen an.

»Nichts weiter – ich habe am Strand ein bisschen Brennholz gesammelt, und dabei …«

»Was hast du getan? Mit dem Holz gekämpft?« Joel lächelte. »Du darfst niemals mit ungeschützten Armen Holz sammeln.« Aber dabei ließ er es bewenden.

Tatsächlich schien er jetzt ganz glücklich zu sein, und die zurückhaltende Stimmung wurde freundlicher, während sie weiter am Seeufer entlangspazierten. Fischerboote in großer Zahl steuerten die Landungsbrücke an den warmen Quellen vor ihnen an, die »Sieben Quellen« genannt wurden. Es war ein beliebter Platz für die Fischer aus den nahen Städten Kapernaum und Betsaida, denn das warme Wasser lockte im Winter bestimmte Fische an, und infolgedessen war die kleine Hafenanlage oft überfordert vom Ansturm der vielen kleinen Boote, die hier alle gleichzeitig festmachen und ihren Fang sortieren wollten. Am Ufer herrschte munteres Treiben und eine fröhliche Atmosphäre.

»Fischer sind schon interessante Leute«, meinte Joel. »Sie haben so viele widersprüchliche Eigenschaften – sie stehen in dem Ruf, fromm zu sein, obwohl sie sich mit den irdischsten Dingen befassen. Sie arbeiten die ganze Nacht, sortieren Fisch, flicken Netze – das genaue Gegenteil des Lebens, wie es die frommen Schriftgelehrten führen.«

»Vielleicht betrachtet man ihre Frömmigkeit deswegen mit Argwohn«, meinte Maria. »Zumindest die Leute in Jerusalem tun es. Wie kann ein Fischer auch rituelle Reinheit bewahren? Er muss doch jeden Tag unreine Fische anfassen, wenn er den Fang in seinen Netzen sortiert.«

»Aber wen hättest du in der Not lieber bei dir – einen Fischer oder einen Schriftgelehrten aus Jerusalem?« Joel lachte. »Zebedäus da drüben« – er winkte einem vierschrötigen, rotgesichtigen Mann zu, und der winkte zurück, obwohl er Joel aus dieser Entfernung kaum erkennen konnte –, »der hat seinen Fang schon bei wirklich üblem Wetter ganz allein an Land gebracht. Er besitzt mehrere Boote – ein richtiges Unternehmen. Seine Söhne arbeiten bei ihm, und sie haben auch noch Angestellte.«

Sie näherten sich dem Landungssteg, auf dem es von Fischern und Händlern wimmelte.

»Vorsicht!«, rief eine laute Stimme. »Bleibt weg von dem Korb!«

Sie hatten an einem großen, prall gefüllten Korb vorbeigehen wollen, aus dessen Nähten schleimiges Wasser quoll. Der ganze Korb schien zu beben.

»Entschuldige, Simon.« Joel tat einen Schritt zur Seite.

»Ich habe drei Stunden geschuftet, um sie zu sortieren.« Simon war ein Riese; er stand vor dem Korb, die massigen Arme vor der Brust verschränkt. Er sah sehr wild aus, aber dann lachte er.

»Es sei fern von mir, dass ich deine Arbeit zunichte mache«, sagte Joel und zögerte dann einen Augenblick. Maria spürte, wie er nachdachte. »Simon, du kennst die Söhne Nathans – Samuel und Eli. Das hier ist ihre Schwester Maria.«

Simon musterte sie eingehend. Er hatte sehr große Augen, und sein Blick bohrte sich in ihr Gesicht. »Ja. ich weiß, ich habe dich schon im Fischlager gesehen.« Er nickte nachdrücklich.

»Maria hat eingewilligt, meine Frau zu werden«, erzählte Joel und schaute sie stolz an.

Simon strahlte, und ein Lächeln breitete sich auf seinem Gesicht aus. »Ah, aber dann bist du wirklich gesegnet! Meinen Glückwunsch!« Er zwinkerte verschwörerisch. »Heißt das, dass ich in Zukunft für dich arbeiten werde?«

Joel war verlegen. »Nein, selbstverständlich nicht. Nathan hat die Zügel des Geschäfts noch fest in der Hand. Er ist ja kein alter Mann!«

»Das sagt mein Vater auch von sich«, antwortete Simon. »Aber Andreas und ich merken schon, dass er die schwere Arbeit inzwischen gern uns überlässt.« Er deutete auf einen anderen jungen Mann, der allein am Kai stand. Er hatte dunkle Locken, aber ansonsten keinerlei Ähnlichkeit mit seinem überschwänglichen Bruder. Er war schmächtiger und kleiner. »Und seit ich geheiratet habe«, fuhr Simon fort, »spüre ich, wie ich jeden Augenblick achtbarer werde.«

»Du bist verheiratet?«, fragte Joel. »Das wusste ich nicht. Dann muss man auch dich beglückwünschen.«

Simon grinste. »Ja, es hat ein Weilchen gedauert, bis ich mich daran gewöhnt hatte. Ich habe jetzt eine Schwiegermutter, und die ist ganz anders als meine Mutter, das kann ich dir sagen.« Er legte den Kopf schräg. »Jemand hat einmal zu mir gesagt: ›Wenn du wissen willst, wie ein Mädchen in zwanzig Jahren aussehen wird, schau dir ihre Mutter an.‹ Na … aber das stimmt nicht. Und wenn es doch stimmt, helfe mir Gott!« Er lachte.

Der laute Zebedäus kam jetzt mit seinem Boot herangefahren, gefolgt von einem zweiten Boot, in dem zwei junge Männer standen – der eine breitgesichtig und dunkelblond, der andere schmaler und mit hellerem Haar.

»Du da!«, schrie Zebedäus, ohne wirklich jemanden zu meinen. »Wirf uns eine Leine zu!« Ein erschrockener Junge auf dem Kai gehorchte hastig. Hinter Zebedäus nahte nun das andere Boot.

Bevor die Männer an Land kommen und ein Gespräch anfangen konnten, schaute Joel zum Himmel. »Es ist schon Nachmittag«, sagte er. »Zeit zurückzugehen.«

Er winkte den Fischern zu und wandte sich in Richtung Magdala.

Maria hatte nichts dagegen zurückzugehen. Sie wollte jetzt allein sein. Sie hatte eingewilligt, diesen Mann zu heiraten. Sie hatten darüber gesprochen und sich geeinigt. Das alles kam ihr seltsam unwirklich vor. Sie musste jetzt nachdenken.

Aber sie fühlte sich schon wohl, als sie so an seiner Seite ging und seine Ansichten über die Fischer hörte und wie er von seinen Reisewünschen erzählte und davon, dass er Menschen helfen wollte. Das alles gefiel ihr und beruhigte sie. Es muss doch richtig sein, sagte sie sich. Es muss einfach. Im Laufe der Jahre werden wir zusammenwachsen, denn in dem, was wir uns wünschen, sind wir uns schon jetzt ähnlich.

VII

Maria lief eilig die Straße zu Kezias Haus hinauf; sie brannte darauf, ihr von Joel zu erzählen. In den Jahren, seit sie sie kannte, war es Maria gelungen, die Freundschaft mit ihr geheim zu halten; nur Silvanus wusste Bescheid – und billigte die Sache. Das kleine Essgeschirr hatten die beiden Mädchen längst hinter sich gelassen; jetzt interessierten sie sich für echtes, und sie planten ihren Haushalt und stellten Spekulationen über ihre künftigen Ehemänner an – ein endloses Spiel, solange kein wirklicher Bräutigam in Sicht war. Kezia hatte sich einen reichen Jerusalemer ausgedacht, der im oberen Teil der Stadt wohnen und viele fremdländische Gäste bewirten würde; manchmal würde er in diplomatischer oder geschäftlicher Mission im Ausland weilen, und sie würden auch ein Haus am Meer haben.

Maria hatte ihm einen Fantasiesoldaten entgegengesetzt, der in einer mächtigen jüdischen Armee diente und zudem ein Gelehrter war. Er würde tapfer sein, poetisch und nachsichtig. Nachsichtig, weil er wegen seiner verschiedenen militärischen Verpflichtungen oft fort sein würde und deshalb seinen Haushalt nicht im Auge behalten könnte. Nicht, dass sie untreu sein wollte, aber es wäre doch herrlich, sich zu kaufen, was sie wollte, ohne dass er es bemerkte. Ihre Mutter bemerkte immer alles und kommentierte es, meistens kritisch.

Mit sechzehn hatte Kezia viele Heiratsanträge erhalten, und alle waren abgewiesen worden; ihr Vater hatte Höheres im Blick als die Fischer und Lehrjungen, die ihre Anträge vorgebracht hatten.

Auf Marias Klopfen wurde schnell geöffnet, und Kezia begrüßte sie jauchzend. Das war das Bezaubernde an ihr: Sie erweckte immer den Eindruck, als habe sie den ganzen Tag darauf gewartet, jemanden zu sehen, und als könne kein anderer Anblick so erfreulich sein.

»Was ist passiert?«, fragte sie. »Du glühst ja.«

»*Es* ist passiert.« Maria trat ins Haus.

»*Es?*«

»Kezia – ich bin verlobt.«

Kezias hübsches Gesicht zeigte Erschrecken. »Mit wem?«

»Er heißt Joel«, sagte Maria. »Er arbeitet für meinen Vater.«

»O nein!« Kezia schlug sich die Hand vor den Mund. »Wir haben doch immer gesagt …«

»Dass wir uns mit so etwas nicht zufrieden geben«, sagte Maria. »Ich weiß. Und unsere Fantasiemänner waren auch wunderbar. Dein reicher Diplomat aus Jerusalem, mein Soldat …« Sie brach ab. »Aber wir wussten immer, dass es nicht Wirklichkeit ist. Wir wussten immer, dass es nicht sein konnte.«

»Ja, natürlich.« Kezia nickte langsam. »Es war immer nur ein Spiel.« Sie lächelte und legte Maria einen Arm um die Schultern. »Und jetzt musst du mir von diesem wirklichen Mann erzählen.« Sie führte sie ins Haus.

Maria bereute, dass sie gekommen war. Ihre Fantasien hätten ein wenig länger leben können. Aber was zählte ein weiterer Tag? Denn hätte sie sich heute nicht aufgemacht, um es Kezia zu erzählen, hätte sie es morgen getan. Eine Verlobung hielt man vor seiner Freundin nicht geheim.

Der Hausflur bei Kezia war ihr inzwischen ebenso vertraut wie der eigene. Sie kamen in ihr geliebtes altes Zimmer, dessen Einrichtung inzwischen den eleganten Geschmack von Erwachsenen widerspiegelte. Kezia ließ sich auf eine Bank sinken, nicht ohne zuvor auf den Krug zu deuten, der auf einem Intarsientablett stand. »Tamarindensaft?«, fragte sie höflich. Maria schüttelte den Kopf.

Kezia beugte sich mit glänzenden Augen vor. »Erzähl schon, erzähl!«

»Da gibt es einen jungen Mann, Joel, aus Nain …«

Und sie malte Joel in den leuchtendsten Farben, die ihr zu Gebote standen, und wusste doch, dass er neben dem Soldaten blass aussah. Als sie fertig war, sagte Kezia sanft: »Es hört sich an, als hättest du eine gute Wahl getroffen. Wir müssen den Soldaten und den Diplomaten jetzt forträumen. Wir verbringen unser Leben von jetzt an mit einem Fischhändler und … Mein Vater hat kürzlich ein Angebot von einem Mann namens Ruben ben-Ascher erhalten, der schöne Schwerter fertigt. Oh, keine gewöhnlichen Schwerter«, fügte sie hastig hinzu. »Es sind höchst elegante Klingen, dünn wie ein Schleier und scharf wie ein Rasiermesser.«

»Aber du hast dich noch nicht entschieden?«, fragte Maria.

»Mein Vater hat sich noch nicht entschieden«, sagte Kezia. »Ich werde ihn erst treffen, wenn er ja gesagt hat.«

In diesem Augenblick war Maria dankbar für ihre Eltern. Sie mochten streng und traditionsbewusst sein, aber sie hatten die Entscheidung doch wenigstens nicht ohne sie getroffen. Trotz aller scheinbaren Freiheit war Kezia in einer schlechteren Lage als sie. Vielleicht hatte sie das immer gewusst, und vielleicht hatte gerade das ihre Fantasien beflügelt.

»Ich hoffe, der Mann gefällt dir, sollte dein Vater ja sagen.« Mehr konnte sie nicht sagen. Die Vorstellung, man könne ihr einen Fremden vorstellen und ihr sagen, sie müsse jetzt mit ihm leben, bis dass der Tod sie scheide, war ungeheuerlich.

Kezia zuckte die Achseln und tat unbekümmert. »Wir sind Frauen«, sagte sie. »Letzten Endes haben wir keine Wahl.«

Kezia bestand darauf, dass Maria dablieb und ihren Eltern die Neuigkeit erzählte. Maria tat es gern; sie mochte die beiden, und außerdem war sie seltsam neugierig, was sie wohl sagen würden.

Sara, Kezias Mutter, war offenbar entzückt. »Es klingt nach einer guten Verbindung«, meinte sie. »Er tritt in deine Familie ein, und du musst nicht zu seiner ziehen. Ist er nett?«

»Ja, ich … ich glaube«, sagte Maria. Der Spaziergang am See war doch sehr wenig als Fundament für ein ganzes Leben, und doch war ihr, als habe sie eine Geistesverwandtschaft mit ihm gespürt.

»Ist er … religiös?«, fragte Sarah. »Ich weiß, dass so etwas für deine Familie wichtig ist.«

»Ich – ich weiß es nicht.« Ihr wurde plötzlich klar, dass sie darüber nicht mit Joel gesprochen hatte.

Als sie Kezia und ihre Eltern damals kennen gelernt hatte, war ihr wohl bewusst gewesen, dass sie anders waren als die eigene Familie, aber sie hatte nie bedacht, dass sie verschiedenen religiösen Traditionen angehörten: Pharisäern und Sadduzäern. Die Pharisäer waren rigoros in der Auslegung der Gesetze und mieden jeglichen Kompromiss; die Sadduzäer dagegen drückten im Alltag bei unbedeutenden Dingen ein Auge zu und hielten alles Heilige sorgsam davon getrennt. Infolgedessen pflegten die Pharisäer keinerlei Umgang mit Römern oder Nichtjuden, weil sie sich nicht verunreinigen wollten, während die Sadduzäer es für besser hielten, den Feind aus der Nähe zu kennen. Und beide Seiten warfen einander vor, die Interessen des Judentums zu verraten oder zu beschädigen.

»Es ist doch sicher wichtig«, sagte Sarah.

»Er schien mir nicht intolerant zu sein.« Das war ihr erster Eindruck gewesen.

»Aber vielleicht erwartet er, dass alle seine Töpfe zerschlagen werden, wenn sie mit etwas Unreinem in Berührung gekommen sind«, sagte Benjamin, Kezias Vater. »Und vielleicht will er, dass du strenge Kleidung trägst.«

Maria verzog das Gesicht. »Er selbst trägt sie nicht.«

»Und wie denkt er über den Messias?«, fragte Benjamin ernst.

»Wir haben nicht … Den Messias hat er nicht erwähnt.«

»Ein gutes Zeichen«, sagte Benjamin. »Wenn er einer von denen wäre, die auf den Messias warten, hätte er es nicht unterlassen können, darüber zu reden. Das tun sie alle. Man kann nicht einen Augenblick lang mit ihnen zusammen sein und über das Wetter oder den Kaiser reden, ohne dass sie plötzlich einen entrückten Blick bekommen und sagen: ›Wenn der Messias kommt …‹ Halte dich fern von solchen Leuten.«

Dazu ist es zu spät, dachte Maria. Wie kann ich mich noch fern halten? Wartet Joel auf den Messias? Er kommt mir zu vernünftig vor. Nur Hitzköpfe beschäftigen sich mit dem Messias.

»Ich finde, Maria sollte dankbar sein, dass nicht einer von den Fischern gekommen ist«, sagte Kezia. »Du weißt schon – die euch die Fische in eure Halle liefern.« Sie warf den Kopf zurück und schüttelte ihr glänzendes Haar, das sie in der Zurückgezogenheit des Hauses offen trug. »Sie riechen. Das hast du selbst gesagt!« Sie deutete mit dem Finger auf Maria.

»Ja, wir sind ihnen begegnet, als wir am See entlangspaziert sind«, sagte Maria. »Jonas Söhne, Simon und Andreas.«

»Ach, der«, sagte Benjamin. »Ja, ich kenne Jona.« Er schaute seine Tochter mit strengem Blick an. »Du würdest nicht so hochnäsig reden, wenn du wüsstest, dass Zebedäus mich deinetwegen angesprochen hat.«

»Wer ist Zebedäus?« Kezia war erschrocken.

»Ein angesehener Fischer aus Kapernaum. Er hat ein Haus in Jerusalem und Verbindungen zum königlichen Hof.«

»Hat er mehrere Söhne?«, fragte Kezia.

»Zwei«, sagte Benjamin. »Der älteste, Jakobus, ist überaus ehrgeizig. Das sagt Zebedäus zumindest; sein Sohn könne es gar nicht erwarten, dass er sich zur Ruhe setzt. Und dann gibt es einen zweiten, Johannes. Er ist wie die meisten jüngeren Söhne – er steht im Schatten des älteren.«

»Hast du … ihnen Mut gemacht?«

»Eigentlich nicht. Ich habe Jakobus kennen gelernt und fand ihn anmaßend. Und Johannes war für meinen Geschmack zu verträumt. Er wird nie einen ordentlichen Lebensunterhalt verdienen, nicht einmal, wenn er das Geschäft seines Vaters erbt. Johannes ist weich; die Leute werden ihn übervorteilen. Nein, mach dir keine Sorgen – du musst nicht zu Zebedäus und seiner Familie.«

»Wir sind nachlässig!«, sagte Sarah und erhob sich. »Wir haben Maria noch nicht beglückwünscht und ihr unseren Segen gegeben. Sie wird bald heiraten!«

Alle standen auf, und Benjamin hielt die Hand über Marias Kopf. »Liebe Freundin meiner Tochter, die du mir selbst wie eine Tochter bist: Mögen die Segnungen der Ehe dir ein glückliches Heim gewähren.«

Maria hatte ihn noch nie so feierlich erlebt. Kezia drückte ihr die Hand, während er sprach, und ihre Haut kribbelte.

Nach dem folgenden Sabbat ging Kezia mit ihr zu den Kaufleuten, die ihre Läden in der Nähe der Werkstatt ihres Vaters hatten, und machte sie mit ihnen bekannt. Wenn sie sagte: »Das ist meine Freundin Maria, die demnächst Joel aus Nain heiraten wird«, war der glückliche Klang ihrer Stimme nicht zu überhören. Braut zu sein, das bedeutete, dass man eines der Geheimnisse des Lebens offenbart bekommen würde.

Es war eine feine Gegend, wo nur Wohlhabende Handel trieben. Eine einzelne Halskette konnte so viel kosten, wie ein Fischer im ganzen Sommer verdiente, und eine kunstvoll gedrechselte Schale konnte die Einkünfte einer Witwe aufzehren. Hier verkehrten die anderen Sadduzäerfamilien der Stadt, die nichts dagegen hatten, wenn sie Römern und Griechen begegneten.

Meine Familie würde mir niemals erlauben, hier einzukaufen, dachte Maria. Aber sie lächelte höflich und nickte den Händlern zu.

Seit sie Kezias Familie vor langer Zeit zum ersten Mal besucht hatte, war Maria klar, dass die eigene Familie wahrscheinlich nicht weniger vermögend war, ihren Reichtum jedoch verbarg.

Nur manche Dinge galten als würdig, andere waren eitel. Marias Familie war großzügig gegen die Armen, stiftete beträchtliche Summen für die Wohltätigkeitsschatulle der Synagoge, aber niemals würde sie Waren kaufen, die in der Oberstadt angeboten wurden. Eine Schale, die den Winterlohn eines Arbeiters kostete? Ausgeschlossen!

So kam es, dass Maria diese Dinge zusammen mit Kezia gern anschaute, dass aber ein Teil ihrer selbst solche Ausschweifungen missbilligte. Sie war hin und her gerissen zwischen ihrer Vernunft, den Grundsätzen ihrer Familie und den eigenen Wünschen und Sehnsüchten. Die Schale war so schön, so zart und fein, dass das Licht hindurchfiel und man die Umrisse seiner Hand auf der anderen Seite sehen konnte. Eine solche Kunstfertigkeit verdiente geehrt zu werden. Aber der Preis! Maria konnte sich nicht gestatten, so etwas zu bezahlen.

»Schau!« Kezia hielt einen Kelch in die Höhe. »Siehst du es nicht vor dir, wie du ihn füllst? Wie du sagst: ›Und das ist unser bester Wein‹?« Der Kelch war aus Gold.

»Nein«, sagte Maria. »Ein goldener Kelch ist etwas, das ich niemals haben werde.« Sie nahm ihn in die Hand, betrachtete ihn aufmerksam, sah die glatt getriebenen Flächen und stellte ihn zögernd wieder hin. Ohne dass sie ihn je gefragt hätte, wusste sie, dass Joel so etwas niemals kaufen würde. Die Welt der goldenen Kelche war für sie unerreichbar.

»Na, ich hoffe, er wird dir erlauben, etwas Schönes auszusuchen – etwas, das dich an deinen Hochzeitstag erinnern wird«, sagte Kezia.

»Ich glaube, meinen Hochzeitstag werde ich niemals vergessen, auch wenn ich kein besonderes Geschenk bekomme«, sagte Maria. »Alles, was ich an diesem Tag berühre, wird mich daran erinnern. Der Tag selbst wird es heiligen.«

Je näher der Tag rückte, desto mehr Zeit verschlangen die Hochzeitsvorbereitungen in Marias Familie. Marias Mutter, die ihre Aufgaben sonst so gewissenhaft erledigte, vernachlässigte sie jetzt über den Plänen zur Vermählung ihrer Tochter. Und ihre Hausarbeit verrichtete sie sogar singend – etwas, das Maria noch nie erlebt hatte.

Eines Abends gab sie bekannt, dass der nächste Tag allein den Frauen der Familie für ihre Vorbereitungen gehören werde.

»Deine Cousinen, deine Tanten und Joels Schwester – alle werden kommen!«, sagte sie stolz. »Jawohl, seine Schwester Deborah kommt sogar aus Nain!«

Maria hatte Joel liebevoll von Deborah, seiner vierzehnjährigen Schwester, sprechen hören, aber sie hatte sie noch nicht kennen gelernt. Joels Mutter Judith war kurz nach der Verlobung in Magdala gewesen und auch sein Vater Ezechiel. Überrascht hatte sie gesehen, wie wenig Ähnlichkeit Joel mit den beiden hatte: Sie waren klein und rundlich, während er hoch gewachsen und schlank war. Wie würde Deborah wohl aussehen?

In der Mittagshitze trafen die Frauen nach und nach in Zebidas Haus ein, die Köpfe verhüllt zum Schutz vor Sonne und Staub. Bald darauf nippten sie an ihren Bechern mit Joghurt und Minze und drängten sich murmelnd um Maria, die sich unter ihren prüfenden Blicken fühlte wie ein Lamm auf dem Markt.

Deborah, die später als die anderen mit ihrer Mutter erschien, hatte große Ähnlichkeit mit Joel, was Maria seltsam beruhigend fand.

Als alle einander begrüßt und sich die neuesten Klatschgeschichten anvertraut hatten, hob Marias Mutter die Hand, um sie zum Schweigen zu bringen. Mit übertriebener Wachsamkeit schaute sie sich um und fragte: »Sind wir auch sicher, dass keine Männer hier sind?«

»Hast du in den hinteren Zimmern nachgesehen?«, fragte eine von Marias Cousinen. »Dort verstecken sie sich gern.« Kichernd huschten sie hinaus, um nachzuschauen, und kamen dann kopfschüttelnd zurück. »Wir sind allein.«

»Gut«, sagte Marias Mutter. »Dann können wir frei sprechen.«

Bevor sie fortfahren konnte, klopfte es. Alle erstarrten und lachten dann laut.

»Man könnte meinen, wir hätten Angst, dass hier ein römischer Soldat hereingeplatzt kommt«, sagte Marias Tante Anna.

Zebida öffnete. Draußen stand die gebeugte Gestalt der Witwe Esther, die auf der anderen Straßenseite wohnte. Mit ihren stechenden schwarzen Augen nahm Esther die Versammlung zur Kenntnis und sagte dann: »Ich bitte um Verzeihung; ich wollte nur fragen, ob du ein wenig Gerstenmehl hast, aber wie ich sehe …«

»Nein, nein, bitte tritt nur ein!« Zebida zerrte sie fast gewaltsam ins Zimmer. »Wir brauchen dein Wissen.«

»Mein Wissen?«

»Darüber, was die Jahre für Mann und Frau bedeuten«, sagte Zebida. »Wie du weißt, wird meine Tochter Maria bald heiraten. Alle Frauen der Familie, die uns nahe stehen, sind gekommen, um ihr zu helfen und zu sagen, was sie wissen. Aber wir haben keine Alten mehr. Meine Mutter und Nathans Mutter sind vor langer Zeit gestorben, und unsere Tanten ebenfalls. Bitte – deshalb brauchen wir dich.«

Die alte Esther schaute sich vorsichtig um. »Ich weiß nicht, was für ein Wissen ich haben soll. Ich habe lange gelebt, das ist alles. Ich lebe schon länger allein, als ich verheiratet war – seit über vierzig Jahren bin ich Witwe.«

Die Frauen bemühten sich, sie nicht mitleidig anzuschauen, aber sie wussten doch alle, was es hieß, Witwe zu sein, zumal wenn man kinderlos war.

»Komm, setz dich«, sagte Zebida.

Aber Esther überhörte das und ging zu Maria. »Ich kenne dich seit deiner Geburt«, sagte sie. »Und ich wünsche dir großes Glück.« Sie tätschelte Marias Arm. Maria musste sich beherrschen, um nicht zusammenzuzucken; die Schrammen und Schwellungen waren heute besonders schlimm, und sie betete zum Himmel, dass niemand verlangen möge, sie solle ihr Hochzeitsgewand anprobieren und dabei ihre Arme entblößen. Nicht mehr lange, und sie würde dieses von Dämonen belagerte Haus verlassen können, dieses Haus, in dem etwas Bösartiges lauerte und sie quälte. Nur noch kurze Zeit … Joel war vielleicht nicht der Ehemann, den sie sich erträumt hatte, aber er könnte sie von den Qualen erlösen, die in den Mauern ihres Elternhauses wohnten.

»Danke«, sagte Maria und zog ihren Arm an sich.

»Aber ich muss dir sagen«, fuhr Esther fort, »dass dieses Glück zum großen Teil von dir selbst abhängt. Der Mann hat damit wenig zu tun.«

Joels Mutter machte ein empörtes Gesicht. »Was soll das heißen?«, wollte sie wissen. »Selbstverständlich hat mein Sohn eine ganze Menge damit zu tun!«

»Wenn dein Sohn ein guter Mann ist, dann ja«, sagte Esther. »Aber wäre Maria von einem anderen erwählt worden, der nicht so gut ist, so wäre sie immer noch ihres Glückes Schmied.« Sie schwieg einen Augenblick. »Und sollte einmal etwas geschehen, das sie – Jahwe möge es verhüten – in meine Lage bringt, dann liegt ihr Glück vollends in ihren eigenen Händen.«

»Ich glaube, alte Frau, du vergisst, dass dies ein freudiger Anlass ist«, sagte Judith. »Wenn du nicht mit Zebida bekannt wärest, würde ich vermuten, du hast den bösen Blick. Und jetzt, ich bitte dich, nimmst du zurück, was du über meinen Sohn gesagt hast.«

»Ich habe es nicht böse gemeint. Aber wenn wir so tun, als gäbe es das Böse ringsum nicht, verleihen wir ihm gerade dadurch Macht«, sagte Esther verstockt. »Soweit es in meiner Macht steht, wünsche ich deinem Sohn und seinem Weibe ein langes und gesundes Leben.«

Zebida drückte Esther einen Becher in die Hand und lenkte sie von den anderen weg in eine Ecke.

»Was wirst du anziehen?«, fragte Anna, ihre Tante väterlicherseits.

»Ich habe mir ein Gewand ausgesucht, das überwiegend rot ist, weil das eine Freudenfarbe ist.« Maria graute davor, dass man sie jetzt bitten könnte, es anzuziehen.

»Und deine Kopfbedeckung?«

»Ich … Ich glaube …«

»Die haben wir dir mitgebracht«, verkündeten Deborahh und Judith wie aus einem Munde, und sie zauberten ein leichtes Wolltuch hervor, so dünn, dass das Licht durchschimmerte. »Wir wollten, dass du auch von unserer Familie etwas hast.«

Maria nahm das Tuch entgegen und bestaunte die wunderbare Webarbeit. Es war so fein, dass es aussah, als habe man eine Wolke eingefangen und gefärbt.

»Und deine Münzen! Was ist mit deinen Münzen?«

Zebida schnaubte. »Oh, wir haben etwas Besseres – viel besser als diese klimpernden Halsketten und Stirnbänder voller Goldmünzen, wie die Frauen sie tragen. Ich weiß, es ist heute nur noch ein zeremonieller Schmuck, der keinen wirklichen Reichtum zeigt; wenn es darum ginge, müsste Maria einen Brautkranz aus Salzfischen tragen. Nein, wir haben das hier.« Vorsichtig hielt sie Maria einen Zedernholzkasten entgegen. Maria klappte ihn auf und sah den Granatapfel aus Messing an einer Kette.

»Alle Bräute in unserer Familie haben ihn getragen, schon seit – nun, niemand weiß, seit wann«, sagte ihre Mutter.

Maria hielt die Kette vor sich, sodass der zierliche Granatapfel, den ihr Vorfahr Huram gemacht hatte, sich langsam drehte. Alle drängten heran, um ihn zu betrachten, und sie ließ ihn von Hand zu Hand gehen.

»Mutter.« Sie umarmte Zebida ganz überwältigt. Damit hatte sie nicht gerechnet, ja, sie hatte nicht einmal gewusst, dass es diesen Brauch gab. Ihre Mutter sprach nie von ihrem Hochzeitstag – höchstens, um mit dem Brautpreis zu prahlen, den Nathan bezahlt hatte.

»Und du wirst ihn eines Tages deiner Tochter geben«, sagte Zebida mit bebender Stimme. Sie war den Tränen nahe, was bei ihr selten vorkam.

»Das verspreche ich«, sagte Maria und sah es vor sich, wie diese Tochter und sie selbst eines Tages das gleiche Ritual vollziehen würden und wie sie, umgeben von den Frauen der Familie, ihrer Tochter in die Augen schaute. Oh, möge es doch so sein!, betete sie im Stillen.

»Oh, das wird viel zu ernst!«, sagte Anna. »Ihr vergesst, dass es ein weiter Weg vom Brautkleid zum Kindbett ist und ein noch weiterer bis zu dem Tag, da du deine Tochter zur Hochzeit schmückst. Wir müssen dafür sorgen, dass Maria auf das vorbereitet ist, was sie tun muss, um dort anzukommen, wo wir sind!« Ihre Augen glitzerten, als ob sie sich an verbotene Dinge erinnerte, die sie genüsslich andeutete.

»Das weiß ich alles schon«, sagte Maria mit Entschiedenheit. Und in der Tat, wer wüsste nicht darüber Bescheid? Verheiratete Frauen tuschelten darüber, unverheiratete Mädchen spekulierten darüber, und immer gab es die Herden von Schafen und Rindern auf den nahen Weiden, die im hellen Sonnenschein vorführten, wie Lämmer und Kälber gemacht wurden. Und was die Nacht anging, die Männer und Frauen dem Tag vorzogen, so sang das Lied der Lieder in allen Einzelheiten hymnisch von ihren Freuden.

»Aber es ist unsere Pflicht, dich einzuführen«, sagte Anna unter lauter Zustimmung von Eva, Marias zweiter Tante. Mit schüchternem Lächeln zog sie ein winziges Fläschchen aus dem Ärmel und schwenkte es lockend hin und her. »Für deine Hochzeitsnacht«, sagte sie dann und gab es Maria.

Notgedrungen nahm Maria es in Empfang. Der undurchsichtige Ton ließ nicht erkennen, was darin war.

»Gib in der Hochzeitsnacht zwei Tropfen davon in deinen Wein. Dann wirst du in derselben Nacht empfangen«, versprach Eva.

»Schäme dich! Hast du denn nichts für den Mann?«, fragte Anna. »Ich glaube, du hast ihn vernachlässigt. Hier!« Sie schwenkte eine Phiole. »Ich *garantiere* dafür! Aus eigener Erfahrung!« Sie drängte sich an Maria heran – die Schwester ihres eigenen Vaters, die ihr immer so sittsam vorgekommen war, als sie selbst noch ein Kind war. »Ein Tropfen, mehr ist nicht nötig! Er wird sein wie ein Kamelhengst!«

»Anna!«, rief Joels Mutter.

»Spricht denn der Prophet Jeremia nicht davon, wie der Kamelhengst die wilde Stute in der Brunst verfolgt?«, entgegnete Anna. »Das steht in der Schrift!«

Die Hochzeitsnacht. Maria hatte sich bemüht, sie sich nicht auszumalen, denn sie wusste, dass nichts jemals so war, wie man es sich ausmalte. Generationen von Frauen, von der ersten Eva bis zu ihrer Mutter, hatten sie erlebt. Darin fand sie Trost, und manchmal dachte sie noch: Gib, dass ich meinen Mann nicht enttäusche.

»Danke«, sagte sie matt und nahm Anna die Phiole ab.

»Wo ist das Brautlaken?«, fragte die alte Esther.

»Hier.« Zebida schwenkte es vor aller Augen hin und her: ein großes weißes Viereck aus fein gewebtem Leinen. In der Hochzeitsnacht lag es unter der Braut, und später wurde es zum Beweis ihrer Jungfräulichkeit aufbewahrt, sollte jemand Zweifel anmelden.

»Das macht ihr doch nicht etwa immer noch!«, sagte eine von Marias jungen Cousinen. »Es ist so altmodisch. Kein Mensch hat heute …«

»Das Gesetz Mosis schreibt es vor«, unterbrach Zebida. »Nicht das Tuch, aber die Jungfräulichkeit in ihrer gesetzlichen Bedeutung.«

»Und wenn eine Braut nicht mehr Jungfrau ist, was dann?«, fragte die Cousine zögernd.

»Dann soll sie gesteinigt werden, sagt das Gesetz«, antwortete Zebida, und Esther nickte.

»Aber wann ist denn das schon je geschehen?«, fragte Naomi, Silvanus' Frau. Ganz gegen ihre Art hatte sie bis jetzt geschwiegen. »Das tut heute niemand mehr.«

»Es kommt darauf an, wie streng du dich an die Gebote hältst«, erklärte Zebida. »Für manche von uns ist es immer noch wichtig.«

Maria waren all diese Reden ein Gräuel. Wieder kam sie sich vor wie ein Lamm auf dem Markt. Sollte sie vielleicht auf einen Schemel steigen und verkünden: »Ich bin Jungfrau«? Warum musste sie sich vor diesen Frauen beweisen? Angenommen, sie wäre keine? Sie mochte nicht daran denken, was dann geschehen würde. Sie würden sie ausstoßen und verjagen, all diese liebevollen Verwandten, die sie jetzt mit Geschenken und guten Wünschen überhäuften.

»Hier.« Ihre Mutter drückte ihr das Tuch in die Hand. »Behalte es bis zu jener Nacht.«

»Habt ihr den Tag schon festgesetzt?«, fragte Esther. »Nein, das könnt ihr natürlich noch nicht; ihr müsst ja wissen, wann die Zeit deiner Unreinheit vorbei ist. Wir müssen warten.«

»Noch ein paar Wochen«, sagte Zebida. »Dann wird es klar sein. Nach den letzten vierzehn Tagen der Unreinheit – dann können wir die Zeremonie planen.«

Unreinheit! Was für ein hässliches Wort. Maria fand es abscheulich, aber von Kindheit an hatte man ihr beigebracht, dass der natürliche Zyklus der Frau sie die halbe Zeit unrein sein ließ. Dann durfte sie bestimmte Dinge nicht berühren, nicht in ihrem Bett liegen und nicht zu ihrem Mann kommen, damit sie nichts verunreinigte.

»Es wird ein großartiges Mahl geben«, sagte Zebida. »Darüber müssen wir auch noch nachdenken.«

Es sollte ein gebratenes Zicklein geben und die größten Fische, die der See hergab, gewürzt mit Kräutern und verziert mit Kränzen und Blumen. Da es Mittsommer war, würden auch die ersten Feigen, Trauben und Melonen reif sein.

»Und wird es Flötenspieler und Trommler und Sänger geben?«, fragte Deborah.

»O ja, die besten in der Stadt«, versicherte Zebida ihr.

»Aber es gibt einen alten Tanz, den wir jetzt tanzen müssen, nur wir Frauen«, sagte Esther und kam zu Maria. Esther war so gebrechlich, dass ihr Vorschlag überraschend war.

»Klatscht für mich«, befahl die Alte. »Klatscht laut. Und erhebt eure Stimmen.«

Sie nahm Marias Hand und drehte sie langsam. Dann bewegte sie sich immer schneller, und ihre Gewänder hoben sich und umwehten sie.

»Sieh nur mich an!«, befahl sie Maria.

Maria schaute der alten Frau in die Augen, die in Runzeln und Hautfalten fast verborgen waren, beinahe unsichtbar – zwei leuchtende Kugeln, dunkel glänzend. Maria konnte sich vorstellen, wie sie jung waren, und plötzlich, während sie sich so drehten, kam das junge Mädchen in der alten Frau zum Vorschein. Die Zeit lief rückwärts, und sie gingen mit, zurück zu Batseba, zu Ruth und weiter zu Zippora und Asenat und noch weiter zu Rahel und Lea und Rebekka und Sarah, und sie drehten sich und drehten sich, bis sie eins waren, eins miteinander und mit ihren Ahnfrauen. Jäh ließ Esther ihre Hände los, und Maria taumelte rückwärts gegen die Frauen, die um sie herumstanden, die Frauen dieses Jahres, dieses Lebens, dieser Zeit.

»Macht mit!«, befahl Esther ihnen, und die verheirateten bildeten einen Kreis und fingen an zu klatschen und zu singen, und mit uralten Stimmen, von denen sie nicht gewusst hatten, dass sie sie besaßen, segneten sie Maria und hießen sie in ihrer Mitte willkommen.

VIII

Je näher der Tag der Hochzeit heranrückte, desto unbeschwerter fühlte Maria sich in Joels Gegenwart. Zögernd vertraute sie ihm sogar an, dass sie lesen gelernt hatte, und es schien ihm nichts auszumachen – allerdings hatte sie ihm noch nicht offenbart, dass sie auch Griechisch konnte. Er schien sogar erfreut zu sein und sah Vorteile darin: So könnten sie zusammen studieren und lesen und einander Briefe schreiben, wenn sie einmal getrennt sein sollten, und dann könnten sie auch Tagebücher schreiben und vergleichen.

Ich soll den Rest meines Lebens – und möge es lang und glücklich sein, o Herr! – mit jemandem verbringen, dem ich Vertrauen und Zuneigung entgegenbringe, sagte sie sich mehrmals täglich. Aber sie empfand weder Erregung, wenn sie an ihn dachte, noch Sehnsucht nach dem Tag, da sie endlich im Brautgemach miteinander allein sein könnten.

Gleichzeitig wünschte sie sich, dass Joel sie auf diese Weise liebte – dass er mit Leidenschaft an sie dachte. Sie machte sich Sorgen wegen all der merkwürdigen Dinge, die ihr widerfahren waren – die mysteriösen Anfälle, die immer mehr zunahmen, die Gedankenverwirrung, die Schlaflosigkeit und die schmerzhaften Male und Kratzer, die plötzlich auf ihren Armen, den Beinen und in letzter Zeit auch im Bereich der Rippen und auf dem Bauch erschienen. Mit Joel würde sie niemals darüber sprechen können. Er würde es abstoßend finden, und wahrscheinlich würde er die Hochzeit absagen wollen. Aber er war ihre Hoffnung auf Errettung vor dem, was immer *es* sein mochte.

In manchen Nächten lag sie nachts im Bett mit dem Gefühl, dass die Luft im Zimmer auf ihr lastete, ein Druck, der nichts mit der Wärme zu tun hatte. Fast war es, als könne sie diese Last ansprechen und diese würde antworten, täte sie es wirklich. Wie Aschera geantwortet hatte, vor nicht allzu langer Zeit.

Aschera. Das elfenbeinerne Götzenbild. Aschera mit ihrem lächelnden Gesicht und der betörenden, melodischen Stimme. Gleich nachdem Maria zugestimmt hatte zu heiraten, hatte sie Aschera hervorgeholt und angeschaut. Das Bildnis ließ sie an Bräute denken, an Schönheit und Mysterium – an all das, was sie gern sein wollte. An all das, was sie sein könnte, wie das Idol es ihr versprochen hatte, eine Seite ihrer selbst, die sich erheben wollte wie die Schlange, die dem Flötenspiel des Schlangenbeschwörers folgt. Ihre Sehnsucht danach, begehrenswert zu sein, war so stark, dass sie gern glauben wollte, dieser Wunsch könne ihr irgendwie gewährt werden.

Maria seufzte. Aber ich weiß doch, dass es nur Tand ist, ein kleines Kunstwerk, sagte sie sich. Es ist im Grunde überhaupt nichts daran auszusetzen, so etwas zu besitzen. Viele Leute sammeln solche Dinge; ich könnte es wahrscheinlich verkaufen und einen guten Preis dafür erzielen. Na ja, bei den Griechen jedenfalls.

Warum zeige ich es nicht Joel?, fragte sie sich plötzlich. Das wollte sie gern tun; seine Reaktion wäre ihr sehr wichtig. Ja, sie würde es noch heute tun.

Am Morgen waren die Kratzer und Male an ihren Armen ganz geschwollen. Der Tag draußen war trüb, kalt und nass; ein klammer Nebel lag wie ein Leichentuch über dem See und seinen Ufern. Eilig zog sie ein schweres, langärmeliges Gewand an, um die schändlichen Wunden zu verdecken. Sie sehnte sich nach dem Tag, an dem sie verschwinden würden, so plötzlich und geheimnisvoll, wie sie erschienen waren.

Sie wusste, sie würde Joel bereits bei der Arbeit im Salzlager finden. Und tatsächlich stand er vor einem Pökelfass, in dem nur die silbrigen Rücken der Fische aus der Lake ragten. Er hatte die Stirn gerunzelt, aber seine Miene hellte sich auf, als er sie kommen sah.

»Was gibt es für ein Problem?«, fragte sie. Sie sah ihm an, dass es eins gab.

»Ich glaube, dieses Salz ist schlecht geworden«, sagte er. »Es ist ölig, aber seine Pökelkraft ist dahin.« Er schüttelte den Kopf.

»Wieder dieser Händler aus Jericho?«, fragte Maria. Es gab dort einen bestimmten Händler, der im Verdacht stand, seine Ware aus der Gegend von Sodom zu beziehen, und man wusste, dass das Salz aus dieser Gegend eine Menge Verunreinigungen aufwies.

»Ebenderselbe«, sagte Joel. »Wir werden dafür sorgen, dass es jeder erfährt. Das ist jetzt das zweite Mal. Soeben hat er seine Kundschaft in Magdala verloren.« Er hielt inne. »Aber du bist doch nicht hier, um die Salzbottiche zu inspizieren.« Es war eine Frage, auch wenn er sie nicht offen stellte.

»Nein, ich bin gekommen, weil ...« Weil ich dich wegen des Bildnisses auf die Probe stellen wollte, hätte sie am liebsten gesagt. »Ich habe gehört, dass auf dem Markt eine neue Lieferung Teppiche aus Arabien ausgestellt wird, und ich dachte, wir könnten uns vielleicht einen aussuchen.«

Sie brauchten immer noch einen Bodenbelag für ihr künftiges Haus, und Maria hoffte, sie könnten einen richtigen Teppich und nicht bloß eine Strohmatte bekommen. In späteren Jahren würde Joel einen solchen Ausflug vielleicht als lästige Pflicht empfinden, aber jetzt tat er es nicht. Er brannte auf den Tag, da sie als Mann und Frau in dem behaglichen kleinen Haus leben würden, das er gebaut hatte.

»Natürlich!«, sagte er, und seine Freude war unüberhörbar.

Sie gingen durch die bevölkerten Straßen, und noch immer hing der Nebel zwischen den Häusern und verhüllte den See. Maria versuchte sich auf das zu konzentrieren, was sie jetzt tat. Aber das Denken fiel ihr in letzter Zeit so schwer; ihre Gedanken waren wie die Nebelschwaden über dem See. Ich wollte Joel von dem Bildnis erzählen, dachte sie immer wieder. Ich werde es tun; ich muss es tun. Sie wollte die Sache endlich ans Licht bringen, damit sie es hinter sich hätte.

Aber es bot sich keine gute Gelegenheit; Joel begrüßte Leute im Vorübergehen und stellte ihr Fragen nach dem Teppich: Welche Farbe wollte sie haben? Woher stammten die Teppiche? Was, glaubte sie, sei wohl ein angemessener Preis?

»Joel, was hältst du von Idolen?«, platzte sie schließlich heraus.

»Von Idolen?« Er schaute sie verblüfft an.

»Ich meine, von Kunstwerken, die alte Götter darstellen«, sagte sie.

»Statuen und dergleichen? Die dürfen wir nicht haben, nicht einmal wenn sie keine Götter darstellen. Wir dürfen uns *kein*

Bildnis machen. Gut, dass die Römer sie uns – bisher jedenfalls – nicht aufgezwungen haben. Der Gott Augustus starrt nicht von jeder Straßenecke auf uns herab.«

»Meine Frage dreht sich nicht um Politik«, sagte sie leise. »Mir geht es um jemanden, der so etwas besitzt. Es aufbewahrt … als Erinnerungsstück.«

Als er immer noch ein ratloses Gesicht machte, versuchte sie weiterzureden. Sie musste es ihm erklären. Sie musste sagen: Joel, als ich ein kleines Mädchen war, habe ich in Samaria das Bildnis einer Göttin gefunden. Ich habe es aufgehoben und mit nach Hause genommen, aber niemand hat je davon erfahren. Ich habe es versteckt. Im Laufe der Jahre habe ich es immer wieder wegwerfen wollen, aber ich konnte es nicht. Sie spricht mit mir; ich habe schon oft ihre Stimme gehört. Ich weiß nicht, ob es recht ist, sie in dein Haus zu bringen. Sie hat mir gesagt, ihr Name sei Aschera.

Sie versuchte es zu sagen, aber ihre Kehle wollte nicht gehorchen. Sie brachte die Worte beim besten Willen nicht hervor. Alles, was ihr über die Lippen kam, war ein Krächzen, das klang wie »Aschera«.

»Was?«

»Asch – Asch …«

»Fehlt dir etwas?« Er war beunruhigt.

»Wenn du meinen Namen aussprichst, wirst du sterben«, sagte die Stimme so deutlich, als sei sie neben ihr.

»Ich … ich …« Die harte Hand, die ihr die Kehle zuschnürte, lockerte den Griff, und sie konnte wieder atmen. »Ich – habe etwas in den Hals bekommen.« Sie hustete und holte tief Luft.

Als sie sich wieder gefasst hatte, war Joel mit seinen Gedanken schon woanders und erinnerte sich nicht mehr an die Frage nach dem Besitz eines Idols.

Der Händler hatte seine Ware überall an seinen Stand gehängt, und sie wählten einen fein gewebten Teppich aus Ziegenhaar mit einem freundlichen rot-blauen Muster.

»Aus dem Land der Königin von Saba«, versicherte der Mann. »Das sind die allerbesten.«

Es war ein Sommerabend, und Maria und alle Hochzeitsgäste standen da und warteten darauf, dass die spät untergehende Sonne hinter dem Horizont versank. Alles war bereit: Jetzt wartete sie auf Joel, der kommen würde, wenn es dunkel wäre, um sie als seine Frau heimzuholen. Ihre Eltern, ihre Brüder und ihre Schwägerinnen waren bei ihr sowie alle Verwandten, die nach Magdala hatten reisen können. Gute Freunde der Familie fanden auch noch Platz in dem Zimmer, in dem die Trauungszeremonie stattfinden würde; sie hatten sich schon vor einer Weile versammelt. Sie trugen ihre feinsten Gewänder, ihre besten Sandalen und den glänzendsten Schmuck, denn eine Hochzeit war das höchste Fest, das die meisten von ihnen je erlebten.

Marias Gewand und ihr Umhang waren rot und sorgsam ausgewählt, um sie von den anderen abzuheben. Sie waren aus dem besten Leinen, das die Familie sich leisten konnte, und würden ihr in den nächsten Jahren als Feststaat dienen. Ein zartes, fast unsichtbares Muster aus dunkelblauen Fäden durchzog den Stoff und verliehen ihm eine Tiefe, die ein reines Rot nicht besessen hätte. Marias dichtes dunkelbraunes Haar war zurückgekämmt und mit Klammern festgesteckt, und um den Hals trug sie den Granatapfel aus Messing, den ihre Mutter ihr gegeben hatte.

Alles nahm reibungslos seinen Lauf. Und sie war bereit. Sie war bereit, wenn sie nicht allzu eingehend darüber nachdachte, sondern still stand und die Dinge über sich ergehen ließ.

»Eine schönere Braut als dich hat es nie gegeben.« Silvanus' Stimme neben ihr riss Maria aus ihren Gedanken. Sie wandte sich ihm zu, und ihr älterer Bruder nahm ihre Hand und drückte sie. »Meine liebe kleine Schwester, deine Hand ist kalt. Hast du Angst?«

Nein, ich habe keine Angst, wollte sie sagen. Ich fühle mich nur taub. Aber stattdessen lächelte sie und rieb sich die Hand, um selbst zu fühlen, wie kalt sie war. »Nein«, sagte sie.

»Na, das solltest du aber«, sagte Silvanus. »Nur dein Geburtstag und der Tag deines Todes sind bedeutsamer.«

Er selbst war jetzt seit ein paar Jahren mit der gutmütigen Naomi verheiratet; Maria hatte sie von Anfang an gern gehabt.

»Wenn du weiter so redest, werde ich schon noch Angst bekommen«, sagte sie. »Dann laufe ich zur Küchentür hinaus und verschwinde. Und niemand wird mich mehr finden.«

»Und was willst du dann all die Jahre tun?«, fragte er. »Alle würden dich suchen, und es würde dir bald langweilig, dich dauernd zu verstecken.«

»Vielleicht würde ich mich den Banditen anschließen, die in den Höhlen in der Nähe wohnen. Ihr Leben dürfte kaum langweilig sein.« Sie lächelte und hätte fast gelacht; Silvanus half ihr zu vergessen, was ihr bevorstand, und sie entspannte sich.

»In einer schimmeligen, feuchten Höhle zu leben, das ist der Inbegriff der Langeweile«, sagte er.

»Ich …« Aber sie brach ab, denn plötzlich hörte sie von draußen Gesang und Musik. Joel! Es war Joel mit seinen Gefährten und einer ganzen Prozession von Musikern und Lampenträgern, die durch die Straßen zu ihrem Haus kamen. Marias Brautjungfern liefen mit Fackeln hinaus und ihnen entgegen.

Die Musik und die Stimmen wurden lauter, und im Dunkeln konnten die Gäste jetzt den gelben Schein der Lampen sehen, die vor dem Bräutigam und den Trauzeugen hergetragen wurden.

Die Musiker und die Lampenträger blieben vor der Türschwelle stehen und nahmen dort ihre Plätze ein. Dann kam Joel herein – breitschultrig, lachend und gut gelaunt. Er trug einen prachtvollen Mantel – Maria hatte ihn noch nie gesehen –, und um den Kopf hatte er einen Kranz von leuchtendem Sommerlaub gewunden, was ihn klassisch und vornehm aussehen ließ.

Er blieb stehen und schaute Maria tief in die Augen, und dann trat er rasch heran und nahm ihre Hände.

»Willkommen, Joel, Sohn des Ezechiel«, sagte Nathan. »Heute wirst du auch mein Sohn.«

»Und der meine«, sagte Zebida und bedeckte seine Hände mit ihren.

»Bist du bereit, die Worte zu sprechen?«, fragte Nathan.

»Wahrlich, mein Sohn, bist du bereit?«, fragte Ezechiel.

»Von ganzem Herzen«, sagte Joel inbrünstig. Seine Stimme klang sehr laut in Marias Ohren, aber sie wusste, dass er zu allen Anwesenden sprach, nicht nur zu ihr und ihren Eltern.

»Dann darfst du sie jetzt sprechen.«

Joel wandte sich an Maria, und sein Gesicht wurde feierlich. Jetzt sprach er doch zu ihr, zu ihr allein.

»Mögen alle diese Leute Zeugen sein, dass ich, Joel bar-Ezechiel, am heutigen Tage Maria aus Magdala, bat-Nathan, zu meiner Ehefrau weihe.« Er nahm ihre Hand. »Dies geschieht gemäß dem Gesetz Mosis und Israels.«

Man legte einen Granatapfel vor ihn auf den Boden, und er trat kraftvoll auf die Frucht, dass die Kerne überall gegen Knöchel und Füße und auf die Säume feiner Gewänder spritzten – ein gutes Omen der Fruchtbarkeit.

Behutsam nahm er wieder ihre Hände – ihre kalten Hände. Seine eigenen fühlten sich warm und beschützend an.

Maria hätte auf seine Worte gern etwas erwidert, aber das war nicht üblich. Stattdessen schaute sie ihm nur tief in die Augen, um ihm zu zeigen, wie sehr sie sich ihm anvertraute.

Ihre und seine Verwandten umstanden sie lächelnd, und jetzt fingen sie an zu klatschen und zu jubeln. Und unvermittelt verwandelte sich die feierliche Stille in ein lärmendes Fest. Sämtliche Nachbarn und Freunde drängten sich heran und sprachen ihre Glückwünsche aus. Hinter der Fröhlichkeit sah Maria einen Hauch von Trauer in den Augen ihrer Mutter, ihrer Brüder und ihres Vaters. Ein unaussprechliches Gefühl des Verlusts lauerte am Rande ihres Glücks.

»Möge der Gott Israels, Abrahams, Isaaks und Jakobus' diese Verbindung segnen.« Nathans Stimme übertönte den Lärm. »Mögest du sein wie Sarah, Rebekka, Lea und Rahel, eine treue Tochter des Gesetzes und ein Segen für deinen Gemahl.« Dann hob er die Arme, als mache ihn die eigene Ernsthaftigkeit verlegen. »Und jetzt, Sohn, führe uns in dein Haus zum Festmahl!« Er nickte Joel zu.

Das Hochzeitsbankett wartete in Joels – und nun auch Marias – Haus, und der Tisch war für viele Gäste gedeckt. Joel würde sie alle durch die Straßen zurückführen, und Lampenträger, Brautjungfern und Musiker würden ihnen vorausgehen. Er winkte zum Aufbruch, und sie stellten sich an der Tür auf und gingen nacheinander hinaus. Maria nahm ihren Platz an seiner Seite ein, und sie geleiteten die ganze Gesellschaft über die Schwelle des Hauses ihrer Kindheit und durch die Seitengasse hinaus auf die Hauptstraße. Es war ein warmer Abend; die Menschen säumten die Straße und schauten aus den Fenstern, als die aufgeregte Gesellschaft vorüberdefilierte, und kleine Mädchen schlossen sich lachend und hüpfend an. Unter dem Sommerhimmel wand sich der Festzug in bunter Reihe durch die Straßen, von goldenen Lampen beschienen. Das Licht und die schönen Kleider ließen sie leuchten in der Nacht.

Maria hatte an der Seite ihres Ehemanns das Gefühl, Teil eines erlesenen Bildes zu sein, umgeben von Schönheit und Glück, beinahe so sichtbar wie Weihrauch, der sie zu beiden Seiten umwehte. Sie war nicht Teilnehmerin, sondern Zuschauerin: aufmerksam, distanziert, beifällig. Sie wünschte, der Weg würde kein Ende nehmen; sie wollte nie in ihrem neuen Heim ankommen. Aber es war nur ein kurzes Stück, und bald näherten sie sich der Haustür, die hell erleuchtet war von Fackeln draußen und brennenden Lampen im Haus.

Im größten Zimmer war eine lange Tafel mit Speisen im Überfluss gedeckt: Käse, gewürzt mit Kreuzkümmel, Zimt und Rettich, Oliven aus Judäa, Messingtabletts mit Bergen von getrockneten und frischen Datteln und Feigen, tönerne Schüsseln mit Mandeln, Teller mit süßen Trauben und Granatäpfeln, gebratenes Lamm und Zicklein sowie Honigkuchen, getränkt mit süßem Wein. Handverlesene Fische prangten auf Platten, und daneben standen Gläser mit der berühmten Fischsauce aus der familieneigenen Herstellung. Und natürlich eine große Menge von gutem Rotwein, dem besten, den Joel sich leisten konnte.

Die Gäste strömten herein, und Joel stand neben der Tafel, um sie zu begrüßen. Er schenkte sich selbst den ersten Becher Wein ein und leerte ihn symbolisch; dann lud er die Gäste ein, sich zu bedienen.

»Heute ist mein Hochzeitstag, und ich heiße euch alle willkommen!«, sagte er mit lauter Stimme und deutete auf den Tisch und die Karaffen.

Die Leute drängten heran.

»Du musst auch einen Schluck Wein trinken«, sagte Joel leise. Er goss etwas in einen Becher und reichte ihn ihr, und ihre Hände berührten sich am Rand. Es erschien ihr wie eine heilige Gebärde, bindender noch als das Versprechen, das Joel vor allen Zeugen abgelegt hatte.

»Trink«, sagte er, und sie hob den Becher an den Mund und

kostete den schweren, herben Wein; sie schluckte und band sich damit an den, der ihr den Becher gereicht hatte.

Erst als sie den Becher sinken ließ, merkte sie, dass alle sie beobachtet hatten, und freudiger Jubel erhob sich, als sie ihn Joel zurückgab. Sie wünschte, sie wollten jetzt anderswo hinschauen, und sie war erleichtert, dass sie nun nichts weiter vor den Gästen würde tun müssen.

Trotz der offenen Fenster wurde es heiß im Zimmer. Die Gäste drängten sich um die Tafel, um die großzügigen Speisen und den dunkelroten Wein zu kosten. Die fröhliche Musik der Flöten und Leiern wurde bald von Gesprächen übertönt. Maria schaute sich um; es waren viele Leute da, die sie gar nicht kannte. Joel schien ihre Gedanken zu lesen. »Ich habe ein paar Leute eingeladen, die ich auf meinen Geschäftsreisen kennen gelernt habe.« Er deutete mit dem Kopf auf eine Gruppe am Ende der Tafel, die sich eben über das Zicklein hermachte.

»Ein paar Fischer aus Kapernaum mit ihren Familien«, sagte er. »Während der Sardinensaison machen wir viele Geschäfte mit ihnen. Zebedäus und seine Söhne – du erinnerst dich?«

Sie war ihnen vor einigen Monaten bei ihrem Spaziergang mit Joel begegnet und erinnerte sich vage; Kezias Vater hatte auch von ihnen gesprochen. Hauptsächlich Zebedäus und seine Ungeduld waren ihr im Gedächtnis geblieben. Heute Abend sieht er ein bisschen besser gelaunt aus, dachte sie. Da bemerkte sie eine Frau, die sie zu kennen glaubte – aber nein … es musste ein Irrtum sein. Aber irgendetwas an ihr kam ihr bekannt vor.

»Die Frau mit dem blauen Gewand und dem vollen Haar …«, sagte sie leise zu Joel. »Sie muss zu deinen Freunden gehören, denn ich weiß ihren Namen nicht.«

»O ja«, sagte Joel. »Sie ist die Frau eines der besten jungen Fischer aus Kapernaum; Avner heißt er.«

»Und sie?«

»Ich weiß es nicht genau«, gestand Joel. »Komm, wir fragen sie.«

Bevor Maria ihn aufhalten konnte, hatte er sich an die Frau gewandt. »Leider weiß ich deinen Namen nicht, aber ich kenne deinen Mann gut.«

»Lea«, sagte sie. »Aus Nazareth.«

Sie kam ihr immer noch bekannt vor. Nazareth. Maria hatte noch nie jemanden von dort kennen gelernt. Nur einmal, vor langer Zeit …

Es war schwer, im Antlitz dieser erwachsenen Frau das Gesicht eines Kindes zu sehen, aber Maria gab sich Mühe. Wo immer sie ihr begegnet sein mochte, sie hatte sie seitdem nicht mehr gesehen. Aber das war nicht verwunderlich, wenn sie aus Nazareth war, denn dort gingen Maria und ihre Familie niemals hin.

»Auf dem Heimweg von Jerusalem!«, sagte Lea plötzlich. »Ja, ja, ich erinnere mich! Du und deine Freundin, ihr wart bei uns und habt bei uns im Zelt übernachtet. Da waren wir noch klein, sechs oder sieben erst.«

Jetzt fiel ihr alles wieder ein. Der Heimweg vom Wochenfest in Jerusalem. Das Abenteuer, bei dem sie ihre Familie verlassen und einige Zeit bei dieser anderen verbracht hatte. Der Zwischenfall mit den Zahnschmerzen. Der Sabbat.

»Ach ja, natürlich! Sag, deine Geschwister, deine Eltern – sind sie auch hier?« Maria sah sich in der großen Gesellschaft um. So viele Unbekannte.

»Nein. Mein Vater ist im letzten Jahr gestorben. Meine Mutter wohnt noch in Nazareth, aber sie kommt nicht viel herum. Mein ältester Bruder Jesus hat den Platz unseres Vaters in der Tischlerei eingenommen, und der nächste Bruder, Jakobus, hilft ihm dort. Aber Jakobus ist keine große Hilfe; anscheinend will er Schriftgelehrter werden oder so etwas, und er verbringt seine ganze Zeit mit dem Studium der Schriften und mit Debatten in der Synagoge, hauptsächlich über Ritus und Reinheit. Ist nicht mehr besonders lustig da.« Sie lachte.

»Sind sie verheiratet?« An diesem Tag konnte Maria kaum an etwas anderes denken.

»Jesus nicht.«

»Ist er nicht …?« Ist er nicht schrecklich alt, um noch unverheiratet zu sein?, hatte sie fragen wollen.

»Eigentlich sollte er verheiratet sein«, erklärte Lea mit Entschiedenheit. »Aber er hat zu viel mit dem Geschäft zu tun. Und er sorgt für Mutter. Aber er sollte sich lieber beeilen. Hast du noch heiratsfähige Schwestern?«

»Leider nicht«, sagte Maria, und sie lachten.

»Ah. Wenn er noch viel länger wartet, ist die Sache bald hoffnungslos. Schon jetzt gibt es Anzeichen dafür, dass es schwierig sein könnte, mit ihm zu leben – für eine Ehefrau, meine ich.«

»Inwiefern?« Maria erinnerte sich nur an einen Jungen, der unerwartete Dinge über Eidechsen gesagt hatte. Vielleicht hielt er jetzt welche in seinem Haus?

»Nach der Arbeit bleibt er immer für sich. Mutter findet, er sucht allzu oft die Einsamkeit.«

»Zu oft?«, fragte Maria.

Die Musiker schlängelten sich in einer Reihe um sie herum; sie schlugen ihre Trommeln, ließen ihre Flöten schrillen und versuchten die Aufmerksamkeit auf sich zu lenken.

»Oft genug, dass die Leute es bemerken«, sagte Lea. »Man redet darüber. Du weißt, wie es in einer Kleinstadt ist, und Nazareth *ist* eine Kleinstadt.«

Plötzlich empfand Maria Mitleid mit Jesus – den ganzen Tag musste er statt seines Vaters in der Tischlerei schuften, und dann wurde er durch das, was er danach tat, zur Zielscheibe des Tratsches. Warum sollte er nicht etwas für sich sein und die Einsamkeit suchen? Sie selbst tat es doch auch oft genug. Aber in einer lebendigen Kleinstadt oder unter dem Dach der Familie fand man dergleichen nur selten. Nur die Wüste gewährte Einsamkeit. Vielleicht zogen sich die heiligen Männer deshalb dorthin zurück.

»Aber du«, fuhr Lea fort, »du wirst hier in Magdala wohnen bleiben? Ich weiß, dass Joel alle Fischerorte rings um den See besucht und seine Geschäfte dort macht; gelegentlich reist er sogar nach Ptolemais. Wirst du ihn jetzt begleiten? Wie aufregend das wäre! Ich wollte schon immer nach Ptolemais.«

»Vielleicht kann ich ihn einmal begleiten.« Das alles war ein sonderbares Gefühl; in Wahrheit konnte sie sich ihr neues Leben noch nicht recht vorstellen.

»Rätsel! Rätsel!« Ezechiel hob die Hände und bat um Aufmerksamkeit. Es war eine altehrwürdige Hochzeitstradition: Der Bräutigam gab seinen Gästen ein Rätsel auf und belohnte sie mit einem Preis, wenn sie es lösten. Der Brauch ging zurück auf Samson und sein Hochzeitsmahl, bei dem er seinen Gästen das Rätsel mit dem Löwen und dem Honig zu lösen gab und tief verletzt war, als seine Braut ihren Verwandten das Geheimnis offenbarte.

»Ah ja.« Joel unterbrach seine Unterhaltung mit einem Gast und trat langsam in die Mitte des Zimmers. »Ein Rätsel.« Er tat, als müsse er nachdenken, aber Maria wusste, dass er wochenlang an diesem Rätsel getüftelt hatte.

»Es geht so: Ich bin gemacht aus Wasser und Heuschrecken; es ist gefährlich, sich mir zu nähern, denn ich zerstöre, doch dessen ungeachtet nähern sich viele. Und jetzt sagt mir, was das ist, und ich belohne euch mit einem neuen Mantel und Honig für ein Jahr.«

Alle machten ratlose Gesichter. Aus Wasser und Heuschrecken gemacht. Ein Kuchen? Es gab solche Kuchen aus getrockneten Insekten. Jemand schlug es vor.

»Aber ein Kuchen ist nicht gefährlich, mein Freund«, antwortete Joel.

»Eine Dürre?«, fragte eine Frau. »Eine Dürre kann Heuschrecken hervorbringen, und dazu gehört ein Mangel an Wasser.« Es war bekannt, dass die Rätsel solche sprachlichen Spitzfindigkeiten enthalten konnten. »Und sie ist gefährlich.«

»Aber niemand nähert sich ihr. Sie nähert sich uns«, sagte Joel.

»Was ist mit einer Heuschreckenplage? Sie kann um ein großes Gewässer herum heranziehen, und so lenkt das Wasser sie. Und wir nähern uns ihr, um sie aufzuhalten. Wir roden das Land auf ihrem Weg, brennen eine Schneise vor ihnen, um sie ihrer Nahrung zu berauben.«

Joel macht ein überraschtes Gesicht, denn damit waren die meisten Kriterien berücksichtigt, aber es war nicht das, was er im Sinn hatte. »Nein«, sagte er schließlich. »Die Plage ist ja nicht aus Wasser ›gemacht‹, und so passt es nicht. Aber ich finde, für deinen Einfallsreichtum solltest du wenigstens einen großen Krug Honig bekommen.«

Man äußerte noch etliche andere Vermutungen, aber schließlich gingen den Gästen die Ideen aus. Endlich sagte Joel: »Ich dachte dabei an einen dieser heiligen Männer, die in die Wildnis gehen und die Menschen aufrufen, sich durch rituelle Waschungen zu reinigen. Man sagt, diese Leute essen Heuschrecken und tragen raue Kleider. Und sie sind gefährlich, weil sie den Menschen alle möglichen revolutionären Ideen in die Köpfe setzen.

Manchmal bringen die Römer sie zur Strecke, und dann wieder gehen sie in der Wüste zugrunde. Aber sowie einer verschwindet, taucht ein anderer auf und nimmt seinen Platz sein.«

»Aber diese Männer sind nicht aus Wasser gemacht«, wandte ein Gast ein. »Das war irreführend.«

»Ja, vielleicht«, räumte Joel ein. »Aber Wasser ist ein wesentlicher Bestandteil ihrer Botschaft. Meistens predigen sie an einem Bach und benutzen das Wasser als Symbol der Läuterung.«

»Wer ist eigentlich der neueste Wüstenprophet?«, fragte jemand. »Ich finde, in letzter Zeit war es ziemlich still um sie.«

»Das ist nur eine Frage der Zeit«, antwortete ein anderer. »Sie schießen aus dem Boden wie die Wüstenblumen nach dem Winterregen. Und alle versprechen sie uns eine neue Welt, wenn wir nur bereuen.«

»Und uns von den Römern befreien!«, rief jemand. »Aber dazu braucht man schon mehr als einen wildäugigen Propheten in der Wüste und seine bunt zusammengewürfelte Meute von Jüngern.«

»Es wird wohl Zeit für einen neuen Messias«, sagte ein Mann, der auf einem Kissen ruhte. Er war ziemlich massig und schien in seiner Umgebung zu versinken. »Oder haben wir diese Hoffnung aufgegeben? Es ist ziemlich kindisch, nicht wahr? Irgendein Erlöser oder Messias oder wie er sich sonst nennen mag, der das Schwert ergreift und den Römern zeigt, was Sache ist.« Er hielt die Hand vor den Mund und rülpste lächelnd, um zu zeigen, wie albern er das fand.

»Genug, Freunde.« Joel befürchtete, dass eine Diskussion über den Erlöser und seinen Krieg der wahren Gläubigen gegen Rom ausbrechen könnte. »Wir wollen keine Propheten bei diesem Hochzeitsmahl – außer in Gestalt eines Rätsels.«

Zu Marias Erleichterung ließen die Leute das Thema fallen und kehrten bereitwillig zu Scherzen, Musik und Essen zurück. Heute Abend wollte niemand bei unerfreulichen Gesprächsthemen verweilen. Ihre Mutter kam herüber, nahm sie in die Arme und flüsterte: »Lass es uns wissen, wenn du bereit bist.«

Bereit. Bereit für die guten Wünsche, bereit zum Tanzen, bereit, sich auf den Schultern der Gäste in das Brautgemach tragen zu lassen, wo über dem Bett ein Baldachin gespannt worden war.

»Ich glaube – bald«, sagte Maria. Ja, es musste seinen Gang nehmen, es war nicht aufzuschieben. Die Glückwünsche der Menschen in ihrem Leben, das fröhliche Singen und schließlich der altehrwürdige Brauch, bei dem man sie und Joel ausgelassen auf die Schultern heben und im Zimmer umher und schließlich ins Brautgemach tragen würde – alles das musste geschehen.

Schließlich standen sie und Joel vor dem Baldachinbett, und alle Gäste starrten aus dem Nachbarzimmer herein.

»Und nun nehme ich meine Braut in Besitz«, sagte Joel schlicht und schaute dabei erst sie und dann die Gäste an. Er ging zu der Tür zwischen den beiden Zimmern, um sie zu schließen, und in dem Scharren von Holz auf dem Fußboden hörte Maria das Ende ihres bisherigen Lebens so deutlich, als hätte jemand in die Hände geklatscht.

Die Tür schloss sich. Jetzt waren sie allein – besser gesagt, vor den Blicken der anderen verborgen.

Joel hob die Hand und berührte ihr Haar; es war zurückgebunden, aber immer noch das lange, ungebändigte Haar einer Jungfrau. »Ich will dich ehren mit meinem Leben«, sagte er.

Sie schloss die Augen, denn sie wusste nicht, was sie sagen oder tun sollte. Am natürlichsten erschien es ihr, einfach zu antworten: »Und ich dich mit dem meinen.«

Da sie ihm so sehr vertraute, war es nicht schwer, sich mit ihm unter den Baldachin zu begeben und seine Frau zu werden. Die Tränke, die sie von den Frauen bekommen hatte, benutzte sie nicht, und als sie zögernd das Brautlaken aufhob, um es auf dem Bett auszubreiten, nahm Joel es ihr weg.

»So etwas brauchen wir nicht«, sagte er. »Du bist mein, und ich bin dein; es gibt sonst niemanden, und das brauchen wir niemandem zu beweisen.«

Er schloss sie in die Arme und küsste sie so innig, dass sie selbst die Lyrik des Liedes der Lieder vergaß.

»Du bist so schön«, flüsterte er.

IX

Das warme Licht der Herbstsonne erfüllte die Küche. Der Tag ging zu Ende, und Maria stellte Schüsseln und Teller für das Abendessen auf den Tisch. Schon den ganzen Tag fühlte sie sich so warm und golden, wie dieser Raum es war.

Die zwei Jahre, seit sie das Heim ihres Vaters verlassen und für sich und Joel ein eigenes geschaffen hatte, waren schnell vergangen, und heute war sie Herrin eines Hauses, auf das sie stolz sein konnte, und eines Lebens, das sie sich auf den Leib geschneidert hatte wie ein besonderes Gewand.

Sie schaute aus dem Fenster; es war noch ein bisschen zu früh für Joels Heimkehr. Den ganzen Nachmittag hatte sie sich mit einem Gericht aus geschmortem Lamm mit Feigen abgemüht, und sie hatte schon die kleinen Schalen mit den Gewürzen bereitgestellt, die dazu gereicht würden. Es würde außerdem guten Wein und frisches Brot geben – fast wie bei einem Sabbatmahl.

Beeile dich, Joel, dachte sie. Das Essen wartet. Der Abend wartet.

Alles war makellos und vollkommen: Das Haus war sauber gefegt, das Brot frisch gebacken, die Luft duftete süß nach Binsen in Körben. Alles hielt den Atem an.

Doch als Joel schließlich kam, war die Essenszeit längst verstrichen und das Essen ein wenig eingetrocknet. Er hatte keine gute Laune. Brummend und kopfschüttelnd trat er ein, für seine Frau hatte er kaum ein Wort der Begrüßung.

»Entschuldige«, sagte er beiläufig, »aber es gab ein Problem mit einer Lieferung. Das Garum, das wir exportieren wollten, wurde nicht abgeholt. Versuche nur, das dem Händler in Tyrus zu erklären, der es vor der heißen Jahreszeit erwartet hatte.« Sein Blick war gehetzt. »Um ihm diese Panne zu erklären, musste ich ihm eine Botschaft schicken, die ihn wahrscheinlich erst in drei Tagen erreicht.«

Er ließ sich am Tisch nieder, aber in Gedanken war er immer noch abgelenkt. Er schien gar nicht zu merken, dass Maria immer noch kein Wort gesprochen hatte. Schließlich sagte er: »Du bist hoffentlich nicht verärgert.«

Verärgert? Nein, sie war nicht verärgert. Nur enttäuscht. Ihre Begeisterung war ebenso eingetrocknet wie das geschmorte Lamm.

»Nein«, beruhigte sie ihn und trug das Essen auf. Er schlang es herunter, ohne es anzuschauen.

Es ist ganz gleich, was es ist, dachte Maria. Genauso gut hätte ich ihm einen Teller alten Fisch und altbackenes Brot auftischen können.

Plötzlich erschien ihr das alles – der sorgsam gedeckte Tisch, die frisch gefüllten, brennenden Öllampen, die süß duftenden Binsen – wie Zeitverschwendung.

»Maria, was ist?« Joel schaute sie an und sah ihre glitzernden Augen.

»Nichts«, sagte sie. »Nichts.«

»Du bist wütend wegen des Essens«, stellte er fest, aber es klang nicht verständnisvoll, sondern verdrossen. »Ich habe doch gesagt, ich kann nichts dazu.« Er stand auf. »Du kümmerst dich zu viel um so etwas! Beschäftige dich mit wichtigeren Dingen als damit, wie pünktlich ich zum Abendessen komme!« Er schwieg kurz. »Nicht, dass es nicht schön von dir wäre, dass du …«

»Mit welchen wichtigeren Dingen denn?«, fragte sie. »Welche wichtigeren Dinge gibt es denn für mich – ohne Kinder?«

»Kinder sind ein Geschenk Gottes«, sagte Joel schnell – zu schnell. »Er allein entscheidet, ob er sie schenkt oder nicht. Aber es gibt auch ein nützliches Leben ohne sie …«

»Dann sollte ich es vielleicht führen«, sagte Maria. »Vielleicht sollte ich dir im Geschäft bei den Büchern helfen, Ausfuhr und Vertrieb organisieren, deine Korrespondenz erledigen.«

Aber nichts davon klang wichtiger als das, was sie zurzeit tat – nur vielleicht weniger einsam.

»Ja, vielleicht«, sagte Joel. »Die Korrespondenz ist schrecklich vernachlässigt worden.«

»Oder vielleicht sollte ich mich dem Studium der Thora widmen«, sagte sie plötzlich. Vielleicht könnte sie dann verstehen, was Gott in einem Leben ohne Kinder von ihr wollte.

»Was? Die Thora studieren? Das ist Frauen leider nicht erlaubt, und das ist eine Schande, denn du würdest dich gut dazu eignen.« Sie hatten erfüllte Winterabende damit verbracht, Jesaja und Jeremia zu studieren, und er hatte gesehen, welch flinken und wachen Verstand sie dabei an den Tag legte.

»Vielleicht gibt es eine Möglichkeit«, sagte sie unbeirrt.

»Nur, wenn du dich verkleidest«, sagte er. »Und ich fürchte, das wäre sehr schwierig, denn du bist viel zu fraulich.« Er umarmte sie. »Ich wünschte, ich könnte etwas tun.« Wenn Gott ihnen doch nur Kinder schenken wollte!

»Aber das kannst du nicht.« Das wusste sie – sie wusste, dass Joel nicht verantwortlich war und dass es nicht in seiner Macht stand, ihr ein besseres Leben zu eröffnen.

Sie dachte daran, wie sie sich am späten Nachmittag gefühlt hatte, bevor Joel nach Hause gekommen war, wie zufrieden. Allem materiellen Wohlstand, der Liebe ihres Mannes und ihrer geachteten Stellung im Dorf zum Trotz – im Zentrum war nichts, was ihr Halt gegeben hätte. Eine unfruchtbare junge Ehefrau war das beklagenswerteste aller Geschöpfe, abgeschnitten vom alltäglichen Leben.

Als Joel in dieser Nacht, erschöpft von des Tages Arbeit, neben ihr lag und schlief, starrte Maria zur Decke. Morgen werde ich auf den Markt gehen und etwas Gutes zum Abendessen kaufen, und dann werde ich darauf warten, dass Joel nach Hause kommt. Eine einsame Straße, die sich endlos vor ihr dehnte.

Sechs Jahre vergingen, manchmal langsam und manchmal schnell, und nichts änderte sich, aber ihr war bewusst, dass sie nach und nach für alle außer ihrer alten Freundin Kezia zu einem Gegenstand des Mitleids geworden war. Aber Kezia hatte inzwischen drei Kinder, und für Maria wurde es immer schmerzlicher, mit ihnen – und mit ihr – zusammen zu sein. Während sie ihren alltäglichen Tätigkeiten nachging, waren die fürsorglichen Blicke und unausgesprochenen Fragen ihrer Freunde und Verwandten fast mit Händen zu greifen. Die eigene Familie war weniger zurückhaltend. Silvanus und Naomi waren die Ersten, die ganz unverblümt nachfragten und sie dann ihrer Liebe und Unterstützung versicherten. Eli und Dina – ah, das war eine andere Sache. Ihren Blicken und den frommen Plattitüden, die sie daherschwatzten, war anzumerken, dass sie Maria in irgendeiner

Weise für schuldig hielten oder meinten, Gott wolle sie und Joel bestrafen. Eli deutete oft an, sie solle Gewissenserforschung betreiben und nach verborgenen Sünden suchen.

»›Wer kann merken, wie oft er fehlet? Verzeihe mir die verborgenen Fehler!‹«, intonierte Eli zuweilen und zitierte die Psalmen.

»›Denn unsere Missetaten stellst du vor dich, unsre unerkannte Sünde ins Licht vor deinem Angesicht‹«, fügte Dina salbungsvoll hinzu. Und dann zog sie ihre drei farblosen, langweiligen Söhne an sich – die komisch altmodische Namen trugen: Jamlech, Idbasch und Ebed –, nahm ihre kleine Tochter Hanna auf den Arm und schaute Maria betrübt an, als wolle sie sagen: Siehst du, was du dir selbst vorenthältst, indem du dich weigerst, ein gottgefälliges Leben zu führen?

Eines Nachmittags – der Sabbat nahte, und Maria bereitete gerade das Abendessen zu – fühlte sie sich niedergeschlagener als sonst. Sie hatte plötzlich – ein kurzes Aufscheinen, fast eine Vision – sich selbst und Joel gesehen, wie sie vor langer Zeit lebten: in Zelten, umgeben von einer großen Sippschaft. In diesem Bild war sie immer noch kinderlos, aber Joel hatte andere Frauen geheiratet und sich sogar ein paar Konkubinen genommen. Alle setzten sich im Zelt zum Sabbatmahl, umgeben von einer Schar von Kindern jeden Alters, vom Säugling bis zum Heranwachsenden. Joel ruhte mit selbstzufriedener Miene auf einem Kissen, während sie selbst die Zielscheibe spöttischer Blicke und hochfahrender Bemerkungen von den anderen Frauen war, selbst von der niedersten Konkubine – der Frau, die die schäbigsten Aufgaben zu erfüllen sowie Esel und Ziegen zu versorgen hatte.

Weil Maria eine Zeit lang die Schriften studiert hatte, erkannte sie in der Vision die eigene Ahnfrau. Sie und ihre Familie stammten ja angeblich vom Stamme Naphtali ab, und Naphtali war der Sohn Bilhas, der Magd Rahels.

Eines Tages hatte Rahel sich in ihrer Enttäuschung an Jakobus gewandt und gerufen: »Schaffe mir Kinder, wo nicht, so sterbe ich!« Als Jakobus eingewandt hatte, es sei Gottes Entschluss, ihnen Kinder zu verweigern, hatte sie darauf bestanden, ihre fruchtbare Zofe Bilha an ihre Stelle zu setzen.

Das könnte ich niemals, dachte Maria. Ich könnte es nicht ertragen, wenn Joel …

Aber Bilha ist deine Vorfahrin, nicht Rahel. Du bist vom Stamme Naphtali, den Rahel so taufte zu Ehren ihres Kampfes.

Das längst vergangene Leid dieser Menschen – des Ehemanns, seiner beiden rivalisierenden Frauen und der Mägde – brach über sie herein, und unversehens weinte Maria um sie.

Es war so viel schlimmer als das, was ich ertragen muss, dachte sie. So viel schlimmer.

Gern hätte sie ihnen die Hände entgegengestreckt und ihnen gesagt, dass das Leid, das sie im Herzen getragen hatten, Jahrtausende später ihrem ganzen Volk zum Wohle gereicht habe. Aber sie waren unerreichbar in der fernen Vergangenheit. Und sie selbst war gefangen in ihrer Küche und bereitete das Essen zu für Menschen, die in diesem Augenblick noch viel weniger real zu sein schienen.

Ihre Eltern kamen kurz vor Sonnenuntergang. Joel hatte schon gebadet und geholfen, die zeremoniellen Gegenstände auf den Tisch zu stellen – die Sabbatlampen und das besondere Brot. Alles war blitzblank, frisch geschrubbt und poliert. Man würde den Sabbat willkommen heißen wie immer. Oft genoss Maria diese ersten paar Augenblicke, wenn alles bereit war und man den Sonnenuntergang erwartete, den eigentlichen Beginn der heiligen Ruhepause, aber heute Abend war sie immer noch abgelenkt von ihren geisterhaften Besuchern, und sie musste den Kopf schütteln, um ihre Gedanken zu klären.

»Ah! So hübsch wie immer.« Ihre Mutter seufzte beglückt. »Maria, du verstehst es, eine so friedvolle Ordnung zu schaffen. In deinem Hause herrscht wahrlich der Geist des Sabbat.«

Maria dankte ihrer Mutter für das Kompliment, aber unwillkürlich wünschte sie sich doch ein wenig von der Unordnung, die einen Haushalt mit kleinen Kindern erfüllte.

Sie zündete die Sabbatlampen an und sprach dabei das uralte Gebet: »Gesegnet seist du, o Herr, unser Gott, der du uns geheiligt hast durch deine Gebote und uns heißest, das Sabbatlicht zu entzünden.« Sie hielt die Hände über die Lampen und spürte ihre Wärme.

Sie nahmen ihre Plätze ein, und das goldene Sabbatbrot, das Hallah, wurde herumgereicht. Dann kamen die anderen Gerichte, noch warm, aus der Küche: Kräutersuppe, süß-saure Rote Bete auf einem grünen Bett Sprossen, geröstete Gerste und eine prächtige, dicke gekochte Barbe.

»Das war die größte, die sie gestern im Lager hatten, und ich habe sie mir gleich geschnappt«, erzählte Joel. »Niemand hatte eine Chance.«

»Ich nehme an, sie ist von Zebedäus«, sagte Nathan.

»Ja. Das sind sie immer«, sagte Joel. »Anscheinend kennt er die besten Fischplätze und hält sie geheim. Aber solange er ausschließlich mit uns Geschäfte macht ...«

»Ich glaube, es könnte sein, dass Jona seine Partnerschaft mit Zebedäus allmählich überdenkt«, meinte Nathan. »Er hat es satt, wie eifersüchtig der seine Fischgründe hütet. Er sollte seine Kenntnisse schließlich mit seinen Partnern teilen.«

»Wie vertragen sich eigentlich ihre Söhne?«, fragte Joel. »Ich kann mir nicht vorstellen, dass Simon beiseite tritt, ohne zu mucken – nicht auf lange Sicht jedenfalls.«

»Bis jetzt, scheint mir, verstehen sich die Söhne besser als die Väter«, sagte Nathan. »Simon ist gutmütig, aber impulsiv, und Zebedäus' Söhne Johannes und Jakobus vertreten zwar ziemlich aggressiv ihre Rechte, aber meistens geben sie nach, wenn Simon ihnen die Stirn bietet. Das heißt, wenn Zebedäus nicht in der Nähe ist – denn dann beißen sie zu wie Bulldoggen.«

Zebida rührte nachdenklich in ihrer grünen Suppe. Kerbel- und Minzeblättchen schwammen an die Oberfläche. »Dann würde ich prophezeien, dass diese Partnerschaft zum Untergang verurteilt ist, denn Zebedäus wird immer in der Nähe sein. Und wenn sie zu Ende ist, mit wem werdet ihr dann eure Geschäfte machen? Denn sie werden euch zwingen, Partei zu ergreifen.«

Joel deutete auf Nathan und überließ ihm die Antwort.

Nathan überlegte kurz. »Vermutlich mit Zebedäus. Es zahlt sich nicht aus, ihn zu verärgern. Er hat zu viel Einfluss. Und er hat wichtige Kundschaft in Jerusalem: Er beliefert den Haushalt des Hohepriesters Kaiphas mit Fisch. Nein, Zebedäus darf man nicht verärgern.« Er schüttelte den Kopf und kaute bedächtig auf einem Bissen Hallah. »Aber ich hoffe, so weit wird es nicht kommen.«

Maria lauschte aufmerksam; sie wusste, dass diese Fragen für ihren Lebensunterhalt wichtig waren. Doch im Hinterkopf sah sie immer wieder Rahel und Bilha. »Wie wird sich wohl die neue Stadt hier in der Gegend auf uns auswirken?«, fragte sie – nicht nur, weil sie es wissen wollte, sondern auch, um ihre Gedanken auf Gegenwart und Zukunft zu lenken.

»Das ist schwer zu sagen«, antwortete Joel. »Als Antipas es bekannt geben ließ, dachte ich zunächst, es sei eine Katastrophe für uns – eine neue Stadt unmittelbar südlich von Magdala, die uns in den Schatten stellt. Aber vielleicht stimmt das nicht. Vielleicht ist es sogar gut für uns. Alle Leute haben Hunger und müssen etwas zu essen bekommen.«

»Der Mann hat weder Verstand noch Schamgefühl«, sagte Nathan. »Er erwählt einen unheiligen Platz für die Siedlung – über einem Friedhof! –, und dann nennt er sie Tiberias.«

»Das musste er«, sagte Zebida. »Er will dem Kaiser schmeicheln. Er wird alles tun, um ihm gefällig zu sein.«

»Dann sollte er mit seinen Frauen vorsichtig sein«, sagte Joel unheilvoll.

»Wieso?« Nathan lachte. »Sollte Tiberius sich dafür interessieren? Wie oft ist er denn geschieden? Vielleicht empfiehlt man sich dem römischen Kaiser ja überhaupt erst, *wenn* man geschieden ist oder in einer inzestuösen Beziehung lebt.« Er begann das Stück Fisch auf seinem Teller zu zerteilen und sah beifällig, wie aromatisch und fest das Fleisch war.

»Aber Antipas' Untertanen interessiert es«, sagte Maria. »Ich habe gehört, wie die Leute darüber reden – über seine Verbindung mit der Frau seines Bruders. Wenn er sie heiratet, verstößt er gegen jüdisches Gesetz.«

»Aber wer wird wagen, den Mund aufzumachen?«, fragte Nathan. »Alle haben Angst vor Antipas.«

»Und wir wollen nicht die Aufmerksamkeit Roms auf uns lenken«, sagte Joel. »Nicht jetzt jedenfalls.«

Vor kurzem erst hatte Tiberius die Juden aus Rom vertrieben, und zwar wegen eines angeblichen religiösen Skandals, bei dem es um eine vornehme römische Matrone gegangen war. Er hatte sogar viertausend junge Juden dazu verurteilt, in der römischen Armee auf Sardinien zu dienen, obwohl das Gesetz ihnen verbot, am Sabbat zu kämpfen oder unreine Speisen zu sich zu nehmen. Die anderen Juden waren über das ganze Reich verstreut worden. Einige hatten den Heimweg nach Galiläa gefunden und klagten hier laut über die schlechte Behandlung. Antipas hatte keine Notiz davon genommen.

»Nein«, pflichtete Nathan ihm bei. »Der Kaiser ist den Juden zurzeit nicht freundlich gesinnt. Ich habe von Zebedäus selbst gehört, dass sie vielleicht einen neuen Statthalter in Jerusalem bekommen. Kann sein, dass Valerius Gratus durch einen anderen ersetzt wird – der Herr beschütze uns, wenn der Kaiser entscheidet, wer es sein soll.«

»Ich habe ein Gerücht gehört – aber das kann unmöglich stimmen –, dass Tiberius selbst die Absicht hat, Rom zu verlassen«, sagte Joel.

»Nein. Der Kaiser kann Rom nicht verlassen«, sagte Nathan.

»Aber er ist alt«, meinte Joel. »Vielleicht will er sich nur zur Ruhe setzen.«

»Es gibt nur eine Möglichkeit für einen Kaiser, sich zur Ruhe zu setzen«, erwiderte Nathan. »Der Tod.«

X

Tiberius starb nicht, aber Berichten zufolge, die sogar den einfachen Leuten in Galiläa zu Ohren kamen, wurde er immer unberechenbarer und jähzorniger. Genauso geschah es mit Herodes Antipas, der ihnen näher war und der noch immer ein Verhältnis mit der Frau seines Bruders hatte.

»Wie kann ein Mensch von solch einem Wahnsinn befallen sein?«, fragte Maria, als sie mit Joel darüber sprach. »Er gefährdet doch seinen Thron.«

»Man sagt, Liebe sei eine Form des Wahnsinns«, antwortete Joel.

Ein Wahnsinn, den ich nie erlebt habe, dachte Maria. Würde ich es wollen? Sie schaute sich in ihrem behaglichen Haus um und konnte sich nicht vorstellen, dass sie es aufs Spiel setzen würde.

Maria führte einen sehr ordentlichen Haushalt – umso mehr, weil sie so viel aufgestaute Energie darauf verwenden konnte –, und als sie an der Reihe war, das Passahfest für die Familie auszurichten, hatte sie weniger Arbeit als andere Frauen damit, ihr Haus für die Zeremonie zu reinigen. Natürlich musste sie gründlicher als sonst putzen und alle Flächen gewissenhaft schrubben. Das spezielle Passahgeschirr musste hervorgeholt und gespült, das Lamm im Voraus bestellt werden – ein großes für die siebzehn Personen, die erwartet wurden –, und das gesäuerte Brot musste sie restlos aus dem Haus schaffen und vernichten oder an Nichtjuden verkaufen. Maria vernichtete es immer; es war nie sehr viel davon da, und die List der legalen Beseitigung war aus irgendwelchen Gründen nicht sehr befriedigend.

Sie putzte mit Inbrunst, als könne ein Krümchen Sauerteig sich in eine winzige Ritze im Boden verirrt haben, in die Fasern eines Teppichs oder hinter einen Krug. Bei diesem wilden Scheuern fiel es leicht, sich vorzustellen, sie reinige irgendwie ihr Herz und ihr Leben. Sie beschloss, auch alle Truhen und Behälter zu öffnen und darin sauber zu machen.

In einem Holzkasten fanden sich ein paar wollene Mäntel, die sie ganz vergessen hatte. Vielleicht sollte sie sie einer bedürftigen Familie schenken.

Der nächste Kasten enthielt Dinge aus ihrer Kindheit: ihre Schreibübungen, ein paar Blumen, die in ihrem ersten kleinen Garten gewachsen waren, ganz spröde und verblasst, und ihre Säuglingskleider. Niedergeschlagen betrachtete sie diese. Die sollte ich wirklich verschenken, damit sie mich nicht mehr verspotten können, dachte sie.

Und dann war da noch etwas, etwas Eingewickeltes in einem Beutel. Sie zog es hervor und wickelte es langsam aus, bis das Gesicht des elfenbeinernen Götzenbildes sie anlächelte.

Ein kalter Schauder überlief sie.

Aschera. Da bist du wieder. Dieser Name, der ihr so bereitwillig über die Lippen kam, weckte Erinnerungen an einen kindlichen Wunsch nach Schönheit, aber auch an unterschwellige Angst. Doch das lag lange zurück, in der Zeit vor ihrer Hochzeit. Ihr Traum, über alle Maßen begehrenswert zu sein, war nicht erfüllt worden, aber die unerklärlichen Beschwerden waren auch verschwunden. Das alles waren Fantasiegespinste gewesen. Es gab keine bedrückenden Träume mehr, keine Verwirrung, keine Kälte im Zimmer, keine Kratzer und Striemen, die sie bedecken musste. Tatsächlich hatte sie das alles, wie sie es erhofft hatte, hinter sich gelassen, und jetzt betrachtete sie es als merkwürdige Kinderkrankheit.

Die schöne Aschera. Im Stillen sprach Maria sie an: Wenn ich daran denke, dass ich einmal so viel Ehrfurcht vor dir hatte, dass ich glaubte, du könntest mit mir reden. Rede, Aschera!, befahl sie. Rede, wenn du kannst!

Das Bildnis schwieg. Kein Wort war in ihrem Kopf zu hören. Die Schnitzerei lag in ihrer Hand und starrte sie an.

Maria legte die Figur weg und wandte sich wieder ihrer Arbeit zu. Sie würde sie Joel zeigen, wie sie es vorgehabt hatte – jetzt fiel es ihr wieder ein –, ehe sie geheiratet hatten. Nun, heute Abend würde sie es tun. Die Sonne ging unter, das Tageslicht schwand. Es wurde Zeit aufzuhören. Sie stand auf, um eine Lampe anzuzünden, und sah das Bildnis, wie es dalag und auf Joel wartete.

Und dann, seltsam angezogen, nahm sie die Figur in die Hand und betrachtete die perfekten elfenbeinernen Züge, die einladenden, halb geschlossenen Augen, die Kurve der Lippen, das wellige Haar. Die Verkörperung der Weiblichkeit, dachte sie. Aschera ist das, was eine Frau sein sollte, in jeglicher Hinsicht. Das, wozu sie mich machen sollte, als Braut. Aber jetzt habe ich wichtigere Bedürfnisse.

»Gib mir ein Kind!«, befahl sie dem Idol. »Gib mir ein Kind, wenn du irgendwelche Macht hast!«

Voller Genugtuung legte sie das Bildnis hin. Das würde die Macht, die es über sie hatte, ein für alle Mal zerstören. Maria wusste nicht, warum sie so etwas gesagt hatte. Aber das würde der langen Faszination und Verzauberung ein Ende machen. Sie hatte die Göttin nur herausgefordert, um sie zu beschämen.

Ein paar Tage später – Tage der intensiven Vorbereitung in allen Haushalten Israels – nahte der Sonnenuntergang, der den Beginn des achttägigen Passahfestes anzeigte. Marias und Joels Haus war blitzblank. Mehrere Tische waren aneinander geschoben worden und bildeten eine lange Tafel, und alles war bereit. Ihre Eltern kamen.

»Wir müssen noch warten, bis alle da sind, ehe wir anfangen können, nach dem Sauerteig zu suchen«, sagte ihr Vater. »Sie sollen sich beeilen!«

Dieses Ritual war bei den Kindern sehr beliebt: Sie mussten das ganze Haus absuchen, ob Marias Aufmerksamkeit nicht vielleicht ein Stückchen Sauerteig entgangen war. Die verbotene Substanz würde entdeckt und vernichtet werden – und wehe dem Haushalt, der es versäumte, für den »übersehenen« Sauerteig zu sorgen. Maria hatte unübersehbar etwas auf den Küchentisch gelegt und noch ein paar weitere Bröckchen verteilt, um die Sache nicht zu einfach zu machen.

»Meine Liebe, wie schön es in deinem Haus heute Abend ist!« Dina kam hereingerauscht; sie brachte ihre viel gepriesenen ungesäuerten Honigkuchen mit. Ihre drei Söhne folgten ihr auf den Fersen, in ihre besten Leinentuniken gekleidet. Sie trug Hanna auf dem Arm, und sogar Hanna hatte eine Schleife am Hemd. Schließlich erschien Eli, und auch er trug ein besonderes Gericht für die Tafel – die bitteren Kräuter.

Kurz nach ihnen trafen auch Silvanus und Naomi mit ihren beiden Söhnen und der kleinen Tochter ein. Auch sie brachten einen Beitrag mit: den Haroseth, der aus Äpfeln, Nüssen und Wein gemacht wurde und den Lehm symbolisierte, mit dem die Kinder Israels für den Pharao die Ziegel brannten.

»So, meine Kinder«, sagte Nathan schließlich. »Eure Tante hat wahrscheinlich noch ein wenig Sauerteig im Haus übersehen. Gott würde uns das nie verzeihen. Also lasst uns gründlich suchen und dafür sorgen, dass nirgends mehr Sauerteig zu finden ist. Gesegnet seist du, o Herr, unser Gott, der du uns geheiligt hast durch deine Gebote und uns heißest, den Sauerteig zu beseitigen!« Er klatschte in die Hände, und die Kinder stoben auseinander. Die Bröckchen, die unübersehbar verteilt lagen, fand der kleine Idbasch sofort, während die anderen im Haus ausschwärmten und so gründlich suchten wie römische Soldaten nach dem Feind.

Während sie damit beschäftigt waren, plauderten die Erwachsenen miteinander. Bald kamen die Kinder wieder hereingestürmt und brachten triumphierend kleine Stücke gesäuerten Brotes mit.

»Wir haben etwas gefunden! Wir haben etwas gefunden!«, riefen sie.

»Und das hier auch noch.« Jamlech hielt seinem Vater die Elfenbeinfigur entgegen.

Maria blieb das Herz stehen. Sie hatte sie liegen lassen – aber für Joel, nicht für diese Gesellschaft!

Eli betrachtete die Figur eingehend. Maria sah den Schrecken in seinem Blick, auch wenn er versuchte, ihn zu verbergen. »Ich kann mir nicht erklären, wie so etwas in dieses Haus gelangt sein kann«, erklärte er schließlich. »Es ist … es ist …« Er brachte es nicht über sich, zu sagen: ein heidnisches Idol. Stattdessen sagte er: »Eine alte Schnitzerei von Menschen, die hier früher gelebt haben. Von den Kanaanitern vielleicht.«

»Lass sehen!« Dina riss ihm die Figur aus der Hand und studierte sie eingehend. »Was immer es ist – jegliche Darstellung der menschlichen Gestalt ist uns verboten. Du sollst dir kein Bildnis machen. Joel, so etwas in deinem Haus, und noch dazu am Passahfest! Das ist schlimmer als gesäuertes Brot.«

Joel schaute die Figur an. »Ich habe sie noch nie gesehen.«

»Ich … habe sie dort hingelegt, um sie dir zu zeigen«, sagte Maria. »Ich habe sie am Wegrand gefunden.« Sie sagte nicht, vor wie langer Zeit. »Du solltest sie dir anschauen.«

»Warum?«, fragte Eli.

»Weil sie wertvoll sein könnte. Oder … ich dachte, es ist vielleicht interessant, weil es uns zeigt, wer hier früher gelebt hat.« Maria empfand plötzlich Beschützergefühle gegenüber dem Bildnis: Wenn es zerstört werden sollte, dann durch sie und nicht, weil ein Kind in ihr Zimmer gestürmt war und es zufällig gefunden hatte.

»Uns liegt nichts an denen, die vor uns waren«, schnaubte Eli. »Gott hat uns befohlen, sie mit Stumpf und Stiel auszurotten – sonst würden sie ein Stachel in unserer Seite sein und unseren Untergang herbeiführen.«

»Das ist lange her«, sagte Silvanus. »Jetzt leben auch andere mit uns in diesem Land, und wir müssen in Frieden mit ihnen leben.«

Joel hob die Hände und wiederholte die rituellen Worte: »Aller Sauerteig und alles Gesäuerte, das sich in meinem Bereiche befindet, das ich jedoch nicht gesehen und darum nicht fortgeschafft habe, soll niemand gehörig, vernichtet und dem Staub der Erde gleich gehalten sein.«

»Lasst uns das gesäuerte Brot und das heidnische Schnitzwerk vernichten!«, schrie Jamlech. »Da ist das Feuer.« Und er warf den Sauerteig, den er gefunden hatte, in ein Kohlenbecken. Das Feuer loderte hungrig auf.

»Und hier!« Er warf das Bildnis hinterher, aber es fiel daneben. Niemand schien es zu bemerken, und die züngelnden Flammen verbargen es.

»Lasst uns mit dem Mahl beginnen.« Joel deutete auf die kleinen Tische und die Kissen, auf denen sie gemäß dem rabbinischen Brauch für das Eröffnungsritual ruhen würden. Joel gürtete sich in seinen Reisemantel und hob seinen Stab, wie die Schrift es befahl. »Und also sollt ihr es essen: eure Hüften gegürtet, eure Schuhe an euren Füßen, euren Stecken in eurer Hand, in Hast sollt ihr es essen -- Übersprungsmahl ist es ihm. Durchschreiten will ich das Land Ägypten in dieser Nacht.«

Als Oberhaupt der ganzen Familie sprach Nathan den Segen über den ersten Becher Wein. Dann reichten sie eine Schüssel Wasser und ein Tuch herum. Der Brauch bestimmte, dass dieses Ritual im Liegen vollzogen wurde.

Danach begaben sich alle an die gedeckte Tafel. Joel nahm den Teller mit den Bitterkräutern – Brunnenkresse, Meerrettichwurzel und Kerbel – und reichte ihn herum. Als Nächstes folgte der Haroseth. Sowie alle etwas davon genommen hatten, wurden die Teller weggeräumt, und der zweite Becher Wein wurde eingeschenkt. Dann stellte der jüngste der anwesenden Söhne, der vierjährige Ebed, seinem Vater die vier Fragen nach dem Passah.

»Vater, warum ist diese Nacht anders als alle anderen Nächte? Sonst essen wir abends gesäuertes oder ungesäuertes Brot, aber heute gibt es nur ungesäuertes Brot.«

Eli antwortete feierlich und erklärte, dass die Israeliten so hastig aus Ägypten fortgezogen seien, dass sie keine Zeit gehabt hätten, ihr Brot aufgehen zu lassen.

»Vater, sonst essen wir abends immer alle möglichen Kräuter, aber heute gibt es nur bittere Kräuter?«

Das, erläuterte Eli, sei ein Symbol für die Bitternis der Sklaverei und Gefangenschaft in Ägypten.

»Vater, sonst essen wir abends immer gebratenes, geschmortes und gekochtes Fleisch, aber heute gibt es nur gebratenes.«

Als alle diese Fragen beantwortet waren, hatte Eli eine kurze Geschichte des Volkes Israel und seiner Befreiung aus der ägyptischen Gefangenschaft vorgetragen und erzählt, wie die Zehn Gebote vom Berg Sinai gekommen waren.

Die Teller wurden wieder auf den Tisch gestellt, man leerte das zweite Glas Wein und wusch sich die Hände. Zwei ungesäuerte Kuchen wurden in Stücke gebrochen, die man in den Haroseth tauchte.

Bevor er sein Stück in das Mus tunkte, verkündete Nathan feierlich: »Dies ist das Brot des Leidens, das unsere Väter aßen im Lande Ägypten.«

Als Nächstes wurde das Lamm aufgetragen, der Hauptgang des Mahls. Es war ein besonders schönes, fleischiges Lamm, und alle brachen in laute Beifallsrufe aus.

Der dritte und vierte Becher Wein wurde eingeschenkt und getrunken, wie das Ritual es vorschrieb. Die traditionellen Lieder wurden gesungen, und die alten Verse erweckten freudige Erinnerungen in allen Anwesenden. Dann goss man einen Teil des Weins in einen besonders schönen Becher für Elias.

Maria betrachtete den Becher. Wie überrascht sie alle sein würden, wenn Elias plötzlich erschiene, ihn nähme und austränke, dachte sie. Und doch habe ich Rahel und Bilha in dieser Küche gesehen – warum also nicht auch Elias?

»Auf Elias«, sagte Nathan plötzlich, als habe er ihre Gedanken gestohlen. »Wollte er doch wiederkommen.«

»Würden wir ihn erkennen?«, fragte Joel. »Gewiss würde er doch nicht mehr genauso aussehen oder gegen Ahab und Isebel wettern.«

»Oh, wir würden ihn schon erkennen«, versicherte Eli. »Wir würden ihn mit Freuden willkommen heißen.«

»Wie lange ist er schon tot?«, fragte Jamlech unverblümt.

»Er *lebte* vor mehr als achthundert Jahren«, antwortete Dina.

»Aber er ist nicht gestorben. Nein, er fuhr in einem feurigen Wagen in den Himmel auf.«

Jamlech machte ein skeptisches Gesicht. »Hat das jemand gesehen?«

»O ja«, sagte Naomi. »Viele Leute. Darum warten wir ja auf seine Wiederkehr. Nur ein einziger anderer kam geradewegs zu Gott, ohne zu sterben, und das war Enoch.«

»Und warum warten wir dann nicht auch auf ihn?«, wollte Idbasch wissen.

»Wir wissen nicht so viel über ihn«, gestand Naomi, »wir wissen viel mehr über Elias, und wir warten lieber auf die Wiederkehr von Leuten, die wir kennen und die nicht nur Namen sind. Wie man auf einen Freund wartet. Oder auf den Messias. Wir kennen den Messias nicht, aber wir wissen etwas *über* ihn, und deshalb wissen wir, worauf wir zu warten haben.«

»Hmmm.« Jamlech dachte gründlich darüber nach.

Während die Aufmerksamkeit aller auf Naomi am anderen Ende des Tisches gerichtet war, trank Nathan rasch den Becher aus und stellte ihn wieder hin.

»Seht doch! Jetzt war er da, und ihr habt woanders hingeschaut!«, rief er.

Jamlech war verblüfft und enttäuscht. Mit acht Jahren glaubte er es nicht mehr so recht, aber sicher war er nicht.

»Nächstes Jahr, Jamlech, musst du besser aufpassen«, sagte sein Großvater.

Als die Gäste gegangen waren, saßen Maria und Joel in dem unaufgeräumten Zimmer, erfüllt von der großen Zufriedenheit, die man nach einer erfolgreichen Zusammenkunft verspürt.

»Gibt es etwas Erfüllenderes als das Haus nach einem Fest?«, fragte Joel, und er kam zu ihr und nahm sie in die Arme.

»Nein«, gab sie zu. Sie war stolz darauf, wie der Abend verlaufen war; sie war gern Gastgeberin am Passahfest.

»Habe ich dir schon gesagt, was für eine wunderbare Ehefrau du bist?«, fragte Joel. »Und nicht nur wegen deines Passahmahls.«

»Ja.« Joel sagte ihr immer, wie sehr er sie schätzte – anders als viele andere Männer.

Wie schade nur, dass deine Ehefrau unvollständig ist!, flüsterte sie grausam bei sich. Du verschwendest deine Liebe und Hingabe. Sie verabscheute ihre Kinderlosigkeit ebenso sehr um Joels wie um ihrer selbst willen. Sie entehrte ihn. Aber diese Worte durften niemals ausgesprochen werden.

Später gingen sie Arm in Arm zu Bett.

XI

Frühling in Galiläa: der prächtigste in ganz Israel. Die Wüsten Negev und Judäa mochten auf ihre Weise aufblühen, und Küste und Ebenen hatten eigene Blumen, aber nur in Galiläa war der Frühling so spektakulär. Wildblumen, Obstbäume und Gärten loderten in allen Farben des Regenbogens, umrahmt vom leuchtenden Grün des frischen Grases auf den Wiesen und an den Hängen der Berge. Nach der ersten weißen Blüte der Mandelbäume folgten bald alle anderen und öffneten sich hastig und im Überfluss: rote Anemonen und Mohnblumen, violette Hyazinthen und Iris, Hahnenfuß und Ringelblumen und schneeweiße Lilien an verborgenen Orten. Von Magdala aus schien es, als leuchte der ganze Uferrand des Sees von juwelengleicher Blütenpracht, und die Menschen stahlen sich fort von ihrer Arbeit in der Stadt und wanderten durch Felder und Hügel, wann immer sie konnten.

Auch Maria spazierte durch die blühenden Hügel und setzte sich auf einen der hübschen Hänge. Als sie so auf die blaue Fläche des Sees hinunterschaute, erschien ihr die gewohnte Verzweiflung über ihren Zustand weniger stark. Vielleicht fange ich gerade an, mich damit abzufinden, dachte sie.

Über ihr flogen Falken, und in einiger Entfernung schwebten schwarze Geier auf der warmen Luft und kreisten langsam in weitem Bogen. Maria fühlte sich plötzlich von großer Müdigkeit überwältigt, als habe ihr jemand einen Zaubertrank eingeflößt. Ihre Augen schlossen sich, und der Himmel mit Falken und Geiern verschwand.

Als sie, matt und zittrig, erwachte, war es fast dunkel. Sie stemmte sich auf einem Ellenbogen hoch. Was war geschehen? Um sie herum kam Wind auf, und der erste Abendstern funkelte am Himmel über dem See.

Benommen stand sie auf. Sie würde sich beeilen müssen, bevor es ganz dunkel würde und sie den Weg nicht mehr sehen könnte. So stolperte sie los, und sie war beinahe zu Hause, ehe ihr Kopf wieder klar war.

Diese merkwürdige Schläfrigkeit überkam sie in den nächsten Wochen noch oft – und nicht immer zu passender Gelegenheit. Bald zeigten sich noch andere seltsame Symptome: Magenbeschwerden, schwache Beine, ein Kribbeln in den Armen. Der Arzt, den Joel meistens konsultierte, war ratlos. Erst eine alte Hebamme sprach aus, was offenkundig war.

»Du bekommst ein Kind«, sagte sie und war amüsiert über die Dummheit der anderen, die auf die nahe liegende Erklärung nicht gekommen waren. »Man braucht keinen gelehrten Arzt, um das zu wissen.«

Diese so lange erwarteten Worte klangen jetzt falsch in Marias Ohren. Es konnte nicht sein. Sie war unfruchtbar. Das war inzwischen zu einer unbestreitbaren Tatsache für sie geworden.

»Freust du dich nicht?« Die alte Frau schaute ihr ins Gesicht.

»Doch, natürlich«, antwortete Maria mechanisch.

»Ich würde schätzen, dass es um die Zeit des Passahfestes geschehen ist«, sagte die Frau. »Das bedeutet, dass du das Kind um Chanukka herum erwarten kannst. So in etwa. Es ist schwer, das genau vorauszusagen.«

»Passah«, wiederholte Maria töricht.

»Ja, Passah.« Die Frau schaute Maria an. War sie schwachsinnig? »Du kannst ihm einen passenden Namen geben – ›Erlösung‹ oder ›Befreiung‹. Oder einfach Mose.«

»Ja. Danke.« Maria stand auf, nahm ihren Korb, suchte darin nach Geld, um zu bezahlen.

Dann taumelte sie auf die Straße hinaus. Schwanger. Ihre Gebete waren erhört worden.

O Herr, verzeih mir meinen Unglauben! Verzeih meine Verzweiflung! Vergib mir meine Zweifel!, rief sie innerlich. Sie fing an zu laufen, um schnell nach Hause zu gelangen und es Joel zu erzählen.

»O Joel!« Sie warf sich ihm in die Arme. »Du kannst dir nicht – es ist wundervoll, es ist unmöglich, aber es ist geschehen!«

Er trat zurück und schaute sie verständnislos an.

»Ich bin schwanger! Wir bekommen ein Kind, endlich, endlich!«

Ein zögerliches Lächeln breitete sich auf seinem Gesicht aus, als wage er nicht zu glauben, was sie da sagte. »Wirklich?«, fragte er schließlich mit der leisen, zärtlichen Stimme, mit der er sonst nur im Dunkel der Nacht mit ihr sprach.

»Wirklich. Die Hebamme hat es bestätigt. Oh, Joel …« Sie umarmte ihn und vergrub das Gesicht an seiner Schulter, um die Tränen zurückzudrängen. Endlich! »Im Winter, wenn die Stürme kommen, kommt auch unser Kind. Unser Kind …«

In dieser Nacht lagen sie nebeneinander im Bett und konnten kaum schlafen. Ein Kind! Gezeugt zu Passah, geboren zu Chanukka. Konnte irgendetwas mehr Glück verheißen?

Schließlich hörte Maria an Joels Atem, dass er schlief. Sie aber lag weiter wach, und es störte sie nicht. Was kümmerte sie der Schlaf? Ihre Gebete waren erhört worden. Gott war gut.

Die Gedanken trieben durch ihren Kopf wie Blätter, die langsam im Wind wehten, und sie schwelgte darin. Sie schwebten durch ihr Bewusstsein und kamen langsam zur Ruhe. *Unfruchtbarkeit … die Macht des Herrn … Alles, was die Mutter bricht, ist mein, spricht der Herr … da du gesehen hast, wie dich der Herr, dein Gott, getragen hat, wie ein Mann seinen Sohn trägt.*

Gott, du hast mich getragen, und ich habe es nie gesehen. Vergib mir, betete Maria. Aber ihr Herz war so glücklich, dass selbst die Reue angenehm war.

»Du vollendete Närrin!«, sagte eine raue, gehässige Stimme in ihrem Kopf. Sie klang schrill und ganz und gar nicht so, wie sie sich die Stimme Gottes vorstellte. »Gott oder Jahwe oder wie immer du ihn nennen willst, hatte nichts damit zu tun. Er hatte es dir versagt. Ich war es, Aschera, die mächtige Göttin, die dich gehört und deine Bitte erfüllt hat. Du hast mich um ein

Kind angefleht, oder nicht? Ich habe dich erhört. Jetzt bist du mein.«

Die hässliche Stimme erschreckte Maria so sehr, dass sie fast im Bett hochgefahren wäre. Es klang, als sei sie im Zimmer.

Maria blieb starr liegen und versuchte eine Antwort zustande zu bringen. Die Stille der Nacht schien undurchdringlich. Man hörte keine Grillen, nicht das Rauschen der Wellen am Strand, kein knisterndes Feuer. Es war der Augenblick der Totenstille im Tageslauf.

Das ist eine Lüge, antwortete Maria schließlich. Du hast nichts damit zu tun. Du bist ... Dich gibt es gar nicht.

Ein hartes Gelächter war die Antwort. »Leg deine Hände auf deinen Bauch und sag mir, dass es mich nicht gibt. Du hast mich um dieses Kind gebeten, und ich habe dir deinen Wunsch erfüllt. Du willst leugnen, dass ich es getan habe? Also gut. Ich kann es dir genauso gut wieder wegnehmen, wie ich es dir gegeben habe.«

Maria legte schützend die Hände auf ihren Bauch. Das war Irrsinn. Die kleine Schnitzerei hatte nichts damit zu schaffen. Die Stimme gab es nur in ihrer Einbildung. Sie war ... diabolisch. Jawohl, eine Erscheinung des Bösen. Sie würde ihr trotzen, ihre Ohnmacht beweisen, ihre Nichtexistenz.

Aber die Worte erstarben in ihrem Hals, in ihrem Kopf. Sie hatte Aschera wirklich um ein Kind gebeten – wenn auch nur, um sie auf die Probe zu stellen. Wagte sie wirklich, jetzt um die Umkehrung ihres Wunsches zu bitten? Wollte sie das wirklich riskieren?

Nein, hörte sie sich murmeln.

»Das dachte ich mir«, sagte die Stimme selbstgefällig. »Sehr klug von dir.«

Aber du bist ... du warst ... Maria erinnerte sich, dass Jamlech die Figur auf das Kohlenbecken geworfen hatte

Wieder dieses raue, hässliche Lachen. »Glaubst du wirklich, das hätte mich zerstört? Ich habe seine Hand geführt und ihn fehlen lassen. Und selbst wenn das Feuer mich verzehrt hätte, du hattest den Handel schon geschlossen. Er würde ungeachtet all dessen Bestand haben.«

Was ist aus dem Bildnis geworden?, dachte Maria voller Panik.

Joel hat das Kohlenbecken gesäubert; hat er es gefunden? Und was hat er damit gemacht?

»Steh auf!«, befahl die Stimme. Sie gehorchte wie betäubt.

»Geh hinaus in die Küche, wo wir miteinander sprechen können. Wo du mir laut antworten kannst.«

Sie tastete sich in die Küche. Es war dunkel und kalt; das Feuer war erloschen. Fröstelnd stand sie da. Sie fühlte sich sehr klein und ängstlich.

»Nun denn.« Ascheras Stimme brach das Schweigen der Nacht. Aber war sie hier oder nur in ihrem Kopf? »Ich habe dir gegeben, was du ersehnt hast und was dein Jahwe dir vorenthalten hat. Warum hat er es dir vorenthalten? Das weiß niemand. Er bestraft die, die ihn lieben und ihm dienen – ein seltsamer Gott! Kein Wunder, dass die Menschen sich stets an andere, gütigere Götter gewandt haben.« Jetzt hörte Maria das höhnische Gelächter wirklich laut. »Und dann wird er zornig und benutzt das als Vorwand für seine Strafen! Unmäßige Strafen – Vernichtung und Verbannung. Er ist kaum gerecht. Gib es zu.«

Aber Maria presste die Lippen zusammen. Sie wusste nicht, was sie antworten sollte, und sie wagte es auch nicht, als könne sie die Stimme damit noch wirklicher werden lassen und ihr noch mehr Macht verleihen.

»Denk an all die anderen Götter, die die Israeliten verehrt haben: Baal, Ischtar, Moloch, Dagon, Melkart … und mich. Wenn Jahwe euch wirklich ein treuer Gott gewesen wäre, weshalb hättet ihr dann Mangel verspüren und euch anderen Göttern zuwenden müssen? Das ist seine Schuld, nicht eure.«

Maria wusste, dass sie mit diesen lästerlichen Worten in Versuchung geführt werden sollte, aber … konnte denn ein Gott einen anderen Gott lästern? Und jetzt plagte das Gewissen sie noch mehr: Sie hatte soeben zugegeben, dass Aschera eine Göttin war.

»Bist du bereit, mir zu gehorchen? Bist du bereit, dich zu unterwerfen?« Die Stimme war unerbittlich.

Das Kind. Sie konnte es nicht aufgeben. Maria nickte kläglich. Sie konnte nicht sprechen. Es war so dunkel in der Küche; konnte Jahwe ihr zaghaftes Nicken sehen?

»Ich nehme deine Gefolgschaft an«, sagte die Stimme. »Tatsächlich genieße ich sie seit deiner Kindheit – seit dem Tag, an dem du mich gefunden hast und nicht mehr loslassen konntest.« Wieder ertönte das durchdringende Lachen. »Ein achtjähriger Knabe musste kommen, der den Mut hatte, mich fortzuwerfen! Aber das war nur möglich, weil ich nicht zu ihm gesprochen hatte.«

Nein, es war möglich, weil Jamlech keinen Blick für die Schönheit des Götzenbildes hatte, dachte Maria. O selige Unschuld, auf diese Weise blind zu sein. Und doch … blind für diese Schönheit zu sein, das hieß, blind für alle Schönheit zu sein.

Ich hätte gehorchen und das Bildnis im Tempel fortwerfen sollen. Das hätte ich tun sollen.

Aber … das Kind. Kann ich die Sünde fortwerfen, aber ihren Lohn behalten?

Das kann ich nicht riskieren, dachte sie. Ich kann es nicht. Später wäre noch Zeit genug, dem Idol Aschera abzuschwören, ihr ganz und gar zu widersagen, zu bereuen. Hastig erstickte sie den Gedanken, um nicht Ascheras Zorn auf sich zu ziehen.

»Sprich laut!«, befahl die Stimme. »Ich will hören, wie du es sagst. Ich will, dass dein Gott es hört.«

»Ich … ich danke dir«, sagte Maria.

»Wofür dankst du mir? Sag es!«

»Ich danke dir dafür … dass du mir dieses Kind gewährst.« Sie flüsterte, und doch hingen die Worte in der Luft.

Stille ringsum. Still war die hartnäckige Stimme in ihrem Kopf, und still war auch Gott – wenn er sie gehört hatte.

Der Handel wurde eingehalten, er war besiegelt. Aschera sprach nicht wieder; der Sommer entfaltete sich, und Maria fragte sich bald, ob sie sich das alles nur eingebildet hatte: die Stimme, die Befehle, die Gewissheit, dass Aschera beteiligt und dass Gott irgendwie verraten worden war. Das Kind in ihr wuchs friedlich heran, und sie tat, was sie konnte, um seine Gesundheit sicherzustellen: Sie ruhte jeden Tag während der heißen Stunden, aß gute Suppen und Getreide und achtete darauf, dass sie sich nicht aufregte. Sie bemühte sich, nur gute und erhebende Gedanken zu denken, und verdrängte alles, was auch nur andeutungsweise dunkel war.

Joel wird die Asche des Götzenbildes weggeworfen haben, beschwichtigte sie sich. Es ist nicht mehr im Haus und nicht mehr in unserem Leben, und damit Schluss, schärfte sie sich streng ein. Es musste so sein.

XII

Es war ein wenig verwirrend – darin waren sich Marias Freunde und Verwandte einig. Die meisten jungen Frauen, die ihr erstes Kind erwarteten – vor allem, wenn sie so lange darauf gehofft hatten –, legten eine überschwängliche Aufregung an den Tag, aber Maria war so ruhig und unbeteiligt, dass es schon gespenstisch wirkte. Sie nahmen an, dass sich dahinter die abergläubische Angst verbarg, etwas könnte schief gehen – verständlich genug, aber doch ein wenig übertrieben.

Nur einmal in diesen langen Monaten entglitten ihr die Zügel. Eines Abends, als der Herbstregen eingesetzt hatte und sie und Joel dem stetigen Trommeln auf dem Dach lauschten, fragte sie plötzlich: »Erinnerst du dich an das Passahfest und an die Dinge, die Jamlech gefunden hat? Das gesäuerte Brot und die Figur?«

Joel blickte von der Lagerhausakte auf, die er studierte. »Ja, natürlich. Was für eine Jagd! Du hast ihm wirklich etwas gegeben, was aufregend war. Ein Götzenbild! Was werden Silvanus und Naomi sich einfallen lassen, um das zu übertreffen, wenn wir nächstes Jahr bei ihnen feiern?« Er lachte.

»Was ist aus der Figur geworden?«, fragte sie.

»Wir haben sie ins Feuer geworfen – weißt du nicht mehr?« Maria erschien in letzter Zeit so abwesend und verträumt. Aber vermutlich hing das mit ihrem Zustand zusammen.

»Ist sie verbrannt?«

»Natürlich ist sie verbrannt. Was soll sonst passiert sein?«

»Hast du in der Asche nachgesehen?«

»Ich habe sie nachher nur weggeworfen. Nein, durchwühlt habe ich sie nicht.«

»Wo hast du sie hingeworfen?«

»In die Müllschlucht, wo aller Abfall hinkommt. Was sollen all diese Fragen?«

»Ich will nur sicher sein, dass sie vernichtet worden ist.«

»Das ist sie bestimmt. Wenn sie noch da gelegen hätte, hätte ich sie doch wohl gesehen, oder nicht?«

»Vielleicht nicht?«

»Maria, hör auf, dir Sorgen zu machen. Sie ist weg, verbrannt, und die Asche nicht mehr im Haus. Es ist nichts davon übrig. Und selbst wenn – es ist doch nur ein kleines Stückchen Elfenbein, das irgendein Schnitzer, der dasaß und Bier trank und sich übers Gesicht wischte, vor langer Zeit geschnitzt und dann auf einen Stapel anderer Figuren, die er an seinem Stand feilbot, gelegt hat. Daran ist nichts Magisches und auch nichts Gefährliches.« Er schwieg kurz. »Warum plagt dich das so sehr?«

»Vermutlich, weil ich wusste, dass es unrecht ist, so etwas zu besitzen. Ich habe immer noch ein schlechtes Gewissen deshalb. Vielleicht hat es das Haus verunreinigt.«

»Nun, deine Fantasie hat es jedenfalls fest im Griff«, sagte Joel. »Aber wir sollten darüber lachen. Erinnerst du dich, wie Jesaja sich über Götzen lustig gemacht hat? Als er über einen Mann redete, der einen Baum fällt und dann die eine Hälfte als Brennholz benutzt und aus der anderen einen Gott macht?«

»Ja«, sagte Maria.

»Siehst du«, sagte Joel. »Und es konnte sich auch nicht retten, als es ins Feuer geworfen wurde.«

Die Herbstmonate schlichen nur vorbei, düster und ungewöhnlich regnerisch. Die Fischerei hatte Pause; die Sommerfänge waren vorüber, und die ausgiebige Sardinenfischerei des Winters hatte noch nicht begonnen. Schon waren mehrere heftige Stürme über den See gefegt, dass die Wellen an das Westufer brandeten.

Nach einer umfassenden Seelen- und Schrifterforschung hatten Maria und Joel sich für Namen entschieden. »Mose« war im Scherz schon so lange ihr Name für einen Jungen, dass er nach einer Weile gar nicht mehr anders heißen konnte, aber für ein Mädchen war es schwieriger. Schließlich einigten sie sich auf »Elischeba«, weil ihnen der melodische Klang gefiel, aber auch die Bedeutung: Gott ist mein Schwur.

Chanukka, das Fest zum Gedenken an den großen Sieg der jüdischen Freiheitskämpfer zweihundert Jahre zuvor, fiel in die dunkelste Zeit des Jahres, und so verbreitete das abendliche Anzünden der Menora in den Häusern einen warmen Glanz in allen Räumen – von dem einen Licht in der ersten bis zu allen acht Lichtern, die in der letzten Nacht leuchteten. Es war das Lieblingsfest aller Kinder. An Chanukka ging es um Wunder und um den Triumph des Judentums. Man feierte die Niederlage des griechischen Herrschers Epiphanes durch die Hand der fünf Söhne des Mattatias Makkabäus und die Wiedereinweihung des Tempels in Jerusalem, wo der kleine Vorrat an heiligem Öl, den die Makkabäer bereitgestellt hatten, die Lampen acht Nächte lang brennen ließ.

Nächstes Jahr um diese Zeit, dachte Maria, werde ich ein Kind haben, das zuschaut, wie die Lichter angezündet werden, und dem ich die Geschichte erzählen kann.

Am ersten Abend des Chanukkafestes versammelten sie sich bei Silvanus und Naomi in ihrem warmen Haus. Draußen fiel noch immer ein kalter Regen, aber drinnen war es im Schein der Lichter hell und heiter. Silvanus' Kinder, vor allen Barnabas, der Älteste, versammelten sich eifrig um die Festtagsleuchter und zappelten erwartungsvoll.

»Gesegnet seist du, Herr, unser Gott, König des Universums, der du …«, begann Silvanus den Segensspruch. Ein lautes, schnelles Klopfen an der Tür unterbrach ihn. Alle schauten sich um. Es fehlte niemand mehr.

»Hm.« Silvanus entschuldigte sich und ging zur Tür. Die Gäste warteten ungeduldig.

»Was …?« Silvanus schrie auf, und ein fremder kleiner Mann stürzte triefend nass zur Tür herein und in ihre Mitte.

»Versteckt mich! Versteckt mich!«, rief er und klammerte sich an Silvanus' Gewand. »Sie jagen mich!« Er keuchte und starrte Silvanus eindringlich an.

Joel sprang auf und riss den schmächtigen Mann zurück, sodass Silvanus sich befreien konnte.

»Ich bin Simon!«, sagte der Mann. »Simon von Ambela! Du kennst mich! Als du in Gergesa warst, auf der anderen Seite des Sees! Da hast du dich nach den Schweinen erkundigt, die die Heiden dort halten. Die Schweine! Weißt du noch?«

Silvanus schaute ihn verständnislos an. »Eigentlich nicht, mein Freund.«

»Hier sind doch keine römischen Agenten, oder?« Der Mann – dunkelhäutig und krummbeinig – trat ungebeten weiter ins Zimmer und musterte die Gesellschaft.

»Ich kann mich nicht entsinnen, dass ich dir je begegnet wäre – geschweige denn, dass ich dich zu einer Familienzusammenkunft eingeladen hätte«, sagte Silvanus kühl und trat einen Schritt zurück.

»Ah, aber es sollte mehr sein als nur eine Familienzusammenkunft!« Der Mann benahm sich, als habe er alles Recht der Welt, hier zu sein, und als vergesse Silvanus seine Manieren, indem er ihn nicht einlud, seinen Mantel abzulegen und sich die Füße zu waschen. »Dies – dies ist das Fest der Freiheit! Kein Feiertag für Kinder, sondern für Männer und Frauen, die bereit sind, ihr Leben für die Freiheit zu geben!«

»Ich wiederhole zum dritten Mal: Ich kenne dich nicht, und du dringst in mein Haus ein. Geh jetzt, oder ich lasse dich gewaltsam entfernen.« Silvanus hielt den Mann offensichtlich für gefährlich. »Und zeig mir, dass du keine Waffen trägst.«

Der Mann drehte sich schnell um sich selbst, sodass sein Mantel weit auseinander wehte, und streckte demonstrativ die Hände aus. »Ich habe nichts«, sagte er. »Nichts, was den Römern einen Grund geben könnte, mich zu verhaften.«

»Du musst gehen.« Silvanus warf Joel einen Blick zu und gab ihm zu verstehen, dass sie diesen Fremden womöglich mit Gewalt würden hinauswerfen müssen.

»Versteckt mich!«, sagte der Mann, aber es war weniger eine Bitte als ein Befehl. »Die Römer … Vielleicht folgen sie mir. Ich habe eine Gruppe von Kämpfern angeführt – wir treffen uns heimlich auf den Feldern bei Gergesa, wo die Besessenen leben. Wir leisten Rom in jeder Hinsicht Widerstand, und wir üben uns für den Tag …«

»Kein weiteres Wort!«, befahl Silvanus. »Ich will nichts davon hören. Ich will nichts damit zu tun haben. Und ich gebe dir auch keinen Unterschlupf. Wenn du gejagt wirst, suche deine Zuflucht in den Höhlen vor der Stadt, in den Felsen dort.«

Der Mann machte ein empörtes Gesicht. »Aber in Gergesa

hast du gesagt … Du hast das vereinbarte Losungswort benutzt: ›Schweine‹!«

»Ich komme geschäftlich nach Gergesa«, antwortete Silvanus. »Und ich gehe niemals zu diesem Schlupfwinkel der Besessenen vor der Stadt – warum auch? Sie leben zwischen den Felsen; einige sind gefesselt, alle sind ausgestoßen und viele gefährlich. Ich habe mich nie dort mit dir getroffen.«

»Aber du hast jemanden nach den Schweinen gefragt! Ich habe es gehört!« Der Mann tat, als sei er verraten worden.

»Dann warst du in Gergesa selbst und nicht an diesem Ort der Dämonen. Und wenn du nicht selbst Schweine züchtest, geht es dich nichts an, was ich über sie gesagt habe.«

»*Ich* und Schweine züchten?« Der Mann war entrüstet über diese Beleidigung. »Ich würde sie nicht anrühren, geschweige denn züchten! Ich würde mich verunreinigen! Wie könnte ich das wahre Israel verteidigen, wenn ich so weit ginge, dass ich …«

»Genug! Verlasse mein Haus! Ich kenne dich nicht, ich habe dich nicht eingeladen, und ich habe keine Lust, mich an irgendeinem Aufstand gegen Rom zu beteiligen.« Silvanus deutete zur Tür.

Der Mann zitterte fast vor Wut, und Maria befürchtete schon, er werde Silvanus oder Joel angreifen. Aber er schloss die Augen und wartete, bis das Zittern nachließ, ehe er sprach. »Möge Gott euch vergeben«, sagte er schließlich. »Wenn die Stunde kommt und der Krieg beginnt – und der gesalbte Messias sich umschaut und die Reihen derer zählt, die auf seiner Seite sind –, dann vergebe Gott denen, die fehlen.«

»Da werde ich mich auf seine Barmherzigkeit verlassen müssen«, sagte Silvanus und wies noch einmal zur Tür.

Der Mann wandte sich um und ging so plötzlich, wie er gekommen war.

Alle saßen in verdattertem Schweigen da.

»Silvanus«, sagte Naomi schließlich ganz zaghaft. »Bist du sicher, dass du noch nie mit ihm gesprochen hast?«

»Ganz und gar«, antwortete Silvanus.

»Stimmt denn das mit den Schweinen?«, fragte Maria. »Hast du dich danach erkundigt?«

»Mag sein, dass ich eine oder zwei höfliche Fragen nach ihnen gestellt habe. Die Herden auf dem Plateau oberhalb des Sees sind ziemlich groß; ich habe sie grunzen und schnauben gehört, und schon aus einiger Entfernung kann man sie riechen. Es ist schwer vorstellbar, dass ein so unappetitliches Geschöpf verlockendes Fleisch hervorbringen soll«, sagte Silvanus. »Offensichtlich war es eine Falle. Wir müssen aufpassen. Vielleicht beobachtet uns jemand. Wir müssen alles vermeiden, was die Römer misstrauisch machen könnte.«

»Aber was ist, wenn der Messias kommt?«, fragte Joel scherzhaft. »Ich vermute, dass er nicht gut auf uns zu sprechen sein wird, wenn wir seine Bevollmächtigten abweisen, wie wir es getan haben.«

»All dieser Messias-Kram!«, sagte Silvanus. »Begreifen diese Leute denn nicht, dass die Tage der tapferen Freiheitskämpfer gegen den Tyrannen vorbei sind? Rom ist viel stärker, als Epiphanes es je war. Sie kreuzigen Freiheitskämpfer und Zeloten. Ich werde jetzt etwas sehr Unpatriotisches sagen, und Gott kann mich dafür strafen – aber es ist so: Wenn Mattatias oder Simon oder Juda oder sonst einer dieser glorreichen galiläischen Kämpfer heute noch lebte, sie würden nicht einen Monat gegen Rom bestehen können.« Er schwieg einen Augenblick lang. »Heute Abend ehren wir ihr Andenken. Aber es ist nur ein Andenken. Es kann heute nicht wiederholt werden.«

»Aber der Messias …« Barnabas klang kläglich. »Soll er denn nicht anders sein? Soll er nicht mit der Macht Gottes kämpfen?«

»Es gibt so viel, was er angeblich tun wird, dass ich die ganze Nacht damit verbringen könnte, es aufzuzählen, und selbst das würde nicht helfen, denn vieles davon ist widersprüchlich. Er kämpft, er richtet, er vertreibt Dämonen, er stammt von der Familie Davids ab, vom Stamme Juda, er kommt durch eine übernatürliche Macht und ist doch ein Spross Davids – das geht immer so weiter.«

»Ich fürchte, wir haben ihn aus unseren eigenen tiefen Sehnsüchten erschaffen – als Volk«, sagte Joel. »Die Idee ist gefährlich, denn sie bringt ›Freiheitskämpfer‹ wie Simon hervor. Dadurch wird der Messias für uns – sein eigenes Volk – ein sehr viel größeres Problem als für die Römer.«

»Sag, Maria«, begann Naomi, die den unbeschwerten Geist zurückzuholen versuchte, der alle erfüllt hatte, bevor Simon eingedrungen war, »habt ihr beide daran gedacht, das Kind nach einem der Makkabäer zu taufen, da es doch gerade die richtige Jahreszeit dafür ist?«

Am achten Tag von Chanukka, nur wenige Augenblicke nachdem das letzte Licht erloschen war, verspürte Maria ein Stechen. Sie war sicher, dass die Wehen einsetzten. Die Hebamme hatte ihr gesagt, sie werde wissen, wenn es so weit wäre, und sie hatte Recht gehabt. Es war anders als alles andere.

Sie lief eilig zu Joel und nahm seine Hand. »Der Augenblick ist da«, sagte sie. »Endlich.« Sie biss sich auf die Lippe, als sie einen zweiten Stich spürte. Der Schmerz war sehr leicht. Das würde sie sicher ertragen. Aber alle wussten, dass die Schmerzen schrecklich sein konnten.

Er kniete vor ihr nieder und nahm ihre Hände. »Soll ich nach der Hebamme und den Frauen der Familie schicken?«, fragte er.

Maria ließ sich auf einen Schemel sinken. »Noch nicht. Noch nicht.« Sie wollte mit Joel dasitzen und still darauf warten, dass der Schmerz sich veränderte, heftiger wurde. Dieser kurze Augenblick gehörte ihnen, ihnen allein – und dem Kind.

Es war Tag geworden, als Joel die Hebamme und Marias und seine Mutter rufen ließ. Als sie da waren, gehörte das Haus nicht mehr Joel; es war ein Gebärhaus, ein Haus der Frauen.

Wie sich herausstellte, war es eine leichte Entbindung für Maria, zumal wenn man bedachte, dass es ihr erstes Kind war. Noch vor dem Mittag war ihr und Joel ein makelloses kleines Mädchen geboren. Eigentlich hätten sie enttäuscht sein müssen, weil ihr Erstgeborenes kein Junge war, aber sie waren zu glücklich, als dass es sie gekümmert hätte. Es würde zwar am achten Tag keine aufwendige Beschneidungsfeier geben, aber man würde einen religiösen Segen über das Kind sprechen, wenn es am vierzehnten Tag getauft würde. Und die ganze Familie würde zusammenkommen und das neue Mitglied willkommen heißen.

Und so strahlte Marias Haus schon wieder, als sie es dem stolzesten Augenblick ihres Lebens öffnete – der Taufe ihrer lang erwarteten Tochter. Beeinträchtigt wurde die Freude jedoch durch den Umstand, dass Maria die ganze Zeit würde stehen müssen und niemand sie anrühren durfte, denn das rituelle Gesetz bestimmte, dass jedes Bett und jeder Stuhl, auf den sie sich bis zum sechsundsechzigsten Tag nach der Geburt setzte, unrein sei und ebenso jeder, der sie berührte. Das bedeutete, dass sie bei der Zeremonie nicht einmal ihr Kind auf dem Arm halten durfte.

»Der Fluch Evas«, hatte Joel leichthin gesagt. Für ihn war es nur amüsant, für Maria dagegen eine schmerzliche Erinnerung daran, dass Frauen so viel geringer angesehen waren als Männer. Natürlich ignorierten sie das Gesetz innerhalb der eigenen vier Wände – als ob eine Mutter ihr eigenes Kind sechsundsechzig Tage lang nicht im Arm halten würde! Aber der Rabbiner könnte sich weigern, den Segen zu sprechen, wenn sie sich vor ihm so rebellisch aufführte. Also mussten sie den Schein wahren.

Die kleine Elischeba lag in einem fest geflochtenen Weidenkörbchen, das mit weichen Wolldecken gepolstert und mit Schleifen verziert war. Sie trug eine Mütze auf dem Kopf, und ein langes blaues Kleid umhüllte die winzige Gestalt. Maria beugte sich immer wieder über sie und betrachtete sie.

Die Augen waren weit offen und schauten strahlend umher. Was konnte sie wohl sehen? Niemand wusste, in welchem Alter ein Kind die Dinge, die es sah, wiedererkannte. Aber wenn sie ihre Tochter so anschaute, war Maria überzeugt, dass Elischeba sie sah und spürte, dass ihre Mutter sie liebte. Die Innigkeit dieser Liebe hatte Maria überrascht; sie hatte so etwas noch nie erlebt und war nicht im Geringsten vorbereitet auf diesen Wildbach der Gefühle, der jedes Mal in ihr toste, wenn sie das Kind ansah: Es war wie ein Teil ihrer selbst, und doch wieder nicht – es war besser und schöner als sie, und es würde bessere und schönere Dinge tun, aber es würde Maria dabei doch als Begleiterin haben, solange sie lebte, für den ganzen Rest ihres Lebens. Sie waren voneinander getrennt und doch vollständig miteinander verbunden.

Ich werde nie wieder allein sein, dachte Maria staunend.

Jetzt hörte sie draußen den Rabbiner. Es war Zeit, hinauszugehen und alle zu begrüßen. Widerstrebend wandte sie sich von Elischebas Körbchen ab.

»Willkommen! Willkommen!«, hörte sie Joel sagen. Er war so aufgeregt, dass er beinahe vergessen hätte, dem Rabbiner den

Mantel abzunehmen und ihm die übliche Fußwaschung zu gewähren, wie es die Höflichkeit gebot.

Maria begrüßte den Rabbi, wobei sie darauf achtete, ihm nicht zu nah zu kommen oder ihn zu berühren. An diesem Tage hatte sie keine Lust, gegen die Regeln aufzubegehren, die das Verhalten einer Frau nach der Geburt bestimmten.

Ja, wir sind eine Person, Elischeba und ich, aber sie soll es besser haben und nichts von dem Schlechten erleiden, das Maria, ihre andere Hälfte, erleiden muss ... Wie erschreckend es ist, Mutter zu sein. Es verändert tatsächlich alles und gibt Anlass zu seltsamen, überraschend neuen Gedanken.

»Bringt das Kind«, sagte der Rabbiner, und Marias Mutter nahm Elischeba und trug sie zu ihm. Maria durfte nicht einmal in der Nähe stehen. Alle anderen drängten sich unbekümmert heran.

Der Rabbi nahm das Kind auf den Arm. »Lob sei Gott, dem Herrn und König des Universums, dass er Maria und Joel dieses Kind geschenkt hat«, sagte er. »Wir heißen dich willkommen in der Familie Abrahams.«

Vorsichtig hob er das Kind in die Höhe, damit alle es sehen konnten. Die Kleine schaute umher, und die strahlenden Augen blickten gedankenverloren. Was für einen Eindruck macht das alles auf sie – die fremden Arme, die sie tragen, die vielen Augen, die sie anstarren?, fragte sich Maria.

»Salomo in seinen Sprüchen sagt: ›Kinder sind ein Lohn vom Herrn‹, und das ist wahrlich so. Alle Kinder, nicht nur die Söhne. Wenngleich das Buch Sirach Bemerkungen über Töchter enthält: ›Eine Tochter macht dem Vater viel Wachens, davon niemand weiß, und das Sorgen für sie nimmt ihm viel Schlafs.‹« Und in beschwingtem, scherzhaftem Ton redete er von all den Problemen, die eine Tochter mit sich brachte: wie sie als Jungfer verführt werden und sich als verheiratete Frau unfruchtbar oder treulos erweisen konnte – lauter Dinge, die ihrem Vater Schande machten. Daher schloss er: »Wenn deine Tochter nicht auf sich hält, so bewache sie scharf, dass sie dich nicht vor deinen Feinden zum Spott macht und die ganze Stadt von dir redet und du in aller Munde bist und dich vor allen Leuten schämen musst.« Alle lachten pflichtschuldig; die meisten kannten diese Worte auswendig.

Das ist nicht lustig! In ihrer neuen Rolle als Beschützerin ihrer Tochter war Maria empört über diese Bemerkungen, die sie doch für sich selbst akzeptiert und ihr Leben lang gehört hatte. Eine Tochter sei also nur ein Gegenstand, den man bewachen müsse, damit kein Mann durch sie entehrt werde? Und was war mit den traurigen Situationen, die er da so abschätzig beschrieben hatte? Das alles war schmerzlich für das Mädchen, aber kümmerte das irgendjemanden?

»Der Prophet Jesaja sagt: ›Der Herr hat mich gerufen von Mutterleib an; er hat meines Namens gedacht, da ich noch im Schoß der Mutter war‹«, zitierte der Rabbi. »Und welchen Namen habt ihr für diese Tochter Israels erwählt?«

Joel antwortete: »Elischeba.«

»Ein gottgefälliger Name.« Der Rabbi nickte.

»Er bedeutet: Gott ist ihr Schwur«, rief Maria aus dem Hintergrund.

Einen Augenblick lang huschte Ärger über das Gesicht des Rabbiners, aber er beherrschte sich rasch. »Ja, Tochter, mir ist wohl bekannt, was der Name bedeutet. Danke.«

»Ich …« Plötzlich durchzuckte ein scharfer, stechender Schmerz ihre Brust und verschlug ihr den Atem. Die restlichen Worte erstarben in ihrer Kehle, während der Rabbi Gebete und Segenssprüche sprach, bevor er Joel das Kind zurückgab. Joel hob es hoch und rief: »Ich frohlocke über eine so gottgefällige Tochter! Und jetzt lasst uns feiern!« Er deutete auf die Tafel mit Speisen und Getränken, und die Leute stürzten sich darauf; nur ein paar der Frommeren unter ihnen kamen erst herbei, um das Kind zu betrachten, und sie berührten seine Stirn und sprachen Segenssprüche.

Joel sah sich nach Maria um und erwartete, dass sie zu ihm trat. Aber der stechende Schmerz in ihrer Brust hatte immer noch nicht nachgelassen, und sie bekam kaum Luft. Sie hielt sich an einem Stuhl fest und umklammerte die harte Lehne, so fest sie konnte. Sie wusste keine Erklärung für das, was mit ihr geschah.

Joel sah ihr Gesicht; hastig reichte er das Kind dem Rabbiner zurück und ging zu ihr. »Was ist?«

Sie schüttelte nur den Kopf und brachte kein Wort heraus.

Dieser Schmerz war wirklich sonderbar und beängstigend. Aber er würde vorübergehen. Er musste vorübergehen.

»Ist dir schlecht?«, flüsterte Joel unablässig. Bis jetzt waren alle Gäste damit beschäftigt, das Kind anzuschauen oder zu essen; niemand achtete auf die Mutter, aber das würde sich bald ändern.

»Ich – ich …« Langsam kam sie wieder zu Atem, als lockere irgendetwas in ihr den Griff. »Ich habe nur …« Sie schüttelte den Kopf. »Ich weiß nicht, was es war. Aber es geht wieder.« Noch während sie sprach, fühlte sie erneut einen lebhaften Schmerz im Leib. Aber sie hielt sich an der Stuhllehne fest und lächelte.

»Komm, alle wollen uns gratulieren«, drängte Joel. Sie zwang sich, zum Tisch zu gehen, und dabei hatte sie das Gefühl, ein Messer bohre sich in ihren Bauch.

Durch das fröhliche Geplapper der Gäste hörte sie eine sehr klare Stimme dicht an ihrem Ohr: »Ich habe dir gesagt, dieses Kind ist mein. Ich habe es dir gegeben als Geschenk zwischen uns. Und jetzt verhöhnst du mich und trotzt mir, indem du ihm einen Namen gibst, der besagt, dass es Jahwe gehört. Das war sehr töricht von dir. Dafür wirst du bezahlen müssen. Von jetzt an gehörst du mir doppelt, denn du musst auch den Platz deiner Tochter einnehmen.«

XIII

Sie brauchte nicht lange zu warten. Schon am nächsten Morgen, noch ehe sie sich überhaupt gestattet hatte, an die gespenstische Stimme zu denken – und sich einzureden, dass es nur die Aufregung wegen der Zeremonie gewesen war –, passierten plötzlich seltsame Dinge. Sie hatte angefangen aufzuräumen, hatte die leere Weinamphore hinausgerollt, das Geschirr abgewaschen und den Boden gefegt. Summend räumte sie die abgetrockneten Teller weg und dachte dabei, dass die Feigen auf diesem hier sehr gut angekommen waren, der Käse auf jenem dagegen nicht. Aber als sie alles weggeräumt hatte, sah sie, dass immer noch ein paar Teller dastanden. Sie fragte sich, wie sie sie hatte übersehen können, und stellte sie zu den anderen. Nach einer Weile standen sie wieder auf dem Tisch.

Als Maria sie sah, durchfuhr sie ein Schreck. Ich weiß, dass ich sie weggeräumt habe, dachte sie. Ich weiß es. Hastig stellte sie sie wieder weg, damit sie verschwanden und aufhörten, sie zu beunruhigen.

Ich bin wohl zerstreut, dachte sie. Sie ging zu Elischebas Korb und bemerkte erschrocken, dass er voller Spielzeug war. Das kleine Mädchen erstickte fast darunter.

Diesmal gab es keine Ungewissheit. Das habe ich nicht hier hineingelegt, dachte Maria. Woher kamen die Sachen? Die Gäste hatten Geschenke mitgebracht, sie jedoch nicht in das Kinderbett gelegt. Und früh am Morgen, als Maria gekommen war, um das Kind zu stillen, waren sie noch nicht da gewesen.

Sie setzte sich auf einen Schemel und ließ den Kopf auf die Hände sinken. Wie ist das möglich?, dachte sie. Sie hatte Herzklopfen, kalter Schweiß brach ihr aus. Panisch sprang sie auf und fing an, das Spielzeug aus dem Kinderbett zu reißen und auf den Boden zu werfen – das Ganze ungeschehen zu machen und so zu tun, als habe sie es gar nicht gesehen. Elischeba fing an zu glucksen. Maria hob sie auf und nahm sie in die Arme.

»Die wolltest du doch nicht alle bei dir haben, oder?«, fragte sie, als könne ihre Tochter schon antworten. Wenn sie es nur könnte! Dann könnte sie ihr sagen, wie die Sachen dorthin gekommen waren. So aber konnte das Kind nur still an ihrem Busen liegen. Seine Wärme beruhigte ihr rasendes Herz.

Während des restlichen Tages überfielen sie die gleichen stechenden Schmerzen wie am Abend zuvor; außerdem quälte sie sich damit, sich zu erklären, wie die Teller und die Spielsachen dorthin gekommen waren, wo sie sie gefunden hatte.

Habe ich sie selbst dorthin getan und weiß es nicht mehr?

Dieser Gedanke war beinahe noch beängstigender als die Alternative: dass irgendeine unheimliche Macht die Sachen bewegt hatte. Den Verstand zu verlieren, das war das Schlimmste, was sie sich vorstellen konnte.

Solche Dinge geschahen immer wieder – die verlegten Gegenstände schienen einem eigenen Willen zu folgen, und die beängstigenden Entdeckungen wurden nicht weniger beängstigend dadurch, dass sie sich wiederholten und das Gefühl erweckten, sie werde von irgendetwas verfolgt. Jetzt erkannte sie, dass es das war, was ihr auch vor langer Zeit widerfahren war, als sie noch bei ihren Eltern lebte. Und sie erkannte, dass es Ascheras Werk war. Aschera hielt ihr Wort, ihr diabolisches Wort. Es gab keine Möglichkeit, sie davon abzubringen. Selbst die Vernichtung des Bildnisses hatte nichts genutzt. Die Anspannung wurde noch verstärkt, weil es darauf ankam, diese Dinge vor Joel geheim zu halten und dafür zu sorgen, dass sie Elischeba nicht vernachlässigte. Sie betete zu Gott, zu spät: Bitte hilf mir, einen Weg zu finden, wie ich Aschera überwältigen kann, bevor ihre Macht über uns stärker wird und ich nichts mehr tun kann, um dagegen zu kämpfen.

Joel hatte ein feines Gespür, und sie wusste, dass es nur eine Frage der Zeit war, wann er merken würde, dass etwas nicht stimmte. Sie musste schauspielern und sich verstellen, von dem Augenblick an, wenn er zur Tür hereinkam, bis er nachts einschlief, und die Anspannung war gewaltig.

Schauspielern … sich verstellen … nichts als freundliche Worte für »lügen«, dachte Maria. Ich bin eine Lügnerin geworden, eine abscheuliche Lügnerin, die nicht mehr die Wahrheit sagen kann. Aber anders ging es nicht.

Heimlich studierte sie die Schriften, suchte nach einer Formel gegen die Macht einer fremden Gottheit. Aber sie fand nichts; man nahm einfach an, dass die Macht eines Götzenbildes dahin war, wenn man es zerstört hatte – befahl Gott seinem Volk nicht, die Götzenbilder zu zerschmettern und in Stücke zu hauen? –, aber Maria wusste, dass es nicht so war. Und in den Schriften stand nichts über jemanden, der gegen seinen Willen in die Klauen einer solchen Macht geraten war. Es wurde immer davon ausgegangen, dass diejenigen, die einem fremden Gott dienten, dies aus freien Stücken taten und deshalb ebenso vernichtet werden mussten.

Aschera hatte es bereits verstanden, die Zeit zu verderben, die

die glücklichste in Marias Leben hätte sein sollen, die Zeit mit ihrer neugeborenen Tochter. Ganz so, wie sie es verkündet hatte, gehörte das Kind ihr – ebenso unumstößlich, als hätte Maria es ihr freiwillig übereignet.

Ein paar Monate später verursachte ein besessener Mann einiges Aufsehen in Magdala. Er war mit einem Boot gekommen, niemand wusste, woher. Er kletterte auf die breite Promenade am Wasser und begann herumzutollen, obszöne Gesten zu machen und zu schreien. Bald waren viele Leute zusammengeströmt, um zuzuschauen – aus sicherer Entfernung.

Maria hatte eigentlich nicht vorgehabt, hinzugehen und ihn zu begaffen, aber sie fühlte sich zu ihm hingezogen. Dieser Mann ... Wie dieser Mann könnte sie selbst in ein paar Monaten sein – oder in ein paar Jahren. Sie musste das volle Ausmaß dessen sehen, was sie erwartete, aber vor ihren Freunden und Nachbarn wollte sie ihr Interesse als unbeteiligte Neugier tarnen.

Sie blieben in einigem Abstand stehen, wie es sich für anständige Frauen gehörte. Sie sahen ihn auf allen vieren laufen wie ein Tier und dabei knurren. Das verfilzte dunkle Haar umstand seinen Kopf wie eine Löwenmähne; glaubte er in seinem Wahn oder seiner Besessenheit vielleicht, er sei tatsächlich ein Löwe? Er bewegte sich tatsächlich wie einer.

Plötzlich bäumte er sich auf und schlug in die Luft wie ein Löwe mit seinen Pranken. Und ebenso plötzlich stand er da wie ein Mensch und begann zu sprechen. Seine ersten Worte waren schmerzlich und anrührend verständlich – für Maria.

»Meine Freunde!«, rief er. »Habt Mitleid mit mir! Wo bin ich? Wie bin ich hierher gekommen? Der böse Geist hat mich hergebracht, ich weiß nicht, warum!«

»Wer bist du?«, fragte einer der Stadtältesten, der oft den Vorsitz bei Gericht führte. Als Vertreter der Behörden oblag es ihm, die Ordnung aufrechtzuerhalten.

»Benjamin aus –« Aber die Stimme wurde ihm abgepresst, wie Maria es nur allzu gut kannte. Was dann folgte, war ein Sturzbach von Worten in einer unverständlichen Sprache. Mit verzerrtem Gesicht fiel er zu Boden, als kämpfe er – vergebens – gegen das, was da in ihm war.

Zwei junge Männer stürzten sich auf ihn und wollten ihm auf

die Beine helfen, aber obwohl sie kräftig und muskulös waren, warf er sie ab wie Kinder und schleuderte sie gegen die Schutzmauer der Promenade, wo sie benommen liegen blieben.

»Zurück!«, befahl der Älteste. »Haltet euch zurück! Er ist gefährlich.« Er winkte ein paar andere Männer aus der Menge zu sich. »Wir müssen ihn fesseln! Holt Seile!«

Die Männer eilten davon, und der Älteste versuchte mit Benjamin zu sprechen. »Mein Sohn, bleibe ruhig. Der Dämon in dir, das bist nicht du. Lass ihn nicht obsiegen. Gleich kommt Hilfe.«

Benjamin kauerte vor ihm und fauchte ihn an, und aus seinen Augen starrte eine bösartige Macht.

So also siehst du in Wirklichkeit aus, dachte Maria. Keineswegs wie ein schönes Elfenbeinbildnis, hinter dem du dich nur verborgen hast, um mich zu betören. Kalte Angst stieg in ihr auf, breitete sich in ihrem ganzen Körper aus und hielt sie so fest umklammert, wie Aschera sie umklammert hielt.

»Einen heiligen Mann!«, rief der Älteste. »Wir brauchen einen heiligen Mann! Sie allein können Dämonen austreiben!«

»Vielleicht würde der alte Zadok kommen«, schlug jemand vor.

»Was ist mit seinem Schüler Amos?«, fragte ein anderer. »Oder Gideon?«

»Ja, holen wir alle drei!«, rief einer.

Ein Junge wurde losgeschickt, den alten Rabbiner und seine beiden Schüler zu holen. Benjamin lag immer noch zuckend auf dem Pflaster und schrie in seiner fremden Sprache. Plötzlich veränderte sich seine Stimme: Sie wurde tiefer und rauer, eine völlig andere Stimme.

»Er spricht Akkadisch«, sagte ein Kaufmann unter den Zuschauern. »Ja, das ist es! Ich habe es in Babylon gehört!«

»Satan! Es ist Satan, der in einer fremden Sprache aus ihm spricht. Satan zeigt sich auf diese Weise«, sagte der Älteste. »So tief, so rau – ja, es ist der Böse selbst!«

Maria stand wie angewurzelt da, fasziniert und entsetzt zugleich. O Gott, König des Universums, wird so etwas aus mir werden?, rief sie im Stillen. Oh, rette mich! Befreie mich! Zerreiße diesen Bund mit Aschera!

Die ersten Männer kamen mit Stricken zurück und näherten

sich vorsichtig. Sie umzingelten Benjamin und versuchten ihn abzulenken, damit sie die Stricke über ihn werfen konnten. Aber das erwies sich als schwierig. Immer wieder zeigte der Mann sich gewitzt und wachsam und wich ihren Schlingen aus. Erst als sie kühn auf ihn eindrangen und ihn zwischen sich nahmen, gelang es ihnen schließlich, die Stricke um seine Schultern zu wickeln, sie rasch straff zu ziehen und ihn zu fesseln.

Der Zorn des Dämons ließ nicht auf sich warten. Benjamin richtete sich auf, krümmte den Rücken und spannte die Arme, und die Seile zerrissen wie Bindfäden. In perfektem Aramäisch brüllte er: »Versucht ja nicht, eure kümmerliche Macht gegen mich zu wenden! Ihr könnt mich nicht einmal anrühren!«

Alle wichen zurück, wie vom Donner gerührt. Nur der Älteste blieb, wo er war.

»Ich befehle dir im Namen Jahwes, des Königs des Universums, komm heraus aus diesem Mann und hör auf, ihn zu quälen!«, rief er mit zitternder Stimme.

Der Dämon in Benjamins Körper stürzte sich auf ihn, packte ihn und warf ihn zu Boden. Er bleckte die Zähne – die fast aussahen wie die eines Wolfes, obwohl das nicht sein konnte – und schlug sie in den Hals des Ältesten. Mehrere Männer stürzten sich auf Benjamin, rissen ihn zurück und retteten den Ältesten. Die Fischer in den Booten hoben plötzlich ihre Ruder, tauchten sie ins Wasser und paddelten ein Stück weiter hinaus.

In diesem Augenblick erschien der alte Zadok mit seinen beiden Schulern.

Benjamin fuhr herum und starrte sie an. »Ach, die alten Narren aus der Synagoge sind da!«, höhnte er. »Als hätten sie irgendwelche Macht über *mich*!«

»Schweig still, Dämon!«, donnerte Zadok mit überraschender Lautstärke. »Du darfst uns nicht anreden. Wir werden *dich* anreden.« Er legte sich den Gebetsschal um und winkte seinen beiden jungen Gehilfen, desgleichen zu tun. Sie banden sich die Tefillin – kleine Kapseln mit heiligen Texten – vor die Stirn und auf die Arme und steckten betend die Köpfe zusammen. Dann wandte Zadok sich zu dem Dämon um, flankiert von seinen beiden Gehilfen.

»Ruchloser Dämon, wir befehlen dir im Namen Jahwes, lass

frei diesen deinen Diener Benjamin, einen Sohn Abrahams und des Volkes Israel, den du in deinen Klauen gefangen hältst.« Wie eine Säule der Rechtschaffenheit stand er vor dem gebückten Mann.

Aber der Dämon lachte nur und fletschte die Zähne.

»Ich sage es noch einmal: Fahr aus diesem Mann, Satan. Du musst ihn freilassen, ich befehle es dir im heiligen Namen Jahwes.«

»Und wer bist du?«, knurrte der Dämon. »Ich erkenne deine Macht nicht an. Ich gehorche dir nicht.«

»Ich spreche zu dir im Namen des Einen und Heiligen.«

»Aber ich trotze dem Einen und Heiligen. Das habe ich immer getan. Und andere Waffen hast du nicht gegen mich.«

»Komm hervor aus ihm, Dämon Satans!«, schrie Zadok. »Hebe dich hinweg und fliehe!« Es war ein erhebender Anblick, wie der gebrechliche alte Mann dieser Macht die Stirn bot. Seine Stimme hatte ein wenig von ihrer Kraft verloren, aber noch immer wetterte er gegen den Dämon.

Gideon packte Zadok und Amos beim Arm. Sie standen zusammen und hielten einander aufrecht. »Wir sind die Diener des Herrn«, rief Gideon. »Und zusammen sind wir stark gegen dich, böser Geist! Wir befehlen dir im Namen Jahwes, verlasse diesen Mann!«

Die vereinte Kraft der drei heiligen Männer schien doch nicht ohne Wirkung auf den Dämon in Benjamin zu sein. Benjamin duckte sich, als habe er einen Schlag erhalten.

Ermutigt ergriff Gideon von neuem das Wort. »Ja, entlasse ihn aus deinem Griff!«

»Im Namen Jahwes, fahre aus diesem Mann!«, befahl Zadok.

»Die Mächte der Finsternis können niemals bestehen gegen den Gott des Lichts«, sagte Amos vorsichtig.

Benjamin fauchte, aber er wand sich.

»Hinaus! Hinaus! Ich befehle dir, böser Geist, hebe dich hinweg!«, rief Zadok.

Und plötzlich warf Benjamin sich zu Boden und zuckte und schrie. Machtvolle Wellen von Krämpfen schüttelten ihn. Dann schrie er noch grässlicher als zuvor und erschlaffte.

»Weg hier! Weg!«, schrie jemand in der Menge, und Panik

brach aus. Nur Zadok und seine Schüler blieben tapfer stehen. Maria zog ihre Begleiterinnen ein Stück zurück.

»Warum?«, fragte eine ihrer Freundinnen.

»Weil der Dämon eine neue Behausung suchen wird«, sagte Maria kundig. »Er wird ein leeres Gefäß suchen, um sich darin einzurichten.«

Aber ich bin kein leeres Gefäß, dachte sie. Ich bin schon bewohnt. Aber wenn er kein ansprechendes Haus findet, wird er sich vielleicht doch an mich wenden und versuchen, sich zu Aschera zu gesellen. Und diese Einsicht war so irrwitzig, dass sie sich kaum noch von der Stelle rühren konnte.

Zadok, der nach seinem Kampf völlig erschöpft war, wurde zu einer Bank geführt, wo er sich hinsetzen konnte. Die Leute lobten ihn, aber er wehrte ab.

»Ich habe nichts getan«, sagte er. »Ich habe nur im Namen Jahwes gesprochen.«

»Der Dämon«, rief jemand, und dann kam die Frage, die Marias Gedanken beherrschte: »Warum hat er ihn erfasst? Was hat er getan?«

Zadok nahm all seine Kraft zusammen. »Es war vielleicht nicht das, was er wollte, sondern was er in Unwissenheit getan hat. Der Dämon hat nur eine Öffnung gesucht, eine Gelegenheit. Benjamin hat sie ihm irgendwie geboten. Dämonen dringen durch dessen Tun in ihr Opfer ein, nicht durch dessen Einstellung.«

Ja. Maria wusste, dass er die Wahrheit sagte. Es war ihr Tun gewesen, vor langer Zeit, als sie das Bildnis aufgehoben hatte, nicht ihre Einstellung, was all das herbeigeführt hatte.

Und doch … Vielleicht war es nicht eine einzelne Handlung, sondern eine ganze Reihe. Die Figur aufzuheben … sie zu behalten … sich immer wieder vorzunehmen, sie wegzuwerfen, aber es immer wieder aufzuschieben … Vielleicht war es die Gesamtheit dieser Handlungen gewesen und nicht nur eine einzige. Bedeutete das, dass sie eines Tages das gleiche Schicksal wie Benjamin erleiden würde?

Noch während sie mit diesem Gedanken rang, sah sie Joel auf der anderen Seite der Menge. Auch er hatte, von der Aufregung angelockt, seine Arbeit verlassen. Sein Gesicht war bleich vor

Schrecken. Sie rannte zu ihm, schlang die Arme um ihn und vergrub das Gesicht an seiner Schulter.

»War das nicht furchtbar?« Seine Stimme zitterte. »Ich hoffe, dass ich so etwas im ganzen Leben nicht noch einmal mit ansehen muss.«

Der erschlaffte Benjamin wurde auf einer Trage fortgeschafft; man brachte ihn in ein Haus der Barmherzigkeit, wo man ihn mit Speisen und Gebeten versorgen würde.

XIV

Nach dem Exorzismus des Besessenen kehrte Maria mit noch größerer Bangigkeit nach Hause zurück. Es kam ihr jetzt vor wie feindliches Gelände, obgleich sie, wenn sie die Wahrheit sagen wollte, eigentlich zugeben musste, dass es überhaupt keinen Ort gab, an dem sie vor Aschera in Sicherheit sein konnte. Hatte Aschera sie nicht schon an vielen Orten heimgesucht? War sie nicht in Samaria gefunden worden, und stammte sie nicht ohne Zweifel ganz woanders her?

»Die Erde ist des Herrn, und was darinnen ist und was darauf wohnt«, hieß es im Psalm. Aber jetzt war es, als sei sie nur noch ein gewaltiger Baldachin, der Aschera beschirmte. Die Worte eines anderen Psalms – »Wo soll ich hingehen vor deinem Geist, und wohin soll ich fliehen vor deinem Angesicht? Führe ich gen Himmel, so bist du da. Bettete ich mich in die Hölle, siehe, so bist du auch da« – schienen eher auf Aschera als auf Jahwe gemünzt. Das Gesetz Mose bot Zuflucht, aber nur für Menschen, deren Blut wegen unbeabsichtigt begangener Verbrechen fließen sollte: einen gehörnten Altar, den der Verfolgte ergreifen und an dem er sich festhalten konnte. Für sie gab es eine solche Zuflucht nicht.

Gleichwohl, an Tagen ohne Zwischenfälle – und davon gab es nur wenige – näherte Maria sich Gott auf die einzige Art, die sie kannte: Sie las in der Schrift und betete. Sie hatte das Gefühl, sie könne sich ihm nur nähern, wenn sie von Ascheras Angriffen verschont war, weil Gott sie sonst nicht anschauen oder hören würde.

An solchen guten Tagen konnte Maria ihre ganze Liebe und Aufmerksamkeit der kleinen Elischeba zuwenden, die inzwischen sitzen konnte und ein strahlendes Lächeln besaß. Aber Maria betrachtete keinen dieser Augenblicke als selbstverständlich, denn sie wusste, sie konnten ihr jederzeit wieder entrissen werden.

Am Abend eines der guten Tage kam Joel nach Hause und erzählte, dass er und ein paar Leute aus dem Geschäft sich nach Tiberias begeben müssten, um neue Amphoren für den Transport auszusuchen. Ob Maria und die anderen Ehefrauen mitkommen wollten? Es würde so oder so einen ganzen Tag dauern, und wenn sie gemeinsam reisten, könnten sie aus einer notwendigen Geschäftsreise einen angenehmen Ausflug machen.

»Außerdem weiß ich, dass du neugierig auf Tiberias bist«, sagte er und kaute auf seinem Brot. Da der Tag gut gewesen war, hatte Maria ein richtiges Abendessen zubereiten und sogar ihr spezielles Brot mit Thymian backen können.

Tiberias! Obwohl es gar nicht weit von Magdala entfernt war, reisten nur wenige Leute aus der Stadt dorthin. Sein Ruf als Bühne für heidnisches Treiben hielt die meisten frommen Juden fern. Aber es war nicht zu bestreiten, dass Tiberias in den wenigen Jahren, seit Herodes Antipas es hatte bauen lassen, zu einem wichtigen Handelszentrum geworden war. Wenn man eine gute Auswahl an Amphoren haben wollte, war Tiberias der Ort dafür.

»Ja, das bin ich wirklich«, sagte sie. Sie war sogar fasziniert von dieser Stadt und von der Nähe des Herodes Antipas. Er genoss seine neue Stadt, die ganz nach seinem Geschmack gebaut war, modern und frei von religiösen Einflüssen.

»Gut. Dann wird deine Geduld endlich belohnt.«

Die Reise wurde für den Tag nach dem Sabbat geplant, den ersten Wochentag. Der Sabbat hatte sich qualvoll in die Länge gezogen, denn Aschera hatte beschlossen, diesen Tag zu einem Tag der Pein für Maria zu machen, weil wenig geschah, was ihr Zerstreuung hätte verschaffen können. Die Stunden krochen dahin, und schreckliche Selbstvorwürfe blubberten bösartig in Marias Kopf. Wenn sie zu beten versuchte, erhob sich ein Summen in ihren Ohren, das sie ablenkte. Die Erinnerung wurde zu einem von Scham übersäten Feld, während sie jede Dummheit, jede Schlechtigkeit, die sie je begangen hatte, noch einmal durchlebte. Zukunftspläne wurden von höhnischen Schilderungen ihres Scheiterns erstickt, und sie verdiene es auch gar nicht anders, denn sie sei ebenso unfähig wie hoffnungslos sündhaft und müsse deshalb bestraft werden. Manchmal war es sogar, als sei noch eine zweite Stimme, ganz anders als die Ascheras, in ihrem Kopf, die unflätige und blasphemische Worte wisperte und gewalttätige und perverse Handlungen in allen Einzelheiten schilderte. Maria brauchte ihre ganze Kraft, um nicht zu schreien, denn das würde Joel beunruhigen, der zufrieden dasaß, las und der kleinen Elischeba zuschaute, die um seine Füße krabbelte. Er durfte es nicht wissen, durfte es niemals wissen!

Konnte sich ein zweiter Geist eingeschlichen haben? Maria hatte von Leuten gehört, die von vielen Geistern befallen waren, von denen jeder eine eigene Persönlichkeit besaß, aber das kam selten vor. Wenn einer Zugang gefunden hatte, rief er seine Genossen manchmal zu sich. Vielleicht war das auch bei ihr der Fall.

Früh am nächsten Morgen nach dem Sabbat, als die Luft noch kühl und erfrischend war, machte die Gruppe sich auf den Weg nach Tiberias. Es war nicht sehr weit – nur ungefähr drei römische Meilen, ein angenehmer Spaziergang. Sie entschieden sich für den Weg am Seeufer entlang, wo das Wasser um die Steine plätscherte und das Schilf raschelte und leise Musik machte. Die zarten Farben der Morgendämmerung lagen noch auf dem Wasser und erfüllten den Himmel im Osten, ein blasser Lavendelton, der in Rosarot überging, golden gesäumt, wo bald die Sonne aufgehen würde.

Joel und seine beiden Mitarbeiter Esra und Jakobus waren bester Laune. In den letzten Wochen waren aus dem Ausland so viele Bestellungen für die Fischsauce nach dem speziellen Hausrezept eingegangen, dass die Schreiber mit der Korrespondenz kaum nachkamen. Eine Nachfrage war sogar aus dem fernen Gallien eingetroffen, aus dem entlegensten Teil der römischen Grenzlande. Es war klar, dass der Ruhm der würzigen Sauce sich auf eine Weise verbreitete, die sogar Nathan – der schon immer stolz auf sein gutes Rezept gewesen war – überraschte. Auch von Herodes Antipas war eine Bestellung eingegangen. Er – besser gesagt, sein Haushofmeister Chuzas – hatte eine umfangreiche Lieferung für die bevorstehende Hochzeitsfeier des Herrschers angefordert.

»Seine Hoheit befiehlt elf volle Fass des bekannten Garum aus dem Angebot seines Untertans Nathan von Magdala, anzuliefern zehn Tage vor den Festlichkeiten zur Feier der Hochzeit Seiner Hoheit mit Herodias. Im Namen des großmächtigen und gütigen Herodes Antipas – *magister officiorum* Chuzas«, hatte in dem Schreiben gestanden.

So etwas erforderte natürlich, dass besondere Behälter angeschafft wurden, denn die üblichen, schmucklosen Amphoren würden nicht genügen. Für die Auslandsaufträge brauchte man zudem besondere, robustere Amphoren, die lange Seereisen überstehen konnten.

»Ich hoffe, der Erlös aus den Auslandslieferungen wird helfen, die … hmmm … Spende auszugleichen, die wir Antipas gewähren müssen«, sagte Esra. Denn natürlich musste das Garum dem Herrscher als Geschenk geliefert werden.

»Antipas«, sagte Miriam, Esras Frau, »ist es gewohnt, dass sich jedermann seinen Wünschen beugt. Was ist, wenn ihr ihm das Garum in Rechnung stellt? Vielleicht merkt er es gar nicht.«

»Er merkt es«, sagte Jakobus. »Der Mann merkt alles. Und wir dürfen es uns nicht mit ihm verderben.«

Sie kamen an der Stelle vorbei, die Maria immer aufgesucht hatte, um allein zu sein und Gedichte zu lesen. Zum ersten Mal sah sie hier jetzt einen kanaanitischen Kultstein, der all die Jahre auf sie herabgeblickt hatte. Ihre Schultern versteiften sich, als sie daran vorüberging – an diesem hohen, dunklen Stein, der ein eigenes Besitzrecht an ihr zu haben schien.

Auch du?, dachte sie. Ich war zu allen Zeiten davon umgeben und habe es nie gemerkt. Bist du ein Teil von jener Krankheit des Geistes, die mich ergriffen hat?

Sie wollte ihn irgendwie zurückweisen, aber die Gruppe lief daran vorbei, noch immer in ihr Gespräch über Antipas vertieft.

Eine der Frauen versuchte Maria in die Unterhaltung hineinzuziehen, aber Maria hörte nur mit halbem Ohr hin.

»Anders als dieser Prediger«, sagte jemand.

Was war ihr entgangen?

»Welcher Prediger?«, fragte Joel zum Glück.

»Der Mann, der sich Täufer nennt«, sagte Esra. »Der unten am Jordan eine große Gefolgschaft angesammelt hat.«

»Unten am Jordan?«, fragte Miriam. »Wo denn da?«

»An der Furt, wo die Straße von Jerusalem nach Amman entlangführt. Alle Reisenden müssen dort vorbei; es ist die einzige Verbindung zwischen den beiden Städten.«

»Und was tut er da?« Miriam blieb beharrlich.

»Er ist einer dieser Propheten alter Art, die Buße predigen und behaupten, die Welt, wie wir sie kennen, werde jäh enden, und bald werde der Messias kommen.« Esra schwieg einen Augenblick. »Aber das kümmert Antipas nicht. Ihn kümmert, dass dieser Mann – er heißt Johannes der Täufer, weil er die Leute in den Jordan taucht – seine bevorstehende Hochzeit anprangert, weil Herodias die Frau seines Bruders war. Das ist gegen das jüdische Gesetz, und Johannes spricht es aus. Ganz unverblümt. Ich frage mich, wie lange er noch frei sein und weiter taufen wird.« Esra lachte. »Was uns betrifft, wir werden Antipas seine Fischsauce schicken und keine Fragen stellen.«

»Sind wir solche Feiglinge?«, hörte Maria sich fragen.

Joel blieb stehen und schaute sie verblüfft an. »Wir liefern ihm lediglich Fischsauce, nichts weiter«, sagte er schließlich. »Er hat uns nicht nach unserer Meinung über seine Heirat gefragt.«

»Aber wir helfen ihm dabei, sie zu feiern«, sagte Maria.

»Wenn wir ihm die Fischsauce nicht schicken, feiert er sie auch«, sagte Joel, »und findet später irgendeinen Grund, um uns zu bestrafen. Wir haben gar keine andere Wahl.«

Joel hatte natürlich Recht. Es stand nicht in ihrer Macht, Antipas zu beeinflussen; sie konnten ihn höchstens dazu bringen, sich gegen das Geschäft der Familie zu wenden und es zu zerstören, und so den eigenen Untergang herbeiführen, nicht aber seine unmoralischen Handlungen verhindern.

»Johannes der Täufer«, sagte Maria, »hat er keine Angst? Woher kommt er?«

Jakobus' Frau Abigail zuckte die Achseln. »Was zählt das schon? Er ist dem Untergang geweiht.«

Überraschenderweise reagierte Jakobus mit Schärfe. »Rede nicht so! Der Mann ist ein Prophet, und Gott weiß, dass wir einen nötig haben. Einen wahren Propheten, nicht einen, der bloß das sagt, was Antipas – und alle anderen – hören wollen. Johannes kommt aus Jerusalem«, sagte er zu Maria, »aber warum er in die Wüste gegangen ist und woher er seine Botschaft hat, das weiß ich nicht.«

»Wir sollten hingehen und ihn uns anschauen«, sagte die hohlköpfige Abigail. »Ja, lasst uns einen Ausflug daraus machen.«

Jakobus war anzusehen, dass es ihm peinlich war. »Das ist weit von hier«, sagte er schließlich. »Und wer ihn aus den falschen Gründen aufsucht, wird womöglich von ihm bloßgestellt. Er deutet mit dem Finger auf die Gaffer und nennt sie ›Otterngezücht‹. Ich glaube nicht, dass dir an dieser Art von Aufmerksamkeit gelegen ist, meine Liebe.«

Sie lachte töricht. »Nein, dann gehe ich doch lieber auf den Basar in Tiberias.«

Jakobus schüttelte den Kopf. »Es gibt keinen Basar in Tiberias. Es ist eine Stadt nach griechischer Art.«

»Ach, mit einem dieser Agora-Dinger?«, fragte Abigail.

Tiberias war eine moderne Stadt, geplant und angelegt nach der neuesten Mode. Die Straßen waren allesamt schnurgerade, und tatsächlich gab es eine Agora im Zentrum und ein großes Stadion am Rand. An drei Seiten schützten starke Mauern die Stadt, von denen zwei so nah an den See fuhrten, dass ein Reiter Tiberias nicht gefahrlos umrunden konnte; die Befestigung war noch nicht ganz fertig, aber schon jetzt sehr beeindruckend. Joels Reisegesellschaft betrat die Stadt durch das große Nordtor, wo eine große Zahl von Arbeitern den Einbau der monumentalen Torflügel vorbereitete. Es herrschte lärmende Geschäftigkeit.

»Also, man hat mir gesagt, zum Amphorenhändler geht es die Hauptstraße hinunter, am Palast vorbei und dann am Aphrodite-Brunnen nach links …« Joel zog seine selbst gezeichnete Karte zu Rate. Ringsum wogte es von Kaufleuten, Handwerkern, Palastangestellten und Reisenden; die Straßen schienen aus den Nähten zu platzen. Maria fiel auf, wie sauber alles war – aber das lag daran, dass die Stadt noch neu war. Der Geruch frisch gehauener Bausteine, das glänzende Pflaster, der offene Himmel über der Straße – noch nicht verschattet von Balkonen und Bogen und Baldachinen – ließ alles so jungfräulich aussehen, dass es die gleiche Ordnung und Gelassenheit in allen menschlichen Belangen verhieß.

Auf dem Weg zur Stadtmitte kamen sie am Altar irgendeines ausländischen Gottes vorbei; auch eine Statue stand darauf. Die anderen beachteten ihn nicht, aber Maria starrte ihn an, denn vor dem Altar mit seinem Springbrunnen war eine große Schar von Leuten versammelt, die im Chor sangen und sich wiegten. Sie beugten sich über den kleinen Brunnen, der zu Füßen des Gottes sprudelte, wuschen sich die Gesichter mit dem heiligen Wasser und schöpften dann mit gewölbten Händen noch mehr davon, um die Gesichter der hinter ihnen Stehenden zu waschen. Einige von ihnen stöhnten, andere starrten ausdruckslos vor sich hin, und manche waren sogar gefesselt. Diese Armen beteiligten sich nicht an dem Wiegen und Singen, aber andere halfen ihnen, hakten sie unter oder hielten sie fest. Manchmal erhob sich ein schmerzliches Klagen aus dieser Gruppe, und das Leid hatte einen merkwürdigen Klang im fröhlichen Treiben der Stadt.

Ich kenne diese Leute, dachte Maria. Ich gehöre zu ihnen, nicht zu denen, bei denen ich bin. Ich bin ebenso elend wie sie, ebenso leidend …

Sie blieb kurz stehen und zupfte eine dicht verschleierte Frau, die sich am Rand der Gruppe aufhielt, am Ärmel. Es war nicht ersichtlich, ob sie Zuschauerin oder Teilnehmerin war.

»Was ist das für ein Altar?«, fragte sie leise.

Die Frau drehte sich um. Es war höchst ungewöhnlich, dass Fremde einander auf der Straße ansprachen. Aber schließlich murmelte sie: »Weißt du nicht, dass es Äskulap ist?«

Äskulap. Ja, Maria kannte seinen Namen, aber sie hatte noch nie sein Bildnis gesehen. Jetzt starrte sie die Statue an, die hier in aller Öffentlichkeit stand, ganz Teil des Alltags dieser Stadt: das Bildnis eines gut aussehenden, nur teilweise bekleideten Mannes. Sein perfekt proportionierter Körper, schlank und doch muskulös, zeugte vom römischen und griechischen Ideal von Kraft und Gesundheit. Sein Blick war sanft, und sie konnte sein Gesicht nicht anschauen, ohne sich beruhigt zu fühlen, als besitze er das Geheimnis des Lebens und als bestehe es nur aus der Erhaltung des Körperlichen. In einem so unversehrten Gefäß konnte es keine unreinen Geister geben.

»Maria, komm!« Joel nahm sie beim Arm und zog sie weiter. »Hör auf, diesen halb nackten Mann anzustarren.« Er versuchte scherzhaft darüber hinwegzugehen.

»Ist es nicht schändlich – all diese Idole und nackten Statuen, wohin man auch blickt?«, sagte Miriam. »Es ist abscheulich.«

»Hmmm ...« Abigail verdrehte die Augen. »Immerhin, die Kinder müssen schon in sehr frühem Alter gut Bescheid wissen. Und die Ehefrauen auch.«

Jakobus schüttelte den Kopf. »Es ist ein falsches Wissen, das die Leute davon bekommen. Denn unter ihren Gewändern sehen die meisten Männer nicht aus wie diese Statue. Viele Frauen und Kinder werden deshalb enttäuscht sein, wenn sie es herausfinden!«

Joel musste herzlich lachen. Er konnte es sich erlauben, denn er sah nicht so sehr viel anders aus als diese Statue.

»Die Frauen werden von ihren Männern enttäuscht sein und die kleinen Jungen von dem Mann, zu dem sie heranwachsen werden«, beharrte Jakobus. »Das ist nur ein weiteres Beispiel dafür, warum das Leben unter den Heiden so ... so schlecht für uns ist.«

Joel lachte wieder. »Du redest, als ginge es um den Umgang mit Giftschlangen.«

Ringsum auf der Straße drängten sich die Leute, und als Joel stehen blieb, um erneut seine Karte zu konsultieren, bildeten sie eine Insel inmitten eines schnell fließenden Stroms. Frauen mit Bündeln prallten gegen Maria, und Männer, die Esel führten, beschimpften sie, weil sie ihnen den Weg versperrten. Ein paar junge Männer rempelten sie an. Dies war kein Platz zum Anhalten.

Zwei Männer, die sich an die nächste Mauer drückten, zogen sich ihre Kopftücher tiefer ins Gesicht und regten sich, als sie Joel und seine Gruppe sahen. Der eine gab seinem Begleiter ein Zeichen, und zusammen verließen sie ihren Posten und schlichen sich – es gab kein anderes Wort dafür – auf Joel zu. Einer packte ihn beim Ärmel und flüsterte ihm etwas ins Ohr. Joel wich verdutzt zurück. Er wollte den Mann wegstoßen, aber dann hielt er inne.

»Du ... der Eindringling! Simon! Der Zelot! Bei Silvanus!«, rief Joel. »Die Schweine ...«

»Pst!«, zischte der Mann und machte eine drohende Gebärde. Maria bemerkte, wie er mit der Hand unter den Mantel fuhr, als wolle er nach etwas greifen. Und dann sah sie es – ein kurzes Krummschwert, *sica* genannt. Es ließ sich leicht verbergen und konnte zustoßen wie eine Schlange und blitzschnell töten.

»Zügle deine Hand, mein Freund«, sagte Joel leise, und er griff sogar nach der Waffe und drückte sie herunter.

»Tod allen Kollaborateuren!«, drohte Simon. »Die Juden, die die Römer unterstützen, sind schlimmer als die Römer selbst!«

»Ich bin kein Kollaborateur«, sagte Joel. »Ich bin Kaufmann, und ich mache hier Geschäfte.«

Die anderen standen wie angewurzelt da. Ringsum strömte die Menge vorüber, ohne dass jemand etwas bemerkte. Das war der Vorzug der *sica* und der Männer, die sie einsetzten, der *sicarii*: Sie konnten in aller Öffentlichkeit zuschlagen und dabei unsichtbar bleiben. Sie stachen zu, mordeten, steckten die Waffe weg und verschmolzen mit der Menge.

»Wer nicht auf unserer Seite steht, ist gegen uns«, erklärte der Mann, der sich an Joels Seite drängte. »Als dein Bruder mich aus seinem Hause geworfen hat, sprach er für euch alle.«

»Er hat nur gesagt, dass er keine Eindringlinge in seinem Hause wünscht«, erwiderte Joel mit Entschiedenheit. Anscheinend hatte er keine Angst vor dem Mann. »Insofern war er ein ganz gewöhnlicher Hausherr.«

Simon der Zelot lockerte seinen Griff an Joels Schulter, und Maria sah, dass seine Hand den Dolch losließ. »Die Zeit wird kommen, da ihr Partei ergreifen müsst«, sagte er. »Und wehe denen, die sich auf die Seite der Römer stellen. Wehe euch allen!«

Jäh wandte er sich ab – wie ein Hund, der etwas gewittert hatte. Er und sein Gefährte eilten die Straße hinunter und stießen Leute beiseite. Einen Augenblick später hörte man weiter vorn plötzlich einen Schrei, und es gab Tumult.

Joel bemühte sich, zu Atem zu kommen. Er wollte die Sache nicht vor den anderen erörtern und erklären. So sagte er nur:

»Ich kenne den Mann nicht, auch wenn er sich einbildete, dass ich es doch tue.«

Sie gingen weiter in die Richtung, die auch Simon und sein Gefährte eingeschlagen hatten. Kurz vor der Straßenecke, an der sie abbiegen sollten, hatte sich eine Menschenmenge um etwas zusammengerottet, was dort auf dem Boden lag. Als sie näher kamen, erkannten sie einen Haufen zerknüllter Gewänder, in deren Falten sich etwas verbarg.

Römische Soldaten – die scheinbar aus dem Nichts auftauchten – drängten sich durch die Menge, beugten sich über das Bündel auf der Straße und inspizierten es. Sie hoben es auf und schlugen das kläglich verrutschte Kopftuch zurück.

Sie sagten etwas auf Lateinisch, was Maria nicht verstand; nur das Wort »Antipas« fiel ihr auf. Vermutlich gehörte der Mann, der auf der Straße gelegen hatte, zu Herodes Antipas' Stab, denn die Angehörigen des Hofstaats wurden von strenggläubigen Juden verachtet, weil sie sich allzu eifrig auf Kompromisse mit den Römern einließen.

Ein Soldat schleifte den Toten jetzt davon, während der andere die Menschenmenge nach irgendwelchen Hinweisen auf den Mörder musterte. Als er nichts fand, half er seinem Kameraden, die Leiche von der Straße zu schaffen.

Aus Joels Gesicht war alle Farbe gewichen. Maria trat zu ihm. »Waren sie es? Diese Männer?« Wenn man bedachte, dass einer von ihnen tatsächlich in Silvanus' Haus eingedrungen war! Sie hatten versucht, ihre Familie in ihr Treiben zu verwickeln!

Joel nickte. »Da bin ich sicher«, sagte er schließlich. »Sie haben mit ihrem Terror hier begonnen.« Ihn schauderte, und er winkte den anderen.

»Kommt! Kommt!« Eilig führte er sie weiter in Richtung Stadtmitte.

Zwar kannten sie sich nicht aus, aber als sie an der weiten, säulenumstandenen Agora mit ihren Reihen von Verkaufsständen und adretten Läden vorbeikamen, war ihnen doch klar, dass das opulente Gebäude daneben mit seinen ausgedehnten Gartenanlagen nur der Palast des Herodes Antipas sein konnte. Es war ein Neubau aus leuchtend weißem Kalkstein, und das Dach glänzte von Gold.

Sie blieben stehen und starrten den Palast an. Der strahlende Anblick lenkte sie für einen Moment von dem Mord ab, den sie soeben miterlebt hatten.

»Seht ihr das Gold?«, rief Abigail. »Auf dem Dach! Ich hatte ja gerüchtweise gehört, dass er das Dach mit Gold verziert habe, aber …«

»Man erzählt auch«, sagte Jakobus, »dass er gemeißelte Tiere als Dekoration aufgestellt hat. Tiere! Bildnisse!«

Esra zuckte die Achseln. »Ein Goldenes Kalb ist vermutlich nicht dabei«, meinte er. »Wahrscheinlich eher so etwas wie Vögel und Pferde.«

»Ob seine neue Braut ihre Tochter Salome mit ins Haus bringen wird?«, fragte Miriam. »Sie soll sehr schön sein.«

»Ich könnte mir vorstellen, dass sie sich ihrer Mutter schämt«, sagte Joel plötzlich. »Das tun die meisten Mädchen, wenn ihre Mutter sich unmoralisch benimmt.«

»Aber wenn sie dann erwachsen werden, ahmen sie sie nach«, behauptete Abigail. »Wenn eine Mutter unmoralisch ist, kann man sich darauf verlassen, dass die Tochter es ihr nachtut.«

»Da also geht unsere Fischsauce hin«, sagte Esra. Ihn interessierte das Geschäft mehr als die Moral derer, mit denen er Geschäfte machte. »Und dieser Chuzas – kann man seinem Wort vertrauen?«

»Nach allem, was man berichtet, ja«, sagte Joel. »Wenn er Bestellungen aufgegeben hat, waren sie immer legitimiert.«

»Ich habe gehört, seine Frau ist besessen«, sagte Abigail plötzlich. »Sie soll Stimmen hören und die Beherrschung über sich verlieren.«

Jakobus machte ein empörtes Gesicht. Maria konnte nicht sagen, ob er es tat, weil er davon nichts wusste oder weil er an Abigails Informationen zweifelte. »Unsinn!«, erwiderte er.

Maria warf einen Blick zu Abigail hinüber und fragte sich, ob die Bemerkung auf sie zielte.

Sie gingen an der betriebsamen Agora vorbei und weiter in die Richtung, in der die Amphorenhandlung liegen sollte. Die Straßen waren hier enger; wenn zwei beladene Esel einander begegneten, musste der eine zurückweichen, um den anderen vorbeizulassen. Auch wirkte alles dunkler, geheimnisvoller. Einige der fremdländischen Händler zogen es vor, ihre Stände hier zu errichten, als fühlten sie sich auf der sonnigen, freien Fläche der Agora bedroht und unbehaglich.

An einem der Stände war ein Wahrsager, der den Vorübergehenden leise zurief: »Ich kann euch sagen, was euch erwartet! Ich kenne die Sterne, die Zukunft! Lauft ihr nicht blind entgegen!«

Ein anderer Stand war verhangen und hatte einen Anbau, einen länglichen Holzschuppen, in dem eine Lampe flackerte. »Mein Herr kann Dämonen austreiben«, sagte ein junges Mädchen an diesem Stand und deutete auf den Schuppen. »Leidet ihr daran? Eine Beschwörung meines Herrn, eine Dosis von der Zauberwurzel, und ihr braucht euch nicht mehr quälen zu lassen!«

Jakobus schnaubte. »Und das so nah am Palast. Günstig für Chuzas. Er sollte seine Frau herbringen.«

Maria konnte nicht an sich halten. »Jakobus«, sagte sie, »darüber scherzt man nicht. Ich bin sicher, dass Chuzas' Frau leiden muss. Aber sie sollte nicht zu einem Scharlatan gehen.«

Jakobus starrte sie überrascht an. »Was verstehst du denn davon?« Aber es ärgerte ihn nur, dass seine witzige Bemerkung ernst genommen worden war.

»Und seht!« Abigail zeigte auf den nächsten Stand. Er war sehr kunstvoll gebaut, mit golden-blauen Säulen und einer astrologischen Karte als Hintergrund, und überall kräuselte sich Weihrauch aus kleinen Rauchfässern. »Was glaubt ihr …« Sie brach ab, als ihr plötzlich einfiel, dass es ein Haus der Prostitution sein könnte.

Ein Mann erhob sich plötzlich wie eine Erscheinung hinter der Theke. Er trug den kunstvollen spitzen Kopfputz der Babylonier, und sein reich besticktes Gewand, das von den Schultern gerade herabfiel, war aus dunkelblau gefärbter Seide, so schön, dass es den Augen wehtat, intensiver noch als der Abendhimmel in der späten Dämmerung, wenn die ersten Sterne erscheinen.

Er deutete auf das Tablett mit kleinen Amuletten vor ihm. Sie waren unterschiedlich groß, aus Bronze, Silber oder Gold, aber alle hatten oben eine Öse, sodass man sie an einer Kette tragen konnte.

»Kindsgeburt. Schutz.« Sein Aramäisch war sehr beschränkt.

Offensichtlich hatte er sich nur wenige wichtige Wörter eingeprägt.

Da keine der Frauen ein Kind erwartete, wollten sie vorübergehen.

»Macht«, sagte der Mann und zeigte auf ein anderes Tablett. »Macht.«

Maria ging langsamer und schaute auf seine Ware hinab. Auf einem weichen schwarzen Tuch waren kleine Statuen eines furchterregenden Gottes ausgebreitet. Er hatte ein abscheuliches Gesicht mit der Schnauze und der Nase eines Löwen; er fletschte die Zähne, und unter grimassierenden Brauen quollen ihm die Augen aus den Höhlen. Seine Füße waren nicht menschlich; sie endeten in drei Krallen, obwohl er aufrecht stand und Rippen, Schultern und Arme wie ein Mensch hatte. Aber auf seinem Rücken waren vier Flügel, und er hatte einen Arm erhoben, während der andere herabhing. Seine Hände waren breit, die Finger dick und gekrümmt.

»Lamaschtu«, sagte der Händler. »Gegen Lamaschtu.«

»Maria!«, rief Joel. »Geh weg von ihm!« Er packte sie beim Arm und zog sie weiter.

Aber hinter dem Händler hatte sie ein großes tönernes Bildnis des Gottes entdeckt. Er wirkte noch viel beängstigender, da er größer war. Sein hässliches Gesicht schien zu leuchten im matten Schein der Lampen rings um seinen Sockel. Halb erwartete sie, dass gleich Speichel von seinen langen, spitzen Zähnen tropfte.

Und seine Arme … Sie hatte seine Arme schon irgendwo gesehen und auch ihre Haltung. Und das höhnische, bösartige Gesicht. Ja. Der kleine Arm, den sie einmal gehabt hatte, der durch die Luft geflogen war, als der Rabbiner in Samaria die Götzenbilder zerschlagen hatte – es war die gleiche Handfläche, der gleiche gekrümmte Ellenbogen. Ihr war, als sei ein Feind herangerückt und habe sie umzingelt.

Wo war der Arm geblieben? Sie konnte sich nicht erinnern. Aschera hatte immer Vorrang gehabt und ihre Aufmerksamkeit in Anspruch genommen. Ob sie den Arm noch irgendwo hatte? Zu Hause vielleicht? Oder war er vor langer Zeit verloren gegangen im Nebel der Kindheit?

Der Händler deutete Marias starren Blick als Interesse. »Pasusu«, sagte er und deutete ehrfürchtig auf das Idol. »Pasusu.« Er suchte nach den richtigen Worten und sagte schließlich: »Sohn des Hambi, König … böse Winddämonen.«

Und in diesem Moment, als sie in die großen, vorquellenden Augen starrte, war ihr, als fühle sie, wie sich tatsächlich etwas in ihr regte, beiseite rückte, Platz machte. Tumult – und dann: Pasusu. Sie fühlte den Gott in sich, wie er sich hin und her drehte, sich einrichtete, ihren Geist seiner Anwesenheit anpasste. Er war groß und verlangte eine Menge Raum. Maria schnappte nach Luft; sie fühlte sich bedrängt und glaubte zu ersticken.

Irgendwo tief in ihrem Herzen spürte sie, wie Aschera ihren Genossen willkommen hieß und wie jene andere Wesenheit, die noch keinen Namen hatte, ihre Obszönitäten und ihren Schmutz hervorspie. Drei waren jetzt in ihr. Drei, und alle drehten und wanden sich, um Raum für sich zu finden.

»Ich habe gesagt, du sollst kommen!« Joel zog an ihrem Arm. »Wir werden niemals ankommen, wenn wir an jedem Stand stehen bleiben.«

Maria stolperte weiter. Sie konnte ihre Beine kaum kontrollieren, sie taumelte und prallte gegen Abigail, die sie verwundert anschaute. Maria drehte sich noch einmal um und warf einen Blick auf die Pasusu-Statue.

»Du scheinst von diesem Gott ja ganz hingerissen zu sein«, sagte Miriam. »Warum? Er war so scheußlich. Mir wäre Äskulap entschieden lieber, wenn ich mich für einen ausländischen Gott entscheiden müsste.«

Ringsum winkten ihnen die Händler von den anderen Ständen zu und versprachen ihnen gute Dinge. Es gab bunte Berge von unbekannten Gewürzen, Teppiche vor dem Eingang zu dunklen, höhlenähnlichen Hinterzimmern, getrocknete Samenkapseln aus Arabien, Honig aus Nordafrika und polierte Kupfertöpfe. Dann ragte vor ihnen ein weiterer Stand mit Amuletten auf; diesmal gehörten sie einer starren Göttin, deren Gewand mit runden Brüsten bedeckt war. Als sie daran vorbeigehen wollten, streckte der Händler die Hand aus und winkte.

»Warum halten bei Pasusu? Böser Gott. Windgott – bringt glühende Winde und Übelkeit. Schießt mit Pfeilen aus Krankheit.

Bleibt weg!« Er schwenkte ein kleines Bildnis seiner eigenen Göttin. »Artemis! Mutter! Kinder! Keine Krankheit! Besser!«

Joels Geduld war zu Ende. »Wir beten keine fremden Götter an!«, blaffte er.

»Warum nicht?« Der Mann schien verdutzt.

Endlich gelangten sie aus der engen, halbdunklen Gasse wieder auf eine breitere Straße. »Ich bin erleichtert«, sagte Joel. »Ein Amphorenhändler, der sein Geschäft dort gehabt hätte ...« Er schüttelte den Kopf.

Maria fühlte sich immer noch misshandelt und angeschwollen von fremden Wesenheiten; nur mit knapper Not konnte sie sich aufrecht halten und weitergehen. Die Schwangerschaft hatte sich ähnlich angefühlt, nur war das Wesen in ihr glücklich gewesen und keines, das sie hatte verbergen müssen.

»Ah!« Joel blieb vor einem großzügigen Eingang stehen, flankiert von einer Anzahl getöpferter Amphoren. Es gab große, die ihm fast bis an die Hüfte reichten, kleine rundliche, die nur kniehoch waren, und auch ein paar ganz winzige. In der Farbe unterschieden sie sich ebenfalls; sie reichte von einem dunklen Erdbraun bis zu einem fast roten Ton.

Ein rundlicher Kaufmann, der aussah wie seine bauchigen Amphoren, wartete im Eingang, um sie zu begrüßen. Sein Name war Rufus, und sein Ruf sorgte dafür, dass er sich niemals über mangelnde Geschäfte zu beklagen hatte.

»Ich bin Joel aus dem Hause Nathan in Magdala«, sagte Joel. »Das sind meine Mitarbeiter Jakobus und Esra.« Die beiden Männer verneigten sich. »Ich habe dir bereits eine Nachricht geschickt und dir mitgeteilt, was wir benötigen. Wie es aussieht, verlangt Antipas eine große Menge von unserem Garum für sein bevorstehendes Hochzeitsmahl.«

Rufus bemühte sich, nicht allzu beeindruckt auszusehen, aber er zog doch die Brauen hoch. »Ah ja. Und welche Mengen haben wir uns dabei vorzustellen?«

»Ein Festmahl von sieben Tagen – ich kann natürlich nicht sagen, wie viele Gäste, aber ich schätze, es werden fünfhundert sein – vielleicht zwölf Fass? Das ist eins mehr, als Chuzas angegeben hat.«

Rufus strich sich das glatt rasierte Kinn. »Und du willst nicht, dass sie zu wenig haben! Was ist dir lieber, größere oder kleinere Behälter?«

»Ich nehme an, größere wären wohl praktischer, weil das Garum ja innerhalb von sieben Tagen verzehrt werden wird.«

»Aber sie sind weniger dekorativ«, sagte Rufus. »Und es ist schließlich ein äußerst bedeutsamer Anlass.«

»Aber da ist das Problem des Transports«, sagte Joel. »Erst musst du die Amphoren zu uns schicken, und dann müssen wir sie wieder hierher zum Palast schaffen lassen – welche Größe wäre dafür am besten?«

»Die großen«, musste Rufus einräumen. »Sie sind robuster und benötigen weniger Verpackung.« Er bat sie ins Haus. »Kommt, ich zeige euch unsere Auswahl.«

Sie folgten ihm in das kühle, wohlgeordnete Innere des Hauses. Marias Augen hatten Mühe, die zahllosen Reihen von Musteramphoren zu erkennen, die teils auf Borden, teils auf dem Boden standen.

Rufus deutete auf ein Sortiment, das abseits in einer Ecke stand. »Die da sind sehr alt«, sagte er. »Aber die Form der Amphoren ändert sich über die Jahre kaum. Diese hier sind von der Insel Sizilien und müssen weit über vierhundert Jahre alt sein. Abgesehen davon, dass der Ton sich spröde anfühlt – woran würde man es erkennen?« Er klopfte an eine der Amphoren, und man hörte ein hohles Echo. »Alsdann.« Lebhaft wandte er sich den Modellen auf seinen Regalen zu. »Für Garum empfehle ich diesen Typ.«

Es war ein mittelgroßes Behältnis, in der Form ungefähr in der Mitte zwischen den länglichen, die man für Wein benutzte, und den kurzen, bauchigen für Öl. Wie alle anderen hatte es zwei Henkel und einen spitzen Boden, mit dem es beim Transport besser gesichert, aber auch auf seiner Achse umhergerollt werden konnte; außerdem diente diese Spitze als dritter Griff.

In Marias Augen sah diese Amphore sehr schmucklos aus, nicht gerade passend für die Hochzeit eines Königs. Aber sie hatte Mühe, den Blick zu konzentrieren, und konnte ihren Eindrücken nicht vertrauen.

»Wir können mehrere Arten von Verzierung anbieten«, sagte Rufus, »damit sie dem Anlass entsprechen.« Bei dem Wort »Anlass« schaute er sie aufmerksam an, als wolle er feststellen, wo ihre Sympathien lagen – und ob er offen vor ihnen sprechen konnte. »Beispielsweise können wir den Inhalt und den Namen eures Geschäfts in roten Lettern darauf schreiben, dicht unter dem Hals, und wir können besonders geformte Pfropfen hineinstecken.«

»Ich glaube, das ist eine gute Idee«, sagte Joel. »Denn wenn wir nicht bekannt machen, vom wem das Garum kommt, und es einfach in einem schlichten Behälter schicken, wird niemand wissen, wo er mehr davon bekommen kann.«

»Und du willst, dass der königliche Hof mehr davon bestellt.«

War das eine Frage? Eine Prüfung, eine Herausforderung?

»Ja«, sagte Joel. »Wir möchten gern bekannter werden.«

»Und der Hof des Antipas hat Verbindungen zur großen Welt.« Rufus schien eine Feststellung zu treffen.

»Wie jedermann weiß«, sagte Joel.

»Und zu den Römern und anderen.«

»Die Römer müssen essen wie alle anderen, und warum sollte ein einfacher Mann aus Galiläa aus diesem Bedürfnis nicht seinen Nutzen ziehen?« Joel ließ sich nicht beirren.

»Natürlich.« Rufus nickte energisch. »Natürlich. Komm, ich will deinen Auftrag notieren. Das werden dann achtzehn Amphoren sein, alles in allem.« Er ging zu einem Tisch, auf dem seine Bücher lagen, und zog ein Stück Papyrus heran. Während er sich darüber beugte, um die Bestellung aufzuschreiben, sagte er: »Kann sein, dass dein Wunsch sich bald erfüllt. Wusstest du, dass der römische Kaiser Valerius Gratus abberuft und einen neuen Prokurator namens Pontius Pilatus schickt? Er wird rechtzeitig zu den Hochzeitsfeierlichkeiten eintreffen. Machst du mit deinem Garum guten Eindruck auf ihn – wer weiß, was für einen Dauerauftrag du dann bekommst? Die Römer sind verrückt nach Garum.«

»Ein neuer Prokurator!« Jakobus war bestürzt. »Warum?«

»Gratus war jetzt zehn Jahre hier«, sagte Rufus. »Vielleicht hat er keine Lust mehr, uns zu regieren? Wir können ja ziemlich …« Er sprach nicht weiter. »Jedenfalls ist dieser Pilatus auf dem Weg hierher.«

»Was hast du über ihn gehört?« Fast wie aus einem Munde

stellten alle die gleiche Frage. In Tiberias würden die Neuigkeiten frischer und detaillierter sein als anderswo.

»Er stammt aus einer sehr angesehenen römischen Familie und ist Mitte dreißig. Er hatte ein paar niedere Positionen im diplomatischen Dienst inne, bevor er hierher entsandt wurde – keine besondere Auszeichnung in den Augen der Römer; also nehme ich an, dass seine Fähigkeiten nicht erstklassig sind.«

Seine Zuhörer seufzten, hörbar enttäuscht. Aber was hatten sie erwartet?

»Sein Name, Pilatus, ist das lateinische Wort für Lanzenträger. Also muss er aus einer Soldatenfamilie kommen. Er ist mit einer Enkelin des Kaisers Augustus verheiratet, aber mit einer unehelichen. Vielleicht verdankt er seine Ernennung ihrem Einfluss in Hofkreisen. Er bringt sie mit – was ungewöhnlich ist, denn üblicherweise wird die Genehmigung dazu nicht erteilt, und die Frauen wollen auch gar nicht mitkommen.«

»Dann wird er also bald hier sein«, sagte Joel, »und mein Garum essen.«

»Das hoffst du, ja?«, fragte Rufus.

Maria versuchte den Einzelheiten über diesen neuen Prokurator zu folgen, aber die Worte wirbelten in ihrem Kopf herum. Ein neuer Regent … ein anderer römischer Statthalter in Jerusalem … Gebe der Herr, dass er barmherzig und gerecht ist.

»Sein Name wird berühmt werden.«

Alle drehten sich um und schauten Maria an.

»Was hast du gesagt?«, fragte Joel.

»Nichts. Ich – ich … nichts.« Maria konnte kaum antworten.

»Doch, du hast etwas gesagt«, stellte Rufus fest. »Warum hast du das gesagt?«

»Und mit einer seltsamen Stimme«, sagte Abigail. »Als ob du jemanden nachgemacht hättest.«

»Ich habe nicht … Ich weiß es nicht«, sagte Maria. Kalte Angst durchströmte sie. Warum hatte sie gesprochen – und *hatte* sie gesprochen? Sie wusste nichts über diesen Pilatus.

»Hast du schon etwas über Pilatus gehört?«, fragte Rufus.

»Nein. Nicht, bis du seinen Namen ausgesprochen hast.«

»Berühmt wird er werden? Inwiefern?« Rufus ließ nicht locker.

»Meine Frau versteht nichts von diesen Dingen.« Joel legte den Arm um sie. »Ich weiß nicht, warum sie so etwas sagt.«

»Weil ich Dinge weiß«, sagte eine Stimme in ihrem Kopf. »Und ich kann sie offenbaren und sie dich aussprechen lassen.«

»Nein, nicht!«, sagte Maria flehentlich.

Joel glaubte, sie wolle seine Umarmung zurückweisen, und zuckte zurück. Aber er schaute sie eindringlich an.

»Das ist alles ein Irrtum«, sagte er beschwichtigend zu Rufus. »Wir wissen nicht das Geringste über all diese politischen Angelegenheiten.«

Als sie die Amphorenhandlung verlassen hatten, waren alle sehr still. Sie taten zwar so, als sei es wegen der aufregenden Neuigkeit über den Prokurator, aber Maria spürte, dass in Wirklichkeit ihre seltsame Bemerkung und ihr Verhalten die Ursache war. Sie gingen durch die Straßen und betrachteten die Gebäude, aber es war anders als vorher. Mit der Äußerung, die da aus ihrem Mund gekommen war, hatte sich etwas Grundlegendes verändert. Sie wussten, dass sie es nicht gewesen war.

XV

Joel begab sich geradewegs in die Fischhalle, um das Tagesgeschäft zu verbuchen. Er sprach wenig, während er Maria nach Hause begleitete, und er blieb lange fort. Maria musste ihre ganze Willenskraft aufwenden, um die Feinde in ihrem Innern zu verbergen; sie begrüßte ihre Mutter mit gespielter Unbefangenheit und dankte ihr überschwänglich dafür, dass sie auf Elischeba Acht gegeben hatte.

»War Tiberias so verkommen, wie alle sagen?«, fragte ihre Mutter spitz.

»Überall gab es Altäre für ausländische Götter«, erzählte Maria. »Und viele Händler, die heidnische Waren anboten.« Bei der Erinnerung fröstelte sie. Dann lachte sie und hoffte, es möge unbeschwert klingen.

Zebida reichte Maria das Kind. »Sie war brav heute und hat

nur darauf gewartet, dass ihr wieder da seid. Jetzt kann sie schlafen gehen.«

Maria schmiegte das Kind an sich. Der warme kleine Körper wirkte beruhigend. Ihre Tochter stellte keine Fragen, musterte sie nicht, um zu erfahren, was in ihrer Mutter vorging. Elischeba hob ein rundliches Händchen und berührte Marias Gesicht. Maria trug sie behutsam zu ihrem Bett und legte sie hinein.

Ihre Mutter blieb wortlos stehen, wo sie stand, und wartete.

»Nochmals vielen Dank«, sagte Maria.

»Maria, stimmt etwas nicht?«, fragte ihre Mutter.

Nein! Nicht! Ich habe mich doch so sehr bemüht, es zu verbergen!, dachte Maria. »Nein, warum?«, fragte sie schroff.

»Ich weiß nicht … Es ist dein Ton. Und du siehst besorgt aus. Eine Mutter weiß das immer. In ein paar Jahren wirst du genau wissen, was ich meine.« Sie deutete mit dem Kopf auf Elischebas Bett.

»Mir fehlt überhaupt nichts«, sagte Maria. »Ich bin nur ein bisschen müde. Es war ein sehr langer Tag. Wir mussten schließlich schon vor dem Morgengrauen aufbrechen.« Mühsam brachte sie die Worte hervor, und sie wusste nicht, wie lange sie den Schein noch würde wahren können. Besser gesagt, wie lange *sie* ihr erlauben würden, ihn zu wahren.

»Es ist in deinen Augen.« Ihre Mutter trat zu ihr. Sie schaute Maria tief in die Augen und strich ihr dann behutsam übers Gesicht. »Sie sind dunkel.«

»Ich sage doch, ich bin nur müde.« Maria wandte sich ab. »Ich werde nicht mehr auf Joel warten. Ich glaube, ich lege mich schlafen.« Konnte die Aufforderung zum Gehen noch deutlicher ausfallen?

»Dann sollte ich gehen.«

Jahwe sei Dank!, dachte Maria. In diesem Augenblick hatte sie das tröstliche Gefühl, dass Jahwe noch da war und ihr Leben von Ferne lenkte.

Sie begleitete ihre Mutter zur Tür und ließ sich erleichtert auf einen Schemel sinken, als sie fort war.

Die größte Öllampe brannte hell in einer Nische hoch oben in der Wand, kleinere standen auf Tischen und in niedriger angebrachten Nischen. Ein warmer Glanz erfüllte das Zimmer.

Mein Heim, dachte Maria. Meine Zuflucht. Aber jetzt wird es zerstört werden.

In ihrem Kopf hörte sie die Stimmen der unreinen Geister. Sie schienen miteinander zu sprechen, und in einem waren sie sich alle einig: Das Gefäß, das sie hier bewohnten, war ohne Wert. Es zu zerstören würde ein Vergnügen sein.

Warum habt ihr mich auserwählt?, fragte Maria im Geiste. Aber sie erhielt keine Antwort. Also wiederholte sie die Frage mit leiser Stimme. »Warum habt ihr mich auserwählt? Ich bin eine gewöhnliche Frau. Ich wohne in einer Kleinstadt, weitab von den Zentren der Macht. Ich bin mit einem gewöhnlichen Mann verheiratet, der ein gewöhnliches Geschäft betreibt. Wenn wir morgen verschwunden wären, würden nur unsere Verwandten und Freunde es bemerken. Maria aus Magdala? Einen unbedeutenden Menschen zu vernichten, das hat doch keinen Sinn.«

Aber bevor sie das letzte Wort, »Sinn«, aussprechen konnte, prasselte das Getöse in ihrem Kopf auf sie ein.

»Es geht nicht um das, was du jetzt bist, sondern um das, was aus dir werden könnte«, murmelte die neueste Stimme. Sie klang fauchend und düster.

»Ich bin eine gewöhnliche Frau«, sagte Maria leise. Anscheinend konnten sie sie so besser hören, auch wenn sie selbst keine Mühe hatte, sie in ihrem Kopf zu vernehmen. »Frauen dürfen nicht einmal als Zeugen vor Gericht auftreten. Frauen dürfen keinen Besitz erben. Ich habe nichts gelernt; ich habe nicht an einer Akademie studiert, wie es manche heidnischen Frauen getan haben. Ich bin ein Niemand.«

»Niemand, niemand«, sagte die sanfte, spöttische Stimme Ascheras – Maria erkannte sie gleich. »Frauen haben eine eigene Macht. Sie wurzelt nicht im Gesetz, sondern in ihrer Herrschaft über die Männer. Glaubst du, Herodias, die künftige Frau des Antipas, hätte keine Macht? Sie hat sie durch ihn. Und warum sagst du, du bist eine gewöhnliche Frau? Du weißt genau, dass du anders bist – dass du schon in früher Kindheit den Wunsch verspürt hast, Gott zu dienen. Und keine gewöhnliche Frau bildet sich heimlich, wie du es getan hast.«

»Krankheit bringt Macht«, sagte eine andere, grausame Stimme. Das musste Pasusu sein. »Wenn ich meine Pfeile der

Krankheit und Vernichtung verschieße, dann windet die Welt sich und verbeugt sich vor mir.«

»Fluch über die ganze Menschheit! Mögen alle Organe der Fortpflanzung versagen, mögen die Kornähren verwelken, möge der Hunger die kläglichen Halme mit seinen Fäusten umklammern!« Das war die namenlose, blasphemische Stimme. »Jahwe hat gedroht, zu schlagen mit Brand und Unwetter. Ich gehe noch weiter: Ich schlage das, worauf Jahwes Auge lächelnd ruht.«

Maria vergrub das Gesicht in den Händen. Oh, hört auf!, flehte sie die Stimmen an. Lasst mich in Frieden! Ich habe nichts zu tun mit Brand, Unwetter, Krankheit und Zerstörung. Ich bin nur eine Ehefrau und Mutter. Lasst mich in Frieden! Ich kann euch nichts nutzen.

Sie schluchzte.

»Maria.« Joel schloss die Tür.

Sie fuhr hoch und sah zu ihm hin.

»Joel«, sagte sie. Sein bloßer Anblick machte ihrem Herzen Mut.

Er trat zu ihr – aber zögernd, wie sie bemerkte. »Maria, was ist los?«

»Nichts.« Sie musste es verbergen. Es war die eigene schwere Bürde, und sie allein musste damit fertig werden.

»Du weinst.« Er legte den Sack hin, den er trug, und kam näher. »Elischeba …?«

»Sie schläft tief«, sagte Maria und nahm seine Hände. Sie fühlten sich so kräftig an, so tröstlich, dass die Dämonen zurückwichen.

»Maria, ich frage dich noch einmal: Was ist los?« Er nahm ihr Gesicht in beide Hände. »Ich kenne dich so gut. Und was heute geschehen ist – diese fremde Stimme – das beunruhigt mich.«

Ich könnte jetzt sagen, es war nichts, dachte Maria. Ich könnte sagen, mir war nur schwindlig. Ich war nicht ich selbst.

»Ja, sag das!«, befahl Pasusu. Seltsam, wie klar erkennbar diese Stimme schon war!

Aber sie gehorchte nicht. »Es war … Oh, Joel, ich fürchte, ich bin … besessen. Wie jener Benjamin, den wir neulich gesehen haben, der mit dem Dämon.«

Offensichtlich hatte er damit gerechnet, dass sie lediglich

sagen würde: »Ich bin müde.« Überrascht zwinkerte er. »Inwiefern?«

Sie schluckte und versuchte ihre Gedanken zu sammeln. Es war nicht gut, wenn die Gedanken verworren aus ihrem Mund purzelten und einander widersprachen.

»Ich … ich … Erinnerst du dich an die Elfenbeinfigur?«, begann sie. Einerseits war sie entschlossen, alles in Ruhe genau zu erklären, andererseits wollte sie sich jedoch beeilen, bevor der Feind sie zum Schweigen bringen konnte.

»Was?« Er machte ein ratloses Gesicht.

»Die Figur, die Jamlech gefunden hat«, sagte sie. »Es war ein Götzenbild, das ich vor Jahren gefunden habe, als meine Familie durch Samaria nach Jerusalem gepilgert ist. Ich habe es ausgegraben. Ich habe es behalten, obwohl ich wusste, dass ich es nicht durfte. Und heute hat es seinen Einfluss nicht zum ersten Mal geltend gemacht. Es hat schon vor vielen Jahren angefangen. Es hat mein Elternhaus heimgesucht. Es hat mir Befehle gegeben. Es hat diese Schrammen auf meinen Armen verursacht.«

Wie viel sollte sie noch sagen? Sollte sie auch nur andeuten, dass sie ihn geheiratet hatte, um der Göttin zu entkommen? Nein, entschied sie.

»Du machst Witze.« Er sah erleichtert und ungläubig aus. Tröstend streckte er die Hand nach ihr aus.

»Du hast sie ins Feuer geworfen«, sagte sie kläglich. »Aber da war es zu spät. Da hatte sie schon von mir Besitz ergriffen.«

»Aber sie ist nicht mehr da. Sie ist verbrannt. Ihr Einfluss – wenn sie überhaupt je welchen hatte – wird verschwinden.«

»Sie hat uns unser Kind geschenkt«, sagte Maria tapfer. »Sie wird nie verschwinden. Ich stehe in Ewigkeit in ihrer Schuld.«

Joel sah aus, als hätte sie ihn geschlagen. »Was – was hast du da gesagt?«

»Ich habe gesagt, dass Aschera – so heißt sie – uns Elischeba geschenkt hat. Und jetzt fordert sie ihr Recht an mir ein.« Maria warf sich Joel an den Hals und fing an zu schluchzen, als sie das Grauen noch einmal durchlebte. Jetzt war es wahrhaft Wirklichkeit.

Langsam, zu langsam, legte er die Arme um sie. »Aber Gott ist mächtiger«, sagte er. »Gott würde so etwas nicht erlauben. Wir wollen uns Gottes Barmherzigkeit anheim geben.«

»Das ist noch nicht alles«, sagte Maria. Warum nicht gleich alles erzählen? »Vor kurzem ist ein zweiter Geist dazugekommen, ein Geist voller Dunkelheit und Verzweiflung. Und heute richtete sich Pasusu auf – du erinnerst dich an die große Statue auf dem Weg zur Amphorenhandlung? –, er richtete sich auf und nahm Besitz von mir.«

»Was heißt das, er nahm Besitz von dir?«

»Das heißt, ich konnte spüren, wie er sich zu den anderen beiden in mir gesellte.«

»In dir? Wie denn?«

Wie konnte sie es richtig erklären? »Ich … ich fühle sie alle drei in meinem Kopf, in meinem Geist. Sie lenken mich, sie verhöhnen mich. Sie werden mich bestrafen, weil ich dir von ihnen erzählt habe. Aber Pasusu – ich glaube, ich habe vielleicht noch ein Stück von einer Statue von ihm. Auf der Wallfahrt durch Samaria haben sie ein ganzes Versteck voller Idole gefunden und sie zerschlagen. Ein Arm flog durch die Luft, und ich habe ihn aufgefangen. Es war eine hässliche Klaue, wie von einem Tier.«

Joel schwieg lange. »Oh, Maria«, sagte er schließlich. »Wir müssen den Arm und die Klaue finden und vernichten. Und dich müssen wir behandeln lassen. Gott ist mächtiger als sie«, fügte er nach einer kurzen Pause hinzu. »Aber wir müssen Gott um Hilfe bitten.«

Er umarmte sie fester. Wenn menschliche Liebe und Entschlossenheit und Wachsamkeit irgendetwas wert waren, dann würde sie von diesem Leiden erlöst werden können. Und Gott, der Allbarmherzige, der Allmächtige, würde sich herniederbeugen, um ihr zu helfen. Sie hatte gebeichtet. Sie hatte Joel alles erzählt. Jetzt konnte Gott sie berühren und zu ihr sagen: »Mein Kind, du bist in Sicherheit.« Oh, wie sehnte sie sich danach.

Es würde, ja, es musste alles gut werden. Wenn sie es erst Gott gesagt, wenn sie erst seinen weisen Diener aufgesucht hatten.

Joels erster Gedanke war, sich dem alten Zadok anzuvertrauen. Aber Maria scheute davor zurück; sie hatte Angst, jemanden ins Vertrauen zu ziehen, der ihre Familie kannte. Was wäre, wenn er schlecht von ihnen dächte? Oder wenn er es weitererzählte?

Als Joel daraufhin einen Rabbiner vorschlug, der sie nicht

kannte, einen aus der großen Synagoge in Kapernaum, der im Ruf großer Frömmigkeit stand und sicher Übung darin hatte, Dämonen auszutreiben, da lehnte Maria auch diesen ab. Sich dort hinzuwagen, den Rabbiner zu suchen, ihn als Fremde anzusprechen und mit ihrem Problem herauszuplatzen – wie entsetzlich. Wie erniedrigend.

Aber was konnte erniedrigender sein als das, was die Dämonen ihr tagaus, tagein antaten? Nur wenige hatten – bis jetzt – etwas davon gemerkt, aber das bedeutete nicht, dass es nicht jeden Augenblick ausbrechen und für die ganze Stadt sichtbar werden konnte. Zögernd erlaubte sie, dass Joel zu Zadok ging und ihm berichtete. Joel tat es, gleich nachdem der Arbeitstag vorüber war. Er schien ihr, als sei er nur sehr kurze Zeit weggeblieben.

»Zadok kommt her und betet mit uns«, verkündete Joel in erleichtertem Ton. »Er muss nur seinen Gebetsschal, seine Texte und die Tefillin holen, und dann kommt er sofort.«

»Was hat er – was hat er gesagt?«

»Er wirkte nicht besonders schockiert«, sagte Joel. »Natürlich kann es sein, dass er nur feinfühlig genug war, seine Gefühle zu verbergen.«

Eine nützliche Eigenschaft bei einem Rabbi, dachte Maria. Aber sosehr sie sich auch bemühte, es zu überwinden, sie war doch schrecklich verängstigt und beschämt, während sie auf ihn wartete. Joel vergewisserte sich, dass Elischeba in einem möglichst weit entfernten Zimmer wohlbehalten schlief und dass die Tür geschlossen war, sodass sie nichts Furchterregendes hören konnte.

Bleibt still! Bleibt still!, befahl sie den Dämonen. Aber sie wusste, dass sie keine Macht über sie hatte. Und als Joel an der Tür Zadok begrüßte, erhoben sie sich denn auch in ihr und machten sich bemerkbar.

»Maria«, sagte Zadok; er trat ein und streckte ihr die Hände entgegen. Auf seinem Gesicht lag ein Ausdruck tiefer Besorgnis, aber weder Missbilligung noch Abscheu.

Maria konnte nicht antworten. Ihr Mund war gelähmt. Und als sie Joel und Zadok die Hände entgegenstrecken wollte, konnte sie auch die Arme nicht bewegen. Dann strömte ein Sturzbach von Silben – nicht menschlich, guttural – über ihre

Lippen. Der Schrecken in den Gesichtern der beiden Männer war unübersehbar.

Die Laute nahmen kein Ende, und Maria konnte nur hilflos zuhören, wie sie aus ihrem Mund quollen, hervorgebracht von den Geistern in ihrem Innern.

Zadok fing sofort an zu beten. Mit lauter Stimme rezitierte er heilige Worte, um diese anderen Laute zu übertönen, wie er es unten am See getan hatte, und er sprach sehr schnell, um so viel wie möglich anzubringen. Joel, der über keinerlei Gegenwehr verfügte, starrte Maria nur schreckensbleich an.

»Bete mit mir!«, befahl Zadok plötzlich und packte Joel bei der Hand. »Sprich die Tefilla!« Aber Joel konnte nur hilflos murmeln. Maria hörte ihn kaum.

»... allerhöchster Gott, Herr des Himmels und der Erde, unser Schild und der Schild unserer Väter ...«

Inzwischen war sie auf die Knie gefallen und hatte den Kopf gesenkt; sie unterwarf sich den hebräischen Gebeten und sorgte dafür, dass sie in sie eindringen und die Stimmen der Dämonen zurückdrängen konnten. Sie presste die Lippen zusammen, um die Laute abzuwürgen, wenngleich die Muskeln zuckten und gegen ihren Willen ankämpften. Plötzlich fühlte sie, wie die Laute in ihr erstarben, wie das Wasser in einem Topf aufhört zu kochen. Einen Augenblick lang spürte sie noch das Brodeln in sich, noch immer platzten Blasen, aber dann wurde es still. Maria brach zusammen; sie kippte vornüber und wurde von den Männern hochgezogen. Joel trug sie zu einer Matte und ließ sie dort ruhig liegen. Er holte ein feuchtes Tuch und wischte ihr zärtlich das Gesicht ab.

»Ist – ist es fort?«, fragte er Zadok.

»Ich ... ich weiß es nicht«, antwortete Zadok. »Diese Mächte können stark und listenreich sein; man nennt sie die Geister der Luft. Maria«, fragte er sanft, »ist alles in Ordnung?«

»Ja«, sagte sie – mehr, um ihn zu beruhigen, als dass sie sicher war. »Ich glaube ... sie sind weg. Oh, Rabbi, ich weiß nicht einmal, was sie gesagt haben.«

»Das weiß keiner von uns«, sagte Zadok streng. »Das ist auch besser so.«

Maria schlief fest; sie fühlte sich leer und schlaff wie ein alter Wasserschlauch aus Ziegenleder. Sie spürte, dass Joel wahrscheinlich nicht so gut schlief; anscheinend hielt er die ganze Nacht Wache für den Fall, dass sich in den Stunden der Finsternis irgendetwas ereignen sollte – in welcher Form auch immer. Als sie erwachte, ließen die zarten Farben der Morgendämmerung den Himmel vor ihrem kleinen Fenster im Osten sichtbar werden. Sie hörte das sanfte Plätschern des Wassers am Seeufer in der Nähe des Hauses, und es war, als flüstere es ihr tröstliche Worte zu.

Als Joel die Augen aufschlug, sagte sie: »Ich glaube … was Zadok getan hat, war wirksam. Ich fühle mich … frei von ihnen. Ich glaube nicht, dass sie noch da sind. Aber hilf mir, die abgebrochene Tonklaue zu suchen … Ich werde seinen Namen nicht aussprechen. Du weißt schon, wen ich meine.«

Joel machte ein bekümmertes Gesicht, aber Maria griff nach seiner Hand. »Bitte. Schieb deine Arbeit in der Fischhalle auf und hilf mir suchen! Ich wage nicht, sie – ihn – allein vor mir zu sehen. Wir werden sie zusammen vernichten.«

Rasch zog er sich an, und systematisch durchsuchten sie Marias Habe, all die Sachen, die sie aus ihrem Elternhaus mitgebracht hatte. Sie mussten angestrengt überlegen, was aus dem Fragment geworden sein konnte, seit Maria es zum letzten Mal zusammen mit Aschera in seinem Versteck gesehen hatte. »Ich habe beides ganz unten in einen Kasten gelegt … Es war ganz winzig, noch kleiner als Aschera …« So leicht zu verlegen, so schwierig zu finden!

Zusammen nahmen sie Schicht um Schicht aus dem Kasten, Tücher, Decken, Tuniken, und sie schüttelten alles sorgfältig aus. Aber alle diese Sachen waren erst vor kurzem gewaschen und mit duftenden Kräutern weggepackt worden. Irgendwie wusste Maria, dass die Klaue nicht bei etwas Duftendem liegen, sondern faulig stinken würde.

Ja … ein seltsamer Geruch. Wo hatte sie ihn wahrgenommen? Ein säuerlicher Geruch, der sie an Schimmel erinnert hatte, aber als sie nachgesehen hatte, war nichts zu entdecken gewesen. Dann war ein Verwesungsgestank daraus geworden, sodass sie vermutet hatte, irgendwo sei eine Maus verendet. Und dann war der Geruch verschwunden gewesen. Aber er war … er kam von …

von dem obersten Bord über der Tür. Sie holte sich einen Schemel, kletterte hinauf und spähte auf das Brett. Mehrere kleine Beutel lagen dort; sie enthielten Harz, mit dem man Löcher in Holz füllen konnte, Lederriemen in verschiedenen Längen und Akten. Und dort, zwischen Holzzapfen und Leimtöpfen, lag ein dunkelrotes, krummes Stück Ton. Es sah fast aus wie ein abgebrochener Henkel, aber es war keiner. Es endete in einer hässlichen Klaue mit dicken Krallen. Pasusus Klaue.

Sie fragte sich nicht, wie es den Weg dorthin gefunden hatte. Es genügte, dass sie es greifen und in der Hand halten konnte.

Sie stieg vom Schemel und starrte das Ding an. Wie klein und lächerlich es aussah! Es war schwer zu glauben, dass es irgendwelche Macht haben sollte.

»Frevel! Götzenbilder! Der ganze Frevel muss vernichtet werden!« Noch einmal hörte Maria die laute Stimme des erzürnten Rabbiners in Samaria, hörte das Krachen der Knüppel und Stäbe, die auf die Idole einschlugen, und sie spürte, wie das unreine Material auf sie herabregnete.

Vielleicht war es dieser Regen aus Götzenstaub, der mich bedeckt hat, dachte Maria, und nicht nur die Stücke, die ich aufgehoben habe. Plötzlich hatte sie das Gefühl, fast ihr ganzes Leben lang verunreinigt gewesen zu sein – seit jener Reise. Und jetzt hielt sie einen Rest dieser Verunreinigung hier in der Hand.

»Joel!«, rief sie. »Ich habe es gefunden! Komm schnell!«

Er kam herbeigelaufen und starrte das Stück Ton an. »Das also ist der Feind. Wir wollen es sofort vernichten. Und diesmal mit Wachsamkeit. Bei der Elfenbeinfigur wusste ich ja nicht, was ich tat, aber hier … Wir wollen so bedachtsam wie möglich handeln.«

»Sollen wir Zadok rufen?«, fragte Maria. Es erschien ihr klug, möglichst viel Hilfe gegen die unreinen Geister ins Feld zu führen. Aber Joel schüttelte den Kopf.

»Nein, wichtiger ist, dass es sofort geschieht. Unsere eigenen Gebete werden genügen. Wir bringen es aus dem Haus, zerschlagen es bei den Müllfeuern im Dorf und werfen es zusammen mit Unrat und Abfall hinein.«

»Oder sollen wir es zermahlen und ins Wasser werfen?« Schließlich hatte Mose das Goldene Kalb auch zermahlen, den

Staub ins Wasser geworfen und die Israeliten davon trinken lassen.

»Nein, wir wollen doch den See nicht vergiften«, antwortete Joel. »Wir würden ihn verunreinigen, wenn wir solchen Schmutz hineinwerfen.«

Eilig verließen sie das Haus und nahmen den Weg am Seeufer entlang, der um diese Stunde verlassen sein würde. Unterwegs konnte Maria zum ersten Mal seit langer Zeit wieder mit ungetrübtem Blick die Schönheit des Sees wahrnehmen. Alle Farben schienen heller zu sein, als habe das Licht irgendwie an Kraft gewonnen. Die Sonne funkelte auf Tausenden kleiner Wellen, und sie hörte – zum ersten Mal seit Jahren, wie es schien – die Vögel, die einander am Morgen eines neuen Tages begrüßten. Es waren die Geräusche der Frische, eines neuen Anfangs. Das Weiß der Wasservögel, die am Ufer wateten, war die reinste Farbe, die sie je gesehen hatte – auch sie frisch und ganz und gar sauber.

Bald kamen sie um eine Biegung, und dann sahen und rochen sie den Rauch der Müllkippe: das genaue Gegenteil der makellosen Schönheit des Sees. Hier wurde alles Schmutzige zusammengetragen und verbrannt.

Sie fanden einen großen, flachen Stein und legten den Arm darauf. Auf dem schwarzen Basalt schien er warm zu leuchten, und es sah aus, als sei die Klaue zur Faust geballt. Rasch betete Joel zu Gott um Erlösung: »So spricht der Herr, der König Israels und sein Erlöser: Ich bin der Erste, und ich bin der Letzte, und außer mir ist kein Gott. Er wird behüten die Füße seiner Heiligen, aber die Gottlosen müssen zunichte werden in Finsternis.«

Maria wiederholte seine Worte und fügte hinzu: »Ich verdamme den Tag, da ich dich angerührt habe. Ich sage mich los von deiner Existenz, und ich hasse alles, was mit dir zusammenhängt.« Dann nickte sie Joel zu. »Jetzt! Zerstöre es!«

Joel breitete ein Stück Tuch auf dem flachen Block aus und legte die Klaue darauf. Dann hob er einen schweren Stein auf und schlug zu – zerschmetterte den spröden Ton und zermalmte ihn zu Splittern und Körnern. Die zerrieb er zu Staub und faltete ihn in das Tuch mitsamt dem verunreinigten Stein, den er zum Hämmern benutzt hatte. Dann ging er mit schnellen Schritten zum Feuer.

Ein paar Leute waren schon da, die ihren Abfall hineinwarfen, und der Gestank brennender Fischeingeweide war unverkennbar. Joel hob das Tuchbündel über den Kopf und murmelte: »Ihr Wurm wird nicht sterben und ihr Feuer nicht verlöschen und werden allem Fleisch ein Gräuel sein.«

»Amen!«, sagte Maria, und das Bündel flog durch die Luft und landete in den Flammen. Ein kurzes, schmatzendes Geräusch, ein kurzes Auflodern, und es war verschwunden.

In ihrem Innern verspürte Maria ein leises Zittern, als ob etwas Gallertartiges sich verschiebe, aber sonst nichts. Nichts als Erleichterung.

XVI

Der kalte Winterwind fegte von den Höhen herab über den See, drang heulend nach Magdala und trieb mannshohe Wellen über die Promenade hinweg bis in die Straßen der Stadt. Niemand konnte sich an derart wilde Stürme erinnern; sie machten das Fischen sehr viel gefährlicher – ausgerechnet um die Zeit, da man traditionsgemäß auf Sardinenfang fuhr.

Marias und Joels Haus stand nicht weit vom Ufer entfernt und litt deshalb besonders unter der fliegenden Gischt und Feuchtigkeit, aber nachdem die grauenvollen Geister verschwunden waren, war auch das bedrohlich auf ihr lastende Gefühl vergangen, und Maria kümmerte es wenig, wenn ein wenig Wasser ins Haus sickerte.

In den ersten paar Wochen wagte sie kaum zu atmen, als könne sie mit jeder Handlung – und sei sie noch so geringfügig – die Dämonen unabsichtlich zurückrufen. Aber allmählich entspannte sie sich. Zuversichtlich umsorgte sie Elischeba, und das kleine Mädchen entzückte seine Mutter mit den ersten Gehversuchen. Elischeba sprach auch schon ein paar Worte, und für Maria waren es die wunderbarsten Laute, die sie je von einem Menschen gehört hatte. Sie war jetzt ein Jahr alt.

Es war ein Jahr her, dass Simon der Zelot mit seinen wüsten Bezichtigungen in Silvanus' Haus eingedrungen war; zwar hatte es seitdem ein paar heimtückische Anschläge der Aufständischen gegeben – zum Beispiel den Mord, den sie in Tiberias miterlebt hatten –, aber niemand hatte offen rebelliert. Der neue römische Statthalter Pontius Pilatus war eingetroffen und hatte schon seinen Antrittsbesuch in Jerusalem gemacht, wo man ihn mit mürrischen Gesichtern begrüßt hatte.

Die bevorstehende, verbotene Hochzeit des Herodes Antipas mit seiner ehemaligen Schwägerin hatte einen Aufschrei der Empörung hervorgerufen, aber der König ließ sich davon nicht beirren. Es hieß, die Leute strömten in hellen Scharen zu Johannes dem Täufer in die Wüste, wo er lautstark gegen diese Heirat wetterte und den Zorn Gottes auf Antipas herabbeschwor.

An einem besonders dunklen, trüben Tag machte Maria sich auf den Weg zur Fischhalle, wo die großen Sardinenfänge vom Vortag in Nathans berühmtes Garum verwandelt wurden – für Antipas' Tafel und für Gallien. Es herrschte hektischer Betrieb; auf dem Höhepunkt der Sardinensaison mitten im Winter kamen so viele Fische herein, dass die Leute eine Zeit lang Tag und Nacht durcharbeiten mussten, und trotzdem verdarb ein Teil der Fische, ehe sie konserviert werden konnten.

Nur wenige Leute waren unterwegs, und die, denen nichts anderes übrig blieb, hatten sich die Köpfe mit Tüchern vermummt und beeilten sich, rasch irgendwo Schutz zu finden. Aber in der Fischhalle loderten Fackeln, und Kolonnen von Arbeitern waren dabei, Salzfässer in die Tröge zu entleeren, Brennholz zu den Räuchertürmen auf dem Gelände zu tragen, Fische zu sortieren und Kräuter herbeizuschaffen und zu hacken. Tontröge standen in langen Reihen am anderen Ende der Halle, und Maria sah Joel bei einem stehen und die Arbeiter dirigieren. Sie ging zu ihm.

»Hier beginnt das Garum?«, fragte sie ihn.

Joel drehte sich um, erfreut wie immer, wenn sie kam. »In der Tat, ja. In dreißig Tagen wird das alles in die schönen Amphoren gegossen, die wir bestellt haben, und dann tritt es die Reise über das Meer an.«

Auf dem Boden des Troges lag eine Schicht Kräuter – Lorbeer, Koriander und Salbei –, dann folgte eine Schicht aus glänzenden Sardinen, bedeckt mit einer Lage Salz, so dick wie das erste

Fingerglied eines Mannes, dann wieder eine Schicht Kräuter und so weiter bis an den Rand des Troges. Im Sommer würde das ganze sieben Tage lang in der heißen Sonne stehen, aber im Winter musste es doppelt so lange in der Halle reifen – daher der stechende Geruch, den die bereits gefüllten Tröge verbreiteten. Nach vierzehn Tagen würde man die Mischung noch weitere zwanzig Tage lang mit einem Holzstock umrühren, bis sie ganz flüssig war. Diese Flüssigkeit wurde in die entsprechenden Amphoren gegossen und ausgeliefert. Es gab heidnisches Garum, das aus unreinen Fischen hergestellt wurde, und gehöriges jüdisches *garum castimoniale*, das nur aus den Fischen bestand, die das Gesetz Mose gestattete, und das natürlich teurer war.

In einer Ecke des Lagers standen die Kisten mit eingesalzenen Fischen, der Alltagskost der einfachen Leute, und Kisten mit Räucherfisch, einer kostspieligeren Delikatesse.

Maria sah sich um und dachte, wie erstaunlich es doch war, dass etwas so Einfaches wie Fisch die Grundlage einer Industrie sein konnte, die nicht nur der eigenen Familie, sondern der ganzen Stadt Magdala zu Wohlstand verhalf. All meine Sicherheit beruht darauf, dachte sie. Aber plötzlich kam ihr ein Gedanke, bei dem es ihr eiskalt über den Rücken lief. Was wäre, wenn es damit zu Ende ginge? Nur sehr selten hatte sie wirklich über die armen Leute nachgedacht und sich gefragt, wie sie überlebten.

»Maria!« Nathan eilte herbei. War es Einbildung, oder behandelte er sie wirklich fürsorglicher als früher? Wusste er vielleicht Bescheid?

»Kann ich helfen?«, fragte sie. »Ich bin hergekommen, weil ich wusste, dass ihr viel zu tun habt.«

»Nun ja, die Buchhaltung ...«, gestand ihr Vater.

»Lass sehen, du weißt, ich verstehe mich auf Zahlen.«

Maria setzte sich in den Raum in der Ecke der Halle, addierte flink die Rechnungsbeträge und trug sie in die Bücher ein. Sie besaß einen methodischen Verstand, der gern organisierte. Außerdem nutzte sie die Gelegenheit, sich die verschiedenen Konten anzuschauen und zu sehen, wo ihre Kunden angesiedelt waren. Manche Orte überraschten sie – wie Karthago und Korsika und Sinope, das weit weg am Schwarzen Meer lag. Sie war sehr stolz auf das Geschäft ihres Vaters – darauf, wie er es aufgebaut hatte, und auch darauf, dass sie gelegentlich darin arbeiten durfte. Hätte ihr Vater keine Söhne, hätte sie das Geschäft leicht irgendwann selbst führen können, aber sie missgönnte es Silvanus und Eli nicht.

Als sie ihre Arbeit beendet hatte und den Kopf auf die Hand stützte, kehrte das grausige Gefühl unvermittelt zurück – eine Übelkeit erregende Anwesenheit im Innern. Das Summen in ihrem Kopf, die Enge darin, das furchtbare Gefühl des Eindringens … Und dann sah sie, wie ihre Hand sich bewegte, nach der Rohrfeder griff und plötzlich obszöne und entsetzliche Worte auf die sauberen Kontobücher schrieb. Nein! Sie kämpfte mit der eigenen Hand, schlug sogar mit der anderen darauf ein, um sie zum Aufhören zu bringen, und dann schrieb sie die beschmutzten Passagen hastig ab und vernichtete das Original.

Sie stand auf, obwohl sie zitterte, und entfernte sich von den Büchern. *Sie* durften keine Gelegenheit bekommen, noch mehr zu zerstören, und würden sie auch nicht noch einmal heimlich quälen. Diesmal würde sie ihr Leiden nicht vor Joel geheim halten.

Warum jetzt? Warum sind sie gekommen? Ist hier etwas in dieser Fischhalle? Irgendein Kraut von einem verfluchten Ort, das irgendeinem bösen Gott heilig ist? Irgendwelche unreinen Tiere? Wachsam schaute sie sich in dem kleinen Zimmer um. Es wirkte ziemlich kahl. Nur ein Tisch und eine Truhe für die Kontobücher, die Rohrfedern und die Tinte; ein Schemel zum Sitzen. Sie hörte ein leises Geräusch und entdeckte einen winzigen Frosch, der in einer Ecke hockte und quakte. Offenbar hatte er sich verirrt und fürchtete sich, weil er nicht zum Wasser zurückfand. Seine Kehle blähte sich, wenn er seine kläglichen Laute von sich gab.

Frösche … eine der Plagen, die über Ägypten gekommen waren. Aber böse? Wie kann dieses Geschöpf böse sein? Er ist klein, verirrt, hilflos, dachte sie. Das kann nicht sein.

Sie bückte sich, nahm ihn in die flache Hand und hob ihn auf, um ihn anzuschauen. Seine Augen quollen aus dem Kopf, er quakte ein paarmal und sprang ihr von der Hand.

Dann aber schien sein Quaken aus ihrem eigenen Kopf zu kommen, und sie spürte seinen panischen Schrecken und seinen Drang zu fliehen.

Jetzt waren sie alle da und begrüßten die neue Erscheinung,

wer immer sie sein mochte – ob wirklich ein Frosch oder etwas Diabolisches in seiner Gestalt. Alle redeten gleichzeitig. Aschera und Pasusu sprachen den Neuankömmling als Heket, Göttin Ägyptens, an.

»Heket, teure Gottheit … Freundin des Osiris und Beschützerin der Geburt von Königen und Königinnen«, sagte die grollende Stimme Pasusus.

»Meine Schwester«, raunte Aschera sanft und liebkosend. »Du, die du den Körpern der Herrscher das Leben einhauchst und denen, die Chnum formt auf seiner Töpferscheibe. Du schöne Göttin des Wassers …«

Noch während diese Worte durch ihren Kopf hallten, verspürte Maria den Drang, zum Wasser zu gehen und dort einzutauchen, sich in die Wellen zu stürzen. Wie eine Schlafwandlerin verließ sie die Fischhalle und ging die paar Schritte zum Wasser hinunter. Stumpf und grau brandeten die Wellen gegen die Kaimauer, gischteten herauf und durchnässten sie, und jede umschlang ihre Füße in kalter Umarmung. Wie schrecklich, wie eisig das Wasser war! Und doch sollte sie sich hineinstürzen, sich dem See hingeben. Heket drängte sie dazu.

»Maria, was hast du vor?« Joels starke Hand packte sie beim Arm.

Als sie sich umdrehte und ihn anschaute, sah sie, dass er sofort begriffen hatte, was geschehen war. Die Dunkelheit war also wieder in ihren Augen.

»Du weißt schon«, murmelte sie. »Das sind … *sie*.«

»Dieselben?«, fragte er. Sie wusste nicht, ob er erschrocken oder resigniert klang.

»Und noch einer«, antwortete sie. »Vier jetzt.« Aber seine Anwesenheit hatte Hekets Befehl, sich in den See zu stürzen, zunichte gemacht.

»Ich weiß, was wir tun müssen«, sagte Joel. »Hab keine Angst! Ich habe Vorkehrungen getroffen für den Fall, dass so etwas passieren sollte. Du musst sofort nach Kapernaum zum Rabbi Hanina ben-Jair. Er ist der heiligste Mann in der ganzen Gegend; er versteht am meisten von diesen Mächten und vermag am meisten gegen sie. Du musst alles tun, was er dir sagt. Ich werde mitgehen und dich in seine Obhut geben.«

Sie war erleichtert. Joel hatte an so etwas gedacht; Joel hatte sich auf diese entsetzliche Möglichkeit vorbereitet. Und gewiss wusste dieser Rabbi Dinge, die Zadok nicht wusste. Zadok hatte keine Ausbildung für dergleichen.

»Aber Elischeba …«

»Du kannst nichts Besseres für sie tun, als dich unverzüglich auf den Weg nach Kapernaum zu machen. Ich werde mich darum kümmern, dass sie gut versorgt ist.«

Gemeinsam eilten sie davon, ohne auf die neugierigen Blicke der Arbeiter zu achten. Die Straßen waren immer noch so gut wie verlassen; das schlechte Wetter trieb jeden, der nicht dringend unterwegs sein musste, in die Häuser. Joel hielt Maria fest umschlungen, und sie spürte, wie ihre Angst und Verzweiflung nachließen.

Zu Hause raffte Maria hastig alles zusammen, was sie voraussichtlich brauchen würde. Ein paar Kleider. Ihr Schreibzeug. Etwas Geld. Sie sah nach Elischeba; die Kleine spielte mit tönernen Bauklötzen und nahm kaum Notiz von ihr. Maria strich ihr über das weiche Haar, aber sie sagte nicht auf Wiedersehen, denn sie wollte sie nicht ängstigen.

Bald darauf waren Maria und Joel auf dem Weg nach Kapernaum. Eilig liefen sie an der Fischhalle vorbei und dann an der qualmenden Müllgrube, die sie erst kürzlich mit so viel Hoffnung aufgesucht hatten. Lange bevor sie die Sieben Quellen erreicht hatten, waren ihre Mäntel durchgeschwitzt, aber sie verlangsamten ihren Schritt nicht.

Sie rechneten damit, dass sie an dem im Winter bevorzugten Fischplatz ein paar Fischer treffen würden, die sie kannten, und so waren sie vorbereitet, als Jonas Sohn Simon aus seinem Boot heraufschaute.

»Joel! Maria!«, rief er und winkte. Mit seiner lauten Stimme würde er jeden Fisch verjagen, aber wie es aussah, hatte er vor, den ganzen Tag draußen zu bleiben.

»Guten Morgen, Simon«, rief Joel. »Gibt es einen guten Fang?« Er blieb stehen und plauderte, als wäre dies ein Tag wie jeder andere – als säße ihnen nicht der Zorn der Dämonen im Nacken.

»Ja, es geht sehr gut. Im Winter sind hier immer große Schwärme. Man kann sie praktisch mit bloßen Händen aus dem Wasser holen.« Sein Bruder Andreas, der bei ihm im Boot saß, winkte.

Maria entsann sich, dass Simon und seine Familie aus Kapernaum stammten. Es würde nicht lange dauern, bis sie ihre schändliche Geschichte erfuhren. Aber das kümmerte sie jetzt nicht. Sie wollte nur noch geheilt werden. Die Scham hatte sie längst hinter sich gelassen – überhaupt alles außer dem Wunsch nach Erlösung.

»Guten Morgen, Joel!«, rief jemand anderes vom Ufer her. Maria erkannte Jakobus und Johannes, die Söhne des Zebedäus, die einen Berg Fische sortierten.

»Ein großartiger Fang in der Bucht heute!«, rief der eine. »Ihr könnt bald mit einer großen Lieferung von uns rechnen.«

Joel nickte und gab eine kurze Antwort, aber dann gingen sie weiter.

Es wurde still, als sie die Fischer hinter sich ließen und Kapernaum entgegeneilten. Kapernaum war die größte Stadt am oberen Ende des Sees, wo ein kompliziertes System von Kais und Wellenbrechern angelegt war. Zudem verlief hier die Grenze zwischen dem Herrschaftsbereich des Herodes Antipas und dem seines Bruders Herodes Philippus, und deshalb gab es hier auch eine Zollstation.

Aber das Wichtigste für sie war, dass es in Kapernaum eine sehr große Synagoge gab, die über den See hinausblickte und der ein angesehener Rabbiner vorstand.

Das trübe Wetter und die Jahreszeit sorgten dafür, dass es fast schon wieder dämmerte, als Joel und Maria bei der Synagoge ankamen.

Das imposante Gebäude stand nicht sehr weit vom Seeufer entfernt. Die großen Türen waren bereits für die Nacht geschlossen. Alle Gebetsandachten fanden bei Tageslicht statt, und jetzt wurde es zusehends Abend. Sie klopften, aber es tat sich nichts, und so erkundigten sie sich nach dem Weg zum Haus des Rabbi Hanina. Sie fanden es in der Nähe der Synagoge.

Als sie klopften, verspürte Maria drangvolle Sorge. Was, wenn der Rabbiner sie nicht empfangen wollte?

Das Klopfen klang hohl. Drinnen brannte kein Licht. War das Haus leer?

»Leer, leer, leer, es gibt keine Hilfe hier!«, höhnten die Stimmen in ihrem Kopf.

Schweigt still!, befahl sie.

Endlich knarrte die Tür, und eine Magd spähte zu ihnen heraus.

»Wohnt hier der Rabbi Hanina ben-Jair?«, fragte Joel.

»Ja.« Die Tür öffnete sich aber nicht weiter, und die Magd schien auch nicht geneigt, ihnen Gastfreundschaft zu bieten.

»Ich bin Joel bar-Ezechiel aus Magdala«, sagte Joel. »Ich habe viel von der Gelehrsamkeit und Frömmigkeit des Rabbi Hanina gehört. Ich muss aus persönlichen Gründen mit ihm sprechen.«

Die Dienerin starrte ihn nur an und wollte sie nicht einlassen.

»Um der Liebe Jahwes willen, wir müssen deinen Herrn sehen!«, flehte Joel schließlich.

Erst jetzt öffnete die Magd die Tür widerstrebend ganz.

Das Innere des Hauses machte einen angenehmen Eindruck. Das erste Zimmer war von warmem Licht erfüllt, und dahinter schien ein weiterer großer Raum zu liegen.

Bald darauf erschien Rabbi Hanina mit wehenden Gewändern; er war sichtlich verärgert über die Störung. Aber Maria war in solcher Panik, dass es sie nicht kümmerte, was der Rabbi empfand oder dachte, solange er ihr nur half. Das war schließlich sein Auftrag, oder? Den Leidenden Israels zu helfen.

»Ja?« Der Rabbi starrte Joel und Maria stirnrunzelnd an, ohne ihnen ein Wort des Grußes zu gönnen.

»Ich bitte um Entschuldigung dafür, dass wir so spät und unangemeldet kommen«, sagte Joel. »Aber die Angelegenheit ist äußerst dringlich. Wir haben den weiten Weg aus Magdala gemacht, weil dein Ruf als gelehrter und frommer Mann in ganz Galiläa verbreitet ist.«

Noch immer lächelte der Rabbi nicht. »Aber wer *seid* ihr?«, fragte er schließlich.

»Ich bin Joel bar-Ezechiel, und das ist meine Frau Maria. Ich gehöre zur Familie Nathans in Magdala, die dort ein großes Fischverarbeitungsgeschäft betreibt. Für gewöhnlich gehen wir zu unserem eigenen Rabbiner, Zadok, und seinen Gehilfen, aber jetzt – wie gesagt, die Angelegenheit ist von äußerster Dringlichkeit, und Zadok kann nicht helfen.«

Der Rabbi machte ein verständnisloses Gesicht. »Was gibt es denn so Dringliches?« Er schaute Joel und Maria an.

»Ich habe … Ich bin besessen!« Maria wollte auf der Stelle wissen, ob der Rabbi ihr würde helfen können. »Jahrelang habe ich allein gegen diese unreinen Geister gekämpft, aber vor einigen Monaten habe ich meinem Mann davon erzählt, und zusammen haben wir unseren Rabbi Zadok gebeten, mir zu helfen. Sie auszutreiben. Er hat es versucht. Er hat gebetet und den unreinen Geistern befohlen, auszufahren. Sie haben zunächst gehorcht. Aber jetzt sind sie wieder da. Und deshalb … kommen wir zu dir.«

Der Rabbi wirkte weder überrascht noch beunruhigt. »So etwas kann schwierig sein«, sagte er nur. »Ich werde dich befragen müssen, um genau zu verstehen, was geschehen ist. Aber es ist nicht hoffnungslos.«

In ihrer Erleichterung darüber, dass er sie nicht abwies, hörte Maria nicht, dass er nur sagte: »Es ist nicht hoffnungslos«, statt zu antworten: »Jawohl, ich weiß, dass ich sie austreiben kann.«

In seinem mit Schriftrollen und heiligen Büchern gefüllten Arbeitszimmer erstattete Maria dem Rabbiner mit dem langen Gesicht und dem dunklen Bart ausführlich Bericht. Wenn ihre Geschichte ihn mit Schrecken oder Abscheu erfüllte, so ließ er sich das nicht anmerken. Er kommentierte ihre »Sünde« nicht, die sie begangen hatte, als sie das Idol aufgehoben hatte, und er machte sich umfangreiche Notizen. Maria fühlte sich sicher und getröstet; dieser Mann war gelehrt und weise, und er würde wissen, was zu tun war. Er würde sie befreien.

Aber nachdem er ihr eingehend zugehört hatte, ließ Rabbi Hanina seine Rohrfeder sinken und schüttelte den Kopf. »Das ist ein sehr schlimmer Fall«, sagte er. »Sehr schlimm.« Er schwieg kurz. »Nicht, dass es unmöglich wäre, aber … Natürlich, Jahwe und seine Macht ist stärker als alle Mächte der Finsternis, denn sie sind ihm nicht gewachsen. Aber …«

»Ich werde alles tun!«, versprach Maria. »Du musst mir nur sagen, was ich tun soll.«

Er seufzte. »Zuerst müssen wir alle Spuren der Sünde aus deinem Leben tilgen«, sagte er. »Mir ist klar, dass du vielleicht gar nichts von irgendwelchen Sünden weißt, aber sie sind da. Niemand kann das Gesetz vollkommen einhalten. Erinnere dich, als Hiob gestraft wurde – da sagte Bildad von Suah: ›Meinst du, dass Gott unrecht richte oder der Allmächtige das Recht verkehre? Haben deine Söhne vor ihm gesündigt, so hat er sie verstoßen um ihrer Missetat willen.‹ Also musst du dich zuerst läutern. Erst dann können wir den Geistern entgegentreten. Das menschliche Gefäß muss makellos sein. Also … ich schlage vor, dass du unverzüglich ein Enthaltungsgelübde ablegst. Es gibt eine kleine Kammer bei der Synagoge, wo du wohnen kannst, bis die Zeit des Gelübdes abgelaufen ist. Ich würde empfehlen, dass es dreißig Tage sein sollen. Und wenn du dann vollkommen geläutert bist, werde ich versuchen, die Dämonen auszutreiben.«

»Gut«, sagte Maria. Sie hatte noch niemanden kennen gelernt, der ein solches Gelübde abgelegt hatte, aber viele Menschen taten es.

»Es ist sehr alt«, sagte Rabbi Hanina, »und die Bedingungen sind im Buch Numeri festgelegt.« Er nahm eine der Schriftrollen herunter – anscheinend wusste er genau, welche es war, und brauchte nicht erst nach der Beschriftung zu schauen –, entrollte sie und fand zielstrebig die Stelle. »Gott befahl Mose: ›Sage den Kindern Israel und sprich zu ihnen: Wenn ein Mann oder Weib ein besonderes Gelübde tut, dem Herrn sich zu enthalten, der soll sich Weins und starken Getränks enthalten; Weinessig oder Essig von starkem Getränk soll er auch nicht trinken, auch nichts, das aus Weinbeeren gemacht wird; er soll weder frische noch dürre Weinbeeren essen. Solange solch ein Gelübde währt, soll er nichts essen, das man vom Weinstock macht, vom Weinkern bis zu den Hülsen.‹«

Der Rabbi musterte Maria, um zu sehen, wie sie darauf reagierte. Um die Wahrheit zu sagen, sie war enttäuscht. Keine Rosinen essen – wie sollte das gegen die Besessenheit helfen?

»›Solange die Zeit seines Gelübdes währt, soll kein Schermesser über sein Haupt fahren, bis dass die Zeit aus sei, die er dem Herrn gelobt hat; denn er ist heilig und soll das Haar auf seinem Haupt lassen frei wachsen. Die ganze Zeit über, die er dem Herrn gelobt hat, soll er zu keinem Toten gehen. Er soll sich auch nicht verunreinigen an dem Tod seines Vaters, seiner Mutter, seines Bruders oder seiner Schwester; denn das Gelübde seines Gottes ist auf seinem Haupt.‹«

Ich schere mir sowieso nicht das Haupt, dachte Maria. Mein Haar ist lang. Wie soll das helfen? Tief in ihr erhob sich Verzweiflung. Und es war eine schwarze Verzweiflung, denn wer würde ihr nach Rabbi Hanina noch helfen können?

Eintönig redete er weiter: Wie man sich von neuem läuterte, wenn man sich unabsichtlich an einem Toten verunreinigt hatte, und wie man Turteltauben als Sündenopfer darbrachte und wie am Ende der Frist das einjährige Lamm geopfert werden musste – und so weiter. Maria schrak auf, als er sagte: »›Und der Geweihte soll das Haupt seines Gelübdes scheren vor der Tür der Hütte des Stifts und soll das Haupthaar seines Gelübdes nehmen und aufs Feuer werfen, das unter dem Dankopfer ist.‹«

Ihr Haar abschneiden! Dann wäre sie kahl! Entehrt! Aber … wenn das der Preis war, dann sollte es geschehen.

»Meine Tochter, bist du bereit, das zu tun?«, fragte Rabbi Hanina. »Wenn ja, dann werde ich, sobald alle Opfer dargebracht und angenommen sind, mit dem Austreiben der Dämonen beginnen.«

Ihr Haar … und dreißig Tage in einer kahlen Kammer bei der Synagoge … »Ja, ich bin bereit.«

»Du darfst die Nacht hier in einem freien Zimmer verbringen; morgen früh bringe ich dich in die Obhut der Synagoge, und du kannst dein Gelübde ablegen. Solange du da bist, musst du dem Gesetz in jeder Hinsicht Folge leisten und darfst nicht um ein Haar davon abweichen. Dreißig Tage lang musst du vollkommen sein.«

»Ja. Das habe ich verstanden.«

Rabbi Hanina nickte. »Ich lasse das Zimmer bereitmachen, und du magst unter vier Augen mit deinem Mann sprechen.« Er stand auf und ließ die beiden allein.

Joel drehte sich um, und zum ersten Mal, seit der Rabbi zu sprechen angefangen hatte, schaute Maria ihm in die Augen. Was sie sofort sah, war seine Angst.

»Oh, Joel, es wird alles gut werden. Ich weiß es.« Es schien ihr sehr wichtig zu sein, ihm das zu versichern – auch wenn sie selbst gar nicht so sicher war. »Und es dauert ja nicht lange – ein Monat ist nicht viel. Aber ich werde dich und Elischeba vermissen, und ich habe ihr nicht einmal auf Wiedersehen gesagt. Und ... was wirst du den Leuten erzählen?«

»Die Wahrheit«, sagte er. »Die Wahrheit.«

»Dass ich ein Gelübde abgelegt habe, oder dass ich besessen bin?«

»Nur dass du das Gelübde abgelegt hast. Das ist keine Schande; viele Leute tun so etwas. Die Besessenheit – ich sehe keinen Sinn darin, es bekannt zu machen.«

»Vermutlich wird es aber wenig zu mir passen, dass ich nach Kapernaum gehe und ein Enthaltungsgelübde ablege«, meinte Maria.

»Ja, aber wir können sagen, dass es etwas mit unserem Kinderwunsch zu tun hat. Es wäre nahe liegend, dass du noch ein Kind bekommen möchtest und deshalb dieses Gelübde ablegst.«

Alle wussten von ihrer Kinderlosigkeit und von dem Wunder der Geburt Elischebas. Ja, das war einleuchtend; so würde niemand Fragen stellen, was ihr sehr wichtig erschien.

»Bete für den Erfolg, Joel!« Sie nahm seine Hände. »Bete für meine Erlösung.«

Er drückte sie so fest an sich, dass sie seinen Herzschlag spürte. »Von ganzem Herzen«, sagte er. Er nahm ihr Gesicht in beide Hände und schaute ihr in die Augen. »Wir werden sie besiegen, Maria. Fürchte dich nicht.«

Kurz darauf verabschiedete er sich und verließ das Haus, um durch das Unwetter heimzugehen. Von diesem Augenblick an war sie allein.

Der Rabbi und seine Frau waren sehr gut zu ihr. Anscheinend war die Frau daran gewöhnt, dass Leute in spirituellen Krisen zu ihm kamen, und pflichtbewusst machte sie das Bett zurecht und stellte den Krug mit Wasser zum Trinken und Waschen hin, wie sie es schon viele Male getan hatte. »Schlaf gut«, sagte sie nur, aber ihr Lächeln war aufrichtig.

Maria lag in ihrem kleinen Bett und fragte sich, ob sie überhaupt würde schlafen können. *Sie* waren noch in ihr, und sie konnte sie spüren. Aber sie waren merkwürdig gedämpft, als seien sie darüber verdutzt, dass sie sich so prompt und entschieden entschlossen hatte, gegen sie zu kämpfen.

XVII

Kurz vor der Morgendämmerung – der Himmel war noch grau, aber die Tintenschwärze der Nacht war vergangen – verließen Maria und der Rabbi das Haus und gingen zur Synagoge. Nebelschwaden wehten noch durch die Straßen, und die Synagoge, die aus schwarzem Basalt gebaut war, konnte man kaum erkennen. Sie waren fast da, ehe Maria die Mauern und den Vorhof sah.

»Hier ist die kleine Unterkunft für die Leute, die das Gelübde ablegen«, sagte der Rabbi und führte sie zu einem Anbau an der Außenseite des Hauptgebäudes. Es war eine karge kleine Hütte, schlicht und kahl, ohne die Verzierungen und Steinmetzarbeiten, die die Synagogenmauern schmückten. Aber wer hierher kam, tat es in ernster Mission. Drinnen gab es nichts als eine Schilfmatte, einen kleinen Tisch, eine Öllampe und einen Wasserkrug.

»Dreimal täglich wird man dir Essen bringen«, sagte Rabbi Hanina. »Aber es wird Fastenkost sein – Gerstenbrot, Wasser und am Sabbat ein wenig Käse und Dörrobst. Und man wird dir die heiligen Bücher Mosis bringen, damit du darin lesen kannst. Kannst du lesen?«

»Ja.« Sie wusste nicht, ob es in seinen Augen eine gute oder eine schlechte Antwort war.

»Gut.« Er nickte. »So kannst du dich in das Gesetz vertiefen. Und am Sabbat darfst du dem Gottesdienst lauschen. Aber auf keinen Fall darfst du in die Gemeinde kommen. Nein, du musst dich die ganzen dreißig Tage lang absondern. Und wenn das nicht hilft … dann musst du in die Wüste gehen. Allein.«

Das also erwartete sie, wenn sie hier scheiterte. Aber das würde nicht geschehen, das durfte nicht geschehen.

Sie schaute sich in der Hütte um. Sie hasste die unreinen Geister, die sie hierher gebracht hatten. Gerade genug zu essen bekommen, um nicht zu verhungern, und sich tagaus, tagein bemühen, noch in der geringsten Kleinigkeit das Gesetz Mose einzuhalten …! Aber sie hatte keine Wahl. Sie musste die Dämonen loswerden.

Der erste Tag war der längste ihres Lebens. In der Hütte gab es nichts zu tun, als sich damit zu quälen, sich all ihrer Sünden zu erinnern. Als der Abend kam, knurrte ihr Magen und schrie nach Speise. Das Gesetz Mose war ein Dickicht von Dingen, die wenig mit ihr zu tun hatten. Leviticus zählte all das auf, was einer tun musste, der Schimmel in seinem Haus entdeckte. Es regelte das Verfahren zur Heilung einer Hautkrankheit und erklärte, der Priester müsse zwei lebende, reine Vögel nehmen, außerdem Zedernholz, scharlachrotes Garn und Ysop, und dann müsse er Holz, Garn und Ysop in das Blut der Vögel tauchen … und so weiter. Sie sah keinen Zusammenhang mit ihrer gegenwärtigen Situation, aber zum ersten Mal erkannte sie, wie versessen Gott auf Kleinigkeiten war.

Am Abend des ersten Tages legte sie sich auf ihre Matte und wünschte sich nur noch einzuschlafen, damit der Tag zu Ende wäre. »Da ward aus Abend und Morgen der erste Tag.« Und um ihre Qual zu vollenden, blieben die Stimmen stumm, sodass es schien, als sei es ein Fehler gewesen herzukommen.

Die Matte war hart. Sie war aus fest geflochtenem Schilf. Die dünne Decke, die man ihr gegeben hatte, genügte nicht, um die Kälte fern zu halten. Fröstelnd lag sie da und fragte sich, wie sie je schlafen sollte. In ihrem Kopf drehte sich alles. Sie war so hungrig, dass sie die Vorhänge in der Synagoge hätte aufessen können.

O Herr und Gott, König des Universums, betete sie, ich bin deine Magd, und ich möchte dir dienen. Wäre ich nur früher auf den Pfad zu deiner Erkenntnis geführt worden.

Ihr Magen krampfte sich hungrig zusammen. Ihr war, als müsse sie sich erbrechen, obwohl sie nichts zu erbrechen hatte. Warum war dies der Weg zu Gott? Damit man seine Demut bewies? Seine Abhängigkeit zeigte? Die Dinge der Erde – Essen, Trinken, Schlafen – verachtete Gott sie? Oder verlangte er nur, dass seine Diener sich nicht daran ketteten?

Sie fuhr sich mit den Händen durch ihr dichtes Haar. Das alles würde geschoren und geopfert werden.

Aber den einen Gedanken konnte sie nicht im Zaum halten: War dies wirklich das, was Gott verlangte?

Die dreißig Tage vergingen so langsam, wie eine alte Schildkröte an ihren Ruheplatz kroch. Maria las die fünf Bücher Mosis, sie fastete mit Brot und Wasser, und sie betete stundenlang. Manchmal, am Sabbat, hörte sie die Gottesdienste in der Synagoge, wenn die Leute von Kapernaum und sogar ein paar Römer und andere Nichtjuden, die man »Gottesfürchtige« nannte, sich dort versammelten. Diese Fremden fühlten sich zu der moralischen Botschaft des Judentums hingezogen, wollten aber nicht vollständig konvertieren, weil dies bedeutet hätte, sich beschneiden zu lassen und sämtliche Speisegebote einzuhalten. Deshalb wollten sie im Hintergrund bleiben, kamen aber trotzdem. Sie verlangten nach dem Geist, nach der Botschaft des Judentums, aber nicht nach seinen lästigen Vorschriften. Sollte man sie deshalb abweisen? Das war schwer zu sagen. Konnte man das Judentum nicht weiterentwickeln, indem man überkommene Rituale und Gesetze abschaffte, beispielsweise das, welches den Umgang mit Schimmel betraf, sodass der Reichtum seiner moralischen Lehren umso mehr Menschen erreichen konnte?

Endlich war der Tag da. Marias Läuterung war vollendet, das Ritual fehlerlos vollzogen. Man ließ sie aus ihrer Unterkunft und führte sie in die eigentliche Synagoge, die sie nun das erste Mal zu sehen bekam. Das Innere war reich verziert mit Schnitzwerken – eines zeigte die Bundeslade –, mit blank polierten Messinggefäßen und einem Sandelholzgitter vor den heiligen Schriftrollen. Überall war Ordnung, überall Ruhe; hier herrschte das gemessene, erkennbare Gesetz, wie es Mose auf dem Berg Sinai übergeben worden war.

Vor dem Heiligtum mit den Schriftrollen erwartete Rabbi Hanina Maria. Er trug reich bestickte Gewänder und darüber seinen Gebetsschal. Sie sah, dass er seine Tefillin umgebunden hatte und eine Schriftrolle in der Hand hielt.

Neben ihm stand starr und stumm ein jüngerer Mann, der ein Tablett mit mehreren Gegenständen trug.

»Tochter Israels, du hast die Zeit der Hingabe vollendet«, sagte

Rabbi Hanina. »Dreißig Tage lang hast du dich enthalten, wie das Gesetz Mose es befiehlt, und jetzt stehst du bereit für die Segnungen, die du verdienst.« Er nickte dem Mann zu, worauf dieser sein Tablett abstellte und nach einem Rasiermesser griff.

»Jetzt wirst du, wie das Gesetz befiehlt, dein Haar opfern, und es soll Gott geopfert werden.«

Sie senkte den Kopf und wartete.

Der Mann ergriff eine Hand voll Haare und fuhr mit seinem Messer hindurch. Maria sah, wie sie auf den Boden fielen, glänzend und gesund. Zum ersten Mal sah sie ihr Haar, wie andere es gesehen hatten. Bald lag ein ganzer Haufen zu ihren Füßen.

Dann berührte das Rasiermesser ihren Kopf, und sie fühlte die kühle Klinge an ihrer Haut und gleich danach die seltsame Kälte eines kahlen Schädels.

»Jetzt heb es auf und opfere es.« Sie hob es auf und reichte es ihm. Er wandte sich ab und trug es an die Seite des Heiligtums, wo ein Kohlenbecken brannte. Aber er warf es nicht hinein.

»Die Absicht genügt«, sagte er. »Den Rest der Zeremonie werde ich vollenden, wenn sonst niemand zugegen ist, denn der Gestank brennender Haare ist höchst abscheulich. Und jetzt ...« Er kam auf sie zu. »Bist du bereit?«

»Mit ganzem Herzen«, sagte sie.

Er winkte seinem Gehilfen. »Das Öl«, sagte er.

Eine kleine Flasche Öl wurde ihm gereicht, und er zog den Stöpsel heraus. »Dies ist heiliges Öl wie jenes, das im Tempel verwendet wird. Es kommt aus einem heiligen Olivenhain, der seit Jahrhunderten in der Nähe von Jerusalem liegt. Die Legende sagt, Salomo selbst habe den Garten angelegt. Nun den Weihrauch.« Ein tönernes Rauchfass wurde vom Tablett genommen und neben ihm auf den Boden gestellt.

»Weihrauch, wie er ebenfalls im Tempel und auch für andere Rituale benutzt wird«, erklärte der Rabbi. Er hielt ein glühendes Holzstück daran, um es anzuzünden. »Versetzt mit Salz, um ihn zu reinigen.« Er streute eine Prise darauf. »Es ist uns verboten, den Weihrauch nach dem gleichen Rezept wie im Tempel zu machen, und wir dürfen auch nicht die gleichen Zutaten in das Öl geben, wie man sie zum Salben der Priester benutzt. Aber heilig ist auch dieses.«

Rauchwölkchen kräuselten sich aus dem Weihrauchfass, und in ihrem hungrigen Zustand wurde Maria schwindlig davon.

Rabbi Hanina strich ihr feierlich Öl auf die Stirn und auf den Kopf.

»Tochter, hast du ein Kopftuch mitgebracht?«, fragte er mit freundlicher Stimme; er war besorgt, dass sie sich später in der Öffentlichkeit wegen ihres kahlen Kopfes schämen könnte.

Maria nickte; es war unter den Sachen, die sie zu Hause noch hastig zusammengerafft hatte.

Der Rabbi sprach lange Gebete in Hebräisch zu. Er wiegte sich auf den Fersen vor und zurück, Schweißperlen erschienen auf seiner Stirn. Es sah aus, als ringe er selbst mit den dunklen Mächten.

Aber Maria spürte nichts. Sie hatte nicht das Gefühl, dass die Gebete irgendeine Wirkung auf die Geister hatten. Vielleicht verstehen sie kein Hebräisch, dachte sie. Aber konnten Geister nicht alle Sprachen verstehen? Nur Menschen unterlagen solchen Beschränkungen, aber nicht Geister.

»Bitte«, sagte sie schließlich, »könntest du nicht Aramäisch sprechen, die Sprache des Volkes?«

Er sah sie verblüfft an.

»Das ist die Sprache, in der sie auch mit mir reden«, erklärte sie. Vielleicht war es ihnen lieber.

»Also gut.« Er schwieg und dachte nach, denn er musste die rituellen Worte im Kopf übersetzen. »Hebt euch fort von dieser Tochter Israels, die ihr mit eurer Anwesenheit grausam gequält habt! Hebt euch fort in den Abgrund, aus dem ihr gekommen seid, und behelligt eure Magd Maria aus Magdala nicht länger! Ich sage euch, eure Macht hat keinen Bestand gegen das Geheiß Gottes, in dessen Namen ich euch befehle, euch fortzuheben für alle Zeit.«

Ich sollte jetzt etwas fühlen, dachte sie, wie beim ersten Mal, so kurz der Moment auch gewesen war. Irgendein Gefühl der Erleichterung, der Erlösung. Aber nichts geschah. Die Geister waren in der ganzen Zeit ihrer Abgeschiedenheit ungewöhnlich still gewesen und blieben es auch. Gab es irgendeinen Ort, an dem sie sich verbergen konnten, irgendwo tief in ihrem Innern, wo Worte und Rituale sie nicht erreichten? Der Gedanke ließ ihr das Blut gefrieren.

»Fahret aus!«, rief der Rabbi mit lauter, schwellender Stimme. »Fahret aus!« Er hob die Hände, als berufe er sich auf alle Macht Gottes.

Maria senkte den Kopf und wartete auf irgendein Zeichen, irgendeine Veränderung, aber nichts geschah.

Der Rabbi schien erfreut. Er hatte sein Ritual vollzogen, war auf keinerlei Widerstand gestoßen und nahm an, er sei erfolgreich gewesen. Mit lächelndem Gesicht streckte er ihr die Hand entgegen.

»Meine Tochter, du bist frei«, verkündete er. »Danke dem Herrn!«

Spätnachmittag. Maria stand am Hauptkai von Kapernaum, umklammerte die kleine Tasche mit ihren Habseligkeiten und hielt das Kopftuch fest, das sie angelegt hatte. Ein kahl geschorener Kopf war ein so schrecklicher Anblick, dass die Leute ihr aus dem Weg gehen würden.

Ein wütendes Unwetter tobte an der Küste. Während des Wintermonats, den Maria in Abgeschiedenheit verbracht hatte, war das Wetter nicht besser geworden. Sie sah, wie der Wind die Wellen vor sich hertrieb und an das Westufer branden ließ, wo Magdala und Tiberias lagen. Kapernaum am Nordende des Sees hatte unter den Stürmen weniger zu leiden, aber gefährlich war es auch hier. Eine Anzahl Fischerboote hatte hinter den Wellenbrechern Schutz gesucht, und auf dem Kai waren viele Leute versammelt.

Ich werde heute Nachmittag zu Hause sein, dachte sie. Ich werde einfach nach Hause gehen. Mit dem wenigen Geld, das sie hatte, kaufte sie sich ein halbes Brot, und dann gab sie noch etwas für ein paar Feigen aus, die ein Händler feilbot. Wie gut doch frische Speisen waren!

Sie war so lange von der Welt getrennt gewesen – so kam es ihr jedenfalls vor –, dass sie wie benommen umherirrte. Ohne besonderen Grund, vielleicht um sich wieder daran zu gewöhnen, wanderte sie hinunter zu der Menschenmenge auf dem Kai. Aber bald erkannte sie, dass dies keine gewöhnliche Menschenansammlung war. Die Leute waren aus irgendeinem Grund sehr beunruhigt.

»Sie sind verschollen! Sie sind verschollen!«, rief eine Frau zu einem Fischerboot hinüber, das soeben anlegte, beinahe randvoll mit Wasser. »Habt ihr Joseph gesehen? Habt ihr meinen Sohn gesehen?«

Die Fischer blickten zu ihr hoch. Sie sahen mitgenommen und völlig durchnässt aus. »Nein«, rief einer, »als wir den See überquerten und zu den Fischgründen von Gergesa wollten, sind wir in eine schreckliche Dünung geraten. Wir können von Glück sagen, dass wir davongekommen sind. Und das Unwetter nimmt zu.«

»Gergesa!«, heulte die Frau. »Dorthin wollte er auch! Oh, habt ihr ihn denn nicht gesehen? Habt ihr keine anderen Boote gesehen?«

»Nur das gemietete von Nathan aus Magdala«, antwortete einer. »Und das ist größer und kann stärkeren Seegang aushalten.«

»Es war dort! Er wollte dort hin!«

Maria spähte über das Wasser in die Gegend von Gergesa am Ostufer des Sees, wo hohe Klippen aufragten. In der Nähe der nichtjüdischen Gebiete mit den griechischen Städten. Wo man Schweine züchtete. Der Schweinemann und sein Losungswort … Unreinheit und Revolution …

Und plötzlich war die Landschaft des Ostufers verschwunden, und sie sah ein kleines Boot auf dem Weg nach Gergesa, das von den Wogen überflutet wurde. Sie sah – als sei sie dort hingeflogen und nur noch eine Armlänge entfernt – die Gesichter der Männer in dem Boot, die sich voller Angst in die Riemen legten. Und dann entfaltete sich vor ihr die Szene, in der das Boot umschlug, die Männer mit den Armen ruderten, sich an das Boot klammerten und schließlich in den Wellen versanken.

»Dein Sohn ist untergegangen.« Es war eine tiefe, gutturale Stimme, die diese Worte sprach. »Dein Sohn ist verloren.«

Maria hörte die Worte, aber sie war erschrocken. Alle hatten sich zu ihr umgedreht. Alle starrten sie an.

Sie spürte, wie ihr Mund sich öffnete, sich bewegte, wie ihre Zunge sich regte, wie die Worte hervorkamen. »Dein Sohn liegt auf dem Grund des Sees. Er wird nicht zurückkehren. Und auch seine Gefährten nicht.«

Die Mutter schrie auf, und die Leute stürmten auf Maria zu.

»Das Unwetter wird drei Tage dauern«, fuhr die Stimme fort. »Drei Tage wird der Sturm anhalten. Noch zwei Boote werden verloren gehen. Das Boot des Josua – der noch nicht ausgelaufen ist – und das Boot der Phineas, der sich auf die Suche nach dem ersten verschollenen Boot machen wird.«

Die Menge fiel über sie her, und sie kroch unter Schlägen und Beschimpfungen davon.

»Eine Hexe! Eine Hexe!«

»Sie hat den Sturm heraufbeschworen! Sie hat den bösen Blick!«

»Tötet sie! Tötet sie!«

Sie stießen sie zu Boden, balgten sich um sie, zerrten an ihr.

Ein starker Arm zog sie hoch, und Maria sah ein Gesicht vor sich, das sie irgendwoher kannte.

»Ich kenne diese Frau! Sie ist keine Hexe!« Der große Mann stellte sich zwischen sie und die Meute.

»Simon?« War das Simon, der Fischer? Den sie getroffen hatten, als sie so eilig hierher gelaufen waren? Sie erinnerte sich, wie qualvoll die Unterhaltung mit ihm gewesen war. Ja, er wohnte hier in Kapernaum.

»Zur Synagoge«, sagte Simon und zog sie hinter sich her. »Zur Synagoge.«

Als sie dort angekommen waren, führte er sie gleich hinein; mit seiner Größe und Autorität hielt er die Leute in Schach. Drinnen kauerte sie sich kläglich in eine Ecke und wartete auf den Rabbi. Ihr Kopftuch war heruntergerutscht, und Simon starrte ihren kahlen Schädel an.

»Ja, ich bin eine Weile hier gewesen. Ich habe ein Enthaltsamkeitsgelübde abgelegt«, murmelte sie. Es hatte offenbar nichts geholfen, denn es war Pasusu gewesen, der aus ihrem Mund gesprochen hatte. Pasusu, der Windgott-Dämon, der Stürme erweckte.

»Ich … ich …« Wie konnte sie es Simon nur erklären? Sie wollte es nicht. Was hätte es für einen Sinn? Aber vielleicht konnte er Joel eine Nachricht bringen. »Ich bin von bösen Geistern besessen«, sagte sie. Ihre eigene Stimme war wieder da. »Ich bin in der Hoffnung hergekommen, ich könnte sie austreiben lassen. Aber sie sind noch da. Sie waren es, die von dem ertrunkenen Fischer gesprochen haben; sie haben dämonisches Vergnügen daran. Sie haben Freude an Tod und Zerstörung. Jetzt muss ich weit fortgehen, wo ich niemandem schaden kann. Ich bitte dich, bringe meinem Mann eine Nachricht. Sag ihm, dass die Behandlung versagt hat und ich als Nächstes sehr viel weiter gehen muss. Ich warte jetzt auf die Anweisungen des Rabbiners.«

»Ich warte mit dir auf den Rabbiner.« Noch während er sprach, trat sein Bruder Andreas ein, der ihnen gefolgt war.

»Die Leute wollen dich umbringen«, berichtete er. »Sie glauben, du hättest das Unwetter irgendwie heraufbeschworen. Und sie sind entsetzt über die Todesfälle und die Prophezeiung weiterer Unfälle.«

»Ich bin bereit zu sterben, wenn ich dadurch von den bösen Geistern befreit werde, die mir das Leben zur Hölle machen«, antwortete Maria, und sie meinte es ehrlich. »Aber man sollte mich nicht für etwas töten, das ich nicht getan habe. Ich habe nichts zu schaffen mit diesen Toten. Die bösen Geister, meine Feinde, wollen meinen Tod ebenso wie den irgendeines anderen. Wenn ich mich von ihnen befreien kann, will ich gern sterben.«

Tod war das, was die Dämonen wollten – menschliches Leben, ja, jegliches Leben wollten sie zerstören. Glück und Gesundheit ruinieren und töten, töten, töten. Die Berge der Gefallenen im Krieg, der Bürger, den der Stich der scharfen *sica* getötet hatte, der Streit zwischen Brüdern, zwischen Vater und Sohn, der grausame Tod wehrloser Tiere, Pferde, Schafe, Eidechsen, Vögel, Schlangen: Das war es, was sie betrieben, und das war es, worüber sie frohlockten.

Der Rabbi kam hereingelaufen. Verwirrt sah er sich um. »Was ist passiert?«

Simon sprach. »Am Kai hätte es beinahe einen Aufstand gegeben. Diese Frau hat dort ihre Stimme erhoben und Dinge über ein verschollenes Boot enthüllt, die nur eine böse Macht wissen kann. Und sie hat für die nächsten Tage noch zwei Unfälle prophezeit.«

Tiefe Besorgnis erfüllte den Blick des Rabbiners, und es bestürzte ihn, dass seine Dienste versagt hatten.

»Sie hat mit einer anderen Stimme gesprochen«, berichtete Simon. »Mit der Stimme eines … bösen Geistes.«

Der Rabbi sank auf die Knie und schlug die Hände vor das Gesicht. Er weinte.

Am liebsten hätte Maria *ihn* getröstet und ihn um Entschuldigung dafür gebeten, dass sie ihn in diese Angelegenheit hineingezogen hatte, die doch offenkundig so viel weitgehender und gefährlicher war, als irgendjemand hatte ahnen können. »Guter Rabbi, wir haben doch von Anfang an gewusst, dass unsere Bemühungen vielleicht erfolglos bleiben werden«, sagte sie. »Gott wird dich segnen, denn du hast dein Bestes getan. Aber du hast gesagt, es gibt noch einen anderen Ort … einen Ort in der Wüste, an den ich gehen kann?«

Er schaute zu ihr auf. Es überraschte ihn, dass sie so entschlossen war und keineswegs niedergeschmettert wegen des gescheiterten Exorzismus. »Ich muss dich um Vergebung bitten«, sagte er. »Ich habe alles getan, was in meiner Macht steht.«

»Es gibt nichts zu vergeben«, versicherte sie ihm. »Wir kämpfen gegen diese Mächte, und wir können nicht mehr tun als unser Bestes. Mehr verlangt auch Gott nicht.«

Simon und Andreas standen mit unbewegter Miene neben ihnen. Aber Maria wusste, dass sie jedes Wort aufmerksam verfolgten.

»Es gibt einen Ort in der Wüste … in der Gegend von Betabara«, sagte Rabbi Hanina. »Heilige Männer suchen ihn auf, um sich zu läutern. Aber die Reise dorthin – kannst du sie allein unternehmen? Es ist ein weiter Weg, und eine allein reisende Frau …«

»Ich gehe mit ihr«, sagte Simon plötzlich. »Ich werde sie begleiten. Ich fühle – ich kann es nicht erklären – mich dazu berufen.«

»Aber es sind mindestens drei anstrengende Tagereisen von hier«, sagte der Rabbi.

»Das macht nichts«, sagte Simon. »Aber vorher will ich nach Magdala gehen und ihrer Familie sagen, was geschehen wird. Warte du auf mich, hier in der Synagoge. Nein, besser noch bei mir zu Hause. Das ist nicht weit von hier. Meine Frau und meine Schwiegermutter werden dich willkommen heißen.«

Es brach ihr das Herz, dass sie nicht selbst zu Joel gehen, ihm alles erklären und ihn und Elischeba noch einmal umarmen konnte. Aber diese Krankheit … Sie konnte nicht wagen, in ihre Nähe zu kommen, und sie durfte Elischeba nicht in Gefahr bringen. Sie musste in die Wüste gehen, und zwar sofort, mit beinahe Fremden.

Der Rabbi ließ den Kopf hängen, zerknirscht über sein Scheitern. Er war in der Gemeinde hoch angesehen und konnte sich nicht erklären, warum er gegen diese Mächte versagt hatte. »Aber zumindest kann ich dir den Weg in die Wüste zeigen«, sagte er zu ihr. »Dort wirst du dich allem stellen müssen. Allen Geistern, allen Dämonen, und du wirst mit Gott selbst ringen – wie Jakobus. Sei auf der Hut, denn auch in der Wüste lauern böse Geister! Anscheinend suchen sie trostlose Ort heim: der Dämon des Mittags, die Heuschrecken des Abgrunds, Asasel, Deber und Rabisu der Aufpasser. Aber dort gibt es auch Läuterung. Mehr, als ich dir hier bieten konnte.« Er sah aus, als wolle er wieder anfangen zu weinen, und Maria streckte die Hand nach ihm aus. Dann fiel ihr ein, dass es einer Frau verboten war, einen Rabbiner zu berühren – oder auch sonst einen Mann unter den Strenggläubigen.

»Du hast mir viel gegeben«, sagte sie, »und ich danke dir für alles. Wenn ich bereit bin, die Reise in die Wüste anzutreten, werden wir zu dir kommen, und dann kannst du uns Weisung geben.«

Simon und Andreas winkten ihr. »Komm, lass uns nach Hause gehen. Wir haben keine Zeit zu verlieren.«

Draußen wehte der Sturm in regennassen Böen; der Himmel war von einem hässlich stumpfen Grau wie die Asche eines erloschenen Feuers. Die Menge, die in ebenso stumpfe Grau-, Braun- und Schwarztöne gekleidet war, drängte sich noch immer am Rande des Kais, und noch immer kämpften sich kleine Fischerboote ans Ufer.

»Zieh dein Kopftuch tiefer herunter«, riet Simon, während er und Andreas sie in die Mitte nahmen. »Halte den Kopf gesenkt und komm mit.« Eilig verließen sie das Gelände der Synagoge und gingen auf die Straße hinaus. Hier standen die Häuser der Wohlhabenden; Maria sah, dass die meisten groß genug waren, um über einen Innenhof und mehrere Zimmer zu verfügen.

Die Männer bogen mit Maria rasch um eine Ecke. Im nächsten Augenblick hatten sie einen Hof betreten, und eine Tür schloss sich hinter ihnen. Simon und Andreas hielten auf eins der Zimmer zu, die sich zum Hof hin öffneten, und Maria folgte ihnen.

»Simon!« Eine junge Frau kam herübergelaufen und nahm seine Hände. »Ich habe mir solche Sorgen gemacht.« Sie schaute die anderen kaum an.

»Ich habe einen Gast«, sagte Simon mit fester Stimme, um sie darauf aufmerksam zu machen, dass eine Fremde anwesend war. »Maria aus Magdala – sie gehört der Familie an, die wir mit Fisch beliefern – hat soeben ein Enthaltsamkeitsgelübde vollendet«, erläuterte er. »Sie ist hier, weil sie … in die Wüste gehen wird, um sich dort weiter zu reinigen. Und wir werden sie dorthin begleiten.« Er schwieg einen Augenblick. »Maria, das ist meine Frau Mara.« Maria nickte ihr zu. »Und du hättest dir keine Sorgen zu machen brauchen, meine Liebe«, sagte Simon. »Wir sind klug genug, um uns bei solchem Wetter nicht aufs Wasser hinauszuwagen.«

Mara winkte sie in ein anderes Zimmer. »Bitte. Wir werden gleich essen.«

»Ich muss nach Magdala zu Marias Familie«, sagte Simon. »Also lass mich schnell essen; ich muss gleich wieder los.«

Maria ertrug es kaum zu warten, während Simon, ein Mann, den sie kaum kannte, zu ihrem Haus nach Magdala eilte und mit Joel über sie sprach. Die unpersönliche Unterhaltung ringsum – alles war besser, als die Dämonen reden zu lassen. Oh, Herr und Gott, du mein Schutz und Schirm, bitte lass sie nicht reden! Maria spürte, dass sie die Finger in das fein gepunzte Lederkissen bohrte, auf dem sie saß. Lass sie nicht reden!

Andreas sprach vom Fischfang und von etwas anderem, sie wusste nicht, wovon. Der Abend verging wie im Nebel, und bald – barmherzig bald – führte man sie wieder zu einem Gästebett, diesmal in eine kleine Kammer mit einem Tisch und einer Lampe.

XVIII

Morgengrauen. Maria sah, wie das stumpfe Licht durch das kleine Fenster in das behagliche Kämmerchen drang. Sie war ganz steif vor Kälte; der Wind hatte die ganze Nacht geheult und sich in ihre Träume geschlängelt. Die Geister. Sie waren immer noch bei ihr. Sie musste eine Reise machen, um sich von ihnen zu befreien, und jemand würde ihr helfen. Wer? Mühsam erinnerte sie sich. Die Fischer. Die Fischer aus Kapernaum. Ja.

Sie warf die Decke von sich und kleidete sich rasch an. Als sie mit der Hand über ihren kahlen Kopf strich, verzog sie das Gesicht. Sie ging hinaus in die Küche, wo die Familie bereits versammelt war. Simon war auch da und trank Fleischbrühe. Er war in den frühen Morgenstunden aus Magdala zurückgekehrt.

»Ich war bei Joel«, sagte er. »Ich habe ihm alles erklärt. Er hat es verstanden.«

»Was … was hat er gesagt?«

»Er war natürlich sehr betrübt, dass das Enthaltsamkeitsgelübde nicht geholfen hat. Aber er meinte, du musst diese Reise machen. Du sollst niemals an seiner Liebe und Treue zweifeln. Er und Elischeba werden auf dich warten. Das hier schickt er dir.« Simon hielt ihr einen Beutel entgegen; es sah aus, als sei er verlegen.

Maria öffnete den Beutel. Er war voller Münzen.

»Für die Reise«, erklärte Simon. »Du wirst Unterkunft brauchen, Essen, und wer weiß was … Ihm ist klar, dass es gefährlich ist.«

Trotzdem war er bereit, sie gehen zu lassen. Allen war klar, wie verzweifelt ihre Lage war.

»Danke«, sagte sie schließlich.

»Wollen wir aufbrechen?«, fragte Simon. »Wir gehen zu Rabbi Hanina und machen uns dann auf den Weg.«

»Es ist eine weite Reise, und ihr müsst euch gürten«, sagte Rabbi Hanina. Anscheinend hatte er sich von dem Schrecken über sein Versagen erholt; nun zeigte er sich geschäftsmäßig: Er schickte sie zu einer höheren Instanz und war nicht länger verantwortlich. Er zeichnete eine grobe Karte auf ein Stück Papyrus. »Ihr müsst dem Jordan in südlicher Richtung folgen. Um diese Jahreszeit wird euch zumindest die Hitze nicht plagen. Wenn ihr die Furt passiert habt, die Jerusalem mit Amman verbindet, haltet Ausschau nach dem Bach Kerit. Dort gibt es viele Höhlen und heilige Männer, die die Einsamkeit suchen.« Er schwieg kurz. »Dort, meine Tochter, musst du dich der Barmherzigkeit des Allmächtigen anheim geben. Er ist mächtig dort – und sehr viel näher als hier in der Stadt.«

»Kerit?«, fragte Simon. »Ist das nicht dort, wo …«

»Ja, dort wurde Elias von dem Raben gespeist«, sagte Rabbi Hanina.

»Ja, aber heute … Ist das nicht der Ort, wo dieser Prophet predigt? Wie heißt er gleich – der, der zur Buße mahnt?«

»Johannes der Täufer«, sagte Hanina knapp. »Aber den braucht ihr nicht aufzusuchen. Ihr solltet es auch nicht tun. Er zieht Scharen von Menschen an, und das ist das Letzte, was du brauchst. Keine Menschen. Nur Einsamkeit.« Er hielt ihr einen kleinen Beutel mit Schreibzeug entgegen. »Du musst aufschreiben, was dort mit dir geschieht. Das wird deine Hingabe vertiefen.«

Sie verließen Kapernaum lange vor Mittag und nahmen die östliche Uferstraße um den See herum; Maria glaubte nicht, dass sie es ertragen würde, durch Magdala zu kommen, die Fischhalle und womöglich ihr eigenes Haus zu sehen. Und dann an Tiberias vorbeizuwandern, wo die fremden Götter lauerten. Nein, besser war das Ostufer, wo Schweine und Heiden wohnten.

Bald überschritten sie den Jordan, der plätschernd durch das Schilfrohr floss.

»Der Jordan ist hier kalt«, sagte Andreas. »Das Wasser strömt vom Norden herunter. Man kann den Schnee darin fühlen.« Er blieb stehen. »Geh nur«, sagte er zu Maria. »Geh zum Ufer hinunter. Tauche die Hand hinein.«

Sie zögerte, stieg dann aber vorsichtig die schlammige Böschung hinunter. Das Wasser wirbelte braun; es schäumte und rauschte. Sie hielt sich an einem Ast fest, streckte sich hinunter und tauchte eine Hand hinein. Es war erschreckend kalt.

Sie wanderten weiter am Rand des Sees entlang und erreichten Betsaida, das sehr einladend und wohlhabend aussah. Maria fragte sich, ob sie die Nacht dort verbringen würden. Aber ehe sie fragen konnte, sagte Andreas: »Wir werden weiter unten am Ufer unser Lager aufschlagen.«

Diese Aussicht fand Maria nicht sehr verlockend. Bei diesem

kalten, regnerischen Wetter wäre sie lieber in einem Haus abgestiegen. Ihr wurde plötzlich bewusst, dass sie bei schlechtem Wetter noch nie eine Nacht im Freien verbracht hatte.

»Kann sein, dass wir eine Herberge brauchen, wenn wir außerhalb von Galiläa sind«, erläuterte Andreas. »Wir sollten unser Geld für die Gegend aufheben, in der Banditen umherstreifen und wir nicht gefahrlos im Freien übernachten können.«

Bei Sonnenuntergang waren sie in Gergesa angelangt, einer großen, betriebsamen Stadt mit einem geschäftigen Hafen und einem gekachelten Gebäude, in dem der Fisch angelandet wurde und wo es auch ein beeindruckendes Süßwasserbecken für die Aufbewahrung der Fische gab. Hier also waren die besten Fischgründe. Maria war neugierig darauf.

Aber hier war auch das Boot im Sturm verschollen, und als sie in der Dämmerung näher kamen, sahen sie, dass noch etwas geschehen war. Sie hörten lautes Jammern und Klagen, und es war klar, dass wieder ein Boot vermisst wurde.

Maria hörte, was man in der Menge murmelte: Es war Josuas Boot, wie der Dämon es vorhergesagt hatte. Und vielleicht würde auch Phineas nicht zurückkommen, der nach Joseph und seinem Boot gesucht hatte. Maria ertrug es nicht, etwas von diesen Verlusten zu sehen oder zu hören, denn sie hatte jetzt etwas damit zu tun, und sei es nur als Seherin. Diese Bürde kann ich nicht tragen, dachte sie.

Es war fast dunkel, als sie Gergesa hinter sich ließen. Der Wind, der von den Höhen herabfegte, heulte so laut, dass sie nicht sprechen konnten, während sie sich vorankämpften. Am Ufer toste die Brandung. Plötzlich übertönte ein lauter Schrei noch den Wind und die Wellen. Er war durchdringend, schrill und zittrig.

Sie blieben stehen und schauten sich um, aber sie sahen nichts. Sie befanden sich in einem von Felsen übersäten Gelände; einige waren mehr als mannshoch. Im Dämmerlicht schienen sie mit ihren eigenen Schatten zu verschmelzen, und der peitschende Regen nahm Maria die Sicht. Plötzlich kam schreiend und knüppelschwingend eine dunkle Gestalt aus dem Schatten eines Felsens gestürmt und griff sie an.

Der Mann warf sich auf Simon und packte ihn bei den Füßen. Mit einem Schreckensschrei rannte Simon los, ohne sich auch nur nach seinen Gefährten umzusehen. Andreas stürzte sich auf den Mann und presste ihn auf den steinigen Boden, aber der Mann trommelte weiter rhythmisch mit seinem Knüppel auf die Erde, als beschwöre er Geister herbei. Seltsame Laute drangen aus seinem Munde. Schließlich hörten sie auf, und auch der Knüppel kam zur Ruhe.

Andreas ließ ihn langsam los. Zu ihrem Erstaunen sahen sie jetzt, dass der Mann splitternackt war. Der Regen prasselte auf ihn herab; sein Haar war verfilzt, sein Bart tropfnass, aber er schien es gar nicht zu merken.

Ein Besessener! Wie hatten sie vergessen können, dass die Besessenen in der Verbannung am Rande von Gergesa hausten? Wie hatten sie sich so spät am Tage hier herauswagen können?

Marias Blick fiel auf die Handgelenke des Mannes; an Eisenringen baumelten gerissene Ketten.

»Friede, mein Freund«, rief Simon und bedeutete den anderen, sich an dem Mann vorbeizudrücken und nach unten zum Strand zu laufen. Angst lag in seiner Stimme. »Friede. Friede sei dir.«

Knurrend sprang der Mann wieder auf und wollte sich auf Maria und Andreas stürzen, aber sie wichen ihm aus und rannten, so schnell sie konnten, am steinigen Strand entlang, Simon hinterher. Der Mann sank verzweifelt zurück, als habe er niemals darauf gehofft, sie zu fassen oder dazu zu bringen, ihm Gehör zu schenken. Er senkte den Kopf im strömenden Regen und heulte wie ein Hund.

»Diese Gegend …«, sagte Andreas mit zitternder Stimme, als sie den Mann wohlbehalten hinter sich gelassen hatten. »Ich hatte vergessen, dass diese Kranken hier leben und die Reisenden bedrohen.«

»Ja, für gewöhnlich kommen wir mit dem Boot hierher. Eine Reise zu Lande ist eine völlig andere Sache.« Simon schaute sich um. Er rang um Fassung. »Wir müssen diese Gegend hinter uns gelassen haben, ehe wir uns nach einem Lagerplatz für die Nacht umsehen.«

»Diese … Kranken …«, begann Maria.

»Sie sind alle von Dämonen in Besitz genommen worden und können nicht gefahrlos unter normalen Menschen leben. Es gibt keinen Platz für sie als hier zwischen den Felsen am Ufer.« Simon atmete immer noch schwer und schaute sich immer wieder um.

Das Werk der Dämonen. Das also war deren Ziel: alle in eine solche Lage zu bringen, sie hilflos den Elementen auszuliefern, ausgestoßen, verlassen.

»Wovon ernähren sich diese armen Seelen?«, fragte Maria.

»Ihre Verwandten und die Leute aus der Stadt bringen ihnen Speise, die sie in sicherem Abstand niederlegen. Sie wagen nicht, in der Nähe zu verweilen.« Er schwieg und sagte dann: »Manche verhungern so oder so.«

Das könnte auch mein Schicksal sein, dachte Maria. Nächstes Jahr um diese Zeit könnte ich hier bei ihnen sein, zwischen den Felsen versteckt und unfähig zu sprechen.

Unter einer Weide schlugen sie ihr Nachtlager auf, in großer – sicherer – Entfernung vom Gebiet der Wahnsinnigen. Eine Laterne spendete ihnen Licht, und mit etwas gesammeltem Reisig konnten sie ein kleines Feuer anzünden, das flackerte und qualmte, aber doch ein wenig Behaglichkeit verbreitete. Sie aßen, was sie aus Kapernaum mitgebracht hatten, und dann legten sie sich auf ihre gefalteten Mäntel und versuchten zu schlafen.

Der Boden war hart und steinig, und Maria spürte jede Unebenheit, jedes Steinchen. Das nahe Wasser schlug geräuschvoll ans Ufer, und der Regen verstärkte den Lärm noch. Aber das Heulen der Irren war nicht mehr zu hören. Der Weidenbaum mit der Decke, die sie darüber gespannt hatten, um ein Zelt zu haben, war wie ein Zufluchtsort in dieser beängstigenden und verwirrenden Welt.

Im ersten Licht des Tages lag der See glatt und ruhig da. Der Regen hatte aufgehört, der Wind sich gelegt, und die Sonne plagte sich durch die Wolkendecke.

Sie brachen unverzüglich auf, und am Mittag hatten sie die Stelle erreicht, wo der Jordan den See verließ und seinen gewundenen Weg durch die Wildnis begann, der ihn zum Toten Meer führen würde. Das Land, das unmittelbar am Fluss lag, war grün, aber alles andere war von trostlosem Sandbraun beherrscht. Von jetzt an würden sie eine unfruchtbare Landschaft durchqueren, von Schluchten durchzogen und regiert von Banditen und des Nachts von wilden Tieren. Sie umklammerten ihre Stäbe – die einzigen Waffen, die sie hatten –, zogen ihre Gewänder straff um sich, um ihr Geld zu verbergen, und hielten aufmerksam Ausschau nach plötzlichen Bewegungen in ihrer Umgebung. In der Ferne waren ein paar andere einsame Reisende auszumachen, aber davon abgesehen schienen sie mutterseelenallein zu sein. Nur die Raben beobachteten sie mit leidenschaftslosem Blick.

Es dämmerte schon, als die Umrisse einer Karawanserei vor ihnen auftauchten, und sie beschleunigten den Schritt, um noch vor Anbruch der Nacht dort zu sein. Sie befanden sich jetzt nahe der Stelle, wo die Karawanen auf der Ost-West-Route den Jordan überquerten. Reisende suchten in diesen Häfen Schutz, obwohl sie wenig mehr boten als Mauern, die Banditen und wilde Tiere fern hielten, und ein wenig Platz, um den Tieren ihre Lasten abzunehmen und sich hinzulegen. Es würde dort schrecklich eng zugehen, und sie konnten nur hoffen, dass sich noch Platz für drei Leute finden würde.

Der Eigentümer wollte eben die Tore für die Nacht schließen, als sie noch in den Hof zu den Kamelen, Eseln und Maultieren schlüpften. Alle Leute zündeten kleine Kochfeuer an und nahmen ihre Schlafplätze in den kahlen Gebäuden oder unter den Vordächern in Beschlag. Die verschiedensten Menschen suchten hier Zuflucht – von ausländischen Kaufleuten, die sich auf Nabatäisch, Äthiopisch oder Griechisch unterhielten, über ein paar römische Soldaten bis zu einigen jungen Männern, die verdächtig nach *sicarii* aussahen. Einige schienen auch Pilger zu sein. Anscheinend waren sie unterwegs zu der heiligen Stätte, wo Elias zum Himmel aufgefahren war.

Maria war neugierig auf die anderen, die sich hier zur Nacht niederließen, aber sie war zu müde, um sie zu beobachten. Sie aß sehr wenig, und dann legte sie sich schlafen; sie hörte das Geheul der Schakale und anderer Tiere gleich draußen vor den Mauern, und sie war dankbar, dass sie in Sicherheit und für sie unerreichbar war.

Ein neuer Morgen dämmerte – der dritte, seit Maria ihre Reise ins Exil begonnen hatte. Sie hörte das Grunzen und Schnaufen der Kamele, die im äußeren Hof auf ihr Futter warteten, und das Geplapper der Leute, die sich auf den Aufbruch vorbereiteten. Erst jetzt fiel ihr auf, dass keine anderen Frauen zugegen waren. Was für ein seltsames neues Leben, zu dem sie jetzt gezwungen war. An Orte zu gehen, wo es keine Frauen gab, und bald verlassen zu werden, allein in der Wüste …

Verlassen von meiner Religion, die mir nicht helfen konnte … verlassen von der Hoffnung auf ein normales Leben und bald auch verlassen von diesen Männern, die mich auf einer Reise begleiten, von der alle befürchten, dass es meine letzte sein könnte …

Sie schloss die Augen und stand schwankend da, um sich wieder unter Kontrolle zu bringen. Mein Mann! Meine Tochter!, klagte sie weinend. Ich musste euch verlassen … für das hier?

Ein reizbares Kamel schwenkte herum und schlug sie mit dem Schwanz, als wolle es ihr weitere Schmach zufügen.

Und diese Männer – Simon und Andreas. Was weiß ich von ihnen? Ich erinnere mich, wie Kezia über sie lachte und behauptete, dass sie riechen. Warum machen sie diese Reise mit mir? Sie haben kaum etwas darüber gesagt.

Aber ich selbst habe natürlich noch weniger gesagt, hielt sie sich selbst entgegen.

Sie winkten ihr. Es war Zeit, aufzubrechen und sich auf die Straße zu begeben, die an dem Dornendickicht entlangführte, das den gewundenen Flusslauf säumte. Jetzt waren mehr Leute unterwegs; alle wollten zu der Furt, die ihnen gestattete, entweder westwärts nach Jerusalem oder ostwärts nach Amman weiterzureisen.

Wieder war es schon später Nachmittag, und das Licht begann zu schwinden, als sie ihr Ziel erreichten, eine trockene Schlucht mit Felsspalten und Höhlen und Überhängen. Aus einigen Öffnungen in den Wänden der Schlucht kräuselte sich Rauch, der in dünnen Schwaden an den roten Felsen emporstieg.

»Heilige Männer«, sagte Simon. »Leute, die sich aus der Welt zurückgezogen haben.«

»Wir wollen dir helfen, einen guten Platz zu finden«, sagte Andreas.

»Seid ihr denn sicher … dass dies der Ort ist, den der Rabbi gemeint hat?«, fragte Maria. Alles wirkte hier so abweisend und entlegen. Und es gab nichts als ein paar vertrocknete Sträucher und kahle, verkrüppelte Bäume.

»Ja, genau hier ist es. Hier hat Elias sich versteckt, und die Raben haben ihn ernährt.«

»Sollen die Raben auch mich ernähren?« Wie töricht sie gewesen war, sich so unvorbereitet hierher zu wagen! Das Geld, das Joel ihr mitgegeben hatte, würde ihr nichts nutzen. Raben, Eidechsen und Bussarde würden ihr dafür nichts zu essen bringen. Offensichtlich hatten die bösen Geister dafür gesorgt, dass sie so ungeschützt hierher gekommen war. Damit sie sie desto leichter angreifen konnten.

»Wir lassen dir unseren ganzen Proviant und unser Wasser hier«, sagte Simon. Er zerrte sich den Beutel von der Schulter und reichte ihn ihr. »Andreas!« Er befahl seinem Bruder, das Gleiche zu tun.

»Das ist sehr freundlich von euch, aber … wie wollt ihr überleben?« Maria kam es tollkühn vor, aber sie war so verzagt, dass sie den Proviant trotzdem annahm.

»Wir werden … Wir können weiter unten an der Furt etwas bekommen. Da gehen viele Leute über den Fluss. Das ist kein Problem.« Simon klang so sicher, aber inzwischen wusste Maria, dass das nichts zu bedeuten hatte.

»Schau, da ist ein guter Platz!« Andreas zeigte auf eine kleine Höhle hoch oben in der Wand der Schlucht. Über einen steilen Pfad, der an der Felswand hinaufführte, war sie leicht zu erreichen.

Als sie die Höhle von innen besichtigten, erwies sie sich als trocken und bewohnbar.

»Welch ein Glück, dass wir sie gefunden haben – noch dazu so schnell«, meinte Simon.

Er ist nicht nur impulsiv, sondern auch ein Optimist, dachte Maria. Offenbar sieht er keinerlei Hinderungsgrund für den Plan.

»Jetzt richten wir alles für dich ein«, sagte Andreas. Er stellte sein Gepäck auf den Boden und gab ihr eine Wolldecke, einen Wasserschlauch, einen Beutel getrocknete Feigen, gepresste Feigenkuchen und gesalzenen Fisch, dazu ein wenig Zunder und dürre Holzspäne, damit sie Feuer machen konnte. Er sammelte sogar zwei Arme voll Reisig für sie.

»Wir … wir lassen dich nicht gern so zurück«, sagte Simon. »Aber wir wissen, dass es nötig ist, damit du geheilt werden kannst. Solange andere Menschen hier sind, kannst du dem, dem du entgegentreten musst, nicht entgegentreten. Aber wir werden unten an der Furt bleiben und dort viele Tage warten. Du kannst uns suchen, wenn du uns brauchst.«

»Aber … eure Fischerei!« Wie konnten sie auf unbestimmte Zeit von Kapernaum fernbleiben?

Andreas zuckte die Achseln. »Vater kommt schon zurecht. Er kann Leute einstellen, die uns ersetzen.«

Wirklich? Oder wollten sie nur freundlich sein?

»Bleib hier«, sagte Andreas. »Bete. Tu, was du tun musst. Und wenn du bereit zur Rückkehr bist, komm zu uns an die Furt, und dann bringen wir dich zurück nach Galiläa.«

Aber das hieß, dass sie warten mussten … und wie lange?

»Ich kann doch nicht sagen, wie lange ich hier bleiben muss«, sagte Maria. »Bitte – in ein paar Tagen müsst ihr zu eurem Vater zurückkehren.«

»Mach dir um uns keine Sorgen«, beruhigte Simon sie. »Wir sind neugierig auf die Furt und auf die Pilger, die dort vorbeikommen. Ein paar – oder auch viele – Tage sind also keine Belastung für uns.«

»Nehmt das hier mit.« Maria gab Simon den kleinen Beutel mit ihren Habseligkeiten. »Ich will das nicht. Ich brauche es nicht.« Ganz gleich, was der Rabbi zu ihr gesagt hatte – sie würde nichts aufschreiben. Ihr Kampf gegen die Dämonen würde das nicht zulassen. Geld brauchte sie auch nicht. Sie brauchte nichts als die Kraft ihres Willens.

XIX

So richtete sich in der Höhle ein, so gut es ging. Sie zündete ein kleines Feuer an, um wilde Tiere fern zu halten, und baute sich eine Schlafstatt aus der Wolldecke und einem Stein als Kopfkissen. Aber es war unheimlich: Das Feuer beleuchtete nur die zerklüfteten Öffnungen in der Höhlendecke, in der sich alles Mögliche verbergen konnte, und die Einsamkeit und Nachtkälte hüllten sie in ein Leichentuch der Verzweiflung. Sie war jetzt allein, gefangen mit den Geistern. Wieso hatte der Rabbi geglaubt, das könne ihr helfen?

Wenn Gott an diesem Ort war, konnte sie ihn nicht fühlen. Sie fühlte nichts als Verlassenheit und Angst. Sie war am Ende ihres Lebens angelangt. Das kleine Mädchen, das aus Neugier ein Götzenbild aufgehoben hatte, war jetzt eine von Dämonen besessene Frau, die aus ihrem Heim verstoßen und unter Qualen an diesen Platz getrieben worden war, wo es keinerlei Hoffnung mehr gab.

Ich werde hier sterben, dachte sie, weit weg von meinem Haus, und meine Tochter wird sich nicht einmal an mich erinnern. Sie wird nur wissen, dass ihre Mutter nicht für sie sorgen konnte und später gestorben ist. Joel wird wieder heiraten, seine neue Frau wird ihm Trost spenden und für Elischeba eine Mutter sein, und ich werde in Vergessenheit geraten. Meine Mutter und mein Vater werden mich betrauern, aber sie haben andere Kinder und Enkelkinder, und sie werden an mich denken, wie man an verstorbene Verwandte denkt. Zuerst oft, aber dann immer weniger.

Oh, Verzweiflung! Du bist selbst ein Dämon, dachte sie. Aber wenn das die Wahrheit ist, können wir die Verzweiflung dann Sünde nennen? Was wahr ist, kann doch keine Sünde sein. Beelzebub ist der Vater der Lügen, und somit ist es keine Sünde, sondern nichts als die traurige Wahrheit, wenn ich die Verzweiflung meiner Lage erkenne und im Herzen spüre. Beelzebub ist es, der mich mit falschen Hoffnungen quälen würde. Hier ist Hoffnung Sünde, nicht Verzweiflung. Hoffnung ist die Lüge.

Aber ich wurde hergeschickt, damit ich bete und mich reinige, dachte sie. Das hat mir jemand aufgetragen, der mein Leiden kennt. Also werde ich gehorchen. Ich werde gehorchen.

Die ganze Nacht hindurch war sie immer wieder wach und betete. Das Feuer war heruntergebrannt, nur die Asche glühte noch. Sie fror und hatte Hunger. Es war schwer, die eigentlichen Träume von der Erschöpfung und der vom Fasten verursachten Benommenheit zu unterscheiden. Sie wagte nicht, die Geister anzureden; stattdessen betete sie alle Psalmen, an die sie sich erinnern konnte, und bereute, dass sie nicht alle auswendig konnte, sondern nur hier und da einen Vers im Gedächtnis hatte.

»›Ich liege und schlafe und erwache; denn der Herr hält mich. Ich fürchte mich nicht vor viel Tausenden, die sich umher gegen mich legen.‹«

Ja, wahrscheinlich waren hier Heerscharen von Dämonen, ganze Armeen. Aber dieser Psalm ging davon aus, dass sie nur außen waren, nicht auch innen.

»›Meine Zuversicht und meine Burg, mein Gott, auf den ich hoffe. Denn er errettet dich vom Strick des Jägers und von der schädlichen Pestilenz. Er wird dich mit seinen Fittichen decken, und deine Zuversicht wird sein unter seinen Flügeln. Seine Wahrheit ist Schirm und Schild, dass du nicht erschrecken müssest vor dem Grauen der Nacht, vor den Pfeilen, die des Tages fliegen, vor der Pestilenz, die im Finstern schleicht, vor der Seuche, die im Mittage verderbt.‹«

Das bedeutete, dass Gott sie zu jeder Stunde bewachte und beschützte – und in allen Gefahren. Aber wiederum waren es nur Gefahren, die von außen drohten. Was war mit dem Grauen, das sich im Innern eingenistet hatte?

Als der Morgen dämmerte, war sie steif gefroren und matt. Es erforderte ihre ganze Kraft, unter der Wolldecke hervorzukriechen und ein wenig Wasser aus ihrem Schlauch zu trinken. Musste sie jetzt fasten? Durfte sie trinken? Oder sollte sie einfach nur daliegen, beten, mit den Dämonen ringen und sterben?

Heilige Männer und Frauen fasteten. Die Propheten fasteten. Königin Esther fastete, bevor sie sich dem König näherte, und Jona befahl den Sündern von Ninive zu fasten. Es hieß, dass Gott es mit Wohlgefallen ansehe. Aber es gab sicher eine vorgeschriebene Art und Weise, es zu tun. Wieso hatte der Rabbi ihr das nicht erklärt? Einfach nichts essen, das war noch kein Fasten. Bettler aßen nicht, aber sie waren deshalb nicht heiliger als andere. Sie brannten darauf, ihre Enthaltsamkeit zu beenden, und jeder, der ihnen etwas gab, tat damit etwas Gutes.

Sie brach ein Stück trockenes Brot ab und verschlang es gierig. Sie konnte jedes einzelne Korn darin schmecken – so kam es ihr jedenfalls vor. Sie schämte sich für diesen Hunger, aber sie konnte sich gar nicht mehr erinnern, wann sie die letzte richtige Mahlzeit zu sich genommen hatte. Vermutlich bevor sie nach Tiberias aufgebrochen waren, um die Amphoren zu kaufen, und das war lange her. Sie streckte den Arm aus und war nicht überrascht, als sie sah, wie mager er aussah. Mit ihrem kahlen Schädel und der dürren Gestalt würde niemand sie als die Maria erkennen, die der Stolz ihres Ehemanns war und in Magdala als hübsche Frau galt. Nein, diese arme Kreatur sah aus, als gehöre sie zu den Geiern und Skorpionen in der Einöde. Nicht einmal ein Geier würde sie mit Verlangen betrachten.

Sie aß noch einen Bissen Brot und brach ein Stück von dem Feigenkuchen ab; er war schwer und gehaltvoll und blieb ihr im Halse stecken. Sie spülte ihn mit Wasser herunter.

»Und nun, da ich ein wenig Nahrung zu mir genommen habe«, sprach sie zu Gott, »widersage ich aus freiem Willen jeglicher Speise, bis du mir ein Zeichen gibst – bis du mich erlöst oder reinigst. Ich werde auf dich warten und mich nicht von der Stelle rühren, bis du deine Hand herniederstreckst und mich errettest.«

Doch die Worte der Thora, »Ihr sollt den Herrn, euren Gott, nicht versuchen, wie ihr ihn versuchtet zu Massa«, erklangen plötzlich in ihrem Kopf.

»Aber ich will dich nicht versuchen«, sagte sie, »ich bitte dich nur demütig um ein Zeichen.«

Still saß sie da, fest in ihren Mantel gehüllt, und versuchte innerlich ruhig zu werden. Ich bin am Ende aller Mittel, sagte sie sich. Hier, allein und mit leeren Händen, will ich um Hilfe rufen, und wenn es keine gibt, dann weiß ich doch wenigstens, was mich erwartet. Darin fand sie so etwas wie Frieden.

Die Morgendämmerung lag schon weit zurück; die Sonne stand hoch am Himmel, und die Schatten in der Höhle wurden tiefer. Noch immer saß sie da und versuchte, sich nicht zu bewegen, um im Geiste bereit für den Kampf zu sein. So war sie überhaupt nicht vorbereitet, als sie ein leises Wispern hörte, das zu ihr sagte: »Es hat alles keinen Sinn, weißt du. Keinen Sinn. Es ist Torheit und ein Jagen nach dem Wind, wie die Schrift sagt. Alles, was du tust, ist töricht und muss verschwinden; es bedeutet nichts.«

Der Gedanke – denn es erschien ihr wie ein Gedanke, wie ein überaus vernünftiger dazu – drang zu ihr durch Pforten ihres Geistes, die sie gegen eher erwartete und aufsässigere Eindringlinge bewachte.

»Dieser Ort taugt nichts«, raunte es. »Er ist abscheulich. Alle haben dich im Stich gelassen und dich zu dieser Übung verleitet, obwohl sie sinnlos ist. Unterdessen schmachtet dein Kind und vermisst dich, und dein Mann schaut woanders hin und kommt zu dem Schluss, dass du keine gute Ehefrau warst. In niemandem, nirgends, ist etwas Gutes; wenn jemand dir vorschlägt, etwas zu tun, dann nur um der eigenen Eitelkeit willen. Lass ab von deinem Trachten! Es ist hoffnungslos.«

Sie schaute zur Sonne. Sie schien sich überhaupt nicht zu bewegen. Dieser Tag war endlos; er dehnte sich wie ein Menschenleben und nahm kein Ende.

»Aber du kannst selbst ein Ende machen«, flüsterte es. »Hier sitzt du hoch über steinigem Grund. Mach ein Ende – beende die Mühsal und das törichte Leben, mit dem du dich plagst! Das wird ohnehin dein Ende sein: ein einsamer Tod und keinerlei Antwort. Nur Leid und vergebliche Mühe.«

Sie schaute hinunter auf den felsbedeckten Boden der Schlucht, aus dem vereinzelt Krüppelbäume und dürres Gesträuch ragten. Wenn sie weit genug spränge, würde sie geradewegs hinunterfallen und nirgends aufschlagen, nirgends abprallen – nur ein freier Sturz in die Tiefe, ein gebrochenes Genick und der Flügelschlag der Geier.

Die Sonne stand jetzt senkrecht am Himmel, und es gab keine Schatten mehr. Keine Schatten. Mittag. Der Dämon des Mittags – war das damit gemeint? »Dass du nicht erschrecken müssest vor der Pestilenz, die im Finstern schleicht, vor der Seuche, die im Mittage verderbt«, hieß es in der Schrift. Dieses Gefühl völliger Verzweiflung, der Niederlage, der Gewissheit, dass alles Trachten mehr als jämmerlich war, ja, nicht einmal existierte – konnte das der Dämon des Mittags sein? Aber er war so anders als die anderen, so subtil und schemenhaft. Er wirkte überhaupt nicht fremd, sondern eher wie ein Teil ihres eigenen Denkens.

Der Dämon des Mittags: Er zielte auf das Herz allen Lebens und Handelns, saugte es aus ihr heraus und bedrängte sie, ihrem Leben ein Ende zu machen. Es klang so vernünftig, als er ihr sagte, sie solle sich in die Schlucht stürzen.

Nun sah sie ihn beinahe vor sich, hatte ein Bild von diesem Dämon in den Stunden seiner größten Geschäftigkeit: ein Wurm, der sich ins Herz aller Bestrebungen bohrte, ein Schanker, der das Dasein von innen heraus mit Fäulnis erfüllte und die Lebensgeister an der Quelle zermürbte.

Der Dämon des Mittags war in sie eingedrungen. Jetzt waren es fünf Dämonen, die sie gefangen hielten: alle verschieden, jeder einzigartig in den Qualen, die er ihr zufügte. Also hatte ihr Weg hierher in die Einöde nur dazu geführt, dass sie noch weitere anlockte.

Dämon, sagte sie, ich gebe dir einen Namen: Verzweiflung. Denn du bist der Dämon der grenzenlosen Verzweiflung, und du hast dich in meiner Seele eingenistet.

Die Sonne bewegte sich – überaus langsam, als werde sie festgehalten von diesem Dämon – über den Himmel herab und brachte den Tag dem Ende näher.

Als die Dämmerung herabsank, färbten sich die Schlucht und die Felsspalten unter ihr erst violett, dann purpurn, und ihr schien, dass es dort unten viele Geister geben müsse.

Ich weiß, dass ich die Neigung habe, Geister zu sehen, dachte sie, denn habe ich nicht auch Bilhas Geist in meinem eigenen Haus, in meinem eigenen Herzen gesehen? Doch die dunklen Geister, die in Scheol weilen, die Schemen, die nichts wissen und nur Schatten sind – sind diese Schatten dort unten so etwas wie ihr Widerhall?

Sie war sehr hungrig. Alle ihre Gelübde und Gebete vermochten ihren Appetit nicht im Zaum zu halten. »Aber ich habe es gelobt«, sagte sie laut. »Und ich werde mein Gelöbnis halten.«

Es war dunkel. Sie würde schlafen. Schlafen, um Hunger und Angst fern zu halten. Langsam zog sie sich in die Höhle zurück, breitete ihre Decke aus und legte sich hin. Es war dunkel, eine tiefschwarze Finsternis, die endlos zu sein schien. Aber es war richtig, dass sie hier im Stockdunkeln lag; ihr Leben in Magdala, das Leben in der Sonne, die Hochzeit, das Passahfest, das alles war wie ein Traum. Das hier war es, was ihr bestimmt war, und hier gehörte sie hin: vernichtet, kahl geschoren, hungrig auf einer kalten Decke in einer Höhle inmitten der Wildnis, umgeben von unsichtbaren Wesen und namenlosen Gefahren.

Ob es in der Höhle Fledermäuse gab? Sie hörte das Rascheln ihrer Flügel. Jedenfalls das Rascheln *irgendwelcher* Flügel. Schlief sie? Oder war sie wach?

Als sie am nächsten Morgen die Augen öffnete, sah sie einen großen Aasvogel, der auf der bröckelnden Kante der Plattform hockte, auf der sie lag. Er hatte einen krummen Schnabel und einen runzligen, nackten Kopf, und seine Federn glitzerten und schillerten unheilvoll, obgleich die Sonne noch nicht schien. Es war, als pulsierten sie und dehnten sich.

Sie stützte sich auf einen Ellenbogen und spähte blinzelnd zu dem Vogel hinaus. Er legte den Kopf schräg und schaute sie an.

Sie hatte schrecklichen Durst. Als sie aufstehen wollte, wurde ihr schwindlig, und so kroch sie auf allen vieren zu ihrem Wasserschlauch und trank in langen, tiefen Zügen. Der Vogel rührte sich nicht; anscheinend fühlte er sich nicht im Geringsten bedroht. Er starrte sie nur an.

Sie wischte sich mit dem Handrücken über die rissigen Lippen. Der Blick des Vogels war fest auf sie gerichtet; ihr wurde plötzlich klar, wie stark er sein musste. Seine Augen funkelten, und er streckte die Klauen – hässliche, große, gespreizte Krallen. Er plusterte sich auf und sträubte die Federn, und es war fast, als leuchteten sie.

Er öffnete den Schnabel, und ein seltsamer Laut drang heraus – kein Krächzen, sondern ein sehnsuchtsvoller Schrei. Aus dem Schnabel dieser Kreatur klang er so obszön, dass Maria zurückwich. Zweimal hüpfte der Vogel näher heran, und am Geräusch der Klauen erkannte sie, wie schwer sein Körper war.

Sie hob einen Stein auf, um nach ihm zu werfen; er beäugte ihren Ruheplatz und plusterte sich noch einmal auf, als wolle er sich wieder in Bewegung setzen. Er durfte nicht näher kommen; sie durfte es nicht zulassen. Sie sah jetzt, dass er fast so groß war wie ein Lamm, auch wenn das unmöglich erschien. Aber sein Schatten ließ keinen Zweifel: Er war gewaltig.

Sie warf den Stein, der aber nur den Rücken des Vogels streifte und die Federn kaum in Unordnung brachte. Doch nun war er zornig; er drehte wütend den Kopf mit dem bösartigen Schnabel in ihre Richtung und hüpfte heran, die schrecklichen Flügel ausgebreitet. Da sie keine Waffe hatte, griff sie nach einem knorrigen Ast von dem Haufen, den Andreas für sie gesammelt hatte, und hielt ihn wie eine Keule vor sich.

Mit erbostem Krächzen erhob sich der Vogel und flog ihr mit ausgestreckten Klauen entgegen. Sie warf sich zu Boden, damit er sie verfehlte, aber er war zielsicher. Sie schlug mit ihrem kläglichen Knüppel nach seinen Krallen, aber das wehrte ihn nicht ab. Schon bohrten sich seine Krallen in ihre Schulter, und sein Schnabel wollte sich in ihr Fleisch graben. Sie roch den fauligen Gestank des Aases, das durch seinen Schlund gegangen war; er wehte aus ihm wie aus einem offenen Grab. Es war der Geruch von faulem Ziegenfleisch, der Verwesungsgestank einer toten Ratte, die Dünste der Kloake, vermischt mit den Fischdärmen, die man zum Verbrennen auf den Müll warf. Der Vogel selbst schien aus verwestem Fleisch zu bestehen, denn als sie seinen dürren Hals packte, versanken ihre Finger in einer schleimigen Masse. Unter den Federn war nichts als Fäulnis und Verwesung.

Der Vogel war nicht real. Es gab kein Geschöpf aus verwestem Fleisch.

Diese panische Erkenntnis kam ihr, während sie sich bemühte, den Schnabel des Vogels von ihren Augen fern zu halten, auf die er immer wieder einhacken wollte. Ihre Hand presste seinen Hals zusammen, aber sie fand nichts als Sehnen und Schleim, und ihre Finger schlossen sich umeinander.

Aber keiner der anderen ist auf diese Weise greifbar, schrie sie bei sich. *Sie alle sind Geister, die mich heimsuchen und wispern und mich umwehen wie Rauch, aber niemals …*

Der eklige Gestank umhüllte sie, und Übelkeit und Ohnmacht nahten. Sie fühlte, wie ihre Finger von seinem Hals glitten, fühlte, wie ihre Füße gegen seinen gefiederten Bauch traten, aber sie versanken darin, versanken in fauligem Gallert. Sie konnte sie nicht mehr herausziehen. Sie würde davon verzehrt werden.

»Ich bin alles, was verdorben und verdammt ist«, sagte der Schnabel. »Ich bin Rabisu der Aufpasser.«

Die Gestalt Rabisus – niemand wusste, wie er aussah oder was er eigentlich tat. Aber hatte der Rabbi nicht von ihm gesprochen, sie vor ihm gewarnt?

Der Schnabel schlug zu und schien in ihrer Brust zu versinken. Sie sah seine ekelhafte Glätte. Die Kehllappen glänzten wie entblößte Gedärme, und der nackte Kopf stieß herab. Der Schmerz war glühend heiß, der Schnabel spitz wie eine Lanze. Die hasserfüllten, glänzenden Augen drehten sich und starrten sie an, als wollten sie Maria mit wütendem Blick durchbohren. Sie hatten anscheinend keine Pupillen, waren nur schwarz, schwarz, schwarz.

Und dann … glitt er in sie hinein, geschmeidig wie ein Taucher, der ins Wasser gleitet. Der Schmerz verebbte, sie hörte nichts mehr, sank ohnmächtig auf ihre Decke.

Mittag. Wieder stand die Sonne senkrecht am Himmel, als sie die Augen aufschlug. Zuerst wusste sie nicht, wo sie war oder was geschehen war, aber dann stürzte alles wieder auf sie ein. Sie schnappte nach Luft und sah überrascht, dass ihre Brust nicht aufgerissen war. Behutsam hob sie die Hand und betastete sich, in der Erwartung, eine klaffende Wunde zu finden. Aber da war nichts. Nicht einmal ein Kratzer.

Aber der Geier! Sofort suchte sie nach den Spuren seiner Klauen, und richtig – da waren mehrere, vorn auf der Kante und dann eine unheilvolle Reihe, die auf sie zu führte. Große, breite Abdrücke, unübersehbar die drei starken Klauen.

Sie schluckte heftig, um Atem zu schöpfen und ihr jagendes Herz zu beruhigen. Der Vogel – noch ein Dämon. Aber wo war er? Wohin war er verschwunden?

Kaum hatte sie die Worte im Geiste geformt, da wusste sie es. Er hatte sich zu den anderen gesellt. Hatte sie nicht sogar gesehen, wie er in sie eingedrungen war?

»Ja, ganz recht.« Seine Stimme – unstet, als zerschmelze sie in Verwesung – sprach jetzt zum ersten Mal in ihr. »Ich bin hier. Ich bin gekommen, weil die anderen mich gerufen haben; sie sagten, du seist eine gute Wohnung für sie. Wir haben gern Gesellschaft, und oft rufen wir einander, wenn wir einen guten Gastgeber finden.«

Wer bist du? Sie konnte ihn jetzt fragen. Sie hatte keine Angst mehr. Sie war über alle Angst hinaus; was machte es schon, ob sie mit ihm sprach oder nicht?

»Du hast mir den richtigen Namen gegeben«, sagte er. »Du hast meinen Namen im Geiste einmal gerufen. Erinnerst du dich nicht? Versuche es.«

Sie hatte keinen Namen gerufen, höchstens ... der Aufpasser.

»Ja, das ist es. Aber du hast auch meinen eigentlichen Namen benutzt«, erinnerte er sie streng. »Namen sind sehr wichtig. Namen verleihen Macht. Namen helfen zu unterscheiden. Nenne meinen wirklichen Namen. Komm, komm. Du kennst ihn.«

»Rabisu«, flüsterte sie.

»Ja«, sagte die Stimme zärtlich wie ein Liebender. Während sie die Stimme hörte, konnte sie den Verwesungsgestank fast riechen, als sei diese selbst Verwesung.

»Du, der du Kain zum Verbrechen getrieben hast«, sagte sie.

»Ja! Du bist mir also in der Thora begegnet«, sprach die Stimme. »Sehr gut. Du weißt, dass ich alt bin, und du weißt, was ich getan und welche Flüche ich über die Menschheit gebracht habe. Unter Dämonen bin ich höchst ehrwürdig und angesehen.«

Sie hörte die Schwingungen des Stolzes in seiner Zustimmung.

»Die Thora sagt wenig über dich«, antwortete sie. »Sie erwähnt dich kaum. Dort steht nur: ›Da sprach der Herr zu Kain: Warum ergrimmst du? Und warum verstellt sich deine Gebärde? Ist's nicht also? Wenn du fromm bist, so bist du angenehm; bist du aber nicht fromm, so ruht die Sünde vor der Tür, und nach dir hat sie Verlangen.‹«

»So ist es«, sagte Rabisu. »Ich habe mein Verlangen gestillt, und er hat seinen Bruder getötet, und du weißt, welches Leid das gebracht hat.«

»Bist du hier, um auch mich zu töten?« Wenn das Ende nun endlich da sein sollte, war es ihr willkommen. Sie war tatsächlich am Ende ihrer Mittel, am Ende aller Hoffnung. Ihre letzte Hoffnung – in der Wüste zu fasten und sich zu läutern – hatte nur weitere Dämonen gebracht. Sie war zu schwach, um sich gegen sie zu wehren. Nun waren sie so sehr in der Überzahl, und sie riefen einander, wie Rabisu sagte, und luden immer mehr ihresgleichen ein, zu ihr zu kommen. Nein, es gab nur eine Möglichkeit, alldem zu entfliehen.

Vermutlich werden Simon und Andreas mich suchen kommen, und dann können sie Joel sagen, was geschehen ist ... und diese qualvolle Belagerung wird endlich ein Ende haben, dachte sie.

»Vielleicht«, murmelte Rabisu. »Töten ist das, was wir alle am besten können, und es gefällt uns.«

»Dann tut es doch!«, forderte sie ihn heraus. Sie war bereit. Aber nichts geschah.

Sie saß da und wartete, zusammengesunken an den Fels gelehnt. So viele Geister waren in ihr, dass sie sich fühlte wie ein verwesendes Tier, das von Maden wimmelte – als wäre Maria aus Magdala nur eine Hülse für Aschera, die blasphemische Stimme, Pasusu, Heket, den Dämon des Mittags und Rabisu. Sie alle brodelten in ihr und ließen sie anschwellen wie es ein Kind täte, das man im Leibe trug, nur dass sie – anders als ein Kind – überall waren und ihr ganzes Wesen durchdrangen.

Sprachen sie miteinander? Stritten sie? Diskutierten sie über Maria? Sie hatte keine Ahnung, was die Geister trieben; sie sprachen nur mit ihr, um sie zu quälen, und was sie untereinander redeten, konnte sie nicht hören.

Ich bin zerstört wie ein mottenzerfressener Mantel, der auseinander fällt, wenn man ihn aufhebt, gestand sie sich ein. Ich bin ein Behältnis für das Böse. Und deshalb muss ich sterben, hier, fern von zu Hause, wo ich Schaden anrichten könnte. Der Rabbi hatte Recht, als er mich herschickte.

Die Dämonen belästigten sie einer nach dem anderen, während die Stunden vergingen, sie flüsterten ihren Namen und erinnerten sie an ihre Gegenwart. Sie kannte inzwischen die Stimme eines jeden und brauchte nicht mehr zu fragen, wer sie waren.

»Rabisu, du brauchst dich nicht mehr mit mir abzugeben«, flüsterte sie. »Ich bin nichts; ich habe aufgehört zu existieren.

Vor meiner Tür zu ruhen ist fruchtlos. Ich habe keine Tür außer der Tür zum Tode, und dort werde ich eintreten und nicht wieder hervorkommen.«

Die Sonne zog über den Himmel, und die Schatten wanderten über die Landschaft ringsum. Maria saß da wie eine Statue.

Wieder war es Nacht. Wieder war es Zeit zu schlafen – oder sich doch hinzulegen. Die Stunden gingen ineinander über. Sie versuchte zu beten, aber die Worte wollten sich nicht einstellen, und sie war zu schwach. Sie sank auf ihr Lager und schloss die Augen.

Kurz vor der Dämmerung, zu der Stunde, da die Nacht sich in den frühen Morgen verwandelt, standen die Sterne hell am Himmel, und der zunehmende Mond glitt herab und malte Halbschatten auf die Felsen. Maria sah es von dort, wo sie lag, matt und teilnahmslos. Dann gewahrte sie eine Bewegung am Rande des schmalen Simses, eine Art schimmerndes Wimmeln. Tausend kleine Körper, die über die Felskante kamen.

Sie richtete sich auf und starrte sie an. Ihr Arm zitterte, fast zu schwach, um sie noch zu stützen. Sie schleppte sich näher an den Rand, um besser sehen zu können. Der Mond beschien die heranbrandende kleine Armee, die sich über die Felskante ergoss.

Heuschrecken. Ihre harten, glänzenden Panzer, die zitternden kleinen Fühler an ihren Köpfen, die kräftigen Kiefer … Maria hatte schon Heuschrecken gesehen. Aber diese hier! Ihre riesigen Augen reflektierten das Mondlicht in Hunderten kleiner Prismen, und ihre Hinterbeine wirkten riesenhaft. Sie konnten gewaltige Sprünge machen, und eine von ihnen tat es auch und landete weit im Innern der Höhle. Ein paar andere folgten. Aber das Hauptheer strömte einfach weiter über den Rand herein und rückte immer näher.

Heuschrecken. Hier konnte es keine Heuschrecken geben. Sie fanden hier nichts zu fressen. Hier war Wüste. Aber als Maria das Klicken und Knirschen der Panzer beim Marschieren hörte, war ihr klar, dass dies wie alle Kreaturen, die sie hier in der Wüste aufgesucht hatten, keine echten Heuschrecken waren. Sie waren eine weitere Manifestation des Dämonischen.

Sie wollte vor ihnen zurückweichen, aber sie besaß keine

Kraft mehr. Und wohin hätte sie auch gehen können? Sie würden ihr bis ans Ende der Höhle folgen. Also konnte sie auch stehen bleiben und sie erwarten. Es gab keine Rettung.

Und es kümmerte sie auch nicht mehr. War dies das Werk des Dämonen des Mittags, der sie gelehrt hatte, dass alles nutzlos sei? Oder lag es nur daran, dass sie nicht mehr fliehen konnte und es nichts mehr gab, wohin sie hätte fliehen können? Sie war am Ende ihrer selbst, in ihrer letzten Zuflucht angelangt. Doch es gab keine Zuflucht. Es gab nur diese matt vom Mond beschienene Felswand und das, was da auf sie zukam.

Die glänzende Heuschreckenarmee schwärmte über den Steinboden, und Maria streckte die Hand aus, um ein Insekt zu berühren. Es war hart und kalt. Maria zog sich zurück, so weit ihre Kräfte es zuließen, und wappnete sich. Und, jawohl, nun hatten sie den Saum ihres Gewandes erreicht und krochen über ihre Knie. Sie fingen an, ihren Mantel zu fressen, zerkauten ihn mit flinken Kiefern. Sie verzehrten ihre Decke. Sie raubten ihr das Hemd, und sie war nackt und hatte nichts mehr, um sich zu bedecken. Es war bitterkalt, und die kalten Leiber der Heuschrecken konnten sie nicht wärmen. Maria bebte und zitterte und schrie.

Da erkannte sie, dass sie überhaupt nicht aussahen wie Heuschrecken. Manche hatten menschliche Gesichter, und ihr Haar war das Haar von Menschen, aber sie hatten Löwenzähne. Und sie trugen sogar Brustpanzer. Und das Rasseln ihrer Flügel! Es war wie das Donnern vieler Streitwagen. Sie hatten Stachelschwänze wie Skorpione, die sie emporreckten, bereit, zuzustechen.

Dann erschien eine Gestalt im Höhleneingang. Sie sah aus wie eine Heuschrecke, aber sie war so groß wie ein Mann. Wie einige andere Heuschrecken hatte sie ein Menschengesicht und einen Brustpanzer. Und auf dem gekrümmten Schwanz saß ein Stachel, so groß wie ein Schwert.

Die Heuschrecken hörten auf, sich zu bewegen, als die Gestalt auftauchte, als ob sie ihre Anweisungen erwarteten. Und sie erteilte sie mit Donnerstimme.

»Ich bin Abaddon, euer König! Und ich befehle euch, vernichtet diese Frau!«

Die Heuschrecken schwärmten über sie hinweg. Sie umhüllten sie wie eine überraschend schwere Decke, die sich anfühlte wie Metall. Aber so würde sie sich nicht besiegen lassen! Sie kroch auf Abaddon zu und packte seinen Stachel, sie bog ihn herum und richtete ihn auf ihre Brust.

»Vernichte du mich«, flüsterte sie. »Nicht deine Schergen.«

Sie spürte, wie der Schwanz erbebte, wie der Stachel sich bereitmachte.

»Wie kannst du es wagen, etwas von mir zu verlangen?«, fauchte Abaddon.

»Ich wage es, weil ich bis ans Ende meiner Kraft kämpfen werde«, antwortete Maria.

»Kraft? Du hast keine Kraft mehr. Sie ist aufgebraucht. Jetzt ergib dich meiner Armee!«

»Nein, das werde ich niemals tun.« Ihre Ergebenheit war angesichts von Abaddons Angriff verflogen, und irgendwo außerhalb ihrer selbst fand sie einen letzten Rest Kraft.

»Du musst. Du kannst nirgends mehr hin.«

»Doch. Ich will einen sauberen Tod, und weder du noch deine Legionen werden ihn herbeiführen.«

Sie ließ Abaddon los und schleppte sich zum Rand des Felsensimses.

Dort unten waren die Felsen. Sie würden sie willkommen heißen, und doch wäre es ein Sieg über die Mächte, die gekommen waren, um sie zu vernichten.

»Ich herrsche über den Abgrund«, sagte Abaddon. »Vor meiner Macht gibt es kein Entrinnen.«

»Aber dies ist nicht der mystische Abgrund, sondern eine Felsenschlucht«, sagte Maria. »Und über sie herrschst du nicht.«

Sie hing über dem Rand und schaute in die Tiefe. Es wäre endgültig. Sie wollte nicht sterben, aber sie wollte das Böse in ihr töten.

Mit Mühe kam sie auf die Beine. Sie konnte kaum stehen; schwankend stand sie über der weiten Leere unter ihr und stammelte ein Gebet.

»Gott, sei meiner Seele gnädig, und vergiss nicht, dass ich eher sterben wollte, als diese unreinen Geister noch länger zu beherbergen.«

Dann nahm sie ihre letzte Kraft zusammen und stürzte sich vom Felsen.

XX

Sie fiel. Sie fühlte, wie der Wind an ihr vorbeirauschte. Bis zum Grund der Schlucht war es so weit, dass sie Zeit hatte, flüchtig das Gestein der Felswand zu sehen, als könne sie fliegen.

Aber dann kam der Boden auf sie zu. Es machte nichts; es war alles vorüber. Jäh schlug sie auf einen großen Baum auf, der aus der Felswand wuchs, dann auf einen Steinblock und schließlich auf den Boden der Schlucht. Sehr still blieb sie liegen.

Mit übergroßer Hoffnung schlug sie die Augen auf. Sie erwartete, etwas Unbekanntes zu sehen und zu wissen, dass sie tot, dass alles vorüber war. Scheol zu sehen – einen dunklen Ort der Schatten, der wandernden Geister der Entschlafenen. Oder den Hades – Flammen und noch mehr Schatten. Doch nein. Vor ihren Augen lagen die Steine der Wüste und ein paar dürre Pflanzen. Eine neugierige Eidechse betrachtete sie und drehte den Kopf hin und her.

Ich bin immer noch hier, dachte sie und wusste nun, was wahre Verzweiflung war. Ich habe nicht die Kraft, wieder hinaufzuklettern und noch einmal zu springen.

Mühsam setzte sie sich auf, betastete Arme und Beine, befühlte ihren Kopf – kahl, wund, aber nicht blutig. Sie war zwar arg verschrammt, aber anscheinend hatte sie sich nichts gebrochen.

Ein Wunder? Nein – warum sollte Gott diesen dämonenverseuchten Körper erhalten wollen? Dies war das Werk der Dämonen. Mit ihrem Trotz hatte sie Abaddon herausgefordert, und er hatte ihr gezeigt, wer der Herr war. Oder wollte Gott, dass sie weiterlebte?

Sie war nackt. Es war nichts da, womit sie sich hätte bedecken können. Die Heuschrecken des Abgrundes hatten dafür gesorgt. Aber sie musste fort von hier. Sie würde dorthin gehen, wohin Simon und Andreas hatten gehen wollen. Sie musste ihnen berichten, was geschehen war. Und dann würde sie ihrem Leben ein Ende setzen. Wenn dieser heilige Mann, der Täufer, dort predigte, würde er die Geister lange genug in Schach halten, um ihr zu ermöglichen, zu tun, was sie tun musste.

Sie zog sich an einem Felsen hoch. Sie würde der Sonne folgen und sich zu dem Ort begeben, von dem sie ihr erzählt hatten.

Sie suchte sich einen Weg durch die Schlucht, aber jeder Felsblock, den sie passieren musste, erschien ihr wie eine ferne Grenze, und sie hatte kaum die Kraft, vorwärts zu kriechen.

Als die Sonne unterging, machte sie Halt. Wärme suchend kauerte sie sich an einen Felsen, und weil er ein wenig von ihrer eigenen spärlichen Körperwärme reflektierte, überlebte sie bis zum Morgen. Zur dunkelsten Stunde hörte sie das Scharren eines Tieres in ihrer Nähe, und sie wusste, dass sie gegen jeden Angriff wehrlos war. Aber die Geräusche verhallten, und sie blieb verschont.

Am nächsten Morgen schleppte sie sich wieder von einem Felsen zum anderen; manchmal kroch sie über den rauen Boden dazwischen, und dann wieder stützte sie sich auf die Felsen und versuchte, aufrecht zu gehen. Die Sonne brannte auf ihren zerschundenen, nackten Körper, und ihre Haut bekam Blasen.

Im Nebel der verstreichenden Zeit erreichte sie einen Bach, und sie wusste, dass sie jetzt wahrscheinlich in der Nähe des Ortes war, von dem Simon und Andreas gesprochen hatten. Sie sank auf die Knie und trank. Das Wasser, warm von seinem Lauf durch die Wüste, war wie eine nahrhafte Brühe. Sie trank und trank, und dann tauchte sie die Hände hinein und wusch sich die schmutzigen Arme.

Während Maria darauf wartete, dass sie sich wieder ein wenig kräftiger fühlte, überlegte sie, in welcher Richtung sie dem Bach folgen sollte. Aussichtsreicher erschien es ihr, auf die fernen Felsen zuzugehen. Und so stolperte sie weiter und folgte dem steinigen Bett des schmalen Baches, dem Jordan entgegen, den sie in der Ferne funkeln sah.

Hinter einer Biegung erblickte sie den Ort ganz unversehens: Wo der Bach sich verbreiterte und in den Jordan floss, hatte sich eine große Menschenmenge versammelt. Manche saßen auf den Felsen, andere standen in einiger Entfernung, aber die meisten drängten sich dicht an das Ufer des Jordan.

Ein Mann stand im fließenden Wasser und rief mit heiserer Stimme: »Ich bin die Stimme des Rufers in der Wüste, zu bereiten den Weg des Herrn!« Er war so weit hinausgewatet, dass das Wasser seine Knie umspülte, und war von Zuhörern umringt, die ebenfalls knietief im Wasser standen.

»Ihr sucht die Taufe der Buße!«, rief er nicht nur ihnen, sondern allen zu. »Buße! Das Wort bedeutet, dass ihr euer Leben ändert und fortan in die entgegengesetzte Richtung wandert!« Er drehte sich um und richtete den Blick auf eine andere Gruppe. »Ihr da! Soldaten!« Er deutete auf ein paar uniformierte Römer, die steif auf einem nahen Felsen standen. »Dies habe ich euch zu sagen: Erhebt nicht länger falsche Beschuldigungen! Hört auf, Geld zu erpressen! Ich sage euch, gebt euch zufrieden mit euerm Sold!«

Eine Gruppe von Männern watete auf den Schreienden zu. Im Gegensatz zu dem groben Hemd aus Tierfellen, das der Prediger trug, waren sie gut gekleidet.

»Lehrer«, riefen sie, »was sollen wir tun?«

»Steuereinnehmer!«, antwortete er. »Was euch betrifft, so sollt ihr nicht mehr kassieren, als euch von Rechts wegen zusteht.«

»Ja, ja!«, riefen sie und wateten weiter auf ihn zu. Dann knieten sie im fließenden Wasser nieder und senkten die Köpfe. Er legte nacheinander die Arme um sie und tauchte sie unter.

»Lasst euch taufen mit dem Wasser der Buße«, sagte er jedes Mal, wenn er den Ritus vollzog, und einer nach dem anderen wurde so getauft. Für jeden hatte er eine persönliche Ermahnung.

Wieder watete ein Mann hinaus. Maria sah, dass er kräftig war und ein gewinnendes Gesicht hatte, aber das erklärte die Reaktion des Predigers nicht: Er schien ihn zu erkennen und war erschrocken. Die beiden schauten einander lange an und wechselten einige Worte miteinander, die Maria nicht verstand. Dann wurde der Mann getauft und watete zurück ans Ufer. Er und der Täufer hielten einen Augenblick lang inne, und dann war der Mann wieder an Land und verschwand.

Maria wurde plötzlich schmerzlich bewusst, dass sie nackt war. Die Leute starrten sie an, und sie schämte sich zutiefst, obwohl sie doch gedacht hatte, sie sei längst über alle Scham hinaus.

Zaghaft näherte sie sich einer Frau, die auf den Felsen wartete, und fragte sie im Namen der Barmherzigkeit, ob sie ihr etwas geben könne, um sich zu bedecken. Die Frau tat es gern, und Maria hüllte sich in einen Mantel.

Dies musste der Ort sein, wo Johannes der Täufer predigte. Maria sah sich nach Simon oder Andreas um, aber sie fand nirgends ein vertrautes Gesicht. Die Menschenmenge war ziemlich groß; Maria hatte gehört, dass der Täufer die Leute aus weiter Ferne anlockte. Aber was hatte er *ihr* zu bieten? Buße? Dieses Stadium hatte sie längst hinter sich. Schlichte Buße hatte ihr nichts eingebracht. Der Täufer war etwas für Leute mit einem gewöhnlichen Leben, nicht für sie. Ein Steuereinnehmer, der betrogen hatte – jawohl, der Täufer konnte ihm helfen. Ein Soldat, der seine Autorität missbrauchte – ja, darum konnte der Täufer sich kümmern. Aber über dergleichen war sie weit hinaus.

»Otterngezücht!«, rief er ein paar Pharisäern zu, die am anderen Ufer standen. »Wie könnt ihr erwarten, dem künftigen Feuer zu entgehen? Ich sage euch, die Axt ist schon an die Wurzel des Baumes gelegt, und jeder Baum, der nicht gute Früchte bringt, wird gefällt und ins Feuer geworfen!«

Maria sah sich in der Menge um. Aber Andreas und Simon waren nirgends zu finden.

Sie setzte sich auf einen Stein und zog sich das Tuch über den Kopf. Sie musste die beiden suchen, musste ihnen eine Botschaft für Joel mit auf den Weg geben, ehe sie sich wieder allein in die Einöde zurückzog, wo alles ein Ende finden würde – finden musste.

Plötzlich, spät am Nachmittag, entdeckte sie die beiden. Sie waren bei dem Mann, der zuvor getauft worden war und mit Johannes gesprochen hatte; auch ein paar andere Männer drängten sich um ihn. Es widerstrebte ihr, sie in Gegenwart anderer anzusprechen, aber sie hatte keine Wahl. Langsam und unter Schmerzen humpelte Maria auf sie zu und zupfte Simon am Ärmel. Er fuhr herum und starrte sie an.

»Oh! Allerheiligster Name! Maria!«

Sie sah, dass er auf den ersten Blick, im ersten Moment, begriffen hatte, dass alles gescheitert war. Dass alle Heilmittel wirkungslos geblieben waren. Und dass es jetzt keines mehr gab.

»Ich wurde unablässig angegriffen. Ich musste fliehen.« Matt suchte sie seine Hand. »Simon, ich weiß, was ich zu tun habe. Aber ich wollte dich noch sehen, damit du Joel berichten kannst, was geschehen ist. Damit er es für alle Zeit weiß.«

So. Jetzt hatte sie es ausgesprochen. Jetzt konnte sie gehen und ein Ende machen. Simon konnte nichts mehr für sie tun.

»Maria, wir haben jemanden gefunden, der ... der deine Geschichte wird hören wollen.«

Nein! Nein, sie hatte nicht mehr die Kraft, alles noch einmal zu erzählen, und es hatte auch keinen Sinn. Sie wich zurück, krank vor Sehnsucht danach, endlich zu entkommen.

Aber Simon hielt sie bei den Schultern fest und schob sie in den Kreis um den Mann, der ihr zuvor aufgefallen war.

»Meister«, sagte Simon, »kannst du dieser Frau helfen?«

Maria sah nur ein Paar Sandalen an kräftigen, wohlgeformten Füßen. Sie wagte nicht, den Kopf zu heben. Sie wollte niemanden anschauen, von niemandem angeschaut werden.

»Was plagt dich?«, fragte der Mann.

Aber sie konnte es nicht erklären. Es war zu schwierig, zu verwickelt, sie hatte es schon zu oft erzählt, und jetzt wusste sie, dass ihr niemand helfen konnte.

»Kannst du nicht sprechen?« Seine Stimme klang nicht unfreundlich, aber sachlich.

»Ich bin zu müde«, antwortete sie, ohne aufzublicken.

»Ich sehe, dass du erschöpft bist«, sagte er. »Deshalb frage ich dich nur: Willst du geheilt werden?« Er sprach jetzt zögernd, als stelle er die Frage widerstrebend – als sei er nicht sicher, dass er eine Antwort hören wollte.

»Ja«, flüsterte sie. »Ja.« Wenn all diese Jahre doch nur davonfliegen könnten – wenn es doch möglich wäre, dass ich Aschera niemals aufgehoben hätte!

Der Mann trat einen Schritt vor und schob ihr das Tuch vom Kopf. Sie spürte, wie erschrocken die Zuschauer waren, als sie sahen, dass sie keine Haare hatte, aber dieser Mann wirkte nicht überrascht, ja, er schien es nicht einmal zu bemerken. Er legte ihr die Hände auf den Kopf. Sie fühlte, wie seine Finger ihren Schädel umfassten und ihn ganz umgaben, von oben bis zu den Ohren.

Sie erwartete, dass er jetzt eine lange Reihe von Gebeten begann, dass er Gottes Hilfe und Barmherzigkeit erflehte und die Schrift zitierte. Aber stattdessen rief er nur mit durchdringender Stimme: »Komm heraus aus ihr, du böser Geist!«

Sie fühlte einen Ruck in sich.

»Wie heißt du?«, fragte der Mann gebieterisch.

»Aschera«, antwortete eine überraschend kleinlaute Stimme.

»Verlasse sie, fahre aus und kehre nicht zurück!«

Sie spürte tatsächlich, wie der Geist sie verließ, aus ihr floh.

»Pasusu!«, rief er. »Fahre hinaus aus dieser Frau!«

Woher kannte er diesen Namen? Verdutzt schaute Maria zu ihm auf. Alles, was sie sah, war ein entschlossenes Kinn. Sein Gesicht konnte sie nicht sehen.

Pasusu ergriff die Flucht; sie spürte, wie die abscheuliche Erscheinung aus ihr wich.

»Und du, unreiner Lästerer! Hebe dich fort von dieser Tochter Israels, die du quälst! Und komme niemals zurück!«

Mit einem wirren Wust von Flüchen trat der Geist aus ihr hervor.

»Heket!« Es hörte sich an wie ein Appell. Dieser Mann kannte sie alle. »Fahre aus!«

Und wieder fühlte Maria deutlich, wie der Dämon sie verließ, und fast war es, als sehe sie einen schlanken grünen Schatten, der in einer Felsenritze verschwand.

»Der Dämon, der die Mittagsstunde heimsucht«, rief der Mann, »komme heraus aus ihr!«

Dieser war bis jetzt der Widerspenstigste; er war eingebettet in ihren Geist, hatte ihr ganzes Denken durchdrungen, und als er aus ihr emporstieg, war es, als schwebe sie.

»Es sind … es waren … sieben«, flüsterte sie.

»Ich weiß«, sagte er. »Rabisu!« Seine Stimme klang, als klopfe er mit einem Stab auf den Boden.

Maria hörte, wie der Geist aus ihrem Munde antwortete. »Ja?«

»Fahre aus!«

Maria erwartete, dass der wilde Rabisu widersprechen würde, aber er floh, glitt aus ihr heraus.

»Und jetzt ist nur noch Abaddon da«, sagte der Mann. »In

mancher Hinsicht ist er der Gefährlichste von allen, denn er ist ein Engel, ein Abgesandter des Satans. Sein Name bedeutet ›Zerstörer‹. In der letzten großen Schlacht wird er die Heerscharen führen.« Er schwieg und richtete sich auf. »Abaddon! Apollyon! Ich sage dir, komm hervor aus ihr!«

Die abscheuliche Gestalt des Heuschreckenmannes erschien für einen Augenblick, sodass alle ihn sehen konnten, und verschwand.

Der Mann hatte seine Hände noch immer auf ihrem Kopf, und sie war sich seiner Finger bewusst. Die Geister waren zwischen ihnen hindurchgeschlüpft. Sie waren fort, wirklich fort. Maria fühlte sich wieder wie vor langer Zeit, wie in ihrer Kindheit, bevor die Geister gekommen waren.

Sie ergriff die Hände des Mannes auf ihrem Kopf und bedeckte sie mit ihren eigenen. »Es waren so viele Jahre«, begann sie, aber dann fing sie an zu schluchzen.

Der Mann beugte sich herab, nahm die Hände von ihrem Kopf und fasste sie bei den Ellenbogen, damit sie aufstehen konnte. »Gott kann dir die verlorenen Jahre zurückgeben. Sagt nicht der Prophet Joel: ›Und ich will euch die Jahre erstatten, die die Heuschrecken gefressen haben‹?«

Sie lachte ein bisschen unsicher. »Das Wort Heuschrecken höre ich nicht gern.«

»Das glaube ich. Die Heuschrecken des Abgrundes – sie sind schlimmer als alle irdischen Heuschrecken. Wie heißt du?«

»Maria«, sagte sie. »Aus Magdala.«

Sie wollte ihm Fragen stellen, nach seinem Namen und wie er die Dämonen so mühelos bändigen könne – aber sie wagte es nicht. Und vielleicht war es auch nicht so mühelos geschehen. Er wirkte erschöpft.

»Ich war noch nicht bereit dazu«, sagte er zu Simon. »Nicht so bald. Aber es ist nicht an mir, die Stunde zu bestimmen.«

Seine Stimme würde man niemals vergessen, und Maria hatte das Gefühl, sie vor langer Zeit schon einmal gehört zu haben.

Was meinte er? War er ein heiliger Mann, der eben seine Gelübde abgelegt hatte?

»Maria«, sagte Simon, und seine Stimme zitterte vor Erregung, »das ist Jesus. Wir haben ihn hier kennen gelernt, als wir herkamen, um Johannes zu hören. Anscheinend ... Wir glauben ... Er hat ... Er ist ...« Der sonst so gesprächige Simon fand keine Worte. »... jemand, dem wir folgen können.«

Folgen? Was sollte das heißen? Seinen Lehren lauschen? Seine Gebote beachten? Hatte Simon schon einmal von diesem Jesus gehört?

»Ich meine ... Vielleicht hören wir auf zu fischen und werden seine Schüler, seine Jünger. Wenn er es uns erlaubt.«

Mit dem Fischen aufhören? Ihren Beruf aufgeben? Was würden ihre Familien sagen? Und was meinte er mit »erlauben«? Wählte ein Schüler sich den Lehrer nicht selbst?

»Ja, wir möchten von ihm lernen«, sagte Andreas. »Es sind noch andere aus Galiläa hier, und wir werden uns zusammenschließen und ...«

»Aus unserer Gegend?«

»Vom See«, sagte Simon. »Philippus ist hier – er ist aus Betsaida. Auch er ist gekommen, um Johannes den Täufer zu hören, und hat stattdessen diesen Mann gefunden. Und sein Freund Nathanael aus Kana. Da sind wir schon zu viert.«

»Alle aus Galiläa?«, fragte Maria.

»Ja, und Jesus ist aus Nazareth.«

»Was kann aus Nazareth schon Gutes kommen?«, fragte eine dünne, zitternde Stimme. Maria drehte sich um und sah, dass sie einem schmächtigen jungen Mann gehörte. »Das habe ich gesagt. ›Studiert die Schriften, und ihr werdet sehen, dass kein Prophet aus Nazareth kommt.‹ Aber es gibt keinen Zweifel, dass dieser Mann ein wahrer Prophet ist. Er wusste, was ich tue und wer ich bin, bevor er mich kannte. Und er wusste von deinen Dämonen.«

»Nathanael hat gezweifelt, bis er Jesus kennen lernte«, sagte Philippus. »Ich habe ihn mitgenommen und ihn bekannt gemacht.«

»Ich war nicht bereit anzufangen«, sagte Jesus. »Aber Gott hat mir diese Jünger geschickt. Ihr erwählt nicht mich, sondern ich erwähle euch. Maria – ich lade dich ein, dich uns anzuschließen. Gewiss hat Gott dich zu uns geschickt. Ein Geschenk Gottes. Es ist mein Wunsch, dass du mit uns kommst.«

Mitkommen – wohin? Um was zu tun? Ihr war schwindlig vor

Hunger und von allem, was geschehen war, und von dem freien Raum, der in ihr war, nachdem die Geister sie verlassen hatten.

»Maria, ich lade dich ein. Schließe dich uns an.«

Zum ersten Mal schaute sie dem Mann jetzt ins Gesicht. Seine Augen hielten sie fest. Hier war ein ganz neues Leben, und ihr früheres schien auf geheimnisvolle Weise nicht mehr zu existieren – wie ein Traum, der verblasste.

»Eine Frau?« Etwas anderes fiel ihr nicht ein in ihrem kläglichen Widerstand gegen seine Einladung.

»Eine Frau. Ein Mann. Gott hat sie beide geschaffen. Er will in seinem Reich beide haben.« Wieder schaute Jesus sie an. Er bat nicht, er befahl nicht, er lud sie nur ein, ihn anzuschauen und sich zu entscheiden. »Es wird Zeit, dass den Menschen bewusst wird, dass es zwischen beiden vor Gott keinen Unterschied gibt.«

Sie wollte mit ihnen gehen. Sie sehnte sich danach. Und doch – war sie nicht schon für wahnsinnig erklärt worden? Hatte man sie nicht schon für tot gehalten?

»Ja, sagte sie. »Ja, ich werde mit dir kommen.« Für kurze Zeit, dachte sie. Nur für kurze Zeit. Mehr kann ich mir nicht erlauben.

»Dann danke ich dir«, sagte er. »Ich danke dir, dass du anderen gestattet hast, Zeugen deines Kampfes gegen das Böse in dir zu sein. Ich wünschte, alle, die hier versammelt sind« – er breitete die Arme aus –, »hätten es sehen können. Aber sie werden andere sehen. Es wird viele andere geben, denn das Reich Satans ist groß, und unser Kampf gegen ihn nimmt kein Ende. Jetzt komm«, sagte er zu Maria. »Folge mir.«

Mit einem Blick hielt er die anderen zurück, als sie sich um ihn drängen wollten, und sie wichen zurück wie von unsichtbaren Händen geschoben. »Bringt ihr etwas zu essen«, befahl er ihnen. »Die Dämonen haben ihr nicht erlaubt zu essen, und sie ist halb verhungert.«

Simon hielt ihm einen zerfransten Korb mit Brot, getrockneten Datteln und Nüssen entgegen. Jesus nahm ihn und führte Maria zu den Klippen abseits des Jordan, weit weg von Lärm, den Johannes der Täufer und seine Anhänger verbreiteten. In ihrem geschwächten Zustand konnte sie nicht sehr schnell gehen, und sie kam sich vor wie eine alte Frau, als sie, so auf Jesus gestützt, daherschlurfte.

»Hier«, sagte er und ging auf eine steile Felswand zu, deren Fuß tief im Schatten lag. Im kühlen Sand ließen sie sich nieder, und Jesus reichte ihr den Korb. Sie starrte ihn nur hilflos an. Sie fühlte sich schwach, ausgelaugt – mehr noch als in der Wüste, durch die sie auf der Suche nach Simon und Andreas gekrochen war. Jetzt war eine Schwerelosigkeit in ihr, eine Leere, die einmal gefüllt gewesen war. Davon wurde ihr schwindlig.

Jesus brach ein Stück Brot für sie ab und legte es ihr in die Hand. Langsam hob sie es zum Mund und begann zu kauen. Es war trocken und schmeckte wie Leder.

»Hier.« Jesus hielt ihr einen Weinschlauch entgegen. »Trink!«

Dankbar hielt sie den Schlauch an den Mund und trank in großen, gierigen Schlucken von der essigsauren Flüssigkeit, die sie jäh durchströmte. Ein wenig davon rann ihr aus den Mundwinkeln und tropfte auf den Mantel der Fremden.

Hustend wischte sie sich den Mund ab und betrachtete die Flecken auf dem Mantel. Es war das erste Mal seit ihrer Kindheit, dass sie aus Unachtsamkeit etwas besudelt hatte.

»Die Dämonen haben mir sogar meine Manieren geraubt«, stellte sie fest. Ihr matter Versuch zu lachen endete in einem Lächeln. Mit zitternder Hand nahm sie eine Dattel aus dem Korb und biss hinein.

»Die Dämonen sind fort«, antwortete Jesus mit fester Stimme. »Jetzt ist es der Hunger, der dir deine Manieren raubt, und das ist keine Schande.«

Er saß da und schwieg, während sie aß, obwohl sie langsam aß.

Sie brauchte ihre ganze Kraft, nur um zu kauen und zu schlucken, und sie konnte den Mann, der neben ihr saß, nicht anschauen, konnte ihn nicht betrachten oder über ihn nachdenken. Erst als sie so viel gegessen hatte, wie ihr geschrumpfter Magen aufnehmen konnte, lehnte sie sich an den Felsen und sah ihn an.

Jesus. Sein Name sei Jesus, sagten sie. Es war ein verbreiteter Name, eine der zahlreichen Varianten von Josua. Und woher kam er? Aus Nazareth, hatte jemand gesagt. Sie hatte kaum zugehört.

Jesus. Irgendetwas an der Art, wie er vor dem Hintergrund der Felsen dasaß, kam ihr bekannt vor.

»Du hast mich gebeten, mich dir anzuschließen«, sagte sie schließlich in das Schweigen hinein. »Ich … Ich verstehe das nicht. Ich bin eine verheiratete Frau und habe eine kleine Tochter. Zu Hause in Magdala wartet mein Mann auf mich. Wie kann ich mit dir gehen? Und was soll ich für dich tun?« Sie schwieg kurz. »Ich verdanke dir alles. Du hast mich dem Leben wiedergegeben, dem normalen Leben. Aber jetzt willst du, dass ich es wieder verlasse?«

»Nein«, sagte er. »Ich bin gekommen, um dein Leben – und das Leben aller – reicher zu machen.«

»Ist das deine Mission?«, fragte sie. »Als du zu Johannes gingst, da schien es, als kenne er dich schon. Bist du ein heiliger Mann?«

Er lachte. Er warf den Kopf in den Nacken, und sein Kopftuch fiel herunter, sodass sein dichtes dunkles Haar zum Vorschein kam. »Nein«, sagte er schließlich. »Nein, ich bin kein heiliger Mann. Ich glaube nicht, dass man Gott findet, indem man sich von allem zurückzieht oder indem man jede Silbe der Schrift studiert, um ihr den letzten Sinn abzupressen. Wenn Gott spricht, tut er es meistens klar und deutlich.« Er wandte sich ihr zu und schaute ihr in die Augen. So etwas tat sonst niemand außer ihrem Ehemann. »Den Menschen gefallen diese klaren Weisungen nicht, und deshalb suchen sie nach anderen, verborgenen, denen sie leichter folgen können.«

Wenn er kein heiliger Mann war, was war er dann? Ein Prophet? Aber er hatte sich unterworfen, hatte sich von einem anderen Propheten taufen lassen. Vielleicht war er nur ein Magier mit besonderen Kräften.

»Wer … wer bist du?«, fragte sie schließlich.

»Diese Frage wirst du dir selbst beantworten müssen«, sagte er. »Und das kannst du erst, wenn du dich mir angeschlossen hast oder mir wenigstens eine Weile gefolgt bist.« Wieder schaute er sie an. »Jetzt musst du mir sagen, wer *du* bist.«

Wer war sie? Niemand hatte sie je so unverblümt danach gefragt. Sie war Nathans Tochter, Spross des Huram vom Stamme Naphtali, der die antiken Bronzearbeiten im Tempel geschaffen hatte, die Frau des Joel aus Nain und Mutter Elischebas. Das alles wollte sie sagen, aber die Worte erstarben ihr auf der Zunge.

»Maria aus Magdala«, befahl er, »wer bist *du*? Vergiss deinen Vater, deinen Ahnen, deinen Mann. Sag mir, was dann übrig ist!«

Was war denn übrig? Ihr Lesen, ihre Sprachen, ihre Freundin Kezia, ihre heimlichen Tagträumereien. Das Gefühl – mochte es auch noch so zart und unstet sein –, sie sei vor langer Zeit von Gott berufen oder ausersehen worden. Mit bebenden Worten versuchte sie dies dem Menschen zu erklären, der sie zum ersten Mal danach gefragt hatte.

»Ich … Ich durfte nicht lesen lernen, aber ich fand doch eine Möglichkeit, Unterricht zu nehmen. Später lehrte mein Bruder mich Griechisch, und ohne Erlaubnis fing ich auch an, die Schriften zu studieren. Ich fand eine Freundin … eine Freundin, die nicht an die Vorschriften gebunden war, wie die Leute sie einhalten, die man Pharisäer nennt und zu denen meine Eltern gehören. Diese Freundin … öffnete mir ihr Haus und hieß mich willkommen.«

»Ein wahrer Akt der Liebe und Barmherzigkeit«, sagte Jesus. »Er steht höher als die pflichtbewusste Erbsenzählerei der Pharisäer.«

»Und ich hatte immer das Gefühl, dass Gott mich gerufen oder mir zumindest gewinkt hatte. Aber dieses Gefühl verblasste, als ich mit den Dämonen rang. Die Dämonen sind nur wegen meines Ungehorsams gekommen!« Jetzt wurde aus dem Gespräch eine Beichte. »Mein Vater hatte mich gewarnt: Wenn wir durch Samaria reisten, würden wir womöglich auf Götzenbilder stoßen. Er sagte, ich dürfe sie nicht einmal anschauen. Aber als ich eins in der Erde vergraben fand, habe ich … habe ich es aufgehoben!«

Jesus lachte wegwerfend.

»Aber ich habe es behalten! Ich habe es behütet! Im Laufe der Jahre habe ich oft gelobt, es zu vernichten, aber ich habe es nie getan. Dazu musste erst mein kleiner Neffe erscheinen, und da war es schon zu spät.«

»Und so ist der Geist in dich eingedrungen?« Jesus schien ehrlich interessiert zu sein, ohne sie zu verurteilen.

»Ich glaube ja. Ich hatte es so lange im Haus. Seine ersten Angriffe kamen, als ich noch ein Kind war, aber da erkannte ich es nicht und hatte auch nicht die Kraft, es zu zerstören.« Sie beschloss, Mut zu zeigen und die ganze Wahrheit zu erzählen. Dieser Mann hatte sie schließlich befreit. Warum sollte sie da hinterm Berg halten? »Ich habe sogar einen unschuldigen Mann geheiratet, um alldem zu entkommen.« Sie atmete tief durch und sprach dann weiter. »Ich dachte, das Haus meines Vaters sei verseucht und ich müsse daraus fliehen. Ich habe nicht erkannt, dass ich die Seuche in mir trug.«

»Sie war nicht in dir, sondern sie ist dir gefolgt, wie eine Fliege einem Eimer mit reiner, frischer Milch folgt«, sagte Jesus. »Du darfst niemals glauben, du seist verunreinigt. Niemals!«

»Was hätte ich sonst tun können? Die Dämonen haben mich beschmutzt. Und all die Vorschriften über Reinheit und Unreinheit, denen zufolge eine Frau schon von Natur aus doppelt so schmutzig ist wie ein Mann – auch sie sagten mir, ich sei verunreinigt.« Was redete sie da? Was sprach sie über solche abscheulichen Dinge mit einem Mann, einem fremden noch dazu? Sie streckte die Hand aus und berührte seinen Ärmel. Auch das war verboten, zumindest unter den Strenggläubigen. Da konnte sie auch gleich noch mehr Verbote übertreten, hier und jetzt. Und es kam ihr auch gar nicht frevelhaft vor, sondern nur natürlich.

»Diese Vorschriften verursachen nichts als Zorn und Leid«, sagte er schließlich.

»Aber Mose hat sie uns gegeben!« Das war das Schwierige an der Sache. Wie konnte man darüber hinwegsehen?

»Aber er wollte nicht, dass sie so engstirnig ausgelegt werden«, erklärte Jesus. »Dessen bin ich sicher. Der menschliche Drang zum Lügen, zum Neiden und zur Gewalt liegt in uns, und er verunreinigt uns in der Tat – aber nicht die Dinge, die die Natur zur gehörigen Zeit bestimmt.«

Wie konnte er dessen sicher sein? »Aber du hast eben gesagt, du bist kein heiliger Mann – ich meine, du bist nicht jemand, der seine Zeit mit dem Studium dieser Dinge verbracht hat. Wie also kannst du das wissen?«

»Mein Vater im Himmel hat es mir offenbart«, sagte er mit fester Stimme.

Dann ist er also einer von diesen sonderbaren Wanderern,

dachte Maria. Von denen, die glauben, eine Offenbarung empfangen zu haben. Er hat überhaupt keine Befugnis zu solchen Stellungnahmen in Fragen der Religion. So tröstlich seine Worte auch sein mögen, sie haben keinerlei Autorität. Aber die Dämonen – er hat sie ausgetrieben, als niemand sonst es konnte. Sie haben auf ihn gehört und den frommen Rabbi nicht beachtet.

»Du machst dir Sorgen«, sagte Jesus. »Aber das sollst du nicht. Eines Tages wirst du es verstehen. Einstweilen bitte ich dich nur, mir zu folgen.«

»Aber ich habe dir doch erklärt …«

»Vielleicht kannst du mir folgen, ohne dein Heim zu verlassen.«

Wie konnte das sein? Sie wollte widersprechen, doch der Vorschlag gefiel ihr so gut, dass sie ihn nicht weiter in Frage stellen wollte.

Die Schatten wurden schon länger, als sie sich erhoben, um zum Jordan zurückzukehren. Jesus hatte ihr viele Fragen gestellt, und erst als sie sich zum Gehen anschickten, wurde ihr klar, dass er ihr nur wenig über sich selbst erzählt hatte. Noch immer wusste sie nur, dass er aus Nazareth kam. Und sie wusste, dass es ihr widerstrebte, ihn schon so bald wieder den anderen zurückzugeben.

Niemand hatte je so mit ihr gesprochen, hatte wissen wollen, was sie dachte, was sie fühlte und wie sie geworden war, was sie war. Er interessierte sich nicht für Nathan, für seine geschäftliche Situation, für Joel oder wenigstens für ihre Tochter – im Gegenteil, er verbat ihr sogar, davon zu reden. Er wollte nur von Maria hören, der siebenundzwanzig Jahre alten Frau aus Magdala. Was hatte sie mit diesen Jahren angefangen? Und was gedachte sie mit denen zu tun, die Gott ihr noch gewähren würde? Wann immer sie von ihrer »Pflicht« gesprochen hatte, hatte er ihr den Finger auf die Lippen gelegt. Auch das war verboten, aber dadurch war diese Geste nur umso kraftvoller gewesen.

»Was willst *du* tun?«, hatte er beharrlich gefragt.

Nach den Dämonen … nach den Dämonen … gehört mein Leben mir allein, dachte sie. Es ist ein Wunder.

Ihr war immer noch schwindlig, obwohl sie gegessen hatte,

aber sie wusste jetzt, dass es von der Freiheit kam, von der Erlösung. Die Dämonen waren fort!

Sie kehrten zum Jordan zurück. Inzwischen hatte die Menge sich zerstreut, auch der Täufer predigte nicht mehr. Maria fragte sich, wohin er verschwunden war. Ob er eine Höhle hatte, in die er sich am Ende des Tages zurückzog?

»Johannes ist nicht mehr hier«, sagte sie zu Jesus.

»Er ist mit seinen Jüngern in seine Hütte gegangen. Dort wird er den Abend damit verbringen, sie zu unterweisen, bis weit in die Nacht hinein – bis alle eingeschlafen sind.« Sie kamen an mehreren Zelten vorbei, vor denen die Leute sich versammelten und Feuer anzündeten.

»Sogar in Magdala haben wir von Johannes gehört«, sagte sie.

»Was habt ihr gehört?«, fragte Jesus.

»Manche Leute glauben, er sei der Messias, und andere halten ihn nur für einen dieser wilden Propheten. Ich weiß, dass viele an den Messias denken. Könnte es sein, dass Johannes der ist, auf den sie warten?«

»Nein«, antwortete Jesus. »Hast du nicht gehört, wie er deutlich gesagt hat, er sei nicht der Messias?«

»Ich war nicht da«, antwortete Maria. In der kurzen Zeit, in der sie ihn gesehen hatte, war davon nicht die Rede gewesen. »Ich habe nur gehört, wie er sagte, die Menschen sollten Buße tun und ihr altes Leben aufgeben.« Sie schwieg kurz. »Deshalb wusste ich, dass er mir nicht helfen konnte. Ich hatte ja bereits alles aufgegeben und bereut.«

Jesus blieb stehen. »Johannes setzt die Menschen in Bewegung. Aber darüber hinaus gibt es noch viel mehr. Der Geist der Wahrheit wird es dir offenbaren.« Es wurde jetzt rasch dunkel.

Aber wie erkannte man den Geist der Wahrheit? War man nicht leicht zu täuschen?

Sie wanderten weiter; Maria hatte einen kleinen Teil ihrer Kräfte wiedergefunden und konnte schneller gehen.

Wie konnte sie diesem Jesus vertrauen? Der einzige Beweis dafür, dass er vieles wusste und die Wahrheit sagte, war seine Macht über die Dämonen: keine Kleinigkeit. Sie wollte ihn fragen, wie er mit seinem Vater im Himmel sprechen könne – sie nahm an, dass er Gott damit meinte – und wie er die Antworten erkenne. Aber sie tat es nicht, denn es erschien ihr undankbar. Die Dämonen waren fort. Sie war froh darüber, schwelgte darin, staunte darüber, und das bedeutete mehr für sie, als zu wissen, mit welchen Mitteln sie ausgetrieben worden waren.

Es war beinahe völlig dunkel, als sie am Jordan eintrafen und die seichte Furt durchschritten. Simon und die anderen warteten schon. Im Dunkeln konnte Maria ihre Gesichter nicht sehen und deshalb nicht erkennen, in welcher Stimmung sie waren.

»Kommt, wir wollen uns für die Nacht bereitmachen.« Jesus wandte sich vom Flussufer ab und bedeutete ihnen winkend, ihm zu folgen.

Er hatte ein behelfsmäßiges Zelt, das sich in die schützenden Klippen schmiegte; eine Wand war Fels, die drei anderen bestanden aus ausgespannten Decken. Er ließ sie eintreten, und die vier Männer und Maria schoben eine Decke beiseite und betraten das, was Jesus sein Heim nannte.

Es war eng und dunkel. Jesus folgte ihnen und stellte eine brennende Lampe auf einen Stein. In dem matten Lichtschein sah man nur, dass der Raum ebenso rau war wie die Höhle, die Maria verlassen hatte. Der unebene Boden war aus Lehm, und die ganze Einrichtung bestand aus ein paar mottenzerfressenen, zusammengefalteten Stoffstücken, die ebenso gut Teppiche wie Wolldecken sein konnten.

»Willkommen.« Jesus setzte sich und lud sie ein, sich ebenfalls niederzulassen. »Philippus, als du dich nach mir erkundigt hast, habe ich gesagt: Komm und sieh! Ich habe dich hergebracht. Was hast du gesehen?«

Philippus, ein dünner Mann, an dem das Üppigste sein buschiger Haarschopf war, erschrak. »Ich – ich – ich habe die Antwort auf jede meiner Fragen gefunden«, sagte er. »Und für mich ist das keine Kleinigkeit. Ich kann wahrheitsgemäß sagen, dass es mir zum ersten Mal passiert ist.«

»Und warum?«, fragte Jesus.

»Weil ich so viele Fragen stelle.« Philippus lachte nervös. »Die Leute haben irgendwann keine Lust mehr, sie mir zu beantworten.«

»Kannst du den anderen erzählen, welche Fragen du gestellt hast?«

»Natürlich. Ich habe dich gefragt, woher du kommst und warum du hier bist, und ich habe dich über Mose und das Gesetz befragt.«

»Und die Antworten?«, fragte Jesus. »Verzeih mir, aber ich möchte sie nicht wiederholen. Außerdem ist nur wichtig, was andere gehört haben, nicht das, was ich gesagt habe.«

»Deine genauen Worte kann ich nicht wiederholen«, sagte Philippus. »Aber du hast Dinge gesagt, die mir das Gefühl gaben, du ... du habest ...« Er schüttelte den Kopf. »Vielleicht waren es nur meine eigenen Empfindungen, mein Wunsch, ein solcher Mann möge nach Israel kommen, jetzt, da wir ihn am nötigsten brauchen.«

»Ein solcher Mann?«, wiederholte Jesus. »Was meinst du damit?« Hartnäckig fragte er Philippus aus.

»Ich meine ... Es ist viel vom Ende der Zeiten die Rede, vom Messias.«

»Ah. Der Messias.« Jesus schaute in die Runde. »Und sucht ihr alle nach dem Messias?«

Simon antwortete als Erster. »Ich habe nie wirklich über ihn nachgedacht«, gestand er.

Jesus lächelte über diese Antwort. Maria hatte den Eindruck, dass er sogar ein Lachen unterdrückte.

Andreas räusperte sich. »Ich meine nicht, dass wir nie über ihn *nachgedacht* hätten«, sagte er. »Wir alle sind ja aufgewachsen mit dem Gedanken, dass jemand uns erretten wird. Das hat unser Vater uns gelehrt, während er uns zeigte, wie man die Fischernetze auswirft.«

»Euch erretten?«, fragte Jesus. »Wovor erretten?«

Andreas senkte den Blick, als sei er beschämt. »Vor den Römern, nehme ich an«, antwortete er schließlich.

Jesus schaute die anderen drei an, die noch nichts gesagt hatten.

Nathanael, dunkel und nervös, stand auf. »Es ist mehr als das«, sprach er. »Wir brauchen einen nationalen Erlöser, nicht nur jetzt, sondern für die Zukunft. Der Messias wird uns in ein goldenes Zeitalter führen, in ein Zeitalter, in dem – ach, wie sagt man allgemein? – ›in dem Gott alle Tränen abwischen wird‹. Wir wünschen uns, dass alles ein Ende hat – das Böse, die Sünden, das Leid. Wenn der Messias kommt, wird das geschehen.« Es bedeutete anscheinend eine ungeheure Anstrengung für ihn, all diese Worte auszusprechen, sie aneinander zu reihen wie die Perlen einer Halskette, und am Ende stammelte er. Er setzte sich wieder.

Jesus sagte leise: »Sehet, ein Israeliter, in dem kein Falsch ist.« Was meinte er damit? Nathanael schaute ihn verständnislos an.

Schließlich räusperte Simon sich. »Sieh doch, es stimmt nichts mehr«, erklärte er. »Gottes auserwähltes Volk wird zertreten vom Stiefel Roms. Als wir in babylonischer Gefangenschaft waren, da hatten die Propheten Jesaja und Jeremia es vorhergesagt und gedeutet. Aber was heute geschieht, hat keinen Sinn, wenn wir nicht einfach zugeben, dass wir nicht von Gott auserwählt, dass wir ein Volk wie alle anderen sind, ein kleines Volk in einer großen Welt. Und was uns widerfährt, widerfährt kleinen Völkern in einer großen Welt.«

»Glaubst du das wirklich?«, fragte Jesus.

»Was kann ich sonst glauben?«, rief Simon. »Ich sehe es doch überall!« Er schüttelte den Kopf. »Oh, die Träumer und Hitzköpfe denken wohl anders, aber jeder vernünftige Mensch sieht, woher der Wind weht. Wir sind erledigt, als Nation und als Macht, in jeder Hinsicht. Wir können nur hoffen, dass sie durch unser Land trampeln, ohne uns zu vernichten.«

»Maria?«

Es war das erste Mal, dass sie in einem Raum voller Männer nach ihrer Meinung gefragt wurde. Damit hatte sie nicht gerechnet, und so hatte sie sich auch keine Antwort überlegt.

»Ich … ich kann es nicht sagen«, murmelte sie schließlich.

»Oh, ich glaube, du kannst es doch«, erwiderte Jesus. »Bitte sag uns, was du denkst. Wie denkst du über die Idee von einem Messias? Und bist du auch auf der Suche nach ihm?«

»Ich – ich glaube, ich habe ihn gefunden!«, platzte sie heraus.

Jesus sah bestürzt, beinahe entsetzt aus. »Warum?« Seine Stimme war leise.

Mit einer Kraft, von der sie nicht gewusst hatte, dass sie sie besaß, stand Maria auf. Ihre Beine waren immer noch wacklig, aber sie befahl ihnen, nicht mehr zu zittern, und sie gehorchten. Sie hielt den kahlen Kopf hoch. Ihre bescheidene Kopfbedeckung hatte sie im Kampf gegen die Heuschrecken verloren, doch das kümmerte sie nicht mehr. Nein, im Gegenteil: Sie war stolz auf ihren kahl geschorenen Schädel, das Symbol ihres Kampfes gegen die Dämonen.

»Für mich ist der Messias derjenige, der die Mächte der Finsternis vertreiben kann. Und wenn jemand diese Mächte kennt, dann bin ich es. Ich habe jahrelang gegen sie gekämpft und war jahrelang ihre Geliebte – jawohl, ich habe meine Dämonen geliebt, bis sie sich gegen mich wendeten –, und sie waren stärker als jede andere Macht, die ich gegen sie ins Feld führen konnte. Bis heute. Hat der Messias nicht die Macht, sie zu besiegen? Was kann ich sonst tun?«

»Ach, Maria«, sagte Jesus; seine Stimme klang traurig. »Du sprichst wie ein Mensch, der jemandem nur nachfolgt, weil er von ihm Brot oder Wasser oder Geld kriegen kann. Ich hoffe, du bist aus einem anderen Grund gekommen, um mir zu folgen.«

Welchen anderen Grund könnte es geben?, fragte Maria sich, während sie sich wieder auf den Boden setzte. Er hatte Macht über die Dämonen – war das nicht genug?

Simon erhob sich. Seine große, muskulöse Gestalt schien das Zelt auszufüllen. »Ich weiß nicht. Ich weiß nichts über den Messias. Ist das nicht auch etwas für die Schriftgelehrten und diese kleinen gebückten Männer in Jerusalem? Die ihre ganze Zeit darauf verwenden, über das Tempus einer bestimmten Stelle in einem bestimmten Vers in der Schrift zu diskutieren? Hört zu, ich kann kaum lesen, und was ich lese, sind Fischereiberichte und Akten. Aber ich bin nicht dumm. Die Schriftgelehrten sind die Dummen. Ich kann sie nicht achten. Nichts von dem, was sie sagen, kann ein gewöhnlicher Mensch verstehen, und überdies – sie bieten den Römern nicht die Stirn!«

»Wie sollten sie den Römern deiner Meinung nach die Stirn bieten, Simon?«, fragte Jesus.

»Sie sollten sie verdammen!«, antwortete Simon. »Wie der Täufer es tut! Aber stattdessen vergraben sie ihre Nasen in uralten Texten und murmeln etwas von einem Messias.« Er hustete.

»Und deshalb, weil er die Sache *dieser* Leute ist, interessiert mich der Messias nicht. Wenn er käme, würde ich ihm den Rücken zukehren.«

Jesus lachte laut. »Ach ja? Und woran würdest du ihn erkennen?«

»Er kommt in den Wolken«, sagte Simon. »So steht es beim Propheten Daniel.«

»Und wenn einer nicht in den Wolken kommt, kannst du dir nicht vorstellen, dass es der Messias ist?«, fragte Jesus.

»Nein«, sagte Simon. »Am besten hält man sich an die Schrift.«

»Ach, Simon – wirst du dich niemals von der Stelle rühren?«, fragte Jesus liebevoll. »Bist du so unverrückbar? Ich sehe, dass du den falschen Namen trägst. Simon bedeutet ›Gott hat gehört‹, aber ich finde, du solltest ›Petrus‹ heißen – wie der Fels, der du bist.«

»Petrus! Ja, das stimmt, denn er hat auch einen harten Schädel«, sagte sein Bruder Andreas.

Jesus war anscheinend beunruhigt von den Antworten, die sie ihm über den Messias gegeben hatten. Aber hatte er nicht danach gefragt? Sie waren nur ehrlich gewesen, fand Maria. Und warum tadelte er sie für den Grund, weshalb sie ihm folgte? Welchen anderen, besseren Grund hätte sie haben können? Er hatte sie von den Fesseln der Dämonen befreit. Natürlich wollte sie ihm folgen für den Fall, dass sie wiederkämen, aber danach …?

Die meisten Leute werden ihm folgen, weil sie sich davon etwas versprechen. Ist das so schrecklich falsch? Sie fühlte sich in die Defensive gedrängt. Die Wahrheit ist: Die Leute wollen, dass der Messias ihnen etwas gibt. Sie wollen *ihm* nichts geben, dachte sie. Warum sollte ein Messias *unsere* Hilfe brauchen?

Als es Zeit war zu ruhen, sank sie auf den glatten Boden des Zeltes. Sie lag unmittelbar auf der harten Erde, aber das störte sie nicht. Sie schlief zum ersten Mal, seit die Dämonen fort waren, und es war ein ganz anderer Schlaf, ein Schlaf, den sie jahrelang gesucht hatte.

ZWEITER TEIL

Die Jünger

XXI

Am nächsten Tag strömten noch mehr Menschen zusammen, um Johannes zu hören. Auch Jesus und seine Freunde lauschten ihm, und Maria sah, wie er nickte, besonders als Johannes vom kommenden Königreich sprach. Aber als er von der Wurfschaufel redete, die die Spreu vom Weizen trennte, auf dass sie in ewigem Feuer verbrenne, von der furchtbaren Katastrophe und von dem Gericht, das die Welt erwarte, schien es Jesus unbehaglich zu werden.

»Ich sage euch, der da kommen wird, wird kommen im Zorn und mit dem Schwert in der Hand! Er ist weit mächtiger als ich. Ich taufe euch mit Wasser, aber er wird euch taufen mit Feuer! Mit dem Heiligen Geist!«, rief Johannes. »Glaubt nicht, dass ihr dem kommenden Feuer entgehen werdet! Tut Buße!«

Er watete hinaus in die schnelle Strömung des Jordan, stand dann trotzig mit gespreizten Beinen da und reckte den Hals, um alle zu sehen, die sich am Ufer versammelt hatten. Niemand würde seiner Aufmerksamkeit entgehen.

»Bereitet den Weg des Herrn!«, schrie er.

In diesem Augenblick erschien ein Trupp jüdischer Soldaten auf der Uferböschung. »Bist du Johannes, den sie den Täufer nennen?«, rief ihr Kommandant.

Johannes starrte ihn nur an. Er war es gewohnt, der Einzige zu sein, der hier brüllte. Schließlich rief er zurück: »Ja, der bin ich! Und ich sage euch, auch ihr müsst Buße tun und …«

»Du hast *uns* gar nichts zu sagen, du Narr. Wir haben *dir* etwas zu sagen!«, rief der Offizier. »Und zwar Folgendes: Wenn du nicht aufhörst, Herodes Antipas zu attackieren, wirst du verhaftet!«

Johannes legte den Kopf schräg. Er hatte wildes, verfilztes Haar, und sein Bart sah fast so struppig aus wie die Felle, in die er sich kleidete. »Kommt ihr von ihm?«

»Der König hat uns geschickt, dich zu warnen.«

»Mir scheint, das ist eine Verkehrung unserer Aufgaben. *Meine* Aufgabe ist es, Antipas zu warnen, nicht anders herum. Als Prophet habe ich Botschaften von Gott, Botschaften, die ich überbringen muss, ob er sie hören will oder nicht.« Er funkelte die Soldaten an.

»Er hat sie einmal gehört, er hat sie zweimal gehört, und jetzt lass es gut sein. Der König ist nicht taub.«

»Anscheinend ist er es doch, denn er lässt ja nicht ab von seiner blutschänderischen Heirat.«

»Schluss jetzt! Du bist derjenige, der taub ist. Das ist die letzte Warnung!« Von ihrer hohen Warte aus starrten die Soldaten auf Johannes herab.

»Kommt und lasst euch taufen!«, rief dieser. »Es ist nicht zu spät, um zu bereuen!«

Der Offizier schnaubte angewidert, und dann verschwanden seine Männer hinter dem Gras der Uferböschung.

»Ein tapferer Mann«, sagte Jesus zu Simon – nun »Petrus«.

Simon Petrus nickte. »Tapferer als ich.«

»Jetzt, vielleicht. Wie tapfer jemand ist, das kann sich ändern. Tapferkeit ist nicht unveränderlich wie die Größe oder die Augenfarbe.«

»Ich sage euch«, brüllte Johannes, »bringt Früchte hervor, indem ihr Buße tut! Denn der Baum, der keine gute Frucht trägt, wird gefällt und ins Feuer geworfen!«

»Was sollen wir denn tun?«, fragte die Menge. »Sag es uns!«

Johannes breitete die Arme aus. »Wer zwei Hemden hat, der gebe dem, der keines hat, und wer Speise hat, tue desgleichen!«

Alle fassten seine Worte buchstäblich auf und sahen sich um, und es dauerte nicht lange, bis Maria beinahe gewaltsam von einer Frau dazu gedrängt wurde, ihr zweites Hemd und einen Mantel anzunehmen. Maria war von der Güte der Frau zu Tränen gerührt.

Sie schaute Jesus an und fragte sich, wie er über Johannes' Gebot dachte, und verblüfft sah sie, dass sein Gesicht einen seltsam abwesenden Ausdruck angenommen hatte. Er blickte starr zu Johannes hinüber, schien ihn aber gar nicht zu sehen.

»Meine Freunde«, sagte er plötzlich, »ich muss jetzt in die Wüste gehen. Allein.«

Seine neuen Jünger schauten ihn erschrocken an.

»Aber wann … wann kommst du zurück?« Philippus, der eben noch so glücklich und zuversichtlich ausgesehen hatte, war jetzt verwirrt.

»Das weiß ich nicht. Vielleicht dauert es ein paar Tage, vielleicht länger.« Er sammelte sie um sich. »Ihr könnt alle hier auf mich warten. Wenn ihr nicht warten könnt, kehrt nach Hause zurück. Ich werde euch finden.«

»Wie denn?«, fragte Simon Petrus. »Wie willst du uns finden?«

»Ich werde euch finden«, wiederholte Jesus. »Habe ich euch nicht schon einmal gefunden?«

»Ja, aber ...«

»Wenn ihr warten könnt, wartet. Bleibt hier, betet, hört Johannes zu, lernt einander kennen. Was ihr an Speise und Trank im Zelt findet, gehört euch. Wenn ich siegreich bin, werde ich zu euch zurückkommen.«

Die Sonne war bereits halb über den westlichen Himmel gewandert. Die Schatten zwischen den Felsen wurden länger, und ein kalter Wind kam auf; er wehte über das Wasser und ließ die Bekehrten des Johannes zittern und beben, wenn er sie in den kühlen Fluss tauchte.

»Siegreich?« Andreas sprach das Wort aus, als habe er es noch nie gehört.

»Siegreich«, wiederholte Jesus. »Die Entscheidung muss gleich zu Beginn fallen.«

Noch überraschender als seine Worte war der Umstand, dass er sich den Mantel um die Schultern zog, seine Sandalen schnürte, seinen Stab inspizierte und sich zum Gehen anschickte.

»Jetzt? Sofort?« Nathanael war entgeistert. »Warte doch bis zum Morgen.«

Jesus schüttelte den Kopf. »Jetzt ist der Augenblick, da ich gehen muss«, sagte er mit Entschiedenheit.

Und zu ihrem Erstaunen watete er durch die Furt, schlug den Pfad nach Osten ein, der in die wildeste Einöde führte, und ging entschlossen davon, ohne sich umzuschauen.

Bei Sonnenuntergang schmolz die Menge der Zuschauer bei Johannes dahin. Diejenigen, die hier eine Unterkunft hatten, zogen sich dorthin zurück, und bald leuchteten überall verstreut die kleinen roten Punkte der Kochfeuer. Die anderen gingen schon früher; sie kehrten in die umliegenden Dörfer zurück oder machten sich auf den Heimweg in weiter entfernte Städte. Johannes hatte offenbar eine große Gruppe von festen Jüngern, die ihm überallhin folgten, aber viele Leute kamen auch nur einmal her, um ihn zu hören.

Die neu entstandene Gruppe der Anhänger Jesu hockte sich an ihr Kochfeuer, und sie teilten ihren Proviant. Da Maria nichts besaß, konnte sie auch nichts zum Essen beitragen und war vollständig auf die anderen angewiesen. Viel hatten sie nicht: ein paar eingesalzene Fische, ein bisschen vertrocknetes Brot und ein paar Datteln.

»Was sollen wir tun?«, fragte Simon Petrus schließlich. »Sollen wir hier warten, wie Jesus es uns aufgetragen hat?«

Sie saßen im Dunkeln und sahen ratlos aus. Alles war so schnell gegangen, und nun war Jesus verschwunden.

»Wir sind nur gekommen, um Johannes zu hören«, erzählte Andreas, an Philippus und Nathanael gewandt. »Wir haben Maria aus Galiläa hierher begleitet; sie ... sie suchte die Einsamkeit in der Wüste. Wir dachten, wir hören uns seine Predigt an und kehren dann zurück. Wir hätten nie gedacht – das heißt, wir hatten nicht die Absicht ...«

»Wir auch nicht«, sagte Philippus. »Wir sind unruhig geworden und wollten herkommen, um den Täufer zu sehen. Uns wurde langweilig zu Hause; ich hatte das Fischen satt – und auch meine Frau, zumindest damals.«

Als niemand Widerspruch erhob oder ihn tadelte, fuhr er fort. »Wie jeder, der verheiratet ist, euch sagen kann, wird es manchmal verdrießlich. Seid ihr verheiratet?«

»Ich ja«, sagte Simon Petrus. »Und ich weiß, was du meinst, obwohl meine Frau natürlich eine prachtvolle ...«

»Natürlich! Natürlich!« Philippus lachte laut.

»Ja, aber das *ist* sie«, sagte Andreas.

»Ich bin auch verheiratet«, sagte Maria mit leiser Stimme. »Und ich bin nicht hergekommen, um meinem Mann oder meinem Kind zu entfliehen. Ich sehne mich danach, zu ihnen zurückzukehren, nachdem ich jetzt geheilt worden bin.«

»Das habe ich gemeint«, sagte Andreas. »Wir sind nicht hergekommen, um unserem Leben zu entfliehen; wir wollten nur Johannes sehen. Wir hatten nie die Absicht, seine oder sonst jemandes Jünger zu werden. Unser Leben ist in Kapernaum.«

»Und plötzlich sollen wir diesem ... Mann ... nachfolgen. Diesem Mann aus – aus Nazareth, nicht wahr? Sollen wir dorthin mit ihm gehen?«

»Was kann von Nazareth schon Gutes kommen?«, sagte Nathanael plötzlich. »Ihr kennt doch die alte Redensart.« Sie scheint ihm sehr gut zu gefallen, dachte Maria, denn er wiederholt sie ständig wie eine Verkündigung.

»Natürlich, die haben wir alle schon gehört. Kein Prophet hat je geweissagt, dass irgendjemand Wichtiges von dort kommen wird«, sagte Petrus. »Aber dieser Mann ... Es ist schwer vorstellbar, dass er aus Nazareth sein soll. Irgendwie scheint es, als komme er von einem ganz anderen Ort.«

Nazareth ... Was war das noch für eine Familie gewesen, die Maria vor langer Zeit kennen gelernt hatte? Hatte sie nicht noch in jüngerer Vergangenheit jemanden aus dieser Familie wiedergetroffen – auf ihrer Hochzeit? Und war da nicht auch ein Junge namens Jesus gewesen, mit dem sie sich bei der Rückkehr aus Jerusalem auf dem Lagerplatz unterhalten hatte? Sie durchforschte ihr Gedächtnis.

Da waren mehrere Kinder gewesen, und Jesus war das älteste von ihnen gewesen. Er hatte von Eidechsen geredet. Ja, von Eidechsen und von der Vorsehung Gottes. Er hatte schon damals etwas Beeindruckendes an sich gehabt. War es möglich, dass es derselbe war?

»Ja, ich finde auch, dass es scheint, als komme er woanders her«, sagte Philippus eben. »Aber wir haben die Frage noch nicht beantwortet: Werden wir auf ihn warten? Und wenn ja, was werden wir tun, wenn er zurückkehrt?«

»Ich glaube – ich möchte warten, ein Weilchen jedenfalls«, sagte Petrus. »Ich werde mich nicht damit zufrieden geben, ihn nie wieder zu sehen. Er hat eine ganz eigentümliche Macht. Ich kann es nicht erklären. Ich war in seiner Nähe und wollte nicht fort. Wir können sicher noch einen Tag bleiben.«

»Vater wird toben«, befürchtete Andreas. »Wir hatten nicht den Mut, ihm zu sagen, dass wir fortgehen; wir sind einfach gegangen. Wir haben es Mara und ihrer Mutter überlassen, ihm Bescheid zu sagen.«

»Wir hatten keine Zeit zum Warten«, sagte Petrus. »Wir mussten unverzüglich aufbrechen. Sonst …« Aus Rücksicht auf Maria verstummte er.

»Sonst hätte man mich gesteinigt«, sagte Maria. »Nur dank Andreas und Simon – Petrus – und ihrer Güte konnte ich mich verbergen und schließlich wohlbehalten entkommen.«

»Woher hattest du die Dämonen?«, fragte Philippus eifrig und neugierig.

»Ich habe ein altes Götzenbild in mein Haus geholt«, sagte sie. »Damit hat es angefangen.«

»Im Gesetz heißt es: ›Die Bilder ihrer Götter sollst du mit Feuer verbrennen und nicht zu dir nehmen, dass du dich nicht darin verstrickst; denn solches ist dem Herrn, deinem Gott, ein Gräuel.‹ War es das?«, fragte Nathanael.

Maria wunderte sich, dass er diese obskure Stelle kannte. »Woher kennst du dich so gut aus?«, fragte sie.

»Ich möchte die Schrift gründlich studieren und die Fischerei an den Nagel hängen«, sagte Nathanael.

»Ich merke schon, dass *du* nicht verheiratet bist«, sagte Petrus. »Deine Frau wäre von einer solchen Ankündigung kaum entzückt.«

»Ich möchte hier bleiben, nur um Jesus noch einmal zu sehen – um ihn besser zu verstehen und ihm zu danken für das, was er für mich getan hat. Irgendwie versuchen, es ihm zu vergelten, indem ich ihm helfe. Er hat uns gebeten, uns ihm anzuschließen …« Maria schüttelte den Kopf. »Aber ich sehne mich auch danach, nach Hause zurückzukehren.«

»Du kannst ihm sowieso nicht nachfolgen«, sagte Nathanael. »Du bist eine Frau. Du kannst kein Jünger sein. Weibliche Jünger, das gibt es nicht. Oder hast du bei Johannes welche gesehen? Und selbst wenn es sie gäbe, du bist verheiratet. Du darfst deine Familie nicht verlassen, denn sonst würdest du ganz sicher gesteinigt werden – als Prostituierte. Das kann Jesus nicht gemeint haben, als er dich einlud. Er hat es in irgendeinem symbolischen Sinn gemeint.«

»Für mich klang es aber so, als meinte er es wörtlich«, entgegnete Petrus.

»Aber das kann nicht sein.« Philippus pflichtete Nathanael bei.

»Wenn ich nicht warte, wie soll ich es dann erfahren?« Es war das Wichtigste, was sie je erfahren würde. Dieser Mann hatte sie eingeladen, zu seinen Jüngern zu gehören – sie, eine Frau, der es nicht erlaubt war, die Thora zu studieren. Sie fühlte sich zutiefst geehrt, selbst wenn er es nur symbolisch gemeint hatte. Niemand anderes gestattete ihr sonst auch nur solche Symbole.

»Wir warten immer nur einen Tag«, sagte Petrus. »Immer wenn die Sonne aufgeht, entscheiden wir, was wir tun werden. Vielleicht hat er uns deshalb allein gelassen: damit wir lernen, das zu tun.«

Später gingen sie hinaus und mischten sich unter die Leute, die ringsum lagerten. Manche kamen aus dem hohen Norden, wo der Jordan an den Hängen des Berges Hermon entsprang, andere aus dem tiefen Süden, aus der Wüste bei Beerscheba. Aber die Gespräche mit ihnen zeigten, dass sie alle von Johannes begeistert waren – und von der Idee, dass er der Messias sei.

»Wir haben die Schriften erforscht, und alle Zeichen deuten auf ihn«, sagte eine Frau mit kräftigen Armen, die energisch in ihrem Kochtopf rührte. Maria sah, wie Fetzen von sehnigem Fleisch darin an die Oberfläche stiegen.

»Welche denn?«, wollte Nathanael wissen. Er war darauf erpicht, ihre Kenntnisse auf die Probe zu stellen.

Sie hörte auf zu rühren. »Na, das ist doch klar«, sagte sie. »Er ist offensichtlich von Gott auserwählt, wie der Messias es sein muss. Er hilft das Volk zu befreien, wie Jesaja es vorhergesagt hat. Er richtet über seine Widersacher, aber das alles natürlich nur durch die Macht Gottes.«

»Genau wie der Prophet Jesaja es sagt.« Ihr dickbäuchiger Ehemann watschelte heran, von der Unterhaltung angelockt. »Die Verse lauten: ›Er wird kommen wie ein aufgehaltener Strom, den der Wind des Herrn treibt. Denn denen zu Zion wird ein Erlöser kommen und denen, die sich bekehren von den Sünden in Jakobus, spricht der Herr.‹« Er verstummte und holte tief Luft, denn er hatte seinen ganzen Atem verbraucht.

»Aber was ist mit seinem Geburtsort?« Simon Petrus war verwirrt. »Gibt es nicht auch Prophezeiungen über den Ort?« Aber er konnte sie nicht zitieren.

»Oh, es gibt viele.« Noch ein Mann tauchte aus der Dunkelheit auf; er zog sich den Mantel fester um die Schultern und blickte ihnen aus den Tiefen einer Kapuze entgegen. »Jemand, der sie alle erfüllen wollte, müsste gleichzeitig an mehreren Orten von mehreren Müttern geboren worden sein.«

»Sei still!«, fuhr ihn der dicke Mann beleidigt an. »Niemand hat dich gefragt. Niemand hat mit dir gesprochen.«

Der Neuankömmling zuckte die Achseln. »Ich fordere die Leute nur auf nachzudenken. Mehr zu tun, als nur nach Belieben die Schrift zu zitieren. Das kann nämlich auch eine dressierte Krähe. Und sie wird genauso viel verstehen wie du, wage ich zu behaupten.«

»Geh weg!«, sagte die Frau und rührte in ihrem Topf. »Ich weiß nicht, warum du überhaupt hier bist – außer um dein Gift zu verspritzen.«

Der unwillkommene Mann sagte nur: »Ich sehe schon, wie warmherzig und gastfreundlich ihr Büßer seid. Es ist so gut, dass ihr vor Johannes gekniet und ihm versprochen habt, euer Leben zu ändern. Ich sehe, wie wirkungsvoll das ist. Möge seine messianische Mission ewig währen!« Er wandte sich an Simon Petrus und die anderen, als gehöre er zu ihnen. »Ich dachte, den Messias erkennt man daran, dass er eine große, vom Himmel verliehene Macht besitzt. Bei Johannes scheint das nicht der Fall zu sein.«

»Geh weg, Judas!« Die Frau wandte ihm vielsagend den Rücken zu und ging davon. Der Mann blieb bei Maria und ihrer Gruppe.

»Das ist natürlich nur *ein* Anzeichen für den Messias. Wusstet ihr«, fuhr er fröhlich fort, »dass es in der Schrift über vierhundert ›Zeichen‹ für den Messias gibt? Vierhundertsechsundfünfzig, um genau zu sein. Du meine Güte – und wenn einer jetzt nur vierhundertfünfzig davon hat? Würden wir dessen ungeachtet an ihn glauben müssen, wenn er nur eine bestimmte Quote erfüllt?«

»Woher weißt du, dass es vierhundertsechsundfünfzig sind?«, fragte Andreas. »Hast du sie …«

»Nein, natürlich habe ich sie nicht alle gezählt! Das tun die Schriftgelehrten. Die verbringen ihre Zeit mit solchen Dingen. Ich habe es nur von ihnen erfahren, das ist alles.«

Er hatte eine volltönende, geschmeidige Stimme. Sie klang nicht galiläisch; der Akzent war der einer anderen Gegend.

»Woher kommst du – Judas?«, fragte Simon Petrus.

»Aus Emmaus, bei Jerusalem.«

»Ich wusste es! Ich wusste es!« Andreas war voller Genugtuung. »Ich wusste, dass du aus Judäa bist.«

»Und ich wusste, dass ihr es nicht seid«, sagte Judas. »Ihr müsst aus Galiläa sein.«

Sie nickten. »Ich bin Simon, Sohn des Jona aus Betsaida«, sagte Simon Petrus. »Das ist mein Bruder Andreas, das sind Philippus, Nathanael und Maria – alle aus Städten in unserer Nachbarschaft am See.«

»Mein Vater heißt auch Simon«, sagte Judas. »Simon Ischariot. Er ist selbst einer dieser Schriftgelehrten. Deshalb höre ich viel von ihm. Tatsächlich war er es, der mich hergeschickt hat – mehr oder weniger, damit ich spioniere. Vater war neugierig auf Johannes, aber er wollte nicht selbst herkommen. Ich bin nicht sicher, ob er nur die Reise nicht machen wollte oder ob er Angst hatte, jemand würde ihn hier sehen.«

»Oder dass er bekehrt werden und sich den Leuten anschließen würde?«, fragte Philippus.

»Die Gefahr besteht kaum«, sagte Judas. »Johannes ist nicht für jeden etwas.«

»Wir haben jemanden kennen gelernt, der es … vielleicht ist.« Simon Petrus klang vorsichtig. »Ich meine … wir wissen es eigentlich noch nicht. Aber …«

»Wer?«, fragte Judas in scharfem Ton. Fast war es, als sei er wirklich ein Spitzel, der im Auftrag der Behörden in Jerusalem verdächtige Namen zu sammeln hatte.

»Er heißt Jesus«, sagte Andreas. »Aus Nazareth.«

Judas machte ein ratloses Gesicht. »Nie gehört.«

»Er kam her, um Johannes zu hören, aber er ist nicht wie Johannes. Kein bisschen.« Als die anderen weiter schwiegen, räumte Andreas schließlich ein: »Na ja, vielleicht ein bisschen. Ich glaube, er ist auch so etwas wie ein Prophet.«

»Und – was sagt er?«

Philippus schaltete sich ein. »Das können wir nicht so einfach wiederholen.«

»Nun, du musst doch seine Botschaft zusammenfassen können.« Judas klang verärgert, als habe er es mit begriffsstutzigen Bauerntölpeln zu tun.

»Nein, das kann ich nicht«, beharrte Philippus. »Du musst ihn einfach selbst hören.«

»Also schön, morgen dann. Wo predigt er?«

»Er predigt nicht. Er ist in die Wüste gegangen, ganz allein.«

»Für wie lange?«

»Ich habe keine Ahnung«, sagte Simon Petrus. »Aber wenn er zurückkommt ...«

»Ich kann aber nicht ewig hier bleiben und warten«, sagte Judas. »Und Johannes ertrage ich nicht länger. Ich habe alles gehört, was Vater wissen muss. Nein, ich muss wieder nach Hause.« Er lachte. »Wieder einen Propheten verpasst! Wie schade.« Er gähnte. »Jetzt gehe ich schlafen.«

»Komm zu uns in unser Zelt«, sagte Andreas. »Platz ist genug da. Und vielleicht kehrt Jesus morgen zurück, ehe du gehst.«

»Aber das Zelt gehört Jesus«, wandte Maria ein. »Nicht uns.«

»Glaubst du nicht, er würde diesen ... Suchenden willkommen heißen?«, fragte Philippus.

So machten sie es sich alle im Zelt bequem. Erst jetzt bemerkte Maria ein wenig mehr. Sie sah, dass das Zelt keinerlei persönliche Prägung aufwies – nichts, was es mit Jesus verbunden hätte. Keine Gegenstände deuteten darauf hin, dass ihr Eigentümer zu dieser oder jener Kategorie Mensch gehörte. Die Decken waren von ganz gewöhnlicher Art und Farbe, die Lampen ebenso. Und doch war alles Nötige für die Gäste vorhanden. Wenn sie ihr Haupt betten und schlafen wollten, so war dafür gesorgt, dass sie es konnten. Wenn sie sich zudecken wollten, waren Wolldecken da. Es war hell genug, dass man etwas sehen konnte.

An diesem Abend war die Stimmung gedämpft. Seit Jesus weg war, fühlten sie sich anders, alltäglicher, und dieses Gefühl wuchs Sie saßen auf gefalteten Decken und versuchten sich miteinander zu unterhalten, aber alle sehnten sich nach Schlaf.

Judas machte es sich bequem und schaute sich um, begierig nach einem Gespräch. Er allein schien noch über einen Vorrat an Kraft zu verfügen, die er irgendwohin lenken musste.

»Also«, sagte er, »wie ich sehe, habt ihr euer Idol gefunden.«

»Das falsche Wort«, sagte Petrus warnend. »Keiner von uns hier ist auf der Suche nach einem Idol.«

»Oh, dann von mir aus nach einem Messias«, verbesserte Judas sich. Er saß mit gekreuzten Beinen auf seiner Decke, und seine dunklen Augen huschten von einem Gesicht zum anderen. Mit einer eleganten, langgliedrigen Hand strich er sich das Haar aus der Stirn.

»Nein, auch das nicht«, sagte Andreas. Er hatte ebenso dunkles, dichtes Haar wie Judas, aber er war stämmiger. »Wir haben einfach nur … diesen Mann gefunden, der uns … überrascht hat. Mehr kann ich nicht sagen.«

»Er hat euch überrascht?« Judas zog die Brauen hoch. »Du meine Güte. Auf welche Weise? Nun, mal sehen. Es gibt ja nicht viele Möglichkeiten, jemanden zu überraschen. Er kann mehr oder weniger sein, als ihr erwartet habt, und er kann so merkwürdig sein, wie ihr es noch nie erlebt habt. In diesem Fall ist er entweder unbezahlbar oder wertlos.« Er wartete. »Und – was ist der Fall? Ist dieser Jesus unbezahlbar oder wertlos?«

»Was kümmert dich das?«, fuhr Philippus ihn an. »Du bist offenbar hier, um alles kleinzureden. Du bist gekommen, um Johannes kleinzureden, und wenn du Jesus begegnen würdest, würdest du dasselbe versuchen. Für Leute wie dich ist alles – unbedeutend und … amüsant.«

»Aber du kennst mich doch gar nicht.« Judas klang gekränkt. »Wie kannst du so geringschätzig von mir reden? Ich will diesen Jesus wirklich hören, nachdem er euch so sehr beeindruckt hat.«

»Was wir von ihm denken, ist kaum von Bedeutung«, sagte Nathanael. »Wichtiger ist, was er von *uns* denkt.«

»Oh, aber letzten Endes ist nur das von Wert, was du selbst denkst«, widersprach Judas. »Schließlich kann niemand die Gedanken eines anderen kennen.« Unvermittelt schaute er Maria an. »Und du – eine Frau! Es ist gewiss ungewöhnlich, dass eine Frau allein hier ist. Sammelt dieser Jesus Frauen um sich?«

Sie fühlte sich bloßgestellt, beschämt – als wären die Dämonen noch in ihr. Aber sie schämte sich für Jesus, als habe er sich irgendwie vergangen: Sammelt dieser Jesus Frauen um sich?

»Ich bin die erste«, sagte sie. »Wie viele andere ihn noch

kennen lernen werden, kann ich nicht sagen.« Sie schwieg und fragte dann plötzlich: »Und was machst *du*, Judas? Du hast nur von deinem Vater, dem Schriftgelehrten, gesprochen. Aber du bist offenbar selbst kein Schriftgelehrter. Anscheinend arbeitest du nicht für einen viel beschäftigten Herrn, denn sonst hättest du dir nicht die Zeit nehmen können, im Auftrag deines Vaters hierher zu kommen.« Warum sollten sie ihm alle seine Fragen beantworten und ihm selbst keine stellen?

»Ich arbeite für verschiedene Herren, zu verschiedenen Zeiten. Ich bin Buchhalter. Ich führe die Bücher und erledige die Abrechnungen für Unternehmen. Es ist eine Saisonarbeit wie so vieles andere.« Er machte ein keckes Gesicht, als bereite es ihm Genugtuung, ihren Angriff zurückgeschlagen zu haben. Aber dann milderte sich seine Miene. »Und wenn ich nicht damit beschäftigt bin, diesen Herren zu dienen, versuche ich mich gern daran, Mosaike zusammenzufügen.«

Mosaike! Die Darstellung lebender Geschöpfe! Fast hörte Maria, wie alle insgeheim nach Luft schnappten.

»Ich glaube nicht, dass Gott dadurch entehrt wird«, sagte Judas ruhig. »Ich glaube, dass seine ganze Schöpfung glorreich ist, und wer sie feiert, ehrt ihn damit.« Nach kurzer Pause fügte er hinzu: »Außerdem zahlen die Römer gut. Ich schmücke ihre Häuser damit, und sie erlauben mir, Gott auf meine Weise, mit meinen Händen, zu preisen. Das Gesetz zu erfüllen – das hat wohl kaum etwas mit der eigenen Persönlichkeit zu tun, oder?«

»Darum geht es nicht«, sagte Petrus steif.

»Oh, das glaube ich aber doch«, erwiderte Judas. »Ich glaube, Gott will, dass jeder von uns ihn auf seine Weise widerspiegelt. Warum sollte er schließlich sonst in uns das Verlangen erschaffen haben, zu malen oder Mosaike zu legen, wenn das frevelhaft wäre? Gott schafft kein Verlangen, wenn er nicht will, dass es auf diese oder jene Weise erfüllt wird.«

Alle lachten voller Unbehagen. »Wir müssen Jesus danach fragen, wenn er zurückkommt«, sagte Nathanael. Irgendwie hatten sie alle das unausgesprochene Gefühl, dass nur Jesus diesem Judas würde antworten können. Hoffentlich würde er dableiben, bis Jesus zurückkehrte und seinen Herausforderungen begegnen könnte.

Die Geselligkeit erstarb wie das Feuer vor dem Zelt. Einer nach dem anderen gestand, er sei müde, und versuchte zu schlafen. Die aufgeregte Stimmung des vergangenen Abends war verflogen.

Maria ließ den Kopf auf den gefalteten Mantel sinken, der ihr als Kissen diente. Rauch von dem draußen verlöschenden Feuer suchte sich seinen Weg ins Zelt, als wolle auch er sich schlafen legen. Sie atmete ihn ein. Sie hatte den Geruch von Holzrauch schon immer gern gehabt – vielleicht, weil er ihr aus dem Geschäft ihres Vaters so vertraut war, wo die Reihen der Dörrfische über den Feuern hingen.

Vater … Eli … Silvanus … und Joel. Ihre Mutter, ihre Cousinen und die alte Nachbarin Esther. Sie alle waren in Magdala und warteten darauf, zu erfahren, was aus ihr geworden war. Gäbe es doch nur eine Möglichkeit, mit ihnen zu reden und ihnen diese außergewöhnliche Geschichte zu erzählen! Maria empfand echten Schmerz in der Brust, als sie an ihre Ungewissheit, ihre Sorge denken musste. Sie wollte ihnen keinen Anlass zu weiterem Unglück geben. Und Elischeba! Sie war zu klein, um ihre Mutter zu vermissen, und das war von allem das Schlimmste.

Ich muss sie wiedersehen, dachte sie. Ich weiß nicht, was ich tun soll. Wenn Jesus hier wäre, könnten wir alle zusammen fortgehen, wir alle gemeinsam. Aber jetzt … Wir können doch nicht alle warten und warten …

Wo ist er jetzt? Irgendwo draußen in der Wüste, vielleicht im Kampf mit den Dämonen, die mich besessen haben. Sie werden ihn suchen. Sie werden sehr zornig sein, weil er sie ausgetrieben hat.

Sie spürte, wie die Kälte der Wüstennacht hereinkroch. Wie viel kälter mochte es draußen in der offenen Einöde sein? Es war schwer, dort zu überleben. Selbst sie hatte doch eine Höhle gehabt, in die sie sich hatte zurückziehen können.

Neben der Kälte drang auch ein dünner Strich von blauem Mondlicht ins Zelt. Es war beinahe Vollmond. Sie richtete sich auf und rutschte zum Zelteingang, um hinauszuschauen. Alles war von einem klaren, unbarmherzigen Licht überflutet; man sah jede Furche im Sand, jede Spalte in jedem Felsen.

Jesus war irgendwo dort draußen in den kalten, einsamen Weiten der Wüste, und das Mondlicht fiel auch auf ihn und die Steine um ihn herum. Das Mondlicht, so schön es auch war, malte alles in den Farben der Trostlosigkeit. Der Trostlosigkeit, der Jesus ins Auge blickte.

XXII

Meiner liebsten Freundin Kezia bat-Benjamin,
Ehefrau des Reuben in Magdala, von ihrer Freundin Maria,
ebenfalls aus Magdala, einst unaufrichtige, jetzt aber
aufrichtige Freundin!

Ich schreibe dir meine Gedanken, statt sie für Gott aufzuschreiben! Der Rabbi hat mir dieses Schreibzeug gegeben, damit ich an Gott und über ihn schreiben könne, aber ich konnte es nicht und habe es nicht getan. Ich habe Gott unrecht getan, aber auch dir. Und nun möchte ich dich um Vergebung bitten, auch wenn ich dich schon sagen höre: »Aber es gibt nichts zu vergeben!« Oh, wie du dich irrst! Es gibt so viel!

Sind wahre Freundinnen einander nicht nah im Geiste? Wahre Freundinnen erwählen einander aus ebendiesem Grund. Andere in unserem Leben werden uns durch Blutsbande gegeben oder weil es sich so fügt, aber eine Freundin erwählen wir uns nur, weil es uns so gefällt. Und doch habe ich all die Jahre ein Geheimnis vor dir gehabt, und das bedeutet, dass ich dir keine wahre Freundin gewesen bin.

Du weißt, ich neige zur Geheimniskrämerei – denke nur an den Unterricht im Lesen, den ich meiner Familie verheimlicht habe, und daran, wie ich die rituellen Vorschriften verletzt habe, wenn ich nicht bei ihnen zu Hause war. Weil du diese Geheimnisse kanntest, glaubtest du auch mich zu kennen. Aber ein großes Geheimnis habe ich auch vor dir gehabt, das mich aus Magdala fortgetrieben und hierher gebracht hat – in die Wüste, zu einer Gruppe von Männern, die hier darauf warten, dass ein anderer Mann zu uns zurückkommt.

Jetzt kann ich es dir erzählen: Ich hatte ein verbotenes Götzenbild, das ich aufbewahrt und … Ja, habe ich es angebetet? Jetzt, da ich klarer sehe, muss ich wohl sagen: Ja. Wenn ich ihr Elfenbeinlächeln betrachtete, durchströmte mich heiße Erregung. Nur, weil es mir verboten war? Oder war es doch auch die Ehrfurcht der Anbeterin?

Dies führte dazu, dass ich später besessen war. Jawohl, von Dämonen besessen. In dieser Zeit hast du mich nicht gesehen. Wir haben uns nicht mehr oft getroffen, als ich wahnsinnig war, eine Wahnsinnige, die insgeheim mit Dämonen zu kämpfen hatte. Deshalb wusstest du nichts davon. Ich habe mich bemüht, es vor aller Welt zu verbergen, aber schließlich hat Joel es erfahren, und da … Aber das werde ich dir alles erzählen, wenn ich dich wiedersehe. Vielleicht werde ich dir dann auch nur dieses Bündel Papier geben, und du kannst alles auf einmal lesen; ich wüsste nicht, wie es vorher in deine Hände geraten sollte.

Die Qual mit den Dämonen! Kezia, meine Verzweiflung war so niederdrückend, dass ich sterben wollte. Ich habe versucht zu sterben. Diese Schwärze in meinem Herzen, die tiefe Dunkelheit, die mich umhüllte, das war der Satan selbst. Warum nennt man ihn den »Fürsten dieser Welt«? Er ist überhaupt nicht von dieser Welt, sondern aus einer tiefen Grube, aus einem Abgrund.

Und dann hat mich jemand erlöst. Jemand war stärker als all die Dämonen, stärker als Satan, und er hat sie ausgetrieben. Und nun ist alles leicht – und so hell in mir, wie es vorher dunkel war. Die Welt ist von Sonnenlicht durchflutet, von Farben und Klängen voller Schönheit. Deshalb glaube ich, dass dieser Mann, mein Erlöser, der Fürst dieser Welt ist, denn er hat mir diese Welt zurückgegeben, und sie ist besser als zuvor. Ich fühle mich, als wäre ich wieder ein Kind, rein und frisch und neu – aber klüger, oh, viel klüger, als ein Kind je sein könnte! Ich bin wieder die alte Maria, die du zu kennen glaubtest. Aber ich bin auch eine neue Maria – eine, die ich selbst noch nicht kenne.

Kezia – ich werde diesem Mann folgen. Ich bin eine Jüngerin! Eine Jüngerin – kannst du dir das vorstellen? Natürlich komme ich wieder nach Hause; ich werde eilends dorthin zurückkehren, sobald der Mann wieder da ist, aber danach werde ich irgendwie seine Jüngerin werden. Er hat gesagt, ich könnte ihm vielleicht folgen, ohne mein Heim zu verlassen. Klingt das vernünftig? Nichts von alldem ist es!

Er heißt Jesus, und er kommt aus Nazareth. Ich weiß, schon oft haben die Leute gesagt: »Was kann denn aus Nazareth ...?« Du kennst die Redensart. Ich glaube, er ist der Junge, dem wir vor langer Zeit auf der Wallfahrt begegnet sind – du erinnerst dich? Wir haben die Nacht bei seiner Familie verbracht. Er war damals ungefähr dreizehn. Jetzt muss er über dreißig sein. Ich fand ihn damals schon ungewöhnlich, aber das war nichts im Vergleich zu dem, was er heute ist. Und doch – wenn ich versuche, dir von ihm zu erzählen, wird sich alles sehr sonderbar anhören. Du musst ihn kennen lernen! Es ist unmöglich, ihn zu beschreiben, aber wenn du ihn kennen lernst, wirst du es verstehen. Ich glaube, er wird in Galiläa anfangen zu predigen, und dann kannst du hingehen und ihn hören.

Und die Männer, die anderen Jünger, die er um sich geschart hat – du wirst es nicht glauben, aber zwei davon sind Simon und Andreas bar-Jona. Die Fischer, weißt du, die meinem Vater so viel geliefert haben. Wir haben immer darüber gelacht, dass man uns zwingen könnte, einen von ihnen zu heiraten, und wir haben gesagt, sie riechen schlecht – nach Fisch. Nun, Simon ist verheiratet, aber Andreas noch nicht. Und sie riechen eigentlich gar nicht; tatsächlich würde Andreas sogar einen guten Ehemann abgeben, glaube ich jetzt.

Und dann sind da noch zwei andere: Philippus, auch ein Fischer, aus Betsaida, und Nathanael, der früher Fischer war.

Philippus ist voller Tatkraft und redet dauernd, außerdem ist er niemals bereit zu sagen, dass etwas schlecht oder ärgerlich oder unmöglich sei. Weißt du, Kezia, fröhliche Menschen können schrecklich deprimierend sein. Manchmal, wenn er so vor sich hin pfeift, kriege ich schlechte Laune.

Nathanael ist auf irgendeine Weise grüblerisch und gut aussehend, aber er ist ebenso sarkastisch, wie Philippus fröhlich ist. Früher hat er wohl gefischt, aber dann hat er dagegen aufbegehrt und seiner Familie verkündet, er werde sich jetzt ausschließlich dem Studium der Schriften widmen. Aber nicht so, wie die Schriftgelehrten es betreiben. Er scheint von großem Wissensdurst erfüllt zu sein und will alles lernen, was es gibt auf der Welt. Ein Glück für ihn, dass er nicht verheiratet ist. Seine Frau würde sich sicher betrogen fühlen, wenn sie eingewilligt hätte, einen Fischer zu heiraten, und am Ende mit einem armen Gelehrten dasäße und sich daran nichts mehr ändern ließe.

Vor ein paar Tagen ist ein merkwürdiger Mann aufgetaucht; er sagte, er sei hier, um Johannes den Täufer für seinen Vater zu bespitzeln. Ich glaube, das war gelogen; in Wirklichkeit wollte er ihn selbst sehen. Dieser Mann, er heißt Judas, macht Mosaike! Ja, kannst du dir das vorstellen: ein Jude, der Mosaike macht? Ich sage ja, er ist merkwürdig, doch vermutlich auch nicht merkwürdiger als ein jüdisches Mädchen, das ein Götzenbild verbirgt.

Und Johannes der Täufer. Auch er ist hier, und genau genommen sind alle diese Leute seinetwegen hier versammelt. In der Nähe eines echten Propheten zu sein ist beängstigend. Kezia, er fürchtet sich vor gar nichts! Wie wunderbar wäre es, so zu sein. Soldaten sind erschienen und haben ihm gedroht, aber er hat keine Notiz davon genommen. Nein, das stimmt nicht. Er hat schon etwas getan: Er hat ihnen seinerseits gedroht, und zwar mit dem Zorn Gottes.

Er ist richtig ausgemergelt, sein Haar ist wild und voller Kletten, und er kleidet sich in raue Felle. Ich weiß nicht, ob er sich tatsächlich von Heuschrecken und Honig ernährt, aber wenn man ihn anschaut, weiß man, dass er nicht viel isst.

Meinen Beschreibungen der Leute, die ich hier kennen gelernt habe, kannst du entnehmen, dass sie ganz anders sind als die, die ich in Magdala kannte. Sogar diejenigen, die ich schon in Magdala kannte, Simon und Andreas zum Beispiel, sind hier anders. Ach ja, und Jesus hat Simon einen neuen Namen gegeben: Er nennt ihn Petrus, weil er sagt, Simon ist ein Fels. Das war sicher scherzhaft gemeint, denn Simon Petrus ist so wechselhaft und impulsiv. Ich weiß nie, ob Jesus etwas ernst meint oder nicht. Aber ich kenne ihn auch noch nicht besonders gut. Wenn er zurückkommt, dann …

Später mehr von deiner Maria – ist dir eigentlich klar, dass ich ohne dich kein einziges Wort von alldem hier hätte schreiben können?

Gott ist gut, und zum ersten Mal kann ich ihn fühlen.

XXIII

»Ich kann nicht länger warten.« Judas drehte ein Stück Fleisch, das er auf einen Stock gespießt hatte, über dem Kochfeuer. Offensichtlich hatte er vorgehabt, allein zu frühstücken und im ersten Morgengrauen zu verschwinden. Aber als die anderen aus dem Zelt kamen, bot er ihnen – wenngleich zögernd – auch etwas zu essen an. »Ihr wisst ja nicht, wann dieser Rabbi, oder was immer er ist, zurückkommt. Wie dem auch sei, ich bin hergereist, um Johannes den Täufer zu sehen. Ich habe ihn gesehen, und ich habe alles gesehen, was es da zu sehen gibt. Er predigt immer das Gleiche. Es hat keinen Sinn, noch länger zu bleiben.« Er nahm das Fleisch aus dem Feuer, untersuchte es aufmerksam; dann zog er es von dem rauchenden Stock und aß es auf.

»Nein, wir wissen nicht, wann er zurückkommt«, gab Petrus zu. »Und auch wir müssen entscheiden, was wir tun wollen. Auch wir können nicht ewig hier warten.« Er schüttelte den großen Kopf, sodass seine Locken hin und her schwangen. »Aber es tut mir Leid, dass du ihn nicht sehen kannst, Judas Ischariot. Wirklich sehr Leid.«

Judas zuckte die Achseln. »Ein andermal vielleicht.«

»Es ist zweifelhaft, dass er sich jemals nach Jerusalem begeben wird«, meinte Andreas, der dazugetreten war. »Und dort bist du zu Hause.«

»Ja, nach allem, was ich von euch höre, ist er ja aus Galiläa. Da komme ich nicht oft hin. Durch meine Buchhaltertätigkeit bin ich an die Gegend von Jerusalem gebunden, und die Mosaike bringen mich in die römischen Siedlungsgebiete, nach Cäsarea zum Beispiel. Aber man kann ja nie wissen.« Er schulterte sein Bündel und schickte sich an aufzubrechen. »Ich wünsche euch und eurem Rabbi alles Gute«, sagte er aufrichtig. »Seid auf der

Hut! Die Zeiten sind gefährlich für jedermann. Ich glaube, Johannes werden wir nicht mehr sehr lange hören und sehen.«

»Wegen Herodes Antipas?«, fragte Petrus.

»Das liegt doch auf der Hand. Antipas wird ihn zum Schweigen bringen. Die Tage seines Predigens sind gezählt. Also hört ihm aufmerksam zu, heute Morgen oder heute Nachmittag oder wann immer ihr zu ihm geht. Nicht, dass er etwas anderes sagen wird als das, was ich schon gehört habe.« Er winkte. »Es war schön, euch kennen zu lernen.«

Judas hatte ihre Aufmerksamkeit auf einen beunruhigenden Umstand gelenkt. Sie mussten sich eingestehen, dass Jesus sie auserwählt hatte und dann fortgegangen war, ohne ihnen zu sagen, wann er zurückkehren werde. An diesem Abend brachte Petrus das Dilemma zur Sprache. »Ich will nichts übereilen, aber wir haben keine Ahnung, wann Jesus zurückkommt. Mein Bruder und ich sind in einer anderen Angelegenheit hergekommen, und die ist jetzt erledigt. Wir müssen nach Hause. Jesus hat gesagt, er wird uns finden …« Er ließ den Satz in der Schwebe. »Ich muss ihn beim Wort nehmen. Ich muss hoffen und glauben, dass er zu uns zurückkehrt und uns tatsächlich findet. Aber da wir keine anderen Anweisungen haben, müssen Andreas und ich leider wieder nach Hause und an unsere Arbeit. Maria, willst du mitkommen? Oder sollen wir eine Nachricht von dir überbringen?«

Oh, konnten sie denn nicht noch einen einzigen Tag warten? Sie sehnte sich nach Joel und Elischeba und ihrer Familie, aber sie wollte nicht fortgehen, ohne Jesus gesehen zu haben, denn sonst würde sie aufhören zu glauben, dass das alles wirklich geschehen war. Und jetzt, da sie wieder sie selbst war, musste sie diesen Mann noch einmal unter normalen Umständen sehen – nicht in äußerster, schmerzhafter Not.

»Nein«, sagte sie, »nein, es ist besser, wenn ich selbst ihnen alles erzähle und ihnen das Wunder *zeige*, das geschehen ist.« Sie wandte sich an Philippus und Nathanael. »Nathanael, du bist aus Kana, und Philippus, du bist aus Betsaida. Das ist nicht weit von Magdala. Wenn ihr noch wartet, werde ich mit euch zurückkehren.«

Nathanaels Gesicht zeigte, dass er sich in einer Zwickmühle

sah. »Ich habe vor, noch zu bleiben; ich weiß noch nicht, wie lange. Aber natürlich, wenn ich heimkehre, kannst du mitkommen.«

Johannes predigte noch immer, und in der Jordan-Furt drängten sich noch immer die Büßer. Die Tage wollten kein Ende nehmen. Maria ging jeden Tag hinaus, um Johannes zu hören, aber Judas – verflucht sollte er sein! – hatte Recht: Johannes sagte nichts Neues. Er benutzte immer wieder dieselben Worte, dieselben Ermahnungen, nur sein Publikum wechselte.

Als die Tage vergingen, erkannte Maria, dass sie wirklich heimkehren sollte. Sie glaubte nicht mehr, dass Jesus noch zurückkommen würde. Sicher war ihm etwas passiert. Sie konnten bis in alle Ewigkeit warten, und sie würden ihn nicht wiedersehen.

Tief betrübt über diese Erkenntnis, begab sie sich widerstrebend zu Philippus und fragte ihn, wie lange er noch zu bleiben gedenke. Zu ihrer Erleichterung erfuhr sie, dass er genauso dachte wie sie. Sie mussten bald aufbrechen.

Sie traten ins Zelt und schauten sich wehmütig um: So viele Tage lang war dies ihr Heim und Zufluchtsort gewesen! Aber Jesus konnte kaum erwarten, dass sie noch viel länger ausharrten. Sie fingen an, ihre kärglichen Habseligkeiten einzusammeln. Maria hielt das Schreibzeug, das Petrus ihr zurückgegeben hatte, sorgfältig zusammen.

Der letzte Abend verging in Melancholie. Maria, Philippus und Nathanael saßen um das kleine Feuer herum und sprachen nur wenig.

Sie würde also heimgehen und, so Gott wollte, nichts von alldem jemals vergessen. Es war das Außergewöhnlichste, was sie je erlebt hatte: Gott war hier, an diesem Ort, und er hatte sie angerührt.

»Nun heißt es wieder fischen«, sagte Philippus traurig. »Auch kein schlechtes Leben.« Aber sein Ton strafte seine Worte Lügen. »Vielleicht werde ich das Fischen aber auch aufgeben und mich dem Studium widmen wie Nathanael.«

»Aber wovon willst du leben?«, platzte Maria heraus. Als sie Philippus' bekümmertes Gesicht sah, fügte sie hastig hinzu: »Ich meine – ein Gelehrter braucht jemanden, der ihn unterstützt, und wenn deine Frau kein Verständnis dafür hat …«

»Ich weiß es nicht«, gestand er. »Aber nach dem, was geschehen ist, habe ich das Gefühl, ich kann nicht einfach wieder fischen. Ich muss mein Leben auf das bauen, was ich liebe, und ich hoffe, dass ich irgendwie überleben werde.«

»Ich liebe meine Familie so sehr wie mich selbst«, sagte Maria, »und doch weiß ich, dass sie es nicht verstehen werden. Und ich habe Angst, dass ich das alles vergessen werde und dass es mir vorkommen wird wie ein bunter Traum.«

»Niemandes Familie wird es verstehen.«

Die Stimme kam von außerhalb des Lichtkreises, den das Feuer warf. Sie klang vertraut, aber angespannt.

Alle drei sprangen auf und spähten in die Richtung, aus der die Stimme gekommen war. Aber alles war dunkel, und sie hörten nur das Knistern des Feuers.

»Wer ist da?«, rief Maria. Ihre eigene Stimme klang seltsam.

»Ich bin es.« Eine Gestalt erschien am Rande des Feuerscheins. »Ich bin es.«

Er kam näher, langsam und erschöpft. Erst als er beim Feuer stand, erkannten sie ihn.

»Meister!« Philippus stürzte ihm entgegen, schlang die Arme um ihn und stützte ihn.

Jesus. Es war Jesus.

»Oh, Meister!« Auch Maria lief zu ihm und wollte ihm das Gesicht abwischen oder seine Mattigkeit lindern. Er sah geschwächt aus; sein Fleisch war in den Falten seiner sonnenverbrannten Haut verschwunden, und sein Rücken war gebeugt. Die Augen in dem hageren Gesicht lagen tief in den Höhlen; in ihrem Blick spukte das Grauen dessen, was sie gesehen hatten.

Nathanael holte eine Decke und legte sie ihm um die Schultern. Seine leidenschaftliche Anspannung und sein in die Ferne gerichteter Blick machten sie ratlos, und sie wussten nicht, wie sie ihm helfen sollten. War er verletzt? Oder war er nur geschwächt vom Umherwandern in der Kälte der Nacht und der Hitze des Tages? Oder steckte mehr dahinter?

Jesus sank vor dem verlöschenden Feuer zu Boden. »Ihr seid noch hier.« Mehr sagte er nicht.

»Ja, wir sind noch hier«, sagten sie beruhigend.

»Es hat viele Tage gedauert«, sagte er, wie es schien, nach langer Zeit. »Aber ihr seid immer noch hier.« Er schaute in die Runde. »Philippus. Nathanael. Maria.«

»Ja, Meister«, sagte Philippus. »Aber jetzt musst du dich ausruhen.« Er wollte Jesus ins Zelt führen.

Aber Jesus erhob sich nicht. Er hatte anscheinend nicht mehr die Kraft dazu. »Einen Augenblick. Gebt mir einen Augenblick.«

»Ja. Ganz, wie du willst«, sagte Nathanael.

»Wisst ihr, wie lange es gedauert hat?«, fragte Jesus schließlich.

»Nein«, sagte Philippus.

»Vierzig Tage und vierzig Nächte«, sagte Jesus. »Eine lange Zeit in der Wüste. Aber ich bin dem Bösen begegnet, und wir haben miteinander gerungen. Es ist vorüber.«

Wer hat gesiegt?, fragte Maria sich. Jesus schien geschlagen zu sein.

»Ich habe ihn überwunden«, sagte Jesus. Seine Stimme war nur ein Flüstern. »Satan hat sich zurückgezogen.«

Und dich in einem solchen Zustand zurückgelassen?, dachte Maria. Dann ist er wahrlich mächtig.

»Ja, Satan ist mächtig.« Jesus schien ihre Gedanken zu lesen. »Aber nicht allmächtig. Denkt daran, und bewahrt es in euren Herzen. Satans Macht ist begrenzt.«

Maria schaute in sein verwüstetes Gesicht. Sie dachte daran, wie mühelos er ihre Dämonen ausgetrieben hatte, und sie konnte sich nicht vorstellen, was für eine Macht diese Veränderung an ihm bewirkt hatte. Ihre Dämonen, so stark sie gewesen waren, vermochten nichts im Vergleich mit dem Bösen selbst.

»Oh, Meister!« Von Liebe und Dankbarkeit durchströmt, warf sie sich ihm zu Füßen. Er trug keine Sandalen mehr.

»Es war notwendig.« Er nahm ihre Hände und schob sie von seinen Füßen. »Nichts anderes konnte geschehen, solange dies nicht getan war.« Er schwieg kurz. »Jetzt kann es wahrhaft beginnen.«

Sie führten ihn in das Zelt. Er ließ sich auf eine Decke sinken. Einen Augenblick später war er eingeschlafen; die Füße hatte er unter sich gezogen, und sein Kopf ruhte leicht auf einer zusammengerollten Decke.

Am nächsten Morgen war Jesus vor allen anderen wach. Sie fanden ihn draußen vor dem Feuer, das er wieder angezündet hatte. Er starrte so eindringlich in die Flammen, dass sie ihn nur ungern störten, aber es war unmöglich, aus dem Zelt zu treten, ohne dass er sie sah.

Aber er schien sich gern stören zu lassen, ja, er war sogar erfreut, sie zu sehen.

»Ich grüße euch, meine Freunde«, sagte er. »Was haben wir zu essen?«

Natürlich. Er musste halb verhungert sein. Hastig wühlten sie in ihren Vorräten, als sei dies ein dringender Notfall, bis er anfing zu lachen. »Macht euch nicht solche Sorgen. Ich kann noch nicht viel essen, denn ich war so lange ohne Nahrung. Ein paar Datteln, ein bisschen Dörrfisch – mehr bringe ich nicht herunter.«

Philippus reichte ihm einen Beutel Datteln, den er langsam öffnete, nicht wie einer, der Hungerqualen litt. »Hmmm.« Er hielt eine hoch und betrachtete sie. Dann aß er sie.

»Wo sind die anderen?«, fragte er dann.

»Petrus und Andreas mussten nach Hause«, sagte Nathanael. »Sie hoffen, dass du sie finden wirst, wie du es gesagt hast.«

»Hmm.« Jesus widmete anscheinend seine ganze Aufmerksamkeit der Dattel, die er verspeiste. »Aber ihr seid geblieben und habt gewartet«, stellte er schließlich fest. Ein leises Lächeln lag auf seinem Gesicht, als wolle er sagen: Darüber bin ich froh.

»Es war noch ein Mann hier, der dich kennen lernen wollte, aber auch er musste fortgehen«, sagte Philippus. Er hatte eine herzliche, offene Art, die die Menschen stets zu ihm führen würde, wenn sie Fragen hatten, dachte Maria. Ein Türsteher. »Er hieß Judas.«

Jesus nickte. »Ein verbreiteter Name. Woran werde ich ihn erkennen?«

»Er ist der Sohn eines gewissen Simon Ischariot und wohnt in der Nähe von Jerusalem. Und er macht Mosaike!«

Jesus zog die Brauen hoch. »Mosaike?«

»Er ist auch Buchhalter. Ein dunkler, schlanker, ziemlich eleganter Mann. Interessant.«

»Aber er musste zurück«, stelle Jesus fest. »Wie wir alle.«

Was mochte sich in der Wüste zugetragen haben? Das hätten sie ihn alle gern gefragt, aber niemand wollte aufdringlich sein. Schließlich wagte Philippus es doch.

»Herr – wenn ich fragen darf«, begann er, »wo bist du gewesen? Und was ist dir in der Wüste widerfahren?« Seine sonst so herzliche Stimme war jetzt leise.

Jesus schaute ihm in die Augen, als wolle er abschätzen, wie viel er verstehen konnte. »Ich musste hinausgehen und mich zur Zielscheibe Satans machen. Ich habe mich in seine Hände gegeben. Wenn ich die Prüfungen, denen er mich unterziehen würde, nicht bestehen könnte, brauchte ich meine Mission gar nicht erst anzutreten. Es ist besser, am Anfang zu scheitern, als später zu straucheln. Ich will euch eine Geschichte erzählen. Wenn ein Fürst anfängt, einen Turm zu bauen, berechnet er dann nicht zuerst die Kosten? Es wird doch eine Schande sein, wenn er das Bauwerk nicht vollenden kann; die Leute werden über ihn lachen. Und welcher König zieht in den Krieg, ohne die eigenen Heerscharen mit denen des Feindes zu vergleichen? Wenn der Feind übermächtig ist, wird er die Schlacht lieber gar nicht erst beginnen, sondern stattdessen über den Frieden verhandeln. Und wenn ich gegen Satan ins Feld ziehen will, muss ich vorher wissen, dass ich nicht scheitern werde.«

»Aber … wie hast du dich denn prüfen können?« Nathanael schaute Jesus wie gebannt an. Sein schmales, empfindsames Gesicht bebte fast.

»Satan wird stets kommen«, sagte Jesus. »Man muss nur warten. Also ging ich weit hinaus in die Wüste und wartete. Und er erschien und bedrängte mich an meinen schwächsten Stellen. Das tut er immer. So wird er auch euch angreifen. Er kennt alle eure Ängste und Schwächen. Hütet euch vor ihm.« Jesus schaute sie alle nacheinander an. »Und das Wichtigste ist: Satan mag sich vom Schlachtfeld zurückziehen, aber er wird immer wiederkommen. Er wird auch wieder zu mir kommen, wie er zu euch kommen wird. Aber wir müssen ihn erkennen. Er ist der Ankläger, der Prüfer. Er gräbt vergangene Sünden aus, die längst vergeben sind. Nicht Gott quält euch mit der Erinnerung an vergangene Sünden, sondern Satan.«

»Aber warum?«, fragte Nathanael.

»Wenn Satan euch nicht dazu bringen kann, neue Sünden zu begehen, wird er versuchen, euch mit alten außer Gefecht zu setzen. Er ist der unentwegte Feind Gottes, und wenn ihr in Gottes Heeren kämpft, wird er euch zugrunde richten, wie er es vermag.«

Er stand auf, und zum ersten Mal bemerkte Maria, dass seine Persönlichkeit ihm Statur verlieh. Obwohl er nicht größer war als Philippus oder Nathanael, wirkte es so. Sein Mantel hing um eine ausgehungerte Gestalt, aber der Faltenwurf war der eines Königs.

»Wir haben eine Mission gegen Satan. Jeder von euch muss in seine eigene Wüste gehen und sich auf die Probe stellen lassen. Maria, du hast mit deinen Dämonen gerungen und die Probe bestanden.«

»Nein«, widersprach sie, »nein, das habe ich nicht! Sie hatten mich besiegt. Ich war bereit zu sterben, um mich von ihnen zu befreien. Ich habe versucht, mich umzubringen. Sie haben gesiegt!«

»Nein, das haben sie nicht«, sagte Jesus. »Du hast es gerade gesagt: Du warst bereit zu sterben, statt dich ihnen zu unterwerfen. Du hattest die größte Prüfung zu bestehen und bist Gott treu geblieben.«

Es war ihr nicht wie eine Prüfung erschienen, sondern wie Folter. Maria fragte sich, wie Jesus sein Urteil mit solcher Autorität fällen konnte, aber sie wagte nicht, ihm zu widersprechen.

»Was verlangst du von uns?« Philippus sprach die Frage aus, die sie alle beschäftigte. »Was sollen wir tun?«

Maria erwartete eine unbestimmte Antwort. Aber stattdessen sagte Jesus: »Wir werden nach Galiläa zurückkehren. Ich werde meine Mission beginnen. Ihr werdet bei mir bleiben, und ich werde noch andere rufen. Es wird ein Ruf sein, der Satan herausfordert. Deshalb müssen wir als hartgesottene Veteranen beginnen.«

»Aber was – wenn ich fragen darf, Meister – wird die Botschaft deiner Mission sein?« Nathanael sah zutiefst besorgt aus.

»Dass das Reich Gottes bereits hier ist, und dass die Zeit gekommen ist, nach der die Propheten sich gesehnt haben.«

»Bereits hier?« Philippus runzelte die Stirn. »Verzeih, aber wie kannst du das sagen? Ich sehe es nirgends. Soll es nicht auch unter himmlischem Donnerhall erscheinen und unverkennbar sein?«

»Diese Vorhersagen waren falsch«, antwortete Jesus kategorisch. »Die Propheten und Verfasser der Schriften haben es missverstanden. In Wahrheit ist das Reich Gottes ein geheimnisvolles Ding, das beinahe unbemerkt wächst. Es ist schon da. Aber irgendwie ist es auch mir zugefallen, es einzuleiten. Weil ich es sehe und verstehe und weil ich sein Vertreter bin.«

Maria schüttelte den Kopf. »Willst du damit sagen, dass du der Messias bist? Ist es nicht das, was er tut?«

»Das sage ich nicht. Ich bin darauf gefasst, dass andere es sagen werden, aber es ist nicht das, was ich sage.«

»Aber Herr« – Philippus machte ein ratloses Gesicht –, »was sagst du dann?«

»Folget mir nach! Das ist es, was ich sage.« Jesus lächelte. »Unterwegs wird alles klar werden. Indem wir einen Weg gehen, lernen wir ihn kennen. Gott sagt: ›Ich will Gehorsam, keine Opfer.‹ Gehorsam bedeutet, dass wir gehen, wie er unsere Schritte lenkt – Schritt für Schritt. Erst dann werden wir sehen, wohin wir gehen.« Er streckte ihnen die Arme entgegen. »Gehen wir zusammen?« Die Einladung, durch dieses breite Tor zu schreiten, war so schlicht. Es wäre so leicht gewesen abzulehnen.

Das dachte Maria später. Diese folgenschwere Reise: Wie einfach war sie anfangs erschienen! Nur ein paar Schritte. Nur »Folget mir nach!«. Nur die Illusion, sie könnten jederzeit wieder gehen. Aber für die, die er gerufen hatte – als wie unmöglich sich das doch erwies!

XXIV

Die Heimreise nach Galiläa war nicht vergleichbar mit Marias Wanderung in die Wüste. Sie erinnerte sich an diesen schrecklichen, gehetzten Marsch, gepeitscht von Stürmen und den

Dämonen in ihr: wie sie neben Petrus – damals Simon – und Andreas hergestolpert war, völlig abhängig von ihrer Hilfe, da sie alles andere verloren hatte.

Sogar mein Haar, dachte sie und berührte ihren Kopf. Sie fühlte, dass ihr Haar allmählich nachwuchs, aber es würde noch lange dauern, bis sie es anderen wieder zeigen könnte.

Jesus führte sie, aber er wirkte abwesend. Er beantwortete ihre Fragen und machte hin und wieder eine Bemerkung über die Landschaft, aber ansonsten behielt er seine Gedanken für sich. Irgendwann machten sie Halt und schlugen ihr Lager auf. Bei dieser Gelegenheit fragte Maria ihn, ob er tatsächlich auf der Wallfahrt durch Samaria dabei gewesen sei und ob sie damals bei ihm und seiner Familie übernachtet habe.

Sie erwartete, dass er unsicher sein würde, aber er bemühte sich sofort, sich zu erinnern. Einem anderen wäre so etwas unwichtig erschienen, aber er behandelte ihre Frage, als sei sie bedeutsam.

»Ja«, sagte er schließlich. »Ich entsinne mich. Du und deine Freundin und deine Cousinen, ihr habt euch uns angeschlossen. Wir waren auf dem Rückweg von einer Pilgerreise nach Jerusalem.«

»Deine Schwester Ruth hatte Zahnschmerzen«, sagte Maria. »Und es war Sabbat …«

»Ja«, sagte Jesus, »das stimmt. Wie schön, dass du dich daran erinnerst.«

»Und deine Familie?«, fragte Maria. »Geht es ihr gut?«

»Mein Vater Joseph ist vor ein paar Jahren gestorben. Aber meine Mutter – ja, ihr geht es gut und meinen Geschwistern auch. Es war nicht leicht, die Tischlerwerkstatt meinem nächstältesten Bruder Jakobus zu hinterlassen. Aber ich hatte so viele Jahre darauf gewartet. Es passt ihm nicht, denn er möchte all seine Zeit auf sein Studium verwenden und hatte sich darauf verlassen, dass ich als der älteste Sohn in die Fußstapfen meines Vaters trete und ihm die Freiheit des Zweitgeborenen lasse, zu tun, was ihm gefällt. Aber wie gesagt, wenn Gott einen Wunsch äußert, ist es nicht erlaubt, darüber hinwegzugehen. Und Gottes Wünsche sind oft nicht nur eine Bürde für uns selbst, sondern auch für andere. Das macht sie so schmerzhaft.«

»Erzähl uns mehr über deine Familie«, bat Maria. »Die ersten Worte, die du bei deiner Rückkehr zu uns gesprochen hast, waren: ›Niemandes Familie wird es verstehen.‹ Was hast du damit gemeint?«

»Ich weiß, dass meine Familie über meinen neuen Weg nicht erfreut sein wird«, sagte Jesus.

Wie hatte er verstehen können, was ihre eigentliche Frage war? Die Frage: Wie kann ich Jüngerin sein und trotzdem in meinem alten Leben verharren?

»Mein Leben lang habe ich mich zu … irgendetwas berufen gefühlt.« Jesus wählte seine Worte mit Sorgfalt. »Von frühester Jugend an habe ich über Gott nachgedacht und mich gefragt, was er von mir wollte und wie ich ihn erreichen könnte, um es herauszufinden. Natürlich haben wir das Gesetz, die Gebote …«

»Aber dein Vater Joseph – er hat gegen das Sabbatgebot verstoßen!«, unterbrach Maria ihn. »Er hat das Bündel aufgeschnürt, um die Medizin herauszuholen, obwohl das Binden und Aufbinden von Knoten nicht erlaubt ist. Und die Medizin selbst war auch verboten.« Sie hatte diese schockierende Handlung nie vergessen.

Jesus lächelte und schüttelte den Kopf, als freue er sich an einer kostbaren Erinnerung. »Ja, das hat er getan. Ein tapferer Mann. Und er hatte Recht. Gott hat nie gewollt, dass uns der Sabbat in eiserne Ketten legt, wie es die strengen Bewahrer des Gesetzes wollen. Jemandem in leiblicher Not am Sabbat die Hilfe zu verweigern ist unrecht. Es ist unrecht. Keine Frage.«

»Aber deine Berufung …« Nathanael versuchte das Gespräch wieder zu dem Thema zurückzubringen, das ihnen allen auf den Nägeln brannte.

»Sie ist langsam gewachsen«, sagte Jesus. »Deswegen bin ich ihrer so sicher. Eine Entscheidung wird in Wirklichkeit nicht nur einmal getroffen, sondern wieder und wieder. Das Gefühl wollte all die langen Jahre hindurch nicht vergehen, während ich aufwuchs, mein Vater starb und meine Mutter verwitwete und ich meine ganze Familie zu ernähren hatte. Aber eure Berufung kann plötzlich kommen«, sagte er, wie um sie zu warnen. »Jeder Mensch ist anders, und Gott sucht jeden auf andere Art und Weise. Aber da es so schwierig ist, ist es gut, wenn wir sicher sein können. In unserem Herzen.«

Maria bemerkte, dass er »wir« sagte, als seien sie und Philippus und Nathanael seine Gefährten auf demselben Weg – nur ein Stück weit hinter ihm, weil sie später aufgebrochen waren. Und, jawohl, auch sie hatte schon als Kind eine Berufung verspürt, aber sie war schemenhaft und unausgesprochen gewesen, und dann hatte das Idol ihr den rechtmäßigen Platz abspenstig gemacht.

»Hast du vor, in dein Vaterhaus zurückzukehren?«, fragte Maria.

»Ja«, sagte Jesus. »Aber nicht so, wie sie es erwarten.«

»Auch wir müssen heimkehren«, sagten alle drei wie aus einem Munde.

»Natürlich«, sagte Jesus. »Aber es wäre besser für euch, wenn ihr es nicht tätet.«

»Warum denn?«, fragte Philippus. »Du willst doch sicher nicht, dass wir grausam sind und unsere Familien im Stich lassen.«

Jesus machte ein gequältes Gesicht. »Nein, grausam niemals. Aber wer einen neuen Weg beschreiten will, ist leicht davon abzubringen, und die, die er liebt, können ihm dabei zum Verhängnis werden. Darum habe ich gesagt, dass niemandes Familie es versteht. Es sei denn, sie schlösse sich *unserer* Familie an.«

»Das ist unwahrscheinlich«, sagte Philippus. »Aber meine Frau! Was soll ich ihr sagen?«

»Du siehst, was ich meine«, sagte Jesus. »Es ist schwierig. Wir können nicht so tun, als wäre es anders. Manchmal ist es schwerer, Menschen zu dienen als Gott. Gott versteht alles. Menschen nicht.« Er warf ein paar Steinchen ins Feuer und schien sich angestrengt darauf zu konzentrieren, wo sie landeten.

»In vier Tagen sind wir wieder in Galiläa. Als Erstes kommen wir nach Betsaida, und du, Philippus, wirst uns dort verlassen und in dein Haus zurückkehren. Als Nächstes kommen wir nach Magdala, und dort wirst du, Maria, uns verlassen und nach Hause gehen. Dann Kana, und du, Nathanael, wirst heimkehren. Ich werde mich in die Berge zurückziehen und beten. Am vierten Tag gehe auch ich nach Hause, nach Nazareth, und dort werde ich am Sabbat in der Synagoge lesen. Und dann wird alles beginnen. Danach werde ich mich nach Kapernaum begeben. Wenn ihr noch zu mir haltet, werde ich euch dort erwarten, am folgenden Sabbat in der Synagoge.« Er schaute sie an, und sein Blick verharrte eine Weile auf jedem Gesicht. »Wenn ihr nicht da seid, werde ich es verstehen. Ich werde euch nicht suchen, aber ich werde mich freuen, wenn ich euch sehe.«

Es tat weh zu hören, dass er sie nicht suchen würde, erkannte Maria. Wie konnte er sie so bereitwillig aufnehmen und dann so leicht wieder gehen lassen?

Wieder war es, als habe er ihre Gedanken gelesen. »Gott liebt jeden von uns inbrünstig, aber er überlässt es uns, wie nah wir ihm kommen wollen«, sagte er. »Und wir können nicht weniger tun. Wir müssen vollkommen sein, wie unser himmlischer Vater vollkommen ist.«

»Aber wir sind Menschen und können deshalb nicht vollkommen sein«, protestierte Philippus.

»Vielleicht versteht Gott unter Vollkommenheit etwas anderes«, sagte Jesus. »Vielleicht seid ihr bereits vollkommen, oder ihr werdet es sein. In den Augen Gottes liegt Vollkommenheit im Gehorsam gegen ihn.«

Das zu glauben wäre tröstlich, dachte Maria.

»Hier müssen wir uns trennen«, sagte Jesus mit Entschiedenheit zu Philippus, als sie sich Betsaida näherten. Er ließ ihm keine Wahl. »Gebe Gott dir Kraft für das, was dich erwartet.«

Philippus war sichtlich betrübt, weil er sie ziehen lassen musste, aber er straffte die Schultern, verabschiedete sich zaghaft und machte sich auf den Weg in die Stadt.

Sie wanderten weiter um den nördlichen Rand des Sees herum und kamen nach Kapernaum, als der Fischmarkt gerade in vollem Gange war und der Hafen von Fischern und Käufern in hellen Scharen wimmelte. Schaute Jesus sich auch nur einen Augenblick um und hielt Ausschau nach Petrus und Andreas? Maria beobachtete ihn aufmerksam. Wäre es nicht menschlich, wenn er es täte? Sicher würde er den Blick über den Kai wandern lassen und so tun, als betrachte er nur die Gegend. Aber während sie ihn noch anschaute, drehte er sich plötzlich um und ertappte sie dabei. Es war, als sei sie bei einem Verbrechen erwischt worden. Ein Verbrechen? Nur, dass sie Jesus auf die Probe gestellt hatte, um zu sehen, ob er ein gewöhnlicher Mensch sei.

Petrus und Andreas waren nirgends zu sehen. Die Gruppe setzte ihren Weg durch das Getriebe des Hafens fort, durch die lauten Stimmen der Fischhändler, der Kaufleute, die ihre Aufmerksamkeit auf sich lenken wollten, der Feilschenden, die lautstark gegen die Preise protestierten. Es roch nach Fisch, und es schien, als fächelten die zappelnden Tiere in den Bottichen die Luft mit ihren Flossen, um ihren Geruch noch weiter zu verbreiten.

»Herr!« Ein aufdringlicher Händler stürmte auf Jesus ein und wedelte mit einem Arm voller Tücher vor seinem Gesicht. »Das Allerfeinste! Seide! Aus Zypern!«

Jesus wollte die Tücher beiseite schieben, aber der Händler ließ sich nicht abweisen.

»Herr! So etwas findest du nur einmal im Leben! Sie kommen über Arabien hierher, auf einem besonderen Schiff, das diese Reise nicht noch einmal unternehmen kann. Billiger, als wenn sie mit Kamelen durch die Wüste transportiert werden. Der halbe Preis! Und sieh nur die prächtigen Farben! Gelb wie die Morgendämmerung! Rosarot wie der Himmel über diesem See, wenn die Sonne untergegangen ist! Herr, du kennst diese Farbe. Es gibt sie nur bei uns. Wie konnten sie diese Farbe im fernen Arabien kennen? Und doch haben sie sie gekannt. Sieh doch, schau her!« Er breitete den feinen Stoff über seinem Arm aus.

Jesus betrachtete die Tücher aufmerksam. Er befühlte prüfend den Stoff. »Ja, sie sind wirklich schön«, gab er zu. »Aber heute kann ich sie nicht kaufen.«

Der Händler war niedergeschmettert. »Aber morgen habe ich sie vielleicht nicht mehr!«

Sie kamen am Zollhaus vorbei, einem großen Gebäude, wo die Steuereinnehmer ihren Sitz hatten. Kapernaum lag an der Grenze zwischen dem Gebiet des Herodes Antipas und dem seines Halbbruders Herodes Philippus. Herodes Philippus mit seinem griechischen Namen und seinen heidnischen Territorien erschien ihnen im Vergleich mit ihrem eigenen Herrscher wie ein völlig anderes Wesen. Aber überall, wo eine Grenzlinie verlief, konnten sich Steuereintreiber niederlassen, die lästiger waren als die Schwärme von Fliegen und Mücken. Die Römer hatten es übernommen, die allgemeinen Besitz- und Kopfsteuern festzusetzen, und ihre örtlichen Vertreter, die Zöllner, saßen auf kleinen Schemeln in ihren Hütten und zogen Ein- und Ausfuhrgebühren ein.

»Wenn ich so ein Tuch aus Arabien gekauft hätte«, sagte Jesus, »müsste ich jetzt in der Schlange stehen, um den Einfuhrzoll zu bezahlen.« Er zeigte auf die lange Reihe von Leuten vor einer der Zollhütten. »So raubt uns ein materielles Ding, auch wenn es noch so schön ist, die kostbare Zeit, die Gott uns geschenkt hat. Ist das ein gerechter Tausch? Nein, natürlich nicht.«

Nach den Mienen der Leute in der Warteschlange zu urteilen, waren sie anderer Meinung. Sie umklammerten ihre Bündel und spähten hinein, als könnten sie es nicht erwarten, den Inhalt endlich wieder anzuschauen. Ein kleiner Mann ging auf und ab und wies sie an, wie sie die Papiere auszufüllen hatten.

»Alphäus«, sagte Nathanael und zog eine Grimasse. »Ein grässlicher Mann. Ich hatte einmal mit ihm zu tun. Er ist habgierig und berechnend. Und er hat seine beiden Söhne Levi und Jakobus in sein Geschäft geholt. Der Apfel fällt nicht weit vom Stamm, möchte ich meinen. Der eine hat schon eine große Villa.«

»Manchen gefällt so etwas«, sagte Jesus. »Bei ihnen reicht der Blick nicht weiter. Aber ich glaube, dass Gott Größeres mit ihnen im Sinn hat. Und dass sie es erfahren und hören sollten.«

»Und du bist derjenige, der es ihnen verkündet?«, fragte Nathanael.

»Ja«, sagte Jesus, »so ist es.«

Nathanael machte ein entsetztes Gesicht. »Du willst dich mit Steuereinnehmern und Zöllnern auf eine Stufe stellen?«

»Du wirst sehen, dass es im himmlischen Königreich vieles geben kann.« Jesus lachte. »Vielleicht werden sogar die Zöllner noch vor den Rechtschaffenen dort eingehen.«

»Alphäus und seine Söhne?« Nathanael zuckte die Achseln. »Das wird ein merkwürdiger Tag sein.«

Kapernaum und das Hafengelände hinter sich lassend, gelangten sie in das offene Land, das sich bis zur nächsten Stadt, Sieben Quellen, erstreckte. Danach käme Magdala.

Maria wurde immer trauriger. Sie würde sich von Jesus und Nathanael trennen und allein nach Magdala wandern müssen. Joel würde warten und auch ihre geliebte Elischeba, die Eltern, Brüder und Verwandten. Seit sie in die Wüste gegangen war, hatten sie nichts mehr von ihr gehört, es sei denn, Petrus und Andreas hätten sie besucht und ihnen alles berichtet. Wie würden sie sich über ihre Heilung freuen! Mit offenen Armen würden sie sie aufnehmen! Eine unerklärliche Angst erfüllte sie – denn die Maria, die sie verlassen hatte, war nicht die Maria, die zu ihnen zurückkehrte.

Sie wanderten weiter um das Nordufer herum und erreichten bald – zu bald! – Sieben Quellen, wo das warme Wasser hervorsprudelte und in den See floss. Hier würden sie auseinander gehen; Jesus und Nathanael würden nach Westen ziehen, und Maria würde weiter nach Magdala gehen.

Jesus schien ihr Zögern zu verstehen. »Maria, dein Heim ruft dich jetzt. Geh hin und berichte von all den wunderbaren Dingen, die Gott für dich getan hat! Und wenn du es dir dann noch immer nicht anders überlegt hast, komm nach Kapernaum und suche uns alle dort.«

Wie er es sagte, klang es so einfach. Aber es war nicht einfach. Oder vielleicht doch? Es war entweder sehr einfach oder aber so schwierig, dass es unmöglich war.

Sie standen auf dem Uferweg, wo sie vor all den Jahren mit Joel spazieren gegangen war, als sie in Betracht gezogen hatte, ihn zu heiraten. Der Wind peitschte das Wasser und überzog es mit kleinen, tanzenden Wellen. Der See funkelte. Ihr altes Leben winkte. Es geht mir gut, würde sie sagen und sich in ihre Arme werfen. Ich bin hier, um wieder aufzunehmen, was ich vor so langer Zeit verlassen habe. Ich liebe euch alle. Ihr seid mein Leben.

Aber jetzt gab es Jesus und die Tatsache, dass er sie befreit und sie eingeladen hatte, mehr von dem zu hören, was sich entfalten würde, wenn er die eigene Berufung entdeckte. Es war das Aufregendste, was ihr je bevorgestanden hatte, und sie wollte sich davon nicht abwenden.

»Ich – ich kann nicht«, hörte sie sich sagen. »Ich kann noch nicht zurückgehen. Ich bin noch nicht stark genug.«

Jesus schaute sie überrascht an, und darüber war sie selbst überrascht.

»Ich meine, ich bin wohl stark genug, um zurückzukehren, aber ich werde nicht stark genug sein, um wieder wegzugehen, und sei es auch nur für kurze Zeit, und sei es auch, um dir bei deiner Mission zu helfen. Und ich habe Angst, ich könnte dich vergessen, wenn ich erst wieder dort bin. Ich könnte vergessen, was ich in der Wüste und mit dir erlebt habe.«

Sie erwartete, dass er jetzt die Stirn runzeln und ihr eine letzte Ermahnung mit auf den Weg geben würde. Aber stattdessen sagte er leise: »Weise bist du, dass du dieses weißt. Mein Vater im Himmel hat es dir offenbart.« Er schwieg und fuhr dann fort: »Also gut. Du sollst bei uns bleiben und zurückkehren, wenn wir unsere Besuche gemacht haben. Das wird dir helfen und dich bestärken in dem, was du tun willst, was es auch sei.«

Grenzenlose Erleichterung durchströmte sie. Nun brauchte sie ihre Kraft nicht allein auf die Probe zu stellen! »Ja, Meister«, sagte sie. »Ich danke dir.«

Sie mussten dennoch durch Magdala gehen, da die Straße hindurch führte. Erst dann konnten sie sich den Städten im Westen zuwenden. Maria zog sich ihr Tuch ins Gesicht, als sie durch die Straßen gingen, die sie so gut kannte, und sogar an der Ecke vorbeikamen, wo ihr eigenes Haus stand. Es brach ihr das Herz, denn sie wusste, dass hinter diesen Mauern Menschen waren, die sich in verzweifelter Sorge fragten, wo sie war, und für ihre Sicherheit beteten. Aber wahrscheinlich – sie musste ehrlich sein – hatten sie sie schon verloren gegeben.

Sie haben ohne mich weitergemacht, sagte sie sich. Das mussten sie ja. Ich war so krank, so hoffungslos. Und sie sind schon so lange ohne Nachricht – ja, sie werden sich damit abgefunden haben, ohne mich weiterzuleben.

Sie schüttelte den Kopf und zog den Mantel fester um die Schultern. Es kam ihr seltsam und unehrlich vor, am eigenen Haus vorbeizugehen, als habe sie nichts damit zu tun. Die Läden waren geschlossen. Warum? Trauerten ihre Angehörigen um sie?

Plötzlich trat jemand aus dem Haus auf die Straße. Ihre Mutter! Sie trug Elischeba auf dem Arm und eilte auf sie zu.

Maria blieb fast das Herz stehen. Sie wollte sie rufen, aber sie konnte den Mund nicht öffnen. Sie erstarrte in seltsamer Scham, als begehe sie ein Verbrechen, wenn sie sie heimlich anschaute.

Ihre Mutter war abgelenkt; sie nestelte an ihrem Ärmel und bemerkte die drei Leute gar nicht, die da vorübergingen. Wie vertraut ihr Gesichtsausdruck war! Maria warf einen verstohlenen Blick auf Elischeba. Sie sah so groß aus – wie ein kleines Mädchen, nicht wie ein Säugling. Aber sie war ja auch schon über zwei Jahre alt.

Schmerz durchzuckte sie, als sie mit gesenktem Kopf um die Ecke hastete. Sie konnte nicht länger hinschauen. Sie prallte gegen Jesus, der stehen geblieben war und auf sie wartete. In seinem Blick lag Schmerz und Verständnis. Er brauchte nichts zu sagen.

Sie hatten die Stadt bald verlassen und wanderten nach Westen. Steile Berge umringten den See, und dahinter erhoben sich weitere. Als sie die Gegend am See hinter sich gelassen hatten, veränderte sich die Landschaft. Die Hänge waren terrassiert und steinig.

An einem geschützten Hang unterhalb eines Olivenhains entzündeten sie ein Feuer für die Nacht und rasteten.

»Morgen kommen wir nach Hause«, sagte Jesus. »Du, Nathanael, und auch ich.«

Maria schaute Jesus an. Sah er gut aus? Sie wusste, dass andere ihr diese Frage stellen würden – Was ist das für ein Mann, dass du ihm folgst? –, und auch die andere, unausgesprochene: Liebst du ihn, dass du zu seinen Füßen sitzen und ihn zum Lehrer haben willst?

Sie betrachtete ihn aufmerksam. Er war auf eine alltägliche Art anziehend. Seine Züge waren regelmäßig. Er hatte eine breite Stirn, dichtes, gesundes Haar und eine gerade Nase, und seine Lippen waren voll und wohlgeformt. Aber gut aussehend? Nein, im Gegenteil – er war unauffällig. Man könnte ihm auf dem Markt begegnen, ohne ihn zu bemerken. Seine Haltung würde auffallen: Er ging sehr aufrecht und ohne Tadel. Ohne Tadel. Ein merkwürdiges, eigenartiges Wort, das in den alten Texten Rechtschaffenheit bezeichnete. »Herr, wer wird wohnen in deiner Hütte? Wer wird bleiben auf deinem heiligen Berge? Wer ohne

Tadel einhergeht und recht tut.« Und: »Bleibe fromm, und halte dich recht; denn solchem wird 's zuletzt wohl gehen.« Es lag nicht nur an seinen Schultern; es war die Haltung des gesamten Körpers, die ins Auge fiel.

Nein, ich liebe ihn nicht, nicht im üblichen Sinn jedenfalls, dachte sie. Ich will nur in seiner Gegenwart sein.

»Wir müssen schlafen«, sagte Jesus schließlich. »Was uns bevorsteht, wird große Kraft erfordern. Und viele Gebete.«

Sie breiteten ihre Decken und Mäntel auf dem harten Boden aus. Maria roch die Olivenhaine ringsum. Im leichten Nachtwind zitterten und raschelten die schmalen, silbrigen Blätter der Bäume und verbreiteten einen kühlen, trockenen Duft.

Jesus deckte sich mit seinem Mantel zu und wandte sich ab. Er schaute zu den Höhen hinauf, hinter denen sein Nazareth wartete.

Die Sterne, klar und weiß, formten ein funkelndes Gewölbe über ihnen.

XXV

Der Morgen dämmerte früh. Die Sterne verblassten und verschwanden dann, als die Sonne über den Bergen am See aufzog. Maria sah, wie sie die Furchen der Felder, die bis an die Mauern des Olivenhains reichten, orangerot färbte.

Die beiden Männer waren schon wach und brannten darauf, die letzte Etappe ihrer Reise anzutreten.

Die Straße führte stetig bergauf. Nazareth lag in den Bergen, am Rand eines steilen Felsens, Kana auf einem Hang. Bald sahen sie Weingärten an den Steilhängen; Arbeiter stutzten das kahle Holz der Ranken.

Hinter einer Wegbiegung tauchte Kana unvermittelt vor ihnen auf. Sie machten Halt und rasteten. Schließlich sagte Jesus: »Nathanael, du bist daheim.«

»Ja, jetzt muss ich zu meinem Haus gehen. Würdet ihr ...?«

»Nein, wir müssen weiter«, sagte Jesus, »wenn wir vor Einbruch der Dunkelheit in Nazareth sein wollen.«

Aber sie begleiteten ihn die Straße entlang, bis Nathanael nach rechts in eine Gasse abbiegen musste. Jesus umarmte ihn, und Maria umfasste seinen Arm. Er brauchte ihre Unterstützung. Er würde zu seinem alten Leben zurückkehren, und das, was ihm so vertraut gewesen war wie seine rechte Hand, würde ihm plötzlich fremdartig erscheinen.

Es fiel schwer, sich abzuwenden und ihn zurückzulassen. Jesus sprach wenig, als sie den Weg nach Nazareth einschlugen. Fragte er sich vielleicht, ob Nathanael je wieder zu ihnen stoßen würde? Oder bereitete er sich schon auf das vor, was ihn in seinem eigenen Haus erwartete?

Der Pfad wurde steiler, und Maria musste sich anstrengen, um mit Jesus Schritt zu halten, aber sie wollte nicht zurückbleiben.

Sie erreichten eine Gegend, wo die Leute ihn schon kannten. Ein Winzer richtete sich zwischen seinen Reben auf und rief: »Jesus! Wo bist du gewesen? Ich brauche neue Pfähle, und zwar sofort!« Die Arbeiter, die unter einem Joch mit daran schaukelnden Wassereimern den Hang herunterschwankten, nickten ihm zu und gingen weiter. Hinter der nächsten Wegbiegung, ein wenig höher am Hang, war sein Zuhause. Nazareth: seine Mutter, seine Geschwister, die Nachbarn, die Werkstatt – die Werkstatt, die er nicht wieder betreten wollte. Aber das konnten die Leute von Nazareth nicht wissen.

Nazareth war ein sehr kleines Dorf – kleiner vielleicht noch als Kana. Nur ungefähr fünfzig Häuser standen verstreut an der Straße – besser gesagt, an dem Pfad, der sich mitten hindurch schlängelte. Das Dorf lag unmittelbar unter dem Gipfelgrat. Schäbig oder schmutzig war es nicht – die Redensart »Was kann aus Nazareth schon Gutes kommen?« hatte es nicht verdient. Aber es war auch in keiner Weise bemerkenswert. Wahrscheinlich gab es in Israel verstreut ein- oder zweitausend solcher Siedlungen.

Als der Boden ebener wurde und sie das Dorf vor sich liegen sahen – den kleinen Brunnen am Eingang, den holprigen Pfad, der als Hauptstraße diente –, wurde Maria zum ersten Mal klar, wie wohlhabend und kultiviert Magdala war. Kleine, einstöckige Häuser säumten die Straße; ein paar größere verbargen sich in Seitengassen. Dort mussten die Reichen – sofern es sie gab – wohnen. Ein wirklich vermögender und weltgewandter

Mensch würde nicht in Nazareth leben, sondern wäre längst in einen anderen, aufregenderen Ort gezogen.

»Jesus! Geh sofort nach Hause! Sie haben schon zu lange auf dich gewartet!« Ein Mann drohte wissend mit dem Finger, als er sie erblickte.

Bildete sie es sich ein, oder straffte Jesus die Schultern, als müsse er sich wappnen? Sicher nicht. Solche Stärkung würde er sicher nicht brauchen – nicht mit diesem klarem Bild von seiner Mission vor Augen.

Unvermittelt bog er in eine Seitengasse ein, nahm einen noch schmaleren Pfad und ging zielstrebig auf ein Haus am Ende zu.

Es war ein quadratisches, kantiges, weiß gekalktes Gebäude. Maria sah ein kleines Geländer, mit dem das flache Dach gesichert war, sodass man darauf schlafen oder Gemüse trocknen konnte, und die winzigen Fenster, die wenig Luft und Licht einließen. Hier also hatte er gelebt, in einem so gewöhnlichen Haus, viel kleiner als das ihrer Eltern. Aber es war immer noch eine ansehnliche Behausung; offensichtlich war niemand in seiner Familie besonders arm oder heruntergekommen.

Er trat durch die Tür und bedeutete Maria mit einem Wink, ihm zu folgen. Sie kam in einen Raum, der sehr dunkel wirkte, und ihre Augen brauchten eine Weile, um sich daran zu gewöhnen. Wie das Äußere schon hatte vermuten lassen, war das Innere einfach; es gab keine feine Einrichtung, sondern nur das Wesentliche: Matten, kleine Tische, Schemel.

In dem Zimmer war niemand. Jesus ging ins nächste und dann hinaus in den Hof, wo Maria Stimmen hörte – und dann Schreie.

Sie streckte den Kopf zur Tür hinaus und sah, dass Jesus von mehreren Leuten gleichzeitig umarmt wurde.

»Jesus …«

»Du warst so lange fort …«

»Ich musste ein paar Aufträge unerledigt liegen lassen …«

»Was ist denn passiert? Wie geht es ihm?«, wollte eine feste Männerstimme wissen.

Jesus löste sich lachend aus ihrer Umarmung. »Eins nach dem anderen! Bitte!« Sein Blick fiel auf Maria. »Ich habe einen Gast mitgebracht.«

Fünf Augenpaare richteten sich auf sie.

»Das ist Maria aus Magdala«, sagte er. »Mutter, vielleicht erinnerst du dich, dass wir sie vor langer Zeit kennen gelernt haben, als wir die Wallfahrt nach Jerusalem unternommen haben.«

Eine ältere Frau, die Maria schon einmal gesehen hatte, nickte. Sie hatte ebenmäßige Gesichtszüge und gütige Augen. »Willkommen«, sagte sie. Maria erkannte die Stimme wieder; ihr Wohlklang hatte sich nicht verändert. Eine Stimme mit diesem Klang hatte Maria seit damals nicht mehr gehört. Wenn seine Mutter sich fragte, wo und wie er sie wieder gefunden hatte, so behielt sie diese Frage für sich. Niemand sonst schenkte dem Gast viel Aufmerksamkeit; alle hatten mit Jesu Heimkehr genug zu tun.

»Erzähl uns von Johannes!« Wieder die Männerstimme, voller Ungeduld über die lange Einleitung.

Maria schaute zu ihm. Er sah gut aus, aber er hatte eine so finstere Miene, dass man ihn trotzdem nicht gern ansah.

»Deshalb, hast du gesagt, musstest du gehen. Um Johannes zu sehen. Und ich musste mich um das Geschäft kümmern. Die ganze Zeit!« Der Mann war sichtlich erbost.

»Du wirst dich auch fortan darum kümmern müssen, Jakobus«, sagte Jesus mit fester Stimme.

Jakob machte ein überraschtes Gesicht – verärgert und unangenehm überrascht. »Was?«, rief er.

»Ich habe gesagt, von jetzt an gehört das Geschäft dir. Ich werde nicht zurückkehren.«

»Was?«, wiederholte Jakobus in streitsüchtigem Ton. »Du kannst doch nicht einfach …«

»Ich bin kein Zimmermann mehr«, sagte Jesus. »Ich habe zehn Jahre lang als Zimmermann gearbeitet, aber jetzt werde ich etwas anderes tun.«

»Was denn?« Jakobus sprang auf. »Was denn? Ich schaffe das nicht allein – wir haben zu viele Aufträge – ich habe nur auf dich gewartet …«

»Dann stelle jemanden ein.«

»Glaubst du, das ist so leicht? Das ist es aber nicht! Es muss jemand mit deinen Fähigkeiten und deiner Zuverlässigkeit sein. Mit weniger geben die Leute sich nicht zufrieden. Ich kann nicht einfach …« Seine Stimme bekam einen Unterton von Verzweiflung.

»Suche ihn«, sagte Jesus. »Er ist irgendwo da draußen und wartet darauf, dass du ihn einstellst.«

»Sehr komisch. Sehr komisch. Und wie finde ich ihn? Vermutlich wird Gott ihm einen Brief schreiben!«

Seine Mutter war die Einzige, die Jesus fragte: »Was willst du denn stattdessen tun, mein Sohn?« Seine drei Geschwister schien es nicht zu interessieren. Ihre einzige Sorge war die Bedrohung für die eigene Situation. Wenn Jesus fortginge, welche Folgen würde das für sie haben? Wahrscheinlich unangenehme.

Jesus lächelte sie an. Es war klar, dass die beiden einander verstanden. »Ich werde es am kommenden Sabbat in der Synagoge bekannt geben. Bis dahin ist es besser, wenn ich es nicht erkläre. Aber eines kann ich dir sagen: Es bedeutet, dass ich mein altes Leben hinter mir lasse.«

»Und auch uns?«, fragte seine Mutter, und ihre Miene umwölkte sich.

»Nur eine Lebensweise, keine Menschen«, sagte Jesus. »Menschen sind nicht festgelegt wie Flüsse oder Berge. Sie können sich bewegen, wie sie wollen. Ihr könnt mich begleiten, wohin ich auch gehe. Es wäre mir willkommen.«

»Ja, aber ich kann nicht weg!«, brüllte Jakobus. »Dafür hast du ja gesorgt! Du hast mich an die Werkstatt gekettet!«

»Ich weiß, dass es dir lieber wäre, wenn ich derjenige wäre, der hier angekettet ist«, antwortete Jesus. »Aber auch du bist es nicht.«

»Ich kann nicht weg«, wiederholte Jakobus. »Die Familie muss ernährt werden.«

»Gott ernährt die Familie.«

»Bist du verrückt geworden?«, fragte Jakobus. »Gott sorgt für Almosen, gut, wenn du leben willst wie ein Tier. Aber offen gesagt, ich finde, dass Mutter und unsere Familie ein besseres Leben verdienen als das karge, zu dem Gott uns verhilft!«

»Ja.« Ein zweiter, jüngerer Bruder meldete sich zu Wort. »Wie heißt es doch? Gott gibt das, was du brauchst, nicht das, was du willst. Wenn du ein Lasttier brauchst, schickt er dir vielleicht keinen Esel, sondern gibt dir einen starken Rücken.«

Alle lachten, auch Jesus. Dann sagte er: »Nun, Jose, dein Rücken sieht mir stark genug aus.«

Jose – ein Namensvetter Josephs. Er sah rund und gut genährt aus. Maria schätzte, dass er Mitte zwanzig war.

Ein dünner junger Mann meldete sich zu Wort. »Du hast uns immer noch nicht erzählt, wie Johannes war.« Jesus schaute ihn liebevoll an. Welcher Bruder konnte das sein? Vielleicht der, der auf der Reise damals noch ein Säugling gewesen war?

»Ach, Simon, du verstehst die richtigen Fragen zu stellen. Wenn du einen Propheten wie Elias sehen möchtest, dann geh hinaus und schau dir Johannes an. Es ist, als sehe man jemanden aus uralten Zeiten.«

»Wie meinst du das? Ist Elias wieder zum Leben erwacht?«, fragte Jakobus.

Eine Frau, die die ganze Zeit geschwiegen und beinahe unsichtbar in einer Ecke gestanden hatte, kam herüber und berührte seinen Arm. »Du weißt, dass das Aberglaube ist.«

Das musste Jakobus' Frau sein. Nur sie würde es wagen, ihn öffentlich zu korrigieren.

»Miriam hat Recht«, sagte Jesus. »Niemand wird mehr als einmal im Fleisch geboren. Aber Johannes spricht machtvoll wie Elias. Es ist offenbar, dass der Geist Gottes auf ihm ruht.«

»Aber Herodes Antipas ist hinter ihm her«, sagte Jose. »Es heißt, seine Tage seien gezählt.«

»Ich habe gesehen, wie seine Soldaten ihn verwarnt haben«, bestätigte Jesus.

»Aber wo hast du die ganze Zeit gesteckt?«, wollte Jakobus wissen. »Du hast ihm doch sicher nicht fünfzig Tage lang beim Predigen zugehört?«

»Du weißt also, dass es fünfzig Tage waren?«, fragte Jesus.

»Natürlich! Habe ich nicht die ganze Zeit das Geschäft geführt? Glaub mir, wenn man fünfzig Tage lang alles allein machen muss, kommt es einem vor, als wären es hundert. Natürlich weiß ich, wie viele Tage es waren!«

»Nachdem ich Johannes predigen gehört und mich hatte taufen lassen, bin ich hinaus in die Wüste gegangen …«

»Ach, du bist hinaus in die Wüste gegangen! Und die Tage hast du vermutlich gar nicht gezählt!« Jakobus fühlte sich offenbar verraten. Er fragte überhaupt nicht, warum Jesus den Ruf in die Wüste oder zur Taufe verspürt hatte, bemerkte Maria. Für ihn drehte sich alles nur um die Zimmermannswerkstatt, als gäbe es überhaupt nichts anderes auf der Welt.

»Johannes' Botschaft«, drängte Simon. »Was hat er denn gesagt, was so fesselnd war?«

Jesus antwortete nicht gleich. »Er glaubt, dass die Zeit gekommen ist, auf die viele warten. Dass die Zeit, wie wir sie kennen, zu Ende geht.«

»Und der Messias – wird er diese neue Zeit einleiten?«, fragte seine Mutter.

»Johannes sprach nicht vom Messias. Er will, dass die Menschen ihr Leben erneuern und sich auf das bevorstehende Gericht und das Feuer vorbereiten«, sagte Jesus.

»Aber er muss doch von ihm gesprochen haben!« Jose blieb hartnäckig.

»Sehr wenig – außer dass wir alle auf ihn warten. Und dass er ein furchterregender Mann sein wird, der mit Feuer tauft«, sagte Jesus. »Aber er hat gewiss nie behauptet, er selbst sei der Messias.«

»Einige seiner Anhänger glauben es aber«, sagte Jakobus. »Das ist ein Grund, weshalb Antipas ihn loswerden will.«

»Johannes ist auf ihn vorbereitet«, erklärte Jesus. »Er hat jedenfalls nicht die Absicht, sich einschüchtern zu lassen oder gar mit dem Predigen aufzuhören.«

»Mein Sohn, das alles ist sehr beunruhigend für uns«, sagte seine Mutter schließlich. »Du kommst zurück, geschwächt von deiner Reise, sichtlich erschöpft. Du gibst bekannt, dass du das Gewerbe deines Vaters aufgeben willst, das du von Kindheit an erlernt hast und das uns ernährt. Natürlich hast du Brüder, die helfen können, aber keiner von ihnen kennt die Kunden und das Geschäft so gut wie du. Ich kann dir nicht im Weg stehen, wenn es wirklich das ist, was du willst. Aber es macht mir Angst.« Sie holte tief Luft. »Und ich habe die ganze Zeit gedacht, du würdest erfrischt zurückkehren, bereit, das Joch wieder auf dich zu nehmen – aber jetzt legst du es ganz beiseite. Gleichwohl, wohin du auch gehen willst, den wirst du brauchen. Und wenn du ihn trägst, sollst du an uns denken.« Sie ging ins Haus und kam mit einem nahtlosen Mantel zurück, der so vollkommen gearbeitet war, dass Maria und Jesus ihn nur anstarren konnten.

Er war sahnig weiß und aus leichter Wolle, so herrlich gewebt, dass kein einziger Knoten zu sehen war, auch wenn man ihn hin und her drehte, sodass das Licht aus verschiedenen Winkeln darauf fiel.

»Mutter!« Jesus erhob sich, um den Mantel entgegenzunehmen. Er fasste ihn an und drehte ihn, um ihn zu betrachten. »Der ist ja wunderschön!«

»Sag nicht, dass du ihn nicht annimmst! Sag nicht, du willst in rauen Gewändern gehen wie Johannes der Täufer! Ich habe zu lange daran gearbeitet, und jeder Nadelstich wurde mit Liebe getan.«

»Ich werde ihn mit Stolz tragen. *Weil* er mit deiner Liebe gemacht wurde.«

Er zog den Mantel über den Kopf und ließ die Falten an sich herunterfließen. Er passte tadellos, wie Jesus lachend feststellte.

»Kenne ich dich denn nicht, Elle für Elle, Zoll für Zoll?«, fragte seine Mutter lächelnd; sie war glücklich, dass ihre Handarbeit ihm gefiel.

Sie sprachen dann von anderen Dingen, von denen sie dachten, dass sie ihn interessieren würden – zum Beispiel die Neuigkeiten über Pilatus und was er getan hatte, um den Zorn der Juden von Jerusalem zu wecken. Aber Jesus schien das nicht zu kümmern. Stattdessen wollte er wissen, wie ihr Alltag gewesen und wie die Frühjahrsaussaat verlaufen sei. Würde dieses Jahr jemand nach Jerusalem pilgern? Gab es viele Aufträge für die Werkstatt? Um diese Jahreszeit herrschte immer eine große Nachfrage nach Ochsenjochen.

Erst beim Abendessen richtete sich die Aufmerksamkeit der Familie auf Maria. Ihr wäre es jedoch lieber gewesen, wenn es nicht geschehen wäre. Sie hätte sich gern damit begnügt, unsichtbar zu bleiben und ihnen zuzuhören, aber plötzlich waren sie alle neugierig.

Du wohnst in Magdala? Du bist Nathans Tochter? Bist du nicht verheiratet? Wo ist dein Mann? Weiß er, dass du hier bist? Kehrst du morgen zurück?

Maria bemühte sich, die Fragen zu beantworten, aber sie merkte, dass sie es nicht aufrichtig tun konnte. Sie wollte die Geschichte von den Dämonen und wie sie in die Wüste getrieben worden war nicht noch einmal erzählen und auch nicht über Joel und Elischeba reden; es kam ihr falsch vor, über die beiden zu sprechen, da Joel selbst noch nicht einmal wusste, was aus ihr geworden war. Aber sie wollte auch nicht lügen – zumindest nicht vor Jesus.

»Maria hat wegen einer Krankheit in ihrer Familie eine Wallfahrt zu einer heiligen Stätte gemacht«, warf Jesus ein. »Ihre Gebete wurden erhört, und nach dem Sabbat wird sie heimkehren. Sie möchte sich erst ausruhen und sammeln, damit die Heilung vollendet ist, wenn sie nach Hause kommt.« Damit war die Sache richtig beschrieben, musste Maria zugeben, ohne dass Einzelheiten enthüllt worden waren.

»Wie wunderbar, dass deine Gebete erhört wurden!«, sagte die Mutter Jesu. »Ich weiß, du musst erleichtert sein.«

Mehr als du dir vorstellen kannst, dachte Maria.

»Wir alle haben Gebete, die so tief und schmerzlich sind, dass es uns wie ein Wunder erscheint, wenn sie erhört werden«, fuhr die Mutter Jesu fort. Sie nahm Marias Hände und hielt sie fest. Maria sah, dass die Jahre dem Gesicht nichts von seiner Anziehungskraft genommen hatten, auch wenn die Augen jetzt von Falten umgeben waren.

Maria konnte nur stumm nicken. Diese Frau schien sie genau zu verstehen. Offenbar hatte sie einen eigenen Vorrat an Geheimnissen. Woher hätte sie es sonst wissen sollen?

Das einfache Abendessen war bald vorüber und ebenso schnell abgeräumt. Es dämmerte schon. Sie stiegen über die hölzerne Außentreppe auf das Dach, wo es Matten und Bänke gab, und eine Zeit lang saßen sie da und schauten zu, wie der Himmel dunkler wurde und die ersten Sterne erschienen.

»Gott sei gedankt für diesen Tag«, sagte Jakobus plötzlich. »Und möge er uns die Nacht hindurch bewahren.« Er senkte den Kopf und versank in stiller Andacht, und seine Frau tat es ihm nach.

Jakobus ist demnach der Eli in der Familie Jesu, dachte Maria. Anscheinend hatte jede Familie einen. Wer mochte der Silvanus sein? Verstohlen blickte sie sich um, aber einen Kandidaten für ein weltgewandtes Leben sah sie nicht.

Bei dem Gedanken an Eli und Silvanus durchzuckte sie das

Heimweh wie ein Stich. Wie kann ich sie, wie kann ich meine Familie verlassen, und sei es nur für eine Weile, um Jesus zu folgen? Vielleicht … vielleicht …

Sie warf einen verstohlenen Blick auf Jesus. Draußen in der Wüste war es so zwingend nötig erschienen, ihm zu folgen. Aber nun, da er mit seiner Familie auf dem Dach saß, wirkte er überhaupt nicht so hypnotisierend, so gebieterisch. Vielleicht war sie voreilig gewesen.

Als es dunkel war, zeigte die Mutter Jesu Maria das Zimmer, in dem Lea und Ruth zusammen gewohnt hatten, bevor sie ausgezogen waren und geheiratet hatten. Ein schmales Bett mit verflochtenen Lederriemen unter der Matratze erwartete sie, und alles war aufgeräumt und behaglich. Es gab ihr ein friedvolles Gefühl, hier hereinzukommen, als sei dies ein Haushalt – und eine Welt –, wo schon immer alles wohlgeordnet gewesen war.

XXVI

Die Synagoge war voll. Es war kurz von dem Passahfest, und die Frömmigkeit der Leute hatte ein hohes Maß erreicht, vor allem bei denen, die in diesem Jahr gern nach Jerusalem wallfahren wollten und nicht konnten, was sie mit zusätzlichen Andachten und Gebeten ausglichen, aber auch dadurch, dass sie mit noch größerer Frömmigkeit an den Gottesdiensten teilnahmen. Die ganze Familie hatte das Haus gemeinsam verlassen, aber nun saßen Maria und seine Mutter von den Männern getrennt bei den anderen Frauen von Nazareth am Rande, während die Männer vorn ihre Plätze eingenommen hatten.

Es gab die übliche Folge von Gebeten und Lesungen. Der erste Teil des Gottesdienstes bestand aus einer feststehenden Folge von Thoratexten, erst auf Hebräisch verlesen und dann ins Aramäische übersetzt; dann folgten die zur Jahreszeit gehörigen Gebete und Anrufungen. Danach kam eine Lesung aus einem der Propheten, die »letzte Lektion«. Jedermann konnte diese Aufgabe übernehmen und – höchstens drei – Verse vortragen, die er ausgewählt und über die er meditiert hatte und die er dann kommentierte. Als dieser Teil des Gottesdienstes begann, stand Jesus auf und trat zum Pult.

Er bewegte sich langsam und bedächtig, war nicht hastig darauf aus, seinen Platz einzunehmen, hielt sich aber auch nicht zurück. Er entrollte die Schriftrolle und fand die Verse. Es war verboten, aus dem Gedächtnis zu zitieren, aber auch wenn es so aussah, als lese Jesus den Text ab, war doch klar, dass er ihn im Kopf hatte.

»So spricht der Prophet Jesaja«, begann er und schaute in die Gemeinde, die seinen Blick mit glücklichen, erwartungsvollen Gesichtern erwiderte. »›Der Geist des Herrn ist über mir, darum dass mich der Herr gesalbt hat. Er hat mich gesandt, den Elenden zu predigen, die zerbrochenen Herzen zu verbinden, zu verkündigen den Gefangenen die Freiheit, den Gebundenen, dass ihnen geöffnet werde.‹«

Alle saßen voller Behagen da und lauschten. Für vielen waren dies ihre Lieblingsverse.

»›Zu verkündigen ein gnädiges Jahr des Herrn und einen Tag der Rache unseres Gottes, zu trösten alle Traurigen.‹« Sorgfältig rollte er die Schrift zusammen. Jetzt würde eine kleine Predigt kommen. Alle warteten darauf.

»Heute erfüllt sich diese Schrift in euren Ohren.« Er schaute sich bei diesen Worten in der Synagoge um.

Entsetzte, lähmende Stille trat ein. Eine ganze Weile rührte sich niemand. Diese Verse bezogen sich auf den Messias, auf das Zeitalter der Erlösung!

»Wie erfüllt sie sich denn?«, fragte schließlich jemand. »Ich sehe nicht, dass irgendetwas davon stattfindet.« Die Stimme aus dem dunklen hinteren Teil des Raumes klang gereizt.

»Heute beginnt es.« Jesus umklammerte die Seiten des Pultes und starrte den Mann an. »Dies ist die erste Stunde.«

Jetzt brach ein Stimmengewirr los. »Bist du nicht Josephs Sohn? Hast du nicht die Zimmermannswerkstatt hier? Woher willst du diese Dinge wissen?«

Jesus schaute sie alle an. »Weil ich sie selbst erfüllen werde.«

Das Schweigen, das jetzt folgte, bebte vor Feindseligkeit.

Schließlich erhob sich ein alter Mann und sagte mit zittriger Stimme: »Mein Sohn, wie meinst du das, du wirst die Schrift erfüllen?« In seinem Ton lag tiefe Trauer, als habe er soeben ein abscheuliches und gänzlich überflüssiges Sakrileg miterleben müssen, das sich indessen durch schnelle Reue zurücknehmen ließe.

»Tag für Tag wird mir, indem ich dem Willen meines Vaters und seiner Führung folge, dieses Reich offenbart werden, und dann werde ich es euch offenbaren. Was ich gesagt habe, wird geschehen. Und diejenigen, die das Vorrecht haben, in dieses Königreich einzugehen ...«

»Dein Vater war Joseph!«, schrie jemand. »Wird er dich von seinem Grab aus führen? Das ist doch Unsinn!«

»Ich spreche vom Willen meines himmlischen Vaters. Vom Willen Gottes.« Jesus war bleich geworden, als koste es seine ganze Kraft, all das zu sagen. Aber er ließ sich nicht beirren. »Wir alle haben die Macht, zu Söhnen Gottes zu werden«, schloss er.

Wütendes Stimmengewirr übertönte ihn.

Die beiden Marien wichen erschrocken zurück. Die Mutter Jesu nahm Maria bei der Hand und zog sie an den Bankreihen und den finsteren Gesichtern der Gemeinde vorbei zur Tür hinaus, aber sie hörten noch, wie die Synagoge widerhallte von Geschrei. »Blasphemie! Blasphemie!« Ein Höllenspektakel brach los. Aus einiger Entfernung beobachteten die beiden Frauen, wie erbost mit den Händen fuchtelnde Männer aus dem Gebäude strömten.

Sie waren wie vom Donner gerührt und sprachlos. Wieder stürmte eine Schar von Männern zur Tür heraus, und jetzt war Jesus in ihrer Mitte, mitgerissen wie von einer Flut von Menschen. Er wollte etwas sagen, aber sie übertönten seine Stimme. Die Menge trug ihn mit sich, und er schien darin zu schwimmen wie ein Stück Holz auf den Wellen.

»Hört mich an! Hört mich an!«, rief er – doch vergebens.

»Du bist hier aufgewachsen! Wie kannst du es wagen, solche unerhörten Behauptungen aufzustellen?«, rief jemand.

»Wir wissen schon, wer du bist!«

Jesus blieb plötzlich stehen, und auch sie mussten anhalten. »Die Wahrheit ist, dass ein Prophet überall geehrt wird, nur nicht in seiner Heimat, in seiner Familie und seinem eigenen Hause!«, rief er.

Das brachte sie zum Schweigen. Sie umringten ihn. »Erinnert ihr euch an die Geschichte von Elias und der Witwe von Sidon? Es gab in jener schrecklichen Dürre viele bedürftige Witwen in Israel, aber zu wem wurde Elias gesandt? Zu einer Frau, die woanders lebte, in einem heidnischen Land.«

Mürrisches, hässliches Schweigen umgab ihn, umringte ihn wie die Menge. »Und was ist mit Naaman, dem Syrer? Oh, es gab damals viele Aussätzige in Israel, aber wen heilte Elischa? Einen Fremden und Diener eines Feindes Israels. Was sagt euch das?«

Die Antwort war ein Grollen. »Es sagt uns, dass auch dir Fremde und Feinde lieber sein müssen als dein eigenes Volk!«, brüllte eine Stimme. »Und dass du dich auf eine Stufe mit unseren größten Propheten stellst! Du! Der du nie etwas anderes getan hast, als in einer Tischlerwerkstatt zu arbeiten! Wie kannst du es wagen?«

»Der Prophet Amos war ein Maulbeerfeigenbauer«, sagte Jesus. »Und König David war Schafhirte.«

»Genug! Willst du sagen, du bist wie David?«

»Tötet ihn!«

»Steinigt ihn!«

Er hatte keine Gelegenheit, zu antworten oder sich zu verteidigen. Die Menge stürmte auf ihn ein, umzingelte ihn und schob ihn zum Rand des Steilhangs.

»Stürzt ihn hinunter!«, schrien sie.

»Schlagt ihn nieder, und steinigt ihn! Er ist ein Verräter, ein Gotteslästerer!«

Nazareth lag so hoch, dass es den sicheren Tod bedeutete, von einem der Felsen gestürzt zu werden. Die beiden Marien sahen, dass die Menge wie eine Meereswelle in diese Richtung brandete, aber sie konnten Jesus nicht erreichen.

»O Gott im Himmel!« Die Mutter Jesu war aschfahl. Offensichtlich hatte sie so etwas nicht vorhergesehen, und der Schrecken war ebenso unvermittelt, als wäre ein Blitz vom Himmel niedergefahren und hätte ihren Sohn getroffen.

Maria war weniger überrascht. Vielleicht kannte sie Jesus – oder diesen neuen Jesus – besser als seine eigene Familie.

Aber sollte er jetzt sterben? Ohne nachzudenken, ließ Maria seine Mutter stehen. »Geh nach Hause, ich komme zu euch. Es wird alles gut werden.« Sie umarmte sie kurz, schob sie behutsam in Richtung ihres Hauses und lief der Menge nach.

Sie sah nur die Rücken der Menschen, die eine Mauer zwischen ihr und Jesus bildeten. Irgendwo vor dieser Menge wurde er gestoßen, geschoben und vorangetrieben. Sie hörte ihn nicht einmal mehr; sie hörte nur die Schreie und Flüche der Menge: schreckliche Worte, deren Rachsucht ihr in den Ohren gellte, als hätte Jesus den Leuten persönlich unrecht getan.

Es ging ein Stück weit bergauf, dann wurde der Boden wieder eben. In der Ferne sah sie Berge und sogar ein schwaches Funkeln; das musste der See sein, der dort glitzerte. Aber unmittelbar unter ihr waren die Felsen und steilen Schluchten des Berghanges.

»Tötet ihn! Tötet ihn!«, brüllten die Leute. Dann ertönte ein lauter Aufschrei – und danach nichts mehr. Die Menge stand scheinbar eine Ewigkeit zusammengedrängt und zerstreute sich dann allmählich.

Maria wich hinter einen großen Felsblock zurück und beobachtete die dunkel gewandeten Männer, die an ihr vorbeigingen. Was verrieten ihre Gesichter? Sie erwartete Blutdurst zu sehen – einen gestillten Blutdurst. Aber sie sah nur ausdruckslose Mienen und Verwirrung.

Sie verließ ihr sicheres Versteck hinter dem Felsen und drängte sich zwischen den Leuten hindurch zum Rand der Steilwand. Sie wollte dort nicht hinunterschauen, aber was immer geschehen war, sie musste versuchen zu helfen. Ihr Herz klopfte so schnell, dass ihr schwindlig wurde, als sie sich der Kante vor dem Abgrund näherte. Sie zwang sich hinunterzuschauen.

Da unten war nichts. Nichts, was sie hätte sehen können. Vielleicht war er außer Sicht aufgeschlagen, irgendwo hinter einem der Felsen, verborgen im Schatten. Wo war der Pfad? Sie entdeckte keinen.

Sie versuchte die Wand hinunter und um die Blöcke herum zu klettern, aber ohne Pfad war das unmöglich. Sie musste mit robusteren Sandalen zurückkommen, vielleicht auch mit einem Seil, das ihr beim Abstieg helfen würde. Aber wenn sie sich beeilten – wenn die Familie mitkommen könnte, und zwar sofort …

Erst jetzt fiel ihr auf, dass niemand von seiner Familie zugegen war. Wo war Jakobus? Wo war Jose? Wo Simon? Waren sie alle geflohen? War sie als Einzige geblieben?

Wie gelähmt stand sie da. Das große Bollwerk, die Familie, hatte versagt. Sie hatten sich nicht zusammengeschart, hatten nicht einmal versucht, den Bruder zu retten – denselben Bruder, von dem sie erwarteten, dass er den Rest seines Lebens seiner Arbeit als Zimmermann weihte, um sie zu ernähren, ungeachtet dessen, was er als seine Berufung empfand. Das also waren ihre wahren Gefühle. Angenommen, er hätte ihnen sein Leben gewidmet und die Wahrheit erst später erfahren? Vielleicht hatte er sie schon gekannt.

Sie wandte sich um und wollte sein Haus suchen, zu Maria, seiner Mutter, gehen. Aber in ihrem Kopf drehte sich alles. Man hatte Jesus angegriffen und … und … Nicht einmal in Gedanken konnte sie das Wort aussprechen: »getötet«. Nein, er musste da unten zwischen den Felsen sein. Sie würde ihn finden und ihm helfen.

Plötzlich wollte sie nicht mehr zu dem Haus zurückkehren. Das wäre reine Zeitverschwendung, wenn Jesus verletzt dort unten lag und sofort Hilfe benötigte. Jeder konnte ihr ein Seil oder Sandalen geben, sehr viel schneller und ohne zeitraubende Erklärungen.

Fast wäre sie über einen Jungen hergefallen, der vor ihr vorbeiging. Er trug feste Schuhe. Nur darauf kam es an.

»Deine Schuhe! Kann ich sie borgen?«, rief sie und umklammerte seinen Arm.

»Was?« Er sah erst sie, dann seine Schuhe an.

»Bitte! Ein Mann ist verletzt! Unten auf den Steinen! Ich brauche feste Schuhe, um hinunterzuklettern und ihm zu helfen. Leih sie mir!«

»Was für ein Mann?« Er schaute sie verblüfft an. War er der Einzige in Nazareth, der nichts von der Synagoge und dem Aufruhr wusste? Aber natürlich. Er war noch jung und hielt sich wahrscheinlich von religiösen Zeremonien fern, wenn er konnte.

»Jesus. Der Sohn Marias.« Oh, was sollten diese Erklärungen? »Bitte, die Schuhe!«

»Aber warum sollten sie Jesus etwas tun?« Der Junge schüttelte den Kopf. »Ich dachte, jeder hat ihn gern.«

»Das war auch so, bis er zu Johannes dem Täufer ging und – ach, darf ich dir das alles später erzählen? Er braucht jetzt Hilfe!«

Der Junge bückte sich und schnürte seine Schuhe auf. »Natürlich. Aber barfuß kann ich nicht mitkommen und dir helfen. Und ich würde Jesus gern helfen. Er hat mir immer geholfen.« Er gab Maria die schweren Schuhe.

Bei anderer Gelegenheit hätte sie gefragt, wie Jesus ihm geholfen habe, um mehr über Jesus zu erfahren aus der Zeit, bevor sie ihn kannte, aber jetzt musste sie ihn suchen, alles andere war unwichtig.

»Danke, danke!« Hastig schnürte sie die Schuhe und lief zurück zum Rand des Abgrunds.

Nun konnte sie hinunterklettern. Vorsichtig suchte sie sich ihren Weg an der steilen, tückischen Wand hinunter in die Schlucht, in die sie Jesus geworfen hatten. Die Sonne stand im Zenit, und die Hitze strahlte von den Felsen zurück. Das musste die Qualen jeder Verletzung noch verstärken. Über sich sah sie Raubvögel kreisen, wie sie es immer taten. Aber dass sie immer noch ziellos kreisten, war ein gutes Zeichen.

Der Geruch der glühenden Felsen und des wilden Thymians war überwältigend. Wo war Jesus? Sie hielt den Atem an und lauschte, ob sie nicht leises Atmen oder eine Bewegung hörte. Aber da war nichts; es war ganz still.

Reglos verharrte sie und ließ die Sonne auf sich niederbrennen.

Schließlich hob sie den Kopf und schaute umher. Um die Mittagsstunde gab es hier keinen Schatten; sie sah nur sonnenbestrahlte Steine, lose Erde und vereinzelte Blumen, die fröhlich in den Spalten blühten. Jesus war nirgends.

Ihr Blick wanderte durch den gähnenden Abgrund, aber sie entdeckte keine Bewegung, keine Farbe, nichts, was nicht zur Landschaft gehört hätte. Er war irgendwo hingestürzt, wo sie ihn nicht finden konnte. Sie lehnte sich an einen großen Felsen und weinte.

Es war alles vorüber. Aus und vorbei, bevor es wirklich begonnen hatte. Jesus hatte sie geheilt, aber darüber hinaus hatte er nichts tun dürfen; er hatte seine Mission nicht einmal antreten können. Niemand hatte seine Botschaft gehört, niemand bis auf die wenigen in einer Synagoge in einem kleinen Dorf. Was er gewesen war, würde für alle Zeit ein Geheimnis bleiben.

»Maria.«

Sie hörte eine Stimme über sich. Als sie sich umdrehte, bemerkte sie nur die dunklen Umrisse einer Gestalt oben auf dem Fels.

»Maria.« Wieder hörte sie ihren Namen. »Warum weinst du?«

Wer konnte sie danach fragen? Wer kannte sie überhaupt? War es einer von seinen Brüdern? Aber die würden wissen, warum sie weinte. Und warum weinten sie nicht auch? Sie hatte Jesus nur kurze Zeit gekannt, aber die Familie kannte ihn schon ihr Leben lang.

»Ich weine, weil ich Jesus suche, der angegriffen und hier hinuntergestürzt wurde, und ich kann ihn nicht finden.« Sie schleuderte die Worte zu ihm hinauf wie eine Herausforderung: So hilf mir doch suchen!

»Maria.«

Die Stimme klang vertraut. Sie beschattete die Augen und schaute hinauf. Aber sie sah nur Umrisse vor dem hellen Himmel. Sie trat ein Stück nach rechts, und plötzlich konnte sie sein Gesicht erkennen.

»Jesus!«

Es war Jesus, der dort oben an der Kante stand und auf sie herabschaute.

»Also hast du nach mir gesucht«, sagte er und deutete über die kahlen Felsen hinweg. »Du allein.«

Sie begann hinaufzuklettern. Wie war er entkommen? Wie konnte es sein, dass er dort oben stand, ruhig und unversehrt? »Die anderen sind geflohen«, murmelte sie. »Sie waren in Gefahr …« Sie waren es vielleicht gewesen, aber das war nicht der Grund, weshalb sie die Flucht ergriffen hatten.

Jesus streckte ihr die Hand entgegen und zog sie zu sich herauf. Sie schaute ihm ins Gesicht. Er sah unverletzt aus, völlig unversehrt, obwohl die Leute über ihn hergefallen waren. Sein neuer Mantel hatte nicht einmal Flecken. »Aber wie bist du … Ich habe doch gesehen, wie sie dich hierher …«

»Meine Stunde war noch nicht gekommen«, sagte er, als wäre das eine Erklärung. »Ich bin einfach zwischen ihnen hindurchgegangen und habe sie stehen lassen.«

Aber wie denn? Das war unmöglich. Sie war da gewesen, sie hatte es gesehen: Er war nicht aus der Menge hervorgekommen.

»Was … was wirst du jetzt tun?«, fragte sie.

»Offenbar muss ich Nazareth verlassen«, sagte er. »Aber das habe ich immer schon gewusst. Müssen wir nicht nach Magdala?« Seine Augen blickten gütig, und seine Stimme klang unbekümmert.

»Deine Mutter«, sagte sie. »Ich habe versprochen, zu kommen und ihr zu berichten …«

»Sie wird es wissen«, sagte Jesus. »Du musst nicht mehr hingehen. Hier sind wir fertig.«

War er nicht traurig? Er schien das alles einfach hinzunehmen.

»Ich möchte sie nicht betrüben«, sagte er und beantwortete damit ihre Gedanken. »Aber ich möchte auch meinen himmlischen Vater nicht betrüben, indem ich Zeit verliere. Ich habe zwei Verpflichtungen. Aber die eine hat Vorrang.«

»Wie kannst du über die Rangfolge dieser Verpflichtungen so sicher sein?« Ja, wirklich – wie konnte er es wissen?

»Unsere Treue zu Gott muss immer an erster Stelle stehen. Und Gott will niemandem wehtun.«

»Aber es schmerzt oft, wenn wir uns für ihn entscheiden!« Das hatte Maria bereits begriffen.

»Dann ist es ein Schmerz, den er lindern wird.« Jesus schaute zum Himmel. »Wollen wir aufbrechen? Wir können bei Sonnenuntergang dort sein.«

Sie sah zu ihm auf. Wenigstens würde er in Magdala bei ihr sein. Aber würde sie das nicht noch mehr verwirren? Er hatte eine Botschaft von seinem himmlischen Vater. Sie fühlte nur die Berufung, Jesus bei seiner Mission zu helfen. Und das war ein gewaltiger Unterschied.

Die Sonne, die mittags so wütend auf die Felsen gebrannt hatte, milderte ihren Glanz jetzt zur Farbe von altem Bernstein und badete sie in freundlichem Licht. Sie standen am Fuße des Berges, und vor ihnen lag die fruchtbare Ebene von Galiläa. Der See glühte wie ein bronzener Spiegel in der Ferne. Wenn sie sich beeilten, würden sie Magdala sicher noch erreichen, aber nicht vor Sonnenuntergang, denn der Tag hatte ihre Kräfte bereits aufgezehrt.

Die weiten Felder und die freundliche Ebene waren wie ein gastlicher Teppich, der in der Stunde der Not für sie ausgebreitet worden war.

»Ich schlage vor, wir machen Halt und verbringen hier irgendwo die Nacht«, sagte Jesus. »Morgen kannst du dann zu deiner Familie zurückkehren, und sie werden dich sehen, wenn du ausgeruht bist, nicht so erschöpft wie jetzt.«

Sie waren jetzt wieder umgeben von Olivenbäumen und ordentlichen Feldern, und die Gegend eignete sich vorzüglich für eine Rast. Jesus sah einen Olivenhain auf der rechten Seite der Straße und winkte ihr, ihm dorthin zu folgen. Ringsumher standen knorrige alte Bäume. Unter einem davon setzte er sich auf den Boden.

Sie nickte. Ja, das wäre besser. Sie sollten sehen, welches Wunder Jesus für sie gewirkt hatte, sollten sie von ihrer besten Seite wiedersehen. »Wenn ich nach Hause komme …« begann sie zögernd. »Sie sind wohlhabend. Sie werden dich belohnen für das, was du getan hast.«

Sofort bereute sie, was sie gesagt hatte. Jesus sah sie an – nicht verärgert, sondern traurig.

»Bitte sag so etwas nicht«, antwortete er und schwieg dann so lange, dass sie glaubte, mehr wolle er nicht sagen. »Es enttäuscht mich, dass du auch nur daran denkst.«

»Es tut mir Leid … Ich dachte nur …«

»Natürlich dachtest du«, sagte Jesus. »Aber du und all die anderen, die ich gerufen habe, müssen eines verstehen: Fortan werde ich arm sein, und die, die mit mir gehen, werden auch arm sein.« Er atmete tief. »So arm wie jene, die sich um die Synagogen drängen und auf Almosen warten. Es lohnt sich, darüber nachzudenken. Darum habe ich alle nach Hause geschickt. Wenn sie das nicht wollen … Sie sollten ehrlich zu sich sein.«

»Aber warum müssen wir arm sein?«, fragte Maria. »Mose war nicht arm, David nicht und Salomo ganz gewiss nicht! Warum ist es eine Bedingung, dass wir arm sein müssen?«

Jesus antwortete nicht gleich. »Wir müssen Salomo da heraushalten«, sagte er schließlich. »Salomos Reichtümer haben dazu beigetragen, dass er Gott verlassen hat. Und David …« Er schien laut zu denken. »David war Gott in jungen Jahren sicher näher als später. Mose … Mose verließ seinen Palast in Ägypten und zog hinaus in die Wüste. Es ist wahr, später war er reich an Vieh. Aber auch das ließ er zurück, als Gott ihm befahl, noch einmal nach Ägypten zu gehen und den Pharao zur Rede zu stellen.«

»Aber er hat seine Familie nicht für immer zurückgelassen und auch seinen Reichtum nicht«, wandte Maria ein. »Später kam sein Schwiegervater zu ihm, in die Nähe des Berges Sinai.«

Jesus lächelte. »Ich sehe, du kennst die Schrift gut.« Das schien ihn zu freuen. »Und er selbst schickte Jitro, seinen Schwiegervater, zurück nach Midian.«

»Muss man denn alles ablegen?«, fragte Maria. »Ist das wirklich das, was Gott von uns verlangt?«

»Wir müssen *bereit* sein, alles abzulegen«, sagte Jesus. »Wie du es sagst, klingt es wie eine große Mühsal. Aber manchmal besteht die größte Mühsal darin, weiter in der Welt zu leben und all diesen Herren zu dienen.« Er lachte. »Und Satan ist da draußen unter all diesen Dingen, um dir Gesellschaft zu leisten. Schneide sie ab, diese Dinge, und er hat weniger Orte, wo er sich verstecken kann.«

Satan … Aber die Sache mit der Armut beunruhigte sie. Sie wollte nicht arm sein. Und war es wirklich nötig?

XXVII

Im matten Licht des frühen Morgens wachte Maria auf. Jesus saß immer noch an den Baumstamm gelehnt und hatte die Augen geschlossen. Sie stützte sich auf einen Ellenbogen und betrachtete ihn.

Nun erkannte sie den Jungen, den sie damals kennen gelernt hatte, in seinen Zügen wieder. Die gerade Nase und die wohlgeformten Lippen, wenngleich inzwischen von einem Bart umrahmt, waren noch die gleichen. Die Schatten um die tief liegenden Augen verliehen seinem Blick etwas Fesselndes; er schien aus weiter Ferne zu kommen, von einem geheimen Ort in seinem Innern. Sein Blick war immer persönlich, aber niemals aufdringlich. Er lud sie ein, sich ihm anzuvertrauen oder sich ihm zu öffnen, und sie hatte das Gefühl, dass alle ihre Geheimnisse respektiert und niemals offenbart werden würden, dass er sie sorgsam bedenken und auf sie eingehen würde.

Der Mantel, so wunderschön aus feinster weißer Wolle gemacht, war ihm vom Kopf gerutscht, und man sah sein dichtes, dunkles Haar. Es war sauber geschnitten, nicht wild oder verfilzt wie das Johannes' des Täufers. Obwohl Jesus einige Zeit in der Wüste verbracht hatte, sah er nicht aus wie ein heiliger Mann, der Städte und Menschen mied. Er war schlicht gekleidet – wie ein gewöhnlicher Mann, der mit gewöhnlichen Menschen verkehrte. Das erlaubte den Leuten, ihre Zurückhaltung abzulegen, sich zu nähern und ihm zuzuhören. Er wollte ja, dass sie seine Botschaft hörten.

Nun war er aufgewacht und schaut zu ihr herüber.

»Ah!«, sagte er. »Wie schön, dich hier zu sehen.« Er stand auf und streckte sich. Die Sonne war schon aufgegangen und schien ihm ins Gesicht. Seine Augen waren hell und wach. »Jetzt gehen wir nach Magdala. Komm!«

Der Frühling ist da – die Zeit des Pflügens und Frohlockens, dachte Maria. Und die Fischer – sie werden mit ihren Booten unterwegs sein, ohne winterliche Unwetter befürchten zu müssen. Wie vertraut das alles war! Wie wunderbar, es wieder zu sehen.

Es war schon nach Mittag, als sie Magdala erreichten. Unterwegs hatten sie von einem Händler ein paar Feigen erbettelt. Sie hatten sich am Rand des Uferwegs niedergelassen und die spärliche Gabe geteilt. Nach kurzer Rast waren sie weitergegangen, auf dem Weg, der Maria so vertraut war. Sie waren an den Sieben Quellen vorbeigekommen mit geschäftigen und dümpelnden Fischerbooten. Aber Jesus hatte sie nicht beachtet.

Und plötzlich waren sie da. In Magdala.

Sie spürte seine stützende Hand an ihrem Ellenbogen. Sie wanderten durch die Straßen der Stadt, vorbei an der Fischhalle, die den Lebensmittelpunkt ihrer Familie bildete und wo Joel und ihr Vater praktisch wohnten, vorbei an vertrauten alten Häusern und Nebenstraßen. Irgendwie erschien ihr das alles dennoch anders, weil Jesus hier war. Sie bogen in ihre Straße ein. Ihr Herz klopfte rasend. Nur noch wenige Schritte.

Und dann stand das Haus vor ihnen, klobig und unerschütterlich, vertraut und doch fremd. Vor Aufregung konnte sie kaum noch atmen. Sie war wieder da, frei von Dämonen, ein neuer Mensch.

Sie stand vor der Holztür. Sie drückte dagegen. Lass sie zu Hause sein, betete sie. Oh, lass alle da sein! Bevor sie weiter drücken konnte, öffnete die Tür sich knarrend, und zwei misstrauische Augen spähten heraus.

»Ja?«

»Ich bin Maria, Joels Frau.«

Die Augen wurden schmal. »Die so viele Wochen verschwunden war?«

»Ja. Ich war krank. Ich weiß, es war eine lange Zeit ...«

»Ja. Eine lange Zeit.« Die Stimme klang abweisend.

»Wer bist du?«, fragte Maria.

Die Antwort erfolgte nach einer kurzen Pause. »Man hat mich angestellt, damit ich für Elischeba sorge.«

Die Tür bewegte sich immer noch nicht.

»Die du unversorgt zurückgelassen hast«, fuhr die Stimme fort. »Wegen deiner Krankheit.«

»Ich bin geheilt«, sagte Maria laut. Sollte die ganze Stadt sie hören! »Jetzt lass mich hinein!«

Wortlos wurde die Tür ganz geöffnet. Sie und Jesus traten ein und sahen sich einer jungen Frau gegenüber, die sie wütend anfunkelte. Sie war sehr ansehnlich, und sie musterte die beiden abschätzend. Ihr Blick huschte über Maria, verweilte aber länger auf Jesus.

»Wo ist Joel?«, wollte Maria wissen.

Die Frau zuckte wegwerfend die Achseln. »Weißt du das nicht mehr?« Offenbar glaubte sie, Maria sei nicht recht bei Verstand. »Er arbeitet. Was dachtest du, wo er ist?«

Maria ignorierte sie und schaute sich sehnsüchtig in ihrem Heim um. Hier war der Eingang, hier der Wohnraum, da der Herd. Mein liebes Heim. Mein Zuhause.

»Und wo ist Elischeba?«, fragte sie.

»Sie schläft«, sagte die junge Frau. »Hast du das auch vergessen? Sie ist erst zwei Jahre alt. Nachmittags schläft sie.«

Ungeduldig schob Maria sich an ihr vorbei und ging zu Elischebas Zimmer. Jede Nische, jeder Schatten war ihr vertraut wie ihr eigener Körper.

Im Zimmer war es so dunkel, dass sie einen Moment innehalten musste. Dann näherte sie sich dem Bett. Das kleine Mädchen schlief fest. Sein Gesicht hatte sich verändert, seit Maria fortgegangen war. Maria beugte sich hinunter und nahm ihre Tochter in die Arme. Oh, Elischeba, dachte sie. Mein Herz! Ungeheure Erleichterung durchströmte sie. Sie war heimgekehrt! Fest hielt sie das Kind im Arm, spürte den warmen kleinen Rücken, die Arme, den Lockenkopf, der schwer an ihrer Schulter ruhte.

Als sie Elischebas Nacken streichelte, fühlte sie eine Schnur an ihrem Hals. Mit einer Hand streifte sie sie über Elischebas Kopf und betrachtete den kleinen Talisman, der daran baumelte. Es war ein ganz gewöhnliches Amulett, das vor dem bösen Blick schützen sollte, aber für Maria war es so kostbar wie Gold. Es hatte am Hals ihrer Tochter gehangen, während sie fort gewesen war. Es hatte die Tochter beschützt, als ihre Mutter es nicht konnte.

Sie legte das Kind wieder hin und ließ es widerstrebend los.

»Ja. Lass sie schlafen!« Die Stimme klang streng. Es war diese Frau. »Störe sie nicht weiter!«

»Wie heißt du?«, fragte Maria herausfordernd.

»Sara.« Die Frau starrte sie an. Offensichtlich würde sie nichts weiter preisgeben.

»Ich muss Joel suchen«, sagte Maria zu Jesus und wandte sich von der Frau ab. Sie musste ihn sehen, musste ihm dieses wunderbare Geschenk machen – ihre Heilung. Und dann würden sie sofort zusammen zu Elischeba zurückkehren und Sarah fortschicken. Jesus würde über Nacht bleiben und Joel von seinen Plänen erzählen. Und ihr Haus würde das seine sein. Und später würde sie für kurze Zeit mit ihm gehen, um ihm zu helfen.

Eilig liefen sie durch die verkehrsreichen Straßen. In ihrer Hast stieß Maria andere Leute beiseite, bis Jesus sie in Verlegenheit brachte, indem er die Taumelnden um Verzeihung bat. Aber sie musste den Mann finden, der sie liebte und der schon mehr für sie geopfert hatte, als es die meisten Männer getan hätten. Sie atmete tief durch und versuchte sich zu beruhigen.

Sie merkte, dass sie immer noch Elischebas Amulett in der Hand hielt. Aber das machte nichts – sie würde daran denken, es ihr nachher wieder umzuhängen.

Sie erreichten die Fischhalle und stießen die Tür auf. Die schwüle Luft, gefärbt vom altvertrauten Duft des gärenden Garum, schlug ihr entgegen. Drinnen, unter der hohen Decke und den steinernen Gewölben, war es dämmrig; eine Weile konnte sie nichts sehen, aber dann erschienen allmählich Umrisse. Männer, die Fässer rollten, andere, die Befehle brüllten. Reihen von hölzernen Darren, Bottiche mit Salzlauge.

Aber alles hielt inne, als sie eintrat, als habe eine geisterhafte Macht die Arbeiter ergriffen.

»Maria!«, rief ein Arbeiter, der einen Korb trug, erschrocken. »Maria!«

»Ja, Timäus«, sagte sie beruhigend. »Ich bin es.«

Statt zu lächeln und sie zu begrüßen, stürzte er davon.

Sie und Jesus schauten einander an. »Hilf mir!«, bat sie schlicht.

»Ich bin hier, an deiner Seite«, sagte er.

Ein anderer Arbeiter in einer fleckigen Schürze kam zögernd näher. »Ich werde Joel suchen und ihm sagen, dass du da bist«, erbot er sich.

Sie warteten im künstlichen Zwielicht. Dann erschien Joel und eilte auf sie zu.

»Maria.« Er umarmte sie. Jesus trat zurück.

Seine Umarmung war warm und sicher. »Oh, Maria, du bist wieder da!«, rief er voller Freude. »Als ich dich in Kapernaum zurückließ, wusste ich nicht … Oh, Liebste, du bist gerettet!« Er ließ den Kopf auf ihre Schulter sinken und weinte.

Erst nach einer ganzen Weile ließ er sie wieder los und trat einen Schritt zurück. »Ist es wirklich wahr? Sind sie *fort*?« Forschend schaute er ihr ins Gesicht, als suche er nach kleinen, verräterischen Anzeichen dafür, dass da noch etwas lauerte. »Fort?«

»Fort«, versicherte sie ihm. »Auf der Stelle verschwunden,

und zwar spurlos – und ich bin frei.« Sie nahm seine Hände und hielt sie fest. »Ach, Joel, du kannst dir nicht vorstellen, wie es für mich ist, frei zu sein, von ihnen erlöst, wieder der Mensch, der ich war!« Sie wandte sich nach Jesus um. »Hier ist er – der Mann, der mich erlöst hat.«

Erst jetzt schaute Joel Jesus an. Er war verwirrt. »Du warst das? Was, mein Freund, hast du *getan*? Wir waren so verzweifelt ... Sie waren so stark ...«

Jesus antwortete nicht sofort; er wartete einen Augenblick, als wäge er seine Worte ab. »Ich habe ihnen befohlen, und sie haben gehorcht«, sagte er schließlich.

»Aber andere hatten ihnen auch befohlen«, sagte Joel. »Ein sehr heiliger Mann ist ihnen entgegengetreten, die heiligen Schriften wurden ihnen vorgehalten, aber nichts hat geholfen. Was konntest du tun, welches Geheimnis hattest du?«

Maria griff wieder nach Joels Hand. Wie gut es sich anfühlte, sie zu halten! »Liebster, er war mächtiger als die bösen Geister. Sie mussten ihm gehorchen.«

Sie spürte, wie Joels Hand erstarrte. »Maria, weißt du, was das bedeutet?« Er trat kaum merklich zurück, um Abstand zwischen sich und Jesus zu bringen. »Vielleicht steht er selbst mit ihnen im Bunde«, flüsterte er ihr ins Ohr.

»Was?« Maria erschrak. Jesus schüttelte nur betrübt den Kopf. Er hatte Joels Vorwurf gehört.

»Das ist nicht wahr.« Mehr sagte er nicht zu seiner Verteidigung.

»Nicht?« Joel drehte Maria zu sich herum. »Überleg doch! Alle unsere heiligen Männer konnten die bösen Geister nicht austreiben. Nicht einmal die Worte der Thora haben es vermocht. Aber dann kommt ein Fremder und hat Macht über sie. Und wer hat Macht über die niederen Dämonen? Satan und jeder, der mit ihm im Bunde steht.«

»Satan treibt nicht die eigenen Geister aus«, sagte Jesus. »Er führt nicht Krieg gegen sich selbst.« Seine Stimme klang immer noch ruhig und vernünftig. »Ein Reich, das in sich selbst gespalten ist, kann nicht bestehen.« Er schwieg kurz. »Wenn Satan gegen sich selbst kämpft, tut er das Werk Gottes, und das kann nicht sein.«

Joel starrte ihn an und schüttelte den Kopf, als müsse er seine Gedanken ordnen. »Du willst mich mit deinen Worten verwirren, mit deinen raffinierten Worten. Ich sollte dir danken, dich belohnen, weil du meiner Frau geholfen hast. Aber ich kann niemanden belohnen, der mit Dämonen im Bunde steht!« Angst spiegelte sich in seinem Gesicht. Er hob die Hände, als wolle er Jesus vorsorglich zum Schweigen bringen und sich wappnen. »Und drohe nicht damit, sie zurückkehren zu lassen! Das ist selbst Satans nicht würdig!«

Das konnte nicht sein! Maria konnte es nicht fassen – dass Joel sich gegen Jesus wandte und ihn bezichtigte, mit dem Teufel im Bunde zu stehen. Das war ein böser Traum. Aber alles, was mit bösen Geistern zusammenhing, war ein böser Traum; so war es von Anfang an gewesen. Jetzt ging es nur weiter. Das Böse hatte sich ein neues Opfer gesucht.

»Es ist Satan, der da in deine Gedanken eindringt, Joel. Wenn er mich nicht mehr besitzen kann, will er dich beherrschen. Er will dich gegen mich wenden und gegen Jesus. Er wird Schwarz zu Weiß machen und Weiß zu Schwarz, und ein gütiger Mann, der mich vom Bösen befreit hat, steht plötzlich selbst als böse da. Hör auf! Lass nicht zu, dass er so etwas mit dir macht!«

»Satan ist der Vater der Lüge, Maria. Weißt du das nicht? Du bist es, die sich hat täuschen lassen!«

»Täuschen? Ich bin frei von Dämonen, Joel. Ich bin sie los! Und niemand außer mir kann wissen, was das bedeutet! Nicht du, nicht meine Familie – niemand! Und der Mann, der sie ausgetrieben hat, ist hier. Er steht vor dir. Und alles, was du ihm als Lohn geben könntest – die Fischhalle, das Geschäft, alles Gold, das wir besitzen –, wäre nicht genug. Aber stattdessen beleidigst du ihn mit dem schlimmsten Vorwurf, den man gegen einen heiligen Mann erheben kann: dass er mit dem Teufel im Bunde stehe!«

»Wie, sagst du, heißt er?«, fragte Joel unvermittelt, ohne auf ihre Beschwörungen einzugehen. »Jesus? Ein verbreiteter Name. Welcher Jesus? Woher?«

»Ich komme aus Nazareth.«

Joel starrte ihn an. Dann fing er an zu lachen – ein nervöses, blökendes Lachen, das nicht zu ihm passte. »Nazareth! Nazareth!

Oh, Maria, du bist wirklich eine Närrin. Dieser Mann ist gefährlich und möglicherweise selbst besessen. Gestern hat er in der Synagoge dort wunderliche Behauptungen über seine … seine Macht aufgestellt und wurde aus der Stadt gejagt. Was sagst du jetzt?« Er hatte ihre Hand losgelassen und stand mit fest verschränkten Armen und in gebieterischer Haltung da.

Maria schaute ihn erstaunt an. Konnten diese Worte wirklich von ihrem freundlichen, vernünftigen Joel kommen? »Was ich jetzt sage? Oder was Jesus sagt? Wen von uns beiden meinst du?«

Bei dieser Frage machte Joel ein überraschtes Gesicht, aber sofort antwortete er: »Dich natürlich.«

»Also schön.« Ihr war klar, dass ihre Antwort ihn noch weiter in Verwirrung stürzen würde. »Ich war da. Ich habe alles selbst mit angesehen.«

Jetzt war Joel wirklich entsetzt. »Du warst da? Du bist … mit *ihm* dort hingegangen, statt zuerst hierher zu kommen?«

»Ja, allerdings. Ich musste … noch mehr Zeit mit ihm verbringen, bevor … bevor …«

»Maria!« Joel sah aus, als habe sie ihn geschlagen.

»Du willst wissen, wer er ist und was er ist, und erhebst schreckliche Vorwürfe gegen ihn.« Die Worte sprudelten aus ihrem Mund, und sie zitterte vor Erregung. »Ich weiß, dass er aus Nazareth stammt. Ich kenne seine Familie. Ich kenne sie seit vielen Jahren. Ich kann dir deine Fragen nicht so beantworten, wie ein Rabbi oder ein Priester es könnte. Ich kann nur vor dir stehen, damit du mich anschaust und siehst, dass ich geheilt bin. Du fragst, was passiert ist? Ich kann nur eins mit Sicherheit sagen: Ich war von Dämonen besessen und wurde von ihnen gequält, und jetzt sind sie fort, weil *er* sie ausgetrieben hat. Weil ihm genug an mir lag, um mich der herrlichen Welt des Guten, der Welt Gottes zurückzugeben. Wenn das böse ist, dann soll nur jeder so böse sein wie er!« Sie musste Atem holen. »Ich habe gesehen, was in Nazareth passiert ist. Ich habe gesehen, wie die Leute sich gegen ihn wendeten, genau wie du es tust. Sie wollten ihn töten! Ja, wirklich töten! Und das ist das Böse, das da am Werk ist, das ihm Einhalt gebieten, ihn vernichten will!«

»Maria, befreie dich von alldem! Lass diese hässliche Welt der

Dämonen und Exorzisten und Flüche hinter dir.« Joel, bleich geworden, flehte sie an. »Lass sie gehen!«, befahl er Jesus. »Verwickle sie nicht in dein gefährliches Treiben!«

»Joel!«, rief Maria. »Ich bin fortgegangen, um euch nicht weiter zu schaden und um alles Menschenmögliche zu tun, um meine Gesundheit wiederzufinden. Aber ich verdanke Jesus auch mein Leben. Ohne ihn hätten wir kein Leben. Lass mich es ihm vergelten, ihm helfen, wie er mir geholfen hat ...«

»Maria!« Joel taumelte zurück. »Maria! Dieser Wahnsinn ist schlimmer als die Dämonen!«

Jetzt endlich ergriff Jesus das Wort. »Sag das nicht, mein Freund. Du lästerst den Heiligen Geist.« Er streckte den Arm aus, aber Joel schlug ihn beiseite.

»Geh weg von mir!«, schrie er. Die Arbeiter ringsum hielten inne und schauten herüber. Einen Augenblick später drängte Nathan sich zwischen ihnen hindurch und kam herbeigelaufen.

»Tochter!«, rief er. Joel trat ihm in den Weg.

»Geh nicht in ihre Nähe!«, sagte er. »Dieser Fremde – er hat sie mit einem Zauber belegt.«

Nathans Augen wurden schmal. Dann taumelte er vorwärts und zerrte plötzlich in einem zeremoniellen Akt des Trauerns an seinen Gewändern. »Jona hat mir von ihm erzählt. Seine eigenen Söhne, Simon und Andreas, haben sich von ihm einwickeln lassen. Draußen in der Wüste. Und die Geschichten, die sie erzählt haben ...« Mit tränenerstickter Stimme fuhr er fort: »Maria, meine Tochter und deine Frau – einen Monat lang allein mit all diesen Männern! Wartet auf *diesen* Mann! Sie hat sich mit Schande besudelt und entehrt, und wir dürfen sie nicht wieder aufnehmen.« Erneut griff er an sein Gewand und zerriss es. »Sie muss tot sein für uns.«

»Aber ...« Joels Miene war starr. »Aber ich ...«

»Sie ist gestorben für uns!«, schrie Nathan und packte Joel bei der Schulter. »Sie hat Schande über sich gebracht, Schande! Mit Männern in der Wüste zu leben, das ist schändlich, das ist sündhaft! Du *kannst* sie nicht zurücknehmen. Du kannst es nicht, denn sonst verstoße ich dich aus unserer Familie, entlasse dich aus dem Geschäft und nehme Elischeba aus deiner Obhut. Ich werde dich so ruinieren, wie sie es bereits ist!«

»Vater!« Eli drängte sich heran. »Maria! Was ist denn das? Bist du endlich zu Hause?« Einen Augenblick lang klang er erfreut.

»Sie hat kein Zuhause!«, brüllte Nathan. »Ich habe keine Tochter, und du hast keine Schwester!«

»Und ich habe keine Frau«, murmelte Joel.

Maria war so entsetzt über seine Kapitulation, dass sie keine Worte fand und nur noch seinen Namen wiederholen konnte. »Joel. Joel! Joel!«

Aber er wandte sich ab und schaute sie nicht an.

»Sie ist eine Hure!«, sagte Nathan. »Die Leute werden sie dafür halten. Die Mutter deines Kindes wird man Hure nennen, und Elischeba wird darunter leiden müssen, wenn du sie nicht sofort verbannst. Sofort!«

Joel brach in Tränen aus.

»O Gott, denk doch nur!«, rief Nathan. »Denk an Elischeba! O Gott …« Er krümmte sich vornüber und schluchzte. »Nein! Nein!«

»Es muss nicht so sein, Joel«, rief Maria. »Hör nicht auf Vater. Er ist blind vor Hass. Aber du, du musst es doch besser wissen. Schau – schau Jesus an. Du kannst deine bösen, übereilten Worte zurücknehmen und sagen: ›Mein lieber Freund, du musst ein heiliger Mann sein. Du konntest die Mächte der Finsternis besiegen, als es die heiligsten Männer unserer Gemeinde nicht konnten. Ich ehre dich, und ich will mehr über dich wissen.‹ Sag es, Joel! Dein ganzes Leben wird anders werden, wenn du es tust, und meines auch. Du darfst diese Gelegenheit nicht versäumen.«

Aber nicht Joel antwortete ihr.

»Geh!«, befahl Nathan. »Warum bist du überhaupt zurückgekommen? Wir hatten dich schon für tot gehalten!«

»Ich *war* tot«, sagte sie. »Und du konntest kaum damit rechnen, dass ich noch einmal zum Leben zurückkehre. Und wenn ich es täte, dass ich dann wieder so wäre wie früher. Und ich bin es auch nicht. Deine schlimmsten Befürchtungen sind Wirklichkeit geworden.«

»Dieser Jesus!«, rief Joel. »Warum das alles, nur seinetwegen?« Seine Stimme wurde zu einem qualvollen Geheul. »Warum? Warum? Ich ertrage nicht, was aus dir geworden ist!«

»Woher weißt du, was aus mir geworden ist? Weil Vater beschlossen hat, sich Dinge einzubilden, die nie geschehen sind? Die er aus dritter Hand gehört hat? Deswegen willst du mich verlassen?«

»Du hast *mich* verlassen«, schrie er. »Du warst nie wirklich meine Frau. Du hattest immer Geheimnisse – erst die Dämonen, dann diese Reise in die Wüste mit diesem … Wahnsinnigen und seinen Jüngern.« Und wieder weinte er.

Es war seltsam, aber jetzt hatte sie das Gefühl, dass sie versuchen musste, die Stärkere zu sein. Ich kann nicht mehr so leben wie vorher, dachte sie. Wie töricht war ich, dass ich dachte, alle Probleme seien gelöst, wenn nur die Dämonen ausgetrieben wären. Ich habe einen Weg beschritten, der mich weit von allem entfernen wird, was ich je gekannt habe.

»Du willst mich also verstoßen«, sagte sie langsam. Es war eine Feststellung. Sie hatte große Mühe, nicht in Tränen auszubrechen oder sich an Joel zu klammern. Er würde sie von sich stoßen, vor ihrer Berührung zurückweichen, und das wäre mehr, als sie jetzt ertragen könnte. »Wir gehen jetzt nach Kapernaum«, fuhr sie fort und befahl sich im Stillen, nicht zusammenzubrechen oder irgendetwas zu tun, was Joel weiter erzürnen oder ihn und die anderen vor den Kopf stoßen würde. »Wenn du mich finden willst – ich werde dort sein. Noch andere Jünger werden sich dort versammeln.« Joel gab einen erstickten Laut von sich, und sie sprach weiter. »Lass in deinem Herzen Platz für mich. Ich bin nicht fort. Auch du kannst dabei sein.«

»Niemals!« Sein Blick war voller Abscheu. »Ich kann nur beten, dass du wieder Vernunft annimmst, dass du betest, dich reinigst und deine Sünde wieder gutmachst. Und was dich angeht« – er wandte sich an Jesus –, »mach, dass du hinauskommst, verschwinde, fahr zur Hölle!«

Maria und Jesus stolperten aus der Fischhalle ins helle Sonnenlicht hinaus. Einen Moment lang standen sie blinzelnd da. Halb rechnete Maria damit, dass Joel und die anderen ihnen folgen und sie verjagen würden, um sicherzugehen, dass sie wirklich die Stadt verließen. Aber die Tür blieb geschlossen.

»Das habe ich nicht erwartet«, sagte Maria schließlich. Sie konnte kaum sprechen. »Ich hatte … ein freundlicheres Wiedersehen erwartet.«

Jesus nickte. »Ich auch, als ich nach Nazareth kam.« Beide lachten verbittert; eine seltsame Kameradschaft verband sie.

»Deine Familie hat dich zumindest willkommen geheißen«, sagte sie.

»Ja, aber dann wollten die Leute aus dem Dorf mich umbringen.«

Jetzt lachten sie beide wirklich.

Die Tür flog auf, und Nathan, Eli und Joel schauten erbost zu ihnen heraus. Man sah ihnen an, dass sie sich verraten fühlten, und zugleich lag Abscheu in ihrem Blick.

»Wer lacht so miteinander – außer Liebenden oder Verschwörern? Ich glaube, ihr seid beides!«, schrie Nathan.

»Wir sind weder das eine noch das andere«, sagte Jesus. »Aber ich verstehe es, wenn du nur in diesen Kategorien denken kannst.«

»Du verstehst! Du verstehst!«, äffte Joel ihn nach. »Wie edel von dir! Aber sei dir über eines im Klaren: Es wäre mein Recht, dich töten zu lassen. Du hast meine Frau und mein Haus entehrt. Nur die Liebe zu meiner Frau hindert mich daran. Aber geh! Geh!« Er funkelte Maria an. »Und sieh zu, dass ich dein Gesicht nie wiedersehe! Das ertrage ich nicht!«

Er trat zurück und schlug die Tür zu.

Maria war klar, wie viel Beherrschung es Joel gekostet hatte, das zu sagen und sich dann zurückzuziehen. »Jesus«, erklärte sie, »Joel ist ein guter Mann. Wirklich.«

»Ja. Das weiß ich. Für Menschen wie ihn ist es am schwersten. Ich werde für ihn beten. Wir wollen ihn nicht verlieren.«

Ihn verlieren? Wie denn? An die Dämonen? An die Welt? An sie?

»Anscheinend haben wir beide unsere Familie verloren«, sagte Maria und atmete tief ein.

»So hätte es nicht kommen sollen«, sagte Jesus. »Aber vielleicht werden sie sich ändern. Nicht morgen, auch nicht übermorgen … aber mit der Zeit.«

Unten im Getriebe des Hafens blieben sie stehen. Um diese Tageszeit war der Fang bereits angelandet und sortiert, und sogar die Fischmakler waren nach Hause gegangen. Arbeiter schrubbten den Kai und bereiteten alles für den Fang des frühen Morgens vor.

»Du warst tapfer«, sagte Jesus.

»Ich will das nicht«, sagte sie leise. »Ich will meine Tochter nicht verlieren oder von meinem Mann verstoßen werden. Ich würde es wahrscheinlich nicht ertragen, wenn ich nicht glauben würde, was du gesagt hast: dass sie sich ändern werden.« Ihre Stimme brach. »Warum muss es so sein?«

»Das weiß ich nicht«, sagte er langsam. »Es gehört zu dem Leid, das das Leben auf dieser Erde mit sich bringt, solange Satan noch frei ist und unseren Alltag heimsuchen kann.«

»Jesus«, sagte sie plötzlich, »ich habe noch einen Bruder. Einen Bruder, der anders ist als Eli und mein Vater …« Aber natürlich war auch Joel anders als die beiden gewesen – das hatte sie wenigstens geglaubt. »Lass uns zu ihm gehen, bevor die anderen ihm ihre Lügen erzählen können.«

Jesus schien zu bezweifeln, dass dies eine kluge Entscheidung sei, aber er sagte: »Gut. Aber mach dich darauf gefasst, dass auch er vielleicht hasserfüllte Dinge zu dir sagen wird. Meine Mutter ist uns schließlich auch nicht gefolgt.«

»Sie wusste doch nicht, was geschehen war«, wandte Maria ein. Jemand hätte es ihr erzählen müssen. Plötzlich plagte sie das Gewissen, weil sie nicht zurückgegangen war und es getan hatte.

Ich bin eine Mutter, dachte sie. Wie konnte ich einer anderen Mutter so etwas antun? Sie in so grausamer, unaussprechlicher Ungewissheit zurücklassen?

An ihrem Handgelenk baumelte noch immer Elischebas Amulett.

»Ich muss meine Tochter wiedersehen! Ich muss meine Tochter holen!«, schrie sie auf. »Ja, lass uns noch einmal nach Hause gehen und sie holen. Ich bin ihre Mutter – wer sonst sollte sie haben? Und dann gehen wir zu meinem Bruder Silvanus. Er wird uns Proviant geben, uns vielleicht sogar verstecken …«

Sie wandte sich ab und rannte davon, durch die Straßen zurück, und Jesus blieb nichts anderes übrig, als ihr zu folgen.

Bald hatte sie ihr Haus erreicht. Sie klopfte nicht erst höflich an, sondern stieß die Tür auf und lief nach hinten in Elischebas Zimmer. Sie schlug die Kinderfrau und stieß sie mit der Kraft eines Mannes zu Boden, als diese ihr den Weg versperren wollte.

Dann packte sie Elischeba, riss sie aus ihrem Bett und floh zum Hause des Silvanus. Elischeba heulte vor Angst.

»Silvanus! Naomi!« Maria hämmerte gegen die Tür. Sie musste zu Hause sein, irgendjemand musste da sein!

Naomi öffnete und starrte sie verdutzt an.

»Maria!«, rief sie und lächelte dann in aufrichtiger Willkommensfreude. »Oh, ich bin so froh, dass du wieder da bist! Aber« – ihr Blick fiel auf das schreiende Kind in Marias Armen und dann auf den Fremden hinter ihr – »was …?«

»Ist Silvanus da? Ist er hier?« Maria war hysterisch. »Ich muss ihn sehen!«

»Er ist ausgegangen, aber er muss jeden Augenblick zurückkommen«, sagte Naomi. »Bitte tretet ein …«

Aber bevor Maria und Jesus hineingehen konnten, kamen Nathan und Eli mit einigen Arbeitern um die Ecke gestürmt wie eine Meereswelle.

»Sie hat sie geraubt!«, rief Eli. »Halte sie fest!«

»Sie hat keine Scham, keine Scham!« Die bebende Stimme Nathans gellte durch die Luft wie ein Signalhorn.

Naomi wich erschrocken beiseite, als die Männer sich zwischen sie und Maria stellten.

»Gib uns das Kind!«, befahl Nathan und bewegte sich auf Maria zu.

Sie presste Elischeba fester an sich. Das Kind zappelte und schrie. »Nein. Nein. Ich bin ihre Mutter, und wenn ihr mich verbannt, muss ich sie mitnehmen. Ich lasse mich nicht noch einmal von ihr trennen.«

»Du bist nicht fähig, ihre Mutter zu sein!« Eli war heran und wollte ihr Elischeba aus den Armen reißen. Aber Maria hielt sie fest, bis es aussah, als werde man das Kind zerreißen.

»Hör auf damit!«, sagte Jesus. »Lass das Kind bei seiner Mutter!« Er wollte sich zwischen Eli und Maria schieben, damit Eli das verängstigte Kind loslassen musste.

»Wer bist du?«, schrie Eli und gab ihm einen Stoß. »Du hast hier keine Rechte!«

Jesus trat wieder hinzu, doch Eli und Nathan stießen ihn zu Boden. Aber gleich war er wieder auf den Beinen. Überrascht von seinen behänden Bewegungen, wichen sie zurück. Dieser Mann war offensichtlich stark und schnell und würde gut kämpfen.

»Ich sage, lasst dieses Kind bei seiner Mutter!«, wiederholte Jesus, machte jedoch keine Anstalten, seine Gegner anzugreifen.

Wieder stieß Nathan Jesus, der taumelte zurück. Eli schlug ihn, und Jesus fiel auf ein Knie. Auf ein Zeichen hin stürzten sich die anderen Männer auf ihn, und Fußtritte und Schläge prasselten auf ihn nieder. Jesus wehrte sich nicht.

»Das also ist der Mann, dem du folgen willst!«, sagte Eli. »Was ist das für ein Mann, der sich nicht verteidigt, sondern daliegt wie ein schwaches Weib und sich von uns verprügeln lässt?«

»Wer Gewalt übt, wird durch Gewalt umkommen«, sagte Jesus.

»Eine feine Ausrede für deine Feigheit!«

Eli und Nathan packten Maria; der eine bog ihre Arme auseinander, der andere nahm ihr Elischeba weg. Naomi fing an zu schreien.

»Sei still, Frau!«, befahl Eli.

Die Männer zogen sich mit dem Kind zurück und ließen Maria, Jesus und Naomi stehen.

»Komm«, sagte Jesus schließlich zu Maria. »Komm, lass uns nach Kapernaum gehen.« Er atmete tief und rau.

XXVIII

Maria hatte den Weg nach Kapernaum schon oft gemacht, aber jetzt war es wie eine Wanderung durch einen Albtraum. Sie war umhüllt von grenzenlosem Schmerz. Sie bemühte sich, geradeaus zu gehen, aber sie taumelte gegen Jesus, beinahe blind vor Qual und Tränen. Als sie am Ortsende von Magdala angekommen waren, zitterte sie so sehr, dass sie nicht weitergehen konnte. Ihre Knie gaben nach, und Jesus führte sie behutsam vom Weg hinunter zu einem einladenden Baum, wo sie sich unbeobachtet niederlassen konnten.

Als die anderen Wanderer auf dem Weg sie nicht mehr sehen konnten, sank Maria zu Boden und fing an zu schluchzen. Sie hatte das Gefühl, nie wieder aufhören zu können, niemals auf den Grund ihrer Trauer zu gelangen. Die Tränen und das atemlose Schluchzen linderten den Schmerz nicht.

Jesus setzte sich neben Maria. Durch den Schleier ihrer Tränen sah sie nur die grünen Halme, die aus der groben Erde wuchsen, und das Muster der Fäden in seinem Mantel, den seine Mutter für ihn angefertigt und ihm geschenkt hatte, bevor … Nun war der Mantel mitsamt jedem winzigen Faden darin für sie ein Sinnbild der Bande zwischen ihnen und den Familien, die sie verstoßen hatten. Die Sorgfalt beim Weben, die Freude an einem Geschenk für den Lieblingssohn, die Begrüßung des Heimgekehrten – das alles war dahin, das Innere nach außen gekehrt. Man hatte sie vertrieben wie Adam und Eva aus dem Paradiesgarten, und ihre Familien schienen darüber weniger betrübt, als Gott es gewesen war. Die Familie, die ihnen plötzlich verboten war, erschien jetzt wie das Paradies.

»Meine Tochter«, wimmerte sie. Sie umklammerte den Talisman, der irgendwie die ganze Zeit in ihrer Hand geblieben war. Dabei hatte sie ihn ihrer Tochter doch wieder um den Hals hängen wollen. »Das ist alles, was ich von ihr habe!« Sie öffnete die Faust und zeigte Jesus den kleinen Keramikring an der Schnur.

»Maria, du bist immer noch ihre Mutter«, sagte Jesus. »Es ist nicht vorüber.«

Das schwere Schluchzen verebbte langsam, und mühsam kam sie wieder zu Atem.

Jesus nahm ihr das Halsband aus der schweißfeuchten Hand und streifte es ihr über den Kopf. »Du musst es jetzt tragen.«

Er ließ die Hände auf die Knie sinken, und Maria betrachtete sie dankbar. Sie waren nicht groß, aber kräftig, und hatten Schwielen, vermutlich von seiner Arbeit in der Zimmermannswerkstatt und seinem Aufenthalt in der Wüste.

»Maria«, sprach er mit besänftigender Stimme, »Maria, traure nicht!«

»Was kann ich dagegen tun?«, fragte sie. Er musste ihr antworten, sie überzeugen. Wenn jemand eine Antwort hatte, dann er.

»Man trauert um endgültige Dinge«, sagte er. »Aber dies ist nicht endgültig.«

Nicht endgültig. Nicht endgültig. Konnte das wahr sein? »Woher … Woher weißt du das?« Sie presste die Worte hervor. Wenn er es doch nur wüsste! Wenn er es wüsste und ihr versprechen könnte!

»Weil es immer noch die Liebe gibt … und das Älteste von allem: eine Mutter und ein Kind.«

»Aber diese Liebe ist einseitig! Elischeba ist noch zu klein – sie kann so etwas nicht fühlen. Andere werden an meine Stelle treten – sie wird vergessen …«

»Die Liebe wird nicht vergehen«, sagte er beharrlich.

Sie schaute ihm ins Gesicht und sah den Ausdruck in seinen Augen: Er war sich dessen, was er ihr sagte, so sicher. Er hatte sie gern, und er verstand ihre Verwirrung und Angst. Seine Stimme war so kraftvoll und beruhigend wie seine Hände. Sie senkte den Blick.

Es darf nicht sein!, flüsterte ihre angeborene Vorsicht. Du bist gefährlich nah daran, dich in diesen Mann zu verlieben. Nur weil er gut zu dir ist und dich tröstet, nachdem dein Mann dich hinausgeworfen hat. Das genügt nicht. Du bist schwach, und du hast deine Gefühle nicht in der Gewalt.

»Wir müssen weitergehen«, murmelte sie und wollte aufstehen.

»Wenn es Zeit ist.« Jesus legte ihr die Hand auf den Arm und bedeutete ihr, noch ein Weilchen zu warten. Aber er versuchte nicht, weiter zu reden. Schweigend saßen sie da und behielten ihre Gedanken für sich.

Es war mitten am Nachmittag, als sie aufstanden, um weiterzugehen. Der See war immer noch voll von Fischerbooten, und es herrschte ein geschäftiger Verkehr. Es war grausam, den Alltag anderer zu beobachten, nun da das eigene Leben zerstört war. Erneut stiegen Maria die Tränen in die Augen. Aber sie ging weiter, und plötzlich dachte sie, dass die Trauer eines Tages jeden dieser Menschen in den Booten heimsuchen und das funkelnde Sonnenlicht auf dem Wasser für jeden von ihnen unerträglich sein würde.

Als sie um eine Wegbiegung kamen und bei den Sieben Quellen anlangten, sahen sie zahlreiche Boote auf dem Wasser dümpeln. Sie hörte das übliche Stimmengewirr, bei dem es um gar nichts ging – für Maria jedenfalls, denn Fischgründe und Fänge und Netze waren unwichtig, so unbedeutend wie die Daunenflöckchen, die von den Disteln am Seeufer herüberwehten.

Ein lauter, aufbrausender Mann rief Befehle zu einem Fischerboot hinaus. Maria zog den Kopf ein; sie wollte ihn nicht hören. Seine Stimme klang unangenehm wie das Genörgel verwöhnter Kinder auf einem Ausflug, nur lauter.

»Du Narr!«, rief er. »Wie oft muss ich dir sagen, du sollst das Netz so einholen, dass es nicht an der Bootswand hängen bleibt! Wie alt bist du? Dreißig? Wie kann jemand, der schon seit dreißig Jahren auf der Welt ist, so dumm sein?«

»Ja, Vater«, sagte eine vertraute Stimme. Maria schaute den Mann im Boot an. Es war Petrus.

Jesus sah ihn im selben Augenblick, aber er ließ sich nicht anmerken, dass er ihn erkannte. Er blieb nur stehen und schaute zu.

»Sieh dir das Netz an!«, schrie der Mann am Ufer. »Es ist halb leer.«

»Heute waren viele draußen«, antwortete Petrus. »Bei den Fischgründen war großes Gedränge.«

»Und warum lässt du dich von den anderen verdrängen? Du hättest sie verjagen sollen. Jetzt kommt an Land, und lasst uns diesen kläglichen Fang zählen, bevor der Tag zu Ende geht.«

Petrus – und Andreas, wie Maria bemerkte – ruderten heran. Bald waren sie am Ufer und warfen ihrem Vater eine Leine zu, damit er das Boot an einem durchbohrten Felsen festmachen konnte. Die beiden Männer sprangen aus dem Boot, wateten durch das hüfttiefe Wasser und zogen es auf den Strand. Dann zogen sie auch das Netz an Land.

»Das ist beschämend«, stellte ihr Vater fest und begutachtete das Netz wie ein erzürnter Aufseher. »Ihr müsst die schlechtesten Fischer auf dem See sein!«

Petrus wurde zornig. »Wir wissen schon, was wir tun.« Er zeigte auf das Netz, das sich unter dem Gezappel der Fische beulte und bewegte. »Wenn du anderer Meinung bist, kannst du das hier mit dem vergleichen, was die anderen gefangen haben.«

»Wie kann ich das? Sie sind ja noch nicht da.«

»Ja, und wenn wir jetzt noch draußen wären, würdest du uns auch deswegen Vorwürfe machen.« Jetzt endlich hatte Andreas das Wort ergriffen. »Dann würdest du sagen, wir seien pflichtvergessen, weil wir zu lange mit der Rückfahrt getrödelt hätten.«

»Hört auf, mit mir zu streiten!«, blaffte der Mann. »Ich habe genug von euch! Erst verschwindet ihr für eine Ewigkeit und bringt irgendeine Verrückte in die Wüste, um den wahnsinnigen Prediger zu hören, und dann bleibt ihr tagelang weg. Alles nur, um euch vor der Arbeit zu drücken.«

»Wir sind nicht weggeblieben, um uns vor der Arbeit zu drücken«, widersprach Petrus.

»Na, warum dann? Das habt ihr mir nie erzählt.«

Maria erschrak. Petrus hatte seinem Vater – oder sonst jemandem – nie von Jesus erzählt?

»Ich … ich …« Petrus zuckte die Achseln.

Jesus bewegte sich neben ihr. Sie sah seinen weißen Mantel aus dem Augenwinkel, und dann war er fort und ging bereits den Weg hinunter zu Petrus, Andreas und deren Vater.

Er schlug seine Kapuze zurück. »Petrus!«, sagte er mit lauter Stimme, lauter als der des Vaters, dunkler und voller Autorität.

Petrus durchfuhr ein Schrecken, als er ihn erkannte. Entsetzt begriff er, dass Jesus alles gehört hatte, und er wurde puterrot. »Oh!«, stammelte er. »Oh!« Wie angewurzelt stand er da.

»Wer ist das?«, wollte sein Vater wissen.

Jesus beachtete ihn nicht. »Simon, genannt Petrus. Mein Fels!«, rief er zu Petrus hinüber. »Lass das hier. Komm mit mir. Von nun an sollst du Menschen fischen.« Er deutete auf das Netz, in dem die Fische wimmelten. »Menschen. Folge mir. Ein anderer, größerer Fang wartet auf uns.«

»Ja!«, sagte Petrus, ließ das Netz fallen und stolperte heran. Sein Gesicht war voller Freude.

»Du auch«, sagte Jesus und zeigte auf Andreas.

»Meister!« Andreas stieß das Netz mit dem Fuß beiseite und lief zu Jesus.

»Was soll das?«, rief ihr Vater. »Was ist mit dem Boot? Was ist mit diesem Fang?«

»Da sieh du zu«, antwortete Petrus. »Du verstehst doch so viel davon.« Er ging um seinen Vater herum und umarmte Jesus.

»Was denn, wollt ihr euch morgen freinehmen?«, fragte ihr Vater. »Das können wir uns nicht erlauben, nicht jetzt, wo die besten Fischtage anfangen.«

»Morgen, übermorgen, den Tag darauf und alle weiteren«, sagte Petrus. »Ich habe einen neuen Herrn.«

Maria war erstaunt, Petrus plötzlich so entschlossen zu sehen. Aber vielleicht hatte er nur darauf gewartet, dass Jesus wiederkehrte und ihn rettete.

»Kommt.« Jesus wandte sich ab und ging davon, und sie folgten ihm. Ihr Vater brüllte ihnen hinterher.

»Halte Frieden, Jona!«, sagte Jesus.

»Woher kennst du meinen Namen?«, schrie Jona.

»Ich habe ihn viele Male aus dem Mund deiner Söhne gehört«, antwortete Jesus.

Als Jona außer Hörweite war, begannen sie aufgeregt durcheinander zu reden. Petrus jubelte, als er Maria erkannte, aber seine Begrüßung erstarb ihm auf den Lippen, als er ihr tränenfleckiges, verzweifeltes Gesicht sah.

»So schlimm, hm?« Er schüttelte den Kopf.

»Schlimmer, als du dir vorstellen kannst«, sagte Jesus. »Ihre Familie hat sie verstoßen.«

»Joel?« Petri Stimme klang dünn und ungläubig.

»Ja«, sagte Jesus. »Sie glaubten, sie sei behext oder ich sei besessen.«

»Das ist doch absurd!«, sagte Andreas. »Haben sie keine Augen im Kopf? Verstehen sie denn gar nichts?«

»Sie meinten, sie habe ihren Ruf verwirkt, weil sie einige Zeit allein mit euch Männern in der Wüste verbracht hat«, sagte Jesus.

Petrus lachte wehmütig. »Wenn sie wüssten …«

»Vielleicht haben sie sich vorgestellt, was *sie* in einer solchen Situation getan hätten«, sagte Maria. Ja, vielleicht hätte der frömmlerische Eli sich an einer wehrlosen Frau vergriffen, vielleicht ihr eigener Vater, vielleicht sogar Joel … Oh, was für ein abscheulicher, widerwärtiger Vorwurf! Aber warum sonst hätten das ihre ersten Gedanken sein sollen?

»Wovon das Herz voll ist, davon fließt der Mund über«, sagte

Jesus. Offensichtlich dachte er das Gleiche wie sie. »Kommt«, sagte er und wies sie nach Kapernaum.

Sie hatten das Ufer bei den Fanggründen noch nicht hinter sich gelassen, als sie auf dem Wasser so viele Fischerboote sahen, dass sie fast aneinander stießen.

»Alles kämpft um die warmen Strömungen«, erklärte Petrus. Jesus war schließlich kein Fischer, und er war auch nicht vertraut mit den komplizierten Bedingungen in diesen Fanggründen. Petrus war von nervöser Gesprächigkeit und ganz außer sich nach seinem mutigen Aufstand gegen seinen Vater. Jetzt hielt er sich dicht bei Jesus und redete die ganze Zeit. Maria hörte wenig von dem, was er sagte, und es interessierte sie auch nicht weiter. Es fiel ihr sehr schwer, sich für irgendetwas zu interessieren – sie war nur bemüht, sich auf den Beinen zu halten und nicht mehr zu weinen. Immer wieder berührte sie das Amulett an ihrem Hals.

Plötzlich hörte sie eine allzu vertraute Stimme vor sich auf dem Weg. Es war Zebedäus, dieser unangenehme Fischer mit dem roten Gesicht, der sich immer aufführte, als ob ihm der See gehörte. Ihre erste Begegnung mit seiner wichtigtuerischen Art – bei ihrem ersten Spaziergang mit Joel – hatte sie nie vergessen. Er hatte irgendwelche Beziehungen nach Jerusalem, zum Hohepriester, entsann sie sich, und das erklärte sein hochfahrendes Benehmen, aber eine Entschuldigung war es nicht.

Oh, nicht jetzt! Nicht *der*! Das war ihr erster Gedanke. Aber dann dachte sie: Jesus wird sich um ihn kümmern.

Zebedäus beschimpfte seine Söhne, die noch draußen im Boot waren. Anscheinend hatten sie überhaupt nichts gefangen.

Petrus drehte sich um und strahlte seine Begleiter an, als wolle er sagen: Seht ihr, wie gut *wir* waren?

Die Männer im Boot glichen einander überhaupt nicht; der eine war vierschrötig, hatte ein breites Gesicht und breite Schultern, während der andere so zart gebaut war und so feine Züge besaß, dass man ihn für ein Mädchen hätte halten können.

»Vater, wir haben unser Bestes getan!«, rief Letzterer flehentlich.

»Euer Bestes! Euer Bestes! Euer Bestes ist mein Untergang! Das alles gehört uns« – sein Arm im weiten Ärmel schwenkte über das Wasser –, »aber ihr versagt!«

Der See gehörte ihm nicht – er gehörte niemandem, doch in seinem Dünkel schien er es zu glauben, dachte Maria.

»Mein Name hallt weithin über das Wasser!«, fuhr er fort. »Von Betsaida bis Susita. Von Tiberias nach Gergesa. Zebedäus aus Betsaida ist berühmt bis ins ferne Jerusalem!«

»Ja, und mich kennt man ebenfalls!«, trompetete der kräftige Sohn jetzt. »Jawohl, der Name Jakobus ist schon berühmt!«

»Nein, ist er nicht, und er wird es vermutlich auch nicht werden!«, entgegnete sein Vater.

Wieder löste Jesus sich von seinen Gefährten und ging zum Wasser hinunter; vorsichtig stieg er über die Steine hinweg, die das Ufer säumten.

»Freunde«, sagte er zu den beiden Männern im Boot, »rudert weiter hinaus, und werft eure Netze aus.«

»Wir haben die ganze Nacht gefischt und nichts gefangen«, erklärte der Große. »Die besten Stunden zum Fischen sind vorüber.«

»Rudert weiter hinaus, und werft eure Netze aus«, beharrte Jesus.

Zebedäus starrte Jesus verblüfft an.

»Hört nicht auf den«, befahl er schließlich seinen Söhnen. »Ihr habt Recht – die Zeit zum Fischen ist für heute vorbei.«

Plötzlich schnaubte der große Sohn, warf seinem Vater einen verächtlichen Blick zu und ruderte das Boot hinaus.

Jesus und seine Gefährten warteten und schauten zu, wie es in die Mitte des Sees hinausglitt und dort die Netze ausgeworfen wurden. Zebedäus trat zu Jesus und wollte ihn zur Rede stellen, als Jesus jedoch auf seine Fragen nicht antwortete, marschierte er davon und baute sich am Rand des Wassers auf.

Ein Schrei hallte über den See. »Die Netze! Die Netze reißen! Hilfe! Hilfe!« Die Männer bemühten sich, die Netze einzuholen, aber sie waren so voll, dass sie zu platzen drohten.

»Los!« Zebedäus schickte ein anderes seiner Boote zu ihrer Rettung. Bald darauf waren beide Boote auf dem Rückweg. Mit ihrem schweren Fang kamen sie nur langsam voran. Dann begannen sie unter der Last ihrer Ladung zu sinken; Zebedäus sprang ins Wasser und watete hinaus, um mitzuhelfen, die Boote auf den Kiesstrand zu ziehen. Sie waren kurz vor dem Kentern, und die

Netze darin waren so prall, dass sie aussahen wie riesige Weinschläuche.

Vor Entzücken wäre Zebedäus am liebsten auf und ab gehüpft. Er war schon dabei, sich den Gewinn aus diesem außergewöhnlichen Fang auszurechnen. »Oh, herrlich! Oh, herrlich!«

Jesus schaute schweigend zu, wie Vater und Söhne sich über ihr Glück freuten.

»Geradewegs zu Kaiphas' Tafel damit«, befahl Zebedäus und nickte mit dem Kopf. »Jawohl, die werden die Tafel des Hohepriesters zieren. Und mein Name wird ertönen in den höchsten Kreisen von Jerusalem!«

»Du solltest *unsere* Namen auf die Lieferung schreiben«, sagte der gut aussehende Sohn. »Wir haben sie schließlich gefangen.«

»Nein, alles geht auf meinen Namen, auf den Namen der Firma«, sagte Zebedäus. »So geht es immer. Ein Fang bedeutet noch nicht, dass *ihr* einen Anspruch darauf habt.«

»Sein Name sollte aber neben deinem stehen. Er hat uns gesagt, wohin wir fahren sollen«, sagte der kräftige Sohn, der Jesus erst jetzt wieder bemerkte. »Wer bist du, mein Freund?«

»Ich bin Jesus von Nazareth. Und wie heißt du?«

»Ich bin Jakobus«, sagte der große Mann.

»Und ich bin Johannes«, sagte sein Bruder.

»Ihr seid Boanerges, die Söhne des Donners«, sagte Jesus. »Folgt mir, ihr Söhne des Donners, und ich mache eure Namen weit über die Gestade dieses Sees hinaus bekannt. Die Namen derer, die mir nachfolgen, werden weit über unsere Zeit und unsere Jahre hinaus überdauern.«

»Was ist denn mit Kaiphas? Bist du mit ihm bekannt? Wird auch er uns kennen, wenn wir vom Geschäft unseres Vaters zu deinem wechseln?«

Jesus lachte. »Kaiphas. Wenn Kaiphas vergessen ist, wird man euer noch gedenken. Ja, an Kaiphas wird man sich überhaupt nur unseretwegen erinnern.«

»Das ist ein Verrückter«, sagte Zebedäus. »Hört zu, Söhne, vielleicht war ich zu hart. Ich gebe euch von jetzt an einen größeren Anteil an unserem Fang. Und was ihn angeht …«

»Folgt mir nach«, sagte Jesus, »und ich mache euch zu Menschenfischern. Dann sollt ihr euren Fang nicht mehr aus dem See ziehen, sondern aus den Dörfern, und ihr werdet nicht mehr den Tod, sondern das Leben bringen.«

»Hört nicht auf ihn!«, befahl Zebedäus.

Jakobus und Johannes standen eine ganze Weile neben ihren Netzen und dem Boot. Schweigend sicherte Jakobus das Netz am Bootsrand und watete dann ans Ufer.

»Ich komme mit«, sagte er.

»Ich auch.« Johannes folgte seinem Bruder.

»Halt!«, schrie Zebedäus.

Erst als Jesus sie davonführte, während Zebedäus weiter hinter ihnen her brüllte, sahen sie die anderen.

»Simon!«, sagte Jakobus. »Du bist auch bei ihm?«

»Ja«, sagte dieser. »Aber ich habe einen neuen Namen. Er nennt mich Petrus, wie er euch Boanerges nennt, die Söhne des Donners.«

»Gibt er jedem einen neuen Namen?«, fragte Jakobus.

»Nein«, sagte Petrus. »Andreas und Maria haben noch keinen.«

Jakob und Johannes starrten sie an. »Eine Frau?«, murmelten sie. »Ja«, sagte Jesus. »Und es werden noch andere kommen. Sie ist die erste.«

»Aber sie ist eine verheiratete Frau. Wo ist ihr Mann?«, wollte Johannes wissen. »Wie kann er sie einfach freilassen?«

»Im neuen Königreich wird jeder frei sein«, antwortete Jesus. »Kein Mensch wird einem anderen gehören. Jeder gehört allein Gott. Und dies ist der Anfang des neuen Königreichs.«

Und wieder im Hause des Petrus. Ganz anders als beim ersten Mal, dachte Maria. Oder doch nicht? Die Dämonen sind fort, aber ausgestoßen bin ich noch immer, und nun haben sich noch andere zu mir ins Exil gesellt.

Petri Frau Mara und ihre Mutter hießen sie herzlich willkommen und forderten sie auf, es sich bequem zu machen.

»Liebste Frau«, sagte Petrus und umarmte Mara zärtlich, während die anderen sich niederließen. »Von jetzt an wird für uns alles anders sein.«

Sie wich misstrauisch zurück. »Inwiefern?«

»Ich habe den Fischerberuf an den Nagel gehängt. Mein Bruder Andreas ebenfalls.« Er ließ seine Frau los und legte Andreas den Arm um die Schultern. »Wir haben es nicht leichten Herzens getan.«

»Was?« Maras Stimme war sehr leise. »Aber ihr habt doch für diese Saison gerade erst eine Absprache mit Zebedäus getroffen, und euer Vater …«

»Vater ist wütend«, gestand Petrus. Dann grinste er. »Und Zebedäus auch!« Mit schwungvoller Gebärde deutete er auf Jakobus und Johannes. »Seine Söhne haben sich uns angeschlossen.«

»Angeschlossen … wobei?«

»Wir folgen diesem Mann, Jesus von Nazareth«, sagte Petrus, aber seine Stimme war leiser und zögerlicher geworden.

»Was habt ihr vor?« Mara wandte sich stirnrunzelnd an Jesus. »Ich verstehe das nicht.«

Petrus schaute Jesus beschwörend an. »Meister, du musst es ihr sagen.«

Statt Maras Frage zu beantworten, sagte Jesus: »Danke, dass ich unter deinem Dach sein darf, und Dank auch für deine Gastfreundschaft.«

»Ich weiß nicht genau, ob ich sie dir gewähren möchte, solange du mir nicht erklärst, was du vorhast. Unsere Familie muss essen, und wir sind eine Fischerfamilie. Wenn mein Mann diesen Beruf aufgibt, hat er keinen anderen.«

»Ich habe deinen Mann und die anderen hier gerufen, damit sie mir bei meiner Mission nachfolgen.«

»Ja, ja, aber was *ist* das für eine Mission?« Maria schaute ihn scharf an.

»Ich verkünde das neue Königreich, und auf eine geheimnisvolle Weise – die ich selbst noch nicht verstehe – werde ich es auch herbeiführen.«

Mara schnaubte und sah ihren Mann an. »Das ist doch lächerlich! Es gibt fünfzig Leute wie ihn überall hier in der Gegend. Alle schreien nach Reform, nach einem neuen Königreich, nach dem Aufstand gegen Rom, dem Ende eines Zeitalters … Wie kannst du dich auf so etwas einlassen? Wenn du ihm folgst, sind wir ruiniert. Ruiniert! Ohne Geld, und die Behörden werden uns bestrafen … Nein!« Sie fuhr herum und starrte Jesus an. »Lass ihn in Ruhe! Ich befehle dir, ihn in Ruhe zu lassen!«

Behutsam trat Petrus zwischen sie und Jesus. »Die Zeit, da ich dir – oder meinem Vater – gehorcht habe, ist vorüber.«

Maria staunte über seinen Mut. Den hatte ihm Jesus gegeben. Das an sich war schon ein Wunder.

»Und was soll aus uns werden?«, wollte sie wissen. »Ich nehme an, das hat dein neuer Herr sich auch schon überlegt!«

»Wenn du das Reich Gottes suchst, wird alles andere zu dir kommen«, sagte Jesus. »Das ist ein Versprechen.«

»Ach ja? Von dir?« Fast hätte sie ihn angespuckt.

»Nein. Es ist ein Versprechen von Gott selbst.«

»Und du sprichst vermutlich für ihn. Wie kannst du im Namen Gottes Versprechungen machen?«

»Weil ich ihn kenne«, sagte Jesus. »Ich kenne ihn sehr gut.«

»Oh, du kennst ihn!« Sie drehte sich wieder zu ihrem Mann um. »Einem solchen Mann willst du folgen? Vermutlich hat er Zeit mit Gott verbracht, und deshalb weiß er jetzt, wie Gott denkt. Nicht einmal die weisesten unter den Schriftgelehrten wissen das, und sie geben es auch nicht vor. Ein Hochstapler. Das ist er, mehr nicht.«

»Frau, wir werden sehen«, sagte Petrus mit lauter Stimme. »Jetzt werden wir uns hier in unserem Haus ausruhen. Ich hoffe, du wirst dich manierlich benehmen, denn sonst werden wir gehen und auf dem Feld lagern.« Er funkelte sie an. »Wir fürchten uns nicht vor dem Skandal, aber du vielleicht doch.«

Mit einem Aufschrei lief sie aus dem Zimmer und zog ihre Mutter hinter sich her. Maria ahnte, was sie empfinden mussten. Es kam alles so plötzlich und unerwartet, und es gab keine Erklärung. Jesus hatte nichts anderes getan, als still dazustehen, und doch sollte ihr Leben seinetwegen auf den Kopf gestellt werden.

Ich habe geglaubt, wenn die *Frauen* mich in Magdala gesehen hätten, dachte Maria, hätten sie mich niemals bestraft und verstoßen. Aber vielleicht habe ich mich geirrt. Vielleicht hätten sie sich gegen mich gestellt, wie die Männer es getan haben.

Jesus schaute seine Jünger an, die jetzt mit ihm allein waren. »Liebe Freunde«, sagte er, »ich danke Gott für euch. Und doch solltet ihr wissen, dass im Hause eines Mannes seine ärgsten Feinde wohnen. Ich fürchte, dass es in kommenden Zeiten Zwietracht geben wird zwischen dem Vater und seiner Tochter, zwischen Tochter und Schwiegermutter, zwischen Mann und Frau. Ich fürchte, durch mein Erscheinen bringe ich nicht Frieden, sondern Zwietracht.«

Ja, schon jetzt … Mein Mann Joel, Petri Frau Mara, Zebedäus und Jona, und Jesus' eigene Familie, seine liebe Mutter Maria und sein Bruder Jakobus und die anderen … Marias Herz war schwer. Warum muss das so sein? Jesus, sag uns, warum das so sein muss!

Unvermittelt platzte sie mit der Frage heraus.

»Weil in dieser Welt der Satan die Menschen blendet und spaltet. Und der Schmerz trifft nicht nur diejenigen, die blind sind und nichts verstehen, sondern auch die, welche sehen, aber andere nicht an ihrer Vision teilhaben lassen können.« Er schwieg kurz. »Für die meisten Menschen liegt Trost darin, immer denselben alten Wegen zu folgen. Ihr aber habt einen neuen Weg gefunden.«

XXIX

Am folgenden Sabbat war Rabbi Haninas Synagoge voll. Maria und Mara waren unter den Frauen, die sich im hinteren Teil drängten und stehen mussten, während die Männer auf den bequemen Bänken Platz nehmen konnten. Maria fühlte sich nicht wohl in Maras Gegenwart – zum einen gab sie ihr das Gefühl, als Jüngerin Jesu einen verderblichen Einfluss auszuüben, zum anderen erinnerte Mara sich wahrscheinlich noch gut an die bemitleidenswerte Besessene, die in ihrem Hause Zuflucht gesucht hatte. Jesus und die Dämonen mussten in ihren Augen ein und dasselbe sein.

Rabbi Hanina leitete den Gottesdienst. Maria überlegte, ob sie danach zu ihm gehen und ihm erzählen sollte, was geschehen war, aber sie ahnte, dass er von Jesus nichts würde hören wollen. Seine Anweisung, sich zurückzuziehen, zu beten und den Dämonen entgegenzutreten, hatte zu Niederlage und Verzweiflung geführt, und sie hatte versucht, ihrem Leben ein Ende zu machen. Diese Neuigkeit würde ihm sicher nicht willkommen sein.

Als die Einladung erging, sich zu erheben, eine Passage aus den Schriften der Propheten zu verlesen und zu erörtern, erhob Jesus sich und las wieder die Verse des Propheten Jesaja, die er schon in Nazareth vorgetragen hatte. Wieder rief seine ruhige Bemerkung, heute erfülle sich die Schrift, Unruhe hervor.

Aber während die Gemeinde noch murmelte, stolperte ein Mann nach vorn. »Was hast du vor mit uns, Jesus von Nazareth?«, rief er mit tiefer, kehliger Stimme. »Bist du gekommen, um uns zu vernichten?« Dann krallte er sich die Hände in die Arme und sank zu Boden.

Mara fasste Maria beim Ärmel. »Dieser Mann – er ist besessen!« Sie schaute Maria an. »Oh, so viel schlimmer, als du es warst!«

Als könnte es jemandem schlimmer ergehen, als es mir ergangen ist, dachte Maria. Aber das weiß die arme Frau nicht, das kann sie nicht annähernd begreifen.

»Sei still!«, befahl Jesus und stellte sich vor den Mann. »Komm heraus aus ihm!«

Der Mann fing an zu zittern und zu kreischen, stieß dann einen lauten, grässlichen Schrei aus und erschlaffte.

Das Gemurmel in der Gemeinde wurde lauter. »Was ist das?«, hörte Maria, und: »Er befiehlt den bösen Geistern – und sie gehorchen ihm?«

»Er hat Macht über sie?«

Jesus hatte sich über den Mann gebeugt und sprach leise mit ihm, als Rabbi Hanina herüberkam und sagte: »Das ist am Sabbat nicht erlaubt.«

Jesus schaute ihn an. »Was ist am Sabbat nicht erlaubt?«

»Heilungen. Exorzismen. So etwas gilt als Arbeit, und Arbeit ist am Sabbat verboten. Das weißt du doch sicher.«

»Rabbi«, sagte Jesus, »nehmen wir an, dein Ochse oder dein Esel fällt am Sabbat in eine Grube. Würdest du einen Tag warten, ehe du ihn herausziehst?«

»Nein, natürlich nicht. Das Gesetz erlaubt, dass man ein Tier rettet.«

»Ist ein Mensch nicht wichtiger als ein Esel?«

»Herr«, sagte Rabbi Hanina leise, »verlasse meine Synagoge! Du bist hier nicht mehr willkommen.«

»Deine Synagoge? Ist es nicht ein Versammlungsort der Kinder Israels? Und wenn ich nach dem Gesetz handle, warum darf ich dann nicht herkommen?«

»Am Sabbat jemanden zu heilen ist nach dem Gesetz *nicht* erlaubt, mein Freund, und das weißt du. Der Esel in der Grube ist ein Notfall. Aber bei dem Zustand dieses Mannes liegt kein Notfall vor. Er ist schon seit langem besessen, und einen Tag später wäre es immer noch früh genug für ihn gewesen.«

»Wenn du jemals besessen gewesen wärest, würdest du das nicht sagen«, antwortete Jesus.

»Ja!«, rief Maria. Ohne sich über das, was sie tat, wirklich im Klaren zu sein, stürzte sie nach vorn. »Rabbi Hanina, du erinnerst dich an mich. Maria aus Magdala.« Sie zog ihr Kopftuch herunter und entblößte ihr kurz geschorenes Haar. »Du hast diesen Kopf selbst kahl geschoren. Du weißt, in welchem Zustand ich war: besessen wie dieser Mann. Du hast mich fortgeschickt in der Hoffnung, ich würde genesen. Aber erst dieser Mann hat die Geister ausgetrieben – jawohl, nachdem alles andere versagt hatte. Und ich kann dir sagen, ein Tag ist eine Ewigkeit, wenn man von Dämonen gequält wird. Ein Besessener kann nicht noch einen Tag warten.«

»Still!« Der Rabbiner hob die Hände. Er war blass vor Schrecken, als er Maria so unerwartet wiedersah. »Frauen dürfen in der Gemeinde nicht reden.« Und leise fügte er hinzu: »Aber ich bin dankbar dafür, dass du geheilt wurdest. Das ist das Entscheidende.«

»Es hätte leicht auch am Sabbat geschehen können«, sagte Maria so laut, dass andere es hören konnten. »Und wenn es geschehen wäre, hätte Gott es mit einem Lächeln gesehen.«

»Weib«, sagte Rabbi Hanina, »wo ist dein Mann? Warum erlaubt er dir, so in der Öffentlichkeit zu sprechen?«

Eine bessere Waffe hätte er nicht finden können, um sie zum Schweigen zu bringen. Wie betäubt wandte sie sich ab und taumelte den Gang hinunter und auf die Straße hinaus. *Wo ist dein Mann?*

»Und auch du musst gehen«, sagte der Rabbiner zu Jesus. »Du hast den Sabbat entweiht.«

»Solange es Tag ist«, sagte Jesus, »muss ich das Werk dessen tun, der mich gesandt hat. Die Nacht kommt, da niemand arbeiten kann.«

»Wovon redest du?«, fragte der Rabbiner.

»Mein Vater ist bis zum heutigen Tag stets bei der Arbeit, und auch ich muss arbeiten.«

»Was? Dein Vater? Wer ist das? Bricht auch er das Sabbatgebot?«

»Er ist aus Nazareth«, rief jemand. »Und sein Vater ist tot.«

»Ich rede von meinem Vater im Himmel – und dem euren.«

»Willst du sagen, dass Gott am Sabbat arbeitet? Lästerung! Die Schrift sagt, dass er ruhte.«

»Er hatte die Welt erschaffen und war damit fertig«, antwortete Jesus. »Aber nicht damit, Gutes zu tun.«

Der Rabbiner presste sich die Hände auf die Ohren. »Genug! Wie kannst du es wagen, so zu reden? Du kannst nicht befinden über das, was Gott tut und was er nicht tut. Schon gar nicht, um damit dein eigenes Handeln zu entschuldigen. Hör auf damit, oder ich lasse dich verhaften.«

»Es steht nicht in deiner Macht, mich verhaften zu lassen. Ich habe gegen kein Gesetz verstoßen.«

Er wandte sich ab und folgte Maria aus der Synagoge, und den Geheilten nahm er mit.

»Komm«, sagte er. »Er braucht Hilfe.« Lächelnd schaute er Mara an, die eben aus der Synagoge kam. »Können wir ihn in dein Haus bringen?«

An diesem Abend versammelte sich eine große Menge der Menschen, die Jesus in der Synagoge gehört hatten, vor dem Haus von Petrus. Alle schienen an irgendeinem körperlichen Gebrechen zu leiden; Krüppel kauerten auf Matten, Blinde waren darunter und noch mehr Leute, die offenbar besessen waren. Als die Dämmerung einsetzte, konnten Maria und die anderen aus dem Haus hinausschauen, und sie sahen ein Meer von Gesichtern, die murmelnd nach Jesus riefen und ihn schwankend und jammernd anflehten herauszukommen.

»Hilf uns!«, riefen sie. »Du sagst, du kannst die Blinden sehend machen und die Besessenen erlösen! Hier sind wir – erlöse uns! Erlöse uns!«

Maria bemerkte, dass Jesus aufmerksam zuhörte. Er senkte den Kopf und betete. Dann straffte er sich und ging hinaus. Maria und Petrus folgten ihm.

Sogleich erhob sich ein mächtiger Aufschrei, aber er warnte die Leute und befahl ihnen, an ihren Plätzen zu bleiben; nur dann könne er sich unter ihnen bewegen. Erstaunlicherweise gehorchten sie ihm.

Maria beobachtete, wie er in die erste Gruppe hineinschritt, mit den Kranken sprach und ihnen die Hände auflegte. Dann ging er weiter weg, und die Dunkelheit verschluckte ihn.

Unruhe kam auf, und Schreie ertönten. Unversehens schien es, als vervielfache sich die Zahl der Leute, als strömten sie aus allen Himmelsrichtungen zusammen und kämen sogar aus dem Wasser des Sees. Jesus wurde von ihnen verschluckt. Unter solchen Bedingungen konnte er nicht arbeiten oder mit ihnen sprechen. Er kämpfte sich zurück zum Haus von Petrus, eilte hinein und schlug die Tür hinter sich zu.

»Es sind zu viele«, sagte er. »Zu viele. Ich kann nicht allen helfen.«

Er sah die erschrockenen Gesichter seiner Jünger. »Darum brauche ich euch«, sagte er schließlich. »Ich kann nicht alles allein tun.«

»Wir können niemanden heilen!«, widersprach Petrus hastig. »Wir haben diese Macht nicht.«

»Ihr werdet sie haben«, sagte Jesus. »Ihr werdet sie haben.«

In diesem Augenblick erregte ein Scharren und Hämmern auf dem Dach ihre Aufmerksamkeit. Putz rieselte ihnen auf die Schultern.

»Was ist denn das?«, rief Petri Schwiegermutter. »Was ist das?« Schreiend und mit den Armen fuchtelnd lief sie hinaus, um nachzusehen. »Weg von meinem Haus! Weg von meinem Haus!«

Ehe sie wieder hereinkommen konnte, klaffte ein großes Loch in der Decke, und vier eifrige Gesichter spähten Vergebung heischend zu ihnen herab.

»Unser Freund hier – er konnte durch das Gedränge nicht näher herankommen«, sagte jemand. »Er ist gelähmt. Deshalb bringen wir ihn zu dir!« Und sie ließen eine Trage durch das Loch im Dach herab.

Einen Augenblick lang war Jesus verdutzt. Dann streckte er die Hand aus, um die Trage ruhig zu halten, als sie herabsank. Ein kraftloser Mann, der kaum den Kopf von seinem Kissen heben konnte, schaute ihn an.

»Der Glaube deiner Freunde hat dich gesund gemacht«, sagte Jesus. »Mein Sohn, deine Sünden sind dir vergeben.«

Vom Fenster her rief eine Stimme: »Wer bist du, dass du Sünden vergeben kannst? Halte den Mund! Lästerung!«

Jesus schaute den Mann am Fenster an. »Ich will dir antworten«, sagte er. »Sag mir – ist es leichter, Sünden zu vergeben oder leblosen Gliedern das Leben wiederzugeben?«

Der Mann am Fenster zögerte. »Beides ist nicht leicht«, antwortete er schließlich. »Und beides ist allein die Sache Gottes.«

»Sieh her!«, sagte Jesus. Es war ein Befehl, keine Bitte. »Sieh her! Mein Freund, steh auf und geh nach Hause.« Er richtete den Blick auf den Mann, der auf der Trage lag. Langsam gelang es dem Mann, sich mühsam und vorsichtig auf den Ellenbogen aufzurichten.

»Das kannst du besser«, sagte Jesus. »Du kannst aufstehen. Du kannst sogar die Bahre und die Matte tragen.«

Jetzt waren aller Augen wie gebannt auf den Mann gerichtet. Unter Schmerzen fuhr er fort sich aufzurichten, und dann schwang er seine dürren Beine über den Rand der Bahre. Zitternd umklammerte er die Tragstangen und stemmte sich hoch. Vorsichtig streckte er erst das eine, dann das andere Bein aus. Er sah so erstaunt aus, dass Maria glaubte, er werde in Ohnmacht fallen.

»Heb diese Trage auf«, sagte Jesus. »Heb sie auf, und nimm sie mit!« Mit zitternden Armen gehorchte der Mann.

Tiefes Schweigen senkte sich über die ganze Versammlung, als der Mann aus dem Haus kam. Dann rief jemand: »Preiset Gott, der den Menschen seine Macht gezeigt hat!«

Noch immer hielten sie rings um das Haus herum Wache und riefen nach Jesus.

»Bleib im Haus«, sagte Petrus. Er war so erschüttert wie alle anderen und lehnte sich an den Tisch, um sich zu stützen. Das Geheul draußen schwoll immer mehr an, wurde laut und fordernd. Fackeln erhellten die Dunkelheit; sie flackerten über dem

Gedränge und bemalten die Gesichter mit rotem Glanz. Unendlich viele drängten und schoben sich nun zum Haus.

Jesus schien hin und her gerissen zu sein. Plötzlich, noch bevor ihn jemand aufhalten konnte, öffnete er mit eine Ruck die Tür und trat hinaus. Maria hörte einen ohrenbetäubenden Aufschrei, ein beängstigendes, gieriges Brüllen, als warte da draußen ein Löwe, der ihn verschlingen wollte, und die Not der Menge war so gewaltig, dass es beinahe das Gleiche war.

Bevor die Tür sich schließen konnte, eilte Maria ebenfalls hinaus. Sie presste sich an den Türrahmen und versuchte zu erkennen, was Jesus da vor sich sah. Die Menge schien bis ans Seeufer zu reichen.

Aber nun, da er wirklich draußen war und vor ihnen stand, verstummte das Geschrei. Er schaute sie an und sagte schließlich: »Es ist spät, meine Freunde. In der Nacht soll man ruhen. Gott hat am Tag gearbeitet, nicht wahr? In der Nacht hat selbst er geruht. Wir wollen seinem Beispiel folgen. Er hat die Ruhe geschaffen, damit wir neue Kräfte sammeln können, und er hat selbst geruht. Der Morgen wird kommen, und dann werden wir zusammen arbeiten.«

Die Verheißung eines weiteren Tages konnte die Menge beruhigen. Murmelnd gingen die Leute auseinander. Aber eine Frau mit zerzaustem Haar kämpfte sich durch die Menge nach vorn und warf sich ihm zu Füßen.

»Hilf mir! Hilf mir!«, kreischte sie, und ihre Finger krallten sich in seine Sandalen. Ein Begleiter stürzte heran und legte ihr die Hand auf die Schulter.

»Oh, Lehrer«, sagte er, »sie kann nicht bis morgen warten.«

Jesus beugte sich zu ihr hinunter und versuchte ihr ins Gesicht zu schauen, aber es war unter ihrem langen, struppigen Haar verborgen. »Tochter«, sagte er schließlich, »du musst aufblicken.«

Der Mann schüttelte den Kopf. »Sie lassen sie nicht sprechen.«

»Wer?«, fragte Jesus.

Flink sprang die Frau auf, und aus ihrem Mund kam eine tiefe, gutturale Stimme. »Was willst du von uns, Jesus von Nazareth? Bist du gekommen, uns zu verderben? Ich weiß, wer du bist – der Heilige Gottes!«

War ich tatsächlich so?, dachte Maria. Es lief ihr eiskalt über den Rücken, als sie es jetzt bei jemand anderem erlebte. Und doch … und doch … ist es nötig, dass ich es sehe. Sonst kann ich es niemals verstehen.

»Sei still!«, befahl Jesus mit lauter Stimme. »Komm hervor aus ihr!«

Die Frau sackte zu einem zuckenden Häuflein zusammen, und dann drang ein wilder, unmenschlicher Schrei aus ihrer Kehle. Die Zuschauer verspürten die kurze, eiskalte Liebkosung einer unsichtbaren Anwesenheit, bevor sie verschwand.

Weithin wurde es totenstill. Dann hörte Maria einen Mann sagen: »Das müssen wir allen erzählen! Allen!« Die Menge zerstob wie eine Gewitterwolke im Wind und verstreute sich in alle Himmelsrichtungen.

Aber Jesus sah sie gar nicht mehr. Er hatte sich über die bebende Frau gebeugt und zog sie auf die Füße. Maria, die genau wusste, was sie jetzt empfand, kam zu ihr und legte ihr die Arme um die Schultern.

»Sie sind fort«, sagte Jesus leise. »Sie sind fort.«

»Aber … ich habe schon öfter gespürt, dass sie mich verlassen haben. Es war nie von Dauer.« Die Stimme der Frau klang matt.

»Sie kommen nicht zurück«, sagte Jesus, und es klang entschieden und endgültig. »Sag, wie heißt du? Wo wohnst du?« Er bedeutete Maria winkend, sie solle die Tür öffnen und helfen, die Frau in Petri Haus zu führen. Auf die beiden gestützt, stolperte sie über die Schwelle und sank drinnen auf eine Bank.

Petrus und Andreas kamen herüber, und auch Mara war da. »Sei willkommen in unserem Haus«, sagten sie. »Wo immer du bisher zu Hause warst, du bist es jetzt auch hier.« Mara reichte ihr einen Becher Wein und Petrus einen Teller mit Feigen. Aber sie winkte ab. Sie schien kaum sprechen zu können. Maria erinnerte sich an das Gefühl. Sie kniete vor ihr nieder.

»Ich war auch von Dämonen besessen«, sagte sie. »Jesus hat sie fortgeschickt. Und wie er sagt: Sie sind nicht zurückgekehrt. Du bist in Sicherheit.«

»Endlich«, flüsterte die Frau. »Du kannst dir nicht vorstellen …«

»Doch«, sagte Maria. »Ich kann.«

Die Frau hob den Kopf. »Ich bin Johanna«, sagte sie. »Die Frau des Chuzas.«

Die Ehefrau von Herodes Antipas' Verwalter! Die Besessene, von der sie in Tiberias gesprochen hatten! Petrus und Andreas wechselten einen Blick. Ein Mitglied des königlichen Haushalts verbarg sich jetzt bei ihnen!

»Und dein Mann ...?« Maria wollte sie nicht geradeheraus fragen. Aber sie mussten es wissen.

»Er hat mich aufgegeben«, sagte Johanna. »Ich war ... unvereinbar mit seinen Dienstpflichten bei Hofe. Herodes Antipas entzog ihm meinetwegen immer mehr seine Gunst. Mein Mann verlor sein Vertrauen, und fast hätte ich ihn um seinen Lebensunterhalt gebracht. Das wollte ich nicht. Ich musste fortgehen, aber ich wusste nicht, wohin. So irre ich seitdem umher und wandere vom Haus eines Freundes zum nächsten, aber meine Freunde schwinden dahin. Dämonen vertreiben einem die Freunde.« Sie lachte leise und strich sich das Haar zurück, sodass Maria ihr Gesicht sehen konnte. »Sie haben mir alles geraubt, alles genommen.«

»Hast du Kinder?«, fragte Maria.

»Ja. Einen erwachsenen Sohn und eine Tochter, deren Heiratsaussichten meinetwegen gesunkenen waren. Vielleicht jetzt, wo ich fort bin ...« Sie seufzte voller Schmerz und Verzweiflung. »Das ist nur eins der vielen Opfer, die man als Mutter ohne Zögern bringt. Wenn meine Abwesenheit ihr helfen kann, will ich sie ihr mit Freuden gewähren.«

Wie sie es sagte, klang es so einfach. Aber sie hat natürlich schon viele Jahre mit ihrer Tochter verbringen können, dachte Maria, ganz anders als ich!

»Alles, was du für Gott hingibst, wirst du hundert-, nein, tausendfach zurückbekommen«, sagte Jesus und schaute dabei Maria an, als wolle er sie wegen Elischeba beruhigen.

Doch das konnte nicht sein. Manches von dem, was man hingab, war für immer dahin – wie die Brandopfer auf dem Altar: Die gab Gott auch nicht zurück.

Maria sah Jesus an. Er wusste so etwas. Er wusste Dinge, die er eigentlich nicht wissen konnte, da es keine plausible Möglichkeit gab, wie er sie erfahren konnte.

»Werde ich dich jemals kennen?« Sie berührte seinen Ärmel, als sie sich anschickten, auf das Dach zu steigen.

»Ich habe nichts zu verbergen«, versicherte er ihr. »Jeder kann mich kennen.«

»Komm, du brauchst Schlaf«, sagte Maria und kümmerte sich um Johanna. Gemeinsam stiegen sie die Treppe zum Dach hinauf. Sie gingen um das Loch herum und bereiteten sich ein kleines Nachtlager auf der anderen Seite.

Als Maria auf dem Rücken lag und zu dem endlos funkelnden Sternenzelt hinaufschaute, spürte sie die lastende Gegenwart Gottes, auch wenn er nicht zu ihr sprach. Und in diesen wenigen Augenblicken war es, als werde sie ein kleines Stück weit zu ihm emporgehoben.

XXX

Mein liebster Bruder Samuel, auch Silvanus,
wie es dir gefällt,

oh, mein liebster Silvanus, hat Naomi dir erzählt, was geschehen ist, als ich nach Magdala zurückkehrte und zu dir wollte? Vor ihren Augen haben sie mir Elischeba genommen. Mein eigener Vater – dein Vater! – nannte mich entehrt und warf mich aus dem Haus. Dann sprang Eli ihm bei, und zusammen wandten sie sich gegen Joel und drohten ihm seinen Lebensunterhalt zu nehmen, wenn er sich nicht auf ihre Seite stellte.

Ich war zurückgekehrt in der Absicht, wieder zu Hause bei meiner Familie zu leben; ich dachte, sie würden mich willkommen heißen und Gott dafür danken, dass er mich von grausamer Last befreit hatte. Aber stattdessen wandten sie sich gegen den Mann, der die Dämonen ausgetrieben hat, und beschuldigten mich schändlicher Handlungen mit den Männern, die ihm nachfolgen. Ich war so keusch wie Artemis, von der du in deinen griechischen Büchern liest, so treu wie Penelope ihrem Odysseus – und doch hat man mich so behandelt. Silvanus, sie haben mich vertrieben und mir meine Tochter genommen! Du warst meine einzige Hoffnung, aber du warst nicht da, als ich zu dir eilte, und so gab es keine Rettung für mich.

Aber bitte hilf mir jetzt! Bitte, lies, was ich dir schreibe, und gib die kleinen Briefe, die ich verfassen werde, Elischeba. Nein, gib sie ihr nicht, denn sie werden sie ihr nur wegnehmen. Lies sie ihr vor, wenn ihr allein seid. Du kannst sie doch sicher, ohne Argwohn zu erregen, zu dir nach Hause holen, damit sie mit deinen Kindern spielt. Mein Herz weint jeden Tag, den ich ohne sie verbringen muss, und manchmal tun mir wirklich die Arme weh vor Sehnsucht danach, sie zu halten.

Weil ich nun weiß, dass ich dir am Herzen liege, auch wenn der Rest meiner Familie mich verstoßen hat, muss ich dir sagen, wo ich bin und was geschehen ist. Der Mann, der mich von den Dämonen erlöst hat – Jesus –, ist nach Kapernaum gekommen und hat dort gepredigt, gelehrt und Kranke geheilt. Vielleicht hast du schon von ihm gehört. Seine barmherzigen Werke haben ihn weithin berühmt gemacht, und von überall her kommen die Leute und suchen seine Hilfe. Er kann nicht mehr in die Synagoge, weil es Streit mit den Behörden und Auseinandersetzungen über das Gesetz gibt. Deshalb predigt er auf dem Feld. Die Leute strömen in Scharen herbei, um ihn zu hören. Silvanus, du musst auch kommen! Hör ihn an, und besuche mich. Ich gehöre zu denen, die ihm helfen. Jeden Tag schließen sich uns mehr Leute an, und vier seiner ältesten Gefolgsleute sind Fischer, die du auch kennst, weil sie unsere Fischhalle beliefert haben – die Söhne von Jona und Zebedäus.

Es gibt jetzt so viel zu tun, viel mehr, als ich je habe tun müssen. Den ganzen Tag bin ich beschäftigt, und abends sinke ich erschöpft nieder, aber ich schlafe gut, weil ich weiß, dass ich den ganzen Tag lang Gutes getan und den Menschen geholfen habe – Menschen, die so verzweifelt sind, wie ich es einst war.

Wer er ist? Das weiß niemand. Nicht einmal ich weiß es. Ich weiß, woher er kommt, ich kenne sogar seine Mutter und seine Geschwister, aber eigentlich weiß ich immer noch nicht, woher er kommt. Er ist ein großes Geheimnis, und doch ist es überhaupt nicht geheimnisvoll, mit ihm zusammen zu sein.

Wir alle sind gefangen von der Aufregung dieses neuen Lebens, das ganz anders ist als alles, was wir je erwartet haben. Unsere Kräfte erneuern sich immer wieder, und jeden Tag eilen wir hinaus, um zu sehen, was heute auf uns wartet. Ich habe nicht gewusst, dass es so ein Leben geben kann.

Aber ich werde niemals wirklich Frieden finden, solange ich nicht zu Elischeba zurückkann und solange Joel es nicht versteht. Jesus sagt, mit der Zeit kann das geschehen. Ich muss darauf vertrauen, dass er Recht hat.

Oh, komm doch, und höre ihn selbst! Und besuche mich!

Deine dich liebende Schwester Maria

XXXI

An meine liebe Tochter Elischeba, von ihrer liebenden Mutter!

Dein Onkel Silvanus wird dir vorlesen, weil du ja noch nicht lesen kannst. Aber eines Tages wirst du es lernen, wie ich es gelernt habe, und eines Tages, schon bald, werden wir uns wiedersehen. Ich weiß, dass du ebenso entschlossen wie ich sein wirst, lesen zu lernen und zu erfahren, was in den Büchern steht, und dass du dich nicht darum kümmern wirst, wenn jemand sagt, ein kleines Mädchen sollte nicht lesen.

Ich denke jeden Tag an dich. Nein, ich denke jeden Tag viele, viele Male an dich. Und woran denke ich dann? Ich denke an dein Lachen und daran, wie gut es dir gefallen hat, wenn ich mit den Händen Figuren wie zum Beispiel ein Kaninchen mit langen Ohren gemacht habe, indem ich den Schatten meiner Finger an die Wand warf. Du hast deine Finger hochgehoben und andere Dinge damit gemacht, und ich konnte nie erraten, was sie waren. Tust du das immer noch gern?

Ich erinnere mich an die lustigen Wörter, die du erfunden hast. Fliegen hast du »Lili« genannt und Schuhe »Fu«. Bald wirst du das nicht mehr wissen und die richtigen Wörter benutzen, aber ich werde es immer behalten und dich daran erinnern. Manchmal, wenn wir uns über etwas Geheimes unterhalten, können wir dann diese Wörter benutzen, und nie-

mand wird es verstehen. So können wir die Leute überlisten und unsere eigenen Geheimnisse haben.

Ich erinnere mich, wie gern du die Feigenkuchen gegessen hast, die aus frisch gesammelten Früchten gemacht waren, auch wenn du dir damit immer das Gesicht verschmiert hast. Bald ist wieder die Zeit dafür. Wirst du welche bekommen?

Ich liebe dich, mein Kind, und ich komme bald zu dir zurück. Es küsst und umarmt dich

deine Mutter.

XXXII

Die Neuigkeit von Jesus und der Nacht der Krankenheilung verbreitete sich wie ein Lauffeuer in der ganzen Gegend. Bald strömten gewaltige Menschenmassen nach Kapernaum, und die ganze Stadt war lahm gelegt. Petrus und seine Familie versuchten das Loch im Dach zu reparieren und die Fenster mit Brettern zu vernageln, um einigermaßen ungestört sein zu können, aber es war hoffnungslos. Sie waren so sehr belagert in ihrem eigenen Haus, dem Hauptquartier der Mission Jesu, dass sie sich nur mit Mühe etwas zu essen beschaffen konnten.

In den ersten paar Tagen blieb Maria bei Johanna im Haus, kümmerte sich um sie und hörte sich ihre Geschichte an. Es war gut, dass eine Frau wie sie selbst zu ihnen gekommen war; jetzt fühlte sie sich nicht mehr so allein.

Jesus machte sich zur Gewohnheit, das Haus vor dem Morgengrauen zu verlassen, weil er hoffte, auf diese Weise die Menge fortzulocken. Eines Morgens, als Jesus, Petrus und Andreas aufgebrochen waren, folgten Maria und Johanna ihnen und gingen hinaus in das Treiben auf den Straßen von Kapernaum. Sie wanderten an der Promenade entlang und erkundigten sich nach dem Propheten – dem Heiler – dem Lehrer –, und jeder wies sie in eine andere Richtung. Entmutigt durchstreiften sie die Stadt, bis sie an die Demarkationslinie zwischen den beiden Herodes-Reichen kamen. Hier stand das verhasste Zollhaus.

Johanna lachte. »Nun, *hier* werden sie nicht sein!«

Aber plötzlich erblickte Maria die drei gleich an der Ecke des Zollhauses. »Sieh doch!« Sie streckte den Arm aus. »Da sind sie!« Aber warum? Gemeinsam liefen sie auf das Gebäude zu und sahen gerade noch, wie Petrus in einem Säulengang auf der anderen Seite verschwand. Dort war der Eingang zur Zahlstelle, wo die verachtenswerten Söhne des Alphäus auf formal legale Weise ihre Landsleute ausraubten – legal nach römischen Maßstäben. Gehilfen an kleinen Tischen beantworteten Fragen und errechneten die geschuldeten Summen, während ihre Herren drinnen auf mit Teppichen gepolsterten Stühlen saßen und die Beute einheimsten. Aber aus irgendeinem Grund war eine Menschenmenge zusammengeströmt, die die Steuereinnehmer anstarrte. Petrus und Andreas standen vor der Tür.

»Petrus!« Maria zog ihn am Ärmel, und Petrus drehte sich erschrocken um. Zu ihrer Überraschung bedeutete er ihr zu schweigen.

Sie beobachtete, wie Jesus im Haus mit dem Mann in dem luxuriösen Sessel redete, und wie es aussah, diskutierten sie hitzig miteinander. Der Mann deutete gestikulierend auf seine Bücher. Sein Gesicht wirkte trotz seiner schwungvollen Gebärden hölzern und starr.

Dann hörte Maria Jesus sagen: »Du liebst diesen Herrn in Wirklichkeit überhaupt nicht, oder? Ich meine das Geld.« Jesus nahm eine Silbermünze von einem Stapel neben den Büchern. »Er ist so … klein.« Er hielt die Münze hoch und betrachtete sie, als habe sie einen üblen Geruch.

»Seine Macht hat nichts mit seiner Größe zu tun«, sagte der Mann. Sogar seine Stimme klang hölzern, als komme sie aus einem hohlen Rohr. Er nahm Jesus die Münze aus der Hand.

»Levi, das ist kein Beruf für einen Leviter.« Jesus beugte sich vor, um dem Mann noch näher zu sein. »Es ist wahr, dass Gott versprochen hat, die Leviter auf Kosten ihrer Landsleute zu versorgen, aber ich glaube, das hier ist nicht das, was er sich dabei gedacht hat. Er wollte, dass euer Stamm die Freiheit hat, sich ihm zu weihen, ohne sich Sorgen um seinen Lebensunterhalt zu machen.«

Levi lachte, aber es klang wie ein trauriges Echo. »Nun, ich habe aber keine Lust, dem Tempel in Jerusalem zu dienen.«

»Also dienst du stattdessen dem Mammon?«

Levi lachte noch lauter. »Was für altmodische Wörter du benutzt. Mammon!« Wieder lachte er.

»Vielleicht ist dir ›schnöder Gewinn‹ lieber?«

»Auch so ein altmodischer Ausdruck. Woher *kommst* du, mein Freund?«

»Er kommt aus Nazareth.« Maria hörte eine vertraute Stimme neben sich. Eine hoch gewachsene, elegante Gestalt trat an ihr vorbei ins Haus. »Aber er verkehrt an seltsamen Orten wie Betabara und ... Kapernaum. Sag mir, Levi, was hast du *getan*, dass du seine Aufmerksamkeit erregt hast?«

Der steife Mann lächelte. »Judas! Was führt denn dich hierher?«

»Ach, das Übliche.« Judas zuckte die Achseln. »Zurzeit ist Saison für – wie hieß es gleich? – schnöde Gewinne.«

»Sei gegrüßt, Judas«, sagte Jesus.

Levi schaute von einem zum anderen. »Ihr kennt euch?«

»Ich habe von ihm gehört«, sagte Judas und nickte Jesus zu. »Ich bin erfreut, dich endlich kennen zu lernen. Ich brenne darauf, dich sprechen zu hören.«

Levi schüttelte den Kopf. »Du überraschst mich immer wieder, Judas. Was du alles weißt und kennst ...«

Judas machte eine wegwerfende Handbewegung. »Oh, neben Jesus bin ich sicher nichts Besonderes.« Er zeigte auf den Stapel Münzen. »Aber wenn du vorhast, sie abzugeben, überlass sie bitte *mir*.«

»Lass sie liegen, Levi, und folge mir nach«, sagte Jesus, ohne Judas zu beachten.

Levis starrte ihn stumm an. Dann ging sein Blick zu Judas, der neben dem Geldtisch stand, und kehrte schließlich wieder zurück zu Jesus.

»Was sagst du?«

»Ich sage, du sollst das alles liegen lassen.« Er schaute Levi in die Augen. »Folge mir nach!«

In der Menge draußen brüllte jemand vor Lachen, aber Levi schien es nicht zu hören. Er stand auf. »Also gut«, sagte er.

Jetzt war es Judas, dessen Miene erstarrte. Aber ehe er etwas sagen konnte, wandte Jesus sich an den Mann auf dem zweiten

Stuhl, einen kleineren Mann mit einem dichten Lockenschopf. »Und auch du, Jakobus.«

Jakobus machte ein erschrockenes Gesicht. Woher kannte Jesus seinen Namen?

»Würde ich den einen Bruder rufen und den anderen nicht?«, fragte Jesus. »Ich brauche euch beide.«

»Wo – wozu?«, fragte Jakobus zaghaft.

»Ihr sollt das Leben der Sünde hinter euch lassen«, sagte Jesus. »Und ihr wisst selbst, wie ihr gesündigt habt.«

»Ich – ich habe viele Freunde, die zu den Sündern gehören«, sagte Levi. »Ich werde sie alle einladen, heute Abend zu mir nach Hause zu kommen. Jakobus und ich werden unseren … unseren Rücktritt bekannt geben, und du kannst … mit weiteren Sündern sprechen.«

Will er Jesus auf die Probe stellen?, fragte Maria sich.

»Gut«, sagte Jesus. »Ich habe Sünder gern.«

»Darf ich auch kommen?«, fragte Judas. »Ich habe selbst auch eine Menge für sie übrig.«

Es war Abend, und die leuchtenden Laternen im prächtigen Hof der Villa Levis zogen Schwärme von weiß geflügelten Motten an, die in der milden Abendluft umherflatterten. Zierbäume raschelten leise in der Brise. Unter ihren Zweigen strömten Scharen von Menschen, deren seidene Kopftücher wie die Flügel der Motten ringsum auf das Haus zu flatterten. Levis Bankette waren stets spektakulär. Zumeist wurden reiche Leute eingeladen, und sie kamen voller Herablassung. Diesmal sahen sie jedoch zu ihrer Verwunderung zahlreiche unbekannte Gesichter, die sich mit ihnen zu Levis Anwesen begaben. Sie entdeckten auch ein paar Römer; vermutlich gehörte es zu Levis Geschäften, dass er mit ihnen Umgang pflegte.

Levi hatte die Einladungen erst am Nachmittag ausgesprochen, noch dazu auf eine höchst eigenartige Weise. »Freunde! Freunde!«, hatte er den Leuten am Hafen lauthals zugerufen. »Ich lade euch ein, heute Abend in mein Haus zu kommen! Ja, ich weiß, es kommt ein bisschen plötzlich, aber – ja! Kommt trotzdem! Kommt bald!« Dann war er durch andere Straßen geeilt und hatte noch mehr Leute gerufen. So erschienen Neugierige in großer Zahl. Es war bekannt, dass Levi stets großzügig auftragen ließ und jedermann mit importierten Delikatessen bewirtete. Die Gäste fanden es zumeist billig und recht, sich auf seine Kosten voll zu stopfen, denn »auf seine Kosten« bedeutete in Wirklichkeit »auf *ihre* Kosten« – denn der betrügerische Steuereinnehmer hatte all sein Geld schließlich ihnen aus der Tasche gezogen.

Am Eingang kniete eine Reihe von Dienern, die den Gästen mit parfümiertem Wasser die Füße wuschen und sie dann mit Leintüchern abtrockneten. Im Innern des Hauses hatte man holzgeschnitzte Trennwände beiseite geschoben, um die Abendluft hereinzulassen, und Diener gingen mit Weinkrügen umher – mit pramnischem Wein selbstverständlich, dem besten. Überall standen Platten mit Datteln aus Jericho und den feinsten syrischen Feigen, Schalen mit Pistazien und Mandeln, und der köstliche Duft von gebratenem Zicklein wehte herein. Bald würde es auf einer Platte aufgetragen werden, in Scheiben geschnitten und hoch aufgehäuft, dekoriert mit kleinen Apfelstücken.

Mitten im Raum stand Levi und begrüßte die Gäste, neben ihm sein Bruder Jakobus und Jesus. Levi machte jeden, der vorbeikam, mit Jesus bekannt und verkündete: »Ich habe meinen Posten aufgegeben. Ich gehe mit ihm.«

»O ja! Das glaube ich sofort!«, war die erste Reaktion – und dann Gelächter.

»Aber ich meine es ernst«, sagte Levi, worauf die Leute mit ihm zu diskutieren oder ihn auszufragen begannen. Manche lachten auch nur und gingen weiter, um zu essen.

Maria und Johanna waren mit Petrus und Andreas erschienen, und Maria sah, dass nicht nur Judas da war, sondern auch Philippus sich eingefunden hatte. Es war schön, ihn wiederzusehen; die ursprüngliche kleine Schar kam wieder zusammen.

Levi hatte Musiker bestellt, aber ihr Spiel wurde bald von den Stimmen der Gäste übertönt. Worüber unterhielten Jesus und Levi sich? Sie sprachen angeregt miteinander. Erst als Maria den Blick in andere Ecken des Raumes wandern ließ, bemerkte sie mehrere sehr förmlich gekleidete Männer, die alles genau beobachteten, während sie sich auf den Fersen vor und zurück wiegten und an ihrem Wein nippten.

Alle rückten dichter an Levi heran und hörten so gerade

noch, wie Jesus zu ihm sagte: »Ich glaube, für dein neues Leben brauchst du auch einen neuen Namen. Von jetzt an will ich dich ›Matthäus‹ nennen. Das bedeutet ›Geschenk Gottes‹.«

Dem neuen Matthäus schien diese Wahl unbehaglich zu sein. »Ich glaube nicht, dass das passt«, sagte er steif. »Du weißt, was ein Steuereinnehmer ist. Wir können vor Gericht nicht als Zeugen oder als Richter auftreten. Wir dürfen nicht einmal am öffentlichen Gottesdienst teilnehmen. Ein feines Gottesgeschenk.«

»Du musst in der Vergangenheit sprechen, Matthäus«, sagte Jesus. »Du *durftest* nicht – als du noch Steuereinnehmer warst.«

Matthäus schaute sich unter den lärmenden, lachenden Gästen um. »Für sie werde ich immer ein Steuereintreiber bleiben«, sagte er. »Das wird sich nicht ändern.«

Jesus lächelte. »Ich glaube, du wirst feststellen, dass du dich irrst.« Er winkte Simon heran. »Das ist Petrus – mein Fels. Du siehst, ich gebe den Leuten gern neue Namen. Simon sagt auch, er fühlt sich nicht gerade wie ein Fels. Aber ich sage ihm, er wird dazu heranwachsen.«

»Zu einem großen Klotz«, sagte Petrus und schlug sich lachend auf den Bauch. »Ich glaube, ich bin schon auf dem besten Wege.«

Einige Kollegen aus Matthäus' Zollhaus kamen herüber; offenbar brannten sie darauf zu erfahren, was geschehen war. »Stimmt das?«, fragte einer von ihnen. »Willst du wirklich deinen Posten aufgeben?«

»Es stimmt«, versicherte Levi, der plötzlich zu Matthäus geworden war.

»Einfach so?«

Jesus legte Matthäus die Hand auf die Schulter; er spürte, dass er es nötig hatte.

»Ja«, sagte er. »Aber es stand schon lange fest.«

Maria dachte plötzlich, Matthäus müsse Jesus schon woanders gehört haben. Oder vielleicht kannte er jemanden, den Jesus geheilt hatte. Bei seiner kurzen Begegnung mit Jesus konnte es nicht nur um die Münze gegangen sein.

»Kannst du dir das leisten?«, fragte der andere Steuereinnehmer spitz. »Was sagt denn deine Frau dazu?« Er sah sich in dem reich ausgestatteten Raum um.

»Sie sagt, sie ist froh, dass wir wegen meines Berufes nicht länger geschnitten werden«, antwortete Matthäus nicht minder spitz. »Es ist schwer, seinen Reichtum zu genießen, wenn andere sogar die Münzen, die du berührt hast, für unrein halten. Manchmal nehmen sie sie nicht einmal an. Und das ist das Gleiche wie Armut, wenn nicht schlimmer.«

»Es gibt nichts Schlimmeres, als arm zu sein.«

»Ah, Judas! Sag du es ihm!« Der andere Zöllner deutete mit dem Kopf auf Matthäus.

Judas begrüßte die Umstehenden. »Das ist also dein Abschiedsbankett, Levi? Oder muss ich jetzt Matthäus sagen? Ein prachtvoller Ausstand, das muss ich schon sagen. Du kannst auch gleich alles ausgeben, wenn es so unrein ist. Wirf es weg.« Er beugte sich verschwörerisch vor. »Sagt deine Frau das wirklich?«

Bevor Matthäus antworten konnte, machte sein Bruder ihn auf eine Gruppe von Kaufleuten aufmerksam, die auf der anderen Seite des Raumes beieinander standen und aßen: Sie waren als unehrlich berüchtigt und mussten immer wieder Bußgeld zahlen, weil sie falsche Gewichte benutzten.

»Was für eine Unverschämtheit!«, sagte Jakobus. »Wie können sie es wagen herzukommen!«

Der andere Steuereinnehmer sagte: »Das sind nicht die Einzigen. Schaut mal, da drüben.«

Drei der bekanntesten Trinker von Kapernaum hatten sich eines ganzen Weinkrugs bemächtigt und tranken daraus, ohne Becher zu benutzen. In ihrer Gesellschaft waren mehrere Prostituierte, ganz unverkennbar in ihrer Arbeitskleidung: schrillfarbige Tücher, nackte Arme, geschminkte Gesichter und schwere Juwelenketten. Ihre Freunde, eine Meute von Beutelschneidern, amüsierten sich mit ihnen.

Die frommen Ältesten erblickten sie offenbar gleichzeitig, und mit steifen, raschelnden Gewändern kamen sie geradewegs zu Matthäus und Jesus herüber und starrten Jesus an.

»Das also ist der Mann, von dem du sagst, er sei ein Prophet und Lehrer«, sagten sie zu Matthäus, als könne Jesus nicht sprechen.

»Das ist er«, antwortete Matthäus. »Wenn ihr ihn lehren hören könntet …«

»Wir haben von seinen Lehren gehört. Darum sind wir hier – um uns ein Bild zu machen. Aber sag uns, warum hast du diese Sünder in dein Haus eingeladen? Bist du verrückt geworden?« Zartfühlend umgingen sie es, das Offensichtliche zu konstatieren: dass Steuereinnehmer eine andere Sorte Sünder waren. Sie rochen besser.

»Ich habe sie eingeladen«, sagte Jesus. »Ich habe gesagt, sie sollten alle kommen.« Er sah Matthäus an. »Du hast deine Freunde eingeladen und ich die meinen.«

Sie funkelten ihn an. »Warum? Sag uns, Meister, warum gibst du dich mit solchem Abschaum ab? Du weißt, dass die Unreinheit auf alles übergreift, was er berührt. Das ist der Grundsatz, der unseren Wasch- und Speiseritualen zugrunde liegt. Du musst doch wissen, dass so etwas deine ... deine Mission in Misskredit bringt, wie sie auch immer lauten mag.«

»Ich habe sie eingeladen, weil ich gekommen bin, um die Sünder zu rufen, nicht die Rechtschaffenen. Die Kranken brauchen den Arzt, nicht die Gesunden.«

Sie musterten ihn voller Abscheu. »Du selbst brauchst einen Arzt«, sagte einer von ihnen schließlich. »Einen Doktor der Thora! Des Gesetzes!«

Ein Römer kam heran, ein Zenturio, der mit Matthäus geschäftlich zu tun hatte und ihn als Freund betrachtete. Die frommen Honoratioren hätten fast ihre Röcke hochgerafft, als sie sich zurückzogen, Matthäus und Jesus hasserfüllte Blicke zuwerfend; es ärgerte sie, dass sie ihren Tadel so kurz fassen mussten.

»Wie sollen wir beim Zoll ohne dich auskommen – und ohne dich?«, fragte der Römer Matthäus und nickte auch Jakobus zu.

»Du wirst reichlich Bieter haben, die unseren Platz übernehmen wollen«, sagte Matthäus. Das Amt des Zöllners wurde üblicherweise öffentlich versteigert

»Aber keinen, der so gut ist wie du«, versicherte der Römer.

»Das sagst du zu jedem, Claudius«, antwortete Matthäus, aber es klang nicht sarkastisch. »Nun, du wirst mir fehlen – vor allem deine Komplimente.«

»Du bekommst da einen sehr gescheiten Mann«, sagte Claudius zu Jesus. »Er ist fleißig, er hat ein unglaubliches Gedächtnis und einen genialen Blick für Details – sag mir, wofür hast du ihn eigentlich angeworben? Mir ist nicht ganz klar, was für eine ... Organisation du hast.«

»Ich habe keine Organisation«, erwiderte Jesus.

»Na, Levi wird dir helfen, eine auf die Beine zu stellen. Wirklich, er ist wie geschaffen dafür.« Er wandte sich wieder an Matthäus. »Du hattest nicht genug Spielraum im Zollhaus, das ist das Problem. Jetzt kannst du wirklich weiterkommen. Kannst etwas finden, worin du dich verbeißen kannst.«

»Weißt du, es ist schon paradox«, sagte Matthäus zu Jesus. »Ich durfte nicht in die Synagoge, aber Claudius schon.«

»Das ist der Grundsatz, der unseren Wasch- und Speiseritualen zugrunde liegt.« Jesus wiederholte, was die strenggläubigen Alten gesagt hatten. »Aber die Frommen stellen es auf den Kopf. Ein Heide, der außerhalb unseres Gesetzes steht – ich bitte um Verzeihung, Claudius –, kann vom Gesetz nicht verurteilt werden und hat Zugang zu unserem Gottesdienst, aber einem Sohn Israels wird er verwehrt, als sei er durch dasselbe Gesetz als Sünder gebrandmarkt. Aber tatsächlich sind es die Sünder, welche die Nähe des Allerheiligsten am nötigsten haben. Sie sind irregeleitet!«

»Ich bitte meinerseits um Verzeihung«, sagte Claudius, »aber ich glaube nicht, dass du darüber zu befinden hast. Du weißt, dass sie eine geschlossene Gesellschaft sind, diese Schriftgelehrten, und Außenseiter nicht anerkennen.« Er lachte. »Ich würde sagen, das macht uns gewissermaßen zu Brüdern – beide sind wir Außenseiter.«

Die Leute umdrängten sie von allen Seiten, und Maria und Johanna wurden beiseite geschoben, sodass sie den Rest des Gesprächs nicht mitbekamen.

»Du musst bei vielen solchen Empfängen dabei gewesen sein«, sagte Maria. Herodes Antipas musste ja schließlich zahlreiche Gäste fürstlich bewirten. »Warst du – hast du die Hochzeit miterlebt?« Antipas hatte sich nämlich allen Warnungen des Täufers zum Trotz mit Herodias vermählen lassen.

»Nein«, sagte Johanna. »Das heißt – ich war wohl dabei, aber ich habe eigentlich nichts gesehen.«

Maria verstand genau, was sie meinte. Die Dämonen hatten

sie nicht zuschauen lassen. »Vielleicht war es in diesem Fall auch gut so«, meinte sie.

Sie fragte sich, ob Antipas und seine Frau vom Garum ihrer Familie gekostet hatten und ob es ihnen wohl geschmeckt hatte. Ob sie das spezielle Siegel auf den Amphoren bemerkt hatten?

Früher war das alles so lebenswichtig für mich, dachte Maria. Heute gibt es aus meinem ganzen früheren Leben nur noch eins, was mich unentwegt beschäftigt – meine Tochter. Oh, Elischeba! Schon der Name verwundete sie wie ein Messer, und in diesem Augenblick hätte sie fast alles dafür gegeben, wenn sie ihre Tochter im Arm hätte halten können.

Sie war inmitten des Treibens in diesem funkelnden Raum so tief in die eigenen, trüben Gedanken versunken, dass die schnelle Bewegung zu ihrer Linken sie nicht aus ihrem Grübeln riss. Aber plötzlich ertönten laute Schreie, und sie sah, wie drei vermummte Männer sich um Claudius duckten und versuchten, an Matthäus heranzukommen. Dann attackierten sie den hinderlichen Römer und rissen ihn nieder, so plötzlich wie ein Löwe, der stundenlang still gelauert hatte. Mit wirbelndem Mantel fiel Claudius schwer auf den Rücken, und die Angreifer stürzten sich mit blitzenden Messern auf ihn. Eine – zwei – drei blinkende, krumme Klingen fuhren durch die Luft. *Sicarii*.

Alle schrien und brüllten nun durcheinander; einige stürzten sich ins Getümmel, andere wichen zurück. Maria sah ein Gewirr von Beinen und Armen und hörte ein hässliches, dumpfes Klingen, wenn die Messer auf irgendetwas trafen. Claudius kam wieder auf die Beine; dank seiner militärischen Ausbildung überwand er die Überraschung schnell. Jetzt würden gleichrangige Gegner mit ebenbürtigen Fähigkeiten miteinander kämpfen.

»Tod! Tod!«, schrie einer der Angreifer. »Bringt ihn um!«

Claudius richtete sich auf, und einer der Männer klammerte sich an seinen Rücken wie der Reiter eines wilden Pferdes. Ein zweiter Attentäter wollte ihm sein Messer in die Brust stoßen, aber Claudius wehrte ihn geschickt ab, indem er ihm die Waffe aus der Hand trat. Dann wirbelte er herum und schleuderte den Mann auf seinem Rücken mit solcher Wucht von sich, dass dieser mit dem Kopf gegen die Wand schlug und das Bewusstsein verlor. Er fiel der Länge nach zu Boden, seine Faust öffnete sich, und das

Messer entglitt ihm. Claudius trat ihm auf das Handgelenk und brach ihm sämtliche Handknochen; Maria hörte sie knacken und knirschen wie morsches Holz.

Da griff der dritte der Männer Claudius von hinten an; er schlang ihm einen Arm um den Hals und wollte ihm das Messer in den Rücken bohren. Aber seine Hand verhedderte sich in Claudius' Mantel. Die Kapuze rutschte herunter und entblößte sein Gesicht, ein schmales Frettchengesicht, das Maria schon einmal irgendwo gesehen hatte.

Das war der Mann, der in Silvanus' Haus eingedrungen war! Der Mann, der in Tiberias jemanden ermordet hatte. Simon – so hieß er. Simon.

»Simon!«, hörte sie sich schreien. »Simon! Hör auf!«

Der Mann war so erschrocken, als er seinen Namen rufen hörte, dass er einen Augenblick lang zögerte, und mehr Zeit brauchte Claudius nicht. Er hob die Hand und befreite sich aus Simons Würgegriff, und dabei brach er ihm den Arm. Auch dabei ertönte ein hässliches Geräusch, aber dumpfer als bei der Hand des anderen. Simon schrie vor Schmerz und Empörung, als habe man ihn ungerechtfertigt attackiert, und sank zu Boden.

Maria lief zu ihm und starrte ihn an. Ja, das war der Mann.

»Das ist deine Schuld!« Simons Augen quollen vor Schmerz aus den Höhlen. Noch immer hielt er unbeirrt sein krummes Messer umklammert. »Du hast geschrien, und darum ist es passiert!«

»Was ist passiert?«, schrie Maria zurück. »Du hättest nicht entkommen können. Wenn du diesen Römer ermordet hättest, wärest du gekreuzigt worden. Und wofür?«

»Wenn du das nicht verstehst, dann gehörst du zum Feind.« Seine Augen wurden schmal. »Das tust du sowieso. Ich erinnere mich jetzt. Ich erinnere mich, wie man mich aus dem Haus warf, während du einfach dastandest, lächelnd und nickend. Eine Kollaborateurin!« Trotz seiner Schmerzen brachte er genug Entrüstung auf, um auszuspucken.

Claudius rieb sich kopfschüttelnd die Unterarme; er war wie vom Donner gerührt, nachdem er mit knapper Not davongekommen war. »Er wird auch jetzt gekreuzigt«, sagte er. »Der Versuch gilt so viel wie der Erfolg. Was den Täter betrifft, jedenfalls – natürlich nicht für das Opfer.« Er schaute die drei an. »Ihr alle.« Inzwischen hatten andere römische Soldaten die Attentäter umzingelt. Sie zerrten den Bewusstlosen auf die Beine und hielten ihn aufrecht. Simon wurde gefesselt, und seine Schmerzensschreie schienen ihnen Spaß zu machen, als sie ihm den gebrochenen Arm auf den Rücken drehten. Der dritte Mann, den Claudius durch einen Fußtritt entwaffnet hatte, wurde ebenfalls festgehalten.

»Schafft sie weg«, befahl Claudius.

»Simon!« Jesus hatte während des ganzen Kampfes geschwiegen, aber jetzt sprach er mit lauter Stimme.

Der frettchenhafte Attentäter sah sich um.

»Simon!«, wiederholte Jesus.

Claudius machte ein verblüfftes Gesicht, aber er gab seinen Soldaten das Zeichen zu warten.

»Was ist?« Simon hätte fast schon wieder ausgespuckt. »Lass es uns hinter uns bringen! Lass mich sterben für mein Volk! Ohne Vorträge von dir, ohne einen Prozess vor einem römischen Gericht, ohne Gnade von der feigen Kollaborationsregierung! Ich will nichts davon!«

»Simon!«

Etwas in Jesu Stimme ließ Simon verstummen. Er klappte den Mund zu und wartete.

»Simon. Folge mir nach.«

»Was?«, fragte Matthäus und wurde bleich.

»Nein!«, sagte Claudius. »Er hat einen Vertreter Roms angegriffen, und das ist Hochverrat. Er muss sterben.«

»Verräter sterben andauernd«, sagte Jesus. »Was hast du gefragt, Maria? Wofür? Wozu ist sein Tod gut? Eine tiefgründige Frage. Simon, möchtest du nicht gern mithelfen, das Königreich herbeizubringen? Dafür hast du doch gearbeitet, oder nicht?«

»Ich weiß nichts von einem Königreich«, sagte Simon. In seinem Gesicht machte sich allmählich der Schock über den gebrochenen Arm bemerkbar.

»Ich glaube doch«, sagte Jesus. »Möchtest du dich uns anschließen und mehr darüber erfahren?«

Simon funkelte ihn wortlos an.

»Es hat nichts mit Messern und Mordtaten zu tun«, sagte

Jesus. »Das muss dir von vornherein klar sein. Aber davon hast du auch schon genug, möchte ich meinen.«

»Dieser Mann ist verhaftet!«, sagte Claudius. »Er muss fortgeschafft werden.«

»Ja! Ja, ich gehe mit dir«, sagte Simon unvermittelt zu Jesus. Seine Augen glitzerten; jeder Fluchtweg war ihm recht.

»Du kannst ihn nicht mitnehmen«, sagte Claudius. »Nicht aus eigener Machtbefugnis – worin sie auch immer bestehen mag.«

»Und wenn ich verspreche, dass er sich nichts mehr zuschulden kommen lässt?«, fragte Jesus.

»Das kannst du nicht. Er hat ein ganzes Register von solchen Attentaten. Diesmal hatten wir das Glück, ihn zu fassen.«

»Du kannst mich an seiner Stelle bestrafen, wenn er noch etwas anstellt.«

»Ich denke nicht daran. Du hast uns schließlich nichts getan, und deshalb nutzt es uns nichts, wenn wir dich statt seiner bestrafen.«

»Simon, schwörst du, jeglicher Gewalt zu entsagen?«, fragte Jesus.

Simon zögerte. Dann nickte er, aber er schaute Jesus nicht ins Gesicht.

»Du kannst damit anfangen, indem du dein Messer abgibst«, sagte Claudius.

Simon ließ es zu Boden fallen.

»Was ist mit dir, Dismas?«, fragte Jesus den schweigenden dritten Mann, dem Claudius den Fußtritt gegeben hatte.

Der Mann war so erschrocken, seinen Namen zu hören, dass er kein Wort herausbrachte.

»Ich sage, was ist mit dir, Dismas?«, wiederholte Jesus. »Willst du mir nachfolgen?«

»Nein!« Dismas starrte ihn angstvoll an. »Nein, du bist verrückt!«

Ohne weiter zu fackeln, schleppten die Römer ihn davon, bevor er es sich anders überlegen konnte.

Der Mann mit der gebrochenen Hand kam eben wieder zu sich. Auch er kam Maria seltsam bekannt vor. Vielleicht war er einer der *sicarii* in Tiberias gewesen. Er schlug die Augen auf und sah, dass er gefangen war.

»Und du?«, fragte Jesus ihn.

»Was denn? Wer bist du?« Der Mann erkannte, dass Simon ebenfalls gefangen war und dass der Römer nicht nur lebte, sondern Befehle erteilte. Stöhnend schloss er die Augen wieder.

»Ich heiße Jesus, und ich lade dich ein, dich mir und meiner Mission anzuschließen.«

Der Gefangene schüttelte den Kopf. »Ich kenne nur eine Mission, nämlich den Kampf gegen Rom und seine Freunde«, sagte er. »Nein, danke.«

»Aber Simon hat ja gesagt.«

Der Mann machte ein angewidertes Gesicht. Dann zuckte er die Achseln. »Die Menschen sind voller Überraschungen.«

»Überrasche dich selbst und schließ dich uns an.«

Er überlegte kurz. »Nein.«

»Schafft ihn auch weg!«, sagte Claudius.

Jetzt war nur noch Simon übrig. Fassungslos schaute er sich um. »Ich sollte mitgehen«, sagte er.

Jesus schüttelte den Kopf. »Du hast deine Entscheidung getroffen, oder?« Er sah Claudius an. »Ich schwöre dir, dass du von ihm nichts mehr zu befürchten hast.«

Claudius musterte sie nur stumm.

»Ich schwöre es auch«, sagte Matthäus. »Ich bürge ebenfalls für ihn.«

Simon wandte sich zu ihm um. »Du warst es, den ich umbringen wollte, denn du verrätst dein eigenes Volk. Der Römer stand nur im Weg. Kollaborateure hasse ich mehr als die Römer selbst.«

»Das weiß ich«, sagte Matthäus. »Ich habe schon lange auf dein Messer gewartet. Aber ich bin kein Zöllner mehr.«

»Ach, nein? Nun, aber ich halte es mit dem Propheten Jeremia: Kann der Leopard seine Flecken ändern? Niemals.« Simon machte ein selbstgefälliges Gesicht.

»Aber Jesaja sagt, der Leopard wird bei der Ziege liegen, und die Schrift lügt nicht. Wie willst du das erklären? Es muss sich doch etwas ändern, wenn das geschehen soll«, sagte Jesus. »Also ist es durchaus möglich.«

»Dass die Kämpfer gegen die Besatzung sich zu den Römern legen?«, fragte Simon. »Das wäre noch schwieriger.«

»Wirst du ihn freilassen?«, fragte Jesus den Römer.
»Das kann ich nicht«, sagte Claudius hartnäckig.
»Ich bürge für eure Sicherheit«, sagte Jesus.
Claudius öffnete den Mund, um zu widersprechen, aber die Worte blieben ihm im Hals stecken. »Also gut. Aber du tauschst dein Leben gegen seins.« Er schaute Simon mit strenger Miene an. »Weißt du das zu schätzen? Jede Straftat, die du begehst, bedeutet für diesen Mann den Tod.«
Simon wandte den Kopf ab, als könne er es nicht ertragen, einen Römer auch nur anzuschauen. »Ja«, murmelte er schließlich. »Ja, ich weiß.«
»Lasst ihn laufen!« Widerstrebend erteilte Claudius diesen Befehl. »Sieh zu, dass ich das nicht bereue«, sagte er zu Jesus. »Sonst werdet ihr alle sterben.«

XXXIII

Liebste Kezia,
ich hatte viele Seiten für dich geschrieben, als ich noch dachte, ich würde dich bald sehen und dann würde mein Brief alles erklären. Aber ich hatte keine Gelegenheit, ihn dir zu geben, und jetzt bin ich für eine Weile nicht mehr in Magdala. Aber wenn du zu mir kommen könntest – irgendwie –, dann könnte ich dir die Erklärungen, die ich dir aufgeschrieben habe, übergeben und du würdest alles verstehen. Ich kann es hier nicht wiederholen – ich will es nicht noch einmal erzählen, denn es war zu schmerzhaft. Wenn ich dich sehen könnte, so könnte ich wohl – von Angesicht zu Angesicht – darüber sprechen. Wisse nur, dass ich krank war und Magdala für einige Zeit verlassen musste. Ich bin jetzt in der Gegend von Kapernaum, und ich hoffe und bete, dass du mich dort besuchen kannst.
Hast du von diesem Mann namens Jesus gehört, der aus Nazareth ist? Er ist ein Prophet. Ich habe noch nie einen Propheten kennen gelernt, aber ich weiß, dass er einer ist. Er hat jetzt eine Familie geschaffen, die mir als neue Familie

dient. Sie besteht aus Menschen, denen er geholfen oder die er berufen hat, sich seiner Mission anzuschließen. Ich habe dir alles in meinem früheren Brief berichtet, den du natürlich noch nicht gesehen hast.

Das alles ist weit entfernt von dem Leben, das ich mir ausgemalt hatte, als wir zusammen unseren Tagträumen nachhingen. Tatsächlich wusste ich überhaupt nicht, dass es ein solches Leben geben kann. Das fromme Leben kannte ich nur von feurigen Propheten wie Johannes dem Täufer, der in einer politisch gefährlichen Lage ist, von Leuten, die sich in die Wüste zurückziehen, um der Verderbtheit des Alltags zu entrinnen, oder von Gelehrten, die ihre Zeit mit dem Studium der Schrift verbringen. Ich wusste nicht, dass es möglich ist, auf andere Weise fromm zu sein. Aber dieser Mann, Jesus – er zitiert die Schrift nicht, er deutet sie vielmehr. Er zieht sich nicht von den gewöhnlichen Menschen zurück, sondern sucht sie auf, und es ist nicht gefährlich, mit ihm in Verbindung zu stehen, denn er bedeutet keine Gefahr für irgendeinen Herrscher. Oh, Kezia, in drei Tagen wird er auf den Feldern nördlich von Kapernaum predigen. Bitte komm und höre ihn an, damit wir uns wiedersehen und ich dich umarmen kann. Wie sehr du mir fehlst, geliebte Freundin! Wie sehne ich mich danach, dich zu sehen!

Deine Gefährtin Maria

XXXIV

Die Falken flogen hoch am hellen Sommerhimmel und zogen ihre Kreise auf der Suche nach Nahrung. Meistens fanden sie Beute zwischen den Flachsreihen oder im freien Gelände, wo der Wind über das braune Gras wehte. An diesem Tag waren sie jedoch nicht erfolgreich, denn das freie Feld war schwarz von Menschen. Von überall trafen sie ein, und am dichtesten war das Gedränge auf den Wiesen am Wasser. Alles, was als Mahlzeit für die Falken in Frage kam, hatte vor den trampelnden Menschenfüßen die Flucht ergriffen.

Maria und Johanna standen kopfschüttelnd zusammen auf dem Feld. Es hatte sich herumgesprochen, dass Jesus heute predigen würde – hatte sie nicht selbst versucht, Silvanus und Kezia darauf aufmerksam zu machen? –, aber diese Menschenmassen waren doch überwältigend.

»Wer hätte gedacht, dass so viele kommen?«, sagte Maria. »Und woher nur?«

»Aus weiter Ferne«, sagte Johanna. »Am See wohnen nicht genug Leute für eine solche Menge.«

»Wenn wir so viele Leute in unserer Bewegung hätten, könnten wir die Römer mühelos stürzen«, sagte Simon.

»Daran darfst du nicht mehr denken«, ermahnte Maria ihn streng. Sie und Johanna waren damit betraut, Simon zu helfen und ihn in der Gemeinschaft willkommen zu heißen. Aber er war schwierig, und es war klar, dass er sich Jesus nur angeschlossen hatte, um seinen Kopf zu retten.

Simon schaute zu Jesus hinüber, der eben mit Petrus und dem großen Jakobus sprach. Maria und die anderen hatten ihm diesen Spitznamen zugewiesen, weil der andere Jakobus, Matthäus' Bruder, klein war. Den Größeren »groß« zu nennen erschien ihnen höflicher, als den Kleineren als »klein« zu bezeichnen.

Simon schüttelte den Kopf. »Es war dumm von ihm, für mich zu bürgen. Wenn dieser Arm geheilt ist« – er hielt seinen verbundenen Arm in die Höhe –, »wird er wieder zuschlagen.«

»Simon, dann bist du der Dumme«, sagte Maria. Aber sie wusste, dass Jesu Wagemut ihn entwaffnet hatte, auch wenn er sich das selbst nicht eingestehen würde.

Simon zuckte die Achseln. »Vielleicht«, sagte er. »Vielleicht. Aber das Land lechzt nach Erlösung.«

»Du hast es ja selbst gesagt«, hielt Johanna ihm vor. »Wenn du über solche Massen verfügtest, vielleicht.« Mit ausladender Handbewegung deutete sie auf die riesige Menge. »Aber das tust du nicht. Und du hast gezeigt, dass du keine Lust hast zu sterben.«

»Du nennst mich also einen Feigling?«

»Nein, Simon«, versicherte Maria ihm hastig. Er sollte nur nicht versuchen, das Gegenteil zu beweisen! »Wir wissen sehr wohl, dass du nicht zu Jesus und uns gestoßen bist, weil du es wolltest. Aber wir hoffen, dass du mit der Zeit einsehen wirst, dass es richtig war.« Er machte ein finsteres Gesicht. »Simon, ich kenne dich länger als sonst jemand hier. Und ich kenne deinen Mut und deine Hingabe. Ich glaube nur, dass sie besser verwendet wären, wenn du auf Jesus hören würdest. Auch er will Erlösung.«

Simon grunzte. »Aber nicht die richtige.« Er verzog schmerzlich das Gesicht, als er die Arme verschränken wollte.

»Nun, es bleibt abzuwarten, wer am Ende wen bekehren wird«, sagte Johanna mit breitem Lächeln.

Maria bemerkte, wie kräftig Johanna wirkte, wie tatkräftig und gesund, und sie dankte Gott, dass es noch jemanden gab, der von Dämonen errettet worden war. Sie legte Johanna den Arm um die Taille. Vielleicht sind meine wirklichen Schwestern die, die Gefangene der Dämonen waren und dann befreit wurden, dachte sie.

»Jesus will jetzt sprechen«, sagte Johanna. Sie verließen das Ufer zu dritt und gesellten sich zu den anderen Jüngern an seiner Seite. Es wird ein heißer Tag werden, dachte Maria, als sie merkte, wie stickig die Luft bereits war.

Das Meer der Zuhörer war riesig, fast so groß wie der See, den sie hinter sich gelassen hatten. Viele waren körperlich gesund, sehnten sich aber offenkundig danach, etwas zu hören, was ihre geheimen, verborgenen, schändlichen Sünden betraf. Manche schienen wie Marias Eltern zu der strengen Sekte der Pharisäer zu gehören. Manche humpelten an Krücken, andere bewegten sich mit zögernden Schritten. Es waren Bauern, offensichtlich arm – ihre hageren Gestalten, die verschlissenen, verblichenen, selbst gewebten Gewänder und die ausgetretenen Sandalen verrieten ihren Stand. Aussätzige waren da, grotesk gekrümmt – ob aus Verzweiflung oder aufgrund ihrer Krankheit, konnte man nicht sagen. Manche lagen auf Bahren, mager und zerlumpt – ein stummer Hilfeschrei.

»Lass nur deinen Schatten auf meinen Vater fallen, und er wird geheilt sein«, rief ein junger Mann und deutete auf ein regloses Häuflein auf einer Trage.

»Ihr seid hergekommen, weil ihr nach dem Wort Gottes hungert«, rief Jesus. »Und Gott hat Worte für euch, Worte, die ihr hören sollt.«

Erstaunlicherweise erstarb das Lärmen der Menge, und die Worte Jesu wehten über sie hinweg.

»Meine Freunde, ich habe euch so viel zu sagen«, fuhr Jesus fort. »Das Wichtigste ist: Ihr seid eurem himmlischen Vater lieb und teuer. Und er *ist* euer Vater, und er will, dass ihr ihn so seht. Er will, dass ihr zu ihm kommt wie ein Kind, das seinem Vater entgegenläuft und ruft: ›*Abu!*‹ Keine feierlichen Umstände – werft euch freudig in seine Arme!«

Die Leute raunten und murmelten, viele schüttelten den Kopf.

»Nähert euch Gott, eurem Vater, eurem *Abu*, nicht unter feierlichem Zeremoniell«, sagte Jesus. »Rituelle Reinigung, Opfer – nichts davon ist nötig. Gott will eure *Herzen*, weiter nichts.«

»Blasphemie!« Eine einzelne dünne Stimme erhob sich.

»Blasphemie? Nein«, erwiderte Jesus. »Sagt nicht der Prophet Hosea: ›Ich habe Lust an der Liebe und nicht am Opfer‹? Ich will euch vom himmlischen Königreich erzählen. Es kommt, und zugleich ist es schon hier, mitten unter euch, in diesem Augenblick. Ihr könnt es noch heute betreten, noch in dieser Stunde! Man kann es nicht mit Worten beschreiben. Ihr müsst es in euren Herzen spüren.«

»Wie denn? Wie?«, rief ein dürrer Mann mittleren Alters, der weit vorn stand.

»Es gibt zwei Möglichkeiten«, erklärte Jesus. »Die erste ist sehr einfach. Am Ende dieses Zeitalters – und es wird kommen, eher, als ihr erwartet – werden die Menschen aufgeteilt werden. Die einen werden von ihrem himmlischen Vater aufgenommen werden, und er wird ihnen erklären, warum. ›Ich war durstig, und ihr gabt mir zu trinken‹, wird er sagen. ›Ich war hungrig, und ihr gabt mir zu essen. Ich war nackt, und ihr habt mich gekleidet, ich war im Gefängnis, und ihr habt mich besucht.‹ Und wenn sie beteuern, dass sie Gott niemals hungrig oder durstig oder im Gefängnis gesehen hätten, wird er antworten: ›Was ihr einem Not leidenden Menschen getan habt, das habt ihr mir getan.‹«

»Aber was ist mit dem Gesetz? Was ist mit den Reinheitsgeboten?«, rief eine Frau.

Jesus dachte einen Augenblick nach. »Meine Tochter, was du getan hast, ist lobenswert, und niemand kann es dir nehmen.

Aber es ist noch mehr nötig. Hast du deinen Brüdern und Schwestern hier geholfen?« Er deutete auf die Menge.

Aber wer hat denn Zeit dafür, wenn er so viele Stunden auf die Rituale verwenden muss?, dachte Maria. Und welche Frau hat die Freiheit, einem Fremden ganz unmittelbar zu helfen? Sie fand, Jesus war den Frauen gegenüber nicht gerecht.

»Und die zweite Möglichkeit?«, rief jemand. »Welches ist der zweite Weg in dieses Königreich?«

»Er besteht darin, seine Bedeutung zu begreifen, sein großes Geheimnis, damit ihr dementsprechend leben könnt«, sagte Jesus.

»Und wie?« Ein rundlicher Mann in teuren Gewändern schleuderte ihm die Frage entgegen.

»Ah, mein Freund«, sagte Jesus. »Du weißt die guten Dinge des Lebens zu schätzen und zu genießen.« Er ging zu dem Mann und befühlte seinen Mantel. »Du hast Geschmack.«

Der Mann riss seinen Mantel an sich; er fürchtete, Jesus werde ihm jetzt befehlen, ihn den Armen zu schenken, die sich herandrängten.

Jesus lachte und ließ den Stoff los. Die Verwirrung des Mannes schien ihn zu erheitern. »Das himmlische Königreich ist sehr viel kostbarer als dieses Tuch, selbst wenn es aus Arabien kommt, selbst wenn es aus feinster Wolle gesponnen ist! Das himmlische Königreich ist kostbar wie eine Perle. Eine Perle, für die du dein letztes Geld geben solltest. Für die du alles geben solltest, was du besitzt.«

Er drehte sich um und wandte sich einer anderen Gruppe zu »Jawohl, es ist eine Perle. Eine Perle von überwältigendem Wert. Und wenn ihr sie habt, müsst ihr sie hüten wie einen Schatz. Ich sage euch: Nicht jeder kann so etwas verstehen. Nicht jeder weiß sie zu schätzen. Wenn ihr diese Perle habt, werft sie nicht Leuten vor, die sie nicht zu ehren wissen. Sie sind wie Schweine. Würdet ihr das, was heilig ist, den Schweinen geben? Werft eure Perlen nicht vor die Säue. Sie werden sie nur in den Schlamm trampeln. Und was dann? Die Schweine werden sich gegen euch wenden und euch den Leib aufreißen wollen. Sie werden euch dafür hassen und auch euch in den Schlamm treten und vernichten wollen.«

Habe ich deshalb all diesen Hass geweckt, als ich nach Magdala zurückkam?, fragte sich Maria. Vielleicht war die Perle der Feind, nicht ich. Vielleicht haben sie sie in uns glänzen sehen, als ich es nicht konnte.

»Aber die beste Botschaft, die ich euch heute bringe, ist die, dass das himmlische Königreich schon hier ist. Es ist in euch, in euren Herzen. Ihr braucht nicht länger zu warten. Es ist hier, und ihr seid ein Teil davon!« Jesus hatte die Stimme erhoben.

»Aber wie denn?«, fragte eine junge Frau. »Wie kann das sein?«

Es war Kezia! Maria wollte das Herz stehen bleiben. Kezia war gekommen, sie hatte den Brief erhalten, den sie ihr durch einen bereitwilligen, aber sehr unerfahrenen Boten geschickt hatte. Oder vielleicht auch nicht – vielleicht war sie ja aus eigenem Antrieb hier. Maria biss sich in den Handrücken. Sie würde die Antwort Jesu abwarten, und dann würde sie zu ihrer Freundin eilen.

»Weil ihr Ohren habt zu hören und ein suchendes Herz«, sagte Jesus. »Ich sage euch, niemand kommt zu mir, wenn mein Vater ihn nicht herbringt. Wenn ihr hier seid, seid ihr gewiss ein Teil des Königreiches.«

Maria sah, dass Kezia die Stirn runzelte. Sie wusste so genau, was dieses Stirnrunzeln bedeutete.

»Kezia!« Sie lief zu ihr. »Kezia!« Sie umarmte die verblüffte junge Frau, die sie wegzustoßen versuchte, erst sanft, dann zornig.

»Wie kannst du es wagen?«, fragte Kezia.

»Aber Kezia! Kezia! Ich bin es, Maria!«

Kezia hörte auf, sich zu wehren, und starrte sie an. »Maria?«

»Hast du meinen Brief erhalten? Bist du deshalb hier?«

»Ich ... ich ...« Kezia rang nach Atem. »Ja, ich habe ihn bekommen. Aber, Maria ...« Sie wich zurück. »Ich habe dich nicht erkannt.«

Maria riss ihr Kopftuch herunter und entblößte ihr kurzes Haar. Kezia starrte sie mit offenem Mund an.

»Ja, mein größter Stolz ist fort«, sagte Maria. »Ich musste ihn opfern. Aber – oh, meine Freundin, du bist hier!« Sie nahm ihre Hände. »Lass uns irgendwohin gehen, wo wir allein sind.«

Maria führte ihre Freundin aus der dichten Menschenmenge an den kiesbedeckten Strand, wo es kühler war und ein paar Bäume Schatten spendeten. Ein paar Boote dümpelten in der Nähe, in denen Leute saßen, die Jesus zuhören wollten, aber davon abgesehen waren sie allein.

»Hier ... hier ...« Maria zog das dicke Bündel Papier aus dem Gürtel, das sie für den Fall eingesteckt hatte, dass Kezia wirklich kommen sollte. »Das wird dir alles erklären.«

»Muss ich es jetzt lesen?«, fragte Kezia.

»Ja«, sagte Maria. »Wenn du wartest, bis du wieder zu Hause bist, wirst du tausend Fragen haben, und dann bin ich nicht da, um sie dir zu beantworten.«

»Also gut.« Kezia warf ihrer Freundin einen kurzen Blick zu, nahm die Blätter und ging zu einem Stein, um sie dort zu lesen. Als sie zurückkam, lächelte sie nicht. Sie setzte sich neben Maria, und sie lehnten sich nebeneinander an einen Felsblock. Ihre Ellenbogen berührten sich.

»Ich weiß nicht, was ich sagen soll«, begann Kezia.

»Ich wusste nicht, wie ich es schreiben sollte«, sagte Maria.

»Du bist wirklich verstoßen worden? Joel hat dich aus dem Haus geworfen?«

»Nicht nur Joel, sondern auch mein Vater und mein Bruder.«

»Waren sie denn nicht froh, dass du geheilt warst? Oh, Maria, was für ein schreckliches Leid hast du ganz allein ertragen müssen!«

»Das hat sie nicht gekümmert«, sagte Maria, und während sie die Worte aussprach, wurde ihr klar, wie vernichtend sie klangen. »Das Einzige, was sie gekümmert hat, war mein Ruf. Nein, nicht mein Ruf, sondern ihrer, den der meine beeinträchtigte.«

»Aber das ist ja schrecklich.«

»Es ist die Wahrheit.« Maria schwieg, ehe sie hinzufügte: »Die Wahrheit ist, dass ihnen an mir nichts liegt. Nein, nicht einmal Joel! Sie denken nur an ihr Ansehen, an ihren Ruf in Magdala.« Die Worte trafen sie selbst wie Hammerschläge.

»Und Elischeba?«

Maria seufzte. »Ich habe versucht, sie zu entführen.«

»Nein!«

»Doch. Ich wollte sie ihnen wegnehmen, ihnen allen, und

bei mir behalten. Aber sie waren stärker.« Sie griff nach Kezias Ärmel. »Wirst du für mich auf sie Acht geben?«

»Maria«, sagte Kezia sanft, »deine Familie kennt mich nicht. Ich kann sie nicht beschützen oder für sie sorgen.«

Maria kämpfte mit den Tränen. »Ja, das stimmt.«

»Was ist denn mit Joel? Ist er ... Wird er sich von dir scheiden lassen?«

Maria hatte sich nicht gestattet, daran auch nur zu denken. »Ich ... Er hat nichts davon gesagt, als ich ihn gesehen habe.«

»Aber die anderen werden ihn bearbeiten und versuchen, ihn zu überreden«, sagte Kezia.

»Was kann ich denn tun? Wenn ich zurückkehre ...«

Kezia schaute zu Jesus hinüber. Er sprach noch immer mit ausladenden Gebärden zu der Menge. »Mir scheint, du hast hier zu tun«, sagte sie.

»Ja«, sagte Maria. »Was ... Was meinst du? Kannst du sehen, was die Leute zu ihm hinzieht?«

»Kann ich sehen, was *dich* zu ihm hingezogen hat? Ja, das kann ich sehen. Aber mich spricht es nicht an. Ich werde mich deinem Jesus nicht anschließen. Ich muss wieder nach Hause.«

Du brauchst ihn nicht, dachte Maria betrübt. Ohne dringende Not suchen die Menschen Jesus nicht. Vielleicht sind gerade diejenigen, die keine tiefe Not leiden, die wahrhaft Bemitleidenswerten.

»Danke, dass du gekommen bist«, sagte sie. »Es bedeutet mir mehr, als ich sagen kann.« Traurig umarmte sie ihre alte Freundin.

Es war mir bestimmt zu wissen, dass ich niemals zurückkehren kann, dachte sie. Sie wartete, bis Kezia gegangen war, und dann schlug sie die Hände vors Gesicht und weinte. Ich kann nicht mehr zurück. Dieser Weg ist mir versperrt.

Lange saß sie allein da, bemüht, ihre Tränen zurückzudrängen. Schließlich war sie leer geweint. Sie stand auf und machte sich auf den Weg zurück zu Jesus. Jesus – das Einzige, was ich noch habe, dachte sie.

Als sie herankam, näherte sich ihm gerade eine Gruppe entsetzlich entstellter Menschen – sieben Männer und drei Frauen, obwohl es schwer war, sie voneinander zu unterscheiden. Aussätzige. Ihre fahle Haut schälte sich an vielen Stellen vom Körper, und ihre Füße waren verwachsene Stummel. »Dann hilf uns!«, riefen sie. »Wenn du das Reich Gottes kennst!«

Jesus schaute sie an und stellte ihnen eine unerwartete Frage. »Wollt ihr denn geheilt werden?«

Wie seltsam. Wer wollte in einem solchen Zustand nicht geheilt werden?

Sie nickten alle und riefen: »Jesus, Meister, erbarme dich unser!«

»Geht, zeigt euch dem Priester, und bringt das Opfer dar, wie Mose es befohlen hat«, sagte er. Das Gesetz schrieb ein Ritual zur Reinigung von Leprakranken vor.

Sie zogen enttäuschte Gesichter, erhoben sich jedoch und verbeugten sich respektvoll. Mehr geschah in diesem Augenblick nicht, aber als sie sich aufrichteten, schien es Maria, als seien sie ein wenig größer als zuvor. Unter Schmerzen wandten sie sich ab, um sich in der Hitze schwankend auf den Weg nach Kapernaum zu machen.

Jesus war mit seiner Predigt fast am Ende, als ein Blinder auf ihn zutaumelte und sich an sein Gewand klammerte. »Hilf mir!«

Jesus verstummte und legte seine Hände um das Gesicht des Mannes. Er schaute ihn lange und eindringlich an, bevor er fragte: »Was willst du von mir?«

Warum immer diese Frage? Maria wunderte sich. Es war doch offensichtlich, was der Mann von ihm wollte!

»Ich will wieder sehen!«

Jesus betete und berührte dann sanft seine Augenlider. »Dein Glaube hat dir das Augenlicht wiedergegeben«, sagte er.

Der Mann stand da, zwinkerte, blinzelte, rieb sich die Augen.

»Kannst du sehen?«, fragte Jesus. »Was siehst du?«

»Ich sehe … Formen. Farben, die sich bewegen. Und …« Er streckte die Hand aus und berührte Jesu Gesicht. »Und ein Gesicht. Dein Gesicht.« Der Mann tat einen Schritt auf Jesus zu, und seine trüben Augen schauten in die klaren Augen von Jesus. »Ich sehe dein Gesicht.« Er fiel auf die Knie und ergriff die Hände von Jesus. »Danke«, sagte er leise.

»Seht ihr diese Heilungen?«, fragte Jesus die Menge. »Sie sind nur ein Zeichen, ein Zeichen dafür, dass das Königreich heraufdämmert, dass es schon hier ist. Wie Jesaja es verheißen hat: Die Blinden werden sehen, die Gefangenen werden frei sein, und diejenigen, die gebrochenen Herzens sind, werden getröstet werden. Ich bin nur ein Werkzeug – ich bin Gottes Werkzeug, das euch davon künden soll.«

Der Tag ging zur Neige; bald würden die letzten warmen Sonnenstrahlen verschwinden.

»Meine Freunde, geht in Frieden!«, rief Jesus. »Kehrt nach Hause zurück und berichtet allen, was Gott tut.«

»Die werden niemals gehen«, sagte Johanna mit leiser Stimme zu Maria.

Aber überraschenderweise löste die riesige Menge sich doch auf. Langsam wanderten die Menschen auf den Wegen um den See herum davon. Als es dämmerte, waren Jesus und seine Anhänger allein.

Das Feuer knisterte und flackerte, und Funken wirbelten wie kleine Sterne in die Nacht hinaus. Sie saßen im Kreis um das Feuer herum, erschöpft nach diesem langen Tag, obwohl Jesus derjenige gewesen war, der gearbeitet hatte. Aber auf geheimnisvolle Weise hatten sie alle das Gefühl, sie seien auch beteiligt gewesen.

»Ihr werdet diese Dinge und größere tun«, sagte Jesus. »Es gibt viel Arbeit, und ich kann nicht alles allein tun. Ich brauche eure Hilfe.«

»Wir wissen nicht … Wir wissen nicht, wie«, sagte Philippus.

»Können wir es lernen?«, fragte Petrus. »Kannst du uns deine Geheimnisse lehren?«

Jesus lächelte. »Das Geheimnis ist eines, das allen offen steht, obwohl nur wenige etwas damit anfangen wollen: Es ist der Gehorsam gegen Gott. Tut, was er von euch verlangt, und große Macht wird euch gewährt.«

Das Feuer zischte wie eine Schlange. Simon sah sich um, weil er glaubte, es sei wirklich eine da.

»Ich weiß nur, dass man die Gebote halten muss«, sagte Philippus.

»Das ist der Anfang«, sagte Jesus. »Es ist das Fundament. Die meisten Menschen wollen als Erstes eigene Anweisungen bekommen, aber in Wahrheit kommen diese als Letztes. Gott gibt euch die einfachen Aufgaben zuerst. Wer Kleinigkeiten getreulich erfüllt, wird Großes zu tun bekommen.«

»Meister, ich will nicht ... respektlos erscheinen oder den Eindruck machen, als beschäftigten mich solche Dinge mehr als alles andere – aber wovon werden wir leben?«, fragte Matthäus. »Verzeih mir, aber ich bin ein praktisch denkender Mann, ich habe mit Geld und Rechnungen zu tun, nur davon verstehe ich etwas, und ... wir müssen essen. Oder sollen wir betteln?« Er hob die Hände. »Ich habe nichts dagegen, es geht mir nicht um meinen Stolz, selbst wenn alle meine früheren Kollegen vorbeikämen und meine ausgestreckte Hand sähen. Aber ... es würde all unsere Zeit in Anspruch nehmen. Ich meine, betteln ist eine Arbeit, die den ganzen Tag ausfüllt. Und du hast doch sicher etwas anderes für uns zu tun.« Er räusperte sich. »So hört es sich jedenfalls an.«

»Ich bin dankbar, dass ich einen Mann bei mir habe, der etwas von Geschäften versteht.« Jesus berührte Matthäus' Arm. »Du hast ganz Recht, es gibt dringende Angelegenheiten, die unsere ungeteilte Aufmerksamkeit erfordern. Als ich den Menschen sagte, sie sollten sich keine Sorgen machen, da war mir durchaus bewusst, dass wir alle essen müssen, jawohl.«

»Ich habe Geld«, sagte Johanna plötzlich. »Ich habe viel Geld.« Sie beugte sich vor und band den Beutel los, den sie um den Leib trug. »Nimm es. Ich gebe es gern für uns alle, damit wir zu essen haben und uns um andere Dinge kümmern können.«

Jesus streckte die Hand nach der Börse aus, öffnete sie und schaute hinein. »Das ist sehr großzügig«, sagte er. »Es gibt uns die Freiheit, das zu tun, was Gott am meisten von uns will.«

»Als mein Gemahl mich freiließ ...« Johannas Stimme stockte. »Nein, ich will ehrlich sein – als er mich verstieß, weil ich ein hoffnungsloser Fall war, da gab er mir dieses Geld, um sein Gewissen zu beruhigen. Er dachte natürlich, man würde es mir sofort wieder rauben, weil ich nicht selbst auf mich Acht geben könne, aber er kaufte sich damit seinen Seelenfrieden. Ich war zwar besessen, aber nicht dumm; ich war durchaus in der Lage, das Geld zu hüten. Und jetzt gehört es dir.« Sie war anscheinend erleichtert, es los zu sein, und froh, dass sie etwas für Jesus tun konnte.

»Ich danke dir, Johanna«, sagte er.

Maria betrachtete die Gesichter rings um das Feuer. Sie waren füreinander die Familie, und sie konnten sich auf niemanden sonst mehr verlassen. »Werden sich noch andere uns anschließen?«, fragte sie Jesus.

»Vielleicht«, sagte er. »Es kommt darauf an, wen der Vater uns bringt. Wenn er will, dass noch andere kommen ... müssen wir sie willkommen heißen. Männer und Frauen.«

»Meister.« Maria konnte sich nicht zurückhalten. »Männer verlassen ihr Zuhause immer wieder. Aber bei Frauen ist es anders. Es erlegt ihnen unnatürliche Anforderungen auf.«

»Vielleicht ist der Preis zu hoch für dich«, sagte Jesus. »Aber ich habe gespürt, dass du anders bist und dass meine Mission dich braucht. Wärest du ein Mann gewesen, hätte ich dich ohne Zögern gerufen. Hatte ich Unrecht, dich so zu behandeln?«

»Nein!«, antwortete sie hastig. »Durchaus nicht.«

»Ich wünschte, ich wüsste, wohin Gott uns führen will.« Andreas sah sich unter seinen Gefährten um.

Jesus antwortete nicht sofort, aber schließlich sagte er: »Selbst Abraham hat das nicht erfahren. Als Gott ihm befahl, Ur zu verlassen, hat er ihm nichts weiter offenbart. Hätte Abraham Ur nicht verlassen, wäre auch alles andere nicht geschehen – warum also es ihm offenbaren?«

»Weil Abraham besser hätte entscheiden können, was er tun sollte, wenn er alles gewusst hätte?«, erwog der kleinere Jakobus, Matthäus' Bruder.

»Weil ihn die Verheißungen ermutigt hätten, sodass er alle Strapazen besser ertragen hätte?«, schlug Petrus vor.

»Die zweite Antwort ist die bessere«, sagte Jesus. »Es ist wahr, Gott macht uns zuweilen Verheißungen, um uns über schwere Zeiten hinwegzuhelfen. Aber anscheinend offenbart er seinen Willen nicht den Neugierigen, sondern nur denen, von denen er weiß, dass sie seinem Willen gehorchen werden, und ihnen braucht er ihn nicht zu offenbaren.«

»Das sind harte Worte!«, rief Philippus. »Wer kann das ertragen? Oder verstehen?«

»Ich glaube, von uns wird erwartet, dass wir es ertragen, *ohne* es zu verstehen«, sagte Jesus. »Eins kann ich euch versprechen:

Wer diese Reise antritt, begibt sich auf ein großes Abenteuer. Ein Leben mit Gott ist niemals langweilig.«

Du bist es auch nicht, dachte Maria. Aber wohin willst *du* uns führen? Sie sprach die Frage nicht laut aus.

XXXV

Wieder zog ein heißer Tag herauf, und die Menge strömte schon vor der Morgendämmerung zusammen. Maria hörte sie, noch ehe sie ganz wach war; sie brachen in ihren Traum ein, aber das war gut, denn sie träumte, dass Joel sie von sich stieß und Elischeba ihr mit ausgestreckten Armen nachlief. Weinend wachte sie auf.

Kezia … Kezia war hier, dachte sie. Aber als sie langsam zu sich kam, fiel ihr ein, dass Kezia da gewesen war, ohne ihr helfen zu können, und Jesus nicht verstanden hatte. Und Silvanus war überhaupt nicht erschienen, obwohl sie ihm geschrieben hatte. Vielleicht hatte er den Brief nicht erhalten. Oder … hatte er für den Rest der Familie Partei ergriffen? Sie mussten ihm ja von ihrem kurzen Besuch in Magdala erzählt und ihn in grellen Farben geschildert haben.

Das Raunen der Menge brachte Maria auf die Beine, und rasch bereitete sie sich auf den Tag vor. Jeden Tag … Jeden Tag weiß ich nicht, was mich erwartet. Wie lange wird Jesus hier auf dem Feld bleiben und lehren?

Die Menge war immer noch groß, aber nun drängten sich in den vordersten Reihen die Pharisäer. Sie hatten sich sorgsam in ihre Tallits gehüllt, ihre Gebetsschals mit den besonders langen, rituellen Fransen, an denen man sie erkannte, und in dieser Kleidung wirkten sie auf dem heißen, freien Feld seltsam fehl am Platze. Kaum hatte Jesus seinen abgeschiedenen Gebetsort verlassen, um zu ihnen zu sprechen, bestürmten sie ihn mit Fragen.

»Entscheide dieses, Lehrer!« Einer der Pharisäer schob seine Gefährten beiseite und blieb vor Jesus stehen. »Wir sind unter römischer Herrschaft, nicht wahr? Ist es also rechtens, den Römern Steuern zu zahlen, wenn wir wissen, dass sie unser Geld benutzen, um uns zu unterdrücken?«

Die Frage brannte allen im Land auf den Nägeln. Die Zeloten sagten nein, und das machte sie in den Augen Roms zu Verrätern. Die Kompromissbereiten sagten ja, und das machte sie in den Augen ihrer Landsleute zu Feiglingen. Wie Jesus auch antwortete, er würde sich damit in den Augen vieler in Misskredit bringen und seiner Mission schaden.

»Als ob wir ihnen jemals helfen sollten!«, zischte Simon Maria und Johanna zu. »Was kann er sonst antworten?«

Aber Jesus sagte: »Zeigt mir eine Münze.«

Ein hilfsbereiter Mann hielt einen römischen Denar in die Höhe.

Jesus nahm die Münze und betrachtete sie. »Was für ein Bildnis ist auf dieser Münze?« Er reichte das Geldstück dem Pharisäer.

Für den Mann handelte es sich um ein frevelhaftes Bildnis. Er warf einen kurzen Blick auf das Profil auf der Silbermünze. »Es zeigt Tiberius Cäsar«, sagte er schließlich.

»Dann bezahlt Cäsar in seiner Münze und Gott in der seinen«, sagte Jesus.

Simon an Marias Seite schüttelte den Kopf. »Cäsar Steuern zahlen!«, knurrte er. »Wie kann er das sagen?«

»All diese Gesetze gehen dahin«, sagte Jesus. »Das kommende Königreich wird sie alle bedeutungslos werden lassen. Es ist ein Fehler, mehr aus ihnen zu machen, als sie verdienen.«

»Unser Gesetz ist ewig!«, rief ein anderer Pharisäer. »Es ist Teil unseres Bundes mit Gott!«

In diesem Augenblick drängte sich ein junger Mann nach vorn und lief mit flatternden Gewändern auf Jesus zu. »Lobet Gott! Lobet Gott!«, rief er. Er sprang in die Höhe, drehte sich ein wenig in der Luft, landete anmutig wieder auf dem Boden und streckte die Arme aus wie ein Tänzer. Dann warf er sich vor Jesus auf die Erde. »Danke, danke! Als du uns nur zum Priester geschickt hast, da wusste ich nicht … Ich habe nicht verstanden …« Sein Akzent kennzeichnete ihn als Samariter, als gefürchteten, ketzerischen Samariter.

Jesus nahm seine Hand und ließ ihn aufstehen. Er schaute den Mann aufmerksam an. »Dieser Mann ist mit einer Gruppe von Aussätzigen zu mir gekommen. Aber es waren zehn! Wo sind die anderen neun? Ist keiner unter ihnen, der zurückkehrt, um Gott zu preisen, außer einem Fremden, einem Samariter?« Er berührte den Kopf des Mannes. »Geh! Dein Vertrauen hat dich gesund gemacht.«

Der Mann verbeugte sich und ging durch die Menge davon.

»Ein Samariter!«, sagte jemand. »Du hast einen Aussätzigen berührt und einen Samariter obendrein!«

»Das meine ich, wenn ich von Missdeutung des Gesetzes spreche«, erklärte Jesus. »Manchmal kann ein Fremder, ein Heide, vor Gott rechtschaffener sein als der, der seine Minze und seinen Thymian zählt und den rechten Tribut zollt – zehn Blätter von hundert. Gott hat zum Propheten Samuel gesagt: ›Der Herr sieht nicht, wie ein Mensch sieht: Ein Mensch sieht, was vor Augen ist; der Herr aber sieht das Herz an.‹«

»Aber wir können nur sehen, was vor Augen ist«, entgegnete einer der Frommen, ein kleiner, stämmiger Mann, der zufällig sehr gut aussah. »An nichts anderes können wir uns halten. Wir können nicht denken wie Gott. Willst du sagen, wir sollten so tun, als könnten wir etwas anderes? Das würde Gott doch auch missfallen.« Bei seinem Aussehen wusste er wahrscheinlich aus erster Hand, wie es war, nach dem Äußeren beurteilt zu werden – zumal es meistens zu seinen Gunsten ausgefallen sein dürfte, dachte Maria.

Jesus überlegte eine Weile. »Du hast wohlgesprochen. Gott will nicht, dass wir vorgeben, ein Wissen zu haben, das ihm allein vorbehalten ist. Aber er will, dass wir barmherzig sind, und so sollen wir danach trachten, wann immer sich eine Frage erhebt.«

Die Mittagsstunde war inzwischen vorüber, und die Leute hätten daran denken müssen, nach Hause zu gehen und zu essen, aber sie rührten sich nicht. Sie blieben in der Sonne stehen und stellten Jesus Fragen, ohne lockerzulassen.

Plötzlich entdeckte Maria ein bekanntes Gesicht in der Menge – eine hübsche Frau mit rötlichem Haar, die neben einem Mann stand, den sie ganz sicher auch schon einmal gesehen hatte. Jakobus! Der missmutige Bruder Jesu! Was wollte er hier? Und hinter ihnen – ja, das war Maria, seine Mutter. Sorge spiegelte sich in ihrem Gesicht. Sie winkten ein paar muskulösen Männern rechts und links von ihnen, worauf diese sich durch die Menge drängten und auf Jesus zugingen, gefolgt von seiner Mutter und den anderen.

Die Männer stießen jedermann beiseite, um zu Jesus durchzudringen. Als sie ihn ergreifen wollten, schob er sie von sich. »Mutter!«, rief er, ohne die Männer weiter zu beachten. »Mutter.« Er klang erschrocken und sehr traurig.

»Mein Sohn, du bist ... du bist ...« Sie brach in Tränen aus. »Du bist von Sinnen! Dein Benehmen in Nazareth – und jetzt das, was du hier redest – bitte, du musst dich in unsere Obhut begeben, damit wir dich nach Hause bringen, wo du dich ausruhen und genesen kannst.«

Jakobus drängte sich mit finsterer Miene heran. »Dafür also hast du unsere Tischlerwerkstatt aufgegeben? Für diese Ketzerei? Wie kannst du es wagen zu verlangen, dass ich *dafür* deinen Platz einnehme?« Er wollte Jesus bei der Schulter packen.

Da erkannte Maria die andere Frau. Es war Lea, die Schwester von Jesus. Ja, natürlich. Sie hatte geheiratet und wohnte in Kapernaum.

»Jesus, Jesus!«, flehte sie. »Bitte gib das auf! All das, was wir über dich gehört haben, erleben wir jetzt selbst! Du bist wahrlich vom Wege abgekommen! Was ist mit dir geschehen? Kehre nach Nazareth zurück, ruh dich aus, komm wieder zu dir!« Ihr Kopftuch fiel herunter, und ihr üppiges, wunderschönes Haar war zu sehen.

Er wich vor ihnen zurück. »Nein«, sagte er und wirkte so traurig, dass Maria dachte, er werde in Tränen ausbrechen. Aber er fasste sich wieder.

»Wir sind deine Mutter, deine Schwester, dein Bruder!«, rief Lea. »Bedenke doch, deine Mutter, deine Schwester, dein Bruder!« Sie rückte immer näher, bis sie nur noch eine Armlänge von Jesus entfernt war. Aber sie machte keine Anstalten, ihn zu berühren. Die kräftigen Männer standen abseits und warteten auf ein Zeichen zum Eingreifen.

Jesus trat zurück, und statt mit ihnen zu sprechen, schaute er sich nach Maria, Petrus, Simon und seinen anderen auserwählten Jüngern um. Die tiefe Zuneigung in seinem Blick hätte seiner Familie gebührt. Aber er erhob die Stimme und sprach zu allen, die anwesend waren. »Wer sind meine Mutter, meine Schwester und mein Bruder?« Er schaute seine Mutter an, dann Lea und Jakobus. »Meine Mutter, meine Schwester und mein Bruder sind die, die das Wort Gottes hören und es befolgen.«

»Das tun wir«, sagte Jakobus entschlossen. »Wir hören auf das Wort Gottes.«

»Aber ihr haltet mich für verrückt«, entgegnete Jesus. »Das lässt sich nicht miteinander vereinbaren.«

»Jesus, Jesus!« Seine Mutter fing an zu weinen, und sie rief laut und voller Schmerz: »Mein Sohn, mein Sohn!«

»Nein, Mutter, er ist nicht dein Sohn«, sagte Jakobus und nahm sie schützend in die Arme. »Und er ist nicht mein Bruder.« Er drehte sie gewaltsam herum und schleifte sie fast durch die Menge, weg von Jesus, der regungslos dastand und ihnen nachschaute.

Danach war es still, und die Menge starrte ihn an. Was hatte dieser Jesus gerade getan? Er hatte die Treue zur Familie verworfen, das felsenfeste Fundament all dessen, was man traditionell in Ehren hielt. Das war unfassbar. Was war ein Mann ohne seine Familie? Jeder wurde erst durch seine Familie kenntlich. »Aus dem Hause David.« »Ein Benjamiter.« Die Familie war alles. Und Jesus hatte ihre Bedeutung geleugnet, indem er sagte – ja, was? Dass ein Mensch sich seine Familie selbst schaffen, dass er sich seine nächsten Verwandten aussuchen könne?

Die Leute entfernten sich langsam, ebenso entsetzt wie die Familie Jesu. Nur wenige blieben da, unter denen Maria Judas sah. Elegant gekleidet und allein, stand er da und starrte Jesus an.

»Komm her, Judas!«, rief Jesus. »Komm und schließe dich uns an! Werde mein Bruder!«

Judas wich zurück; er war entsetzt, dass er unter allen herausgehoben und namentlich gerufen wurde. Und warum? Er hatte doch nichts gesagt, hatte nur zugeschaut.

»Judas! Komm! Wir gehen woanders hin. Komm mit uns«, rief Jesus.

Judas wandte sich ab, lief davon und verschwand in der abziehenden Menge.

»Lasst uns auf die andere Seite des Sees hinüberfahren«, sagte

Jesus zu seinen Gefährten. »Wir brauchen einen ruhigen Platz, wo wir uns ausruhen können.«

Bald hatten sie Boote gefunden, die sie übersetzen konnten. Als sie ablegten, empfand Maria große Erleichterung. Sie schaute hinüber zu der Anhöhe, auf der sich die Menschen versammelt hatten. So viele waren es gewesen! Als die Boote weiter hinaus in die tiefen Wasser des Sees glitten, fühlte sie sich sicherer. All diese Menschen – wie konnte Jesus ihnen Antwort geben? Sie selbst hatte er von den Dämonen befreit, als er fast allein gewesen war und niemand weitere Ansprüche an ihn gestellt hatte, aber jetzt ... Wie konnte er je für so viele andere tun, was er für sie getan hatte?

Das Ufer versank in der Ferne, und Maria hörte immer noch die Rufe der Zurückgebliebenen.

Sie landeten am Ostufer auf dem Gebiet des Herodes Philippus. Nachdem sie die Boote auf den Strand gezogen hatten, ging Jesus zwischen den Steinen hindurch an Land. Es war ein raues Gelände; die sandfarbenen Felsen und der Boden waren ungastlich, aber zumindest konnten sie sich hier ungestört zurückziehen.

Jesus winkte ihnen allen. »Kommt!«, rief er und führte sie den zerklüfteten Strand hinauf. Bald würde die Sonne untergehen. Die Zeit zwischen Sonnenaufgang bis zu dieser Stunde war ihnen endlos erschienen; Jesus hatte die Stunden verlängert.

Maria beobachtete, wie er sich seinen Weg durch die Felsen suchte und seinen langen, schmalen Schatten neben ihre gedrungenen warf. Er hielt den Kopf gesenkt; offenbar war er traurig über das, was heute mit seiner Familie vorgefallen war.

Plötzlich erhob sich ein markerschütternder Schrei von – ja, von wo? Sie konnten es nicht sagen.

Jesus blieb stehen und schaute sich um.

Ein nackter Mann tauchte hinter einem der Felsen auf und trat auf ihn zu. Er war so schmutzig, dass er eher wie ein Affe denn wie ein Mensch aussah, und er hielt scharfkantige Steine in beiden Händen. Er hob einen hoch und fuhr sich damit quer über die Brust. Ein Strich, aus dem dunkles Blut tropfte, klaffte diagonal in der schmutzverkrusteten Haut. Der Mann trug eiserne Reifen um Handgelenke und Fußknöchel, aber nur ein oder zwei Kettenglieder baumelten noch daran.

Sie waren wieder in die schreckliche Gegend geraten, in der Maria, Petrus und Andreas angegriffen worden waren. Dieser Mann würde viel stärker sein, als seine Größe vermuten ließ.

»Lauf weg!«, sagte Petrus zu Jesus und nahm seine Hand.

Aber Jesus blieb stehen. Petrus versuchte ihn wegzuziehen.

»Meister! Dieser Mann ist gefährlich!« Jesus rührte sich noch immer nicht, und Petrus wich zurück, um sich selbst in Sicherheit zu bringen.

Der Besessene umkreiste Jesus auf allen vieren und fauchte wie ein Tier. Er bleckte die Zähne und knurrte.

Ein zweiter erschien, ebenfalls besessen, aber nicht so schlimm. »Lass ihn nicht in deine Nähe«, warnte er Jesus. »Er hat alle seine Ketten zerrissen, und niemand kann ihn bändigen! Er bringt jeden um, der sich ihm nähert.«

Der Mann mit den zerrissenen Ketten umkreiste sie weiter. Maria nahm Johannas Hand. Der arme Mann!, dachte sie.

Als dieser nah an Jesus herangekommen war, duckte er sich tief vor ihm und murmelte etwas. Sein Rücken war so übersät von Kratzern und Krusten, dass die Haut an schlecht gegerbtes Leder erinnerte, und sein Haar stand in schmutzigen Büscheln um den Kopf.

Ohne auf ein Wort von ihm zu warten, sagte Jesus: »Komm heraus aus diesem Mann, du böser Geist!«

Daraufhin warf sich der Mann Jesus entgegen und schrie mit kreischender Stimme: »Was willst du von mir, Jesus? Schwöre bei Gott, dass du mich nicht foltern wirst!«

Jesus rührte sich nicht. Der gefährliche Mann kauerte dicht vor seinen Füßen. »Wie ist dein Name?«, fragte Jesus kalt.

Der Mann hob den Kopf und entblößte die Zähne. »Mein Name ist Legion«, sagte er, »denn wir sind viele.«

»Verlasst diesen Mann!«, befahl Jesus der Legion von Dämonen.

Der Mann warf den Kopf in den Nacken. »Schicke uns nicht fort von hier!«, schrie die Stimme, und es war nicht seine eigene. »Schicke uns nicht fort!«

»Fort mit euch zu eurem Herrn, fort in die Hölle!«

»Nein! Nein!« Hässliches Kreischen zerriss die Luft.

»Verlasst ihn!« Laut wiederholte Jesus seinen Befehl.

»Schick uns in die Schweine!«, flehte die Stimme winselnd.

Erst jetzt bemerkte Maria die große Schweineherde, die auf dem Hang weidete, nahe der steilen Uferböschung.

»Also gut«, sagte Jesus. »Das erlaube ich euch.«

Krämpfe schüttelten den Mann und schleuderten ihn vornüber auf den Boden. Er wand sich, und ein gespenstisches Heulen drang aus seinem schlaffen Mund –dann lag er still wie tot.

Im gleichen Augenblick erhob sich ein durchdringendes Rumoren von der Höhe über ihnen. Die Schweine waren plötzlich erregt, als habe sie etwas erschreckt oder als habe der Boden unter ihnen nachgegeben wie bei einem Erdbeben. Sie kreisten umeinander, bevor sie in panischer Angst zu rennen anfingen, schnaubten und schrille Schreie ausstießen. Die Erde zitterte, als die ganze Herde den Hang herunterstürmte. Maria kam ein Würgen an, als der ungewohnte Schweinegeruch, warm und muffig, herüberwehte. Und ihre Augen – sie konnte die winzigen Äuglein sehen, die in der untergehenden Sonne rot leuchteten, und den Speichel, der von den bebenden Schnauzen troff. Donnernd warfen sie sich über die Böschung und stürzten ins Wasser, wo sie zappelten und ruderten, bevor sie ertranken.

Von der Klippe über ihnen ergoss sich der Rest der Herde herab, Schwein um Schwein schlug mit Ekel erregendem Geräusch unten auf. Die ersten klatschten auf die Steine und wurden zerschmettert, und die nächsten fielen mit fettem, hässlichem Plumpsen auf die Kadaver. Sie türmten sich zu einem mannshohen Haufen, Hunderte von Schweinen. Entsetztes Quieken erfüllte die Luft.

Maria sah Simon mit offenem Mund in der Nähe stehen. »Da hast du dein geheimes Wort«, sagte sie. »Schweine. Kommt dir das nicht symbolisch vor?«

Er nickte nur dumpf. »Es war nur ein Losungswort«, sagte er. »Willkürlich ausgewählt. Ich meinte doch nicht …«

Perlen vor die Säue, dachte Maria. Werft eure Perlen nicht vor die Säue … Ist meine Familie in Magdala wie diese Schweine, dumm und unverständig, hoffnungslos? Sie haben sich jedenfalls gegen mich gewendet wie diese Schweinemeute.

Die Schweine schlugen immer noch mit entsetztem Quieken auf und verendeten. Der Mann lag wie tot Jesus zu Füßen.

Die Sonne war hinter den Hügeln verschwunden, als die letzten Schweine über die Klippe sprangen. Eine riesige Herde war vollständig zugrunde gegangen. Die Tierkadaver lagen in hohen Haufen am Strand und dümpelten im Wasser.

Maria und Johanna wischten dem Mann mit feuchten Tüchern die Stirn ab und versuchten ihn zu sich zu bringen. Schließlich schlug er die Augen auf. Seine Gliedmaßen waren völlig erschlafft. Sie wussten, wie es ihm ging, und hielten seinen Kopf in den Armen.

»Gebt ihm etwas zu essen«, sagten sie, »und Kleidung. Wir müssen doch etwas haben – ein Hemd, einen Mantel.« Oh, das alles war ihnen nur allzu vertraut. Maria erinnerte sich an die freundliche Frau, die ihr den Mantel geschenkt hatte. »Irgendetwas.«

Petrus spendete einen Mantel, und Philippus hatte ein Hemd übrig. Simon streifte seine Sandalen ab. Andreas hatte ein paar Feigen und ungesäuertes Brot.

Der Mann richtete sich langsam auf. Er war benommen und konnte sich an nichts erinnern. Auch das verstanden Maria und Johanna.

»Wer seid ihr?«, fragte er und bewegte matt den Kopf.

»Das ist Jesus«, sagte Maria. »Ein heiliger Mann, der die Macht hat, Dämonen zu bannen. Bei mir hat er es auch getan. Und bei ihr.« Sie zeigte auf Johanna.

»Gott hat dich gesund gemacht«, sagte Jesus. Die toten Schweine kümmerten ihn überhaupt nicht.

Der Mann sah sich um. »Du hast mich gerettet!«, sagte er schließlich.

»Gott hat dich gerettet«, widersprach Jesus.

»Niemand hat es gekonnt«, sagte der Mann. »So viele Jahre lang haben sie mich geplagt, und jeder heilige Mann aus der Gegend wurde herbeigerufen, doch ohne Erfolg.« Er schaute staunend an seinem Körper hinab. »So lange war ich wie ein Tier. Kleider! Was für ein Wunder!« Er strich über Hemd und Mantel. Unvermittelt ergriff er Jesu Arm. »Lass mich mit dir kommen! Lass mich bei dir bleiben! Ich will zu denen da gehören, zu deinen Jüngern!«

»Nein«, sagte Jesus leise.

Maria war erschrocken. Nahm er nicht alle zu sich, die er erlöst hatte?

»Aber … ich gehöre hierher, das fühle ich! Ich will dich nicht verlassen! Bis jetzt habe ich …«

»Nein«, wiederholte Jesus.

»Das kannst du nicht tun! Ich muss bei dir bleiben! Ich habe sonst nichts!« Der Mann fing an zu weinen. »Du kannst mich nicht erlösen, nur um mich zu verlassen!«

»Hast du denn keine Familie?«, fragte Jesus freundlich.

»Ich hatte eine«, antwortete der Mann. »Aber ich weiß nicht … Es ist so lange her … und ich bin so verändert. Es kann nicht mehr so sein wie früher.«

Jesus sah ihn an, und Maria merkte, dass er hin und her gerissen war. Er sah, wie der Mann litt, aber er wusste auch, was für jeden am besten war. »Das stimmt. Es kann nicht mehr so sein wie früher. Aber du bist ein lebendiger Zeuge dessen, was Gott getan hat. Du hast eine Aufgabe, und die ist schwer: Du musst nach Hause zurückkehren und allen berichten, was Gott für dich getan hat, und von seiner großen Barmherzigkeit dir gegenüber erzählen.«

»Aber ich will nicht nach Hause! Ich war dort bisher nicht willkommen, und ich werde auch jetzt nicht willkommen sein.«

»Darum sage ich, es ist eine schwere Aufgabe. Zu denen zurückzukehren, die auf dich herabschauen, nur um Zeugnis von Gott abzulegen – er hat dir wahrlich ein hartes Los zugedacht. Aber Gott hat es dir zugedacht, nicht ich.«

In diesem Augenblick kamen die Schweinehirten den Hang heruntergelaufen. Atemlos blieben sie vor ihren toten Schweinen stehen und fingen an, laut zu klagen. Dicht hinter ihnen folgten die Bewohner der Stadt, aus ihren Häusern gelockt von Lärm und Aufruhr. Sie starrten den Haufen toter Schweine an, die Kadaver, die im See schwammen, schließlich Jesus und seine kleine Schar.

»Was ist hier los?«, fragte einer der Männer, zu Jesus gewandt. Dann erkannte er den Besessenen. »Was ist denn passiert?« Es war schwer zu sagen, was ihn mehr erschreckte, die toten Tiere oder der Geheilte.

»Dieser Mann ist von seinen Dämonen befreit worden«, sagte

Jesus. Er legte dem Mann den Arm um die Schultern und drehte ihn um, sodass die Leute ihn sehen konnten.

»Josua!«, rief der andere Mann. »Bist du es wirklich?«

»Jawohl, ich bin es«, antwortete der Geheilte. »Ebenderselbe, den du dein Leben lang gekannt hast.«

Aber statt ihn willkommen zu heißen, wich der Mann zurück. »Das ist nicht möglich! Er war jahrelang besessen! Er hat sogar seine Ketten zerrissen!«

Die anderen Leute deuteten auf die Schweine. »Was hat das zu bedeuten? Wer ist dafür verantwortlich?«

»Die Dämonen sind in die Schweine gefahren«, sagte Petrus, »als dieser da von ihnen befreit wurde.«

»Und wer wird dafür bezahlen?«, fragte einer. »Das ist ein gewaltiger Verlust. Viele hundert Drachmen!« Er wandte sich an Jesus. »Wirst du das vielleicht bezahlen? Ja?«

Jesus sah ihn verwundert an. »Es war der Preis für die Erlösung deines Bruders hier.« Er zeigte auf Josua.

»Er ist nicht mein Bruder«, antwortete der Mann. »Wer wird die Schweine bezahlen? Wer? Wer?«

Josua warf Jesus einen letzten flehentlichen Blick zu. Aber Jesus schüttelte den Kopf. »Nein. Du musst hier bleiben.«

»Verschwindet von hier!«, schrie einer der Männer in der Menge. »Verschwindet! Fort mit euch! Setzt nie wieder einen Fuß auf dieses Ufer!«

Sie hoben Steine auf und schleuderten sie auf Jesus und seine Jünger, und diese flüchteten sich zu den Booten, obwohl es schon dunkel wurde.

Langsam schaukelnd bewegten sich die Boote über den See zurück. Maria klammerte sich an den Bootsrand; die Erkenntnis, dass Jesus sie hätte zurückschicken können, wie er Josua zurückgeschickt hatte, war schwindelerregend. Er hatte sie nicht auserwählen müssen, wie sie die ganze Zeit geglaubt hatte und ebenso, dass jeder, den er geheilt habe, ihm willkommen sei.

Was er in Betabara gesagt hatte – und damals hatte sie nicht weiter darauf geachtet –, dröhnte jetzt in ihren Ohren: »Ihr erwählt nicht mich, sondern ich erwähle euch.«

Warum ich und nicht Josua? Sie wollte die Hand ausstrecken

und darauf bestehen, dass er mitkam. Aber Jesus hatte mit Entschiedenheit gesprochen. Vielleicht hatte Josua in Gergesa noch etwas zu tun, ehe er wirklich frei sein würde, und vielleicht wussten nur er und Jesus etwas davon.

Es war schon spät, als sie wohlbehalten den Platz erreichten, an dem sie in der Nacht zuvor gelagert hatten. Wieder eine Nacht auf freiem Feld. Maria gewöhnte sich allmählich daran. Es war kein seltsames Gefühl mehr, draußen zu sein und unter freiem Himmel zu schlafen. Häuser wurden nach und nach zu Erinnerungen.

»Die Füchse haben ihre Höhlen, und die Vögel des Himmels haben ihre Nester, aber der Menschensohn hat keinen Platz, sein Haupt zu betten«, sagte Jesus, als sie sich zur Nacht niederließen.

»Meister«, sagte Petrus, »im Sommer ist das ja alles schön und gut, aber was werden wir im Winter anfangen?«

Jesus breitete seinen Mantel auf der Erde aus. »Wenn die Zeit kommt, werden wir sehen.«

Die Vorstellung, draußen im peitschenden Regen zu liegen, war so bestürzend, dass Maria schmerzlich das Gesicht verzog. Fast war es, als spüre sie die kalten Finger der Regentropfen und das Beißen des Windes in ihrem Gesicht.

»Meine Freunde, wir werden …« Jesus brach ab. Er schaute sich um, denn er hatte etwas gehört.

Zwei Laternen schwangen im Dunkeln; es sah aus, als hingen sie in der Luft. Maria sah Hände, die sie festhielten, und im matten Licht erkannte sie das Gesicht von Judas und das des gut aussehenden Frommen. »Ah. Mein Vater hat uns noch zwei gebracht.« Jesus stand auf. »Willkommen.«

Judas trat nervös heran. »Ich weiß nicht genau, was ich hier suche«, sagte er.

»Aber Gott weiß es«, sagte Jesus. »Vertraue auf ihn.«

Judas lachte. »Er hat noch nie zu mir gesprochen. Ich wüsste nicht, warum er es jetzt tun sollte.«

»Er hatte auch mit Mose nie gesprochen, und Mose erkannte ihn doch.«

»Aber ich bin nicht Mose.«

»Das weiß Gott.« Jesus wandte sich dem anderen Mann zu.

»Ich fand deine Antworten ... zufrieden stellend«, sagte dieser. »Vernünftig. Überzeugend.« Er schwieg und fügte schließlich hinzu: »Beeindruckend.«

Jesus lachte. »Das ist schmeichelhaft. Wer bist du?«

»Ich heiße Thomas. Wir wollen uns dir anschließen.«

»Du weißt nicht, was das bedeutet«, sagte Jesus.

»Das wusste von denen da auch keiner.« Judas blickte in die Runde. »Nach allem, was ich sehe, sind es Leute, die riskiert haben, etwas zu glauben.«

»Glauben«, sagte Jesus. »Ja, das ist das Wichtigste. Hast du Glauben?«

»Ich ... ja , ja, durchaus!« Judas verteidigte sich nervös. »Ich suche schon lange nach jemandem, der vollkommen integer ist. Ich habe mir gesagt, wenn ich diesen ehrlichen Mann gefunden habe, jemanden, dessen Antworten ich vertrauen kann ...«

»Gott wird dir gleich sagen, dass es keinen ehrlichen Menschen gibt«, unterbrach Jesus ihn. »Wie es im Psalm heißt: ›Sie taugen nichts und sind ein Gräuel mit ihrem Wesen; da ist keiner, der Gutes tue.‹ Vor Gott sind alle Sünder.«

»Nein, das habe ich nicht gemeint. Ich suche nur das, was innerhalb der menschlichen Vernunft gut ist. Hör zu, ich bin Realist! Ich suche nicht nach Vollkommenheit.«

»Aber bei dir selbst wirst du dich doch sicher nicht mit weniger zufrieden geben?«, fragte Jesus.

»Du bist ein strenger Zuchtmeister! Habe Nachsicht mit anderen, aber akzeptiere nichts als Vollkommenheit bei dir selbst? Ich will es versuchen, aber ...«

Zu Marias Überraschung erwiderte Jesus: »›Ich will es versuchen‹? Ich hasse diese Worte! Sag lieber: ›Ich will.‹« Er funkelte Judas an. »Wenn dein Kind ertrinkt, sagst du dann: ›Ich will versuchen, es zu retten‹? Nein, wahrhaftig nicht! Und so ist es mit dem Königreich. Wir brauchen keine Zaghaften. Mit deinem ›Ich will es versuchen‹ geh nur woanders hin.«

»Also gut. Ich will es.«

»Schon besser.« Jesus sah Thomas an und winkte ihm, er solle sich zu den anderen setzen. Dann nickte er Judas zu. »Setz dich zu uns.« Er schaute in die Runde und sagte: »Ihr seid diejenigen, denen ich mein Herz öffnen will. Aber es gibt viele andere, die uns in größerem Abstand werden folgen wollen. Und das mögen sie tun. Sie mögen mitkommen und zuhören, und wenn sie sich dazu bewogen fühlen, können sie sich zu uns gesellen.«

»Aber … wohin gehen wir denn?«, fragte Petrus.

»Ich glaube, es wird Zeit, dass wir diese Gegend verlassen und weiterziehen. Lasst uns die anderen Städte Galiläas aufsuchen, Korazin und Betsaida. Dazu bin ich gesandt.«

Judas beugte sich vor. »Es ehrt mich, dass du mich auserwählt und mir erlaubt hast, deinem Kreis beizutreten. Aber du musst wissen, was draußen in der Welt vor sich geht. Die Lage verschlechtert sich – im Reich der Menschen«, fügte er hastig hinzu. »Pilatus hat soeben eine Gruppe von Pilgern aus Galiläa angegriffen, die in Frieden nach Jerusalem gekommen waren. Sie waren im Tempel, als er seinen Soldaten befahl, sie niederzumachen. Warum, weiß ich nicht.«

Alle schwiegen. »Wir müssen für sie beten«, sagte Jesus dann. »Unsere armen Landsleute.«

»Einige waren aus Tiberias, andere aus Kapernaum, wieder andere aus Magdala«, sagte Judas. »Ich habe es von meinem Vater gehört.«

Aus Magdala! Wer denn? Jemand, den sie kannte? Maria fröstelte es bei dieser Frage. O Gott, gib, dass es nicht so ist!

»Mit Pilatus haben wir einen grausamen Herrn«, bemerkte Philippus.

»Alle menschlichen Herren sind grausam, auf diese oder jene Weise«, sagte Jesus. »Das ist es, was ich ändern will.«

In diesem Augenblick kam wieder jemand in der Dunkelheit heran. Petrus sprang auf, um zu sehen, wer es war.

»Petrus!«, sagte eine Stimme. »Erkennst du mich denn nicht?«

Petrus spähte in die Dunkelheit. »Ich …« Er stockte und erforschte sein Gedächtnis nach einem Namen.

»Nathanael«, sagte der Mann. »Wir waren zusammen in Betabara. Bei Johannes dem Täufer. Erinnerst du dich?«

Der Mann kam näher, schlank, dunkel, nervös.

Jesus erhob sich, um ihn zu begrüßen; er umfasste seine Hände und küsste ihn auf beide Wangen. »Es ist eine Weile her, dass du uns verlassen hast.«

»Aber ich bin wiedergekommen«, sagte Nathanael. »Es ist eine lange Geschichte.«

Nathanael! Nach einer großen Seelenerforschung hatte er also beschlossen zurückzukehren! Maria war erfreut.

»Du bist hier«, sagte Jesus. »Ich glaube, jeder von uns hat eine lange Geschichte zu erzählen, und vermutlich werden wir sie am Lagerfeuer hören, Abend für Abend. Aber ich danke Gott, dass du da bist. Ich hatte das Warten schon aufgegeben.«

»Willkommen. Ich bin Thomas. Ich bin zwar gerade erst gekommen, aber nun bin ich doch nicht der Letzte.« Thomas grüßte Nathanael nickend.

Thomas: Einer der Strenggläubigen. Ein rigoroser Fragensteller, ein Skeptiker. Er war bisher der Einzige, den sie aus den Reihen der Orthodoxen rekrutiert hatten. Es war gut, dass sie einen von ihnen für sich hatten gewinnen können. Aber war es auch klug?, fragte Maria sich, als sie ihn ansah. Was ist, wenn er sich von uns abwendet und uns bei seinen Glaubensgenossen denunziert?

Kann der Leopard seine Flecken ändern?

Und plötzlich schämte sie sich, dass sie es wagte, in die Seele eines anderen zu schauen.

XXXVI

Am nächsten Morgen brachen sie auf und wanderten über die staubigen Pfade, die in dieser Region als Straßen dienten.

»Werden wir bis Dan wandern?«, fragte Petrus so laut, dass alle ihn hörten.

»Möchtest du das?«, fragte Jesus.

»Ja! Ja! Ich habe den Ausdruck ›von Dan bis Beerscheba‹ immer geliebt, denn er umfasste das ganze glorreiche Königreich Israel«, sagte Petrus. »Von Norden nach Süden, in einem einzigen großen Bogen.«

Jesus lachte. »Nun, Petrus, wir werden gewiss nach Dan wandern. Wenn nicht jetzt, dann eines Tages.«

Auch Maria hatte den Ausdruck »von Dan bis Beerscheba«

immer geliebt. In ihrem Geist beschwor er Bilder von Salomos Königreich herauf, und sie sah beinahe die Streitwagen mit den tapferen Wagenlenkern vor sich, die mächtigen Armeen, die durch das Land marschierten, die Kamelkarawanen, die von Norden und Osten eintrafen und allesamt zu Salomo kamen, um ihm ihre Waren zu Füßen zu legen. Und dann die Schiffsflotten, die im Hafen anlegten mit ihrer Ladung: Elfenbein und Affen, kostbare Edelsteine und Düfte. Damals wurde Israel von den anderen Nationen beneidet, da es ein mächtiger Staat war und nicht geschrumpft, wie es inzwischen war als Sklave einer größeren politischen Macht, der Sklave Roms.

Je höher sie in die Berge wanderten, desto mehr konnten sie vom Galiläischen Meer sehen, das sich unter ihnen ausbreitete. Als sie an einem schattigen Fleckchen angelangt waren, wo sie rasten und essen wollten, konnten sie fast bis zum Südufer blicken.

Sie packten ihren Proviant aus und teilten ihn: Wein, ein wenig Käse und Brot. Der Wein, ohnehin von minderwertiger Qualität, war in der Hitze und vom Schaukeln in den Schläuchen noch schlechter geworden, der Käse war eingetrocknet und das Brot altbacken: Armeleutekost.

Fortan unsere Kost, dachte Maria. Das ist vermutlich für uns alle etwas Neues. Jakobus und Johannes haben im Haus ihres Vaters sicher nur den feinsten Wein getrunken, wann immer sie wollten. Judas – er muss wohlhabend sein; seine Bildung verrät es. Johanna ist an Palastkost gewöhnt. Petrus und Andreas, geachtete Bürger von Kapernaum, haben nie auf etwas verzichten müssen. Und Jesus selbst ging es zumindest nicht schlecht, als er in Nazareth lebte.

Sie biss in ein Stück Käse, und die Erinnerung an den Käse, den sie zu Hause gegessen hatte, erwachte: Ziegenkäse, geräucherten Schafskäse und den weißen Frischkäse, den sie mit Petersilie und Zwiebeln auf dicken Brotscheiben verspeist hatten. Damals war ihr das selbstverständlich vorgekommen. Aber jetzt nicht mehr. Jetzt würde der Gedanke an solchen Käse eine quälende Erinnerung an ihre Vergangenheit sein und ihr vorschweben wie eine Verlockung, deren Geschmack sie in ihren Träumen kostete.

Weit unter sich sah sie Magdala; sie konnte den dichten Hain am Nordrand der Stadt erkennen. Schon den ganzen Tag machte sie sich Sorgen um die Leute aus Magdala, die von Pilatus überfallen worden waren. Wer mochten sie sein? Und warum hatte Pilatus das getan?

Joel war sicher nicht darunter. Joel wäre nicht in Jerusalem gewesen. Er würde nie auf diese Pilgerreise gehen. Der Joel, den sie kannte, neigte nicht zu solchen Dingen. Und ihre Familie, Silvanus und Eli und Nathan …

Ja, sie waren vielleicht dort gewesen. Es war viele Jahre her, seit Eli die Wallfahrt das letzte Mal gemacht hatte, und zweifellos würde er es gern wieder einmal tun. O Gott, gib, dass sie nicht von Pilatus' Soldaten verletzt worden sind!

»Du siehst bekümmert aus.« Judas hatte sie beobachtet.

»Nein, es ist nichts.«

»Ich spüre doch, dass da etwas ist. Erzähl 's mir!« In seinem Blick lag ehrliches Interesse.

»Ich … Ich mache mir Sorgen um meine Verwandten in Magdala. Ich hoffe, sie sind nicht unter der Galiläern, die von Pilatus attackiert worden sind.«

Judas nickte. Er rückte näher heran und streckte die Hand aus, als wolle er ihren Arm berühren, aber dann zögerte er. »Es ist keine Schande, wenn wir uns um diejenigen sorgen, die wir lieben, selbst wenn sie uns verstoßen haben.«

War das Judas? Es klang nicht so. »Nein, das weiß ich«, sagte sie nach einer kurzen Pause.

Sie senkte im Dunkeln den Kopf und betete kurz und inständig darum, dass Nathan und Eli unversehrt sein mögen. Und sie hatte das Gefühl, dass Gott ihr antwortete und sie beruhigte.

Es ging weiter bergauf bis zu einem steinigen Plateau hoch über dem See, vorbei an Olivenhainen, die sich an den Berg klammerten, und an ein paar knorrigen Feigenbäumen, die ihre breiten Blätter wie Palmen zur Sonne streckten.

»Wir werden hier Halt machen«, sagte Jesus, als die Sonne unterging und sie den Rand eines winzigen Dorfes mit einem Brunnen erreicht hatten. Tief unten hatte der See wieder eine neue Farbe angenommen: Er war ziegelrot.

Zum ersten Mal strömten nicht Scharen von Menschen zusammen, die lärmend um Jesu Aufmerksamkeit buhlten, keine Bahren mit Invaliden erwarteten ihn, keine Schriftgelehrten, die ihm Fragen stellen wollten.

»Wir haben dich für uns allein«, stellte Philippus fest. »Ich glaube, zum ersten Mal, seit … seit wir alle bei Johannes dem Täufer in der Wüste waren.«

Bei diesen Worten erwachte plötzlich ein überaus beunruhigender Gedanke … eine Idee … eine Vision in Marias Kopf. Sie betraf Johannes.

Aber sie hatten in letzter Zeit nichts von ihm gehört. Sie wussten nur, dass er nach Samaria gegangen war und dort predigte und taufte, außer Reichweite für Herodes Antipas.

Johannes ist eigentlich nicht so schockierend unorthodox wie Jesus, dachte Maria, trotz seines wilden Aussehens und seiner feurigen Sprache. Seine Ermahnung zur Buße ist eher traditionell: Tut Gutes, und seid barmherzig. Er hat nicht verlangt, dass jemand seine Familie oder sein gewohntes Leben aufgibt. Jesus dagegen …

Sie und Johanna hatten am Wegrand Reisig gesammelt, ihre Mäntel darauf ausgebreitet und sich daraus ein Bett gemacht. Sie rechnete damit, dass sie Mühe haben würde einzuschlafen, aber sie täuschte sich. Die Anstrengungen der vergangenen Tage und der mühselige Aufstieg hatten sie müde gemacht.

Als die Nacht am finstersten war, fuhr sie hoch und war sofort hellwach. Sie stützte sich auf die Ellenbogen und ließ den Blick über die schlafenden Gestalten rings um das verglühende Feuer wandern. Sie hatte Herzklopfen. Und vor ihren Augen sah sie noch eine Gestalt: Johannes den Täufer. Er gestikulierte und schrie, aber sie konnte ihn nicht hören. Soldaten stürmten auf ihn ein, packten ihn und schleiften ihn davon. Sie beobachtete, wie er verschwand, um sich schlagend, tretend und sich windend.

Einen Moment lang sah sie nichts. Dann flammte ein neues Bild auf: Johannes der Täufer, eingekerkert in einem dunklen Verlies, in Ketten. Er war zusammengekrümmt, als habe man ihn geschlagen oder als sei er sehr hungrig. Die dünnen Arme hatte er um die Knie geschlungen, und jede Spur von Widerstand oder Lebenskraft fehlte ihm. Sein Haar war strähnig; es sah aus, als habe man ihm ganze Büschel ausgerissen, und an manchen kahlen Stellen glänzte die Kopfhaut.

Johannes hob den Kopf und sah sie. Ja, er starrte sie an.

»Sag es Jesus!«, flüsterte er. »Sag es Jesus!« Beschwörend streckte er eine Hand nach ihr aus.

»Was soll ich ihm sagen?«, fragte sie laut. »Ich weiß doch nichts.«

»Du kannst mich sehen«, sagte Johannes. »Hier im Kerker. Sag es Jesus. Das ist das Werk von Herodes Antipas. Es ist sein Frevel. Er will mich zum Schweigen bringen.«

Aber wo bist du?, wollte sie ihn fragen. Noch während die Frage in ihrem Geist Gestalt annahm, sanken Johannes und die Kerkerzelle in sich zusammen und schrumpften, und sie sah, wo die Zelle war: in einer großen Festung auf einem Berggipfel mitten in der Wüste, wo sie über kahlen Sand- und Steinhängen aufragte. Sie erkannte sie nicht. Ringsum gab es nichts, was sie kannte. Außer … Sie befahl dem Bild, sich zu erweitern – und dann sah sie Wasser in der Ferne, ein Seeufer. Aber es war nicht das Galiläische Meer. Es war ein lang gestrecktes, schmales Gewässer, umgeben von kahler Wüstenlandschaft; an seinem Ufer wuchsen weder Pflanzen noch Bäume, auch Häuser gab es nicht.

Maria hatte dieses Gewässer noch nie gesehen, aber sie erkannte, dass es das Tote Meer sein musste, das Salzmeer tief im Süden.

Dann sah sie wieder Johannes in seiner Zelle. Anscheinend sah er sie auch, denn er stand taumelnd auf und starrte sie an.

Gleich darauf war er wieder verschwunden, und sie sah nur noch die schlafenden Gestalten rings um das Lagerfeuer; sie hörte sie atmen, aber sonst war es still.

»Sag es Jesus!« Was sollte sie ihm sagen? Es war doch sicher nur ein Traum gewesen, auch wenn es ihr drängend und realistisch vorgekommen war.

Aber diese Bilder … solche Bilder zu sehen … Das ist schon einmal vorgekommen, als ich Bilha, meine Vorfahrin, in der Küche gesehen habe.

Nein, das war nur Einbildung gewesen, ein Fantasiegespinst. Ich habe sie nicht wirklich *gesehen*, sondern nur im Geiste. Ich habe an sie *gedacht* und dann ein Bild von ihr gemalt, wie ein

Kind ein Bild von einem Baum oder einer Wolke malt, ermahnte sie die Stimme der Vernunft.

Oder … Können die Dämonen zurückgekehrt sein? Können sie wieder in meinem Kopf wohnen? Grenzenloses Entsetzen packte sie. Nein, nein!

Aber es fühlt sich ganz anders an. Es ist irgendeine Botschaft und nicht etwas, das mich quälen soll.

Wann soll ich es Jesus sagen?, fragte sie Johannes den Täufer. Aber er erschien nicht wieder.

Sicher kann ich bis morgen warten, dachte sie. Johannes hat ja nichts weiter gewollt; Jesus soll nichts tun, er soll es nur erfahren. Sie würde seinem Wunsch gehorchen.

Lange bevor der Morgen dämmerte, hörte sie jemanden aufstehen. Offenbar hatte sie doch wieder geschlafen; die Nacht war wie ein gleichmäßig fließender Bach verronnen. Johanna schlief friedlich neben ihr.

Maria stand auf. Es tat gut, eine Weile allein zu sein. Der See lag tief unten in geisterhaft verschwommenem Violett.

Hier bin ich, betete sie. Gott, bitte höre mich. So viel ist geschehen, seit dieser seltsame Mann Jesus mir die Dämonen ausgetrieben hat. Ich folge ihm, weil ich glaube, dass er in deinem Namen handelt. Aber wenn er es nicht tut – dann sag es mir, bitte, und gib mir den Mut, ihn zu verlassen. Ich fühle mich zu ihm hingezogen und bewege mich wie im Traum. Aber es gibt so vieles im Leben, was an mir gezogen hat – die Dämonen, die Liebe zu meinem Heim und meiner Familie, der Wunsch, gesund zu sein, der Wunsch, geliebt zu werden, der Wunsch, wahrlich deine Tochter zu sein und dir gut zu dienen –, und so kann es sein, dass ich verwirrt bin. Hilf mir in meiner Verwirrung! Fest schloss sie die Augen, als könne sie so innerlich besser sehen.

Sie war ganz still. Es war, als ziehe sie sich in eine kleine Höhle zurück, die ihr allein vorbehalten war, von Gott für sie angelegt am Anfang der Welt.

Und es war nichts darin, was sie vor Jesus gewarnt hätte, nichts, was irgendeinen Alarm hätte ertönen lassen. Das Gefühl, das sie dort umgab, war ruhig, unendlich gütig und fürsorglich, und es umhüllte sie mit liebevoller Zärtlichkeit. Die schmerzliche Trauer um den Verlust Joels und Elischebas wurde gemildert – nicht vergessen, nicht abgetan, sondern angenommen und ertragen.

»So, wie Mosis Mutter Mose aufgeben musste, wie Hanna Samuel und wie auch die Mutter Jesu ihn hat aufgeben müssen, so muss eine Mutter mitunter ihr Kind opfern und in die Obhut Gottes geben.«

Aber nicht Elischeba ist es, die ich opfere, protestierte sie. Elischeba ist ein kleines Kind. Ich selbst bin es – die Mutter. Und darüber steht nichts in der Schrift.

»Das stimmt. Es ist etwas Neues. Der Prophet Jeremia sagt, die Sünden eines jeden seien seine eigenen und werden nicht über seine Kinder kommen. Aber er hat nie gewagt zu sagen, dass eine Mutter ihren Weg selbst finden muss, ungeachtet dessen, was ihre Familie vielleicht will.«

Die Stimme, die da in ihre Abgeschiedenheit drang, schien Jesus zu gehören. Sie setzte das fort, was er gesagt hatte: dass er gekommen sei, Zwietracht zu säen – zwischen Tochter und Schwiegermutter. Offenbar hatte er auch Mann und Frau gemeint, Vater und Tochter, Bruder und Schwester.

»Aber wird sie das je verstehen?«, fragte Maria die unsichtbare Erscheinung flüsternd. »Wird sie es je verstehen – und verzeihen?« Der Gedanke, dass Elischeba es nicht tun würde, dass sie ihre Tochter für immer verlieren würde, war ihr unerträglich.

»Wenn es ihr gegeben ist, es zu verstehen«, sagte eine Stimme. »Das liegt bei Gott. Aber Gott ist barmherzig.«

Die Stimme war Wirklichkeit. Maria sah sich um. Woher war sie gekommen? Jesus war in der Nähe; er war früh aufgestanden und hatte sich von den Schlafenden entfernt; im zunehmenden Licht sah sie ihn bei einem der größeren Felsen. Aber er schien in Gedanken und im Gebet versunken zu sein. Sicher war es nicht seine Stimme, die sie gehört hatte.

Kopfschüttelnd kehrte sie in die Welt ringsum zurück, die Welt des Lichts, der Felsen und der raschelnden Olivenbäume. Sie hatte ihm etwas zu erzählen, und zwar dringend. Wie hatte sie damit warten können?

Langsam näherte sie sich ihm. Jesus saß still da und hatte die Augen geschlossen. Seine Hände waren unter dem Mantel gefaltet.

»Jesus.« Sie streckte die Hand aus und berührte sanft seine Schulter. Sofort öffnete er die Augen, als habe er auf sie gewartet. »Ich habe eine Botschaft für dich. Sie wurde mir heute Nacht zuteil, im Traum – oder in einer Vision.«

»Geht es um Johannes?«, fragte er.

»Ja.« Woher wusste er das? »Ich habe gesehen, wie er von Soldaten gewaltsam fortgeschleppt wurde, und dann war er im Kerker, in Ketten. Es war furchtbar! Er war mager und sah krank aus. Und er trug mir auf: ›Sag es Jesus!‹«

Jesus senkte den Kopf. »Johannes.« Mehr sagte er nicht, aber dieses eine Wort war schwer von tiefer Trauer.

»Es war in einer Festung am Toten Meer«, sagte Maria. »Hoch oben auf einem Berg.«

Jesus hob den Kopf und sah sie an. »Woher weißt du, dass es das Tote Meer war?«

»Ich habe es gesehen. Nicht sofort, aber ich habe die Vision gebeten, mir zu zeigen, was in der Nähe des Berges ist. Sie zeigte mir ein lang gestrecktes, schmales Gewässer mitten in einer Wüste. Nichts wuchs dort, und es schien überhaupt kein Leben zu geben. Da wusste ich, dass es das Tote Meer war.«

Jesus schloss für einen Moment die Augen. »Auf welcher Seite lag die Festung?«

Jetzt musste sie die Augen schließen und versuchen, die Vision noch einmal heraufzubeschwören. »Ich glaube, an der östlichen Seite. So, wie die Sonne dort aufging, muss es die östliche Seite gewesen sein.«

»Machaerus«, sagte Jesus. »Eine der Festungen von Herodes Antipas.« Er stand auf. »Das hast du alles gesehen?«

»Ja. Und Johannes wollte, dass ich es dir sage.«

Jesus lächelte. »Dann haben deine Visionen also überlebt. Sie waren ein Teil von dir, nicht ein Fluch der Dämonen.«

Visionen jeglicher Art sind ein Fluch, dachte sie. »Ich wünschte, sie wären mit ihnen verschwunden.«

»Vielleicht waren gerade sie der Teil von dir, den die Dämonen zerstören oder verderben wollten«, sagte Jesus. »Dämonen greifen Menschen nicht an, wenn sie sie nicht als Bedrohung empfinden.«

Maria hätte beinahe gelacht. Wie konnte sie eine Bedrohung

für irgendjemanden oder irgendetwas sein? Sie war nur eine gewöhnliche Frau gewesen, die versucht hatte, ein gewöhnliches Leben zu führen.

»Ich will nichts Besonderes sein«, beharrte sie. »Ich will keine Visionen haben.«

»Aber Gott hat anders entschieden«, sagte Jesus. »Wer sind wir, dass wir ihm widersprechen?«

Maria ergriff seinen Arm. »Aber ...«

»Maria, sei glücklich mit dem Leben, zu dem Gott dich berufen hat.«

Seine Antwort enttäuschte sie. Aber jetzt musste sie die eigenen Sorgen vergessen. »Was will Johannes uns sagen?«

»Dass Herodes Antipas ihn eingekerkert hat, um ihn zum Schweigen zu bringen. Aber seine eigentliche Botschaft ist eine Warnung an mich und die Aufforderung zum Handeln. In diesem Augenblick beginnt meine Mission erst wirklich. Johannes kann nicht sprechen, ich muss es tun. Ich habe gar keine andere Wahl.«

Sie kehrten zu ihren erwachenden Gefährten zurück, und Jesus sagte: »Ich habe traurige Nachrichten von Johannes dem Täufer. Er ist im Kerker in Machaerus. Herodes Antipas hat ihn verhaftet.«

Petrus rappelte sich hoch und rieb sich die Augen. »Wer hat dir das gesagt? War ein Bote hier?«

»Jemand war hier, und wir haben es nicht gehört?« Thomas klang empört. Er warf seine Decke von sich und sprang auf.

»Es war eine Vision, die Maria in der Nacht gewährt wurde«, sagte Jesus und nickte ihr zu. »Ich glaube, sie hat prophetische Gaben. Wir müssen darauf vertrauen.«

»Erzähl 's uns! Erzähl uns, was du gesehen hast!«, bat Nathanael.

»Wir können Johannes nur helfen, indem wir für ihn beten«, sagte Jesus, nachdem sie berichtet hatte. »Niemand kann dieses Gefängnis stürmen, wir schon gar nicht. Das Schwert ist nicht unsere Waffe.«

Sie senkten die Köpfe und beteten inbrünstig zu Gott, er möge Johannes in diesem grässlichen Kerker beschützen.

»Gott sprach zu Mose: ›Ist der Arm des Herrn zu kurz?‹«,

sagte Jesus. »Nein, er ist es nicht. Kein Kerker ist unerreichbar für den Herrn. Wir müssen Vertrauen haben.«

Sie brachen auf und stiegen weiter bergauf. Endlich wurde der Weg ebener. Sie waren hoch oben auf dem steinigen, windigen Plateau und konnten nach beiden Seiten über das Land hinausblicken. Weit im Norden sahen sie das Marschland am Huleh, dem ersten See, den der Jordan auf seinem Weg zum Galiläischen Meer bildete; er war klein und sumpfig, aber reich an Fischen, seine Ufer reich an Wild.

Das Land ringsum war von Steinen übersät; nur an wenigen Stellen hatten Leute die Brocken unter großen Mühen fortgeschleppt und an den Ecken der Felder aufgehäuft: ein karges, schwer zu bearbeitendes Land, ganz anders als das grüne, gastliche Galiläa. Ein paar verkrüppelte Wacholderbüsche standen wie Wachtposten auf den Äckern; ihre Zweige waren vom Wind und von den harten Wintern gekrümmt.

Maria war erleichtert, als sie am späten Nachmittag ein kleines Dorf erreichten. Aber dann hörten sie Geklage. Eine große Schar von Leuten lagerte in der Nähe und trauerte laut. Die Männer saßen auf der Erde und streuten sich Staub auf die Köpfe, andere irrten wie benommen umher und zerrissen ihre Gewänder. Die Frauen weinten und sangen Klagelieder. Als sich die Gruppe näherte, standen drei Männer auf und versperrten ihr den Weg.

»Geht anders herum!«, befahlen sie. »Kommt nicht näher! Lasst uns in Frieden!« Einer von ihnen schwenkte drohend einen Stock.

Aber Jesus trat an ihn heran, packte den Stock und drückte ihn herunter. »Wer seid ihr?«, fragte er sanft. »Und warum trauert ihr?«

»Wer bist *du*?«, fragte der Mann. Sein Gesicht war streifig vom Staub der Trauer.

»Ich bin Jesus von Nazareth.«

Die Haltung des Mannes änderte sich sogleich. »Jesus? Von Nazareth, sagst du?«

»Jetzt komme ich aus Kapernaum«, sagte Jesus. »Aber ich stamme aus Nazareth.«

»Johannes der Täufer hat uns von dir erzählt«, sagte der Mann.

»Er sprach von einem Mann, den er getauft habe und der nun selbst ausgezogen und sein Rivale geworden sei. Du hast sogar gewagt, ihm ein paar seiner Jünger zu nehmen! Warum hast du das getan?«, fragte er zornig. »Warum habt ihr Johannes verlassen?«

»Weil Gott einen anderen Auftrag für mich hatte. Aber ich achte Johannes als wahren Propheten und als Mann Gottes. Es ist wahr, einige seiner Anhänger haben sich mir angeschlossen.« Er deutete auf Petrus, Andreas, Nathanael, Philippus und Maria. »Aber das haben sie aus freien Stücken getan. Ich lehre nichts, was Johannes widerspricht.«

»Johannes der Täufer ist im Gefängnis – ist das wahr?«, fragte Maria und kam heran. Sie musste wissen, was es mit dem Traum, der Vision, auf sich hatte.

»Ja«, antwortete der Mann. »Er hat gesagt, wir sollen uns hier in den Bergen im Norden von Galiläa in Sicherheit bringen. Er wusste, dass man ihn bald verhaften würde.«

»Und er ist in Machaerus, nicht wahr? In der Festung am Ostufer des Toten Meeres.«

»Ja.«

»Trauert ihr deshalb?«

»Ja. Er ist des Todes. Seine Mission ist zu Ende«, sagte der Mann. »Aber wir, seine Jünger, werden ihm immer treu bleiben. Sie können uns nicht alle umbringen.« Seine Augen glühten inbrünstig.

»Schließt euch uns an«, sagte Jesus. »Auch wir verehren Johannes.«

Der Mann runzelte die Stirn. »Nein. Wir folgen niemandem außer Johannes. Wenn deine Lehren dieselben wären wie seine, hättet ihr ihn nicht verlassen.«

»Das stimmt«, sagte Jesus. »Johannes hat verkündet, das Reich Gottes sei nahe. Ich aber verkünde, es ist schon da.«

Der Mann lachte, doch das Lachen war nicht echt. »Ach ja. Schon da. Darum also hat Antipas die Macht, Johannes in den Kerker zu werfen.«

»Antipas hat die Macht, die ihm der Himmel gewährt. Aber diese Macht schwindet bereits. Die Zeichen des heraufdämmernden Königreichs sieht man überall, in den Krankenheilungen, die ich vollbringen konnte …«

»Heilungen sind schön und gut, aber sie bedeuten nicht, dass das Königreich da ist«, erwiderte der Mann verstockt.

»Ich glaube, Johannes wäre nicht deiner Meinung«, sagte Jesus.

»Nun, wir können ihn nicht danach fragen, oder?« Der Mann wandte sich ab und ging in sein Zelt, wo er sich hinlegte und die Augen schloss.

Jesus führte seine Gefährten zu einem Platz auf der anderen Seite des Dorfes. »Hier werden wir übernachten«, sagte er.

Maria ging zu ihm, sobald sie ihr einfaches Lager aufgeschlagen hatten. Andreas und Philippus hatten Linsen, gedörrtes Lammfleisch und frischen Lauch gekauft, daraus würden sie einen Eintopf kochen, der für sie alle reichte.

»Es hat also gestimmt«, sagte Maria. »Mein Traum. Von Johannes und dem Gefängnis.«

»Ja«, antwortete Jesus. »Das habe ich doch gesagt.«

»Ich wünschte, es wäre nicht wahr gewesen.«

»Es schmerzt mich, dass es wahr ist, aber du solltest dankbar sein, dass Gott durch deine Visionen zu dir spricht, da sie vom Satan befreit sind. Er wird dir Dinge offenbaren, die er anderen mitteilen will – durch dich.«

»Ich hasse diese Visionen! Bitte du Gott, sie von mir zu nehmen!«

»Gott hat entschieden, dass du keine gewöhnliche Frau sein sollst, Maria von Magdala.« Jesus lächelte. »Vertraue auf seine unübertreffliche Weisheit. Er schenkt dir diese Gabe nicht für dich, sondern damit du anderen helfen kannst. Nimm sie dankbar an.«

Nach dem Essen betete Jesus mit ihnen, dann forderte er sie auf, still dazusitzen und zu meditieren. Sie schlossen die Augen und spürten in den Rufen der Vögel zur Dämmerung und im aufkommenden Wind, dass der Tag zu Ende ging.

»Meine Freunde«, sagte Jesus schließlich. »Ich glaubte, dass wir uns für eine Weile hierher in den Norden zurückziehen und einige Zeit still für uns verbringen sollten. Aber nun, da Johannes im Gefängnis ist, sehe ich, dass wir zurückgehen müssen. Die Stimme der Herausforderung, die Stimme des Propheten, darf nicht einen Augenblick lang verstummen. Er ist zum Schweigen verurteilt, daher muss ich umso lauter sprechen. Morgen machen wir uns auf den Rückweg. Zurück in das Land des Herodes Antipas. Wir dürfen keine Angst haben.«

Sie saßen schweigend mit gesenkten Köpfen da.

»Wir sind berufen, in die Welt der Menschen zu gehen«, sagte Jesus plötzlich. »Diese Höhen sind dazu da, uns zu erfrischen, uns zu erheben, aber wir können nicht dauernd hier leben.«

Als Johanna sich am Abend zu Maria legte, flüsterte sie: »Ich will nicht dorthin zurück. Ich will das alles hinter mir lassen und woanders hingehen.«

Ja, alles, was mit Herodes Antipas zusammenhing, musste schmerzlich für sie sein. Früher war sie in seinen Palästen ein und aus gegangen, und man hatte sie begrüßt als eine, die dort hingehörte. Dann war sie in Ungnade gefallen, und das Werkzeug ihrer Heilung hatte sie zu seinem Feind gemacht.

»Ich wünschte auch, wir könnten einfach in die Fremde gehen und ganz ohne Erinnerungen von neuem anfangen«, sagte Maria zustimmend. »Wirklich einen neuen Anfang machen.«

Kaum hatte sie es ausgesprochen, war ihr klar, dass Jesus sie für diesen Gedanken tadeln würde. Er würde sagen: Wenn das Reich Gottes dich einmal angerührt hat, haben die Dinge der Vergangenheit keine Macht mehr über dich.

XXXVII

Heute Nacht, dachte Maria, werde ich gut schlafen. Ich bin so müde. Es wurde dunkel, das Lagerfeuer brannte herunter, und die Stille der Höhe umgab sie.

Zunächst schlief sie auch, eingelullt von der Ruhe ringsum und der Erschöpfung ihrer Glieder. Als die Nacht halb um war, träumte sie jedoch lebhaft – so lebhaft, dass sie plötzlich kerzengerade dasaß. Und die Träume waren viel schlimmer als die mit Johannes dem Täufer.

Sie sah Joel schwer verletzt auf einem Bett liegen. Seine Brust war mit einem blutgetränkten Verband umwickelt, und er deutete mit matter Gebärde auf jemanden – oder etwas – im Zimmer. Auch sein Arm war verbunden, und die Hand ragte aus dem Verband heraus wie die Klaue eines Seeungeheuers.

»Hilf mir«, flüsterte er. »Ich kann es nicht ertragen.« Jemand war bei ihm, wischte ihm über die Stirn und pflegte ihn. Maria beschwor die Vision, ihr mehr zu zeigen.

Die Person, die sich über Joel beugte, war Eli. Neben ihm standen Joels Eltern und hielten einander in den Armen. Ihre Mutter, Zebida, war auch da; sie hatte Elischeba auf dem Arm.

Joel lag im Sterben. Joel, so jung und gesund. Was war ihm zugestoßen?

Der Traum verblasste, die Vision verschwand. Maria saß mit klopfendem Herzen da. Sie schnappte nach Luft und umklammerte ihre Kehle mit den Fingern. Die anderen schliefen. Der Nachthimmel war klar, und hoch oben leuchteten hell die Sterne.

War es ein Traum oder eine Vision gewesen? Wenn es eine Vision gewesen war, musste sie mehr wissen.

Eine ganze Weile geschah nichts. Dann kehrten die Bilder zurück. Joel im Tempel, im inneren Hof. Joel und ein paar andere Galiläer im oberen Bereich des Tempels, wo sie den wuchtigen Steinaltar sehen können, der mit dem Blut der Opfertiere bespritzt ist. Und plötzlich ein Trupp römischer Soldaten, die auf sie eindringen, schreiend, mit Pfeilen schießend. Chaos. Niemand weiß, wohin. Sie rennen, ducken sich, fallen zu Boden. Man hört ihre Schreie, das Gebrüll der Männer von Pilatus, und man sieht Blut. Die Leute weichen zurück, und die Toten und Verwundeten fallen rückwärts in die Menge. Die Menschenmassen im Hof drängen sich an die schweren Bronzeportale. Pilatus' Soldaten schlagen auf jeden ein, der ihnen in die Quere kommt. Eine Keule trifft Joel am Kopf, dann am Bauch und schließlich die Beine und zerschmettert ihm fast die Knochen. Er sinkt zusammen, stürzt zu Boden.

Und eine neue Vision: Ein Berg von Verwundeten, Toten und Sterbenden, ein hässlicher Haufen von zuckendem, blutendem Fleisch im Tempelhof. Soldaten erscheinen mit Tragen und schleppen die Körper hinaus, weg vom Tempelberg, damit die äußeren Tore für die Nacht geschlossen werden können. Die Verwundeten und Sterbenden liegen auf der Straße vor diesen Toren. Ein Problem für andere. Nicht für Pilatus.

Irgendwie gelangt Joel nach Hause; seine Landsleute tragen ihn langsam, und sie brauchen viele Tage. Aber nun liegt er in einem dunklen Zimmer und stirbt.

Joel! Nein, das kann nicht sein. Er ist noch nie nach Jerusalem gepilgert. Gott kann doch nicht so grausam sein, wenn Joel den Tempel aufsucht, wenn er zum ersten Mal danach trachtet, diese Pflicht zu erfüllen!

Maria atmete keuchend. Aber die Vision war so klar gewesen. So eindeutig. Sie musste heimkehren, und zwar sofort. Und Jesus!

Jesus musste mitkommen zu Joel, musste ihn gesund machen. Jesus konnte ihn retten.

Kein Fall ist unrettbar, wenn Jesus ihn behandeln kann. Das wiederholte sie im Stillen immer wieder, um sich zu beruhigen.

Die Nacht nahm kein Ende. Der tiefblaue Himmel und die Sterne waren hässlich in Marias Augen, weil sie nicht die Morgendämmerung waren. Als es endlich hell wurde, sprang sie von ihrem einfachen Lager auf.

Als sie Jesus im matten Licht am Rand des Steilhangs entlanggehen sah, konnte sie nicht länger warten. Sie stürzte zu ihm und ergriff seinen Arm.

»Jesus!«, rief sie. »Ich hatte wieder eine Vision. Eine schreckliche Vision. Die Galiläer, die Pilatus im Tempel in Jerusalem angreifen ließ – Judas hat uns davon erzählt –, mein Mann war unter ihnen! Er liegt im Sterben, denn Pilatus' Soldaten haben ihn schwer verletzt. Wir müssen zu ihm nach Magdala. Du musst ihn retten!«

Zu ihrer Überraschung schüttelte Jesus den Kopf. »Ich muss ihn retten? Du kannst zu ihm gehen, du kannst bei ihm beten. Gott wird dich hören.«

»Gott, ja«, sagte sie. »Aber nicht Joel. Hast du nicht selbst gesagt, dass ein Prophet überall geehrt wird, nur nicht in seiner Heimat, in seiner Familie und im eigenen Hause? Joel wird niemals auf mich hören oder an meine Gebete glauben.«

»Aber er glaubt auch nicht an meine Botschaft«, sagte Jesus.

»In Nazareth habe ich gelernt, dass ich jemanden, der nicht an mich glaubt, auch nicht heilen kann.«

»Er hatte ja keine Gelegenheit, dir zu glauben«, wandte Maria ein. »Es stimmt, er hat sich gegen dich gewandt, als wir nach Magdala kamen, aber da hatte er nicht gehört, was du zu sagen hast, und er hatte auch keines deiner Werke miterlebt. Oh, du musst zu ihm gehen!«

»Wir gehen zusammen«, sagte Jesus. »Doch ich bitte dich, erwarte nicht zu viel. Wenn er nicht einwilligt …«

»Aber er darf nicht sterben, er darf nicht!«, weinte Maria. »Es wäre falsch, alles daran wäre falsch!«

»Es ist auch falsch, wenn Johannes der Täufer stirbt«, antwortete Jesus. »Und doch wird er sterben.«

»Aber Johannes ist ein heiliger Mann«, sagte Maria. »Er hat sein Leben dem Dienst an Gott geweiht und spricht als Prophet. Er wusste, dass der Tod immer nah ist. Joel ist nur ein einfacher Mann – nicht tief religiös, aber ein guter Mann.«

»Ich komme mit«, sagte Jesus. »Ich werde tun, was ich kann. Aber es liegt bei Joel, was er Gott tun lässt.«

Jesus und Maria brachen sofort auf; die anderen sollten ein paar Tage warten und sich dann auf den Weg nach Betsaida machen, hatte Jesus angeordnet.

Sie sprachen wenig miteinander, obwohl Maria ihm zu gern von ihrem Leben mit Joel erzählt hätte: was er ihr bedeutet hatte, wie er sie geliebt hatte – und sie ihn – und wie sie immer noch geglaubt hatte, dass ihre Trennung nur von kurzer Dauer und deshalb erträglich sein würde. Sicher hätte Joel irgendwann verstanden, was Jesus für sie getan hatte, und zugelassen, dass Jesus und seine Jünger ein Teil seines eigenen Lebens wurden, und sie selbst wieder mit Elischeba vereint.

Aber während sie in düsterem Schweigen durch die immer heißere Sonne wanderte, erfasste sie mehr und mehr ein furchtbares Gefühl des Verlustes, und sie zitterte vor Angst. In diesem Augenblick lag Joel verletzt in seinem Bett, umgeben von seiner ganzen Familie – nur seine Frau war nicht bei ihm. Ob er überhaupt noch an mich denkt?, fragte sie sich. Oder bin ich für ihn gestorben?

Oh, gib, dass Joel noch lebt, wenn wir ankommen. Ja, lass ihn sogar auf dem Wege der Besserung sein!, betete sie.

Die vertrauten Straßen von Magdala, der Weg am Seeufer und der offene Marktplatz – all das, was sie ihr Leben lang gekannt hatte, lag jetzt wieder vor ihr. Die Häuser wirkten so tröstlich und vertraut, als könne gerade diese Vertrautheit alles Unheil fern halten. Aber sie hatte keine Zeit, darüber nachzudenken. Sie bogen um eine Straßenecke, und vor ihnen lag ihr Haus. Als sie die vielen Menschen sah, die sich davor versammelt hatten, wusste Maria, dass ihre Vision Wirklichkeit war. Als sie auf das Haus zukamen, erkannten die Leute sie plötzlich und schrien entsetzt auf, als sei sie tot gewesen und aus dem Grab auferstanden. Aber sie hinderten sie nicht daran einzutreten.

Es war alles so, wie Maria es im Traum gesehen hatte: Das Haus war verdunkelt, die Läden waren geschlossen, und es war so stickig und ungelüftet, dass jeder Geruch dadurch verstärkt wurde. Im größten Zimmer standen die Verwandten im Kreis; einige trauerten bereits. Sie blickten kaum auf, als Jesus und Maria an ihnen vorbei ins Schlafzimmer gingen.

Der Krankheitsgeruch war so durchdringend, dass Maria würgen musste. Neben dem Bett stand – genau wie im Traum – ihre Mutter mit Elischeba. Das Mädchen weinte und betrachtete die Gestalt im Bett traurig.

Maria konnte nicht hinschauen – noch nicht. Sie stürzte stattdessen zu ihrer Mutter und umarmte sie und Elischeba so fest, dass ihr die Arme davon wehtaten. »Mutter, Mutter!«, flüsterte sie.

»Maria?« Ihre Mutter wich zurück und starrte sie fassungslos an. »Oh, Maria, kann es denn wahr sein?« Ihre Augen füllten sich mit Tränen. »Du bist wieder da, o meine Tochter, und gerade noch zur rechten Zeit.« Sie bemerkte Jesus nicht – sie dachte, Maria sei allein gekommen.

Elischeba schaute die Fremde nur fragend an; sie kam ihr irgendwie bekannt vor, und so lächelte sie matt. Die dunklen Augen waren groß und rund und musterten wachsam, was sie sahen.

»Elischeba …«

Elischeba streckte die runden Ärmchen aus und umschlang sie, und Marias Herz überschlug sich vor Glück.

»Mutter … Ich habe von Joels Unglück erfahren …« Es war nicht nötig, jetzt zu erklären, wie. »Und jetzt sehe ich, dass es stimmt.« Sie nahm ihre ganze Kraft zusammen und schaute auf das Bett.

Joel lag flach auf dem Rücken, die geschienten Arme quer über dem verbundenen Leib, die zerschlagenen Beine auf einer zusammengefalteten Decke. Er war so tief in Schmerz und Schwäche versunken, dass er nicht einmal die Augen öffnete. Er schien auch nicht zu hören, was um ihn herum vorging.

Maria kniete neben ihm nieder. Das war Joel, das liebe, vertraute Gesicht, das fast so aussah wie immer. Aber die dunklen Ringe unter den Augen, die eingefallenen Wangen, die rissigen, blutleeren Lippen – das war das Bild des nahen Todes. Mit jedem mühsam keuchenden Atemzug drangen Bläschen von blutigem Schaum über die schmalen Lippen. Sie berührte seine Stirn; sie erwartete, dass sie fiebrig heiß sein würde. Aber zu ihrem Schrecken war sie kalt. Er war dem Tod so nah, dass dessen Kälte bereits Besitz von ihm ergriffen hatte.

»Joel«, flüsterte sie und streichelte seine Stirn und seine ebenso kalten Wangen. »Ich bin es, Maria, deine Frau.« Sie nahm seine Hände und begann sie zu massieren.

Er regte sich nicht, und nichts ließ erkennen, dass er etwas fühlte.

»Joel«, sagte sie immer wieder. »Joel, mach die Augen auf! Joel, mach die Augen auf!«

Erst jetzt erkannte Eli sie. Er hatte abseits gestanden, aber jetzt fuhr sein Kopf herum, und er erschrak.

»Du!«, rief er. »Du! Wie kannst du es wagen herzukommen?« Mit einer schnellen Bewegung packte er sie beim Arm und riss sie vom Bett weg. »Rühre ihn nicht an! Wie kannst du es wagen, ihn anzurühren?«

»Ich bin seine Frau.« Sie zog ihr Kopftuch herunter, sodass alle sie sehen konnten. Ja, sie sollten alle sehen, wer sie war – mitsamt ihrem kurz geschorenen Haar. Ganz gleich, was mit ihr passiert war, sie war immer noch Joels Frau und gehörte mehr als jeder andere hierher.

»Nicht mehr!«, sagte Eli. »Er wollte sich von dir scheiden lassen.« Er sprach jetzt leise, sodass niemand sonst es hören konnte.

Sie entwand sich seinem starken Griff. »Dazu hatte er keinen Grund!«, antwortete sie so laut wie zuvor.

»Er hatte Grund genug«, widersprach Eli. »Du hast Schande und Schmach über die Familie gebracht und ihren Namen besudelt.«

»Womit?«, fragte sie herausfordernd. »Durch meine Krankheit? Oder durch meine Heilung? Beides ist doch keine Sünde.«

»Das Gesetz sagt eindeutig, dass ein Mann sich von seiner Frau scheiden lassen kann, wenn er etwas ›Unschickliches‹ an ihr findet. Gäbe es ein besseres Wort für dich?«

»Krankheit ist nichts Unschickliches, und das Streben nach Heilung auch nicht.« Sie drehte sich zu ihm um. »Du warst immer schon ein grausamer Mann. Du hast das Gesetz nur benutzt, um dich dahinter zu verstecken und deine Grausamkeit zu rechtfertigen. Jetzt sag die Wahrheit: Hat Joel das vorgeschriebene Ritual der Ehescheidung vollzogen?«

»Nein«, räumte Eli ein und funkelte sie an. »Aber er hat angekündigt, dass er es tun wolle – nach seiner Rückkehr aus Jerusalem.«

Maria hatte sich wieder abgewandt und beugte sich über ihren Mann. »Joel – mein liebster Mann – bitte öffne die Augen! Du musst die Augen öffnen. Es ist noch nicht zu Ende. Man kann dir helfen. Es ist jemand hier. Ich habe jemanden mitgebracht, der dir helfen kann.« Sie strich über seine Schläfen.

Eines seiner Augen – das weniger geschwollene von beiden – öffnete sich einen Spaltbreit. Er konnte den Kopf nicht drehen, um sie anzusehen, aber anscheinend erkannte er ihre Stimme. »Hilf mir!«, bat er. »Hilf mir!« Dann streckte er einen Arm aus, genau wie er es im Traum getan hatte.

»Ich bin hier«, sagte sie. »Ich bin hier. Versuche es. Öffne auch das andere Auge. Sprich mit mir. Joel, es gibt Hilfe.«

Langsam öffnete sich auch das andere Auge zu einem schmalen Schlitz. Seine Lippen teilten sich, und er flüsterte: »Maria?«

Sie umfasste seine Hände. »Ja! Ja, ich bin da!« Sie beugte sich über ihn und küsste ihn auf die Wange. »Es ist alles gut. Es ist alles gut.«

Er tat einen langen, tiefen Seufzer. »Du bist hier«, sagte er. »Du bist hier.«

Ihr war, als drücke er ihr die Hand, aber er tat es so kraftlos, dass sie nicht sicher sein konnte. Die Familie drängte sich so nah an das Bett, dass sie das Gefühl hatte, keine Luft zu bekommen. Und wenn es ihr schon so ging, wie musste es dann für Joel sein?

»Bitte«, sagte sie, »tretet ein Stück zurück. Es ist zu eng.« Sie beugte sich über Joels Ohr. »Joel, ich habe jemanden mitgebracht, der dir helfen kann. Du hast ihn schon einmal gesehen. Du weißt, er hat mich geheilt. Er ist ein ganz besonderer Mann, von Gott gesandt. Er hat Menschen geholfen, denen es viel schlechter ging als dir. Ich habe es mit eigenen Augen gesehen. Aussätzige, deren fahle Haut zu blühender Gesundheit gefunden hat. Menschen, die nicht gehen konnten und jetzt laufen und springen und rennen. Was dir fehlt, ist dagegen eine Kleinigkeit. Lass dir von ihm helfen.« Sie stand auf und streckte die Hand nach Jesus aus. »Komm. Hier ist Joel. Er braucht dich.«

Niemand hatte Jesus bisher bemerkt, denn er hatte im Hintergrund gestanden. Nun trat er an Joels Bett und schaute auf ihn hinab. Joel lag da und atmete mühsam.

Maria konnte seinen Gesichtsausdruck nicht deuten. Hielt er es für möglich, Joel zu retten? Oder hatte er keine Hoffnung? Er konzentrierte sich so sehr auf Joels Gesicht, dass er die Anwesenheit der anderen gar nicht wahrzunehmen schien.

»Joel«, sagte er, »kannst du mich hören?«

Einen endlosen Augenblick lang zeigte Joel überhaupt keine Regung.

O Gott, dachte Maria, er stirbt, er verlässt uns! Wir sind zu spät gekommen, trotz allem!

Aber endlich antwortete Joel, auch wenn es kaum mehr als ein Krächzen war. »Ja«, sagte er. »Ja.«

Jesus nahm beide Hände des Kranken zwischen die seinen, schloss die Augen und betete. Dann sagte er: »Joel, deine Verletzungen können geheilt werden. Aber nur, wenn du mir vollkommen vertraust und daran glaubst, dass ich Gott um diese Gnade bitten kann und dass er sie gewähren wird. Und dass bei Gott kein Ding unmöglich ist.«

Joel blieb still liegen. Nach einer Weile sagte er: »Bei Gott … ist kein Ding unmöglich. Das weiß ich.« Das Sprechen kostete ihn große Mühe, und er musste einen Augenblick warten, ehe er fortfahren konnte. »Aber du … Nein, dir kann ich nicht vertrauen.« Er hustete, und Blut rann ihm aus dem Mund. »Ich habe … dich gesehen. Du hast meine Frau befreit, nur um sie zu versklaven. Um sie bei dir zu behalten.« Er keuchte, und seine Stimme wurde schwächer. »Du kannst … vielleicht machtvolle Werke tun, aber nur, weil Satan es dir erlaubt. Du bist … sein Werkzeug.« Seine Worte waren sehr leise.

Maria schrie auf. »Nein, Joel! Nein, du irrst dich! Er ist Satans Feind, und du darfst Satan nicht helfen! Er ist es, der dir diese Worte einflüstert!«

Irgendwie gelang es Joel, den Kopf vom Kissen zu heben. Seine Augen öffneten sich ein wenig weiter, und obgleich in seinem Blick auf Maria eine Sanftmut lag, an die sie sich erinnerte, starrte er Jesus feindselig an.

Jesus kam erneut näher und wollte noch einmal seine Hände nehmen. »Setze dein Vertrauen auf Gott«, sagte er flehentlich. »Bete aus tiefstem Herzen.«

Aber Joel zog die Hände weg und schüttelte kraftlos den Kopf. »Rühre mich nicht an!«, brachte er schließlich rau hervor. »Du Gottloser!«

Maria ließ sich weinend auf ihn sinken und legte ihren Kopf auf seine Brust. »Nein, Joel! Nein! Er ist deine einzige Hoffnung!« Zärtlich wischte sie ihm das Gesicht ab. »Ach, Joel, verlass mich nicht! Verlass Elischeba nicht! Lass dir von Jesus helfen.«

Wieder schüttelte er langsam den Kopf. »Nein. Und wenn ich daran denke … Du kommst nur an mein Sterbebett … wie ein Geier! Aber du bekommst nichts, gar nichts, das sage ich dir! Deshalb bist du … in Wirklichkeit gekommen.«

»Joel, vergiss mich«, flehte sie. »Gib mir nichts. Das ist dein Recht. Aber bitte – bitte, lass Jesus für dich sprechen!«

»Nein!«, rief er mit so lauter Stimme, dass alle im Zimmer erschraken. Woher kam sie plötzlich? Sein Kopf fiel dumpf auf das Kissen zurück.

»Bete trotzdem für ihn!«, befahl sie Jesus. »Heile ihn trotzdem! Bereuen kann er später. Später wird er einsehen, dass er sich geirrt hat. Später … das ist ein Luxus, den nur die Lebenden haben. Du musst ihm diesen Luxus schenken!«

Jesus betete mit geschlossenen Augen und gefalteten Händen. »Es ist zu spät«, sagte er tief betrübt. »Es ist zu spät. Ohne Vertrauen … Es war zu spät.«

Noch ehe er zu Ende gesprochen hatte, sah Maria, dass Joels Augen sich geschlossen hatten und seine Brust sich nicht mehr hob und senkte. Ein schwacher, rasselnder Seufzer drang aus seiner Kehle, und dann war es still.

Joel war tot. Weinend sank sie an seinem Bett zusammen und legte den Kopf neben seinen Arm.

Die anderen Leute im Zimmer stimmten ein Klagegeheul an, aber sie hörte es nicht. Alles, was sie spürte, war Joels Abwesenheit, und alles, was sie wahrnahm, war das Schweigen seiner Lippen.

Joel war kurz vor Sonnenuntergang gestorben, und so konnte es kein Begräbnis geben, ehe die Sonne wieder aufging. Die Frauen mussten ihn für die Bestattung bereitmachen – auch Maria, obgleich sie nicht glaubte, dass sie es würde ertragen können.

»Jesus.« Sie klammerte sich an ihn. »Warum konntest du ihn nicht retten?«

Jesus sah trauriger aus als all die anderen Anwesenden. »Weil er es nicht zugelassen hat.« Er wandte sich ab und weinte. Nach einer Weile sagte er zu Maria: »Tu, was du tun musst. Geh zu den Frauen, bereite deinen Mann für das Begräbnis vor. Ich werde warten.«

Trauernd hoben Joels Vater Ezekiel und Marias Vater Nathan den Leichnam vom Bett und trugen ihn in ein anderes Zimmer. Die Frauen halfen mit, ihn auf eine Alabasterplatte zu legen. Als die Männer gegangen waren, entkleidete seine Mutter Judith ihn ehrfürchtig und schickte sich an, ihn zu waschen. Bei seinem Kopf stand seine Schwester Deborah. Marias Schwägerinnen Naomi und Dina waren da und ein paar Cousinen, die Maria wohl kannte, aber sie konnte darüber nicht nachdenken. Sie verzog schmerzlich das Gesicht, als sie seine Verletzungen sah. Seine Rippen waren braun und blau, seine Arme an mehreren Stellen gebrochen.

Joel! Der hübsche, ansehnliche Joel war geschlagen und ermordet worden. Man hatte ihn geschlachtet wie ein Opfertier auf dem Hochaltar – wie einen Widder oder einen Stier. Aber nicht ein Priester hatte das getan, sondern Pilatus, der Vertreter Roms!

Die Frauen gossen Wasser aus Tonkrügen über seinen Leichnam und wuschen das getrocknete Blut ab. Es war ein seltsamer Anblick, wie das Wasser über ihn floss, ohne dass er sich bewegte. Maria streckte eine zitternde Hand aus, berührte sanft die geschlossenen Lider und strich ihm über das Haar. Sie streichelte seine Wange, aber schon fühlte seine Haut sich nicht mehr an wie die eines lebenden Menschen; sie war kühler und härter. Und er war bleich. Unter Tränen sangen sie Psalmen, während sie seinen Körper mit Aloe-Öl und Myrrhe einrieben, und gemeinsam hielten sie ihn fest, um ihn in das Leichentuch aus weißem Linnen zu hüllen. Sie umwickelten Arme und Beine und legten ein besonderes Tuch auf sein Gesicht, ehe sie das Ende des Leichentuchs um den Kopf befestigten. Dann legten sie ihn auf die Bahre, mit der er am nächsten Morgen zu Grabe getragen werden würde, und säuberten und trockneten die Alabasterplatte, auf der er gelegen hatte.

Die Frauen winkten Maria in das Zimmer, in dem sie die Nacht verbringen würden; sie waren rituell unrein, nachdem sie den Leichnam berührt hatten. Wie betäubt folgte sie ihnen schweigend in den Hauptteil ihres Hauses. War es je mein Haus?, dachte sie. Es kam ihr nicht mehr so vor. Das Sterbebett war schon abgezogen, man hatte die Fenster geöffnet, um frische Luft hereinzulassen, und den Boden gefegt. Maria sank auf einen Schemel. Andere Frauen warteten im Zimmer, Verwandte, die nicht an den Bestattungsvorbereitungen teilgenommen hatten. Stumpf starrte Maria sie an. Wer waren sie?

Sie drängten sich wispernd zusammen, als läge Joel immer noch hier und könnte gestört werden. Sie umarmten und trösteten einander, aber niemand umarmte Maria. Eine Zeit lang war es ihr gleichgültig; sie wollte nicht berührt werden und mit niemandem sprechen, denn sie war zu betrübt.

Aber dann hörte sie nach und nach das leise Tuscheln.

»*Sie* ist hier, sie ist tatsächlich gekommen, sie hat diesen Verrückten verlassen, mit dem sie zusammen war …«

»Nein, nein, sie hat ihn mitgebracht, hast du ihn nicht gesehen? Er hat es gewagt, vorzutreten und Joels Hände zu nehmen.«

»Manche Leute kennen keine Scham.«

»Wen meinst du? Maria oder diesen … Mann?«

Ich bin die Witwe, dachte Maria. Mein Mann ist soeben gestorben. Das hier sind die Frauen meiner Familie. Aber keine nimmt mich zur Kenntnis.

Dort war Eva, ihre Tante, die Frau, die ihr auf ihrem Verlobungsfest augenzwinkernd einen Liebestrank gegeben hatte, um sie zu einer guten Ehefrau zu machen. Und eine andere Tante, Anna, die ihr den Trank für Joel gegeben hatte, der ihn zu einem »Kamelhengst« hatte machen sollen. Und die Cousinen, die quiekend und kichernd dabei gewesen waren. Die eigene Mutter, ihre Schwägerinnen …

Maria erhob sich. Sie war schwach auf den Beinen, aber sie musste ihnen in die Augen sehen.

»Gibt es kein Wort des Trostes für mich?«, weinte sie.

Die Frauen verstummten gleichzeitig und starrten sie an. »Trost? Für dich?«, fragte Joels Schwester Deborah schließlich. Sie war inzwischen eine erwachsene Frau, dieses Mädchen, das so viel Ähnlichkeit mit Joel hatte und ihm so nah gestanden hatte.

»Ja. Für mich«, sagte Maria. »Ich habe meinen Mann verloren.«

Zebida, die eigene Mutter, kam zu ihr und nahm ihre Hand. »Ja. Das ist tragisch.«

»Will niemand mir von seiner Reise nach Jerusalem erzählen? Warum er diese Wallfahrt unternommen hat?«, fragte Maria. »Er hat es vorher noch nie getan.«

Joels Mutter Judith schüttelte den Kopf. »Er sagte, mehrere Familien wollten es tun und er fühle sich berufen, sich ihnen anzuschließen.«

Joel? Joel hatte sich berufen gefühlt?

»Er hat sich in vielerlei Hinsicht anders besonnen«, sagte seine Mutter vielsagend.

»Mein Mann war auch dabei«, sagte eine Frau, die Maria nicht kannte. »Niemand hat geahnt, dass Gefahr drohte. Aber dann … Pilatus war aus irgendeinem Grund beunruhigt – vielleicht fürchtete er einen Aufstand; es gibt ja so viele, und die meisten beginnen in Galiläa –, und als er all die Pilger sah, haben sie wohl irgendetwas getan, was ihn gereizt hat. Als die anderen Joel nach dem Überfall gefunden hatten, brachten sie ihn hierher zurück. Doch es war eine lange Reise, und es hat ihm große Schmerzen bereitet, dass er auf dem Esel durchgeschüttelt wurde … Als sie in Magdala ankamen, war er schon im Delirium, er glühte im Fieber. Wir sahen auch, dass seine Wunden entzündet waren und schwärten. Es hat zu lange gedauert, ihn herzubringen.«

»Danke«, sagte Maria. »Danke, dass du mir das erzählt hast.« Der arme Joel! Wie furchtbar musste diese endlose Reise von Jerusalem nach Magdala für ihn gewesen sein.

»Und du?«, fragte eine der Cousinen schließlich. »Warum hast du uns verlassen?«

Uns verlassen … uns verlassen – es hört sich an, als wäre ich tot, dachte Maria.

»Ich …«

»Maria war besessen.« Ihre Mutter flüsterte nicht mehr. Ihre Stimme klang hart. »Ja. Dämonen hatten von ihr Besitz ergriffen, und sie war gezwungen, Hilfe zu suchen. Doch leider war der Mann, der sie behandelt hat, böse und hat sie beschmutzt. Das hat Joel erkannt und sie als seine Ehefrau verstoßen. Und deshalb«, sagte sie und trat vor Maria hin, »bist du nicht wirklich seine Witwe.«

»Jetzt und in alle Ewigkeit bin ich seine Frau. Immer«, erwiderte Maria. »Und ich habe euch nicht verlassen. Ich habe euch nie verlassen.«

»Wenn du nicht bereust und dich reinigst, bist du nicht mehr meine Tochter«, sagte ihre Mutter. Noch nie hatte Maria einen solchen Gesichtsausdruck bei ihr bemerkt, eine so abgrundtiefe Verdammung.

»Mutter, ich habe nichts Unrechtes getan!«, rief sie und streckte die Hände nach ihr aus. »Mutter!«

Ihre Mutter wich in den Schatten zurück.

»Du sagst, du bist seine Witwe«, sagte Deborah. »Aber du warst meinem Bruder *keine* Ehefrau.«

Deborah war immer ihre Freundin gewesen, hatte stets behauptet, sie wolle sein wie sie und bewundere sie. Für Maria war es wie ein Schlag ins Gesicht. »Ich war … Ich war immer …« Sie wollte sich verteidigen, aber dann wandte sie sich ratlos ab.

»Oh, du wirst hierher zurückkommen, wirst in Joels Haus wohnen und sein Geld zählen«, sagte Deborah. »Aber eins solltest du wissen: Solange nicht sieben Jahre vergangen sind, wird niemand dir vertrauen. Du musst still unter unserer Anleitung leben. Dina wird deine Tochter aufziehen; schon jetzt hat sie sie in ihr Haus aufgenommen.«

Dina hatte ihr Elischeba weggenommen? Maria stieß einen Schmerzensschrei aus.

»Das hättest du dir vorher überlegen müssen – bevor du das alles angefangen hast«, sagte ihre Mutter. »Dina wusste, dass ihr dies Aufgabe zufallen würde; deshalb hat sie nicht mitgeholfen, Joels Leichnam bereitzumachen. Sie hat den Toten nicht berührt. Sie musste rituell rein bleiben, ebenso Elischeba. Jawohl, sie wird das Kind bei sich zu Hause versorgen.«

»Aber wir wollen dich hier haben«, sagte Joels Mutter Judith hastig. »Wir wollen, dass du zu einem normalen Leben zurückkehrst. Sieben Jahre … Das ist nicht so lange. Sie werden schnell vergehen.«

»Natürlich gibt es für dich als Witwe bestimmte Beschränkungen«, fügte ihre Mutter hinzu. »Witwen genießen nicht die gleichen Freiheiten wie Ehefrauen.«

»Und die Jahre deiner Bewährung … Du wirst vieles aufgeben müssen«, sagte Deborah mit selbstgerechtem Lächeln. »Und wenn du dich bewährt hast …«

»Will denn niemand vortreten und mich in meiner Trauer umarmen und trösten?« Maria starrte in die harten, entschlossenen Gesichter, die sie umgaben.

Naomi, Silvanus' Frau, löste sich aus den Reihen der anderen und umarmte sie. »Verzweifle nicht«, flüsterte sie ihr ins Ohr. »Verzweifle nicht. Ich und dein lieber Bruder werden dich niemals allein lassen oder dir den Rücken zuwenden. Wir werden dir helfen, die sieben Jahre zu überstehen.«

Dieser Kreis von Frauen, so eng miteinander verwoben, so schwesterlich, erschien ihr jetzt wie ein bösartiges Netz, das sie umschlingen und töten wollte.

»Ich muss zu Joel zurück!«, sagte sie plötzlich. »Ich muss bei ihm sein.« Sie stand auf und lief hinaus, flüchtete sich zu ihm.

Selbst ein Toter ist freundlicher zu mir, dachte sie und stolperte in die Kammer. Zu beiden Seiten der Bahre brannten mehrere Laternen, aber sonst war es sehr dunkel. Und kalt – Wärme brauchte hier niemand. Sie setzte sich neben der Bahre auf einen Schemel und hielt einsame Totenwache, den Blick starr auf die weiß verhüllte Gestalt gerichtet, die reglos ausgestreckt dalag. Sie war so betäubt und erschüttert, dass sie keinen klaren Gedanken fassen konnte. Sie vergaß auch die Frauen. Sie konnte nur schauen und weinen und wieder schauen. Die Frauen und alles, was sie gesagt hatten, verschwanden im Nichts.

»Oh, Joel«, sagte sie immer wieder. »Oh, Joel.«

Sie hörte kaum, wie Jesus hereinkam und sich zu ihr setzte. Er sagte kein Wort; er schloss die Augen und betete still. Sie spürte, dass er sie besser verstand als alle Frauen zusammen, dass er mehr fühlte als sie – und vielleicht, vielleicht könnte er ihr ein wenig von seinem Wissen über Schmerz und Tod zukommen lassen. Wichtig war jetzt nur Joel.

Sie wollte gern etwas sagen, das der Tragödie angemessen wäre, aber was aus ihrem Munde kam, war: »Ich will ihn nicht verlassen!«

»Der Schmerz der Trennung ist sehr groß«, sagte Jesus. »Es ist der tiefste Schmerz von allen. Nichts, was ich oder sonst jemand sagen könnte, kann dir diesen Schmerz nehmen.«

»Ich habe ihn verlassen, und jetzt … jetzt werde ich ihn nie wiedersehen. Und als er starb, war er zornig auf mich. Daran ist nichts mehr zu ändern.«

Jesus nahm ihre Hand in seine Hände. »Er war zornig, weil er es nicht verstanden hat. Aber das hat an seiner Liebe zu dir nichts geändert.«

»Sie haben mich ausgestoßen«, murmelte sie. »Die Frauen … Sie sind grausamer als die Männer.«

Während sie leise miteinander sprachen, flackerten und blakten die Laternen an der Bahre und warfen Schatten über das weiße Leichentuch. Wie merkwürdig war es, vor ihm auf diese Weise von so persönlichen Dingen zu sprechen.

Ihr Blick ruhte auf dem verhüllten Leichnam. Joel hatte sie zu Jesus geschickt. Und jetzt hatte er ihr Gelegenheit gegeben, von vorn anzufangen und noch einmal zu wählen, und zwar allein. Sie konnte sich wieder ihrer Familie anschließen, sich ihren Regeln unterwerfen und die Strafe dafür akzeptieren, dass sie getan hatte, was sie verurteilten.

Der Verlust Joels und die Vorstellung, auch ihre Familie nun endgültig zu verlieren, schmerzte sie, aber der Gedanke, Jesus zu verlassen, war noch schlimmer. »Denn dann bin ich wirklich verloren«, murmelte sie – so leise, dass Jesus sie unmöglich hören konnte. Ja, das war das Dilemma: Sie war davon überzeugt, dass Jesus auf irgendeine Weise mehr als alles andere lebensnotwendig für sie war.

Die Grabprozession formierte sich vor dem Haus. Joels Leichnam lag auf der Bahre, getragen von seinem weinenden Vater Ezekiel, von Nathan, Jakobus und Ezra aus der Fischhalle. Die rituellen Vorschriften waren befolgt: Die Gewänder hatten Risse, und auf ihren Köpfen lag der vorgeschriebene Staub. Den Männern liefen die Tränen über die Wangen.

Hinter der Bahre versammelten sich die Nachbarn, die Musiker, die die Trauerflöten spielen, und die Frauen, die die altehrwürdigen Klagelieder anstimmen würden. Berufsmäßige Klageweiber waren auch da; jemand aus der Familie hatte sie bestellt. Sie würden den Toten mit ihrem durchdringenden Geheul bis zum Grab begleiten.

Die Frauen sollten den Leichenzug anführen, und schon hatten Judith, Zebida, Deborah, Naomi und die Cousinen ihre Plätze eingenommen und waren enger zusammengerückt, als Maria versucht hatte, sich an die Spitze zu stellen.

Elischeba konnte sie nirgends entdecken, obwohl sie sich in panischer Unruhe nach ihr umschaute. Sie sollte doch hier sein, in meinen Armen, dachte Maria. Ich muss sie tragen, an der Spitze des Leichenzugs ihres Vaters.

Weit hinten sah sie Dina mit einem verhüllten Kind auf dem Arm. Sie lief zu ihr.

»Elischeba!« Sie zog dem Kind die Kapuze vom Kopf. Die dunklen Augen ihrer Tochter schauten sie an, aber das kleine Mädchen lächelte nicht und ließ auch nicht merken, dass es sie erkannte.

»Du!« Dina schlug ihr auf die Hand. »Wie kannst du es wagen, sie anzurühren und unrein zu machen?« Sie starrte die eigene Hand an. »Jetzt bin auch ich unrein!«

»Durch den Tod des Vaters unrein zu sein ist eine Ehre«, sagte Maria. »Und wenn sie älter ist, würde sie bedauern, sie nicht erfahren zu haben.«

Elischeba streckte zögernd die Arme aus. Maria nahm sie, und einen Augenblick lang fühlte sie die Wärme ihrer Tochter und drückte sie an sich.

»Hilfe!«, schrie Dina. »Sie will sie mir wegnehmen!«

Sofort sah Maria sich von einer großen Zahl von Männern und Frauen umringt.

»Lass sie los! Lass das Kind los!«

Ein Mann packte Marias Arm und wollte ihn umdrehen. Ein anderer ergriff Elischeba.

»Hört auf damit!« Jesus trat heran und wollte Elischeba an sich ziehen. »Lasst ihre Mutter sie tragen.«

Einer der Männer – durch seine Trauer nicht an Gewalttätigkeit gehindert – schlug Jesus ins Gesicht und entriss ihm Elischeba.

»Diese Frau hat kein Recht dazu!«, erklärte er triumphierend, ging zu Dina, die laut zu heulen begonnen hatte, und legte ihr das Kind wieder in die Arme.

»Elischeba …!«, rief Maria.

Eine Frau neben Dina gab ihr einen Stoß. »Geh an deinen Platz!«, befahl sie.

Alle hatten sich versammelt, und eine lange Reihe von Nachbarn schlängelte sich hinter den offiziell Trauernden. Die Sonne schien, und der See funkelte. Die Klageweiber würden heulen, die Flöten würden spielen, und Joel würde zu seinem Grab getragen werden, das irgendwo in den Bergen am Rande von Magdala in den Fels gehauen worden war.

»Wir haben nie eine Grabstätte ausgesucht«, sagte sie zu Jesus. »Wir dachten, wir hätten noch viele Jahre Zeit.«

Sie betrachtete die lange Prozession. Sie hatte darin keinen Platz; sie hatte diesen Platz verloren, als sie in die Wüste gezogen war.

»Lass die Toten ihre Toten begraben«, sagte Jesus und deutete auf die Reihen der Menschen.

Und tatsächlich sahen sie aus wie Tote; seltsam, dass ihr diese Worte niemals eingefallen wären, aber es stimmte.

»Komm, lass uns gehen«, sagte Jesus. »Wir sind hier weder erwünscht noch benötigt. Überlassen wir die Toten sich selbst.«

Sie hätte protestieren müssen, aber sie sehnte sich nur danach, von hier fortzukommen. »Meine Tochter ist bei den Toten«, sagte sie.

»Sie wird unter ihnen aufwachsen, aber Gott wird ihr Gelegenheit geben, auch andere Stimmen zu hören. Und wenn sie ja zu ihnen sagt, kann sie ein anderes Leben finden.«

»Ich will ihr diese andere Stimme zu Gehör bringen! Sie soll meine Stimme hören!«

Jesus führte Maria aus der Stadt zum Wasser. Fischerboote schaukelten draußen, Netze wurden eingeholt, das Leben nahm seinen alltäglichen Gang, und sein Lärm übertönte die Totenklage schon in geringer Entfernung.

»Deine Stimme ist noch nicht klar genug«, sagte Jesus. »Du musst noch viel lernen und viele Erfahrungen sammeln, bevor du mit der Stimme sprechen kannst, die Gott dir zugedacht hat, mit der Stimme, auf die Elischeba hören wird.«

Aber sprechen werde ich zu ihr, irgendwie, dachte Maria. Ich werde sie nicht aufgeben. Sie wird meine Stimme hören, schon jetzt, bevor ich Weisheit gefunden habe. Eine Mutter braucht keine Weisheit, sie braucht nur Mutterliebe.

XXXVIII

Das Haus von Petrus, aber Petrus war nicht anwesend. Maria war zu niedergeschlagen, um jetzt den weiten Weg nach Betsaida auf sich zu nehmen, immerhin acht römische Meilen. Dies war eine andere Art von Erschöpfung, anders als die durch die Dämonen, anders auch als beim ersten Mal, als man sie aus Magdala vertrieben hatte. Das alles überstieg ihr Verständnis. Sie würde es niemals akzeptieren, niemals. Aber nun war sie zu betäubt, um weiter dagegen anzukämpfen.

Mara war freundlich, aber zurückhaltend. Jesus und Maria

waren es schließlich, die ihren Mann verleitet hatten, ein fremdartiges und unbekanntes Leben zu beginnen. Simon – sie weigerte sich, ihn Petrus zu nennen – hatte sie verlassen, und sie wusste nicht einmal, wo er war.

Aber in diesem Augenblick war es Maria gleichgültig, was Mara oder ihre Mutter dachte. Dankbar ließ sie sich auf das Strohlager sinken, das sie ihr anboten, bemüht, alle Gefühle und Erinnerungen aus ihrem Herzen zu tilgen. Sie trank sogar den verdünnten Wein, den sie ihr in einem Tonkrug neben das Bett gestellt hatten, in der Hoffnung, dass er sie in einen traumlosen Schlaf versenken werde.

Aber ihr Schlaf war nicht traumlos. Joel erschien ihr, schüttelte den Kopf und sagte grausame Dinge. Elischeba wollte zu ihr kommen, aber eine Barriere hielt sie ab, eine marmorne Schranke wie die im Tempel, die die Juden von den unreinen Nichtjuden fern hielt.

Auch im klaren Licht des Morgens verging das Grauen nicht. Joel war tot. Das war kein Traum gewesen, der mit dem Dunkel der Nacht verschwinden würde. Mara stellte ihnen Essen hin, und Maria versuchte etwas zu sich zu nehmen, weil sie wusste, dass ihr Körper es brauchte, aber sie schmeckte nichts. Mara erkundigte sich nach Simon, nach der Mission Jesu, aber Maria hörte ihre Fragen kaum.

»Dein Mann ist nicht fort. Er wurde nur zu anderen Aufgaben berufen.« Waren das die Worte Jesu? War es das, was er ihr sagte? Kümmerte sie das überhaupt?

Von der Tür kam ein Geräusch, und Mara ging hin, um nachzusehen. Erst jetzt schaute Maria zu Jesus hinüber und versuchte ihm mit ihrem Blick ein Zeichen zu geben. Aber bevor er reagieren konnte, kam ein hoch gewachsener Fremder herein. Er hatte ein Tuch um den Kopf gewickelt, das auch den unteren Teil seines Gesichts verhüllte. Anscheinend ein Nabatäer, ein Händler aus der Wüste.

»Ja? Wer bist du, und was willst du?«, fragte Mara den Fremden.

Er wickelte das Kopftuch ab, und erschrocken sah Maria, dass es Silvanus war. »Ich musste dich sehen«, sagte er schlicht. »Ich konnte in Erfahrung bringen, wo Jesus wohnt, wenn er in Kapernaum ist, und ich habe gehofft, dass ihr hier Halt macht, bevor ihr zurückkehrt – wohin auch immer.«

Ungläubig stand Maria auf und umarmte ihn.

»Oh, Silvanus!« Mehr konnte sie nicht sagen, als sie ihn an sich drückte. »Du bist gekommen! Endlich sehe ich dich.« Sie ließ ihn los und trat zurück. »Seit meiner ersten Rückkehr nach Magdala … und jetzt bei der Bestattung … Hast du meinen Brief erhalten?«

»Ja.«

»Du weißt also Bescheid. Und du verstehst es.«

»Ich weiß Bescheid. Aber ich verstehe es nicht.«

»Ich hatte keine Gelegenheit, es dir zu erklären. Aber wenn du hörst, was … wenn du mit Jesus sprichst …« Sie deutete auf Jesus, und die beiden Männer grüßten einander nickend.

»Ich habe kein Interesse an seiner Botschaft«, sagte Silvanus. »Ich kümmere mich seit langem nicht mehr um die Botschaften der selbst ernannten Heilsboten, der gegenwärtigen wie der vergangenen. Aber ich bin zutiefst besorgt um dich.« Er umarmte sie noch einmal. »Du bist meine liebe Schwester, und was hast du durchmachen müssen? Wie kann ich dir nur helfen?«

Er wollte Jesus also nicht hören. Auch gut. Was hatte Jesus gesagt? Es kommt darauf an, wen der Vater ruft … Immerhin hatte er sich freundlich gezeigt. Das war das Entscheidende.

»Dina hat mir Elischeba weggenommen«, sagte sie. »Dina! Vater hat dafür gesorgt und Eli … und vielleicht auch die Frauen in der Familie. Aber ich muss wissen, dass sie in Sicherheit ist, dass jemand auf sie Acht gibt, der sie und mich liebt. Ich habe dich schon in meinem Brief gebeten: Bitte sei mein Vermittler! Ohne dich bin ich verloren! Und sie ist für mich verloren!«

»Ich …« Silvanus machte ein gequältes Gesicht. »Ich werde tun, was ich kann. Aber du musst begreifen, dass das vielleicht nicht genug ist.«

Maria fragte Mara, ob sie sich für einen Augenblick entschuldigen und unter vier Augen miteinander sprechen dürften. Mara nickte, und sie ging mit Silvanus hinaus in den kleinen Innenhof. Im Schatten eines Baumes in der Mitte blieben sie stehen.

Sie sprachen leise und lebhaft über alles, was geschehen war, seit sie sich zuletzt gesehen hatten. Silvanus erzählte ihr von Joels

Zorn und Verbitterung, von Elis verdammenden Worten, von der Ratlosigkeit ihrer Eltern. »Wir hörten Berichte über diesen Mann, diesen Jesus. Sein Ruhm breitet sich aus. Wir haben gehört, was er in Kapernaum getan hat, bis die Menschenmenge so groß wurde, dass er fortgehen musste. Und die Schweine in Gergesa! Oh, alle haben darüber geredet.«

»Silvanus, du wirst es nicht glauben, aber erinnerst du dich an den Zeloten, der in dein Haus eindrang und das Wort ›Schweine‹ als Parole benutzte? Auch er hat sich Jesus angeschlossen.«

»Nein!« Silvanus lachte. »Und dieser berüchtigte Steuereinnehmer ebenfalls. Wir haben von ihm gehört und auch von dem Angriff auf den römischen Soldaten in seinem Haus. Wie können sie sich nur vertragen?«

»Ich weiß es nicht«, sagte Maria. »Aber sie sind jetzt irgendwie verändert.«

»Jesus erregt höheren Orts Aufmerksamkeit«, sagte Silvanus. »Ich habe gehört, dass Herodes Antipas sich sehr für ihn interessiert.« Er schwieg kurz. »Wie ich sehe, meine Schwester, hast du dich auf ein großes Abenteuer eingelassen. Die Leute sprechen jetzt ständig von Jesus.« Er klang neugierig, aber nicht neidisch. »Die Landstreicherei mit Jesus ist nichts für Elischeba. Sie ist zu klein. Das weißt du doch wohl.« Er schaute sie an, als wolle er sich vergewissern, dass sie nicht völlig den Verstand verloren hatte.

»Ja«, räumte sie ein. »Das weiß ich.«

»Sie hätten sie dir sowieso weggenommen«, sagte er. »Sie haben ein gerichtliches Dokument aufsetzen lassen, demzufolge sie in deiner Obhut nicht sicher ist, solange nicht sieben Jahre vergangen sind und du wirklich gesund bist. Sie haben die Behörden überredet, es zu unterschreiben, und damit ist es verbindlich. Du würdest sie nicht einmal sehen dürfen, ohne dass Eli dabei anwesend ist.«

»Aber nach sieben Jahren …«

»… können diese Fragen vielleicht anders beantwortet werden. Aber ich muss dir noch etwas sagen: Sie wollten dir auch dein Erbe wegnehmen und haben versucht, Joel in seiner Hinfälligkeit zu überreden, dass er seinen Besitz an Eli überschreibt. Er hat sich geweigert, und er starb, ohne ein solches

Dokument zu hinterlassen. Ich habe mit seinem Vater gesprochen, und Ezekiel meint auch, dass Joels Geld und sein Anteil am Familiengeschäft an dich fallen sollen. Er wusste, was in Joels Herzen vorging und dass er die bitteren letzten Worte nicht ernst gemeint hat. Als er dich zu Hause sah und erkannte, dass du geheilt und Joel treu geblieben bist, war er gerührt. Er will, dass du versorgt bist. Wenn du willst, kann ich deinen Geschäftsanteil verkaufen und dir den Erlös geben. Was immer du möchtest, ich werde es tun. Aber das hier ist dein rechtmäßiges Eigentum.« Er hielt ihr eine Schatulle mit Urkunden und einem Beutel Goldmünzen entgegen.

Maria hätte bei ihrem Anblick beinahe aufgeschrien.

»Wir wissen, dass Joel es so gewollt hätte, denn er hat sich geweigert, irgendetwas zu unterschreiben, was etwas an deinem Erbe geändert hätte.«

»Danke, Silvanus«, sagte sie. »Und danke, dass du immer noch mein Bruder bist.«

»Ich werde immer dein Bruder sein.«

Lieber Silvanus. »Du weißt, dass ich immer an dich denke und dafür bete, dass es dir und Naomi gut geht und ihr Elischeba meine Liebe geben könnt. Und du weißt, dass ich sie in meinem Herzen trage. Sag ihr das.«

»Wann immer Eli nicht zuhört.«

Bevor er ging, sprach Silvanus noch kurz mit Jesus. Maria sah, wie aufmerksam er ihn unter dem Vorwand einiger kurzer Abschiedsworte musterte. Seine Augen forschten in Jesu Gesicht danach, was es war, das die Menschen veranlasste, seinetwegen Netze, Fischerboote und die Familie zu verlassen, und was das für eine Macht war, die er angeblich besaß.

Maria folgte ihrem Bruder hinaus und verabschiedete sich von ihm.

»Was ist nur an diesem Mann?«, fragte Silvanus.

»Spürst du es nicht?«, fragte Maria. »Dass er große Macht hat?«

»Nein«, gestand Silvanus. »Er wirkt sympathisch, aber nicht so sehr, dass er die Leute anzieht, wie er es tut.« Silvanus umarmte sie und drückte sie an sich. Ihn leibhaftig zu spüren, die vertraute, familiäre Nähe zu empfinden weckte tausend Erinnerungen in ihr. Sie presste die Augen zu, um die Tränen zurückzuhalten, doch es gelang ihr nicht.

»Liebe Schwester«, sagte er, »ich gebe dich in seine Obhut. Aber ich werde mir immer Sorgen um dich machen, denn niemand ist sicher in der Gesellschaft eines Mannes, der von Herodes Antipas beobachtet wird.«

»Beschütze du Elischeba für mich.« Sie ließ ihn los.

»Das verspreche ich dir. Ich verspreche es …«

Früh am nächsten Morgen verließen Jesus und Maria Kapernaum, auch wenn sie kaum ausgeruht waren. Die Frische des erwachenden Tages, die Verheißung eines klaren Himmels und einer kühlen Brise, das alles war wie ein Hohn. Joel würde diesen Tag nicht sehen und die Brise nicht genießen. Das Grauen des Grabes, so dunkel und still, wirkte umso entsetzlicher durch den Gegensatz zu dem, was draußen vorging. Wie war es möglich, dass Joel, der doch so lebendig gewesen war wie sie, dort sein konnte? Und konnte nicht auch sie … Nein, nein, es war einfach unfassbar – der eigene Tod, diese Stille, nichts mehr zu sehen, nichts mehr zu hören …

»Jesus«, sagte sie plötzlich, »hast du jemals Bestattung gespielt?«

Er ging langsamer und sah sie an. »Wie bitte?«

»Als ich klein war, habe ich einmal mit ein paar anderen Mädchen Bestattung gespielt.«

»Wie um alles in der Welt ging denn das vor sich?« Er schüttelte den Kopf und fügte dann hinzu: »Und aus welchem Grund?«

»Jemand im Dorf war gestorben«, sagte sie. »Niemand, den wir gut kannten, aber wir hatten den Leichenzug gesehen und die Klageweiber und die Totengesänge gehört. Ich erinnere mich, dass ich den Toten auf der Bahre sah, in seinem Leichentuch und mit vielen Blumen – wie eine Statue. Vermutlich haben wir Kinder nach einem neuen Spiel gesucht, und so wurde ich am Nachmittag krank und ›starb‹, und meine Freundinnen wickelten mich in einen Mantel und legten mich auf eine selbst gemachte Bahre – eine Wolldecke mit zwei Stangen –, und dann brachten sie mich an eine Stelle im Garten. Und jetzt kommt das

Erschreckende: Sie bedeckten mich mit einem Berg Wolldecken, als würde ich begraben. Und hoch über mir hörte ich, wie meine Freundinnen Verse rezitierten und mir Lebewohl sagten und dass sie mich vermissen würden, und ich fühlte den sanften Aufprall, als sie Blumen auf den Deckenhaufen warfen.«

Er war stehen geblieben und hörte ihr zu, während er aufmerksam ihr Gesicht beobachtete. »Und dann?«

»Dann war es still. Sehr still. Ich spürte das Beben des Bodens, als sie davongingen. Und dann war ich allein. Allein an diesem dunklen, heißen Ort. Ich wollte aufstehen – das Spiel war vorbei! Aber ich merkte, dass ich mich nicht bewegen konnte. Die Wolldecken waren sehr schwer. Ich wollte schreien, doch ich bekam kaum Luft, und die Decken dämpften meine Stimme. Ich fühlte mich tot, wirklich tot, und es war so unerträglich …« Sie schwieg und holte tief Luft. »Seitdem habe ich schreckliche Angst vor dem Tod.«

Er nahm ihre Hände und drehte sie zu sich herum. »Maria«, sagte er schließlich, »der Tod ist nicht so.«

Er klang so beruhigend. Aber woher wollte er das wissen? Woher konnte es irgendjemand wissen? Joel wusste es nun, konnte es ihr jedoch nicht sagen. »Wie ist er denn dann?«, fragte sie mit zaghafter Stimme.

»Er ist nicht das Ende«, sagte er. »Du bleibst nicht an diesem dunklen, heißen Ort. Dein Geist kann dort nicht festgehalten werden, denn Gott will ihn haben.« Und als habe er zu viel gesagt, fragte er: »Wie bist du denn entkommen?«

»Meine Freundinnen kehrten zurück. Sie waren noch nicht weit gegangen, als sie merkten, dass ich nicht folgte. Sie zogen die Decken weg und … erweckten mich wieder zum Leben.« Jetzt lachte sie. »Ja, wir haben so getan, als sei es so gewesen.«

»Du wirst noch viele Tage um Joel trauern.« Jesus wusste, was ihre eigentliche Frage war. »Du musst es dir gestatten. Du wirst an Gräber denken, an Geister und Schuld, aber am Ende wirst du aufstehen und fortgehen, wie du von diesem Berg Decken fortgegangen bist.« Er sah sie an. »Das verspreche ich dir.«

Am späten Nachmittag waren sie in Betsaida; sie hatten das Territorium von Herodes Antipas hinter sich gelassen und waren wieder in dem seines Bruders Philippus. Jenseits der Mauer lag der übliche Fischerhafen mit seiner Promenade, aber nicht unmittelbar am See, sondern in einer Lagune. Die Stadt wirkte friedlich, wie sie so in der Wärme des schwindenden Sonnenlichts leuchtete.

»Ich glaube, wir sollten zum Markt gehen«, sagte Jesus. »Er wird jetzt zwar leer sein, aber er ist der nahe liegende Treffpunkt. Jeder, den wir suchen, wird dort hinkommen.«

Die Straßen waren voller wohlhabend aussehender Leute; sie schlossen gerade ihre Geschäfte, trugen Lebensmittel und Wasser zum Abendessen nach Hause oder führten ihre Packtiere für den Abend in den Stall. Auch Magdala war wohlhabend, aber die Atmosphäre dort war betriebsamer und geschäftsmäßiger.

Als Jesus und Maria durch die schmalen Straßen wanderten, bemerkten sie, dass viele der mit Kolonnaden verzierten Häuser saubere neue Kalksteinfassaden besaßen. Einmal fiel der Blick durch eine Seitenstraße auf die Baustelle eines Palastes.

»Anscheinend wollen sie ein kleines Athen daraus machen«, sagte Maria.

Jesus nickte. »Vielleicht sollten wir eines Tages das echte Athen besuchen und die beiden vergleichen.« Beide lachten über diese unwahrscheinliche Vorstellung.

Schließlich hatten sie den Markt erreicht; die letzten Händler kamen ihnen entgegen und führten ihre Esel nach Hause, und ihre Körbe quollen über von unverkauften Waren. Der Platz lag verlassen da. Der Boden war noch übersät vom Müll der abgebauten Stände – zerquetschtes Obst, zertretene Bohnen und Lauchstangen, Taubenfedern. Ein paar gelangweilte Arbeitslose lehnten an den Türen und warfen verächtliche Blicke auf alles, was vorüberzog.

Anscheinend werden wir lange warten müssen, dachte Maria.

»Sie werden uns finden«, sagte Jesus beruhigend. »Oder wir finden sie.«

Die Müßiggänger schlenderten schließlich davon; es war klar, dass sie zu dieser Stunde niemand mehr einstellen würde. Nur noch eine einziger Mensch war auf dem Platz, er fegte auf der anderen Seite den Abfall zusammen. Pfeifend schwang der Junge seinen Reisigbesen durch den von Fliegen umschwärmten Müll, und es schien ihm nichts auszumachen, dass die Insekten ihn bei jedem Besenstrich umschwirrten. Unermüdlich arbeitete er sich vor. Es war fast dunkel, als er bei Maria und Jesus anlangte, und die beiden wichen vor dem Ansturm seines Besens und seiner Fliegenschwärme zurück.

»Oh, ich bitte um Verzeihung!«, rief der Straßenkehrer. Er wedelte die Fliegen weg, die seinen Kopf wie ein summender Heiligenschein umgaben.

»Wie heißt du?«, fragte Jesus.

»Du kannst mich Beelzebub nennen.«

Jesus lachte nicht. »So würde ich nur den nennen, der wirklich so heißt.«

»Ich wollte nur sagen … dass ich der Herr der Fliegen bin«, sagte der Junge und deutete auf die Schwärme. »Im Augenblick jedenfalls.«

»Wenn du der Herr der Fliegen wärest, könntest du ihnen befehlen«, sagte Jesus. »Gehorchen sie dir?«

Der Junge lachte. »Sieht es so aus?«

»Nein, und dafür solltest du dankbar sein. Aber jetzt sag mir deinen wirklichen Namen.«

»Thaddäus.« Der Junge stützte sich auf den Besen, verwundert über das Interesse dieses Fremden an ihm.

»Bist du Grieche?«, fragte Maria.

»Nein. Ich habe bloß Eltern, die welche sein wollten.«

Maria lachte. »Ein verbreitetes Leiden.« Sie dachte an Silvanus.

»Gut«, sagte Jesus. »Denn wärest du kein Sohn Abrahams, könnte ich dich nicht einladen, zu uns zu kommen.« Mehr zu Maria als zu Thaddäus gewandt, erklärte er: »Andere sind willkommen zu hören, aber ich suche nur die Kinder Israels.«

»Was denn? Zu euch kommen? Wie meinst du das?« Thaddäus machte ein erschrockenes Gesicht. So etwas passierte, wenn man unvorsichtig wurde und mit Fremden redete. Er umklammerte den Besenstiel und wich zurück.

Statt auf seine Frage zu antworten, sagte Jesus: »Was tust du? Wenn du nicht den Marktplatz fegst, meine ich.«

»Ich verkaufe bemalte Töpfe und Krüge, und wenn jemand es wünscht, kopiere ich Fresken. Manchmal«, fügte er trotzig hinzu,

»kopiere ich sogar Statuetten von Artemis und Aphrodite und Herkules für gewisse Kunden.«

»Deine Eltern sind also nicht die Einzigen, die das Griechische lieben?«

»Nein«, sagte Thaddäus. »Ich liebe es auch.«

»Das wundert mich nicht«, sagte Jesus. »Du bist hier mit ihnen aufgewachsen. Du müsstest blind sein, wenn du ihre Schönheiten nicht zu schätzen wüsstest.« Er schwieg einen Augenblick. »Aber wenn du dich mir anschließt, werde ich dir Augen geben, mit denen du die Schönheit in anderen Dingen sehen kannst.«

»Was denn zum Beispiel?« Thaddäus umklammerte den Besenstiel noch fester.

»Zum Beispiel diese Arbeitslosen, die hier gewartet haben, bis die Sonne unterging.«

»Was denn? Diese Herumtreiber? Die lungern nur auf dem Markt herum und ärgern die Leute.«

»Die Leute, ja, aber nicht Gott«, sagte Jesus. »Er sieht sie mit anderen Augen.« Jesus ließ Maria stehen und ging zu Thaddäus. »Ich will dir sagen, wie das Reich Gottes ist. Es ist wie ein reicher Mann, der früh am Tag einige Arbeiter eingestellt hat, wie man es zu tun pflegt. Aber im Laufe des Tages stellte er fest, dass er noch mehr Arbeiter brauchte, und so ging er noch einmal auf den Platz und stellte ein paar mehr ein. Am Nachmittag merkte er, dass die Arbeit noch mehr Leute erforderte, und so kehrte er zurück und stellte weitere ein. Und als der Tag fast zu Ende war – um die Zeit, als unsere Freunde hier aufgaben und fortgingen –, stellte er noch einmal welche ein. Am Abend aber bezahlte er allen den gleichen Lohn. Da beklagten sich die, die er zuerst geholt hatte, aber der reiche Mann sagte: ›Habe ich euch nicht gegeben, was wir vereinbart haben? Wenn ich mit meinem Gelde großzügig sein und andere bessere bezahlen will, was geht das euch an?‹ Und so ist es mit dem Reich Gottes. Gott ist großzügig, und er wird uns auf unerwartete Weise entlohnen. Und er erwählt unerwartet Menschen. Wie diese ärgerlichen Männer.«

»Aber das hat doch keinen Sinn.«

»Komm zu mir, und du wirst lernen, welchen Sinn das hat.«

Plötzlich ging Thaddäus ein Licht auf. »Ich weiß, wer du bist. Der Nazarener. Der berühmte Nazarener, der so sonderbare

Reden hält. Und Heilungen und Teufelsaustreibungen vollbringt. Jawohl! Streite es nicht ab!« Er zeigte mit dem Finger auf Jesus. »Aber du bist verschwunden, nachdem die Schweine über die Klippe gesprungen sind. Wo warst du? Was hast du getrieben?«

»Ich habe Arbeiter angeworben, die die Ernte des Reiches Gottes einbringen sollen«, sagte Jesus. »Bald wird die Ausbildung beginnen und dann die Mission. Willst du dich uns nicht anschließen?«

»Ich ... Ich werde es mir überlegen.« Thaddäus wich weiter zurück. »Meine Eltern – was würden sie denken?«

»Frag sie«, sagte Jesus.

»Sie würden sagen, es ist zu gefährlich«, vermutete Thaddäus. »Mein Namensvetter, ein Prophet, der vor ungefähr vierzig Jahren in dieser Gegend gelebt hat, behauptete, er werde den Jordan teilen und seine Anhänger hindurchführen wie Josua. Am Ende steckte sein Kopf auf einer Stange in Jerusalem, und seine Anhänger wurden erschlagen. Die Erinnerung daran ist noch allzu frisch. Und dann ist da Johannes der Täufer.«

»Verhaftet«, sagte Maria. Ich habe ihn in seinem Verlies gesehen.

»Tot«, korrigierte Thaddäus.

Jesus wich zurück, als habe er einen Schlag bekommen. »Tot?«

»Enthauptet«, sagte Thaddäus feierlich.

»Wann?«, fragte Jesus mit sehr leiser Stimme.

»Setzen wir uns hier hin«, schlug Thaddäus vor. »Ich rede nicht gern so laut darüber.« Er deutete auf eine der behelfsmäßigen Bänke, die ein Markthändler aufgestellt hatte. Alle drei setzten sich, und Thaddäus wandte sich Jesus zu. Er hatte ein sehr junges, ansprechendes Gesicht, und sein Haar war so hell, dass er aussah wie ein Ausländer aus den Ländern des Nordens. »Es ist erst zwei Tage her.«

Vor zwei Tagen ist Joel gestorben, dachte Maria, darum haben wir nichts davon gehört. Und an diesem Tag hätte es mich auch nicht gekümmert.

»Herodes Antipas hat ihn hinrichten lassen?«, fragte Jesus betrübt. »Vom Augenblick seiner Verhaftung an stand dieses Ende fest.«

»Antipas schien Angst vor ihm zu haben«, sagte Thaddäus. »Er hätte ihn wahrscheinlich in alle Ewigkeit im Kerker behalten. Aber er hat es seiner neuen Stieftochter Salome zu Gefallen getan. Sie tanzte auf seinem Geburtstagsbankett vor Herodes, nachdem er versprochen hatte, ihr zu geben, was sie haben wollte – ›und wäre es mein halbes Königreich‹, soll er gesagt haben. Da verlangte sie Johannes' Kopf auf einer Platte.«

Marias Blick ging zwischen Thaddäus' aufgeregtem Gesicht und der entsetzten Miene Jesu hin und her.

»Auf einer Platte?«

»Auf einer großen Silberplatte.«

Maria wurde beinahe übel, als sie sich vorstellte, wie Johannes' abgeschlagener Kopf auf diese Weise zur Schau gestellt worden war. Waren die zornigen, vorwurfsvollen Augen geschlossen gewesen, oder hatten sie von dieser Platte emporgestarrt?

»Einem Tanzmädchen zu Gefallen«, sagte Jesus. »So viel Böses ist …« Er war erschüttert.

»Es ist also nicht der richtige Augenblick, sich einem Propheten anzuschließen«, sagte Thaddäus. »Mit Verlaub. Ich weiß, dass sie auch hinter dir her sind. Ich habe die Leute sagen hören, dass Antipas dich sucht. Und die Zeloten tun es auch. Sie sind davon überzeugt, dass du derjenige bist, der sie führen wird. Sie wollen dich zum König ausrufen.«

»Zum König?«, wiederholte Jesus. »Zum König wovon?«

»Zum König von … Zum König … von Israel, nehme ich an. Sie werden den passenden Titel schon finden. Der kämpfende Sohn Davids, der Menschensohn, der Sternensohn, der Messias, was weiß ich. Jeder Name wird ihnen recht sein, nehme ich an.«

Jesus stand auf. »Bleib eine Weile bei Maria«, sagte er. »Ich muss … Verzeiht mir, aber ich muss einen Augenblick allein sein.« Mit steifem Rücken ging er um die Ecke und war verschwunden.

Thaddäus und Maria sahen einander verlegen an.

»Er wird sicher nicht lange fortbleiben«, sagte Maria. »Er ist einfach überwältigt von dieser schrecklichen Neuigkeit.«

»Tut mir Leid, dass ich derjenige war, von dem er sie erfahren musste«, sagte Thaddäus. »Was wollt ihr … Warum seid ihr beide hier?«

»Wir treffen uns hier mit unseren Gefährten. Wir haben uns trennen müssen – aus persönlichen Gründen.« Maria konnte es nicht ertragen, jetzt über Joel zu sprechen. »Wir haben uns hier in Betsaida verabredet. Einer von uns, Philippus, stammt von hier.«

Thaddäus machte ein verblüfftes Gesicht, aber er stellte keine weiteren Fragen.

Maria war dankbar für sein Schweigen. Ihr Herz war so schwer, dass das Reden ihr Mühe machte. Nur dazusitzen erforderte ihre ganze Kraft. Der Schmerz tief in ihrem Innern fühlte sich manchmal an wie eine große Last und manchmal wie ein leerer Raum. Sogar Jesus zuzuhören war eine große Anstrengung, und seine tröstenden Worte drangen nicht weit genug in den Bereich, der so wehtat.

Lange Zeit schien vergangen zu sein, als Jesus zurückkehrte. Er sah so erschüttert und bedrückt aus, dass Maria wünschte, sie könne ihm Trost spenden. Aber ihr eigenes Leid war zu groß.

Es wurde allmählich dunkel, und Thaddäus stand auf, um nach Hause zu gehen. Er schulterte gerade seinen Besen, als Johannes und die anderen Jünger im Zwielicht auf dem Platz erschienen und sich suchend umsahen, bis Johannes sie entdeckte.

»Meister!«, rief er. »Meister!« Er kam, gefolgt von den andern, herbeigelaufen. Sein Gesicht war rot, und seine Kopfbedeckung war ihm von den Locken gerutscht. Als er bei Jesus war, ergriff er seine Hände. »Wir haben jemanden gesehen, der in deinem Namen Dämonen ausgetrieben hat, hier am Rande der Stadt! Was für eine Unverschämtheit! Wir haben seinem Treiben ein Ende gemacht, denn wir kannten ihn nicht.« Er krähte vor Stolz. »Du hättest sein Gesicht sehen sollen.«

»Du solltest deines sehen«, sagte Jesus. »Es ist kein schöner Anblick.«

»Solche Reden ist Johannes nicht gewöhnt«, sagte sein Bruder, der jetzt ebenfalls herantrat. »Zu viele Leute haben ihm gesagt, dass er hübsch ist, sein Leben lang.« Er lachte, als bereite ihm das Freude. »Aber, Meister, dieser Mann hat doch verdient, dass wir ihm Einhalt gebieten.« Der große Jakobus nickte nachdrücklich.

»Ihr versteht nicht«, sagte Jesus. »Wer nicht gegen uns ist, ist für uns. Ihr hättet ihn in Ruhe lassen sollen.«

»Aber …« Der große Jakobus machte ein trotziges Gesicht. »Das war doch nur … Wir haben doch nur …«

»Jakobus, wirst du dich denn nicht nach Marias Ehemann erkundigen?« Jesus schaute ihn betrübt an.

»O doch, natürlich, ich wollte gerade …« Offensichtlich hatte er es entweder vergessen, oder er hielt es für selbstverständlich, dass Jesus Joel geheilt hatte.

»Er ist gestorben«, sagte Jesus.

Betroffenes Schweigen senkte sich über die Jünger. Jesus war nach Magdala gegangen, und trotzdem …

Judas war der Erste, der die Sprache wieder fand. »Maria, es tut mir sehr Leid. Du hast mein tiefes Mitgefühl.« Er kam zu ihr. Die anderen drängten sich ebenfalls heran und streckten die Arme aus, als könne das ihre Trauer mildern.

Maria zog sich den Mantel fester um die Schultern. All diese gemurmelten Worte des Mitgefühls waren wie der Schaum auf dem Meer, der auf der Oberfläche schwamm, ohne mehr zu tun, als wie eine Zierde auf den Tiefen des Schmerzes zu treiben.

Wind kam auf, der sie daran erinnerte, dass es Nacht wurde und sie nirgends hinkonnten.

»Wohin gehen wir heute Nacht?«, wollte der praktisch denkende Andreas wissen.

»Ich wage nicht, meine Frau zu bitten, alle diese … Rivalen zu beherbergen«, bekannte Philippus. »Als solche sieht sie euch leider alle.«

»Ihr könnt bei mir bleiben«, sagte Thaddäus, der immer noch nicht gegangen war.

»Wer ist das?«, fragte Simon, misstrauisch wie immer.

»Ein Freund«, sagte Jesus. »Wir haben ihn kennen gelernt, während wir auf euch warteten.«

»Wird er sich uns anschließen?«, fragte Simon.

»Nein«, sagte Jesus. »Ich habe ihn dazu eingeladen, aber er wollte nicht. Dennoch, Thaddäus, dein Angebot ist gütig. Und wir werden es annehmen.«

Thaddäus' Elternhaus lag im oberen Teil der Stadt. Dort bot sich ihnen ein schöner Ausblick auf den halb vollendeten Palast des Herodes Philippus. Thaddäus erklärte ihnen, dem Herrscher gefalle es in Betsaida so gut, dass er diesen Luxuspalast hier erbaue.

»Es heißt, er will sogar den Namen der Stadt in Livia-Julias ändern, nach der Frau des verstorbenen Kaisers«, sagte Simon, der den Tratsch liebte.

»Lebt sie denn noch?«, fragte Johannes überrascht. »Der alte Kaiser ist doch längst tot.«

»Oh, sie ist noch sehr lebendig.« Simon kicherte fast vor Vergnügen, weil er endlich einmal wieder über Politik reden konnte. »Und sie ist immer noch die Macht hinter Kaiser Tiberius, ihrem Sohn. Sie genießt es, erzählt man sich. Aber sie hat ja auch so viele Leute umgebracht, um ihn zum Kaiser zu machen, dass sie das Ergebnis genießen sollte. Wäre schade, wenn sie es nicht täte.«

»Wie alt ist sie denn?«, fragte Petrus. »Sie muss inzwischen eine Mumie sein.«

»Sie ist siebzig.« Simon hatte alle diese Fakten parat. »Und es ist noch ein anderer politischer Kampf in Rom im Gange. Sejanus hat Tiberius überreden können …«

»Genug, Simon!«, sagte Jesus unvermittelt. »Wir haben uns mit wichtigeren Dingen zu beschäftigen. Antipas hat Johannes den Täufer hinrichten lassen.«

»Was?«, rief Simon. »Wann?«

»Zur Feier seines Geburtstags«, sagte Thaddäus. »Es gab ein Bankett, und …« Er erzählte seine Geschichte noch einmal, und die Jünger hörten ihm schweigend zu.

Schließlich sagte Nathanael: »Lasst uns für ihn beten.« Nichts als tiefe Trauer lag in seiner Stimme, als er die menschlichen Übeltäter – Antipas, Herodias und ihre Tochter Salome – beiseite schob und nur noch an Johannes und sein Martyrium dachte.

»Vater, höre uns in Johannes' Namen«, sagte Philippus. »Nimm ihn zu dir, und lass ihn sicher sein in deinem Schoß.«

»Du bist der Gott der Rechtschaffenheit«, betete der große Jakobus. »Lass diese Freveltat nicht ungestraft hingehen. Räche deinen Diener Johannes.«

»Beschütze seine Seele, und tröste uns«, flüsterte Judas.

»Jetzt stehen wir allein«, sagte Jesus. »Es ist an uns, Johannes' Werk weiterzuführen.«

Alle schauten sich unbehaglich um. Wer in diesem Augenblick das Werk Johannes' weiterführte, machte sich zu einer politischen Zielscheibe.

»Ist das … klug?«, fragte Matthäus. Selbst sein Gleichmut war anscheinend zu erschüttern. »Können wir nicht mehr erreichen, wenn wir im Stillen wirken, lehren und studieren und …«

»Uns verstecken? Ist das das Wort, nach dem du suchst?«, fragte Judas plötzlich. »Es spricht vieles dafür, sich zu verstecken. Einige der berühmtesten Leute haben sich versteckt – Elias und David und Mose. Das ist keine Schande.«

Jetzt meldete Thomas, der Thora-Experte, sich zu Wort. »Wirklich, Judas! Warum verbirgst du deine eigene Feigheit hinter der Schrift? Diese drei Leute waren durchaus bereit vorzutreten, als Gott es ihnen befahl.«

Judas wurde wütend. »Ich bin kein Feigling, und ich stehe zu dem, was ich gesagt habe. Alle drei haben sich vor einem Tyrannen wie Antipas versteckt, der sie vernichten wollte. Der Pharao wollte Mose töten, Saul wollte David töten, und Ahab und Isebel wollten Elias töten – immer aus ungerechten Gründen. Alle drei waren verpflichtet, sich zu verstecken und sich zu schützen.«

»Gott will nicht, dass wir uns jetzt verstecken«, sagte Jesus nüchtern. »Er will, dass wir unserer Mission nachgehen, und zwar vor aller Augen. Die Zeit ist knapp, und die Menschen müssen uns hören. Daher …« Er schwieg und ordnete seine Gedanken. »All das geht sehr viel schneller, als ich erwartet hatte. Ich dachte, wir hätten mehr Zeit …« Er seufzte. »Aber die haben wir nicht. Also soll es geschehen. Ich will, dass ihr auf Mission geht, jeweils zu zweit, auf das Land, in Dörfer und Städte.«

Petrus machte ein erschrockenes Gesicht. »Was sollen wir tun?«

»Die Botschaft vom Reich Gottes predigen, Kranke heilen, Dämonen austreiben.«

»Wie denn?« Die sonst so dröhnende Stimme Petri klang dünn.

»Ich werde euch die Macht dazu geben.«

»Einfach so?«

»Mit einem Gebet«, sagte Jesus. »Das ist das Wichtige dabei.«

»Wie können wir wissen, dass das geht?«

»Ihr müsst daran glauben. Und dann müsst ihr tapfer sein und in aller Öffentlichkeit Verheißungen abgeben, die jedermann hören kann.«

»Aber wenn … wenn es fehlschlägt?«

»Ihr müsst daran glauben, dass es gelingt«, sagte Jesus.

»Aber … aber …«

»Ich will nicht, dass die Brüder zusammen ausziehen«, sagte Jesus. Seine Gedanken arbeiteten schnell. »Ich will andere Paare. Simon, du gehst mit dem kleinen Jakobus.«

Der Zelot und der Steuereinnehmer! Maria war entsetzt.

»Petrus, du gehst mit Nathanael.«

Der Impulsive mit dem Nachdenklichen. Wie sollten sie zusammen arbeiten?

»Judas, du mit dem großen Jakobus.«

Der Kultivierte mit dem Fantasielosen – wie aufreizend für beide.

»Matthäus, du wirst mit Thomas arbeiten.«

Das erste Paar, das einleuchtet, dachte Maria. Sie sind beide praktisch denkende Männer. Aber nein! Der orthodoxe Thomas wird an dem Steuereinnehmer Anstoß nehmen, denn der ist unrein.

»Johanna, du gehst mit Philippus.«

Maria und Johanna sahen einander an. Er berief sie, wie er die Männer berief. Sie würden nicht einfach zurückbleiben und sich um das Lager kümmern.

»Und Maria, du wirst mit Johannes arbeiten.«

Johannes. Der hübsche, agile Johannes. Bin ich das Gegenteil von ihm – reizlos und bleiern? Oh, wir können unsere Eigenschaften selbst nie sehen. Aber wie sie auch sein mögen, Jesus sieht in mir ein Gegenstück zu Johannes.

»Es wird keinen Anführer geben«, sagte Jesus. »Ich gebe euch allen die gleichen Rechte.«

Maria war, als müsse sie in Ohnmacht fallen. Sie brachte es kaum über sich, aufzustehen und zu reden, so schwer war ihr Herz, aber selbst wenn sie sich frei und stark gefühlt hätte, hätte sie so etwas nicht auf sich nehmen können. Wie sollte sie jetzt zu den Menschen gehen mit einer so anspruchsvollen Mission?

»Nein, Meister«, sagte sie schließlich. »Ich kann nicht … Ich weiß nicht genug … Ich bin eine Frau … Ich habe niemandem etwas zu geben, habe keine Weisheit …«

»Du hast Recht«, sagte Jesus. »Du weißt nicht genug, und du bist ohne Weisheit.«

Oh, Dank sei Gott! Er sieht seinen Fehler ein. Ihr war schwindlig vor Erleichterung.

»Deshalb musst du dich auf Gott verlassen«, fuhr Jesus fort. »Und vergiss nicht, Gott hat dir die Gabe der Vision verliehen. Du bist eine Prophetin. Vielleicht die einzige unter uns.«

»Aber sie ist eine Frau«, platzte Petrus heraus.

Jesus schaute ihn streng an. »Und waren die Prophetinnen Hulda und Noadia in alter Zeit nicht auch Frauen?«

Petrus öffnete den Mund zu einer Entgegnung, besann sich jedoch.

»Also«, fuhr Jesus bedächtig fort, »eure Anweisungen sind sehr einfach. Ihr werdet nichts mitnehmen – kein Geld, keine zusätzliche Kleidung, kein Brot. Wenn ihr in ein Dorf kommt, sollt ihr wohnen, wo immer ihr willkommen seid. Wenn ihr ein Haus betretet, sagt als Erstes: ›Friede sei diesem Hause!‹ Wenn ein Mann des Friedens dort ist, wird euer Friede auf ihm ruhen; wenn nicht, mögt ihr ihn zurücknehmen.«

Jesus schaute in die Runde und gab ihnen Gelegenheit, ihm Fragen zu stellen. Aber sie hatten keine Fragen; sie starrten ihn nur angstvoll an. »Heilt die Kranken in der Stadt und sagt ihnen: ›Das Reich Gottes ist nah.‹ Aber wenn ihr nirgends willkommen seid, geht auf die Straßen dieser Stadt und verkündet. ›Den Staub eurer Stadt schütteln wir von unseren Füßen zum Zeugnis wider euch. Aber seid gewiss: Das Reich Gottes ist nah.‹ Und ich sage euch: An diesem Tag wird die Stadt mehr leiden als selbst Sodom.«

»Aber … Herr … In einem Dorf … Was sollen wir tun? Wie sollen wir uns vorstellen, was sollen wir anfangen?«

»Ihr sollt die Kranken heilen, indem ihr ihnen die Hände auflegt und betet. Ihr sollt Dämonen austreiben, indem ihr ihnen befehlt auszufahren. Ihr sollt das Reich Gottes predigen, wie ihr es bereits erlebt habt.« Er schüttelte den Kopf über ihre Begriffsstutzigkeit. »Wer auf euch hört, der hört auf mich. Wer euch abweist, der weist mich ab, aber wer mich abweist, der weist den ab, der mich gesandt hat.« Er schwieg kurz. »Ich sende euch wie Schafe unter die Wölfe. Seid also klug wie die Schlangen und harmlos wie die Tauben. Die Zeit ist knapp – so viel knapper, als ich dachte. Also müssen wir jetzt sprechen und arbeiten. Die Ernte ist bereit, und ihr müsst sie einfahren, denn bald kommt die Nacht, da niemand arbeiten kann. Wir müssen arbeiten, solange der Tag hell ist.«

Lange Zeit herrschte tiefes Schweigen. Schließlich fragte Nathanael: »Herr … wann fangen wir an?«

»Morgen.«

XXXIX

Die abgenutzten Holztore des Bergdorfes Korazin waren in der Mittagshitze fest verschlossen, als Maria und Johannes dort ankamen. In ihren staubigen Gewändern und mit den Kopftüchern, die sie vor der brennenden Sonne schützten, sahen die beiden aus wie Handel treibende Nomaden. Besser gesagt, wie Händler, denen man ihre Ware geraubt hatte, denn sie hatten nichts weiter bei sich als eine Kürbisflasche, die sie füllten, wenn sie einen Brunnen fanden. Sie gingen langsam und müde wie Reisende, die schon lange unterwegs waren.

Bevor die Jünger das Haus in Betsaida verlassen hatten, war Thaddäus plötzlich erschienen und hatte Jesus am Ärmel festgehalten. »Ich habe es mir anders überlegt. Kann ich doch mitkommen?«

Jesus schaute sich im Zimmer um und ließ den Blick über das Bord mit den bemalten Krügen und Statuetten wandern. »Bist du wirklich bereit, das alles zu verlassen?«

»Ja, o ja!« Thaddäus packte eine Statuette mit langen, fließenden Haaren, die aussah wie Aphrodite, und hob sie hoch, als wolle er sie zerschmettern, aber Jesus hinderte ihn daran. »Wenn sie deinen Eltern gehört, dann sollten sie diejenigen sein, die sie zerstören. Wir können ihnen ihre Gastfreundschaft nicht damit vergelten, dass wir ihr Haus verwüsten. Komm. Ich habe Andreas ausersehen, dich bei dieser Mission zu begleiten.«

Andreas hat noch niemanden, erkannte Maria plötzlich; er hatte mit Matthäus und Thomas gehen sollen. Aber seltsamerweise hatte Jesus offenbar gewusst, dass Thaddäus sich ihnen anschließen würde.

Auf der Straße vor Betsaida waren die Jünger auseinander gegangen, und Maria und Johannes hatten beschlossen, sich nach Korazin zu begeben.

Petrus verkündete, er wolle nordwärts wandern, nach Dan. »Ich habe es immer schon sehen wollen, und Jesus wollte uns hinführen, ehe wir kehrtgemacht haben.«

»Petrus, sei nicht zu ehrgeizig«, mahnte Jesus. »Es ist ein weiter Weg bis Dan.«

»Umso besser«, antwortete Petrus.

Die Übrigen wandten sich in andere Richtungen – westwärts nach Genezareth, über den See nach Gergesa, nordwärts zu den Dörfern am Jordan-Ufer.

Jesus hatte sie im Schatten einer großen Eiche versammelt. Sie standen Seite an Seite und bildeten einen Kreis; als Gruppe wirkten sie stark. Jesus trat in die Mitte, schloss die Augen und betete. »Vater, ich weiß, dass du mich hörst. Ich weiß, dass du diese Menschen auserwählt und mir gegeben hast. Jetzt kleide sie in deine Macht, damit andere dich in ihnen gewahren können und zu dir hingezogen werden. Öffne denen die Augen, die sie und ihre Werke sehen – die Werke, die du sie wirst vollbringen lassen.«

Nacheinander legte er jedem die Hände auf die Schultern. »Empfange diese Macht, und wisse, dass du sie besitzt.«

Als er Marias Schultern berührte und diese Worte sprach, schloss sie die Augen und versuchte zu spüren, wie diese besondere Macht in sie eindrang. Aber sie spürte nichts.

»Wir treffen uns in vierzig Tagen am Ufer des Jordan«, sagte Jesus. »Dort, wo er an Betsaida vorüberfließt. Und nun geht.«

Maria hatte sich für Korazin entschieden, weil sie den Namen dieses Ortes seit ihrer Kindheit kannte, ohne je dort gewesen zu sein, und weil es als galiläische Bergsiedlung kein Fischerdorf war; nach ihrer Zeit in Magdala war alles, was mit der Fischerei zu tun hatte, allzu schmerzlich für sie. Gebt mir Bauern, Weber, Kaufleute und Steinmetze, dachte sie. Aber keine Fischer.

Als Johannes und sie oberhalb des Sees den staubigen Pfad nach Korazin einschlugen, war ihr zumute, als sei ihr altes Ich tatsächlich mit Joel begraben worden und als beginne sie jetzt ein neues Leben. Jesus hätte mir einen neuen Namen geben sollen, dachte sie, wie er es mit den anderen getan hat.

Während sie hoch oben in den Bergen vor dem Dorf Korazin standen, fragte Maria sich, ob sie wirklich eine kluge Wahl getroffen hatte. Der Ort sah verlassen, ja, feindselig aus. Der vulkanische schwarze Basalt, aus dem er erbaut war, verlieh ihm ein abweisendes Aussehen. Alle Häuser an der Straße hatten die gleiche dunkle Farbe, auch wenn man mit dekorativen geometrischen Mustern über vielen Türen versucht hatte, ein etwas freundlicheres Bild herzustellen. In diesen Häusern musste es drückend heiß sein, denn sie absorbierten das Sonnenlicht, statt es zurückzuwerfen. Die Fenster waren zu klein, um den Wind einzulassen, der barmherzig über die Höhen wehte.

Sie begaben sich in die Ortsmitte, wo sie einen Brunnen zu finden hofften, und wurden nicht enttäuscht; ein großer Brunnen erwartete sie, aus dessen Tiefen sie Wasser schöpfen konnten, das köstlich kühl war und sie auf beinahe magische Weise erfrischte. Für Maria war es besonders erholsam; noch immer war sie bedrückt von schwerer Trauer, die sie einhüllte wie die heiße Mittagsluft Galiläas.

»Oh, Maria«, sagte Johannes, als sie auf dem Brunnenrand ausruhten. »Wo sollen wir anfangen?« Er war ratlos.

»Was würde Jesus jetzt tun?«, fragte sie und wischte sich den Schweiß von der Stirn. »Wir müssen das Gleiche tun.«

»Er hat immer bis zum Sabbat gewartet, und dann ist er in die Synagoge gegangen, hat gepredigt und wurde hinausgeworfen«, sagte Johannes mit boshaftem Lächeln. »Und danach kamen andere Leute zu ihm, verzweifelte Leute, denen es gleichgültig war, was die Obrigkeit von ihm dachte.«

»Das könnten wir vielleicht auch versuchen«, überlegte Maria. »Soll ich aufstehen, lesen und predigen?« Die Vorstellung, dass eine Frau so etwas versuchte, war erheiternd.

»Die Gemeinde würde geschlossen in Ohnmacht fallen«, sagte Johannes. »Komm, lass uns die Synagoge suchen. Es wäre ein Ort, wo wir anfangen könnten.«

Müde standen sie auf und wanderten durch die Straßen. Da die Häuser alle aus dem gleichen Material erbaut waren, passten sie so gut zusammen, dass die Stadt sorgfältiger geplant wirkte, als sie es wohl tatsächlich war.

»Oh!«, sagte Johannes, als sie auf ein schönes Gebäude zugingen. Eine Freitreppe führte zu einer imposanten Veranda hinauf, und über dem Portal prangten Reliefs, die die Bundeslade und verschlungene Ranken abbildeten.

»Das muss die Synagoge sein«, sagte Maria.

Johannes blieb staunend stehen. »Sie ist wirklich schön«, bemerkte er.

Maria schaute ihn scharf an. Sie hatte ihn für oberflächlich gehalten, für einen reichen und hübschen jungen Mann, der sein Leben lang verwöhnt worden war. Jetzt entdeckte sie eine andere Seite an ihm, eine kontemplative Seite, die von den Anforderungen des Lebens als Fischer und von der gesellschaftlichen Stellung seiner Familie überschattet worden war. »Ja, das stimmt«, sagte sie leise. »Vielleicht sollten wir hier anfangen. Welcher Tag ist denn heute? Wie lange dauert es noch bis zum Sabbat?« Sie hatten die Zeit aus den Augen verloren.

»Das weiß ich nicht«, gestand Johannes. »Aber höchstens zwei oder drei Tage. Der letzte Sabbat war, bevor wir uns in Betsaida getroffen haben.«

Wie seltsam die Tage dahinflossen. Wie lange war es her, dass Joel gestorben war? Der nächste Sabbat konnte seitdem höchstens der zweite sein. Oder war es doch der dritte? Sie hatte es nicht über sich gebracht, an den Gottesdienst zu denken, geschweige denn, daran teilzunehmen. Sie umklammerte Elischebas Amulett, das sie inzwischen selbst um den Hals trug. Den Stein zu fühlen war tröstlich.

»Dann haben wir zwei oder drei Tage Zeit, mit den Leuten hier zu sprechen und etwas über Korazin zu erfahren«, sagte sie.

Korazin schien nicht erpicht darauf, sie kennen zu lernen. Die Türen blieben geschlossen, während Maria und Johannes durch die Straßen gingen und die verschiedenen Türen zu beiden Seiten anschauten. Manche waren leuchtend blau gestrichen, andere dunkelrot, andere hatten die natürliche Farbe des Holzes behalten. Manche waren mit Schnitzereien verziert. Vor dem schwarzen Hintergrund bildeten sie einen hübschen Anblick.

Sie waren hungrig. Sie hatten die Anordnung Jesu befolgt und nichts zu essen mitgenommen, und jetzt mussten sie dafür büßen. Maria hatte ihre Schatulle mit dem Geld und den Urkunden in der Obhut von Thaddäus' Familie zurückgelassen. Bis jetzt hatte keine freundliche Seele sich bewogen gefühlt, ihnen irgendetwas zu geben, und so waren sie ausgehungert.

»Wie kann jemand uns einladen oder für uns sorgen, wenn alle Türen verschlossen bleiben?«, fragte Johannes. »Ich weiß nicht, wie wir hier überleben sollen.«

Aber Jesus hat es so befohlen, dachte Maria. Sicher hat er sich etwas dabei gedacht.

»Wir können doch nicht einfach irgendwo anklopfen und um etwas zu essen bitten«, sagte Johannes.

»Nein«, pflichtete sie ihm bei, »das können wir nicht. Jesus hat nicht gesagt, dass wir betteln sollen.«

Die Mittagshitze verging, und nach und nach öffneten die Leute ihre Türen und wagten sich wieder hervor. Eine winzige Gestalt kam aus einem Haus geschlurft und sah Maria und Johannes, als sie müde vorübergingen.

»Seid ihr zu Besuch hier?« Die Stimme war so schwach, dass sie kaum vernehmbar war.

»Ja«, sagte Maria. »Wir kommen vom See. Wir sind noch nie hier gewesen.«

»Ah.« Die Frau trat auf sie zu. »Warum seid ihr hier?«

»Weil uns aufgetragen wurde …«, begann Johannes, aber Maria unterbrach ihn.

»Weil wir dich und die anderen Leute von Korazin kennen lernen wollten.«

»Wieso?« Die alte Frau musterte sie misstrauisch.

»Wir haben eine wichtige Botschaft für die, die hier wohnen«, erklärte Maria.

»Was für eine Botschaft? Wir hören in letzter Zeit nur Schlechtes. Johannes der Täufer wurde hingerichtet, und wir haben keine

Hoffnung mehr. Wir dachten, er sei der Messias, und hatten gehofft, er führt uns …« Sie sprach nicht zu Ende. »Das alles war nur ein Traum. Er ist gescheitert.«

»Ja, Johannes ist tot«, sagte Maria. »Aber das Reich Gottes ist es nicht.« Die Kraft ihrer Stimme und ihrer Überzeugung überraschte sie selbst.

Die neugierige alte Frau bat sie in ihr Haus. Drinnen war es sehr dunkel und – wie Maria es vermutet hatte – sehr heiß. Aber die Frau wollte mehr hören. Wie sich herausstellte, hatte sie schon von Jesus gehört – »der Kerl, der in Kapernaum solches Aufsehen erregt hat« –, aber sie wusste sonst nichts von ihm. Maria und Johannes versuchten ihr zu erklären, in welcher Beziehung sie zu ihm standen, die ganze Zeit bemüht, das Magenknurren und das Schwindelgefühl zu unterdrücken. Endlich setzte die Witwe ihnen etwas zu essen vor – gedörrte Feigen, hartes, trockenes Brot und ein wenig miserablen Wein. Die beiden hatten Mühe, das alles nicht gierig herunterzuschlingen. Maria wünschte, sie hätte ein paar Münzen dabei, um es der alten Frau zu vergelten. Warum hatte Jesus es verboten?

»Danke«, sagten sie, bevor sie zu essen begannen, und nie hatten sie dieses Wort so aufrichtig gemeint wie jetzt.

Die Witwe erzählte, dass sie seit dem Tod ihres Mannes zehn Jahre zuvor allein sei, und da sie keine Kinder habe, sei sie auf die Unterstützung ihrer Verwandten angewiesen.

»Und ich kann euch sagen, sie geben mir wenig genug, und das mit Widerwillen. Hätte Gott mir doch nur Kinder geschenkt.« Sie schwieg einen Augenblick. »Aber er weiß alles. Und immerhin bekomme ich doch jeden Tag etwas zu essen.«

Ihr vorbehaltloses Vertrauen und ihre Dankbarkeit rührten Marias Herz. »Ich bin auch Witwe«, sagte sie. »Mein Mann war unter den galiläischen Pilgern, die im Tempel überfallen wurden, und er ist an seinen Verletzungen gestorben.« Sie erwähnte nicht, dass sie eine Tochter hatte und ihre Familie sie verstoßen hatte. »Das ist mein Bruder.« Sie deutete auf Johannes.

Ich habe gelogen, dachte sie. Aber diese Frau kann nicht wissen, was es mit Jesus auf sich hat und dass alle Männer und Frauen Brüder und Schwestern sind.

Am Ende bot die Witwe ihnen ein Nachtlager an, und sie beendete auch das Rätselraten um den Wochentag. »Übermorgen ist Sabbat«, sagte sie.

Die schöne Synagoge war gut besucht. Offenbar waren die Leute stolz darauf, und niemand wollte einen Gottesdienst darin versäumen. Und das Innere war des Äußeren würdig: Die Thora ruhte in einer Nische unter einem fein geschnitzten Bogen, und die Bänke waren aus Ahornholz – wurmfest und deshalb teuer, aber wunderbar dekorativ.

Die Thora-Lesung im Gottesdienst folgte dem liturgischen Jahreslauf, aber im zweiten Teil stand es jedermann frei, vorzutreten und eine selbst gewählte Passage aus den Büchern der Propheten vorzulesen.

»Wollen wir die Stelle lesen, die Jesus gelesen hat?«, fragte Maria und beugte sich zu Johannes hinüber. »Ich wüsste keine bessere.«

Als der Augenblick gekommen war, erhob Johannes sich von seinem Platz, las die Stelle aus Jesaja, die Jesus gelesen hatte, und verkündete dann: »Unser Meister, Jesus von Nazareth, hat diese Stelle gelesen und verkündet: ›Heute erfüllt sich die Schrift in euren Ohren.‹ Und wir, seine treuen Jünger, wollen euch dieses Wunder überbringen.«

Das gleiche betäubte Schweigen, das gleiche Gemurmel. Die gleiche Unruhe, die Rufe: »Blasphemie!« Aber der Rabbiner reagierte sanftmütig.

»Mein Sohn«, sagte er, »ich fürchte, du hast dich in die Irre führen lassen. Euer Meister kann nicht der Erlöser sein, der uns verheißen ist. Die Zeichen, an denen wir ihn erkennen sollen, sind nicht da, und er kommt aus dem falschen Ort. Aber wenn du weitere Erläuterungen geben möchtest« – er deutete freundlich hinaus auf die Veranda –, »es gibt sicher noch Leute, die Fragen haben.«

So durften Maria und Johannes die Synagoge verlassen wie jeder andere; da sie nicht behauptet hatten, die Prophezeiung selbst zu erfüllen, wurden sie nicht von einer wutentbrannt brüllenden Horde hinausgeschleift, und als sie draußen standen, stellte man ihnen höfliche Fragen.

Euer Meister da … Wer behauptet er denn zu sein? Wir haben von ihm gehört … Hat er nicht in Gergesa die Schweine über die Klippe getrieben? Wie will er diese Passage aus Jesaja denn erfüllen? Und wo ist er jetzt? Und was dachte er über Johannes den Täufer?

Aber Jesus hatte ihnen nicht befohlen, Fragen zu beantworten. Er hatte ihnen befohlen zu tun, was er getan hatte – nicht, von ihm zu erzählen.

Und plötzlich fühlte Maria sich gedrängt zu rufen: »Bringt mir einen Menschen, der im Gefängnis der Sünde und des Leidens sitzt! Gott wird solches Leiden heilen, ja, durch Jesus befreit er den Gefangenen aus dem Kerker, wie es geschrieben steht. Und er hat uns, seinen Jüngern, diese Macht verliehen!«

War es wirklich sie, die das sagte? Glaubte sie es wirklich selbst? Sie wusste nicht, was sie tatsächlich tun konnte, aber nur, wenn sie jemanden heilte, würde sie die Leute hier beeindrucken können. Das Reden über Jesus und seine Mission würde die Herzen nicht bewegen.

Eine ganze Weile rührte die Menge sich nicht. Dann kam eine verkrüppelte Frau heran. Sie bewegte sich langsam seitwärts voran wie ein Krebs. Ihr Rücken war so tief gekrümmt, dass sie nur von der Stelle kam, indem sie die Arme schwang und sich diagonal in die Richtung warf, in die sie gehen wollte.

Sie fiel vor Maria und Johannes auf die Knie. »Am letzten Passah war ich neunzig«, sagte sie, »und ich wurde zum Krüppel, als Tiberius Kaiser wurde.« Um ihnen das Rechnen zu ersparen, fügte sie hinzu: »Das ist fast fünfzehn Jahre her. Ich war fünfundsiebzig.«

»Warum kommst du zu uns?«, fragte Johannes. Er klang ängstlich, als wünsche er, die Frau werde etwas sagen, womit sie sich als ungeeignet für eine Heilung erwies.

»Ich habe sonst niemanden, an den ich mich wenden kann.« Sie hob das welke Gesicht und starrte Maria und Johannes trotzig an. »Wenn Gott euch wirklich Macht verliehen hat, dann zeigt sie jetzt!«

Maria sah zu, wie Johannes die Stirn runzelte. »Also gut«, sagte er und fing an, stumm zu beten. Dann streckte er die Hände aus und legte sie der alten Frau auf den Kopf. Er umfasste die

Wölbung ihres Schädels und betete inbrünstig. Unvermittelt ließ er sie los.

»Im Namen Jesu von Nazareth, stehe gerade!«

Die Frau fiel zu Boden und versuchte sich aufzurappeln. Unter Qualen scharrte sie mit den Händen vor sich über den Boden und stemmte sich langsam hoch. Aber ihr Rücken war noch immer gekrümmt.

Die Menge begann ungeduldig zu murren. Ein oder zwei Leute johlten.

So geht es nie und nimmer, dachte Maria. Im Gegenteil, so bringen wir Jesus in Misskredit. Sie schloss die Augen und rief verzweifelt nach ihm: Sag uns, was wir tun sollen! Wir schaden dir, statt dir zu helfen!

Und ohne bewusst auf eine Antwort zu warten, trat Maria vor und nahm die verkrüppelte Frau bei der Hand. Langsam und vorsichtig zog sie sie hoch, bis sie in ihrer vollen Größe vor ihr stand.

»Jesus von Nazareth hat dich gesund gemacht«, sagte sie. Sie hatte keine Ahnung, wie das geschehen war. Aber es war geschehen.

Die Frau strich sich mit den Händen über Seiten und Rücken. Aufrecht und gerade stand sie da. »Lob sei Gott und Jesus, seinem Propheten!«, rief Maria und streckte der Frau noch einmal die Hand entgegen. »Deine Sünden sind dir vergeben.«

Lautes Gemurmel erhob sich. Maria schaute über die Versammlung hinweg. Sie wurde immer größer, denn immer mehr Leute strömten aus der Synagoge auf die Veranda.

»*Ich* vergebe keine Sünden«, erklärte sie. »Ich habe nicht die Macht dazu. Aber indem er seine Tochter von ihren Fesseln befreit hat, hat Gott deutlich gesagt, dass ihre Sünden vergeben sind.«

Wie bei Jesus drangen die Leute nun auf Johannes und vor allem auf Maria ein und wollten geheilt werden. Niemand interessierte sich für ihre Botschaft oder die Prophezeiungen der Schrift. Sie zeigten sich ein wenig neugierig über Jesus, aber was sie gierig verlangten, war körperliche Heilung, waren körperliche Wunder.

»Helft mir! Helft mir!« Das Geschrei wurde zur Kakophonie,

schrill und hässlich. Ein bleicher junger Mann mit tränenden Augen klammerte sich an Johannes' Mantel und zerrte daran. Jemand riss von hinten an Marias Gewand; ihr Kopftuch rutschte herunter, und ihr Haar trat zum Vorschein.

»Das Haar einer Hure!«, schrie jemand. Ein kahl geschorener Kopf war eine öffentliche Schmach, wie sie notorischen Dirnen oft angetan wurde. »Seht doch!«

»Oooh!«, heulten die Leute. »Vielleicht ist sie eine Zauberin! Vielleicht hat sie die Alte deshalb heilen können!«

»Mose sagt, die Zauberinnen sollst du nicht leben lassen!« Das Geschrei wurde lauter. Die Menge, die Maria und Johannes bedrängte, wurde gefährlich. Sollte man sie angreifen, würden sie sich nicht wehren können. Jesus hatte ihnen nicht einmal erlaubt, einen Stab mitzunehmen – nicht, dass er ihnen gegen so viele hätte helfen können.

Maria war wie betäubt von dieser überstürzten Entwicklung – die Bedrohlichkeit der Menge, der Mut, den es erfordert hatte, die Anweisungen Jesu überhaupt zu befolgen, die schnelle Erhörung ihres Gebets, die jähe Enthüllung ihres früheren Zustandes, das alles war so schnell gegangen.

O Gott, betete sie leise, hilf mir! Ich kann doch nicht wissen, was ich jetzt tun soll.

Die murrende Menge umringte sie immer dichter. Sie spürte den Druck wie das Würgen einer Riesenschlange, die sie und Johannes umschlang.

»Ich bin keine Hure!«, rief sie so laut, dass jeder sie hören konnte. »Das Haar wurde mir abgeschnitten, weil ich ein Enthaltsamkeitsgelübde abgelegt habe. Ich werde euch davon erzählen.«

Diese kühnen Reden aus dem Mund einer Frau waren ebenso schockierend wie die Heilung der verkrüppelten alten Frau. Die Leute wichen zurück, und Maria spürte, wie die Umklammerung sich lockerte. Sie holte tief Luft.

»Ich war von Dämonen besessen«, erzählte sie ohne Scham. »Sie folterten mich, und meine Krankheit war eine Qual für meine ganze Familie. Ich habe es mit allen Gegenmitteln versucht, auch mit dem Enthaltsamkeitsgelübde. Aber nur einer war mächtiger als die Dämonen: Jesus von Nazareth, ein mächtiger Prophet, der in die Fußstapfen Johannes des Täufers tritt, befahl ihnen zu gehen, und sie gehorchten ihm. Seitdem folge ich ihm, und ich habe weit mächtigere Taten miterlebt. Mein Haar wird wachsen, aber solange es kurz ist, dient es als Zeichen dessen, was gescheitert ist: das alte Denken, die alten Mittel. Nehmt Kenntnis davon! Verschwendet nicht länger eure Zeit mit dem alten Denken, den alten Mitteln. Der Prophet Jesaja sagt: ›Gedenkt nicht an das Alte, und achtet nicht auf das Vorige! Denn siehe, ich will ein Neues machen.‹ Unterwerft euch dem neuen Denken, und seht die Zeichen für den Beginn des Reiches Gottes!« Ihre Stimme war immer lauter geworden und hallte jetzt weithin. Maria spürte das Beben der Macht, die ihr diese Worte in den Mund gelegt hatte.

»Wo ist dieser Jesus?«, fragte schließlich jemand.

»Er predigt und heilt in der Gegend von Betsaida. Uns hat er ausgesandt, sein Werk zu tun.«

Sie schwieg und holte Atem. Sie hatte öffentlich gepredigt, öffentlich Zeugnis abgelegt, und das hätte sie sich niemals zugetraut. Sie nickte Johannes zu. Jetzt sollte er sprechen. Er musste es tun.

»Lasst mich mehr über diese Botschaft erzählen«, fing er an.

»Beweise uns, dass du keine Hexe bist!«, rief eine laute Stimme dazwischen. Maria sah, dass sie einem kleinen, dunklen Mann in braunen Gewändern gehörte.

»Wie kann ich das?«, antwortete sie. Sie war enttäuscht, dass Johannes keine Gelegenheit bekam zu sprechen.

»Treibe jemandem die Dämonen aus«, forderte der Mann sie heraus. »Zeig uns, dass du wirklich geheilt bist und selbst keine mehr beherbergst.«

»Also gut.« Maria sprach in ruhigem Ton, aber sie hatte das Gefühl, kurz vor dem Zusammenbruch zu stehen. Das war zu viel verlangt. Sie hatte Angst, irgendwelchen Dämonen entgegenzutreten. Was, wenn sie sich gegen sie wandten und wieder in sie eindrangen? Oder wenn sie es vor allen diesen Leuten versuchte und dabei scheiterte?

Jemand schob eine junge Frau heran und stieß sie vor Maria zu Boden, ein armseliges Häuflein im Mantel, das kaum Mensch zu sein schien. Nur das leise Zittern des Stoffes verriet, dass darunter Leben war.

Maria beugte sich über sie, um ihr Gesicht zu sehen, sah aber nur die Rundung des Kopfes unter dem groben rostbraunen Stoff. Maria zog den Stoff langsam zurück.

Ich kann das nicht! dachte sie. Ich werde mir selbst und Jesus Schande machen und mich einem neuerlichen Angriff der Dämonen aussetzen.

Während sie noch mit zitternden Fingern das Kopftuch wegzog, sprang die Frau plötzlich auf und zeigte ihr Gesicht. Es war verzerrt von Schmerz und Zorn. »Lass mich in Ruhe!«, befahl sie. Mit einer schnellen Bewegung packte sie Marias Hand mit hartem Griff. Der Schmerz durchzuckte Marias Handgelenk und den Arm.

»Nein!«, antwortete Maria. »Ich werde dich nicht in Ruhe lassen. Ich werde dich erst dann in Ruhe lassen, wenn du wieder dir selbst gehörst. Ganz gleich, wie lange das dauert.« Woher kamen diese Worte? Wie kann ich so etwas sagen?, dachte Maria in einem Winkel ihres Verstandes.

Sie legte der Frau ihre freie Hand auf den Kopf. »Im Namen Jesu von Nazareth, dem auch die Dämonen gehorchen, befehle ich dir, fahre aus!«, rief sie mit lauter Stimme.

Wie es in anderen Fällen geschehen war, schleuderte der Dämon das Opfer zu Boden. Die Frau ließ Marias Hand los, krallte die Finger in die Kleider und wollte sie sich vom Leib reißen. Unflätige Worte drangen aus ihrem Mund, aber die Stimme gehörte nicht ihr; es war, als müsse die Frau ersticken, während es sie innerlich zerriss.

Maria bückte sich, nahm einen Arm der Frau und bedeutete Johannes mit einem Wink, den anderen zu ergreifen. »Jetzt erhebe dich!«, sagte sie, und gemeinsam zogen sie die Frau auf die Beine und zwangen sie, aufrecht zu stehen, während diese sich in Qualen wand. »Fahret aus!«, befahl Maria den Dämonen.

Die Frau wand und sträubte sich und zerrte an ihren Handgelenken.

»Fahret aus!«, befahl Maria den Dämonen immer wieder. Sie spürte ihre Anwesenheit, schwer und übermächtig, bereit anzugreifen. Sie stählte sich.

Dann sprach einer der Dämonen mit klarer, kalter Stimme: »Jesus kenne und respektiere ich. Aber warum sollte ich *dir* gehorchen?«

»Weil ich Jesu Jüngerin bin und weil er mir befohlen hat, dich zu bezwingen.«

»Ach ja, wir erkennen dich. Wir haben dich gut kennen gelernt. Zu gut.« Der Dämon lachte.

Trotz ihrer Angst und der schrecklichen Erinnerungen, die diese Stimme in ihr hervorrief, befahl Maria den Dämonen noch einmal, aus ihrem Opfer auszufahren.

Sie bemühte sich, ihrer Stimme die Angst nicht anmerken zu lassen. »Verlasst diese Frau! Jesus befiehlt euch, sie zu verlassen!«

»Und zu *dir* zu kommen?« Eine verschlagene, tiefe Stimme quoll aus der Kehle der Frau.

Er konnte ihre Angst fühlen, das wusste Maria. »Nein, zu eurem Herrn zu gehen, wie mein Herr es euch befiehlt.«

Die Dämonen im Körper der Frau leisteten Widerstand, sie wehrten sich mit solcher Kraft, dass Maria und Johannes das Gefühl hatten, ihnen würden die Arme abgerissen. Unterdessen waren immer mehr Leute herbeigeströmt. Die Dämonen hatten eine Stimme, höhnend und wimmernd, und auf diese Stimme antwortete Maria.

»Fahrt hinweg für immer!«, rief sie. »Fahrt hinweg, und kehrt zurück ins Reich der Hölle!«

Plötzlich erlahmte der Kampf, und die Frau sackte in sich zusammen. Sie erschauerte mehrmals, und jedes Mal schien sie weiter in sich zusammenzusinken. Maria glaubte schemenhafte Gestalten aus ihr herausfahren zu sehen, aber sie war nicht sicher. Und auf einmal waren sie allein und klammerten sich aneinander: sie, Johannes und die Frau.

Maria merkte, dass sie weinte; das erschöpfte Opfer konnte es nicht. Tief aus ihrem Innern stiegen die Tränen herauf, Tränen, die nicht enden wollten.

»Also bist du nicht besessen«, sagte der Mann, der sie herausgefordert hatte, mit gedämpfter Stimme. »Eine solche Offenbarung der Macht Gottes habe ich noch nie gesehen.«

Maria wandte sich zu ihm um, und noch immer schwammen ihre Augen in Tränen. »Du hättest Gott nicht verspotten dürfen. Aber Gott war gnädig und hat es zum Guten gewendet.« Sie legte einen Arm um die Frau. »Wie heißt du?«

»Susanna«, antwortete die Frau mit so leiser Stimme, dass man es kaum hören konnte.

»Eine Lilie«, sagte Maria. »Susanna bedeutet ›Lilie des Feldes‹. Aber jetzt wird Satan deine Farben nicht länger verfinstern. Hast du eine Familie hier?«

»Sie ist meine Frau«, sagte der Mann, der sie herausgefordert hatte.

»Erlaubst du uns, sie heute Abend zu uns nach Hause mitzunehmen?«, fragte Maria. »Ich habe das Gleiche erlebt wie sie, und deshalb weiß ich, wie man sie behandeln muss.«

Der Mann sah erleichtert und enttäuscht zugleich aus. »Also gut«, sagte er schließlich.

Zusammen mit Johannes führte sie Susanna die Treppe der Synagoge hinunter und zum Haus der Witwe, das sie jetzt ihr Zuhause nannten. Susanna war verstummt und so schwach, dass sie sich anfühlte wie ein hohler Kürbis, als sie sich auf ihre Begleiter stützte.

Als sie im Haus ankamen, war die Witwe nicht da. Vielleicht war sie auch in der Synagoge gewesen und hatte alles miterlebt. Hoffentlich würde sie es verstehen und sich nicht den Skeptikern unter den Zuschauern anschließen. Maria hatte ein schlechtes Gewissen, weil sie ihr Haus und ihre Habe für Jesu Werk benutzten. Aber hatte Jesus es ihnen nicht aufgetragen?

In dem dunklen Haus legte Susanna sich auf ein Strohlager. Zum Schutz vor der Nachmittagshitze waren Blenden und Tür geschlossen, wie Maria und Johannes es schon bei ihrer Ankunft erlebt hatten. Sie wischten Susanna die Stirn ab, versuchten aber weiter nicht, sie zu beleben. Maria wusste, wie entkräftet sie sein musste.

Während sie Susanna im Auge behielten, tauschten Maria und Johannes behutsam ihre Gedanken aus. Sie saßen auf dem Boden, der kühle, festgestampfte Lehm war eine Wohltat für Füße und Beine.

»Ich hatte Angst«, gestand Johannes. »Insgeheim habe ich gehofft, wir würden keine Gelegenheit finden zu reden.«

»Ich hatte auch Angst«, sagte Maria. »Und nicht nur einmal, sondern gleich zweimal auf die Probe gestellt zu werden – hätte ich das gewusst, hätte ich dann wohl gewagt hinzugehen?«

»Ich weiß nicht, woher du den Mut hattest, so über unsere Mission zu sprechen.«

»Ich weiß es auch nicht«, sagte Maria. »Die Worte kamen mir einfach in den Sinn. Ich hatte das Gefühl, Jesus weiß, was wir tun, und drängt uns fortzufahren. Und dennoch …« Sie schüttelte den Kopf. »Das alles vor den Leuten wirklich auszusprechen …«

»Ich frage mich, wie viele von ihnen deine Worte gehört haben«, sagte Johannes. »Mir schien, das Einzige, was sie interessierte und was sie sahen, war das, was geschah, als wir diese beiden Menschen berührten.«

»Aber sie müssen die Worte gehört haben.«

»Da bin ich nicht so sicher.«

Susanna schrie auf und regte sich. Sofort waren sie bei ihr.

»Hilfe«, murmelte sie, »Hilfe. Sie sind hier …« Sie drehte sich zur Seite.

»So wird es ihr noch eine Weile ergehen«, sagte Maria. »Als Jesus mich berührte, war ich auf der Stelle erlöst, aber ich bin nicht Jesus.«

»Aber du hattest seine Macht.« Johannes war voller Bewunderung.

»Jesus muss es gewollt haben«, sagte sie schließlich, aber in Wahrheit war sie ratlos. Sie wusste nur, dass Jesus ihr aufgetragen hatte, so zu handeln, dass sie gehorcht hatte und diese Wunderheilungen geschehen waren. Erklären konnte sie es nicht.

In diesem Augenblick kam die Witwe langsam zur Tür herein. Jede ihrer Bewegungen schien eine Ewigkeit zu dauern. Schlurfend trat sie näher, blieb stehen und betrachtete ihre drei Gäste.

»Darum also seid ihr hier«, stellte sie fest. »Um Aufsehen zu erregen, um Unruhe zu stiften. Ich werde euch bitten müssen zu gehen.« Als sie sah, wie kraftlos Susanna war, fügte sie hinzu: »Bis morgen ist noch Zeit. Aber morgen früh müsst ihr fort.«

»Aber warum?«, fragte Johannes. Maria warf ihm einen Blick zu. Es hatte keinen Sinn zu protestieren. Die Witwe hätte sie gar nicht erst aufnehmen müssen, und sie war die Einzige in der Stadt gewesen, die ihnen überhaupt Gastfreundschaft gewährt hatte. Wenn sie diese wieder zurückzog, war das ihr gutes Recht.

»Am Sabbat«, sagte sie. »Ihr habt diese Heilung am Sabbat vollzogen!«

Der Tag ist ihr wichtiger als das, was geschehen ist, dachte Maria. Eine verkrüppelte Frau ist aufgerichtet, Dämonen sind vertrieben worden, aber es ist am falschen Tag vollbracht worden. Es machte Maria zornig, doch sie bemühte sich, es nicht zu zeigen.

Johannes aber fauchte die alte Frau an. »Das ist wirklich dumm. Wie kann man nur so schrecklich dumm daherreden?«

Die Witwe mit dem runzligen, verkniffenen kleinen Gesicht und den schwarzen Augen wich zurück, als habe er sie geohrfeigt. »Wie kannst du es wagen, so mit mir zu sprechen? Jetzt könnt ihr sofort verschwinden! Sofort!«

Maria stand auf und ging zu ihr. »Bitte«, sagte sie, »lass die Genesende heute Nacht hier ruhen. Uns kannst du strafen, wie du willst, aber schone sie.« Als sie die verhärtete Miene der Witwe sah, fügte sie hinzu: »Aus Liebe zu Gott – sei barmherzig.«

Die Witwe schnaubte und zog sich zurück. »Esst von dem wenigen, was da ist, trinkt das Wasser, und legt euch schlafen, wo ihr seid. Aber morgen früh müsst ihr gehen.« Sie wandte ihnen den Rücken zu, trat hinaus und schloss die Tür.

»Sie fürchtet um ihren Ruf.« Zum ersten Mal sprach Susanna, aber ihre Stimme war sehr matt. »Sie muss mit allem, was sie sagt und tut, sehr vorsichtig sein. Dass sie euch beide beherbergt und jetzt auch noch mich – das ist wirklich sehr großzügig.« Maria und Johannes beugten sich über sie, um sie besser zu verstehen. »Ich weiß nicht, wer ihr seid. Aber ich bin euch dankbar.«

So pflegten sie Susanna im Haus der Witwe und erzählten ihr von ihrem Leben und von dem Lehrer, dem sie folgten. »Ich weiß nicht, ob ich das Recht habe, jemanden einzuladen, sich uns anzuschließen«, sagte Maria. »Das kann nur Jesus. Aber wenn du kannst, komm mit uns, und lerne ihn kennen. Eigentlich ist er es, dem du für deine Heilung danken musst.«

»Wenn mein Mann es erlaubt«, sagte Susanna.

Maria war aufgefallen, dass er ein gutes Stück älter als Susanna war und ziemlich herrisch und streng auftrat. Susanna musste sehr jung gewesen sein, als sie ihn geheiratet hatte.

»Möchtest du etwas essen?« Süße Trauben voller Nektar wären genau das Richtige gewesen, aber die hatte die Witwe nicht, und Maria und Johannes hatten kein Geld, um welche zu kaufen. Außerdem konnte man am Sabbat ohnehin nichts kaufen oder verkaufen. Maria zog den Teller heran, um zu sehen, was es gab. »Ein wenig Feigenkuchen?«

Susanna schüttelte den Kopf.

»Ein Stück Brot?«

Es war trocken und ebenso schwer zu kauen wie der Feigenkuchen, aber es musste genügen. Sie brachen kleine Stücke von dem Brot für Susanna ab und reichten ihr einen Becher verdünnten Wein – eigentlich eher saures Wasser.

Susanna ließ sich auf ihr Lager zurücksinken. »Ich fühle mich so leicht, nachdem sie verschwunden sind. Mir ist, als könnte ich davonfliegen.« Und so schlief sie ein.

In der Nacht hörten sie draußen Stimmen. Leute verlangten, mit ihnen zu sprechen. Aber die Witwe blieb in ihrem Zimmer, öffnete die Tür nicht und sprach mit niemandem. Susanna schlief friedlich, Johannes hörte irgendwann auf, sich auf seiner Matte hin und her zu wälzen. Auch Maria fühlte sich leicht wie Luft. Die erstickende Niedergeschlagenheit, die ihr seit Joels Tod gefolgt war, war verschwunden; indem Maria Dämonen ausgetrieben und die verkrüppelte Frau geheilt hatte, war sie von ihren eigenen Schatten befreit worden. Es war ein erhebendes Gefühl, dass Gott sie aufgerichtet und angehaucht hatte und sie in seiner Hand hielt. Und sie hörte, wie er sie flüsternd beim Namen rief: »Maria«, sagte er. »Maria.«

Schon ehe das erste Licht am Himmel aufschimmerte, war Maria wach – wenn sie überhaupt geschlafen hatte. Sie hatte auf ihrem Lager gelegen, aber die Erinnerung daran, zu fliegen, hoch in den Himmel hinaufgetragen und von Gott empfangen zu werden, war kein Traum.

In der Nacht hatte sie die gleißende Himmelsseite der Wolken gesehen, wie Geistwesen sie sahen, und auch die leuchtenden Gesichter anderer – ja, was? – Menschen? Engel? Manche Wesen hatte sie beinahe erkannt, aber ihre Züge waren verklärt gewesen und hatten in einem Licht geleuchtet, das sie veränderte. Jesus war natürlich da gewesen, aber auch andere, die aussahen wie Petrus und der große Jakobus, und ein Mann in offiziellen römischen Gewändern, die Mutter Jesu und sein Bruder Jakobus und ihr Gefährte, der Jünger Johannes, als alter Mann. Außerdem Scharen von Leuten in merkwürdiger Kleidung – ein Mann mit einem langen Bart, der über seine Brust fiel wie ein Wasserfall, mit dunklen, schmalen Augen, in schwarzen Kleidern mit einem spitzen weißen Kragen. Eine Frau, die ganz in Eisen gekleidet war. Und überall war ein unirdisches Licht, goldener als reines Gold, und darunter ein Meer aus glitzernden Saphiren. Maria war weniger erwacht, als vielmehr wieder in das Zimmer zurückgeglitten, voller Staunen über das, was sie gesehen hatte, und in dem behaglichen Gefühl, dass die Schwingen Gottes über ihr waren: die Schwingen des Gottes, der ihre Schwächen und Unzulänglichkeiten deckte und sie unter allen Umständen schützte und liebte.

Als sie sich zum Gehen anschickten, erschienen Maria *dies* wie ein Traum. Für sie war die wahre Wirklichkeit die, die sie gesehen hatte, als sie allem Anschein nach geschlafen hatte. Aber dieser kurze Blick auf Gottes Glorie ließ das Zimmer und alles, was darin war, trüb erscheinen.

Die Tür zum Zimmer der Witwe blieb geschlossen, aber Maria und Johannes schrieben ihr ein paar Dankesworte. Susanna kam zu ihnen. »Ich muss euch begleiten! Ich muss Jesus kennen lernen!«

»Aber dein Mann …«, wollte Johannes einwenden.

»Schreibt ihm auch einen Brief. Das könnt ihr doch. Lasst ihn hier, die Witwe wird ihn überbringen.«

»Bist du denn kräftig genug?«, fragte Maria sanft. »Es wird kein leichter Weg sein. Und es wird noch viele Tage dauern, bis wir Jesus wiedersehen.«

»Ich bin kräftig genug, um Jesus zu suchen. Ich bin nur nicht kräftig genug, meinem Mann und den Leuten hier entgegenzutreten.«

Ihr geht es genauso, wie es mir ergangen ist, dachte Maria.

»Wir werden dir helfen.«

Sie verließen Korazin, das sich im Licht des frühen Morgens eben erst zu regen begann. Ein frischer Wind wehte durch die leeren Straßen; sein Wispern erklang zwischen den Häusern, wurde hinausgetragen in die Berge und hinunter zum See.

Aber draußen vor der Stadt drehte Johannes sich um und begann feierlich seine Füße zu schütteln. »Ich schüttele euren Staub von meinen Füßen …«

»Johannes!«, rief Maria.

»Sie haben uns abgewiesen! Sie haben die Botschaft zurückgewiesen!« Er hob den rechten Fuß hoch und schüttelte ihn grimmig hin und her. Ein wenig Staub löste sich von der Sohle seiner Sandale.

Maria packte ihn beim Arm. »Sie haben uns nicht abgewiesen. Viele haben uns zugehört. Susanna wurde geheilt. Wenn sie nicht auf uns gehört haben, dann lag es daran, dass wir die Botschaft nicht deutlich genug vorgetragen haben. Wir haben sie nicht richtig erklärt.«

»Sie haben uns keine Gelegenheit dazu gegeben.« Sein hübsches Gesicht war finster vor Zorn.

»Vielleicht haben wir uns nicht genug Mühe gegeben«, sagte Maria. »Ich glaube, Jesus will nicht, dass wir diejenigen verdammen, die nicht hören.«

»Da bin ich anderer Meinung.« Johannes schüttelte seinen Fuß weiter, aber langsamer.

Susanna hatte schweigend dabeigestanden. Dann fragte sie: »Wie kommt es, dass ihr euch nicht einig darüber seid, was dieser Jesus sagt – oder will?«

Johannes ließ verwirrt den Fuß sinken. Ihm war der Wind aus den Segeln genommen. »Eine ausgezeichnete Frage«, sagte er schließlich. »Ich kann sie nicht beantworten. Vermutlich vernehmen wir ihn unterschiedlich.«

»Spricht er denn nicht klar und verständlich?«

»Er spricht klar und verständlich zu jedem von uns«, sagte Maria. »Aber anscheinend hört jeder etwas anderes.«

»Oh.« Susanna zog ein enttäuschtes Gesicht. »Das macht es aber schwer, ihm zu folgen, nicht wahr?«

XL

Mein liebster Bruder – mein Silvanus!

Wie habe ich mir gewünscht, ich hätte länger mit dir sprechen können! Dein kurzer Aufenthalt in Kapernaum, so viel er mir auch bedeutet hat, hätte nur ein Anfang sein sollen und kein Ende. Ich danke dir von ganzem Herzen für deine Worte und dafür, dass du gekommen bist.

Ich schreibe dir hier im Eingang einer Höhle. Jawohl, in einer Höhle hoch oben in den Bergen. Wenn wir hinabsteigen, werde ich jemanden finden, der dir diesen Brief überbringen kann.

Nachdem wir uns von dir verabschiedet hatten, erhielten wir die schreckliche Kunde von der Ermordung Johannes' des Täufers. Jesus ist davon überzeugt, dass er dessen Mission fortführen muss. Er hat uns ausgesandt, damit wir lernen, seine Gehilfen zu sein. Zu zweit hat er uns ausgesandt, und ich bin mit Johannes, dem Sohn des Zebedäus, zusammen. Er sagte: »Ich sende euch aus wie Schafe unter die Wölfe. Seid also klug wie Schlangen und harmlos wie Tauben.« Und was glaubst du? Wir durften nichts mitnehmen. Oh, es ist schwer, ein Bettlerdasein zu führen und Almosen zu nehmen. (Aber keine Sorge, ich habe das Geld, das du mir gebracht hast, nicht weggeworfen; es ist gut verwahrt und wartet auf eine angemessene Verwendung.)

Inzwischen sind wir zu dritt, denn in Korazin hat sich uns eine Frau angeschlossen. Sie war besessen wie ich, verheiratet wie ich, und sie ist fortgegangen wie ich, um Jesus kennen zu lernen. Was ihr Mann tun wird, wissen wir nicht, aber wahrscheinlich wird er sich wie Joel verhalten. Es fällt ihr noch schwer zu glauben, dass sie wirklich wieder gesund ist, und deshalb braucht sie ein wenig Zeit für sich. Vielleicht – es wäre ein Wunder –, vielleicht wird ihr Mann es verstehen.

Der Einsiedler, der hier in der Höhle wohnt, hat Johannes etwas zum Schreiben gegeben, und jetzt schreibt auch er. Johannes ist ganz anders, als ich dachte. Er hat ein sprunghaftes Temperament, wie du weißt, aber auch eine träumerische Seite. Er hat uns sogar erzählt, dass er immer froh war, wenn sie wegen des schlechten Wetters nicht zum Fischen hinausfahren konnten, weil er dann zu Hause bleiben und seinen Tagträumen nachhängen konnte. Er hat sich immer gern Geschichten ausgedacht, die er sich selbst erzählte, und er hat sie aufgeschrieben, um sie nicht zu vergessen. Ich habe ihm gesagt, er solle auch alles aufschreiben, was geschehen ist, seit wir Jesus begegnet sind. Eines Tages, sagt er, werde er das vielleicht tun, aber bis jetzt habe Jesus uns nicht genug Zeit gegeben. Ich fürchte nur, wenn wir irgendwann die Zeit dafür finden, werden wir alles vergessen haben.

Aber ich schweife ab. Du siehst, Silvanus, es geht mir wie in den Augenblicken, in denen wir miteinander sprechen können.

Korazin war die erste Stadt, die wir aufgesucht haben. Seitdem waren wir überall in Galiläa – oben auf den Höhen, wo die Luft dünn und kühl ist, und unten in der Ebene, wo die Landstraße entlangführt –, und wir haben von unserer Mission erzählt, wo wir konnten. Aber, lieber Silvanus, ich muss ehrlich sein: Die meisten haben zugehört wie du, sich jedoch nicht von ihrem Weg abbringen lassen.

Und was diese Höhle angeht – nein, wir sind nicht zu Rebellen geworden. Als wir auf schmalem Pfad bergauf stiegen, begegneten wir einem überaus schroffen Einsiedler, einem dieser frommen Asketen, die sich aus der Welt zurückgezogen haben. Er war so wild wie ein Bär, den man aus dem Winterschlaf weckt. Aber von allen, denen wir bisher begegnet sind, interessierte er sich am meisten für Jesus, als wir ihm einmal erzählt hatten, wer wir sind und warum wir ihn auf seinem Berg stören. Gleich lud er uns ein, in seine Höhle zu kommen, worauf ich nicht eben erpicht war. Nach meinen Erlebnissen in der Wüste hatte ich gehofft, nie wieder eine Höhle betreten zu müssen.

Anders als meine war seine Höhle feucht und roch nach Schimmel. Er hatte eine blakende Lampe, in der er ranzigen Talg verbrannte, und die verfaulten Lebensmittel, die ich auf einem flachen Stein liegen sah, erklärten, warum er mager ist wie ein Skelett. Aber er hat Berge von Schriftrollen und eine Menge Papier. Es ist sein Papier, das ich jetzt benutze – eine gütige Gabe von ihm.

Sofort fing er an, uns über Jesus auszufragen, um festzustellen, ob jener die Weissagungen über den Messias erfüllt. Du wirst erleichtert hören, Silvanus, dass das nicht der Fall ist. (Ich sollte wohl besser sagen, Eli würde sich darüber freuen, denn ich glaube, dir ist es so oder so völlig gleichgültig.)

Als Erstes wollte er wissen, ob Jesus von sich behaupte, der Messias zu sein. Wir sagten, davon hätten wir nichts gehört, und da nickte er. Als Nächstes fragte er, ob er aus dem Hause David sei. Das wissen wir nicht, sagten wir. Er meinte, Jesus hätte es uns doch sicher gesagt, wenn es so wäre. (Wenn ich seine Mutter jemals wiedersehe, werde ich sie fragen. Jesus würde nur lächeln und keine Antwort geben.)

»Ist er gesalbt?«, fragte der Eremit, und in seinen Augen spiegelte sich die tanzende Flamme seiner kleinen Lampe.

»Ich wüsste nicht, wie das sein könnte«, sagte Johannes. »Nur der Hohepriester in Jerusalem ist gesalbt.«

»Aber er soll – lasst mich sehen …« Hastig schob er eine Schriftrolle beiseite und nahm sich eine andere vor. »Der Prophet Micha sagt, er werde aus Bethlehem kommen. Tut er das?« Seine dunklen Augen starrten uns an, und ich wusste nicht, ob er ein Ja oder ein Nein von uns erwartete.

»Nicht, dass ich wüsste«, sagte ich. »Seine Familie ist aus Nazareth.«

»Oh.« Jetzt sah er enttäuscht aus. Er deutete auf eine andere Schriftrolle. »Hier bei Sacharja steht etwas davon, dass er auf einem Esel in Jerusalem einreitet.« Er schwieg. »Tatsächlich gibt es noch mehr Prophezeiungen über Jerusalem und den Messias.« Er studierte die Schrift mit dem Buch Sacharja. »Hier steht, dass in Jerusalem vieles geschehen wird. ›Aber über das Haus David und über die Bürger zu Jerusalem will ich ausgießen den Geist der Gnade und des Gebets; und sie werden mich ansehen, welchen sie zerstochen haben, und werden um ihn klagen, wie man klagt um ein einziges Kind, und werden sich um ihn betrüben, wie man sich betrübt um ein erstes Kind. Zu der Zeit wird große Klage sein zu Jerusalem.‹ Und dann fährt er fort: ›Zu der Zeit wird das Haus David und die Bürger zu Jerusalem einen

freien, offenen Born haben wider die Sünde und Unreinheit.› Ich weiß nicht, was das für euren Jesus bedeutet, denn er ist ja nicht in Jerusalem.« Er rollte seine Schrift zusammen, so geräuschvoll er nur konnte.

»Andererseits«, sagte er plötzlich, »sagt uns das Buch Daniel, dass einer, der Menschensohn heißt, über uns herrschen und richten wird. Ich glaube, die genauen Worte sind: ›Und siehe, es kam einer in des Himmels Wolken wie eines Menschen Sohn bis zu dem Alten und ward vor ihn gebracht. Der gab ihm Gewalt, Ehre und Reich, dass ihm alle Völker, Leute und Zungen dienen sollten. Seine Gewalt ist ewig, die nicht vergeht, und sein Königreich hat kein Ende.‹«

Als wir nur den Kopf schüttelten, versuchte er es anders. »Bei Jesaja gibt es eine Bemerkung über einen leidenden Knecht, der um unseretwillen geschlagen und misshandelt wird«, schlug er vor.

»Jesus ist heil und gesund«, sagte Johannes.

»Ja, dann ...« Der Einsiedler zuckte die Achseln. »Anscheinend passt keiner der Verweise in der Schrift auf ihn.« Er schwieg kurz. »Ich hatte von seinen guten Werken in Galiläa gehört. Freilich, für Galiläa gibt es keine Prophezeiung, höchstens ... wartet – ja, bei Jesaja ...« Er nahm sich die Schriftrolle vor. »Hier steht: ›Doch es wird nicht dunkel bleiben über denen, die in Angst sind. Hat er zur vorigen Zeit gering gemacht das Land Sebulon und das Land Naphtali, so wird er es hernach zu Ehren bringen, den Weg am Meere, das Land jenseits des Jordan, der Heiden Galiläa. Das Volk, das im Finstern wandelt, sieht ein großes Licht; und über die, die da wohnen im finstern Lande, scheint es hell.‹ Aber das ist auch schon alles.« Er seufzte.

Mag sein, dass es ihn beschäftigte, ob Jesus nun der Messias ist oder nicht, aber in Wahrheit kümmert es mich überhaupt nicht. Jesus ist Jesus, und das genügt.

»Natürlich«, sagte er, »vielleicht ist es nur gut, dass dieser Mann nicht von sich sagt, er sei der Messias, denn ihr wisst ja, was das Gesetz Mose sagt: Falsche Propheten soll man töten.«

Nein, das hatte ich nicht gewusst. Es ist ein Gesetz, das

selten Anwendung findet, anders als die Gesetze über Zauberinnen und Geisterseher.

Nachdem wir ihm geholfen hatten, seine Schriften wieder zusammenzurollen – er hatte ein schreckliches Durcheinander angerichtet, und in der feuchten Höhle würden die Texte sonst sicher verderben –, gab er mir dieses Papier und sagte, ich solle meine Gedanken niederschreiben. Er tat es ebenfalls und zeigte auf einen Berg von Schriftrollen am anderen Ende der Höhle. »Ja, alle meine Gedanken, seit ich hier bin«, sagte er stolz. Ich fragte mich, wer das alles seiner Meinung nach lesen solle. Aber Menschen, die schreiben, denken nicht daran – sie wollen nur schreiben. Leser werden sie schon finden, hoffen sie – hoffen wir.

Liebster Bruder, ich grüße dich in Liebe und bitte dich, wie du es dir sicher schon gedacht hast, Elischeba den kleinen Brief vorzulesen, den ich dazulege, und ihn dann für sie aufzubewahren. Und geh irgendwann morgens früh zu Joels Grab, und sag ihm, dass ich ihn geliebt habe; tu es für mich und mit meinen Worten. Du wirst sie kennen.

Deine Schwester Maria

Liebste kleine Tochter,

ich denke jeden Tag an dich, und jeden Tag sehe ich etwas, wovon ich dir erzählen möchte. Heute war es eine große Schildkröte, die sich unter einem Busch auf einem Berg versteckte. Ich konnte sie kaum sehen, so still saß sie da, und ihre Farben waren die des Bodens und der Blätter ringsum. Wenn es möglich gewesen wäre, hätte ich sie dir gebracht, und du hättest sie als Haustier haben können. Schildkröten sind sanfte Tiere, trotz ihrer seltsamen Schuppenhaut und ihrer großen Klauen. Aber wenn du je eine haben solltest, darfst du nicht den Fehler begehen zu glauben, dass sie langsam sind. Wenn du ihnen lange den Rücken zuwendest und woandershin schaust, sind sie fort, und du findest sie nie wieder!

Liebste Elischeba, morgen werde ich wieder etwas finden, was du wissen solltest über diese wunderbare Welt, in der du lebst. Und wenn wir wieder zusammen sind, werden wir hinausgehen und alles anschauen, wovon ich dir geschrieben habe, von morgens bis abends. Möge der Gott Abrahams und Isaaks, Jakobus' und Josephs, Sarahs, Rebekkas, Rahels und Leas dich in seinen Armen halten, bis ich es selbst kann.

Deine dich liebende Mutter

XLI

Die vierzig Tage vergingen; ein anstrengender Tag nach dem anderen verfloss im Sonnenuntergang. Nur zu bald mussten Maria und ihre Gefährten sich wieder nach Betsaida wenden – zu bald, weil die gemeinsame Reise sie immer noch veränderte und sie sich noch längst nicht bereit fühlten, ihre Pilgerfahrt für beendet zu erklären.

Sie fanden Johanna und Philippus an einem Brunnen am Rande von Betsaida.

»Wir haben noch niemanden gesehen«, sagte Philippus. »Also waren wir wohl die Ersten. Wir können ebenso gut hier warten.« Er lehnte sich an die Brunnenmauer, beschattete die Augen mit der Hand und schaute Susanna an.

»Wir haben sie mitgebracht, damit sie Jesus kennen lernt«, sagte Maria. Es war schön, Philippus und Johanna wiederzusehen. Sie waren inzwischen wie eine richtige Familie. »Ich habe sie geheilt!«, erzählte sie aufgeregt. »Von Dämonen!«

»Du meinst, Gott hat sie geheilt«, berichtigte Johannes.

»Ja. Ja, natürlich. Gott war es. In Korazin. Ich habe zu Gott gerufen, und er hat mich erhört.«

»Du klingst überrascht«, sagte Philippus.

Maria nickte. »Das war ich wohl auch.« Überrascht, dass er die Bitte einer gewöhnlichen Frau erhörte. Vielleicht war das die endgültige Bestätigung dessen, was sie nur mit Mühe glauben konnte: dass sie wirklich wieder gesund war und die Dämonen für immer verschwunden waren. Insgeheim hatte sie sich stets eingebildet, dass alle Welt sehen könne, was sie einmal gewesen war. Nun war das vorbei. Aber wer hatte dann wen geheilt?

»Keine Angst, wir waren auch überrascht«, sagte Johanna. »In der ersten Stadt, in die wir kamen – in Endor –, waren wir so nervös, dass wir wirklich hofften, es werde niemand zu uns kommen.« Sie schaute Susanna an. »Willkommen. Es ist eine Freude, noch eine Frau bei uns zu haben.«

Susanna machte ein betretenes Gesicht, und Maria erklärte: »Ich glaube nicht, dass sie für immer bleiben kann. Ihr Mann erwartet, dass sie zurückkommt.«

»Aber ich will Jesus so gern kennen lernen«, sagte Susanna leise. »So lange zumindest muss ich bleiben.«

Als die Sonne unterging, kamen Leute aus der Stadt zum Brunnen, um Wasser zu holen. Reges Treiben setzte ein, als sie ihre Esel an die Palmen rings um den Brunnen banden. Sie füllten ihre Wasserkrüge und wirkten unbeschwert; entspannt begrüßten sie die Jünger und sprachen von der Weinlese, die eben begonnen hatte.

»Die Frauen tanzen in den Weinbergen«, sagte ein dicker Mann mit vielsagendem Kopfnicken. »Im Fackelschein. Ihr solltet hingehen.«

Johannes lächelte nur. Es war nicht nötig, ihm zu erklären, warum das nicht ging.

»Wo wart ihr denn?«, fragte Philippus, nachdem die Leute den Brunnen wieder verlassen hatten.

»In den Bergen oben in Galiläa«, antwortete Maria. »Wir haben in Korazin angefangen, aber dann sind wir immer höher hinauf ins Gebirge gegangen, wo es nur wenige Menschen gab. Wir sahen wilde Berge und Schluchten, dichte Zedern- und Zypressenwälder auf den Höhen, aber keine Dörfer. Dann sind wir wieder hinabgestiegen, um der Straße nach Tyrus und Damaskus zu folgen und ein paar andere Dörfer zu besuchen, näher am See. Aber unseren größten Erfolg hatten wir in der ersten Stadt, in Korazin. Und ihr?«

Philippus und Johanna erzählten von ihren Erlebnissen in Endor: wie man sie aus der Synagoge gejagt hatte und wie sie dann ein paar Menschen hatten heilen können, die von schwerer Krankheit verkrüppelt gewesen waren.

»Keine Dämonen?«, fragte Maria.

»Es gab ein paar Leute, die bedrückt wirkten, aber einen

echten Fall von Besessenheit haben wir nicht gesehen«, sagte Johanna. »Und glaube mir, ich würde es sofort erkennen.« Sie lachte.

Sie alle waren müde; die Anstrengungen der Mission hatten sie auf das Äußerste erschöpft, und nun fanden sie Kraft und Erholung in der Ruhe und im Gespräch. Am Abend teilten sie ihren Proviant, und schon früh legten sie sich auf einem der abgeernteten Felder schlafen. Für sie gab es an diesem Tag kein Weinfest; und wären sie hingegangen, hätten sie die Augen nicht offen halten können.

Am nächsten Morgen vor Tagesanbruch erschienen Matthäus und Thomas, und kurz darauf trafen Judas und der große Jakobus ein. Matthäus war sichtlich abgemagert, als habe der Fußmarsch und die Armut ihren Tribut gefordert. Tatsächlich sah er aus, als stehe er kurz vor dem Zusammenbruch, und kaum hatte er den Brunnen erreicht, schöpfte er mehrere Kellen Wasser und trank gierig. Thomas sah nicht magerer, aber strenger aus, als habe er Dinge gesehen, die ihre Spuren bei ihm hinterlassen hatten.

»Nun, Freunde, wo sind wir gewesen?«, fragte Judas. Selbst er, der sonst so Muntere, klang müde.

»Wir sind wieder nach Gergesa gegangen«, sagte Matthäus.

»Nein!« Der große Jakobus war überrascht. Er allein schien von den Strapazen der Mission nicht entkräftet zu sein; seine Stimme war jedenfalls so laut wie immer. »Allein?«

»Ja«, sagte Matthäus. Sein sonst so nüchterner Ton war verändert: Er klang aufgeregt.

»Aber warum?«, wollte Judas wissen.

»Offensichtlich waren die Menschen dort verzweifelt und in Not«, sagte Thomas.

»Aber so wenige hatten Verständnis für die Mission«, sagte Philippus. »Habt ihr jemanden heilen können?«

»Einen oder zwei«, sagte Matthäus. »Aber für uns war es nicht so leicht wie für Jesus. Zwei haben uns angegriffen.« Er hob seinen Arm und entblößte ihn, sodass ein hässlicher Bluterguss und ein paar verkrustete Schrammen zum Vorschein kamen. »Diese armen, armen Geschöpfe.«

»Hat jemand von euch den Staub von seinen Füßen schütteln müssen?«, erkundigte Johannes sich.

»Niemand hat sich schlankweg geweigert, uns zuzuhören«, sagte Thomas. Es klang enttäuscht, als hätte er dieses Ritual der Zurückweisung zu gern einmal vollzogen.

»Johannes hat es versucht«, erzählte Maria. »In Korazin. Aber ich glaube, er wollte es nur einmal erleben.«

»Die Leute dort waren beinahe feindselig«, sagte er.

»Aber nicht alle«, sagte Maria. »Wir konnten dort predigen und heilen und haben sogar eine Gefährtin gefunden. Deshalb habe ich Johannes gesagt, er solle seinen Fuß wieder auf den Boden stellen.«

»Nun, wir waren in Jerusalem«, berichtete Judas. »Meine Familie lebt schließlich dort, und Jakobus' Familie hat Beziehungen zum Haushalt des Hohepriesters – es hat irgendetwas mit Fischlieferungen zu tun. Jedenfalls konnten wir in das Haus des Hohepriesters gelangen, oben in der Nähe des Tempels, und ein bisschen herumspionieren.«

»Jakob!«, sagte Johannes. »Das darf nicht wahr sein! Wir haben das alles hinter uns gelassen, alle diese Beziehungen, als wir uns von unserem Vater abwandten.«

»Ich wollte nur einen Höflichkeitsbesuch abstatten, weiter nichts«, antwortete Jakobus mürrisch. »Es kann nichts schaden, wenn man einflussreiche Leute auf seiner Seite hat.« Er brach ab; er war rot geworden. »Ich sage dir, ich habe unsere Mission nicht verraten!«

»Du hast aber auch nichts erklärt, möchte ich wetten«, sagte sein Bruder.

An diesem Abend begaben sie sich hinunter zum Ufer des Jordan, wo Jesus sich mit ihnen verabredet hatte. Das Rauschen des Wassers wirkte beruhigend, und sie ließen sich davon in den Schlaf singen. Am nächsten Tag stießen Simon und der kleine Jakobus zu ihnen. Simon fuchtelte mit den Armen und kam auf sie zugerannt, und der kleine Jakobus trottete hinterdrein.

Als sie einander umarmt hatten, berichtete Simon, dass sie nach Westen gewandert seien, zu den Klippen von Arbel und dann hinunter nach Magdala.

»Der Leopard hat seine Flecken also nicht geändert«, sagte Philippus kopfschüttelnd. »Du bist dorthin zurückgekehrt, zu diesem Zelotenversteck!«

»Ich wollte ein paar meiner alten Freunde wiedersehen«, bekannte Simon. Dann machte er schmale Augen und schaute sich abwehrend um. »Und ich wollte, dass sie mich sehen. Ich wollte ihnen erzählen, was mit mir geschehen ist.«

»Ja?«, sagte Matthäus. »Und was haben sie gesagt?« Offenbar erinnerte er sich noch allzu gut an den messerschwingenden Mann, der auf seinem Fest einen solchen Tumult verursacht hatte.

»Sie waren enttäuscht von mir«, gestand Simon. »Sie sagten, ich habe meinen Mut verloren und sei ein Feigling geworden.«

»Hat denn einer erkennen lassen, dass er zu uns kommen oder dass er wenigstens Jesus einmal hören möchte?«, fragte Matthäus.

»Einer«, sagte Simon. »Er war jung. Die Älteren – nein, die meinten, sie wollten lieber durch das Schwert sterben.«

»Aber dann haben wir diese Felsenhöhlen verlassen und sind nach Magdala hinuntergegangen«, sagte der kleine Jakobus. Sein Haarschopf war wilder denn je, und er schien in seinen weiten Gewändern zu ertrinken.

»Und was … Was ist dort geschehen?«, fragte Maria, aber sie hatte Angst, es zu erfahren.

»Wir haben ein paar Leute bekehren können!«, verkündete der kleine Jakobus. »Jawohl! In dieser geschäftigen Stadt mit all den Booten und Fischern und Kaufleuten sind wir zur Hafenpromenade hinuntergegangen, mitten ins Herz der Stadt. Dort haben wir gepredigt und von Jesus und seiner Mission erzählt.« Er schwieg und strich sich eine wirre Locke aus dem Auge. »Oh, viele haben sich über uns lustig gemacht. Aber andere waren auch neugierig. Zwei Krüppel kamen zu uns, und ich – wir – wir haben gebetet und ihnen die Hände aufgelegt, und da – da sind sie davonspaziert. Aufrecht und ohne zu hinken. Und dann kamen noch mehr. Wir haben gepredigt und gepredigt …«

Wer mögen diese Leute gewesen sein?, dachte Maria. Meine Freunde, meine Nachbarn? Haben meine Eltern sie vielleicht auch gehört? Kann es sein, dass sie Jesus jetzt anders sehen?

»Einige haben gesagt, sie wollen herkommen, um Jesus mit eigenen Augen zu erleben«, endete der kleine Jakobus. Er war außer Atem vor Aufregung.

»Gute Arbeit, Jakobus.« Die Stimme war unverwechselbar. Es war Jesus.

Sie drehten sich um. Er stand nicht weit von ihnen in den Furchen eines abgeernteten Ackers in der Nähe des Ufers. Die Sonne hinter ihm überstrahlte sein Gewand.

»Ihr habt eure Sache gut gemacht.« Er kam heran und begrüßte sie alle einzeln mit Namen. »War es schwer?«

Alle fingen gleichzeitig an zu reden und ihm von ihren Erlebnissen in der Wüste, in den Bergen, in den Felsen und Höhlen zu berichten. Maria und Johannes waren besonders aufgeregt, als sie erzählten, wie sie Susanna von den Dämonen befreit hatten. Und dann schilderten Matthäus und Thomas ihre Erlebnisse mit den Dämonen in Gergesa.

»Wir haben Satan wie Blitze vom Himmel fallen sehen!«, sagten sie.

»Ja!«, sagte Maria und verspürte noch einmal die erhebende Begeisterung, die sie erfüllt hatte, als die Dämonen Susanna verlassen hatten. »Die Dämonen gehorchen uns.« Und wieder empfand sie leise prickelnden Stolz, das Gefühl, etwas Besonderes zu sein.

Jesus schaute sie an, einen nach dem anderen. »Seid ihr froh, dass die Dämonen sich euch unterworfen haben?«, fragte er, als seien sie einem Irrtum unterlegen. »Seid lieber froh, dass ihr ins Buch des Lebens geschrieben seid.«

Was soll denn das bedeuten?, fragte Maria sich. Aber jetzt musste sie Susanna vorstellen. Sie nahm sie bei der Hand und führte sie zu Jesus. »Lehrer, hier ist eine, die von Dämonen besessen war, wie ich es war. Und sie will dir danken, weil du sie erlöst hast.«

Susanna kniete vor Jesus nieder und senkte den Kopf. »Ich kann dir niemals genug dafür danken, dass du mir mein Leben zurückgegeben hast«, murmelte sie.

Jesus nahm ihre Hand und zog sie hoch. »Es war Gott, der dir dein Leben zurückgegeben hat«, sagte er. »Und wir müssen ihm danken für seine Macht.«

Er sah sich unter seinen Jüngern um; sie waren immer noch

staubig und erschöpft von ihren Wanderungen. »Vergesst niemals, dass Gott es ist, der euch die Macht verleiht, in seinem Namen gegen das Böse zu kämpfen. Ihr seid es niemals selbst.«

Aber Gott erwählt sich sein Werkzeug!, dachte Maria.

»Aller Ruhm, den ihr erringt, gebührt Gott«, sagte Jesus. »Nicht euch.«

Er schaute Susanna eindringlich an. »Willst du zu uns kommen?«

»Ich … Ich bin nur für kurze Zeit fortgegangen … Mein Mann – ja, für eine Weile kann ich …« Es sprudelte aus ihr hervor, das Zögern und das Einverständnis, wie Wasser über Kiesel fließt.

»Gut«, sagte Jesus. »Ich bin dir dankbar für die Zeit, die du uns schenken kannst.«

Das hat er zu *mir* nie gesagt, dachte Maria. Bevorzugt er *sie*? Oh, solche Rivalität, dieser Wunsch nach Bevorzugung – das ist so hässlich!

Ich habe ihr geholfen, und jetzt bin ich eifersüchtig auf sie!, tadelte Maria sich. Oh, was für ein bösartiges Geschöpf ich doch bin! Aber ich bin Jesus zuerst begegnet, ich kenne ihn schon länger …

»Maria, plage dich nicht mit solchen Gedanken.« Jesus sprach sie an und berührte ihren Arm. Sie schaute ihm in die Augen, denn sie konnte nicht glauben, dass ihm irgendjemand lieber und teurer sein konnte.

»Ich weiß nicht, was du meinst«, sagte sie steif und zog ihren Arm weg.

»Plage dich nicht«, wiederholte Jesus.

Im Laufe des Tages trafen auch Petrus und Nathanael ein, dicht gefolgt von Thaddäus und Andreas, die sehr aufgeregt waren.

»Wir waren in Nain«, erzählte Thaddäus. »Und die Leute dort – sie konnten nicht genug bekommen von dem, was wir ihnen zu sagen hatten!«

Nain! Wo Joels Familie lebt, dachte Maria. Ob sie da gewesen sind? Ob sie es gehört haben?

»Habt ihr noch mehr getan? Oder nur geredet?«, fragte Jesus. Aber sein Ton war sanft und nicht vorwurfsvoll.

»Wir haben ein paar Leuten die Hände aufgelegt«, sagte Andreas. »Doch wir wissen nicht, ob sie wirklich und für immer geheilt wurden. Es schien ihnen besser zu gehen, mehr weiß ich nicht.«

Jesus nickte. »Petrus, warst du in Dan?«

»Beinahe«, sagte er. »Bis Thella bin ich gekommen. Doch dann …«

»Die Sümpfe von Huleh haben uns aufgehalten«, sagte Nathanael. »Immerhin haben wir ein paar heidnische Götzenbilder umgestürzt, die wir unterwegs gesehen haben.«

»Was war mit den Menschen?«, fragte Jesus. »Mit zerstörten Statuen kann man sie schließlich nicht verändern.«

»Oh, wir haben mit ihnen gesprochen, und …«

»Haben sie zugehört?«, fragte Jesus.

»Nun ja …« Petrus sah sich ratlos um. »Ein paar, ja. Aber die meisten sind einfach weitergegangen.«

»Und wohin sind sie gegangen?«, wollte Jesus wissen.

»Ich weiß nicht«, sagte Petrus. »Ich weiß nur, dass ich mich umsah, und da waren es weniger.«

»Es ist schwierig«, sagte Jesus. »Man kann nicht wissen, wer wirklich zuhört und sich erinnern wird und wer es wieder vergisst.«

Während sie so miteinander sprachen, versank die Sonne hinter den Bergen von Galiläa. Ein paar letzte Strahlen fielen auf den See, der leuchtete, als habe ihn etwas Heiliges berührt.

»Auch ich habe gepredigt und gelehrt«, sagte Jesus, »und man hat mich aufgenommen wie euch. Manche sind bereit für die Botschaft, andere sind es nicht.«

Ringsum dehnten sich die leeren Felder. Bald würde der Herbstregen fallen, und das Land würde sich erholen; die Dürre wäre zu Ende, die Bauern könnten ihre Saat ausbringen.

»Wenn ein Bauer sein Korn aussät, dann weiß er nicht, wohin die Saatkörner fallen«, fuhr Jesus fort. »Er muss sie weithin streuen, sie so weit werfen, wie sein Arm es erlaubt. Manche fallen auf harte Steine und sind von vornherein zum Untergang verurteilt. Andere fallen auf flachen Boden; sie können keimen, aber bald geht ihnen die Nahrung aus, und sie verwelken. Wieder andere aber fallen auf dornigen Boden, wo sie bald im Wettstreit mit allerlei Unkraut und gefräßigen Pflanzen liegen und um ihr Überleben kämpfen müssen.« Er schaute in die Runde. »Versteht ihr, was das bedeutet?«

Petrus sprach als Erster. »Ein Bauer muss seinen Acker bereiten!«, platzte er heraus.

Jesus lachte. »Du bist wahrlich ein Fischer. Du hast noch nie einen Bauern bei der Arbeit gesehen. Ist ein Bauer hier?«

Der Zelot, die beiden Gebrüder Steuereinnehmer, die Fischer-Brüder, der Rabbinerschüler, der Jerusalemiter, die Palastmatrone, der Freskenmaler und Maria, die Hausfrau – alle schüttelten den Kopf.

»Wie kann es sein, dass ich in Galiläa angefangen und keinen Bauern gefunden habe?« Jesus lachte. »Ich meinte Folgendes: Das Saatkorn ist das Wort Gottes. Es kann auf steinigen Boden fallen, also entweder auf einen Boden, der feindselig ist, oder wo Satan Wache hält und Gottes Wort fortnimmt, ehe es ein Ohr findet. Ein flacher Boden – das ist jemand, der über alles in Aufregung gerät, was er hört, aber dessen Begeisterung kurzlebig ist. Der dornige Boden aber – ja, das ist die Welt, die so viele Reichtümer, Sorgen und Zerstreuungen bietet, dass das Wort Gottes in alldem erstickt.«

Er schwieg kurz. »Aber es gibt noch eine vierte Sorte Boden, auf den das Wort fallen kann, und das ist der fruchtbare. Dort kann es Früchte tragen im Überfluss. Wenn wir säen, sind wir nur dafür verantwortlich, die Saat weithin auszustreuen. Wohin sie fällt, können wir nicht wissen. Ihr alle habt eure Sache gut gemacht. Nun überlasst es Gott, für die Früchte zu sorgen. Seht ihr diese Gerstenfelder? Jetzt sind sie kahl, aber zur Erntezeit sind sie weiß von Korn. Und ich werde eure Hilfe brauchen, um die Ernte einzubringen, wenn die Zeit reif ist.«

»Wir sollen Getreide einfahren?« Petrus machte ein enttäuschtes Gesicht.

»Nicht Getreide, sondern Seelen«, sagte Jesus. »Aber nun schaut dort hinüber. Seht ihr die Leute auf der anderen Seite der Felder? Sie bereiten sich auf das Laubhüttenfest vor. Lasst auch uns hier eine Laubhütte bauen und das Fest mit ihnen feiern.« Er schaute sie liebevoll an. »Aber vorher wollen wir noch einmal zum Jordan gehen. Es gibt noch etwas zu tun.«

Er wandte sich ab und führte sie zum schilfbestandenen Ufer hinunter. Das Wasser war seicht; erst zur Schneeschmelze im Frühling würde der Pegel wieder steigen, jetzt plätscherte der Jordan friedlich in seinem Bett dahin. »Kommt«, sagte Jesus und ließ sie die steile Uferböschung hinabsteigen. Am Wasser blieben sie stehen. Als sie alle nebeneinander standen, bückte Jesus sich und schöpfte mit gewölbten Händen Wasser.

»Johannes hat im Jordan getauft, und es war die Taufe der Buße. Ich taufe jetzt niemanden, aber später werde ich mit Feuer taufen; ihr werdet es sehen. Jetzt müsst ihr einander taufen, nicht zur Buße, sondern als Brüder und Schwestern – obgleich es für diejenigen, die mir folgen, nicht Männer noch Frauen gibt, weder Sklaven noch Freie, weder Griechen noch Juden.«

Sie schauten einander an. In ihrer Gemeinschaft gab es keine Sklaven und auch keine Griechen. Noch nicht?

»Johannes, nimm eine Hand voll Wasser, und gieße es einem deiner Brüder und Schwestern auf den Kopf.«

Johannes schöpfte Wasser und drehte sich um; das Nass rann ihm durch die Finger, während er überlegte, wen er taufen sollte. Er hob die Hände über Marias Kopf, und sie fühlte die kalten Tropfen, während er sagte: »So verbinden wir uns mit Jesus und miteinander.«

Tropfen rannen ihr übers Gesicht, und Maria schöpfte Jordanwasser, goss es Johanna über den Kopf und sagte: »Mit diesem Wasser verpfänden wir uns Jesus und einander.«

Einer nach dem anderen vollzogen alle wartenden Jünger das Ritual. Sie gebrauchten unterschiedliche Worte, aber am Ende wandten sie Jesus ihre strahlenden Gesichter zu. Er lächelte.

»Wer sind meine Geschwister?«, fragte er. »Ihr alle seid es.«

Im Dämmerlicht wurde das dunkle Grün des Jordan zu Braun, und das Wasser strömte endlos an ihnen vorüber.

XLII

Am Laubhüttenfest verließen alle Israeliten für sieben Tage ihre sicheren Häuser und wohnten in Laubhütten aus Palmwedeln und Weidenzweigen zur Erinnerung an die Jahre, die ihre Vorfahren mit Mose in der Wüste in Zelten gelebt hatten. Es war ein fröhliches Fest zum Ende der Oliven- und Dattelernte, kurz bevor der Winterregen einsetzte. Seit Mose seine einfachen Anweisungen gegeben hatte, hatten die Schriftgelehrten genau beschrieben, wie diese Hütten aussehen mussten. Sie mussten für sich stehen und behelfsmäßig gebaut sein. Sie sollten eine bestimmte Höhe und mindestens drei Wände haben, und man musste den Himmel und die Sterne sehen können. Die Einrichtung durfte nur aus den einfachsten Dingen bestehen, und man musste die ganzen sieben Tage hindurch darin wohnen, sofern es nicht heftig regnete. Das Innere musste mit Laub und Früchten geschmückt werden.

Pharisäer und Sadduzäer waren unterschiedlicher Auffassung, was die korrekte Verwendung der vorgeschriebenen Pflanzen anging. Die Sadduzäer, die nur glaubten, was im Gesetz geschrieben stand, meinten, dass Zitrone und Myrte, Palme und Weide für den Bau der Hütte zu verwenden seien. Die Pharisäer dagegen, die behaupteten, es gebe auch eine mündliche Gesetzesüberlieferung, waren der Ansicht, dass man diese Pflanzen nur als zeremoniellen Schmuck beim Ritual zu gebrauchen habe. Die Anhänger dieser beiden Schulen errichteten ihre Laubhütten nicht nebeneinander.

»Nun, Meister, wie wollen wir es halten?«, fragte Judas. »Wand oder Schmuck?«

Jesus überlegte. »Warum nicht beides? Wenn wir das, was wir haben, nicht für beides benutzen, für die Wände und als Schmuck, was sollen wir dann nehmen? Wir können ja kaum mit Zypressenholz bauen.«

Die Berge rings um Betsaida waren reich an Wald und Obstgärten, und die Jünger zerstreuten sich, um Reisig zu sammeln. In den Wäldern waren viele unterwegs, die Myrte und Palmzweige sammelten, und die jungen Leute jagten einander lachend durch das Gestrüpp. Die anhaltende heiße Sommersonne hatte die Blumen längst verdorren lassen, aber die Wälder waren immer noch kühl und grün. Eichen und Pappeln wisperten über Maria und ihren Gefährten, während sie die Umgebung nach Zweigen absuchten.

Maria hörte die fröhlichen Rufe der jungen Männer und Frauen, und ein leiser Schmerz erfüllte sie. Sie freute sich für sie, zugleich spürte sie jedoch eine große Leere in sich. War es mit dieser Art Freude für sie vorbei – für alle Zeit? Sie war noch nicht einmal dreißig Jahre alt. Wie schnell alles gekommen und wieder zerronnen war!

Du bist nicht mehr jung, ermahnte sie sich streng. Viele in deinem Alter sind verwitwet und geben sich zufrieden mit dem, was war, mit ihren Erinnerungen.

Aber Jesus ... Sie warf einen Blick zu ihren Gefährten, die fleißig Zweige abhackten. Könnte es sein – sieht er mich anders als sie?

Und was würde das bedeuten? Ich sehe ihn anders als jeden Mann, den ich je gekannt habe, aber er ist immer noch ein Mann.

Er wird eines Tages heiraten. Das muss er. Er braucht eine Gefährtin.

Ihre Hände hatten aufgehört, sich zu bewegen. Der Himmel über ihr schien sich zu drehen.

Warum denke ich so etwas überhaupt?, schrie sie innerlich. Ich muss damit aufhören! Es ist falsch!

Aber warum ist es falsch?, fragte eine leise Stimme in ihr beharrlich. Warum?

Diese Stimme ... War es ihre eigene oder die des Satans? Aber warum Satan? Jesus war ein Mann, und Männer heirateten. Das war die Wahrheit.

Am Rande des Feldes schwang Petrus einen schweren Stein und hammerte damit die Pfosten in den Boden, die an den vier Ecken der Hütte stehen würden. Sie waren aus dem vorgeschriebenen Palmenholz und hoch genug, dass sogar Petrus, Nathanael und Judas, die drei Größten unter ihnen, sich unter dem Dach bewegen konnten, ohne sich zu bücken. Sie deckten die Hütte mit Palmwedeln, aber sie achteten darauf, einen Teil offen zu lassen, damit man den Himmel sehen konnte. Dieser Teil, verlangte das

Gesetz, durfte nicht größer sein als der gedeckte. Sie schleppten Steine herein, auf denen sie sitzen konnten, denn sie wollten für diesen Anlass nicht eigens Möbel zimmern.

Mit dem aufgeregten Gemurmel der vielen Leute, die an ihren Hütten arbeiteten, wirkte das Feld betriebsamer als der Hafen von Magdala am Vormittag. Hütten in allen Größen und Formen nahmen ringsum Gestalt an; die Leute sangen, und manche wetteiferten mit ihren Nachbarn darum, wer als Erster fertig werde und anfangen könne, die Hütte mit Früchten und Laub zu schmücken.

Der kleine Jakobus und Simon, die beiden Kleinsten unter ihnen, mühten sich mit einem großen flachen Stein ab; sie wollten ihn in die Hütte schleifen, wo er einen vorzüglichen Tisch abgeben würde. Petrus legte den Hammer beiseite, um ihnen zu helfen; er schob, und sie zogen, und bald lag der Stein an einem Ehrenplatz in der Hütte. Johanna und Maria schrubbten ihn sauber und machten sich dann wieder daran, getrocknete Flaschenkürbisse, Äpfel und Granatäpfel an die Wände zu hängen.

Maria war sicher, dass Thaddäus' Familie ebenfalls bei ihrer Laubhütte war, und so schickte sie den Jungen nach Hause, damit er die Schatulle mit ihrem Erbe holte und ein paar Laternen kaufte.

Die langsam untergehende Sonne wärmte die Felder und warf ihr tiefrotes Licht über die leeren Furchen. Auf den Höhen erkannte man noch die Mauern und Wachttürme der Weingärten, deren Eigentümer gerade Lese gehalten hatten. In dieser Nacht würden sie wohl im Fackelschein zwischen den säuberlich angelegten Pflanzreihen tanzen und unter den kahlen Reben schlafen.

Es wurde dunkel. Thaddäus hängte die neuen Laternen stolz an die Wände. Den Boden hatten sie so glatt und sauber gefegt, wie es nur ging. Alle saßen sie nun um ihren steinernen Tisch. Im Tempel zu Jerusalem würden gewiss prunkvolle Zeremonien stattfinden, aber hier konnte es schlichter zugehen, so schlicht wie das Ritual, das Mose selbst vermutlich vollzogen hatte. In einem ihrer kleinen Töpfe hatten sie Linsen gekocht und in der Glut des Feuers Brot gebacken, dazu gab es klein geschnittene

Äpfel und ein paar frische Trauben und Oliven aus den Gärten der Umgebung. Marias Geld – das Thaddäus wohlbehalten mitgebracht hatte – hatte ihnen das alles verschafft, auch einen guten Wein für alle.

Es ist ein gutes Gefühl, für die anderen sorgen zu können, fand Maria – ein wunderbares Gefühl, etwas beitragen zu können, statt immer nur Gast und Bettler zu sein.

Jesus schenkte ihnen allen und dann auch sich selbst Wein ein, der dunkelrot funkelte, als er in die Becher floss, und das Licht der Lampen einfing. Jesus segnete ihn und dankte Gott dafür, dann brach er das verkohlte flache Brot und reichte es herum. Alle löffelten sich Linsen in ihre kleinen Tonschalen und blickten dann erwartungsvoll auf.

»Will einer von euch das Gebet sprechen und die entsprechende Stelle aus der Schrift zitieren?«, fragte Jesus.

Thomas meldete sich sofort. »Im Buch Leviticus trägt Mose uns auf: ›Und sollt am ersten Tage Früchte nehmen von schönen Bäumen, Palmzweige und Maien von dichten Bäumen und Bachweiden und sieben Tage fröhlich sein vor dem Herrn, eurem Gott. Sieben Tage sollt ihr in Laubhütten wohnen; wer einheimisch ist in Israel, der soll in Laubhütten wohnen, dass eure Nachkommen wissen, wie ich die Kinder Israel habe lassen in Hütten wohnen, da ich sie aus Ägyptenland führte.‹«

Jesus nickte. »Danke, Thomas. Ein guter Thora-Schüler wie du muss so etwas natürlich wissen. Und die anderen?«

»Da wäre noch das Deuteronomium«, sagte Nathanael, der andere Thora-Schüler. »Dort steht, dass wir wirklich feiern sollen. Es heißt: ›Das Fest der Laubhütten sollst du halten sieben Tage, wenn du hast eingesammelt von deiner Tenne und von deiner Kelter, und sollst fröhlich sein auf deinem Fest, du und dein Sohn, deine Tochter, dein Knecht, deine Magd, der Levit, der Fremdling, der Waise und die Witwe, die in deinem Tor sind.‹«

»Die Vaterlosen.« Die arme Elischeba, die jetzt vaterlos war. »Die Witwen.« Ich, dachte Maria. Gott hat an uns gedacht und wollte auch uns dabei haben.

»Wir sind Leviten«, sagte Matthäus und sah seinen Bruder an.

»Um das Gebot zu vollenden, brauchen wir nur noch einen

Fremden«, sagte Judas. »Vielleicht bin ich das. Ich bin als Einziger von euch nicht aus Galiläa.«

»Aber wir haben keine Mägde und Knechte«, sagte Andreas.

»Doch«, widersprach Jesus. »Das sind wir jetzt alle. Mägde und Knechte des Volkes Gottes.«

Petrus machte ein verwirrtes Gesicht. »Tut mir Leid, das verstehe ich nicht.«

Jesus lächelte nur. »Das kommt noch. Ihr alle seid dabei, es zu verstehen, und du hast bereits große Fortschritte gemacht, Petrus.« Er hielt seinen Becher hin und bat Petrus, ihm nachzuschenken.

Wieso fand er, dass Petrus Fortschritte gemacht hatte? Dessen friedfertiges Gesicht sah so zufrieden und alltäglich aus, wie er dasaß und sein Brot kaute, dass Maria keinerlei Tiefe darin sehen konnte. Sie versuchte ihn aus ihren Gedanken zu verbannen und nur an diesen Augenblick zu denken, da sie hier zusammensaßen. Die Wärme dieses Kreises, das Gefühl der Nähe zu ihnen allen, war tröstlich, zumal in ihrer Einsamkeit und ihren wirren Gefühlen für Jesus. Sie schaute in die Gesichter ringsum, und eine große Liebe durchströmte sie.

Nach dem Abendessen machten sie einen Spaziergang durch die Felder. Violette Dämmerung lag über dem Land. Überall waren Kinder aus den Behausungen gekommen und spielten Verstecken zwischen den anderen Hütten und den Stoppelreihen auf dem Feld. Die älteren Mädchen und Jungen wagten sich weiter hinaus und nutzten die nahende Dunkelheit und die Feststimmung als Vorwand, gemeinsam herumzustromern und miteinander zu schäkern. Die Nacht war von festlicher Freude erfüllt.

Das ist der Unterschied zwischen den wirklich Jungen und Leuten wie mir, dachte sie. Die wirklich Jungen sind von keinem Verlust berührt; sie wissen nicht einmal, was das ist. Für uns aber, die wir es wissen, liegt in der Freude immer ein Hauch von Traurigkeit.

Zu ihrer Rechten tanzte eine junge Frau – ein Mädchen eigentlich – mit klingenden Knöchelkettchen und fliegenden Haaren vorbei, dicht gefolgt von einem lachenden Jüngling, der ihr Gewand zu erhaschen suchte. Zusammen verschwanden sie hinter einer der Laubhütten, und Maria hörte ihre Stimmen nicht mehr.

Sie dachte an Joel und sein Grab. Das Lachen und Haschen währte so kurz, das Grab und sein Stein aber so lange.

»Wir sollten uns ›die befreiten Töchter der Dämonen‹ nennen«, sagte Johanna. Sie hakte sich bei Maria und Susanna unter und riss Maria aus ihren Gedanken. Sie lachte.

»Ein Mann, der ebenfalls von Dämonen besessen war, wollte sich uns auch einmal anschließen, nachdem Jesus ihn geheilt hatte«, erzählte Maria. »Aber Jesus ließ es nicht zu. So haben wir doppeltes Glück: Wir sind erlöst worden, und wir konnten miteinander ein neues Leben anfangen.«

Susanna blieb stehen. Sie schaute erst Maria, dann Johanna an. »Soll ich denn bleiben?«, fragte sie. »Ich weiß nicht, was ich tun soll.«

Wie gut Maria das verstand.

»Als Erstes«, sagte Johanna, »solltest du dir überlegen, ob du bleiben möchtest oder ob du dich zum Bleiben berufen fühlst. Das ist nämlich nicht unbedingt das Gleiche. Und dann wirst du Jesus fragen müssen.«

»Mein Mann … Gibt es eine Möglichkeit, mit ihm zu sprechen oder es ihm zu erklären?«

»Du kannst ihm einen Brief schreiben und ihm dein Herz ausschütten«, schlug Maria vor.

»Ich kann nicht schreiben.«

»Aber ich«, sagte Maria. »Ich helfe dir. Ich schreibe auf, was immer du mir sagst, und dann suchen wir einen Boten, der ihm deinen Brief bringen kann.«

Briefe, Briefe – wie können sie unsere Seele in sich tragen?, dachte Maria. Ob Silvanus meine Briefe an Elischeba gut aufbewahrt?

Nach und nach ließ das heitere Lärmen auf den Feldern nach; Eltern riefen ihre schläfrigen Kinder in die Hütten und schlossen die durchlässigen Türen. In diesen behelfsmäßigen Behausungen zu schlafen war wie ein Spiel. Jesus und seine Gefährten hatten mehr als genug Platz, um sich hinzulegen und von ihrem Lager aus den Nachthimmel zu sehen.

»Denkt an unsere Vorfahren in der Wüste«, sagte Jesus, als alle still waren. Seine Stimme war leise und schlaftrunken. »Sie lebten als Sklaven in Ägypten und waren es gewohnt, in ihren niedrigen Lehmziegelhütten abends erschöpft niederzusinken. Und plötzlich waren sie draußen in der Wüste. Dort gab es keine Häuser, aber auch keine Sklaven mehr. In der Wüste war nichts außer Gott.«

Nichts außer Gott ... nichts außer Gott ... Maria lag auf dem Rücken und schaute zu den Sternen hinauf. In der Wüste wurde es kalt, hier indes nicht. Gott wusste, dass sein Volk den Aufenthalt in der Wildnis mit Mose mit der Zeit vergessen würde. Gott hat diese Zeit gefallen, denn er hatte uns für sich allein. Aber er wusste, dass wir sie rasch vergessen würden. Deshalb hat er dieses Fest eingesetzt. Und jedes Jahr müssen wir uns erinnern. Wir müssen zurück in die Wüste gehen und allein sein mit Gott.

Unter den Sternen, deren kaltes weißes Funkeln immer noch in Marias Gedanken brannte, träumte sie wieder. Diesmal waren die Träume eine Parade lautloser Bilder, und sie hörte nichts von dem, was die Leute darin sagten. Sie sah Magdala, sah, wie Armeen dort miteinander kämpften, sah Boote mit bewaffneten Männern, die sich draußen auf dem See bekriegten, bis das Wasser sich vom Blut rot färbte und die aufgeschwemmten Leichen sich am Ufer in der Nähe ihres Elternhauses türmten. Und gleich nach diesem furchtbaren Bild sah sie Jerusalem. Auch dort wimmelte es von Soldaten, und dann – war das möglich? – nein, das konnte nicht sein ...

Sie fuhr hoch. Ihr Herz pochte, und der Schweiß rann über ihren Körper, obwohl es in der Hütte nicht heiß war.

Der Tempel stand in Flammen. Er bäumte sich auf, stürzte ein, und überall flogen Steine. Ströme von Blut flossen über die Treppen, weit weg von dem Altar, auf dem die Tiere geopfert wurden und Rinnen für das Ablaufen des Blutes sorgen konnten. Das hier war Menschenblut – es konnte nichts anderes sein. Aber alles war still in ihrer Vision – keine Schreie, kein Befehlsgebrüll, keine erkennbare Sprache. Wer kämpfte hier mit wem? Wer starb? In dem Getümmel konnte sie nicht einmal Römer erkennen.

Als habe eine Hand sie umgestoßen, fiel sie rücklings zurück auf ihre Matte und musste weitere Visionen über sich ergehen lassen. Jerusalem stand in Flammen. Die Häuser auf dem Berg unterhalb des Tempels – wo der Hohepriester und die Reichen wohnten – waren ein Feuermeer. Die Menschen flüchteten wie eine panische Rinderherde. Die Mauern Jerusalems waren eingestürzt.

Würgend drehte sie sich um. Sie roch den dichten schwarzen Rauch und bekam kaum noch Luft. Dicke Wolken wallten zum Himmel hinauf. Die ganze Stadt stand in Flammen.

Gottlob erwachte sie. Sie schwitzte und keuchte und kroch zum Eingang, hinaus in die kühle Nachtluft.

Draußen wiegte sie sich auf Händen und Knien vor und zurück, nach Atem ringend. So weit das Auge reichte, sah sie die festlichen Palmwedelhütten zu allen Seiten. Es war ein friedliches Bild.

Nimm diese Visionen von mir!, rief sie zu Gott. Ich ertrage sie nicht, ich kann es nicht! Die Tränen strömten ihr übers Gesicht.

Noch immer saß der Gestank von brennendem Holz, Fleisch, Putz in ihrer Nase, und sie sah das hässliche, das düstere Rot der Flammen, die emporleckten wie ein Tier, das von Sinnen war … Ihr wurde übel, und nur mit Mühe fasste sie sich wieder.

Schick mir eine andere Vision!, flehte sie. Irgendetwas Gutes, etwas Gesegnetes. Quäle mich nicht nur mit Grausamkeiten!

Endlich atmete sie wieder leichter, und als sie sah, dass es auf den Feldern ringsum still und ruhig war, kroch sie langsam wieder in die Hütte. Alle schienen fest zu schlafen.

Sie ertastete den Rand ihrer Matte und legte sich hin. Der Nachthimmel über ihr wirkte wieder freundlich.

Sie schloss die Augen, aber sie fürchtete sich vor dem, was sie sehen würde.

Ich werde wach bleiben!, nahm sie sich vor. Ja, ich bleibe hellwach.

Aber sie schlief doch wieder ein, und diesmal sah sie andere Dinge: eine Versammlung friedvoller Menschen. Der Friede unter ihnen war mit Händen zu greifen. Ihre Gesichter konnte sie nicht erkennen, spürte jedoch ihre Gefühle. Und dann – das war äußerst sonderbar – erschien Jesus mit leuchtenden Gewändern und strahlendem Gesicht. Sie fühlte das Strahlen auf ihren Lidern und erwachte – es war die Sonne.

Während des Tages spazierte Jesus zwischen den Hütten umher und plauderte mit den Familien, vor allem mit den alten Leuten und den Kindern, die ihm weniger schüchtern begegneten. Ihre Offenheit schien ihm zu gefallen; die Alten schimpften umständlich auf die Römer, die Kinder wollten wissen, ob er auch Kinder habe und wenn nicht, warum nicht.

Die Jünger folgten ihm und beobachteten, was er tat.

»Vielleicht hätten wir auf unserer Mission auch mehr mit den Leuten reden sollen«, meinte Johannes besorgt. »Und zuhören.«

Petrus hatte sich nach vorn gedrängt und versuchte Jesu Aufmerksamkeit auf sich zu lenken. Er ist manchmal so aggressiv, dachte Maria; sie hörte, wie er fragte, ob man die Kinder nicht wegschicken solle, denn sicher seien sie Jesus lästig. Er versuchte sogar, eines beiseite zu stoßen. Sie sah, dass Jesus es missbilligte, und sie hörte ihn sagen: »Das Reich Gottes ist wie eines dieser Kinder. Lass sie kommen.« Er hob einen kleinen Jungen auf und schwenkte ihn herum. Das Kind quiekte vor Entzücken.

Als die träge gelbe Mittagshitze sich auf die Felder legte, sodass selbst die Schmetterlinge nicht mehr flatterten, kam eine größere Gruppe von Leuten zu Jesus. An den Kleidern erkannte Maria sie als Pharisäer, fromme Gelehrte voller Autorität, die aus der Stadt angereist waren, um Jesus den Aufenthalt auf dem Feld zu verderben, indem sie ihn bedrängten.

»Lehrer«, sagte ein rundlicher Magistrat an der Spitze der Gruppe, die entschlossen durch die Ackerfurchen auf Jesus zumarschiert war, »wir brauchen deine Meinung zu einer schwierigen Frage des Gesetzes.«

Jesus schaute sich auf dem weiten Feld um. »Ihr macht diesen weiten Weg, weil ihr meine Meinung hören wollt?«

»Jawohl«, sagte der Mann. »Wir sind zwar aus Jerusalem, aber wir haben Verwandte hier …«

»Ja, natürlich.« Jesus nickte. »Natürlich, deshalb seid ihr hier. Was ist es denn, wozu ihr meine Meinung hören wollt?«

»Lehrer«, sagte der Mann, »ist es recht, wenn ein Mann sich von seiner Frau scheiden lässt?«

»Nun«, sagte Jesus, »was hat Mose denn befohlen?«

»Du weißt, dass Mose dem Mann erlaubt, einen Scheidungsbrief zu schreiben und sie fortzuschicken. Was er sagte, war ...«

»›Wenn jemand ein Weib nimmt und ehelicht es und es nicht Gnade findet vor seinen Augen, weil er etwas Schändliches an ihm gefunden hat, so soll er einen Scheidebrief schreiben und dem Weib in die Hand geben und es aus seinem Haus entlassen‹«, vollendete Jesus für ihn. »Und dann erläutert Mose noch, ob er das Weib wieder heiraten darf oder nicht, wenn er sich anders besinnt. Aber Mose hat euch diese Erlaubnis nur gegeben, weil eure Herzen hart waren. Gott erlaubt keine Ehescheidung. Schon im Buch Genesis heißt es: ›Darum wird ein Mann Vater und Mutter verlassen und an seinem Weibe hangen, und sie werden sein ein Fleisch.‹«

Aber der Pharisäer reagierte nicht betreten, sondern triumphierend. »Du sagst also, Mose habe sich geirrt.«

»Noch unser letzter Prophet, Maleachi, sagt: ›Wer ihr aber gram ist und verstößt sie, spricht der Herr, der Gott Israels, der bedeckt mit Frevel sein Kleid‹«, gab Jesus zur Antwort. »Das ist Gottes Auffassung. Unmissverständlich zum Ausdruck gebracht. Hier geht es nicht um Mose, sondern um Gott.«

Der Pharisäer nickte nur und tat, als wolle er gehen, aber dann trat er näher an Jesus heran. »Herodes Antipas sucht dich«, sagte er so leise, dass nur die nächsten Umstehenden es hören konnten. »Ich bin gekommen, um dich zu warnen.« Er klang plötzlich nicht mehr herausfordernd, sondern besorgt. Vielleicht ist dies der wahre Grund für sein Erscheinen, dachte Maria, und die Frage nach der Ehescheidung war nur ein Vorwand.

»Antipas?«, fragte Jesus laut. »Sag diesem Fuchs, heute und morgen treibe ich Dämonen aus und heile Kranke, und am dritten Tag werde ich mein Ziel erreichen.«

Der Pharisäer starrte ihn verständnislos an. »Ich habe meine Pflicht getan. Ich habe dich gewarnt.« Er wandte sich ab.

Was Jesus da gesagt hatte, ergab auch für Maria keinen Sinn. Am dritten Tag? In drei Tagen würden sie noch hier sein.

Erst als er und seine Begleiter gegangen waren, erschien eine neue Gruppe, angeführt von einem gut gekleideten Mann mittleren Alters. Gebieterisch kamen sie auf Jesus zu.

»Lehrer«, sagte der Anführer. »Ich habe von deiner großen Weisheit und deinem Wissen gehört. Deshalb möchten meine Schüler und ich dir eine heikle Frage vorlegen.« Mit einer spöttischen Verbeugung deutete er auf die Männer, die ihn umgaben. »Wie du weißt, befiehlt das Gesetz, dass, wenn ein Mann ohne Erben stirbt, sein Bruder seine Witwe heiraten und ihr einen Sohn schenken muss, damit die Familie nicht ausstirbt. Unsere Frage ist daher folgende – verzeih, aber wir müssen es wissen: Was ist, wenn ein Mann stirbt und jeder seiner sechs Brüder die Witwe nacheinander heiratet, ohne indessen einen Erben zu hinterlassen? Dann hat sie zusammen sieben Ehemänner gehabt.«

Jesus lachte. »Ich würde sagen, sie hatte ein abwechslungsreiches Leben.«

Der Mann runzelte die Stirn. »Das ist nicht die Frage. Die Frage ist: Wenn am Jüngsten Tag die Toten wiederauferstehen, wessen Frau ist sie dann?«

Jesus betrachtete die Kleidung des Mannes: ein wollener Mantel, so weiß wie Sahne, goldene Stickereien an den Ärmeln der Tunika, messingbeschlagene Sandalen.

»Seid ihr auch aus Jerusalem?«, fragte er.

»Ja«, sagte der Mann.

Dann mussten es Sadduzäer sein, maßgebliche Männer des Tempels, die nicht an die Wiederauferstehung glaubten und sich über spirituelle Vorstellungen von Engeln und Himmel lustig machten. Ihre Frage war ein ausgeklügelter Scherz.

»Ich bin sicher, dass diese Frage dir persönlich größtes Kopfzerbrechen bereitet«, sagte Jesus. Sein Lächeln verflog, und sein Blick durchbohrte den Mann. »Aber die Antwort ist einfach. Du irrst, denn du kennst weder die Schrift noch die Macht Gottes.«

Indem er eine Autorität des Tempels derart bezichtigte, hätte er den Mann ebenso gut ohrfeigen können. Der Mann wich zurück und grunzte hörbar.

»Wenn die Toten auferstehen«, sagte Jesus, »werden sie weder heiraten noch verheiratet werden. Sie werden sein wie die Engel im Himmel.«

»Engel!«, schnaubte der Mann. »Engel?« Er schüttelte den Kopf und wandte sich geringschätzig ab.

Jesus kümmerte sich nicht weiter um ihn; stattdessen wandte

er sich an die Jünger und die anderen Umstehenden. »Aus dem brennenden Dornbusch sprach Gott zu Mose: ›Ich bin der Gott Abrahams, der Gott Isaaks und der Gott Jakobus'.‹ Er ist nicht der Gott der Toten – das ist unmöglich. Er ist der Gott der Lebenden«, erklärte er. »Und deshalb irrst du dich so sehr!«, rief er dem davongehenden Mann nach.

»Jetzt hast du dir einen Feind gemacht«, stellte der große Jakobus fest.

Jesus schaute ihn an, als sei er ebenso unwissend wie der Sadduzäer. »Er war schon mein Feind.«

»Aber sollten wir nicht versuchen, sie für uns zu gewinnen?«, fragte Judas.

»Doch. Aber sie wollen die Wahrheit ja nicht hören«, antwortete Jesus betrübt. »Kommt jetzt.« Er wollte in die Laubhütte zurückkehren, um während der Mittagshitze zu ruhen.

Aber ein gut gekleideter, hübscher junger Mann trat ihnen in den Weg. Er schluckte, als müsse er all seinen Mut zusammennehmen, um Jesus anzusprechen. Er fiel auf die Knie und platzte heraus: »Gütiger Lehrer! Was muss ich tun, um das ewige Leben zu erringen?« Er sah verzweifelt aus. Das war keine List, kein Versuch, Jesus auf die Probe zu stellen.

»Warum nennst du mich gütig?«, fragte Jesus. »Niemand ist gütig als Gott allein. Und du kennst die Gebote und weißt, was du tun musst. ›Du sollst nicht morden, du sollst nicht ehebrechen, du sollst nicht stehlen, du sollst kein falsches Zeugnis ablegen, du sollst nicht lügen, du sollst Vater und Mutter ehren.‹«

Das junge, ehrliche Gesicht schaute enttäuscht zu ihm auf. »Lehrer«, sagte der junge Mann, »diese Gebote halte ich, seit ich ein Knabe war.«

Jesus stand sehr lange regungslos da und schaute ihn an. Schließlich tat er einen Schritt auf ihn zu und sagte freundlich: »Dann gibt es nur noch eines, was du tun musst. Verkaufe alles, was du hast, und gib das Geld den Armen, dann wirst du einen Schatz im Himmel haben. Und dann komm, und folge mir nach.« Er deutete auf seine Jünger. »Schließe dich uns an. Wir brauchen dich.«

Ein Schatten schien auf das Gesicht des Mannes zu fallen und setzte sich in den Falten und Mulden der Wangen und Augen fest. Sein Mund bewegte sich, aber er blieb stumm. Er hob die Arme und wollte sie ausstrecken, aber sie sanken wieder herab. Er richtete sich auf, blickte Jesus sehnsuchtsvoll an und wandte sich ab.

Jesus schaute ihm nach, und Maria bemerkte, dass in seinen Augen Tränen schimmerten.

»Er sah ziemlich reich aus«, sagte der große Jakobus. »Offenbar kann er es einfach nicht aufgeben.« Es klang selbstzufrieden, als wolle er Jesus daran erinnern, dass er und Johannes sich anders entschieden hatten.

Jesus war so betrübt, dass er kaum sprechen konnte, und sagte nur: »Wie schwer ist es doch für die Reichen, in das Königreich Gottes einzugehen.«

Petrus nahm seinen Arm. »Wir haben alles verlassen, um dir nachzufolgen.«

»Und es wird euch vergolten werden«, sprach Jesus. »Wahrlich, ich sage euch, jedem, der sein Haus, seine Geschwister, seine Eltern, seine Kinder und Felder verlassen hat um meiner und meiner Botschaft willen, wird es hundertfach vergolten werden in dieser Zeit – mit Haus und Geschwistern und Eltern und Kindern und Feldern, aber auch mit Verfolgung – und in kommenden Zeiten mit dem ewigen Leben.«

Ich will keine anderen Kinder, dachte Maria. Ich will nur Elischeba. Nichts anderes kann mich zufrieden stellen, nicht hundertfacher Ersatz. Und würden mir alle Kinder hier geschenkt werden …

Bevor sie ihre Laubhütte erreichten, stellte sich ihnen noch ein Mann entgegen. Auch er sah aus wie ein Pharisäer. Maria verzog schmerzlich das Gesicht. Wie viele von denen würden hier noch aus dem Boden wachsen, den Disteln gleich, ehe Jesus sich ausruhen könnte?

»Ich habe gehört, wie du predigst«, sagte der Mann. »Ich habe dich in Kapernaum gehört und auf dem Land. Du sprichst weise. Aber sag mir, welches ist deiner Meinung nach das wichtigste Gebot?« Sein Auftreten war bescheiden, und er schien wirklich nur neugierig zu sein.

Jesus antwortete sofort. »Es ist: ›Höre, Israel, der Herr, unser Gott, ist ein einiger Herr. Und du sollst den Herrn, deinen Gott, lieb haben von ganzem Herzen, von ganzer Seele, von allem Vermögen.‹ Ein Zweites aber ist diesem gleich: ›Liebe deinen Nächsten wie dich selbst.‹ Es gibt kein größeres Gebot als diese.«

Der Mann schien beeindruckt. »Du hast Recht, wenn du sagst, dass es nur einen Gott gibt und keinen anderen neben ihm. Ihn von ganzem Herzen zu lieben, mit allem Verständnis und aller Kraft, und seinen Nächsten zu lieben wie sich selbst, das ist wichtiger als alle Brandopfer.«

Jesus lächelte. »Du bist nicht weit vom Reich Gottes entfernt.«

Obwohl die Menschen ringsumher atemlos zugehört hatten, verstummten sie nun, und niemand stellte weitere Fragen. Langsam wanderten Jesus und seine Jünger zu ihrer Hütte, kein Laut außer dem Knistern der trockenen Stoppeln unter ihren Sandalen war zu hören.

Ein paar Frauen standen abseits. Kopftücher schützten ihre Gesichter vor der Mittagssonne. Sie schienen unterschiedlich alt zu sein – manche hatten den verräterisch gekrümmten Rücken des Alters, andere standen aufrecht in der Mitte des Lebens, und wieder andere waren schlank und besaßen die glatte Haut der Jugend. Maria sah sie im Vorübergehen und fragte sich beiläufig, ob sie zu einer einzigen großen Sippe gehörten; es musste ein Segen für sie sein, zu diesem Fest zusammenzukommen.

Aber etwas ließ sie innehalten; sie drehte sich um und musterte jedes einzelne Gesicht, schaute jeder Frau in die Augen, obgleich es ihr unhöflich erschien, so etwas zu tun. Dunkelbraune Augen, so tief, dass sie schwarz aussahen. Augen, von Wimpern umrahmt, die so dicht waren, dass sie Schatten auf die Wangen der Frauen warfen. Augen, so gelblich braun wie der Panzer der Schildkröte. Sogar ein Paar strahlend blaue Augen, so blau wie die eines Mazedoniers. Maria sah sie alle und verspürte große Dankbarkeit gegen Gott, der eine so wunderbare Vielfalt geschaffen hatte, im Kleinen so präzise wie die Kunst des Juweliers. Und plötzlich verharrte ihr Blick bei einem braunen Augenpaar, das sie erkannte. Sie hatte diese Frau schon einmal gesehen.

Die braunen Augen waren makellos geformt, weder rund noch

mandelförmig, und in ihrem Blick wohnte ein stilles Verstehen, das Maria bisher nur bei Jesus gefunden hatte.

Wie glücklich ist jemand, der solchen Frieden besitzt, dachte Maria nur. Wenn nur irgendjemand eines Tages so etwas in meinen Augen sehen möchte – und in den Augen von Johannes, Petrus, Judas und Johannes! Aber noch ist es nicht so. In unseren Augen spiegelt sich weder Friede noch Weisheit, sondern nur ein allzu menschliches Ringen.

Sie schaute noch einmal in die ruhigen Augen der Frau, lächelte ihr sanft zu und wollte vorübergehen. Aber dann zupfte sie jemand am Mantel. »Maria! Maria! Bist du es? Bist du immer noch bei ihm?«

Sie drehte sich um. Es war die Frau mit den schönen Augen. Ihre Hand hielt immer noch den wollenen Mantel fest. Die Frau schob das Kopftuch zurück, und die Sonne beschien ihr Gesicht.

»Oh!« Jetzt endlich erkannte sie sie. Es war die Mutter Jesu.

»Warst du die ganze Zeit bei ihm?«, fragte die Frau immer wieder.

Maria blieb stehen und ließ die anderen weitergehen. Sie ergriff die Hand der Frau. »Ja«, sagte sie. »Komm, lass uns beiseite gehen.«

Die heiße Sonne brannte ihr auf den Kopf, als auch sie das Tuch zurückschlug, damit sie einander wirklich anschauen konnten. »Als wir uns das letzte Mal gesehen haben, warst du mit Jakobus in Kapernaum, um Jesus heimzuholen«, sagte sie. »Ihr dachtet, er sei eine Gefahr für sich selbst. Was ist denn seitdem geschehen, dass du jetzt hier bist?«

»Ich habe viel gebetet«, sagte seine Mutter. »Ich habe Gott gebeten, mir zu zeigen, was wahr und was richtig ist. Und ich bin hergekommen, um ihn sprechen zu hören, wie andere ihn hören, und ihn zu sehen, als sähe ich ihn zum ersten Mal.« Sie schwieg und fügte dann demütig hinzu: »Gott hat mich meine Verwirrung, meinen Irrtum erkennen lassen, und er hat mich hierher an seine Seite geführt.«

»Gott hat dich wahrlich zur rechten Zeit hergeführt«, sagte Maria. »Aber wir haben so viel erlebt, seit wir euch in Kapernaum verließen.«

Sie zogen sich in den Schatten einer einsamen Eiche zurück und setzten sich. Sie erzählte seiner Mutter von dem Exorzismus in Gergesa, von der Aussendung der Jünger, von ihrer Mission.

»Eine Übung für uns, gewiss«, sagte sie. »Aber wir haben Fortschritte gemacht. Wir haben die Macht gespürt, und wir konnten Kranke heilen und Dämonen austreiben.« Sie schwieg kurz. »Ich glaube, seine Vision wird Wirklichkeit.«

Seine Mutter machte ein nachdenkliches Gesicht; sie verlor sich in Erinnerungen. »Es gab Zeichen«, sagte sie schließlich. »Ich erhielt Botschaften von Gott – das glaubte ich wenigstens … vor vielen Jahren. Diese … Stimmen … sagten mir, Jesus sei kein gewöhnliches Kind. Und es ist wahr, bei meinen anderen Kindern habe ich solche Botschaften nicht bekommen. Aber so lange *war* Jesus ein gewöhnliches Kind! Er war ein glückliches, verspieltes Kind. Ein beliebter junger Mann. Gut, er hatte eine leidenschaftliche Vorliebe für die Thora, aber das haben viele … Und einmal hat er uns verlassen und ist in Jerusalem im Tempel geblieben.« Sie schüttelte den Kopf. »Aber so viele Jahre lang hat er ein stilles Leben geführt. Und dann zog er plötzlich aus, um Johannes den Täufer zu hören, und da …« Sie sah Maria lächelnd an. »Du weißt ja, was seitdem passiert ist. Du hast ihn gesehen, als er zu Johannes kam. Du weißt mehr als ich.« Ihr Ton verriet, wie schwer es ihr fiel, so etwas einzugestehen.

»Er ist wahrhaft erleuchtet«, sagte Maria. »Er besitzt … Kräfte …« Sie zögerte. »Hast du das nie bemerkt?«

»Nein«, sagte seine Mutter. »Als er aufwuchs, war er ein so alltäglicher junger Mann, dass ich anfing, die Stimmen und Visionen, die ich gehabt hatte, in Zweifel zu ziehen. Vielleicht hatte der Satan sie mir geschickt. Aber als er von seiner Pilgerfahrt zu Johannes dem Täufer zurückkehrte und in der Synagoge las … Es war so erschreckend, wie alles begann. Es war nicht das, was ich erwartet hatte.«

»Komm«, sagte Maria. »Ich bringe dich zu ihm. Er wartet auf dich.«

XLIII

In der Hütte war es halb dunkel und überraschend kühl. Die brütende Hitze und das grelle Licht drangen nicht durch die Palmwedel, sodass Maria einen Augenblick brauchte, um etwas zu erkennen, als sie eintrat. Die Reisigwände verströmten einen trockenen, süßen Duft.

Mehrere Leute lagen auf Matten und hatten die Arme über die Augen gelegt. Wo war Jesus? Sollte sie ihn stören? Aber als sie sich an das Halbdunkel gewöhnt hatte, sah sie ihn mit gekreuzten Beinen und gesenktem Kopf im hinteren Teil der Hütte sitzen. Er betete.

Maria näherte sich ihm und wartete in respektvollem Abstand. Als er den Kopf nicht hob, kniete sie bei ihm nieder.

Sofort schaute er auf. »Was gibt es?«, fragte er leise.

»Lehrer, ich bringe dir … Deine liebe Mutter ist gekommen.« Sie zog die ältere Maria sanft zu sich heran, die sich vorbeugte und ihm in die Augen schaute.

Es war schwer zu sagen, wer tiefer bewegt war, Jesus oder seine Mutter. Er schien erstaunt, jedoch glücklich zu sein, und sie blickte ihn an, als könne sie nicht glauben, dass sie bei ihm war. Sie bückte sich tiefer, und die beiden umarmten einander. Jesus erhob sich und zog sie mit sich empor.

»Mutter«, sagte er, und in diesem Wort lag grenzenlose Erleichterung. »Endlich bist du hier.«

»Ich wollte endlich sehen …« Ihre Stimme war leise, sodass Maria den Rest nicht hörte. Sie sah nur, dass die beiden einander fest umschlungen hielten.

So standen sie eine ganze Weile da. Schließlich lösten sie sich aus der Umarmung, und Jesus wandte sich zu seinen Jüngern um.

»Freunde«, sagte er – und nur Maria hörte die kaum merkliche Veränderung in seiner Stimme. »Meine Mutter hat sich aus Nazareth aufgemacht, um sich uns anzuschließen.« Er schaute sie an und lachte plötzlich. »Oder spreche ich voreilig? Willst du uns besuchen, oder willst du bei uns bleiben?«

Seine Mutter blickte in die Runde, und wieder fiel Maria auf, wie schön sie war. »Ich … Ich bin gekommen, um euch zu besuchen, aber ich bleibe, um mich euch anzuschließen«, sagte sie langsam. Ihre Stimme klang noch immer so volltönend, wie Maria sie in Erinnerung hatte; die Jahre hatten ihr nichts angehabt.

»Du bist seine Mutter?« Petrus stand auf und breitete die Arme aus. »Er hat eine Mutter?« Er lachte über den eigenen Scherz.

»Jeder hat eine Mutter«, sagte Jesus, und es klang, als sei er von Petrus enttäuscht.

Judas erhob sich. »Willkommen!« Er verbeugte sich vor der älteren Maria. »Würden doch alle unsere Mütter zu uns kommen.«

»Wo ist denn deine Mutter?«, fragte Maria.

»Sie kann leider nicht kommen«, sagte Judas. »Sie ist vor einigen Jahren gestorben.«

»Das ist schlimm«, sagte Andreas. »Sehr schlimm.«

»Ja, das stimmt.« Offenbar brachte es Judas in Verlegenheit, dass er davon angefangen hatte. »Aber es ist nichts Besonderes. So viele Menschen verlieren ihre Mutter, dass es ungewöhnlich ist, wenn ein Erwachsener sie noch hat. Ich beneide dich«, sagte er zu Jesus und ließ sich dann wieder auf seine Matte sinken.

»Ich habe gehört, dass du mit Pharisäern und Sadduzäern gesprochen hast«, sagte seine Mutter. »Demnach nehmen sie den weiten Weg auf sich, um dich in die Falle zu locken.«

Jesus lächelte. »Um mich auf die Probe zu stellen, würde ich sagen.«

»Ich würde sagen, sie wollen dich in die Falle locken.«

»Vielleicht ist es dasselbe.« Er seufzte. »Verzeih mir, Mutter, aber ich bin wirklich sehr müde von all diesen Proben.« Er kniete auf seiner Matte nieder. »Ich muss ein Weilchen schlafen. Bleib bei mir.«

Er machte auch seiner Mutter einen Platz zurecht, und in der Stille des heißen Nachmittags legten sich alle zur Ruhe.

Doch Maria fürchtete sich davor einzuschlafen; sie hatte Angst vor weiteren hässlichen Visionen. Die grausigen Kriegsbilder waren ihr den ganzen Tag nicht aus dem Kopf gegangen, während sie umherspaziert war und den Befragungen gelauscht hatte. Sie würde nur die Augen schließen, schlafen wollte sie nicht. Über sich in den Palmwedeln hörte sie das laute Summen einer Fliege.

Nun sind wir hier, alle zusammen. Was werden wir als Nächstes unternehmen? Wohin gehen wir? Die Fragen rauschten wie ein schwerer Herbstregen in ihrem Kopf. All dies scheint doch irgendwo hinzuführen, doch Jesus lässt nicht erkennen, dass er je etwas anderes zu tun gedenkt. Sollen wir ein Leben lang tun, was wir bisher getan haben?

Was wäre denn daran auszusetzen?, fragte sie sich streng. Es ist ein hartes Leben, aber schon eine einzige Krankenheilung ist diese Mühe wert. Und doch wünschte ich, er würde uns mehr lehren, uns mehr erklären, uns sein Herz öffnen …

Sie schrak auf. Sie hatte in der drückenden Hitze angefangen zu dösen. Nein! Sie stützte sich auf den Ellenbogen und schüttelte den Kopf. Um sie herum rührte sich niemand.

Welch ein Glück für euch, dass ihr schlafen könnt, ohne die Träume zu fürchten!, dachte sie.

In der Kühle des Abends zog Jesus mit einer Hand voll seiner Jünger wieder hinaus. Petrus und Andreas wanderten in die Stadt, um von Marias und Johannas Geld etwas zu essen zu kaufen. Sie kamen mit Lauch, Linsen, Rosinen und Gerste für Brot zurück. Die beiden Marias übernahmen das Kochen. Sie sprachen wenig, froh über die Gelegenheit zum Nachdenken. Als die anderen zurückkehrten, standen gebratener Lauch und ein Eintopf aus Linsen und Rosinen sowie ein Gerstenbrot mit dicker Kruste für sie bereit. Petrus hielt den Wein hoch, den er ausgesucht hatte, und behauptete, er stamme von den Hängen in der Gegend von Nazareth.

»Zu deinen Ehren«, sagte er, an die Mutter Jesu gerichtet.

»Hoffentlich stammt er aus einem der guten Weingärten«, antwortete sie. »Wir haben nämlich auch welche, deren Erzeugnisse man besser nicht kostet.« Dabei lächelte sie, als wolle sie sagen, dass sie vom schlechten Wein schon genug genossen habe.

Es war ein lauer Abend, und so setzten sie sich zum Essen vor die Hütte. Bevor sie anfingen, sprach Jesus ein langes Gebet; er dankte Gott für die Speisen und für seine Gefährten und bat ihn, beide zu segnen. Dann fügte er hinzu: »Ich danke Gott auch dafür, dass er meine Mutter hergeführt hat.« Er nickte ihr zu und streckte ihr die Hand entgegen, und sie setzte sich an seine Seite.

»Dies ist wahrlich ein besonderer Abend für uns«, sagte Jesus. »Die beiden Familien kommen zusammen, meine irdische und meine himmlische.« Er legte seiner Mutter den Arm um die Schultern. »Auch alle anderen Familien sind willkommen, sich uns anzuschließen.«

Wenn sie es doch nur täten!, dachte Maria. Wenn sie es nur könnten.

Der linde Abendwind wisperte von den Freuden der Ernte und der Heimkehr. Genussvoll verspeisten sie die frischen Weintrauben, die gehaltvollen, glatten Oliven aus den nahen Hainen und die dunkle, dicke Feigenpaste. Gurken und Melonen hatten nie erfrischender gemundet. Man schmeckte die Güte und Freigebigkeit Gottes in den Früchten der Erde.

Die Felder atmeten Wärme um sie herum, friedvoll und beschützend.

»Werden wir volle sieben Tage hier bleiben?« Judas war der Erste, der sprach.

»Ja, das ist die vorgeschriebene Dauer des Festes«, sagte Jesus.

»Warum hast du dann gesagt, dass du am dritten Tag dein Ziel erreichen wirst, wenn du hier bleiben willst?«

»Weil ich mein Ziel erreichen kann, ohne mich zu bewegen«, erklärte Jesus.

»Ich wünschte, du wolltest aufhören, in Rätseln zu sprechen«, erwiderte Petrus. »Sag doch einfach, was du meinst. Oder erkläre es wenigstens *uns*, wenn wir allein sind.« Er klang eher gekränkt als zornig.

»Was willst du denn wissen, Petrus?«

»Also schön: Was hast du gemeint, als du den Mann fragtest, weshalb er dich gütig nennt? Warum hast du gesagt, nur Gott ist gütig?

Du wusstest, was er sagen wollte. Und du *bist* gütig. Das ergibt doch keinen Sinn!«

»Ich habe gemeint: Wollte er mich fragen, ob ich an Gottes Stelle stehe?«

»Aber warum sollte er das fragen? Er hat dir eine einfache Frage gestellt, und dich gütig zu nennen war ein Zeichen des Respekts.«

»Ich will, dass er sich überlegt, wie er jemanden nennt, ehe er es tut, um zu schmeicheln«, sagte Jesus nach einer Weile.

»Nun, das wird er demnächst sicher tun!«

»Was hast du gemeint, als du sagtest, wir bekommen neue Geschwister anstelle derer, die wir verlassen haben?«, fragte Maria.

Jesus deutete in die Runde. »Meinst du nicht, dass du sie schon hast? Und es werden noch mehr werden. Habe ich nicht gesagt, hundertfach?«

»Aber du hast auch gesagt, es werde Verfolgung geben, nicht nur Geschwister. Und du hast gesagt, ›in dieser Zeit‹.«

»Den Anfang habt ihr schon gesehen. Ihr habt erlebt, dass Menschen sich gegen uns wenden. Der Schüler steht nicht über dem Lehrer, der Diener nicht über dem Herrn. Wenn sie den Herrn des Hauses Beelzebub nennen, um wie viel mehr dann die in seinem Haushalt?« Jesus seufzte. »Aber nicht heute Abend. Heute wollen wir den Abend genießen, frei von Verfolgung und Not. Später werden wir uns daran erinnern wollen.«

»›In dieser Zeit‹ – das sagst du immer, statt einfach zu sagen ›jetzt‹. Warum tust du das?« Als das Fragen einmal angefangen hatte, nahm es kein Ende mehr.

»Wenn wir hineingegangen sind, werde ich es euch sagen«, versprach Jesus. »Und zwar euch allein, wie ihr es wollt. Aber hier, wo so viele Leute vorbeikommen und zuhören« – er verstummte, um klar zu machen, was er meinte, und plötzlich vernahmen sie ganz in der Nähe Stimmen und Schritte –, »hier ist nicht der geeignete Ort.« Er schien jedoch noch eine Weile draußen bleiben zu wollen, und so saßen seine Jünger schweigend mit ihm in der Abenddämmerung.

Als sie sich schließlich in die Hütte zurückgezogen hatten, stellte Jesus die Laterne in die Mitte und sagte: »Ihr habt mich gefragt, wohin ich euch führe, und es ist nur billig und recht, dass ihr es erfahrt, denn ihr habt viel auf euch genommen, als ihr mir nachgefolgt seid. Also will ich euch jetzt sagen, was ich in jeder meiner Botschaften angedeutet habe, in jedem Gebet und in allen meinen Gedanken.«

Sie warteten gespannt; keiner wusste, was kommen würde. Marias Mund wurde trocken. Es war so still, dass sie die anderen atmen hören konnte.

»Dieses Zeitalter, wie wir es kennen, wird bald zu Ende sein«, erklärte er schließlich. »Einfacher kann ich es nicht sagen. Wir haben nicht mehr viel Zeit. Das Ende wird plötzlich kommen, wie ein Dieb in der Nacht. Und wenn es kommt, wird die ganze irdische Ordnung, alles, was wir gekannt haben, verschwinden. Das neue Reich Gottes wird heraufdämmern, und wer nicht darauf vorbereitet ist, wird beiseite gefegt werden wie die Spreu, die man verbrennt.«

Alle starrten ihn an. Ja, alle wussten, dass der Tag des Gerichts nah war und er vielleicht etwas mit dem Messias oder dem geheimnisumwobenen Menschensohn zu tun hatte. Aber die Vorzeichen waren dunkel.

»Jetzt?«, fragte Petrus.

»Es könnte morgen geschehen«, sagte Jesus. »Darum war es so dringlich, unsere Botschaft so weit wie möglich zu verbreiten. Wir mussten die Menschen warnen.«

»Wovor denn?«, fragte Judas ernst und ohne Herausforderung. »Was kann man denn tun?«

»Wir mussten ihnen sagen, dass die neue Ordnung ganz anders sein wird als die alte und dass sie bereuen und ihr Leben ändern müssen, wenn sie bei diesem Umsturz nicht untergehen wollen. Alles wird anders sein. *Alles!* Das ist die Botschaft. Wenn ich es zusammenfassen müsste, würde ich sagen: Die Ersten werden die Letzten sein, und die Letzten werden die Ersten sein. Die Armen werden gesegnet werden, die Reichen gestürzt, die Mächtigen werden schwach sein, und die Schwachen und Demütigen werden das kommende Zeitalter erben!« Er schaute in die Runde. Plötzlich hatte sein Gesicht alle Sanftmut verloren, und sein Blick war wild, wie Maria ihn noch nie gesehen hatte.

»Könnt ihr es nicht erkennen? Könnt ihr es nicht fühlen? Was, glaubt ihr, haben die Krankenheilungen und Teufelsaustreibungen zu bedeuten? Es gab sie doch nicht um ihrer selbst willen, sondern als Zeichen dafür, dass das neue Königreich anbricht. Satan wurde herausgefordert, und schon schwand seine Macht, und die Welt entglitt zunehmend seinen Klauen. Die Dämonen, die wir ausgetrieben haben, bestätigen das.« Wieder veränderte sich sein Gesicht, während er sprach; er schien entrückt, begeistert von dem, was geschehen würde.

Totenstille senkte sich über die Runde. Niemand wollte etwas sagen.

Aber ich will nicht, dass alles zu Ende geht, dachte Maria. Ich will nicht, dass alles verschwindet. Ich kann nicht davon lassen …

»Aber wir können doch nicht alle Menschen erreichen«, sagte Thomas schließlich. »Es ist unmöglich, sie alle zu warnen.«

»Und … und deshalb findest du, dass die Bemühungen von Leuten wie mir, das Land von den Römern zu befreien, vergeblich sind?« Zum ersten Mal dachte Simon darüber nach.

»Nun hast du es verstanden. Der Kampf um eine kleine politische Frage in einer Zeit, da alles zu Ende gehen wird und die Menschen zum Untergang verurteilt sind, wenn sie sich nicht vorbereiten, ist eine Schande. Es kommt nicht darauf an, wer über wen herrscht oder wie hoch die Steuern sind oder ob es gerecht ist, dass ein Römer uns zwingen kann, seine Ausrüstung eine Meile weit zu tragen. Tragt sie doch zwei Meilen weit – was macht das schon? Der Römer und sein Gepäck werden bald verschwunden sein.«

»Wird denn irgendetwas bleiben?«, fragte Petrus zögernd.

»Gute Taten werden bleiben. Deshalb solltest du die Last noch eine Meile weiter tragen. Deine gute Tat wird überdauern, der Römer nicht. Das ist schwer zu verstehen, aber es ist ein Teil des göttlichen Geheimnisses.«

Zögernd ergriff Maria das Wort. »Die Frage ist vielleicht unwürdig, Lehrer, aber … wird es schmerzhaft sein?«

Jesus nickte betrübt. »Für diejenigen, die sich nicht mit Gott versöhnt haben, ja. Es wird ein Heulen und Zähneknirschen geben, doch zu spät. Ein großes Klagen wird anheben, schlimmer als beim Fall Jerusalems zur Zeit Jeremias.«

Der Fall Jerusalems … Dieser furchtbare Traum … Oh, lieber Gott, das also hatte er bedeutet! Maria brach der kalte Schweiß aus. Und es würde bald geschehen – das hatte der Traum übermitteln sollen.

»Aber … wie sollen wir wissen, wann es so weit ist?«, fragte seine Mutter. »Wie können wir uns vorbereiten?«

Er sah sie an, als sei er erleichtert, weil sie da war und er sie selbst warnen konnte. »Es gibt keine Vorbereitung außer der, allzeit bereit zu sein. Ich sage euch, es wird so unvermittelt geschehen, dass niemand etwas tun kann. Wenn zwei Menschen in einem Bett liegen, kann es sein, dass der eine gerettet wird, der andere jedoch nicht. Von zweien, die bei der Mühle arbeiten, wird einer gerettet und einer nicht. Mag sein, dass einer den Kopf hebt und sieht, wie der andere fortgerissen wird. Es wird ein schrecklicher Tag sein, und schlimmere werden folgen – Zeichen am Himmel und furchtbare Umwälzungen, da die Welt zu Ende geht. Ich weiß es. Ich habe dieses Wissen empfangen. Ihr müsst mir glauben.«

»Aber, Lehrer, du hast uns nicht aufgetragen, all das zu predigen«, wandte Petrus ein. »Du hast uns nur geboten, die Menschen aufzufordern, zu bereuen und an das kommende Reich Gottes zu glauben, damit sie sich beizeiten auf seine Seite stellen.«

»Was brauchen sie mehr zu wissen? Wenn sie auf diese Botschaft nicht hören, glaubst du, sie beachten uns dann, wenn wir ihnen mit Einzelheiten kommen? Ich sage euch, es wird sein wie bei Noah. Die Menschen fuhren fort, zu essen und zu trinken und sich zu unterhalten, bis der Regen einsetzte, obwohl auch sie gewarnt worden waren. Sie führten ihr altes Leben weiter, bis Noah die Arche bestieg und die Luke schloss.«

»Aber ... was hat es dann für einen Sinn, es ihnen überhaupt zu sagen?«, fragte Matthäus.

»Gott hat es uns befohlen. Allen Propheten hat er befohlen, die Botschaft zu verbreiten. Hätten sie es nicht getan, so hätten sie Schuld auf ihre Seele geladen.« Jesus schwieg einen Augenblick. »Wenn jemand die Botschaft vernimmt und nicht beachtet, so trägt er die Schuld. Wird aber die Botschaft nicht überbracht, lädt derjenige, der dies versäumt hat, alle Schuld auf sich.«

»Sollten wir ihnen nicht geradeheraus sagen, dass wir wissen, dass es so kommen wird?«, fragte Matthäus' Bruder Jakobus. »Sie nachdrücklicher warnen?« Mit seinem juristischen Verstand suchte er alle Möglichkeiten in Betracht zu ziehen.

»Ich will euch eine Geschichte erzählen«, sagte Jesus. »Und was sie bedeutet, ist offenkundig. Es gab einmal einen reichen Mann, der sich weigerte, einem Bettler namens Lazarus vor seinem Tor auch nur einen Brosamen zu geben. Als die beiden starben, gelangte Lazarus an Abrahams Seite, und der reiche Mann kam in die Hölle. Den Reichen dürstete es, er lechzte nach einem Tropfen Wasser. Da bat er Abraham, er möge dem Lazarus erlauben, einen Finger ins Wasser zu tauchen und ihm damit die Zunge zu kühlen. Lazarus hatte ein gutes Herz, er hätte getan, was der Reiche ihm verwehrt hatte, aber er konnte es nicht, denn zwischen Paradies und Hölle lag eine große Kluft. Da bat der reiche Mann Abraham: ›Dann schicke den Lazarus zu meinen fünf Brüdern, damit er sie warne, auf dass sie nicht das gleiche Schicksal ereile wie mich.‹ Abraham aber antwortete: ›Sie haben Mose und die Propheten. Wenn sie nicht auf Mose und die Propheten hören, werden sie sich selbst dann nicht überzeugen lassen, wenn einer von den Toten aufersteht, um zu ihnen zu sprechen.‹« Jesus sah sie an. »Ist das nicht klar?«

»Lehrer, mit allem Respekt, aber ich muss widersprechen«, sagte Judas. »Allgemeine Warnungen sind ebenso leicht zu missachten wie allgemeine Ermahnungen. Sei sauber! Bezahle deine Schulden rechtzeitig! Sei gut zu den Witwen! Das alles wischen die Menschen beiseite. Kommt jedoch jemand zu ihnen und sagt: ›Du musst heute Abend sterben!‹, dann hören sie zu. Vielleicht müssen wir deutlicher sprechen.«

Aber bevor Jesus antworten konnte, fragte Thaddäus verzweifelt: »Wann wird das alles geschehen?«

»Niemand weiß den Tag und die Stunde. Aber es wird bald sein. Sehr bald.« Jesus schaute in die Runde. »Ihr solltet euch freuen. Freut euch, dass ihr schon im Königreich angekommen seid und ihr das Vorrecht habt, anderen diese Botschaft zu bringen.«

Sie krochen auf ihre Matten. Der heitere Geist des Feiertags war verschwunden, wie die Welt Jesu Prophezeiung zufolge verschwinden würde. Alles erschien ihnen plötzlich unbedeutend – Reisig zu sammeln, zu essen, die Hütte weisungsgemäß zu bauen und sich der Wüste zu erinnern.

Maria lag ruhelos auf ihrer Matte. Was würde aus ihr werden? Und aus Magdala? Diese furchtbare Vision von Magdala – hatte sie im Traum die letzten Stunden der Stadt gesehen? Aber wie konnte sie ihre Tochter einem solchen Schicksal überlassen?

Als sie hörte, wie Jesus aufstand und die Hütte verließ, stand sie hastig auf und folgte ihm. Sie musste ihm von den Träumen erzählen.

Der Halbmond ging auf und überzog die Hütten mit seinem bläulichen Hauch. Maria beobachtete, dass Jesus auf den bewaldeten Hang hinter den Feldern zuging. Er war allein; nur wenige Leute waren noch wach; ihr Singen und Lachen wehte über die Felder. Sie raffte ihr Gewand auf und lief ihm nach. Er machte sehr große Schritte. Aber sie rannte. Kurz vor dem Wald hatte sie ihn einholt und hielt ihn am Ärmel fest.

»Jesus – ich hatte wieder eine Vision. Letzte Nacht. Ich fürchte, es ging um das Ende, von dem du uns erzählt hast. Ich muss es dir erzählen.« Sie sprach keuchend.

»Warum hast du es mir nicht erzählt, als wir alle zusammen waren?« Er blickte sie an, seine Miene war entschlossen. Im kalten Mondlicht erschien er streng – wie ein Richter.

»Ich …« Warf er ihr vor, geheimnistuerisch zu sein? »Ich vertraue diesen Visionen nicht immer, und ich wollte die anderen nicht beunruhigen.« Glaubte er etwa, sie suche einen Vorwand, um mit ihm allein zu sein? Sie hatte gedacht, er werde sich freuen, sie zu sehen. Sie war enttäuscht. »Die Visionen waren hässlich.«

»Erzähle mir davon.« Er wirkte ein wenig freundlicher.

Ein leiser Wind wehte über die Ackerfurchen, warm und nach Erde duftend, und verschwand im Wald. Die Welt war noch nicht bereit für das Ende.

»Es waren drei«, sagte sie mit leiser Stimme, als könne die Erde sie hören und verzweifeln. »Die erste Vision handelte von Magdala. Ein schrecklicher Krieg fand dort statt; es wurde gekämpft – ich sah römische Reiter, die in die Stadt galoppierten und die Bewohner niedermachten. Aber noch schlimmer war der Anblick des Sees – er war voller Boote, die gegeneinander kämpften.«

»Boote? Im Krieg?« Er schaute sie scharf an. »Keine Fischerboote?«

»Einige hatten vielleicht früher als Fischerboote gedient, aber nun waren sie voll von verzweifelten, zerlumpten Männern, die kämpften, während in anderen Booten lauter römische Soldaten waren. Männer bewarfen die Römer mit Steinen, ohne etwas auszurichten; die Römer dagegen schossen mit Pfeilen auf sie und trafen nur allzu gut. Etliche Boote wurden versenkt, und als die Männer an Land schwimmen wollten, schlugen die Römer ihnen die Köpfe oder die Hände ab. Alle mussten ertrinken, und der See war blutrot.«

Er stöhnte, als könne er es auch sehen. »Das Wasser war ganz rot?«

»So rot, als habe man unzählige Eimer Farbe hineingeschüttet. Und ich sah das Ufer übersät von Leichen und zertrümmerten Booten, und während ich noch hinschaute, schwollen die Leichen an und … ich konnte den Gestank riechen. Er war überwältigend. Als ich aufwachte, konnte ich es immer noch riechen.«

Er schwieg so lange, dass sie ihn fragen musste: »Kann es wahr sein? Ist es das, was geschehen wird? Ist es das, was du gemeint hast?«

»Römer … Gott kann jeden zu seiner Geißel bestimmen«, sagte Jesus nachdenklich. »Er hat die Babylonier dazu gemacht und die Assyrer. Und nun sollen es die Römer sein.«

»Meine Heimatstadt!«, sagte Maria. »Ich kann den Gedanken nicht ertragen, dass es meiner Heimatstadt so ergehen soll. Und die Kinder … Werden sie denn wenigstens verschont, wenn das Ende kommt? Sie brauchen doch keine neue Welt, um von vorn zu beginnen; die Welt ist doch neu für sie, und sie haben sie nicht besudelt mit ihrer Gottlosigkeit.«

Es schien, als werde Jesus gleich in Tränen ausbrechen. Die Strenge in seinem Gesicht war verflogen und einem sanften, traurigen Ausdruck gewichen. »Wurden die Kinder verschont, als Jerusalem fiel? Nein. Und es waren nicht die Babylonier, die sie töteten, sondern die eigenen Familien.«

»Nein! Das kann ich nicht geschehen lassen. Ich werde hingehen und mein Kind retten.«

»Das wird nicht möglich sein.«

»Doch. Ich muss dich verlassen.«

»Du kannst mich verlassen, aber du kannst nicht verhindern, was geschehen wird.« Er nahm ihre bebenden Hände. »Das liegt nicht in deiner Macht.« Er umarmte sie und hielt sie fest, um ihr angstvolles Zittern zu lindern. »Du hast gesagt, es waren drei Visionen. Welches war die zweite?«

Die zweite. Jerusalem. Sie erzählte ihm schnell davon und

sprach sehr leise, denn sie wollte nicht, dass er sie losließ. Schließlich tat er es dennoch.

»Der Tempel, sagst du? Dann trifft das Wissen zu, das ich empfangen habe. Ach, Vater, ich wünschte, es wäre nicht so!« Er stand da und fing selbst an zu zittern, und jetzt musste Maria die Hand nach ihm ausstrecken und ihn halten.

»Wann wird das geschehen?«, fragte sie. »Bedeuten die Visionen, dass es bald sein wird?«

»Das können wir nicht wissen«, antwortete er. »Dass es Römer waren, jawohl, das könnte bedeuten, dass es bald geschehen wird.« Er schwieg kurz. »Und die dritte?« Anscheinend rechnete er damit, dass es die schlimmste von allen sein würde.

»Ich habe dich gesehen. In einem leuchtenden weißen Gewand, umringt von vielen Leuten. Aber wo du warst und wer diese Leute waren, das weiß ich nicht. Es war der letzte Traum, und er ist schnell vergangen.«

»Ah.« Statt zu lächeln, wie sie es erwartet hatte, sah er aus, als sei diese Vision ebenso beunruhigend wie die anderen. »Dann muss es also sein. Es kommt, und es wartet auf mich, wenn ...« Er brach ab. »Danke, dass du mir von deinen Offenbarungen erzählt hast. Ich vertraue ihnen. Ich vertraue dir.«

»Ich könnte niemals etwas vor dir verbergen.« Am liebsten hätte sie geschrien: Bleib bei mir! Bleib immer bei mir! Aber selbst wenn er ihr das hätte versprechen können, was konnte es schon bedeuten, wenn die Apokalypse bevorstand?

»›Denn gleichwie sie waren in den Tagen vor der Sintflut, sie aßen, sie tranken, sie freiten und ließen sich freien ... bis an den Tag, da Noah zu der Arche einging.‹«

XLIV

Am nächsten Morgen schien die Sonne wieder hell und warm, und nichts deutete darauf hin, dass sie demnächst schrumpfen oder sich verfinstern würde. In der friedlichen Stimmung des freundlichen Morgens verblassten die strengen Worte, die Jesus in der Dunkelheit gesprochen hatte. Auch er wirkte nicht bekümmert; er verhielt sich wie gewöhnlich und fragte seine Muter, wie Jakobus in der Tischlerei zurechtkomme. Und wie ging es Simon und Jose? Jakobus, erzählte sie, sei missmutig wie immer, aber er erweise sich als kluger Geschäftsmann, und Simon sei ihm ein begabter Gehilfe. Keiner von beiden habe bisher Interesse daran gezeigt, wohin Jesus seine Lehren geführt hätten, obgleich es unmöglich war, nichts von den Menschenmassen in Kapernaum und von den Schweinen in Gergesa gehört zu haben.

Jesus tröstete seine Mutter über die Gleichgültigkeit seiner Brüder hinweg, obgleich er darüber sicher genauso gekränkt war wie sie.

»Ich werde Jakobus irgendwann besuchen«, versprach er ihr.

Als sie hinausgingen, warteten die Leute schon auf Jesus. Wie immer waren viele krank, andere arm, und wieder andere nur neugierig. Aber auch diesmal waren Pharisäer da, die Strenggläubigen, die Schriftgelehrten. Und am hinteren Rand der Menge stand eine Hand voll von Antipas' Soldaten.

Als Jesus unter die Leute trat, näherte sich ihm plötzlich ein untersetzter, kahlköpfiger Mann von hinten und berührte seinen Ärmel. Obwohl die Berührung federleicht gewesen war, drehte Jesus sich sofort um und wollte sehen, wer es war. Als Jesus ihm in die Augen schaute, bekannte der Mann zögernd, dass er gekommen sei, um ihn noch einmal um Hilfe zu bitten.

»Du hast mir mein Augenlicht wiedergegeben, aber ich habe Schwierigkeiten ... Ich kann mich nicht daran gewöhnen. Ich dachte, alle meine Sorgen kämen durch meine Blindheit, aber jetzt bin ich so verwirrt. Ich sehe die Dinge, und sie sehen nicht aus wie ... wie irgendetwas, wofür ich einen Namen habe. Ich muss an allem riechen und es berühren, bevor ich weiß, was es ist.« Der Mann wirkte so bestürzt, dass man glauben konnte, er leide körperliche Schmerzen.

Jesus nahm in bei der Hand und sprach mit ihm, als wären sie allein. »Es sieht also nichts so aus, wie du es erwartet hast?«

»Ich habe nichts erwartet – außer dass ich sehen kann, wohin ich gehe, damit ich nicht mehr geführt werden oder mich mit einem Stock vorantasten muss. Dass ich nicht mehr hinfalle und keine Angst mehr haben muss, irgendetwas anzustoßen, weil ich nicht weiß, dass es da ist. Aber jetzt fällt mir das Gehen schwerer als vorher. Stufen, Hindernisse, Hügel – ich kann eine Treppe nicht von einem Schatten unterscheiden. Ich weiß nicht, was real ist und was nicht.«

Er brach ab, als er merkte, dass alle zuhörten. Doch dann redete er weiter. »Und die Helligkeit, die vielen Farben … Das erscheint mir so … so sinnlos. Wenn ich früher einen Apfel in der Hand hielt, erkannte ich ihn daran, wie fest und wie schwer er war, und vor allem an seinem Duft. Vom Duft schon konnte ich vorhersagen, wie er schmecken würde. Aber jetzt – diese Farben! Was haben die mit irgendetwas zu tun? Rot und … Ich starre sie nur an. Und es gibt verschiedene Arten von roten, runden Dingen – Granatäpfel und Dattelpflaumen. Ich muss sie erst in die Hand nehmen und betasten und beriechen, um sagen zu können, was es ist, als wäre ich immer noch blind.«

»Aber sind denn die Farben nicht schön?«, fragte Maria.

»Nein! Sie bringen mich durcheinander! Ich mag sie nicht, sie machen mir Kopfschmerzen.«

Jesus lachte. »Zu viel Reichtum kann in der Tat verwirrend sein. Ein Mangel an Dingen – ob es Farben oder Besitztümer sind – kann dem Geist dagegen helfen, sich zu sammeln. Aber das Licht ist eines der ersten Dinge, die Gott schuf, und er will, dass wir darin leben.« Bis hierher hatte er so gesprochen, dass alle ihn hören konnten, aber nun senkte er die Stimme, sodass nur noch die, die ihm am nächsten standen, verstanden, was er sagte. »Du bist jetzt auf andere Weise blind: Du bist geblendet von der Pracht der Welt Gottes. Du wirst dich nach und nach daran gewöhnen müssen. Nimm diesen Apfel, und schau ihn an, betrachte jeden Farbton seiner Schale, und lass dir von jemandem sagen, wie er heißt, damit du seinen Namen lernst, und allmählich wirst du alles erkennen können, was dich umgibt. Aber du wirst es immer anders sehen als andere, denn du musstest dich dafür entscheiden, es zu sehen.«

»Ich verstehe nicht, was alle diese Farben zu bedeuten haben!«, rief der Mann. »Ich will sie nicht!«

Jesus wandte sich den anderen zu. »So behandeln wir Gott Tag für Tag. Er schenkt uns das Augenlicht, er gibt uns Dinge, und wir klagen: ›Ich will das nicht!‹ Mein Freund, jetzt hast du die Segnung des Sehens empfangen, und es gibt kein Zurück.«

»Vielleicht solltest du Blinde nicht sehend machen«, meinte Judas. »Ich hätte nie gedacht, dass es den Betreffenden neue Probleme schafft.«

»Es ist stets leichter, auf einer niedrigeren Stufe zu leben, als es möglich wäre«, sagte Jesus. »Darum frage ich die Menschen: ›Willst du geheilt werden?‹ Manche sind klug genug zuzugeben, dass sie es nicht wollen.«

Seine Mutter trat näher. »Warum sollte jemand nicht geheilt werden wollen? Ich kann mir nicht vorstellen, dass einer sich dagegen entscheidet.«

»Sie glauben, sie wollen es, aber ihnen ist nicht bewusst, welche Anforderungen es ihnen auferlegen wird«, erklärte Jesus.

»Blind zu sein kann doch unmöglich einfacher sein, als zu sehen«, sagte Thomas. »Das kann ich nicht einsehen.«

Jesus schüttelte den Kopf. »Du hast doch gehört, was er gesagt hat. Er weiß, wie es ist, wenn man blind ist und wenn man sehen kann. Wir kennen nur das eine und können uns das andere nicht vorstellen.«

»Vielleicht solltest du dann überhaupt aufhören, Kranke zu heilen«, sagte ein Mann, der zugehört hatte.

»Gott ist der Gott des Lichts, und er will, dass wir im Licht leben«, erwiderte Jesus. »Ganz gleich, wie schwierig es ist. Im Dunkeln ist es immer einfacher.«

Ein junger Mann kam auf Jesus zu. »Ich war von Dämonen besessen, und du hast sie ausgetrieben. Erinnerst du dich an mich? Aber wie der Blinde finde ich es jetzt sehr schwierig. Zum einen behandeln die Leute mich weiter so, als hätte ich die Dämonen in mir. Sie trauen mir nichts zu, und ich sehe, dass sie jedes meiner Worte prüfend hin und her wenden und mich ständig beobachten.«

Er stand aufrecht da und war gut gekleidet. Nichts an ihm deutete auf irgendeine Schwäche hin.

»Es ist schwer, wenn die Menschen sich nur an das erinnern, was du einmal warst«, sagte Jesus. »Aber dich plagt noch etwas anderes.«

»Ja … Ich habe Angst, dass sie zurückkommen. Vielleicht spüren das die Leute: dass sie zurückkommen können.«

»Hast du dein Leben gebessert?«, fragte Jesus. »Was immer

es war, was den Dämon angezogen hat – hast du es aus deinem Leben verbannt? Denn wenn du nur einen Seufzer der Erleichterung getan und nur ein wenig aufgeräumt hast, dann wird er in der Tat zurückkehren, und er wird Gefährten in großer Zahl mitbringen. Am Ende wird es dir schlimmer ergehen als früher.«

Der junge Mann fiel auf die Knie. »Ich glaube, ich habe es getan … Aber es gab so viel zu tun, so vieles zu beheben.«

»Dann bete, um die Dämonen fern zu halten, und fahre fort in deinen Bemühungen, den Schaden zu beseitigen, den sie angerichtet haben, und Gott wird dich sicher beschützen.«

Als er weiterging, schien es, als rückten seine Widersacher am Rande der Menge näher heran. Maria bemerkte eine regelrechte Mauer von Pharisäern in ihren strengen Gewändern und eine Gruppe von Männern, bei denen es sich nur um Schriftgelehrte handeln konnte, denn sie trugen Schreibzeugbündel unter den Armen. Und weiter hinten standen die Soldaten des Herodes Antipas; mit ihren versteinerten Mienen sahen sie aus wie unversöhnliche heidnische Götzenbilder. Sie trugen ihre unverwechselbaren blauen Uniformen, und ihre Hände lagen auf den Griffen der Schwerter. Die Feststimmung war verflogen; stattdessen herrschte eine Atmosphäre von Spitzelei und Anspannung.

Plötzlich rief jemand: »Ein Zeichen! Gib uns ein Wunderzeichen!«

Jesus blieb stehen und schaute umher, um zu sehen, wer da gerufen hatte. Aber ein Meer von Gesichtern umgab ihn, und es war nicht festzustellen, wer es gewesen war.

»Ein Zeichen?«, wiederholte er. »Und was werdet ihr anfangen mit einem Zeichen?«

»Wir werden glauben, dass du ein echter Prophet bist«, rief die Stimme, und nun sah man, dass sie einem hoch gewachsenen, gebieterischen jungen Pharisäer gehörte, der weit hinten stand.

Statt freundlich zu antworten, rief Jesus mit lauter Stimme: »Ihr seid eine böse und treulose Generation! Ihr bekommt kein Zeichen, kein einziges Zeichen!«

Erschrocken wichen die Leute zurück.

»Das Zeichen Jonas ist alles, was ihr bekommt!«, rief Jesus. »Denn Jona predigte den Menschen von Ninive, und sie bereuten. Und ebendiese Menschen von Ninive werden euch verdammen am Tag des Gerichts, denn ein größerer Prophet als Jona ist hier, und ihr wollt nicht hören!« Er drehte sich um. »Und die Königin von Saba wird euch gleichermaßen verdammen am Tag des Gerichts, denn sie kam vom Ende der Welt, um Salomos Weisheit zu hören, und jetzt ist einer hier, der größer ist als Salomo!«

»Du bist wahnsinnig!«, rief der junge Pharisäer. »Sprichst du von dir selbst? Bist du etwa größer als Salomo? Was für ein Unsinn!«

Die Menge begann zu murren, und Antipas' Soldaten schritten ein, um sie zu beruhigen. Sie zückten ihre Lanzen und schoben die Leute zur Seite, um sich zu Jesus hindurchzudrängen, und ihr Hauptmann streckte die Hand nach ihm aus. »Am besten, du kommst jetzt mit uns«, sagte er.

Aber Jesus riss sich los und starrte den Soldaten so durchdringend an, dass dieser wie angewurzelt stehen blieb. Lange schauten sie einander wortlos in die Augen, und dann wich der Soldat zurück. »Du bist gewarnt«, knurrte er. Dann brüllte er die Menge an: »Geht auseinander! Zurück in eure Hütten, in eure Quartiere! Lasst diesen Mann in Ruhe! Hört auf, ihn zu verfolgen, ihn zu provozieren, ihn auszufragen!« Er zeigte mit dem Finger auf den Pharisäer, der ein Zeichen verlangt hatte. »Dich meine ich! Wenn ihr ihn nicht beachtet, wird er bald verschwinden! Ihr schafft doch erst die Aufmerksamkeit, die ihn aufblühen lässt!«

Der Pharisäer schaute den Soldaten mit grenzenloser Verachtung an, als sei er ein schleimiger Haufen von Eingeweiden auf dem Pflaster – und tatsächlich waren die Schergen Antipas' und Roms in den Augen der Strenggläubigen genauso unrein. Er würdigte ihn keiner Antwort, gehorchte jedoch und sprach Jesus nicht mehr an.

Die verbleibenden Festtage verbrachten Jesus und seine Gefährten still in ihrer Hütte, während draußen die Soldaten patrouillierten. Die Jünger nutzten diese Zeit, um ihm Fragen zu stellen, sich auszuruhen und nachzudenken. Maria ließ sich immer wieder die Visionen durch den Kopf gehen, um sich auch an die winzigsten Einzelheiten zu erinnern, damit sie sich desto besser vorstellen konnte, was sie zu erwarten hatte, wenn diese Ereignisse einträfen. Die Bilder waren noch immer lebhaft und klar, unauslöschlich besudelt von dem Geruch und der Farbe des Blutes; und die Gestalten, schlagend, fallend, schreiend, bewegten sich weiter und weiter.

Außerdem ertappte sie sich dabei, dass sie Jesus aufmerksam beobachtete, um herauszufinden, was er für jeden einzelnen Jünger empfand. War ihm Thaddäus lieber als Judas? Beantwortete er die Fragen von Thomas eifriger als die, die Petrus stellte? Wie sprach er mit Susanna? Sie war immer noch bei ihnen. Hatte er sie auf besondere Weise willkommen geheißen? Sie verglich seinen Gesichtsausdruck und sein Verhalten, wenn er mit den anderen und wenn er mit seiner Mutter sprach.

Zugleich verabscheute Maria sich selbst für diese Gedanken – für diese unausgesprochene Rivalität um seine Zuneigung, die sich darin ausdrückte. Dennoch fragte sie sich unentwegt, ob sie einen besonderen Platz in seinem Herzen habe oder ob das tiefe Einvernehmen, das sie zwischen ihm und sich selbst spürte, nur in ihrer Einbildung bestehe.

Bin ich nur eine einsame Witwe, versucht, sich aus dem, was nicht vorhanden ist, das zu schaffen, was sie braucht? Die Antwort fiel von Tag zu Tag anders aus, je nachdem, was Jesus sagte oder tat.

Dass ich immer noch um Joel trauere und unter seinem Verlust leide, stimmt, gestand sie sich ein. Dass ich mich anders fühle und nicht mehr allein bin, wenn ich mit Jesus zusammen bin, stimmt auch. Aber was er fühlt, kann ich nicht wissen. Ich teile die Visionen mit ihm, und ich kann ihm helfen, aber darüber hinaus ist vielleicht nichts – nichts von dem, was es zwischen einem Mann und einer Frau geben kann.

Werde ich es je wissen?, fragte sie sich. Und wage ich wirklich, es herauszufinden?

Nach dem Laubhüttenfest führte Jesus sie von Betsaida hinauf in die Berge. Seine Mutter blieb bei ihnen und Susanna ebenfalls.

Zu zweit nebeneinander wanderten sie den Pfad entlang; manchmal war Maria in Jesu Nähe, manchmal nicht. Es war stets ein Privileg, an seiner Seite zu gehen und mit ihm zu sprechen oder auch nur zu schweigen. Als sie einmal zurückblieb, um den

Söhnen des Zebedäus zu ermöglichen, vorn bei Jesus zu gehen, hörte sie ein Gespräch, das alle ihre Schuldgefühle wegen ihres Wunsches, von Jesus bevorzugt zu werden, auf einen Schlag vertrieb.

Jesus hatte die beiden zu sich gewinkt und fragte: »Worüber habt ihr dort hinten gesprochen?«

»Über nichts Besonderes«, sagte der große Jakobus.

Als Jesus ihn nur stumm anschaute, zuckte er die Achseln. »Wir haben uns über Antipas unterhalten und uns gefragt, was es bedeutet, dass seine Soldaten uns beobachtet haben.«

»Aber ihr habt euch gestritten«, sagte Jesus. »Du, Johannes und vier oder fünf andere.«

»Wir haben darüber gestritten, wer im neuen Königreich der Größte sein wird, wenn alles, wie du sagst, auf den Kopf gestellt wird«, gestand Jakobus. »Johannes und ich – wir möchten dich um die Erlaubnis bitten, dann zu deiner Rechten und Linken sitzen und deine besonderen Gehilfen sein zu dürfen.«

Aha! Sie planen also allesamt ihr Fortkommen, sie alle wollen Jesu Günstlinge sein, dachte Maria. Ich will nur seine Zuneigung und Achtung, sie aber wollen Ansehen und eine besondere Stellung. Angesichts dieser Erkenntnis fühlte sie sich den anderen überlegen.

»Sie haben kein Recht darauf!«, sagte Philippus und kam heran. »Ich kenne dich bereits länger.«

»Ich war auch von Anfang an dabei«, sagte Petrus.

»Aber ich habe dich zu Jesus gebracht«, hielt ihm sein Bruder vor. »Ich war der Erste.«

»Jesus hatte eine Vision von mir unter dem Feigenbaum«, rief Nathanael. »Ich war einer der Ersten, die er gerufen hat.«

Jesus blieb stehen, und alle anderen taten es ihm gleich. Der Staub, den sie auf dem Weg aufgewirbelt hatten, holte sie ein und umgab sie wie ein Nebelschwaden.

»Meine Söhne des Donners, ihr wisst nicht, worum ihr da bittet«, sagte er zu Jakobus und Johannes. »Könnt ihr aus dem Kelch trinken, aus dem ich trinken werde?«

»Jawohl«, antworteten die beiden entschlossen.

Jesus schüttelte den Kopf. »Ihr werdet in der Tat daraus trinken, aber wer zu meiner Rechten und zu meiner Linken sitzt, das habe nicht ich zu entscheiden. Diese Plätze gehören denen, für die mein Vater sie bereitet hat.«

»Aber sie sollten nicht hinter unserem Rücken herumschleichen«, sagte Petrus, »und klammheimlich versuchen …«

»Petrus!«, unterbrach Jesus ihn mit lauter Stimme. »Ihr alle, hört!« Er drehte sich langsam um, damit wirklich jeder ihn hören konnte. »Wollt ihr sein wie Antipas und seine Soldaten? Wie die Römer? Sie leben in einer Rangordnung und herrschen nur zu gern übereinander. Aber bei euch muss das Gegenteil der Fall sein. Der Größte unter euch muss der Diener, nein, der Sklave der anderen sein. So, wie ich anderen diene.«

»Ein Sklave?« Petrus war empört. »Ein Sklave? Du hast gesagt, wir sind Gottes Kinder, und Gottes Kinder können keine Sklaven sein.«

»Ihr müsst Sklaven des Reiches Gottes sein«, erwiderte Jesus unumwunden. »Im Reich Gottes ist kein Platz für Ehrgeiz.«

Verdrossen blieben Jakobus und Johannes zurück und überließen Maria und Johanna den Platz bei Jesus.

»Meister«, sagte Maria, »ich habe keinen Ehrgeiz.«

Jesus wandte sich ihr zu und sah ihr in die Augen. In diesem Moment spürte sie, dass er in ihr Herz schauen konnte. »Maria, ich fürchte, du hast doch welchen.«

Sie war wie vom Donner gerührt. Das war nicht wahr – oder doch? Aber bei den anderen hatte er auch Recht gehabt … Sie merkte, dass ihre Wangen schamrot wurden.

Johanna fing an, über Antipas zu reden; sie kannte ihn und überlegte, was er wohl tun würde. Er werde sie beschatten lassen, warnte sie. Fortan werde er sie immer im Auge behalten. Der kleinste Fehltritt, und sie würden alle enden wie Johannes der Täufer – im Kerker, wenn nicht gar vor dem Henker.

»Aber selbst Antipas muss sich doch an *irgendein* Gesetz halten«, wandte Maria ein. »Er kann uns nicht einfach einsperren.« Sie war dankbar für die Gelegenheit, weiter mit Jesus zu sprechen, ohne sich auf dünnem Eis zu bewegen. Ein Gespräch über Antipas war dem Nachdenken über ihre Gefühle für Jesus jedenfalls vorzuziehen.

»Er wird einen Vorwand finden«, sagte Johanna. »Ich kenne ihn. Ich weiß, wie er denkt.«

»Du hast Recht, Johanna«, sagte Jesus. »Aber wir werden uns nicht vor ihm verstecken oder unser Verhalten ändern. Was wir tun, tun wir offen. Soll Antipas nur zum Äußersten greifen.«

»Jawohl!«, sprach Johannes, der hinter ihnen ging, und sein hübsches Gesicht leuchtete. »Lasst uns aufrecht einhergehen, aufrecht bis in den Tod.«

»Falls es so weit kommen sollte, Johannes«, sagte Jesus. »Es ist jedoch keine Schande, sein Leben retten zu wollen. Wenn ich nicht mehr da bin, erwarte ich, dass ihr vor jeder Verfolgung flieht, solange ihr nur meinen Namen nicht verleugnet.«

Wovon redete er? Wenn er nicht mehr da ist? Maria spürte plötzlich große Angst. Das weiße Gewand und seine Worte: »Es kommt, und es wartet auf mich …«

»Du darfst so etwas nicht sagen!« Sie stieß Johannes beiseite und klammerte sich an Jesus. »Bitte!«

»Maria, was geschehen wird, können wir nicht verleugnen. Wir müssen bereit sein.«

»Aber deine Botschaft – wenn du verstummst, was ist dann mit denen, die die Botschaft noch nicht gehört haben?«, fragte Thomas.

»Deshalb muss ich ja weiter predigen, weiter wandern, solange man es mir erlaubt. Und danach müsst ihr für mich sprechen.«

»Danach« … »Wenn ich nicht mehr da bin …«

So hatte er noch nie geredet. Als Maria diese Worte hörte, war ihr, als ziehe ein Schatten über den strahlenden Tag, als hätten die Schwingen eines vorüberfliegenden Adlers die Sonne verfinstert. Wenn er nicht mehr da wäre, würde es nie wieder warm werden. Ein Frösteln kroch ihr über den Rücken.

Das konnte nicht sein. Sie hatte keine derartige Vision gehabt. Aber ohne Vision – wie konnte es da wahr sein? Meine Visionen sagen mir doch alles voraus. Zum ersten Mal hatte sie sich das eingestanden, sich den Offenbarungen ohne Vorbehalt gestellt.

Die Vision hatte ihn in einem strahlenden Gewand gezeigt, erhaben und glorreich. Aber das Gewand des Martyriums – hieß es nicht, dass es glorreich sei? War es das, was sie gesehen hatte?

Hinter ihr stapften die Jünger den steilen Hang hinauf; manche stützten sich auf Wanderstäbe, andere, weiter hinten, maulten. Johannes und Jakobus waren ein Stück zurückgeblieben; sie schämten sich dessen, was sie zu Jesus gesagt hatten. Die anderen ehrgeizigen Jünger stritten sich noch immer.

Sie stiegen weiter hinauf. Allmählich umfächelte sie die kühlere Höhenluft, und die hohen Kiefern raschelten im Wind. Maria merkte nicht, dass Judas nun an ihre Seite war, bis er sie ansprach; so tief war sie in Gedanken versunken.

»Jesus kann sich wirklich nur junge Leute aussuchen, die ihm folgen sollen«, sagte er und stieß seinen Stab in den Boden, als müsse er sich für den nächsten Schritt damit verankern.

»Seine Mutter scheint gut mitzukommen.« Maria sah, wie sie ausdauernd neben Petrus einhermarschierte.

»Sie ist nicht so alt«, sagte Judas. »Sie kann höchstens Ende vierzig sein. Matthäus ist nicht viel jünger. Und Simon. Er war lange Zelot. Deshalb ist er so ausgelaugt. Wenn man lange Zeit Zelot ist und nichts geschieht – das lässt einen Menschen altern.«

»Ich finde, er wirkt jünger, seit er bei uns ist.«

»Ja.« Judas nickte. »Das bewirkt Jesus.«

»Er spricht davon, dass Antipas ihn an seiner Mission hindern könnte«, sagte sie. »Das dürfen wir nicht zulassen.« Judas wäre ein guter Bundesgenosse, wenn es darum ginge, Antipas zu überlisten. Er war gescheit, erfindungsreich und weltgewandter als die anderen. Maria erinnerte sich, dass Jesus einmal gesagt hatte, die Kinder der Welt seien klüger als die Kinder des Lichtes, zumindest in mancher Hinsicht. Judas schien ein sehr tüchtiges Kind der Welt zu sein.

Er uberlegte eine Weile. Maria hörte nur das dumpfe Stoßen seines Wanderstabs. Schließlich sagte er: »Nein, das dürfen wir nicht zulassen.« Und dann fügte er etwas Unerwartetes hinzu: »Wir müssen ihn aufhalten, wenn er allzu sehr provoziert.«

Jesus aufhalten? Der bloße Gedanke war ein Treuebruch. Aber sollte man ihn nicht an gefährlichen Vorhaben hindern? »Wie denn?«

»Mit Überredungskunst«, sagte Judas. »Ich bin sicher, seine Mutter würde uns helfen. Und wenn alle Stricke reißen … Wir sind zahlreicher als er.«

Die Vorstellung, Jesus gewaltsam daran zu hindern, etwas zu tun, was er sich vorgenommen hatte, war nicht nur erschreckend, sondern irgendwie auch unmöglich. Aber wenn es darum ginge, sein Leben zu retten ...?

»Ja. Ja, wenn es wirklich so weit kommen sollte.« Maria fühlte sich zugleich erleichtert und niedergeschlagen wie ein Verräter. Der Schatten war vom Himmel gewichen, aber die Kälte war noch da.

Judas ging eine Zeit lang schweigend neben ihr her. Dann sagte er: »Ich höre, dass du und Johanna zu unserem Lebensunterhalt beigetragen habt. Braucht ihr jemanden, der sich um eure Finanzen kümmert? Ich kann das sehr gut.«

War er deshalb gekommen? »Hast du das gelernt? Ich dachte immer, Matthäus ...«

»Er will nicht an sein früheres Leben erinnert werden. Das Gleiche gilt für seinen Bruder Jakobus. Und wer käme sonst in Frage? Die fünf Fischer? Ein Thora-Schüler? Diese Leute haben keine Erfahrung im Umgang mit Geld. Jesus bewundert zweifellos ihre bodenständige Tugend als Salz der Erde, aber die ist in diesem Fall nicht verlangt. Wir haben unser eigenes Geld, wir haben das, was andere uns gespendet haben, und wir haben Ausgaben, denn wir müssen essen und trinken. Jemand muss das alles verwalten. Ich habe die nötige Erfahrung. Oder möchtest du es tun?«, fragte er höflich.

»Nein.« Sie wollte lieber frei sein, um sich ungehindert auf Jesus und seine Botschaft zu konzentrieren und ihm zu helfen, wo sie konnte.

»Dann biete ich dir meine Dienste an«, sagte er.

Sie übernachteten im Wald, schützend umgeben von Kiefern und Eichen. Solche Wälder waren Überbleibsel aus uralten Zeiten, aus der Zeit Josuas und der Eroberung des Gelobten Landes. Sie hatten gewartet und gewacht, während David, Salomo, Josia und Elia das Land gehütet hatten, und nun bewachten sie Jesus und seine Gefährten. Weiter unten folgten ihnen noch andere – Menschen, die ihm von ferne anhingen oder die ihn nicht gut kannten, sich aber zu ihm hingezogen fühlten.

Unter den Bäumen zündeten die Jünger ein Feuer an und versammelten sich darum. Sie hörten die Leute weiter unten, die darauf erpicht waren, Jesus zu folgen, weil sie einen mächtigen Führer suchten.

Doch als sie am Feuer saßen, bemerkten sie, dass Jesus nicht wie ein mächtiger Führer, sondern traurig und bedrückt aussah. Die Flammen loderten auf, wenn Kiefernzweige ins Feuer fielen; fauchend verschlangen sie die grünen Nadeln. Der Feuerschein beleuchtete Jesus und die anderen, jede Falte, jeden Muskel an ihren Gesichtern und Hälsen.

Wenn wir jung sind, dachte Maria, dann sehen wir heute Abend nicht so aus. Dies sind nicht die Augen junger Menschen.

Jesus schaute sie an, und sein Blick wanderte über jedes Gesicht.

»Meine Freunde«, sagte er schließlich. »Liebe Mutter, Freundin vor allen.« Er nickte ihr zu. »Ich glaube, auf unserer Reise hat ein neuer Abschnitt begonnen. Nicht nur, weil wir in einer Gegend von Galiläa sind, die den meisten von uns unbekannt ist, sondern auch, weil wir die Römer auf uns aufmerksam gemacht haben, Antipas und die religiöse Obrigkeit. Bald schon müssen wir nach Jerusalem gehen und ihnen entgegentreten.«

Nach Jerusalem!

»Nicht nach Jerusalem«, flüsterte Maria. »Nein, Meister.« Dort erwartete sie Schreckliches.

Jesus senkte den Kopf und schloss die Augen. »Ich danke Gott für euch alle«, sagte er, und sein Gesicht nahm einen schmerzbewegten Ausdruck an. »Und doch so wenige – von so vielen!«

Sie hörten das Treiben der Leute, die ihnen folgten, auf dem Berghang unter ihnen.

»Wir gehören dir ganz und gar«, versicherte Maria ihm.

»Und jetzt sind wir durch die Römer und durch Antipas bedroht, noch ehe wir unsere Reise durch das ganze Land beendet haben. Wir müssen weitergehen. Ich frage euch: Seid ihr willens? Werdet ihr standhaft bleiben? Es wird schwer werden.«

Alle murmelten zustimmend, aber sehr leise.

»Ihr habt mich vom Ende sprechen hören«, sagte er. »Es ist uns jedoch nicht gegeben, den Tag und die Stunde zu kennen. Wir können nur tun, was uns aufgetragen ist – bis zum letzten Augenblick.«

»Mein Sohn«, sagte seine Mutter, »wie kannst du vom letzten Augenblick sprechen? Deine Zeit hat gerade erst begonnen.«

Er lachte, aber es war ein stilles Lachen. »So empfinden wir immer, wenn wir jemanden lieben. Aber in Wahrheit, liebe Mutter, ist es viele Jahre her, dass du mich zum ersten Mal in deinen Armen gehalten hast. Und für die, die wir lieben, vergeht die Zeit immer zu schnell.« Er wandte sich von seiner Mutter ab und schaute in die Runde, und sein Blick war wild wie der eines Adlers. Er verharrte bei Jakobus und Johannes. »Gott weist uns die letzten Stunden zu. Nicht ich.«

»Wir sind bereit«, sagten alle im Chor. »Wir sind bereit.« Ihre Stimmen klangen dunkel und wehmütig.

In der Nacht fing es an zu regnen. Plötzlich war der Winter da. Erst ein Jahr ist es her, dass der Winterregen mich durchnässte, als ich Erlösung – gleich welcher Art – von meinen Dämonen suchte, dachte Maria. Da kannte ich Jesus noch gar nicht. Seine Mission hatte noch nicht begonnen. Und nun sieht er sie schon in Gefahr.

Sie zog ihr Kopftuch über sich und war dankbar, dass sie ihr Lager unter einer schützenden Kiefer aufgeschlagen hatte. Sie hörte die Tropfen ringsum niederklatschen, schwer und kalt.

So viele Menschen haben ihn schon sprechen hören. Aber so viele noch nicht. Er kann sie nicht alle erreichen, dachte sie, während der Regen über ihr in die Zweige prasselte.

Die anderen rückten ihr Nachtlager näher heran, um dem Regen zu entgehen.

»Maria?« Das war Judas. War er die ganze Zeit neben ihr gewesen?

»Ja?« Sie empfand Unbehagen. Wenn er nun dachte … Wenn er sich einbildete, dass sie vielleicht …?

Ich gehöre Jesus allein, schoss es ihr durch den Kopf.

»Ich begreife nicht, was da vor uns liegt«, sagte er. »Ich bin verwirrt. Jesus hat mir meine Fragen im Grunde nie beantwortet, die Fragen, die ich ihm schon ganz zu Anfang in der Wüste stellen wollte.« Er flüsterte vertraulich.

Was waren das für Fragen? Maria konnte sich nur an Herausforderungen erinnern.

»Vielleicht glaubte er nicht, dass du sie wirklich beantwortet haben wolltest«, sagte sie schließlich und rutschte ein kleines Stück von ihm fort.

»Er hätte erkennen müssen, dass ich es ernst meinte«, sagte Judas beharrlich. Sie hörte es rascheln, als er seine Schlafstatt wieder heranschob.

Vielleicht wollte er sich ja gar nicht an sie heranmachen. Vielleicht wollte er nur im Trockenen bleiben. Sie tadelte sich dafür, dass sie von allen stets nur das Schlimmste vermutete. Jesus würde das nicht gefallen, dachte sie. Er erwartet von uns nur das Beste, und bei Leuten wie Simon und Matthäus ist er ein Risiko eingegangen. Aber wie kann ich lernen, so zu denken?

»Ich war ehrlich in meiner Suche«, fuhr Judas fort. »Ich fürchte, ich war mein Leben lang auf der Suche.«

Sie setzte sich auf, damit sie ihn besser hören und ihm antworten konnte, ohne die anderen zu stören. »Deine Suche muss doch zu Ende sein«, sagte sie. »Du hast dich ihm angeschlossen.«

»Ich habe mich ihm angeschlossen, ja, und an manchen Tagen scheint es auch, als sei die Suche zu Ende …« Seine Stimme wurde noch leiser; sie glich dem Rauch, der über einem erlöschenden Feuer verweht. »Vielleicht liegt der Fehler bei mir, aber an anderen Tagen fühle ich mich überwältigt von all diesen offenen Fragen.«

Sie senkte den Kopf und schloss die Augen. Sie verstand so gut, was er meinte. »Irgendwann musst du dich einfach auf dein tiefes Vertrauen verlassen«, sagte sie dann. Das hatte sie auch getan: Sie hatte tiefes Vertrauen empfunden, inbrünstige Hingabe. Alles andere musste man aussperren, zertreten.

»Du weißt, dass ein paar von denen, die uns gefolgt sind – die da unten am Hang –, wieder gegangen sind.« Judas' Stimme klang leise durch die Dunkelheit. »Ich habe gehört, wie er Petrus danach gefragt hat. Er hat es nicht gern, wenn jemand fortgeht. Er fragte – und es klang sehr traurig –: ›Werdet ihr auch fortgehen?‹ Und Petrus antwortete: ›Wohin sollen wir gehen? Du hast die Worte des ewigen Lebens.‹ Und so empfinde ich es auch. Ich will seine Worte hören und hoffe immer, dass eines von ihnen – ein wunderbares Wort – alle meine Fragen beantwortet. Wenn ich fortginge, würde ich es niemals hören.«

Das war ein negativer Grund, bei Jesus zu bleiben, aber Maria konnte es ihm nicht verdenken. Das einzig Wichtige stand unverrückbar fest: Sie waren hier bei ihm und nicht in alle Winde zerstreut. Vielleicht würde ein einziges flüchtiges Wort Judas ja vollends überzeugen – wenn er nur dablieb, um es zu vernehmen.

XLV

Mein liebster Bruder Silvanus,

dies ist vielleicht das letzte Mal, dass ich dir schreiben kann, und ich hoffe, ich finde jemanden, der meinen Brief nach Magdala bringt. Wir sind in den Bergen, weit weg vom See, und unterwegs nach Norden. Ja, ich weiß, das ist nicht die richtige Gegend für den Winter.

Alles hat sich verändert. Ich erinnere mich jetzt an deine Warnung: Jesus errege Aufmerksamkeit, hast du gesagt – die falsche Aufmerksamkeit. Du hattest Recht. Die religiösen Behörden schicken Vertreter aus Jerusalem, Antipas' Soldaten haben uns drangsaliert, und ich habe furchtbare Vorahnungen voller Schrecken und Zerstörung. Eine seltsame Stimmung hat Jesus erfasst; er spricht vom Ende dieses Zeitalters, sagt, dass es bald kommen wird und er nach Jerusalem müsse, um »ihm« dort entgegenzutreten. Wir sind alle niedergeschlagen und fühlen uns bedroht, obwohl nirgends ein Feind zu sehen ist, während wir die steilen Berge hinaufwandern.

Die Mutter Jesu ist bei uns, ein kleiner Trost, denn sie hat eine eigene ruhige Kraft – anders als seine, aber nicht weniger stärkend für uns. Ein anderer Jünger, ein Judäer namens Judas, glaubt wie ich, dass Jesus in Gefahr ist, und will etwas dagegen unternehmen. Ich weiß aber nicht, ob das möglich ist; wir können ja nicht vorhersehen, aus welcher Richtung die Gefahr kommen wird.

Oh, Silvanus, sei froh über dein ruhiges Leben am See! Und bitte gib Elischeba diesen kleinen Brief von mir, deiner dich liebenden Schwester.

Meine liebste Elischeba,

es regnet, und es ist kalt. Den meisten Leuten gefällt das nicht, aber ich habe es immer gern, denn du bist im Winter geboren, und deshalb steht dein Geburtstag vor der Tür. Dann wirst du drei Jahre alt werden. Drei! Wenn dich jemand fragt, wie alt du bist, kannst du die drei mittleren Finger hochhalten, aber nur sie. Das ist vielleicht schwierig, bis du es ein paarmal geübt hast. Manchmal ist es knifflig, mit seinen Fingern zurechtzukommen!

Wenn ich da wäre, würde ich dir ein besonderes Geschenk machen. Aber stattdessen habe ich hier eines von dir. Ich trage es jetzt, denn ich trage es immer. Es ist ein Halsband mit einem kleinen Amulett, das du zuerst getragen hast. Ich glaube, es hilft, unsere Herzen zusammenzuhalten, und wenn wir uns wiedersehen, werde ich es abnehmen und wieder um deinen Hals legen, und dann wird mein Glück vollkommen sein.

Alles Gute, meine liebste Tochter,
deine Mutter Maria.

XLVI

Das Wetter wurde unangenehm. Der Regen der vergangenen Nacht hatte den Boden aufgeweicht; die schlafende Erde würde zum Leben erwachen, und die Regenfälle würden Zisternen und Tonnen füllen. Aber für alle, die notgedrungen im Freien lebten, war es eine trostlose und kalte Jahreszeit.

Jesus und seine Gefährten mühten sich weiter. Maria fragte sich, warum Jesus diese Gegend ausgesucht hatte; es gab so wenige Menschen hier, und das Gelände war unwegsam – umso mehr, da der Regen die Hänge schlüpfrig gemacht hatte.

Endlich gelangten sie auf eine Hochebene, weiter nördlich als die Region, in der Maria mit Johannes gewesen war. Es war grau und windig, und während sich einer nach dem anderen hinaufkämpfte, sahen sie Täler und Berge, die sich vor ihnen ausbreiteten – fast bis zum Meer. Eine weite Ebene erstreckte sich, gerade noch sichtbar, zwischen ihnen und dem Ozean.

»Die große Ebene von Megiddo«, sagte Jesus, als sie sich schließlich atemlos um ihn versammelt hatten. »Dort, so heißt es, wird die letzte große Schlacht geschlagen werden.«

Maria betrachtete die Ebene; sie war in der Tat groß genug, um mehreren Armeen Platz zu bieten. Jetzt lag sie ruhig und friedlich da.

»Am Ende der Zeiten ... in den letzten Tagen ...« Versunken schaute er hinunter. »Dort werden sie alle zusammentreffen. Die Heere der Gerechten und die Heere des Bösen. Dort wird sich alles entscheiden.«

»Aber ... du hast doch gesagt, die Welt werde sich verändern, sie werde zu Ende sein, wie wir sie kennen«, sagte Maria. »Vielleicht schon morgen. Wie also kann dann diese Schlacht geschlagen werden?« Sie konnte sich keinen Reim darauf machen – beides bedeutete endgültige Zerstörung, aber die beiden Bilder passten nicht zusammen.

Jesus schaute sie an, sein Gesicht schien zu leuchten wie in der Vision. Aber nicht ganz. »Dies wird die letzte Schlacht aller Zeitalter sein – ehe alle Zeitalter enden.« Er sah Dinge, die ihr Verständnis und ihre Vorstellungskraft überstiegen. »Aber zuvor muss der Menschensohn kommen und zu Gericht sitzen, und großer Jammer wird auf der Erde anheben.«

»Wann?« Die qualvolle Frage brach aus ihr hervor. »Wann denn, Herr?«

»Maria, Maria.« Er trat zu ihr. Ein Schauder durchrieselte sie, als er sie zweimal beim Namen nannte. »Du brauchst nur einen Tag nach dem anderen hinter dich zu bringen. Dies wird nicht zu deinen Lebzeiten geschehen.«

»Aber du hast gesagt, es wird bald geschehen!«, protestierte Judas.

»Etwas wird bald geschehen«, sagte Jesus. »Etwas von großer Tragweite. Ich spüre, dass es das Reich Gottes ist, das heraufdämmert. Aber es liegt lange Zeit zwischen dem Morgengrauen und dem Mittag, da die große Schlacht geschlagen wird.«

Nathanael kam heran. »Ich sehe nichts von alldem. Ich sehe nur friedliches Ackerland. Das, was du uns da erzählst, kann ich mir nicht vorstellen.«

»Das brauchst du auch nicht«, sagte Jesus. »Wir müssen die Botschaft verkünden, solange es noch still ist und die Menschen uns hören können. Aber jetzt sollt ihr hören!« Er trat zurück und hob die Hände. »Diese Endzeiten, von denen ich gesprochen habe – niemand außer dem Vater weiß, wann sie wirklich anbrechen werden. Wir müssen reden und handeln, als hätten wir alle Zeit der Welt, und immer daran denken, dass wir sie vielleicht nicht haben. Ihr müsst leben, als wäret ihr in der Ewigkeit, wo die Zeit verschwunden ist.«

Für ihn mag das einfach sein, aber für uns ist es beinahe unmöglich, dachte Maria.

»Wir werden fortfahren, die Botschaft zu verkünden, wie wir es gewohnt sind, Tag für Tag, so viele Tage lang, wie uns gewährt sind.« Er drehte sich um und schaute über das weite Tal hinweg, das sich dort unten erstreckte, braun und dunstig. »*Ich* sehe diese Armeen. Aber wann sie zusammenstoßen, weiß ich nicht. Vielleicht haben wir noch viel Zeit.«

Er wandte dem Tal den Rücken zu und führte sie weiter.

Menschen schien es hier nirgends zu geben. Die windigen Berge und die Hochebene breiteten sich zu allen Seiten aus, aber sie erblickten nur Ziegen, leere Olivenhaine und ein paar Schafherden an den Steilhängen. Es sah aus, als wären sie am Rande der Welt.

Es fing wieder an zu regnen, und bald waren sie nass. Als sie über ein schlammiges Feld stapften, das zu allen Seiten von sanft ansteigenden Hängen umgeben war, sagte Jesus plötzlich: »Hier. Hier werden wir rasten.«

Es war eine trostlose Stelle. Es gab keine Bäume, und der Wind fegte darüber hin und peitschte ihnen die Regentropfen ins Gesicht wie kleine Speere.

»Meister«, sagte Petrus, »soll ich uns eine Hütte bauen?« Aber die Frage war töricht, denn es gab nichts, woraus man etwas hätte bauen können.

»Nein«, sagte Jesus. »Dann könnte man uns nicht sehen.« Er legte seinen Beutel hin, nahm seiner Mutter den ihren ab und führte sie zu der einzigen einigermaßen geschützten Stelle – einem niedrigen Stechginsterbusch voller Dornen. Er breitete eine Decke darüber und bedeutete ihr, darunter Zuflucht zu nehmen.

Die große Schar derer, die ihnen folgte, wimmelte auf dem Feld ratlos durcheinander. Das Geräusch der vielen Füße im

Schlamm klang, als trampele eine Herde Ochsen mit laut schmatzenden Hufen über ein Flussufer.

»Freunde!«, rief Jesus mit einer weithin hallenden Stimme, die noch am Rande des Feldes zu hören war, wo immer mehr Menschen erschienen. »Ich will zu euch sprechen! Ihr seid weit gereist, ohne zu hören, und damit habt ihr bewiesen, dass ihr wirklich hören wollt.«

Die Leute kamen näher und drängten sich zusammen, sodass der größte Teil des Feldes leer blieb.

»Selig seid ihr um all dessen willen, was ihr hören werdet«, rief Jesus. »Denn ich sage euch: Die Propheten selbst wünschten sich zu sehen, was ihr sehen werdet, aber sie sahen es nicht, und sie wollten hören, was ihr hört, und hörten es nicht.«

Würde er jetzt endlich seine Pläne enthüllen? Hatte er sie deshalb in diese Einöde geführt? Maria schaute sich um. Aus dem Augenwinkel sah sie schon wieder Leute auf das Feld ziehen. Neue Leute. Woher kamen sie? Immer mehr Menschen füllten das Feld, bis die Menge gewaltig war.

»Glaubt ihr, ich bin gekommen, um das Gesetz oder die Propheten abzuschaffen?« rief Jesus. »Nein, ich bin nicht gekommen, sie abzuschaffen, sondern sie zu erfüllen. Aber ihr müsst mehr tun, als nur den Geboten zu gehorchen, ihr müsst weiter gehen. Ihr kennt das Gebot: ›Du sollst nicht morden.‹ Aber ich sage euch, jeder, der seinem Bruder zürnt, wird gerichtet werden, und jeder, der seinen Bruder einen Narren schimpft, muss das Feuer der Hölle fürchten.«

Maria blickte über das Meer der ihm zugewandten Gesichter; die Leute hörten aufmerksam zu. Er ermahnt uns, unsere Gedanken im Zaum zu halten; er sagt, Gedanken sind ebenso wirklich wie Taten.

»Ihr kennt das Gebot: ›Du sollst nicht ehebrechen.‹ Aber ich sage euch: Wer eine Frau mit lüsternen Augen anschaut, hat im Herzen bereits die Ehe mit ihr gebrochen.«

Leise Heiterkeit breitete sich unter den Zuhörern aus.

»Ihr meint, das sind harte Worte?«, fragte Jesus sofort. »Dann will ich euch sagen: Wenn euch euer rechtes Auge zur Sünde verleitet, so reißt es heraus, und werft es fort. Denn besser ist es, ein Auge zu verlieren, als dass es den ganzen Menschen in die Hölle brächte.«

Das Kichern erstarb, und die Leute warfen sich unbehagliche Blicke zu.

»Und wenn die rechte Hand euch zur Sünde verleitet, so hackt sie ab! Jawohl, hackt sie ab!«

Er ging im Schlamm hin und her, und der Saum seines Gewandes wehte hinter ihm her wie die Schleppe eines Herrschers, doch es war nicht mit Juwelen besetzt, sondern beschmutzt mit Erde und Gras. Seine Stimme übertönte den Wind und den Regen.

»Ihr habt gehört, dass Mose sagte: ›Auge um Auge, Zahn um Zahn.‹ Ich aber sage euch: Wenn einer euch übel will, widersteht ihm nicht. Wenn einer euch auf die rechte Wange schlägt, bietet ihm auch die linke dar. Wenn einer euch verklagt und euer Hemd haben will, so gebt ihm noch den Mantel dazu.« Er zog seinen Mantel aus, um ihn zu verschenken, aber die Leute wichen zurück.

Simon versetzte Maria einen Stoß. »Ist er von Sinnen?«, flüsterte er. »Jetzt geht er zu weit.«

»Liebet eure Feinde«, rief Jesus, »und betet für die, die euch verfolgen!«

»Ich werde niemals für die Römer beten«, knurrte Simon. »Es reicht doch, dass ich sie nicht mehr umbringe.«

»Wenn ihr das tut«, sagte Jesus, »werdet ihr sein wie euer Vater im Himmel. Er lässt seinen Regen fallen auf die, die es verdienen, und auf die, die es nicht verdienen.« Er streckte die Hände aus und fing die Regentropfen auf. »Wenn ihr nur die liebt, die auch euch lieben – wie soll euch das Ehre machen? Und wenn ihr nur euren Bruder begrüßt, wie wollt ihr dann anders sein als alle anderen? So viel tun doch sogar die Heiden. Seid also vollkommen, wie euer himmlischer Vater vollkommen ist.«

Er hatte die Stimme nicht weiter erhoben, aber das betäubte Schweigen der Menge ließ sie wie Donnerhall klingen. »Wenn ihr betet, so tut es nicht wie die Heuchler, die in der Synagoge und an den Straßenecken stehen und beten, damit alle Welt es sehen kann. Geht in eure Kammer, schließt die Tür und betet zu Gott, der im Verborgenen ist. Und er, der alles sieht, was im Verborgenen geschieht, wird es hören. Ich will euch von zwei Gebeten erzählen. Ein rechtschaffener Mann ging in den Tempel und betete: ›Gott, ich danke dir, dass ich nicht bin wie andere – Räuber,

Übeltäter und Ehebrecher – oder auch wie dieser Steuereinnehmer da. Ich faste zweimal in der Woche und gebe ein Zehntel von allem, was ich bekomme.‹ Der Steuereinnehmer stand abseits; er schaute nicht einmal zum Himmel, sondern schlug sich an die Brust und sagte: ›Gott sei mir Sünder gnädig.‹ Und dieser Mann war gerechtfertigt vor Gott. Denn wer sich selbst erhöht, wird erniedrigt werden, und wer sich selbst erniedrigt, wird erhöht werden.«

Der Wind wurde stärker und peitschte den Leuten den Regen ins Gesicht. Einige drängten zum Rand des Feldes, um dort Schutz zu suchen. Jesus dagegen entblößte sein Haupt und ließ den Regen darauf fallen. Er beobachtete, wie einige davonstapften, und Maria bemerkte einen Ausdruck von tiefer Trauer auf seinem Gesicht.

»Richtet nicht über andere!«, rief er mit lauter Stimme – an sich selbst gerichtet oder auch an die, die er davonschleichen sah? »Denn wie ihr über andere richtet, so werdet ihr gerichtet werden. Was kümmert euch das Staubkorn im Auge eures Bruders? Zieht den Balken aus dem eigenen Auge; dann werdet ihr schon klar sehen und das Stäubchen aus dem Auge eures Bruders entfernen können.«

Einen Augenblick lang stand er einsam und groß wie ein Denkmal auf dem Feld und schaute den Leuten nach, die sich entfernten, bis sie außer Hörweite waren. Dann reckte er die Schultern und fuhr fort.

»Ich sage euch, sorgt euch nicht um euer Leben, was ihr essen und trinken werdet, oder um euren Leib, was ihr anziehen werdet. Sehet die Vögel des Himmels: Sie säen nicht, sie ernten nicht, sie horten nichts in der Scheuer, und euer himmlischer Vater ernährt sie doch. Und seid ihr nicht viel kostbarer als sie?«

Maria dachte an die großen Lagerhäuser ihrer Familien, in denen die getrockneten, geräucherten und gesalzenen Fische lagen. Wie sollte man auf diese Vorräte verzichten? Ohne sie würde das Geschäft nicht gedeihen. Und doch – wie befreiend war es, das alles hinter sich zu lassen. Andererseits … Auf dem freien Feld zu lagern und sich von kargen Mahlzeiten zu ernähren, das ist nicht das, was der irdische Wohlstand meines Vaters ermöglicht hat.

»Und warum sorgt ihr euch um eure Kleider? Sehet, wie die Lilien des Feldes wachsen. Sie arbeiten nicht, sie spinnen nicht. Aber ich sage euch, nicht einmal Salomo in all seiner Pracht war angetan wie eine von ihnen. Wenn Gott aber das Gras des Feldes, das heute noch hier ist und morgen ins Feuer geworfen wird, so kleidet, wird er dann euch nicht sehr viel besser kleiden, ihr Kleingläubigen?«

Er blickte seine Zuhörer an, jeden einzelnen, wie es schien, bevor er weitersprach: »Sorgt euch also nicht, und fragt nicht: ›Was werden wir essen, was werden wir trinken, was werden wir anziehen?‹ Die Heiden laufen solchen Dingen nach, aber euer himmlischer Vater weiß ja, dass ihr dies alles braucht. Trachtet nach seinem Königreich und nach seiner Gerechtigkeit, dann wird euch alles andere gegeben werden.« Er schwieg einen Augenblick. »Sorgt euch also nicht um morgen! Der morgige Tag wird für sich selber sorgen. Ich sage euch, jeder Tag hat seine eigenen Plagen.«

Er begann unter den kläglich im Regen kauernden Gruppen umherzugehen. Maria strengte sich an, ihn auch noch zu hören, als er sich entfernte.

»Wer von euch gibt seinem Sohn einen Stein, wenn dieser ihn um Brot bittet? Wenn ihr also wisst, wie ihr euren Kindern gute Gaben gebt, um wie viel mehr wird dann euer Vater im Himmel denen gute Gaben geben, die ihn darum bitten? Was ihr von anderen erwartet, das tut ihnen – in allen Dingen.«

Er drehte sich um und wiederholte, was er gesagt hatte: »Wenn ihr sonst nichts hören wollt, so hört doch dieses, und prägt es euch ein: Tut anderen, was ihr von ihnen erwartet. Nur darin besteht das Gesetz und die Worte der Propheten. Folgt mir nach, und hört noch mehr! Es sind viele hier, die trauern, und ich sage, selig seid ihr, denn ihr werdet getröstet werden. Andere hier hungern und dürsten nach Gerechtigkeit, und ich sage, selig seid ihr, denn euer Hunger wird gestillt werden. Selig sind auch die Sanftmütigen, denn sie werden die Erde erben. Selig die Barmherzigen, denn ihnen wird Barmherzigkeit zuteil werden. Selig sind die, die Frieden stiften, denn man wird sie Kinder Gottes heißen. Selig sind die, die Verfolgung leiden um ihrer Rechtschaffenheit willen, denn ihrer ist das Reich Gottes.«

Er kehrte zu seinen Jüngern zurück. »Und was euch betrifft, meine Auserwählten – selig seid ihr, wenn die Menschen euch beleidigen, verfolgen und euch übel nachreden um meinetwillen. Frohlockt und seid froh, denn groß wird euer Lohn im Himmel sein; auf die gleiche Weise haben sie ja die Propheten verfolgt, die vor euch kamen.« Er schaute sie nacheinander an, und bei dem Wort »verfolgen« ruhte sein Blick auf Marias Gesicht.

Sie stand zitternd und bebend in der Kälte. Der Klang des Wortes »verfolgen« hatte eine solche Tiefe, dass es war, als starre sie in einen Abgrund. Verfolgen. Es gab so viele Möglichkeiten der Verfolgung: kurze Angriffe, lange Kerkerhaft und Hunger, Einsamkeit, Folter. Die Zisterne, in die Jeremia geworfen wurde, die Grube, in die man Joseph stürzte … Elischeba zu verlieren, das ist die schlimmste Form der Verfolgung für mich. Ja, es ist wahr, ich habe sie verloren, weil die Leute mir um Jesu willen übel nachredeten. Für mich hat die Verfolgung schon begonnen.

Jesus löste den Blick von ihr und ging an allen anderen vorbei. Jedem Einzelnen rief er die schreckliche Möglichkeit der Verfolgung ins Bewusstsein. Sie schauten ihn an, und in ihren Gesichtern spiegelten sich Ratlosigkeit und Angst.

Unvermittelt drehte Jesus sich wieder zu der gewaltigen Menschenmenge auf dem Feld um. Maria konnte sich nicht erklären, wie diese Menge so groß hatte werden können. Wochenlang war sie mit Johannes und Susanna auf diesen Pfaden gewandert; dabei hatten sie so wenige Menschen gesehen, dass sie schließlich umgekehrt waren, weil sie niemanden gefunden hatten, dem sie hätten dienlich sein können. Und nun waren hier mehr Leute versammelt, als es in Kapernaum und Korazin Einwohner gab.

Ihr Zittern kam nicht mehr nur von der Kälte. Jesus hatte diese Menschen auf irgendeine Weise aus dem Nirgendwo angezogen.

Das Tageslicht schwand dahin. Andreas kam zu Jesus und sprach ihn leise an.

»Herr, es wird bald Nacht werden, und wir sind an einem abgelegenen Ort. Wir müssen diese Leute fortschicken, damit sie rechtzeitig nach Hause finden. Sie sind nass und frieren, und sie werden hungrig sein.«

Genau wie wir, dachte Maria. Ja, ich bin bereit, mir einen Unterschlupf einzurichten und hineinzukriechen, um das Brot und die Datteln zu essen, die ich mitgebracht habe, und vielleicht trocken zu werden.

»Vielleicht sollten wir ihnen etwas zu essen geben«, sagte Jesus.

Andreas starrte ihn an. Der Regen hatte sein Kopftuch durchnässt, sodass es wie eine Kappe an seiner Stirn klebte. »Was? Selbst wenn wir unsere ganze Barschaft aufwenden wollten, alles, was Johanna und Maria mitgebracht haben, könnten wir nicht alle diese Leute speisen! Und hier kann man auch nirgends etwas kaufen. Wir sind in der Wildnis!«

»Nun, was haben wir denn?«

Verwirrt schaute Andreas in seinen Beutel. »Altbackenes Brot, gesalzene Fische – mehr habe ich nicht.«

»Und ihr anderen?«

Verblüfft wühlten die Jünger in ihren Beuteln, um zu sehen, was sie hatten.

»Lasst es uns ihnen anbieten«, sagte Jesus. »Wir können nur anbieten, was wir haben.« Und auf eine ganz ungewohnte Weise fügte er hinzu: »Merkt euch das. Ihr könnt niemals mehr anbieten, als ihr habt, aber ihr solltet euch auch niemals dafür entschuldigen.«

Sie legten ihren Proviant zusammen – Datteln, getrocknete Feigen, flache Brote, gesalzene Fische. Es war wenig, wenn man die Menschenmassen betrachtete.

»Wir wollen es verteilen«, sagte Jesus.

Jeder nahm einen Arm voll Speisen, und die Jünger gingen damit auf die wartenden Menschen zu. »Das ist alles, was wir haben«, erklärten sie.

Maria bot den Leuten an, was sie hatte, sie rissen es ihr aus den Händen. Sie erwartete, dass die Leute anfangen würden, sich darum zu streiten, aber das taten sie nicht.

»Gott segne dich!«, rief eine Frau. Sie drängte sich zwischen den anderen hindurch und legte Maria die Hand auf den Kopf. »Gott segne dich!« Und tatsächlich schien ihre Berührung den Segen zu übertragen, der in ihren Worten lag.

Als sie das Wenige, das sie besaßen, verteilt hatten, versammelten die Jünger sich wieder bei Jesus. Die Menge war offenbar gesättigt – wie das sein konnte, war Maria unerklärlich.

»Wir haben uns um sie gekümmert«, sagte Andreas staunend. »Das allein scheint sie zufrieden gestellt zu haben.«

Jesus nickte nur. »Die Sorge um das Essen bedeutet mehr als das Essen an sich«, sagte er. »Menschen sterben, weil sich niemand um sie kümmert, und der Geist ist hungriger als der Körper. Ein Wort kann mehr bedeuten als ein Laib Brot.«

An dem beifälligen Murmeln, das an Marias Ohren drang, erkannte sie, dass er Recht hatte. Die aufrichtige Geste hatte eine deutliche Sprache gesprochen und das Magenknurren übertönt.

Der prasselnde Regen und der wolkenverhangene Himmel ließen es früh dunkel werden. In der Menge wurden vereinzelt Fackeln angezündet, doch der Regen löschte sie rasch wieder. Aber statt auseinander zu gehen, versammelten sich die Leute in kleinen Gruppen; sie vereinten sich und kamen dann auf Jesus zu, entschlossen und unaufhaltsam.

Rufe erklangen, bestürzende Rufe: »Unser König!«, riefen die Leute. »Du bist unser König!«

Sie rannten nicht, sondern marschierten geordnet über das schlammige dunkle Feld. »Unser König!«, sangen sie. »Unser König!«

Sichtlich überrascht, wich Jesus zurück. Aber sie rückten immer näher und sangen: »Unser König! Unser König!«

Zögernd zog Jesus sich noch weiter zurück und flüchtete sich hinter Maria und Andreas, als müsse er sich sammeln.

»Sie rufen dich zum König aus«, stellte Maria zaghaft fest. Nein, nein!, dachte sie flüchtig, lass uns nicht allein! Geh nicht zu ihnen!

»Sie wissen nicht, was sie tun«, sagte Jesus, noch immer unschlüssig.

»Du bist unser König, der verheißene Messias!«, rief das Volk. »Du musst uns führen! Wir haben so lange gewartet!«

Die Ersten waren schon sehr nah. Es waren ernste Gesichter, Männer und Frauen, mutig genug, in der ersten Reihe zu stehen.

»Bist du nicht aus dem Hause David? Wir kennen dich doch, wir wissen, dass du es bist! Du wirst Rom zerschmettern und uns befreien!«

»Wir können nicht länger warten!«, riefen ein paar junge Männer in den vorderen Reihen. »Wir sind hergekommen, um dich zu sehen, und wir sind zufrieden gestellt! Jawohl, du bist unser Befreier! Du sorgst für uns! Wir werden uns hinter dir vereinigen und sie vertreiben!« Sie kamen immer näher. »Der Tag ist gekommen! Der Tag ist dein!«

Maria schaute Jesus an. Sein Gesicht glich einer holzgeschnitzten Maske - ein Ausdruck des Grauens, des Abscheus.

Er stellte sich ihnen in den Weg und hob die Hände. »Freunde! Anhänger! Ihr irrt euch! Ich werde euch nicht gegen Rom führen!« Aber seine Stimme ertrank in ihrem Singsang. »Unser König, unser König, unser König!«

»Der Messias!«, riefen viele. »Der Messias! Er wird die römischen Ketten zerreißen und uns wieder groß machen!«

»Ich kann die römischen Ketten nicht zerreißen«, sagte Jesus. »Das kann auch kein Messias. Es gibt irdische Macht, und es gibt himmlische Macht. Und die irdische Macht Roms ist unübertrefflich.«

»Uns ist der Messias verheißen!«, schrien die Leute. »Wir wollen einen Messias!«

»Aber ein solcher Messias ist unmöglich«, erwiderte Jesus.

Die Menge drängte immer noch heran, aber sie wurde langsamer. Das Wort »unmöglich« hatte sie gelähmt.

»Jawohl, unmöglich!«, rief er. »Ein Messias, wie ihr ihn ersehnt, wird niemals kommen. Gott ist immer nur der Gott der Gegenwart. Aber der militärische Messias gehört der Vergangenheit an.« Er sah, wie sie stehen blieben. Im Zwielicht erkannte man ihre Gestalten und Gewänder, nicht jedoch ihre Gesichter.

»Der Messias ist der Gesalbte Gottes«, sagte Jesus. »Wenn er erscheint, wird er anders sein als der, den ihr erwartet. Gott wird mit ihm etwas ganz Neues beginnen.«

»Du! Du! Du bist das Neue!«, riefen sie und setzten sich wieder in Bewegung. Dann hatten sie ihn erreicht und streckten die Hände nach ihm aus. Er wich zurück und blieb neben Maria und Andreas stehen.

»Rührt mich nicht an!«, befahl er streng, und die Kraft seiner Worte ließ sie innehalten.

»Du musst uns führen!«, riefen sie. »Du musst! Israel schreit nach dir!«

»Niemand kann zwei Herren dienen«, antwortete Jesus. »Er wird den einen lieben und den anderen hassen. Ich kann nicht Israels irdischer Führer sein und zugleich Gottes Diener.«

Während er noch sprach, erschien am Rande der Menge eine dunkle Reihe. Männer in Uniform. Helme. Rüstungen. Antipas' Soldaten. Immer mehr strömten auf das Feld, eine ganze Flut.

Jesus blickte auf. »Ah. Da sind sie. Die Mächte dieser Welt.«

Die Menschenmenge starrte auf Antipas' Soldaten. Sie rückten an, die Lanzen vor sich ausgestreckt, bereit zum Angriff.

Drohend schwenkten sie die Waffen, und die Leute stoben auseinander und rannten schreiend in Deckung, ebenso überrascht wie entsetzt. Dies hatte ein geheimer Ort sein sollen; das Vordringen der Schergen war ein unerhörter Schock, denn die Leute hatten nicht gedacht, dass Antipas' Arm bis in diese entlegene Gegend reichte.

»Abschaum! Ungeziefer!«, schrien die Soldaten. »Glaubt ja nicht, ihr könnt uns entkommen! Alle Verräter müssen sterben!«

Jesus erwartete sie geduldig. Als sie nah genug waren, um ihn zu hören, sagte er: »Wir haben nichts getan, was dies rechtfertigen würde. Ich habe zu meinen Anhängern gesprochen, ich habe ihnen zu essen gegeben, ich habe ihnen gesagt, dass ich kein König bin.«

Antipas' Soldaten blieben breitbeinig im Schlamm vor ihm stehen. »Das haben wir gehört. Aber solche Volksversammlungen sind gefährlich. König Antipas hat etwas dagegen. Es geht nicht um das, was gesagt wird, sondern um die Erwartungen der Leute.«

»Aber daran kann ich nichts ändern.«

»Antipas denkt anders«, sagte der Hauptmann. »Er findet, dass du diese Erwartungen anstachelst. Wenn du damit nicht aufhörst, wird er dich verhaften.«

»Weswegen?« Jesus wirkte ungerührt.

»Wegen Volksverhetzung«, sagte der Hauptmann. »Es kommt nicht darauf an, dass du diese Sache mit dem Messias zurückgewiesen hast. Jede Volksversammlung ist subversiv.«

»Selbst eine Versammlung zu mildtätigen Zwecken?«, fragte Jesus.

»Ganz besonders so eine«, antwortete der Hauptmann. »Es ist eine Kritik an Antipas. Er war sehr großzügig mit seinen Mildtätigkeiten, und wenn das Volk dann immer noch mehr verlangt und sich an jemand anderen wendet, ist das nicht hinnehmbar.«

»Aber jetzt kann ich gehen?«, fragte Jesus mit hochgezogenen Brauen.

»Ja«, sagte der Hauptmann widerstrebend. »Aber wir werden dich im Auge behalten. Und beim ersten falschen Schritt« – er deutete mit dem Kopf nach Süden – »bringen wir dich geradewegs zu Antipas.« Er gab einen Befehl, und die Soldaten verließen das Feld; sie schauten sich noch ein paarmal um, wobei ihre Füße im Schlamm hässlich schmatzende Geräusche verursachten.

Jesus hatte den Zuhörern den Wind aus den Segeln genommen, als er ihr Angebot, ihn zum König auszurufen, zurückgewiesen hatte, und sie folgten den Soldaten. Die Nacht sank herab. Da die vom Regen überfluteten steilen Pfade im Dunkeln gefährlich sein würden, eilten die Menschen davon. Schon bald war das weite Feld leer, die Menge war nur noch ein Traum.

Jesus und seine Jünger kauerten sich unter ein behelfsmäßiges Zeltdach, das sie unter einer großen Eiche am Rande des Feldes aufgespannt hatten, wo der Boden weniger nass war. Die Jünger hängten die besten Mäntel über das Ende eines tief zu Boden reichenden Astes. Darunter konnten sie sich gegenseitig wärmen, und Jesus breitete seinen leichten Wollmantel über Johannes und Jakobus aus, die rechts und links neben ihm lagen.

»So habe ich euren Wunsch erfüllt«, sagte er. »Der eine zu meiner Rechten, der andere zu meiner Linken.« Er lachte leise, aber er war merklich erschöpft. »Ihr seid so zornig geworden, meine lieben Söhne des Donners«, sagte er. »Ich glaubte schon, dem Hauptmann drohe Gefahr von euch.«

Der große Jakobus schüttelte den Kopf. »Wenn ich eine Lanze gehabt hätte …«

»Ob du wohl irgendetwas von dem gehört hast, was ich gesagt habe?«, fragte Jesus. »Gewalt ist ein Mittel *dieser* Welt, und uns liegt nichts an dieser Welt.«

»Ich glaube, auch die Leute hören dich nicht richtig«, sagte Maria. »Ebenso wenig wie Herodes Antipas. Wie können sie dich dann verstehen?«

Jesus nickte und sah sie an. »Das ist schwierig. Was für wenige wie dich leicht zu begreifen ist, können doch nicht alle erfassen.«

»Damit sind vermutlich wir gemeint!«, fauchte der große Jakobus. »Wir sind demnach zu dumm, um es zu verstehen?«

»Warum bevorzugst du sie?«, fragte Petrus plötzlich. »Was ist es denn, was sie weiß und versteht und wir anderen nicht? Hör zu, Meister. Ich kenne sie seit Jahren, sie ist ein guter Mensch, aber sie war von Dämonen besessen, und nun hat sie stattdessen eben Visionen. Wieso verleiht ihr das Weisheit? Sie kommt mir doch vor wie … na ja, genau wie wir anderen auch!« Er schwieg und holte Luft. Der Regen auf dem dünnen Zelt klang wie eine Trommel, die seine Worte betonte.

Niemand sagte etwas. Maria erkannte, dass sie alle mit Petrus übereinstimmten. Er hatte zum Ausdruck gebracht, was sie alle empfanden. Sie war zutiefst verlegen, als habe sie versucht, ihre Gefährten zu übervorteilen.

Aber es ist doch nicht wahr! dachte sie. Die Visionen und die Stimmen waren doch kein Vorwand, um Aufmerksamkeit und Bedeutung zu erschleichen! Jesus, sag es ihnen!

Doch Jesus saß nur da und schaute von einem zum anderen, als warte er darauf, dass jemand sich zu Wort meldete. Aber der Regen war die einzige Stimme, die im Zelt zu hören war.

Andererseits … ich *habe* geglaubt, dass ich Jesus etwas geben könne, was die anderen ihm nicht geben konnten, weil *ich* die Visionen hatte, gestand sie sich ein. Und ich wollte nicht, dass die anderen sie hatten. Wenn noch jemand plötzlich Visionen gehabt hätte, hätte ich mich bedroht gefühlt.

»Propheten haben Visionen«, sagte Jesus schließlich nach einer ganzen Weile. »Wahre Visionen sind das Merkmal eines wahren Propheten. Petrus, hast du schon einmal Visionen gehabt?«

»Nein«, bekannte Petrus. »Aber Visionen allein bedeuten noch nicht Größe. Haben nicht ganz gewöhnliche Menschen manchmal Visionen?«

»Doch«, sagte die Mutter Jesu und strich sich eine nasse Haarsträhne von der Wange. »Sogar ich habe schon Visionen gehabt. Als ich jünger war – Visionen über dich, mein Sohn. Nebelhafte Visionen, von denen ich dir nie erzählt habe, aber Visionen nichtsdestotrotz. Bin ich deshalb eine Prophetin oder eine Heilige?«

Jesus nickte. »Für mich bist du eine Heilige. Aber ich glaube, dass Maria tatsächlich eine besondere spirituelle Gabe besitzt; nicht, weil sie weiser oder würdiger wäre als andere, sondern weil Gott sie auf seine geheimnisvolle Weise auserwählt hat. Er erwählt jemanden, und oft ist es jemand, der ganz alltäglich ist. Mose beklagte sich, er sei zu wenig redegewandt. Gideon sagte, er sei der Geringste seines Stammes und seiner ganzen Familie. Sagt Gott nicht: ›Welchem ich gnädig bin, dem bin ich gnädig; und wessen ich mich erbarme, dessen erbarme ich mich.‹«

»Ja, aber Erbarmen und Gnade sind nicht dasselbe wie besondere Privilegien«, sagte Petrus. »Ich kann schließlich Erbarmen mit einem Raben haben, aber ich bin nicht vernarrt in ihn.«

War es so offenkundig, dass ich mir wünsche, Gott sei vernarrt in mich?, dachte Maria. Sie verspürte ein stechendes Unbehagen.

Jesus schien eine Ewigkeit zu brauchen, ehe er antwortete. »Im kommenden Königreich werden wir alle Gottes Lieblinge sein, wie wir es in Eden waren. Aber Maria hat in ihrem Leben mehr als ihr von dem erfahren, was die Seele formt. Was aber formt die Seele? Das Leid. Es ist eine traurige Tatsache, dass unser geistiges Auge ohne Leid oft niemals geöffnet wird. Und Maria war von Dämonen besessen, sie ist geschmäht worden, sie hat ihren Mann verloren – seine Zuneigung und dann sein Leben. Man hat ihr die Tochter genommen. So etwas verändert einen Menschen, wie zugeschnittenes und abgelagertes Holz etwas anderes ist als grünes. Es geht also nicht nur um die Visionen.«

»Willst du damit sagen, dass wir grünes Holz sind?« Gekränkt stand Petrus auf und schaute sich an ihrem Lagerplatz um.

»Vergleichsweise, ja«, sagte Jesus.

»Wie das blöde Feuer, das wir da draußen haben, das nur stinkt und qualmt, weil das Holz grün ist?« Petrus war fassungslos.

»Du solltest aufhören, Maria in Frage zu stellen.« Das war Judas mit seiner beherrschten Stimme. »Du hast kein Recht dazu.«

»Aber begreifst du denn nicht, worum es geht?«, fragte Petrus. »Es sollte keine Günstlinge geben.«

»Petrus«, sagte Jesus. »Ich bin Zimmermann. Glaubst du nicht, dass ich etwas von Holz verstehe – von grünem wie von abgelagertem? Grünes Holz als nutzlos zu bezeichnen, das ist doch Unsinn. Alles Holz ist am Anfang grün.«

»Muss ich denn warten und abermals warten, bis das Grün nach langer Zeit endlich verblichen ist? Ich will jetzt nützlich sein!«, sagte Petrus flehentlich.

Jesus sah ihn an, und Trauer zog über sein Gesicht. »Ach, Petrus«, sagte er. »Jetzt, da du jung bist, kleidest du dich an und gehst, wohin du willst. Aber wenn du alt bist, wirst du die Hände ausstrecken, und jemand anderes wird dich ankleiden und dich führen, wohin du nicht gehen willst.«

Petrus klappte den Mund auf, um zu antworten, aber plötzlich fehlten ihm die Worte. Die Vision, die Jesus da beschrieben hatte – was immer damit vorhergesagt wurde, er wünschte, er hätte es nicht gehört. Schwerfällig setzte er sich wieder hin.

Tiefes Schweigen legte sich auf die Gefährten. Maria hörte die anderen atmen. Ihr war so unbehaglich, dass sie am liebsten davongelaufen wäre, statt in diesem Zelt gefangen zu sein, unter Leuten, die sie nicht mochten.

Aber sie mögen mich doch, dachte sie. Auch Petrus mag mich; was er nicht mag, ist das, was er für meine besondere Stellung hält. Sie schaute Jesu Mutter an, die tapfere Johanna, die zaghafte Susanna. Sie mögen mich, und ich habe ihnen immer nah gestanden. Andreas, Philippus, Nathanael – sie waren stets freundlich. Sogar Simon scheint mich und die anderen gern zu haben. Matthäus, der kleine Jakobus, Thaddäus – ich kenne sie nicht gut, denn sie bleiben unter sich, aber ich habe niemals Feindseligkeit bei ihnen gespürt. Es ist also Petrus. Nur Petrus, der wegen der Visionen eifersüchtig ist. Ich darf nicht nur seinetwegen bei allen anderen Unbehagen empfinden.

Aber ich tue es. Die Gefühle jedes Einzelnen wirken sich auf die Atmosphäre des Ganzen aus. Genau wie … wie ein bisschen grünes Holz eine Menge Qualm hervorbringt.

»Auch wir sollten nun essen.« Jesus, der mit gekreuzten Beinen dasaß, spürte anscheinend nicht, dass etwas nicht in Ordnung war. »Ich glaube, es ist noch ein wenig übrig. Hat jemand etwas anzubieten?«

Petrus fing an, mit gesenktem Kopf in seinem Gepäck zu wühlen. Alle anderen taten es ihm nach, und zu ihrer Überraschung fand jeder noch ein wenig Essbares. Nacheinander traten sie zu Jesus und legten ihm hin, was sie gefunden hatten: ein paar kleine Brote, einige Feigenkuchen, Weintrauben und Stücke von gedörrtem Fisch.

»Unser Festmahl«, sagte Jesus lächelnd, und die Wärme seiner Stimme bannte das Unbehagen, das über ihnen schwebte. Mit all ihren Fehlern waren sie trotzdem seinesgleichen, und er ließ es sie spüren.

»Freunde, lasst uns Dank sagen.« Er nahm ein kleines Stück Brot und brach es entzwei. »Gott, unser Vater, wir danken dir, dass du uns dies gegeben hast.« Er reichte die beiden Brotstücke in seinen starken Zimmermannshänden nach rechts und links an die wartenden Gefährten weiter. Jeder brach das, was er bekam, wieder in zwei Hälften, und obwohl nichts hätte übrig sein dürfen, als das Brot bei Maria am Ende der Reihe ankam, erhielt sie noch ein stattliches Stück. Sie schaute die anderen an und sah, dass sie alle Mühe hatten, sich nichts anmerken zu lassen.

»Dank sei Gott, der uns stets gibt, was wir brauchen«, sagte Jesus. Lächelnd beobachtete er ihre Gesichter. Es war, als wolle er sie etwas lehren: Ihr könnt darauf vertrauen, dass Gott euch nicht vergisst. Und er hat keine Günstlinge. Wenn er die Massen speist, wird er auch euch speisen. »Und was die Raben angeht, sie arbeiten nicht und sammeln keine Vorräte in Scheunen, aber Gott ernährt sie doch. Um wie viel mehr wird er dich ernähren – Petrus.«

Petrus riss den Kopf hoch, als er seinen Namen hörte – fuhr fast zurück, als erwarte er noch einen Tadel –, und Jesus fuhr fort: »Es gibt keinen Grund zur Sorge. Gott liebt euch ebenso sehr wie die Raben. Schwierig ist es, auch das Gegenteil nicht zu vergessen: Er liebt die Raben ebenso sehr wie euch.« Er schwieg kurz, ehe er weitersprach. »Gott tadelte Hiob und sagte: ›Wer bereitet den Raben die Speise, wenn seine Jungen zu Gott rufen und fliegen irre, weil sie nicht zu essen haben?‹ Es war nicht Hiob.«

Plötzlich herrschte in dem jämmerlichen kleinen Zelt eine Stimmung wie bei einem königlichen Bankett – als ruhten sie auf kostbaren Diwans mit vergoldeten Füßen und seidenen Kissen in vornehmer Gesellschaft, die privilegiertesten Menschen der Welt. Maria, die sich eben noch ausgeschlossen gefühlt hatte, spürte, wie sehr sie ihre Gefährten liebte. Sie schaute hinüber zu Jesus, der lachte und sich abwechselnd an den großen Jakobus und an Johannes lehnte, die neben ihm saßen. Alle lächelten, auch Judas, der zu ihr herüberschaute. Sogar er wirkte entspannt und nachsichtig.

Als sie sich wieder Jesus zuwandte, schien sein Gesicht plötzlich zu leuchten wie ein Regenbogen in einer dunklen Wolke, und sein Gewand strahlte. Vom bloßen Hinsehen taten ihr die Augen weh.

Sie sah, dass die meisten anderen friedlich weiteraßen und den Blick auf ihr Essen gerichtet hatten. Petrus, der große Jakobus und Johannes jedoch starrten Jesus an. Sie sahen, was sie gesehen hatte.

Das war es, was ihr Traum vorhergesagt hatte – das gleißende Gewand, das leuchtende Gesicht. Es war eingetreten, und so bald.

XLVII

Ein düsterer Winterhimmel hing über ihnen, als sie beschwingt weiter nordwärts wanderten. Ihr Ziel waren die höheren Regionen im Gebiet des Herodes Philippus beim Berg Hermon; dort wollten sie sich den Belästigungen durch die Massen und durch Antipas entziehen.

Dieses wilde Bergland, wo der Jordan entsprang, war reich an Bäumen. Bäche sprudelten schäumend die Hänge hinab. Es war kühl, und in der Ferne sahen sie die Umrisse des Hermon, der schon schneebedeckt war. Im Frühling schmolz so viel davon, dass der Jordan anschwoll und den Wasserpegel des Galiläischen Meeres steigen ließ.

Ich wünschte, ich könnte mich noch genau erinnern, was die Schrift über Dan und Jerobeam sagt. Aber einer ist hier, der das alles weiß – neben Jesus natürlich –, und das ist Thomas. Ja, ich werde Thomas fragen.

Als Maria ihn ansprach, sah sie, wie sehr es ihn freute, dass sie ihn für so kundig hielt.

»Es ist ein großer Segen, so viel zu wissen«, sagte sie. »Du kannst Fragen beantworten, ohne dass jemand dir dabei helfen muss.«

»Es ist kein solcher Segen, wie du glaubst. Manchmal bin ich mir meiner eigenen Deutung zu sicher. Es kann aber hundert – nein, tausend Arten geben, einen Text anzuschauen. Wenn man in einer einzigen erstarrt, ist das gefährlich.«

»Trotzdem wünschte ich, ich wüsste mehr.« Nun hatte sie Gelegenheit, ihn zu fragen: »Was hältst du von den Deutungen Jesu? Du musst ja mit ihm übereinstimmen, aber hast du nicht manchmal das Gefühl, dass sie überraschend sind?« Sie hätte gern »schockierend« gesagt.

Er überlegte kurz, ehe er antwortete. Thomas war stets vorsichtig. »Als jemand, der von Kindheit an in der Auslegung der Schrift unterwiesen worden ist, muss ich mir manchmal auf die Zunge beißen, wenn er redet. Aber er besitzt Autorität ... und später, wenn ich die Texte im Geiste aufmerksam hin und her wenden kann, wird mir klar, dass er entweder mehr darin gesehen hat oder darüber hinaus zu ihrer wahren Intention vorgedrungen ist. Und so bin ich immer darauf erpicht zu hören, was er über einen Text zu sagen hat. Ich wünschte, er konnte über jedes einzelne Wort sprechen.« Er seufzte wehmütig. »Aber dazu müsste er tausend Jahre alt werden.«

Seine melancholischen Worte rührten sie.

»Manchmal teilen die Texte unsere Sehnsucht nach Dingen, von denen wir wissen, dass sie niemals sein können und auf die wir doch hoffen«, fuhr Thomas fort. »Zum Beispiel, wenn Gott bei Ezechiel sagt: ›Und ich will meinen Geist in euch geben, dass ihr wieder leben sollt.‹« Er schwieg kurz. »Ich muss darauf vertrauen, dass Gott dies tun wird. Ich glaube, Jesus kann uns helfen zu verstehen, wie das geschehen kann. Ich kann es nicht erklären! Ich glaube einfach, dass er Dinge weiß, die ...« Er sprach den Satz nicht zu Ende. »Jedenfalls weiß er mehr als ich. Deshalb habe ich mich ihm angeschlossen, um zu lernen. Und ich lerne jeden Tag.«

Jeder von uns hat seine eigenen Gründe, dabei zu sein, dachte Maria.

»Worüber redet ihr beide so ernsthaft?« Judas kam hinzu. Offenbar wollte er sich an dem Gespräch beteiligen.

Thomas machte ihm Platz. »Wir haben darüber gesprochen, warum wir hier sind. Warum wir gekommen und warum wir geblieben sind. Wie ist es bei dir?«

Judas zuckte die Achseln. »Als ob wir das wirklich beantworten könnten.« Er schaute die beiden an, um ihre Mienen zu deuten und seine Antwort entsprechend zu formulieren. »Wir haben alle gehört, was wir hören mussten«, sagte er schließlich.

»Und was war das in deinem Fall?«, wollte Thomas wissen.

»Er scheint auf alles eine Antwort zu haben«, sagte Judas so schnell, dass er sich die Antwort längst zurechtgelegt haben musste. »Aber wohin, glaubt ihr, bringt er uns? Es gefällt mir nicht; es ist ein ungutes Gefühl, als wandere er ziellos umher, stets in der Hoffnung, die Aufmerksamkeit der Behörden auf sich zu ziehen. Warum?«

»Ich weiß es nicht«, sagte Thomas. »Aber du hast Recht. Es kommt mir auch gefährlich vor.«

»Als Frau«, sagte Judas, »musst du doch besorgt um deine Sicherheit sein.« Er schob sich näher an Maria heran, um ihr zu zeigen, dass er sie beschützte.

»Nicht mehr als die Männer«, sagte sie, und das stimmte: Ihnen allen drohte Gefahr. Tatsächlich würden Frauen wahrscheinlich eher verschont bleiben, sollte man sie angreifen.

Judas rückte noch ein Stück näher. »Ich habe die Bücher in Ordnung gebracht«, sagte er. »Die Finanzen …«

Auf ihrem Weg in den Norden durchquerten sie heidnisches Gebiet. Hin und wieder war vom Weg aus ein Heiligtum zu sehen, das aus dem Laubwerk ragte – ein Schrein zu Ehren Apollos oder Aphrodites oder irgendeines anderen Gottes. Was einst das Gebiet eines israelitischen Stammes gewesen war, des Stammes Dan, gehörte jetzt unwiderruflich zur griechischen Welt – ein

Teil der verlorenen Glorie nach den Invasionen der Assyrer und Babylonier, der Griechen und der Römer. Die Propheten sagten, es sei die Strafe dafür, dass die Israeliten Götzen angebetet hatten. Nun, da sie diese Götzen in ihrem Land nicht mehr haben wollten, waren sie gezwungen, sie gegen ihren Willen zu ertragen.

Am dritten Tag erreichten sie den Ort, wo die uralte Stadt Dan gelegen hatte. Zur einen Seite breitete sich eine neuere Römersiedlung aus, aber der Berg selbst war von Dickicht überwuchert.

»Wir sind da, Petrus!« Jesus fasste ihn bei den Schultern. »Dies ist der Ort, den du sehen wolltest.«

»Es war weiter, als ich dachte«, sagte Petrus. »Aber mein Traum hat sich erfüllt. Zu sehen, was zu Salomos Zeit das nördliche Ende Israels war …« Er schaute sich um, alles in sich aufnehmend. »Das also war es. Die Grenze des Reiches.«

»Ja«, sagte Jesus. »In jenen Tagen, als wir noch mächtig waren, pflegten fremde Könige hier Halt zu machen, bebend vor Staunen.«

Ringsherum erhoben sich Wälder, und es war still bis auf das Zwitschern der Vögel. Ein Bach – der bald in den Jordan fließen würde – schob sich wie eine silbrige Zunge aus dem Unterholz.

»Vielleicht werden wir Schwerter brauchen, um uns einen Weg zu bahnen«, sagte Jesus. Und wirklich, der Wald stand wie eine Mauer vor ihnen.

»Die haben wir«, sagte Simon und hielt seines mit ausgestrecktem Arm in die Höhe.

»Jawohl!« Auch Judas zückte sein Schwert.

Sie drangen in das Dickicht ein, Judas und Simon hackten den Weg frei. Die Stille war so tief, dass es schien, als habe der Wald von der alten Stätte Besitz ergriffen und sie so lange gehütet, entschlossen, sie nicht wieder herzugeben. Der Weg führte sie stetig bergauf.

Die Sonne ging unter, als sie schließlich eine Lichtung erreichten. Hier war kürzlich jemand gewesen. Maria entdeckte die Überreste eines Lagerfeuers und sogar ein paar Fußspuren im feuchten Boden. Also stahlen sich immer noch Leute hierher; irgendetwas auf dieser Höhe zog sie an.

Vorsichtig traten sie hinaus auf eine gepflasterte Fläche von atemberaubender Größe. Im Geiste sah Maria – beinahe, es war noch keine echte Vision – die Menschen, die sich vor langer Zeit an diesem Ort gedrängt hatten, der ihnen heilig war. Am anderen Ende des Platzes führte eine breite Treppe zu einer »hohen Stätte« – einem Altar.

Das schwindende Licht lag liebkosend auf Stufen und Plattform. Die Bäume und Büsche ringsum raschelten, als habe eine Göttin ihnen befohlen, sich im Gleichtakt zu bewegen: Sie gehorchten und tanzten.

An der untersten Stufe blieb Jesus stehen.

»Hier werden wir rasten«, sagte er. »An diesem Ort, der ein Teil der schweren Sünde Jerobeams war.« Sein heller Wollmantel, den seine Mutter ihm in Nazareth geschenkt hatte, leuchtete im Licht der untergehenden Sonne in einem tiefen Rosarot.

»Thomas, du kennst die Schrift«, sagte Jesus. »Nach dem Abendessen kannst du uns von diesem Ort berichten.«

Als sie gegessen hatten, saßen sie um ihr Lagerfeuer, das die dunkle, konturlose Plattform neben ihnen nur matt beleuchtete.

»Erzähle es uns«, sagte Jesus und nickte Thomas zu.

»Es ist eine schmutzige Geschichte«, antwortete Thomas. Er hatte sie Maria schon unterwegs erzählt.

»Erzähle sie trotzdem«, sagte Jesus. »Vielleicht ist es gut, wenn das Böse, das immer noch hier lauert, sie hört.«

So breitete Thomas die betrübliche Geschichte dieser Stätte vor ihnen aus, eine Geschichte von Götzenanbetung und Abtrünnigkeit. In der Generation nach Salomo war das Königreich geteilt worden. Rehabeam, Salomos Sohn, regierte das südliche Land Juda, und Jerobeam, ein Baumeister Salomos, herrschte im Norden, in Israel.

»Weil der Tempel und die rechtmäßige Priesterschaft sich in Rehabeams Land befanden, musste Jerobeam etwas Eigenes erfinden«, erklärte Thomas. »Das tat er in Dan und in Bethel; er errichtete Anbetungsstätten mit goldenen Kälbern und schuf seine eigene Priesterschaft und eigene Rituale. Er hatte sich Gott und seinem Gesetz widersetzt, und die Folge war, dass das gesamte Nordreich vernichtet wurde, und mit ihm zehn von den zwölf Stämmen Israels.«

»So mussten Jerobeam und sein Königreich zugrunde gehen«, sagte Jesus.

»Doch nicht schnell genug!«, rief Thomas. »Es dauerte zweihundert Jahre! Und unterdessen wurden die Könige, die ihm nachfolgten, immer ruchloser. Hat nicht auch Ahab hier einen Altar errichtet?«

»Gott versuchte sie durch seine Propheten zu warnen, aber sie wollten nicht hören«, sagte Jesus. »Ebenso wie bei uns. Solche Mittel genügen nicht mehr. Deshalb lässt Gott dieses Zeitalter zu Ende gehen, wenn die Gottlosigkeit ihren Höhepunkt erreicht hat. Und das hat sie.«

Der Wind wurde stärker und murmelte in den Baumwipfeln. Ringsumher standen mächtige Eichen mit ausladenden Ästen dicht über dem Boden. Es war, als lauerten dort die Geister der Götzen, lauschten ihnen, warnten sie: Wir sind noch hier, dieser Ort gehört uns, hütet eure Zungen.

Wieder und wieder hatten die Propheten gegen die Götzenopfer »unter allen dichten Eichen« gepredigt, erinnerte Maria sich. Nun erschien das alles nur allzu real: Die tief hängenden Äste luden dazu ein, in der Abgeschiedenheit Altäre zu errichten und sich unter ihr Dach zurückzuziehen. Die falschen Götter und ihre Bildnisse liebten hoch gelegene Stätten und erhoben einen Anspruch darauf. Fröstelnd spürte sie, wie die Feindseligkeit dieser alten Götter über ihre Wangen strich, als sie durch die Nacht wehten, und sie dachte an Aschera.

Sie legten sich schlafen, Männer und Frauen für sich, aber diesmal rückten sie doch ein wenig zusammen; der fremdartige Ort nötigte sie dazu. Maria hatte wenig Mühe einzuschlafen, denn das leise Echo der Götter, die noch zugegen sein mochten, waren nichts im Vergleich zu den schrecklichen Dämonen, mit denen sie früher einmal gerungen hatte. Aber ihre Träume waren beunruhigend: Flüchtig sah sie Jesus, wie er angegriffen und geschlagen wurde. Er blutete. Dann erschienen Gestalten aus der stillen Dunkelheit, prunkvoll gekleidet in altertümliche Gewänder. Sie nahmen ihre Plätze auf der Plattform ein, auf der nun ein Altar stand, und ein Mann, der in seinem grünen, goldbestickten Umhang noch kostbarer gewandet war als die anderen, sprach zu der Versammlung. Die Art, wie er redete – er benutzte viele Wörter, die Maria nicht kannte, andere sprach er eigentümlich aus –, machte es schwer, ihn zu verstehen. Er deutete auf einen verhüllten Gegenstand, und jemand zog die Verhüllung herunter. Zum Vorschein kam ein glänzendes Tier, das halb aufgerichtet auf den Vorderbeinen kniete. Es hatte Hörner und das vertraute Maul eines Stieres. Das musste das Goldene Kalb und der Mann Jerobeam höchstselbst sein, der in ihrem Geist auf irgendeine Weise noch einmal Gestalt annahm und sich zeigte. Er war also noch hier. Maria richtete sich keuchend auf und öffnete die Augen, um sich von ihm zu befreien. Sie spähte hinauf zu der leeren Plattform. Dort war kein Kalb. Alles war still bis auf das Geraschel kleiner Tiere und das Wispern des Grases in der Nähe.

Er ist fort, er ist fort, er ist zu Staub und Asche zerfallen, beruhigte Maria sich, und sein Goldenes Kalb mit ihm. Er existiert nicht.

Später, es war noch sehr früh am Morgen, sah sie Petrus allein auf der heidnischen Plattform auf und ab gehen; es war, als schwebe er in den blau-violetten Schatten der hohen Stätte. Der Nebel, der aus dem Wald wehte und vom Boden der Plattform aufstieg, erinnerte an Weihrauch aus unsichtbaren Räucherfässern.

Maria stand auf und stieg zu ihm hinauf. Er wirkte so aufgeregt, und dieser bedrohliche, bedrückende Ort weckte in ihr ein Beschützergefühl für ihn. Er bemerkte sie nicht, bis sie hinter ihm stand und seine Schulter berührte. Nebelschwaden wallten um ihre Knie. »Petrus, was ist denn? Kann ich dir helfen?« Sie spürte, dass auch er einen Traum oder eine Vision gehabt hatte.

»Helfen?« Er drehte sich um, und sein Gesicht verriet Trauer und Sorge. »Ich weiß nicht …«

»Hattest du einen Traum? Eine Vision? Oder war es eine Stimme, ein Gefühl?« War Jerobeam auch ihm erschienen?

Er schien zu erwachen und war wieder der Alte. »Ja«, sagte er schließlich und schwieg dann lange. »Aber ich kann dir nicht davon erzählen. Ich weiß, dass du glaubst, du hättest besondere Einsichten oder Weisheit oder Visionen. Doch ich kann darauf nicht vertrauen. Ich kann nicht vergessen, dass du schwach und von Dämonen gepeinigt warst – und die Wahrheit ist: Wenn Andreas und ich dich nicht wohlbehalten in die Wüste gebracht hätten, wärest du gestorben. Deshalb kann ich nicht glauben – verzeih mir, aber ich kann es nicht! –, dass du uns alle an spiritueller Weisheit übertriffst.«

»Natürlich kannst du das nicht. Aber lass mich doch versuchen, dir zu helfen, so gut ich …«

»Dann will ich dir eine Aufgabe stellen.« Er schien keinen Trost zu brauchen. Sie bereute, dass sie zu ihm gekommen war. »Sag mir, was für eine Vision, was für einen Traum ich hatte. Dann werde ich glauben, dass du mit spirituellem Wissen gesegnet bist.«

»Aber das weiß nur Gott.«

»Dann bitte Gott, es dir zu offenbaren. Das wird er sicher tun, wenn du sein Vertrauen genießt.« Er schaute sie herausfordernd an.

»Petrus, ich bin doch nur gekommen, um dir zu helfen.«

»Dann hilf mir! Sag mir, was für eine Vision es war!«

»Wie soll das helfen? Du weißt doch schon, was es war. Was ich dir erzählen könnte, wird dem nichts hinzufügen. Wir sollten lieber versuchen, sie zu deuten.«

»Nein! Ich kann deiner Deutung nicht vertrauen, solange du mich nicht davon überzeugst, dass Gott dir tatsächlich Dinge offenbart. Deshalb musst du meine Vision erst beschreiben.«

Er wollte Gott auf die Probe stellen, nicht sie. Es war ihr gleichgültig, ob sie seine Vision sehen konnte oder nicht. Es war ihr gleichgültig, ob sie überhaupt irgendwelche Visionen haben konnte; tatsächlich hätte sie diese Gabe lieber nicht besessen. Also lass mich bei dieser Prüfung scheitern!, rief sie zu Gott. Ja, lass mich scheitern, damit ich frei bin!

»Ich werde Gott bitten, es mir zu offenbaren«, sagte sie schließlich. »Ich weiß aber nicht, wann er es tun wird – sofern er es überhaupt tun will. Vielleicht will er es nicht.«

Bei ihren letzten Worten nickte Petrus. »Darauf wird es höchstwahrscheinlich hinauslaufen«, sagte er spitz.

Sie raffte ihr Gewand, ließ Petrus stehen und kehrte zum Lagerplatz zurück. Sie hätte gekränkt sein müssen, aber sie war es nicht.

Petrus misstraut mir, dachte sie. Warum auch nicht? Was wäre denn, wenn ich das wäre, wofür er mich hält – eine Hochstaplerin, die inspirierte Vermutungen anstellt? Ich hasse diese Gabe! Sie soll verschwinden, so plötzlich, wie sie gekommen ist.

Sie fand einen halb überwucherten Pfad, der zum Abhang führte und den Ausblick auf eine weite ebene Fläche gewährte; hier ging es steil bergab. Maria ließ sich zum Ausruhen nieder.

Mein Gott und Vater, betete sie nach einer Weile, Petrus hat eine Vision gehabt, und vielleicht hast du sie ihm gesandt. Er will, dass ich ihm sage, was es war, um herausfinden, ob du mir wirklich Dinge enthüllst. Wenn es dein Wille ist, zeige mir, was es war. Ich bitte dich darum nur, damit ich dich verherrlichen kann.

Sie seufzte erleichtert. Gott würde ihr die Vision nicht zeigen, und sie könnte all die seltsamen Offenbarungen, die ihr gesandt worden waren, endlich abstreifen. Sie hatte genug davon. Vielleicht waren sie ja doch nur ein Nachklang der Dämonen, ein Zeichen ihrer erhöhten Empfindsamkeit. Je eher sie zu einem normalen Leben und Denken zurückkehrte, desto mehr würden sie verblassen.

Aber bevor sie diese Gedanken zu Ende führen konnte, sah sie plötzlich Bilder. Es war Petrus in … Das musste Rom sein, die Kleider sahen römisch aus … Er wurde gejagt, dann gefesselt und an einen gekreuzten Balken gebunden. Aber er war viel älter. Sein Haar war grau und schütter, seine große Gestalt fahl und gebrechlich. Und da war noch jemand, ein rundlicher Mann mit einem Lorbeerkranz … ein römischer Kaiser, aber es war nicht Tiberius, den sie von seinen Münzen kannte.

Aber was bedurfte der Deutung? Es war alles so klar. Sprach Petrus? Sie holte das Bild zurück und lauschte aufmerksam den Stimmen. »Anders herum«, sagte er. »Ich bin dessen nicht würdig.« Und da drehten die römischen Soldaten das gekreuzte Holz mit ihm herum, sodass er kopfüber daran hing.

Diese Worte kann ich ihm sagen, dachte sie. »Anders herum. Ich bin dessen nicht würdig.« Vielleicht wird er wissen, was es bedeutet. Sie blieb lange dort sitzen und genoss das Alleinsein mit Gott, doch sie war enttäuscht, weil er die Bürde der Visionen nicht von ihr genommen hatte. Nun, wenn dies der Preis dafür war, von ihm berufen zu sein …?

Als sie zum Lagerplatz zurückkam, waren die anderen schon aufgestanden und bereit für den Tag. Petrus war damit beschäftigt, seine Decke zusammenzurollen und sich laut mit Andreas zu unterhalten, als sei nichts vorgefallen. Sie würde später noch Zeit genug haben, mit ihm zu reden.

Jesus war nirgends zu sehen. Vielleicht hatte er sich davongestohlen und wollte ein paar Augenblicke allein sein, um zu beten und seine Gedanken zu sammeln. Die Jünger liefen durcheinander und warteten auf seine Anweisungen.

Der Nebel hatte sich verzogen. Der Wald und der heidnische Altar wirkten nicht mehr so geheimnisumwoben und bedrohlich. Der Morgen brachte Beruhigung und Sicherheit.

Schließlich kehrte Jesus zurück. Er wirkte erfrischt und gestärkt. »Worüber unterhaltet ihr euch?«, fragte er.

»Meister«, sagte Petrus und sprach die Frage aus, die sich alle stellten, »warum hast du uns hergebracht?«

Jesus dachte lange nach. »Weil es weit entfernt von allem ist. Selbst Galiläa ist zu eng verbunden mit den Mächten in Jerusalem und Rom. Ich musste nachdenken – musste mir überlegen, was ich zu tun habe und wo ich gebraucht werde.«

»Bist du denn zu einem Schluss gekommen?«, fragte Judas mit klarer Stimme.

»Ja, ich fürchte, ich bin es«, antwortete Jesus leise. »Ich wünschte, es wäre anders.«

»Und was hast du beschlossen?«, fragte Judas.

»Ich muss nach Jerusalem«, antwortete Jesus sofort. »Und was dort geschehen wird … Ihr wisst, dass Jerusalem seine Propheten umbringt.« Er wartete einen Augenblick. »Ich kann nichts anderes erwarten.«

»Nein, Meister!« Petrus sprang auf, stürzte auf ihn zu und legte ihm die Hände auf die Schultern, als könne er es so verhindern. »Nein, das darfst du nicht! Das erlauben wir nicht!«

Jesus wich zurück. Ein Ausdruck grenzenlosen Grauens zog über sein Gesicht. »Hebe dich fort, Satan!«, befahl er in dem gleichen Ton, mit dem er seine Teufelsaustreibungen vollzog.

Wie vom Donner gerührt, taumelte Petrus zurück.

»Satan, schweig still!«, rief Jesus. »Du siehst, wie Menschen sehen, aber du siehst nicht, was Gottes Wille ist!«

Petrus war auf ein Knie gefallen und hielt die Hände über sich, als wolle er einen Schlag abwehren. »Aber Meister«, sagte er schließlich, »ich *bin* ein Mensch. Ich kann nicht sehen wie Gott. Ich weiß nur, dass ich dich vor allem, was dir schaden könnte, beschützen will.«

Jesus schloss die Augen, ballte die Fäuste und schien zu beten. Nach langem Schweigen streckte er die Finger und ließ die Hände herabhängen. »Petrus«, begann er, »was sagen die Menschen, wer ich sei?«

»Manche sagen, du seist Johannes der Täufer, der wieder zum Leben erweckt wurde«, sagte Thomas, ohne an der Reihe zu sein.

»Manche sagen, du seist Elias«, erklärte Andreas ungefragt.

»Aber für wen hältst du mich?« Jesus schaute Petrus in die Augen.

»Ich sage ... Ich sage ...« Petrus suchte nach Worten. »Ich sage, du bist der, auf den wir gewartet haben, der Gesalbte, mit dem das Königreich Gottes anbricht ...« Er kniete vor Jesus nieder. »Vielleicht bist du sogar auserwählt von Gott als sein Sohn, denn du verstehst ihn, verstehst seine Pläne besser als irgendjemand sonst unter den Lebenden ...«

Jesus starrte Petrus an und fasste ihn bei den Schultern. »Ah«, sagte er, »das hat Gott dir offenbart, mein Vater im Himmel.« Er beugte sich über Petrus und zog ihn hoch. »Steh auf!« Er schaute die anderen an. »Ich muss euch allen sagen, ich bin sehr beunruhigt. Es wird noch mehr offenbart werden.«

Sie scharrten mit den Füßen, schauten sich um, betrachteten die Bäume, die Steine, ihre eigenen Füße, alles – nur nicht ihn. Sie ertrugen die Unsicherheit in seinem Blick nicht. Er war immer so unerschütterlich wie ein Fels gewesen, so sicher in allem, was er tat. Wenn Jesus jetzt Zweifel bekam, was würde dann aus ihnen werden?

»Ich werde auf Weisung warten«, gab Jesus schließlich bekannt. »Ich gehe nicht fort, ehe ich sie habe.«

»Aber ... hier?« Judas klang erschrocken. Auch er hatte den bösen Einfluss der Stätte gespürt. Tatsächlich war sein Blick an diesem Morgen umwölkt, verändert.

»Es ist immer gut, dem Feind ins Gesicht zu schauen«, sagte

Jesus. »Wenn Satan hier mächtig ist, dann müssen wir unsere Pläne in seinem Schatten machen, nicht im unschuldigen Sonnenlicht.«

Wären sie nur hier gewesen, um die Landschaft zu genießen oder sich auszuruhen, so wäre die wunderschöne Gegend dafür ideal gewesen. Die Höhe, auf der fast tausend Jahre zuvor die hohe Stätte errichtet worden war, bot einen prachtvollen Blick auf den Berg Hermon, und in den Tagen, die sie dort oben verbrachten, verschonte der Winterregen sie. Die Bäume auf den Hängen waren Überreste der Wälder, die das Land ursprünglich bedeckt hatten – Eichen, Pistazienbäume, Zypressen. Ihre Kronen ragten majestätisch empor und warfen große Schatten.

Während sie auf Jesus warteten, ging Maria zu Petrus, um ihm zu berichten, dass sie einen Einblick in seinen Traum erhalten hatte. Seine Miene veränderte sich, als sie die römischen Soldaten und den dicken Kreuzbalken beschrieb. Als sie seine Worte wiederholte, wurden seine Knie weich, sodass er sich an einem Baum festhalten musste.

»Du hast diese Worte gehört?«, flüsterte er.

»Ich weiß nicht, was sie bedeuten«, sagte sie. »Aber, ja, ich habe sie gehört.«

»Mich beunruhigt, dass ich auch nicht weiß, was sie bedeuten. Und die Soldaten … die Fesseln …« Ihn schauderte. »Aber was immer es war, es liegt weit in der Zukunft. Ich war alt.« Er versuchte sich zu beruhigen.

»Hat Jesus nicht etwas über deine Zukunft gesagt? ›Wenn du alt bist, wirst du die Hände ausstrecken, und jemand anderes wird dich ankleiden und dich führen, wohin du nicht gehen willst.‹ Könnte er das damit gemeint haben?«

»O Gott!«, rief Petrus. »Könnte es sein … Waren es Henker?« Seine Stimme wurde dünn vor Angst. »Ich dachte, es bedeutet bloß, dass ich ein gebrechlicher alter Mann sein werde, den seine Familie umherführt.« Es schien, als wolle er in Tränen ausbrechen. »Aber doch nicht zur Hinrichtung durch die Römer!«

»Petrus«, sagte Maria. »Was wir gesehen haben, waren nur Schatten.« Was bedeutete dann jedoch ihre Vision, in der Jesus geschlagen worden war? »Es kommt uns nicht zu, mehr darüber zu wissen.«

»Aber … Gott hat es dir offenbart«, sagte Petrus. »Das ist der Beweis für mich: Deine Visionen und Einsichten sind echt. Ich muss sie respektieren. Ich werde nicht wieder an dir zweifeln. Verzeih mir, doch ich brauchte Gewissheit.«

»Ich nehme es dir nicht übel. Die Schriften sind voll von falschen Propheten. Ich möchte nicht zu ihnen gehören. Die Wahrheit ist, ich möchte überhaupt nicht zu den Propheten gehören – weder zu den falschen noch zu den echten!«

»Gott hat anders entschieden«, sagte Petrus. »Er ist ein seltsamer Gefährte.« Dann lachte er. »Wie respektlos das klingt!«

Auch Maria musste lachen. »Nein. Es bedeutet nur, dass du ihn gut genug kennst, um so vertraulich von ihm zu sprechen.«

Sie musste mit Jesus reden und ihm erzählen, was sie von ihm geträumt hatte. Er war wie gewohnt früh aufgestanden und lautlos davongegangen, während alle noch schliefen. Erst spät abends war er zurückgekehrt, hatte noch kurze Zeit mit ihnen am Lagerfeuer gesessen und leise mit ihnen gesprochen. Seine Gedanken und Schlussfolgerungen behielt er für sich, aber jeden Abend wirkte er abwesender und trauriger. Ihnen allen graute davor, seine Botschaft zu hören, wann immer er sie ihnen eröffnen mochte.

Hastig warf Maria die Decke von sich, schnürte ihre Sandalen und folgte ihm zu dem Weg, der in den Wald führte. Sie rannte über das uralte Pflaster und stolperte über ein Grasbüschel.

Er ging langsam und vorsichtig im Dunkeln. Mit ein paar letzten schnellen Schritten hatte sie ihn eingeholt und ergriff seinen Arm.

»Maria.«

»Meister.« Sie ließ die Hand sinken. »Ich wollte dich allein sprechen.« Nun, da sie die Gelegenheit dazu hatte, fehlten ihr die Worte.

Jesus wartete nur. Er fragte nicht: »Was ist?«, und sagte nicht: »So sprich doch!«

»Ich weiß, dies ist eine schwierige Zeit für dich … ein Wendepunkt …«

»Ja.«

»Ich muss dir erzählen, dass ich wieder einen dieser Träume oder Visionen hatte, was immer es sein mag. Du kamst darin vor. Ich muss dir erzählen, was ich gesehen habe.«

Er seufzte. »Ja, ich muss es wissen.« Im Dunkeln konnte sie sein Gesicht nicht erkennen.

Rasch schilderte sie ihre Eindrücke. Jesus, von fremden Händen gepackt, geschlagen, blutend. Misshandelt.

»Konntest du sehen, wo es war?«, fragte er nur.

»Dem Hintergrund nach … Es war irgendwo in einer Stadt. Es waren viele Leute dort. Und überall Häuser.«

»Jerusalem.« Jesus sprach das Wort beinahe frohlockend aus. »Jerusalem.«

»Meister«, sagte sie, »das weiß ich nicht. Ich kann nicht sagen, welche Stadt es war oder was wirklich geschah.«

»Es war Jerusalem. Ich weiß es bestimmt. Ich werde dort sterben.«

Sie wusste, dass sie ihm nicht widersprechen durfte. Sie würde es nicht ertragen, wenn er sich gegen sie wenden würde mit den Worten: »Hebe dich fort, Satan!«, wie er es Petrus gegenüber getan hatte. Aber es drängte sie aus tiefstem Herzen zu protestieren. So sagte sie nur: »Du wurdest nicht getötet, nur … verletzt.«

»Du hast nur den Anfang gesehen. Das schreckliche Ende wurde dir erspart.« Langsam wurde es heller, sodass sie sein Gesicht nun erkennen konnte. »Mehr und mehr ist mir in den letzten Tagen offenbart worden«, sagte er. »Manches war so hässlich, dass ich es kaum über mich bringe, ihm ins Auge zu sehen. Aber jetzt sehe ich … Nun begreife ich … dass ich zu Anfang nicht – nicht alles verstanden habe. Es wird in der Tat ein Ende geben, und Gott wird uns in ein neues Zeitalter führen. Aber es wird nicht so einfach sein, wie ich dachte. Ich bin ein wesentlicher Teil davon, nicht nur der Verkünder, wie Johannes es war. Aus irgendeinem Grund ist es notwendig, dass ich nach Jerusalem gehe, ins Herz des Reiches, wo der Tempel steht – der Ort, der Gott geweiht ist. Ich verstehe es nicht ganz, aber das ist es, was Gott mir offenbart hat.«

»Aber warum? Was muss dort geschehen?«

»Das kann ich dir nicht beantworten«, sagte er. Jetzt sah sie sein Gesicht ganz deutlich. Seine Augen blickten bekümmert, er war ratlos. »Ich weiß nur, dass ich gehorchen muss.«

»Inwiefern gehorchen?«

»Gott hat mir gesagt, ich muss zum Passahfest nach Jerusalem. Erinnerst du dich noch, wie du als Kind dort warst?« Sein Tonfall änderte sich unvermittelt, und die Frage klang oberflächlich, plaudernd.

»Ja. Aber ich erinnere mich nur an die Menschenmassen, an die Größe des Tempels, den grellweißen Stein und die goldenen Verzierungen.«

»Hast du nichts Heiliges gespürt?«

»Wenn ja, so ist es nicht bei mir geblieben«, sagte sie. »Verzeih mir.«

»Wenn nicht, hast du vielleicht gespürt, was kommt.« Seine Stimme klang betrübt. »Vielleicht spürt ein Kind auch besser, was wahre Heiligkeit ist.«

»Aber ich war noch sehr klein.«

»Umso mehr Grund«, sagte er entschlossen. »Den Tempel und seine korrupte Priesterschaft hat Gott verworfen. In wenigen Jahren wird dort kein Stein mehr auf dem anderen stehen.«

Unwillkürlich schrie sie auf. Der Tempel war ein gewaltiges Gebäude, massiv wie ein Berg. »Nein!«

Aber ihre Vision ...

»Doch. Es wird nichts davon übrig bleiben.« Er drehte sich um und fasste sie sanft bei den Schultern. »Ich habe euch gesagt, dass dieses Zeitalter zu Ende geht. Die Abrechnung wird in Jerusalem beginnen und sich von dort ausbreiten.«

»Der Tempel – man hat uns gesagt, Gott selbst wohne dort. Heißt das, er wird fliehen und uns verlassen?«

»Er wird uns niemals verlassen«, sagte Jesus mit Entschiedenheit. »Aber was es bedeutet, weiß ich nicht. Ich weiß nur, dass ich seinem Ruf gehorchen und hingehen muss. Und wenn ich da bin, muss ich tun, was Gott mir befiehlt.«

»Meine Vision ...«

»Sie war Wirklichkeit. Wir kennen nur den Rahmen noch nicht, der sie umgibt.« Er nahm ihre Hände und drückte sie. »Danke, dass du es mir erzählt hast. Ich danke Gott, dass er dich diese Dinge sehen lässt. Und ich danke Gott, dass er dich zu mir geführt hat und dich frei sprechen lässt.«

Bei diesen Worten fühlte sie sich zutiefst erregt und geehrt, und es war, als sprudle in ihr eine Quelle mit wilder Kraft empor. Er sah, was sie miteinander verband, was immer es sein mochte. Er sah es und dankte Gott sogar dafür. Sie hatte keinen Namen dafür, es war zu außerordentlich für einen Namen – es war nur *da*, und Gott hatte sie hierher geführt, hatte sie nur dafür erschaffen.

Jesus ist mein! – Diese Worte kamen ihr in den Sinn, als sie wieder denken konnte.

Das Glück dieses Besitzes durchströmte sie. Er gehörte ihr, er betrachtete sie anders als jeden anderen, er ehrte sie vor allen anderen, sie waren vom gleichen Geist. Die Offenbarungen wurden ihnen beiden zuteil; sie unterschieden sich, aber sie vervollständigten einander. Er wusste zu schätzen, was sie ihm über die Offenbarungen und ihre Einsichten erzählen konnte. Sie hatte ihm etwas zu bieten, das niemand sonst besaß.

Er liebte sie. Jetzt wusste sie es. Warum konnte sie noch immer nicht sprechen? Sie hob die Hand zum Hals, als könnte sie Worte hervorpressen. Sie musste sprechen, musste etwas sagen. Aber sie schaute ihn nur unverwandt an, sein schmales Gesicht mit den tief liegenden Augen. Alles, was sie je gewesen war und je hatte sein wollen, war in diesem Gesicht.

»Maria, nicht so.« Es war Jesus, der sprach. »Höre nicht auf Satan.« Er klang beinahe resigniert. »Ich habe seinen Widerstand erwartet. Ja, ich habe damit gerechnet. Allerdings nicht in dieser Form. Und sowohl durch dich als auch durch Petrus. Er hat zu dir gesprochen, und du hast auf ihn gehört. Aber jetzt, Maria, höre auf *mich*, nicht auf Satan. Du weißt, er attackiert uns durch unsere Gaben, und du hast viele davon. Er nutzt sie als Quell des Stolzes für dich.«

Stolz?, dachte sie. Ich bin nicht stolz!

Doch als sie in seine Augen blickte, schämte sie sich. Er bemerkte die heimliche Freude, die sie erfüllte, wenn sie mehr wusste als die anderen oder wenn ihr eine Offenbarung gewährt wurde, die ihnen verborgen blieb, auch wenn sie sich einredete, sie wolle sie nicht haben.

»Vergib mir«, sagte sie schließlich, und sie fühlte sich plötzlich unbedeutend. Alle Erregung war von ihr gewichen. Am liebsten hätte sie sich davongeschlichen.

»Ich wollte nicht schroff sein«, sagte Jesus. »Es ist immer leichter, den Satan bei anderen am Werk zu sehen, als bei sich selbst. Maria, vergiss nicht, dass er nur diejenigen angreift, die Gutes tun wollen. Es spricht nicht gegen dich.«

Aber das tat es natürlich doch. Ihm missfiel ihr Stolz; er hatte ihn bemerkt und demaskiert. Das würde es ihm unmöglich machen, sie zu lieben – auf diese Weise.

»Aber nicht dein Stolz ist es, der Satan am meisten interessiert«, sagte Jesus.

Nein! Gib, dass es nicht noch mehr ist, lass ihn nicht noch tiefer in mich hineinblicken!, betete Maria.

»Sein oberstes Ziel ist es, das zu nehmen, was am natürlichsten ist, und es zum Stolperstein für uns zu machen.« Jesus zögerte, als widerstrebe es ihm weiterzusprechen. »Und das ist die Liebe eines Mannes zu einer Frau und einer Frau zu einem Mann. Maria, ich weiß, dass du mich liebst.«

Sie war starr vor Angst, denn er würde gewiss nicht sagen: »Und ich liebe dich auch.« Sie wollte davonlaufen, um dieser Schmach zu entfliehen. Wieso musste er ihre Gefühle derart bloßstellen, wenn er sie nicht erwidern konnte?

Doch warum sollte sie es leugnen? Er wusste sowieso alles. Was konnte schlimmer sein als das, was er schon gesagt hatte? »Ja, ich liebe dich«, sagte sie. »Und du liebst mich auch, das weiß ich«, fügte sie trotzig hinzu, obwohl sie es nicht mehr glaubte.

»Ja, ich liebe dich«, sagte er. »Ich liebe deinen Mut und deine Integrität, deine Einsichten und deine Ruhe, und wenn mein Leben in eine andere Richtung ginge, würde ich dich auf diesem Weg an meiner Seite haben wollen. Und auch jetzt habe ich dich erwählt, meinen Weg mit mir zu gehen. Aber es wird ein einzigartiger Weg sein, nicht der, der offen ist für andere Wege – für die Wege zu Ehe, Kindern und einem Heim. Auf diese Weise kann ich niemandem gehören. Satan weiß, wie schwer das für mich ist, er erinnert mich ständig an das, worauf ich verzichten muss.«

»Ich verstehe dich nicht! Warum kannst du diesen Weg nicht gehen?«

»Weil ich den Weg, der mir erwählt ist, allein gehen muss. Es kommt eine Weggabelung, da ist nur noch Platz für einen.«

»Der dir erwählt ist! Du hast ihn dir selbst erwählt!« Sie wollte jetzt zurückschlagen, ihre verwirrten Gefühle verdecken. »Du lockst uns mit all deinen geheimnisvollen Anspielungen und Andeutungen, und wir folgen dir immer weiter, aber wir wissen nicht, wohin wir gehen, nicht einmal, warum wir hier sind.«

»Für mich ist es auch nicht leicht. Ihr habt wenigstens einander.«

»Wenn du niemanden hast, dann nur, weil du – es ist nicht so, als ob …«

»Es ist das, was ich mir erwählt habe, wie du gesagt hast. Es bedeutet nicht, dass ich die Gefährten, die ich haben darf, nicht zu schätzen weiß.«

»Ich … Ich verstehe das alles nicht.« Nur mit Mühe verhinderte sie, dass ihre Stimme brach.

»Es wird dir alles klar werden. Dann wirst du dich an meine Worte erinnern, und du wirst es verstehen. Vorläufig musst du nur verstehen, dass ich dich wirklich liebe. Aber nicht so, wie Joel dich geliebt hat. Verlasse mich nicht! Ich werde deine Kraft brauchen. Bitte!«

Sie wollte sich abwenden. Sie wollte weglaufen, weit, weit weg.

»Bitte, Maria, bleib bei mir! Ohne dich … können die anderen nicht durchhalten.«

»Die anderen, die anderen! Was bedeuten sie mir denn in Wirklichkeit?« Alles, was sie miteinander verband, war Jesus. Und ohne ihn …

»Ihr seid getauft als Brüder und Schwestern. Sie brauchen dich. Sie *werden* dich brauchen.«

Sie wollte nicht gebraucht werden, sie wollte jemanden, der ihr gab, was *sie* brauchte. Ohne zu antworten, wandte sie sich um und kehrte zum Lager zurück. Die Gefährten würden inzwischen aufgestanden sein und nach ihnen suchen.

»Ich muss nach Jerusalem. Dort muss ich sprechen, im Herzen von Gottes heiliger Stätte. Ich muss dorthin, selbst wenn ich allein gehen muss.« Er klang traurig, als flehe er sie an, ihn zu verstehen und ihm zu versprechen, nicht von ihrem Kurs abzuweichen.

Aber sie ließ ihn stehen. Sie war so aufgewühlt, dass sie seinen Anblick nicht einen Moment länger ertrug.

XLVIII

Während sie sich anschickten, Dan zu verlassen, blieb Maria stumm. Ihr war, als müsse ihr Gesicht puterrot sein – vor Zorn? vor Scham? Sie mied es, jemanden anzusehen, damit niemand ihren Gesichtsausdruck deuten konnte. Das brennende Gefühl der Zurückweisung schmerzte wie ein Schlag ins Gesicht. Zurückweisung? Aber natürlich war es das gewesen, trotz seiner milden und besänftigenden Worte. Sie hatte sich vor ihm bloßgestellt, hatte ihm ihre tiefe Sehnsucht danach offenbart, ihm allein zu gehören und ihn allein zu besitzen. Er war davor zurückgewichen, hatte gesagt, das könne niemals sein. Doch nun kannte er ihre Not, und keiner von ihnen würde es je wieder vergessen können. Es würde immer zwischen ihnen stehen.

Niemand bemerkte etwas von ihrer Stimmung. Alle waren damit beschäftigt, zu reden und ihre Sachen einzusammeln. Sie fragten sich, wohin sie als Nächstes gehen würden. Alle wollten diesen gespenstischen Ort verlassen. Aber wohin sollte es gehen?

Jesus wirkte abwesend und fern. »Wir werden bis zum Passahfest hier in Philippus' Territorium bleiben«, sagte er. »Gehen wir in die Nähe seiner Stadt. Das ist nicht weit.«

»Meinst du, nach Cäsarea Philippi?«, fragte Petrus. »Wir werden aber doch sicher nicht in die Stadt gehen.«

»Warum nicht?«, fragte Jesus. Sein Gesicht war undurchdringlich. Maria hasste ihn in diesem Augenblick. Das war seine Art: Er köderte die Leute, brachte sie dazu, ihre Gedanken auszusprechen und sich damit bloßzustellen. Plötzlich wurde ihr klar, dass er niemals eine Begegnung mit irgendjemandem eingeleitet hatte; die Leute mussten immer zu ihm kommen. Die Kranken, die Armen, die Bedürftigen – sie mussten zu ihm kommen, sich seiner Gnade anheim geben. *Genau wie ich!*

»Die Stadt ist groß, es wimmelt dort von Ausländern. Wir gehören da nicht hin«, antwortete Petrus entschlossen.

»Vielleicht gehören wir gerade da hin«, sagte Jesus.

»Aber … es ist teuer dort!«, erwiderte Petrus. »Unterkunft, Essen …«

»Wir haben Mittel«, sagte Jesus.

Vermutlich meint er mich!, dachte Maria.

»Ich halte es für eine Verschwendung unserer Mittel.« Die unverwechselbare Stimme von Judas erhob sich. »Freilich, wir mögen sie haben, aber sollten wir sie auf diese Weise ausgeben? Die Armen …«

»Du sorgst dich also um die Armen, Judas?«, fragte Simon. »Das höre ich aber zum ersten Mal.«

»Ich finde, nach Cäsarea Philippi zu gehen ist Geldverschwendung«, sagte Judas zu Jesus, ohne Simon zu beachten. »Wir können außerhalb lagern und uns diese Kosten sparen. Es sei denn« – er nickte –, »du möchtest mit Leuten in Cäsarea Philippi sprechen. In diesem Fall …«

»Aber das sind Ungläubige!«, rief Thomas. »Warum mit ihnen sprechen? Gilt deine Botschaft nicht nur für Israel? Welche Bedeutung kann sie für die anderen haben?«

»Der Messias ist nur für die Kinder von Israel«, sagte Petrus unbeirrt. »Für Außenseiter kann er keine Bedeutung haben. Er gehört zu unserer Tradition und zu keiner anderen.«

Jesus stand vor der gespenstischen Heidenplattform. »Vielleicht – doch die Abrechnung wird auch für sie kommen. Sollten sie nicht gewarnt sein? Die Propheten haben alle Völker in ihr Urteil eingeschlossen, aber sie haben ihnen auch die Möglichkeit zur Buße gegeben. Vielleicht haben wir das alles bisher zu eng gesehen?«

»Was willst du damit sagen? Dass die Ungläubigen ebenfalls gerufen werden sollen?« Thomas war empört. »Es sind schmutzige, unreine Menschen.«

»Wenn Gott ein Volk verurteilt, bietet er ihm auch Erlösung an«, sagte Jesus langsam. »Er schickte Jona zum Volk von Ninive, um dort zu predigen. Amos warnte die benachbarten Völker. Ich muss Gott fragen.«

Das also beschäftigt ihn, dachte Maria. Jetzt wird er mich

vergessen – und alles, worüber wir im Morgengrauen gesprochen haben.

Sollte ich dankbar dafür sein, oder soll ich mich gekränkt fühlen?

Sie entschied sich – sie konnte nicht anders – für die zweite Möglichkeit. Ich weiß, dass es unter meiner Würde ist, dachte sie. Er hat eine erhabene Mission. Er muss sich ihr widmen. Ich sollte ihn nicht daran hindern. Das wusste sie alles, aber sie brannte vor Enttäuschung und Eifersucht – sogar auf die Ungläubigen, um die er sich plötzlich solche Sorgen machte.

Sie brachen auf und wanderten auf Cäsarea Philippi zu. Der Abstieg von dem Berg, der einmal die Stadt Dan gewesen war, vor achthundert Jahren verdammt vom Propheten Amos, dauerte fast den ganzen Vormittag. Als sie in der Ebene angekommen waren, waren alle erleichtert, die Erinnerungen und die Geister dieses verfluchten Ortes hinter sich lassen zu können.

Am Wegrand standen zahlreiche heidnische Heiligtümer, und Maria sah, dass einige Jünger Jesus am Ärmel zupften und ihn danach fragten. Sie selbst hielt sich weit im Hintergrund, fern von Jesus.

»Was plagt dich?« Maria hörte die unverwechselbare leise Stimme seiner Mutter.

Sie könnte es ihr niemals erzählen!

»Nichts außer der Ungewissheit«, antwortete sie ausweichend.

»Ja … die Ungewissheit.« Jesu Mutter kam an ihre Seite. »Ich habe Angst. Irgendetwas steht bevor.« Sie atmete schwer. Maria erkannte, dass diese Reise für sie auch eine körperliche Herausforderung war, nicht nur eine spirituelle. Wahrscheinlich hatte sie noch nie eine so lange Wanderung unternommen.

»Warum hast du deine Heimat verlassen und dich ihm angeschlossen?« Maria konnte nicht anders, sie musste fragen. Es war die entscheidende Frage, die sich alle stellen mussten, und jede Antwort würde anders ausfallen.

Die Mutter Jesu wog ihre Worte. »Ich wusste vom Augenblick seiner Geburt an, dass er eine besondere Berufung oder Mission hatte. Als er sie antrat, musste ich dabei sein, um es zu sehen. Ich habe mich ein wenig verspätet, aber jetzt bin ich hier.« Sie schwieg, denn sie war außer Atem. Maria ging ein wenig langsamer, damit die ältere Frau mühelos an ihrer Seite bleiben konnte.

»Du bist gesegnet. Dein Sohn hat dir erlaubt, dich ihm anzuschließen. Nicht viele erwachsene Söhne würden das tun.«

»Ich weiß.« Seine Mutter schaute sie an, und wieder bemerkte Maria staunend ihre zurückhaltende Schönheit und ihre Aufrichtigkeit. Sie erinnerte sich daran, wie sie diese Frau in früher Jugend bewundert hatte, damals auf dem Rückweg von Jerusalem. Die Verheißung von Wärme, der gewinnende Charakter – beides hatte sich erfüllt in dieser reifen Frau, die hier so entschlossen hinter ihrem Sohn herging und nichts wollte, als sein Schicksal zu teilen, was immer es sein mochte.

Welch ein Unterschied zu den Frauen in meiner Familie!, dachte Maria neidisch. Sie halten mich sogar fern von meiner eigenen Tochter, die sie nicht lieben.

Sie verbrachten den Winter am Rande von Cäsarea Philippi, einer Stadt von großer Schönheit mit einem Forum im römischen Stil, breiten Straßen, Springbrunnen und Marmorstatuen. Trotz aller Weltlichkeit waren sie von dem Ort fasziniert. Sie fühlten sich dort beinahe schon heimisch, als Jesus plötzlich verkündete, er wolle mit ihnen zu den nahen Quellen wandern, die aus unterirdischen Höhlen hervorsprudelten und zum Jordan wurden, eine Gegend, die nach dem Glauben der Griechen dem Gott Pan heilig war.

Sie waren inzwischen klug genug, nicht zu fragen oder zu widersprechen, aber es kam ihnen doch sehr merkwürdig vor, dass er sie ausgerechnet dorthin führen wollte. Gehorsam folgten sie ihm, leise miteinander redend, und die Frage, die sie einander stellten, wurde zu einem Refrain: Was hat das zu bedeuten?

Der Winterregen hatte endlich nachgelassen, und überall entdeckte man die Anzeichen des Frühlings – die Luft war mild, der Himmel zartblau, und die wilden Mandelbäume, die als Erste blühten, zeigten ihre weiße Pracht, umrahmt vom sanften Grün der ersten Blätter. Weiter südlich, zu Hause in Galiläa, würde die

Jahreszeit noch weiter fortgeschritten sein. Und in Judäa, der Gegend von Jerusalem, würde schon der heiße Wind aus der Wüste wehen. Auf dem Pfad zu den Quellen sangen Vögel, die nichts kannten außer der Lust am kommenden Frühling.

Aber was kommt auf uns zu? Maria war von banger Sorge erfüllt. Sie wollte nicht nach Jerusalem, wollte nicht, dass die Visionen, die sie gehabt hatte, Wirklichkeit werden konnten.

Es war Mittag, als sie zu einer freien Fläche am Fuße einer zerklüfteten Felswand gelangten. Die Sonne liebkoste den Fels und warf ihr Licht tief in Myriaden von Nischen, die in den Stein gehauen waren und in denen zahllose Götzenbilder standen. Jede dieser Nischen war geformt wie eine Muschel, die sich öffnete, um ihren Schatz preiszugeben.

Die Statuen waren wunderschön. Ihre anmutigen, kunstvoll gemeißelten Hände hielten Füllhörner, Stäbe, Lanzen und Bogen. Ihre makellosen Gesichter lächelten ihren Anbetern entgegen, die zu ihnen drängten und vor einer großen Grotte mit einer maulartigen Öffnung durcheinander wimmelten.

»Lasst uns hier stehen bleiben und zuschauen«, sagte Jesus. Sie hatten die Nischen mit den Betenden im Blick sowie den kleinen Tempel an der Seite, vor dem ein paar Ziegen angebunden waren. Ihr dünnes Blöken klang wie ein geheimnisvolles Musikinstrument, das die Eingeweihten einer unbekannten Sekte herbeirief.

»Hier ist er – ihr Tempel. Erinnert euch daran, wenn wir zu unserem eigenen Tempel in Jerusalem kommen«, sagte Jesus. »Seht, dort stehen die Ziegen, bereit zum Opfer. Hier sind die Pilger, die gekommen sind, um etwas Heiliges zu sehen und zu fühlen. Hier sind die Götter, die beifällig auf sie herabschauen. Gegenstände aus Stein, von Menschenhand behauen, zu denen sie beten – als besäßen die Götzenbilder mehr Macht als die Hände, die sie schufen.«

»Ja!«, warf Thomas ein. »Wie Jesaja sagte: Menschen, die Götzenbilder machen, nehmen ein Stück Holz, teilen es in zwei Hälften, schnitzen aus der einen ihr Götzenbild, verneigen sich davor und werfen die andere Hälfte ins Feuer, um sich daran zu wärmen. Narren!«

»Sie würden behaupten, dass sie nicht den Stein selbst anbeten, sondern die Darstellung eines Gottes, der woanders wohnt«, wandte Judas ein. »So einfältig sind sie ja nicht. Jesaja war sehr witzig, doch er hat sie unterschätzt. Und es ist niemals klug, seine Gegner zu unterschätzen.«

»Wohlgesprochen, Judas«, sagte Jesus. »Und was den Unterschied zwischen ihnen und uns betrifft: Wir haben zwar keine Statuen im Tempel, aber wir haben ein Heiligtum, das die Anwesenheit Gottes darstellt. Und es ist schwer, die Ziegen in unserem Tempel von diesen hier zu unterscheiden. Oder die Pilger, die teils um der Reise willen und teils aus religiösen Gründen herkommen. Ich frage mich, ob ein Außenseiter den Unterschied zwischen ihnen und uns überhaupt erkennen würde.« Mit einer ausladenden Bewegung wies er auf die Szenerie vor ihnen.

Der goldene Farbton der Felswand mit ihren Nischen, die lohbraunen Steinplatten auf dem Versammlungsplatz vor ihnen – das alles verströmte ein Gefühl von tiefem, schläfrigem Frieden. Warm lag er in der Sonne und verlangte nichts weiter als Aufgeschlossenheit und Hingabe der Sinne. Diese griechische Religion war in jeder Hinsicht kultiviert – subtil, angenehm und anspruchslos.

»Zeus, Athene, Hera, Aphrodite, Artemis – sie alle sind glücklich in ihren Nischen«, sagte Judas nickend.

»Ich würde sie gern zerschlagen«, erklärte Simon. Sein alter Zelotengeist flackerte wieder auf. »Jawohl, ich möchte eine Keule nehmen und sie zerschlagen.«

»Aber der Hauptgott hier ist Pan.« Jesus beachtete ihn nicht. »In dieser Grotte dort opfern sie Pan ihre Ziegen. In ihr entspringt ein Bach, der zum Jordan wird. Und der Jordan ist uns heilig.«

»Sie verunreinigen unser heiliges Wasser mit diesen obszönen Riten!«, sagte Thomas.

»Ist das so?«, fragte Jesus. »Oder ist es anders herum? Oder kann die Tatsache, dass der Jordan uns in unserer Geschichte von Josua bis zu Johannes dem Täufer heilig geworden ist, die heidnischen Riten an seiner Quelle aufheben? Breitet Heiligkeit sich aus, oder verunreinigt Frevel? Denkt sorgfältig darüber nach.«

Er würde es ihnen also nicht sagen. Maria fragte sich, warum er das tat – er köderte sie mit Fragen und weigerte sich dann, ihnen die Antworten zu geben, obwohl er sie sicher kannte.

»Meine Freunde – und jetzt muss ich euch so nennen, nicht Schüler oder Jünger, sondern Freunde, denn wahrlich, das seid ihr alle –, wir sind jetzt bereit, uns auf den Weg zu machen wie der Jordan selbst. Wie der Jordan von seiner Quelle durch Dickicht und Wüste in das große Salzmeer fließt, das er nicht wieder verlässt, so werde ich Jerusalem nicht mehr verlassen. Wie der Jordan werde ich an dem Ort enden, zu dem ich von hier aus gehe.«

»Dann lass uns mitkommen, um dort mit dir zu sterben!«, rief Thomas.

Seltsamerweise widersprach Jesus ihm nicht.

Würden sie alle sterben? War es das, was Jesus ihnen sagen wollte? Maria wusste nicht, ob sie den Mut dazu hatte, ob sie ihn überhaupt haben wollte.

Jesus winkte sie zu einer Stelle abseits der Tempelanlage. Ein paar Weiden bildeten eine Laube, in der sie sich versammeln konnten.

»Judas, hast du Feder und Papier bei dir, das du für deine Buchhaltung benutzt?«, fragte Jesus.

Judas nickte. Er wühlte in seinem Beutel nach dem Schreibzeug. Als er aufblickte, sah Maria wieder etwas Dunkles, Verschleiertes in seinem Blick.

»Ich glaube, meine Freunde, es wäre klug, wenn ihr ein paar Worte an die richten würdet, die ihr verlassen habt«, sagte Jesus. »Judas hat Papier für euch. Wenn ihr irgendjemandem irgendwo noch etwas zu sagen habt, ist jetzt der richtige Augenblick dafür.«

Er spricht von unseren letzten Worten! Instinktiv suchte Marias Hand Elischebas Talisman an ihrem Hals.

»Aber, Meister«, sagte Petrus, »du hast doch gesagt, wir müssen alles hinter uns lassen.«

»Ja, Petrus, ich habe gesagt, ihr müsst das alte Leben aufgeben, wenn ihr das neue beginnt. Aber viele hatten nicht die Gelegenheit, sich richtig zu verabschieden, und das solltet ihr jetzt tun.«

Wir sollen Lebewohl sagen! Weil wir es später nicht mehr können. Weil … »Dann lass uns mitgehen, um dort mit dir zu sterben.«

»Ich habe niemanden, dem ich schreiben kann«, sagte Judas. »Doch ich werde gern für jeden schreiben, der schreiben möchte und es nicht kann.«

»Das will ich auch tun«, sagte Maria. Sie sprachen hastig, um die Verlegenheit zu lindern, die womöglich jemand empfand, weil er nicht schreiben konnte.

Jesus zog sich an das Ufer des kleinen Baches zurück und ließ sie allein.

»Ich … Ich muss an Mara schreiben«, sagte Petrus. »Kannst du mir helfen?« Er setzte sich zu Maria. Sie war überrascht, dass er zu ihr kam, zu einer Frau, statt zu Judas zu gehen. Aber er kannte sie länger und besser als ihn.

»Natürlich.« Sie strich das unebene Stück Papyrus glatt – nicht die beste Qualität, sondern die einfache Sorte, wie man sie für die Buchhaltung verwandte – und nickte ihm zu, damit er anfing.

»Schreib: ›Meine liebe Frau‹«, flüsterte er. »Und dann: ›Ich hoffe, dir und deiner Mutter geht es gut. Seit wir Kapernaum verlassen haben, sind wir viel umhergereist, haben vor großen Menschenmassen gepredigt und viele Kranke geheilt. Jetzt sind wir auf dem Weg nach Jerusalem, wo wir Passah feiern werden.‹« Er schwieg, damit sie schreiben konnte. »Oh, das ist so schwer«, sagte er. »Mir ist, als müsste ich entweder alles oder gar nichts erzählen.«

»Wir haben nicht genug Platz, um alles zu erzählen«, sagte Maria.

»Nein, natürlich nicht. Also: ›Ich werde im Tempel für dich beten, und du musst wissen, dass ich die ganze Zeit an dich denke. Dein Mann Simon bar-Jona.‹ Ich fürchte, das klingt überhaupt nicht nach mir«, sagte er. »Aber ich … Ich weiß einfach nicht, was ich sagen soll. Ich will sie nicht beunruhigen, indem ich von Gefahren erzähle.«

»Ich glaube, der Gruß von dir ist genug. Mehr wird sie nicht wollen.«

Johannes hatte den Kopf gesenkt und kritzelte wild auf seinem Papyrus. Sein Bruder, der große Jakobus, stand neben ihm und knurrte: »Wenn einer von uns an Mutter schreibt, genügt das. An Vater schreibe ich nicht!«

Die Mutter Jesu trat zu Maria und setzte sich zu ihr. »Würdest du dir das einmal ansehen? Ich kann sehr viel besser lesen als schreiben.« Sie hielt ihr ein kleines Stück Papyrus entgegen.

An meinen lieben Sohn Jakobus

Ich habe Jesus bei Kapernaum gefunden und bin seitdem bei ihm. Es erfüllt mein Herz mit Freude, dass ich diese Reise gemacht und mich ihm angeschlossen habe, und ich bete darum, dass du das deine dazu wirst bewegen können, den Zorn auf uns beide zu vergessen. Gott liebt dich nicht weniger als Jesus, und auch ich liebe dich nicht weniger als ihn. Es gibt keine Worte, die ausdrücken können, wie viel du mir bedeutest. Wir gehen zum Passahfest nach Jerusalem, und ich werde dort für deinen Frieden und deine Gesundheit beten.

Deine dich liebende Mutter.

»Dabei muss jedem das Herz schmelzen«, sagte Maria und reichte den Brief zurück.

»Ich will sein Herz nicht schmelzen lassen, ich will es nur erreichen«, sagte seine Mutter und seufzte.

Als Nächste bat Susanna Maria, ihr bei einem Brief an ihren Mann zu helfen. »Ich möchte ihm so viel erklären«, sagte sie.

Maria lächelte, aber es war ein trauriges Lächeln. Susanna geht es wie mir, als ich mich so sehr bemühte, Joel zu erreichen. »Ja, natürlich«, sagte sie. »Doch du kannst dich kurz fassen. Vergiss nicht, ich habe dir schon einmal geholfen, einen Brief zu schreiben.«

»Aber wir wissen nicht, ob er ihn auch bekommen hat«, sagte Susanna.

»Nein. Wie Jesus sagt: Wir verkünden die Botschaft, aber wir wissen nicht, wo sie ankommt.«

Marias Augen brannten, als sie die richtigen Worte für Elischeba suchte. Die Traurigkeit hing über ihr wie eine Wolke und raubte ihr alle Gedanken und Gefühle. Verzehrt von der Vorstellung, sie könne ihre geliebte Tochter niemals wieder sehen, konzentrierte sie sich darauf, einen kurzen Brief an Eli zu schreiben. Für Elischeba legte sie ein paar Zeilen bei. Vor Eli hatte sie keine Angst mehr.

Am nächsten Tag brachen sie auf. Sie würden durch Samaria nach Jerusalem wandern; das war kürzer, und Jesus schien es nach dem langen Winter des bedächtigen Wartens eilig zu haben. Auf dem Weg durch Galiläa sahen sie keinen von Antipas' Soldaten, obwohl sie unentwegt nach ihnen Ausschau hielten. Ungehindert erreichten sie die Grenze nach Samaria, wo sie den Herrschaftsbereich des Antipas hinter sich ließen und in den römischen gelangten. Maria fragte sich, ob der Wechsel von Antipas zu Rom eine Verbesserung bedeutete. Antipas mochte kleinlicher sein, eifriger in der Verfolgung seiner Gegner, aber Rom war unpersönlich und unversöhnlich. Rom konnte man nicht entfliehen, und Rom ließ nicht mit sich handeln.

Sie setzten ihre Reise nach Süden fort, durch Täler, die zu beiden Seiten von hohen Bergen umgeben waren. Manchmal standen am Wegrand Samariter und verhöhnten sie lauthals; andere starrten sie nur mürrisch an. Das Verhältnis zwischen Samaritern und Juden hatte sich in den Jahren, seit Maria die Wallfahrt nach Jerusalem unternommen hatte, nicht gebessert, sondern eher noch verschlechtert. Aber mit Jesus und den Jüngern konnten sie über diese Straßen wandern, ohne sich unter den Schmähungen vom Wegesrand zu ducken oder furchtsam zu fragen, was sie als Nächstes erwartete, wie sie und ihre Familie es damals getan hatten.

Es wurde wärmer; gegen Mittag war es ziemlich heiß. Als sie am Rand von Sichem, der alten Hauptstadt von Samaria, eintrafen, mussten sie Halt machen, um zu rasten. Sie fanden einen geeigneten Brunnen, und Jesus setzte sich auf die Mauer. Er schickte die Männer in die Stadt, damit sie etwas zu essen kauften, während er mit seiner Mutter und den anderen Frauen wartete. Die Mittagsstille ringsum schien träge zu machen. Dennoch näherte sich jemand, denn sie bemerkten kleine Staubwolken auf dem Weg nach Sichem. Bald erkannten sie eine Frau mit einem Wasserkrug. Als sie am Brunnen eintraf, sprach Jesus sie an und fragte sie, ob sie ihm etwas zu trinken geben könne.

Sie schaute ihn wachsam an, eine Frau im mittleren Alter, deren Gesicht noch Spuren von Schönheit trug.

»Was?«, fragte sie schließlich. »Du, ein Jude, bittest eine Samariterin um etwas zu trinken?«

»Ja«, sagte Jesus. »Lässt du deinen Krug in den Brunnen hinab und gibst mir etwas?«

Sie ließ den Krug tief hinunter und zog ihn dann mit flinken, kräftigen Bewegungen wieder herauf. Dann reichte sie ihn Jesus, und dabei beäugte sie ihn immer noch, als sei er gefährlich. Er dankte ihr, trank und gab ihr den Krug zurück.

»Wir sollten nicht miteinander sprechen«, sagte sie. »Und der eine sollte nicht aus dem Becher des anderen trinken.«

Jesus lachte. »Weib«, sagte er. »Wenn du wüsstest, worin die Gabe Gottes besteht und wer es ist, der zu dir sagt: Gib mir zu trinken!, dann hättest du ihn stattdessen um einen Trunk gebeten, und er hätte dir lebendiges Wasser gegeben.«

Jetzt wich sie zurück. Dieser Mann musste ein Wahnsinniger sein. »Herr«, sagte sie schließlich, »du hast nichts, womit du schöpfen könntest, und dieser Brunnen ist sehr tief. Wie also willst du an lebendiges Wasser kommen? Selbst unser gemeinsamer Vorfahre Jakobus, so groß er auch war, musste diesen Brunnen graben, um Wasser zu schöpfen.«

»Ja, und wer daraus trinkt, wird wieder durstig werden. Wer aber von dem Wasser trinkt, das ich ihm geben werde, wird niemals mehr Durst haben; vielmehr wird das Wasser, das ich ihm gebe, in ihm zur sprudelnden Quelle werden, deren Wasser ewiges Leben schenkt.«

»Dann gib mir etwas davon, damit ich nicht immer wieder herkommen und schöpfen muss«, sagte sie.

»Geh, rufe deinen Mann, und komm wieder her; dann zeige ich es dir.«

»Ich habe keinen Mann.«

»Du sprichst die Wahrheit. Denn du hast fünf Männer gehabt, und der, mit dem du jetzt lebst, ist nicht dein Ehemann.«

Sie war so verblüfft, dass sie ihre Angst vergaß. Stattdessen rief sie: »Ich sehe, du bist ein Prophet!« Sie wandte sich zum Gehen. In ihrer Hast ließ sie den leeren Wasserkrug stehen. Nach ein paar Schritten blieb sie stehen. »Herr«, sagte sie, »wir Samariter haben Gott immer auf unserem Berg hier angebetet« – sie deutete auf den Berg Gerizim –, »aber ihr Juden behauptet, der richtige Ort dafür sei in Jerusalem. Warum?«

Jesus schüttelte den Kopf. »Glaube mir, Weib, die Zeit kommt, da er weder hier noch dort angebetet wird, sondern im Geist und in der Wahrheit überall. Gott ist Geist, und alle, die ihn anbeten, müssen ihn auch im Geiste anbeten.«

»Ich weiß, dass ein Messias kommt«, sagte die Frau. »Und wenn er kommt, wird er uns das alles erklären.«

»Weib«, sagte Jesus sehr langsam, »ich bin es, der mit dir spricht.«

Die Frau schlug sich die Hände vor den Mund und eilte davon. Maria hörte, wie sie dem Ersten, der ihr begegnete, zurief: »Komm und sieh einen Mann, der mir alles erzählt hat, was ich je getan habe! Kann das der Messias sein?« Sie stieß auf die zurückkehrenden Jünger und lief an ihnen vorbei in die Stadt. Bald darauf strömten die Leute herbei, um Jesus zu hören. Wieder waren er und seine Jünger von einer Menschenmenge umringt.

Er hat gesagt, er sei der Messias! Er hat es gesagt! Maria war ebenso vom Donner gerührt wie die Samariterin. Sie drehte sich zu seiner Mutter um und sah, dass sie lächelte.

»Du hast es gewusst.« Maria berührte ihren Arm und sprach so leise, dass nur sie es hörte. »Du hast es immer gewusst?«

Die ältere Maria sah die jüngere an. Ihre Augen, von einem sanften Braun und weise, blickten Maria von Magdala forschend an. »Ich habe es gewusst«, sagte sie. »Aber er musste allein zu dieser Erkenntnis gelangen.« Sie nahm Marias Hand und hielt sie fest.

»Kommt!«, sagte Jesus. »Lasst uns nach Sichem hineingehen und dort lehren.« Und zum Erstaunen der Jünger erhob er sich und bedeutete ihnen, ihm zu folgen.

Sie verbrachten mehrere Tage in Sichem. Eifrig lauschten die Menschen seinen Lehren. Viele nahmen sie an und bejubelten ihn als Messias. »Jetzt, da wir ihn selbst gehört haben«, sagten sie zu der Frau, »können wir alles glauben.«

Petrus, Thomas und Simon waren völlig entsetzt. Jesus aß mit diesen Leuten, mit denselben Leuten, die vor Jahrhunderten für ungeeignet erklärt worden waren, beim Bau des Tempels mitzuhelfen, und die seitdem ein Stachel im Fleisch der Juden waren. Jesus hieß sie als Anhänger und Gläubige willkommen! Wer würden die Nächsten sein – die Ägypter? Die Römer? Die drei hielten sich abseits und weigerten sich, bei den Samaritern zu sitzen oder von ihren Speisen zu essen. Als es Zeit wurde, die Reise fortzusetzen, packten sie so eifrig und früh, dass sie Jesus schon am Stadtrand erwarteten.

Das Wort »Messias« schwebte über ihnen, als sie nach Süden wanderten, aber niemand wagte es laut auszusprechen.

XLIX

Jerusalem! Über dem Horizont schimmerte es in der Ferne. Auf dem ersten Höhengrat, der ihnen einen Blick auf die Stadt eröffnete, machten sie Halt. Einige von ihnen sahen sie zum ersten Mal. Im Licht des Mittags strahlte die Stadt weiß, als sei sie in Reinheit gekleidet und in Marmor gemeißelt.

Als sie näher kamen und die steilen Pfade hinabstiegen, hielt Jesus plötzlich noch einmal an. Er schaute erst seine Jünger, dann die Stadt an und begann leise zu weinen. Keiner wusste, was er tun sollte. Schließlich trat Petrus verlegen zu ihm, umarmte ihn, tätschelte seine Schultern und versuchte ihn zu trösten. Auch Johannes legte den Arm um ihn.

Nun drängten alle heran und wollten wissen, was ihm solchen Schmerz bereitete. Maria hörte, wie er – seine Stimme klang gedämpft – leise sagte: »Jerusalem! Hättest du, wenigstens du, doch heute gewusst, was dir Frieden bringen wird – aber nun ist es verborgen vor deinen Augen.« Er wandte sich um und blickte wieder auf die Stadt hinunter. »Die Tage werden über dich kommen, da deine Feinde ein Bollwerk gegen dich erbauen, dich umringen und einschließen auf jeder Seite. Sie werden dich zu Boden schmettern, dich und die Kinder in deinen Mauern. Sie werden keinen Stein auf dem anderen lassen, denn du hast die Zeit nicht erkannt, da Gott zu dir kam.«

Ein Bollwerk … einschließen – war das ein Teil der Vision, die sie gehabt hatte? Würden so die Römer in die Stadt gelangen und den Tempel schänden? Nun sah Jesus es auch.

Auch seine Mutter umarmte Jesus mit gesenktem Kopf. Seine Qualen mussten ihr das Herz zerreißen! Die Stadt breitete sich in strahlender Schönheit vor ihnen aus, aber Jesus sah sie bereits, wie sie sein würde.

Endlich beruhigte Jesus sich und war getröstet. Mit einem tiefen, resignierten Seufzer bedeutete er allen, weiterzugehen.

Aus allen Himmelsrichtungen strömten Menschen zusammen, der heiligen Stadt entgegen; sie sangen, wie die Pilger es immer getan hatten, die Psalmen, die den Weg nach Jerusalem priesen. Der Stolz und die Freude, die alle Juden in Jerusalem empfanden, wurden durch die politischen Spannungen, die dort herrschten, nicht beeinträchtigt. An allen Feiertagen, besonders aber am Passahfest, bei dem es um die Befreiung von der Unterdrückung ging, brachten die Römer zusätzliche Truppen in die Stadt. Außerdem verließ Pontius Pilatus sein Hauptquartier in Cäsarea, um die Situation in Jerusalem im Auge zu behalten. Diesmal würde auch Herodes Antipas kommen. Offenbar haben sie Gerüchte über bevorstehende Unruhen gehört, dachte Maria.

Bei ihrem Aufstieg auf den Hügel namens Ölberg, der Jerusalem am nächsten lag, machten sie in einem Dorf namens Bethanien Rast, wo Jesus anscheinend Anhänger hatte; vielleicht hatten sie ihn in Galiläa predigen hören. Sie waren zwar oft gewarnt worden, die »Behörden seien auf ihn aufmerksam« geworden, aber dass er tatsächlich so fern von seiner Heimat Anhänger unter den gewöhnlichen Leuten hatte, fand Maria doch erstaunlich.

Noch mehr überraschte Maria, als Jesus zu ihr und Judas sagte: »Ich möchte, dass ihr ins nächste Dorf geht und dort nach einem Eselsfüllen Ausschau haltet, das dort am Dorfrand angebunden steht. Es ist so jung, dass noch niemand es geritten hat. Bindet es los, und bringt es her.«

Judas war verblüfft. »Du meinst, wir sollen … es stehlen?«

»Wenn euch jemand anspricht, sagt ihm: ›Der Herr braucht es, und es wird bald wieder zurückgebracht werden.‹«

Es hatte keinen Sinn, mit ihm zu diskutieren; alle spürten, dass die Umstände nicht mehr alltäglich waren. Also machten die beiden sich auf den Weg zum Nachbardorf.

Unterwegs wollte Judas Maria etwas sagen, unterließ es aber. Endlich sprach er doch. »Möchtest du meinen Vater kennen lernen?«

»Deinen Vater?«

»Ja. Du weißt doch, dass er in der Nähe von Jerusalem wohnt. Wenn wir dort sind – und einen Augenblick Zeit haben –, möchte ich euch gern miteinander bekannt machen.«

»Aber … aber … warum?« Jesus würde es sicher nicht gern sehen, wenn sie ihre Familien wieder aufsuchten.

»In ein paar Tagen ist Passah. Ich weiß, dass wir es mit Jesus und unseren Gefährten feiern sollen – und das ist auch richtig so –, aber vielleicht können wir wenigstens kurz bei meinen Verwandten vorbeigehen und sie begrüßen.«

»Aber … ich kann mir nicht denken, was ich, eine Fremde, dort verloren haben sollte.« Die Vorstellung bereitete Maria Unbehagen. Zugleich sehnte sie sich danach, zu sehen, wie ihre eigene Familie in Magdala an diesem Fest zusammensitzen würde.

»Ich weiß nicht, aber ich glaube – hoffe – einfach, dass du vielleicht in Betracht ziehen könntest, in meine Familie einzutreten.«

Nein! Nicht das! Sie war entsetzt über diese Worte und wandte sich ab, um seinem durchdringenden Blick zu entgehen.

»Ich glaube, wenn wir als Jünger ein Paar wären, dann könnten wir, wohin Jesus uns auch schickt, zusammen sein und zusammen arbeiten«, sagte er. »Als Mann und Frau.«

Womit habe ich ihn zu solchen Gedanken ermutigt? Ich hätte bei jenem Nachtlager entschiedener mit ihm sprechen sollen … Verzweifelt suchte Maria nach Worten. Sie wagte nicht, ihn anzusehen. »Ich … Ich weiß nicht, was ich sagen soll«, murmelte sie schließlich. »Ich glaube, es ist vielleicht … noch zu früh.«

»Nein, ich habe es schon lange kommen sehen. Ich kenne dich nun seit einem ganzen Jahr, habe dich beobachtet und bewundert, und – ich bin mir meiner Gefühle sicher.«

Wieder ging sie mit einem Freier einen Weg entlang – diesmal auf einem sanften Hügel in der Nähe von Jerusalem. Wieder war die Umgebung friedvoll und schön – wie damals am Seeufer. Dennoch war es diesmal ganz anders. Bei Joel war sie jung gewesen, und einen anderen Weg als den in die Ehe hatte es nicht gegeben.

Darüber bin ich jetzt hinaus, dachte sie. Ich bin frei und jenseits von Ehe und anderen Bindungen an jenes Leben. Von Jesus abgesehen, kann ich mir nicht mehr vorstellen, mich auf diese Weise auf einen Menschen einzulassen.

Und Jesus hat mir deutlich gesagt, dass er das nicht will.

Einen Augenblick lang spürte sie wieder den brennenden Schmerz der Zurückweisung, als Jesus ihren Sehnsüchten eine Absage erteilt hatte, und die Distanz, die sie seitdem noch immer voneinander trennte. Oh, lass mich diesen Schmerz jetzt nicht einem anderen Menschen zufügen, betete sie.

Maria blieb stehen und wartete darauf, dass Judas ebenfalls Halt machte. »Ich glaube, wir sollten solche Dinge zurückstellen«, sagte sie, so sanft sie konnte. »Erinnere dich, was Jesus gesagt hat: ›Im Reich Gottes wird es keine Ehe und kein Heiraten geben.‹ Und wenn alles so bald zu Ende sein soll, dürfen wir nicht daran denken, neue Verwicklungen zu schaffen.«

»Verwicklungen? Du nennst Liebe und Hingabe zwischen Mann und Frau ›Verwicklungen‹? Zwei Gläubige, das wäre eine besondere, eine gesegnete Verbindung!« Es schien ihn zornig zu machen, dass sie ihn entweder nicht verstand oder es zumindest vorgab. Sie würde sich klarer ausdrücken müssen. Aber – lieber Gott, sie wollte ihn nicht verletzen!

»Judas – es kann nicht sein. Ich kann nicht deine Frau werden. Der wahre Grund ist, dass meine eigenen Gefühle es nicht gestatten.« Verschleiere es, gib ihm ein wenig Trost, lass ihn sein Gesicht wahren. »Ich bin erst kürzlich Witwe geworden. Ich weiß immer noch nicht genau, was ich jetzt will. Es wird viele Jahre dauern, bis …«

»Ich werde warten«, erklärte er mit ernstem Gesicht.

»Vielleicht gibt es keine Zukunft«, sagte Maria. »Wir können so nicht denken.«

Verletzt wandte er sich ab und ging weiter. Er schwieg eine ganze Weile. Schließlich sagte er leise und in entschlossenem Ton: »Also gut. Du musst vergessen, was ich gesagt habe. Ich will es vergessen. Es ist jetzt nur noch ein Quell der Beschämung für mich.«

Maria verstand so gut, wie ihm zumute war. »Nein, das sollte es nicht sein!«, sagte sie hastig. »Meine eigene Lage ist …«

»Ich habe gesagt, wir werden es vergessen!« Seine Stimme klang schroff und hässlich. »Es ist nicht geschehen, ich habe diese Worte nicht gesprochen!«

»Also gut«, sagte sie. Seine plötzliche Wandlung war erschreckend. »Wenn du dich nicht daran erinnern willst, will ich es auch nicht.« Da er so launenhaft war, war sie erst recht froh, dass sie sich nicht an ihn band und sich seinem wütenden Temperament aussetzte.

Stumm wanderten sie weiter. Maria fühlte sich so unbehaglich, dass sie am liebsten verschwunden wäre. Doch nach einer Weile fing Judas an zu plaudern, als sei nichts geschehen. Sie warf ihm einen verstohlenen Blick zu und sah, dass seine Augen schmal waren, obgleich seine Stimme völlig gleichmütig klang.

Maria war erleichtert, als sie kurz darauf den Rand eines Dorfes erreichten. An einen Zaunpfahl angebunden, stand ein weißes Eselsfohlen. Als Judas es losband, erschien ein Junge und fragte: »Was machst du da?«

»Der Herr braucht es und bringt es bald zurück!«, fuhr Judas ihn an. Niemand hätte gewagt, ihm zu widersprechen.

Sie machten kehrt und führten den Esel nach Bethanien. Nur das Trappeln der Hufe auf dem Pfad unterbrach die Stille zwischen ihnen.

Jesus begrüßte sie erfreut, als sie ihm das Tier brachten. »Jetzt, meine Freunde, müssen wir weiter nach Jerusalem«, sagte er. »Wir werden uns nur umschauen. Heute Abend kommen wir zum Schlafen wieder her.«

Es war jetzt Nachmittag, und sie hatten noch ein paar Stunden Zeit, ehe die Stadttore geschlossen werden würden. Jesus warf seinen Mantel über den Esel und setzte sich darauf, und dann zogen sie auf dem steilen Pfad vom Ölberg hinunter.

Sie waren inmitten der Pilgerscharen, die sich singend und drängelnd auf Jerusalem zubewegten. Maria glaubte sich unsichtbar, eine unter vielen in einem Meer von Menschen. Aber plötzlich waren aller Augen auf Jesus gerichtet, der auf seinem Esel einhertrottete. Seltsamerweise schien es dem Tier nichts auszumachen, zum ersten Mal geritten zu werden. Petrus führte den Esel am Zügel, denn die Befehle eines Reiters verstand er noch nicht. Die Menge teilte sich und machte ihnen Platz. Als Jesus und die Seinen sich dem Stadttor näherten, fingen die Leute an, ihre Mäntel vor dem Esel auf den Boden zu legen, damit er darüber hinweggehen konnte, und sie schwenkten Palmzweige und riefen die Worte des Psalms 118: »Gelobt sei, der da kommt im Namen des Herrn!«

Andere fielen in den Chor ein und riefen: »Hosanna dem Sohn Davids!«

»Gesegnet sei das kommende Königreich unseres Vaters David!«

»Gesegnet ist der König, der da kommt im Namen des Herrn!«

»Ehre sei Gott in der Höhe!«

Und dann ein lauter, heiserer Schrei: »Gesegnet sei der König von Israel!«

»Der Prophet Sacharja hat es vorhergesagt!«, brüllte ein Mann. »Er sagte: ›Siehe, dein König kommt zu dir, ein Gerechter und ein Helfer, arm, und reitet auf einem Esel und auf einem jungen Füllen der Eselin.‹«

»Dann ist das also alles inszeniert«, sagte eine vertraute Stimme an Marias Ohr. Judas. »Jesus hat alle diese Prophezeiungen gelesen; er kennt sie und hat sich vorgenommen, sie aufzuführen.«

Sie drehte sich um und schaute ihn an. Sein Gesicht war düster und zornig. Er schien sich verraten zu fühlen – nicht nur von ihr, sondern auch von Jesus.

»Er hat alles eingefädelt«, zischte er. »Den Esel, die Massen. Klar, das mit dem Esel war vorbereitet – das wissen wir. Und was kommt als Nächstes? Was muss er tun, wenn er in Jerusalem eintrifft? Mal sehen – es gibt so viele Prophezeiungen. Natürlich braucht er sie nicht alle zu erfüllen. Nur ein paar. Damit die Leute … etwas zum Staunen haben.« Er ließ das Wort »Staunen« klingen wie einen Fluch.

Sie wusste nicht, was sie darauf antworten sollte, denn was er gesagt hatte, stimmte. Dass der Esel da war, dafür hatte er tatsächlich gesorgt. Vielleicht gab es doch eine einfache Erklärung, auch wenn ihr keine einfiel. Er hatte noch nie das Bedürfnis gehabt, auf einem Esel zu reiten. Dieser Umstand war wirklich verstörend.

Sie zog es vor, gar nicht zu antworten, und ging lieber still neben Jesus her, während die Menge ihm zujubelte. Sie sah Soldaten und Behördenvertreter auf der Stadtmauer stehen und zu ihnen herunterstarren. Ohne Zweifel fragten sie einander: »Wer ist das?« – und vielleicht hatte Jesus genau das im Sinn: die Leute zu der alles überragenden Frage zu provozieren: Wer ist das? Die Jünger hatten sie schon beantwortet. Nun mussten es andere tun.

Eine Gruppe von Gesetzeslehrern beobachtete sie skeptisch. »Lehrer, tadle deine Schüler!«, befahlen sie Jesus, als die Menge von Neuem jubelte: »Hosanna! Gesegnet sei, der da kommt im Namen des Herrn!«

Statt mit ihnen zu diskutieren oder sie zu übergehen, antwortete Jesus: »Ich sage euch, wenn ich sie zum Schweigen bringe, werden die Steine selbst zu rufen anfangen!«

Sie starrten ihn nur wütend an.

Jesus und seine Jünger zogen durch das Stadttor; man ließ sie ungehindert passieren. Die begeisterte Menge blieb zurück. Jetzt waren sie nur noch gewöhnliche Pilger. Als sie durch die engen Straßen gingen, bemerkte Maria römische Soldaten in großer Zahl an jeder Ecke. Aus ihrer Kindheit hatte sie eine derartige Militärpräsenz nicht in Erinnerung, aber sicher war sie nicht. Sie schienen auf Unruhen gefasst zu sein, bereit, unverzüglich einzuschreiten. In ihren strengen Blicken spürte Maria Verachtung und Feindseligkeit.

Sie hassen uns wirklich, dachte sie. Sie hassen unsere Feste und unsere Religion. Hier in Jerusalem stationiert zu sein ist ihnen ein Graus. Wir bedeuten nichts als Unannehmlichkeiten für sie.

Schließlich erreichten sie das Tempelgelände; sie näherten sich dem großen Tor, das die gewöhnlichen Straßen vom heiligen Boden trennte. Nur gelangweilte Soldaten standen hier breitbeinig Wache, sichtlich unbeeindruckt von der ganzen Pracht.

Die prunkvolle Größe des Gebäudes war überwältigend. Es wirkte an sich schon göttlich – eine passende Wohnstatt für den erhabenen Gott im Himmel.

Andere hatten die gleichen Gedanken. Petrus, der noch immer den Esel am Zaumzeug führte, wandte sich zu Jesus um. »Meister! Was für gewaltige Steine! Was für ein prächtiges Gebäude!«

»Bist du davon beeindruckt?«, fragte Jesus in scharfem Ton.

»Ich sage dir, nicht lange, und kein Stein davon wird mehr auf dem anderen stehen.«

Er stieg vom Esel und ging in den äußeren Hof des Tempels, wo Tiere verkauft wurden und die Geldwechsler ihre Stände hatten. Er betrachtete das alles eine ganze Weile, wandte sich dann schweigend ab, saß wieder auf und sagte: »Kommt. Es will Abend werden, und wir müssen einen Schlafplatz für die Nacht finden.«

Der Sonnenuntergang färbte den Himmel, als sie durch dasselbe Tor hinauszogen, durch das sie hereingekommen waren, und durch das Tal zum Ölberg zurückkehrten, wo viele Pilger ihr Lager aufgeschlagen hatten.

Am Fuße des Ölberges lag ein eingezäunter Garten mit einem alten Olivenhain und einer Ölpresse. Er sieht überaus einladend aus, dachte Maria. Ich wünschte, wir könnten uns dort niederlassen.

Zu beiden Seiten ihres Weges waren Gruppen von Leuten dabei, Wolldecken auszubreiten und sich einzurichten, obwohl das abschüssige Gelände ziemlich unbequem war. An solchen Festtagen schwoll die Bevölkerung Jerusalems dermaßen an, dass viele Pilger nur außerhalb der Stadtmauern Platz zum Schlafen finden konnten.

Im Vorübergehen bemerkte Maria, dass viele Blicke auf Jesus gerichtet waren, als wüssten die Leute, wer er ist, und als beobachteten sie ihn. Aber wie konnten alle diese Pilger ihn kennen? Und warum hatten ihm heute so viele zugejubelt?

Jesus erwählte die Stelle, wo sie ihr Nachtlager aufschlagen wollten. Er beauftragte Johannes und Jakobus, den Esel zurückzubringen; sein Verhalten verbot jegliche Diskussion.Dann zog er sich jedoch zurück und lud niemanden zum Gespräch ein. Seine Mutter suchte die Gesellschaft der anderen Frauen.

Ringsum hörten die Jünger das schläfrige Gemurmel von Hunderten von Stimmen. Und die vielen anderen, die bereits schliefen, umgaben sie wie eine Armee.

Am nächsten Morgen schien der ganze Berg in Bewegung zu geraten, als die Pilger erwachten und sich für den Tag bereitmachten. Es gab viel zu tun: Die Leute mussten ihre Lämmer reservieren, die am Abend des Passahfestes dem Gesetz gemäß im Tempel geopfert werden würden, und sich die erforderlichen Kräuter und den Wein beschaffen. Aber Jesus schien sich für all das nicht zu interessieren. Stattdessen sagte er unvermittelt: »Lasst uns wieder nach Jerusalem gehen. Wir müssen in den Tempel.«

Er ließ ihnen kaum Zeit, ihre Habseligkeiten zusammenzuraffen, ehe er mit zügigem Schritt der Stadt zustrebte. Als sie an einem knorrigen, alten Feigenbaum vorbeikamen, der über eine Mauer ragte, packte Jesus einen seiner Äste und zog ihn zu sich herunter. Prüfend betrachtete er die Blätter von allen Seiten und sagte dann: »Keine Feigen, obgleich sie verheißen waren!« Er schüttelte den Ast und ließ ihn wieder los. »Niemand wird je wieder Feigen von dir essen!«, rief er.

Was beunruhigte ihn? Maria hatte noch nie erlebt, dass er sich so unvernünftig benahm. Er musste doch wissen, dass jetzt keine Feigenzeit war. Was dachte er sich nur?

Sie warf einen Blick zu Johannes hinüber, der an ihrer Seite ging, und sah, dass auch er ein ratloses Gesicht machte.

Treu wie immer, folgten sie ihm schweigend und stellten keine Fragen.

Eine große Menschenmenge drängte sich vor dem Tor der Stadt und wartete, dass es geöffnet wurde. Als es geschah, strömten die Leute hinein wie ein Fluss, dem Tempel zu. Schon herrschte dort ein geschäftiges Treiben; seine Tore standen einladend offen, und der Lärm, der aus den äußeren Höfen drang, ließ erkennen, dass die Bewohner von Jerusalem schon frühzeitig hergekommen waren, um vor den Scharen der Fremden da zu sein.

Der Hof der Ungläubigen war gesäumt von Tieren und Geldwechslern. Man sah Taubenkäfige, Pferche mit Schafen und Ziegen und scheinbar endlose Tische, an denen Geld gewechselt wurde.

All das war notwendig, denn das Gesetz schrieb vor, dass bestimmte Tiere geopfert werden mussten. Da es mühselig war, diese Tiere über weite Entfernungen herzubringen, mussten die Pilger die Möglichkeit haben, sie in Jerusalem zu erwerben. Die Geldwechsler waren hier, weil das einzige erlaubte Zahlungsmittel im Tempel tyrisches Silber war, das reiner war als das römische. Alle anderen Währungen mussten dagegen eingetauscht werden. Und wenn die Geldwechsler dies erleichterten, sollten sie dann nicht auch einen Gewinn daraus ziehen dürfen? So argumentierte man: Sie mussten schließlich leben und betrieben ihr Geschäft nicht aus Wohltätigkeit.

Ringsum schwoll das Getöse des Handels an, ein Lärmopfer, wabernd wie die Weihrauchwolken, die von den Altären aufstiegen, und laut wie der Gesang der Leviter.

»Ziegen! Ziegen! Kauft eure Ziegen hier! Die besten!«

»Makellos! Meine Tiere sind makellos! Gedenket der Worte des Propheten Maleachi: ›Verflucht sei der Betrüger, der in seiner Herde ein Männlein hat, und wenn er ein Gelübde tut, opfert er dem Herrn ein untüchtiges. Denn ich bin ein großer König, spricht der Herr Zebaot, und mein Name ist schrecklich unter den Heiden.‹ Gott spuckt auf mangelhafte Opfer. Aber meine sind vollkommen!«, schrie ein lauter Händler mit rotem Kopf.

»Lämmer sind am besten!«, brüllte ein anderer. »Lämmer! Rein und sanft und dem Herrn ein Wohlgefallen!«

»Hast du unreines Geld?« Jemand zupfte Maria am Ärmel. »Du darfst es nicht in den Tempel mitnehmen! Du musst es hier umtauschen!«

»Seine Raten sind reiner Raub!« Ein anderer packte sie am anderen Arm. »Er lügt, er betrügt! Hier, sieh dir mein Geld an!« Er hielt ihr eine Hand voll Münzen unter die Nase. »Du kannst suchen, solange du willst, du wirst hier keine einzige Falschmünze finden. Nicht eine!«

Plötzlich stieß Jesus einen der Tische um. »Räuber!«, schrie er. »Dieb!«

Der Geldwechsler sah sich mit entsetzter Miene um, ob jemand es gehört hatte. Diesen Vorwurf konnte er so nicht hinnehmen. »Wie bitte?«, rief er. »Ich betrüge nicht! Wie kannst du das sagen? Du wirst dich vor Gericht verantworten müssen, weil du mich verleumdest …«

»Ihr alle seid Diebe!«, rief Jesus. »Alle!« Er stürzte sich auf die Tische und warf einen nach dem anderen um. Münzstapel und Bücher flogen auf den Boden. Bevor ihm jemand in den Arm fallen konnte, hatte er eine ganze Reihe von Tischen umgestoßen, und was darauf gelegen hatte, war überall verstreut. »Ihr Nattern! Ihr Blutsauger! Bei Jesaja steht geschrieben: ›Mein

Haus wird heißen ein Bethaus allen Völkern.‹ Ihr aber habt eine Räuberhöhle daraus gemacht, wie Jeremia sagt!« Seine Stimme war schrill.

Die Münzen rollten ihm um die Füße, und die Händler krochen auf dem Boden umher, sie einzusammeln. Ein würdevoller Kaufmann packte Jesus bei der Schulter. »Sollen wir das Gesetz Mosis missachten? Wie sonst sollen die Menschen hier sich an die Vorschriften halten? Wir erweisen der Öffentlichkeit einen Dienst!«

»Einen Dienst? Indem ihr den Vorhof des Tempels zu einem Marktplatz macht?«

»Das Gesetz Mosis lässt uns keine andere Wahl.« Der Mann blieb gelassen. »Ich gebe zu, es führt zu diesem hässlichen Bild mit Tischen und Tieren und Geldhaufen. Aber was sollen wir tun? Das Gesetz brechen? Wir sind daran gebunden.«

Jesus ließ ihn stehen. Er entriss einem vorübergehenden Mann seine Eselspeitsche und fing an, auf die Geldwechsler und Tierhändler einzuprügeln – die Peitschenriemen waren mit schmerzenden Knoten versehen – und sie als Tempelschänder zu beschimpfen. Voller Angst und Zorn stoben sie auseinander. Jesus stampfte durch das Durcheinander auf dem Boden, schwang seine Peitsche und trieb sie schreiend vor sich her. Römische Soldaten standen abseits und beobachteten die Szene; sie schwiegen, aber zweifellos prägten sie sich alles gut ein, um Pilatus Bericht erstatten zu können.

Die Jünger waren zu verdattert, um ihn zu fragen: »Was tust du?« Das war ein Jesus, der ihnen fremd war. Maria hatte noch nie gesehen, dass er einen solchen Wutanfall bekommen hatte, noch dazu wegen einer solchen Kleinigkeit. Sie hatte mit ihm sprechen, hatte alles Unerledigte zwischen ihnen klären wollen. Nun fragte sie sich, ob das überhaupt möglich war. Der Mann, den sie zu kennen geglaubt, den sie zu lieben geglaubt hatte, war nur ein Teil dieses Propheten gewesen, dieses Menschen, der plötzlich von ihnen allen sehr weit entfernt zu sein schien. Unwillkürlich wandte sie sich zu seiner Mutter um und bemerkte, dass diese genauso erschrocken aussah.

Aber da kamen, überschäumend vor Wut, die Vertreter der Tempelbehörden herbeigestürzt. »Was soll das bedeuten?«, rief einer. »Wie kannst du es wagen, an dieser heiligen Stätte solche Unruhe zu stiften?«

»Eine heilige Stätte?«, rief Jesus. »Dieses Geschacher schändet die Heiligkeit des Tempels. Und das geschieht mit *eurer* Erlaubnis und Duldung!«

»Sie leisten hier einen notwendigen Dienst«, erwiderte der Mann. »Du schuldest uns Schadenersatz.«

»Ihr schuldet Gott Schadenersatz!«, schrie Jesus.

»Wir wissen, wer du bist«, sagte der Mann. »Der galiläische Rabbi, der das Volk mit seinen Reden und messianischen Verheißungen aufpeitscht. Jesus von Nazareth, nicht wahr? Hast gestern einen großartigen Einzug nach Jerusalem inszeniert. Viele Leute, die sich verneigten und Palmzweige schwenkten. Du heizt nur die Hoffnung des Volkes auf einen nahen Messias an – führst die Menschen um deines eigenen Ruhmes willen an der Nase herum.«

»Was weißt denn du?«

»Wir wissen genug, um dir Einhalt zu gebieten. Hör auf damit, bevor du ernstlich in Schwierigkeiten gerätst. Hör zu, mein Freund« – der Mann kam näher heran –, »hier ist schon eine Menge Schaden angerichtet worden, und die römischen Behörden sind auf mehr gefasst. Ein Rebell namens Barabbas hat gestern ein ganzes Kontingent römischer Soldaten überfallen. Zwei hat er getötet, dann wurde er überwältigt. Seine Anhänger drohen mit weiterer Gewalt. Halte dich also lieber bedeckt, wenn du nicht mit diesen Leuten in einen Topf geworfen werden willst!«

»Ich habe solche Aufrührer gewarnt«, erwiderte Jesus. »Ich habe ihnen gesagt, sie sollen aufhören.«

»Nun, ein großes Vorbild bist du ihnen nicht gerade«, sagte der Mann. »Weshalb um alles in der Welt sollten sie auf dich hören?« Er deutete mit ausladender Geste auf die umgestürzten Tische und die geflohenen Tiere.

Aber seltsamerweise ließ man sie ungehindert abziehen. Die Soldaten zu beiden Seiten des Säulengangs standen unerschütterlich mit versteinerten Mienen da und rührten sie nicht an. Die murrenden Händler lasen ihre Sachen auf und fragten sich, wie lange sie wohl brauchen würden, um alles wieder aufzustellen. Sie betrachteten Jesus als ein Ärgernis, ein einmaliges Ärgernis, wie sie hofften – vergleichbar einem Hagelschauer zur falschen Jahreszeit oder einem Heuschreckenschwarm.

Jesus führte die Jünger schweigend aus der Stadt. Als sie an dem Feigenbaum vorbeikamen, sahen sie, dass der Ast und seine Blätter welk geworden waren, als seien sie unter Jesu Fluch verdorrt. Die zarten Frühlingsknospen waren schwarz verbrannt, und der Ast hing herab.

»Meister!«, rief Petrus erschrocken. »Was ist denn das? Wie ist das geschehen?« Er hielt den Ast hoch. Sein Blick verriet Angst und Verwirrung.

»Erstaunt dich das?«, fragte Jesus. »Wenn du Glauben hast, kannst du einem Berg befehlen, sich ins Meer zu stürzen. Das hier ist gar nichts!« Er fasste den Ast an, betrachtete ihn und ließ ihn fallen. »Was immer du im Gebet gläubig erbittest, wirst du bekommen.«

Was hatte das mit Glauben zu tun?

Es war so geheimnisvoll und dunkel – und es hatte überhaupt nichts mit Glauben zu tun, nichts damit, den Menschen zu helfen, zu ihnen zu predigen, Dämonen auszutreiben, nichts mit all den Dingen, von denen Maria geglaubt hatte, sie seien Jesu Mission, derentwegen sie ihm nachgefolgt war wie alle anderen auch.

Beim Abendmahl blieben alle stumm und hielten den Blick gesenkt. Auch die Mutter Jesu ließ unglücklich den Kopf hängen. Über das Gebet hinaus hatte Jesus wenig gesprochen. Judas hatte sich gleich nach dem Essen aus dem Staub gemacht. Maria beobachtete, wie er den steilen Weg hinunterging. Wollte er nach Hause zu seinem Vater? Jesus würde das nicht billigen, aber anscheinend kümmerte es Judas nicht. Vielleicht hatte ihm der unangenehme Auftritt im Tempel und die Bestrafung des Feigenbaums missfallen.

Als Jesu Mutter, den Kopf in der Armbeuge vergraben, sich an eine der verkrüppelten Kiefern lehnte, die sich auf dem steilen Hang mühten, aufrecht zu wachsen, ging Maria zu ihr und berührte sie sanft an der Schulter. Die ältere Frau hatte Tränen in den Augen. Wortlos nahm Maria sie in den Arm.

»Er war immer so respektvoll im Tempel, so voller Achtung«, flüsterte die ältere Maria weinend. »Als Kind war er immer gern dort, und er stellte den Schriftgelehrten so viele Fragen, dass es ihnen irgendwann zu viel wurde …« Sie schüttelte den Kopf. »Und jetzt tut er so etwas …«

»Er war einfach empört über das, was er gesehen hat. Vielleicht hatte er das Gefühl, er müsse den Tempel befreien«, erklärte Maria, aber eigentlich wollte sie seine Mutter nur trösten.

»Was würde Jakobus dazu sagen?«, fragte die ältere Maria.

»Sie haben beide nichts gesagt.« Der große und der kleine Jakobus hatten genauso verdattert dagestanden wie alle anderen.

»Nicht die beiden. Mein Sohn – sein Bruder! Er ist so fromm. Er würde sterben vor Scham. Hoffentlich hört niemand in Nazareth etwas davon.«

»Nazareth ist weit weg«, sagte Maria. »Komm, wir setzen uns irgendwo hin, wo es bequem ist, und sprechen miteinander …«

Maria stellte die Frage, die sie schon lange plagte: Stammte seine Familie wirklich von David ab? Eigentlich sollte es ohne Bedeutung für sie sein, aber das war es nicht. Noch eine Prophezeiung …

»Ja«, sagte seine Mutter. »Man hat es uns immer gesagt. Es war ein gutes Gefühl, das uns Kraft gab, wenn es einmal nicht so gut ging. Und es war immer ein besonderer Ansporn, unser Bestes zu tun. Aber es gibt viele Familien, die behaupten, aus dem Hause David zu stammen. Das ist nichts Ungewöhnliches.«

Es stimmte also – zumindest diese Prophezeiung passte auf ihn. Und es war eine, auf die er keinen Einfluss hatte – anders als die mit dem Esel.

Als Jesu Mutter sich schlafen gelegt hatte, stand Maria auf und wanderte rastlos umher. Sie sah, dass Thomas über eine kleine Schriftrolle gebeugt dasaß und im Licht des Feuers schrieb. Sie trat neben ihn, um zu sehen, was er da tat.

Er blickte auf. »Ich schreibe auf, was Jesus gesagt hat. Du weißt schon, hier und da. Ich habe Angst, dass ich es sonst vergesse. Ich habe schon so vieles vergessen.«

Sie las ein paar Zeilen.

Jesus sprach: Ich bringe euch, was kein Auge gesehen hat und kein Ohr gehört hat und in keines Menschen Herz gekommen ist.

Jesus sprach: Suchet, so werdet ihr finden; klopfet an, so wird euch aufgetan.

»Ich habe nie gehört, dass er so etwas gesagt hat«, stellte Maria fest.

»Er sagt jedem von uns andere Dinge«, sagte Thomas. »Es kommt darauf an, ob du gerade in der Nähe warst. Du könntest sicher eine eigene Sammlung seiner Worte anlegen.«

»Du solltest aber erklären, wann und warum er all das gesagt hat. Sonst ist es schwer zu verstehen.«

»Es ist ja nur für mich«, sagte Thomas. »Damit ich es nicht vergesse.«

Vermutlich spricht er wirklich mit jedem von uns anders, überlegte Maria. Aber manches von dem, was er zu mir gesagt hat, werde ich nicht nur nicht aufschreiben, nein, ich wünschte, ich könnte es vergessen!

Sie hörte, wie sich Jesus in einiger Entfernung in sanftem, freundlichem Ton mit jemandem unterhielt. Der Klang seiner Stimme, wie sie immer gewesen war, weckte eine tiefe Sehnsucht in ihr. Warum hatte er sich verändert? Und war diese Veränderung von Dauer?

Er ist so launenhaft wie Judas, dachte sie.

Und wo war Judas? Warum hatte er sich davongestohlen?

L

Wiederum der Tempel. Jesus hatte sie hergeführt, und sie standen im äußeren Hof und beobachteten, wie er sich zu sprechen anschickte. Seine bloße Haltung hatte etwas an sich, was die Menschen dazu brachte, sich um ihn zu scharen.

In den Säulengängen des Tempels durfte jedermann lehren, und viele Rabbiner versammelten ihre Anhänger hier. Aber in diesem Festtagstrubel versuchten es nur wenige. Gleichwohl stellte Jesus sich an eine der Säulen und stand da wie ein Fels im wirbelnden Strom der Menschen, die den Tempel aufsuchten, um zu beten, zu schauen oder Opfertiere zu kaufen.

Die Stände der Geldwechsler und Tierhändler waren wieder an ihren Plätzen. Ihre Besitzer warfen Jesus wachsame Blicke zu, als er vorüberkam, aber diesmal beachtete er sie überhaupt nicht, was merkwürdig war. Warum sah er heute im Gegensatz zum Vortag über ihre Frechheit hinweg? Die Soldaten bemerkten Jesus. Vielleicht standen sie ein wenig strammer, doch sie folgten ihm nur mit den Augen. Maria erkannte auch eine große Zahl von Pharisäern und Schriftgelehrten am Rande der Menge.

Jesus hob die Arme und rief: »Ihr Leute, eure Fragen nach dem Gesetz und den Schriften sind mir willkommen.« Das war die übliche Einladung an Schüler und Anhänger. Sogleich sammelte sich eine große Schar von Menschen um ihn. Sie stellten ihm eine Frage nach der anderen. Manche waren einfach – »Was sagt Mose über das Holzsammeln am Sabbat?« –, andere komplizierter – »Dass man Vater und Mutter ehren soll, bedeutet das auch, dass man ihnen noch mit vierzig Jahren gehorchen muss, wenn sie einem vorschreiben, wen man heiraten soll?« Jesus beantwortete alle diese Fragen anscheinend ohne zu zögern, als habe er alle Antworten schon bereitgehalten.

»Mit welcher Berechtigung lehrst du all das?«, fragte ein Pharisäer lauthals. Ein stämmiger Mann trat vor und blieb vor Jesus stehen. »Du sprichst, als hättest du eine besondere Erlaubnis oder ein Privileg.«

Jesus verstummte und schaute den Mann an. »Ich werde dir diese Frage beantworten, wenn du mir auch eine beantwortest. Ist das gerecht?«

Der Mann war verwirrt. Er hatte zuerst gefragt. So ging das nicht. Aber er nickte.

»Die Taufe des Johannes«, sagte Jesus. »War sie von Gott oder vom Menschen?«

Der Mann wandte sich stirnrunzelnd ab, um sich mit seinen Kollegen zu beraten. Maria kannte ihre Argumente, ohne dass sie hörte, was sie redeten. Wenn sie sagten, sie sei von Gott gewesen, dann würde Jesus sie fragen, warum sie sich dann nicht auch hätten taufen lassen. Wenn sie aber sagten, sie sei nur vom Menschen gewesen, dann würden sie die Menge gegen sich aufbringen, denn das Volk hielt Johannes für einen Heiligen.

»Wir können es dir nicht sagen«, antwortete der Pharisäer schließlich – wie Maria vorausgesehen hatte.

»Dann werde ich euch auch nicht sagen, mit welcher Berechtigung ich das alles hier tue«, sagte Jesus.

Maria hörte einen erstickten Aufschrei von seiner Mutter. Sie drehte sich zu ihr um. »Was ist?«

»Ich habe Angst«, sagte die ältere Maria. »Diese Leute, die er da provoziert – sie verfügen über große Macht. Und er schafft sich Feinde unter ihnen. In aller Öffentlichkeit, wo jedermann es sehen kann, sodass sie über diese Kränkung nicht hinweggehen können.« Sie starrte ihn an und presste die Faust an den Mund. »Oh, mein Sohn!«

»Ihre Macht ist begrenzt«, versuchte Maria sie zu beruhigen. »Rom hat ihnen die Hände gebunden.«

»Aber sie werden Rom für ihre Sache gewinnen«, sagte seine Mutter. »Sie werden sich an Rom wenden, und dann …«

»Er hat doch nichts getan, womit er in Rom Anstoß hätte erregen können. Rom ist an seine Gesetze gebunden.«

Pharisäer und Sadduzäer wiederholten viele der alten Fragen über die Ehe, Sabbatvorschriften, Reinheitsgebote, und sie bekamen die gleichen herausfordernden Antworten wie vorher und anderswo. Aber heute war es ernster: Er hatte ihnen vor ihresgleichen die Maske vom Gesicht gerissen, noch dazu da, wo sie die Macht hatten – in Jerusalem und nicht im weit entfernten, unorthodoxen, unbedeutenden Galiläa.

»Kommt!« Jesus winkte seinen Gefährten plötzlich. »Lasst uns näher ans Heiligtum gehen.« Er führte sie hinauf in den Hof der Frauen, nicht weiter, denn er wollte seine Jüngerinnen nicht ausschließen.

Diesen kleineren Bereich durfte nur betreten, wer das Gesetz befolgte – kein Römer, kein Phönizier und kein ausländischer Kaufmann. Hier waren die berühmten dreizehn posaunenförmigen Opferbehälter und die vier Eckkammern für Priester, für vom Aussatz Gereinigte, für Menschen, die das Enthaltsamkeitsgelübde abgelegt hatten, und für Öl- und Weinopfer.

Etliche Leute standen vor den Opferstöcken und wollten ihr Geld hineinwerfen. Jesus sprach zu ihnen: »Wenn ihr Almosen gebt, lasst eure rechte Hand nicht wissen, was die linke tut.« Er nickte einem Opferwilligen zu, und der riss seine rechte Hand zurück und starrte sie an. Eine gebeugte alte Frau hinter ihm schob zitternd die Hand in die Öffnung und starrte sie dann einen Augenblick an, als ihre Münzen klimpernd auf den Geldhaufen am Grund des Behälters fielen. Als sie das Geräusch hörte, sah sie aus, als sei ihr übel.

»Sie hat soeben alles gegeben, was sie hat«, erklärte Jesus. »Mehr als diese Reichen, die hinter ihr anstehen.« Er deutete auf ein paar gut gekleidete Männer, die darauf warteten, an die Reihe zu kommen. »Sie geben nur einen Teil dessen, was sie besitzen, aber sie hat ihre ganze Habe gegeben.«

»Dann ist sie verrückt«, sagte Judas, der hinter Maria stand. »Denn jetzt wird sie ein öffentliches Ärgernis werden, sie wird betteln oder ihren Kindern zur Last fallen. Oh, es sieht eindrucksvoll aus, aber es ist dumm.«

Woher kam er? Maria hatte ihn nicht mehr gesehen, seit er am Abend zuvor verschwunden war. Am Morgen war er nicht da gewesen.

»Du bist zynisch.« Mehr konnte sie nicht sagen.

»Nur praktisch«, antwortete er ungerührt. »Man kann nicht jede Äußerung akzeptieren, die Jesus tut. Manches davon stimmt einfach nicht.«

Jesus schien etwas anderes zu betrachten. Er schaute über die Köpfe der Menge hinweg und redete nur zu den Pharisäern und Behördenvertretern, die ihm gefolgt waren.

»Wehe euch!«, rief er und deutete mit dem Finger auf die Pharisäer. »Ja, wehe euch! Ihr sitzt auf dem Platz Mosis. Aber ihr erlegt den Menschen schwere Lasten auf, Lasten, die sie nicht tragen können. Alles, was ihr tut, sind Äußerlichkeiten für die Augen der anderen: die langen Fransen an euren Gebetsschals, eure Ehrenplätze bei den Festmählern, die vordersten Stühle in der Synagoge.«

Es rumorte unter ihnen, aber keiner antwortete. »Wehe euch, ihr Schriftgelehrten und Pharisäer, ihr Heuchler! Ihr verschließt das himmlische Königreich vor den Gesichtern der Menschen!«

Die Männer der religiösen Elite schauten einander an und zuckten selbstgefällig die Achseln.

»Wehe euch, ihr Schriftgelehrten und Pharisäer, ihr Heuchler!«, wiederholte Jesus. »Ihr gebt ein Zehntel eurer Gewürze – Minze, Dill und Kreuzkümmel. Aber die wichtigen Fragen des Gesetzes habt ihr vernachlässigt: Gerechtigkeit, Barmherzigkeit, Gläubigkeit. Blinde Führer seid ihr! Ihr siebt Mücken aus und verschluckt ein Kamel!« Die Stimme überschlug sich in schmerzlicher Erregung. Aber die Zuhörer blieben unbeteiligt.

»Wehe euch, ihr Schriftgelehrten und Pharisäer, ihr Heuchler! Ihr errichtet den Propheten Grabstätten und schmückt die Denkmäler der Gerechten und sagt dabei: Wenn wir in den Tagen unserer Väter gelebt hätten, wären wir nicht wie sie am Tod der Propheten schuldig geworden. Damit bestätigt ihr selbst, dass ihr die Söhne der Prophetenmörder seid. Macht nur das Maß eurer Väter voll!«, schrie er. Jetzt begann ein erbostes und beleidigtes Gemurmel.

»Ihr Nattern, ihr Schlangenbrut! Wie wollt ihr dem Strafgericht der Hölle entrinnen? Ich sende Propheten, Weise und Schriftgelehrte zu euch; ihr aber werdet einige von ihnen töten, ja sogar kreuzigen, andere in euren Synagogen auspeitschen und von Stadt zu Stadt verfolgen. So wird all das unschuldige Blut über euch kommen, das auf Erden vergossen worden ist, vom Blut Abels, des Gerechten, bis zum Blut des Sacharja, Berechjas Sohn, den ihr im Vorhof zwischen dem Tempelgebäude und dem Altar ermordet habt. Amen, das sage ich euch: Das alles wird über diese Generation kommen.«

Maria hörte seine Mutter leise aufschreien. »Nein, nein«, murmelte sie. »Jetzt werden sie ihn vernichten.«

Maria sah, wie das schöne Gesicht vor Angst und Schmerz verzerrt war. »Für seine Worte können sie ihn nicht bestrafen«, sagte sie, aber sie war nicht so sicher. Worte besaßen gewaltige Macht.

»Als wir ihn herbrachten – oh, vor so vielen, vielen Jahren –, um ihn als Erstgeborenen darzustellen im Tempel, wie es der Brauch ist«, sagte die ältere Maria, »da war hier in den Tempelhöfen ein alter Mann – ich dachte mir, das Alter habe ihn ein wenig wirr gemacht, so habe ich es mir wenigstens erklärt –, der schaute uns an und sagte: ›Dieser ist dazu bestimmt, dass in Israel viele durch ihn zu Fall kommen und viele aufgerichtet werden, und er wird ein Zeichen sein, dem widersprochen wird. Dadurch sollen die

Gedanken vieler Menschen offenbar werden. Dir selbst aber wird ein Schwert durch die Seele dringen.‹ Und, oh, durch meine Seele *ist* ein Schwert gedrungen! Ich sehe, was kommen wird!« Sie umklammerte Marias Arm. »Siehst du es nicht auch?«

»Nein, ich sehe nichts«, antwortete Maria beruhigend.

»Oh, aber du irrst! Ich fühle es, ich weiß es. Oh, mein Sohn!« Sie entwand sich Marias Umarmung und wollte durch die Menge zu ihm vordringen, doch es gelang ihr nicht.

Maria blickte sich vorsichtig um. Immer mehr Soldaten tauchten auf, manche in der Uniform des Antipas, andere in der des Pilatus.

Sie sind hier, um uns zu verhaften oder um über uns Bericht zu erstatten. Die Behörden haben tatsächlich Interesse an uns, Angst vor uns. Nein, vor uns braucht man keine Angst zu haben; wir haben keine Macht.

Sie bemerkte, dass Johannes als Einziger in Jesu Nähe war. Er stand entschlossen an seiner Seite, bereit, sich mit ihm verhaften zu lassen, wenn es dazu käme.

Aber niemand wurde verhaftet. Die Soldaten standen nur da und machten entschlossene Gesichter. Sie hatten den Befehl erhalten, nichts zu unternehmen.

Jesus stieg von seinem Podest herunter und mischte sich unter die Leute; er beantwortete einzelne Fragen, ohne auf die Soldaten zu achten, die sie umringten.

»Die obersten Priester siehst du nicht, oder?« Wieder war es Judas' Stimme. »Den Hohepriester Kaiphas persönlich oder Eleasar oder Jonathan? Sie sind nicht hier. Sie wissen alles, was sie wissen müssen.«

»Ich würde sie nicht erkennen. Und was genau wissen sie denn, wenn sie Jesus noch nie von Angesicht zu Angesicht gesehen haben?«

Judas zuckte die Achseln. »Ich glaube, sie wissen, dass sie hier ein Problem haben. Und wenn sie es noch nicht wissen, dann wird es ihnen klar werden, wenn man ihnen von der ›Wehe euch!‹-Predigt berichtet.«

»Du klingst, als ständest du auf ihrer Seite. Warum hast du dich gegen ihn gewendet?«

Judas gab ein Geräusch von sich, das man mit einem Lachen

hätte verwechseln können. »Mich gegen ihn gewendet? Ich weiß nicht, was du meinst. Ich stelle nur Fragen. Ist das so falsch?«

»Du hast mir einmal erzählt, du seist verzweifelt auf der Suche nach Antworten und du glaubtest, er habe sie. Nicht Antworten, die du vorhergesehen hättest, aber solche, die so zwingend waren, dass du nicht anders konntest, als sie zu bedenken. Oh, Judas, was ist geschehen?«

»Ich habe die Antworten bedacht. Sie haben nicht immer standgehalten. Ich bin, fürchte ich, wieder einmal auf dem Weg der Suchenden.«

Also hatte er Jesus verworfen. Die ganze Bedeutung dieser Tatsache schwebte über ihr, ohne dass sie ihre Tragweite erfasst hatte. »Du findest seine Antworten also … unzureichend? Sie haben dich nicht zufrieden gestellt?«

»Sie waren absurd!« Judas war zornig. »Ich dachte, er wisse Dinge, die keiner von uns weiß, aber er hat sich verrannt in all diesen geheimnisvollen Prophezeiungen und in seinem Kampf gegen die Obrigkeit.« Er schwieg und sammelte seine Gedanken. »Die Obrigkeit! Wer ist denn das? Und dass Jesus jetzt seine Zeit mit diesen Leuten verschwendet, sich mit ihnen anlegt … Zehntopfer von Minze und Kreuzkümmel! Welcher Philosoph, welcher Führer, welcher Messias würde sich denn damit abgeben? Er ist ein Politiker wie alle anderen. Aber ich interessiere mich nicht für Politiker. Sie haben mir nichts zu geben.«

»Aber wir sind Teil des Zeitalters, in dem wir leben, und Politiker beherrschen unser Zeitalter wie jedes andere«, wandte sie ein. »Mose musste dem Pharao entgegentreten. Esther musste vor Xerxes erscheinen. Gern würden wir uns von den kleinlichen Mächten unterscheiden, die unser Zeitalter beherrschen, doch wir tun es nicht.«

»Ein großer Mann wächst über so etwas hinaus.«

»Aber erst später, im Urteil der Geschichte«, sagte Maria. »Ohne die Gegnerschaft des Pharao konnte Mose kein Führer werden.«

Judas grunzte abschätzig und wandte sich ab. Aber Maria hielt ihn am Ärmel fest. »Glaubst du, Jesus ist in Gefahr?«

Judas sah sie an, und in seinem Blick lag eine Mischung aus Mitleid und Herablassung. »Ja. Ich weiß, dass er in Gefahr ist.«

Diese Augen. Anders als noch in Dan, an der Stätte Jerobeams, wo das Böse unter uns wandelte.

Woher wusste er das?

»Wo erfährst du solche Dinge?«

»Von verschiedenen Leuten. Von Leuten, die mit unserer Sache nichts zu tun haben.«

Leute, denen er hätte abschwören sollen, nachdem er sich Jesus angeschlossen hatte. Er hatte also nichts aufgegeben!

»Aber Jesus ist keine Bedrohung für Rom oder den Hohepriester.«

»Jesus ist eine größere Bedrohung, als dir anscheinend klar ist«, sagte Judas. »Du bist so naiv.«

Naiv. Noch nie hatte jemand dieses Wort benutzt, um sie zu beschreiben. Aber in politischer Hinsicht war sie es vielleicht. Das war keine Schande. »Ich kann mir nicht vorstellen, wie er eine Bedrohung für jemanden sein soll«, beharrte sie.

»Weil das, was du bist, durch ihn nicht bedroht wird.«

Ungehindert, aber unter den wachsamen Augen der Soldaten, verließen sie die Stadt. Wieder schlugen sie ihr Nachtlager unter all den anderen Pilgern am Ölberg auf. Diesmal aber verkündete Jesus, kaum dass sie sich niedergelassen hatten: »Ein Mann, den ich vor einer Weile vom Aussatz geheilt habe, hat uns zum Essen in sein Haus in Bethanien eingeladen. Ich werde hingehen. Wer möchte mitkommen?«

Es war spät und ziemlich dunkel. Sie waren alle müde und hatten sich schon für die Nacht bereitgemacht. Die Vorstellung, jetzt noch einmal fortzugehen, mit Fremden zu reden und nach Mitternacht zurückzukehren – das war zu viel. Mehrere lehnten ab; sie wollten lieber dableiben und den Platz hüten. »Wenn wir alle gehen«, sagte Matthäus, »werden wir keinen Platz haben, zu dem wir zurückkehren können.«

Ich sollte wohl mitgehen, dachte Maria. Sie schaute die anderen Frauen fragend an. Jesu Mutter? Sie nickte, so müde sie auch war. Johanna? Ja. Susanna? Ja. Nun, wenn sie alle gehen … dann muss ich es auch.

Es war nicht weit bis Bethanien, aber sie mussten über den Berg hinweg und auf der anderen Seite wieder hinunter. Inmitten einer so kleinen Zahl von Gefährten war Jesus zugänglicher, er sprach bereitwillig mit jedem, der an seiner Seite ging. Auch Maria wollte unbedingt mit ihm reden, aber irgendetwas hinderte sie daran. Sie wollte mit ihm allein sein, und kein unerwartetes »Jesus, was ich dich fragen wollte …« von einem der anderen sollte sie stören. So hielt sie sich zurück.

Die alte Sache schwebte immer noch ungeklärt zwischen ihnen. Sie war endlich bereit, darüber zu sprechen. Irgendwann muss es eine Gelegenheit geben, und ich werde sie ergreifen, dachte sie.

Bethanien war ein kleines Dorf. Die Hauptstraße führte über den Marktplatz und durch das Geschäftsviertel. Dahinter standen die größeren Häuser der Wohlhabenden und schauten auf sie herab.

Damit seine Gäste den Weg auch fanden, hatte der Gastgeber Jungen mit Laternen an den Wegkreuzungen des Dorfes postiert, die alle Vorübergehenden ansprachen und fragten: »Jesus? Jesus von Nazareth?« Als Jesus sich ihnen zu erkennen gab, führten sie die Gruppe zu einem beeindruckenden Haus am Dorfrand.

Das Haus war nicht so groß wie das des Matthäus, und im Hof gab es auch nicht so viele Fackeln und Bedienstete, doch es war ein stattliches Gebäude, zumal für einen, der noch vor kurzem aussätzig gewesen war.

Als sie eingetreten waren, nahmen Diener ihnen die Mäntel ab und wuschen den Gästen die Füße. Dann kam Simon herbei und begrüßte Jesus überschwänglich.

»Teuerster Rabbi! Vielleicht erinnerst du dich nicht, aber ich war einer der Aussätzigen am See, zu denen du gekommen bist. Ich bedaure, dass ich nicht zurückkehren und dir meinen Dank abstatten konnte. Aber mein Herz ist von tiefer Dankbarkeit erfüllt, und deshalb tue ich es jetzt.«

»Ich wusste nicht, wer du warst«, sagte Jesus. »Mir ging es nur darum, dass du – wie all die anderen – deinen Platz in der Mitte des Lebens wieder einnehmen konntest, statt auf einen Friedhof verbannt zu sein.« Dann wandte er sich mit lauter Stimme an alle im Raum. »Denn wohlgemerkt, ich bin gekommen, um jedem das Leben zu bringen, und zwar im Überfluss!«

In dem Zimmer vor ihnen wartete eine große Gesellschaft, die sich erhob, um Jesus zu begrüßen.

»Ja!«, riefen die Leute. »Leben im Überfluss! Das wollen wir alle!«

»Ich spreche vom Leben der Seele«, sagte Jesus. »Nicht von …« Er deutete auf die Kissen und die Tische, die mit Perlmuttintarsien verziert waren.

Die Jünger folgten Jesus ins Zimmer und sahen, dass die Tische für eine große Gesellschaft gedeckt waren.

»Bitte.« Simon deutete voller Stolz auf den Platz, den er Jesus zugedacht hatte. Jesus ließ sich nieder und winkte Johannes an die eine, seine Mutter an die andere Seite. Simon setzte sich auf den nächsten Diwan.

»Simon«, sagte Jesus, »wie hat man dich nach deiner Heilung aufgenommen?«

»Anfangs war es schwierig«, gestand der Gastgeber. »Die Leute wollten nicht glauben, dass ich wieder gesund war.«

Maria wusste genau, wovon er sprach.

»Ich hatte selbst Mühe, es zu akzeptieren. Zu glauben, dass dieser Zustand nicht zurückkehren würde. Ich hatte ja so lange damit gelebt …«

»Anscheinend hat deine Familie dein Geschäft weitergeführt, sodass du etwas hattest, wohin du zurückkehren konntest«, stellte Jesus fest und ließ den Blick noch einmal über die kostbare Einrichtung wandern.

»Ja. Dafür bin ich dankbar. Ich war nicht auf Almosen angewiesen.«

Maria sah, dass Judas neben ihr saß; er kaute auf einem Strauß Petersilie und hörte aufmerksam zu. Petrus und Andreas griffen herzhaft zu; die Jünger bekamen schließlich nur selten eine richtige Mahlzeit. Auch der große Jakobus war mit essen beschäftigt. Niemand bemerkte, dass sich eine Frau mit einem Alabasterkrug hereinstahl, bis sie unmittelbar hinter Jesus stand.

Eine Attentäterin!, durchfuhr es Maria. Sie warf ihr Mundtuch hin und stand auf, um Jesus zu beschützen. Die Frau stand links hinter seiner Schulter – genau die richtige Stelle, um ihm einen Dolch in den Rücken zu stoßen. Der große Jakobus stand jetzt ebenfalls auf.

Aber weder Jesu Mutter noch Johannes beachteten die Fremde. Sie aßen einfach weiter, bis das laute Geräusch eines Stopfens, der herausgezogen wurde, sie innehalten ließ. Jesus drehte sich um und schaute die Frau an. Sie warf sich zu Boden und küsste ihm die Füße.

Wer war das? Eine geheime Jüngerin – geheim für die anderen, Jesus jedoch bekannt? Er schien nicht überrascht zu sein. Die Frau erhob sich und begann ehrfürchtig und feierlich, Jesus den Inhalt ihres Kruges auf den Kopf zu gießen, obgleich er noch aß. Der überwältigende und unverwechselbare Duft eines seltenen Salböls aus der Narde erfüllte den Raum. Als das Öl an Jesu Kopf herunterrann und ihm über das Gesicht zu laufen drohte, nahm sie ein Tuch und wischte es behutsam fort. Dann salbte sie ihm die Füße; sie verrieb das Öl überall, auch auf den Fußsohlen und zwischen den Zehen.

Tiefe Stille breitete sich aus. Man konnte hören, wie ihre Hände das Salböl einmassierten. Dann band sie sich das Haar auf und trocknete damit die Füße mit kleinen, kreisenden Bewegungen ab. Ein leises Wimmern kam aus ihrem Mund, aber man konnte ihr Gesicht nicht sehen, weil es von ihrem Haar verdeckt war.

Schließlich stand sie auf, bedeckte das Gesicht mit den Händen und wandte sich zum Gehen. Sie hatte Jesus nicht angeredet und ihn um nichts gebeten; sie hatte nur dieses Geschenk gebracht.

»Lavendelöl!« Petrus war der Erste, der sprach. »Lavendelöl! Das teuerste, das es gibt! Das hier muss dreihundert Denare wert sein.«

»Ein ganzer Jahressold für einen Soldaten, von einem armen Handwerker gar nicht zu reden!« Judas war entrüstet. »Was für eine Verschwendung! Meister, wie konntest du das zulassen?«

Jesus sah ihn an. »Lass sie gewähren«, sagte er und nahm die Frau bei der Hand. »Sie hat etwas Wunderschönes getan; sie hat meinen Körper gesalbt, um ihn schon jetzt für die Grablegung zu bereiten.«

Seine Mutter schrie auf.

»Ja, sie hat eine gute Tat vollbracht, und solange die Welt besteht, wird man sich deshalb ihrer erinnern.«

»Mein Sohn …« Die ältere Maria berührte seine Schulter, aber er nahm keine Notiz von ihr. Sein Blick ging noch immer zwischen Judas und der Frau hin und her.

»Solange die Welt besteht« – wollte er damit sagen, dass die Leute immer und immer wieder davon erzählen würden, weit über diese Zeit hinaus?, fragte sich Maria. Aber warum? Es ergab keinen Sinn – wie so vieles von dem, was er letztens gesagt hatte.

»Judas«, sagte er, »wenn dir die Armen so sehr am Herzen liegen, dann bedenke nur, dass sie immer da sind und warten, stets bereit, eine gute Tat zu empfangen. Dazu ist es niemals zu spät. Mich aber – mich werdet ihr nicht immer haben.«

Die Frau schlüpfte hinaus, und Jesus rief ihr nach: »Ich danke dir. Dies wird die einzige Salbung für mich bleiben. Wenn die Zeit kommt, wird es keine Gelegenheit dazu geben.«

Seine Mutter stöhnte. Alle anderen erhoben sich; es war jetzt unmöglich geworden, das Mahl fortzusetzen. Simons gemurmelten Beschwichtigungen zum Trotz verabschiedeten sie sich.

Draußen vor dem Haus wartete trotz der späten Stunde und der Abgelegenheit des Ortes eine neugierige Menschenmenge, um Jesus zu sehen. Maria würdigte sie keines Blickes; sie kümmerte sich nur um seine Mutter. Sicher würde Jesus sie an seine Seite holen, ihr erklären, was er mit seinen Worten gemeint hatte, sie trösten. Mit so nüchternen Worten über seinen Tod zu sprechen – wie konnte ein Sohn das tun? Erleichtert bemerkte sie später die ältere Maria und Jesus Seite an Seite. Er hatte den Kopf gesenkt und sprach mit ihr.

Plötzlich schrie Johanna auf. »Er *ist* es!« Sie erstarrte und packte Marias Arm. Ihre Fingernägel gruben sich in Marias Haut.

»Wer?«

»Eliud! Antipas' Spion.« Sie senkte den Kopf, damit er sie nicht erkannte. »Ich dachte, ich würde dieses hässliche Gesicht nie wieder sehen. Das bedeutet, dass Antipas Jesus verfolgen lässt. Dieser Zwischenfall mit den Geldwechslern – wenn er auch nicht verhaftet wurde, so wird er doch künftig unter Beobachtung stehen.«

Sie hasteten vorüber und zogen sich die Kopftücher vor die

Gesichter. Durch den dünnen Stoff nahm Maria die Züge des Mannes in Umrissen wahr: ein großes, stumpfes Gesicht mit wulstigen Lippen. Er musterte jeden, der vorüberging.

»Antipas hatte Jesus schon lange im Auge«, sagte Johanna. »Aber jetzt wird er eine Gelegenheit sehen. Er und die Tempelpriester mit ihren Religionswächtern können sich zusammentun und ihm den Prozess machen … Jesus ist ihnen in die Falle gegangen.«

So betrachtet, war Jesus ein ungeschicktes, ahnungsloses Opfer. Doch für Maria war Jesus derjenige, der die Falle aufgestellt hatte – mit sich selbst als Köder. Sie konnte sich nicht erklären, warum, aber sie wusste, dass es so war.

»Ich glaube nicht, dass Jesus irgendetwas zustoßen wird, wenn er es nicht will«, sagte sie schließlich. Judas hatte wohl Recht, als er behauptete, dass Jesus eine ganze Reihe von Ereignissen sorgfältig arrangiere. Seine Schlussfolgerung – dass Jesus deshalb ein Hochstapler sei – erschien ihr zwar nicht plausibel, aber seine Beobachtung war scharfsinnig. Jesus mochte Geschehnisse inszenieren und damit ein genaues Ziel verfolgen – vor allem wohl das, andere von etwas Bestimmtem zu überzeugen –, aber zur Unehrlichkeit war er außerstande. Davon war Maria tief in ihrem Herzen überzeugt.

»Vielleicht hat er alles nur bis hierher vorausgesehen«, sagte Johanna. »Und die Ereignisse können auch eine unerwartete Wendung nehmen. Ich glaube, ich kann in Erfahrung bringen, was Antipas plant.« Sie senkte den Kopf und sprach noch leiser, sodass Maria Mühe hatte, sie zu verstehen. »Antipas weilt in seinem Palast in Jerusalem. Ich weiß, wie man dort ein und aus gehen kann; ich kann mühelos hineingelangen und selbst ein wenig spionieren.«

»Nein! Das ist zu gefährlich.«

»Natürlich ist es gefährlich«, sagte Johanna. »Aber wir sind in Gefahr. Und ich bin bereit, etwas zu riskieren, um den anderen zu helfen.«

»Jesus würde das niemals erlauben.«

»Ja, er ist nur allzu gern bereit, alles Unheil auf sich zu nehmen. Doch warum wäre ich sonst geheilt worden? Unter uns hat niemand sonst Zugang zu Antipas' Residenz. Ich muss es tun.«

»Dann komme ich mit.«

»Jetzt muss *ich* es zu *dir* sagen: Nein.«

»Dann frage ich dich: Warum wäre ich sonst geheilt worden? Zwei werden in diesem Fall unauffälliger sein als eine. Ich bestehe darauf mitzukommen.«

Das genügte, um Johanna zu überreden. Sie war sogar dankbar für die Unterstützung. »Dann werden wir gleich morgen, wenn wir in der Stadt sind …«

»Was besprecht ihr Frauen denn da so ernsthaft?« Judas ging neben ihnen. Wie viel hatte er gehört?

»Wir haben gerade festgestellt, um wie viel weiter uns der Rückweg erscheint«, sagte Maria rasch.

»Ja, so ist es immer, wenn man darauf erpicht ist, anzukommen.« Judas klang ganz freundlich, nicht mehr aufgebracht oder sarkastisch. »Ich für meinen Teil könnte ein wenig Ruhe gebrauchen.«

Am nächsten Morgen gingen sie wieder zum Tempel, wo Jesus lehren wollte, diesmal allerdings die einfachen Leute. Seine Zusammenstöße mit der Obrigkeit waren vorüber; ihr hatte er alles gesagt, was er ihr zu sagen hatte.

Maria und Johanna hatten sich vorgenommen, zu warten, bis Jesus mit Predigen beschäftigt wäre, und sich dann davonzumachen. In dem Gedränge würde das einfach sein. Jeden Tag drängten mehr Pilger in die Stadt, das Durcheinander wurde immer größer.

Es war leicht, allerlei Gesprächsfetzen aufzuschnappen, denn die Menschen redeten unbekümmert miteinander. Es gab unschuldiges Geplauder – »Wir haben unser Lamm bei dem Händler gleich neben dem Tor gekauft« – »Die ganze Familie ist hier, und wir zwängen uns in das winzige Haus unseres Onkels« –, aber man hörte auch leises politisches Gemurmel: »Antipas ist also auch in Jerusalem … Soll das heißen, dass er sich mit Pilatus anlegen will?« – »Hannas, dieser alte Narr, will die Priesterschaft kommandieren, als wäre er immer noch der Hohepriester.« – »Dieser Mann, dem die Leute da folgen …«

Unheilvoller klangen die Gerüchte über *sicarii*, die angeblich durch die Straßen streiften, bereit zum Zuschlagen. Barabbas war im Gefängnis, aber es gab noch viele andere mit scharfen Messern, Leute, die nichts zu verlieren hatten außer ihrem Leben, das sie willig opfern wollten. Anspannung, Angst und Erregung lagen in der Luft.

»Jetzt!« Johanna zupfte Maria am Ärmel. Jesus redete und lachte, umringt von ein paar Kindern, die ihm eifrig Fragen stellten. Die beiden verließen den Tempelhof und liefen durch die Tore auf die Straße hinaus, wo die wogende Menge sie verschluckte. Bis zum Passahfest waren es nur noch zwei Tage. Das rege Treiben hatte seinen Höhepunkt fast erreicht.

»Er ist im alten Palast abgestiegen«, sagte Johanna. »Wenn Pilatus in der Stadt ist, beansprucht er den neuen, den Antipas bei der Stadtmauer gebaut hat. Der arme Antipas! Da muss er sich dann mit buntem Marmor anstelle des weißen und mit ein paar zugigen Hallen zufrieden geben. Aber das ist es ihm vermutlich wert, um seinen römischen Herrn versöhnlich zu stimmen.«

Der Palast, der als »der alte hasmonäische Palast« bekannt war, lag nicht weit vom Tempelberg: ein guter Ort für Verschwörer, um sich zu versammeln und sich unbemerkt wieder aus dem Staub zu machen.

»Es gibt hier hinten eine kleine Pforte, die nur die Diener kennen«, erklärte Johanna und führte Maria durch eine enge Gasse. Eine niedrige Tür lag versteckt in der Mauer vor ihnen. Bevor Johanna sie öffnete, biss sie sich auf die Lippen. Sie wirkte nicht mehr so selbstsicher, nicht mehr so sehr davon überzeugt, dass es ihr gelingen würde, in die feindliche Festung einzudringen. »Wenn ich nicht das Gefühl hätte, dass dort drinnen etwas im Gange ist, was für Jesus von lebenswichtiger Bedeutung ist, hätte ich wohl nicht den Mut hineinzugehen.« Sie blieb stehen und schluckte. »Ich bin nicht einmal sicher, dass ich jetzt den Mut dazu habe.«

»Doch! Doch, das hast du!«, drängte Maria. Vielleicht war das der Grund, weshalb sie zu zweit sein sollten: um sich gegenseitig anzustacheln.

Mit wilder Entschlossenheit drehte Johanna den Türknopf und trat ein. Maria folgte ihr.

Sie befanden sich in einem dunklen Gang. Keine Öllampe, keine Laterne leuchtete ihnen. Offenbar kam nur selten jemand her. »Komm, ich kenne den Weg«, sagte Johanna. »Hast du deinen Schleier bereit?«

Maria nickte. Sie hatte einen großen Schleier mitgebracht, um ihr Gesicht zu verbergen.

Sie stahlen sich durch den Gang, und Johanna führte sie ins Helle, durch einen weiteren Gang und in eine hohe, weiß gekalkte Gewölbekammer. Anscheinend war es ein einfacher Lagerraum: Auf hölzernen Borden sah man Töpfe und Linnen.

»Hier entlang.« Johanna kannte den Weg genau. Sie gelangten in einen Vorraum, von dem zwei Gänge abzweigten. Sie blieb stehen und spähte um die Ecke. »Keine Wachen. Dort hinten ist der Speisesaal. Es ist gleich Zeit für das Mittagsmahl. Wir können sie bedienen und die Ohren offen halten.«

Was würde passieren, wenn jemand Johanna erkannte? Wenn die Gäste von ihrer Schande nichts wussten, würde das ihrer Tarnung dienen. Doch wenn ihnen bekannt war, dass sie nicht mehr zum Hof gehörte?

Mehrere Bedienstete trugen geschäftig große Tabletts zum Speisesaal. Maria und Johanna mischten sich unter sie.

Der Duft der Speisen hätte sie beinahe aus der Fassung gebracht. Es gab gekochte Gurken mit Fenchel sowie Mandeln und Trauben in Weinsauce – Dinge, die sie beide schon lange nicht mehr zu kosten bekommen hatten. Aber sie zwangen sich, nicht daran zu denken, damit ihnen das Wasser nicht im Munde zusammenlief. Sie betraten den Saal. Mehrere Diwans standen um marmorne Serviertische, in die funkelnde Edelsteine eingelassen waren.

Antipas ruhte auf einer der Liegen – Antipas und seine unrechtmäßige Frau Herodias. Johanna umklammerte Marias Unterarm mit festem Griff. »Da sind sie«, flüsterte sie. Ihre Hand zitterte, als sie sich den Schleier tiefer über die Stirn zog. Sie beobachteten, wie die Diener dem Herrscherpaar die Teller vorsetzten.

Antipas war erst fünfzig Jahre alt, wirkte jedoch viel älter – zermürbt von zahllosen Sorgen und ständiger Wachsamkeit. Seine Herodias war auf eine schrille Weise attraktiv. War ihre Liebe es wert, Johannes den Täufer zu töten?, fragte Maria sich. Wie sehr liebten sie sich noch? Beide waren älter geworden, die Leidenschaft musste verebbt sein – zu spät für Johannes den Täufer.

Antipas hob den Deckel von einer der Schüsseln und schüttelte den Kopf. Sofort nahm die Dienerin die Schüssel fort und eilte damit zur Tür hinaus. Maria und Johanna liefen ihr nach.

Diesen Palast, dieses Leben und ihren Mann Chuzas hat Johanna verlassen, dachte Maria. Ob sie alles vermisst? Ob es nun seltsame Gefühle in ihr weckt? Wie könnte es anders sein.

In der Küche waren die Köche mit dem nächsten Gang beschäftigt. Der Fisch sollte auf eine Platte mit sumerischer Brunnenkresse gelegt und mit Lauch und sauren Zwiebeln garniert werden; er durfte nicht zu heiß und nicht zu kühl serviert werden. Niemand schien sich über die Anwesenheit der beiden Frauen zu wundern. Johanna bewegte sich so selbstbewusst und kannte sich so gut aus, dass es anmaßend gewesen wäre, sie zu fragen, was sie hier suche. Antipas war bekannt dafür, dass er Fallen stellte und Spitzel beschäftigte. Also lächelten die Köche und reichten Maria und Johanna die Platten, als sie angerichtet waren.

Maria beobachtete Johanna, um zu sehen, wie man die Herrscher bediente. Es gab dafür ein bestimmtes Protokoll. Aufdecken. Lächeln. Verneigen. Vorlegen. Dann zurücktreten. Aber sie verließen den Raum nicht, sondern postierten sich diskret im Schatten am anderen Ende.

Ein alter Mann in gelblich roter Robe eilte herein, gefolgt von einem zweiten Mann mittleren Alters mit dichten schwarzen Brauen. Sie ließen sich bei Antipas und Herodias am Tisch nieder und redeten, aufgebracht gestikulierend.

»Das sind die Hohepriester«, flüsterte Johanna. »Kaiphas und der Vorgänger Hannas. Ich kenne sie. Ich habe beide schon zu oft gesehen.«

»Der Hohepriester, hier?« Irgendwie hatte Maria angenommen, er verbringe seine ganze Zeit im Tempel.

Johanna unterdrückte ein leises Lachen. »Beide müssen sich vor ihrem Herrn verbeugen. Natürlich ist er nicht ihr oberster Herr; das ist Pilatus.« Sie überlegte kurz. »Der alte Hannas ist Kaiphas' Schwiegervater. Dieses Amt wird von Familienpolitik bestimmt. Aber Hannas ist der Kopf. Kaiphas ist dumm. Er tut, was der alte Hannas ihm sagt. Das war schon immer so.«

»Wir müssen näher herangehen«, sagte Maria. Sie konnten nichts hören.

»Später«, sagte Johanna. »Nach dem Essen werden sie sich in einen Empfangsraum zurückziehen. Komm.« Sie führte Maria dorthin. Es war ein hohes Gewölbezimmer, dessen Holzwerk mit Gold eingelegt war. Fenster öffneten sich nach zwei Seiten: Auf der einen sah man den Tempelberg, auf der anderen die breiten Straßen dieses luxuriösen Stadtviertels.

Maria und Johanna stellten sich wie zwei gehorsame Dienstboten an die hintere Wand des Raumes. Und richtig, Antipas und Herodias schritten majestätisch herein, ihre königlichen Gewänder schleiften über den Boden. Kaiphas und der reizbare alte Hannas folgten. Aber als dann noch Judas eintrat, kostete es die beiden Frauen Mühe, reglos stehen zu bleiben und nicht zu ihm zu stürzen.

Ein Diener kam herein und reichte allen Becher.

Judas! Da stand er, in einem feinen blauen Gewand, in dem Maria ihn bei Jesus noch nie gesehen hatte, und redete lächelnd mit Antipas und Herodias, Hannas und Kaiphas. Er war hier offensichtlich bekannt und willkommen und schien sich wie zu Hause zu fühlen.

Maria empfand Übelkeit. Ungläubig beobachtete sie ihn; sie konnte den Blick nicht von ihm wenden. Judas! Einer der Jünger Jesu hier bei diesen Leuten!

Sie lächelten und plauderten, aber Maria und Johanna konnten nichts von der Unterhaltung verstehen. Stumm nickten sie einander zu, zogen ihre Schleier fester und gingen näher heran.

Maria nahm einen Krug von einem Tablett. »Noch etwas Wein?«, fragte sie leise, mit gesenktem Kopf und verstellter Stimme. Sie bebte vor Angst, man könne sie entlarven, und es fiel ihr schwer, keinen Wein zu verschütten.

Judas wandte ihr ein lächelndes, ausdrucksloses Gesicht zu. Er erkannte sie nicht. »Gern«, sagte er, und sie füllte mit zitternder Hand seinen Becher.

Er soll betrunken werden!, dachte sie. Er soll betrunken werden und plappern, damit ich weiß, was er denkt. Sie wagte nicht, ihm in die Augen zu schauen – in diese seltsam veränderten Augen –, obwohl es sie danach verlangte.

»Wir haben genug von ihm«, erklärte Hannas in seinem zänkischen Ton. »Es muss ein Ende haben.«

»Noch etwas Wein?«, fragte Johanna und füllte mit zierlicher Bewegung seinen Becher. Er warf ihr einen dankbaren Blick zu und nickte beifällig.

»Das ist doch ganz einfach«, sagte Kaiphas und zog die buschigen Brauen hoch. »Verhaftet ihn!«

»Mit welcher Begründung? Ihr habt die Gelegenheit verpasst, als ihr den Tumult vor zwei Tagen im Tempel ungestraft hingenommen habt.« Judas klang angewidert. »Nun habt ihr keinen Vorwand mehr.« Er beugte sich vor. »Und er wird euch keinen mehr liefern. Er ist raffiniert. Er weiß genau, was er tun muss und wie weit er gehen darf.«

»Nun, dann werden wir einen Vorwand schaffen«, meinte Kaiphas.

»Du Esel«, sagte sein Schwiegervater. »Es muss vor den Römern Bestand haben. Wenn sie das Gefühl haben, dass etwas nicht stimmt, werden sie sich gegen *uns* wenden.«

»Keine Sorge, es wird schon Bestand haben.« Kaiphas ließ sich nicht beirren. »Dieser Mann gefährdet unser Land, er gefährdet den Kompromiss, den wir mit den Römern erarbeitet haben. Er wird einen Aufstand anzetteln. Man darf ihn nicht gewähren lassen.«

»Kaiphas, du überraschst mich«, sagte Hannas. »Manchmal *denkst* du tatsächlich.« Er wandte sich Judas zu. »Aber er ist zu populär. Das ist das Problem. Nachher wird das Volk sich schon zufrieden geben; früher oder später vergessen die Leute alles, darauf können wir uns verlassen, aber jetzt … Wenn wir ihn vor den Augen dieser Massen verhaften – du hast ihn oben im Tempel gesehen und die bunt zusammengewürfelte Meute, die ihm zujubelte, als er das erste Mal nach Jerusalem kam –, wird es Ärger geben. Wir müssen es im Stillen erledigen. Abseits der Massen. Darum brauchen wir dich.«

»Ich kann euch etwas anbieten.« Nur die Art, wie Judas mit den Füßen scharrte, zeigte, wie nervös er war. »Ich kann euch zu ihm führen, wenn er allein ist. Ich weiß immer, was er tut. Ich kann euch eine schnelle und saubere Verhaftung garantieren, abseits der hingebungsvollen Massen.« Seine Worte flossen ineinander, so schnell sprach er.

Hannas nickte. »Sehr gut.«

»Aber ich erwarte gute Bezahlung. Schließlich kann euch kein anderer diesen Dienst erweisen.« Seine Stimme wurde dünner und spröder.

»Zehn Silberstücke«, sagte Kaiphas mit seiner volltönenden Priesterstimme.

Judas lachte.

»Zwanzig.« Kaiphas hob die Hände und wandte die Handflächen nach oben, um sein Wohlwollen zu zeigen. »Schekel. *Tyrische* Schekel.«

Judas schüttelte betrübt den Kopf. »Ihr enttäuscht mich, meine Herren. Ich biete euch etwas Unbezahlbares an, und ihr wollt mich betrügen.«

»Dreißig.« Der alte Hannas sprach voller Autorität. »Das ist das letzte Wort.«

Judas schüttelte zögernd den Kopf. »Zu wenig«, sagte er.

»Nimm es, oder lass es bleiben. Was du uns anbietest, ist schließlich nur eine unauffällige Verhaftung. Eine öffentliche kriegen wir umsonst.«

»Aber dann bekommt ihr auch Schwierigkeiten.«

»Damit werden wir fertig. Wir gedenken dafür eine römische Kohorte einzusetzen, und gibt es ein Problem, das römische Soldaten nicht bewältigen können? Ein paar Legionäre, ein paar Tote – da haben sie keine Skrupel. Das ist ihr tägliches Geschäft. Natürlich wäre uns eine stille Verhaftung lieber, aber wir sind durchaus bereit, darauf zu verzichten.«

»Also gut«, sagte Judas. »Dreißig Silberlinge.«

»Komm in mein Amtszimmer«, sagte Kaiphas. »Dort werde ich dich bezahlen.«

»Nein. Sicher habt ihr so viel Geld doch bei euch. Eine unbedeutende Summe, wie ich gesagt habe. Ich ziehe es vor, sofort bezahlt zu werden. Ich habe keine Lust, irgendeinem Schreiber zu erklären, worum es geht.«

Murrend wühlte Kaiphas in seinem Geldbeutel und nahm widerstrebend einzelne Silbermünzen heraus. »Fünf … zehn … hier sind noch einmal zwei …«

Judas streckte die Hand aus und nahm das Geld entgegen. »Aber unsere Vereinbarung – dass ihr ihm kein Haar krümmen werdet – bleibt bestehen?«

»Wenn du nicht willst, dass man ihm etwas antut, warum wendest du dich dann gegen ihn?«, wollte Hannas wissen.

»Ich glaube, dass man ihn vor sich selbst schützen muss«, sagte Judas langsam. Maria hatte ihn schon einmal so reden hören – er wählte seine Worte sorgsam, um einen bestimmten Eindruck zu erwecken und sich selbst zu schützen. Er hatte tatsächlich mit ihr darüber gesprochen, dass man versuchen müsse, Jesus davor zu schützen, dass er in sein Unglück lief. Glaubte er jetzt wirklich, dass er genau das tat? Benutzte er die Tempeloberen nur, wie er sich vorgestellt hatte, Jesu Mutter zu benutzen, um dieses Ziel zu erreichen? »Er hat enorme Erwartungen geweckt, die er niemals erfüllen kann. Und wenn sich herausstellt, dass er sie nicht erfüllen kann, wird sich das Volk gegen ihn wenden. Auf diese Weise sollte er Gelegenheit finden nachzudenken, bevor es zu spät ist.«

»Und dich dabei ein bisschen reicher machen.«

»Mit dreißig tyrischen Silbermünzen? Meine Herren, ihr haltet mich wohl für einen Bauern aus Galiläa. Das ist doch nicht viel Geld. Aber ich gebe mich damit zufrieden«, fügte er hastig hinzu. Es fehlten immerhin noch achtzehn Münzen. Eine nach der anderen fielen zu den anderen in seinen Hände.

»Du hast dich ihm angeschlossen«, sagte Kaiphas. »Du musst doch etwas in ihm gesehen haben. Was bringt die Menschen dazu, ihm zu folgen? Ich bin ratlos.«

Drei, vier, fünf, sechs. Die letzten Münzen fielen in Judas' Hände.

»Ich habe an ihn geglaubt.« Judas sprach plötzlich wie früher mit den Jüngern. »Ich dachte, er hätte die Antworten, die ich suchte. Er hatte welche, aber nicht die, die ich gesucht habe. Oder brauchte. Das ist nicht dasselbe. Ich war bereit, brauchbare Antworten zu akzeptieren, selbst wenn sie schmerzhaft gewesen wären. Aber er kann sie mir nicht geben. Und deshalb« – er breitete die Hände aus und sprach in gekünsteltem Ton weiter – »ist es das Mindeste, was ich tun kann, ihn vor jedem Unheil zu beschützen. Ist es nicht so, meine Herren?«

Maria hatte das Gefühl, sie müsse noch in diesem Augenblick hinausstürzen und sich übergeben. Judas hatte diese Leute nicht um Garantien gebeten, nicht gefragt, wie sie Jesus im Einzelnen vor Unheil beschützen wollten.

Es liegt bei uns, ihn zu warnen! Bei mir und Johanna. Wir müssen ihm von Judas berichten und ihm sagen, was ihn erwartet.

Judas. Sie beobachtete ihn, wie er sich wiegte in seinen teuren Gewändern, gepflegt und kultiviert. Oh, Judas … Du warst fast da. Du hattest es fast verstanden. Zu ihrer eigenen Überraschung weinte Maria im Stillen um ihn. Sie weinte mehr um ihn als um Jesus. Sie wusste nicht, warum, aber es war Judas, der ihr das Herz zerriss.

Judas verabschiedete sich und verschwand wie ein Schatten. Die übrigen Verschwörer erörterten weiter das Problem Jesus. Als Maria sich wieder in der Gewalt hatte, nahm sie Johanna beiseite. Sie hatte Mühe, das Zittern in ihrer Stimme zu unterdrücken. »Sollen wir noch bleiben? Vielleicht gibt es noch mehr zu hören.«

Johanna warf einen zweifelnden Blick auf die Leute, die da die Köpfe zusammensteckten. Es würde schwierig sein, in ihren Kreis einzudringen. Das Essen war vorbei, und sie hatten so viel Wein und Süßigkeiten serviert bekommen, wie sie bewältigen konnten. Alle Dienstboten bis auf die Leibdiener des Herrscherpaars würden sich zurückziehen. Fremde würden jetzt auffallen.

»Es ist zu gefährlich«, flüsterte Johanna und warf einen Blick hinüber. »Wir können noch einmal hingehen. Wir tun so, als schauten wir nach leeren Bechern oder verschüttetem Essen.«

Sie näherten sich den vieren, bemüht, unbefangen zu wirken, und hielten den Blick gesenkt.

» … nicht sicher, ob ich ihm vertraue«, sagte jemand. »Sich auf enttäuschte Jünger zu verlassen ist eine heikle Sache. Sie sind für ihre Wechselhaftigkeit berüchtigt. Dieser Jesus braucht nichts weiter zu tun, als plötzlich irgendetwas zu sagen, was Judas gefällt, und schon …«

Maria bückte sich und nahm mit unterwürfiger Verbeugung einen Weinbecher weg.

»Dieses Risiko müssen wir eingehen«, sagte jemand anders. »Er klang angewidert. Ziemlich zynisch.«

»Aber was ist denn ein Zyniker?« Eine Frauenstimme. Herodias. »Ein Zyniker ist nur jemand, der sehr geliebt hat und sich verraten fühlt. So jemand ist leicht zurückzugewinnen. Ich muss Kaiphas zustimmen.«

Kaiphas also war derjenige, der Vorbehalte hatte. Vielleicht war er doch nicht so dumm.

»Und wenn er verhaftet ist, was dann? Was fangen wir mit ihm an? Sollen wir ihn einsperren wie Barabbas?«

»Nein, wir müssen ihn den Römern überantworten, damit sie ihm den Prozess machen. Und zwar sofort. Barabbas kann im Gefängnis verrotten. Die Römer müssen diesen Fall verhandeln, bevor sie Jerusalem verlassen und nach Cäsarea zurückkehren, zu ihren Festgelagen und Wagenrennen. Sonst werden Jahre vergehen, bevor der Fall vor Gericht kommt. Sobald wir ihn haben, werden wir ihn aushändigen und Anklage gegen ihn erheben.«

Johanna hatte einen umgekippten Becher gefunden und hob ihn umständlich auf. Dann nickte sie Maria zu. Sie mussten gehen.

In diesem Augenblick drehte einer der Gäste sich um und sah die Dienerinnen an. Zum Glück fiel sein Blick auf Maria, die Fremde, und nicht auf Johanna, die Antipas vielleicht erkannt hätte.

Sie gingen hinaus und ließen den Becher fallen. »Wir können nicht in die Küche zurück«, sagte Johanna. »Lass uns gleich gehen.«

Sie liefen den Gang entlang und gelangten durch die Dienstbotenpforte wohlbehalten hinaus in die Gasse. Maria ließ sich gegen eine Mauer sinken.

»O Gott im Himmel!«, rief sie, den heiligen Namen beschwörend. Ihr war schwindlig. Was sie gesehen und gehört hatte, überwältigte sie.

Johanna stützte sie. »Gott hat uns eine Gunst erwiesen. Er wollte, dass wir es hören. Aber was müssen wir tun? Jesus warnen, natürlich … Sollen wir Judas zur Rede stellen?«

Judas zur Rede stellen. Würde das seine Pläne ändern?

»Nein, er darf nicht wissen, dass wir es gehört haben.« Maria war ganz sicher. »Wir müssen so tun, als wäre alles wie immer. Aber Jesus müssen wir es sagen und seiner Mutter.«

»Nicht seiner Mutter«, sagte Johanna. »Warum sollen wir ihr Kummer bereiten? Sie wird ihn zu nichts überreden können. Wir haben ja gesehen, dass er sie liebt, aber er trifft seine Entscheidungen allein.«

»Johanna«, sagte Maria, »ich mache mir solche Sorgen. Wir alle sind mit Fragen zu Jesus gekommen, und manche davon sind niemals beantwortet worden. Aber wir vertrauen ihm – und wie kann einer von uns so etwas tun? Warum kann er nicht einfach fortgehen? Das haben viele getan. Wir haben andere Neugierige wieder gehen sehen, sie sind einfach fort. Warum tut Judas so etwas?«

»Aus Rache«, sagte Johanna, ohne zu zögern. »Er ist wie ein gekränkter Liebhaber. So jemand schleicht sich nicht einfach davon, sondern er will dem, der ihm Schmerz zugefügt hat, ebenfalls wehtun, damit der andere seine Macht und seine Existenz zur Kenntnis nimmt. Auf diese Weise ist es ihm möglich, Anerkennung zu finden und gleichzeitig zu strafen.«

»Aber Jesus hat ihm keinen Schmerz zugefügt.«

»Du weißt nicht, was Judas von ihm gefordert, was er von ihm erwartet hat oder was Jesus ihm gesagt hat.«

Das stimmte. Sie wusste nichts über die Beziehung der anderen zu Jesus. Diese Beziehungen waren vertraulich, und jede von ihnen war einzigartig – nicht wie bei anderen Lehrern und ihren Schülern.

»Ich hasse ihn!«, stieß Maria hervor. Welch ein Gedanke, dass dieser Mann, Judas, gedacht hatte, sie könne seine Lebensgefährtin werden.

»Hasse ihn nicht«, sagte Johanna. »Das verwirrt nur deine Gedanken.«

»Du redest wie Jesus! Liebe deine Feinde …«

»Sollen wir denn nicht reden wie Jesus? Jesus hat uns ermahnt, für ihn zu beten – für alle unsere Feinde.«

»Das will ich auch tun, aber …« Der Zorn auf Judas, den abgefallenen Jünger, war ebenso überwältigend wie die Trauer, die sie hatte weinen lassen.

»Trotzdem müssen wir gegen Judas kämpfen«, sagte Johanna. »Für seine Seele müssen wir beten, seine Pläne müssen wir jedoch vereiteln.«

Während sie sich einen Weg durch das Gedränge in den Straßen bahnten, schauten sie sich immer wieder ängstlich um. Überall sahen sie exotisch gewandete Pilger, Jerusalemer, römische Soldaten und geheimnisvolle Menschen, deren Herkunft rätselhaft war. Die Sonne ging unter, und diejenigen, die nicht in der Stadt bleiben konnten, strömten zu den Toren. Passah war nah.

»Warum ist diese Nacht anders als alle anderen Nächte?«, lautete die traditionelle Frage.

Würde dieses Passahfest anders werden als andere?, fragten sich die Pilger. Würde der Messias kommen? Jedes Jahr bestand diese Möglichkeit. Darum war Passah immer in der Gegenwart und nie in der Vergangenheit.

LI

Es war zu spät, um sich noch einmal in den Tempel zu begeben. Jesus müsste inzwischen gegangen sein; der Tag war zu Ende. Sie mussten ihn auf dem Ölberg suchen. So viele Pilger drängten sich auf dem schmalen Pfad, der dort hinaufführte, dass Maria und Johanna beschlossen, ihn zu verlassen und im Olivenhain am Fuße des Berges zu warten, bis die Massen sich verlaufen hatten.

In diesem Garten, der wegen der Ölpresse Gethsemani hieß, fanden sie einen stillen, grünen Zufluchtsort. Die uralten Ölbäume wisperten von verlorenen Geheimnissen, von einer Zeit, da Jerusalem noch nicht wiederaufgebaut war. Was hatten sie gesehen? Den Wiederaufbau unter Nehemia und Esra? Hatten sie gewartet und gewartet, fünfhundert Jahre lang, während Israel sich neu erhoben, gegen die Griechen und nun gegen die Römer zu kämpfen hatte? Hatten die makkabäischen Anführer und die Soldaten des Antiochus sich unter den knorrigen Ästen beraten?

»Hier spuken Geister«, sagte Johanna. »Ich höre zu viele Stimmen.« Sie hatte sich unter einem besonders dicken Olivenbaum niedergelassen.

»Aber sie sind nicht so laut wie die Pilger draußen.« In Marias Kopf wirbelte noch immer, was sie im Palast gehört hatte. Johanna hatte leicht reden, wenn sie sagte, sie könnten Jesus einfach warnen und die Gefahr damit abwenden. Was wäre, wenn sie es nicht könnten? Judas – seine Abtrünnigkeit, sein dreister Verrat – hatte sie so schmerzhaft getroffen, als habe er sie geschlagen. Es war ihr sehr recht, dass sie eine kleine Pause einlegen konnte, bevor sie wieder zu Jesus stieße.

Sie ließ sich neben Johanna unter dem Baum nieder. Ihre Gedanken überschlugen sich, es war ein Lärmen, das größer war als der Tumult der vorüberziehenden Volksscharen. Ihre zahllosen Sprachen verschmolzen zu einer einzigen; unschuldige Gespräche über Essen und Unterkunft wurden zu einem unheilvollen Gebrüll. Zum ersten Mal stellte Maria das Gesetz in Frage, das den Menschen vorschrieb, sich an diesen drei Festtagen in Jerusalem zu versammeln. Und zum ersten Mal stellte sie Jesu Beweggründe in Frage, die ihn veranlasst hatten, ausgerechnet jetzt herzukommen.

Nirgends waren mehr Menschen beisammen … die Römer, die Parteigänger des Antipas und die Tempelobrigkeit, und alle schauten zu … Jesus wollte gesehen werden, er wollte so viel Aufmerksamkeit, wie er sie nur an diesem Ort zu dieser Zeit finden konnte. Er wollte über Galiläa hinaus ins Herz der Nation vordringen. Das alles war ein Teil seines Planes, eines größeren Entwurfes, der ihn mit der göttlichen Dämmerung des Reiches Gottes verband.

Und Judas wollte das alles zunichte zu machen. Judas würde dafür sorgen, dass Jesus verhaftet wurde, ehe Jesus sein erhofftes Ziel erreicht hatte. Er würde zum Schweigen gebracht und beseitigt werden.

Sie mussten ihn warnen, damit er sich schützen konnte. Aber was, wenn Jesus es nicht täte?

Die beiden Frauen saßen im friedlichen Schutz des Olivengartens und atmeten die wohltuende, sanfte Luft. Die Bäume ringsum raunten ihnen tröstend zu: Beruhigt euch … dies ist nur ein Augenblick … Denkt klar … Alles vergeht. Wie verlockend war es doch, einfach hier zu bleiben, tief zu atmen und daran zu glauben, dass sich alles klären würde, dass alles so geschehen würde, wie es bestimmt war!

Schließlich regte Johanna sich. »Wir müssen hinaufgehen. Es wird spät.«

Der Verkehr hatte nachgelassen, und nichts sprach dagegen weiterzugehen. Widerstrebend stand Maria auf. Sie verließen den stillen Garten und begaben sich wieder auf den ausgetretenen Pfad.

Sie fanden die Gefährten ohne Mühe, die noch am selben Platz lagerten und schon das Feuer für das Abendessen angezündet hatten. Jesus stand abseits und schaute nach Jerusalem hinunter, das im Dämmerlicht kaum noch zu erkennen war. Man sah die Mauern, den weißen Schimmer des Tempels, aber es wurde rasch dunkel.

Ich muss es ihm sagen!, dachte Maria. Vor dem Abendessen, bevor alle sich versammelten. Jetzt.

Sehr ängstlich trat sie zu ihm. Sie berührte ihn sanft an der Schulter, während er noch zu den kaum sichtbaren Konturen Jerusalems hinunterstarrte. Sofort drehte er sich um und blickte sie an; seine Miene war nicht einladend.

»Ja?«

»Meister«, sagte sie, und plötzlich durchzuckte sie schneidend die Erinnerung daran, wie sie das letzte Mal versucht hatte, mit ihm allein zu sein, und was dabei vorgefallen war. Oh, gib, dass dies nicht vernebelt, was ich ihm jetzt zu sagen habe!, betete sie.

»Ja?«, fragte er noch einmal. Sein Blick war nicht kalt, aber fast so, als kenne er sie nicht.

»Meister, Johanna und ich haben uns heute in Herodes Antipas' Palast schleichen können. Wir haben spioniert – und das ziemlich gut, muss ich sagen. Der Hohepriester Kaiphas war da, der alte Hannas und Antipas und Herodias …«

»Eine stattliche Gesellschaft. Hat sie euch beeindruckt?«

Seine Frage tat weh. »Nein«, sagte sie. »Warum hätte sie das tun sollen? Sie ist ja kaum zu beneiden.«

»Viele Leute würden sie beneiden.«

»Ich gehöre nicht dazu.« Sie wünschte, er wollte sie nicht ständig auf die Probe stellen. »Wenn Reichtum mich beeindrucken soll, erinnere dich, dass ich ihn in Magdala zurückgelassen habe.«

Er sah sie stumm an. Sie rückte noch einen Schritt näher und sagte leise: »Wir haben ihr Gespräch belauscht. Sie halten dich für gefährlich. Sie wollen dich zum Schweigen bringen.«

Statt zu antworten, schaute Jesus sie unverwandt an, so durchdringend, dass sie den Kopf senkte.

»Das Erschreckendste ist …« Sie brach ab. Hatte sie den Mut, es ihm zu erzählen? »Judas ist zu ihnen gekommen. Judas … Judas war dort. Er hat ihnen von dir erzählt. Er hat sich bereit erklärt, sie heimlich zu dir zu führen.«

Jesus schien endlich wirklich zuzuhören. »Judas.« Er hob die Hand und strich sich über die Stirn. »Judas.«

»Jawohl, Judas.« Sie holte tief Luft. »*Judas*. Er hat sich sogar … er hat sich sogar von ihnen bezahlen lassen. Ja, er hat Geld dafür angenommen, dass er sie zu dir bringt.«

»Dann haben sie ihr Geld verschwendet. Ich verstecke mich nicht.«

Hatte er sonst nichts zu sagen?

»Aber sie wollen dich unauffällig verhaften. Wenn die Leute – die Menschenmassen es nicht bemerken.«

»Judas«, sagte er plötzlich. »Judas. Ach, mein lieber Judas! Nein, nein!«

»Er war es. Ich habe ihn gesehen und gehört. Auch ich bin traurig. Er war dir so nah … Er hat so viel von dem verstanden, was du sagst … Und er wirkte so aufrichtig. Meister, du musst dich vor ihm schützen!« Sie atmete tief durch. »Er ist böse. Er ist unser Feind.«

»Das Böse lässt sich nicht abwenden«, sagte Jesus nach kurzem Schweigen. »Was kommen muss, wird kommen, aber wehe dem Manne, durch den es kommt.«

»Jesus …« Ich muss ihm sagen, wie Leid es mir tut, was ich in Dan gesagt habe, wie gut ich ihn jetzt verstehe und wie gern ich mich damit begnüge …

»Ich ertrage es nicht, noch mehr zu hören.« Er schnitt ihr das Wort ab. »Ich danke dir dafür, dass du es mir berichtet hast. Es hat Mut erfordert. Geh jetzt, und sprich nicht weiter. Ich muss mich vorbereiten und dann auch die anderen.«

Aber ich muss dir doch von meinen Gefühlen erzählen, von allem, was mich so sehr plagt …

»Ja, Meister.« Gehorsam wandte sie sich ab.

Die anderen waren beschäftigt. Simon hatte die Verantwortung für das Feuer übernommen und erteilte Anweisungen, wie die Spieße darüber zu rösten seien. Susanna händigte die Schüsseln aus, und Matthäus hatte für Wein gesorgt. Zu sehen, wie sie sich mit diesen Belanglosigkeiten beschäftigten, ließ Marias und Johannas geheimes Wissen noch schmerzlicher werden.

Jesus gesellte sich zu ihnen; er lächelte und lachte, als habe er nichts anderes im Sinn. Wollte er zeigen, dass diese unbedeutenden Alltagstätigkeiten wichtig waren? Dabei hatte er sie doch verurteilt, hatte seinen Anhängern geboten, den Alltag hinter sich zu lassen.

Vielleicht weiß er selbst nicht genau, was wirklich bedeutsam ist, dachte Maria. Vielleicht ... oh, vielleicht sind wir alle einem Mann nachgefolgt, der selbst noch lernt!

Sie saßen beieinander und aßen. Jesus brach das Brot mit seinen kräftigen, tüchtigen Händen und sprach das Dankgebet. Sein heller Wollmantel lag leicht über den Schultern. Nichts in seinem Verhalten ließ erkennen, dass es nicht so weitergehen würde. Dieses Beisammensein ... das Brotbrechen ... eine friedliche Nacht ... am nächsten Morgen wieder predigen ... immer so weiter, jeden Tag, der noch vor ihnen lag.

»Morgen Abend ist Passah«, sagte Jesus schließlich. »Dann werden wir das letzte Mal gemeinsam essen, wie wir es immer getan haben.« Er schaute sie an, einen nach dem anderen. Niemand fragte, was er mit »das letzte Mal« meinte. Als sein Blick auf Maria ruhte, spürte sie, dass er ihren Schmerz verstand, aber dass sie niemals wirklich darüber reden würden.

»Passahfest in Jerusalem«, sagte Thomas. »Davon habe ich immer geträumt.«

»Es wird ein schönes Mahl geben«, sagte Jesus. »Ich habe dafür gesorgt. Petrus und Johannes, morgen müsst ihr in aller Frühe in die Stadt gehen, und zwar durch das Schafstor; dort werdet ihr einem Mann begegnen, der einen Wasserkrug trägt. Ihr werdet ihn leicht erkennen, denn nur selten trägt ein Mann einen Wasserkrug. Folgt ihm auf seinem Weg. Er wird ein bestimmtes Haus betreten. Wenn ihr den Hausherrn seht, sagt ihm, dass der Lehrer einen Ort braucht, um mit seinen Freunden das Passahfest zu feiern. Er wird euch ein großes Zimmer im oberen Stock zeigen, das entsprechend eingerichtet ist. Dort sollt ihr alles für uns vorbereiten.«

Er hat also auch hier in der Stadt Anhänger – Unbekannte, von denen wir nie etwas wissen werden, dachte Maria. Wie viele davon mag es wohl geben, überall verstreut, die sich ihm nach und nach angeschlossen haben und die er kennt? Ich bin umgeben von Geheimnissen wie von einem unsichtbaren Schleier. So viele Rätsel …

»Meine Schafe erkennen meine Stimme«, sagte Jesus und beantwortete damit ihre unausgesprochene Frage. »Und ich habe noch andere Schafe, die sind nicht aus diesem Stall.«

Wind kam auf, sodass die Kiefernzweige über ihnen erzitterten. Die anderen Schafe – wer waren sie? Und dann der verbotene, der kleinliche Gedanke: Liebt er sie mehr als uns?

Jesus saß Maria fast unmittelbar gegenüber. Der flackernde Feuerschein verlieh seinem Gesicht einen rötlichen Glanz. Johannes weilte wie gewohnt in Jesu Nähe; seine blassen Züge hatten inzwischen ein wenig Farbe angenommen. Der große Jakobus mit dem breiten, angespannten Kiefer. Thomas, dessen hübsches Gesicht wie immer von Gedanken umwölkt war. Petrus, der sich lachend mit Simon unterhielt – und Simon, dessen wütendes Stirnrunzeln einem Lächeln gewichen war. Susanna, die entspannt lächelte, ganz ohne eine Spur von Qualen … Ja, ich liebe sie alle, erkannte Maria überrascht. Diese Menschen, die manchmal so schwierig sind … Im Grunde liebe ich sie glühend. Unsere Treue zu Jesus hat uns alle miteinander verbunden.

Eli und Silvanus waren wie im Nebel versunken; Marias Eltern waren verschwunden, Joel war eine ferne, wenn auch schmerzliche Erinnerung. Nur Elischeba war noch real. Maria sah Jesus und seine Mutter und wusste plötzlich, dass das Band der Mutterschaft nie wirklich reißen konnte. Eines Tages, eines Tages … werden wir wieder zusammenfinden, und alles wird verstanden und verziehen sein. Irgendwie wird es Jesus gewesen sein, der es vermittelt hat und den Elischeba kennen lernen wird. Irgendwie …

»Als wir nach Jerusalem aufbrachen, habe ich euch Freunde genannt, und das seid ihr«, sagte Jesus eben. »Und es gibt vieles, was ich euch als meinen Freunden erzählen möchte. Später werdet ihr zurückschauen und euch daran erinnern und euch fragen, was ich gemeint habe.«

Niemand sagte etwas. Sie befürchteten, sie könnten Jesus sonst daran hindern auszusprechen, was er sagen wollte, da er Fragen stets beantwortete, so unwesentlich sie auch sein mochten. Also schwiegen sie, während die Nachbarn sich geräuschvoll zur Nacht niederließen.

»Ihr wisst, es gibt Zeichen dafür, dass dieses Zeitalter bald zu Ende geht«, sagte Jesus. Es hörte sich an, als kündige er einen bloßen Wassermangel oder eine Handelskrise an. »Bald wird alles zu Ende gehen. Gott wird dafür sorgen. Wir können uns seinem Willen nur beugen, uns unterwerfen, um seiner Sache so gut zu dienen, wie wir vermögen. Uns für seine Pläne opfern. Ich bin ganz und gar bereit dazu. Seid ihr es auch?«

Niemand sagte etwas, bis Matthäus schließlich fragte: »Woher werden wir wissen, dass es geschieht?«

»Es wird Zeichen geben – unmissverständliche Zeichen am Himmel und auf der Erde. Bis dahin lasst euch nicht täuschen. Lasst euch nicht in die Irre führen. Bleibt standhaft. Meine Freunde, ihr alle wurdet mir von meinem Vater geschenkt. Und ich habe ihm versprochen, dass ich euch nicht verlieren werde – bis auf den einen, den Sohn des Verderbens, der dem Untergang geweiht ist –, was immer geschieht. Also fürchtet euch nicht.«

Judas, der während des Essens kein Wort gesprochen hatte, zuckte zusammen, als Jesus von dem einen sprach, der dem Untergang geweiht sei, und schaute Maria an. Sein Gesicht war starr, und er blickte ihr nicht in die Augen. Da war wieder dieser dunkle, leere Ausdruck in seinen Augen, den sie fröstelnd wiedererkannte. Sie sah, dass er seine elegante blaue Robe abgelegt hatte. Hatte er sie in einem hohlen Baum in der Nähe verborgen, um sie wieder anzuziehen, wenn er sich mit seinen Tempelfreunden traf?

Das ersterbende Feuer beleuchtete das Gesicht der älteren Maria. Sie saß still da, nur ihr Gesicht zeigte bange Sorge und Anspannung.

Noch lange verweilten sie am Feuer und genossen die langsam vergehende Glut und Wärme. Dann stand einer nach dem anderen auf und ging zu seinem Nachtlager. Nur Jesus stieg noch einmal zu einem Höhengrat hinauf. Maria folgte ihm.

Diesmal schaute er in das hässliche Tal, das Gehenna hieß, im Süden von Jerusalem. Dort brannten immerfort Müllfeuer, in die man den gesamten Unrat der Stadt warf. Beißender Rauch wehte herauf, der scharf in die Nase drang. Maria wurde dabei an das Feuer erinnert, in das sie und Joel vor so langer Zeit die zerschmetterten Götzenbilder geworfen hatten.

»Fäulnis«, murmelte Jesus. »Dort qualmt alles Schmutzige und Verdorbene.« Er drehte sich zu ihr um, als sie herankam, als habe er auf sie gewartet. »Weißt du, warum die ewigen Feuer dort unten brennen?«

»Nein.«

»Dies war der Ort, wo man dem Moloch Menschenopfer darbrachte. Sogar die Könige Israels, die im Tempel beteten, opferten da ihre Söhne und Töchter. Als Josia König wurde und seine Reformen einleitete, ordnete er an, dass aus der Stätte der Moloch-Altäre eine Müllkippe werden solle. Und so ist es bis heute. Aber das Böse ist noch immer nicht getilgt.« Jesus seufzte. »Dazu ist mehr erforderlich. Das Böse verschwindet nicht, nur weil Zeit vergeht.«

»Es gibt hier zu viel Fäulnis und Böses«, pflichtete sie ihm bei und deutete in die qualmende Gehenna. »Aber Johanna und ich haben einen friedlichen Ort am Fuße dieses Berges gefunden. Es ist ein alter Olivenhain, er war verlassen, als die Pilgerscharen den Berg hinauf wanderten. Vielleicht könntest du es dort erholsam finden.«

»Ein friedlicher Ort?«, fragte Jesus verwundert. »Inmitten all dessen?«

»Ja. Gleich links am Wegrand, unten am Berg. Er ist mit einem Tor verschlossen, aber das kann man öffnen.«

»Dann muss ich es mir ansehen«, sagte Jesus. »Gleich morgen Früh.«

Ein Rascheln hinter ihnen verriet, dass noch jemand gekommen war.

»Ein scheußlicher Anblick.« Judas stand hinter ihnen, kaum mehr als eine Armlänge entfernt. Hatte er sie belauscht? Hatte er von dem abgeschiedenen Garten gehört?

»Es ist die Manifestation der Sünde«, sagte Jesus. »Wenn wir die Sünde sehen könnten, würde sie so aussehen.«

»Aber leider können wir es nicht.« Judas klang betrübt.

»Satan will nicht, dass wir sie erkennen«, sagte Jesus. »Denn dann würden wir entsetzt vor ihr die Flucht ergreifen.« Er wandte sich ab und kehrte zu seiner Schlafstätte zurück.

Judas spähte immer noch in die Schlucht hinab.

»Ja, das Böse ist sehr hässlich«, sagte Maria. »Und manchmal zeigt es dreist sein Gesicht. Judas, was ist dagegen zu tun?«

»Nun, anzünden muss man es«, sagte er wegwerfend. »Wie Josia es getan hat.«

»Aber Menschen verbrennt man nicht so leicht.«

Judas starrte sie an. »Menschen?«

»Menschen, die zu Satan überlaufen und auf ihn hören.« Eine bedeutungsschwere Pause trat ein. »Judas ...« Sie hasste ihn, aber er konnte den Weg noch verlassen, den er beschritten hatte, konnte Kaiphas verraten statt Jesus. »Du weißt, was ich meine.«

Es blieb sehr lange still. Judas sah aus, als wolle er gestehen; sein Gesichtsausdruck änderte sich in schneller Folge, aber dann war die alte Maske wieder da. »Nein, ich fürchte, ich weiß es nicht«, sagte er. »Aber vielleicht solltest du dich selbst anschauen und dich vergewissern, dass deine Dämonen wirklich verschwunden sind. Mir scheint nämlich, sie sprechen wieder mit dir und führen dich in die Irre.«

Oh, er ist schlau! Er weiß, wo er angreifen muss, um seinen Gegner wehrlos zu machen – oder er glaubt es zumindest. Wie Satan persönlich. Davor hat Jesus mich gewarnt. »Es tut mir Leid für dich, Judas«, sagte sie nachdrücklich. »Du irrst dich.«

»Was deine Dämonen angeht? Das wird sich zeigen.«

»Nein, es geht nicht um meine Dämonen. Deine sind es, die mir Sorgen machen.« War es möglich, dass Satan bei dem furchtbaren Götzenaltar in Dan in ihn gefahren war?

Satan hatte Jesus in der Wüste zu bezwingen versucht. Es war ihm nicht gelungen, aber dafür hatte er sich Judas geholt.

»Es schmerzt mich zu sehen, dass du wieder in den Wahnsinn abgleitest«, sagte er voller Fürsorge. »Wirklich.« Er schwieg kurz und sagte dann: »Komm, es ist Zeit, schlafen zu gehen.« Er legte beschützerisch den Arm um sie und wollte sie zum Lagerplatz zurückführen.

Hatte er vor, zu warten, bis alle schliefen, um sich dann wieder davonzuschleichen?

Seinen Arm zu fühlen war widerwärtig. Die Leute behaupteten, Schlangen zu berühren sei abscheulich, aber Maria hatte einmal eine kleine Schlange aufgehoben, die in ihr Zimmer eingedrungen war, und sie hinausgetragen. Sie hatte die Haut des Reptils glatt, trocken und kühl gefunden, angenehm zu berühren. Sogar ein Chamäleon – sie hatte einmal ein zahmes besessen – war von einer drolligen Tollpatschigkeit, die sie ansprechend gefunden hatte, wenn sie dessen Kopf gestreichelt hatte. Doch der Arm dieses Mannes, der das, was er als Zurückweisung durch Jesus empfunden hatte, oder seine eigene Enttäuschung über ihn nicht hatte akzeptieren können – oder woran immer es sonst gelegen haben mochte, vielleicht an Satans Einflüsterungen –, der Arm dieses Mannes jedenfalls fühlte sich scheußlicher an, als selbst Aschera es je getan hatte.

Sie wich zur Seite aus, und Judas bemerkte den Schauder, der sie überlief. »Ich bin nicht wahnsinnig, aber es gefällt dir, es zu behaupten: weitere Lügen, wie alles an dir in letzter Zeit. Wirst du niemals müde, zu lügen und vorzutäuschen, du wärest anders, als du tatsächlich bist?« Sie versagte es sich, weiter zu sprechen, denn sonst würde Satan vielleicht merken, dass er entlarvt war

Das helle Licht des beinahe vollen Mondes beleuchtete sein gut geschnittenes, schmales Gesicht, als wolle es ihn liebkosen. Ein wehmütiges Lächeln trat auf seine Lippen. »Ach, Maria, das habe ich nie getan. Ich war immer ein Fragender, wie alle Welt weiß.«

Aber nun bist du außerdem ein Lügner und Betrüger, hätte sie am liebsten hinzugesetzt. Sie lechzte danach, ihm dies in sein verlogenes, selbstgefälliges Gesicht zu schleudern, aber damit hätte sie ihm etwas verraten, was er nicht wissen durfte.

»Du wirst deine Fragen und deine Falschheiten mit ins Grab nehmen.« Mehr brachte sie nicht hervor.

»Das haben schon viele getan, die würdiger waren als ich. Es wird mir eine Ehre sein, in ihre Gesellschaft einzutreten.«

»Zähle dich nicht zu berühmten Philosophen und Rebellen«, würgte sie hervor. »Sie werden dich nicht willkommen heißen. Reihe dich lieber bei den« – bei den ungehorsamen Söhnen Aarons ein, wollte sie sagen, oder bei der Rotte Korach, die sich gegen Mose erhob –, »bei denen ein, die straucheln und sich selbst in die Verdammnis stürzen.«

Wieder dieses belustigte Glucksen. »Du brauchst Ruhe«, sagte er, versuchte jedoch nicht, sie nochmals anzufassen.

»Du brauchst Reue«, gab sie zurück. »Aber wer wird dir dazu verhelfen?«

Als sie auf ihrer Schlafstatt lag, brauchte sie eine ganze Weile, um Judas aus ihren Gedanken zu vertreiben. Sein Sturz zerriss ihr das Herz. Dabei war Judas ihr in so mancher Hinsicht als der kundigste und gescheiteste unter den Jüngern erschienen.Kaiphas und Antipas konnte sie keinen Vorwurf machen. Sie kannten Jesus nicht einmal; für sie war er nur ein Unruhestifter aus Galiläa, in einer Zeit, in der es darauf ankam, die Aufmerksamkeit Roms nicht auf sich zu lenken.

Vielleicht war gerade das das Problem. Konnte es sein, dass man Jesus und seine Botschaft umso verstörender empfand, je scharfsichtiger man war?

Wenn eine Bewegung überdauern sollte, musste sie die Judasse für sich gewinnen.

Judas' Abtrünnigkeit bedeutete nicht nur den Verlust eines Jüngers für Jesus, sondern – was noch viel beunruhigender war – den Verlust einer sicheren Basis für die gesamte Bewegung.

LII

Der Mond überzog Jerusalem mit blausilbrigem Licht. Der Tempel schimmerte wie eine Perle im Wasser, und marmorne Paläste und Gebäude wie Edelsteine glänzten neben gewöhnlichen Bauten aus Kalkstein. Das alles erblickte Maria von ihrem Lager aus, vergebens bemüht einzuschlafen. Die Mauern der Stadt waren ganz deutlich sichtbar; sie standen da wie erhobene Messerklingen – eine harte Demarkationslinie zur Bewachung der Häuser.

Bald würde der Morgen grauen, die Priester würden die Portale der Tempel öffnen, die Wachen die Stadttore. Alles wirkte in beruhigender Weise wie für die Ewigkeit geschaffen. Dieser heilige Ort würde ihnen stets bewahrt bleiben.

Jesus stand in der Nähe und schaute auf die Stadt hinunter. Er hatte ihr den Rücken zugewandt, sodass sie sein Gesicht nicht sehen konnte, aber seine Haltung ließ vermuten, dass es traurig war. Jerusalem nur anzuschauen weckte in ihm offenbar einen tiefen Schmerz.

Wenn er wach ist, kann Judas sich nicht davonschleichen, folgerte sie dankbar. Judas war auf der Anhöhe gefangen. Was immer er für die Nacht geplant hatte, konnte er nicht tun. Sie könnte ruhig schlafen.

Doch als der Schlaf schließlich kam, war er nicht friedlich. Das helle Mondlicht traf ihre Lider wie ein Angriff und beleuchtete ihre Träume, die von verstörenden Gewaltszenen beherrscht waren. Als Maria erwachte, konnte sie sich aber nur an eine Szene erinnern.

Bilder von Jesus, wie er blutete, taumelte. Sie hatte so etwas schon einmal geträumt, jedoch nicht so klar. Nun sah sie nicht nur, wie er geschlagen und verletzt wurde, sondern sie erkannte auch Gebäude um ihn herum: den äußeren Hof von Antipas' Palast, ein Stadttor von Jerusalem, allerdings nicht das Nord- oder Osttor, durch die sie schon hineingekommen waren. Sie sah das Gesicht des Pilatus – sie hatte ihn noch nie gesehen, aber sie erkannte ihn an seiner Kleidung, einer formellen römischen Toga –, und sie sah Antipas irgendwo am Rande. Und den Messerstecher, den sie vor so langer Zeit auf dem Bankett bei Matthäus kurz gesehen hatte. Er starb. Sie hatte seinen Namen vergessen, bis sie ihn im Traum gemurmelt hörte. »Dismas, Dismas.« Aber was hatte das mit Jesus zu tun?

Der Morgen dämmerte; der ganze Himmel war von einem zarten Rosarot überzogen; die Stadt regte sich bereits in diesem sanften Licht in ätherischer Schönheit. Aus der Ferne war es, als erfülle sie jeden hochfliegenden Wunsch nach Schönheit und Heiligkeit.

Sie versammelten sich um ein frühmorgendliches Feuer und hörten tief im Tal die Hähne krähen und den neuen Tag ankündigen. Jesus sprach mit sanften Worten, als sei er vorbehaltlos zufrieden mit dem, was der Tag ihnen bringen würde.

»Wir werden uns am vorbereiteten Ort zum Passahmahl setzen«, sagte er. »Ich glaube, ihr werdet eine gottgefällige, gute Tafel vorfinden. Die Jünger, die helfen werden, sie zu bereiten, werden euch dort hinführen.« Er nickte den Frauen, Petrus und Johannes zu. »Wir werden das Passahfest gemeinsam feiern. Ich sehne mich nach diesem Abend.« Seine Stimme hatte einen freudigen Klang.

Aber die Schläge ... die Geißeln und das Blut ... Sollte ich ihm davon nichts erzählen? Ich muss es tun! Ich muss ihm anvertrauen, was immer meine Visionen mir offenbaren.

Er kam auf sie zu. Jetzt musste sie es ihm sagen.

Er lächelte. »Maria, ich werde mich in den Garten zurückziehen, von dem du mir erzählt hast. In den Olivengarten am Fuße des Berges.«

»Er ist abgeschieden«, sagte sie, »und wenn du allein sein musst, dann wirst du es dort sein. Ich muss dir etwas erzählen, was ich gesehen habe ...«

»Ich habe es auch gesehen«, unterbrach er sie sofort. »Du brauchst es mir nicht zu erzählen.« Er schwieg einen Augenblick. »Maria, ich gehe jetzt, um meinen Platz in diesen Visionen einzunehmen. Dies ist nur der Anfang. Es gibt außerdem noch mehr, viel mehr, was die Visionen uns in ihrer Begrenztheit nicht zeigen können. Aber ich sehe es. Mein Vater sagt es mir, er offenbart es mir.« Er nahm ihre Hände. »Aber deine Gesichte sind mir viel wert. Ich danke dir, dass du sie die ganze Zeit mit mir geteilt hast.«

»Judas ...«, begann sie.

»Er hat den Weg genommen, den er nehmen muss. Du hast es versucht. Du hast es versucht, so gut du konntest.«

Sie war verblüfft. Woher wusste er das? Hatte er sie gehört?

»Kennst du die Schrift nicht? Es war vorherbestimmt. ›Selbst der Freund, der mein Vertrauen besaß, der mit mir zu Tische saß, hat mich verschmäht.‹ Und: ›Hätte mein Feind mich beschimpft, so könnte ich es ertragen; hätte mein Widersacher mich mit Verachtung betrachtet, so könnte ich mich davor verbergen. Doch du warst es, mein anderes Ich, mein Freund und Gefährte, dessen Gesellschaft ich genossen habe, an dessen Seite ich gewandelt bin …‹ Es ist schwer für dich, das zu verstehen. Ich weiß.«

»Zu verstehen nicht, nein. Aber es zu glauben – ja, das ist schwer. Wie kann irgendjemand, der dich kennt und weiß, wer du bist …«

»Wissen und Glauben sind nicht dasselbe«, sagte er. »In künftigen Tagen musst du dich daran erinnern.«

Sie machten sich an den steilen Abstieg zur Stadt. Die Aufregung des bevorstehenden Abends lag bereits in der Luft; es war, als bringe der seit ewigen Zeiten heilige Tag eigenen Weihrauch hervor.

Maria warf einen Blick zu Judas, der starr vor sich hin lächelte. Sie fand den Anblick so widerwärtig, dass sie am liebsten einen Stein aufgehoben und ihm an den Kopf geschleudert hätte, damit er in die Tiefe stürzen und zerschmettert liegen bleiben würde, unfähig, je wieder zu gehen.

Die Inbrunst ihres Hasses überraschte Maria. Dabei mahnt Jesus, unsere Feinde zu lieben und für sie zu beten, dachte sie. Aber manchmal ist das unmöglich!

Kurz bevor der Pfad ebenerdig die Schlucht von Kidron durchquerte, drängte Maria sich zu Jesus hervor, der neben Petrus und Johannes ging, und sagte: »Hier ist der Garten, auf der linken Seite.«

Die Olivenbäume mit dem silbrigen Blättern waren vom Weg aus leicht zu sehen – manche waren so hoch, dass sie wie Eichen in den Himmel ragten. Jesus blieb stehen und schaute sie an.

»Ich werde hineingehen und beten«, sagte er.

»Willst du nicht in den Tempel?« Petrus war überrascht.

»Heute nicht«, sagte Jesus. »Ich werde heute nicht predigen, außer vor euch.«

»Werden wir dich heute nicht sehen?«

»Doch, heute Abend. Wir versammeln uns alle in dem Haus, von dem ich euch erzählt habe.«

Er ging auf das Tor zu, lud aber niemanden ein, ihn zu begleiten.

So gingen sie ohne ihn weiter in die Stadt. Jeder hatte eine Aufgabe zugewiesen bekommen. Sie stiegen die steile Flanke der

Schlucht von Kidron hinauf zum Schafstor und durchschritten es inmitten blökender Schafherden, die von ihren Hirten zum Tempel getrieben wurden. Die Jünger stellten sich am Tor auf und hielten aufmerksam Ausschau nach einem Mann mit einem Wasserkrug. Es dauerte nicht lange, da erschien ein stämmiger Mann, der ungeschickt einen Krug auf dem Kopf balancierte.

Petrus stürzte auf ihn zu. »Bist du der Mann?«, platzte er heraus.

Der Mann schaute ihn misstrauisch an. »Der euch zu einem Haus führen soll?«

»Genau der«, sagte Petrus laut.

Der Mann zog den Kopf ein, als er die dröhnende Stimme hörte, und winkte Petrus. Johannes trat hinzu. »Dann will ich es euch zeigen«, sagte der Mann.

Sie folgten ihm durch die gewundenen Straßen Jerusalems hinauf in die Oberstadt, in jene wohlhabende Gegend, die Johanna und Judas nur allzu gut kannten. Er wies auf eine Haustür und huschte dann davon, als wolle er dort nicht hinein.

Petrus schaute in die Runde. »Hier muss es sein. Wir werden alle Vorkehrungen treffen. Ihr, die ihr die Speisen besorgt: Hier werden wir uns später treffen. Denkt daran, dass wir ein Lamm kaufen müssen. Wir hätten es schon früher tun sollen. Aber es wird auch jetzt noch reichlich Auswahl geben.«

Ja, die Herden der spät eingetroffenen Lämmer, die sie unterwegs gesehen hatten, werden dafür sorgen, dachte Maria. Es gab keinen Grund, sich zu tadeln.

»Kommt, lasst uns zum oberen Markt gehen«, schlug Judas vor. »Dort gibt es das beste Angebot.«

»Nein, lasst uns erst ein Lamm kaufen!«, sagte Maria. »Das ist das Wichtigste. Wir können Passah nicht ohne ein Lamm feiern. Es muss schon in wenigen Stunden geschlachtet werden, dann müssen wir für die Vorbereitungen sorgen …«

»Sollten wir nicht zuerst das Haus in Augenschein nehmen, in dem wir uns versammeln werden?«, wandte Judas ein.

»Nein. Wir haben keine Zeit zu verlieren.« Maria wollte seine Vorschläge nicht hören.

Im Tempel wimmelte es von Menschen. Es war gut, dass Jesus nicht hier war. Niemand hätte ihn hören können, wenn er gepredigt oder zu lehren versucht hätte. Die Nachzügler stürmten zu den Lämmerhändlern, während die anderen zum Opferaltar mit seinen Fanfaren strömten. Überall herrschte Chaos.

Die Jünger drängten sich zu den Händlern. Hunderte von blökenden, angebundenen Tieren liefen bockend durcheinander. Niemand erinnerte sich hier an Jesus und seinen Angriff auf die Händler; die Menschen warteten in Zehnerreihen vor den Ständen der Geldwechsler. Wie nutzlos sind Jesu Taten doch gewesen, wie wenig die Menschen sie beachten!, dachte Maria. Trauer lastete auf ihr.

Besser wäre es gewesen, sich bei der Auswahl eines Tieres Zeit zu lassen, aber unter diesen Umständen konnten sie nur auf ein halbwegs gut gewachsenes Lamm zeigen und rufen: »Das da! Das da!«

»Sehr gut«, sagte der Händler. »Wollt ihr auch die Zubereitung besorgt haben? Ich habe hier einen Geschäftsfreund mit einer guten Küche, der noch Reservierungen entgegennehmen kann …«

Am Ende vereinbarten sie mit dem Händler, dass er ihnen das Lamm verkaufte und es nach dem mosaischen Gesetz braten ließ. Aber Philippus und Matthäus bestanden darauf, selbst dafür zu sorgen, dass das Tier auf die vorgeschriebene Weise auf dem Tempelgelände geschlachtet wurde; damit wollten sie keinen Agenten beauftragen.

Judas schob die Hand in seinen Geldbeutel. »Ihr werdet Geld brauchen, um alles Nötige zu kaufen.«

Nein, nein! Fast hätte Maria ihm das Geld aus der Hand geschlagen, aber sie besann sich darauf, dass der größte Teil des Geldes von anderen kam, auch von ihr. Und das war kein schmutziges Geld.

Münze um Münze zählte Judas das Geld ab.

»Ich selbst werde mich um andere Dinge kümmern«, sagte er dann. »Mich braucht ihr ja nicht, um etwas zu essen zu kaufen.« Er verbeugte sich lächelnd.

Warum fragt niemand, worum er sich kümmern will?, dachte Maria. Aber wenn man jemandem vertraut, stellt man solche Fragen nicht.

»Nathanael«, begann sie. »Judas ist … Judas ist …« Sie wollte das Versprechen brechen, das sie Johanna gegeben hatte, und den anderen von Judas erzählen. Doch wenn sie es erführen, würden Petrus, Simon oder der große Jakobus vielleicht aufbrausen und drohen und Judas auf diese Weise warnen, sodass er seine Pläne noch rechtzeitig ändern könnte.

»Folgt ihm«, sagte sie. »Stellt fest, wohin er geht.«

Nathanael sah sich um. »Er ist doch schon weg. Wir haben ihn verloren. Warum sagst du so etwas?«

Maria konnte nicht antworten; die Worte blieben ihr im Halse stecken.

Auf dem oberen Markt dehnte sich ein Meer von Körben vor ihnen aus, jeder randvoll von frischer Ware. So viel mussten sie kaufen: Bittere Kräuter und Meerrettich, Gersten- und Weizenmehl für das ungesäuerte Brot, Äpfel, Datteln, Mandeln und Rosinen für den Haroseth, Eier, Oliven und Essig – und natürlich Wein, den besten, den sie sich leisten konnten. Senf, Honig und Weintrauben für die Sauce zum Lamm. Jeder Händler winkte sie heran, jeder versprach ihnen den allerfeinsten Weizen von den Feldern von Zanoa, Feigen aus Galiläa, Wein aus den Weingärten von Zereda, Datteln aus Jericho und Salat von den Bauernhöfen der Umgebung.

Maria konnte an nichts anderes denken als an Judas und daran, wie sie seine Pläne vereiteln könnte. Aber alle schienen von ihr zu erwarten, dass sie die Leitung übernahm.

»Liebste Maria«, sagte sie schließlich zu Jesu Mutter, »du hast so viel Erfahrung. Du hast doch viele Passahfeste verantwortet. Ich finde, du solltest die bitteren Kräuter und die Zutaten für den Haroseth aussuchen.«

Die ältere Maria nickte, was an sich schon verstörend war. Es bereitete ihr Unbehagen, dass Jesu Mutter sich ihr unterwarf.

»Und die Übrigen – vielleicht sollte jeder von uns etwas Bestimmtes einkaufen. Johanna, du kaufst das Mehl für das ungesäuerte Brot, Susanna, du die Zutaten für die Lammsauce.« Es war ihr zuwider, solche Anweisungen zu erteilen. Aber jemand musste es tun, damit es voranging. »Die Männer sollen sich etwas aussuchen, was sie gern essen wollen – nicht rituell festgelegte Speisen, sondern etwas, was sie vermisst haben. Ich selbst werde die Eier kaufen.« Absichtlich erwählte sie für sich selbst eine bescheidene Aufgabe.

Als sie so allein über den Markt ging, hörte sie vieles. Sie achtete auch darauf: Man sprach von Barabbas, redete von zwei römischen Soldaten, die erstochen worden waren, und tuschelte von den kommenden Tagen und von Antipas und Pilatus, die sich auf irgendeinen Aufstand gefasst machten. Rings um den Markt, an den Ecken und hinter den Ständen, schauten sich römische Soldaten wachsam um, die Hände auf dem Schwertgriff.

Der stechende Geruch von frischem Blut wehte herab: Oben im Tempel wurden Lämmer geschlachtet, zu Hunderten – nein, zu Tausenden. Jeder Haushaltsvorstand zog das Messer durch die Kehle seines auserwählten Tieres, dann wurde das Ritual des Blutauffangens vollzogen. Schließlich gossen die Priester das Blut am Fuße des Altares aus, wo es davonfloss. Maria hörte das Blöken und Schreien der unglücklichen Tiere auf der Schlachtbank.

Will Gott das wirklich?, fragte sie sich. Gewiss, vor langer Zeit befahl er Mose, es zu tun, aber das galt für eine kleine Zahl von Menschen. Diese Massen – die Vorkehrungen, die sie treffen mussten, um Tausende von Tieren unterzubringen –, konnte Mose so etwas vorhersehen? Es ist hässlich und übelkeiterregend. Sie würgte, als eine mächtige Welle von Blutdunst über sie hinwegzog. Und dass man nur im Tempel feiern durfte – war das nicht eine Mühsal für viele fromme Familien? Hierher zu kommen ist nicht einfach, und wenn man erst einmal hier ist – diese endlosen Ausgaben …!

Als sie sich umsah, musste sie zugeben, dass die Atmosphäre alles andere als heilig war. Die Leute stritten sich um billige Lämmer und Lebensmittel … Es gab keinen Platz zum Schlafen und zum Wohnen … keine Zurückgezogenheit, keine Gelegenheit zum Meditieren – das alles erstickte die Frömmigkeit, statt sie zu fördern.

Massenwallfahrten haben mit Frömmigkeit nichts zu tun, erkannte sie plötzlich. Sie mögen den Menschen helfen zu sehen, dass es noch andere Juden in weiter Ferne gibt, mögen ihnen ein aufschäumendes Gefühl der Brüderlichkeit verschaffen, doch das alles ist eine Sache zwischen Mensch und Mensch, nicht eine zwischen Mensch und Gott.

Wie kann ich Gott nahe kommen? Gott ist es, an dem mir liegt, Gott ist es, den ich brauche – nicht Horden von Pilgern!

Sie suchte den Weg zurück zu dem Haus, in dem sie Passah feiern würden. Sie brauchte Erholung und wünschte sich, Jesus wäre da und würde ihr etwas sagen, das ihr helfen könne, sich besser zu fühlen.

Aber nur die anderen Frauen waren da. Geschäftig bereiteten sie das Mal vor.

Das Zimmer, das für sie bereitstand, war geräumig. Es lag im oberen Stockwerk, das einen Blick auf die Dächer der Stadt bot. Zur Mittagsstunde war es sehr hell hier. Es war mit niedrigen Tischen und Diwans möbliert.

»Wir speisen also im römischen Stil«, sagte Maria, als sie die Einrichtung sah.

»Das passt zu der Zeremonie«, sagte Susanna. »Es widerspricht den alten Anweisungen nicht.«

»Aber haben wir auch die gehörige Zahl von Leuten?«, fragte Maria. Das Essen im römischen Stil erforderte immer ein Vielfaches von Drei – drei Diwans um einen Tisch, drei Speisende auf einem Diwan.

»Oh, wir wollen keine Puristen sein«, sagte Johanna. »Wir stellen ein paar Serviertische in die Mitte und Diwans ringsum. Wir sind fast zwanzig, sollten wir denn nicht alle um denselben Tisch sitzen?« Sie lachte. »Mose hat darüber nichts gesagt, und ich wage zu behaupten, dass die Pharisäer nichts dagegen einzuwenden hätten.«

Es würden dreizehn Männer und vier Frauen sein. Johanna sang, während sie Tische und Diwans zurechtschob. Jesu Mutter war in der Küche damit beschäftigt, den Haroseth zuzubereiten; sie hackte Äpfel und zermahlte den kostbaren Zimt, um den Wein damit zu würzen. Susanna knetete aus Hafer- und Weizenmehl den Teig für das flache ungesäuerte Brot; es musste noch am Nachmittag gebacken werden und im Ofen auskühlen, damit es am Abend knusprig war. Maria hatte die Eier zu braten und den Meerrettich zu raspeln, um daraus mit Essig die bittere Tunke für die Kräuter zu machen. Während der Arbeit malten die Frauen sich das bevorstehende Mahl aus.

»Es wird eine schöne Versammlung sein«, sagte Susanna. Maria hörte einen traurigen Unterton in ihrer Stimme: Sie war mit ihren Gedanken in Korazin; vielleicht fragte sie sich, was ihr Mann gerade tat und wo er den Seder begehen würde.

»Stell diese Becher auf den Tisch.« Jesu Mutter hielt ihr ein Tablett mit tönernen Bechern entgegen. Es waren nicht genug. Maria stellte sie auf und holte dann noch mehr.

»Wie freundlich von dem Hausherrn, dass er uns sogar Tabletts und Becher zur Verfügung stellt«, sagte Jesu Mutter. »Wo ist er, damit wir ihm danken können?«

»Nur Petrus und Johannes haben ihn gesehen, und sie sind noch mit dem Lamm beschäftigt«, sagte Johanna. »Unser geheimnisvoller Gastgeber ist anscheinend sehr scheu.«

Vielleicht will er auch nicht namhaft gemacht werden, überlegte Maria. Es ist gefährlich, Jesus zu kennen oder sich öffentlich mit ihm sehen zu lassen.

Die Küche im Erdgeschoss war zwar klein, aber gut ausgestattet. Schneidebretter erwarteten sie, Mörser und Stößel sowie eine Anzahl von Messern. Dennoch war es mühsam, sich in einer fremden Küche zurechtzufinden.

Der kleine Backofen – im Haus ein Luxus – war schon angeheizt und bereit für den ungesäuerten Teig, den Susanna zu flachen, runden Laiben formte.

»Beeil dich, Susanna!«, sagte Johanna. »Arbeite schneller, sonst wirst du bei den Pharisäern keine Billigung finden.« Sie wandte sich der jüngeren und der älteren Maria zu und fügte hinzu: »Sie haben nämlich die genaue Zeitspanne errechnet, die zwischen dem Kneten und dem Backen verstreichen darf; es darf nicht länger dauern, als man braucht, um eine römische Meile langsam zu gehen.«

»Und wenn wir diese Zeitspanne überschreiten?«, fragte Jesu Mutter.

»Dann ist unser ungesäuertes Brot für das Festmahl ungeeignet«, antwortete Johanna. »Aber zu unserem Glück werden keine Pharisäer zugegen sein, und es sehen auch jetzt keine zu. Schieb das Brot in den Ofen.«

»Das sind die Dinge, die mein Sohn so hart kritisiert«, sagte die ältere Maria. »Und am Ende sind es vielleicht diese Dinge, derentwegen die religiöse Obrigkeit ihm feindlich gesonnen ist und ihn verurteilt.« Sie war den Tränen nahe. »Er hat es verdient, dass man ihm in einem edelmütigen Streit entgegentritt, aber nicht wegen der Zeit, die man braucht, um ungesäuertes Brot zu backen.«

»Wie bei den Propheten«, sagte Johanna zustimmend. »Elias, der die Baal-Priester herausforderte, Nathan, der David entgegentrat, Mose und der Pharao – alle sind weit entfernt von den Pharisäern mit ihren Opfer- und Speisevorschriften. Das ist der Niedergang der Zeit.«

Maria stellte ihren Korb mit den Eiern hin und wählte die aus, die mit dem Brot gebacken werden sollten. Mose hat es uns aufgetragen, dachte sie, und wir tun es immer noch. Beinahe ehrfürchtig legte sie die Eier auf ein Blech, um sie in den Ofen zu schieben. Vielleicht ist das am Ende alles, was wir wissen, alles, was wir verstehen können. Einfache Vorschriften, einfache Anweisungen. Das ist es, was Gott uns zutrauen kann.

Die Dämmerung senkte sich über die Stadt. Aus den Fenstern in ihrem Zimmer im Obergeschoss konnten sie sehen, wie das Sonnenlicht sich von den Dächern zurückzog und verblasste; an seine Stelle trat ein warmer Glanz auf die Kalksteingebäude, der dann auch verschwand und einem bläulichen Schimmer wich, der sich auf alles legte. Der Vollmond stieg fahl in den Himmel hinauf. Das Passahfest begann.

Nach und nach erschienen die Jünger. Philippus und Nathanael kamen als Erste und schauten sich um.

»Was für ein schönes Haus«, sagte Philippus. »Wem gehört es?«

»Das wissen wir noch nicht«, sagte Jesu Mutter. »Wir müssen warten, bis er sich offenbart.«

Andreas und Matthäus folgten wenig später, dann Thaddäus, der große Jakobus und Thomas. Keuchend blieben sie stehen und bestaunten das Zimmer, das sie so schön eingerichtet erwartete.

Es war draußen schon ziemlich dunkel, als Judas oben auf der Treppe erschien. Trotz des feierlichen Anlasses trug er sein feines blaues Gewand nicht. Vielleicht stellte er sich vor, dass nur das

Gewand, nicht jedoch er selbst besudelt sei. Auch er schien von der Tafel beeindruckt zu sein.

»Das ist ja prachtvoll«, sagte er, ohne jemanden im Besonderen anzureden. »Wem haben wir dafür zu danken?«

»Einem unbekannten, aber loyalen Jünger«, sagte Johanna und beobachtete dabei sein Gesicht.

»Aha«, sagte Judas. »Er erwählt sich die Seinen.« Schroff wandte er sich ab.

Petrus und Johannes brachten ein Tablett, auf dem zugedeckt das gebratene Lamm lag. »Es ist wunderbar!«, sagten sie. »Er hat es gut gebraten, besser als die anderen in der Gemeindeküche.« Und tatsächlich duftete das Fleisch köstlich. Fleisch hatten sie in der letzten Zeit selten bekommen.

Der Einzige, der jetzt noch fehlte, war Jesus. Es kam ihnen vor, als sei sehr viel Zeit vergangen, als er endlich auf der Treppe erschien und ins Zimmer trat.

Er sieht ausgeruht und friedlich aus, war Marias erster Gedanke. Gethsemani war erholsam für ihn. Oh, Gott sei Dank, dass ich es kannte und ihm davon erzählen konnte!

»Ich grüße euch, meine Freunde«, sagte er. »Ich bin dankbar, dass wir hier zusammenkommen konnten.«

Seine Mutter ging zu ihm und sprach ihn leise an. Maria sah, dass er nickte. Dann sagte er: »Lasst uns Platz nehmen.«

Maria sicherte sich einen Platz auf dem zweiten Diwan neben dem mittleren, obwohl sie und die anderen Frauen vorwiegend die anderen bedienen würden und nicht immer auf ihren Plätzen sein konnten. Johannes saß neben Jesus, sodass er sich an ihn lehnen konnte.

Aber statt seinen Platz einzunehmen und das altehrwürdige Ritual zu beginnen, stand Jesus auf und legte seine äußeren Gewänder ab, auch den feinen Mantel, den seine Mutter ihm gemacht hatte. »Ihr alle sollt Diener sein«, sagte er und schaute jeden Einzelnen an. »Der Größte soll dem Geringsten dienen. Ich bin gekommen, euch ein Beispiel zu geben.« Er schlang sich ein Tuch um den Leib, legte sich ein zweites über den Arm und verlangte nach einer Schüssel Wasser. Maria stand auf und ging in die Küche, um sie zu holen.

Er nahm sie in Empfang und sagte: »Es ist nötig, dass ich

euch wasche. Auch ihr müsst einander in dieser Weise dienen.« Er hockte sich nieder und fing an, Thomas die Füße zu waschen. Dann trocknete er sie mit dem Tuch ab. Es war totenstill im Zimmer, nur das Plätschern seiner Hände im Wasser war zu hören.

Als er zu Petrus kam, sprang dieser auf. »Nein, das sollst du nicht tun!«, rief er und wich zurück.

»Wenn ich dir nicht die Füße wasche, hast du nichts mit mir zu schaffen«, sagte Jesus.

Petrus starrte ihn einen Augenblick lang an. »Aber dann – nicht nur meine Füße, sondern alles!« Er setzte sich und zog den Saum seines Gewandes hoch.

»Denjenigen unter euch, die rein sind, muss ich nur die Füße waschen«, sagte Jesus. »Anderen, die unrein sind ...« Er sah Judas an. Judas entblößte hastig seine Füße und streckte sie aus, um sie waschen zu lassen.

Nach Judas wandte Jesus sich dem großen Jakobus zu und vollzog das Ritual mit feierlicher Ruhe. Als Nächstes ließ er sich zu Marias Füßen nieder. Sie ertrug es kaum, dass er vor ihr kniete und ihre Füße berührte wie ein Diener. Es kam ihr falsch vor. Noch nie hatte ein Mann ihr einen so niedrigen Dienst erwiesen, und dass es nun Jesus war, ließ ihr das alles noch unschicklicher erscheinen. Zugleich fühlte sie sich durch diese Geste wie durch keine andere mit ihm verbunden.

Als er damit fertig war, sagte er: »Erinnert euch daran. Ihr sollt einander dienen, wie ich euch gedient habe.« Er legte sein Gewand an und nahm seinen Platz auf dem mittleren Diwan ein.

Auf den kleinen Serviertischen standen Platten mit dem ersten Gang – Salat, Schalotten und Sesamkörner. Auch Honigwaben, Äpfel und Pistazien waren dabei; das waren die Speisen, die sich die Männer ausgesucht hatten, nachdem sie sie in ihrer kargen Alltagskost lange vermisst hatten.

»Ich erkenne die Feigen aus Galiläa«, sagte Maria. »Ich weiß, dass sie dir gefehlt haben, Simon. Aber der Dörrfisch aus Magdala – wer außer mir hat sich denn danach gesehnt?« Dass er auf dem Tisch stand, erschien ihr wie eine mystische Segnung. Alles, was dieser Fisch symbolisierte – den Alltag und die Rituale ihres alten Lebens –, war immer noch vorhanden, weder vergessen noch gestorben.

»Auch ich habe mich danach gesehnt«, sagte Petrus. »Glaubst du nicht, dass es Dinge gibt, die ich ungern zurückgelassen habe? Da bist du nicht die Einzige.«

Das stimmte natürlich. Sie alle hatten etwas zurückgelassen. Sie nickte Petrus zu.

Alle aßen langsam. Es gab Zichorie in Essig mit einer Rosinensauce, die Johanna zubereitet hatte. Maria und die anderen Frauen erhoben sich, um der Gesellschaft Wein einzuschenken, und kehrten dann auf ihre Plätze zurück. Jesus hob seinen Becher und eröffnete das eigentliche Mahl. Der Hauptgang wurde aufgetischt – wieder standen die Frauen auf und trugen die Platten mit gebratenem Lamm, Dattelpaste, gebackenen Zwiebeln und Koriandermus auf. Auf einer der Platten hatten sie die rituellen Speisen vorbereitet: die Lammkeule, das gebackene Ei, die Brunnenkresse, das gesalzene Wasser, das ungesäuerte Brot. Diese Platte setzten sie Jesus vor.

Das Mahl nahm den traditionellen Gang, und Thaddäus, der Jüngste unter ihnen, stellte die rituellen Fragen.

Danach goss Jesus sich ein wenig Wein in seinen Becher und erhob ihn. »Ich werde von nun an nicht mehr von dieser Frucht des Weinstocks trinken bis an den Tag, da ich sie erneut trinken werde mit euch im Reich meines Vaters.« Er nahm einen kleinen Schluck. »Das ist mein Blut des neuen Bundes, welches vergossen wird für viele zur Vergebung der Sünden. Sooft ihr davon trinkt, werdet ihr meinen Tod begehen.« Plötzlich fügte er hinzu: »Einer von euch wird mich verraten.«

Alle starrten ihn an und wandten sich dann ratlos einander zu.

»Bin … bin ich es?« Thomas' Stimme zitterte vor Angst.

»Oder ich?«, fragte Thaddäus bang.

Auch die anderen erforschten murmelnd ihre Seelen. Jeder Einzelne hatte seine Zweifel. Jeder befürchtete, er oder sie könne gemeint sein, ohne es zu wollen. Maria sah, wie Johannes sich, von Petrus gedrängt, zu Jesus beugte und ihm etwas ins Ohr flüsterte.

»Gewiss doch nicht ich, Lehrer?« Judas' Stimme war so leise, dass sie im Gemurmel der anderen unterging.

»Es ist einer, dessen Hand neben meiner auf dem Tisch liegt.«

Jesu Stimme war noch leiser; Maria konnte ihm die Worte nur von den Lippen ablesen.

Nur zwei hatten eine Hand auf den Tisch gelegt: Jesus und Judas. Judas riss seine zurück. Aber niemand außer Maria schien Judas' Frage und Jesu Antwort erfasst zu haben.

Jesus fuhr in aller Ruhe mit dem rituellen Mahl fort. Er nahm ein Stück vom ungesäuerten Brot, brach es langsam in Stücke und sagte: »Das ist mein Leib, der für euch hingegeben wird.« Er verteilte die Stücke. Als alle still und nachdenklich davon gegessen hatten, tauchte Jesus ein Stück in eine Schüssel mit einem saftigen Speiserest und reichte es Judas. »Was du tun willst, tu schnell«, sagte er zu ihm.

Judas erhob sich hastig. Beinahe hätte er den kleinen Tisch vor sich umgeworfen. Die anderen blickten zu ihm auf; sie nahmen an, er wolle jetzt ausgehen, um den Armen Geld zu bringen – schließlich war er für ihre Finanzen verantwortlich.

Auch Maria stand auf. Sie musste ihn aufhalten. Aber Jesus hob die Hand. »Nein, Maria!« Wie betäubt ließ sie sich wieder auf das Diwan sinken.

Judas lief die Treppe hinunter und verschwand in der Nacht.

Die Getreuen waren allein im oberen Zimmer. »So inbrünstig habe ich mir gewünscht, dieses Passah mit euch zu feiern«, sagte Jesus. »Ihr seid meine Auserwählten. Ich muss nun zu euch sprechen. Meine Kinder, ich werde nur noch eine kleine Weile bei euch sein. Ihr werdet mich suchen, aber wohin ich gehe, dahin könnt ihr mich nicht begleiten. Ich gebe euch jetzt ein neues Gebot: Liebet einander, wie ich euch geliebt habe! Daran werden alle erkennen, dass ihr meine Jünger seid: an eurer Liebe zueinander.«

Petrus ergriff das Wort. »Meister, wohin gehst du denn? Und warum darf ich dir jetzt nicht folgen?«

Jesus schaute ihn traurig an. »Simon, Simon«, sagte er.

»Nein, nenne mich Petrus!«

»Satan hat verlangt, dass ich euch wie Weizen siebe«, sagte Jesus lakonisch. »Aber ich habe gebetet, dass euer Glaube euch nicht im Stich lassen möge. Und wenn ihr zurückgekehrt seid, müsst ihr euren Brüdern und Schwestern Kraft geben.«

Satan hatte also auch Petrus gefordert, nicht nur Judas!

»Herr«, rief Petrus, »ich bin bereit, mit dir ins Gefängnis zu gehen und zu sterben!«

Jesus schüttelte den Kopf. »Petrus, ich sage dir, noch ehe der Hahn kräht, wirst du drei Mal leugnen, dass du mich kennst.«

Er wandte sich den anderen zu, und sein Gesicht war hart wie Stein. »Als ich euch ausschickte ohne Geld und ohne Proviant, hat es euch da an etwas gemangelt?«

»Nein, an nichts«, antworteten alle. Maria schüttelte den Kopf.

»Aber jetzt ist es anders. Wer einen Beutel hat, der nehme ihn, und er nehme auch die Tasche; wer aber nichts hat, verkaufe sein Kleid und kaufe ein Schwert. Denn es muss sich erfüllen, was in der Schrift steht: ›Er ist unter die Übeltäter gerechnet.‹«

Simon und Petrus zogen zwei Schwerter hervor und schwenkten sie. »Herr, sieh doch, zwei Schwerter sind schon da.«

Jesus zeigte sich zufrieden. »Es ist genug. Kommt. Ich muss mit euch sprechen wie mit Freunden, nicht wie mit Dienern.« Er winkte sie in den anderen Teil des Zimmers hinüber, wo Kissen und Polster zum Sitzen ausgelegt waren.

»Setzt euch, meine Liebsten«, sagte Jesus liebevoll zu allen. »Ich habe euch so viel zu erzählen. Es bricht mir das Herz.«

Sie ließen sich rings um ihn auf den Polstern nieder. Er blieb stehen.

»Ich muss euch verlassen«, sprach er weiter. »Aber das habt ihr gewusst. Was ihr nicht wusstet, ist, dass es besser für euch ist, wenn ich gehe, denn wenn ich fort bin, werde ich euch den Tröster senden, den Heiligen Geist. Ich werde euch nicht als Waisen zurücklassen; ich werde zu euch kommen. Und wenn ich gehe, werde ich einen Platz für euch bereiten.«

Sie schauten ihn nur an und wussten nicht, was sie sagen sollten.

»Den Frieden hinterlasse ich euch, meinen Frieden gebe ich euch. Ich gebe euch nicht, wie die Welt gibt. Euer Herz soll nicht erschrecken und sich nicht fürchten.«

Er sagte noch mehr, aber es war verwirrend. Maria hörte nur, dass er fortgehen wollte. »Ihr solltet euch freuen, wenn ich sage: Ich gehe zum Vater.« Dann sprach er davon, dass er der Weinstock sei und sie die Reben, aber auf nichts von alldem konnten sie sich einen Reim machen, nicht jetzt, nicht heute Abend. »Darin wird mein Vater geehrt, dass ihr viel Frucht bringt und meine Jünger werdet. Wie mein Vater mich liebt, so liebe ich euch.«

Dieses Wort – »Liebe« –, wie habe ich mich danach gesehnt!, dachte Maria – aber im Besonderen, nicht im Allgemeinen. Nicht, sie zu teilen mit all diesen anderen, gleichmäßig für jeden ein Stück.

»Ihr werdet weinen und klagen, während die Welt frohlockt«, fuhr Jesus fort. »Ihr werdet trauern, doch aus eurer Trauer wird Freude werden.« Er schaute sie nacheinander an; sein Blick verweilte auf jedem Gesicht. »Aber ich werde euch wiedersehen, und eure Herzen werden frohlocken, und niemand wird euch diese Freude nehmen können.«

Was meinte er nur damit? Alles, was er sagte, war so rätselhaft. Die Fußwaschung. Dass er den Wein als sein Blut bezeichnete, das Brot als seinen Leib. Die Schwerter. Jetzt das. Nur die Sache mit Judas war ihr klar.

Aber nur mir und Johanna, dachte Maria. Vielleicht ist der Rest genauso klar, aber wir können es noch nicht sehen. Können es nicht verstehen.

Sie wollte sich ihm zu Füßen werfen und rufen: »Erkläre es uns! Bitte, erkläre es uns so, dass wir es verstehen können.«

»Wollen wir die traditionellen Passah-Psalmen singen?«, schlug Jesus vor. »Lasst uns beginnen mit ›Ich liebe den Herrn‹: ›Ich liebe den Herrn, denn er hört meine Stimme und mein Flehen. Er neigte sein Ohr zu mir; darum will ich ihn anrufen mein Leben lang.‹«

Sein Blick war abwesend, als sei er mit seinen Gedanken weit weg. Er hatte sie schon verlassen.

Komm zurück!, wollte sie rufen. Sie streckte die Hand nach ihm aus, aber da sah er sie streng an, als wolle er ihr verbieten, ihn zu berühren, und sie ließ die Hand wieder sinken. Er sang weiter: »›Herr, ich bin wahrlich dein Knecht; ich bin dein Knecht, deiner Magd Sohn.‹«

Seine Stimme drang lang gezogen und klagend aus den Mauern des Hauses hinaus in die Nacht.

Sie stimmten in den Psalm ein; die vereinten Stimmen brachten ihnen mit vertrauten Worten Trost in einer unvertrauten Situation. Dann neigte Jesus den Kopf und sagte: »Ich muss mit meinem Vater über euch sprechen, meine Geliebten.«

Sie verstummten und warteten. »Lieber Vater, ich habe deinen Namen denen offenbart, die du mir aus der Welt gegeben hast. Sie haben dir gehört, du hast sie mir geschenkt, und sie haben dein Wort bewahrt. Nun wissen sie, dass alles, was du mir gegeben hast, von dir kommt, denn die Worte, die du mir gegeben hast, habe ich ihnen gegeben, und sie haben sie angenommen. Ich bete für sie.

Nun werde ich nicht länger in der Welt sein, sie jedoch sind in der Welt, und ich komme zu dir. Heiliger Vater, bewahre sie in deinem Namen, den du mir gegeben hast, sodass sie eins sein können, wie wir es sind. Als ich bei ihnen war, habe ich sie beschützt in deinem Namen, den du mir gegeben hast, und ich habe sie behütet.

Aber jetzt komme ich zu dir. Ich sage dies in der Welt, damit sie meine Freude mit mir teilen mögen. Ich habe ihnen dein Wort gegeben, und die Welt hat sie gehasst, weil sie der Welt ebenso wenig gehören wie ich. Ich bitte dich nicht, sie aus der Welt zu nehmen, sondern sie vor dem Bösen zu bewahren. Wie du mich in die Welt gesandt hast, so sende ich sie in die Welt.

Ich bete nicht nur für sie, sondern für alle, die durch ihr Wort an mich glauben werden, sodass sie alle eins sein können, wie du, Vater, in mir bist und ich in dir bin. Vater, sie sind dein Geschenk an mich. Ich wünsche mir, dass sie bei mir sein können, wo ich bin, dass sie die Glorie sehen können, die du mir gegeben hast, weil du mich liebtest vor Anbeginn der Welt.

Gerechter Vater, die Welt kennt dich nicht, aber ich kenne dich, und sie wissen, dass du mich gesandt hast. Ich habe ihnen deinen Namen offenbart, und ich werde ihnen offenbaren, dass die Liebe, mit der du mich liebst, auch in ihnen sein kann, wie ich in ihnen bin.«

Jesus sprach leise. Kein anderer Laut war zu hören, so aufmerksam lauschten sie seinen erstaunlichen Worten. Maria verstand nicht, was er mit alldem meinte, aber sie spürte, dass er sie mit einer Mission betraute, die sehr viel größer war als die, die er ihnen bisher aufgetragen hatte. Zu groß für sie, so schien es ihr. »Sie sind dein Geschenk an mich … Sie gehören der Welt nicht … Sie haben dein Wort bewahrt …« Haben wir es wirklich getan – und gut? Nein. Wir waren eine ständige Enttäuschung – schwach und wankelmütig. Aber er vertraut auf uns. Auf uns … Wahrlich, ich verstehe es nicht. Doch ich muss ihm vertrauen. Wenn ich alles andere glaube, was er sagt, dann will er, dass ich jetzt auch dies glaube.

»Kommt, meine Auserwählten, meine Geliebten! Ich nenne euch nicht Diener, sondern Freunde.« Er streckte die Arme aus und umarmte sie nacheinander. »Und nun lasst uns hinausgehen.«

Sie traten hinaus auf die Straße, die gesäumt war von den vornehmen Häusern der Oberstadt, des Stadtteils, den die ältere Aristokratie bevorzugte. Die ansehnlichen, geräumigen Wohnhäuser rechts und links der breiten Pflasterstraßen verströmten eine Atmosphäre von Luxus und Frieden. Der Palast des Hannas lag in der Nähe, und ein kleines Stück weiter residierte Pilatus. Das Mondlicht, das alles überflutete, brachte das Weiß der Fassaden zum Strahlen. Dahinter, vermutete Maria, feiern die Menschen das Passahfest mit allen dazu gehörenden Ritualen und üppiger Ausstattung. Jesu Feinde glaubten das Fest mit reinen Händen zu begehen. War Judas jetzt bei ihnen? Hatte er seinen Platz an ihrer Tafel eingenommen?

Sie folgten Jesus die Stufenstraße hinunter durch die Unterstadt, wo die Häuser zusehends kleiner wurden und enger beieinander standen. Aber der weiche gelbe Schein der Öllampen leuchtete aus winzigen Fenstern, hinter denen in derselben Weise Passah gefeiert wurde wie in den reichen Häusern der Oberstadt, denn in dieser Nacht waren alle Juden eins.

Der Weg führte durch den Teil der Unterstadt, der einmal die Stadt Davids gewesen war: ein lang gestreckter Streifen, der vom Tempelberg fast bis ins Kidron-Tal hinunterreichte. Er war längst nicht mehr das Zentrum der Stadt, aber er war für alle Zeiten mit David verbunden. Durch ein kleines Tor am Ostrand der Stadt gelangten sie hinaus ins Kidron-Tal.

Sie wanderten hinter Jesus den Weg zum Ölberg hinauf und wagten nicht zu sprechen. Was sie in jenem Zimmer von ihm gehört hatten, war so beunruhigend und zugleich so ehrenvoll, dass niemand es verderben wollte, indem er es mit den anderen erörterte. So gingen sie schweigend einher, ohne einander anzusehen.

Als Jesus das Tor zum Garten Gethsemani erreicht hatte, blieb er stehen. »Kommt mit! Ich möchte hier beten.« Er trat ein und hielt ihnen das Tor auf.

Dahinter erstreckte sich der Hain aus alten Olivenbäumen, den Maria schon kannte. Sie waren in säuberlichen Reihen gepflanzt. Manche Stämme waren so umfangreich wie Petrus. Der Mond sah aus, als habe er sich in einer der hohen Zypressen verfangen, die den Garten umgrenzten.

Jesus versammelte alle um sich, die Männer und Frauen, die ihm aus Galiläa gefolgt waren – bis auf Judas. »Ich muss beten«, sagte er. »Wenn jemand schon zu unserem Lagerplatz auf dem Berg zurückkehren möchte, steht ihm das frei. Ich werde später nachkommen. Ich kann nicht sagen, wie lange ich hier bleiben werde; ihr könnt gehen, wenn ihr wollt.«

Thomas war es, der schließlich das Wort ergriff, aber seine leise Stimme zitterte. »Meister … du hast immer wieder angedeutet, dass etwas Folgenschweres geschehen wird. Wir verstehen das nicht. Wenn wir dich jetzt verlassen, wie sollen wir es dann je verstehen? Wir werden ja nicht sehen, was sich ereignet.«

Jesus seufzte. »Meine Liebe und mein Vertrauen zu euch werden weiter bestehen, auch wenn ihr nicht hier seid und es nicht seht.«

Einige – der kleine Jakobus, Matthäus, Thaddäus und Nathanael – beschlossen, zum Lagerplatz zurückzukehren und dort zu warten. Die Übrigen standen im herben Duft der stillen Bäume und warteten darauf, dass Jesus ihnen weitere Anweisungen erteilte.

Er winkte Petrus, den großen Jakobus und Johannes zu sich. »Kommt«, sagte er, und die vier verschwanden zwischen den Bäumen.

Die anderen schauten einander an.

»Wir müssen warten und still für uns beten«, sagte Thomas schließlich.

Trotz der Dunkelheit bemerkte Maria, dass Jesu Mutter weinte. Sie ging zu ihr. »Bitte weine nicht. Wir verstehen einfach noch nicht, was er uns sagen wollte oder was geschehen wird.«

Die ältere Maria sah sie an. »Er hat von Verrat gesprochen. Er hat schon von seinem Tod gesprochen. Er hat davon gesprochen, zu Gott zurückzukehren. Wie kannst du sagen, wir wissen nicht, was geschehen wird?« Fast hätte sie einen schrillen Schrei ausgestoßen, aber sie erstickte ihn. »Oh, ich glaube nicht, dass ich es ertragen kann!«

Maria legte ihr den Arm um die Schultern. »Aber er erwartet, dass wir es ertragen.« Erst als sie es aussprach, erkannte sie, dass es in seinem Gebet zum Teil darum gegangen war. Den Rest verstand sie immer noch nicht. »Er weiß, es wird schwer – nein, qualvoll sein. Aber er will sagen, dass es dennoch sein muss.« Sie bemühte sich, ihre Gedanken zu ordnen. »Doch wir wissen nicht genau, *was* sein muss. Vielleicht weiß er es nicht einmal selbst. Vielleicht ist es Teil der Prüfung.«

»Ich habe genug von den Prüfungen. Eine nach der anderen habe ich abgelegt. Ich kann nicht ... Keine Prüfungen mehr! Keine Prüfungen mehr!«

»Nur Gott weiß, was du ertragen kannst und was nicht«, sagte Maria. »Er muss Vertrauen in dich haben.« Sie wusste nicht, woher diese Worte kamen, aber sie wusste, dass sich darin widerspiegelte, was sie von Gott glaubte und was ihr bisher – und sei es auch dunkel und seltsam – offenbart worden war. »Komm, setzen wir uns!« Sie fanden einen Platz am Fuße eines der großen Olivenbäume.

Der Mond stieg höher und befreite sich aus den Zweigen der Zypresse. Nun, da er ungehindert scheinen konnte, beleuchtete er den ganzen Garten, und die massigen Bäume verwandelten sich in Reihen von silbrigen Ungeheuern, die aussahen wie Kriegselefanten.

In diesem Augenblick sah Maria flackernden Fackelschein, und ganz leise hörte sie das Geräusch marschierender Füße. Rasch stand sie auf – Jesu Mutter schlief inzwischen unruhig auf dem Boden neben ihr – und spähte zu dem Wegstück hinter dem Tor.

Plötzlich erschien ein großer Trupp am Tor, laut rufende Männer mit Laternen. Sie rissen das Tor nieder, ohne sich mit dem Riegel abzugeben, und strömten in den Garten. Die Jünger erwachten und sprangen schlaftrunken auf. Simon reagierte als Erster; er stürzte zum Tor und versuchte sie aufzuhalten.

»Halt! Kommt ja nicht näher!« Er fuchtelte mit den Armen. Er wollte sein Schwert ziehen, doch einer der Soldaten schlug es ihm aus der Hand und schob ihn beiseite wie ein Kind. Entwaffnet musste der ehemalige Zelot sich fügen. Nun bemerkte Maria, dass die vordersten Leute Stäbe und Knüppel trugen und hinter ihnen Tempelsoldaten mit Schwertern, Schilden und Piken schritten. Noch weiter hinten folgte womöglich sogar römisches Militär, aber das war noch nicht genau zu erkennen. Nur auf offiziellen Befehl konnten sie rechtmäßig hier sein.

Mehr und mehr Soldaten strömten herein, eine gewaltige Zahl. Maria und die anderen Frauen standen abseits und beobachteten mit Staunen, was für eine Streitmacht man gegen Jesus ausgesandt hatte. Seine Mutter stand wie versteinert, ihre Tränen waren versiegt.

Plötzlich erschien Jesus von einer Seite des Gartens.

»Wen sucht ihr?«, fragte er mit lauter Stimme.

»Jesus von Nazareth«, antworteten mehrere Leute wie aus einem Munde. Andere packten die zuschauenden Jünger und hielten sie fest.

»Der bin ich«, sagte Jesus. »Lasst diese Leute gehen.«

Seltsamerweise gehorchten sie und ließen die Jünger los.

In diesem Moment erschienen Petrus, der große Jakobus und Johannes hinter ihm. Mit einer flinken Bewegung griff Petrus unter seinen Mantel.

Aber Marias Aufmerksamkeit wurde abgelenkt, als noch mehr Leute hereindrängten, eine Reihe gut gekleideter Männer und in ihrer Mitte – Judas!

Judas lief auf Jesus zu, das Gesicht voller Freundlichkeit und Begrüßungsfreude. »Rabbi!«, rief er, als habe er ihn seit Wochen nicht gesehen. »Lehrer!« Ehrfürchtig näherte er sich und ergriff Jesu Hand, wie es ein guter Schüler zu tun hatte, um Unterwürfigkeit und Respekt zu zeigen.

Jesus hob die Hand. »Mein Freund, tu, was du zu tun hast.«

Judas küsste ihm die Hand.

Jesus schaute auf ihn herab. »Judas. Verrätst du den Menschensohn mit einem Kuss?«

Judas riss die Hand weg.

Jesus beachtete ihn nicht weiter, sondern wandte sich der Truppe zu. »Warum kommt ihr bewaffnet zu mir heraus, als wäre ich ein Räuber oder der Anführer eines Aufstandes? Ich war jeden Tag bei euch im Tempel, und ihr habt mich nicht verhaftet. Aber dies ist eure Stunde – die Stunde der Mächte der Finsternis.« Gelassen betrachtete er jedes Gesicht; viele von ihnen hatte er schon in der Menge gesehen, als er gepredigt hatte.

Petrus machte plötzlich einen Satz nach vorn, zog sein verborgenes Schwert heraus und schlug damit nach einem Mann in Jesu Nähe, der bedrohlich aussah. Er spaltete dem Mann das Ohr, Blut spritzte heraus. Mit einem Aufschrei taumelte der Mann zurück.

»Hör auf!«, rief Jesus. »Wer das Schwert ergreift, wird durch das Schwert sterben. Soll ich denn nicht trinken aus dem Kelch, den mein Vater mir reicht?«

Er trat zu dem Verletzten, berührte sein Ohr und betete um Heilung.

»Ergreift diesen Mann! Nehmt ihn fest!«, befahl der Hauptmann der Garde, und mehrere Soldaten stürmten herbei und packten Jesus.

Maria hörte ein hastiges Scharren und Rascheln. Als sie sich umdrehte, sah sie zu ihrem Erstaunen, dass alle Jünger mit Ausnahme der Frauen die Flucht ergriffen. Petrus warf sein Schwert weg und rannte davon, auch der große Jakobus lief zum Tor, dann Johannes und dann all die anderen, mit denen Jesus noch eben das Passahfest gefeiert und für die er gebetet hatte: Andreas und Philippus, Simon und Thomas. Sie überließen Jesus seinem Schicksal und brachten sich Hals über Kopf in Sicherheit. Nur die Frauen blieben als Zeuginnen des Geschehens zurück.

Die Soldaten umzingelten Jesus, sodass Maria ihn aus den Augen verlor. So viele Männer hatten sie geschickt, um Jesus zu ergreifen – so viele, als bräuchten sie dazu eine Armee. *»Aber dies ist eure Stunde – die Stunde der Mächte der Finsternis.«* Sie umarmte Jesu Mutter; die ältere Maria zitterte und blieb stumm. Johanna und Susanna kamen zu ihnen.

Hässliche Schreie erfüllten die Luft, die Schreie von Männern, die ihre Beute in die Enge getrieben und zur Strecke gebracht hatten. Die flackernden Fackeln und schwankenden Laternen verliehen dem Garten ein groteskes Aussehen – als werde ein wüstes Fest gefeiert, das auf schreckliche Weise ausgeufert war. Dann bewegte sich die Meute auf die Bresche zu, wo sich das Tor befunden hatte, und schleppte Jesus davon. Am Rand der wogenden Masse sah Maria den Einzigen, den sie kannte: Judas. Er wollte sich zurück in die Mitte des Haufens drängen.

»Wartet! Wartet!«, rief er.

Maria konnte nicht anders; ein überwältigender Hass verzehrte sie. Sie ließ die ältere Maria stehen und stürmte auf Judas zu – so schnell, dass er sie nicht einmal kommen sah. Unterwegs überholte sie einen Jungen mit einer Fackel; sie stieß ihn zu Boden und entriss ihm die Fackel, ehe er sich versah. Mit drei schnellen Schritten war sie bei Judas. Er drehte sich um und konnte sie gerade noch erkennen, als sie bereits weit ausholte und ihm die Fackel mit solcher Wucht ins Gesicht schleuderte, dass er zu Boden fiel. Die Fackel hatte sein Haar versengt – es qualmte – und ihm hoffentlich das Gesicht verbrannt.

Er wälzte sich auf dem Boden, die Hände schützend vor das Gesicht gelegt, aber der Hals und die Hände waren ungedeckt, und sie stieß den rot glühenden Stumpf der Fackel gegen seine Hände und fühlte, wie er sich in die Haut fraß.

»Stirb! Stirb!«, kreischte sie. Purer Hass durchströmte ihr ganzes Wesen wie eine Flüssigkeit.

Er stöhnte; irgendwie gelang es ihm, den Griff der Fackel zu fassen; er versuchte sie Maria zu entreißen und zog Maria dabei zu sich auf den Boden. Sie fiel auf ihn und krallte die Fingernägel in sein blasenbedecktes Gesicht; sie spürte, wie die versengte Haut sich ablöste und weiches, blutiges Fleisch zu Tage trat.

»Stirb doch, stirb!«, keuchte sie immer wieder, einzig von dem Drang beherrscht, zu schlagen, zu krallen und zu reißen. Alle anderen Empfindungen waren geflohen wie die Jünger, die fortgelaufen waren.

Judas konnte sie bei den Handgelenken packen, ihre Hände wegziehen, sie herumreißen und Maria von sich auf den Boden stoßen. Mühsam kam er auf die Beine. Sein Gesicht war geschwollen und blutig. Seine Knie zitterten. Taumelnd mühte er sich, sein Gleichgewicht zu finden.

»Du bist verdammt«, fauchte Maria. »Warum stirbst du nicht? Oder kannst du nicht sterben?«

Judas starrte sie an. Er konnte nicht fassen, was eben geschehen war. Immer wieder wollte er sein Gesicht berühren, aber der Schmerz war unerträglich.

»Ich weiß, warum du nicht sterben kannst.« Atemlos rappelte sie sich auf. »Es ist genauso, wie Jesus gesagt hat: Dies ist die Stunde der Mächte der Finsternis.«

»Und was, glaubst du, hätte Jesus gesagt, wenn er das hier gesehen hätte?« Judas hatte die Sprache endlich wiedergefunden, aber seine Stimme klang schrill vor Schmerz und Schock. »Er würde wissen, dass er gescheitert ist. Du hast den Beweis erbracht, dass es unmöglich ist, dem zu folgen, was er predigt. Halte die andere Wange hin. Ich habe es getan, und du hast sie beide verbrannt.«

»Hätte ich sie dir doch abgerissen!«

»Siehst du? Von Anfang an bei Jesus – aber jetzt, da du zornig bist, benimmst du dich, als hättest du noch nie von ihm gehört.«

»Du irrst dich. Nur um seinetwillen würde ich jemals jemanden so angreifen wie dich.«

»Das bildest du dir ein. Jesus hat dir einen Vorwand gegeben, weiter nichts.« Er hielt inne und versuchte sein Zittern zu unterdrücken. »Wir beide wollen wirklich dasselbe, weißt du. Wir wollen Jesus beschützen. Wir haben es nur auf verschiedene Weise angefangen.«

Die Meute verschwand in der Nacht.

»Sie laufen weg«, sagte Maria höhnisch. »Du wirst sie verlieren.«

»Ich weiß, wo sie hingehen«, erwiderte Judas. »Ich werde sie nicht verlieren.«

»Wohin denn?«

»Erst zu Hannas, und dann in Kaiphas' Palast. Dort wird man Jesus befragen und verhören. Danach bleibt er in Haft, bis die Pilgermassen die Stadt verlassen haben. Dann kann er zurück nach Galiläa, zusammen mit seinen getreuen, friedfertigen« – er berührte seine verbrannte Hand –, »tapferen, loyalen« – er schaute sich vielsagend in dem verlassenen Garten um – »Anhängern.«

»Geh du nur zu deinen Herren!«, sagte Maria. Sie wollte keinen Augenblick länger in seiner Gesellschaft verbringen, denn es war ihr nicht gelungen, ihn zu töten, obwohl sie immer noch von dem Wunsch besessen war.

Zornig und beschämt – weil sie die Beherrschung verloren hatte oder weil es ihr zuvor nicht gelungen war, seine Pläne zu durchkreuzen? Sie wusste es nicht – kehrte sie zu den anderen Frauen zurück. Sie starrten sie an, fassungslos über ihre Attacke.

»Maria!«, rief Johanna. »Was … wie konntest du das tun?«

»Ich musste etwas für Jesus tun.« Sie rang noch immer um Atem. »Ich konnte Judas nicht einfach davonspazieren lassen.«

»Nun, dafür hast du gesorgt.«

Weit unten auf der anderen Seite von Kidron sahen sie die Fackeln, die ihnen verrieten, wohin die Meute ging: Sie stiegen zu einem der Stadttore hinauf.

»Hannas – sie gehen zum Haus des Hannas«, berichtete Maria. »Wo ist das? Johanna, du musst es doch wissen. Wir müssen ihnen folgen.« Sie schaute Jesu Mutter an, die stumm dastand. »Kannst du mitkommen? Wenn du lieber hier bleiben möchtest, wird jemand bei dir bleiben.«

»Ich bin bereit, euch zu folgen«, sagte die ältere Maria, »und wenn es mich nach Rom oder ans Ende der Welt führt.«

»Das sind wir alle«, sagten die anderen Frauen.

Das Haus des Hannas stand in der Oberstadt. Aber vor den Toren des Hauses – es war groß genug, um Palast genannt zu werden – hatte sich ein aufrührerischer Pöbel versammelt und wimmelte murrend durcheinander. Es war die Meute, die Jesus im Garten festgenommen und hier abgeliefert hatte. Nun wartete sie wie ein hungriger Hund vor dem Schlachthaus und hoffte hineinzugelangen. Aber die Tore waren fest geschlossen; finstere Wachen schauten drohend zu ihnen heraus. Die Jüngerinnen – die einzigen Frauen in der Menge – standen am Rand und warteten. Maria konnte Judas nirgends entdecken. Hatte er sich davongeschlichen? Oder hatte er seinen Zustand mannhaft ertragen? Hatte man ihn in den inneren Zirkel vorgelassen?

Plötzlich rührte sich etwas. Irgendjemand trat in den Vorhof.

»Hinaus!«, brüllte eine laute Stimme. Sie gehörte einem Mann in der Uniform der Tempelwache. »Macht Platz!« Eine Prozession durchquerte den Hof. »Das Tor öffnen! Zurücktreten!«

Das Tor wurde aufgestoßen, und ein Trupp der Tempelgarde marschierte heraus. Mit aufmerksamen Blicken hielten die Soldaten Ausschau nach Unruhestiftern in der Menge. Ihnen folgte eine kleine Gruppe von Priestern und Schriftgelehrten, die sich zum Schutz vor der Abendkälte vermummt hatten. In ihrer Mitte ging Jesus: gefesselt, gefangen, den Blick geradeaus gerichtet. Er suchte sie nicht, er bemerkte sie auch nicht, und die Soldaten an seiner Seite versperrten ihnen die Sicht.

Der Zug mit dem Gefangenen bewegte sich die Straße hinunter, die zu Kaiphas' Residenz führte. Die Frauen folgten ihm schweigend; sie beeilten sich, um den Anschluss nicht zu verlieren.

Die Residenz von Kaiphas war ein gewaltiges Gebäude in der Nähe von Antipas' Palast, der derzeit von Pontius Pilatus bewohnt wurde. Er bestand aus zweistöckigen Bauten, einem gigantischen Hof, Springbrunnen, Säulengängen und etlichen weiteren Höfen. Im Mondschein warfen die Säulengänge scharfkantige Schatten, die sich in den großen Hof streckten wie lange Finger.

Die Tore wurden geöffnet und Jesus und seine Bewacher eilig eingelassen. Ebenso schnell schlossen die Tore sich wieder. Der Pöbel mit seinen Fackeln, Knüppeln und Laternen war ausgesperrt.

»Geht weg!«, schrie die Wache. »Geht weg! Sie werden die ganze Nacht hier bleiben. Geht nach Hause!«

Einige gehorchten. Es war schon nach Mitternacht. Andere blieben und hielten Wache. Von Judas sah Maria immer noch keine Spur. Vielleicht hatte sie ihn ernsthaft verletzt. Sie hoffte es inständig.

Die Leute drängten sich ans Tor und flehten um Einlass, damit sie sich am Feuer wärmen könnten, das die Soldaten im Hof angezündet hatten. Aber die Wache ignorierte sie.

Dann aber gelang es jemandem, die Torhüter dazu zu bewegen, das Tor einen Spaltbreit zu öffnen. Maria beobachtete zwei Männer, die dort standen und ernsthaft auf die Wache einredeten.

Dann fiel das helle Mondlicht auf die Züge des einen. Es war Johannes!

Bevor Johannes und der andere hineinschlüpfen konnten, drängten sich Maria und die Frauen kühn durch die Menge.

»Johannes! Johannes! Oh, du bist hier!« Maria war überglücklich, dass noch einer der Jünger Jesus gefolgt war. Dann drehte der andere Mann sich um. Es war Petrus.

Johannes bedeutete ihr zu schweigen, und ihr wurde klar, dass er die Wache kannte und nicht in dem Verdacht stand, ein Jünger zu sein. Verschwommen entsann sie sich, dass Johannes' Vater Zebedäus Beziehungen zum Hohepriester unterhielt, doch sie wusste nicht mehr, worin sie bestanden. Aber sie konnten hinein, sie konnten näher zu Jesus kommen, und es war völlig gleichgültig, wie.

Ihr alter Missionsgefährte schaute sie traurig an. »Maria, geh fort! Es ist gefährlich, hier zu sein. Du darfst das nicht miterleben. Der Hohe Rat tritt noch spät in der Nacht hier zusammen. Sie wollen eine Vorverhandlung abhalten. Das ist höchst ungewöhnlich. Keine Gerichtsverhandlung darf nachts durchgeführt werden.«

»Aber wir müssen bei Jesus sein«, beharrte sie. »Wir können nicht umkehren. Wir sind schon zu weit gegangen.« Sie drängte sich dicht an Johannes, und sie alle konnten mit ihm hinein.

Im Hof loderten Feuer. Die Kälte der Frühlingsnacht war schärfer geworden, und die Bediensteten des Hohepriesters – die immer im Dienst zu sein hatten, ganz gleich zu welcher Stunde – standen abrufbereit. Auch Soldaten waren in großer Zahl anwesend; sie wanderten auf und ab und rieben sich die Hände, um sich zu wärmen. Es ging ruhiger und geordneter zu als draußen beim Pöbel, doch die anonyme Autorität und die offiziellen Uniformen ließen alles viel bedrohlicher wirken.

Maria sah Jesus und seine Bewacher den Palast betreten. Der Mond stand immer noch hoch am Himmel, wanderte jedoch langsam tiefer. Das bedeutete, dass die Nacht mehr als halb vorüber war. Doch es würde noch viele Stunden dunkel sein.

Jesus verschwand, die Tür schloss sich dröhnend. Jetzt konnten sie nur noch im Hof sitzen und warten. Johannes und Petrus begaben sich zu einem der Feuer, ohne die Frauen eines Blickes zu würdigen oder erkennen zu lassen, dass sie sie kannten, damit sie sich nicht alle in Gefahr brachten.

Es war so kalt! Das Feuer lockte. Maria führte Jesu Mutter näher heran, achtete aber darauf, sich von der Seite fern zu halten, an der Petrus und Johannes standen und sich die Hände wärmten.

Wie gut sich das anfühlte! Sie streckte dem Feuer die Handflächen entgegen und ließ sie von der Hitze des knisternden Holzes wärmen. Erst jetzt untersuchte sie ihre Hände auf Verletzungen. Ja, es gab ein paar, aber sehr viel weniger, als Judas davongetragen hatte. Sie empfand Genugtuung.

»Oh, Maria, was, glaubst du, wird geschehen?«, flüsterte die Mutter Jesu. Sie klang weniger ängstlich als entschlossen, als wappne sie sich gegen das, was bevorstand.

Die Träume ... die blutigen Weissagungen Jesu, sein Beharren darauf, dass etwas Bedeutsames geschehen werde ... Wie konnte es sein, dass seine Mutter sich nicht an seine Worte erinnerte?

»Ich weiß es nicht.« Sie konnte keine andere Antwort geben. »Wir müssen darum beten, dass es bei dem Verhör und der Verhandlung gerecht zugeht, worum auch immer es dabei gehen mag. Wenn das so ist, dann werden sie ihn, wie Judas gesagt hat, nach Galiläa zurückkehren lassen.« Sie nahm die Hände seiner Mutter. »Sie haben Angst vor ihm. Das müssen wir verstehen. Wir müssen die politische Lage bedenken. Seine Botschaft hat ihn womöglich gefährlich erscheinen lassen. Aber wenn sie sich davon überzeugt haben, dass er keine Bedrohung darstellt ...« Sie brach ab, als sie Petrus sprechen hörte.

Petrus stand am Feuer und hatte sich den Mantel über den Kopf gezogen, um sein Gesicht zu verhüllen. Er streckte die Hände den Flammen entgegen; sie sahen im Mondlicht blutleer aus.

»Du bist einer seiner Anhänger!«, ertönte die Stimme einer Magd am Feuer. Sie klang unnatürlich laut. »Ja, du! Du bist einer seiner Jünger!«

Petrus fuhr herum und griff nach seiner Kapuze. War sie verrutscht? »Was?«, fragte er mit erstickter Stimme. »Weib, ich weiß nicht, wovon du redest.«

»Du!« Jetzt kam einer von der Tempelgarde heran und zeigte

auf Petrus. »Ich habe dich doch im Olivenhain gesehen. Du hast meinen Onkel angegriffen! Du hast ihn mit dem Schwert am Ohr verletzt! Du *bist* einer von seinen Anhängern!«

»Nein!«, rief Petrus und ballte die Fäuste. »Ich sage euch, ich kenne den Mann nicht!«

»Du bist doch ein Galiläer! Ich höre es an deiner Sprechweise! Sie verrät dich! Es ist offenkundig, dass du zu ihnen gehörst! Es muss so sein!«, rief die Magd.

Petrus wandte sich ab, ohne ihr zu antworten, und Johannes wich in den Schatten zurück.

Ein anderer Mann, einer der Bediensteten des Hohepriesters, deutete auf Petrus. »Ich schwöre, ich habe dich gesehen. Du bist ein Anhänger dieses Jesus.«

Petrus starrte ihn an und rief erbost: »Möge Jahwe mich verfluchen, möge er mich tot zu Boden stürzen lassen und meine ganze Familie vom Lande der Lebenden abschneiden, wenn ich diesen Mann kenne – diesen Jesus ...«

In der Stille der Nacht krähte ein Hahn irgendwo hinter der nahen Stadtmauer. Sein rauer, schriller Schrei hallte über den Hof.

Petrus verstummte jäh. Der Hahn krähte noch einmal, lauter als beim ersten Mal.

In diesem Augenblick erhob sich Unruhe, und auf der anderen Seite des Hofes öffnete sich eine Tür. Mehrere Leute kamen heraus, unter ihnen Jesus, gefesselt und von Wachen flankiert.

Petrus stand da wie vom Donner gerührt, ebenso wie Johannes, Maria, die Soldaten und Zuschauer. Jesus ging sehr nah an ihnen vorbei, wandte den Kopf und schaute Petrus tief betrübt an. Petrus stieß einen erstickten Schrei aus. Dann war Jesus vorüber, abgeführt von Kaiphas' Garde und den Tempelsoldaten. Ihnen folgte eine Gruppe von müden, amtlich aussehenden Männern: der Hohe Rat. Sie führten Jesus zu einem der Säulengänge.

»O Gott!«, rief Petrus und floh schluchzend zum Tor hinaus. Der Hahn krähte zum dritten Mal, und das Tor fiel zu.

Ein paar der Leute, die sich im Hof wärmten, blieben, wo sie waren; andere schlenderten hinüber zu dem Säulengang, um zu sehen, was da vor sich ging, welche Unterhaltung sich ihnen bieten könnte, die ihnen diese lange, kalte Nacht vertreiben würde. Die Jüngerinnen eilten mit Johannes hinüber und erreichten den verschatteten Säulengang vor allen anderen.

Da stand Jesus, immer noch gefesselt und von seinen Feinden umringt. Sie hatten jeglichen Anschein einer unvoreingenommenen Untersuchung fallen lassen; nur noch Folterknechte und Kerkermeister umgaben ihn. Kaiphas umkreiste Jesus wie ein Raubtier; sein buschiger Bart, sein wilder Haarschopf und die dichten Augenbrauen umrahmten ein Gesicht, das aussah wie das eines Löwen. Einer der Ratsherren sang: »Tod! Tod! Zum Tode bist du verurteilt für deine ruchlose Blasphemie!«

Zwei andere spuckten ihn an und lachten. Ein Soldat trat vor, riss einen Lappen aus der Tasche und verband Jesus die Augen. Einer schlug Jesus ins Gesicht, ein anderer versetzte ihm einen Faustschlag von hinten.

»Weissagungen!«, rief einer der Ratsherren. »Sag uns doch, wer dich geschlagen hat.«

»Ja, ja! Du siehst doch alles. Sag uns, was du siehst!« Der nächste Schlag ließ Jesus auf die Knie sinken. Ein Soldat schlug ihm mit einem Stab auf den Kopf, und Jesus fiel auf alle viere.

»Kannst du uns nicht sagen, wer das war? Was ist denn los mit dir?«

Sie heulten vor Lachen.

»Ein falscher Prophet, ein falscher Prophet!«

Maria, die Judas so bedenkenlos angegriffen hatte, stand da wie gelähmt. All die Macht, die sie durchströmt hatte, war versiegt; sie konnte sich nicht bewegen, obwohl ihr zumute war, als träfen die Schläge sie selbst. Sie hatte dieses Bild vor sich gesehen: Jesus, blutend, geschlagen. Aber da war es nebelhaft gewesen, und nun war es entsetzlich und gleißend klar.

Beweg dich, tu etwas!, schrie ihr Verstand. Beweg dich, hilf ihm! Aber sie stand hilflos da und konnte nur die Hand seiner Mutter ergreifen.

»Steh auf!« Einer der Soldaten warf ein dickes Seil um Jesus und riss ihn hoch. »Steh wie ein Mann!«

Ein anderer Soldat schlug ihn mit den Fäusten, bis Kaiphas sagte: »Genug! Du hast noch einen Auftritt. Du musst dich Pontius Pilatus zeigen, unserem gütigen Statthalter. Und zwar jetzt.«

Er riss ihm die Augenbinde herunter. Jesus schaute ihn an, aber Kaiphas schlug die Augen nieder.

Einer der Soldaten gab Jesus einen Stoß mit seiner Lanze. »Los!«

LIV

Die Frauen und Johannes folgten der lichter werdenden Menge zu dem Palast, in dem Pilatus abgestiegen war; sie stolperten die Straße entlang, denn Tränen verschleierten ihnen den Blick. Es war die trübe, düstere Stunde, in der die Nacht dem Tag weicht, dem Tag, den der Hahn so laut angekündigt hatte. Der Mond war hinter den Hausern versunken. Das einzige Licht spendeten die wenigen blakenden Fackeln in der Menge und die Andeutung des Morgengrauens am östlichen Himmel.

In den Straßen war es still. Das Passahfest war vorüber, und die Leute schliefen in ihren Häusern. Die Frömmsten hatten bereits die Essensabfälle hinausgeschafft; kleine Haufen davon säumten die Straße.

Der Palast schien eine größere Fläche einzunehmen als der Tempel; mit seinen gewaltigen Mauern, mit Wachttürmen verstärkt, erinnerte er an eine unbezwingbare Festung. Im Innern, vermutete Maria, gab es alles, was das Herz erfreute – und zwar doppelt und dreifach, um alle Gelüste zu befriedigen. Strahlend weiße Mauern, Türme, Tore, alles schrie heraus, dass Herodes Antipas von Galiläa ein mächtiger König sei und alle Untertanen seine Größe anzuerkennen und sich davor zu verneigen hatten. Nun hatte Pilatus dies in Frage gestellt, indem er den Palast für sich beanspruchte. Rom ist größer, hatte er verkündet. Lasst ihr nur eure Türme in den Himmel ragen, baut Mauern, so viel ihr wollt, wenn es Rom beliebt, werden wir alles wieder niederreißen oder nach Lust und Laune übernehmen.

Als Maria und die anderen ankamen, waren Jesus und seine Bewacher nirgends zu entdecken. Vor den Toren drängten sich Neugierige und Fromme, die an ihren Gebetstüchern und Tefillin zu erkennen waren. Auch kampfbereite Rebellen mit harten

Gesichtern waren zu sehen. Jesu eingeschworene Feinde, die Mitglieder des Hohen Rates, standen ebenfalls außerhalb der Mauern und hielten sich bereit, als Kläger aufzutreten, sollte es erforderlich sein.

Maria und ihre Begleiter drängten sich bis zum Tor, umklammerten die Gitterstäbe und versuchten einen Blick hineinzuwerfen.

Das Bild von Jesus, der geschlagen wurde, wollte vor Marias geistigem Auge nicht verblassen. Sie würde niemals aufhören, ihm nachzufolgen. »Johannes, was hat das zu bedeuten?«, fragte sie. »Warum haben sie ihn zu Pilatus gebracht?«

»Weil sie wollen, dass er verurteilt wird«, flüsterte Johannes. »Der Hohe Rat hat ihn bei seinem widerrechtlichen nächtlichen Prozess der Blasphemie für schuldig befunden. Dieses Vergehen verlangt die Todesstrafe durch Steinigung, doch nur die Römer dürfen in ihrem Machtbereich Hinrichtungen vollziehen. Also hoffen sie darauf, dass sie die Römer dazu überreden können.«

»Zu einer Hinrichtung?«

»Ja, zu einer Hinrichtung«, sagte Johannes langsam. »Sie wollen Jesus vernichten, wie sie Johannes den Täufer vernichtet haben.«

»Aber er hat sich doch nichts zuschulden kommen lassen!«, rief Maria, als habe Johannes das Todesurteil persönlich gefällt. Das konnte nicht sein. Wann hatte Jesus je etwas Verbotenes getan?

»Blasphemie gilt als Hochverrat gegen Gott, das abscheulichste aller denkbaren Verbrechen.«

Plötzlich stand die ältere Maria neben ihm. »Blasphemie? Aber mein Sohn hat den heiligen Namen geachtet wie niemand sonst!«, sagte sie mit zitternder Stimme.

»Es gibt jemanden im Rat – Joseph aus Arimathia –, der ein heimlicher Jünger ist. Er hat mir im Hof im Vorübergehen leise mitgeteilt, dass Jesus zwar die meisten ihrer Fragen nicht beantwortet hat, dass sie ihn aber dazu überlisten konnten, etwas zu sagen, was sie als Lästerung deuten konnten.«

Noch ein heimlicher Jünger. Wie viele Jünger hatte Jesus? Und konnte man ihn wirklich überlisten? Hatte er in seinen bluttriefenden Weissagungen nicht all dies vorhergesagt?

»Joseph kennt mich durch die Beziehung meines Vaters zu Kaiphas' Haushalt; deshalb hat er es mir anvertraut«, sagte Johannes. »Aber wir dürfen ihn nicht verraten.«

Was kümmerte sie dieser Joseph? »Pilatus!«, rief Maria. »Er hat meinen Mann ermordet!« Und nun stand Jesus vor ihm! »Er ist für seine Grausamkeit bekannt«, flüsterte sie.

»Er ist für seine *Willkür* bekannt«, erwiderte Johannes. »Kann sein, dass er die Ankläger enttäuscht und ihnen den Gefallen nicht tut. Für den Hohen Rat hat er nichts übrig, das hat er klar gemacht. Vielleicht stellt er sich auf Jesu Seite, nur um ihnen einen Strich durch die Rechnung zu machen.«

Die ältere Maria blickte starr geradeaus. Jegliche Gefühlsregung, alle Kraft schien aus ihr gewichen zu sein, und doch stand sie aufrecht da und streckte nicht einmal die Hand aus, um sich zu stützen. »Dann muss mein Sohn also an den römischen Statthalter appellieren? Ist Pilatus unsere einzige Hoffnung?«

»Nein«, sagte Johannes. »Er muss sich vor dem römischen Statthalter *verteidigen*. Der Hohe Rat hat ihn bereits für schuldig befunden. Aber ob er Pilatus davon überzeugen kann, dass Jesus ein Verbrechen begangen hat, das den römischen Kaiser bedroht?«

»Jesus hat überhaupt kein Verbrechen begangen!«, rief seine Mutter. »Warum macht man ihm den Prozess?«

»Jesus hat es selbst gesagt: Dies ist die Stunde der Mächte der Finsternis«, sagte Maria. Das war die einzige wahre Erklärung.

Der Morgen dämmerte herauf. Würden die Mächte der Finsternis sich jetzt zurückziehen? »Wird Pilatus denn zu so früher Stunde schon Verhandlungen führen wollen?«, fragte Jesu Mutter. Diese Erwartung erschien eher unrealistisch.

»Sie verlangen, dass Pilatus ihnen Gehör schenkt, bevor er sich seinen üblichen Vergnügungen widmet«, sagte Johannes. »Sie sind entschlossen, bis heute Mittag eine Entscheidung zu erzwingen.«

»O Gott!«

Sie hörten Fetzen der Gespräche ringsum: Ja, dieser Mann – dieser schändliche Abtrünnige, Jesus – war vor Pilatus geführt worden. Und das war richtig so. Pilatus würde die Wahrheit erfahren, dass nämlich all diese Reden vom Messias und dem kommenden Königreich und die Weissagungen vom bevorstehenden Ende der Welt subversiv sind und die öffentliche Ordnung bedrohen. Pilatus würde kurzen Prozess mit ihm machen.

Es war, als warteten sie eine Ewigkeit vor den Toren des Palastes; Beamte gingen ein und aus, mehr geschah nicht. Dann kam plötzlich eine ganze Gruppe von Männern aus dem Palast, angeführt von einem Magistrat in rot gesäumter Robe.

»Pilatus!« Johannes erkannte ihn. Römische Soldaten, Schriftgelehrte und Rechtsanwälte flankierten Jesus, der immer noch blutete und gefesselt war. Alle bestiegen eine Tribunalplattform, die über die Mauer hinausragte.

Pilatus trat an den Rand der Plattform und schaute auf die Menge herab. Sein Blick ruhte auf den Männern des Hohen Rates, die in einer geschlossenen Gruppe in den vorderen Reihen standen.

»Um euren … eigentümlichen religiösen Ritualen entgegenzukommen, erscheine ich jetzt vor euch«, sagte Pilatus. Seine Stimme klang schrill und unangenehm. »Ich muss es nicht tun, aber ich tue es euch zu Gefallen, mein Volk.« Er lächelte spöttisch. »Da es euch anscheinend rituell verunreinigen würde, den Fuß in meine Gemächer zu setzen, spreche ich hier mit euch.« Er ließ keinen Zweifel daran, dass *er* sich verunreinigt fühlte, allein weil er mit ihnen sprach. »Also hört zu.« Er nickte seinen Soldaten zu, und sie stießen Jesus nach vorn.

»Dieser Mann hier, dieser Jesus von Nazareth – warum habt ihr ihn überhaupt zu mir gebracht? Wenn er euren Gott beleidigt hat, ist das eure Sache. Das kümmert mich gewiss nicht, und es verstößt auch nicht gegen römisches Gesetz.« Pilatus blickte sie vorwurfsvoll an.

Mit jedem Wort, das er ausspuckte, mit jeder Bewegung seines Kopfes zeigte er seine Verachtung. Wie betäubt starrte Maria den Mann an, der Joel umgebracht hatte und nun in seiner Willkür über das Leben von Jesus entscheiden würde.

Er war im mittleren Alter, mittelgroß und hatte dunkles, kurz geschnittenes Haar. Seine breiten Schultern wirkten ansehnlich unter der offiziellen Robe, aber seine Haltung war steif. Er hatte tatsächlich etwas Statuenhaftes an sich, als besitze er nicht genug menschliche Energie, um seinen Bewegungen Geschmeidigkeit zu verleihen – als erfordere es seine ganze Kraft, einfach nur dazustehen und ruckhafte Gesten zu machen.

Kaiphas antwortete ihm mit lauter Stimme. »Wir haben diesen Mann in zweifacher Hinsicht für schuldig befunden: schuldig der Blasphemie und schuldig der Volksverhetzung. Er ist gegen die Entrichtung von Steuern an Cäsar, und er behauptet, er sei der Messias, ein König.«

Pilatus musterte Jesus und verzog spöttisch die Lippen. »Bist du der König der Juden?«

»Du sagst es«, antwortete Jesus.

Pilatus lachte.

»Er untergräbt unsere Nation!«, rief Kaiphas.

Ein anderes Ratsmitglied rief: »Er hat das Volk von Judäa mit seinen Lehren aufgestachelt!«

Pilatus schaute erst die Ankläger, dann Jesus an. »Willst du ihnen nicht antworten? Hörst du nicht, welches Zeugnis sie gegen dich ablegen?«

Jesus schwieg, und Pilatus sah ihn erstaunt an. Schließlich lachte er. Er wandte sich wieder der Menge zu und rief: »Ich befinde diesen Mann für nicht schuldig!«

Erleichterung durchflutete Maria. Pilatus hatte gesprochen. Jesu Feinde waren gescheitert. Sie murmelte ein Dankgebet.

»Nein! Nein! Er ist ein Verbrecher!«

»Du musst ihn hinrichten!«

Die Menge schrie, und tausend Stimmen forderten Pilatus auf, Jesus zu bestrafen. Erschrocken hörte Maria ihr Gebrüll. Jesu Feinde mussten Agenten unter die Leute verteilt haben, die das Geschrei nach Hinrichtung anheizten.

»In Galiläa hat er angefangen, Unruhe zu stiften«, rief Kaiphas, »und dann hat er den weiten Weg hierher gemacht, um mit seiner Agitation fortzufahren!«

»In Galiläa?« Pilatus klang überrascht. »In Galiläa? Du bist aus Galiläa?«

Jesus nickte stumm.

»Dann ist Herodes Antipas für dich zuständig«, stellte Pilatus fest. »Antipas muss über dich richten.« Es klang schadenfroh, als könne er Antipas auf diese Weise eins auswischen.

Auf ein Zeichen hin packten die Soldaten Jesus bei den Armen und zerrten ihn von der Plattform herunter und zum Tor hinaus. Andere hielten die Menge zurück.

Als Jesus an ihnen vorbeikam, schien er sie zu sehen, und Maria spürte, dass er wusste, wo sie waren, und dass er ihnen durch sein Wissen um ihre Anwesenheit Kraft spendete. Aber konnten sie nicht auch ihm irgendwie Kraft schenken? Gab es keine Möglichkeit, ihm zu helfen?

Wieder folgten sie ihm durch die engen Straßen und über den Marktplatz, auf dem in den ersten Morgenstunden schon geschäftiger Handel herrschte. Bald ragte der vertraute Palast vor ihnen auf; die wuchtigen Gebäude, durch Säulengänge und Wege miteinander verbunden, erhoben sich majestätisch über einer breiten Treppe. Als Maria und Johanna hier gewesen waren, hatten sie einen anderen Weg genommen, sodass Maria zum ersten Mal den offiziellen Eingang zum Palast sah. Jesus und seine Bewacher stiegen die Treppe hinauf und verschwanden durch das Tor, gefolgt von Kaiphas und seinen Kollegen. Rasch schloss die Wache das Tor wieder. Heute würde ihnen der geheime Zugang nicht offen stehen.

Es schien, als sei sehr lange Zeit vergangen. Dann kam Jesus heraus. Er trug ein kostbares, scharlachrot besticktes Gewand; seine Hände waren jedoch noch immer gefesselt. Das Blut, das die Schläge auf seinem Gesicht hinterlassen hatten, war inzwischen getrocknet; es sah dunkel und streifig aus.

»Wo bringt ihr ihn hin?«, rief einer der wartenden Ratsherren. »Wie lautet der Beschluss?«

Der Hauptmann der Soldaten antwortete: »Es gibt kein Urteil. Er hat sich geweigert, seinen Anklägern zu antworten. Er wollte nicht einmal Antipas entgegenkommen, als dieser um ein Wunder bat. Also liegt es wieder bei Pilatus.« Kaiphas stand hinter ihm; er sah wütend aus.

Pilatus war schon wieder in seinem Palast verschwunden, aber das Lärmen der Menge, das Jesus begleitete, als man ihn zurückführte, ließ ihn erneut herauskommen. Auf sein Zeichen schleifte man Jesus wieder auf die Plattform. Unter großem Getue bewunderte Pilatus das neue Gewand, das man Jesus zum Hohn angelegt hatte und das nun schief um die Schultern hing.

»Ecce homo«, rief er mit ausladender Gebärde. »Sehet diesen Menschen!«

Die Menge brüllte vor Lachen. Jemand klatschte und pfiff.

»Ein Geschenk von Antipas?«, fragte Pilatus. »Aber du wirst sie ablegen und ohne geborgte Kleider vor mir stehen müssen.«

Die Soldaten rissen Jesus das Gewand herunter und reichten es Pilatus. Der warf es über einen Stuhl, der auf der Plattform stand. »Er schickt dich also zu mir zurück. Schade.« Er winkte Kaiphas. »Komm her, du. Und alle deine Kollegen von deinem religiösen Gerichtshof – oder wie ihr ihn sonst nennt.«

Kaiphas begab sich bis zum Tor des Palastes, blieb dann jedoch stehen, um sich nicht zu verunreinigen. Seine Begleiter taten das Gleiche.

»Hört zu!« Pilatus' Stimme klang schrill wie ein Krähenschrei. »Ihr habt diesen Mann zu mir gebracht und ihn beschuldigt, einen Aufstand anzuzetteln. Ich habe diese Vorwürfe untersucht und ihn für unschuldig befunden. Offensichtlich hat Antipas es ebenfalls getan. Er hat also kein Kapitalverbrechen begangen. Ich werde ihn deshalb geißeln lassen, und dann ist er frei.«

Oh, Gott sei Dank! Maria betete lautlos, als sie diese Entscheidung hörte. Die Anklage war zusammengebrochen, Jesus würde freigelassen werden! Gott, du bist barmherzig. Sie nahm die ältere Maria und Johanna bei den Händen.

»Nein! Nein!«, schrie die Menge. »Nein, nicht diesen Mann! Wenn du einen freilässt, dann wollen wir Barabbas!«

»Ja, gib uns Barabbas!«, ertönte es von der anderen Seite.

»Ich sage euch, ich lasse Jesus frei!«, brüllte Pilatus.

»Nein! Nein! Kreuzige ihn, kreuzige ihn!« Das Gebrüll war ohrenbetäubend wie ein tosender Wasserfall und übertönte die Proteste von Jesu Anhängern.

»Ich soll euren König kreuzigen?«, fragte Pilatus.

»Wir haben keinen König außer Cäsar«, riefen die Priester wieder und wieder, und die Menge stimmte ein.

»Ich kann keine Schuld in ihm finden, ich werde ihn nicht kreuzigen!« Pilatus blieb störrisch. »Was hat er denn Böses getan?« Seine Stimme überschlug sich fast. Jesus schaute weder Pilatus noch Kaiphas an. Sein Blick ruhte auf seinen Jüngern in der Menge, die vergebens versuchten, die anderen zu übertönen.

»Wenn du ihn freilässt, bist du kein Freund Cäsars. Wer sich zum König macht, stellt sich gegen Cäsar«, dröhnte Kaiphas' tiefe Stimme.

Die Menge geriet in Bewegung, als stehe ein Aufruhr bevor. »Wir werden dich in Rom anzeigen!«, schrien einige. »Wir werden dafür sorgen, dass Cäsar von deinem illoyalen Verhalten erfährt!«

Pilatus' Haltung veränderte sich. Er zögerte einen Augenblick, winkte dann einen Diener herbei, erteilte ihm eine Anweisung, und nach kurzer Zeit kam der Diener mit einer Schüssel Wasser zurück.

Pilatus wandte sich dem Volk zu und hob die Hände. »Ich bin unschuldig am Blute dieses Mannes. Unschuldig!« Man hielt ihm die Wasserschüssel vor, und er tauchte die Hände hinein und wusch sie langsam. Das Wasser schwappte über seine Handgelenke. Dann streckte er die Hände nach dem Handtuch aus, das ein anderer Diener ihm reichte.

»Gebt ihnen Barabbas«, befahl Pilatus mit dumpfer Stimme dem Dienst habenden Zenturio. Während er wartete, dass man Barabbas herausführte, wanderte sein Blick zwischen Jesus und der Menge hin und her. Jesus ließ nicht erkennen, dass er das Urteil vernommen hatte, geschweige denn, dass er Einwände dagegen erhob. Als Barabbas auf die Plattform geschoben wurde, schaute er ihm fest in die Augen, beugte sich vor und sagte etwas zu ihm. Barabbas, dessen erschöpftes Gesicht die Blässe des Kerkers zeigte, war bestürzt.

Was Jesus gesagt hatte, war für Maria nicht zu hören gewesen.

Barabbas stolperte die Treppe hinunter. Am Tor zerschnitt die Wache seine Handfesseln. Er taumelte in die Menge und wurde von seinen Kumpanen mit rauem Geschrei empfangen. Er warf noch einen Blick zurück zu Jesus, ehe der Pöbel ihn verschluckte.

»Geißelt ihn!«, befahl Pilatus und zeigte auf Jesus. »Dann bringt ihn vor die Stadt, und kreuzigt ihn. Es soll geschehen.«

In diesem Augenblick entstand in Kaiphas' Umgebung ein Tumult, und dann sah Maria ihn: Judas. Mit blasenbedecktem, zerschundenem Gesicht klammerte er sich an die Gewänder des Hohepriesters und schüttelte ihn. Kaiphas' Zähne schlugen aufeinander, sein Kiefer klappte auf und zu, aber im nächsten Moment hatten seine Kollegen Judas bereits gepackt und zurückgerissen.

»Nimm sie! Nimm sie!«, schrie Judas und schlug mit einem ledernen Geldbeutel auf Kaiphas ein. »Nimm sie zurück! O Gott, ihr habt gelogen! Ich habe gesündigt, denn ich habe unschuldiges Blut verraten!«

Kaiphas zuckte die Achseln und zog seinen Kragen zurecht. »Was geht das uns an?«, fragte er. »Das ist deine Sache.«

Mit einem erstickten Aufschrei der Qual floh Judas. Maria sah, wie er die Straße hinunterrannte, die Leute beiseite stieß und auf den Tempel zulief.

Judas hatte also erkannt, dass die Herren, denen er gedient hatte, Lügner waren – aber zu spät, um Jesus noch zu retten, den Herrn, den er verraten hatte. Lass ihn denjenigen sein, der gekreuzigt wird, flehte sie zu Gott. Er hat Jesus ermordet! Nein. Sie sah Kaiphas an, den Hohen Rat, Pilatus, das Volk. Sie alle sind seine Mörder.

Und Petrus … Petrus hat ihn verleugnet, und Jesus hat es gehört. Und er hat gesehen, dass alle seine Jünger aus Gethsemani geflohen sind. Wie hat er das ertragen können?

Ein Handgemenge ließ sie aufschauen. Jesus wurde die Stufen zum gepflasterten Hof hinuntergestoßen, umringt von johlenden römischen Soldaten.

Pilatus stieg feierlich von der Plattform, salutierte seinen Soldaten beifällig und verschwand im Palast.

Jesu verbliebene Jünger kämpften sich zum Tor durch und reckten die Hälse. Aber alles verschwamm vor ihren Augen; die Worte »Kreuzige ihn … kreuzige ihn« hallten ihnen in den Ohren, geflüstert, gebrüllt, geschrien. Maria umklammerte die Gitterstäbe des geschlossenen Tores und starrte zu dem Gewimmel der Soldaten hinein, sie hörte sie lachen und höhnen. Unvermittelt war Jesus in ihrem Kreis zu sehen; seine Hände waren gefesselt, und sein blutiges Gesicht schaute an den Soldaten vorbei in die Menge.

Er sieht uns! Er sieht uns! Maria erkannte, dass er sie anschaute, dann seine Mutter, Johanna, Susanna und Johannes. Er sah weder das Volk noch seine Feinde, er sah nur sie.

Ich will dir sagen … Ich will dir sagen … Maria schluchzte erstickt. Ich muss es dir sagen, ich muss dich um Vergebung bitten … Ich wollte nicht …Oh, bitte … Es war absurd, aber noch jetzt wollte sie zu seinen Füßen knien und über diese unbedeutenden Dinge reden, die ihr auf der Seele lasteten. Sie wollte, dass er wusste, was sie für ihn empfand. Dass sie es endlich verstanden hatte.

Zwei Soldaten trugen einen purpurnen Umhang herbei; sie hielten ihn ehrfürchtig hoch, und seine Größe ließ ihn wie ein Segel hinter ihnen herwehen. Sie drapierten ihn Jesus über die Schultern und schlossen ihn sorgfältig. Ein anderer Soldat flocht eine Krone, aus der Dornen herausragten. Sie glich der Strahlenkrone, die bei den römischen Kaisern beliebt war und die göttliche Erhabenheit versinnbildlichte.

»So!« Stolz schwenkte der Soldat die fertige Krone und drückte sie Jesus in einer schwungvollen Geste auf den Kopf. Die Dornen, die nach innen gewandt waren, durchbohrten seine Stirn; überall rieselten kleine Blutrinnsale herab und tröpfelten ihm über die Wangen. Er konnte die Hände nicht heben, um sie abzuwischen.

»Heil dir, König der Juden!« Ein paar Soldaten verbeugten sich.

»Halt, er braucht noch ein Szepter!« Ein Soldat brachte ein Schilfrohr und schob es Jesus zwischen die gefesselten Hände. »So ist es besser.« Er fiel in gespielter Anbetung auf die Knie. »Ich bin geblendet von deiner Pracht«, rief er und beschirmte seine Augen mit den Händen.

»König der Juden, König der Juden«, sangen sie im Chor, und einer nach dem anderen verneigte sich. »Wie können wir dir dienen, Majestät?«

Jesus stand reglos da und ließ nicht erkennen, ob er sie hörte.

»Sollen wir nach Syrien laufen und Schnee holen, um deine Getränke zu kühlen?«, fragte ein junger Soldat.

»Vielleicht möchtest du einen Teller Wachteln – oder Melonen außerhalb der Jahreszeit?«

»Oder sollen wir deine Feinde zerschmettern? Sie totschlagen, diese Edomiter, Jebusiter oder Kanaaniter oder wie sie sonst heißen, gegen die dein Volk gekämpft hat? Ach, ich vergesse – die gibt es ja nicht mehr. Nun, wir können einen Ersatz finden.«

Sie fuhren fort, sich zu verneigen und ihn zu verspotten, aber als Jesus überhaupt nicht reagierte, fingen sie an, ihn zu bespucken. »Tu doch etwas, du feiger Schwächling!«

Als er sie weiter stumm anschaute, riss ihm einer das Schilfrohr aus den Händen und schlug ihm damit auf den Kopf. »Sag etwas, du Dummkopf!«, brüllte er.

»Das reicht!«, sagte der Hauptmann schließlich. »Zieht ihn aus! Wir müssen weiterkommen.«

Sie rissen Jesus den geliehenen Purpurmantel herunter und schleiften ihn zu einem Pfosten am anderen Ende des Hofes. Dort schnitten sie die Stricke an seinen Handgelenken durch, schlangen seine Arme um den dicken Pfosten und fesselten sie erneut. »Los!« Jesus stand vornübergebeugt am Pfahl, und der Hauptmann riss ihm die Kleidung herunter, um seinen Oberkörper für die Geißel zu entblößen, die einer der Soldaten schon genüsslich schwenkte. Sie hatte mehrere Riemen, mit Bleikügelchen beschwert, die sich wie Hundezähne tief ins Fleisch graben würden.

Das jüdische Gesetz erlaubte neununddreißig Hiebe, aber die Römer waren an diese Vorschrift nicht gebunden. Nur wenige Menschen überlebten vierzig Geißelhiebe – deshalb beschränkte das Gesetz die Zahl auf neununddreißig. Aber eine kraftvolle Geißelung vor der Kreuzigung galt als Gnadenerweis. Das Opfer war halb tot, ehe es das schlimmste Ende erfuhr, das ein Gefangener erwarten konnte, einen Tod, der nur Ausländern, Kriminellen und anderem Abschaum vorbehalten war – kein römischer Bürger konnte gekreuzigt werden. Besiegte Völker wie die Juden, Sklaven und Feinde hingegen verdienten den Kreuzigungstod.

Maria konnte nicht mehr denken, nicht einmal fühlen. Das alles, die Schläge und das Blut, hatte sie schon gesehen – aber nicht Jesu Tod. Nie hatte sie ihn tot gesehen, in keiner einzigen Vision. Sie schaute seine Mutter an. Sie musste nun an seine Mutter denken. Ja. Sie konnte nichts anderes tun, als ihr beizustehen.

Die ältere Maria blickte starr in den Hof, wo Jesus brutal

ausgepeitscht wurde. Ihr Gesicht zeigte nackte Qual. Die Güte, das tiefe Verständnis, das dort immer geleuchtet hatte, war verschwunden. Nur noch der Schmerz war da. Ihr Gesicht war so verzerrt, dass es aussah wie das Spiegelbild ihres Sohnes – als wäre sie eins mit ihm.

»Schluss! Das ist genug! Hinaus jetzt! Hinaus nach Golgatha!« Ein vierschrötiger Soldat wedelte mit den Armen. »Zurück mit euch! Zurück!« Drohend näherte er sich der Menschenmenge, während bewaffnete Soldaten sich anschickten, das Tor zu öffnen. Einer hob Jesu eigenen Mantel auf, der zerknüllt auf dem Boden lag, und warf ihn wieder über ihn.

Als Maria und die anderen Jünger nicht zurückwichen, stießen die Soldaten die Torflügel auf und schoben sie beiseite.

Jesus taumelte durch das Tor. Er schleppte einen mächtigen Holzbalken auf der Schulter. Er war ein kräftiger Mann, aber inzwischen war er so geschwächt, dass er unter der Last wankte. Es war der Querbalken, der an der Hinrichtungsstätte an einem senkrechten Pfosten befestigt werden würde.

»Wohin gehen sie?«, rief Maria. »Wo liegt dieser Ort?«

»Wir können ihnen nur folgen«, sagte Johannes.

Maria und seine Mutter schoben sich mit einer ungeahnten Kraft, die ihnen auf irgendeine Weise verliehen worden war, durch die Schar der Feinde. Die Menschen drängten sich dicht zusammen und schwitzten; der Gestank war durchdringend. Bösartig stießen und rempelten sie einander an, als habe die Enge die Menschen in Tiere verwandelt, die durch ein Laufgatter getrieben wurden. Zugleich aber herrschte lautes Geschrei und Gelächter, denn das Vergnügen war Teil dieser gespenstischen Prozession.

Maria und Jesu Mutter kämpften sich hindurch, schoben und wanden sich an fremden Leibern vorbei, bis sie schließlich bei ihm waren, hinter seinem gebeugten Rücken. Sie konnten seinen Mantel anfassen, dann seine Schulter.

»Mein Sohn, mein Sohn!«, sagte die ältere Maria. »Oh, Jesus.«

Jesus schaute ihr in die Augen. Die seinen waren nicht getrübt vom Schmerz; ihr Blick war fesselnder denn je. »Mutter«, sagte er sehr leise. »Du darfst nicht trauern. Ich wurde für diese Stunde geboren. Ich habe sie erwählt.«

»Sohn!« Laut aufschluchzend streckte sie die Hände nach ihm aus, aber die Soldaten stießen ihn weiter.

Maria drängte sich vor ihn. »Liebster! Ich muss dir sagen … Ich muss … Oh, ich hatte Unrecht … Was ich gesagt habe, was ich gedacht habe …«

Er blieb nur ganz kurz stehen. Seine Feinde waren überall und stießen ihn voran.

»Ich weiß«, sagte er. »Ich kenne dein Herz. Mein bestes Herz.« Er schaute ihr in die Augen, aber nur kurz. »Ich weiß alles.« Schon wurde er weitergeschoben. »Ich zähle auf deine Liebe.«

In späteren Jahren sollte Maria sich an diese Worte erinnern; sie würde versuchen, sich seinen Tonfall genau ins Gedächtnis zu rufen und zu ergründen, was er meinte. Nun aber empfand sie nur unermessliche Erleichterung. Sie fühlte sich gesegnet. Er hatte sie verstanden. Er hatte ihr vergeben.

Eine Abordnung römischer Soldaten führte den Zug an. Hinrichtungen mussten außerhalb der Stadt stattfinden, damit der Tod sie nicht verunreinigte. Die Menschen säumten die Straßen und begafften eifrig, was für sie nur ein unterhaltsames Spektakel war. Es war noch nicht einmal Mittag. War es möglich, dass sie erst gestern um diese Zeit die Speisen für das Passahmahl eingekauft hatten?

Maria konnte sich nicht mehr erinnern. Alles versank in einem Nebel. Noch gestern hätte Jesus einfach fortgehen können. Hätte er beschlossen, zu essen und dann nach Galiläa aufzubrechen, hätte Judas ihn niemals gefunden. Nichts von alldem wäre geschehen.

Andererseits – Judas wusste, woher wir kamen. Die Behörden hätten uns nach Galiläa folgen können. Hätten sie es getan?

Und was hatte Jesus da gesagt? Mühsam erinnerte sie sich. Dass er sterben müsse. Dass er nach Jerusalem gehen und getötet werden würde. Es schien sein Wille gewesen zu sein. Hätte es keinen Judas gegeben, wäre er dann selbst zum Hohepriester gegangen?

Aber das alles war nicht mehr wichtig. Nun gab es nur noch die Sonne, die schien wie an einem gewöhnlichen, glücklichen Tag, und das Volk, erfüllt von einer Mischung aus Neugier, Feindseligkeit und Langeweile. Und Jesus, der sich mit seiner Last vorwärts schleppte. Hinter ihm – auch wenn sie keine Zeit hatte, einen Gedanken darauf zu verwenden – taumelten andere, die mit ihm gekreuzigt werden würden; sie wankten die Straße entlang und schleppten ihren Balken, kamen von anderen Prozessen, aus anderen Gefängnissen.

Mit aller Macht hielten Maria und seine Mutter sich dicht hinter ihm. Die Bürde drückte ihn zu Boden; nur seine angeborene Kraft, gestählt in den Jahren als Zimmermann und der Wanderschaft durch Galiläa, trug ihn weiter. Sein schöner Mantel schleifte im Schmutz hinter ihm her. Seine Sandalen – seltsam, dass Maria seine Füße und seine Sandalen bemerkte – waren nachlässig geschnürt und behinderten ihn beim Gehen. Noch während sie Jesus anschaute, verlor er auf dem schlüpfrigen Pflaster plötzlich den Halt und fiel.

Er fiel auf die Knie, und der Balken rutschte ihm von der Schulter zur Seite. Er wollte aufstehen, aber er besaß nicht mehr genug Kraft, um sich mit dem Balken aufzurichten. Niemand half ihm; die Soldaten stießen jeden zurück, der es versuchte. Selbst Maria und seine Mutter schoben sie grob zur Seite. Dann riss einer der Soldaten ihn hoch und versetzte ihm einen Stoß. Jesus tat ein paar torkelnde Schritte und wankte dann weiter.

Die Menge schob sich wieder heran und verharrte jäh, als Jesus zum zweiten Mal fiel. Diesmal drängte seine Mutter sich zwischen den Soldaten hindurch an seine Seite. Sie versuchte nicht, ihm beim Aufstehen zu helfen, sondern nahm seinen Kopf auf ihren Schoß und wischte ihm das Gesicht ab. Sie wollte nicht, dass er aufstand und auch nur einen Schritt weiterging.

»Weg von ihm!« Ein grobschlächtiger Soldat riss Maria hoch und schleuderte sie in die Reihen der Gaffer. Zum ersten Mal kam ein schmerzliches Stöhnen über Jesu Lippen.

»Hoch mit dir!« Zwei Soldaten packten ihn unter den Armen, zogen ihn auf die Beine und stießen ihn weiter.

Maria hielt Jesu Mutter fest umschlungen, auch wenn das ein untauglicher Trost war. Es gab keinen Trost für sie, sondern nur Entsetzen. Nur Entsetzen, Angst und tiefen Schmerz.

Jesus fiel zum dritten Mal.

»Du! Du da!« Die Soldaten ließen den Zug anhalten und deuteten auf einen Mann, der – offenbar ohne etwas von den Ereignissen des Tages zu ahnen – eben durch das Stadttor eingetreten war, um seinen Geschäften nachzugehen. »Komm her!«

Gehorsam kam der verblüffte Mann auf den Hauptmann der Soldaten zu. Er war jung und hatte kräftige, breite Schultern.

»Du trägst seinen Balken«, befahl der Hauptmann. »Der Mann kann es nicht mehr.«

Ehe Jesus oder der Fremde widersprechen konnte, hatten sie Jesus den Balken abgenommen und ihn dem Fremden aufgelegt.

»Keine Sorge«, sagte der Hauptmann. »Dich werden wir nicht kreuzigen.« Er lachte.

Als Jesus von seiner Last befreit war, kam eine Schar weinender Frauen heran und beklagte das Leid aller Zeiten und dieser Zeit.

»Weint ihr um mich, ihr Töchter von Jerusalem?«, flüsterte Jesus. Seine Stimme war matt vor Erschöpfung. »Weint nicht über mich, sondern weint über euch selbst und über eure Kinder. Denn tut man so etwas am grünen Holz, was wird dann am dürren getan werden?«

Grünes Holz, dürres Holz – schon einmal hatte er davon gesprochen, entsann Maria sich.

Jesus ging weiter, und sie folgten ihm, drängten sich an den schluchzenden Frauen vorbei und weinten ebenfalls. Aber Maria und Jesu Mutter weinten nicht um Jerusalem oder um sich selbst, sondern nur um Jesus, der mit gebeugtem Rücken vor ihnen über das glatte Pflaster schlurfte.

Soeben gingen die beiden Männer Seite an Seite die Straße vom Palast des Pilatus zur Richtstätte entlang.

Maria beugte sich zu Jesu Mutter hinüber: Ihr war plötzlich der Gedanke gekommen, dass sie zu fünft – sie selbst, seine Mutter, Johanna, Susanna und Johannes – Jesus zur Flucht verhelfen könnten. Gemeinsam könnten sie so viel Verwirrung stiften, dass Jesus entkommen könnte. »Maria, wenn wir in der Nähe des Ortes angekommen sind – wo immer es sein mag –, willst du ihm dann helfen zu fliehen? Wir können einen solchen Tumult vom Zaun brechen, dass es uns vielleicht gelingt.«

»Ich … Ich weiß nicht …« Seine Mutter war so betäubt vom Schmerz, dass sie kaum antworten konnte.

Maria wandte sich an Johannes, Johanna und Susanna. »Wir

können es noch verhindern. Es gibt eine Möglichkeit. Wir müssen es versuchen. Wir müssen!« Sie sah sich um. »Wir sind jetzt ganz auf uns gestellt.«

»Aber wird er uns folgen?«, fragte Johannes. »Ich glaube – nach allem, was er uns gesagt hat –, dass er es akzeptiert, wenn es ihm nicht sogar willkommen ist.«

Gab es denn keine Hilfe für ihn? Gab es nichts auf Erden, was sie für ihn tun konnten?

Die Menge schwoll an; immer mehr Leute liefen aus ihren Häusern und von den Märkten herbei, um die Prozession zu sehen. Alles beeilte sich, seine Geschäfte zu erledigen, bevor die Sonne unterging und der Sabbat begann. Die schmale Straße war verstopft von Menschen, die ihre Einkäufe machten, sodass die Henker und ihre Opfer sowie alle, die ihnen folgten, gezwungen waren, in langer Reihe an den neugierigen Zuschauern vorbeizuziehen.

»Wir müssen in seiner Nähe bleiben«, sagte Johanna und stieß ein paar Leute beiseite, um voranzukommen. Sie waren ein wenig zurückgefallen. Vor ihnen sah Maria den Rücken des Mannes, der den Kreuzbalken trug. Er kam mühsam voran, obwohl er jung und gesund war. Jesus ging vor ihm, flankiert von zwei Zenturionen, die wachsam die Menge im Auge behielten für den Fall, dass jemand versuchen sollte, ihn zu befreien. Doch es gab nur gleichgültige Gaffer. Eine Frau löste sich aus ihren Reihen und stürzte herbei, um Jesus mit ihrem Taschentuch den Schweiß aus dem Gesicht zu wischen, doch sofort stießen die Soldaten sie zurück. Andere streckten ihm Wasserbecher entgegen, die Jesus jedoch nicht erreichen konnte.

Sie zogen noch immer an der hohen Außenmauer des Palastes vorbei, die wie eine zweite Stadtmauer aussah. Die glatten weißen Steine, so präzise behauen, starrten auf sie herab. Die Zuschauer pressten sich an diese Mauer und reckten glotzend die Hälse, um die blutüberströmten Männer zu sehen, die sich unter ihrer Bürde vorüberschleppten. Dann folgten sie ihnen wie Hunde, die darauf hofften, an der Richtstätte ein wenig Blut lecken zu können. Hinter ihnen gingen weitere Verurteilte in grausiger Parade – Maria wusste nicht, wie viele.

Als Jesus strauchelte, packte ihn ein Soldat bei der Schulter und zerrte ihn hoch. »Dauert jetzt nicht mehr lange«, sagte er.

Ein Stück weiter stolperte Jesus erneut und fiel auf die Knie. Da gab ihm der Zenturio einen Tritt. »Aufstehen! Auf!« Jesus kroch ein kleines Stück auf allen vieren und kam dann wieder auf die Füße. Aber er schwankte und konnte nicht gerade stehen.

Maria wollte stützend die Hand nach ihm ausstrecken, doch einer der Soldaten fiel über sie her, schlug ihr ins Gesicht und stieß sie zurück. »Weg da!«, schrie er.

Ihre Wange brannte von seinem Schlag, und sie blieb zurück.

»Wir müssen etwas tun, Johannes! Wir müssen«, beschwor sie ihn, obwohl sie nun wusste, dass die Soldaten sie ohne Zögern niedermachen würden.

Ich würde mein Leben dafür geben, Jesus zu befreien!, dachte sie und staunte über sich selbst. Sie, die immer Angst vor dem Tod gehabt hatte.

Inzwischen näherten sie den gewaltigen Wachttürmen des Palastes, die eines der Stadttore flankierten. Auf den Zinnen entdeckte Maria römische Soldaten, die Pfeil und Bogen bereithielten, um jegliche Unruhe im Keim zu ersticken.

Dann waren sie durch das Tor gezogen, und die Stadtmauer lag hinter ihnen. Solange sie in der Stadt gewesen waren, hatte die Hinrichtungsstätte immer noch in einiger Entfernung gelegen. Jetzt konnte sie jeden Augenblick auftauchen, und das war ungünstig für ihr Vorhaben. Sie befanden sich auf felsigem Boden an der Nordwestseite der Stadt, wo die Steinbrüche lagen. Es war ein tristes, trostloses Gelände; die einzigen Farbunterschiede lagen in den Schattierungen des Gesteins: Grau, Braun und Weiß.

Dann sah Maria sie: hohe, aufrechte Pfähle auf dem Gipfel eines Hügels, dunkle Striche, die himmelwärts wiesen. Dort stand die andere Hälfte des Kreuzes und wartete auf Jesus.

Die Zuschauer lösten sich aus der Kolonne und rannten auf den Hügel zu, um sich die besten Plätze für die Hinrichtungen zu sichern, während die Verurteilten, ihre Bewacher und ihre Anhänger langsam weitergingen.

Jetzt. Wenn wir noch irgendetwas tun wollen, muss es jetzt geschehen. Maria sah Johannes an. »Bist du immer noch bereit?«, flüsterte sie. »Wenn ich sie ablenke, indem ich mich auf einen der Soldaten stürze, kannst du dann schnell eingreifen und Jesus beiseite ziehen? Schau, dort drüben – da sind Felsen, Verstecke … wenn wir es schaffen, dorthin zu gelangen …«

»Maria, ich würde alles tun, aber das ist töricht. Sie werden uns sehen, wenn wir über das offene Gelände laufen, und uns mühelos einholen. Wie schnell, glaubst du, kann Jesus noch laufen?« Er packte sie beim Arm. »Überleg doch, Maria. Überleg 's dir.«

Er wollte sie aufhalten. Aber nein, das durfte er nicht. Sie musste es tun, oder sie würde sich für den Rest ihres Lebens hassen. Sie musste es versuchen.

Sie riss sich los, rannte um Jesus herum zur Spitze der Prozession und stellte sich dem Soldaten in den Weg. Jesus starrte sie nur überrascht an, als sie dem Mann ihren Mantel über den Kopf warf und ihm dann einen Stoß versetzte. Der Soldat fiel schwer auf die Knie.

»Jesus! Jesus!« Sie streckte die Hand nach seinem Arm aus. »Lauf weg! Dorthin! Dorthin!« Sie zeigte auf das Felsengelände abseits des Weges.

Aber Jesus schüttelte nur den blutigen Kopf. »Soll ich denn den Kelch nicht trinken, den mein Vater mir gereicht hat?« Seine Entschiedenheit verschlug ihr die Sprache. »Maria, deine Tapferkeit wird immer bei mir sein.« Er wandte sich um und ging weiter auf die Pfähle zu.

»Ergreift diese Frau!«, schrie der Soldat, als er sich aus den Verstrickungen des Mantels befreit hatte, aber der Hauptmann zuckte nur die Achseln. Ihr Angriff war bedeutungslos – allenfalls eine Ablenkung in seinem unangenehmen Dienst.

Maria lief bereits auf die Felsen zu, um sich zu verstecken, denn sie hatte noch nicht bemerkt, dass ihr niemand folgte. Keuchend erreichte sie einen Grat, kletterte hoch und rutschte auf der anderen Seite hinunter. Sie war in Sicherheit. Hier wuchsen ein paar Krüppelkiefern, die sich an die dünne Erdschicht klammerten. Weiße, steinige Erde, Felsblöcke, Kiefern, Rinnen – das war alles, was sie sah. Am Ende lag ein dichter Obstgarten, der ihr Schutz bieten würde.

Immer noch atemlos, blieb sie stehen. Niemand war da, niemand hatte sie verfolgt. Aus der Ferne hörte sie das Geschrei der Menge auf dem Richtplatz.

Ich muss zurück, dachte sie. Ich muss bei Jesus bleiben. Sie raffte sich auf und machte sich auf den Rückweg zum Steinbruch.

LV

Das klaffende Loch des Steinbruchs sah aus wie eine große, leere Schüssel. Oberhalb davon hatte die Menge sich versammelt und wimmelte wie Ameisen, um die senkrechten Pfähle herum, die in den Himmel ragten.

Maria bahnte sich ihren Weg durch das Gedränge und hielt Ausschau nach den anderen Jüngern. Ringsum erklang ein hässlicher Chor beiläufiger Bemerkungen. »Wen haben wir denn heute?« – »Irgendeinen Rebellenführer aus Galiläa und zwei kleine Diebe.« – »Nach dem Fest haben sie Bessere.« – »Ich habe gehört, einer von ihnen behauptet, er sei der Messias.« – »Nein, er war ein Revolutionär.« Es war ein Crescendo von Beleidigungen.

Endlich hatte Maria die anderen gefunden; sie hatten sich so nah wie möglich zum Fuße des Kreuzes vorgekämpft und mussten hilflos mit ansehen, wie Jesus auf den Rücken geworfen wurde. Zwei Soldaten kamen mit Hämmern und Nägeln, um ihn auf den Querbalken zu nageln.

Eine Kreuzigung war ein langer, grauenvoller Prozess. Der Verurteilte hing unter Umstanden tagelang am Kreuz – je nachdem, wie kräftig er gewesen war, als man ihn aufgehängt hatte; nach und nach verlor er die Fähigkeit zum Atmen, sackte mit dem ganzen Körpergewicht herab, nur von den durchbohrten Armen gehalten. Manche Kreuze hatten Fußstützen, die jedoch kaum von Barmherzigkeit zeugten, da sie die Qualen nur verlängerten. Manchmal brach man dem Opfer deshalb kurz vor dem Ende die Beine, um den Vorgang zu beschleunigen: So konnten die unteren Extremitäten ihn nicht mehr stützen.

Jesus blieb stumm und streckte die Arme aus, ohne Widerstand zu leisten. Die Soldaten rechts und links packten sie, drückten sie auf das Holz und trieben mit nur zwei Schlägen lange Nägel durch die Handgelenke. Seine starken Hände krümmten und streckten sich vor Schmerz. Das Geräusch war furchtbar; man hörte deutlich, wie Fleisch und Knochen zerschmettert wurden.

»Jetzt«, sagten sie und schlangen Seile um den Querbalken, um ihn langsam an dem aufrechten Pfahl hochzuziehen. Endlich rutschte der Balken mit einem dumpfen Schlag in die vorgesehene Kerbe. Einer der Soldaten stellte eine Leiter auf und verband die beiden Teile des Kreuzes mit einem dicken Seil. Dann schlugen seine Füße an den Pfosten. Maria hielt sich die Hände vor die Augen, als sie sich vorbeugten, um die Nägel durch seine Füße zu treiben; sie konnte es nicht mit ansehen, konnte es nicht ertragen. Sie zogen Jesus fast völlig aus; nur ein schmaler Tuchstreifen bedeckte seinen Körper noch, und auch die Dornenkrone saß noch auf seinem Kopf.

»Hier … und hier …«, rief der Soldat, während er Jesu Mantel, seinen Gürtel, die Sandalen und sein Hemd herabwarf. Die Soldaten unten fingen alles auf.

Die Jünger brachten kein Wort hervor, sie standen da wie gelähmt. Von Grauen erfüllt, schauten sie alles mit an; selbst die Mutter Jesu wirkte wie eine Statue. Maria streckte die Hand aus, um sie zu halten, aber was sie umfasste, war hart und tot wie das Holz des Kreuzes.

Die Soldaten, die die Hinrichtung vollzogen hatten, setzten sich am Fuße des Kreuzes auf den Boden, um Jesu Kleider unter sich aufzuteilen. Der Vierschrötige – einer von denen, die die Nägel eingeschlagen hatten – legte den Mantel beiseite, den Mantel, den Maria und die anderen an so vielen verschiedenen Orten auf Jesu Schultern gesehen hatten: auf dem Boot, draußen auf dem Feld, in den Synagogen. Die sanfte, helle Farbe war auch aus der Ferne deutlich zu sehen. Der Soldat, der ihm den Nagel durch das rechte Handgelenk getrieben hatte, griff nach dem Gürtel. Ein anderer nahm die Sandalen, wieder ein anderer das Hemd. Dann hielt der Vierschrötige den Mantel hoch.

»Alles in einem Stück«, sagte er. »Eine ausgezeichnete Webarbeit.«

Jesu Mutter bewegte sich kaum merklich, während sie unverwandt geradeaus starrte. Sie umklammerte Marias Hand fester.

»Lasst uns darum würfeln«, erklärte der Hauptmann. »Wäre

schade, ihn in vier Stücke zu schneiden.« Aus einem kleinen Lederbeutel zog er Würfel hervor, und die Soldaten spielten um den Mantel.

Ein matter Laut kam vom Kreuz. Jesus sprach; er schaute zu den Soldaten hinunter, die seinen Mantel verlosten.

In dem Gemurmel der Menge war seine Stimme fast unhörbar. Maria strengte sich an und presste die Augen zu, um besser hören zu können.

»Vater … vergib ihnen, denn sie wissen nicht, was sie tun.«

Das konnte er nicht meinen! Was sie taten, taten sie mit Bedacht, nicht versehentlich, nicht in Unwissenheit. Maria lauschte weiter, in der Hoffnung, er werde seine Worte wiederholen. Aber er tat es nicht.

Der Hauptmann, der glückliche Gewinner des Mantels, stieg noch einmal die Leiter hinauf. Er hatte einen Becher Weinessig in der einen Hand. »Hier, trink«, sagte er und hielt Jesus den Becher an die Lippen. Doch Jesus drehte den Kopf zur Seite. Daraufhin befestigte der Soldat ein Schild über Jesu Kopf. Darauf stand in griechischer, lateinischer und hebräischer Sprache: KÖNIG DER JUDEN.

In der Nähe wurden die beiden anderen Verurteilten an ihre Querbalken genagelt und dann rechts und links neben Jesus aufgehängt.

»Was guckst du so?« Ein Soldat hatte gemerkt, dass Maria ihn anstarrte, und näherte sich ihr in drohender Haltung. »Vielleicht bist du die Nächste. Für Frauen haben wir ein besonderes Verfahren: Sie werden mit dem Rücken zu den Zuschauern angenagelt. Eine Frau muss schließlich sittsam bleiben!« Er lachte und tat, als wolle er Maria und ihre Gefährten ergreifen, aber dann wandte er sich ab, um auch an den beiden anderen Kreuzen die Tafeln mit der Anklage zu befestigen. Auf beiden stand: VERBRECHER UND AUFSTÄNDISCHER. Dann lud er das Publikum mit schwungvoller Bewegung ein, näher heranzukommen, und die Menge drängte sich heran.

Am Fuße der drei Kreuze blieben die Leute stehen und verhöhnten die Männer, die daran hingen.

»Ihr hättet bei Barabbas bleiben sollen – das ist ein Mann, der sein Messer zu benutzen weiß!«

»Wie viele von euch verstecken sich noch da oben in den Höhlen? Sind auch Weiber dabei? Wird euch heute Abend jemand vermissen?«

»Wenigstens sind die beiden da gute Juden. Besser und jüdischer, als gut ist für ihr Fell! Aber der da – ein gescheiterter, erbärmlicher Messias! Ein hingerichteter Messias – was für ein Witz!«

»He du – Jesus, nicht wahr? Bist du nicht derjenige, der behauptet hat, er kann den Tempel zerstören und in drei Tagen wieder aufbauen? Na los, zeig uns, wie mächtig du bist!«

Kreischendes Gelächter.

»Steig herab vom Kreuz, dann glauben wir dir!«

»Anderen hat er geholfen, aber sich selbst kann er nicht helfen.«

»Er hat auf Gott vertraut. Soll Gott ihm doch helfen, wenn er ihn haben will!«

Unruhe entstand, als eine Gruppe von Tempelvertretern den steilen Hang des Steinbruchs heraufgestiegen kam. Es waren Kaiphas und seine Leute. Langsam und bedächtig, als wollten sie die Amtlichkeit ihres Erscheinens zur Schau stellen, blieben sie unter dem Kreuz stehen und lasen die Inschrift über Jesus.

»›König der Juden‹! So, so! Eigentlich müsste es heißen: ›Er *behauptet*, er sei den König der Juden‹. Denn es ist gewiss eine Lüge«, erklärte Kaiphas. »Und in meinem Hause hast du sogar behauptet, du seist Gottes Sohn. Aber dann dürfte es dir ja nicht schwer fallen, von diesem Kreuz herunterzukommen. Komm schon! Erstaune uns!«

Jesus schaute ihn nur an.

»Komm herunter, und wir glauben dir. Abgemacht?«, rief ein Schriftgelehrter.

»Wenn du es kannst, warum weigerst du dich dann? Wir würden uns alle bekehren lassen. Ist es nicht das, was Gott will, wenn es stimmt, was du sagst? Er will doch, dass alle glauben.«

Einer der beiden anderen Verurteilten stimmte nun ein. »Bist du denn nicht der Messias? Bist du es nicht? Dann rette dich und uns!«

»Sei still!« Eine laute Stimme hallte vom anderen Kreuz herüber. »Hast du denn keine Furcht vor Gott? Du bist mit ihm zusammen verurteilt. Und wir haben es beide verdient. Wir haben getan, was man uns vorwirft. Aber dieser Mann ist unschuldig!«

Jesus wandte seinen Kopf dem Mann zu, der gesprochen hatte. »Dismas«, sagte er.

Das Gesicht des Mannes zeigte Überraschung und Dankbarkeit zugleich. »Ja«, sagte er. Offenbar wunderte es ihn, dass Jesus sich an seinen Namen erinnerte, aber die Dankbarkeit überwog seine Neugier. »O ja, Herr.«

»Dismas«, wiederholte Jesus, und die Worte kamen nur mühsam über seine rissigen Lippen. »Damals bei Matthäus ... Du hast dich also für diesen Weg entschieden.«

»Ja. Ich wünschte, ich hätte einen anderen gewählt. Ich verdiene diesen Tod. Du aber ... Herr, o Herr! Erinnere dich an mich, wenn du in dein Reich kommst!«

Jesus antwortete: »Wahrlich, ich sage dir, noch heute wirst du bei mir im Paradiese sein.«

»Im Paradies!«, schrie einer der Zuschauer. »Im Grab werden sie heute sein, das ist alles.«

»Nein, man wird sie den Hunden vorwerfen«, rief ein anderer. »Gräber sind etwas für reiche Leute.«

Bei dieser schrecklichen Vorhersage zuckte Maria zusammen. Oh, warum musste seine Mutter das alles mit anhören? Es war mehr als grausam, mehr als das, was ein Mensch sollte ertragen müssen.

Der Himmel verfinsterte sich. Schnell aufziehende Wolken verschluckten die Sonne. Wind kam auf und wehte ihnen Staub ins Gesicht, ließ ihn um die Kreuze wirbeln. Die beiden anderen Gekreuzigten verschwanden darin.

»Ein Unwetter!«, sagte einer der Soldaten und raffte seinen Mantel an sich.

Doch es war mehr als ein Unwetter. Die Sonne selbst schien zu erlöschen, Dunkelheit senkte sich über alles.

»Eine Sonnenfinsternis!«, rief jemand. Aber eine Sonnenfinsternis bei Vollmond gab es nicht, das wusste jeder. Die Astronomen hatten auch keine vorausgesagt.

In dem Durcheinander, das die Dunkelheit hervorrief, konnten die Jünger bis an Jesu Kreuz herankommen. Er blickte zu ihnen herab, er erkannte jeden Einzelnen – das spürten sie. Sie fühlten, wie er sich ihnen zuwandte, um ihnen Kraft und Beistand zu geben.

Mit einer Kopfbewegung ließ Jesus erkennen, dass er zu seiner Mutter sprach. »Weib«, sagte er. »Siehe da, dein Sohn.«

Dann wandte er sich an Johannes. »Siehe da, deine Mutter.«

Johannes streckte die Arme aus und umarmte die ältere Maria. Jesus nickte kaum merklich.

Die Dunkelheit wurde immer schwärzer. Es war fast wie in der Nacht, und jetzt hörte man ein bedrohliches Grollen. Kam es vom Himmel oder aus der Erde? Maria wusste es nicht.

»Ich habe Durst«, flüsterte Jesus, und einer der Soldaten hörte es. Er stieg die Leiter hinauf und hielt ihm einen essiggetränkten Schwamm an die Lippen, um sie zu befeuchten.

Unmittelbar unter dem Kreuz standen nur noch die treuen Jünger und die Soldaten. Aber nun lösten sich viele weitere Anhänger – die meisten davon Frauen – aus der Menge und schlossen sich ihnen an. Einige Frauen waren Jesus aus Galiläa gefolgt, andere gehörten zu den heimlichen Jüngern in Jerusalem. Für Frauen war es weniger gefährlich, sich in der Öffentlichkeit zu erkennen zu geben. Von den Männern hatte nur Johannes den Mut aufgebracht dazubleiben. Kein Wunder, dass Jesus ihn liebte.

Johannes … Wer hätte geahnt, dass es Johannes sein würde, der heißblütige, hübsche Johannes, der Jesu Lieblingsjünger werden sollte? Am Anfang hatte er nicht eben einen vielversprechenden Eindruck gemacht. Reizbar und verträumt zugleich hatte er im Schatten des polternden Petrus und des gescheiten Judas gestanden. Man sah eben nicht auf den ersten Blick, was in einem Mann steckte. Ich kann von Glück sagen, dachte Maria, dass ich mit ihm auf unsere Mission geschickt wurde.

Doch jeder Gedanke an Johannes oder an die Frauen aus Galiläa, ja, selbst an Jesu Mutter verflog, als sie Jesus plötzlich aufschreien hörte: »Mein Gott, mein Gott, warum hast du mich verlassen?« Der Schrei zerriss die Luft. Er war lauter als der Donner und das seltsame Rumoren, das aus der Erde drang.

Er wand und drehte sich am Kreuz, als leide er große Qual. Seine Augen starrten in den Himmel.

»Er ruft Elias«, sagte jemand. »Er wartet auf Elias. Warten wir ab, ob Elias kommt, um ihn zu retten.«

Aber nichts geschah. Nur die Wolken wirbelten, und die Zuschauer scharrten unruhig mit den Füßen. Jesus war wieder still.

»Vater, in deine Hände empfehle ich meinen Geist.« Maria hörte diese Worte überraschend laut. Jesus hatte den Kopf auf die Brust sinken lassen. Die Dornenkrone fiel auf die Erde und rollte davon, bis sie an einem Stein liegen blieb.

»Es ist vollbracht.« Noch einmal sprach Jesus. Dann sank sein Kopf vollends herab. Die letzte Kraft war aus ihm gewichen.

Die Frauen warfen sich auf den Boden und pressten die Gesichter an die Erde.

Gott hatte sie verlassen.

Gott war geflohen, hatte sich abgewandt, alles war zusammengebrochen. Jesus war tot, und nur Maria und seine betäubten, vernichteten Anhänger waren noch übrig.

Maria richtete sich langsam auf. Wer waren sie denn? Jesus war tot. Keiner von ihnen hatte etwas tun können, um ihn zu retten. Nun musste man sich um seinen Leichnam kümmern. Daran hatte niemand gedacht.

Ein Grab war nötig. Rituale mussten vollzogen werden. Der Leichnam musste für die Grablegung vorbereitet werden. Sie hatten nichts von dem, was für all das gebraucht wurde. Sie waren Besucher in einer fremden Stadt, fern von ihrer Heimat, selbst in den allerkleinsten Dingen ganz und gar auf andere angewiesen. Und nun waren sie auch noch Geächtete – die Komplizen eines hingerichteten Verbrechers.

Die Menge hatte sich aufgelöst, war davongeweht wie Staub. Die unbekannten Jünger aus Jerusalem könnten vielleicht helfen, doch sie standen mit weit aufgerissenen Augen da wie schreckensstarre Tiere.

Es war spät am Nachmittag, und das Gesetz verbot es ausdrücklich, einen hingerichteten Verbrecher nach Sonnenuntergang unverhüllt zur Schau zu stellen.

Die Soldaten erhoben sich. Ein Offizier war dazugekommen. Zwei Soldaten traten zu Dismas, der noch röchelte. Jäh hob einer der beiden einen Knüppel und zerschmetterte ihm mit zwei schnellen Schlägen die Schienbeine. Sofort sackte der Körper des Gekreuzigten nach vorn.

Dismas stieß einen erstickten Schmerzensschrei aus, aber die Soldaten hatten sich schon dem zweiten Verbrecher zugewandt, der sie mit angstvollen Augen kommen sah.

»Nein«, flehte er, »nein, nein, bitte …«

Sein Jammern endete in einem Kreischen, als der Soldat ausholte und ihm mit einem harten Schlag die Beine brach. Die Knochen splitterten, die angenagelten Füße zuckten, und die Zehen krümmten sich.

»Ehe es dunkel wird, sind sie tot«, versicherte der Soldat, der die Schläge ausgeführt hatte, seinem Kameraden. Er warf einen prüfenden Blick zum Himmel und ging dann zu Jesus. Am Fuße des Kreuzes blieb er stehen.

»Ich glaube, der ist schon tot«, sagte der zweite Soldat. »Eine Gnade für ihn.« Er umrundete den Kreuzpfahl und betrachtete Jesus von allen Seiten. »Er ist hinüber«, stellte er schließlich fest.

»Wir müssen sichergehen.« Der erste Soldat stieß Jesus seine Lanze in die Seite. Jesus rührte sich nicht, aber ein Schwall von Blut und klarer Flüssigkeit strömte aus der Wunde.

Maria musste sich abwenden. In diesem Augenblick hätte das Grauen und die Unwiderruflichkeit des Endes ihr nicht schmerzhafter vor Augen stehen können.

»Du hattest Recht«, sagte der Soldat. »Wir sollten ihn abnehmen, während wir darauf warten, dass die beiden anderen sterben.«

»Dann brauchen wir die Leiter.« Rasch kehrte er mit der Leiter zurück, und sie lehnten sie an das Kreuz. Nachdem der Soldat die beiden Enden des Balkens mit Seilen gesichert hatte, durchtrennte er das Befestigungsseil des Querbalkens, damit man ihn mitsamt seiner Last herunterlassen konnte. Es war zu schwierig, die Nägel oben aus den Händen zu ziehen; das musste auf dem Boden geschehen. Aber zuvor lösten sie mit einiger Anstrengung die Nägel aus den Füßen.

Vorsichtig ließen sie den schweren Kreuzbalken herunter, als sei die Last, die daran hing, plötzlich zerbrechlich. Als Jesus unten lag, nahmen sie sich die Nägel in seinen Händen vor.

Seine Hände und Arme sahen bereits verändert aus, sie waren blasser, die Haut war durchscheinender. Unverwandt blickte Maria sie an und erinnerte sich plötzlich und lebhaft an die Vision, die sie gehabt hatte: Jesus war verändert gewesen und kurz danach wirklich verwandelt, irgendwie strahlend und hell. Damals war es eine lebendige, leuchtende Durchsichtigkeit gewesen, aber das hier war etwas anderes.

»So!« Der Soldat riss die Hand vom Holz und warf die Nägel beiseite. Sie waren schwer und lang und landeten mit lautem Klirren auf dem steinigen Boden. Die Soldaten hoben Jesus vom Kreuzbalken und legten ihn ausgestreckt auf die Erde.

Mit einem Aufschrei stürzte Jesu Mutter herbei. Sie warf sich über seine Brust und fing an zu klagen. Laut schluchzend, wiegte sie sein Haupt in ihren Armen, dann schaute sie auf und schrie zum Himmel. Die Soldaten traten zurück und überließen ihr den Leichnam.

»Mein Sohn … mein Sohn …« Sie versuchte ihn aufzurichten, flehte ihn an, sich zu bewegen, ihr zu antworten. Aber er lag schlaff in ihren Armen und war so schwer, dass sie ihn kaum halten konnte.

Johannes kam langsam näher, getrieben von Jesu Auftrag, sich um seine Mutter zu kümmern. Vor dem hingestreckten Leichnam blieb er hilflos stehen. Mit unbeholfener Geste legte er der älteren Maria schließlich schützend die Hand auf die Schulter, doch sie merkte es nicht einmal.

Maria musste all ihre Kraft aufwenden, um zu ihnen zu gehen.

Als sie nah genug heran war, um den bleichen Jesus reglos auf dem Boden ausgestreckt zu sehen, hätte sie auch die letzte Kraft beinahe verlassen.

Oh, er ist tot, er ist wirklich tot! Wie Joel lag er da, starr, bleich, fort. Ermordet von Pilatus.

Ich habe das alles schon einmal getan. Ich kann es nicht noch einmal, ich kann nicht. Aber sie kroch auf allen vieren zu seinem Kopf, den die ältere Maria im Schoß hielt, und küsste seine von kaltem Schweiß bedeckte Wange.

Er nahm ihren Kuss entgegen. Sie spürte es. Anders als Joel, hatte er sie im Tode nicht von sich gewiesen. Bei Joel hatte selbst der Leichnam noch abweisend gewirkt. »Du bekommst nichts«, waren Joels letzte Worte gewesen. Jesus dagegen hatte gesagt: »Maria, deine Tapferkeit wird immer bei mir sein.«

»Mein Sohn, mein Sohn!« Seine Mutter wiederholte diese Worte wie ein Gebet und strich ihm dabei über das Haar.

Maria beugte sich über sie und berührte ihr Haar, eine Geste, die widerspiegelte, was die Mutter für ihren Sohn tat. Einen anderen Trost wusste sie nicht zu spenden.

Sie spürte eine Bewegung neben sich und blickte auf; ein fremder Mann im Gewand des Hohen Rates blieb bei ihnen stehen.

»Pilatus hat mir gestattet, den Leichnam an mich zu nehmen«, sagte er. »Hier.« Er zeigte den Soldaten eine Schrifttafel; sie nahmen und betrachteten sie.

»Gegen die Vorschrift«, sagte einer schließlich. »Wir müssen das unserem Hauptmann zeigen.«

»Ich versichere euch, es ist alles in Ordnung«, sagte der Mann ruhig.

Johannes stand auf, aber der Mann bedeutete ihm mit einer Handbewegung, ihn nicht zu beachten, während er die Rückkehr des Soldaten und seines Vorgesetzten abwartete.

Der Zenturio erschien und schaute auf Jesus hinunter. »Aha … aha … Nun, wenn Pilatus das unterschrieben hat …« Er zuckte die Achseln. »Von mir aus.«

»Danke«, sagte der Mann. Er winkte ein paar andere Männer herbei, die er mitgebracht hatte. Sie hatten sogar eine Tragbahre mitgebracht. Behutsam, aber mit geübten Bewegungen legten sie Jesus darauf.

»Dort entlang«, sagte der erste Mann und ging voraus.

Johannes, Jesu Mutter, Maria und die anderen folgten ihm.

Sie verließen die Kreuzigungsstätte und wandten auch der Stadt den Rücken zu. Der Weg führte sie hinaus ins offene Land. Die kleine Prozession bewegte sich still voran, totenstill.

Alles ringsum war grau. Grau war die Erde, grau waren die nackten Felsen, grau war der Himmel, der sich zum Abend hin zusehends verdunkelte. Graue Wolken wehten über ihnen dahin. Die eigentümliche Finsternis hatte sich verflüchtigt; an ihre Stelle war diese enttäuschend alltägliche Düsternis getreten. Alltägliche Düsternis. Wie konnte das sein? Die Finsternis der Mittagsstunde, der Sandsturm – was immer es gewesen war, es hatte doch wenigstens von dieser Tragödie Kenntnis genommen. Aber diese Alltäglichkeit – oh, Gott hatte sie tatsächlich verlassen. Er ließ diesen Tag auf alltägliche Weise enden, und selbst das Wetter war so, dass niemand sich daran erinnern würde.

Sie umrundeten einen steinigen Hügel, und plötzlich wurde es grün. Ein Garten erstreckte sich vor ihnen – Ölbäume, ein Brunnen, Spaliere, Rebstöcke, Feigenbäume und Rosen. In seiner Üppigkeit erschien er ihnen wie eine Luftspiegelung.

Der Mann hob die Hand und ließ sie anhalten. »Dies ist mein Grabgarten«, sagte er. »Ich habe ihn für mich selbst und meine Familie angelegt, als einen Ort, den man gern besucht. Aber er wurde noch nicht benutzt.«

Sie hatten die Hinrichtungsstätte weit hinter sich gelassen, die Soldaten waren nicht mehr zu sehen. Johannes ging zu dem Mann und sagte: »Danke, Joseph. Du machst uns ein großes Geschenk.«

Joseph. Hatte Johannes nicht von einem Joseph aus Arimathia gesprochen, der Mitglied des Hohen Rates und zugleich ein heimlicher Jünger war? Das musste er sein.

Wer immer er war, er winkte den Trägern, weiterzugehen, und alle folgten ihnen auf frisch angelegten Kieswegen zu einer Felswand, in die drei Eingänge gehauen waren.

Die Grabstätte eines reichen Mannes: mit steinernen Betten, in den Fels gehauen und geräumig – nicht viel anders als die Räume der Lebenden. Aber hier würde niemand je speisen – allenfalls draußen, wenn Verwandte kämen, um der Verstorbenen zu gedenken –, und in diesen Räumen würden auch keine Gespräche geführt werden, während die Leichname vertrockneten, die Grabtücher verschimmelten und das Einzige, was sie noch erwartete, die Überführung in hübsch verzierte Tongefäße war, damit Platz für neue Tote frei wurde. Eine Grabstätte war nur geliehen, selbst bei reichen Leuten. In der felsigen Gegend rings um Jerusalem gab es für niemanden den Luxus einer Gruft, die ihm für die Ewigkeit gehören würde.

Aber es war ein Grab, wenigstens für eine Weile, und nicht der Graben, den die Hunde umschwärmten und in dem Dismas und sein namenloser Gefährte liegen würden.

»Ich habe Salböle«, sagte Joseph und deutete auf einen Kasten neben den Gräbern. »Nikodemus hat geholfen, sie zu beschaffen.«

Als er diesen Namen aussprach, löste sich ein Mann vom Felsen und kam herüber.

»Wir dachten, man wird sie vielleicht brauchen«, sagte er. Auch er war ein Ratsherr und gut gekleidet. Er musste ebenfalls ein heimlicher Jünger sein.

Maria öffnete den Kasten und machte große Augen: Große Alabasterbehälter mit Aloe und Myrrhe standen darin, äußerst teure Aromen. Nikodemus hatte nicht gespart. »Das ist sehr großzügig«, sagte sie mit bebender Stimme. »Wir sind dankbar dafür.«

Sie ließ die Tragbahre auf den Boden stellen, und noch während sie es tat, fragte sie sich, warum es ausgerechnet ihr zufiel, solche Anweisungen zu erteilen. Joseph war hier, Nikodemus war hier. Johannes, den Jesus auserwählt hatte, Jesu Mutter, Johanna, Susanna und ein paar andere Frauen aus Galiläa. Aber vielleicht hatte sie alle der Mut verlassen. Vielleicht hatten sie alles gegeben, was sie hatten. Vielleicht mussten sie sich ausruhen. Wie dem auch sein mochte, niemand außer ihr konnte den Leuten jetzt sagen, was zu tun war.

Im Grunde war es auch nicht so wichtig. Dieses hastige Ritual war nicht das endgültige. Sie und zweifellos auch einige andere würden später zurückkommen und es richtig zu Ende bringen. Nun kam es nur darauf an, die Mindestanforderungen zu erfüllen, ehe es dunkel wäre.

»Habt ihr etwas, womit wir ihn waschen können?«, fragte sie, doch sie wusste schon, dass sie nichts hatten. »Dann wollen wir ihn gleich salben«, sagte sie.

Joseph öffnete die Alabasterkrüge mit Aloe und Myrrhe und trat zurück, als die Duftwolke sich verteilte. Maria griff mit den Händen hinein, beugte sich ehrfürchtig über den Leichnam und bestrich ihn von Kopf bis Fuß mit dem Salböl, wie sie es auch bei Joel getan hatte. Das Öl mit seinem matten Schimmer überdeckte die blauen Flecken, die blutenden Verletzungen, die klaffende Wunde in seiner Seite und die kalte Farbe seiner blutlosen Füße. Unter der öligen Substanz sah er aus, als habe er nie wirklich gelebt, als sei sein Leben die ganze Zeit nur Schein gewesen.

Die Männer wickelten ihn in die leinenen Grabbinden. Ein

eigenes Tuch wurde auf das Gesicht gelegt und mit einigen Windungen befestigt. Dann wurde der ganze Körper in ein langes Leichentuch gehüllt.

Joseph befahl seinen Leuten, Jesus in das mittlere Grab zu legen. Mit stillem Respekt hoben sie ihn auf und trugen ihn hinein. Kurz darauf kamen sie zurück und neigten die Köpfe vor Joseph.

»Wir haben ihn auf die untere Felsbank gelegt«, sagten sie.

»Gut«, sagte Joseph.

»Verschließt es«, sagte Joseph, und drei der Männer stemmten sich mit den Schultern gegen einen Stein, der in einer Rinne vor der Felswand stand, um ihn zu verschieben. Es dauerte einen Augenblick, bis er sich in Bewegung setzte, aber dann rollte er vor die Öffnung der Grabkammer und blieb mit einem lauten, dumpfen Geräusch an einer sorgfältig platzierten Sperre stehen. In den Tiefen der Gruft hallte ein Echo.

»Wir sind fertig«, sagte Joseph. »Möge er in Frieden ruhen! Ein wahrhaft guter Mann – und vielleicht mehr als das.«

Johannes, Maria, Jesu Mutter und alle anderen, die bis jetzt ausgeharrt hatten, standen schweigend da. Das Geräusch des rollenden Steins hatte sie verstummen lassen.

»Danke«, sagte Johannes schließlich in ihrer aller Namen. »Wir danken dir mehr, als wir je sagen oder vergelten können.«

Joseph schüttelte den Kopf. »Es ist schade, sehr schade …«

Es wurde dunkel. Sie wollten die Nacht nicht allein hier verbringen.

»Ich kann euch ein Haus in Jerusalem anbieten«, sagte Joseph »Ein Haus, in dem ihr euch ausruhen könnt. Bis ihr wisst, was ihr jetzt anfangen wollt …«

Sie kauerten dicht beieinander in einem großen Zimmer in dem ihnen zur Verfügung gestellten Haus. Ein geliehenes Haus, ein geliehenes Grab – Joseph war großzügig. Er hatte sich jedoch eilig davongemacht, denn er fürchtete seine Kollegen im Hohen Rat. »Haltet euch verborgen«, hatte er den Trauernden geraten. »Man weiß nicht, wer ihr seid – noch nicht. Aber meistens bringt man die Jünger gemeinsam mit ihrem Herrn zur Strecke.«

Kein Wunder, dass Petrus geleugnet hat, Jesus zu kennen,

dachte Maria, kein Wunder, dass die anderen weggelaufen sind. Johannes ist ein tapferer Mann.

Johannes kümmerte sich um die anderen; er sorgte dafür, dass sie sich niederließen, und versuchte sie zu trösten. Jesu Mutter führte er zu einem Diwan, wo sie sich hinlegen konnte. Dann fragte er Johanna und Susanna, ob sie etwas zu essen auftragen könnten, falls etwas im Hause wäre – er tat alles, was man mit einer Schar verwundeter Überlebender im Krieg tut. Aber überall begegnete er versteinertem Schweigen, hängenden Schultern und ausdruckslosen Gesichtern. Alle waren von der Trauer gelähmt.

»Wir brauchen Licht.« Er ging im Zimmer umher und zündete Öllampen an, denn es war Nacht geworden; das einzige Licht spendete der fast volle Mond, der inzwischen aufgegangen war.

»Wir dürfen am Sabbat kein Licht anzünden«, sagte Maria mechanisch. »Das hätten wir vor Sonnenuntergang tun müssen.«

»Der Sabbat kümmert mich nicht.« Johannes sprach die ketzerischen Worte in aller Ruhe aus. »Der Sabbat kümmert mich nicht mehr.« Er hielt einen brennenden Halm über einen Docht und senkte ihn mit Bedacht. Die Flamme sprang über, und Licht erfüllte den dunklen Winkel. »Ich will sagen, die Vorschriften, die ihn regeln, kümmern mich nicht mehr. Jesus hat gesagt, der Sabbat ist für den Menschen gemacht, nicht der Mensch für den Sabbat. Und ich kann nicht glauben, dass Mose wollte, dass wir hier stundenlang im Dunkeln sitzen, nachdem unser liebster Verwandter gestorben ist, auch wenn er in einem Augenblick gestorben ist, der mit dem Sabbat in Konflikt gerät.«

»Deshalb wollten sie die Kreuzigungen zu Ende bringen«, sagte Johanna schließlich. »Die Soldaten haben die Männer umgebracht, damit man den Sabbat besser einhalten kann.«

Der Sabbat, der ihr Leben unerbittlich im Griff gehabt hatte … Jesus hatte am Sabbat geheilt und gearbeitet. Wie sollten sie nun zu den alten Bräuchen zurückkehren? Am Ende war das sogar der Grund, aus dem sie ihn getötet hatten: Zu viele Menschen empfanden es genauso, zu viele Menschen lösten sich von den Zwängen, zu viele Leute waren ihm tanzend gefolgt. Der eiserne Griff der religiösen Herrschaftsschicht und des Sabbat, in dessen Namen sie herrschte, drohte zu zerbrechen. Und das hatte nicht geschehen dürfen.

»Ich werde auch ein Licht anzünden.« Maria stand auf und nahm Johannes den brennenden Halm ab. Ihre Blicke trafen sich in gemeinsamem Trotz. Sie bückte sich und zündete eine Lampe an, sodass es im Zimmer mehr als doppelt so hell wurde.

»Hier.« Sie reichte Johanna den Halm, und diese zündete ein weiteres Licht an. Josephs Zimmer war mit Lampen im Überfluss ausgestattet.

Einer nach dem anderen erhob sich und zündete eine Lampe an, und das Zimmer weitete sich im Licht.

Als sie schließlich schlafen oder wenigstens ruhen wollten – was immer ihnen in dieser Nacht gewährt werden mochte –, löschten sie die Lampen und brachen damit eine weitere Sabbatregel. Im Dunkeln legten sie sich nieder, und jeder sprach für sich mit Gott.

Maria lag neben Jesu Mutter auf ihrem harten schmalen Bett und wartete, bis alles still war, ehe sie sich Gott zu Füßen warf.

Sie lag starr da und sandte mit geballten Fäusten Gedanken und Gefühle zum Himmel und betete, dass sie Aufnahme finden mochten. Irgendwann im Laufe der Nacht zog die Barmherzigkeit einen Schleier über ihren Geist und ließ ihn im Schlaf versinken. Träume oder Antworten kamen nicht, aber für kurze Zeit entrann sie der Qual, die die Welt für sie geworden war.

Das Tageslicht verdrängte die Dunkelheit. Der Sabbat lag vor ihnen, die lange Zeit der Untätigkeit und der Verbote. Aber damit war es nun vorbei. Diese Zeit ist mit Jesus gestorben, dachte Maria, als sie aufwachte und das fahle Licht sah, das sich ins Zimmer stahl, und sich an alles erinnerte.

Wir haben viel zu tun. Ich muss die richtigen Salböle kaufen, und wir werden etwas zu essen brauchen, bald jedenfalls. Wir haben nichts mehr zu uns genommen, seit … seit wir mit Jesus beim Abendmahl saßen.

Sein Tod, sein Verlust traf sie wie ein Schlag, und einen Augenblick war sie wie gelähmt, als der Schmerz sie durchflutete, heller und stärker als das Sonnenlicht.

Ich ertrage es nicht. Ich kann nicht. Ich kann nicht weiter.

Lange lag sie so da. Dann hörte sie, dass die anderen sich regten, hörte Jesu Mutter im Bett neben sich atmen.

Wenn ich mich um sie gekümmert habe … Wenn ich Jesus gesalbt habe, wie er gesalbt werden sollte, wenn ich gesehen habe, dass sie alle nach Galiläa zurückkehren und zu ihren früheren Tätigkeiten zurückgekehrt sind – fischen, studieren, Steuern einnehmen –, dann kann ich mir immer noch überlegen, was ich tun soll, aber jetzt …

Mit ungeahnter Kraft stemmte sie sich aus dem Bett. Ihre Beine zitterten nicht; die neue Mission verlieh ihnen Stärke: Vollende, was jetzt vor dir liegt, bringe es gut zu Ende, und dann …

Die ältere Maria schlief noch. Maria beugte sich über sie und betrachtete ihr Gesicht; bei aller Trauer, bei aller Qual war es immer noch friedlich und irgendwie schön.

Dieses Gesicht, diese Ruhe, hat mir stets Kraft gegeben, dachte Maria. Aber jetzt ist alles auf den Kopf gestellt, und es ist meine Aufgabe, ihr Kraft zu geben.

Sie verließ die Schlafkammer und begab sich in das große Zimmer. Dort waren Leute – woher waren sie gekommen? Eine große, vermummte Gestalt lag zusammengesunken in einer Ecke. Auf Zehenspitzen ging Maria hinüber und lüftete den Mantel.

Petrus!

Sie war so erschrocken, dass sie beinahe aufgeschrien hätte. Wie hatte er sie hier gefunden?

Die zweite zusammengekauerte Gestalt – das war Simon. Und da – da war Thomas.

Wieso kamen sie alle zurück? Was hatte sie hergeführt?

Johannes war schon auf den Beinen und kümmerte sich um die notwendigen Kleinigkeiten.

»Johannes«, sagte sie, »wie haben sie uns hier gefunden?«

»Sie müssen gewusst haben, wo wir sind. Sie sind im Laufe der Nacht eingetroffen, einer nach dem anderen. Vielleicht hat Joseph sie auf irgendeine Weise benachrichtigt.« Er schwieg kurz. »Anscheinend sind sie erleichtert, hier zu sein.«

»Was tun wir jetzt?« Maria fühlte sich seltsam frisch und tatkräftig.

Johannes überlegte lange, ehe er antwortete. »Wir müssen abwarten. Man wird uns jagen, wie Joseph es prophezeit hat, aber wahrscheinlich nur kurz. Wir werden kein Aufsehen erregen, wir werden unsichtbar bleiben. Die Behörden haben keinen Anlass zur Besorgnis mehr.«

»Warum sagst du das?« Sie umklammerte seinen Arm.

»Jesus ist fort«, sagte er. »Und es wird nie einen anderen Jesus geben. Niemand kann so predigen wie er, niemand kann so heilen wie er, niemand kann – nun, eben alles das tun, was er getan hat.«

»Aber Johannes – wir waren doch zusammen auf unserer Mission. Jesus hat uns ausgesandt. Und du weißt, dass auch wir durch irgendeine geheimnisvolle Macht Kranke geheilt haben. Wir *haben* zu den Menschen gepredigt. Ich habe Susanna geheilt!«

»Aber niemand kann sprechen wie er. Wir haben doch nur wiederholt, was er gesagt hat. Wir hatten nichts Eigenes zu sagen.« Er sprach leise.

»Vielleicht genügt es zu wiederholen, was er gesagt hat.«

»Aber die Leute haben ihm Fragen gestellt, und er konnte jede einzelne beantworten. Das können wir nicht, denn wir haben nicht seine Weisheit. Und wir können ihn nicht einfach nur zitieren. Dann wären wir wie die Pharisäer, die immer nur ihre Lehrer zitieren.« Er schüttelte den Kopf.

»Jesus hat gesagt, wir sollen uns an die Menschen wenden, wie er es getan hat. Die Missionen waren nur der Beginn unseres Lehrens. Denn sonst – ja, sonst würde alles mit ihm zusammen untergehen. Ich glaube nicht ... Ich glaube nicht, dass er das gewollt hat. Ich glaube, nur darum ging es bei unserer Mission – so ungeschickt und unerfahren wir da auch waren.«

»Ungeschickt und unerfahren waren wir allerdings.« Johannes nickte.

»Aber wir sind ... anders als er«, erwiderte Maria. »Er hat damit gerechnet, dass wir unbeholfen und nervös sein würden. Er hat uns deshalb nicht verurteilt.« Sie wartete, dass er etwas sagte. Als er schwieg, fuhr sie fort: »Er wusste, dass wir es lernen würden. Er wusste, wir würden es fortführen können.«

»Aber er hat sich geirrt«, sagte Johannes. »Es ist alles vorüber. Es gibt nichts fortzuführen.«

Petrus, Simon und Thomas regten sich. Petrus stand auf und

schaute blinzelnd umher. »Meine Freunde«, sagte er, »ich bin so froh, wieder bei euch zu sein …« Er brach ab, verbarg das Gesicht in der Armbeuge und fing an zu weinen. »Ich danke Gott, wenn ihr mich wieder in eure Gemeinschaft aufnehmt. Ich habe ihn verraten … Ich habe gesagt, ich kenne ihn nicht …« Ein heftiges Schluchzen schüttelte ihn.

»Ich weiß«, sagte Johannes.

»O Gott!«

»Du warst überrascht, aber Jesus war es nicht«, sagte Johannes. »Er hat es vorhergesagt.«

»Es ist unverzeihlich«, schluchzte Petrus.

»Jesus hat dir schon verziehen«, erklärte Johannes. »Du musst es nur annehmen.«

»Das kann ich nicht.«

»Dann verrätst du ihn noch einmal.« Johannes schaute ihn streng an. »Er ist an einem römischen Kreuz gestorben, wie Kaiphas und seine Leute es wollten. Es ist alles so gekommen, wie sie es bestimmt haben. Sie haben Jesus besiegt, sie haben ihn zum Schweigen gebracht und hingerichtet. Du weißt doch, was geschehen ist?«

»Ich … Ich habe es gehört. Aber nicht in allen Einzelheiten.« Petrus sank auf einen Schemel. »Ich glaube nicht, dass ich es ertragen kann.«

»Als ihr verschwunden wart«, sagte Maria, bemüht, mit fester Stimme zu sprechen, »und als die Verhandlung vor dem Hohen Rat vorbei war, haben sie ihn zu Pilatus gebracht.« Sie musste kurz innehalten, um sich zu fassen. »Pilatus war so grausam, wie man es immer erzählt. Er hat ihnen einfach nachgegeben – dem Geschrei des Pöbels, obwohl er noch wenige Augenblicke zuvor erklärt hatte, Jesus sei nicht schuldig …«

»Nein!« Petrus erhob sich schwankend. »Pilatus wollte ihn freilassen?«

»Das Volk hat Pilatus überwältigt – mit Worten, meine ich –, es hat ihm gedroht. Er bekam Angst …« Maria schüttelte den Kopf. Sie konnte nicht weitersprechen.

»Pilatus hat ihnen nachgegeben«, sagte Johannes. »Also wurde Jesus hingerichtet oberhalb eines trostlosen Steinbruchs, der Schädelstätte heißt. Nun liegt er tot in einer Gruft, dank der

Güte desselben reichen Mannes, der sie und auch dieses Haus zur Verfügung gestellt hat.«

Maria bemerkte, dass Petrus bei jeder neuen Enthüllung zusammenzuckte. Er war geflohen wie ein Feigling. Seine inbrünstigen Vorsätze hatten ihn nicht daran gehindert, die eigene Haut in Sicherheit zu bringen.

»O Herr, verzeih mir!« Petrus krümmte sich schluchzend.

Thomas sagte nichts, und Simon war so entsetzt über die Hinrichtung von Jesus und Dismas, dass er immer nur wiederholen konnte: »Aber der eine war unschuldig und der andere nicht. Haben sie das nicht eingesehen?« Die Freilassung des Barabbas versetzte ihn in Raserei. »Barabbas haben sie laufen lassen. Dabei war er ein Mörder. Ein Staatsfeind. Aber das hat Pilatus nicht gekümmert. Jesus hat niemanden getötet. Das bedeutet, dass seine Botschaft falsch war. Er hat gesagt, wer das Schwert ergreift, wird durch das Schwert umkommen, aber das genaue Gegenteil ist eingetreten.«

Das ist die Frage, mit der wir alle zu ringen haben, dachte Maria. Es passte zu Simon, dass er es so unverblümt aussprach: Jesus hatte sich geirrt. Er hatte Simon aufgefordert, der Gewalt zu entsagen, doch dann hatte man den Mörder Barabbas freigelassen und an seiner Stelle Jesus hingerichtet, der nie jemandem ein Haar gekrümmt hatte. Jesus hatte das Ende dieses Zeitalters prophezeit, aber die Sonne ging auf, und der Mond schien wie immer. Jesus hatte sich geirrt. Und wenn er sich in diesen Dingen geirrt hatte, was stimmte dann noch? Er hat gesagt, er wird immer bei uns sein, und jetzt ist er fort!

Vielleicht war es töricht von uns, ihm zu folgen. Es ist alles vorbei.

Eines bleibt noch zu tun: Ich muss ihn salben, dachte Maria. Denn ich liebe ihn noch immer. Wenn Sonnenuntergang und Finsternis zum zweiten Mal vergangen sind. Und dann ist es wirklich zu Ende.

LVI

In den Straßen von Jerusalem war es still. Der Festtagstrubel war vorüber. Die Märkte waren am Sabbat geschlossen, die Stände verrammelt, die Planen abgenommen.

Mit ihrer seltsam geschärften Wahrnehmung betrachtete Maria aufmerksam die Häuser im reichen Teil der Stadt; sie sah die gemeißelten Steinfassaden und die schweren Holzläden und fragte sich, was so etwas kosten mochte. Und dann fragte sie sich, wieso sie das kümmerte. Nichts davon war mehr wichtig. In Begleitung von Johannes eilte sie an den Häusern vorbei, auch an Pilatus' Palast, zum Stadttor hinaus und den Weg zurück, den sie am Tag zuvor eingeschlagen hatten. Am Palast war alles ruhig gewesen; nur ein paar Soldaten hatten dort Wache gestanden. Die Pflastersteine des Hofes waren sauber. Kein Blut, keine Spur von dem, was dort gestern passiert war.

Vor den Stadtmauern folgten sie dem Weg der Verurteilten in das felsige Gelände. Sie hatten den Zwang verspürt, zurückzukehren, diesen Weg noch einmal zu gehen, als könne das ihre Trauer erleichtern oder sie Jesus näher bringen. Sie folgten seinen Spuren, um an seinem Weg teilzuhaben, wie sie es bei dem eigentlichen Geschehen nicht vermocht hatten.

Es war ein trüber Tag. Der Himmel war bedeckt. Der strahlende, spöttische Sonnenschein des vergangenen Tages hatte sich verflüchtigt, als wisse er jetzt, wie unpassend er war. Ein kalter Wind peitschte das offene Gelände, das sie mit gesenktem Kopf durchquerten. Sie schwiegen in ihrer Trauer, teilten sie aber dennoch miteinander.

Bald hatten sie die Richtstätte erreicht. Vor ihnen erhoben sich die drei Kreuzpfähle. Sie waren leer und warteten auf die nächsten Opfer.

Maria blieb stehen. »Ich – ich kann es doch nicht sehen«, sagte sie leise. »Noch nicht.« Sie wandte den Kopf ab. Johannes blieb neben ihr stehen.

Jenseits der trostlosen, steinigen Ebene sah sie den Grat, hinter den sie sich nach ihrem törichten Befreiungsversuch geflüchtet hatte. »Ich … Lass uns dort hinübergehen.« Sie wollte sich in die Einsamkeit zurückziehen, sich dem Anblick der hässlichen

Kreuze entziehen und ihren Mut sammeln, ehe sie noch einmal darauf zuging.

Gemeinsam wanderten sie dem Hügelkamm entgegen. Sie erinnerte sich genau daran, wie sie gerannt war, wie sie gekeucht hatte, wie ihre Füße auf dem losen Gestein ausgerutscht waren. Aber da – oh, könnte sie doch noch einmal zurück! –, da hatte Jesus noch gelebt, und sie hätte nur den Kopf wenden müssen, um ihn zu sehen. Als sie jetzt zurückschaute, sah sie nichts als Leere – einen Weg, der verlassen dalag.

Sie stiegen den Hügel hinauf wie schon einmal, nur langsamer, und überquerten ihn. Dahinter lag der Obstgarten, der ihr so fehl am Platze erschienen war. Diesen Garten hatte sie nicht betreten. Hier war sie stehen geblieben, hatte das Geschrei der Menge gehört und gewusst, dass sie nicht fortlaufen konnte.

Im stumpfen Licht waren die Bäume dort unten von Dunst verschleiert. Sie war noch nicht bereit, nach Golgatha, zur Schädelstätte, zurückzukehren. Erst wollte sie ein Weilchen in dem Garten rasten. Sie stiegen hinab und näherten sich den Baumreihen. Neues Laub schimmerte an den Ästen, die sich im Wind wiegten.

Ein Ast bewegte sich nicht, aber etwas, das daran hing, tat es doch …

Maria schrie leise auf, als sie das dunkle Bündel erblickte, das dort baumelte, und sie wusste sofort, dass es kein Bündel war, kein Sack, sondern etwas Längeres, Schwereres, etwas mit einem Kopf, mit Armen und Beinen, die schlaff herabhingen und sich langsam im Wind drehte …

»Bleib hier!«, sagte Johannes. Vorsichtig näherte er sich dem Baum, als befürchte er, das Bündel zu erschrecken.

»O Gott!«, rief er dann. »O Gott!«

Maria schlug seine Worte in den Wind und rannte zu ihm, vorbei an den anderen Bäumen. Als sie bei ihm war, nahm sie seine Hand.

»O Gott!«, sagte er immer noch. Die Gestalt, die da am Baum hing, drehte sich weiter, und Maria erkannte das schwärzlich aufgedunsene Gesicht. Judas.

Der Schrei blieb ihr in der Kehle stecken. Sie starrte ihn an. Seine Augen hatten die Vögel schon ausgehackt. Eine rote, geschwollene Zunge hing aus dem erschlafften Mund, und der Kopf war so weit zur Seite geknickt, dass er auf der Schulter ruhte. Judas verströmte einen fauligen Geruch, der noch stärker wurde, als der Wind auffrischte. Würgend wandte sie sich ab.

Er hatte sich umgebracht, weil er Jesus verraten hatte! Als könnte er ihn damit zurückholen!

»Zu spät, zu spät!«, schrie sie ihn an. »Du bist nutzlos, nutzlos, deine Reue ist nutzlos, so nutzlos wie dein ganzes Leben!« Ihr Hass war immer noch lebendig; sein Tod verringerte ihn um keinen Deut. »Ich bin froh, dass du nicht bereut hast, ich bin froh, dass du ihm nicht nach Golgatha gefolgt bist. Hättest du es getan, so hätte er dir verziehen, und dir darf nicht verziehen werden, niemals darf dir verziehen werden, in Ewigkeit nicht, in Ewigkeit!«

»Maria!« Johannes war entsetzt.

»Du weißt nicht, was er war, du verstehst es nicht, er war schlimmer als ein Besessener, er hat es verdient, ohne Vergebung unterzugehen. Hat Jesus ihn nicht den Sohn des Verderbens genannt? Er hat gesagt, Judas sei zum Untergang verurteilt …«

Knarrend drehte sich der Strick mit seiner Last, und die leblosen Füße baumelten dicht über dem Boden.

»Das ist der einzige Friede, den du je finden wirst – den Frieden des Gehängten am Strick!«, schrie sie. »Und Johannes – da ist der Geldbeutel, wir sollten ihn nehmen, es ist unser Geld, er hat es verwaltet, und jetzt brauchen wir es und …«

»Nein«, sagte Johannes streng. »Lass ihn und sein Geld! Willst du es wirklich anfassen?«

»Nein.« Sie fing an zu schluchzen. »Nein!«

»Dann komm! Dieser Ort des Todes ist schlimmer als Golgatha.« Er führte sie davon. Der Baum hinter ihnen ächzte leise unter seiner Last.

Einige Augenblicke später standen sie vor dem mittleren Kreuz. Alles war grau und still; nur der Wind pfiff durch das niedrige Gras. So viel Lärm und Schmerz noch gestern – und nun diese Stille. Als sei das Grauen im Nichts verschwunden. Sie knieten nieder und beteten, und Maria flüsterte: »Das Böse scheint verschwunden zu sein, aber ich weiß nicht, wohin. Oder wie.«

In den Räumen des geliehenen Hauses wanderten die Leute umher, langsam wie verstörte Tiere. Während Marias und Johannes' Abwesenheit waren weitere Jünger erschienen, aber ihre Augen blickten leer und gehetzt. Sie flüsterten nur miteinander, als hätten sie Angst, dass jemand sie hören könnte. Immer wieder spähten die Männer nervös zum Fenster hinaus. Doch in den Straßen herrschte Sabbatstille.

Maria und Johannes standen nebeneinander, als Johannes erklärte: »Freunde, wir müssen euch berichten, was wir gesehen haben. Judas ist tot. Er hat sich erhängt.«

Die anderen schrien vor Schreck und Schmerz auf. Sie hatten über Judas nicht Bescheid gewusst, jedenfalls nicht vollständig. Maria drängte es danach, es ihnen zu erzählen, ihn vor allen zu entlarven. Aber etwas hinderte sie daran, und sie brachte es nicht über sich. Ihr glühender Hass schien zu schwinden; der Besuch auf Golgatha hatte ihn besänftigt.

»Lasst uns für ihn beten.« Petrus erhob sich. Maria stand schweigend da, während die anderen beteten.

»Wir müssen – wir müssen für heute Abend etwas zu essen kaufen«, sagte sie, als sie fertig waren. »Und Kräuter … damit wir Jesus später salben können.«

Jesu Mutter, die im Schatten am anderen Ende des Zimmers saß, sagte mit leiser Stimme: »Wir wollen nichts essen.«

»Ich weiß, aber wir müssen uns dazu zwingen.« Ringsum sanken die mutlosen, matten Jünger zu Boden, wo sie gerade standen, und ließen die Köpfe hängen. »Jesus würde es so wollen.« Woher sie das wusste, konnte Maria nicht sagen. Es war, als stehe er neben ihr.

Als das Tageslicht schwand, begann auf den Märkten wieder das Geschäft, und plötzlich waren Scharen von Menschen unterwegs, um eifrig einzukaufen. Maria und Johannes machten sich auf, um Speisen und Kräuter zu besorgen, und unterwegs sprachen sie über das, was sie im Garten gesehen hatten.

»Judas' Vater wohnt in der Nähe von Jerusalem«, sagte Johannes. »Sollte es ihm nicht jemand mitteilen? Wir wissen doch, wie er heißt. Ischariot.«

»Wenn wir alles andere getan haben«, antwortete Maria.

Was schuldeten sie Judas und seiner Familie? Was hätte Jesus ihnen aufgetragen? Sie wusste es nicht. Besser gesagt, sie wusste es doch. Aber sie wollte es nicht tun. Judas konnte warten. Sie hatte jetzt andere, wichtigere Dinge zu erledigen.

Brot, Wein, Käse, Linsen, grüne Zwiebeln, Lauch, Feigenpaste – es würde ein einfaches Mahl werden. Aber nahrhaft. Und genau das brauchten sie jetzt: einfache Nahrung.

Sie verzichteten auf Tische und setzten sich auf den harten Boden, um ihre Trauer zu begehen. Sie bildeten ein Oval, in dem es kein Oben und kein Unten gab: Sie waren alle gleich. Alle Jünger außer Judas waren wieder zusammen, aber der schwebte über ihnen, größer als jeder Einzelne von ihnen. Und auch der andere, der nicht anwesend war – ihr Gastgeber Joseph von Arimathia –, schien auf geheimnisvolle Weise doch bei ihnen zu sein.

Brot wurde im Korb herumgereicht, und einer nach dem anderen brach sich ein Stück ab. Sie füllten ihre Schüsseln mit gedünsteten Linsen, nahmen sich frisches Gemüse und Ziegenkäse. Als Letztes machte ein Krug Wein die Runde.

Es war Zeit für den Segensspruch. Ein Mahl, vor allem ein Mahl am Ende des Sabbat, erforderte einen Segensspruch. Aber Totenstille lag auf ihnen wie eine Wolldecke. Ihnen fehlte die Kraft, einen Segen zu sprechen. Einen Segen? Gott hatte sie verlassen. Er hatte Jesus in seiner schlimmsten Stunde im Stich gelassen, und seine Jünger waren nun genauso allein. Gott hatte sie alle angeschaut und die Achseln gezuckt – oder, schlimmer noch, sie verspottet.

Voller Ehrfurcht hob Petrus sein Brot mit beiden Händen in die Höhe. »Unser Meister hat gesagt, das ist sein Leib«, begann er langsam. »Er hat gesagt, dies ist das Brot des neuen Bundes.« Er drehte es langsam hin und her. »Ich verstehe es nicht, aber er hat es gesagt. Und er hat gesagt, wir müssen seiner gedenken, wenn wir es essen.«

Der Lampenschein auf dem Brot – ganz so wie das Licht an dem Abend, da Jesus es in die Höhe gehalten hatte, durchfuhr es Maria. Fast sah sie seine Hände vor sich – kräftig und sonnengebräunt –, wie sie das Brot hielten, nicht die dicken, stumpfen Finger von Petrus.

»Das ist mein Leib«, hatte er gesagt. »Das ist mein Leib.«

Gemeinsam führten sie das Brot zum Mund. Im selben Augenblick war Jesus bei ihnen. Das Brot war kein Brot mehr, sondern ein Teil von ihm.

Aber Jesus liegt tot in seinem Felsengrab, dachte Maria. In dem Grab, das ich morgen aufsuchen muss.

Alle kauten mit verwirrten Mienen auf dem Brot. Demnach fühlten sie es alle.

Der Rest des kärglichen Mahls nahm seinen Fortgang, und dann wurden die Becher erhoben. Johannes sagte: »›Das ist mein Blut des neuen Bundes, welches vergossen wird für viele zur Vergebung der Sünden. Sooft ihr davon trinkt, werdet ihr meinen Tod begehen.‹ Das hat er uns gesagt.« Langsam und nachdenklich hoben alle die Becher an die Lippen und tranken.

Indem er diese Worte sprach, hatte Jesus ihnen versichert, dass er bei jedem Mahl bei ihnen sein würde, solange sie lebten. An diesem Abend war er gewiss bei ihnen. Der Wein, dunkel und stark, erschien ihnen wahrhaftig wie Blut.

»Wir sind … Wir sind immer noch hier«, sagte Petrus. »Und wir müssen beisammen bleiben. Wir dürfen es niemals vergessen.«

»Aber ohne Jesus …« Thomas erhob klagend die Stimme. »Was sollen wir denn zusammen tun? Er hat von Liebe und vom Dienen gesprochen, aber er muss das gemeint haben, was jeder für sich tun soll. Es hat doch keinen Sinn, dass wir noch länger als Gemeinschaft umherziehen. Wir müssen nach Hause zurückkehren, wo wir unsere Erinnerungen an Jesus verbreiten können.«

»Erinnerungen verblassen«, widersprach Johannes überraschend nachdrücklich. »Ich glaube nicht, dass Jesus Erinnerungen im Sinn hatte.«

»Was kann es sonst geben?«, fragte Petrus. »Etwas anderes haben wir nicht. Und er hat nicht einmal irgendetwas aufgeschrieben! Wir sind bei allem, was er gesagt hat, auf das angewiesen, was wir verstanden haben.«

»Ich habe manches aufgeschrieben«, sagte Thomas. »Aber natürlich nicht alles.«

»Es ist vorbei. Vorbei«, sagte Petrus. »Wir werden uns seiner immer erinnern und ihn in Ehren halten. Vielleicht können wir uns einmal im Jahr zu einem Mahl treffen, das Brot brechen und den Wein trinken und über ihn sprechen. Aber ...« Er nahm noch einen kleinen Schluck aus seinem Becher.

Draußen wurde es immer dunkler. Der Kreis war unvollständig, da Jesus fehlte, aber irgendwie war er trotzdem anwesend, trotz allem, was Petrus sagte. Warum konnte Petrus das nicht sehen, nicht spüren? Maria starrte ihr Brot an. Hatte Jesus mit den Worten, die er bei ihrem letzten Mahl über das Brot gesprochen hatte, es vielleicht auf eine Weise verändert, die Bestand haben würde, wann immer in seinem Namen Brot gereicht wurde? Das Brot war verwandelt. Fast wollte sie den Rest nicht essen, doch sie wusste, dass er es so wollte. Langsam hob sie es zum Mund und aß weiter. Sie konnte Jesus an ihrer Seite sehen. Warum vermochten die anderen das nicht?

Plötzlich fühlte sie sich sicher und behütet. Alle hatten sie Angst, aber diese seltsame kleine Zeremonie – ja, sie hatte Jesus wieder in ihre Mitte gebracht, wenn auch nur für einen Augenblick. Es würde wieder vergehen wie alle Visionen und Entrückungen, aber wenn man es festhalten, wenn man daraus Kraft gewinnen könnte, dann ...

Das Leuchten in Mosis Antlitz, als er mit Gott gesprochen hatte, war wieder verblasst. Die Glorie des Herrn über dem neu erbauten Tempel Salomos war geschwunden. Die seltsame Eindringlichkeit Jesu im regennassen Zelt, nachdem sie ihm von ihrer Verklärungsvision erzählt hatte, war vorübergegangen. Aber deshalb war das alles nicht weniger real.

Warum lässt Gott uns diese Dinge nicht behalten?, klagte sie bei sich. Wenn wir sie nur sehen und ergreifen, wenn wir nur zu ihnen zurückkehren könnten, wann immer wir uns schwach fühlen – dann würden wir nicht straucheln. Warum nimmt Gott sie uns weg?

Sie starrte auf ihren Becher. Ein wenig Wein war noch darin. Der Jesus-Wein, der ihn unter ihnen anwesend sein ließ.

»Ich werde von nun an nicht mehr von dieser Frucht des Weinstocks trinken bis an den Tag, da ich sie neu trinken werde mit euch im Reich meines Vaters.« Das hatte er gesagt. Aber er würde nie wieder etwas trinken.

»Wir müssen ruhen«, sagte Petrus, und alle stimmten ihm zu.

Gewissenhaft stellten sie das Geschirr zusammen, sammelten die Essensreste ein, den übrig gebliebenen Wein und das Brot.

Und dann war es vorüber, und Jesus verschwand aus ihrer Mitte. Doch sie hatten ihn gesehen.

Sie schliefen – oder versuchten es. Alle Lichter waren gelöscht, und alle hatten sich niedergelegt. In der Stille hörte Maria ersticktes Weinen; einige wälzten sich hin und her, und ihre Seufzer klangen fast wie Stöhnen.

Sowie der Morgen dämmert, werde ich zum Grab gehen, nahm Maria sich vor. Ich könnte sofort gehen, aber …

Die Vorstellung, im Stockdunkeln den Weg durch das steinige Gelände zu suchen, war furchterregend. Und die Gruft selbst – sich ihr im Finstern zu nähern wäre schrecklich.

An Marias Bett standen drei kleine Krüge mit Salbölen: äthiopische Myrrhe, Galbanum, ein wachsartiges, süßes Harz aus Syrien, und – das teuerste von allen – duftendes Lavendelöl in einer Salbe aus Indien. So etwas war schwer aufzutreiben, selbst auf dem großen Markt von Jerusalem, und es war so kostspielig, dass sie kleinere Krüge hatte kaufen müssen, als ihr lieb war, aber sie konnte von Glück sagen, dass sie es überhaupt gefunden hatte.

Wie langsam diese Nacht vorüberging! Maria brannte darauf, sich auf den Weg zu machen. Etwas wie ein Fieber hatte sie ergriffen und drängte sie, diese letzte Aufgabe eilends zu erfüllen. Sie wollte damit anfangen, wollte es hinter sich bringen.

Schlief sie? Träumte sie? Sie wusste es nicht; alles war so verworren, seit Jesus tot war, auch ihre Gedanken. Die ersten Hähne krähten, aber bis zum Morgengrauen konnte es noch eine ganze Weile dauern. Sie krähten wieder, und dann rumpelte irgendwo kaum hörbar ein Karren über eine Straße. Das war das Zeichen: Der neue Tag hatte begonnen.

Leise stand Maria auf und zog sich die Schuhe an. Sie hatte in ihren Kleidern geschlafen, sodass sie jetzt keinen unnötigen Lärm verursachte, der die anderen geweckt hätte. Sie legte den Mantel an, der säuberlich gefaltet am Fußende gelegen hatte, und nahm die drei kleinen Krüge. In der Tür drehte sie sich noch einmal um und warf einen Blick in das dunkle Zimmer.

Ich liebe euch, jeden Einzelnen, sagte sie im Stillen zu ihnen.

In der Stadt war es noch ruhig; der Karren, den sie gehört hatte, war offenbar als Einziger unterwegs. Es war kalt und der Himmel großzügig mit Sternen übersät. Der abnehmende Mond war noch da; er würde erst am Vormittag untergehen.

Doch sie hörte den Chor der Vögel in den Bäumen hinter der Stadtmauer singen. Aber natürlich: Der Frühling war in der Welt, die Zeit, in der sie ihre Gefährten wählten und ihre Nester bauten – auch wenn es für die Jünger eine Verhöhnung bedeutete. Das überschwängliche Trillern und Zwitschern drang durch die verwehende Nacht und begleitete Maria.

Die hellen Felsen, die das verblassende Mondlicht zurückwarfen, halfen ihr, den Weg zu finden. Sie war erleichtert darüber, dass niemand sie hatte begleiten wollen; sie hatte allerdings auch eher zurückhaltend dazu eingeladen, denn sie fürchtete die Gesellschaft – vor allem die von Jesu Mutter.

Maria war schon fast bei den Gräbern, als ihr der Stein einfiel, der den Eingang verschloss. Er war groß und schwer. Sie hatte sich vorgestellt, wie er die Gruft verfinsterte, sein Gewicht war ihr jedoch nicht in den Sinn gekommen.

Ich kann es, sagte sie sich. Ich kann ihn bewegen. Er liegt ja noch nicht lange an seinem Platz; er wird sich noch nicht gesetzt haben. Ich bin stark. Wenn ich ihn beiseite schieben will, werde ich es auch schaffen. Und ich will es.

Als sie den Garten hinter dem Hügel gewahrte, war das frische Grün auch im Zwielicht deutlich zu erkennen. Der Weg hierher war öde, uneben und steinig gewesen. Und plötzlich sah sie einen Grasteppich vor sich, blühende Obstbäume, sauber gepflegte Rosenbeete vor der Felswand mit den Grabkammern, als werfe sie einen Blick in den Garten Eden. Auch andere Blumen wuchsen dort, die sie noch nicht erkennen konnte. Eine Steinbank stand unter einem blühenden Mandelbaum.

Maria ließ sich darauf nieder und stellte die Salbenkrüge zu ihren Füßen ab, um auf das Morgenlicht zu warten. Sie empfand nur Dankbarkeit, weil sie hier sein durfte, in Jesu Nähe, in diesem schönen Garten. Sie senkte den Kopf und betete für Jesus, wo immer sein Geist sein mochte, für die Jünger und die Familie, die er ratlos und gramgebeugt hinterlassen hatte. Sie betete auch für sich selbst: Sie bat um den Mut, die Gruft zu betreten, sie betete für Elischeba und darum, dass sie einander irgendwann wiedersehen würden, dass ihr selbst dann verziehen sein und ihrem Kind ein gesegnetes Leben gewährt werden würde.

Gesegnet über das hinaus, was ich ihr bieten könnte, dachte Maria. Ich weiß nicht, wo oder wie ich leben kann. Ich bin einem Herrn gefolgt, der zum Verbrecher erklärt worden ist; vielleicht ist sogar mein Leben in Gefahr. Ich kann ihr noch immer keine richtige Mutter sein. Noch nicht.

Ach, Elischeba! Ich muss dich Gott anheim geben, mehr denn je. Ich gebe dich in seine Obhut, vertraue dich ihm an vor allen Menschen.

Aber Jesus hatte auf Gott vertraut und war am Kreuz gestorben. Gott hatte Jesus im Stich gelassen, hatte ihn beschämt aufschreien lassen, während das Volk höhnte: »Soll doch Gott ihn retten!«, und lachte, als nichts geschah.

Doch zugleich war es so, als habe Jesus das alles gewollt, alles so geplant. Noch gestern Abend war er bei uns … oder nicht? War es nur die Erinnerung? Er hat gesagt, mit ihm werde das Königreich anbrechen, aber es ist nicht geschehen. Es sei denn, er hat etwas anderes gemeint und wir verstehen es noch nicht.

Ich habe auf Jesus vertraut, aber er konnte nicht bestehen gegen … *dies hier*.

Das Grab winkte.

Sie stand auf und betrachtete die Mandelbäume, die die Grabstätte abschirmten; weiß und voll prangten die Blüten an den Zweigen. Die Blumenbeete konnte sie nun besser erkennen; sie sah jetzt, dass dort violette und gelbe Krokusse wuchsen und Narzissen mit ihren fröhlichen goldenen Blüten. Die weißen Lilien an den Rändern hatten sich noch nicht geöffnet; die schweren Knospen senkten sich unter dem Tau. Zwei Tauben flogen über ihr und riefen einander.

Wenn ich noch länger warte, werde ich Angst bekommen, dachte sie. Aber ich muss ihn salben.

Sie näherte sich der Felswand. Erst als sie dicht davor stand, entdeckte sie, dass der Stein bereits zur Seite gerollt worden war. Die Tür zum Grab war offen. Dunkel gähnte der Eingang.

Ihr Herz klopfte.

Der Stein ist fort! Das kann nicht sein. Gewiss irre ich mich. Ist es das falsche Grab? Habe ich den Weg nicht gefunden?

Wenn ich mich verirrt habe – wie, oh, wie soll ich dann das Grab je wieder finden? Ich muss ihn suchen!

Aber die Steinbank mit den gemeißelten Verzierungen war doch dieselbe gewesen. Dies *war* das Grab!

Grabräuber! Sie schlug sich die Hand vor den Mund. Daran hatte sie nicht gedacht. Das war die Grabstätte eines reichen Mannes, Grabräuber würden sich davon angelockt fühlen. Und wenn der Stein beiseite gerollt war, dann konnten Tiere …

Sie unterdrückte einen Aufschrei. Ich hätte gestern kommen sollen, ich komme zu spät, ich hätte so etwas befürchten müssen!

Der Gedanke, dass Tiere in die Grabkammer eingedrungen sein könnten, war so schrecklich, dass sie schluchzte, als sie am Eingang stehen blieb und hineinspähte. Aber drinnen war es zu dunkel; sie konnte nichts erkennen. Sie fiel auf die Knie und tastete sich in die Ruhestätte vor. Doch da war nichts.

Mit einem schrillen Schrei floh sie aus dem Grab. Panisch schaute sie sich im Garten um und suchte auch außerhalb der Anlage, fand jedoch nichts.

Sie konnte nicht fassen, was sie da entdeckt hatte. Der vollkommene Verlust Jesu … zu wissen, dass sie ihn jetzt nie wieder finden würde … Sie war wie gelähmt.

Einfach zu verschwinden … nicht einmal eine Ruhestätte zu haben – diese Strafe war die letzte Verhöhnung von Gott. Maria schrie zu Gott, aber sie wusste, dass er sie nicht hörte.

Tränenblind kehrte sie zu Josephs Haus zurück und stolperte hinein. Alles schlief noch. Sie trat zu Johannes und Petrus und rüttelte sie. Als sie aufwachten, winkte sie die beiden aus dem Zimmer.

»Johannes … Petrus …« Das Sprechen fiel ihr schwer. »Ich – ich war am Grab –, ich habe die Öle mitgenommen, um Jesus zu salben – sowie der Sabbat vorüber wäre. Aber ich habe zu lange gewartet, es war zu spät …«

»Warum bist du allein gegangen?«, wollte Petrus wissen. »Denkst du nicht, dass wir gern mitgekommen wären?« Es klang, als wolle er Buße tun, weil er sich zuvor davongemacht hatte.

»Ich – ich fühlte mich dazu berufen, und es war zu früh, euch zu wecken. Ich weiß nicht …«

»Was ist denn geschehen, Maria?«, fragte Johannes.

»Das Grab ist leer!«

»Was?«, rief Johannes. »Bist du sicher?«

»Ja. Ich war drin. Es ist leer.«

Die beiden Männer warfen einander einen Blick zu, rafften ihre Gewänder auf und rannten hinaus zur Grabstätte. Maria folgte ihnen, so schnell sie konnte.

Aber als sie am Garten eintraf, kamen die beiden schon wieder heraus, fassungslos und wie betäubt.

»Er ist nicht da«, sagte Johannes. »Ganz wie du gesagt hast.«

»Wir müssen es den anderen sagen!«, rief Petrus.

Die beiden schauten einander an und liefen davon, ohne sich weiter um Maria zu kümmern. Ihr war es recht. Sie wollte nicht diejenige sein, die seiner Mutter die Nachricht überbrachte.

Die Frühlingsblumen prangten nun in ihrer ganzen Schönheit, nicht nur in Gelb und Violett, sondern auch in zarteren Rosa- und Weißtönen. Die Blüten brachen wie kleine Sterne aus den Knospen hervor.

Maria sank vor ihnen auf die Knie; in ihrem Liebreiz zerrissen sie ihr das Herz mehr als alles andere. Sie stellte sich vor, wie die Räuber über sie hinweggetrampelt waren, schlug die Hände vor das Gesicht und weinte laut und verzweifelt.

Jemand bewegte sich in der Nähe eines der Rosenbeete. Sie blickte auf. Ein Gärtner ging umher, betrachtete prüfend die Zweige, beschnitt sie. Ausgerechnet heute! Was für eine Störung!

Wenn ich mich wieder gefasst habe, werde ich ihn nach dem Stein fragen, dachte sie. Aber nicht jetzt. Noch nicht. Sie erhob sich und wollte sich zurückziehen, während ihr die Tränen unaufhaltsam über das Gesicht strömten.

»Frau, warum weinst du?«

Diese Worte! Genauso habe ich sie schon einmal gehört! Ein wilder Schauder überlief sie. Wo habe ich sie nur gehört?

»Wen suchst du?«

Der Gärtner spricht mit mir. Wie kann er es wagen? Wie kann er es wagen, mich in meinem Schmerz zu stören? Ist er so dumm?

Schäumend vor Zorn, fuhr sie herum.

Dunkel zeichneten sich seine Umrisse ab vor dem Licht, wie schon einmal jemand – wer nur? – vor ihr gestanden hatte. Er trug ein weites Gärtnerhemd und einen riesigen Schatten spendenden Hut und lehnte sich auf einen Spaten. Er wirkte sehr geduldig, und seine Neugier war nur höflich.

»Der Leichnam meines Lehrers ist aus dieser Grabstätte verschwunden.« Sie zeigte auf den Eingang. »Bitte, Herr, wenn *du* ihn genommen hast, sag mir, wo er ist, damit ich ihn holen kann. Oder wenn du etwas gesehen hast, irgendetwas, dann sag es mir. Du arbeitest hier, vielleicht hast du etwas bemerkt.« Sie wischte sich die Tränen ab und bemühte sich, mit fester Stimme zu sprechen, damit er sie verstand.

Der Mann stieß den Spaten in den Boden und stellte einen Fuß darauf. Sie versuchte sein Gesicht zu sehen, aber es lag im Schatten.

»Maria«, sagte er.

Es war Jesu Stimme. Ohne Zweifel.

Ihr wurde heiß und kalt, und es verschlug ihr die Sprache. »Lehrer«, brachte sie schließlich krächzend hervor. »Lehrer.«

Er nahm den Hut ab und warf ihn beiseite. Da stand Jesus: lebendig, kräftig und voller Farbe, nicht leichenblass. »Maria.«

Der Klang ihres Namens war wie ein Wind, der durch hohes Schilfrohr strich, sie raunend rief, sie einhüllte.

»Lehrer!« Taumelnd stürzte sie auf ihn zu.

Er lebte. Er stand hier im Garten, gesund und unversehrt. Ohne zu denken, warf sie sich ihm zu Füßen.

Sie umklammerte seine Füße, und erst als sie sie berührte – sie waren warm und lebendig –, sah sie die großen Nagelwunden, die nun verkrustet waren.

Sie erwartete, dass er sich über sie beugen, ihren Kopf berühren und ihr Kopftuch zurückschieben würde, um ihr tröstend übers Haar zu streichen. Weinend betastete sie seine Füße und murmelte: »Herr, Herr, du bist hier.«

Doch er trat zurück und sagte Sonderbares: »Rühre mich nicht an! Klammere dich nicht an mich, denn noch bin ich nicht zu meinem Vater aufgefahren. Aber geh, und sag es den anderen. Erzähl ihnen, was du gesehen hast. Sag ihnen, ich gehe zu meinem Vater und zu eurem Vater, zu eurem Gott und meinem Gott.« Ihre Hände sanken ins Gras, als seine Füße zurückwichen.

Sie hob die leeren Hände und schaute ihm ins Gesicht, während sie aufstand.

Er war da, doch er war ihr fern. Sie wagte nicht, ungehorsam zu sein und ihn zu berühren, aber sie sehnte sich danach. Seine vertrauten Augen schauten sie liebevoll an.

Was ist geschehen? Warum lebst du? War die Kreuzigung nicht Wirklichkeit? Haben wir dich lebend ins Grab gelegt? Bist du in Wirklichkeit gar nicht gestorben? Und was wird jetzt geschehen? Alle diese Fragen lagen ihr auf der Zunge, aber sein Blick brachte sie zum Schweigen. Sie wagte nicht zu sprechen, obgleich ihre Seele sang. Sie wandte sich ab und ging davon; sie wusste, dass er vielleicht nicht mehr da sein würde, wenn sie zurückkäme, und doch gehorchte sie ihm.

Sag es den anderen. Sag es den anderen. Das war alles, woran sie sich erinnerte. Sag es den anderen.

Der Tag hatte längst begonnen, und in den Straßen drängten sich Tiere, Händler und Kunden, aber Maria zwängte sich eilig durch das Treiben und erreichte atemlos das Haus. Sie stürzte zur Tür herein und fand alle im großen Zimmer versammelt. Offensichtlich hatten Johannes und Petrus ihre Geschichte schon erzählt. Sie schauten ihr entgegen.

Die Tür flog zurück und schlug laut gegen die Wand, ein Paukenschlag, der ihre Worte ankündigte. Alle starrten sie an.

»Ich habe Jesus gesehen«, sagte sie.

Sie blieben stumm.

»Ich habe Jesus gesehen, und er lebt«, rief sie. »Ich bin ihm im Garten begegnet. Ich habe seine Wunden gesehen, aber er lebt. Das Grab ist leer. Fragt die beiden.« Sie deutete auf Petrus und Johannes.

»Soll das heißen, du hast ihn gesehen, nachdem wir gegangen waren?«, fragte Johannes. »Oh, wir hätten bleiben sollen! Ihn zu sehen! Wenn er lebt, muss ich ihn sehen. Kommt er her?«

»Er hat mir nur aufgetragen, euch zu sagen, dass er auferstanden ist und jetzt zu seinem Vater geht. Zu Gott.«

»Wir haben ihn verpasst!«, jammerte Johannes. »Wir haben

ihn verpasst!« Sein Schmerz erfüllte den Raum. »Oh, das ertrage ich nicht!«

Jesu Mutter kam zu Maria und nahm ihre Hände. »Er lebt?«

»So wahr ich hier stehe«, sagte Maria. »Und mit diesen Händen habe ich seine Füße berührt.« Die ältere Maria liebkoste Marias Finger, beugte sich darüber und küsste sie und weinte.

Sie blieben weiter im Hause Josephs; sie wussten nicht, was sie sonst tun sollten. Einige wollten zum Garten hinausgehen, aber Maria wusste, dass Jesus nicht mehr da sein würde.

»Ihr werdet vergebens suchen«, warnte sie.

Störrisch machten Petrus und Johannes sich trotzdem auf den Weg. Als sie zurückkamen, bestätigten sie Marias Vorhersage.

»Das Grab ist leer. Und es wimmelt von römischen und von Tempelsoldaten. Wir sind nur mit knapper Not entkommen. Sie sind wütend; sie glauben, es handelt sich um eine Verschwörung, und wissen nicht genau, was sie davon halten sollen.«

»Ich auch nicht«, sagte Maria. »Ich weiß nur, dass er ihnen für immer entkommen ist. Und was uns angeht – Jesus bleibt nie. Er ist uns stets einen Schritt voraus. Wir folgen ihm nur langsam.«

Den ganzen Tag sprachen sie über das, was Maria gesehen hatte, und alle bedrängten sie mit Fragen. Doch Maria bemerkte zu ihrem Leidwesen, dass das Bild Jesu im Garten bereits verblasste. Sie hatte es mit außergewöhnlicher Schärfe wahrgenommen. Der Duft der beschnittenen Hecken, der kühle Tau im Gras, die dunkle, gesunde Stimme Jesu, alles war ganz klar gewesen, aber jetzt, da die anderen Einzelheiten wissen wollten, versuchte sie verzweifelt, sich zu erinnern.

Wie schwer wird es sein, sich an alle seine Lehren zu erinnern!, durchfuhr es sie. Wenn er doch nur niedergeschrieben hätte, was wir behalten und weitergeben sollen! Denn so werden wir Fehler machen, wir werden vergessen.

Und doch – als die Fragerei aufhörte, erlebte Maria die wenigen kostbaren Augenblicke im Garten noch einmal.

Er lebt. Er lebt. Er hat mich beim Namen gerufen. Und er hat gesagt, was er vor so langer Zeit in Nazareth gesagt hatte: »Warum weinst du?« Er muss sich daran erinnert haben. Darum hat er es gesagt. So, wie ich damals dachte, er sei tot, und voller Panik zwischen den Felsen nach ihm suchte, so habe ich es auch jetzt wieder getan. Und wieder stand er wohlbehalten vor mir und rief mich.

Er lebt. Aber was hat das zu bedeuten? Er lebt nicht, wie er in Nazareth gelebt hat. Diesmal ist es anders – vollkommen anders.

Wieder wurde es dunkel. Es war der dritte Abend nach der Kreuzigung. Den ersten hatten sie hilflos in Trauer verbracht, den zweiten mit dem unverhofften Gedächtnismahl. Nun kam der Abend nach den erstaunlichen Berichten von Petrus, Johannes und Maria. Sie hatten die Türen verriegelt und sogar eine Wache aufgestellt, denn sie fürchteten, die Behörden könnten sie vernehmen wollen.

Das Abendessen verlief still und ohne Zeremoniell. Sie aßen schnell und erhoben sich nach einem kurzen Gebet. Sie waren eben dabei, das Geschirr fortzuräumen, als Johannes plötzlich stocksteif innehielt und angstvoll geradeaus starrte.

Da stand Jesus. Er stand leibhaftig unter ihnen, obwohl alle Türen verschlossen waren. »Friede sei mit euch«, sagte er.

»Oh, mein Sohn!« Seine Mutter streckte die Hände aus.

Jesus winkte alle lächelnd heran, und sie umringten ihn. »O Herr«, murmelten alle.

Er teilte sein Hemd und zeigte ihnen die Verletzung an seiner Seite, und er hob die Hände mit dem geronnenen Blut. Neugierig, jedoch wie betäubt, drängten sie sich um ihn und untersuchten nacheinander seine Wunden.

Sanft sagte er: »All das hat die Schrift vorhergesagt, hättet ihr nur die Augen, es zu sehen, und den Verstand, es zu verstehen. Das Königreich hat wahrlich begonnen, das neue Zeitalter ist eingeleitet, und zwar durch mein neues Leben. Der Tod ist vernichtet, Satan besiegt. Ihr steht auf der Schwelle, und ihr öffnet die Tür.«

Zärtlich und voller Besitzerstolz schaute er jeden Einzelnen an. »Nun müsst ihr diesen Schatz mit anderen teilen. Ihr seid Zeugen für all das.« Er schwieg lange. »Aber bleibt hier in Jerusalem, bis ihr gekleidet werdet mit der Kraft aus der Höhe!«

Er nahm nacheinander das Gesicht eines jeden in beide

Hände, blickte ihm geradewegs in die Augen und sagte: »Friede sei mit dir! Wie der Vater mich gesandt hat, so sende ich dich.« Er hauchte sie an und murmelte: »Empfange den Heiligen Geist!«

Als Maria an der Reihe war und er ihr Gesicht mit warmen Händen umfasste, wurde sie schwach vor Freude und dem Gefühl des Mysteriums.

Er hauchte seinen Atem sanft über ihr Gesicht und in ihre Nase, während er mit leiser Stimme sprach: »Maria, empfange den Heiligen Geist!« Dabei hielt er ihr Gesicht fest in den Händen, und dann ließ er es los. Damit bedeutete er ihr, dass sie Platz machen müsse für den Nächsten.

DRITTER TEIL

Apostel

LVII

An die ehrwürdige Frau Elischeba von Magdala, Schirmherrin und Leiterin der Synagoge zu Tiberias –

Gruß und Segen von Maria, genannt Magdalena, Apostel und Dienerin Jesu in der Kirche von Ephesus, Mutter der Frau Elischeba von Tiberias.

Als deine dich liebende Mutter bitte ich dich, diesen Brief zu lesen und ihn nicht fortzuwerfen wie die anderen, die ich dir in all diesen Jahren geschrieben habe. Habe gnädig Mitleid mit mir, denn ich bin jetzt sehr alt und habe eben die Jahre unserer Ahnfrau Sarah erreicht: neunzig. Und du, die du selbst nicht mehr jung bist, musst spüren, dass die Zeit, da wir endlich miteinander sprechen können, allmählich verrinnt.

In allen Berichten, die ich über dich gehört habe, habe ich voller Stolz von deinen Leistungen erfahren. Ich weiß sehr wohl, dass du die geachtete und mächtige Leiterin der Synagoge zu Tiberias bist, bewandert in Schrift und Überlieferung und bekannt für deine Barmherzigkeit. So bete ich, dass diese Barmherzigkeit sich auch auf mich erstrecken wird, auf deine Mutter.

Sei nicht hartherzig! Ich kann nicht mehr viel länger warten und darauf hoffen, dein Gesicht noch einmal wiederzusehen. So viel ist geschehen seit jenem Tag vor über sechzig Jahren, da man mich zwang, dich zu verlassen. Und diesen Tag müssen wir verstehen, denn ohne ihn zu verstehen, können wir einander niemals verstehen. Oder einander verzeihen. Es gibt auf beiden Seiten Versäumnisse zu überwinden. Das schreibe ich betrübt, und die meinen gestehe ich aus ganzem Herzen.

In meiner Hand halte ich den Text des Fluches gegen die »Nazarener«, wie ihr uns nennt, der in allen Synagogen zu den Gebeten verlesen werden soll. Hier steht, wie er lautet: »Den Abtrünnigen sei keine Hoffnung, und die überhebliche Herrschaft mögest du eilends ausrotten in unseren Tagen, und die Nazarener und die Ketzer mögen umkommen in einem Augenblick, ausgelöscht werden aus dem Buch des Lebens und mit den Gerechten nicht aufgeschrieben werden. Gepriesen seist du, Jahwe, der die Überheblichen beugt.«

Ich höre, dass der Hohe Rat diese Worte genehmigt und übernommen hat, auf dass jeder in der Synagoge, der bei diesem Gebet schweigt, sich damit verrate und ausgestoßen werde.

Warum müsst ihr uns als Feinde betrachten? Wie ist dieser Bruch zustande gekommen? Wie sehr das Jesus schmerzen würde! Ich weiß, dass der bloße Name dir ein Gräuel ist. Aber ich weiß auch, dass du neugierig sein musst, und sei es nur, dass du den Wunsch hast, mehr über diesen Mann – und seine Jünger – zu erfahren, der die Ursache eines so großen Verlusts für dich gewesen ist. Ich bitte dich also: Lies die Geschichte, die ich diesem Brief beifüge! Ich habe mich viele Jahre damit geplagt, um Zeugnis zu geben und eine Versicherung gegen schnell verfallende Erinnerungen und verschwindende Aufzeichnungen zu schaffen. Beim Fall Jerusalems vor zwanzig Jahren wurde so vieles vernichtet, und so vieles aus unserer Geschichte ist für immer verloren. Der Tempel – dahin! Der Glanz unseres Volkes, in Schutt und Asche gelegt und restlos zerstört durch die Römer, die Aufzeichnungen verbrannt wie so vieles andere. Die Flucht der Juden und der Christen aus der dem Untergang geweihten Stadt – wir haben überlebt, aber wir haben so viel verloren.

Nur Johannes und ich sind noch da. Petrus ist in Rom gestorben. Jakobus, der Sohn des Zebedäus, wurde enthauptet, neun Jahre nachdem Jesus uns verlassen hatte. Die anderen wurden in alle Winde zerstreut und müssen inzwischen tot sein. Es gab noch viele andere, aber alle sind fort. Nur Johannes und ich sind noch am Leben, alt und mit gebrechlichen Heuschreckenleibern.

Die Menschen pilgern zu uns, um zu fragen: Wie ist es gewesen? Wie ist er gewesen? Und wir antworten ihnen mit der wenigen Kraft, die wir noch haben. Einzeln mit den Menschen zu sprechen ist sehr mühsam.

Deshalb habe ich alles niedergeschrieben – was ich weiß und woran ich mich erinnere, damit es mich überlebt.

Es ist das, was geschah, nachdem Jesus zu uns zurückgekehrt war – wie ich mich daran erinnere.

LVIII

Das Testament der Maria von Magdala, genannt Magdalena

Jesus kam zurück. Jesus stand wieder unter uns. Das ist das Wichtigste, was alles andere überragt. Er war gestorben. Ich hatte ihn im Grab liegen sehen. Und dann sah ich ihn lebendig – als Erste. Er erschien mir im Garten, und am Abend erschien er allen Jüngern. Wir hatten uns hinter verriegelten Türen verkrochen, weil wir Angst hatten, dass man uns verfolgen würde.

Er kam zu uns und versicherte uns, dass alles gut sei und dass er lebe. Einer von uns, Thomas, war an jenem ersten Abend nicht dabei. Als wir es ihm erzählten, machte er sich über uns lustig – verständlicherweise. Aber Jesus kam wieder und überzeugte ihn, dass er tatsächlich lebte. Jesus, ein Mann, der gekreuzigt und dann auf geheimnisvolle Weise wieder zum Leben erweckt worden war. Thomas legte die Hand in seine Wunden, betastete seine Haut und rief: »Mein Herr und mein Gott!«

Jesus sagte nur sanft: »Thomas, glaubst du nur, weil du mich gesehen hast? Aber selig sind die, die nicht sehen und doch glauben.«

Und darum schreibe ich die Geschichte dessen, was von diesem Augenblick an mit uns geschehen ist. So viele werden nach uns kommen, und keiner wird es gesehen haben; also müssen wir sie dessen versichern, was wir gesehen haben.

Jesus blieb nicht sehr lange bei uns. In einer Zeitspanne, die uns sehr kurz vorkam, tatsächlich jedoch vierzig Tage währte, erschien er unter uns, aber er ging nicht mehr mit uns umher. Er war auch nicht immer an unserer Seite, aß, sprach und ruhte nicht mit uns. Nein, er erschien überraschend, fast so, als wolle er uns auf die Probe stellen. Wir taten gerade irgendetwas – wir fischten, kochten, waren auf dem Weg irgendwohin –, und plötzlich war er da.

Er erteilte uns weitere Anweisungen. Unter anderem beauftragte er uns, seine Botschaft weiter zu verbreiten – weit über die Grenzen Israels hinaus –, aber er sagte auch, wir sollten in Jerusalem bleiben, bis etwas Wichtiges mit uns geschehen wäre, aber was es sein würde, sagte er nicht.

Wir genossen diese Zeiten mit ihm, wir sonnten uns darin, wagten jedoch nicht, ihm Fragen zu stellen. Wie lange wirst du noch bleiben? Wie können wir dich erreichen? Wie können wir ohne dich weitermachen? Wir brannten auf die Antworten. Er versicherte uns immer wieder, dass »etwas« geschehen werde, was uns all das beantworten werde, und dass er stets bei uns sein werde. Aber wir verstanden es nicht.

Und dann, eines sonnigen Frühsommertages, erschien er wieder unter uns. Seltsam, wie sehr wir uns daran gewöhnt hatten! Wir erschraken nicht mehr. Er sprach von unserer Mission und davon, dass er immer unter uns sein werde, und da wussten wir: Er verabschiedete sich von uns, weil er von uns gehen würde – und zwar auf eine ganz andere Weise als bei seinem Tod am Kreuz.

Inzwischen hatten wir gut gelernt. Keiner von uns weinte oder protestierte. Ich klammerte mich nicht an ihn, obwohl ich es gern getan hätte. Wir versuchten einfach, uns so zu benehmen, wie es ihm gefallen würde.

»Kommt, meine Kinder, meine Freunde, meine Brüder und Schwestern«, sagte er und führte uns zur Stadt hinaus, zurück zum Ölberg. Wir kamen am Olivenhain Gethsemani vorbei und stiegen immer weiter bergauf, vorbei an unserem alten Ruheplatz. Schließlich hatten wir den Gipfel des Berges erreicht.

Jerusalem breitete sich unter uns aus wie ein prachtvolles Kunstwerk, das seine Schönheit und seine immer währende Existenz in die Welt hinaustrompetete.

Jesus versammelte uns um sich und sagte: »Ihr seid Zeugen all dessen, was geschehen ist. Ihr kennt meine Botschaft, denn ihr habt sie von Anfang an gehört. Jetzt sende ich euch hinaus, damit ihr sie anderen bringt. Aber zunächst bleibt noch in Jerusalem, bis ihr gekleidet werdet mit der Kraft aus der Höhe!« Dann berührte er einen nach dem anderen von uns an den Schultern und umarmte uns. »Denkt daran, ich werde bei euch sein bis ans Ende der Zeit.«

Und dann verschwand er. Er wurde von uns genommen. Manche glaubten, er sei in die Wolken hinaufgefahren, andere konnten nicht sagen, was geschehen war – nur, dass er nicht mehr da war. Aber er würde doch sicher noch einmal wiederkommen! Wir dachten an das, was er uns nach der Kreuzigung gesagt hatte: dass er uns noch einmal verlassen und dann prachtvoll zurückkehren werde. Da hatte er auch etwas gesagt, was Johannes betraf. Er hatte gesagt: »Wenn ich will, dass er bleibt, bis ich komme, was geht es dich an? Folge du mir nach!« Wir hatten geglaubt, das solle heißen, dass Jesus zurückkehren würde, ehe Johannes stürbe. Er würde zurückkommen und wieder bei uns sein. Was hatte er sonst meinen können?

Wir standen töricht da und schauten uns um. Da erschienen scheinbar aus dem Nichts zwei Männer, ganz in Weiß gekleidet.

»Galiläer«, sagten sie. »Warum steht ihr da und starrt zum Himmel? Dieser Jesus, der von euch in den Himmel aufgefahren ist, wird auf die gleiche Weise zu euch zurückkehren, wie ihr ihn habt auffahren sehen.«

Von Sinnen vor Aufregung, aber auch angstvoll, kehrten wir nach Jerusalem zurück; wir sangen und versuchten uns einzureden, dass wir voller Freude seien, aber in Wahrheit fühlten wir uns verlassen. Wir gingen geradewegs zum Tempel, als gebe es dort Antworten für uns. Wir wussten nicht, was wir sonst tun sollten.

Doch kaum hatte ich ihn betreten, da wurde mir klar, dass ich mich dort nie wieder zu Hause fühlen könnte. Trotz meiner Erinnerungen an Jesus, wie er dort predigte, gab es zu viele hässliche Erinnerungen: Joel, der dort überfallen wurde; Jesus und die Geldwechsler; das Gesicht des Hohepriesters Kaiphas, der in der Menge stand und nach Jesu Tod schrie. Selbst die Barriere, die die Frauen vom Heiligtum fern hielt, war mir plötzlich unerträglich. Sie war sinnlos.

Aber Jesus hatte den Untergang des Tempels vorhergesagt. Nicht ein Stein werde auf dem anderen bleiben, hatte er prophezeit. Wir verstanden es nicht und glaubten es auch nicht. Wie so vieles andere sollten wir es erst später begreifen. Selbst jetzt ist uns noch vieles verborgen.

Wir wohnten immer noch im Hause Josephs von Arimathia und versammelten uns allabendlich in dem Zimmer im oberen Stockwerk, wo so viel geschehen war. Für mich war es die wahre heilige Stätte, nicht der Tempel, denn hierher war Jesus zurückgekehrt und vor uns erschienen. Schon einmal hatten wir gemeinsam das Mahl eingenommen, als er nicht bei uns gewesen war; wir hatten voller Trauer gespeist, doch wir waren eine Gemeinschaft gewesen. Nun mussten wir es wieder tun, nachdem er auf andere Weise von uns gegangen war.

Wir Frauen verließen den Tempel früher als die Männer und kehrten zum Haus zurück, nachdem wir gekauft hatten, was wir am Abend essen würden. Zu unserem Erstaunen erwartete uns Jesu Bruder Jakobus. Mit einem leisen Freudenschrei ging seine Mutter zögernd auf ihn zu, um die Hände ihres zweitältesten Sohnes zu ergreifen. Er war kleiner und stämmiger als sein Bruder. Niemand hätte die beiden verwechseln können. Nur in ihren tiefgründigen Augen lag eine leichte Ähnlichkeit.

»Mein Sohn!«, sagte Maria. »O mein lieber Sohn!« Sie fragte nicht: »Warum bist du gekommen?« Mütter wissen, dass sie diese Frage nicht zu stellen brauchen; für uns ist es ein Geschenk der Barmherzigkeit, dass unsere Kinder da sind.

»Ich habe ihn gesehen!«, sagte Jakobus, und sein dunkles Gesicht zeigte Ratlosigkeit und Verwirrung. »Ich sage dir, ich habe ihn gesehen.«

»Du wusstest …«

»Ja, natürlich wusste ich es. Wer weiß es denn nicht? Ich war zum Passahfest hier …«

»Du warst hier? Die ganze Zeit?« Marias Stimme zitterte.

»Ich habe in einer Herberge gewohnt.« Als seine Mutter wegen der Kosten die Brauen hochzog, erklärte er: »Das Geschäft ist im letzten Jahr gut gelaufen. O Mutter – er war plötzlich da und stand in meinem Zimmer. Ja, in meinem Zimmer! Und er hat mir Dinge gesagt … Er hat so vieles erklärt, und ich … Es ist ganz unglaublich. So viele Prophezeiungen aus der Schrift hat er angeführt. Aber es war mein Bruder! Und es war doch nicht mein Bruder, sondern jemand anderes …«

»Er hat mir versprochen, dass er eines Tages zu dir kommen werde«, sagte Maria. »Und er hat sein Versprechen gehalten, auf herrliche Weise.« Sie berührte seine Wange. »Doch nun ist er von uns gegangen. Er ist zurückgekehrt zu seinem Vater, wie er es gesagt hat. Wir müssen unseren Weg jetzt selbst finden. Er hat keinen Zweifel daran gelassen, dass er Arbeit für uns hat. Viel Arbeit.«

»Ja. Die Erfüllung und Vervollkommnung des Gesetzes.« Jakobus zog die dichten Brauen zusammen. »Wir müssen darin eifriger denn je sein.«

»Hat er das wirklich zu dir gesagt?« Petrus trat heran.

»Was könnte er sonst gemeint haben? Er ist gekommen, um die Prophezeiungen und das Gesetz und die Schrift zu erfüllen, und daneben gibt es nichts zu tun.« Jakobus war überrascht, dass irgendjemand dies in Zweifel ziehen konnte.

»Aber er selbst hat sich nicht streng an das Gesetz gehalten«, wandte Petrus ein. »Hat er das wirklich zu dir gesagt?«

»Kommt es wirklich auf seine genauen Worte an?«, fragte Jakobus. »Wir sind hier, um zu zeigen, dass er ein pflichttreuer Sohn Israels war, nein, der pflichttreueste von allen! Die religiöse Obrigkeit, die ihn kritisiert hat, war im Irrtum.«

»Du bist uns willkommen«, sagte Petrus. »Alle Brüder in Jesu sind uns willkommen.« Er breitete die Arme aus, schritt Jakobus jedoch nicht entgegen, um ihn zu umarmen. »Und alle Brüder sind hier gleich. Jesus hat uns einmal gesagt, wir sind nicht weniger für ihn als seine leiblichen Brüder und Schwestern.«

»Wirklich?« Jakobus war sprachlos.

»Nichtsdestoweniger ist es sicher ein besonderes Privileg, wenn sein leiblicher Bruder sich uns anschließt.« Ich lächelte Jakobus an und dachte an andere, weniger erfreuliche Gespräche mit ihm. Vielleicht hatte er sich verändert. Jesus veränderte die Menschen.

Petrus zog die Brauen hoch und ging davon.

Wieder setzten wir uns zum Gedächtnismahl; wir brachen das Brot, während wir jene besonderen Worte sprachen, und reichten den Becher des neuen Bundes herum. Aber diesmal waren wir nicht traurig und bedrückt, sondern miteinander verbunden in einer Mission, auch wenn wir noch nicht genau wussten, wie sie aussehen sollte.

Als wir aus dem Becher tranken, war es, als habe Jesus selbst ihn uns gereicht und als nicke er beifällig.

Immer wieder kehrten wir zum Gebet in den Tempel zurück, bemüht, die vorgeschriebenen Rituale zu befolgen. Ich sagte schon, wir wussten nicht, was wir sonst tun sollten. Jesus war fort – woran sonst sollten wir uns festhalten? Und so gingen die Männer pflichtbewusst in den Tempel, als wollten sie zeigen, dass sie frommer waren als jeder Pharisäer, damit die Leute auf sie zeigten und sagten: »Da ist ein Jünger dieses Jesus, aber seht doch, wie treu sie sich an die Überlieferung halten! Jesus war doch ein wahrer Sohn Abrahams!«

Regelmäßig versammelten sie sich mittags im Säulengang Salomos – nicht nur der innere Kreis der Jünger, sondern viele andere: Jünger aus Jerusalem und Anhänger aus Galiläa, Männer und Frauen. Wir, die Frauen, und Jesu Bruder waren manchmal auch zugegen. Einer dieser Tage war der Beginn des Wochenfestes, auch Pentekoste genannt, an dem ich vor so langer Zeit als Kind teilgenommen hatte. Diesmal betrat ich den Tempelbezirk, ohne eine heimliche Sünde in mir zu tragen und ohne etwas Schändliches bei mir verborgen zu haben; nicht mich selbst stellte ich jetzt infrage, sondern eher den Tempel.

Ich versuchte, nicht an Kaiphas zu denken; ich wusste, wenn ich ihn sähe, könnte ich nicht einstehen für das, was ich tun würde. Mein Hass auf ihn war unsagbar tief.

Auch im wimmelnden Durcheinander des Hofes konnten wir uns als Gruppe zum Gebet zurückziehen. Ich wollte mich allein auf die Worte des Gebets konzentrieren und das Gefühl der Verlorenheit ohne Jesus beiseite schieben. Es war unmöglich, ihn hier im Tempel nicht zu sehen, und dennoch gehörte er nicht hierher. Der Tempel hatte ihn ausgestoßen, sich gegen ihn gewendet, ihn vernichtet.

Als ich so dastand, den Kopf verschleiert und gesenkt – wie soll ich es beschreiben? Es ist ja unmöglich –, da hörte ich ein lautes Geräusch wie vom Schwirren eines Vogelschwarms, der aufgeschreckt davonflattert. Ja, wie von einem Schwarm Sumpfvögel. Der Flügelschlag brachte die Luft in Bewegung, und ein Wind ging über uns hinweg. Ich schaute hoch, aber da waren keine Vögel. Da war nichts außer dem Wind, der mein Kopftuch erfasste und die Gewänder der anderen bewegte.

Und dann erschien etwas rot Leuchtendes in der Luft, tanzend wie eine Flamme. Wie mehrere Flammen, wie Feuerzungen, die sich teilten und sich auf unsere Köpfe herabsenkten. Ich sah diese Flammen auf den Köpfen der anderen brennen, aber sie schrien nicht etwa vor Schmerz auf, und ihre Kopfbedeckungen verbrannten nicht. Dann sah ich aus den Augenwinkeln, dass ein Lichtkreis von Flammen auch mich umgab. Ich hob die Hand, um ihn zu berühren, spürte jedoch nichts; meine Hand ging einfach hindurch. Das Geräusch war verklungen, nur die Flammen waren noch da.

Johannes der Täufer ... Johannes der Täufer hatte gesagt: »Einer, der mächtiger ist als ich, wird kommen ... Ich taufe euch mit Wasser, aber er wird euch taufen mit dem Heiligen Geist und mit Feuer.« Und Jesus – was hatte er gesagt, als er das erste Mal zu uns zurückgekehrt war? »Bleibt noch in Jerusalem, bis ihr gekleidet werdet mit der Kraft aus der Höhe!«

Und – ich sage ja, ich kann es nicht angemessen beschreiben – ich spürte, dass eine tiefgründige Erscheinung über uns schwebte, wie ich sie noch nie erlebt hatte. Sie schien zu sprechen, zu flüstern, und die Tiefen meines Geistes zu durchdringen.

Mir war nicht bewusst, dass ich sprach, aber ich hörte die anderen. Andreas redete plötzlich in einer fremden Sprache, auch Simon und Matthäus – ja, wir alle. Aber was sagten wir denn? Die Worte strömten aus unserem Mund, und wir wussten nicht, was sie bedeuteten.

Die Pilger, die mit uns im äußeren Hof waren, wurden plötzlich still, gespenstisch still. Hätte sich noch ein Lüftchen geregt, wir hätten es alle hören können. Aber es war völlig still, nur nicht da, wo wir standen.

»Seid ihr nicht aus Galiläa?«, fragte schließlich ein Mann. »Wie kommt es, dass ihr alle diese Sprachen sprecht?«

Aber wir redeten einfach weiter, ohne dass wir es in der Hand hatten. Die Worte sprudelten nur so aus uns hervor.

»Hört, hört! Wir kommen aus allen Ländern unter der Sonne, geeint nur durch unsere gemeinsame Abkunft von Abraham!«, rief der Mann. Mit ausgebreiteten Armen deutete er auf die Menschenmenge. »Wir sind Parther, Meder und Elamiter, wir kommen aus Mesopotamien und Kappadokien, aus Pontus und Asien, aus Phrygien und Pamphylien, aus Ägypten und aus Kyrene in Libyen, und auch aus Rom sind einige hier. Zum Judentum Bekehrte und geborene Juden, Kreter und Araber – und doch hören wir diese Galiläer in unseren eigenen Sprachen zu uns sprechen!«

Sprachen wir wirklich alle diese Sprachen? Aber wir beherrschten doch keine davon!

»Die sind nur betrunken!«, schrie eine laute Stimme aus der Menge. »Sie haben zu viel vom neuen Wein getrunken!«

Petrus benahm sich plötzlich, wie er es noch nie getan hatte, und in diesem Augenblick wurde mir klar, dass tatsächlich etwas über uns gekommen war und uns verändert hatte. An mir bemerkte ich es noch nicht, aber an Petrus sofort.

Er trat kühn vor die Menge, stieg auf einen Steinblock, wo er zu den Leuten sprechen konnte – Petrus, ein Mann mit einer nie gekannten Kraft.

Er erhob die Stimme und rief: »Hört mir zu, ihr alle!« Seine Stimme war von erstaunlicher Autorität erfüllt. »Wir sind nicht betrunken! Es ist erst Vormittag. Nein, es ist das, was der Prophet Joel geweissagt hat: ›In den letzten Tagen wird es geschehen, sagt Gott, dass ich meinen Geist ausgieße über alles Fleisch, und eure Söhne und Töchter sollen weissagen; eure Ältesten sollen Träume haben, und eure Jünglinge sollen Gesichte sehen; auch will ich zur selben Zeit über Knechte und Mägde meinen Geist ausgießen. Und ich will Wunderzeichen geben am Himmel und auf Erden: Blut, Feuer und Rauchdampf; die Sonne soll in Finsternis und der Mond in Blut verwandelt werden, ehe der große und schreckliche Tag des Herrn kommt.

Und es soll geschehen, wer des Herrn Namen anrufen wird, der soll errettet werden. Denn auf dem Berge Zion und zu Jerusalem wird eine Errettung sein, wie der Herr verheißen hat, auch bei den anderen Übrigen, die der Herr berufen wird.‹«

Wie konnte Petrus sich an all das erinnern? Jesus hatte uns versprochen, dass wir uns an vieles erinnern würden, aber ...

»Ihr, die ihr Israeliten seid, hört diese Worte!«, rief Petrus. »Jesus von Nazareth war ein Mann, den Gott euch durch machtvolle Werke empfohlen hat ...«

Er erzählte ihnen die ganze Geschichte Jesu. Im Hof hörte man kein einziges Geräusch. Alle waren wie gebannt. Petrus! Unser wankelmütiger, zaudernder, leugnender Petrus!

Vorsichtig tastete ich mit der Hand über meinen Kopf, ob ich dort etwas Warmes fühlen könnte, etwas, das diese tiefe Veränderung erkennen ließe. Denn wenn Petrus sie erfahren hatte, könnte ich es dann nicht ebenso? Die Flammen hatten alle gleich ausgesehen.

»Daher soll das ganze Haus Israel gewiss sein, dass Gott Jesus zum Herrn und Messias gemacht hat, zu Christus, dem Gesalbten – diesen Jesus, den ihr gekreuzigt habt.«

Es blieb lange still. Dann fragte jemand: »Und was sollen wir tun, mein Bruder?«

Ohne zu zögern, verkündete Petrus: »Tut Buße, und lasst euch taufen, jeder Einzelne, auf dass euch im Namen Jesu Christi die Sünden vergeben werden und ihr empfanget den Heiligen Geist!«

Woher kam diese entschiedene Antwort? Jesus hatte uns dergleichen nie gesagt. Aber diese Flammen, diese mysteriöse Erscheinung in uns – konnte das der Tröster sein, der Fürsprecher, den Jesus uns verheißen hatte?

Er hatte gesagt, er werde es selbst sein, in anderer Gestalt. Doch das hier war nicht das Gleiche. Hätte Jesus so etwas gesagt? Sollten wir diesem neu gefundenen Gefährten vertrauen? Wenn Jesus ihm doch verheißen hatte …

Da stürmte die ganze Menge auf uns ein, und alle riefen: »Tauft uns! Tauft uns!« Und ich war immer noch starr vor Staunen.

Wir sahen uns genötigt, Aufzeichnungen zu machen und einen Ort mit fließendem Wasser zu finden, an dem diese riesige Schar Platz finden würde: ungefähr dreitausend Menschen. Mit seiner spontanen Predigt hatte Petrus dreitausend Menschen bekehrt. Dreitausend Menschen, die bereit waren, öffentlich aufzustehen und sich als Anhänger Jesu zu bekennen – mehr, als es zu seinen Lebzeiten je gewagt hatten.

Aber war das wirklich das Gleiche, als seien sie Jesus nachgefolgt? Petrus war Petrus, nicht Jesus, und dieser seltsame

Geist, der ihn begleitete, war immer noch nicht Jesus. Gut, die Schrift berichtete von Menschen, die zeitweilig von Gottes Geist erfüllt worden waren, um ihnen Kraft zum Dienst in außergewöhnlichen Zeiten zu verleihen. Doch nun schien es, als solle dieser Heilige Geist uns für den Rest unseres Lebens begleiten und irgendwie Jesus für uns ersetzen.

Aber – oh! – lieber hätte ich Jesus höchstpersönlich gehabt, Jesus in all seiner verwirrenden Unverständlichkeit. Doch nach und nach sah ich ein, dass ich hinnehmen musste, was er für mich bestimmt hatte. Ich konnte nur den Kopf neigen und ja sagen. Hatte ich denn die Wahl? »Klammere dich nicht an mich!« Diese Worte sollten mir für immer in den Ohren klingen. Er hatte mich von sich fern gehalten. Dennoch hatte er zu mir zuerst gesprochen, vor allen anderen.

Die dreitausend wurden getauft, und unsere Anhängerschaft wurde immer größer. Was sollten wir tun? Wir waren Galiläer, fremde Pilger in Jerusalem. Aber man hatte uns ein Haus zur Verfügung gestellt, einen Wohnsitz, und viele Bekehrte schlossen sich uns an. Sollten wir hier bleiben?

Wir beteten zu unserem neuen Gefährten, dem Geist, im Vertrauen darauf, dass er – oder sie oder die Weisheit oder was diese Erscheinung sonst sein mochte – uns dahin führen würde, wohin wir nach Jesu Willen gehen sollten.

Zwei Dinge geschahen beinahe sofort. Petrus und Johannes wirkten die gleichen Wunderwerke wie Jesus; sie heilten Kranke und predigten. Petrus wurde sogar so berühmt, dass die Leute ihre Kranken an den Wegrand legten, weil sie hofften, sein bloßer Schatten werde auf die Tragen fallen und die Menschen heilen.

Das andere war, dass wir, Jünger, Apostel und Bekehrte, anfingen, uns zu organisieren. Wir brauchten ein anderes Haus als Zentrum, denn Joseph hatte uns seines nur zeitweilig überlassen. Aber bald folgten viele in Jerusalem dem »Weg«, wie man uns zunächst nannte, unter ihnen sogar einige Tempelpriester, die uns Häuser für unsere Treffen zur Verfügung stellten. Manche waren wohlhabender als andere, deshalb legten die Leute ihre Mittel zusammen und teilten alles mit den anderen, sodass niemand zu hungern brauchte. Diese spontane Mildtätigkeit erregte öffentliche Aufmerksamkeit und machte uns weithin bekannt.

An unseren Versammlungsorten ging jedoch weit mehr vonstatten. Wir brachen das Brot und segneten den Wein im Becher in Jesu Namen, wir beteten und brüteten über der Schrift, um alle alten Verweise auf Jesus zu finden, wie er es uns aufgetragen hatte. Und wir verteilten Speise und Kleidung unter den Armen.

Oh, wir hatten viel zu tun. Vom Morgengrauen bis zur Mitternacht hatten wir Aufgaben zu erledigen. Zum Trauern hatten wir wenig Zeit, zum Nachdenken ebenfalls; wir konnten nur arbeiten und eilig beten.

Da ich zu den ersten Jüngern zählte und Jesus vom Anfang seines Wirkens an gekannt hatte, musste ich immer wieder neuen Bekehrten von ihm erzählen und ihn für sie lebendig machen. Wie begierig waren sie danach, von ihm zu hören! Heute weiß ich, dass dieser Hunger, dieser Durst nicht aufhören wird und ich ihn niemals zu stillen vermag. Ich versuche es mit diesem kleinen Bericht, aber ich bin mir demütig bewusst, wie unzureichend er ist.

Postscriptum für meine Tochter:

Und nun, Elischeba, schicke ich dir diese Zeilen. Ich werde dir noch mehr schicken, denn mein Zeugnis ist noch längst nicht vollständig. Aber ich wollte, dass du diesen Anfang schon einmal in den Händen hältst, den Teil, der dir vielleicht die größten Rätsel aufgibt.

Ich sende dir meinen Segen und bete, dass du deinem Herzen einen Stoß geben und mir antworten wirst. Ich habe mich bemüht, über alles ehrlich zu berichten, aber eines habe ich doch ausgelassen. Ich habe gesagt, die Herabkunft des Heiligen Geistes sei unbeschreiblich gewesen. Unbeschreiblich ist auch meine sehnsüchtige Liebe zu dir, die in all den Jahren nie erloschen ist. Ich bitte dich, höre auf dein Herz! Gewiss wird es dir etwas über mich sagen. Gott würde niemals so grausam sein, es für alle Zeit zum Schweigen zu bringen.

LIX

An die Witwe des Joel von Nain, einst bekannt als Maria aus Magdala, jetzt aber Maria aus Ephesus –

Meine Herrin, Frau Elischeba von Tiberias, die Witwe des Joram aus Magdala, hat mich gebeten, dir auf dein Schreiben zu antworten. Sie lässt dir sagen, dass sie den merkwürdigen Augenzeugenbericht über dein Leben – oder das, was du als den Anfang eines solchen Dokuments bezeichnest – gelesen und nur beunruhigend gefunden hat. Dass du ihr nach mehr als sechzig Jahren eine so selbstverliebte Verteidigungsschrift zu Füßen legst und sie bittest, dich als ihre Mutter anzuerkennen und zu einer Art Versöhnung zu finden, ist über die Maßen kühn und anmaßend.

Sie sagt, in all den Jahren, da sie als Waise aufwuchs, mit einer Mutter, die als besessen bekannt war und die ihre Familie im Stich gelassen hatte, um sich einer Bande von Wanderpropheten und Rebellen anzuschließen, habest du niemals versucht, sie zu sehen oder Verbindung mit ihr aufzunehmen. Sie wuchs voller Scham über ihre Mutter auf, eine Mutter, die in der Stadt zum Skandal geworden war. In ihrer kindlichen Art schrieb sie dir zahllose Briefe, aber sie wurden nie beantwortet, und schließlich gab sie es auf. Wäre die Güte ihres Onkels Eli und seiner Familie nicht gewesen, so hätte sie nie ein Heim gekannt. Onkel Eli aber hat sie alles gelehrt und ihr einen Grund gegeben, auf ihre Familie stolz zu sein.

Im Laufe der Jahre hatte sie dich für tot gehalten, so tot wie dieser Rabbi, dem du dich angeschlossen hattest. So viele seiner Anhänger wurden verfolgt und hingerichtet. Seit seinem Tode ist der Name dieses verhassten Rabbi den Gläubigen Israels noch mehr zuwider, und die von ihm begründete abscheuliche Ketzerlehre und Verdrehung des mosaischen Gesetzes, wie sie von seinen Anhängern gepflegt wird, ist den Frommen von Tag zu Tag mehr ein Gräuel.

Sie sagt, in der Stunde der Not der Juden, da der Tempel zerstört und das Volk in alle Winde zerstreut wurde, da hast du wie alle Anhänger jenes zweifelhaften Rabbi nicht von eurer Häresie abgelassen. Selbst das Leiden, das eure Mit-

juden heute ertragen müssen, hat euch nicht zurückkommen lassen, und damit seid ihr schlimmer als die Edomiter, jene ehemaligen Blutsbrüder der Juden, die uns den Rücken zuwandten, als wir in Not waren.

Und nun erscheinst du nach all diesen Jahren in ihrem Leben und bittest sie, eine Verteidigung dieser Ketzerlehre zu lesen! Als würde sie sich bekehren lassen!

Meine Herrin lässt dir mit größter Betrübnis ausrichten, dass sie noch immer keine Mutter hat.

Gruß und Frieden – Tirza aus dem Hause der ehrwürdigen Elischeba

LX

Meiner liebsten und einzigen Tochter Elischeba, für die ich einen hohen Preis bezahlt und die ich immer geliebt habe, von Maria, Apostel in der Kirche von Ephesus!

Als ich den Brief deiner Schreiberin erhielt, war ich von Sinnen vor Freude. Endlich deine Stimme zu hören, wenn auch nur aus zweiter Hand und so zornig! So vieles von dem, was du gesagt hast, möchte ich beantworten, erklären. Es hat mir so vieles offenbar werden lassen. Die kindlichen Briefe, die du geschrieben hast, habe ich nie erhalten; ich vermute, dein »gütiger« Onkel Eli hat sie beiseite geschafft. Und ich nehme an, dass du auch die meinen nie bekommen hast; einige davon habe ich Silvanus anvertraut, andere geradewegs an Eli geschickt. Ja, der gütige Onkel Eli hielt es wohl für das Beste, wenn wir einander niemals erreichen.

Ich bin nach dem Tod meines Herrn durchaus nach Magdala gekommen, aber Eli hat mir nicht erlaubt, mit dir zu sprechen oder dich auch nur zu sehen. Er teilte mir mit, er habe dir gesagt, ich sei tot, und was ihn und die Seinen angehe, sei ich es tatsächlich. Ich weiß noch, dass ich ihm antwortete, ich sei nicht nur nicht tot, sondern lebendiger, als ich es jemals für möglich gehalten hätte. Aber es interessierte ihn nicht zu erfahren, was mit mir geschehen war.

Denke einmal darüber nach: Diese Leute behaupteten, gütige, barmherzige, fromme Menschen zu sein, aber sie wollten nicht wissen, was aus ihrer Schwester geworden war, obwohl sie wussten, dass sie ein schweres Leiden zu tragen hatte. Frage dich, was für eine Art Barmherzigkeit das ist. Ich glaube, es zeigt nur, dass selbst die schönste menschliche »Güte« von Selbstsucht und Blindheit durchsetzt ist und wir mit all unserem Streben nach Heiligmäßigkeit Gott niemals wohlgefällig sein können. Jesaja sagt es am besten: »Alle unsre Gerechtigkeit ist wie ein unflätig Kleid.«

Immer wenn ich in all den Jahren jemanden aus Magdala getroffen habe, habe ich nach dir gefragt. Ich habe mich so sehr bemüht zu erfahren, was aus dir geworden ist. Von deiner Hochzeit mit Joram, dem Oberhaupt der jüdischen Gemeinde von Tiberias, hatte ich gehört. Dass er tot ist, wusste ich nicht, aber du hast mein tiefstes Mitgefühl, denn ich weiß, wie es ist, Witwe zu sein. Ich habe nie erfahren, ob du Kinder hast; die Kunde, die ich erhalten habe, war zu spärlich. Aber ich war dankbar für jede Einzelheit.

Was immer früher war, ist nicht mehr. Die Ereignisse, die Menschen, die Schranken, die uns entfremdet haben, sind verschwunden. Du bist kein Kind mehr, das davon abhängig ist, ob ein Erwachsener Briefe zurückhält oder sie ihm gibt. Und ich gehöre keiner wandernden Schar mehr an, sondern lebe schon seit vielen Jahren in Ephesus. Ich bin sogar geachtet. Ja, unter meinen Gefährten bin ich eine ehrwürdige Alte, geschätzt und verehrt.

Die Ketzer, denen ich angehöre, sind als echte Religion anerkannt. Es gibt Tausende von uns in der ganzen Welt, von Spanien bis Babylon. Angefangen haben wir als winziges Häuflein verängstigter Menschen, die in Jerusalem um den Tod ihres Lehrers trauerten, und heute findest du in fast jeder Stadt des Imperiums Glaubensgenossen. Schon sieben oder acht Jahre nach Jesus gab es Gläubige in Damaskus und anderswo. Das Stigma der Zugehörigkeit zu einem unbekannten Ketzerglauben ist Vergangenheit.

Und nun – lass uns mit ausgestreckten Armen die letzten Schranken überwinden; sie bestehen doch nur noch in un-

serem Geist. Niemand kann uns mehr im Wege stehen, wir können unserem Herzen folgen.

Ich achte die Gefühle, die dich veranlasst haben, mir auf so distanzierte Weise zu antworten und eine andere für dich schreiben zu lassen, aber ich bete zu Gott, dass du dich erweichen lässt. Jedenfalls wurden meine vorigen Gebete erhört, da ich ja deinen Brief erhalten habe.

Auf Drängen der Gemeinde hier in Ephesus schreibe ich meine Geschichte Jesu und seiner ersten Gläubigen fort, und ich werde dir weiterhin Abschriften der einzelnen Teile schicken. Ich möchte, dass du sie hast. Selbst wenn du sie vernichtest, ohne sie zu lesen, gehören sie dir.

Deine dich liebende Mutter
Maria von Magdala und Ephesus

LXI

Das Testament der Maria von Magdala, genannt Magdalena – Fortsetzung

Wie ich euch berichtet habe, meine Brüder und Schwestern im Herrn, waren unsere ersten Tage angefüllt mit erstaunlichen Geschehnissen ohne Zahl. Tatsächlich kehren wir in der Erinnerung gern dorthin zurück, denn in der Rückschau war diese Zeit wie die Tage, die auf eine Hochzeit folgen, wenn Braut und Bräutigam so voneinander umfangen sind und für nichts anderes Augen haben, während sie die ihnen zugewiesene Zeit abseits vom Rest der Welt im Brautgemach verbringen. Auch wir waren in diesem Brautgemach, denn Jesus hatte uns auserwählt als seine Gefährten für die Ewigkeit – das wussten wir nun mit Sicherheit –, und nicht nur seine Gefährten waren wir, sondern wir teilten auch seinen Geist.

Wir waren verändert. Ich sah die Veränderung bei anderen, die plötzliche Autorität des Petrus, die tiefe Einsicht des Johannes, die rückhaltlose glückliche Ergebenheit der älteren Maria und die Veränderung des gestrengen Jakobus, der seinem Bruder statt Verachtung nun feurige Verehrung entgegenbrachte.

Nur meine Veränderung sah ich damals nicht.

Es dauerte nicht lange, und wir erregten mit unserem Tun die Aufmerksamkeit derselben Leute, die Jesus angegriffen – und wie sie glaubten, zum Schweigen gebracht – hatten. Petrus und Johannes waren wie üblich zum Beten im Tempel gewesen. Als sie die Treppe hinaufstiegen, waren sie an einem verkrüppelten Bettler vorbeigekommen, der ihnen die Hand entgegenstreckte und um Geld bat. Zu seiner Überraschung – und zum Erstaunen aller Umstehenden – rief Petrus: »Gold und Silber habe ich nicht. Aber was ich habe, will ich dir geben.« Er bückte sich und streckte die Hand aus. »Im Namen Jesu Christi von Nazareth, steh auf und geh!« Er nahm die rechte Hand des Mannes und zog ihn auf die Beine. Und der Mann konnte nicht nur allein stehen, sondern seine Beine und Füße hörten auch auf zu zittern, und er sprang die Stufen hinauf und lobte Gott.

Natürlich erregte dies Aufmerksamkeit, denn der Bettler war bei allen, die den Tempel durch die Schöne Pforte betraten, wohlbekannt. Er blieb bei Petrus und Johannes, und kaum war eine neugierige Menge zusammengeströmt, da fing Petrus an, von Jesus zu predigen.

Der Hauptmann der Tempelgarde, flankiert von sadduzäischen Priestern, eilte herbei und verhaftete Petrus und Johannes, aber da hatten sich bereits viele Menschen sich in ihrem Herzen bekehren lassen. Man sperrte Petrus, Johannes und den Geheilten ins Gefängnis, um sie am nächsten Tag vor Gericht zu stellen. Ich sah, wie sie abgeführt wurden. Genauso war Jesus abgeführt worden, von denselben Behörden.

Doch anders als Jesus kehrten Petrus und Johannes als freie Männer zu uns zurück, und sie berichteten uns von ihrer Vernehmung, wozu Jesus nie Gelegenheit gehabt hatte.

»Es waren dieselben Leute«, erzählte Johannes, »und es war uns eine Ehre, von Kaiphas und Hannas verhört und bedroht zu werden.«

Da erwachte in mir die erste prickelnde Ahnung, dass vielleicht auch ich durch die Herabkunft des Geistes verändert worden war. Bis dahin hatte ich mir ausgemalt, wie ich mich auf Kaiphas stürzen und ihm die Augen auskratzen würde. Gern hätte ich eine *sica* aus dem Gürtel gezogen, um Hannas damit niederzumachen. Aber jetzt war ich nur betrübt über ihre Blindheit und ihre Gewalttätigkeit.

Der Verlust meiner Wut fühlte sich seltsam an – als sei ein Glied von mir abgefallen.

Sie sind böse!, dachte ich. Sie haben eine Strafe verdient! Gleichviel, die alte Vorstellung von Rache hatte ihren Reiz und ihren Geschmack verloren.

»Sie haben uns verhört und bedroht, und schließlich haben sie uns freigelassen, wenn wir uns bereit erklären, zu niemandem mehr in diesem Namen zu sprechen.«

»Sie brachten es nicht über sich, den Namen Jesu auszusprechen«, ergänzte Johannes. »Es war, als habe bereits der Name Macht über sie.«

»Er hat Macht«, sagte Petrus. »Ich habe den Bettler geheilt, indem ich sagte: ›Im Namen Jesu Christi von Nazareth, steh auf und geh.‹ Wir fassten uns bei den Händen und beteten; die Worte kamen mir in den Sinn, und ich sagte: ›Herr, höre ihre Drohungen, und hilf du deinen Dienern, dein Wort in aller Kühnheit zu verkünden, da du die Hand ausstreckst und heilst und Zeichen und Wunder geschehen im Namen deines heiligen Dieners Jesus.‹«

Natürlich war das nicht das Ende. Wir wurden wieder verhaftet – ja, auch die Frauen, nicht nur die Männer – und in den öffentlichen Kerker geschafft. Es war das erste Mal, dass ich ein Gefängnis von innen sehen konnte. Sofort empfand ich Mitgefühl für die Gefangenen, an die ich bis dahin eigentlich nie gedacht hatte. Das Gefängnis war wie eine dunkle Höhle, auch wenn es nicht unter der Erde lag. Wir kauerten uns zusammen und versuchten, uns gegenseitig Mut zu machen, aber ich hatte Angst.

Ich kann es zwar nicht erklären, doch mitten in der Nacht öffnete sich plötzlich die Tür, und wir stolperten blindlings hinaus. Petrus behauptete, es sei ein Engel gewesen, der ihn beauftragt habe: »Geht und stellt euch in die Tempelhöfe und verkündet den Menschen die ganze Botschaft vom neuen

Leben.« Ich kann das nicht bestätigen. Vielleicht hatte ein unachtsamer oder mitfühlender Gefängniswärter die Tür unverschlossen gelassen, sodass sie aufschwang, als wir sie berührten. Aber auch wenn es so gewesen war, musste Gott diesen Wärter beeinflusst haben. Gott bedient sich der Menschen, um seine Werke zu vollbringen; ja, ich glaube sogar, es ist ihm so am liebsten.

Am nächsten Morgen begaben wir uns gleich wieder zum Tempel und begannen zu lehren und zu predigen – ja, auch ich. Ich spürte, dass ich lehren, wenn auch nicht predigen konnte. Und sogleich erschien die Tempelgarde und verhaftete uns erneut.

Schon wieder verhaftet! Maria von Magdala, die achtbare Frau. (Dank sei Jesus, dass er mich wieder in diesen Stand versetzt hatte!) Diesmal würde ich den Vorzug genießen, selbst vor Gericht zu stehen, und nicht aus zweiter Hand von Petrus und Johannes hören, wie es dort zugegangen war.

Wir standen vor dem Hohen Rat, dieser erhabenen Körperschaft von Priestern, Schriftgelehrten und Ältesten, die Jesus verurteilt hatte. Gefesselt wurden wir grob vor unsere Ankläger geschoben. Es sollten siebzig sein, aber ich sah keine siebzig Augenpaare, die uns anstarrten. Ich hielt Ausschau nach Nikodemus und Joseph von Arimathia, die heimlichen Jünger Jesu. Ich glaubte sie in der hintersten Reihe zu entdecken, sicher war ich jedoch nicht.

Kaiphas trat vor; sein Gesicht war angespannt. Kaiphas. Mein schlimmster Feind. Noch einige Zeit zuvor hätte ich die Gelegenheit benutzt, um mich mit einem Messer in der Hand schreiend auf ihn zu stürzen. Inzwischen verspürte ich unverhofft nichts weiter als Bedauern und Resignation angesichts dieses irregeleiteten Mannes. Ich liebte ihn nicht, nein, aber ich trauerte um ihn.

»Wir haben euch strikte Anweisungen erteilt – oder etwa nicht?« Seine tiefe, dröhnende Stimme hallte durch den Raum. »Wir haben euch befohlen, nicht länger in jenem Namen zu lehren. Ihr aber füllt ganz Jerusalem mit euren Lehren und wollt das Blut dieses Mannes über uns bringen.«

Unversehens hörte ich mich antworten. »Wir müssen Gott gehorchen, nicht den Menschen.«

Und Petrus fügte hinzu: »Wir waren Zeugen dieser Dinge, wie es der Heilige Geist ist, den Gott ausgießt über die, die ihm gehorchen.«

Nach kurzem Gemurmel schleuderte der Hohe Rat uns seine Vorwürfe entgegen.

»Schon wieder lästern sie! Sie müssen hingerichtet werden!«, rief einer. Andere schlossen sich ihm an und schrien nach unserem Blut.

»Dieser ruchlose falsche Prophet, der sie geführt hat, hat sie ebenso wahnsinnig gemacht, wie er selbst war!«

»Bringt sie zum Schweigen!«

»Einen Augenblick.« Ein Ratsherr trat vor und wandte sich an Kaiphas. Später sollte ich erfahren, dass er Gamaliel hieß und ein angesehener Pharisäer und Rechtslehrer war. »Israeliten, bedenkt wohl, was ihr entscheidet. Wie ihr wisst, sind auch andere Hochstapler aufgetreten: Theudas mit seinen vierhundert Mann und Judas, der Galiläer. Sie alle behaupteten, eine besondere Offenbarung erfahren zu haben oder der Führer zu sein, den Israel erwartete. Aber sie alle sind zugrunde gegangen und ihre Bewegungen mit ihnen.«

Kaiphas starrte ihn an. »Das wissen wir. Und? Alle Hochstapler und Ketzer müssen mit ihren Anhängern vernichtet werden.«

»Ich sage nur dies: Lasst diese Leute in Frieden! Lasst sie gehen! Wenn ihre Bewegung von Gott ist, wird er sie verteidigen, und ihr könnt nichts tun, um sie auszumerzen. Ist sie aber nicht von Gott, wird sie untergehen. Es ist ganz einfach. Ihr braucht nichts zu tun.« Nach kurzem Schweigen fuhr er fort. »Sollte sie von Gott sein, wollt ihr doch sicher nicht gegen ihn kämpfen?«

Kaiphas stand wie versteinert da, vor Zorn wurde sein Gesicht zur Maske. Schließlich sagte er: »Also gut. Aber gewiss wirst auch du zugeben, dass sie Strafe verdienen, weil sie die öffentliche Ordnung gestört haben. Man soll sie geißeln.«

Wie Jesus! war mein erster Gedanke. Aber dann: O Gott, das ist so grausam und schmerzhaft.

Die Tempelwache schleppte uns in einen abgelegenen Hof. Dort wurden wir mit der gleichen Peitsche gegeißelt, die sie auch bei Jesus benutzt hatten.

Der Schmerz überstieg mein Vorstellungsvermögen, obwohl ich gesehen hatte, wie Jesus gegeißelt worden war. Eine Geburt ist auch sehr schmerzhaft, bringt jedoch ein Geschenk Gottes hervor, und obwohl die Frau sich danach an den Schmerz erinnert, ist er nicht mehr wichtig. Ich glaube, in diesem Fall verhielt es sich genauso: Wir wurden brutal geschlagen mit Stöcken, Stäben und Geißeln, und die Geißelhiebe fühlten sich an, als schnitten sich rot glühende Drähte in meine Haut. Dass wir es über uns ergehen ließen, kündete jedoch von unserer Treue zu Jesus, und deshalb konnten wir es ertragen.

Endlich lösten sie unsere Fesseln und ließen uns frei. Als wir hinausstolperten, befahlen sie: »Und jetzt hört auf, im Namen dieses Jesus zu sprechen!«

Petrus taumelte gegen einen der Pfähle und betete leise um Kraft.

Auf dem Weg nach draußen drehte Andreas sich plötzlich um und rief: »Lasst uns frohlocken, dass man uns für würdig befunden hat, diese Schmach zu erleiden – im Namen JESU!«

Bevor sie etwas unternehmen konnten, liefen wir, so schnell wir konnten, zum Tor hinaus. Sehr schnell war es nicht; wir humpelten unter Qualen. Doch keiner folgte uns. Man hatte uns für würdig befunden, zu leiden wie Jesus, und es waren dieselben Leute, die uns bestraft hatten.

Einige Zeit später hörten wir, dass ein Mann namens Paulus behauptete, Jesus sei ihm erschienen und habe ihm einen Auftrag erteilt. Er sei wie wir ein Apostel Jesu.

Zunächst erschien uns dieser Anspruch absurd. Aber dieser Paulus, ein Jude aus Tarsus, der Jesus im Leben nie gesehen hatte, berichtete, dass er ihm erschienen sei – und mehr als das: Er habe ihn bekehrt und ihn mit einer Mission betraut.

Paulus mochte Jesus nie gesehen haben, aber uns hatte er gesehen – und verfolgt. Als eifriges Werkzeug des Hohepriesters Kaiphas und des eigenen religiösen Trachtens hatte er unsere Brüder und Schwestern gnadenlos gejagt, einige sogar über die Grenzen Israels hinaus, um sie zu bestrafen.

Er war überall verhasst und gefürchtet. Als er plötzlich nach Damaskus verschwand, um Christen zu verfolgen, waren wir alle froh.

Doch dann erschien er in unserem Haus in Jerusalem mit der Behauptung, Jesus habe sein Leben verändert. Er war nicht gekommen, weil er unsere Anerkennung brauchte – darin ließ er sich nicht beirren –, sondern um mehr über das zu erfahren, was Jesus in seinem Erdenleben gesagt und getan hatte. Und er wollte nur mit Petrus und mit dem Bruder Jesu sprechen.

Was sollten wir von ihm halten? Wenn wir wirklich glaubten, dass Jesus noch lebte, warum sollte er dann nicht auch anderen erscheinen, die wir nicht kannten? Sollten wir sie willkommen heißen? Wie konnten wir sie auch nur verstehen? Sie mussten Jesus ganz anders erlebt haben als wir. Aber es stand uns nicht zu, über sie zu urteilen oder sie anzuzweifeln.

Ich sagte es schon: In jenen frühen Tagen waren wir zunächst wie Braut und Bräutigam, dann wie eine kleine Familie und schließlich wie eine große Sippe. Wir kannten und vertrauten einander. Eifrig verglichen wir unsere Erlebnisse und das, was der Heilige Geist jedem Einzelnen von uns offenbart hatte. Überall in Jerusalem sprachen wir darüber bis tief in die Nacht hinein. Wir legten unser Geld und unsere Mittel zusammen und stellten alle Entscheidungen im Bittgebet göttlicher Leitung anheim.

Und wir warteten darauf, dass Jesus wiederkomme. Wir rechneten jeden Augenblick mit ihm. Hatten die Boten auf dem Ölberg nicht gesagt, er werde genauso zurückkehren, wie wir ihn hätten fortgehen sehen? Er war aus dem Grab zurückgekehrt und hatte überraschend in unserer Mitte gestanden, und wir glaubten fest, dass er es wieder tun würde. Wir waren sicher, dass die Trennung von ihm nur eine Weile dauern werde – eine kurze Weile.

Manchmal stand ich morgens auf und wusste: Dies ist der Tag. Ich wusste es. Ich verspürte die unumstößliche Gewissheit, dass dies kein gewöhnlicher Tag werden würde. Jesus würde erscheinen – vielleicht, wenn wir uns zum Mahl versammelten, vielleicht auch nur einem von uns. Aber er würde erscheinen.

An solchen Tagen erledigte ich meine Aufgaben mit großer Wachsamkeit; ständig schaute ich mich um. Doch wenn der Tag zu Ende ging, hatte ich nichts gesehen.

Paulus – ich habe immer noch Vorbehalte gegen ihn, aber er hat manches Tiefgründige gesagt – hat geschrieben, er habe Gott einmal gebeten, einen quälenden »Stachel« in seinem Fleisch zu beseitigen. Gott habe nur geantwortet: »Lass dir an meiner Gnade genügen; denn meine Kraft ist in den Schwachen mächtig.« In gewisser Weise hatte ich dieselbe Antwort erhalten. Lass dir an meiner Gnade genügen. Und so hörte ich lange vor allen anderen auf, seine baldige Rückkehr zu erwarten.

Unsere Gruppe in Jerusalem wuchs unentwegt, und bald gab es Fraktionen unter uns – griechischsprachige Juden hier, aramäischsprachige Juden da. Es war unvermeidlich, dass sich erste Risse in unserer Gemeinschaft zeigten, die ja ohnedies zu groß für einen einzigen Versammlungsort geworden war. Rivalitäten und Streitigkeiten entwickelten sich. Bald gab es »Petri Leute« und »Marias Leute«, die »griechischen Juden aus der Synagoge der Freigelassenen« und viele andere.

Sollte ich gefragt werden, woran ich mich aus dieser Zeit am besten erinnere, müsste ich wahrheitsgemäß sagen: an die Streitigkeiten. Der Vorwurf der Günstlingswirtschaft – wurden die griechischen Witwen zugunsten der hebräischen vernachlässigt? – und ähnliche Vorkommnisse rissen uns in Stücke, lange bevor Neros wilde Bestien es taten. Und so endeten die wunderbaren, schwindelerregenden, leidenschaftlichen frühen Tage.

Noch eine andere Frage spaltete uns schon sehr früh: War es zulässig, einen Nichtjuden in unsere Gemeinschaft aufzunehmen? Die Griechisch sprechenden Juden waren schließlich immer noch Juden. Und doch gierten die Fremden sehr viel stärker danach, von Jesus zu hören, als seine israelitischen Landsleute. Es war eine Schande und ein Skandal. Immer wieder erfuhren wir Wissbegier von denen, die außerhalb unserer

Traditionen standen, und Feindseligkeit von denen, die dazugehörten. Was sollten wir tun?

Diesmal war es Petrus, dem die wegweisende Vision zuteil wurde. Er hielt sich gerade in Joppe auf. Zur Mittagsstunde war er auf das Dach gestiegen, um dort zu beten. Dabei erfüllte ihn ein seltsamer Traum. Er sah ein großes Leintuch vom Himmel herabsinken; es öffnete sich vor seinen Augen. Darin wimmelte es von allen unreinen Tieren, die wir nach dem Gesetz Mose nicht verzehren dürfen. Da waren Schlangen, Schildkröten und die Schalentiere des Meeres, Kaninchen – und die abscheulichsten von allen: Schweine. Sie nur anzuschauen war abstoßend, und als eine Stimme befahl: »Petrus, erhebe dich und iss!«, da wich er zurück.

Obwohl die Stimme von Gott zu kommen schien – es konnte aber auch der Satan sein –, widersprach er. »Ich habe derlei noch nie gegessen, habe nie gegen das Gesetz verstoßen, das diese Tiere für ganz und gar unrein erklärt.«

Das ließ die Stimme nicht gelten. »Was Gott dir für rein erklärt, das erkläre du nicht für unrein!«

Petrus blieb fest und protestierte noch zwei Mal, erhielt aber stets die gleiche Antwort.

Dann verschwand die Vision mit dem Leintuch und den Tieren. Ein paar Nichtjuden aus Cäsarea – die während seines Gebets den verwirrenden Befehl von Gott erhalten hatten, zu Petrus zu gehen – klopften an seine Tür. Ihr römischer Herr, Cornelius, hatte in einer Vision die Weisung empfangen, Petrus zu sich rufen zu lassen.

Wie konnte er sich weigern? Er begab sich ins Haus des Cornelius, erzählte den Anwesenden von Jesus und taufte sie am Ende. Nun gehörten sie zu uns. Nichtjuden. Römer. Wir sollten mit ihnen essen und sie als unsere Brüder willkommen heißen.

Und da waren noch verbotenere Anwärter: Einer von uns taufte einen äthiopischen Eunuchen. Einen Eunuchen, obwohl das Gesetz Mose unmissverständlich vorschreibt: »Es soll kein Zerstoßener noch Verschnittener in die Gemeinde des Herrn kommen.«

»Denkt nicht an das Alte, und achtet nicht auf das Vorige! Denn siehe, ich will ein Neues machen; jetzt soll es aufwachsen, und ihr werdet's erfahren.« Hatte die Schrift dies nicht selbst vorhergesagt? Aber wie sollten wir es verwirklichen?

Ja, es gab viele verschiedene Ansichten und Deutungen dessen, was wir zu tun hatten. Eine Gruppe – geführt von Jesu Bruder Jakobus – glaubte, dass wir nur durch die strikte Befolgung des mosaischen Gesetzes den Weg durch dieses neue Gelände finden würden. Er und andere, die seines Sinnes waren, traten dafür ein, dass wir weiterhin im Tempel beten und die Anforderungen des Gesetzes erfüllen, dass wir letzten Endes frömmer als die Pharisäer sein müssten. Der Vorwurf, Jesus habe das Gesetz in irgendeiner Weise missachtet, kränkte sie, und sie waren entschlossen zu beweisen, dass er und seine Anhänger bedingungslos den alten Traditionen gehorchten.

Andere aber sagten: Jakobus, damit ist es vorbei. Wir müssen vorwärts streben.

Jakobus hörte nicht auf sie. Er führte die Kirche in Jerusalem mit eiserner Hand. Es war seltsam, dass sogar Petrus sich ihm unterwarf. Das lässt sich meiner Meinung nach dadurch erklären, dass man damals noch glaubte, man könne Jesus irgendwie besser verstehen, wenn man von seiner königlichen oder doch besonderen Herkunft ausging – was auch auf seine ganze Familie zutraf, die deshalb Ehre und Privilegien verdiene. Wir konnten nicht anders. Wie oft hatten wir vom königlichen Hause David gehört, von den besonderen Verheißungen, die mit diesem Blute verbunden waren. Selbst die heiligen Bunde unseres Volkes waren in die Sprache des Blutes gefasst – angefangen bei Abraham, der einen leiblichen Sohn haben musste.

Nun sollte es also eine Heilige Familie geben, heilig wie die Familie Davids, und sie sollte uns führen. Jesus hatte Brüder, und gewiss hatten sie Vorrang vor allen anderen. Aber das war das alte Denken, das Jesus und der Geist, den er uns gesandt hatte, umgestürzt hatten, wenn auch nicht sofort. Noch heute gilt Simeon, ein Vetter Jesu, in der Kirche als Führer. Aber er steht bei den Römern unter Verdacht, nicht als Christ, sondern wegen seiner Abstammung vom Hause David; die Römer vermuten immer noch, dass dieses Haus Volksführer hervorbringen könne.

Jakobus mit seinen mosaischen und rabbinischen Vorschriften und Verboten war so tyrannisch, dass viele von uns von ihm Abstand nahmen und ohne ihn zusammentrafen. Ich hatte keine Lust, an seinen Versammlungen teilzunehmen oder mir seine Vorträge anzuhören. Ich war dankbar, dass er seinen Bruder – wenn auch spät – anerkannt hatte, aber sein Vorgehen war erdrückend.

Viel schlimmer als Jakobus und sein strikter Legalismus innerhalb unserer Gemeinschaft war die Verfolgung durch die jüdische Obrigkeit. Sie machte Stephanus, einem unserer griechischsprachigen Bekehrten, den Prozess und ließ ihn steinigen, bevor ihre entfesselte Wut sich gegen jeden »abtrünnigen« Juden richtete, den sie finden konnte. Diese Verfolgung trieb uns auseinander. Einige gingen nach Samaria, wo die Menschen bereitwillig auf uns hörten, und tauften dort viele. Andere zogen weiter fort, sodass man zehn Jahre nach der Kreuzigung auf der Schädelstätte Anhänger Jesu an so fernen Orten wie Äthiopien, Rom, Zypern und Damaskus fand.

Die Bitte des großen Jakobus – und des Johannes –, zur Rechten Jesu sitzen und aus seinem Kelch trinken zu dürfen, wurde auf furchtbare Weise von unserem zweiten Feind erfüllt: von der weltlichen Obrigkeit König Agrippa, der Herodes Antipas auf den Thron gefolgt war.

Zu jener Zeit waren einige von uns immer noch in Jerusalem und versuchten, die Kirche von Jakobus und seinen irregeleiteten Auffassungen zu lösen. Vor allem der große Jakobus trat ihm unverhohlen entgegen und predigte unmittelbar zu den Menschen. Das änderte zwar nichts an der Haltung des anderen Jakobus, aber es machte Agrippa auf den großen Jakobus aufmerksam. Agrippa legte es darauf an, seine nachlassende Popularität zu befördern, indem er gegen die Christen vorging. Der große Jakobus war eine gute Zielscheibe und leicht zu verhaften. Ich sah, wie Agrippas Soldaten ihn packten, während er auf dem oberen Markt predigte: Sie schlichen sich von hinten an und nahmen ihn in den Würgegriff.

Wir waren daran gewöhnt, verhaftet zu werden – aber nicht

durch weltliche Behörden. Wir bekamen Angst und beteten für den großen Jakobus. Dass Gott uns nicht erhören würde, konnten wir uns nicht vorstellen.

Aber an einem windigen Sommertag erreichte uns die Nachricht aus dem Palast: Jakobus bar-Zebedäus war zum Tode verurteilt worden und würde im Hof des Palastes enthauptet werden. Enthauptet ... zweifellos in Anerkennung des hohen gesellschaftlichen Ranges seiner Familie. Ihre langjährigen Beziehungen zum Haus des Hohepriesters hatten am Ende also nur beeinflusst, welche Todesart ihm bestimmt wurde.

Johannes nahm die Neuigkeit entsetzt und fassungslos in seinem Haus in Jerusalem von uns entgegen. Er saß da und wiegte sich vor und zurück.

»Jakobus – nein, nein!«, wiederholte er unablässig, den Kopf in die Hände gelegt. »Nein, nein, nein!«

Zu jener Zeit wohnte Jesu Mutter bei ihm, wie Jesus es gewollt hatte. Sie versuchte ihn zu trösten, während wir uns um ihn versammelten.

»Johannes, mein lieber Sohn – mein wahrer Sohn, wie Jesus es gesagt hat –, die Trauer darf dir nicht das Herz zerreißen. Es war das, was dein Bruder sich gewünscht hat, worum er gebeten hat, vor langer Zeit. Weißt du nicht mehr, was Jesus geantwortet hat?«

Johannes hob den Kopf. »Wie kann ich das vergessen? ›Du wirst wahrlich aus meinem Kelch trinken.‹ Aber wir wussten doch nicht, was wir da erbaten! Das hat Jesus gesagt.«

»Ja, aber jetzt weißt du es«, sagte Maria. »Willst du deine Bitte jetzt zurücknehmen?«

»Nein«, sagte er, »nicht für mich selbst. Ich bin dazu bereit. Aber mein Bruder ...« Er wandte sich ab. »Der Preis ist zu hoch. So zu sterben ...«

»Ein gnädigerer Tod, als sein Herr ihn zu erleiden hatte«, sagte Jesu Mutter.

»Ja, natürlich, das weiß ich, aber ...« Johannes ließ den Kopf sinken und weinte.

Er brachte es nicht über sich, die Hinrichtung mit anzusehen, obwohl man durch das Palasttor zuschauen konnte. Auch wir anderen vermochten es nicht; wir hatten eine Hinrichtung gesehen, noch eine konnten wir nicht ertragen. Also warteten wir zusammen in Johannes' geräumigem Haus, wo es kühl und hell war, und beteten, während der große Jakobus in den Tod ging – tapfer seinen Glauben verkündend, wie wir hörten.

Der Schrecken war überwältigend: Der Erste aus unserer treuen Gemeinschaft hatte sterben müssen. Bis dahin hatten wir uns von Gott beschützt gefühlt. Hatte er Petrus und uns nicht die Kerkertür geöffnet? Waren wir nicht frei durch die Straßen Jerusalems gezogen, den Tempeloberen und allen unseren Feinden zum Trotz? Wir hatten geglaubt, dass unsere wichtige Mission uns Sicherheit gab.

Still und unter Tränen legten wir Jakobus zur letzten Ruhe in ein Felsengrab, nicht weit von Nikodemus' Garten. Die Jerusalemer Gemeinde war vollständig zugegen. Johannes konnte sich kaum auf den Beinen halten; andere mussten ihn stützen.

»Jakobus, Jakobus«, rief er immer wieder, »oh, Jakobus!«

»Jesus ist jetzt bei ihm«, sagte Petrus. »Jesus hat ihn erwartet.«

»Aber Jesus ist auch bei uns«, flüsterte Johannes. »Wir brauchen doch nicht zu sterben, um ihn zu sehen.« Und er weinte weiter.

In seinem Streben nach Beliebtheit sah Agrippa, dass sein Handeln in bestimmten Kreisen der Bevölkerung Gefallen gefunden hatte. Also machte er Jagd auf uns. Petrus wurde während des Passahfestes verhaftet und ins Gefängnis geworfen. Wir anderen versteckten uns in verschiedenen uns freundlich gesonnenen Häusern vor dem Zugriff der Behörden.

Doch auch wenn wir um unser Leben fürchteten, kam es nicht infrage, dass wir von unserem Auftrag abließen. Wir waren nicht zum Schweigen zu bringen. Petrus hatte einmal zu Kaiphas gesagt: »Es ist uns unmöglich, nicht über das zu sprechen, was wir gesehen und gehört haben.« Und so überlegten wir immer nur, wie wir überleben, aber nicht, wie wir unsere Sache aufgeben könnten.

Zu aller Freude und Überraschung konnte Petrus entfliehen!

Er kam zu uns, als wir uns in einem Haus versammelt hatten. Die Frau, die an der Tür Wache stand, war so verblüfft, dass sie einen Geist zu sehen glaubte. Sie stolperte zu uns herein, um es uns mitzuteilen – doch als wir zur Tür stürzten, stand ein sehr lebendiger Petrus vor uns.

Wir holten ihn ins Haus. Er war benommen und zitterte; für ihn war alles wie ein Traum.

»Ich ... Ich fand mich unversehens in einer Gasse wieder«, erzählte er. Er sah furchtbar aus; sein Haar war zerzaust, seine Kleider in Fetzen. »Ich dachte, ich träume. Ich weiß nicht, wie ich entkommen bin. Ich glaube – mir war, als führe ein Engel mich. Aber die Nachtluft und der Gestank in der Gasse sagten mir, dass es kein Traum war.«

Jemand hatte ihm einen Becher in die Hand gedrückt und bestand darauf, dass er trank. Man reichte ihm Brot und Käse, und er aß mit Heißhunger.

»Es ist zu gefährlich hier«, sagte Petrus. »Ich kann nicht lange bleiben.«

»Ich glaube nicht, dass dieses Haus beobachtet wird«, sagte die Eigentümerin, die Mutter eines Jüngers namens Markus.

»Ich rede von Jerusalem«, sagte Petrus. »Ich muss fort. Und ich rate allen, die den Behörden bekannt sind, dringend, ebenfalls zu gehen.«

»Aber ... wo willst du denn hin?«, fragte Johannes.

»Dahin, wo sie mich niemals suchen werden. Nach Rom.«

»Nach Rom!«, rief Jesu Mutter.

»Ja. Ich gehe geradewegs nach Rom. Dort gibt es jüdische Brüder, die meine Geschichte hören müssen.«

»Aber Caligula hat unser Volk gehasst ...«

»Es heißt, Claudius ist uns freundlicher gesonnen. Und anders als sein Vorgänger behauptet der neue Kaiser nicht, ein Gott zu sein. Wir müssen die Kirche nach Rom bringen, denn schließlich ist Rom die Hauptstadt der Welt.«

»Rom! Aber unser Feind ...«

»Es ist schwer, sich einen Messias vorzustellen, der nicht gekommen ist, um die Römer zu vertreiben, sondern um für sie zu sterben, nicht wahr?«, sagte Petrus leise. »Aber wenn wir zugeben, dass die Nichtjuden uns willkommen sind, dann müssen wir auch Römer unter uns aufnehmen – selbst die, die in Rom leben.«

»Römer. Wir haben ja ein paar unter unseren Anhängern hier, aber tatsächlich nach Rom zu gehen ... oh, Petrus, das darfst du nicht.« Johannes legte ihm sanft die Hand auf den Arm.

»Ich fürchte, Jesus hat es mir aufgetragen.« Petrus schaute ihm in die Augen. »Also muss ich es tun. Ich muss euch Lebewohl sagen, obwohl ich weiß, dass ich vielleicht keinen von euch je wiedersehen werde.«

So war auch Petrus fort! Einer nach dem anderen würden wir in alle Winde zerstreut werden, verschwinden, sterben. Plötzlich fühlte ich mich sehr allein.

LXII

Das Testament der Maria von Magdala, genannt Magdalena – Fortsetzung

Was sollten wir jetzt tun? Woher sollten wir wissen, wohin wir uns wenden sollten? Sollten wir zusammenbleiben und beten? Sollten wir auf ein Zeichen warten? Wie hatte Jesus solche Entscheidungen gefällt? Wir haben es nie gewusst. Er hatte immer nur verkündet, was er tun wollte, aber nie, wie sein Entschluss zustande gekommen war. Wir wussten nur, dass er viel Zeit im Gebet verbracht hatte.

Irgendwie spürte ich plötzlich, dass wir vielleicht alle gefordert waren, das zu tun, was uns am meisten widerstrebte. Petrus fühlte sich unter Nichtjuden unbehaglich? Dann musste er nach Rom. Matthäus sehnte sich danach, nach Galiläa zurückzukehren? Dann musste er hier bleiben. Johannes verspürte den Wunsch, ins Ausland zu gehen wie Paulus? Er war Jesu Mutter verpflichtet. Maria war nicht mehr jung, und sie hatte noch andere Kinder hier in Jerusalem, vor allem Jakobus, der eine so bedeutende Persönlichkeit in der Kirche war. Aber solange Maria lebte, musste Johannes bei ihr bleiben.

Und ich? Was musste ich tun? Was wollte Jesus von mir? Konnte ich ihn einfach fragen? (Paulus hatte berichtet, dass Jesu Geist ihm dies und das gesagt und ihm den Weg gewiesen hatte. Konnte das auch mir widerfahren?)

Mehr als alles andere wollte ich nach Magdala zurück. Ich wollte meine Familie wiedersehen, meine Tochter suchen und in den Armen halten. Sie würde jetzt siebzehn sein. Eine Frau. So alt war ich gewesen, als man mich mit Joel verlobt hatte. Mein Kind – kein Kind mehr. Das Verlangen danach, Elischeba zu sehen, sie endlich leibhaftig zu sehen, wuchs zu einem Schmerz, der über mich hinwegrollte wie eine Woge.

Ich zog mich zurück – was leichter gesagt als getan war, denn ich wohnte in einem großen Haushalt, den Johannes auf dem Berg Zion eingerichtet hatte – und bat Jesus, mir zu sagen, was ich tun sollte. Aber in Wahrheit wusste ich schon, was ich tun wollte. Ich wollte nur, dass er mir die Erlaubnis dazu erteilte.

Ich wusste, dass er nein sagen würde. Ich wusste, dass er mir befehlen würde, in Jerusalem zu bleiben, um mich hier um die verfolgten Gläubigen zu kümmern.

So kniete ich da, die Augen fest geschlossen, während meine Gedanken sich überschlugen und meine zweiundvierzig Jahre alten Knie den harten Steinboden nur allzu schmerzhaft spürten, und legte meine Pläne Punkt für Punkt dar. Erstens, ich wolle feststellen, ob es in Magdala auch Anhänger des »Weges« gebe. Zweitens, ich müsse mich der Situation der Bruderschaft in Galiläa vergewissern, damit ich einen Bericht darüber verfassen könne. Drittens, es sei gefährlich in Jerusalem und deshalb besser, wenn ich einstweilen woanders hinginge.

Ich erwartete Schweigen. Ich rechnete mit dem bohrenden Gefühl, dass alle meine guten Gründe in Wahrheit nur selbstsüchtige Vorwände waren. Ich nahm an, dass ich sie würde aufgeben müssen.

Doch noch bevor ich alles dargelegt hatte, bekam ich eine unmissverständliche Antwort. Geh! Geh nach Magdala! Das erfordert mehr Mut als alles andere.

»Und soll geschehen, ehe sie rufen, will ich antworten; wenn sie noch reden, will ich hören.«

Die Bestätigung dieser Verheißung aus dem Buch Jesaja verschlug mir fast den Atem.

Manchmal erlaubt Jesus uns, den Wünschen unseres Herzens zu folgen, obgleich er weiß, dass es uns nicht dahin führen wird, wohin wir wollen. Der Psalmist sagt: »Er aber gab ihnen ihre Bitte und sandte ihnen genug, bis ihnen davor ekelte.«

Und – oh! – welcher Ekel erwartete mich! Um die Mittagsstunde erreichte ich die Stadtmauer und kam auch mühelos durch das Tor, obwohl meine Beine schlotterten. Selbst der Anblick der unverfänglichsten Häuser ließ mich erzittern, und ich musste die Hand ausstrecken, um mich zu stützen. Der Marktplatz, die lange Straße am See, wo mein altes Haus stand, die Fischhalle meines Vaters, das Kopfsteinpflaster, der Kai, die Gossen, der Pfad am See entlang, all das hatte mich geformt und war immer noch Teil meiner selbst. Und es war alles immer noch da. Irgendwo, irgendwo war Elischeba. Diese Straßen bargen sie, dieses Wasser schlug an einen Wellenbrecher, auf dem sie einherging.

Da wusste ich noch nicht, dass sie nicht mehr hier war. Sie hatte geheiratet und war nach Tiberias gezogen, und so fand ich sie nicht, als ich suchend durch die Straßen wanderte. Aber – oh! – wie starrte ich in jedes Gesicht, um zu sehen, ob es ihres sein könnte! Wie mochte sie aussehen als junge Frau? Wie ich oder wie Joel – oder ganz anders? War sie groß oder klein, ihr Gesicht rund oder länglich, waren ihre Lippen schmal oder voll? Was war sie jetzt, meine Tochter, was hatte Gott aus ihr gemacht?

Ich erreichte den See. Es dämmerte allmählich. War der Glanz vergangen? Hier hatte alles begonnen. Aber waren die Menschen hier nun seine Anhänger? Joel … und Jesus … und Elischeba … Aber alles, was ich habe, ist diese verschwommene, leere Gegenwart, losgelöst von meinen Anfängen; noch bin ich nicht an meinem Ende angelangt, und unentwegt sehne ich mich nach einem menschlichen Antlitz mehr als nach allen anderen, nach dem Gesicht meiner Tochter. Und ich kann sie nicht finden.

Ich senkte den Kopf und lauschte den Wellen.

»Denkt daran, ich werde bei euch sein bis ans Ende der Zeit.« Das hatte Jesus gesagt, bevor er für immer von uns gegangen war.

Für immer von uns gegangen. Diese melancholischen Worte stehen in einem solchen Gegensatz zu dem, was er wirklich gesagt hat: dass er hier ist, jetzt, in diesem Augenblick. An diesem Kai. Warum kommt er mir dann so leer vor? Ich bin allein. Er ist nicht da, trotz allem, was er gesagt hat. Auch Elischeba ist nicht da. Ich bin nur eine irregeleitete, törichte Frau, die mutterseelenallein auf einem verlassenen Kai sitzt.

Elischeba! Jesus! Kommt zu mir!

Ermattet und entmutigt schickte ich mich an, die Nacht dort zu verbringen, versunken in Selbstmitleid und Trauer. Doch jemand sah mich dort sitzen – wie sich herausstellte, ein Anhänger Jesu. Er ließ sich nicht abweisen – obwohl ich tatsächlich lieber allein geblieben wäre – und führte mich zum Haus des Hafenmeisters.

Er war der Sohn des Hafenmeisters, den ich in meiner Jugend gekannt hatte, und er war ein Gläubiger. Als ich ihm sagte, wer ich sei, erfuhr ich zum ersten Mal Verehrung.

»Du warst bei Jesus? Bei ihm selbst?« Sein Blick verriet eine Erregung, wie ich sie noch nie beobachtet hatte – nicht einmal bei jemandem, der Jesus zum ersten Mal begegnet war, dem leibhaftigen Jesus. Er stürzte zur Tür und flüsterte seinem Knecht wild gestikulierend etwas zu.

Er rief die Gemeinde zusammen, die sich in seinem Hause versammelte; bald waren alle da, um mich zu sehen. Sie stellten mir Fragen über Fragen, berührten mein Gewand, äußerten Bitten.

»Du warst die Erste, die ihn nach seiner Auferstehung gesehen hat«, sagte ein junger Mann. »Du musst vor allen anderen in seiner Gunst gestanden haben.« Er kniete ehrfürchtig nieder.

Das war allerdings eine ironische Wendung – Leute aus Magdala verneigten sich vor einer Frau, die andere Leute aus Magdala für unwürdig befunden hatten, die eigene Tochter zu sehen.

»Du irrst dich«, sagte ich. »Jesus begünstigt niemanden. Vor ihm sind alle gleich.«

»Aber du warst bei ihm. Du warst auserkoren, zu seinem inneren Kreis zu gehören. Wir haben ihn wohl sprechen hören, aber nur aus der Ferne. Sag uns, sag uns, wie er war! Berichte uns alles, was er gesagt hat!«

Ich erinnere mich an Jesu Worte nach unserem letzten Abendmahl: dass der Heilige Geist über uns kommen und uns an alles erinnern werde, was er uns gesagt habe. Jetzt, scheint mir, sollte ich auch die kleinste seiner Äußerungen aufzeichnen, wie ich sie im Gedächtnis habe, weil sie vielleicht für jemand anderen Bedeutung haben könnte, für jemanden, dem ich nie begegnen werde.

Die ganze Nacht versuchte ich, ihre Fragen zu beantworten. Niemand schlief, bis uns die Zungen schwollen und die Köpfe auf die Brust sanken. Ich hatte ebenso viele Fragen an sie wie sie an mich. Wie war die Kirche in Magdala entstanden? Hatte jemand sie gegründet, der von Jesus überzeugt worden war, als Jesus hier gewesen war? Hatten auch Nichtjuden sich anschließen wollen? Wie viele gehörten inzwischen dazu? Hielten sie an der Überlieferung fest? Beteten sie weiter in der Synagoge?

Die letzte Frage rief schallendes Gelächter hervor.

»Wo Eli und seine Gefolgsleute das Sagen haben?«, fragte ein Mann kopfschüttelnd. »Du kannst dir wohl vorstellen, welche Aufnahme wir da gefunden haben.«

»Eli bar-Nathan?«, fragte ich. »Dessen Frau Dina heißt?«

»Ebender«, sagte der Mann. »Dein Bruder. Er ist so fromm und steif und selbstgerecht, dass er sich ebenso gut in eine Salzsäule verwandeln könnte wie Lots Weib. Er tut nichts anderes als zurückzuschauen.«

»Wir haben versucht, die Schrift zu deuten und Jesus zu erklären«, sagte ein anderer. »Aber Eli hat dafür gesorgt, dass man uns den Mund verbot und aus der Synagoge vertrieb. Wir durften nie wieder hinein.«

»Er hasst uns«, sagte der erste Mann. »Wenn die römischen Behörden kämen, um uns zu finden, wäre er der Erste, der uns anzeigt.«

»Ich bin diejenige, die er hasst.« Ich erkannte gleich, dass unser Familienzwist andere in große Bedrängnis gebracht hatte. »Er war so zornig auf mich, weil ich Jesus nachgefolgt bin, dass er mich aus der Familie verstieß, wie er euch aus der Synagoge verstoßen hat. Er hat mir nie Gelegenheit gegeben, es zu erklären, hat mir nie zuhören wollen.«

»So ist Eli«, sagte eine Frau achselzuckend.

»Sagt – wohnt er immer noch im selben Haus?«

»Nein, er ist in eine feinere Gegend gezogen. Er wohnt jetzt am Westrand des Marktes. Ich glaube, er hat mit dem Verkauf eures alten Hauses einen ordentlichen Gewinn erzielt.«

»Und das Mädchen, das sie bei sich aufgenommen haben – meine Tochter – kennt sie jemand von euch? Habt ihr sie gesehen?« Das Herz wollte mir stehen bleiben, während ich auf die Antwort wartete.

»Sie hatten selbst eine umfangreiche Brut«, sagte eine Frau. »Mehrere Jungen, glaube ich.«

»Und eine Tochter«, sagte ich, um ihrem Gedächtnis auf die Sprünge zu helfen.

»Ja, das stimmt. Sie hieß Hanna und war ziemlich schön, als sie größer wurde – und widerspenstig.« Die Frau lachte. »Sie ist mit einem Kaufmann aus Tyrus durchgebrannt. Es hieß, seine Brokate hätten ihr gut gefallen.« Schrilles Gelächter erhob sich in der Runde.

»Was er ein – ein – Heide?« Das konnte ich mir nicht vorstellen. Was für ein Schlag für Eli und Dina!

»Jude war er nicht«, sagte der Mann. »Ich glaube nicht, dass sie Baal noch anbeten, aber er betete an, wen immer sie da oben anbeten mögen.«

»Und das andere Mädchen?« Ich blieb beharrlich. »Erinnert ihr euch an sie?«

Die Frau zuckte die Achseln. »Es ist viele Jahre her, dass wir sie gesehen haben. Du musst bedenken, dass wir schon vor langer Zeit aus der Synagoge vertrieben wurden.«

»Ich muss Genaueres wissen«, sagte ich. »Bitte führt mich morgen zu Elis Haus.«

Sie bedrängten mich weiter mit Fragen nach Jesus und der Kirche in Jerusalem, bis ich keine Stimme mehr hatte.

Dann stand ich vor dem Haus, einem großen Steinhaus, ziemlich beeindruckend. Joels Haus muss ihm einiges eingebracht haben, dachte ich. Wahrhaftig.

Ich konnte kaum atmen. Hinter dieser Tür war das, was mir auf Erden am teuersten war, aber vielleicht würde es mir für immer verwehrt bleiben.

Als eine Magd die Tür öffnete, konnte ich sie nur stumm anstarren.

Eli und Dina hatten jetzt also Diener. »Ich möchte zum Herrn oder zur Herrin des Hauses«, sagte ich schließlich in festem Ton. Ich fühlte mich seltsam stark und schwach zugleich. Die Stärke kam von Jesus, der an meiner Seite stand. Die Schwäche war meine eigene.

»Sehr wohl.« Statt mich hereinzubitten, machte sie mir die Tür vor der Nase zu und ließ mich stehen.

Endlich öffnete sich die Tür wieder, und Eli funkelte mich an.

»Du!«, war sein erstes Wort.

»Ja. Ich bin es, deine Schwester Maria.«

Er starrte weiter erbost durch die nur halb geöffnete Tür zu mir heraus.

»Darf ich eintreten?«

Widerwillig ließ er mich ein. Das Erste, was ich sah, war ein geräumiges Atrium; dahinter lagen elegante Zimmer.

Er musterte mich von Kopf bis Fuß. Ich war zweiundvierzig und hatte ihn seit vielen Jahren nicht gesehen. Er war dreiundfünfzig und immer noch gut aussehend; sein Gesicht erschien kaum verändert, nur ein wenig wettergegerbt. Seine Söhne waren erwachsen, seine Tochter war verheiratet und ausgeflogen. Gewiss war es richtig, dass wir jetzt wieder aufeinander zugingen.

»Die Jahre waren gut zu dir«, sagte er, aber es hörte sich an, als müsse er sich zu diesen Worten zwingen.

Wirklich? Ich wusste es nicht. Ich konnte mich nicht erinnern, wann ich mich das letzte Mal in einem Spiegel oder in einem Wasserbecken angeschaut hatte. Ich war so sehr mit dem unsichtbaren Teil meiner selbst beschäftigt gewesen, dass ich den sichtbaren gar nicht beachtet hatte.

»Wie geht es dir, Eli?« Ich wollte es wirklich wissen. Ich verspürte ein seltsames Interesse und – jawohl – Fürsorglichkeit für ihn. Er war mein Bruder, und die Zeit verging schneller, als uns lieb sein konnte. Hass und Missverständnisse – das war ein Luxus, den wir uns nicht mehr leisten konnten.

»Ganz gut.« Er machte immer noch keine Anstalten, mich hereinzubitten. Er ließ mich im Atrium stehen wie eine Hausiererin.

»Und Dina?«

»Ganz gut«, wiederholte er.

Stocksteif stand er da und starrte mich nur an. Also musste es so gehen. »Und meine Tochter Elischeba?«

»Nicht mehr hier.«

»Wo ist sie?«

»Sie hat geheiratet. Einen prächtigen Mann aus Tiberias. Joram.«

Geheiratet. Meine Tochter hatte geheiratet! Und man hatte mich nicht gefragt, mich nicht einmal in Kenntnis gesetzt.

»Sie ist doch erst siebzehn!«

»Alt genug. Es war eine gute Partie.«

»Und jetzt lebt sie dort?«

»Ja. Aber ich werde dir nicht sagen, wo.« Es klang, als ramme er einen Stab in den Boden.

»Warum nicht?« Ehe er antworten konnte, fuhr ich fort. »Wenn du es mir nicht sagst, werde ich jemanden beauftragen, es herauszufinden.«

»Tu das!« Eli verschränkte die Arme vor der Brust.

»Das werde ich auch. Aber es wäre sehr viel einfacher, wenn du es mir sagtest.«

»Das werde ich nicht tun.«

»Aha.« Ich holte tief Luft. »Was ist mit den Briefen, die ich ihr geschrieben habe? Sie hat mir nie geantwortet.«

»Sie wollte nicht mir dir sprechen, weder brieflich noch persönlich.« Reglos stand er da, ohne mit der Wimper zu zucken.

»Ist das wahr? Oder hast du die Briefe zurückgehalten und ihr gar keine Wahl gelassen?«

»Willst du behaupten, dass ich lüge?« Diese Beleidigung ließ ihm die Augen aus den Höhlen treten.

»Ja, Eli. Genau das will ich behaupten. Hast du ihr meine Briefe gegeben?«

»Nein«, gestand er. »Ich wusste, dass es schmutzige Traktate voller Ketzerei waren und sie vernichtet werden mussten.« Er machte eine abschätzige Geste.

»Ich danke dir, dass du es zugibst. Meine Tochter hat also nie erfahren, dass ich versucht habe, ihr zu schreiben.«

»Nein, aber was macht das schon aus? Sie hätte deine Worte weder hören noch lesen wollen. Sie ist fromm, und sie kennt die Wahrheit. Die Wahrheit, die du verdrehen willst.« Er schüttelte den Kopf.

Ich schaute ihn an und fühlte mich seltsam erleichtert und zugleich unendlich traurig. Sie hatte mich nicht verworfen, aber sie hatte auch die Briefe nie gesehen, die ich ihr im Laufe der Jahre so mühevoll geschrieben hatte. Und um Elis Frage zu beantworten: Was es ausmachte, war der dauerhafte Unterschied zwischen Wahrheit und Lüge.

Ich blickte mich um. »Wie ich sehe, werde ich nicht einmal jetzt eingeladen, dein Haus zu betreten.«

»Du bist eine Abtrünnige, eine Schande«, sagte Eli. »Niemals würde ich dich einladen, einen Fuß in mein Heim zu setzen.« Er schob mich entschlossen zur Haustür.

»Wo ist Silvanus?«, fragte ich. Ich musste ihn sehen, und zwar dringend.

»Ich nehme an, du meinst Samuel. Glaubst du, bei ihm hast du mehr Glück? Samuel ist verstorben. Er hat sich zu unseren Vorfahren begeben. Du findest sein Grab vor der Stadtmauer.«

Ich schlug mir die Hand vor den Mund. »Nein! Wann denn – und wie?«

Eli runzelte die Stirn. »Er ist an einer auszehrenden Krankheit gestorben«, sagte er knapp. »Vor mehr als zehn Jahren. Seine griechischen Moden haben ihm am Ende nicht geholfen und sein griechischer Arzt auch nicht.«

»Ach, Eli«, sagte ich. »Bist du nie auf den Gedanken gekommen, dass dein Hass die eigentliche auszehrende Krankheit ist?«

Er schnaubte. »Mögen alle Ketzer zugrunde gehen.« Er hatte sein Urteil über mich gesprochen und schloss die Tür.

Jetzt weißt du es, Elischeba. So hat es sich zugetragen, als ich nach Magdala kam, um dich zu finden.

Zu Fuß machte ich mich auf den Weg nach Tiberias. Nachdem ich einen Tag damit verbracht hatte, viele Leute zu fragen, wo ein Mann namens Joram, geboren in Tiberias, wohnen mochte, wies man mich zu einem einstöckigen Haus in einem hochgelegenen Viertel. Ich blieb davor stehen und klopfte an die Tür, aber niemand öffnete.

Stille. Warst du einkaufen gegangen? Verreist? Ich würde es nie erfahren. Ich stand da und klopfte, und niemand öffnete, obgleich du in diesem Hause wohntest, meine liebste Tochter.

War es dein Haus? Ich wusste nur den Namen Joram, und in Tiberias wird es viele gegeben haben, die so hießen, aber Elis Worten hatte ich entnommen, dass dieser Joram ein bekannter Bürger sein musste.

Im Laufe der Jahre war ich ein paarmal da, aber immer blieb die Tür verschlossen.

Ich habe mich wieder und wieder nach dir erkundigt, stieß jedoch immer nur auf Schweigen.

LXIII

An Maria von Magdala, jetzt von Ephesus

Meine Herrin, die Frau Elischeba, hat die Apologien gelesen, die du ihr beharrlich sendest, und findet sie weiterhin merkwürdig und peinlich. Vor allem beunruhigt sie dein Bericht über dein Zusammentreffen mit Eli und deine darauf folgende Suche nach ihr in Tiberias. Im Laufe der Jahre hat sie wohl bemerkt, dass Leute ihr Haus beobachteten, es umschlichen und in den Hof spähten. Sie hatte das Gefühl, bespitzelt zu werden, und nun weiß sie, warum. Du hast sie beobachten lassen, du hast Leute beauftragt, dir über sie Bericht zu erstatten.

Noch einmal bitten wir dich, all das zu unterlassen. Wenn du Gott fürchtest und seine Gebote achtest, dann wirst du aufhören, diese beunruhigenden Briefe an eine Frau zu schicken, die nichts anderes will, als in Frieden ein rechtschaffenes Leben zu führen.

Tirza, Dienerin der Frau Elischeba

An meine Mutter

Ich kann nicht anders, ich muss ein paar eigene Worte hinzufügen, auch wenn ich mir geschworen hatte, es nicht zu tun. Tirza spricht für mich, aber nicht mit den Worten, die ich wählen würde.

Mein Leben lang bist du mir ein Rätsel gewesen. Nun endlich kenne ich dich. Ich weiß den Mut zu schätzen, mit dem du dies möglich gemacht hast.

Aber dass wir uns wiedersehen – nein, ich glaube, es ist besser, wenn alles so bleibt, wie es ist.

Deine Tochter Elischeba

LXIV

Das Testament der Maria von Magdala, genannt Magdalena – Fortsetzung

Ich kehrte nach Magdala zurück und verbrachte dort noch viele Tage mit den Gläubigen. Ich versuchte ihre Fragen zu beantworten und ihnen alles zu erzählen, was sie meiner Meinung nach wissen sollten. Aber sie schienen mir bereits auf einem festen Fundament zu stehen, und das war beruhigend. Ich berichtete ihnen, dass auch andere dabei seien, die Worte und Werke Jesu aufzuzeichnen, sodass die Erinnerungen an Jesus nicht in Gefahr geraten oder verloren gehen könnten, selbst wenn die persönlichen Erinnerungen verblassten.

»Du bist berühmt hier in Galiläa, weißt du das?«, sagte einer der Ältesten. »Du hattest etwas, das niemand je wieder haben wird: Du bist an der Seite des lebendigen Jesus gewandelt.«

Wenn man sich vorstellt, dass jeder einmal diese Gelegenheit hatte!

»Wirst du noch eine Weile bleiben«, fragten sie, »um uns zu führen und zu unterweisen?«

Ich fühlte mich verpflichtet, nach Jerusalem zur Mutterkirche zurückzukehren, aber ich hatte versprochen, mich vom Geist leiten zu lassen, und nun verspürte ich den starken Drang, noch bei diesen Leuten zu bleiben.

»Ja, ja, das werde ich«, versicherte ich ihnen, und ich ließ mir eine kleine Unterkunft suchen, ein wackliges, mit Decken verhängtes Holzgestell auf irgendjemandes Dach. Von diesem Dach aus konnte ich über den See hinaus zu den Bergen blicken, und nachts saß ich allein dort draußen, wenn ein milder Wind von den Höhen herabwehte.

Jede Nacht, bevor ich mich in mein notdürftiges Kämmerchen zurückzog, schaute ich nach Tiberias hinüber und sandte meine Gebete und meine Liebe zu dem Haus, in dem meine Tochter wohnte. Ich schickte ihr sogar einen Korb mit erlesenen Früchten und einen Brief, aber der Junge, der ihn überbrachte, musste beides vor der Tür ablegen, denn wieder war niemand zu Hause – oder niemand öffnete die Tür.

Warum bin ich damals nicht noch einmal selbst hingegangen, als ich in der Nähe weilte? Das habe ich mich seitdem oft gefragt. Ich glaube, ich war entmutigt von Elis grausamen Worten und fürchtete, sie könnten wahr sein. In dieser Hinsicht war ich feige. Unablässig legte ich mir die wunderbaren Worte zurecht, die ich sagen würde, wenn ich meiner verlorenen Tochter von Angesicht zu Angesicht gegenüberstände, aber sie waren mir nie wunderbar oder liebevoll oder überzeugend genug. Also sprach ich sie niemals aus, und das war viel schlimmer.

Während ich mit diesen bedrückenden Gedanken an meine mir entfremdete Familie zu kämpfen hatte, wurde ich von der kleinen Gemeinde von Christen – ich benutze diesen Ausdruck, denn er hat sich inzwischen weit verbreitet – in Magdala verehrt. Sie trafen sich in verschiedenen Häusern und taten es wie die anderen Gläubigen an dem Tag, da das leere Grab entdeckt worden war, und nicht mehr am Sabbat. Deshalb war es ein gewöhnlicher Arbeitstag, und die Zusammenkünfte konnten nur abends stattfinden.

Dennoch waren die Menschen voller Kraft und Begeisterung, und sie brannten darauf, einander zu sehen und über Jesus zu sprechen. Die Männer brachten Wein mit, die Frauen Fisch, Brot, Oliven, Weintrauben, Feigen und Honig. Das gemeinsame Mahl war Teil ihrer Andacht; sie wiederholten das Mahl, das Jesus mit seinen Jüngern eingenommen hatte, und gedachten dessen, was er über seinen Leib und sein Blut gesagt hatte. Und wie er an unserem ersten Abend ohne ihn plötzlich zugegen gewesen war, war er es an diesen Abenden auch bei diesen Leuten.

Anschließend sangen wir Psalmen, lasen aus der Schrift vor oder aus den Briefen reisender Christen, die uns von den Kirchen berichteten, die sie besucht hatten. Paulus war berühmt für solche Briefe, aber auch viele andere schrieben uns; so gab es einen Korrespondenten namens Justus, dem das Protokoll des Gottesdienstes am Herzen lag; er wollte, dass es dabei nicht allzu sehr zuging wie in der Synagoge.

»Als wäre das überhaupt möglich«, bemerkte eine Frau, die neben mir saß. »Sowie man den Namen Jesus ausspricht, wird man dort hinausgejagt.« Sie lachte von Herzen, und auch ich musste lächeln, als ich mir Eli in der Synagoge vorstellte.

Ein Mann schwang sich zum Propheten auf; er fühlte sich vom Heiligen Geist geleitet und wollte über die Anwesenheit Jesu im Alltäglichen sprechen. Nach einem Schlussgebet wandte sich die Gruppe den Bedürfnissen der Gemeinde zu. Sie fragte sich auch, wie die Gebräuche sich von einer Kirche zur anderen unterscheiden mochten; abgesehen von den wenigen Briefen erfuhr sie ja nicht, was die anderen taten.

»Wir können es nicht wissen«, sagte ein Mann. »Manchmal kommen Besucher wie du, und das hilft uns, aber da wir eine mehr oder weniger geheime Gruppe sind – wie können wir da unsere Glaubensgenossen erkennen und ihnen die Hand reichen?«

»Mir scheint, ihr habt inoffizielle Führer«, sagte ich. »Vielleicht solltet ihr euch feste Führer wählen, Älteste oder Ministranten, damit sie im Namen eurer Kirche Verbindung zu anderen Kirchen aufnehmen können. In der Kirche in Jerusalem, die als Mutterkirche gelten muss, haben wir Amtspersonen, Leute, die in Räten sitzen oder die Missionare auswählen, die sie in neue Gemeinden entsenden. Ich erinnere mich, dass Petrus und Johannes nach Samaria gehen mussten, um dort mit den Neubekehrten zu sprechen.«

»Aber wir wollen keine Amtspersonen«, wandte ein junger Mann ein. »Wir sollen doch alle gleich sein. Sobald man jemanden zum Ältesten ernennt, begründet man eine Hierarchie. Und welchen Rang sollen diese Leute dann haben? Steht ein Lehrer unter denen, die für mildtätige Werke zuständig sind? Und was ist mit denen, die Prophezeiungen aussprechen? Sag uns – waren nicht alle Jünger Jesu gleich?«

Bevor ich antworten konnte, redete er weiter. »Es wird viel davon geredet, dass Petrus von Jesus einen besonderen Auftrag erhalten habe. Nun, ist das wahr? Du warst doch dabei. Ist es wahr?«

»Ich glaube nicht.« Ich versuchte mir ins Gedächtnis zu rufen, was Jesus vor uns über Petrus gesagt hatte. Er hätte es doch vor uns sagen müssen, wenn Petrus irgendeinen Vorrang haben sollte. Ich erinnerte mich, wie er Petrus das Ende seines Lebens prophezeit hatte – dass man ihn führen werde, wohin er nicht gehen wolle. Ich erinnerte mich, dass er zu ihm gesagt hatte: »Weide meine Schafe.« Aber das war nichts Präzises, nichts, was ihm irgendeine Autorität verliehen hätte.

»Manche von Petri Leuten behaupten es aber«, beharrte der junge Mann. »Es gibt hier viele von ihnen – es ist ja nicht weit bis Kapernaum, wo seine Familie lebt –, und sie behaupten, Jesus habe Petrus zu seinem ... seinem ... Stellvertreter ernannt oder so etwas. Er habe Petrus seine eigene Macht übertragen.«

Ich musste lachen. »Es ist wahr, Petrus hat Kranke heilen können. Und er ist ein machtvoller Prediger. Doch Jesus hat uns allen die Macht verliehen, Kranke zu heilen, als er uns auf unsere Mission sandte.«

»Petri Leute behaupten, er könne Sünden vergeben«, sagte der Jüngling.

»Das habe ich Petrus selbst niemals sagen hören«, antwortete ich, »obwohl ich viel Zeit in seiner Gegenwart verbracht habe. Ich glaube nicht, dass Jesus einen Nachfolger bestimmt hat. Er wusste, dass wir alle dessen unwürdig waren – oder alle gleichermaßen würdig.«

»Petri Leute sagen, solange nicht Petrus oder einer seiner Stellvertreter eine Kirche besucht und den Menschen dort die Hand auflegt, können sie keine wahren Christen sein oder den Heiligen Geist empfangen.«

»Das stimmt einfach nicht«, sagte ich. »Es stimmt nur, dass manchmal einer von den ersten Jüngern hingehen muss, um falsche Lehren richtig zu stellen. Es gibt jetzt so viele Lehrer, die über Jesus predigen, und einige von ihnen wissen einfach nicht genug. Sie haben noch nicht alles verstanden. Es gab zum Beispiel Jünger, die sich Christen nannten, obwohl sie nur nach dem Ritus Johannes des Täufers getauft worden waren. Bei unserer Taufe geht es jedoch um eine weihevolle Aufnahme, nicht um Buße.«

Noch während ich sprach, wurde mir klar, dass es vielleicht doch notwendig war, gewisse Verfahrensregeln aufzustellen. Aber wie war das zu bewerkstelligen? Es gab schon Kirchen in Alexandria, in Damaskus, sogar in Rom. Wie konnten wir in Jerusalem erzwingen, dass sie sich alle an dieselben Regeln, dieselben Formulierungen hielten?

»Was tut ihr denn in der Jerusalemer Kirche?«, fragte eine Frau.

»Nun, wir ...« Was für eine fordernde Frage. »Wir ...«, fing ich noch einmal an. »Wir beten im Tempel, aber wir haben auch Zusammenkünfte, bei denen wir unser letztes Abendmahl mit Jesus wiederholen. Wir kümmern uns um die Bedürftigen, und wir entsenden Missionare zu den Tochterkirchen.«

»Werden denn auch Missionare in feindliche Gebiete entsandt?«

»Solche Missionare gibt es, aber sie werden vom Heiligen Geist gesandt, nicht von uns.« Ich dachte an Paulus, der sich in das Hinterland von Ephesus vorgewagt hatte. Unbekannte griechische Juden aus Kreta und Zypern hatten in Antiochia getauft. Und wer war als Erster nach Alexandria gegangen? Oder nach Spanien?

»Aber die Leute konsultieren euch noch immer, als brauchten sie eure Genehmigung«, sagte ein älterer Mann.

»Ja, das ist wohl so. Aber nur, weil in Jerusalem immer noch die meisten der ursprünglichen Jünger leben und auch die Mutter Jesu und seine Brüder.« Ich schüttelte den Kopf. Das alles war sehr verwirrend und widersprüchlich. Warum hatte Jesus uns nicht sorgsamer darauf vorbereitet? Warum hatte er nicht gesagt, was wir tun sollten?

»Aber man kann von den Menschen unmöglich erwarten, dass sie immer wieder Jerusalem konsultieren«, sagte die Frau.

»Genauso unmöglich ist es anzunehmen, dass alle durch irgendein Wunder zu denselben Schlussfolgerungen gelangen«, wandte der junge Mann ein.

»Wunder haben wir schon öfter erlebt«, erinnerte ich sie. »Wir müssen auf die Eingebung des Heiligen Geistes vertrauen.«

»Das wird ins Chaos führen«, sagte eine andere Frau. »Wir haben bereits gehört, dass die Gemeinde in Betsaida Heiden aufgenommen und erst dann versucht hat, sie auf den weiten Weg zur Bekehrung zu führen, mit Beschneidung und allem, was dazugehört. Nicht leicht für einen erwachsenen Mann; da kümmert es mich nicht, dass Abraham es noch mit neunundneunzig Jahren auf sich genommen hat.«

»Lasst doch das alles!«, übertönte eine Frau mit lauter Stimme das Murren. »Erzähl uns einfach von Jesus. Erzähl uns, wie es war, mit ihm zusammen zu sein. Erzähl, erzähl!«

Ihn zu beschreiben war fast unmöglich. »Er war mittelgroß ... dunkelhaarig, mit dunklen, tiefgründigen Augen, einem festen Mund ... eine angenehme Stimme, die sanft klingen, aber auch laut hallen konnte, wenn er zu Hunderten von Leuten sprach ... Er war kräftig und konnte weite Strecken zu Fuß zurücklegen.« – Was sagte das alles aus? So konnte man tausend Leute beschreiben. Wenn man zu schildern versuchte, was er Besonderes an sich hatte, hörte es sich an, als sei man nicht recht bei Trost. »Er schaute dir in die Augen, und du spürtest, dass er alles über dich wusste.« (Die Frau in Samaria: »Komm und sieh einen Mann, der mir alles erzählt hat, was ich je getan habe!«)

»Er hat uns nie auf die Probe stellen müssen; er wusste, was ein jeder konnte, lange bevor dieser es selbst wusste.«

»Er schien uralt zu sein und ein Wissen zu besitzen, das uns anderen nicht zur Verfügung stand, und doch war er ganz aus dieser Zeit und von dieser Welt.«

Es hatte keinen Sinn. Solche Beschreibungen konnten ihn nicht einfangen. Aber das Letzte – dass er aus dieser Zeit und von dieser Welt gewesen war – bedeutete, dass die Ereignisse sich nun überstürzten und die Zeit, in der er gelebt hatte, hinter uns lag.

Seit die Tempelobrigkeit in Jerusalem angefangen hatte, die Kirche zu verfolgen, nachdem sie den großen Jakobus hingerichtet und Petrus verhaftet hatte, war die Lage für Christen, aber auch für gemäßigte Juden sehr gefährlich geworden. Eine wachsende Bewegung jüdischer Extremisten richtete sich auf einen Kampf gegen Rom ein, einen Kampf auf Leben und Tod. Sie dachten zurück an das göttliche Eingreifen im Kampf zwischen den Makkabäern und dem Pharao, und sie waren bereit, sich noch einmal der Gnade Gottes anheim zu geben. Die Gemäßigten hielten das für töricht: Rom sei nicht Antiochus oder der Pharao, und es sei tollkühn – nein, es bedeute den sicheren Untergang, sich Rom entgegenzustellen. Die jüdische Welt war gespalten; die Extremisten provozierten Rom bei jeder Gelegenheit, um eine Reaktion hervorzurufen und einen Krieg vom Zaun brechen zu können – einen Krieg, den nur sie wollten, der aber auch alle anderen verschlingen würde.

Dies bedeutete eine Bewährungsprobe für die Christen: Waren Christen noch Juden? Wenn die Zeloten gegen Rom kämpften, sollten die Christen sich ihnen dann anschließen? Oder ging sie ein solcher Krieg nichts mehr an?

Warum, warum hat Jesus nicht einmal angedeutet, wie wir uns bei all diesen Problemen verhalten sollen?

Ich senkte den Kopf und schloss die Augen, um die vielen Stimmen auszublenden.

Denn … ich erhielt eine Antwort … Er vertraute uns. Es würde im Laufe der Zeit noch viele Fragen geben, er konnte jedoch nicht auf jede eine präzise Antwort erteilen.

Er wollte, dass diese Gemeinde weiterlebt, weit über die Probleme Jerusalems, des Tempels oder der Römer hinaus.

Weit hinauf in eine Zeit, die wir uns nicht einmal vorstellen können, mit Menschen, deren Namen wir nicht kennen.

Diese Antwort – und das Bild, das sich damit verband: eine lange Reihe von Gläubigen, die sich von uns durch kommende Zeitalter erstreckte – war so erschreckend, dass ich zu zittern begann.

Ich kehrte zurück nach Jerusalem. Ich muss gestehen, dass ich den weiteren Weg nahm und die Reise genoss. Noch einmal wanderte ich nach Tiberias, und noch einmal stand ich vor dem Haus, das mich nicht einlassen wollte. Ich klopfte, aber als niemand öffnete, verweilte ich nicht.

Ich kam durch Arbel und durch Nain, und als ich Jesreel erreichte, war ich müde. Ich war zwar noch gesund und kräftig, aber dies war für jedermann ein weiter Weg. Also setzte ich mich eine Weile hin und ging dann zur Synagoge – nicht um zu beten, sondern um mich still und unauffällig zu erkundigen, ob es in der Stadt Anhänger Jesu gäbe.

Ein alter Hausmeister fegte den Boden. »Ach, diese Verrückten!« Er schüttelte den Kopf. »Was willst du denn von denen?«

»Ich bin eine von ihnen«, sagte ich und wunderte mich, wie leicht ich es aussprechen konnte.

»Sie treffen sich bei Kaleb, unten am Markt«, sagte er und erklärte mir den Weg dorthin. »Aber sie sind alle verrückt.«

Daran war ich gewöhnt. Verrückt nannte man uns immer. Schließlich glaubten wir, dass ein hingerichteter Zimmermann der Messias war und Gott ihn wieder zum Leben erweckt hatte. Konnte es etwas Verrückteres geben?

»Ich danke dir«, sagte ich.

»Weib, du machst einen vernünftigen Eindruck. Geh nicht zu ihnen!«, rief er mir nach.

Was das Klopfen an fremden Türen anging, wurde ich kühner. Ich tat es, ohne zu zögern. (Elischeba, hätte ich diese Kühnheit besessen, wenn ich nicht zuvor an deine Haustür geklopft hätte? Inzwischen kann ich vor jeder Tür der Welt stehen und um Einlass bitten. So alt ich auch bin, ich wäre selbst heute immer noch bereit, jede Reise auf mich zu nehmen, um endlich an die Tür zu klopfen, von der ich mehr als von jeder anderen auf der Welt ersehne, dass sie sich mir auftun möge.)

Ein Mann riss die Tür auf, und ich trat ein. Das Erste, was ich sah, waren Kisten und Säcke, die sich bis zur Decke stapelten. Das Atrium sah aus wie ein Speicher.

»Kaleb?«, fragte ich.

»Wer bist du?« Der Mann musterte mich von Kopf bis Fuß.

»Ich bin Maria von Magdala.«

»O Gott!« Er wich zurück und fiel dann auf die Knie.

»Eine der *Seinen*! Eine seiner direkten Jünger! O Gott! O Gott!« Er verbeugte sich, ergriff meine rechte Hand und wollte sie mit Küssen bedecken.

»Hör auf damit!« Ich riss die Hand weg. »Ich bin ein gewöhnlicher Mensch, genau wie du.«

»Aber du hast Jesus gekannt«, wiederholte er immer wieder. »Jesus, Jesus!« Dann sah er sich blinzelnd um. »Du bist wirklich Maria von Magdala? Die Frau, die von Dämonen befreit wurde? Oh, wir kennen deine Geschichte.«

Wir gut kannte er meine Geschichte? Wie genau? Wenn ich erst tot wäre, wie könnte ich dann umhergehen und all die falschen Geschichten korrigieren? Es wäre ja jetzt schon unmöglich. Die falschen Geschichten über Jesus, Petrus, Jakobus, Johannes, Jesu Mutter oder mich ... Nein, es war bereits jetzt unmöglich.

»Ich möchte einige Zeit bei den Gläubigen hier verbringen«, sagte ich. »Ich bin auf dem Weg nach Jerusalem.«

»Zur Mutterkirche? Zur wahren Kirche, bei der alle Wahrheit ruht?« Der Mann fing wieder an mit seinen Verbeugungen. Ich gab ihm einen Klaps auf den Rücken, wie man es bei einem Kind tun würde, und das ließ ihn hochschrecken.

»Wir sind nicht die Hüter der Wahrheit«, sagte ich. »Das ist absurd. Es gibt keine herrschende Lehre. Hat Jesus nicht gesagt, wo zwei oder drei in seinem Namen versammelt sind, ist er unter ihnen? Wir sind nicht wie die Priester im Tempel. Bei uns wird es keinen Tempel geben, keine zentrale Autorität, kein Dogma.«

Der Mann erhob sich und sah mir in die Augen. »Oh, du irrst dich. Wenn die Welt Bestand hätte, würde es dazu kommen. Es würde eine zentrale Autorität geben, und alles würde genau reglementiert werden, wie es für die frommen Juden im Gesetz Mose reglementiert ist. Aber, Preis sei Jesus, diese Welt wird zu Ende gehen, ehe es dazu kommen kann!« Mit einer ausladenden Armbewegung deutete auf die Stapel von Kisten und Säcken.

»Bald geht alles zu Ende«, fuhr er fort. »Wie Jesus es gesagt hat. Und wir sind vorbereitet. Wir haben Vorräte. Wir werden nicht auf einen Schlag vernichtet werden. Wir werden hier überdauern. Eine Zeit lang zumindest. Wir haben unsere Arbeit aufgegeben, unsere Habe verschenkt, unseren Frieden mit der Welt da draußen geschlossen. Welch köstliche Freiheit!«

»Aber ...« Mir fehlten die Worte. Ich konnte den Blick nicht von den Stapeln im Atrium wenden.

Schon wieder der Versuch, das Unvorhersehbare zu lenken. Wieder der Versuch, das eigene Ende vorherzusehen. Jesus hatte uns doch ausdrücklich davor gewarnt! Niemand wisse die Zeit und die Stunde, hatte er gesagt.

»Mein Freund«, sagte ich schließlich, »ich glaube, du bist in die Irre gegangen.«

Unser Ende kann plötzlich kommen, so plötzlich wie in den Gleichnissen Jesu, oder es kann Jahre entfernt sein, aber es wird immer eine Überraschung sein – wie in seinen Gleichnissen.

»Aber Jesus hat doch gesagt, die Zeit ist fast um!«, beharrte der Mann. »Ich habe ihn gehört. Ich war auf dem Feld bei Kapernaum, als er predigte und die zehn Aussätzigen zu Ihm kamen ...«

Ja, jener Tag. Ich erinnerte mich gut daran, aber ich hatte andere Dinge gehört. »Ich weiß«, sagte ich. »Ich war auch da.«

»Wie kannst du dann so unbekümmert umhergehen?«, wollte er wissen. »Wenn es unverhofft über dich kommt, dann ...« Er wirkte so besorgt, dass mir klar wurde: Es war kein Zufall, dass ich hergekommen war. Ich wurde dringend gebraucht, um diese Menschen zu befreien.

»Dann werde ich sehr überrascht sein«, sagte ich. »Doch das lässt sich vielleicht nicht vermeiden.« Ich schaute mich im Atrium um. Da lagerten Kornsäcke, Getreidemühlen, Körbe mit

Dörrfischen, die ihren charakteristischen Geruch nach Salz und Rauch verströmten. »Wann versammeln sich die anderen Gläubigen hier? Heute Abend?« Es war am Tag nach dem Sabbat, am Auferstehungstag.

»Ja. Sie werden kurz nach Sonnenuntergang eintreffen. Wir sind ungefähr zwanzig. Möchtest du bis dahin eine Erfrischung haben? Du könntest mir Gesellschaft leisten, während ich diese Pistazien sortiere und in Beutel fülle.«

»Ich kann etwas Besseres tun«, sagte ich. »Ich kann dir beim Sortieren helfen.«

»Mir wär es lieber, du erzählst mir alles über Jesus, was du noch in Erinnerung hast.«

Wieder diese Bitte! Wie konnte ich oder sonst jemand sie je erfüllen? Selbst wenn wir versuchten, alles niederzuschreiben, wir konnten niemals lückenlos berichten.

»Ich glaube, das kann ich beides gleichzeitig«, sagte ich, und wir begaben uns in einen benachbarten Vorratsraum, wo wir uns hinhockten, die Pistazien teilten, zu einzelnen Haufen sortierten und in die rauen Beutel schaufelten, während ich seine Fragen beantwortete und ihm erzählte, was ich erzählen konnte.

Die Gläubigen kamen in der Abenddämmerung. Jeder trug eine Öllampe, die im Hauptraum auf ein Sims gestellt wurde, und je mehr Leute kamen, desto heller wurde es. Bald leuchtete das ganze Zimmer vom gelben Licht der Lampen in sanftem Gold.

Kaleb stellte mich mit einer Ehrerbietigkeit vor, die mich in Verlegenheit brachte, und ich wies sie zurück. Jawohl, es sei schon wahr, dass ich zu den ersten Jüngern gehörte, sagte ich, und von Anfang an bei ihm gewesen sei. Ja, ich sei eine der Ersten gewesen die er geheilt habe. Ja, ich sei auch die Erste gewesen, die ihn lebend wiedergesehen habe. Ja, ich spreche immer noch mit ihm – und er spreche mit mir. Aber ich sei trotzdem ein gewöhnlicher Mensch, nicht anders als alle anderen hier.

»Du irrst«, sagte eine Frau. »Dein Gesicht leuchtet in einem Glanz, den wir nicht haben.«

Wirklich? Höchstwahrscheinlich ist es das goldene Licht der Öllampen, das mir diesen Glanz verleiht, dachte ich.

»Mosis Gesicht leuchtete, als er mit Gott gesprochen hatte, und deines auch«, beharrte die Frau.

Oh, wie verlockend wäre es gewesen, das zu glauben! Mir vorzustellen, ich hätte irgendwie einen göttlichen Glanz erworben, den andere sehen konnten. Wahrlich, die Schlingen, die Satan auslegt, sind tückisch. Je mehr er uns das Gefühl gibt, vom Geist beseelt zu sein, desto heftiger schwillt unser Stolz.

Ich zwang mich zu lachen, aber einen Augenblick lang ergab ich mich dem Gefühl prickelnder Erregung. »Auch deines leuchtet«, versicherte ich ihr. Und in gewisser Weise tat es das auch; nach und nach zeigt sich die innere Verwandlung auf dem Gesicht.

Wie Kaleb gesagt hatte, erschienen ungefähr zwanzig Menschen aller Altersgruppen, und es waren ebenso viele Frauen wie Männer. Neben der Öllampe hatte jeder noch irgendwelche Vorräte mitgebracht, nicht nur für das Mahl, das sie nach der Gebetsandacht einnehmen würden, sondern auch als Beitrag zu den wachsenden Vorräten im Atrium.

Ihre Gebetsandacht war anders als die in Magdala und anders als unsere in Jerusalem, doch das war nicht verwunderlich. Sie bevorzugten Schrifttexte über Menschen aus alten Zeiten, wie Henoch und Elias, die plötzlich in den Himmel aufgefahren waren, und ihr Lieblingspsalm war anscheinend der, in dem verhießen wurde: »Gott wird sie plötzlich schießen, dass es ihnen wehe tun wird. Die Gerechten werden sich des Herrn freuen und auf Ihn trauen.«

Später, als beim Essen die heiligen Worte zum Gedenken an Jesu Abendmahl gesprochen wurden, stellte ich fest, dass die Reihenfolge und die Wahl des Ausdrucks zwar auch anders war als bei uns, aber dass das Gefühl seiner Anwesenheit dennoch den Raum erfüllte. Dankbar senkte ich den Kopf und nahm die Hände der unbekannten Frau und des Mannes an meiner Seite, und staunend spürte ich in ihnen eine Verbindung zu jener geheimnisvollen Gemeinschaft, die Jesus uns hinterlassen hatte.

Als das Gedächtnismahl zu Ende war, redeten wir miteinander. Ich musste sie fragen, warum sie so sicher seien, dass das Ende der Zeiten bevorstehe. »Denn Jesus hat uns gesagt, niemand kennt die Zeit und die Umstände«, gab ich ihnen zu bedenken. »Er sagte, nicht einmal er kenne sie, sondern Gott allein.«

»Ja, aber er hat klar gesagt, dass es bald sein wird«, beharrte Kaleb. »Das geht zumindest aus den Worten hervor, die wir gehört haben – dass wir bereit sein sollen und dass alles vergehe.«

Ich musste nachdenken, um mich an die genauen Worte zu erinnern. Aber sie waren verblasst; ich erinnerte mich nur noch an die Gedanken, die sie enthalten hatten. »Alles vergeht, ja, aber das entspricht der alten Ordnung der Dinge. Das neue Königreich hat schon begonnen, und es ist in diesem Augenblick zugegen.«

»Das ergibt doch keinen Sinn«, sagte der junge Mann zu meiner Linken. »Für mich sieht alles aus wie immer. Als ich zum Glauben gefunden hatte, habe ich erwartet, dass alles verändert aussehen würde, wenn ich zur Tür herauskäme.«

»Tut es das nicht?«, fragte ich.

»Nein. Dieselben alten Straßen, dieselben Händler, dieselben Schilder über denselben Läden.« Er wirkte zutiefst enttäuscht.

»Aber siehst du sie nicht anders – die Händler an ihren Ständen, die Höker auf der Straße?«

»Das verstehe ich nicht«, sagte er.

»Ich meine ihre Gesichter, ihre Augen. Wenn du sie anschaust, siehst du nicht vielleicht jemand anderen? Siehst du nicht vielleicht Jesus?«

»Ich weiß nicht, wie Jesus aussah«, erklärte er.

»Oh, ich glaube doch«, sagte ich. »Ich glaube, du würdest seine Augen erkennen.«

»Ich schaue den Leuten nicht in die Augen. Das ist unhöflich.«

»Jesus hat den Menschen immer in die Augen geschaut«, antwortete ich. »Das kann ich dir immerhin sagen.« Ich schwieg. Sollte ich sentimental werden und eine alte Geschichte erzählen? Ja, das konnte ich. Jesus war niemals verlegen oder peinlich berührt, und ich sollte es auch nicht sein. »Ein Rabbi erzählte einmal eine Geschichte, die ich nie vergessen habe, und ich glaube, Jesus würde sagen, dass sie hierher passt. Ihr wisst, dass der Sabbat mit dem Sonnenuntergang beginnt und endet.

Und ein neuer Tag beginnt mit dem Sonnenaufgang. Ein weiser Mann wurde einmal gefragt, woran man erkennen könne, dass die Nacht zum Tag geworden sei. Daran, dass die Sterne am Himmel nicht mehr sichtbar sind? Oder daran, dass man einen schwarzen Faden von einem weißen unterscheiden kann? Der Weise schüttelte den Kopf, obgleich beides altehrwürdige Definitionen sind. ›Du erkennst es daran, dass du einem anderen Menschen in die Augen schaust und siehst, er ist dein Bruder‹, sagte er. Wenn du zur neuen Ordnung gehörst, erkennst du auch, dass die alte Welt zu Ende ist.« Ich sah mich nach ihren wachsenden Vorräten um, die inzwischen schon in die Wohnräume quollen. »Ihr seid im Irrtum, meine Freunde. Die Welt wird weder heute Abend noch morgen zu Ende sein, und wenn sie es wäre, würden euch diese Vorräte nichts nützen.«

»Zugegeben«, sagte die Frau neben mir. »Dennoch sollten wir das gewöhnliche Leben aufgeben und uns dem Gebet und der Meditation widmen. In der Zeit, die uns noch bleibt, müssen wir uns läutern und uns auf das konzentrieren, was wichtig ist. Nicht mehr auf alltägliche oder weltliche Dinge, sondern auf das Ewige.«

Alle blickten mich an und warteten auf eine gelehrte Antwort. Die Verantwortung – ihnen vermitteln zu müssen, was Jesus vielleicht dazu gesagt hätte – lastete schwer auf mir.

»Ich glaube ... Jesus hat im Alltäglichen immer das Ewige gesehen. Er hat das eine nicht vom anderen getrennt, wie wir es gern tun. Euren letzten Tag auf Erden solltet ihr verbringen, wie ihr alle anderen verbracht habt – indem ihr euren täglichen Pflichten mit Liebe und Ehrlichkeit nachgeht. Ich weiß nicht, was man sonst tun kann. Ein gewöhnlicher Tag ist vielleicht der heiligste von allen.«

»Er hat gesagt, wir sollen auf ihn warten.« Kaleb beugte sich vor.

»Das habe ich nie gehört«, sagte ich. »Ich habe immer nur gehört, dass er sagte, es seien viele Arbeiter nötig, um die Ernte einzubringen, und darauf sollten wir unser Trachten richten.«

»Gibt es irgendjemanden, dessen Leben so sehr im Einklang mit Gott ist, dass er einen gewöhnlichen Tag als seinen letzten Tag akzeptieren könnte?«, rief die Frau.

»Nein«, musste ich zugeben. Denn wenn ich wüsste, dass dies mein letzter Tag wäre, würde ich nach Tiberias eilen und an die Tür hämmern und mir gewaltsam Einlass verschaffen und meine Tochter in die Arme schließen, um ihr mit meinem letzten Atemzug zu sagen, dass ich sie liebe.

LXV

Als ich nach Jerusalem zurückkam, fand ich es voll von wütenden politischen Agitatoren und ängstlichen Bürgern, und der Aufruhr hatte auch die Kirche der Gläubigen erfasst.

Kaiser Claudius hatte wegen der wilden Kämpfe und Streitigkeiten unter ihnen jählings alle Juden aus Rom vertrieben. Er konnte nicht verstehen, worum es ihnen ging, aber die Auseinandersetzung tobte in Wirklichkeit zwischen jüdischen Christen, die an Jesus glaubten, und Juden, die es nicht taten. Es war das erste Mal, dass wir die Aufmerksamkeit eines römischen Kaisers erregten. Wäre es doch auch das letzte Mal gewesen!

Zudem kam etwa um diese Zeit eine schwere Hungersnot über Judäa. Wir waren auf die Hilfe der syrischen Kirchen angewiesen, auch dies ein erstes Mal: Die Mutterkirche war von der Mildtätigkeit der Tochterkirchen abhängig.

Ich will nun von den folgenden Ereignissen berichten, die uns in ihren Strudel zogen, ehe wir Jerusalem verließen. Ich habe Agrippa schon erwähnt, der für kurze Zeit – nur drei Jahre lang – König von Judäa war.

Sein Nachfolger war sein schwächlicher Sohn Agrippa II. – eine Tragödie für unser Volk, denn dessen Treue galt Rom. Er bemühte sich, die letzte Konfrontation, die zum Krieg führen würde, zu verhindern, doch er tat es nur, um sich bei seinen Herren einzuschmeicheln. Wie dem auch sei, beide Seiten ignorierten ihn, und es kam zum Krieg.

Agrippa war ein großer Freund des Kaisers Nero, er benannte Cäsarea sogar in »Neronias« um, weil er dachte, das werde diesem gefallen. Und offenbar ergab er sich auch den Lastern seines Idols, denn er pflegte eine inzestuöse Beziehung zu seiner Schwester Berenike. Im Gegensatz zu seinen Untertanen überstand Agrippa den Krieg unversehrt und zog sich mit einem Ehrentitel nach Rom zurück.

Unter seiner Herrschaft wurde Jakobus, der Bruder Jesu, hingerichtet. Jakobus war dem Hohen Rat seit Jahren ein Ärgernis gewesen, weil er darauf beharrte, das Gesetz peinlich genau zu befolgen, und demonstrativ im Tempel betete.

Deshalb ließen sie Jakobus ergreifen, als sich die Gelegenheit bot, und machten ihm den Prozess. Das Urteil war nicht überraschend: Tod durch Steinigung. So starb er ungefähr dreißig Jahre nach seinem Bruder durch die Hand desselben frommen Rates.

Keiner von uns war Zeuge. Nicht nur, dass wir es nicht mit ansehen wollten – inzwischen ließen wir uns in der Nähe des Tempels lieber gar nicht mehr sehen, um den Hohen Rat nicht an unsere Existenz zu erinnern. Von der Mauer ebendieses Tempels trieben sie ihn in den Tod, in die Kidron-Schlucht. Aber wir trauerten sehr um ihn, denn bei allen Meinungsverschiedenheiten war er doch einer unserer Führer und Jesu geliebter Bruder gewesen.

Zitternd überbrachten Johannes und ich Maria, seiner Mutter, die Nachricht. Sie war inzwischen Mitte achtzig und gebrechlich. Die meiste Zeit verbrachte sie im oberen Stock von Johannes' Haus in einem sonnigen Zimmer, wo sie aus dem Fenster in die Jerusalemer Berge schaute. Manchmal ging sie noch auf den Markt, oder sie spazierte, von uns gestützt, durch die Nachbarschaft, aber es war offenkundig, dass ihre Kräfte versiegten. Und nun hatten wir eine Aufgabe, wie sie furchtbarer nicht sein konnte: Wir mussten einer Mutter sagen, dass ihr Kind tot war.

Sie hatte uns den Rücken zugewandt. Ein Tuch lag um ihre Schultern – blau, ihre Lieblingsfarbe, ihr Haar war weiß, aber immer noch dicht und glänzte in der Sonne wie Perlmutt.

Ich kniete bei ihr nieder. »Liebste Mutter«, begann ich. Es schnürte mir die Kehle zu, und ich konnte nicht weitersprechen. Liebste Mutter ... Ich umklammerte den Arm der Frau, die mehr als dreißig Jahre lang wirklich meine Mutter gewesen war. Als Jesus zu Johannes sagte: »Siehe da, deine Mutter«, da meinte er, so glaube ich, uns beide. Maria, meine Mutter mehr als meine leibliche Mutter – von Anfang an, als ich sie in meiner Kindheit zum ersten Mal gesehen hatte.

»Oh, Mutter!« Ich fing an zu weinen.

»Ich weiß«, sagte sie. »Ich weiß.« Und sie beugte sich zu mir, nahm mich in die Arme und tröstete mich, noch immer vor allem Mutter derer, die sie umgaben.

Jakobus' Tod beschleunigte Marias Ableben. Die Trauer um ihn drückte sie nieder, auch wenn sie nicht nachließ in ihrer Sorge um andere. Sie schickte nach ihren anderen Kindern und suchte sie. Jose, Judas und Simon kamen, inzwischen alte Männer. Ruth und Lea waren verschollen; vielleicht waren sie inzwischen gestorben. Was hatten sie getan, nachdem Jesus als verurteilter Verbrecher gestorben war? Hatten sie ihre Verwandtschaft mit ihm je offenbart? Hatten sie jemals nach ihrer Mutter gesucht? So vieles gab es, was wir niemals erfahren würden, so viel Leid, mit dem Maria leben musste.

Und doch – sie hatte einen Adoptivsohn, den treuen Jünger Johannes, den Jesus ihr noch am Kreuz übergeben hatte. Er schien ihr näher zu stehen als irgendeines ihrer leiblichen Kinder. Und von neuem erwachte in meinem Herzen die Frage: Was ist die wahre Familie? Denn hier waren Söhne, Brüder und Schwestern, die Jesus einander näher gebracht hatte als die es sind, die von der Natur zusammengeführt werden.

In ihren letzten Tagen widmete die ältere Maria sich den Jüngern Jesu, die Fremde waren, mit gleicher Hingabe. Sie sprach mit vielen von denen, die zum Haus des Johannes hoch in der Oberstadt pilgerten, um sie zu sehen. Aber die wachsende Verehrung, die ihr zuteil wurde, schien sie zu verdrießen. Viele Gläubige knieten zu ihren Füßen nieder und wagten nicht, ihre Hand zu berühren, obwohl sie sie ihnen entgegenstreckte.

»Oh, gesegnete Mutter«, murmelten sie und schauten sie kaum an.

»Komm«, sagte sie dann. »Nimm meine Hand. Es ist ein Trost für mich. So lange ist es her, dass *er* sie ergriffen hat. Ich möchte ihn wiedersehen. Ich weiß, ihr möchtet es auch.« Und sie streckte die andere Hand ebenfalls aus und legte sie dem

Betreffenden auf den Kopf. »Wir werden zusammen sein, und er wird uns alle ohne Unterschied willkommen heißen.«

Wenn die Besucher dann protestierten und sich vor ihrem ehrwürdigen Alter verbeugen wollten, sagte sie: »Ich weiß noch, wie er sagte: ›Wer sind meine Mutter und meine Brüder? Die, die das Wort Gottes hören und es befolgen.‹ Du und ich, wir werden zusammen vor ihm stehen.«

Sie starb ein Jahr nach Jakobus, nach einem langsamen Entgleiten. Zuerst ging sie weniger aus. Dann verließ sie ihr Zimmer nicht mehr; dann lief sie auch in ihrem Zimmer nicht mehr umher, und schließlich war sie an ihr Bett gefesselt. Es war wie die umgekehrte Entwicklung eines Kindes: Ihre Welt wurde immer kleiner, bis nur noch ihre Gesten da waren, ihre anmutigen Hände, die uns einen letzten Abschiedssegen spendeten.

Als ihre Hand auf meinem Kopf ruhte, spürte ich, wie ihre Kraft verebbte, und ich betete, dass ein wenig davon bei mir bleiben würde. Ich wollte gern ihre Tochter sein und ihr Leben fortführen.

Der Heilige Geist sagte uns, wo wir sie zur Ruhe betten sollten: in einer Höhle am Fuße des Ölberges. In feierlicher Prozession trugen wir die Bahre zur Stadt hinaus, den steilen Pfad hinunter und auf der anderen Seite ein kleines Stück weit den Berg hinauf.

Ich schaute hinauf zu den dunklen Zypressen, die sich im frischen Wind wiegten. Der Geist hatte uns zu Recht hierher geführt; diese Stätte war von natürlicher Feierlichkeit. Und wie uns offenbart worden war, öffnete sich hinter den Bäumen eine Grotte. Die Träger setzten die Bahre ab, und wir versammelten uns im Kreis.

Maria war mit einem blauen Leichentuch bedeckt, so leuchtend wie der Morgenhimmel über uns. Ich stand bei der Bahre. Bald waren so viele Menschen aus der Stadt herbeigeströmt, dass sie sich bis in den Olivenhain in der Nähe der Grotte drängten.

Ihr Neffe Simeon stand am Fuße der Bahre und sprach die Gebete. Simeon war der Sohn des Clophas, und dieser war Josephs Bruder gewesen; er war selbst schon über fünfzig Jahre alt. Ich habe erzählen hören, dass er in der Nachfolge Jakobus' zum Oberhaupt der Kirche »gewählt« worden sei, aber das stimmt nicht. Er hatte sich selbst gewählt, und wir hatten es stillschweigend geduldet. Er schien ein guter Mann zu sein, und noch immer hingen einige von uns der Vorstellung an, dass es magische Bedeutung habe, Jesu irdisches Blut in den Adern zu haben.

»Der Tod seiner Heiligen ist wertgehalten vor dem Herrn«, sprach er mit den Worten des Psalms. »Und wahrlich, sie war eine große Heilige und dem Herrn kostbar.« Er beugte sich über die Bahre und küsste sie.

Dann wurde die Bahre aufgehoben und in die Grotte getragen, und wir standen tränenblind im hellen Licht des Morgens.

LXVI

»Petrus ist tot.«

Simeon gab es nach einer unserer Zusammenkünfte im Haus des Johannes mit diesen schlichten Worten bekannt, nachdem wir miteinander gegessen, gebetet und gesungen hatten. Er erhob sich, ging langsam zur Stirnseite des großen Raums und sprach die furchtbaren Worte. Bevor wir ihn mit Fragen überschütten konnten, hob er die Hände und zog dann ein zerknülltes Stück Papier hervor.

»Einer unserer Brüder in Rom hat die Nachricht geschickt«, sagte er. »Und Petrus war nicht der Einzige, der sterben musste – allerdings uns der Teuerste. Man hat unsere Gefährten auf grausame und umfassende Weise verfolgt, denn man gab ihnen die Schuld an dem großen Brand, der Rom verwüstet hat.«

»Das verstehe ich nicht«, sagte der alte Matthäus. Er war inzwischen gebrechlich. All die Jahre hatte er gewissenhaft in Jerusalem gearbeitet, Aufzeichnungen verfasst und unsere Bücher geführt. »Wie kann das sein?«

»Das Feuer hat tagelang gewütet und große Teile Roms in Schutt und Asche gelegt«, sagte Simeon. »Nero ist so verhasst, dass man ihn im Verdacht hat, er habe den Brand selbst gelegt, damit er seine Pläne verwirklichen und die Stadt neu erbauen kann. In Wahrheit war er aber zu der Zeit nicht einmal anwesend; auch wenn er ganz offenkundig geistesgestört ist, würde doch nicht einmal er die eigene Stadt anzünden. Aber er brauchte einen Sündenbock, und er hat sich für uns entschieden.«

»Gibt es denn irgendeinen Hinweis darauf, dass Christen etwas damit zu tun haben – und wäre er noch so gering?«, fragte Johanna. Auch sie war inzwischen eine alte Frau, ihr Verstand war jedoch so scharf wie eh und je.

»Es gibt nur ein paar Berichte von Augenzeugen, die beobachtet haben wollen, dass Leute tatsächlich Dinge ins Feuer geworfen haben, um die Flammen zu nähren«, sagte Simeon. »Das hat Nero – oder seine Ratgeber – auf den Gedanken gebracht, dass es die Christen gewesen sein müssen, weil sie glauben, dass das Ende der Welt bevorsteht und die Welt in einer Feuersbrunst untergehen wird. Sie wollten es herbeiführen, sagt er. Sie hätten frohlockt, weil sie hätten mithelfen können, die letzten Tage einzuleiten.«

»Vielleicht waren einige von uns wirklich so irregeleitet«, sagte ich. Ich musste an die Leute in Jesreel denken, die begierig auf das Ende gewartet hatten. Möglich war es durchaus.

»Nero mag wahnsinnig sein, aber er ist auch gerissen«, erklärte Simeon. »Er kennt den Unterschied zwischen uns und der übrigen jüdischen Gemeinde, und er weiß, dass wir in der Ausübung unserer Religion nicht den offiziellen Schutz Roms genießen, auf den die anderen Juden sich berufen können. Er weiß außerdem, dass viele Leute uns mit Misstrauen begegnen, weil wir geheime Riten haben und dem Kaiser nicht opfern. Wir haben hohen Orts keine Fürsprecher und Verteidiger, und wir sind zu wenige, um uns wirkungsvoll zu verteidigen. Also hat er uns auf grausame Weise angegriffen.«

Nun wollten wir alles erfahren, und er berichtete mit bebender Stimme. Christen waren zusammengetrieben und zur Volksbelustigung ermordet worden. Manche wurden in Tierhäute gehüllt und in die Arena geworfen, wo sie von wilden Tieren zerrissen wurden. Andere bestrich man mit Teer und band sie an Pfähle, wo sie Neros Lustgärten als lebendige Fackeln beleuchteten. Die Führer hatte man gemeinsam mit Petrus gekreuzigt.

»Die Brüder und Schwestern konnten zumindest seinen Leichnam begraben«, sagte Simeon. »Er ruht auf dem Hang des Hügels, wo er starb – nicht weit von Neros Rennbahn.«

»Und die anderen?«, fragte Matthäus, obwohl ihm vor der Antwort graute.

»Hat man in Massengräber geworfen, wenn sie überhaupt begraben wurden. Sie sind tapfer gestorben, so tapfer wie die Makkabäer, und dafür wird man sie in Ewigkeit ehren.«

»Gibt es noch welche von uns in Rom?«, fragte jemand. »Oder ist die ganze Kirche ausgelöscht worden?«

»Wir wissen, dass der Verfasser dieses Briefes noch dort ist«, sagte Simeon. »Aber vielleicht gibt es nur wenige Überlebende.«

»Diese Märtyrer werden unsere Zahl wachsen lassen«, sagte Johanna. »Ein Glauben, der solche Helden hervorbringt, wird Zustrom finden.«

»Nicht, wenn er verboten ist«, sagte ein junger Mann zu meiner Linken. »Die Menschen sind feige.«

»Feiglinge wollen wir nicht«, antwortete Johanna. »Sie sollen nur wegbleiben.«

»Nein!« Ich stand auf. »Wir alle sind feige. Auch Petrus hat Jesus verleugnet. Aber entscheidend ist, dass wir zu etwas werden können, das über unsere Natur hinausgeht. Deshalb sage ich, lasst die Feiglinge nur kommen. Ich selbst bin feige – ich fürchte mich vor meiner eigenen Stärke.«

»Auch Paulus ist hingerichtet worden«, eröffnete Simeon uns schließlich. »Seine jahrelangen Berufungsverhandlungen haben damit geendet, dass er in Rom enthauptet wurde. Ebenfalls von Nero.«

»Nein!«, riefen mehrere gleichzeitig.

Paulus hatte dem Tod so oft ein Schnippchen geschlagen – es war unvorstellbar, dass er am Ende doch noch unterlegen sein sollte. Zehn Jahre zuvor war er von übereifrigen Tempeloberen attackiert worden, weil man ihn im Verdacht hatte, bei der Anbetung im Tempel irgendwelche Vorschriften verletzt zu haben. Mit Hilfe seiner römischen Staatsbürgerschaft war er dem Hohen Rat entkommen und der Hinrichtung entgangen, die sie ihm zugedacht hatten. Er hatte ein römisches Gericht verlangt und war mit seinen Anträgen bis zum Kaiser gegangen. Und nun hatte es so geendet.

»Er hat immer gewusst, dass es so kommen könnte«, sagte Matthäus. »In seinem Brief an Timotheus schrieb er: ›Denn ich werde schon geopfert, und die Zeit meines Abscheidens ist vorhanden. Ich habe einen guten Kampf gekämpft, ich habe den Lauf vollendet, ich habe Glauben gehalten.‹« Er hustete keuchend. »Eine passende Grabschrift, wie wir sie einst alle verdienen mögen.«

Unsere Führer wurden uns einer nach dem anderen genommen, und das machte uns Angst. Jakobus der Gerechte, Petrus, Paulus – wer würde der Nächste sein?

Und es sollte noch mehr kommen, eine letzte unheilvolle Neuigkeit, die Simeon wie einen Hammerschlag auf uns niederfahren ließ. »Der Hohepriester hat gestern befohlen, dass im Tempel nicht länger für den Kaiser geopfert werden darf.«

Die täglichen Opfer für – nicht an – den Kaiser hatten hundert Jahre lang von der treuen Gefolgschaft Jerusalems gegen Rom gekündet. Nach jüdischer Tradition war es verboten, einem Menschen zu opfern, aber man konnte ihn ehren, indem man in seinem Namen opferte. Ein hübscher Kompromiss. Und jetzt …

»Der Altar ist leer«, sagte Simeon. »Das Feuer ist aus. Heute Morgen hat es kein Opfer, keine Gebete gegeben.«

»Das ist ein kriegerischer Akt«, stellte Matthäus fest.

»So ist es.« Simeon nickte. »Von heute an liegen wir – die Provinz Judäa – mit Rom im Krieg.«

»Das kann nur auf eine Weise enden«, sagte ich. »Eine einzige Weise.«

Wir fielen auf die Knie und begannen zu beten, aber wir beklagten und betrauerten auch Petrus und Paulus und unsere Brüder und Schwestern in Rom. Dann weinten wir um Jerusalem, dem eine Feuersbrunst bevorstand, die – das wussten wir – viel schlimmer sein würde als die, welche Rom verwüstet hatte.

Petrus ... als Märtyrer gestorben. Still saß ich da und dachte an ihn. So oft war er verschont geblieben, und nun hatte es ihn doch ereilt. Wie hatte Jesus gesagt? »Wenn du alt bist, wirst du die Hände ausstrecken, und jemand anderes wird dich ankleiden und dich führen, wohin du nicht gehen willst.« Es war so gekommen, wie er es vor langer Zeit geträumt hatte. Sie hatten ihn gefesselt auf den Vatikanhügel geführt und ihn dort gekreuzigt. In dem Brief stand, er habe darum gebeten, kopfüber gekreuzigt zu werden, da er nicht würdig sei, den gleichen Tod zu erleiden wie sein Herr. Die Soldaten hatten ihm seinen Wunsch erfüllt.

Petrus hatte sich ganz und gar verändert, seit ich ihn vor, oh, so langer Zeit, in meiner und seiner Jugend, als lärmenden Fischer gekannt hatte. Sein Glaube hatte ihn zu einem Mann reifen lassen, der mutig war wie ein Makkabäer.

Das war ein größeres Wunder als die, welche leichtgläubige Menschen gern Jesus zuschrieben: auf dem Wasser zu gehen, Wasser in Wein zu verwandeln, Speisen zu verhundertfachen. Derlei wären billige Zauberkunststücke gewesen, während sein wahrer Zauber darin bestanden hatte, aus schwachen, fehlbaren Menschen Helden zu machen, die unsere menschlichen Grenzen weit überschritten.

In jener Nacht wirbelten grausige Bilder in meinem Kopf herum: Petrus, der, vor Qualen bebend, kopfüber am Kreuz hing, die Gliedmaßen weiß, weil alles Blut aus ihnen gewichen war, das Gesicht rot und geschwollen, den Mund weit offen, keuchend. Ich stürzte in einen seltsamen Tunnel, lang und finster.

Meine Visionen hatten aufgehört, als Jesus uns verlassen hatte. In gewisser Hinsicht war ich erleichtert, dass ich von ihnen und den schrecklichen Verpflichtungen, die sie mir auferlegt hatten, befreit war. Über dreißig Jahre lang war ich schon auf meine eigenen Gedanken und Einsichten angewiesen.

Als ich nun im dunklen Schlund des Schlafes versank, merkte ich, dass ich fiel, ohne Halt zu finden, sosehr ich auch versuchte, mich festzuklammern, wo immer ich sein mochte. Zum ersten Mal seit Jahren wusste ich mit jeder Faser meines

Wesens, dass ich an einem anderen Ort war, an einem geschützten, heiligen Ort.

»Der Ort, darauf du stehst, ist ein heilig Land!« Und ich wusste, dass es so war.

Und wie Samuel konnte ich antworten – lautlos, in verborgenen Nischen meines Herzens: »Sprich, denn deine Magd hört.« Ich konnte gehorsam abwarten. Also mussten all die Jahre auch mich verändert haben. Die eigenen Veränderungen bleiben für uns unsichtbar, während sie uns bei anderen ins Auge fallen.

Schwerelos fiel ich, drehte mich um mich selbst, bis ich auf einer weiten Fläche stand, die von einem Licht erleuchtet war, das heller schien als alle Öllampen, heller noch als die Sonne. Es war so gleißend hell, dass ich meine Augen beschirmen musste. Eine große Versammlung schaute zu einer Gestalt, die in ein noch strahlenderes Licht gehüllt war, sodass ich sie gar nicht ansehen konnte.

»Ich kenne einen Menschen in Christo; vor vierzehn ward derselbe entzückt bis in den dritten Himmel.« Das hatte Paulus geschrieben. »Und ich kenne denselben Menschen, der ward entzückt bis in das Paradies und hörte unaussprechliche Worte, welche kein Mensch sagen kann.«

Ich hatte diese Gabe – diese Bürde – vor so vielen Jahren empfangen. Nun führte mich kein Weg daran vorbei. Es gab kein Entrinnen.

Ich sah ganz Jerusalem vor mir ausgebreitet. Es war, als flöge ich darüber hinweg mit wundersamen Schwingen, die mich über den Tempel trugen, über den flachen Berg, den Herodes geschaffen hatte, über die bescheidenen Behausungen in Davids alter Stadt, über die ausgedehnten Paläste und luxuriösen Häuser der Oberstadt, über die drei Mauerringe der Stadt, die uns schützen sollten. Wie schön das alles war! Es leuchtete im Sonnenschein und kündete laut davon, dass dies die Stadt Davids war, unser Erbe, unsere Sicherheit für alle Zeit.

Ich sank tiefer und stieg wieder auf, hoch über die Wolken. Und dann, plötzlich, ging die Stadt unter mir in Flammen auf. Ich flog dem Stadtrand zu, und dort erkannte ich endlose Kolonnen römischer Soldaten, aufgereiht vor den Mauern, und auf ihren Insignien stand: LEGION V, LEGION X, LEGION XII.

Die Mauern fielen eine nach der anderen. Ich hörte die Menschen in der Stadt heulen und schreien. Ich sah Rauch aufsteigen. Und dann – oh, welch grässlicher Anblick – sah ich, wie der Tempel Feuer fing. Ich sah, wie seine Mauern bröckelten, wie die Steine nach innen stürzten, als breche ein wurmzerfressenes Fass zusammen. Ich sah, wie die Menschen ins Freie stürzten und schreiend auf ihre brennenden Kleider einschlugen. Ich sah eine große Wolke aus Feuer und Rauch, die aus dem innersten Heiligtum quoll.

Sollte der Tempel nicht stehen bleiben? Schon einmal hatte ich diese Vision gehabt. Gott hatte den Traum des Pharao wiederholt, um ihm zu zeigen, dass er Wirklichkeit werden würde, und genauso hatte er es jetzt bei mir getan.

Jesu Worte hämmerten in meinen Ohren, der Traum verstärkte sie. »Ich sage dir, nicht lange, und kein Stein wird davon mehr auf dem anderen stehen.«

Der Tempel ... Ich schrie auf. »Jahrtausende stand er in unserem Land, und Gott wohnt darin.« In der Vision hatte ich einen Leib, der aus vielen Seelen bestand und der stärker und mächtiger war als mein eigener.

Und dann gewahrte ich, wie eine Gruppe von Priestern das Allerheiligste betrat, und als sie sahen, wie es bebte, hörte ich eine Stimme sagen: »Lasst uns fortgehen von hier.« Damit bedeutete Gott ihnen, dass es vorüber war und er sich fortan nicht mehr an Mauern binden werde, die von Menschenhand erbaut waren.

Der Tempel würde zerstört werden, und Gott würde sich woandershin begeben. Uns allen sagte er: Verteidigt ihn nicht! Ich habe ihn bereits verlassen.

Aber der Tempel, den ich als Kind besucht hatte ... der Ort, wo Jesus gelehrt hatte ... wo der Heilige Geist über uns gekommen war ... wo Petrus zum ersten Mal gepredigt und die Leute zu Jesus bekehrt hatte – wie konnte er so einfach verschwinden, verworfen werden? Er war doch das Fundament, der Eckstein unserer Religion.

»Er ist fort«, sprach die Vision. »Es gibt ihn nicht mehr. Jerusalem wird untergehen. Die Römer werden siegen. Es wird keine Rettung im letzten Augenblick geben, wie damals, als die

Assyrer vor siebenhundert Jahren seine Mauern bestürmten. Wer sich darauf verlässt, wird getäuscht werden. Geht fort aus Jerusalem! Überschreitet den Jordan, und bringt euch in Sicherheit! Lasst niemanden zurück! Ich werde euch führen. Dann sollt ihr auf meine Weisungen warten.

Und vor allem: Fürchtet euch nicht, denn ich werde immer bei euch sein bis ans Ende der Welt, wie ich es euch versprochen habe.«

Das Zimmer drehte sich um mich. Sanft kehrte ich auf die Erde zurück. Das gleißende Licht verblasste zu der einzelnen kleinen Flamme einer Öllampe auf dem Tisch neben mir. Aber die Stimmen hallten immer noch in meinen Ohren, und ich wusste, dass ich kein Wort vergessen würde.

Als ich der Gemeinde an diesem Abend berichtete, was ich gehört und gesehen hatte, zeigte die sonst so redselige Schar sich verwirrt und stumm. Die Menschen waren nach den Neuigkeiten aus Rom immer noch wie gelähmt – und jetzt dies: der Befehl, Jerusalem zu verlassen, die Stadt, die für uns mehr als dreißig Jahre lang der Mittelpunkt gewesen war, die Stadt, in der Jesus gestorben und zu uns zurückgekehrt war. Nun sollten sie woanders hingehen. Aber wohin? Und warum sollten sie meiner Vision vertrauen? Es war lange her, dass ich eine gehabt hatte. Die meisten Leute hatten nie erlebt, dass mir irgendwelche Offenbarungen oder Visionen zuteil geworden waren.

Ich musste mir eingestehen, dass ich schon einmal eine Vision gehabt hatte, die nicht Wirklichkeit geworden war, jene furchtbare Vision – die mir nach so langer Zeit immer noch lebhaft im Gedächtnis war – vom Galiläischen Meer, rot vom Blut, und von einer Seeschlacht zwischen Römern und Rebellen.

»Es war Jesus, der es mir offenbart hat«, sagte ich. »Ganz ohne Zweifel und unmissverständlich. Ich will nicht fort von hier, aber ich weiß, dass ich gehorchen muss.«

Das stimmte. Ich war Mitte sechzig (oh, wie jung will mir das heute erscheinen!) und hatte mich in Jerusalem niedergelassen. Es war keine erfreuliche Vorstellung, die Strapazen einer Reise auf mich zu nehmen und irgendwo eine neue Heimat zu suchen. Als sie fortfuhren, mich auszufragen, wurde mir klar, dass mir die Rolle einer Führerin zufallen würde. Ich war es, der Jesus den Ort offenbaren würde, an den wir uns begeben sollten.

»Einige von uns können diese Reise nicht mehr machen«, wandte ein älterer Mann ein. »Wir haben nicht mehr die Kraft. Und auch nicht die Mittel.«

Ich dachte daran, wie Lot mit Gott über die Flucht aus Sodom gestritten hatte; er hatte gezögert, bis es fast zu spät gewesen war, und die Weisungen selbst dann nur zur Hälfte befolgt. Das lag in der Natur des Menschen.

Ich schaute in die Runde der Gesichter, die mich fragend ansahen. Wie viele der ersten Jünger waren noch da? Johannes, Matthäus, Thaddäus – der sich unermüdlich um unsere Wohltätigkeitsarbeit kümmerte –, Simon, der Zelot – er war inzwischen klein und gebeugt und konnte kaum noch einen Stab heben, geschweige denn ein Schwert. Die anderen waren weithin zerstreut und für uns verschollen; vielleicht waren sie fern der Heimat gestorben. Es gab Gerüchte, dass Thomas und Philippus nach Indien gegangen seien, Andreas war angeblich in Griechenland. Doch niemand wusste es.

»Meine Weisung lautete, dass alle gehen müssen«, sagte ich.

»Was wird sonst geschehen?«

»Ihr werdet zugrunde gehen.« Das war meine Vision gewesen.

»Dann muss ich zugrunde gehen.« Ein alter Mann mit dünnen, zitternden krummen Beinen erhob sich. »Ich kann eine solche Reise nicht machen.«

»Dein Martyrium wird allen deine Liebe zum Herrn vor Augen führen.« Simeon erhob sich ebenfalls und stellte sich an meine Seite. »Und vielleicht ein Zeugnis geben, durch das andere zu uns geführt werden.«

»Das meine ebenfalls.« Eine alte Frau stand auf. Man sah gleich, dass sie zu dieser Reise wirklich nicht imstande war.

Langsam erhoben sich überall im Raum alte und gebrechliche Menschen und schlossen sich denen an, die sich schon bereit erklärt hatten, ihr Leben zu opfern.

»Wir werden die Reise der anderen nicht behindern und tödliche Verzögerungen verursachen«, sagte eine Frau, die so uralt war, dass ihre Haut nur noch aus Falten bestand. »Das wäre eine schwere Sünde.« Sie schwieg keuchend. Ihr Rücken war tief gebeugt. »Wir müssen unser Martyrium auf uns nehmen und es mit Freude tun.«

So sollte ich also unsere Gemeinde in die Wildnis hinausführen wie einst Mose. Es war eine furchterregende Aufgabe, auch wenn meine Schar viel kleiner und gehorsamer war. Wir mussten vorbehaltlos auf Gott vertrauen und daran glauben, dass er uns leiten und beschützen würde.

Jerusalem brodelte. Überall drängten sich zornige und verängstigte Menschen, und plötzlich waren sehr viel mehr römische Soldaten unterwegs. Sie schienen überall zu sein – sie bewachten Straßenecken und Tore und beobachteten jeden, der auf den Markt oder in den Tempel ging. Es hieß, Nero habe die Beleidigung durch den Tempel unwirsch aufgenommen und Vergeltungsmaßnahmen angeordnet. Die Zeloten sammelten sich und strömten nach Jerusalem. Gallus, der römische Statthalter in Syrien, führte seine Zwölfte Legion von Antiochia herunter zu uns. Die Zwölfte, deren Insignien ich in meiner Vision gesehen hatte!

Als wir dem Tempel unseren letzten Besuch abstatteten – um noch einmal aufmerksam und liebevoll jeden Stein zu betrachten, die prachtvollen Tore und die mächtigen Opferaltäre –, da waren es nicht die Zeloten, sondern die Priester, die uns verhöhnten.

»Da seid ihr ja, ihr heuchlerischen Verräter!« Eine laute Stimme ertönte, als Simeon und ich unsere Gemeinschaft durch die Höfe zu Salomos Säulengang führten. Als ich aufblickte, sah ich eine Gestalt in einem reich bestickten Seidengewand und mit einer großen Kopfbedeckung zum Schutz vor der Sonne gleich hinter der Mauer, die den Hof der Israeliten vom Hof der Priester trennte. »Ihr! Ihr, die ihr immer noch vorgebt, nach dem Gesetz eurer Vorfahren zu leben, während ihr es längst mit Füßen tretet! Euer Führer Petrus in Rom hat ein verdientes Ende gefunden! Möget ihr doch alle das gleiche Schicksal erleiden – das Schicksal, das auch Jakobus in Jerusalem ereilt hat!

Und diesen anderen Jakobus vor ihm! Mögen alle Lästerer so zugrunde gehen!«

Der wütende Hass dieses Mannes machte uns betroffen.

»Wir haben ebenso viel Recht, hier zu sein, wie du«, antwortete Simeon.

Mit einer Handbewegung gab der Mann der Tempelwache ein Zeichen, und die uniformierten Soldaten verließen ihre Posten an den Mauern und marschierten auf uns zu.

»Kommt, lasst uns gehen«, sagte Simeon. »Gott wird über diese Männer richten.«

Und so endete der respektvolle, sentimentale Abschied von unserer uralten heiligen Stätte mit einer hastigen Flucht.

Wir machten uns reisefertig. Wir verkauften alles, was für den Transport zu sperrig war, und schnürten den Rest unserer Habseligkeiten zusammen. Ehe wir aufbrachen, begaben wir uns noch einmal an die Orte, an denen Jesus gewesen war. Wir durchquerten das Tor, durch das er auf dem Esel geritten war; wir gingen zum Palast des Statthalters und schauten in den Hof der Hohepriester. Und wir verweilten im Garten Gethsemani. Sein Grab besuchten wir nicht, aber alle Orte, an denen er uns später erschienen war: mir in dem Garten vor der Grabstätte, den anderen in dem Zimmer im oberen Stock des uns überlassenen Hauses. Und wir erwiesen der seligen Maria die Ehre an der Grabgrotte, in der sie ruhte.

Die Dinge zu verlassen, aus denen die Erinnerungen, ja, aus denen man selbst besteht – oh, das ist schwer. Hier waren wir als Gemeinschaft geboren worden, die Jesus über das Grab hinaus gekannt hatte, und auch Jesus war diese Stadt so lieb gewesen. Jetzt mussten wir sie verlassen. Aber Jesus würde es schmerzen, wenn wir uns an irgendeinen Ort klammern wollten. Wir sollten uns nicht an ihn klammern, hatte er gesagt – und schon gar nicht an eine irdische Stätte.

So verließen wir Jerusalem, einige Hundert an der Zahl, an einem sonnigen Tag, der die Stadt von ihrer betörendsten Seite zeigte. Nie hatte der Tempel heller gefunkelt, nie hatten seine goldenen Verzierungen kühner im Sonnenschein geblitzt, nie hatten seine großen Bronzetore – die eben geöffnet wurden, um die Gläubigen einzulassen – ihren Reliefschmuck eleganter zur Schau gestellt. Der Abschied fiel schwer.

Aber wir marschierten, für die Reise gerüstet, hinaus, vorbei an einem Trupp römischer Soldaten, die mürrisch vor dem Stadttor lagerten. Sie funkelten uns an, als wir vorüberkamen.

»Überschreitet den Jordan, und bringt euch in Sicherheit!« Doch wo waren wir in Sicherheit?

Wir zogen zum Fluss hinunter, und zwar auf der Straße nach Jericho, die von Dieben und Räubern heimgesucht wurde; in seinem Gleichnis vom barmherzigen Samariter hatte Jesus von ihr gesprochen. Dann folgten wir dem Lauf des Jordan, ohne dem Dornendickicht am Ufer und den sumpfigen Niederungen zu nah zu kommen.

Wir gelangten an die Stelle, wo Johannes der Täufer gewirkt und wo ich Erlösung gesucht hatte – besser gesagt, wir zogen in einiger Entfernung daran vorbei. Ich sah die steile, kahle Uferböschung und erinnerte mich, wie trostlos es dort für mich gewesen war, aber ich wusste, dorthin wurden wir nicht geführt.

Wir wanderten weiter die Straße entlang nach Norden. Unterhalb von uns floss der Jordan, und auf der anderen Seite erstreckte sich eine schmale Ebene bis zu den Bergen. Jesus hatte gesagt, wir sollten den Jordan überschreiten. Er wollte, dass wir auf die andere Seite gelangten.

Hier lagen heidnische Städte: die Dekapolis, der Bund der zehn Städte, die durch und durch griechisch waren und ein eigenes Bürgerrecht verliehen. Davon abgesehen war es öde und leer.

Wir mühten uns weiter. Noch immer hatte ich keine Botschaft empfangen, die mir gesagt hätte, wo wir Halt machen sollten. Hinter mir folgten die Reihen der Gläubigen, die körperlich zu dieser Reise fähig gewesen waren. Sie alle warteten auf eine göttliche Weisung, während sie durch den Staub stapften, der sie in eine große Wolke hüllte.

Wir hatten das Galiläische Meer noch nicht erreicht – ich sehnte mich danach, dorthin zu gelangen und hinüber nach Tiberias und Magdala zu spähen –, als ich plötzlich einen starken Drang verspürte zu rasten.

»Halt! Wir rasten!« Der Befehl wanderte nach hinten, und alle ließen sich nieder.

Wir waren noch einige Meilen vom südlichen Ende des Sees entfernt. Zu unserer Rechten schlängelte sich der Jordan durch dichtes Gebüsch. Ein Pfad führte zum Wasser hinunter, und auf der anderen Seite war eine Straße.

Ich saß mit gesenktem Kopf da und wartete auf irgendeine Erleuchtung.

Da erhielt ich meine Weisung, in der Mittagszeit, am hellichten Tag.

»Überquert den Fluss. Watet hindurch. Dann folgt der Straße auf der anderen Seite.«

Ist das alles?, fragte ich mich. Willst du uns noch immer nicht sagen, was unser Ziel ist?

Aber ich erfuhr nichts weiter.

Der Fluss war um diese Jahreszeit nicht tief. Wir rafften unsere Gewänder und konnten hinüberwaten. Unwillkürlich musste ich an Josua denken, wie er zum ersten Mal den Jordan überschritt und in dieses Land kam, und an die Steine aus dem Flussbett, die er zum Gedenken daran aufgehäuft hatte. Mir schien, wir sollten ebenfalls irgendeine Erinnerung hinterlassen – aber wie? So durchquerten wir den Fluss, ohne unserer Reise ein Denkmal gesetzt zu haben.

Wir nahmen die Straße, die vom Fluss wegführte, und als wir die erste Anhöhe hinter uns gebracht hatten, erblickten wir vor uns eine schöne Stadt.

»Hier. Hier werdet ihr warten.« Die Worte in meinen Ohren waren deutlich und eindringlich.

Aber … ich erkannte auf den ersten Blick, dass es eine heidnische Stadt war. An ihren Rändern sah ich Bauwerke mit den gleichmäßigen Säulenreihen griechischer Tempel.

»Wie können wir hier leben?«, rief ich laut. »Es ist ein heidnischer Ort! Warum hast du uns hierher geführt?«

»Weil ihr hier in Sicherheit seid. Rom wird diese Stadt nicht niedermachen. Ihr werdet überleben und von neuem ausziehen.«

Die Straße führte bergauf in die Stadt, die Pella hieß, und ich sagte: »Dies ist der Ort, an den der Herr uns geführt hat. Hier sollen wir Schutz suchen nach dem Willen des Herrn.«

Die ersten Monate waren schwierig. Wir mussten Unterkunft und Arbeit finden, damit wir uns ernähren konnten, und lernen, unter Fremden zu leben. Nicht, dass wir nie mit Fremden zu tun gehabt hätten, aber hier waren *wir* die Fremden. In dieser mittelgroßen Stadt, erbaut nach einem Gittermuster griechischer Planung, wurde Griechisch gesprochen. Man bezahlte mit Drachmen, und man arbeitete die ganze Woche hindurch ohne einen Ruhetag. Es gab wohl eine kleine Synagoge, doch an jeder Ecke, so schien es, standen die Tempel ihrer zahlreichen Götter wie Zeus und Apollo, aber auch solcher aus ferneren Ländern – Isis und Serapis. Der Geruch von gebratenem Schweinefleisch wehte von den Imbissständen – ein ganz unverwechselbares Aroma, völlig anders als das von Lamm oder Ziege. Halb nackte Jünglinge stolzierten durch die Straßen und kauten ihr geschnetzeltes Schweinefleisch, und ihre Finger waren fettig davon. Wahrscheinlich waren sie unterwegs zu einem Gymnasium, wo sie sich ihrer Kleider vollends entledigen und in der Ringkampfarena paradieren würden.

Dem Namen nach war Simeon unser Führer, in Wahrheit war jedoch ich es, denn wir waren verloren an diesem fremden Ort, und nur ich erhielt Weisungen, wie wir hier leben sollten. Deshalb schauten alle auf mich, und ich tat mein Bestes, um ihnen ihre Fragen zu beantworten. Dabei betete ich darum, dass ich nicht selbst in die Irre gehen möge.

Mehr aus Höflichkeit als aus irgendwelchen anderen Gründen besuchten wir die Synagoge. Aber als wir uns zu erkennen gaben, forderte man uns auf zu gehen – was ich vorausgesehen hatte. Sie hatten von uns gehört, von dieser seltsamen Sekte, die glaubte, dass der Messias bereits erschienen sei, doch mehr wollten sie nicht hören. Ein paar folgten uns in unsere neuen Quartiere und stellten Fragen, aber nur eine Hand voll schloss sich uns tatsächlich an.

Die Monate vergingen, und der Herbstregen setzte ein. Wir hatten uns in unserer neuen Heimat einigermaßen eingelebt.

Nach und nach fand ich Gefallen an der Stadt und ihrer Umgebung – zu sehr sogar. Ich fühlte mich zu den Tempeln und der Schönheit der Statuen hingezogen; auf gefährliche Weise erschienen sie mir bald nicht mehr fremd, sondern verlockend. Wenn ich daran vorbeikam, wurde es mehr und mehr zu einer Prüfung für mich, möglichst schnell vorüberzueilen. Nach einer Weile musste ich mir selbst verbieten, auch nur einen Blick in das weiße Innere zu werfen, das so anders war als unser dunkles, mit Vorhängen verhangenes Allerheiligstes.

Wir klammerten uns in dieser Stadt aneinander und trafen uns allabendlich in diesem oder jenen kleinen Haus. Sollten wir hier eine Heimat begründen – oder würde es nur ein kurzer Aufenthalt werden?

»In unserer Geschichte«, sagte Simeon, »hatten kurze Aufenthalte oft die Eigenart, sich in die Länge zu ziehen. Jakobus ging nach Ägypten, um Getreide zu kaufen, und seine Nachkommen blieben vierhundert Jahre dort. Ist das vielleicht auch unser Schicksal? Über Generationen bei diesen Griechen und Schweinefleischessern zu leben?« Er sprach nach der Andacht in der Gemeindeversammlung.

Es lag bei Gott, und wir wussten alle, dass er uns immer wieder überraschte. »Ich sage, wir werden abwarten«, antwortete ich ihm. »Erinnert ihr euch, wie die Israeliten in der Wüste still verharren mussten, bis die Wolke und die Feuersäule über dem Tabernakel sich bewegte? Manchmal dauerte es Jahre. Jetzt müssen wir uns der gleichen Prüfung unterziehen.«

Denn eine Prüfung war es, daran zweifelte ich nicht. Würden wir auf Gottes Anweisungen warten, oder würden wir die Sache selbst in die Hand nehmen und entweder in die Synagoge zurückkehren oder in das heidnische Leben der Griechen in unserer Umgebung verfallen? Es war tatsächlich eine strenge Prüfung. Nur ich wusste von der Prüfung, die mir persönlich auferlegt war: Tempel, wunderschöne Statuen und Götzenbilder rings um mich herum.

Einige von uns arbeiteten daran, die Worte Jesu zusammenzutragen, damit wir sie weitergeben könnten, wenn Leute uns danach fragten. Andere wollten eine möglichst vollständige Liste daraus machen, sodass neue Gläubige erleben konnten, was wir erfahren hatten, als wir ihn sprechen hörten. Viele solche Sprüchesammlungen waren im Umlauf; sie wanderten von Gemeinde zu Gemeinde, aber keine war vollständig oder besonders lang.

Wir fingen auch an, einen Unterricht für Suchende zu entwickeln; wir nannten sie »Katechumenen«, und das bedeutet »Unterwiesene«. Es gab ja bestimmte Dinge, die sie wissen mussten, ehe sie in unsere Gemeinschaft aufgenommen werden konnten – sie mussten das Leben Jesu kennen, seine Lehren, seine Hingabe an uns, wie er starb und sein glorreiches Leben danach. Und wir entwarfen eine Taufformel, die über den Täufling gesprochen wurde, wenn er aus dem Wasser auftauchte: »Ihr alle, die ihr auf Christus getauft seid, ihr habt Christus angezogen. Hier ist kein Jude noch Grieche, hier ist kein Knecht noch Freier, hier ist kein Mann noch Weib; denn ihr seid allzumal einer in Christo Jesu.« Und dann führten wir den triefenden neuen Christen in unser Haus, wo er am Gedächtnismahl teilnehmen und unter großem Frohlocken die Zugehörigkeit zu unserer Gemeinde genießen durfte. Jemand erbot sich dann, ihm in den ersten paar Monaten als Pate und Begleiter zu dienen, und diese beiden gingen wie Blutsverwandte miteinander um.

Es gab nach wie vor Leute, die das zu legalistisch fanden; sie meinten, es sei nichts weiter nötig als ein überzeugtes Herz und das öffentliche Bekenntnis: »Jesus ist der Herr!« Aber mit der Zeit setzten sich unsere Mindestanforderungen durch.

Für uns war in jenen Tagen das Erstaunlichste, wie Jesus es vermochte, die Menschen an sich zu binden – trotz der ungeschickten Methoden seiner Anhänger, trotz der verstrichenen Zeit und vor allem, ohne dass er selbst körperlich zugegen war.

Neuigkeiten über die Römer und Jerusalem kamen uns zu Ohren. Die Rebellen in der Stadt hatten großen und unerwarteten Erfolg, sodass sie behaupten konnten, Gott habe sie beschützt wie in vergangenen Zeiten. Es gelang ihnen, den größten Teil der Stadt an sich zu bringen, und als Gallus, der Statthalter von Syrien, von Nero den Befehl erhielt, nach Süden zu marschieren und Jerusalem zu sichern, konnten sie ihn vertreiben und seine ganze Nachhut niedermachen, vierhundert Mann. So endete die erste Runde mit einem Sieg der Zeloten, und es schien, als habe Gott es so gewollt. Sie setzten eine eigene Regierung ein und bildeten Verwaltungsbezirke, endlich befreit von der verhassten Fremdherrschaft.

Aber es war nicht der Sieg Mosis über den Pharao, sondern nur der Anfang eines Krieges. Die Römer waren die Herren der Welt, und ein oder zwei Scharmützel hatten im Großen und Ganzen keinerlei Bedeutung.

Nero beauftragte einen seiner fähigsten Generäle, Vespasian, den Aufstand niederzuschlagen. Vespasian war ein erfahrener Soldat, der in Britannien gelernt hatte, wie man einen Hinterhalt parierte. Er befehligte die Fünfte und die Zehnte Legion. Seinem Sohn, dem Feldherrn Titus, befahl er, die Fünfzehnte Legion aus Ägypten heranzuführen, und er forderte Truppen von tributpflichtigen Stämmen an. Bald waren ungefähr sechzigtausend Soldaten, darunter Hilfstruppen und Reiterei, auf dem Marsch gegen die Rebellen.

Gott hatte vor langer Zeit bei Gideon gesagt, dass jegliche Übermacht ihm nur Gelegenheit gebe, seine Macht zu demonstrieren, aber er blieb seltsam stumm angesichts der aufmarschierenden römischen Armee, der größten Streitmacht, die die Welt je gesehen hatte.

Auf dem Marsch von Syrien herunter musste Vespasian durch die nördlichen Regionen und durch Galiläa ziehen, um nach Jerusalem zu gelangen, und es kam zu erbitterten Schlachten in Josaphat – und in Tiberias und Magdala, wohin sich eine Abteilung entschlossener Rebellen geflüchtet hatte.

LXVII

Magdala! Sie marschierten nach Magdala! Und nach Tiberias, wo mein teuerster Schatz auf Erden lebte!

Diese Vision ... die blutige Vision von einer Schlacht mit Booten, von all den Gefallenen und von dem See, der rot war vom Blut der Menschen – würde sie sich nun doch noch bewahrheiten? Ich musste dort hingehen, ich musste meine Tochter finden und sie retten.

»Nein!«, sagte Simeon. »Das kannst du nicht. Du bist – verzeih mir! – alt. Und plündernde Soldaten verschonen auch alte Frauen nicht.«

»Ich habe keine Angst«, sagte ich. Es stimmte. Es war ein Wunder Gottes – ich hatte keine!

»Denk an die anderen! Denk an deine Verantwortung! Du hast uns hergeführt. Und selbst wenn du es nicht getan hättest: Du gehörst zu den Letzten, die Jesus noch von Angesicht zu Angesicht gekannt haben. Das kannst du nicht einfach beiseite fegen. Sie brauchen dich, all diese jungen Menschen, die sich uns anschließen. Sie müssen hören, was nur du ihnen erzählen kannst.«

»Ich muss gehen.«

»Sagt das der Herr? Oder ist es dein eigener Wunsch?« Simeon war aufgebracht.

»Beides«, konnte ich aufrichtig antworten. Ich hatte diese Vision viele Jahre zuvor gehabt, und ich wusste, dass sie wahr war. Der Ruf der Mutterschaft war so machtvoll – ich *musste* einfach gehen.

»Und wenn ich dir sage, dass Jesus es verboten hat?«, fragte er.

Ich hoffte von ganzem Herzen, dass es nicht so war. Doch vielleicht hatte er Recht. Ich überlegte eine Weile und sagte schließlich: »Dann muss ich ungehorsam sein und ihn später um Verzeihung bitten. Ich bin nicht ... so stark, wie er es war.« Ich schwieg kurz. »Aber das wusste er, als er mich auserwählte.«

Simeon wies mir einen jungen Mann zu, der mich begleiten sollte, einen Gläubigen aus Pella namens Jason. Wir überquerten den Jordan, wateten durch das kalte knietiefe Wasser zum anderen Ufer, nach Israel. Wir erwarteten Horden von römischen Soldaten auf der Uferböschung zu sehen. Aber niemand war da. Das Land war leer und still. Die spätsommerlichen Felder waren reif für die Ernte und leuchteten golden im Sonnenlicht.

Vespasian hatte siebenundvierzig Tage gebraucht, um Josaphat zu unterwerfen, und war übel gelaunt und nicht mehr in der Stimmung, irgendwelche Störungen zu dulden. Entschlossen marschierte er ostwärts auf die nächsten befestigten Städte zu: Tiberias und Magdala.

Wir waren vor ihm in Magdala. Hastig eilten wir durch das Tor, das jetzt schwer gesichert und bewacht war. »Nicht einer von euch wird die Römer überleben« – diese Offenbarung erreichte mich, als ich das Tor durchschritt, und sie bedrückte und betrübte mich. Ich sah ihre beeindruckenden Schilde und Schwerter und den qualmenden Haufen, der in wenigen Tagen daraus geworden sein würde. Eilig liefen wir zu Elis Haus und klopften panisch an die Tür. Wie wir empfangen werden würden, war uns gleich, wir wollten ihn nur warnen, und so klopften wir keuchend und unablässig.

Endlich wurde die Tür vorsichtig geöffnet. Es war Dina. Ich erkannte sie noch nach Jahrzehnten.

»Dina, ich bin es, Maria. Ich muss euch warnen. Der römische General Vespasian ist im Anmarsch. Ihr müsst euch in Sicherheit bringen. Flieht!«

Sie starrte mich an. »Maria? Joels Frau? Oh, das ist so lange her.« Sie betrachtete mich eingehend und suchte in meinen alten Augen nach der jungen Frau, die sie gekannt hatte. Dann schüttelte sie den Kopf. »Woher weißt du das?«

»Es ist mir offenbart worden.« Mehr konnte ich nicht sagen. Es war die Wahrheit.

Sie machte ein skeptisches Gesicht. »Ich verstehe.«

»Wo ist Eli? Darf ich mit ihm sprechen?« Ich musste ihn rasch finden.

»Er ist zu seinen Vorfahren gegangen und hat sich zu Gott begeben.«

»Das schmerzt mich.« Ich war betrübt und weinte innerlich um Eli. »Aber du musst von hier fliehen, oder du wirst sterben.«

»Ich bin hier zu Hause«, sagte sie stolz. »Und ich werde beschützt werden.«

Wir erreichten Tiberias vor den Kämpfen. Die Stadt hatte hohe

Mauern, die kurz zuvor verstärkt worden waren, um einem Angriff standzuhalten. Aber mit der Stärke der Römer hatte man nicht gerechnet. Als ich die Mauern sah, wusste ich, dass sie vor den römischen Legionen einknicken würden wie Papier.

»Lasst mich ein! Lasst mich ein!« Ich hämmerte an das Tor, das trotz der Mittagsstunde fest verschlossen war.

»Wer bist du?«, rief ein Wächter heraus.

»Eine Mutter!«, antwortete ich. »Eine Mutter, die hinein muss!«

Langsam und knarrend öffnete sich das Tor. Die Wachsoldaten beäugten uns argwöhnisch. Rasch liefen wir hinein. Ich musste mein Kind finden. Ich musste!

Mein »Kind« würde inzwischen eine Frau mittleren Alters sein, doch das war gleichgültig. Noch immer sah ich ihre Augen strahlen in dem kindlichen Gesicht, rund und klug. Diese Augen würden noch dieselben sein. Die Augen änderten sich nie.

Endlich standen wir atemlos vor dem Haus. Ich atmete tief durch. Dann klopfte ich an.

Oh, lass sie öffnen! Lass mich sie von Angesicht zu Angesicht sehen! Die Tür ging auf. Ein Knecht schaute heraus.

»Die Frau Elischeba«, sagte ich. »Darf ich sie sehen?«

»Sie ist nicht hier«, sagte er.

»Ist sie wirklich nicht hier, oder empfängt sie nur keinen Besuch?«

»Sie ist wirklich nicht hier.« Er wartete einen Augenblick. »Wer bist du?«

»Ich bin ihre Mutter.«

Er machte ein überraschtes Gesicht. »Ich dachte, sie hat keine Mutter.«

»Sie hat eine Mutter – eine, die sie inbrünstig liebt und die gekommen ist, um sie zu warnen. Wo ist sie?«

»Sie ist in die Berge gegangen«, sagte er. »Das schien nicht gefährlich zu sein.«

»Es ist sehr gefährlich«, sagte ich. »Vespasian rückt an, um diese Stadt zu zerstören. Morgen wird er hier sein. Sie muss fliehen. Alle müssen fliehen.«

»Ich werde es ihr ausrichten«, sagte er knapp und schloss die Tür.

Ich ließ mich gegen die Mauer sinken. Sollte ich hier auf ihre Rückkehr warten? Doch wann würde sie kommen? Sollte sie oben in den Bergen die heranmarschierenden Soldaten sehen, würde sie vielleicht gar nicht mehr in das umzingelte Tiberias zurückkehren, sondern woandershin gehen, und ich konnte nicht wissen, wohin. Ich würde hier in der Falle sitzen und vielleicht im Getümmel den Tod finden, und die Kirche in Pella wäre führerlos. Nein, ich musste gehen und Elischeba in Gottes Hand befehlen.

Schon füllten die Straßen sich mit besorgten Menschen. Die Bewohner von Tiberias hatten kein Verlangen danach, in einen Krieg verwickelt zu werden. Aufständische, die sich aus Jerusalem geflüchtet hatten, hatten sich in ihrer Stadt festgesetzt, und nun würden die Bewohner vielleicht den Preis dafür bezahlen müssen. Jason und ich kämpften uns hinaus, der Menge entgegen, und zwängten uns zum Tor hinaus ins Freie. Wir eilten den Bergen zu und flüchteten über die Hochebene, die bald zu einem Schlachtfeld werden würde, und bei jedem Busch, jedem Felsen, den wir umrundeten, hoffte ich, dass ich auf wunderbare Weise auf Elischeba stoßen würde, dass wir einander erkennen und umarmen und die Jahre von uns abfallen würden.

Monate später, als alles vorüber war, als die Schlachten geschlagen und die Römer siegreich waren, erreichte uns in Pella ein umfassender Bericht. Kurz nach meinem Besuch hatten die Rebellen einen friedlichen Abgesandten der Römer angegriffen. Aus Angst vor einem Vergeltungsschlag flüchteten sich die Bürger von Tiberias in das römische Lager, warfen sich ihren Herren zu Füßen und beschworen, dass sie mit den Aufständischen nichts zu schaffen hätten. Die Römer waren mit ihrer Unterwerfung einverstanden und verlangten, dass ihnen die Tore geöffnet wurden, und so geschah es. Sie marschierten in die Stadt und wurden mit Jubel willkommen geheißen, während die Rebellen sich in die andere Richtung flüchteten, geradewegs nach Magdala.

Oh, Dank sei Gott, dass Elischeba in Tiberias und nicht in Magdala weilte! Denn in Magdala fand ein entsetzliches

Gemetzel statt, nachdem Titus eine lange Rede gehalten hatte, in der es hieß: »Was uns Römer betrifft, so hat es bisher noch niemand auf der bewohnbaren Erde vermocht, uns zu entrinnen« – und das war unsere Welt, in dürren Worten zusammengefasst. Die Seeschlacht, die ich vor langer Zeit als Vision gesehen hatte, tobte auf dem Wasser des Galiläischen Meeres. Tausende wurden getötet, und die Rebellen, die Boote beschlagnahmt hatten – ihnen erging es, wie meine Vision es vorhergesagt hatte: Sie wurden gnadenlos abgeschlachtet. Die Oberfläche des Sees leuchtete rot vom Menschenblut, sodass die Wellen funkelten wie riesige Rubine.

In der Stadt starben unschuldige Menschen, denn die Römer konnten nicht zwischen Rebellen und Einwohnern unterscheiden; viele Gebäude wurden in Brand gesteckt, und das Ausmaß der Zerstörung war gewaltig. (Mein altes Haus ... die Fischhalle meines Vaters ... Elis Haus ... Dina und alle meine Verwandten ... war alles fort?) Am Ende veranstaltete Vespasian ein Tribunal, um zu entscheiden, was mit den unschuldigen Opfern der Kämpfe geschehen sollte. Als man ihm sagte, dass sie nach der Zerstörung ihrer Häuser zwangsläufig selbst zu Rebellen werden würden, akzeptierte er den perfiden Plan eines seiner Ratgeber. Er sprach zu den Menschen von Magdala, sicherte ihnen freies Geleit zu und befahl ihnen, nach Tiberias zu gehen, wo man über ihre Ansprüche entscheiden werde. Aber als sie dort waren, sperrte er sie ins Stadion; die Alten und Gebrechlichen wurden ermordet, sechstausend der kräftigsten jungen Männer wurden zur Zwangsarbeit zum Bau von Neros Kanal nach Griechenland geschafft und dreißigtausend Menschen in die Sklaverei verkauft. Das war das Ende meiner Heimatstadt, und darum kann ich nicht mehr Maria von Magdala sein, denn Magdala gibt es nicht mehr.

Vierzig Tage lang trauerten wir um unser Land und unsere Städte, und Worte können unseren Schmerz nicht beschreiben. Ich betete und betete, dass Elischeba unversehrt geblieben sein möge, und die einzige Hoffnung, an die ich mich klammern konnte, bestand darin, dass sie in Tiberias und nicht in Magdala gewohnt hatte.

Die Römer setzten ihren Marsch nach Süden fort. Die fast ein Jahr dauernde Schlacht um Jerusalem, in der um Haus für Haus gekämpft wurde, ist wohlbekannt und an anderer Stelle beschrieben, anders als die Schlacht von Magdala. Bevor das Ende kam, waren die Einwohner halb verhungert und zu Tieren geworden. Als der letzte Tag des Tempels heraufdämmerte, war es eine Fackel, die ein wütender Soldat hineinschleuderte, die all seine Pracht in Flammen aufgehen ließ, und nicht etwa die Strategie eines einzelnen Mannes oder ein Plan. Alles, was darin war, wurde vernichtet, und Tage später trat ein römischer Soldat auf die rauchgeschwärzte, zerbrochene Tafel, auf der stand, dass jeder Nichtjude, der diese Schranke überschreite, getötet werden und allein für seinen Tod verantwortlich sein würde. So verging der Tempel mit all seinen Mauern, Vorschriften, Opfern, Hoffnungen und mit seiner Geschichte und wurde zu einem beispiellosen verlorenen Schatz in der Erinnerung des jüdischen Volkes.

Die ganz Stadt wurde dem Erdboden gleichgemacht, bis auf drei Wehrtürme, die jedem Angriff standgehalten hatten. Die Bewohner, die nicht niedergemetzelt wurden, wurden versklavt. Titus und seine Soldaten schleppten die goldene Menora und andere Tempelschätze davon und stellten sie in Rom bei ihrem Triumphzug zur Schau. So wurden die heiligen Gegenstände zu bloßer Kriegsbeute, begafft von einer jubelnden Masse.

Unsere Heimat, der geistliche Mittelpunkt unseres Universums, war verschwunden. Was sollten wir nun tun? Ohne unseren Anker in Jerusalem und in der Mutterkirche waren wir ein Blatt im Wind.

Und was sollte aus den Tochterkirchen überall im Ausland werden? Den Kirchen, die Paulus hinterlassen hatte, war es unmittelbar nach seinem Tod nicht gut ergangen. Die Jerusalemer Doktrin der strengen Einhaltung des Gesetzes hatte in den zehn Jahren seiner Haft an Gewicht gewonnen, und für seine weitsichtigeren, liberaleren Vorstellungen sah es trübe aus. Mit dem Fall Jerusalems änderte sich das alles binnen eines Augenblicks. Das Christentum Paulus' war allein übrig geblieben, und von da an war die Kluft zwischen der Mutterreligion und ihrer

Tochter so breit, dass selbst die Gutwilligen auf beiden Seiten einander nicht mehr gewahrten.

Wir blieben zehn Jahre in Pella, noch fünf Jahre über den Fall Jerusalems hinaus. Dann beschlossen Simeon und eine Hand voll Gefährten, nach Jerusalem zurückzukehren; mühsam wurde die Stadt wieder aufgebaut und neu besiedelt. Johannes und ich entschieden uns dafür, nach Ephesus zu gehen. Matthäus, Simon und Thaddäus waren in Pella gestorben, und nur wir beide waren noch übrig.

»Warum nach Ephesus?«, fragte Simeon. »Warum nicht zurück nach Jerusalem?«

»Die Kirche in Ephesus war stark, solange Paulus lebte«, sagte Johannes. »Aber jetzt besteht die Gefahr, dass sie dahinwelkt. Dem überwältigenden Einfluss des Artemis-Kultes ist schwer zu widerstehen. Außerdem ist Ephesus günstig gelegen, um die anderen Kirchen in der Gegend zu unterstützen, die um ihr Dasein ringen. Paulus hat Gemeinden in Derbe, Lystra, Ikonium und im pisidischen Antiochia gegründet; wir haben keine Nachricht von ihnen und wissen nicht, wie es ihnen geht.«

»Ihr habt hoffentlich nicht vor, euch dorthin aufzumachen«, sagte Simeon. »Ihr könnt von Glück sagen, wenn ihr es bis Ephesus schafft.«

Johannes schaute hinunter auf seine Füße. »Die da können immer noch gut laufen«, sagte er.

»Mann, du bist fast achtzig!«, rief Simeon.

»Für einen, der Gottes Werke tut, ist das jung«, sagte Johannes. »Mose war achtzig, als er vor den Pharao trat. Und was ist mit Kaleb, Mosis altem Krieger? Erinnere dich – er sagte zu Josua: ›Und nun siehe, ich bin heut fünfundachtzig Jahre alt und bin noch heutigentags so stark, als ich war des Tages, da mich Mose aussandte; wie meine Kraft war dazumal, also ist sie auch jetzt, zu streiten und aus und ein zu gehen.‹«

»Und wie ging es weiter?«, fragte Simeon.

»Was – das weißt du nicht?«, fragte Johannes scherzhaft. »Er obsiegte. Er eroberte das Land.«

»So, so.« Simeon schüttelte den Kopf. »Nun, vielleicht solltest du dich fortan Kaleb nennen.«

»Es gibt immer noch Schlachten zu schlagen«, sagte Johannes. »Und um ehrlich zu sein: Ich brenne darauf.«

»Maria, bist du auch entschlossen?«, fragte Simeon mich. »Dein Wissen und deine Hingabe wäre uns beim Wiederaufbau der Gemeinde in Jerusalem viel wert.«

»Ich danke dir«, sagte ich, »aber ich fühle mich berufen, vorwärts zu gehen in die Zukunft. Jerusalem ist meine Vergangenheit.« Angefangen bei meinem Besuch dort als Kind, über Joels Ermordung bis zu alldem, was Jesus dort widerfahren war. Ich brauchte im Alter etwas Neues. Ich konnte die Last der Erinnerungen nicht tragen. Ich musste an einen Ort gehen, wo es keine gab.

Ephesus ist eine schöne Stadt. Bei unserem langsamen Schritt dauerte es lange, bis wir dort eintrafen. Wir wanderten zunächst nach Tyrus, wo wir ein Schiff bestiegen, das gemächlich die Küste hinaufsegelte, aus Angst vor Stürmen immer dicht am Land. Wir passierten Seleukia und Antiochia und dann die Mündung des Cydnus, an der Paulus' Heimatstadt Tarsus liegt. Wie ein schwerfälliger Ochse plagten wir uns um die klobige Ausbuchtung der Provinz Asien herum, bis wir schließlich in Ephesus landeten. Unser Schiff machte im Hafen fest, und als wir mit wackligen Knien an Land gingen, sahen wir mit Staunen, wie wohlhabend und kultiviert diese große römische Provinzstadt wirkte. Eine breite, marmorgepflasterte Allee, Hafenstraße genannt, führte hinauf ins Herz der Stadt, geradewegs zum Theater. Sie war zu beiden Seiten von gewölbten Kolonnaden gesäumt und von fünfzig Laternenpfählen beleuchtet.

»Wo ihr geht, wandelten einst Antonius und Kleopatra«, rief ein Höker uns zu. »Bringt das nicht euer Blut in Wallung?« Und er hielt uns eine Hand voll Parfümphiolen entgegen.

Ich musste lachen. Das war ein gutes Zeichen. Die Leute in Ephesus waren wirklich voller Leben und ganz unverbesserlich, wenn sie versuchten, einer fünfundsiebzigjährigen Frau Parfüm zu verkaufen und sie an Kleopatras Vermächtnis zu erinnern.

»Willst du welches?«, fragte er. Er zog den Stopfen aus einem seiner Fläschchen und hielt es mir unter die Nase.

»Mein lieber Sohn«, sagte ich, »an mich wäre es verschwendet. Du musst dir jüngere Kundinnen suchen.«

»Was soll das heißen?« Er tat überrascht. »Du bist schön, und deine Schönheit ist von der Art, die kein Alter kennt. Wie alt bist du? Fünfunddreißig?«

Jetzt musste ich wirklich lachen. »Ja, das war ich einmal. Aber jetzt nicht mehr. Die Zeit des Parfüms ist für mich vorüber.«

»Niemals!«, beharrte er galant.

Aus irgendeinem merkwürdigen Grund überkam mich das Bedürfnis, Worte von Petrus zu benutzen, und so sagte ich zu dem Händler: »Gold und Silber habe ich nicht, aber was ich habe, will ich dir geben: Jesus hat mich jung gehalten!« Verwirrt runzelte er die Stirn.

Johannes und ich ließen uns in einem behaglichen Steinhaus unweit des Hafens nieder. Den Reden des Parfümhändlers zum Trotz schützte uns unser hohes Alter davor, in den Verdacht der Unschicklichkeit zu geraten, und wir lebten in Frieden zusammen. Die Gemeinde, stellten wir fest, bedurfte dringend unserer Aufmerksamkeit, denn seit Paulus nicht mehr da war, lag sie am Boden. Sie hieß uns willkommen – ja, sie machte viel zu viel Aufhebens um uns. Aber es war eine Freude, mit diesen jungen Menschen zu arbeiten und sie zu unterweisen, und ein großes Privileg, ihnen von Jesus erzählen und weitergeben zu können, was wir wussten.

Mittlerweile hatte die jüdische Religion sich endgültig von den Anhängern Jesu getrennt. Wir konnten nicht mehr zum Beten oder Lesen in die Synagoge gehen, denn sie hatten ihre Liturgie nun mit einem Zusatz versehen: »Die Nazarener und die Ketzer mögen umkommen in einem Augenblick, ausgelöscht werden aus dem Buch des Lebens.«

Wie betrübt wäre Jesus darüber gewesen! In meinen Gebeten fragte ich ihn, wie wir ihnen begegnen sollten, aber er antwortete mir nicht. Vielleicht schmerzte es ihn zu sehr.

Unterdessen arbeiten Johannes und ich weiter »im Weinberg«, wie Jesus gesagt hätte. Und was für ein Weinberg! Eine geschäftige Stadt mit wohlhabenden Bürgern, die ganz und gar in ihrem Leben aufgehen, aber zugleich ein tiefes Interesse für die geistigen Dinge aufbringen. Jede Religion blüht und gedeiht hier, von Mysterienkulten bis zum großen Tempel der Artemis. Und im Säulenschatten dieses atemberaubenden Tempels wachsen wir Christen und werden immer stärker.

Und wie Paulus in seinen Briefen verlasse ich euch hier, meine Brüder und Schwestern in Christo. Mein Werk ist getan; ich bin alt und werde den Rest meiner Tage hier in Ephesus verbringen, fern von dort, wo ich es eigentlich zu tun gedachte. Aber wie Paulus sagt: »Gott führt uns im Triumphzug Jesu, und anders als in Rom, wo der Weg der Parade bekannt ist, führt der unsere uns in unbekanntes Gelände und oftmals dahin, wohin wir nicht gehen wollen.« Petrus in Rom, Johannes und ich in Ephesus – ist das Leben, zumal das Leben, das Jesus uns eröffnet, nicht voll von seltsamen Welten?

Hier endet das Testament der Maria von Magdala.

LXVIII

Ansprache des Bischofs Sebastian von Ephesus, gehalten zur Feier des Festes der Heiligen Maria von Magdala am zweiundzwanzigsten Tag des Juli im Jahre Jesu Christi fünfhundertundzehn in der Kirche des heiligen Apostels Johannes, zu verteilen in den Gemeinden der Provinz

Ich grüße euch, die ihr heute gekommen seid, um unsere heilige Maria zu ehren, die an der Seite unseres Herrn Jesus wandelte in den Tagen seines Lebens auf Erden und hier zu Ephesus verstarb als Märtyrerin im hohen Alter. Wir sind damit gesegnet, dass wir zwei Apostel hier bei uns hatten, denn der heilige und hochberühmte Johannes lebte hier mit der heiligen Maria in Keuschheit bis zum Ende ihres Lebens. Hier predigten sie das Evangelium und brachten Christus zu vielen Menschen, und hier endete auch ihr Leben – für Maria gewaltsam, für Johannes in Frieden.

Durchaus füglich wird berichtet, dass Maria, die unser Herr von Dämonen befreite, am Ende starb, indem sie ihnen widersagte. Als sie in Ephesus lebte, stand hier zu unserm Ruhme der große Tempel der Artemis, eines der Sieben Wunder der Alten Welt. Der Tempel war unbezwingbar, die Anbetung der Göttin nicht abzuschaffen, ihre kleinen Silberstatuen allgegenwärtig. Doch in jäher Verzweiflung angesichts der Verehrung dieser Göttin schleuderte unsere Maria eines dieser Götzenbilder zu Boden und rief, es komme keine Hilfe von solchen Dingen. Sogleich stürzte die Menge sich auf sie, ungeachtet ihrer Gebrechlichkeit und ihres hohen Alters, und misshandelte sie so schrecklich, dass sie bald darauf an ihren Verletzungen verstarb, was sie jedoch als einen Triumph betrachtete. Ihre letzten Worte waren: »Ihr führt mich nicht mehr in Versuchung.«

Sie wurde auf dem Berg vor der Stadt begraben, und weil ich weiß, dass viele von euch nach dem Gottesdienst in feierlicher Prozession dorthin pilgern werden, will ich euch noch ein wenig mehr über das Grab sagen.

Als man sie für die Bestattung vorbereitete, fand man unter ihren wenigen irdischen Besitztümern in einer kleinen Schachtel mit einem alten Kinderamulett an einer Lederschnur auch einen Brief mit der Aufschrift »Ihr letzter Brief«. Da man glaubte, er könne für die Kirche von Wert sein, las man diesen Brief, und es stellte sich heraus, dass er von ihrer Tochter im fernen Tiberias war. Darin stand, sie sei endlich bereit, die Reise auf sich zu nehmen und zu ihr zu kommen. Man wusste nicht, was das bedeutete, aber der Brief wurde aufbewahrt. Ihr könnt ihn im Reliquienschrein neben dem Altar anschauen.

Ihr Gefährte Johannes, drangsaliert vom römischen Kaiser und sogar für kurze Zeit ins Exil verbannt, kehrte zu uns zurück, als er fast hundert Jahre alt war, und nahm seinen Dienst wieder auf; er reiste durch die Provinz und beaufsichtigte seine Gemeinden.

In seinem überaus hohen Alter pflegte er unsere Kirche aufzusuchen und nichts weiter zu sagen als: »Ihr Kindlein, liebet einander.« Seine Jünger fragten ihn einmal, warum er die gleichen

Worte ständig wiederhole, und er sagte: »Das ist Jesu Geheiß, und wenn ihr nur dies befolgt, ist es schon genug.«

Sie glaubten, Johannes könne niemals sterben, ja, es gab sogar die Überzeugung, Johannes werde leben, bis Jesus wiederkehrt. Als Johannes krank wurde, bereiteten sich die Gläubigen in Ephesus daher auf die Wiederkunft Jesu vor und waren überzeugt, er werde bald unter ihnen stehen. Aber das geschah nicht, und so verschied der letzte der Jünger, die tatsächlich an der Seite Jesu gewandelt waren, und verschwand aus unserer Mitte.

Der Artemis-Tempel ist gefallen. Wer unter euch könnte ihn noch finden? Als Maria das Idol zu Boden schmetterte, war dies ein Vorbote seines Falls. Dort, wo er stand, ist jetzt ein schlammiger Sumpf; die Tempelsteine hat man fortgeschleppt und für andere Gebäude benutzt. Die Göttin ist nicht mehr unter uns.

Wenn ihr nun von Ephesus hinaus auf das Land zieht, folgt dem ausgetretenen Pfad, der aus der Stadt führt, und bald werdet ihr das ehrwürdige Grab Marias finden. Seit mehr als vierhundert Jahren verweilen die Menschen dort, um zu beten und mit ihr zu sprechen. Achtet besonders auf das marmorne Grabmal neben der Stätte. Es zeigt die Jüngerin, wie sie allen ihren Kindern in Christo Lebewohl sagt. Sie steht zur Linken, eine hoch gewachsene Gestalt im langen Gewand, und zur Rechten sieht man die zahlreiche geistige Nachkommenschaft, die sie hinterlassen hat – Männer, Frauen und Kinder. Betrachtet es genau. Ihre Tochter hat es errichtet, die herkam, um ihre Mutter zu sehen. Sie kam zu spät, doch ihr zu Ehren gab sie dieses Grabmal in Auftrag. Ihre Worte sind uns überliefert: »Mutter, ich knie an deinem Grab und sehne mich danach, dich leibhaftig in die Arme zu schließen. Leb wohl! Ich komme zu spät. Zu spät.«

Mögen wir also stets im Heute leben, nicht in der Zukunft und nicht in der Vergangenheit, und mögen wir nie zu spät zu denen kommen, die wir lieben. Um es mit den Worten des Johannes zu sagen: »Ihr Kindlein, liebet einander.«

NACHWORT DER AUTORIN

Die Bibel quält ihre Leser. Oft erzählt sie in epischer Breite von Dingen, die wir nicht unbedingt wissen müssen, während sie auslässt, was uns am meisten mit Neugier erfüllt. Ein Beispiel dafür ist der berühmte Vers aus Exodus 1,15, der die Namen zweier hebräischer Hebammen nennt, aber nicht sagt, wie der Pharao heißt, der die Juden versklavt hat. Diesem Problem steht jeder Autor und jeder Dramatiker gegenüber, der sich von einem biblischen Thema angezogen fühlt.

Maria Magdalena wird in allen vier kanonischen Evangelien erwähnt – bei Matthäus, Lukas, Johannes und Markus –, und zwar im Zusammenhang mit fünf Ereignissen. Erstens: Jesus befreit sie von sieben Dämonen. Zweitens: Gemeinsam mit anderen Frauen, die er geheilt hat, folgt sie Jesus nach und unterstützt seine Mission materiell. Drittens: Sie ist bei der Kreuzigung zugegen. Viertens: Sie kommt früh am Ostermorgen zum Grab, um den Leichnam zu salben. Fünftens: Sie begegnet dem auferstandenen Christus. Im Johannes-Evangelium erscheint er ihr als Erster und befiehlt ihr, es den anderen zu sagen, was ihr den Titel »Apostel der Apostel« einträgt. Ein Apostel ist ein »Gesandter«, und Jünger und Apostel sind nicht unbedingt identisch. Der heilige Paulus war ein Apostel, aber kein Jünger. Maria Magdalena war beides, ebenso Petrus, Johannes und Jakobus.

Maria Magdalena taucht in den so genannten apokryphen Evangelien wieder auf, in später, zum Teil erst im dritten Jahrhundert, verfassten Dokumenten. Dazu gehören das Marien-Evangelium, das Philippus-Evangelium, das Thomas-Evangelium, das Petrus-Evangelium und die Pistis Sophia. In diesen gnostischen Schriften, die besonderes Gewicht auf geheime Lehren und Weisheiten legen, erscheint Maria Magdalena als Gestalt der Aufklärung, die über ein besonderes spirituelles Wissen verfügt und dafür von Jesus geehrt wird. Manche Forscher sind der Ansicht, dass dies die historische Erinnerung an ihre wichtige

Stellung unter den Jüngern widerspiegelt. Aber diese Schriften enthalten keine Details über ihre Person.

Danach verschwindet Maria Magdalena mit den anderen Jüngern im Reich der Legende, wo sie an exotischen Orten fantastische Abenteuer erlebt.

Bei der Arbeit an einem Roman über Maria Magdalena hatte ich infolgedessen nur wenige biografische Fakten, an die ich mich halten konnte. Die Forschung nimmt an, dass ihr Name, »Maria von Magdala«, darauf hindeutet, dass sie aus der gleichnamigen Stadt am Galiläischen Meer stammte, einem Zentrum der Dörr- und Salzfischerzeugung. Da sie Jesus in seiner Arbeit nennenswert fördern konnte, kann man vermuten, dass sie eine Frau aus wohlhabenden Verhältnissen war. Es gibt keine biblische oder historische Grundlage für die Annahme, dass sie eine Prostituierte oder die Sünderin, die Jesus mit ihren Haaren die Füße wusch, gewesen sein könnte, und sie war auch nicht identisch mit Maria von Bethanien.

Ich habe deshalb versucht, ein Leben zu schaffen, wie es sich wahrscheinlich abgespielt haben könnte – sie zu einer typischen und nicht außergewöhnlichen Vertreterin ihrer Zeit und ihrer Klasse zu machen. Ich gab ihr Eltern und zwei Brüder und gestaltete eine streng religiöse Familie. Um eine der Spannungen im damaligen jüdischen Leben zu illustrieren, ließ ich einen der Brüder orthodox sein, während der andere sich mehr an die Griechen und Römer in seiner Umgebung anpasst.

Ich machte Maria zur Ehefrau und Mutter, denn auch das dürfte zum gewöhnlichen Leben gehört haben. Außerdem wollte ich zeigen, dass sie eine Familie verließ, um Jesus zu folgen – dass es also ein persönliches Opfer bedeutete, Jüngerin zu sein.

Über ihre Rolle in der Urkirche gibt es keine Angaben, aber ich hielt es für wahrscheinlich, dass sie zusammen mit den anderen Jüngern ihre Mission fortführte. Nach einer frühen Überlieferung beschloss sie ihre Tage in Ephesus in Kleinasien, wo sie den Märtyrertod starb. Ihr Grab, nicht weit von dem der Sieben Schlafenden Jünglinge von Ephesus, war eine Wallfahrtsstätte. Die erste Erwähnung ihres Namenstages am 22. Juli findet sich im Jahr 510 in Ephesus.

Ich ließ ihr Alter mit dem Jahrhundert zusammenfallen: geboren etwa im Jahr 1 n. Chr., gestorben um 90 n. Chr. Damit wäre sie siebenundzwanzig gewesen, als sie zu Jesus kam, um die dreißig, als er gekreuzigt wurde, und im mittleren Alter, als sie zu einer »Säule der Kirche« wurde. Es ist zu vermuten, dass die ursprünglichen Anhänger Jesu und die Augenzeugen seines Lebens im Alter zu geistlicher Prominenz gelangten und die Menschen sie nach ihren Erinnerungen befragten.

Was die Dämonen angeht, so haben meine Recherchen gezeigt, dass sie nicht selten Zugang zu einem Menschen fanden, weil irgendein Gegenstand ins Haus gebracht wurde, der mit dämonischen Aktivitäten in Zusammenhang stand. Manchmal geschah das unwissentlich, manchmal aus Naivität. Es gab mit Gewissheit auch damals Exorzismen, aber sie entsprachen nicht den komplizierten Ritualen der mittelalterlichen Kirche. Die übliche Praxis bestand in Gebeten und Fasten, gefolgt von dem Befehl an den Dämon, auszufahren. Was die anderen Erscheinungsformen betrifft – unklare Gedanken, Kratzer und Schwellungen, die manchmal auf der Haut des Opfers Buchstaben bilden –, so sieht man sie auch heute noch in Fällen von Besessenheit.

Man muss sich darüber im Klaren sein, dass zwischen Besessenheit und Krankheit unterschieden wurde; man verwechselte damals das eine nicht mit dem anderen, wozu wir heute neigen.

Ein Intermezzo mit Jesus und seiner Familie in seiner Jugend habe ich eingeschoben, um zu illustrieren, dass er schon immer über eine ungewöhnliche Urteilskraft und Ausdrucksstärke verfügte.

Marias Aufenthalt in der Wüste als letztes Mittel im Kampf gegen die Dämonen habe ich beschrieben, weil dies ein bekanntes Heilmittel war. Auch schreiben spätere Legenden ihr diesen Aufenthalt zu.

Die romantischen Gefühle zwischen Maria und Jesus und zwischen Judas und Maria – ich nehme an, dass Jesus ein attraktiver Mann war, und so wäre es ungewöhnlich, wenn keine seiner Anhängerinnen eine größere Zuneigung zu ihm entwickelt hätte. So etwas kommt oft vor zwischen Mentor und Student, Lehrer und Schüler, Meister und Jünger. Es wäre überhaupt ungewöhnlich, wenn in einer gemischten Gruppe von Jüngern und Jüngerinnen in der Blüte ihres Lebens nichts Derartiges entstände. Tatsächlich wäre es wohl naiv zu glauben, dass es nicht vorkam.

Die Szene, in der Maria und Johanna im Palast des Antipas Gelegenheit finden, Judas zu bespitzeln, ist natürlich frei erfunden. Aber Johannas Ehemann gehörte tatsächlich zu Antipas' Hofstaat, und so wäre diese Episode immerhin möglich gewesen. Und es wäre verwunderlich, wenn den Jüngern Jesu nicht daran gelegen gewesen wäre, in Erfahrung zu bringen, was die Behörden gegen ihn zu unternehmen gedachten.

Aus den Briefen des heiligen Paulus wissen wir, dass viele Kirchengemeinden tatsächlich jeden Augenblick mit Jesu Wiederkunft rechneten und sich deshalb aus dem Leben zurückzogen, um ihn zu erwarten. Die Kirchengemeinde in Jezreel, die ich erfunden habe, um diesen Umstand zu illustrieren, basiert deshalb auf Tatsachen.

Die Christen aus Jerusalem brachten sich tatsächlich in Pella – im heutigen Jordanien – in Sicherheit, bevor der Tempel fiel.

Jesu Bruder Jakobus wurde erst spät bekehrt, und seine übrigen Verwandten spielten eine wichtige Rolle in der Kirchenführung des ersten Jahrhunderts.

Die Schlacht von Magdala beschreibt der Historiker Josephus.

Zwar wird auch die Ansicht vertreten, dass die Jungfrau Maria in Ephesus starb, aber die Überlieferung, derzufolge sie in Jerusalem starb, ist überzeugender und älter, und so habe ich mich für sie entschieden.

Im Allgemeinen musste ich Marias persönlichen Hintergrund – ihr Alter, ihre Familie, ihr Aussehen, ihre Bildung – mit Hilfe begründeter Vermutungen konstruieren. Was sie tat, nachdem sie zu Jesus gekommen war, sowie der historische und geografische Gesamtkontext basieren auf Recherchen und Dokumenten.

DANKSAGUNG

Mein Dank gilt:

Alison Kaufman, Paul Kaufman und Mary Holmes für ihre aufmerksame Lektüre;

Charlotte Allen und David Stevens für Ideen und Ermutigung;

Benny und Selly Geiger, Rachel und Tziki Kam sowie Mendel Nun für ihre Hilfe in Israel;

der schottischen Insel Iona für die Inspiration und den Geist, der dort herrscht.

Und natürlich wie immer meinem wunderbaren Agenten und Freund Jacques de Spoelberch.